本書爲全國高校古籍整理研究項目

「黄周星集編年校箋」（一六一六）的成果

黄周星集校箋

上

[清]黄周星／著
唐元　張静／校箋

上海古籍出版社

圖書在版編目(CIP)數據

黄周星集校箋 / (清)黄周星著;唐元,張静校箋
. —上海:上海古籍出版社,2024.5
ISBN 978-7-5732-1158-3

Ⅰ.①黄… Ⅱ.①黄… ②唐… ③張… Ⅲ.①中國文學—古典文學—作品綜合集—清代 Ⅳ.①I214.92

中國國家版本館 CIP 數據核字(2024)第 087953 號

黄周星集校箋
(全三册)
〔清〕黄周星 著
唐 元 張 静 校箋
上海古籍出版社出版發行
(上海市閔行區號景路 159 弄 1-5 號 A 座 5F 郵政編碼 201101)
(1)網址:www.guji.com.cn
(2)E-mail:gujil@guji.com.cn
(3)易文網網址:www.ewen.co
啓東市人民印刷有限公司印刷
開本 850×1168 1/32 印張 41.875 插頁 9 字數 1,093,000
2024 年 5 月第 1 版 2024 年 5 月第 1 次印刷
印數:1—1,300
ISBN 978-7-5732-1158-3
I·3834 定價:198.00 元
如有質量問題,請與承印公司聯繫

前言

一　明末清初的遺民詩人黄周星

黄周星是明清易代之際江南遺民文壇中的傳奇人物。他的身世之謎、家族變化，常讓史料中對他的姓氏籍貫記録多樣，他姓周還是姓黄，現在學術界依然存在争論；他布衣素冠，寒暑不易，輾轉授經於東南一帶，一生窮困羈旅，世謂之畸人，其實早在明代就高中了進士；他七十歲的投水自殺，也多被認爲是殉國之舉，其實他强烈的道教信仰在其中發揮了重要的推動作用；他幼年即有才子之禀賦，書畫、篆刻無不精妙，一生筆耕不輟，諸體皆擅，但直到臨死之時僅有些單篇和試印本在世上流傳。

黄周星（一六一二—一六八〇），字景明、景虞，號九煙、圃庵、汰沃主人、笑蒼道人等，上元（今江蘇南京）人。萬曆三十九年十二月十七（公元一六一二年一月十九日），黄周星生於應天府上元縣，父黄一鵬，母徐氏。出生後即被送養給寄居金陵的湘潭周逢泰、涂氏爲嗣，名周星。在崇禎十七年（一六四四）黄周星所寫的《復姓疏》與《復姓紀事》中，詳細記載了送養事件、家族矛盾與復姓的因果。

幼年時代的他能詩文，工書法，有神童之目。崇禎三年（一六三〇）以南京國子監第二名選貢於應天府。六年(一六三三)秋，鄉試得中。十三年(一六四〇)中庚辰科二甲進士。讀卷者本擬奏名第二，後被崇禎帝抑置二甲。可惜他前半生一帆風順的人生履歷，卻在改朝换代的浪潮中被徹底顛覆。崇禎十七年(一六四四)三月，崇禎帝自盡。五月，福王朱由崧在南京建立南明政權，改元弘光。九月，黃周星授南明户部浙江清吏司主事。也就在這幾年中，他逐步知曉身世，與周氏家族矛盾日深，遂於本年作《復姓疏》和《復姓紀事》，復姓黃。清順治二年(一六四五)五月，清兵攻佔南京，南明弘光朝覆亡，黃周星於戰亂中倉皇攜帶詩稿逃亡。秋，入福州，於南明隆武朝任禮科給事中，但隆武朝很快覆亡。戰火硝煙中，他避亂於福建古田西莊僧院。其時卧病，藥粒俱斷，自以爲必死。死裏逃生之後，在順治五年(一六四八)他和妻女團聚，由閩入越，輾轉至杭州西湖之畔，此後皆於浙西一帶以遺民身份靠授經課徒爲生。黃周星和林古度、吕留良、吴之振、戚玾、冒辟疆、董説、杜濬、杜岕等東南遺民交遊頻繁。他先後寓居於金陵、繁昌、石門、海寧、嘉善、長興、南潯等地，雖然生活困頓漂泊，但氣節不改。

黃周星一生有濃重的道教神仙信仰。如順治十七年(一六六〇)《庚子紀年詩一百四十韻》即云：「念欲訪神仙，何處寄妻女。念欲歸苾蒭，無兒懼殄祖。」[一] 康熙二年(一六六三)《柬汪憺漪》云：「僕生來有煙霞痼癖，每誦陶隱居『青雲白日』之句，頓覺瓊樓玉宇，去人不遠。恨半生漂泊，駒隙蹉跎，茫茫九點，欲覓一同心之侣，正如搴芙蓉於木末。昨來西子湖頭，始得交吾兄，望其風格，知爲方瞳緑髮中人。及展讀諸編，又字字皆雲笈琅函，順風問道，捨此其誰？僕將有靈均遠遊之志，欲發軔於二勞，撰轡於五嶽，放杖於崑崙，泛槎於河漢，然後税駕於三神山，異人大藥，庶幾遇之，足下能從我遊乎？足下當爲向子長，僕亦不失爲禽子夏耳。」[二] 又《與汪憺漪》云：「神仙一道，世人多以爲荒唐，僕獨以爲神仙必可學而至，但有三難耳。何謂三難？一曰根器，二曰功行，三曰機緣。彼無根器者，雖告以神仙而不信，所謂下士聞道則大笑之，此一難也。幸生而有志煙霞，根器具矣，自暴自棄可乎？故必須功行，所謂三千八百，何時圓滿？此二難也。功行足矣，非得仙真接引，我從何處訪求？不得不聽之機緣湊合，此三難也。正如士子讀書應舉，根器其天資也，功行其學問也，機緣則試官之遇合耳。雖然，鍾離祖師之語吕祖曰：『吾之求人，甚於人之求吾。岳陽樓中，早望見邯鄲青氣。』故僕以爲，人但患無根器功行，不患無機緣。功圓行滿，機緣自至矣。僕之矢志神仙，從來持論如此，未知與吾憺漪不徑庭否？至於世間一種文人，習染既深，妄肆譏姍，嘗見一狂士詩云：『人生最快事，天子作神仙。』是欲向秦皇漢武問徐福船覓安期棗也，亦衹如蒼蠅聲而已。」[三] 他在和朋友的信中多有交流神仙飛升之道。康熙九年（一六七〇）作《黄童歌六十自壽》云：「生平所志在文章，飲酒賦詩期真率。美人才子共英雄，神仙把臂同親昵。」[四] 康熙十五年（一六七六）所作《人天樂自序》云：「自喪亂以來，萬念俱灰，獨著作之志不衰。邇來此念亦灰，獨神仙之志不衰耳。」[五] 康熙十六年（一六七七）於《道山堂集序》謂：「静機之潛躍變化不可知，而余則癖好神仙，行且訪洪崖而從赤松矣。請戲與静機約，再閲四十年，吾當遇君於武彝、太華之間。」[六] 康熙刻本《夏爲堂别集》又保存有他所作的《吕祖出山像贊》《題鍾馗一品補衮圖贊》《關帝像贊》《乞開喉音懺疏》《驅病魔檄》等帶有濃厚道教色彩的文章。在朋友眼中，黄周星就是一位誠摯的道教信仰者，例如康熙元年（一六六二）吕留良於《何求老人殘稿》卷二《真進士歌贈黃九煙》云：「山水窮荒有何好，神仙多爲藥所誤。君今好奇入膏肓，不治煙霞泉石痼。」又注：「先生善書及篆印，好山水神仙。」[七] 李嶟瑞《鍾山老人歌追弔黃九煙先生》云：「流水桃花穩避秦，燒丹采藥訪仙真。（先生晚節學方士術。）心非煙火林中客，氣是蓬萊頂上人。」[八] 所以黃容《明遺民録》中才會説他：「周星生有煙霞之志……耽山水，晚好神仙家言，嘗有詩云：『高山流水詩千軸，明月清風酒一船。借問阿誰堪作伴，美人才子與神仙。』其寄興可知矣。」[九]

早在順治十一年（一六五四），黃周星首次接觸扶乩，就深深膺服。扶乩，道教的占卜方法，又稱扶箕、抬箕、扶鸞、揮鸞、降筆、請仙、卜紫姑、架乩等。在扶乩中，有人扮演被神明附身之角色，稱爲鸞生或乩身。神明附身在鸞生身上，會寫出一些字迹，以傳達神明之想法，信徒則通過這種方式與神靈溝通。黃周星晚年更是癡迷於此，康熙十一年（一六七二）春，他結交了湖州扶乩者陸芳辰。在隨後的幾年間，陸芳辰通過乩仙之語，頻繁暗示黃周星的文才被上天賞識，這令黃周星欣喜不已并深信不疑。康熙十三年（一六七四），黃周星有《龍沙八百地仙姓名歌》云八百地仙將會聚於庚申歲，而自己正身在地仙之列。康熙十六年（一六七七）他完成了傳奇《人天樂》。劇中寫軒轅載如何以文才爲天君所聞，最後由吕洞賓引領進入仙界，屢屢結合平生事迹，劇情本身大有自況的味道。

至庚申年也即康熙十九年（一六八〇），黃周星遂有死念。是年春，他先訪松江葉夢珠諸友，爲子女締結婚約，了卻向平之願。隨後作《解蜕吟》十二章，又自撰《墓志銘》總結一生云：「笑蒼道人姓黃氏，名周星，號九煙道人。本金陵人，生於萬曆之辛亥年。初生時爲楚湘周氏計取陰拊之，故以黃爲周。至崇禎丁丑，道人生二十七年，始得遘本生父母。時道人已舉燕闈癸酉孝廉，又三年庚辰成進士，明年丁周氏外艱，又三年甲申冬授計部主政，始具疏復姓，改周爲黄。明年夏，以國變棄家，遂流寓吴越間，以終其身。此道人一生之大概也。道人生來有煙霞之志，於世間一切法俱澹然無營，故髫齔時曾有神童之譽，而道人不知其爲神童也。二十而貢於天府，二十三而登賢書，三十而登制科，人皆以爲功名之士，而道人不知其爲功名也。既遭九六之厄，沉冥放廢，隱居不出三十餘年，人或以高尚目之，而道人益不知其爲高尚也。」〔一〇〕隨後，幾次在晚年寓居地湖州南潯投水自殺，但爲家人所救，至七月二十三日自絶飲食而卒，時年七十。其墓在南潯馬家港長生橋北圩，民國二十三年（一九三四）邑人曾重修其墓，然於「文化大革命」間被拆毁。

黄周星平生以文章名節自任，如今流傳下來的七種詩文集中，包括了詩、文、詞、傳記、遊記、謎語、傳奇、雜劇、散曲、小説、雜文等體。他詩才横逸，七言律詩滄桑沉雄，那些涉及故國之思的作品尤其出色，長篇歌行如《姑山草堂歌》《楚州酒人歌》等則行文潑辣、瑰奇詭怪。且又通曉音律，撰有戲曲理論著述《製曲枝語》、傳奇《人天樂》、雜劇《惜花報》《試官述懷》等。其曲文亦如詩章，筆鋒恣横酣暢。黄周星以怪才奇傑，顯名於生前身後，集中諸體嘗單行或收入各種叢書中。《中國叢書綜録》收其著述子目，有《百家姓新箋》（一卷）、《復姓紀事》（一卷）、《衡嶽遊記》（一卷）、《廋詞》（一卷）、《將就園記》（一卷）、《張靈崔瑩合傳》（一卷）、《小半觔謡》（一卷）、《酒社芻言》（一卷）、《鬱單越頌》（一卷）、《前身散見集編年詩續抄》（一卷）、《夏爲堂別集》（文一卷，詩一卷）、《千春一恨集唐詩六十首》（一卷）、

《黄九煙先生和楚女詩》《試官述懷》《夏爲堂人天樂傳奇》《惜花報》《夏爲堂散曲》《製曲枝語》，共一十八種。〔二〕

二　生前詩文的結集情况

黄周星詩文集編纂、刻印、流傳的情况頗爲複雜。他生前詩文結集共有六種，分别是《鵬雲堂自訂十五年詩》《薇蕚夏爲堂詩草》《夏爲堂詩略刻》《前身散見集編年詩續抄》《圃庵詩集》《芻狗齋集》。具體情况如下：

（一）佚失的早年稿本《鵬雲堂自訂十五年詩》

按照《夏爲堂詩略刻小引》中黄周星自己的記載：「至十五六以後始有草本，每歲風月閒吟，少或一編，多則數帙。自丁卯迄乙亥，所得不下三千首，率散置行篋中。」〔三〕則黄周星約十五六歲時就開始有意識地收集自己的詩文。大約崇禎四年（一六三一），黄周星二十一歲時曾將詩稿拿給寓居在金陵的學者沈長卿審閲，并請其作序。沈長卿有《周景虞詩序》一篇，現今保留在沈長卿《沈氏日旦》（明崇禎七年刻本）卷十二中。然而崇禎九年（一六三六），黄周星二十六歲時出洞庭湖，遇到强盗，早年文稿被盗賊全都扔到江流之中，損失殆盡。失望之餘，他收拾舊稿，「得十之六七，加以數載畋漁，又不下三千首」，至崇禎十七年（一六四四）三十四歲時，「始裒輯從前大小諸種，一一薅櫛而淘汰之，獨存八卷，名曰：『鵬雲堂自訂十五年詩』」。但第二年夏天，在明清易代的戰亂中，他就帶著詩稿開始了四處逃亡的生涯。順治三年（一六四六），他在福建古田避亂時，書稿「復爲劇盗掠去。於是舉盛年之心血光陰，一旦化爲烏有矣，痛哉」（《夏爲堂詩略刻小引》）〔三〕所以《鵬雲堂自訂十五年詩》這部黄周星早年的詩集稿本已佚。

（二）民國間重現世間的珍貴稿本《薇蕚 夏爲堂詩草》

晚清民國之際，先是倪釗在安徽繁昌長江之濱，於古氏廢書中得到一本舊詩集，曰「九煙詩鈔」。廬江劉襄廷、劉信軒兄弟見而好之，以爲是古之忠孝所遺，所以刊行海内。根據這本《九煙詩鈔》考察，我們得知順治二年（一六四五）到順治十年（一六五三），黄周星編成了詩稿《薇蕚》集。順治十一年（一六五四）到順治十二年（一六五五），他又編成了《夏爲堂詩草》。民國間發現的《九煙詩鈔》就是黄周星中年詩稿《薇蕚》集與《夏爲堂詩草》之合集。順治十一年至十六年（一六五四—一六五九）黄周星曾在安徽蕪湖繁昌古叔俞萬潔齋中授經，此詩稿或爲當年所遺，竟然在二百五十餘年後重現人間。民國七年（一九一八）上海有正書局鉛印了《九煙詩鈔》前後集，題鍾山黄周星九煙父稿。此本多家圖書館有藏，這就使得我們現在能够看到黄周星中年的大量詩作。康熙二十七年（一六八八）刊刻的《夏爲堂別集》中收録了《薇蕚》集中的部分詩歌，版心注明爲「薇咢集」，應該是《九煙詩鈔·薇蕚》集的部分精選作品。

（三）已佚的繁昌刻本《夏爲堂詩略刻》

據《夏爲堂詩略刻小引》云：「丙申歲，授經鳩兹，偶以故人從臾，遂舉笥中塵編屬之，删狂剗怪，聊爲節取蝨餘，釀金刊木，此夏爲堂詩所爲略刻也。」〔四〕則順治十三年（一六五六），黄周星在安徽蕪湖繁昌坐館時，大概經濟上有點寬裕，所以再次整理删改了之前的詩稿，結集爲《夏爲堂詩略刻》，并且籌集資金上板刊刻。黄周星還專門寫作了《夏爲堂詩略刻小引》一文記録他結集之艱辛。但很可能因爲經濟困窘，只是小規模試印，《夏爲堂詩略刻》原書現在已經無可尋覓了，但後來康熙二十七年（一六八八）刊刻的《夏爲堂别集》將這本《夏爲堂詩略刻》的部分内容收入其中，讓我們可以得見其中篇目的大致面貌。

（四）嘉業堂所藏的黄周星晚年稿本《前身集》

民國二十五年（一九三六）至二十八年（一九三九）周延年（周子美）彙編《南林叢刊·次集》，由南社鉛印出版。書前提要云：「《前身集》不分卷，黄周星撰，劉氏嘉業堂藏稿本。黄氏爲晚明詩人，全集殆已散佚，此共詩三百三十餘首，乃六十歲前客潯所著。詩格蒼老，饒有身世之感。後康熙庚申卒於潯，年七十。其墓在鎮東馬家港，即所傳獨樹墳也。《鎮志》列諸『寓賢』，故録。」〔五〕對應所收書爲《前身散見集編年詩續抄》，版心題「前身集」。提要云《前身集》「共詩三百三十餘首」，與内文實際收詩數相合，則「前身集」或爲「前身散見集編年詩續抄」之省稱。如此推斷黄周星晚年有稿本《前身集》，曾爲嘉業堂所藏，今未得見。據南社鉛印本及其後來的影印本知，《前身散見集編年詩續抄》中收詩均編年，每年起始處皆有小序，或爲黄周星晚年自編，收康熙五年（一六六六）至九年（一六七〇）寓居嘉善、南潯時所作詩。

（五）遠藏日本静嘉堂的孤本《圃庵詩集》

二〇一六年中華書局俞國林先生從日本發現了《圃庵詩集》一書，該書并没有封皮、牌記、序言、目録、跋語等相關版本信息，一開篇就是卷一的正文，上題：鍾山黄周星九煙氏著。卷一首頁有印章兩枚：一曰「静嘉堂藏書」，一曰「歸安陸樹聲藏書之記」。陸樹聲（一八八二—一九三三），字叔桐，號適軒，歸安（今浙江湖州）人，清末藏書家陸心源第三子。陸心源去世後，其皕宋樓所藏的珍貴古籍四萬餘册於一九〇七年爲日本静嘉堂所購。從這兩枚印章可見，《圃庵詩集》應該是湖州陸氏藏書中的一種，後來被賣至日本静嘉堂文庫。《圃庵詩集》全書按年份編排，每一卷收録一年的詩歌，全書共有八卷，收録的是黄周星康熙三年（一六六四）五十四歲至康熙十年（一六七一）六十一歲八年間的詩歌。筆者曾在國内的各種圖書目録和各大圖書館檢索，均不見此書，則《圃庵詩集》很可能是藏身海外的孤本。經對比研究，《圃庵詩集》編輯者很可能正是晚年寓居湖州南潯的黄周星本人。從《圃庵詩集》上的大量墨釘考察，本書很可能只是當年的刻樣，它的卷次尚未編訂，可能是因爲其只是黄周星準備編輯的全集中的一部分。

（六）已佚的晚年詩文稿《芻狗齋集》

和黄周星有過交往的明末清初藏書家黄虞稷《千頃堂書目》卷二十七著録有：「黄周星《芻狗齋集》。」[一六] 明末清初文人朱彝尊《明詩綜》卷七十五在黄周星小傳中記載：「晚居湖州，有《芻狗齋集》。」[一七] 康熙間湖州文人鄭元慶在《湖録經籍考》卷三也著録有「黄周星《芻狗齋集》」，且謂「先生集都散佚，予從其坦君處得其親筆詩文稿一卷，皆晚年所作也，整而藏之」。〔八〕則可知黃周星曾有詩文稿《芻狗齋集》一卷，鄭元慶曾經從黃周星的女婿那裏得到此書，其中的作品都是晚年所做。鄭元慶《湖録》又記載云：「其《芻狗齋全集》若干卷，未刊。」（轉引自秦翰才一九六一年稿本《黃周星年譜稿一卷附録一卷》）〔九〕則《芻狗齋集》或許不止一卷，但此書以稿本的形式存在，在康雍年間不曾刊行，隨後便佚失了。

三　身後作品集的傳刻及版本源流

黃周星生前窮困潦倒，没有辦法大規模流佈自己的詩文，身後卻文名遠揚，詩文集被不斷編輯刊行。康熙二十七年（一六八八），朱曰荃、張燕孫正式編輯刊刻了《夏爲堂別集》。湖南湘潭周氏族人又先後刊刻了道光本《九煙先生遺集》、咸豐本《周九煙集》、光緒本《九煙先生集》。具體情況如下：

（一）康熙本《夏爲堂別集》

康熙二十七年（一六八八），朱曰荃、張燕孫刊刻《夏爲堂別集》。此本爲其子黃楠（字禹弓）所輯，取黃周星當年的自刻本爲底本，益以家藏稿，將黃周星生平著述的各類文體，搜羅甚備。其中文一卷、詩一卷、《人天樂傳奇》一卷、《試官述懷》一卷、《惜花報》一卷、散曲一卷，附録爲《復姓紀事》一卷、《百家姓新箋》一卷。《夏爲堂別集》内行款不一，顯示出雜湊各版的面貌。此本中國國家圖書館有存兩種，一爲八卷九册，一爲七卷六册，内容行款相同，後者内無《人天樂傳奇》一卷。

（二）道光本《九煙先生遺集》

道光二十九年己酉（一八四九）揚州刻本《九煙先生遺集》六卷，題湘鄉後學左仁（清石）、湘潭族孫周詒樸（子堅）校勘。書後有牌記云：「維揚磚街青蓮巷内柏華陞刻。」書前附嘉慶丙子孟冬族孫周系英所撰《九煙先生傳略》，又有道光己酉仲春湘潭七世族孫周詒樸所作《九煙先生遺集小引》，述此書來歷。卷末又有左仁於是年冬十一月長至日所作《九煙先生遺集跋》，述此本刊刻緣起，由此可知本書乃將周詒樸家藏稿與己所藏《夏爲堂别集》合編而成。此本中，將黄周星改爲周星，其籍貫由南京改爲湘潭。

（三）咸豐本《周九煙集》

《周九煙集》三卷，《外集》三卷，題湘潭周星景虞著。咸豐三年（一八五三）唐昭儉（友石）編刊，湘潭十四總羅新華堂鐫，中國社會科學院文學所、國家圖書館等單位入藏。據卷前唐昭儉所作《周九煙集序》，則此本所據底本有周方修（瀚侯）刊《九煙餘緒》，周昭侃（如川）號錦灣所編《楚材軼草》，湘鄉左仁（清石）、湘潭周詒樸（子堅）揚州刻本《九煙遺集》，周光輔（蓮亭）刊《九煙續集》附《遺集》。因爲是湘潭周氏族孫所刻，咸豐本和道光本一樣，也將黄周星、黄九煙等改爲周星、周九煙。

（四）光緒本《九煙先生集》

湖南圖書館藏有《九煙先生集》四卷，《補遺》一卷，《别集》兩卷，族孫周翼高編刻，爲光緒二十三年丁酉（一八九七）静諳家塾刻本，吉林大學圖書館亦有藏本。[一〇]卷首有乾隆九年張璨序、侄曾孫周昭侃跋。又有道光二十九年湘鄉左仁原序、道光己酉湘潭周詒樸原刻小引、嘉慶丙子族孫周系英所作《傳略》。編次依周、左所編《遺集》，然篇目又據咸豐本《周九煙集》有所增益。

（五）晚清楊凌霄搜選舊抄本《笑蒼排闥》《前身集》《前身散見集編年詩續抄》

復旦大學圖書館古籍部藏《笑蒼排闥》《前身集》《前身散見集編年詩續抄》一函四册，舊抄本。上題「鍾山九煙黄周星著」「後身樊舟楊凌霄搜選」。内頁有印章三枚：吴興劉氏嘉業堂藏書記、曾經東山柳蓉村過眼印、復旦大學圖書館藏。内有書籤，上題：「嘉業堂藏書。《前身集》明黄周星撰，集部別集類，舊抄本四册。」此抄本第一册、第二册爲《笑蒼排闥》《前身集》，據卷前「前身集搜録」「後身樊舟楊凌霄搜録」云云，書名當爲楊凌霄所擬，内容爲楊凌霄所搜集的黄周星部分書信及詩文，内容雜亂，大部分見於黄周星存世諸集，唯有《福田寺石佛二首》《凌仲宣九十像贊》兩篇未見於他集。第三册、第四册署爲《前身散見集編年詩續抄》，懷疑即抄自嘉業堂所藏稿本《前身散見集編年詩續抄》，頗有缺漏。楊凌霄，號樊舟，晚清浙江湖州吴興人，事迹不詳。疑其仰慕湖州寓賢黄周星，遂有搜集抄録其作品之舉。

（六）民國間《南林叢刊·次集》所收《前身散見集編年詩續抄》

版本目録學家周延年爲湖州南潯人，一九二四年春曾被同鄉劉承幹聘爲嘉業堂藏書樓編目部主任，他在此地工作八年，先後編成了《嘉業堂藏書目録》《嘉業堂明刊善本書目》等十幾種書目。前文述及嘉業堂藏稿本《前身集》，知民國間周延年彙集鄉邦文獻《南林叢刊》，其中次集收黄周星晚年稿本，爲《前身散見集編年詩續抄》一卷，由南社鉛印出版，一九八二年杭州古舊書店曾據之影印。復旦大學圖書館古籍部藏晚清楊凌霄搜選舊抄本《前身散見集編年詩續抄》內容上與此鉛印本大略相同，但不及此齊全。由於黄周星原始稿本《前身集》現已佚失，所以周延年所編《南林叢刊·次集》所收《前身散見集編年詩續抄》就顯得十分珍貴，具有重要的文獻價值。

以上即爲黄周星著作數種版本之大致情狀與流傳之迹。諸本所收詩文雖面貌各異，且編排體例多有不同，然黄周星詩文版本的源流依然清晰可尋。

四 黄周星集的整理現狀與思路

黄周星平生一直保持著旺盛的創作力，可惜他年輕時代的很多作品因遇盜而失卻，并且他生計窮苦，没有足够的財力將自己的作品完全付梓。依靠他生前的部分試刻本、稿本和後人的歷代刊刻，現今存世的作品仍有四十餘萬字。其中的體裁包括詩、文、詞、賦、戲劇、小説、評點、筆記、尺牘以及各種雜著。可惜這樣一位重要作家的衆多作品，目前還没有被學界系統、詳實地鈎沉整理。

作爲明末清初重要的遺民作家，當今學界對黄周星的研究成果主要集中在生平研究上，其中他於明清易代之際的交遊活動、故鄉歸屬和最終的投河自盡，是學界所關注的重點；關於他作品的研究主要集中在小説、戲曲創作和戲曲理論等方面，對他的詩文創作與詩學理論關注還不够。黄周星詩文結集情況複雜，各個版本中存在篡改、流失和復現等多種情況，但關於其文集的版本研究，學界目前還没有展開。所以對黄周星存世的詩文集進行全面、系統的文獻整理，是很有必要的。

目前影印出版的黄周星作品集有康熙刻本《夏爲堂别集》和道光本《九煙先生遺集》。上海古籍出版社二〇一〇年出版的《清代詩文集彙編》第三十七册影印上海圖書館藏康熙刻本《夏爲堂别集》，但據筆者詳細考察，這個本子的後半部分遺失了《人天樂傳奇》的正文部分、雜劇《試官述懷》《惜花報》、散曲《秋富貴曲》《寄泗州戚綏耳》《黄葉村莊曲》等，同時也缺少原書附録的《復姓紀事》《百家姓新箋》等。道光本《九煙先生遺集》則爲《續修四庫全書》第一三四九册所收，該本據中國科學院圖書館藏本影印。

另有嶽麓書社二〇一三年出版的謝孝明校點《黄周星集 王岱集》（《湖湘文庫》本），其整理工作只是據光緒本《九煙先生集》標點，以簡體字横排。有《前言》一篇，主要簡述了黄周星的生平、個性、文學創作、著述情況等内容。所採用的底本爲光緒年間静諳家塾刻本，含《九煙先生集》四卷、《别集》兩卷、《補遺》一卷。據筆者考察，這個版本與道光本、咸豐本一脈相承，主要是編次道光本《九煙先生遺集》，然篇目又據咸豐本《周九煙集》有所增益。光緒本《九煙先生集》看似後出而博收，但實際上，其缺陷有三。

第一，光緒本之前有黄周星文集的稿本、孤本、善本等存世，該本並未據以吸收參校。如前所述，民國七年（一九一八）上海有正書局鉛印《九煙詩鈔》前後集中包含有黄周星中年稿本《薇蓴》集與《夏爲堂詩草》，民國間湖州南潯人周延年彙集刊刻的《南林叢刊・次集》中有黄周星晚年珍貴稿本《前身散見集編年詩續抄》。再有遠藏日本静嘉堂的康熙試刻本《圃庵詩集》，此本當爲黄周星晚年所親編。另外還有黄周星去世八年後康熙二十七年（一六八八）朱曰荃、張燕孫刊刻的《夏爲堂别集》，此本取黄周星當年的自刻本爲底本，益以家藏稿，搜羅甚備。這幾個本子淵源有自，更貼近黄周星的創作原貌，版本價值更高。如今我們整理黄周星的詩文集應該充分利用這幾個版本，而不是後出的光緒本。

第二，光緒本對黄周星作品改動頗多。如康熙本中題爲「鍾山黄周星九煙氏自識」，道光本、咸豐本、光緒本則改作「昌山周人略似氏自識」。康熙本《將就園記》云：「天下之有園者多矣，豈黄九煙而可以無園乎哉？」道光本、咸豐本、光緒本改爲「豈周九煙而可以無園乎哉」等等，這種情況的改動，數量不少。再例如《西湖三戰詩》中把其中的「黄」全部去掉，把「九煙」改爲「略似」的情況有十餘處，在難以改動的詩句「贏得西湖不字黄」後面，甚至加上了一行小注：「略似本湘人，後冒上元黄氏。」此皆因爲道光本、咸豐本、光緒本乃周氏族孫所編纂刊刻，其編纂目的就是以黄周星爲湘潭周氏人。詳細考證黄周星詩文可知，黄周星出自金陵黄氏，但被湘潭周姓撫育二十餘年，由於家族矛盾，黄周星生前即和周姓斷絶來往，復姓黄氏。但隨著黄周星去世後聲名愈隆，湘潭周氏族孫先後刊刻了道光本、咸豐本、光緒本，并將其姓名改回了「周星」。例如在道光本、咸豐本、光緒本皆收録的嘉慶年間周系英所寫的《九煙先生傳略》中，將黄周星的身份進行了重新的演説，使之又變回了湘潭人周星。隨著這三個周氏後人編纂文集的流傳，使得黄周星的姓名、祖先、籍貫等信息異常混亂。再如咸豐本和光緒本多出的《周五峰先生傳》很可能并非是黃周星的筆墨，而是周氏後人編輯文集時自行加入的文章。因爲自崇禎十五年（一六四二）黃周星與湘潭周氏決裂後，雙方再無往來，不大可能有順治十一年（一六五四）周堪賡（號五峰）去世後爲之寫作傳記之事。

第三，光緒本雖然後出，但作品漏收者甚多，例如《人天樂傳奇》《試官述懷》《惜花報》《復姓疏》《復姓紀事》等均未收録，其他詩、文、散曲、雜撰等缺漏處甚夥。本書整理的黃周星創作的古詩約百首，而光緒本只收十二首，本書整理出黃周星創作的五言律詩二百餘首，而光緒本只有十七首，具體篇目難以一一贅述。

綜上，目前出版的黃周星文集并未彙集完備其諸多傳世版本，也并未選擇最佳的版本作爲底本，對其存世詩文的搜羅還不够全面，缺漏較多。

本次黃周星集的整理工作，首先致力於全面網羅收録黃周星傳世的詩、文、詞、曲等諸體，是學界首次對黃周星作品進行全景式的系統整理，能够爲學界今後深入研究黃周星的創作與思想提供前提條件與文獻基礎。其次，本書還對黃周星作品各版本進行了詳細的校勘，并撰寫校勘記。這一工作有利於反映諸本的面貌，展示其版本流傳的特點。例如康熙本中收録有《遊衡嶽詩題丹霞寺僧卷》一詩，通過校勘諸本可見，道光本、咸豐本、光緒本題作「遊南嶽丹霞寺」。「收來嶺海湘沅色」，道光本、咸豐本、光緒本作「收回南北東西眼」。「彷佛夢吟曾到處，溪光雲響憶前身」，道光本、咸豐本、光緒本作「他日山僧應問訊，溪光雲響記問身」。康熙本將此詩收録於《衡嶽遊記》文章之後的《衡嶽詩》組詩中，咸豐本并未將此詩置於《衡嶽詩》組詩中，而作爲單獨的詩作收録。道光本、光緒本并未收録《衡嶽詩》組詩，但單獨收録此詩，題作「遊南嶽丹霞寺」。由此可見，道光本、咸豐本、光緒本對文字進行了較大的改動，已經不是當年原貌。此外，筆者曾對黄周星生平行實著述加以編年，已有前期研究成果，因此本書還用「箋」的形式，對黄周星詩文作品的創作時間與背景進行了考證與研究，以便真實且詳盡地展現其一生行藏，這將對深入研究黄周星的文學創作、生平性格和遺民心態具有一定的學術價值。

在整理的過程中，筆者還發現了數十篇黄周星諸集之外的詩文和書信、評論。例如在清代徐崧《百城煙水》（清康熙二十九年刻本）中發現黄周星集外詩《丁巳八月既望集曾青藜吴趨客舍各以姓爲韻》《亦園》二首；在清代王德浩纂，曹宗載編《嘉慶硤川續志》卷十七（清嘉慶十七年刊本）中發現黄周星集外詩《十月朔日月并昇當宿霧初收微雲落盡以雲岫庵望之足成大觀老友田髴淵孫昭令濮雋茹偕往取道硤川訪外彦餘不晤留周雨生齋頭一日却賦》一首；在清代陳克恕《篆刻針度》卷六（清乾隆五十一年刻本）中發現黄周星集外文《篆刻針度》一篇；在清代陸心源《穰梨館過眼録》卷三十四（清光緒十七年吴興陸氏家塾刻本）中發現黄周星集外詩《奉賀非翁年詞宗暨長公榮擢主政之喜》一首；在清代達受編《寶素室金石書畫編年録》（清刻本）中發現黄周星集外詩《壽蝕庵詩》四絶；在清代顧禄《清嘉録》卷十二（清道光刻本）中發現黄周星《甲寅除夕詩》殘句；在清代梁玉繩《清白士集》卷二十三《瞥記》六（清嘉慶道光間《皇清經解》本）、清代史夢蘭《止園筆談》卷三（清光緒四年刻本）中發現黄周星集外詩《西湖竹枝》（魏監門前白石獅）一首；在清代蔣景祁《瑶華集》（清康熙二十五年刻本)中發現黄周星集外詞《滿江紅·想山居》一首;在清代鄒祇謨《倚聲初集》(清順治十七年刻本)中發現黄周星集外詞《眼兒媚·畫中撲蝶美人》一首;在晚清楊凌霄搜選本《前身集》中發現黄周星集外詩《福田寺石佛二首》和集外文《凌仲宣九十像贊》。再如書信和評論,原本道光、咸豐、光緒間諸集收有黄周星與他人書信二十二封,定稿後又發現康熙二年(一六六三)刻本《分類尺牘新語》、康熙七年(一六六八)聖雨齋刻本《分類尺牘新語廣編》二本收録更多,增出一倍還多,遂整卷重新輯録編定;更有評論若干,皆黄周星諸集所未收,遂輯出單獨成卷。等等。本次整理,筆者皆將之收入集中,并一一標明文獻來源。

此外,黄周星還有《唐詩快》十六卷,乃是康熙十八年(一六七九)所編選的評點唐詩之作,分「驚天」「泣鬼」「移人」三集,於衆多唐詩選本中别出心裁。黄周星又曾與杭州書商汪象旭合作,對百回本《西遊記》作修改與點評,今有日本内閣文庫藏清原刊本,上海古籍出版社一九九四年版《古本小説集成》據之影印。再有黄永年、黄壽成點校《黄周星定本西遊證道書》,中華書局一九九三年版《明清善本小説叢刊》收入。這兩種著作篇幅巨大,本次整理不擬收録。

筆者對黄周星集的整理工作最初來自於華南師範大學蔣寅教授的指點,在多年的整理工作中,蔣老師一直給予了莫大的支持與幫助。中華書局文學編輯室主任俞國林先生將他在日本發現的《圃庵詩集》掃描版惠賜給筆者研究,給本書的整理工作提供了亮色。湖州南潯古鎮文史專家姚勉勉老師爲筆者提供黄周星在南潯的相關史料。畏友張静教授在版本搜集與考證、文字録入與校對等方面也提供了很多幫助，上海古籍出版社的劉賽老師在本書出版過程中盡心竭力，我所工作的防災科技學院也給我的科研工作很多支持，在此一併致謝。本次整理工作一定還有很多不足之處，期待方家的批評指正。

二零二二年十二月修訂，唐元於京郊防災科技學院

注

〔一〕周慶雲《南潯志》卷四十九「集詩二」「黄周星」部分，民國十一年（一九二二）刻本。

〔二〕徐士俊、汪淇評箋《分類尺牘新語》第十一册「曠達」，康熙二年（一六六二）刻本。

〔三〕徐士俊、汪淇評箋《分類尺牘新語》第廿一册「釋道」，康熙二年（一六六二）刻本。

〔四〕黄周星《夏爲堂別集》，清康熙二十七年（一六八八）刻本。

〔五〕黄周星《夏爲堂別集》，清康熙二十七年（一六八八）刻本。

〔六〕陳軾《道山堂集》卷首，廣陵書社二〇一六年版，第一頁。

〔七〕吕留良撰，俞國林編《吕留良全集》，中華書局二〇一五年版，第三册，第一三七—一三九頁。

〔八〕李嶟瑞《後圃編年稿》卷四，《四庫全書存目叢書》集部第二三四册，齊魯書社一九九七年版，第三八三頁。

〔九〕謝正光、范金民編《明遺民録彙輯》，南京大學出版社一九九五年版，第八七〇—八七一頁。

〔一〇〕黄周星《夏爲堂別集》，清康熙二十七年（一六八八）刻本。

〔二〕《中國叢書綜録》，上海古籍出版社二〇〇七年版，第六三五頁。
〔三〕黄周星《夏爲堂别集》，清康熙二十七年（一六八八）刻本。
〔三〕黄周星《夏爲堂别集》，清康熙二十七年（一六八八）刻本。
〔四〕黄周星《夏爲堂别集》，清康熙二十七年（一六八八）刻本。
〔五〕周延年《南林叢刊·次集》卷首，杭州古舊書店一九八二年影印版，第一頁。
〔六〕黄虞稷《千頃堂書目》，《文淵閣四庫全書》第六七六册，臺灣商務印書館一九八三年版，第六六一頁。
〔七〕朱彝尊《明詩綜》，《文淵閣四庫全書》第一四六〇册，臺灣商務印書館一九八三年版，第七二三頁。
〔八〕鄭元慶《湖録經籍考》，《叢書集成續編》第七一册影印吴興劉氏嘉業堂一九二七年版，上海書店一九九四年版，第八三頁。
〔九〕周德明、吴建偉《上海圖書館藏珍本年譜叢刊續編》第一六册，國家圖書館出版社二〇一九年版，第五二頁。
〔一〇〕李靈年、楊忠主編《清人别集總目》，安徽教育出版社二〇〇〇年版，第二〇二三頁。

凡例

一、黄周星生平著述豐贍，種類衆多，版本複雜。今有日藏孤本康熙間試刻本《圃庵詩集》八卷，康熙二十七年（一六八八）朱曰荃、張燕孫刻《夏爲堂别集》八卷，道光二十九年（一八四九）左仁、周詒樸揚州刻本《九煙先生遺集》六卷，咸豐三年（一八五三）唐昭儉編刊《周九煙集》六卷，光緒二十三年（一八九七）静諳家塾刻本《九煙先生集》六卷，民國七年（一九一八）上海有正書局鉛印本《九煙詩鈔》前後集，民國周延年《南林叢刊・次集》中收録的《前身散見集編年詩續抄》一卷，共七種版本。因爲黄周星的作品并没有一個完整的集子可以作爲統一的底本，所以此次整理工作根據實際情況來選擇不同的底本。「詩」卷多以民國間《九煙詩鈔》《前身散見集編年詩續抄》爲底本，因爲這兩個本子雖然後出，但卻是根據黄周星的稿本刊刻，能够反映其創作的原貌，具有很高的文獻價值。其他未收詩歌再以康熙間刻本《圃庵詩集》《夏爲堂别集》爲補充，并輔以後出的道光本、咸豐本、光緒本等各本增補、對校；「文」卷及雜劇、傳奇、時藝等多以康熙刻本《夏爲堂别集》爲底本；書柬、評論部分，因徐士俊、汪淇評箋康熙元年（一六六二）刻本《分類尺牘新語》和署汪淇箋評，徐士俊、黄周星參定的康熙七年（一六六八）聖雨齋刻本《分類尺牘新語廣編》最爲集中，故據以輯録。又輔以他本增補、對校，以便將黄周星一生的著述面貌完整地呈現。其餘尚未得見者，希冀海内外學人藏家不吝賜教。

二、黄周星另有《唐詩快》十六卷，乃編選評點唐詩之作，又曾對百回本《西遊記》點評、修改。此兩種著作篇幅巨大，本次整理暫不收録。

三、黄周星作品文體衆多，且康熙、道光、咸豐、光緒諸集的卷目不一，加之本次整理所依據的底本多樣，姑按體編排，分爲賦、古詩、五言絶句、七言絶句、五言律詩、七言律詩、詞曲、記文、序文、傳文、書柬、疏銘、雜文、時藝、雜撰、雜劇、傳奇、評論諸卷。同一文體中，作品按繫年排序。同一年内的作品無法按時間排序的，按照稿本先於刻本，先出刻本先於後出刻本，黄周星作品版本先於其他文獻的規則排序。同一文體同一年同一底本的作品，按底本原有順序排列。不能考證出創作時間的作品，置於相應各體末尾，排序方式同上。

四、除篇目標題外，本文及夾注皆按今之通行規範進行標點。原文中作單、雙行小字注者，皆作單行小字注。底本、校本的異體字、俗字等，一般改作規範通行字體，不出校。但反映版本重要信息者，不改，或在本文中改正，但出校説明。

五、本次整理工作對各版本進行了詳細校勘，并撰寫校勘記，以便反映諸本的面貌，展示其版本流傳特點。

六、本書還以「箋」的形式，對黄周星詩文作品的版本來源、創作時間與背景進行了相關考證，引證文獻，並注明資料來源。

七、主要的底本、校本，一般用簡稱，其他參考版本，用全稱。其中各版本簡稱如下：
日本静嘉堂文庫藏黄周星晚年試刻本《圃庵詩集》——静嘉堂本《圃庵詩集》
康熙二十七年（一六八八）朱曰荃、張燕孫刻《夏爲堂别集》——康熙本
道光二十九年（一八四九）左仁、周詒樸揚州刻本《九煙先生遺集》——道光本
咸豐三年（一八五三）唐昭儉編刊《周九煙集》——咸豐本
光緒二十三年（一八九七）静諳家塾刻本《九煙先生集》——光緒本
民國七年（一九一八）上海有正書局鉛印本《九煙詩鈔》——民國本《九煙詩鈔》
民國周延年鉛印本《南林叢刊·次集》收録《前身散見集編年詩續抄》——《前身散見集》
八、本書將黄周星的傳記、文集序跋等相關資料，附於全書之末，并標明資料來源。同時還附録有筆者自編的《黄周星年譜簡編》，以備讀者參閲。

目録

卷三　五言絶句

卷五　五言律詩……三二七

卷六　七言律詩……四七九

卷十一　書柬

卷十五　雜撰

卷十六　雜劇……一〇四〇

卷十七　傳奇……一〇五八

目録

卷一　賦

河朔避暑賦

遡河朔之盛事，有避暑之遺文。緊何人之倡舉，曰本初之袁君。歷千秋而不朽，豈無藉乎〔一〕高文。慨自漢紀陵夷，方輿鼎沸。幺麽縱横，奸雄睥睨。惟君侯之家聲，堪一時〔二〕之師帥。兼州牧以將軍，督幽并與青冀。時則水連漳衛，地界覃懷。山河表裏，川陸儃佪。凡觀風而攬〔三〕勝，孰不歎其壯哉！思四序之遷流兮，竊獨畏此炎暑。六幕變爲洪鑪〔四〕兮，五嶽化爲焦土。惱萬國之夢魂，淪九州之汗雨。鬱攸加祝融之鞭，列缺佐豐隆之鼓。雖廣厦與深宫兮，乞涼颸而未許。伷燅羽與釜鱗兮，欲遯逃〔五〕而無所。於是君乃投袂而起，杖策〔六〕而嘻，集諸大夫而共謀之曰：「酷暑困人，一至此乎！孰爲樂郊？我將避焉。」諸大夫皆頓首曰：「謹受教。公之宇下，幸有樂郊。是曰河朔，去此非遥。願隨公往，於焉逍遥〔八〕。」君乃囅然，且喜且詫。命彼倌人，星言夙駕。移時而至〔七〕，曾不半舍。其爲地也，左孟門，右太行。背林慮〔八〕，面朝陽。接沁源之濊濊，撫淇水之湯湯。蘇門之百泉觱沸，濟瀆之盤谷〔九〕蒼涼。此誠山川之最勝，固可雄視乎八荒。且也林木鬱蓊，澗石硌碌〔一〇〕。翠嶂棲雲，珠簾飛瀑。芳草藹其芊綿，奇葩紛其馥郁。處士高徑徑之松，君子醉家家之竹。人也入乎其中，與天地而皆緑。又有水鳥林禽，朝嘲夜啄。文魚躍於階渠，瑞鹿鳴於庭樹。花間之玄鶴時來，雲中之白鳳欲下。非靈囿之等倫，亦上林之匹亞。君乃屏騶騎，上高堂。經曲檻，度修廊。登岧嶤之飛閣，入窈窱之洞房。莫不赩離婁而鞈鞢，晻黮霸以熒煌。然猶未殫其勝概也。遂臨巃嵸之峻宇兮，陟嵽嵲之層〔一一〕臺。睇蒼昊〔一二〕其咫尺兮，亂雲氣以徘徊。對群峰如列障兮，頫如帶之瀠洄〔一三〕。箐樾翳其四合兮，晌茵席如莓苔。白日忽然匿景兮，清風栩栩以徐來。蓋下視不知其幾千仞兮，何有朱户與黄埃。維時君則顧而樂之，披襟而大笑曰：「美哉河朔也！此非避暑之奥窔乎！」於是命几筵，具壺觶。倒瓊漿，羅琛〔一四〕餌。召〔一五〕賓朋，呼佐吏。多士景從，群賢畢至。既雲蒸而雨集，亦璧合而珠聯。鄴都空其諸子，竹林失其七賢。咸舉觴而角斝，競拈韻而題箋。晷無分乎晝夜，惟酣飲之陶然。亦有五陵少年，三河壯士。裘馬翩翩，冠劍纚纚。礮紫轂與輜軿，聞高風而至止。傾寸心於酒杯，動悲歌於千里。又有明眸皓齒，玉貌冰肌。雒川神女，巫岫瑶姬。音泠泠而送遠〔一六〕，影姍姍其來遲。本對之而忘暑，况狎昵於金卮。爾乃散髮歡呼，解衣槃礴。或拍或浮，或獻或酢。或弈或琴，或歌或咢。或劍或壺，或射或博。時醉時醒，時止時作。載寢載興，載斟載酌。乃〔七〕席地而幕天，渾相忘夫〔八〕晦朔。不識人間之可哀，差同天上之至樂。笑漢殿之金莖，陋曹家之銅雀。揶揄座上之劉松，咄咤村中之鄭愨。朝室之千鍾詎荒，平原之十日非渥。自有伏臘以來，曾未見此數數。方是時也，驅火龍於雪山，囚女魃於冰井。炎帝望之而迴車，赤熛聞之而戢影。南訛類北極之寒，朱夏變金商之冷。此一舉也，豈非千載之奇觀，八紘之絶境乎？噫！高矣，美矣，暢忘歸矣！雖可樂也，亦可悲焉。迺坐而歎曰：

眄河朔兮王侯都，跨燕趙兮控中區。彼避暑兮袁本初，身行樂兮聊歡娛。惜乎視〔九〕蔭兮無遠圖，瑶臺金闕兮俄丘墟。徒傳此一事於後世兮，良足動詞人之唏噓。

【校】

〔一〕「乎」，咸豐本作「夫」。

〔二〕「時」，咸豐本作「世」，光緒本作「代」。

〔三〕「攬」，咸豐本作「覽」。

〔四〕「洪罏」，咸豐本作「紅爐」。

〔五〕「遯逃」，咸豐本作「逃遁」。

〔六〕「杖策」，咸豐本作「策杖」。

〔七〕「至」，咸豐本作「去」。

〔八〕「慮」，咸豐本作「麓」。

〔九〕「谷」，咸豐本作「石」。

〔一〇〕「硌碌」，咸豐本作「落琭」。

〔一一〕「層」，咸豐本作「崇」。

〔一二〕「昊」，咸豐本作「旻」。

〔一三〕「頫如帶之瀠洄」，咸豐本作「喜頫帶之瀠洄」。

〔一四〕「琛」，咸豐本作「珍」。

〔一五〕「召」，咸豐本作「招」。

〔一六〕「遠」，咸豐本作「響」。

〔一七〕「乃」，咸豐本作「圖」。

〔一八〕「夫」，咸豐本作「乎」。

〔一九〕「視」，咸豐本作「垂」。

【箋】此文採自道光本卷一，咸豐本、光緒本、晚清楊凌霄搜選本《笑蒼排闥》亦收。本文是黃周星唯一篇存世的賦文。河朔，古代泛指黄河以北地區，黄周星一生除了崇禎六年（一六三三）二十三歲、崇禎十年（一六三七）、崇禎十三年（一六四〇）三十歲時三次赴京應試之外，再没有踏足河朔。據康熙本《衡嶽遊記》：「癸酉盛夏，曾挾策走山東道，一望岱宗鬱蔥，爽然心動。時窮旅阽隤，津梁乏絶，僅從驢背上延頸注盼，黯黯告别，徒有慚惶。」周慶雲《南潯志》（民國十一年刻本）卷四十九集詩二「黄周星」部分中收録有《庚子紀年詩一百四十韻》又云當年：「亦越癸酉冬，逝將圖進取。間關賦北征，水陸備艱阻。一驚鄰舟盗，再驚沉舟估。戒心乃啓途，驢背觸炎暑。」則崇禎六年癸酉盛夏，黄周星赴京應試途中飽受酷熱之苦，則《河朔避暑賦》或作於此時。

卷二　古詩

五日三登祝融峰

飄然已到，嶽不可知。六虚雲膜，憑翼焉闚。聲影冥冥，我心孔悲。右初登

曠然復來，雲逃無所。山川駿奔，頫受全楚。何物紫蓋？倔强不語。右再登

是日又至，乃竭雲才。峰灔其腰，空明皚皚。黄〔一〕子曰吁，嶽私余哉。右三登

【校】

〔一〕「黄」，光緒本作「周」。

【箋】

此詩採自康熙本，咸豐本、光緒本亦收。康熙本、咸豐本皆收録於《衡嶽遊記》後的《衡嶽詩》組詩

中。光緒本單獨收録此詩，題作「五日三登祝融峰三章章六句」。據黄周星《衡嶽遊記》中所言，他於「壬午歲之秋杪」赴衡山，則本組詩當作於崇禎十五年壬午（一六四二）秋九月，與白門同鄉僧津修、邗江程雲朗同遊南嶽衡山之際。

會仙峰頌衡嶽漫彷竟陵體

嶽者衆山宗，鴻龐互終始。朱鳥位其南，赫胥厥有紀。正大兼雄深，舉體絶纖詭。如彼莊偉人，初不令人喜。亦不令人畏，渾然元氣爾。故云益智力，恭壽備斯旨。窬窬漠漠中，莫測其起止。忽得會仙峰，奇情聚於此。此雖以奇稱，要亦自然理。天下大文章，定有波瀾起。矧兹磅礴區，而可恒情擬。巧力豈嶽爲，或屬神鬼技。臨崖自怦怦，踞石猶偲偲。大山宫小山，衆秀相表裏。雲氣多詭暉，子光而孫水。竊聞此中雲，往往出山趾。晴雨下上之，山半天屢徙。以此思衡嶽，衡嶽可知矣。

【箋】

此詩採自康熙本，咸豐本、光緒本亦收。康熙本、咸豐本皆收録於《衡嶽遊記》後的《衡嶽詩》組詩中。光緒本則單獨收録。詩亦當作於崇禎十五年壬午（一六四二）秋九月黄周星遊南嶽衡山之際。

觀日四章章六句

駕言觀日，於彼天東。鷄夢甫半，寒星忡忡。風露浩然，萬山之峰。

有鯄者月，悠然而上。繁星雨散，海色滉瀁。羲和不來，六螭鞅鞅。

萬山既白，羲和乃來。熊熊曜靈，象寓昭回。靉兮昱兮，維日之旭兮。

巖巖者嶽，是出雨雲。雨或不我雨，雲或不我雲。野臣心惻，敢告東君。

【箋】此詩採自康熙本，咸豐本、光緒本亦收。康熙本、咸豐本皆收録於《衡嶽遊記》後的《衡嶽詩》組詩中。光緒本單獨收録此詩，題作「祝融峰觀日四章章六句」。詩亦當作於崇禎十五年壬午（一六四二）秋九月黄周星遊南嶽衡山之際。

半圃引爲毘陵陳子題〔一〕

上下百千年，元會今當午運偏。縱横十萬里，震旦〔二〕國土東邊是。元會國土各居半，世間萬事何足算。君不見，玄者天，黄者地。日者兄，月者姊〔三〕。山林〔四〕爲牡溪谷牝，大都皆以半爲例。又況人生缺陷世界中，百年鼎鼎旦暮同。文章富貴頗相妒，王侯將相豈有神仙風？世間萬事分畛幅，禍即福基寵即辱。得全全昌彼何人？假令得半半亦足。即如我輩少讀古人書，每從三季慕黄虞。讀至晉宋輒掩卷，笑彼偏安非雄圖。誰知蒼旻〔五〕杳難測，帝典王謨時争〔六〕不得力。棘駝蘆燕歛吞聲，欲求半壁安可得？世間萬事皆如此，盈朒完虧有妙理。那得〔七〕韓愈登太華，不到蓮花峰不止。君不見，九〔八〕煙子，青〔九〕雷生，昔年意氣冠群英。煙也如煙籠旭岫，雷也如雷起春瀛。一朝蠖落江海與氛埃，煙非煙兮雷非雷。邯鄲午炊纔著枕，轉眼松風安在哉？猶幸雷也差强意，有石可眠泉可醉。買得錫山數畝雲，花竹隨時成位置。題曰半圃圃〔一〇〕之餘，摩詰爲圖淵明記。圃則半圃人全人，庶幾息黥而補劓。獨余煙也拙於鳩，簪冠芒屩幾春秋。九州五嶽無住處，賤子一言君聽不？請將半圃更與從中判，雷一半兮煙一半。

【校】

〔一〕康熙本無「爲毘陵陳子題」。

〔二〕「旦」，康熙本作「丹」。

〔三〕「姊」，康熙本作「娣」。

〔四〕「林」，康熙本作「陵」。

〔五〕「旻」，康熙本作「昊」。

〔六〕「争」，康熙本作「乎」。

〔七〕「得」，康熙本作「似」。

〔八〕「九」，康熙本作「懶」。

〔九〕「青」，康熙本作「癡」。

〔一〇〕「圃」字原脱，據康熙本補。

【箋】此詩採自民國本《九煙詩鈔·薇蕚》，康熙本亦收。據此詩在《九煙詩鈔·薇蕚》集中編排位置，當作於己丑年，即順治六年（一六四九）。毘陵，江蘇常州之古稱。陳子，未詳。

題友人幃額

優哉游，榻耶舟。醒也夢，蝶歟周。

【箋】此詩採自民國本《九煙詩鈔·薇蕚》，康熙本、道光本、咸豐本亦收。據此詩在《九煙詩鈔·薇蕚》集中編排位置，當作於己丑年，即順治六年（一六四九）。

爲僧題山水畫册三首〔一〕

峭壁矗千尋，疏林揖蒼莽。二客不能從，髯蘇應在上。

長夏江村，草樹色喜。我所思兮，碧雲千里。

此暮秋耶？盈眸丹碧。山水相涵，遠不逾尺。詩在漁舠，霜鴻數隻。

【校】

〔一〕康熙本、道光本、咸豐本、光緒本題作「題山水畫册二首」。

【箋】

此三首採自民國本《九煙詩鈔·薇蕚》，康熙本、道光本、咸豐本、光緒本僅收「長夏江村」「此暮秋耶」兩首。據此詩在《九煙詩鈔·薇蕚集》中編排位置，當作於庚寅年，即順治七年（一六五〇）。

又題海棠白頭公畫〔一〕

妃子已醉，爛漫春紅。何物微禽？猶然夢中。

【校】

〔一〕康熙本題作「題海棠白頭公畫」。道光本、咸豐本題作「題海棠白頭翁畫」。

【箋】

此詩採自民國本《九煙詩鈔・薇蕚》，康熙本、道光本、咸豐本亦收。據此詩在《九煙詩鈔・薇蕚集》中編排位置，當作於庚寅年，即順治七年（一六五〇）。

次韻答呂年兄

彼美不可見，苓隰繫遐思。靈修恨離别，屢負黄昏期。愚公帝所畏，山豈夸娥移。吾黨二三子，歷落琅玕枝。高士或蹈海，伊人宛在坻。狂歌向何處，林椒而水湄。

【箋】

此詩採自民國本《九煙詩鈔・薇蕚》，不見於他本。據此詩在《九煙詩鈔・薇蕚集》中編排位置，當作於庚寅年，即順治七年（一六五〇）。

題周穎侯山水便面放倪雲林筆意〔一〕

長松參天，書屋在下。竹樹蕭蕭，秋容堪把。遠山不藍，頑石非赭。室中有〔二〕人，疑遯世者。神遊其間，意象瀟灑。誰歟爲此？清〔三〕潭大雅。是穎侯耶？抑雲林也？

【校】

〔一〕康熙本、道光本題作「題周年兄山水便面（仿雲林筆意）」，咸豐本題作「題周年兄山水便面」。

〔二〕「有」，康熙本、道光本、咸豐本作「無」。

〔三〕「清」，康熙本、道光本、咸豐本作「浸」。

【箋】

此詩採自民國本《九煙詩鈔·薇蕚》，康熙本、道光本、咸豐本亦收。據此詩在《九煙詩鈔·薇蕚》集中編排位置，當作於庚寅年，即順治七年（一六五〇）。周穎侯即周世臣，字穎侯，江蘇宜興人。崇禎十三年（一六四〇）黃周星同榜進士。官至福建興化司理。其山水畫師藍瑛，筆墨淡遠，又長於詩歌，有《穎侯集》行世。

姑山草堂歌爲宣城徐子題〔一〕

大丈夫何不驂龍鸞、騎蝃蝀，東凌滄海坐蓬壺？又何不走蜚廉、鞭列缺，西陟崑崙瞰桃都？安能跼蹐眼前十笏斗大室，獨搜〔二〕蠹簡窮年兀坐如囚拘？世間難遊盡者好山與好水，難見盡者異人與異書。百年鼎鼎菌蟪耳，積蘇纍塊空雄圖。且莫言五嶽遠〔三〕，且莫言九州殊。即如宛陵近在家山咫尺地，敬亭華陽諸勝，安得驅之枕案供人耳目娱？謝朓李白空叫絶，愚公移山豈是今之愚？忽有徐子笑而起，曰：吾學得少文法，能使千峰萬壑晨夕繞吾廬。吾家近在姑山麓，父老兒孫山與吾。衆峰羅立〔四〕紛拱揖，蒼者如吏翠如姝。白雲五里或十里，長松千株更萬株。鸞飄鳳泊虎豹竦〔五〕，好女狀貌神仙居。兹山雖小頗靈閟，峋嶁宛委似不如。草堂數椽無朴斲〔六〕，青山滿屋泉流渠。風雨欲來唯〔七〕窅靄，雲霧將去還踟躕。徐子高卧恣觴詠，醉呼懷葛嘲黄虞。朱輪絳幘那敢到籬下，下叱五侯七貴皆群奴。盧鴻終南神智槁〔八〕，杜甫花〔九〕溪形影癯。何如徐子巖澗樂，恍〔一〇〕游退谷泛杯湖。我更對君發浩想，天下名山非一區。峨眉匡廬競雄灝，台蕩九子奇秀俱。君何不結廬於巨靈之掌、夸娥之趺、象王之鼻、玉女之顱？雲海蕩其胸魄，簾瀑滌其神膚。何但規規家山一片石，直欲跨嵩轢岱吞衡巫。徐子大笑公莫迂，姑山草堂天下無。噫吁兮！誠如君言，姑山草堂天下無！

【校】

〔一〕康熙本、道光本、咸豐本、光緒本題作「姑山草堂歌」。

〔二〕「搜」，康熙本、道光本、咸豐本、光緒本作「抱」。

〔三〕「且莫言五嶽遠」六字原脱，據康熙本、道光本、咸豐本、光緒本補。

〔四〕「立」，咸豐本作「列」。

〔五〕「竦」，道光本、咸豐本、光緒本作「蹲」。

〔六〕「朴斲」，道光本、咸豐本、光緒本作「堊臒」。

〔七〕「唯」，道光本作「恨」。

〔八〕「盧鴻終南神智槁」，康熙本作「周顒北嶽容狀俗」。

〔九〕「花」，康熙本作「西」。

〔一〇〕「恍」，道光本作「可」。

【箋】

此詩採自民國本《九煙詩鈔·薇蕚》，康熙本、道光本、咸豐本、光緒本、鄧顯鶴《沅湘耆舊集》等亦收。據此詩在《九煙詩鈔·薇蕚》集中編排位置，當作於辛卯年，即順治八年（一六五一）。宣城徐子，未詳。九煙詩才横逸，歌行尤獨開生面，往往縱横跌宕，一往奔放，風馳雨驟，不可端倪，《姑山草堂歌》《楚州酒人歌》等是其代表作。此詩《溯洄集》卷四（清康熙間刻本）亦收，魏裔介評云：「才思横溢，亦見胸懷之廓落。」

結茅圖爲詩僧題[一]

梵公示我結茅圖，我與梵公且商結茅地。結茅結茅不過一團瓢，此一團瓢，九州五嶽將安寄？我欲結茅[二]萬山巔，沐日浴月餐雲煙。下視塊蘇時大笑，醉上天公幾幅箋。我欲結一茅兮五湖裏，百窗面面涵秋水。鷗鷺如人靜往還，萬頃玻璃映霞綺。如[三]此境願那可得？山川不語神塞默。正如寒士思美人，永夜夢多空眩惑。梵公與我[四]殊未然，結茅不必萬山巔。亦復何必五湖裏，我所思[五]兮乃在西湖南山邊。南峰北峰相對出，去秋風雨墮其一。巋然獨有南峰存，天爲梵公留此室。薜蘿一萬重，松杉五十里。鸛鶴呼名猿狖啼，寒谷雲封天似紙。趺[六]坐梅窗月四更，不知乾坤屬誰氏。九州五嶽皆在一團瓢，何況萬山之巔五湖裏。梵公梵公想最幽，高蹤不亞許遠游。廿四橋邊明月愁，六橋三竺懸清秋。人生不合死揚州，英雄退步只丹丘。靈鷲峰頭歸去休，願公早構丹梯十二樓，他日黄子籊冠藜杖來上頭。

【校】

〔一〕康熙本題作「結茅圖詩」。

〔二〕「結茅」，康熙本作「結一茅兮」。

〔三〕「如」，康熙本作「似」。

〔四〕「與我」，康熙本作「謂余」。

〔五〕「思」，康熙本作「棲」。

〔六〕「趺」，原作「跌」，據康熙本改。

【箋】

此詩採自民國本《九煙詩鈔·薇蕚》，康熙本亦收。據此詩在《九煙詩鈔·薇蕚集》中編排位置，當作於辛卯年，即順治八年（一六五一）。黃周星本年還有《廣陵疊華齋僧舍同諸子坐雨限韻各賦五言近體二首分得十五咸》詩，道光本、咸豐本、光緒本僅收第二首，題作「廣陵梵公僧舍同諸子坐雨得十五咸」。則知本詩所云「梵公示我結茅圖，我與梵公且商結茅地」中的「梵公」乃是揚州疊華齋僧舍之僧。據《皇清詩選》（清陸次雲輯，康熙間刻本），釋圖生，字楚伊，南康人，有《疊華齋稿》。即此梵公。

楚州酒人歌 爲陳年兄作。〔一〕

酒人酒人爾從何處來？我欲與爾一飲三百杯。寰區斗大不堪容我兩人醉，直須上叩閶闔尋蓬萊。我思酒人昔在青天上，氣吞〔二〕長虹光萬丈。手援北斗斟天漿，天厨絡繹供奇釀。兩輪化作琥珀光，白榆歷歷皆盃盎。吸盡銀河烏鵲愁，黄姑渴死哀清秋。酒人咄咄渾無賴，乘風且訪崑崙丘。緑娥〔三〕深坐槐眉下，萬樹桃花覆樽斝。穆滿高歌劉徹吟，一見酒人皆大詫。雙成長跪〔四〕進三觴，大嚼絳雪吞玄霜。桃花如雨八駿叫，春風浩浩〔五〕心飛揚。瑶池雖樂嶮巇促，阿母綺〔六〕窗不堪宿。願假青鳥探瀛洲，列真酣飲多如簇。天下無不讀書之神仙，亦無讀書不飲酒之神仙。神仙酒人〔七〕化爲一，相逢一笑皆陶然。陶然此醉堪〔八〕千古，平原河朔安足數。瑶羞瓊糜賤如虀，蒼龍可鮓〔九〕麐〔一〇〕可脯。興酣瞪目叫怪哉，海波清淺不盈杯。排雲忽復〔一一〕干帝座，撞鐘伐鼓轟如雷。金莖傾倒沆瀣竭，披髮大笑還歸來。是時酒人獨身横行四天下，上天下天〔一二〕如龍馬。百靈奔蹶海嶽翻，所向無不披靡者。真宰上訴天帝驚，冠劍廷議集公卿。今者酒人有罪罪不赦，不殺不可，殺之反成酒人名。急敕酒人令斷酒，酒人惶恐頓首奏陛下〔一三〕，臣有醉死無醒生。帝顧巫陽笑扶酒人去，風馳雨驟蒼黄謫置楚〔一四〕州城。酒人墮地頗狡獪，讀書學劍皆雄快。白皙鬑鬑三十時，戲掇青紫如拾芥。生平一飲富春渚，再飲鸚鵡湖。手板腰章束縛苦，半醒半醉聊枝梧。誰知一朝乾坤〔一五〕忽翻覆，酒人發狂大叫還痛哭。胸中五嶽自峨峨，眼底九州何蹙蹙。頭顱頓改甕生塵，酒非酒兮人非人。椎壚破觚吾事畢，那計金陵十斛春。還顧此時天醉地醉人皆醉，丈[一六]夫獨醒空憔悴。從來酒國少頑民，頌德稱功等遊戲。不如大召[一七]天下酒徒，牛飲鼇飲兼[一八]囚飲。終日酩酊淋漓，嬉笑怒駡聊快意。請與酒人構一凌雲爍日之高堂，以堯舜爲酒帝，羲農爲酒皇。淳于爲酒霸，仲尼爲酒王。陶潛李白坐兩廡，糟丘[一九]餘子蹲其傍。門外醉鄉風拂拂，門内酒泉流湯湯。幕天席地，不知黄虞與魏晉[二〇]，裸裎科跣日飛觴。一斗五斗至百斗，延年益壽樂未央。請爲爾更召西施歌，虞姬舞。荆卿擊劍[二一]，禰生撾鼓。玉環飛燕傳觥籌，周史秦宫奉罍甒。與爾痛飲三萬六千觴[二二]，下視王侯將相[二三]皆糞土。但願酒人一世二世傳無窮，令千秋萬歲酒氏之子孫，人人號爾酒盤古。酒人聞此耳熱復顔酡，我更仰天嗚嗚感慨多。即今萬事不得意，神仙富貴兩蹉跎，酒人酒人當奈何。噫吁嘻！酒人酒人，吾今與爾[二四]當奈何，爾且楚舞吾楚歌。

【校】

〔一〕康熙本、道光本、咸豐本、光緒本無「爲陳年兄作」。

〔二〕「吞」，康熙本、道光本、咸豐本、光緒本作「吐」。

〔三〕「娥」，康熙本、咸豐本作「蛾」。

〔四〕「跪」，康熙本、咸豐本作「跽」。

〔五〕「浩浩」，咸豐本作「浩蕩」。

〔六〕「綺」，光緒本作「倚」。

〔七〕「酒人」，原作「飲酒」，據康熙本、道光本、咸豐本、光緒本改。

〔八〕「堪」，咸豐本作「真」。

〔九〕「鮓」，康熙本作「鮭」，道光本、咸豐本、光緒本作「鎈」。

〔一〇〕「麐」，康熙本、道光本、咸豐本、光緒本作「麟」。

〔一一〕「復」，道光本、咸豐本、光緒本作「拂」。

〔一二〕「天」，道光本、咸豐本、光緒本作「地」。

〔一三〕「陛下」，道光本、咸豐本、光緒本作「天庭」。

〔一四〕「楚」，道光本、光緒本作「酒」。

〔一五〕「乾坤」，道光本、咸豐本、光緒本作「雲雨」。

〔一六〕「丈」，康熙本作「大」。

〔一七〕「召」，道光本、咸豐本、光緒本作「詔」。

〔一八〕道光本、咸豐本、光緒本無「兼」字。

〔一九〕「丘」，康熙本、道光本、咸豐本、光緒本作「壇」。

〔二〇〕「魏晉」，道光本、光緒本作「晉魏」。

〔二一〕「荆卿擊劍」，道光本、咸豐本、光緒本作「漸離擊筑」。

〔二二〕「觴」，康熙本作「場」。

〔三〕「王侯將相」，道光本、咸豐本、光緒本作「金銀玉帛」。

〔四〕道光本、咸豐本、光緒本無「吾今與爾」四字。

【箋】

此詩採自民國本《九煙詩鈔·薇蕚》，康熙本、道光本、咸豐本、光緒本、卓爾堪《遺民詩》卷一、鄧顯鶴《沅湘耆舊集》、徐世昌《晚晴簃詩匯》卷十三「黃周星」條等亦收。據此詩在《九煙詩鈔·薇蕚》集中編排位置，當作於辛卯年，即順治八年（一六五一）。詩注中「陳年兄」即陳臺孫，字階六，號楚江，山陽人。崇禎十三年（一六四〇）進士，知富陽縣，尋改平湖，遷吏部主事。順治二年（一六四五）歸故里隱居不仕。陳臺孫嗜飲酒，自號楚州酒人，曾著《楚州酒人傳》，當時遠近遺民如杜濬、歸莊、蔣臣、王澐、靳應升等，俱有長歌相贈，則黃周星此歌亦是應邀相贈陳臺孫的。

擬謝康樂南樓中望所遲客社題〔一〕

匡坐意不樂，慨然登南樓。南樓何所見？蒼莽送平疇。終古忽興感，浩浩千古〔二〕愁。春容豈不媚，獨立如高秋。穆然營四海，鵷鷺寡匹儔。我友黃〔三〕虞人，擁卷悦林丘。皎駒信非邈，冥鴻不可求。侘傺闌干熱〔四〕，抗懷揚清謳。瓊瑶如五嶽，桃李愧虚投。下視輕薄兒，蠕蠕方群遊。

【校】

〔一〕光緒本無「社題」兩字。

〔二〕「古」，道光本、咸豐本、光緒本作「里」。

〔三〕「黄」，道光本、咸豐本、光緒本作「皇」。

〔四〕「熱」，道光本、咸豐本、光緒本作「間」。

【箋】

此詩採自民國本《九煙詩鈔·薇蕚》，道光本、咸豐本、光緒本、鄧顯鶴《沅湘耆舊集》亦收。據此詩在《九煙詩鈔·薇蕚》集中編排位置，當作於壬辰年，即順治九年（一六五二）。

述懷〔一〕

咄咄復咄咄，怪事非一端。盤古拊髀歎，我乃徒蹣跚。辛苦造光嶽，搰搰轉兩丸。爛如五雜俎〔二〕，部署皆苟完。初意計深遠，兼遺子孫安。誰知杜宇啼，灝氣已闌珊。今日奈何許，域中請試觀。蟹匡而蟬緌，稼獵多飢寒。蜜甘蠭則戚，終夜淚汍瀾。下土蟣蠓臣，長跪啓盤古。臣有懷欲言，公無〔三〕自勞苦。混沌寧不佳，胡爲闢榛莽。功首乃罪魁，鴆麐詼貙貐。誰令公多事？怨艾今曷補。胡不卷兩丸，光嶽化糞土。憂樂兩茫茫，萬事安聾瞽。

盤古忽大笑，癡絶蟣蠓臣。爾言良不謬，爾懷多輪囷。爾懷我稔知，去去勿復陳。但願爾無懷，且爲無懷民。

【校】

〔一〕康熙本題作「社題述懷」。

〔二〕「俎」，康熙本作「組」。

〔三〕「無」，康熙本作「毋」。

【箋】

此詩採自民國本《九煙詩鈔·薇蕚》，康熙本亦收。據此詩在《九煙詩鈔·薇蕚》集中編排位置，當作於壬辰年，即順治九年（一六五二）。

爲僧題墨水仙花

趙師雄未夢見，陸接輿曾寫真。硯北羅浮仙子，窗中姑射神人。

【箋】

此詩採自民國本《九煙詩鈔·薇蕚》，不見於他本。據此詩在《九煙詩鈔·薇蕚》集中編排位置，當作於癸巳年，即順治十年（一六五三）。

擬男兒可憐蟲出樂府《企喻歌》

男兒可憐蟲，羸屬同一狀。衣冠五采成，百年等幻妄。安所得英雄？王侯而將相。一解

男兒可憐蟲，稯稯密〔一〕如蝟。蝣羽笑鳳凰，觸蠻空鼎沸。何事千歲憂？文章而富貴。二解

男兒可憐蟲，薨薨飛蟣蠓。其長曰聖人，四靈均蠢動。胡爲怖村兒？堯舜而周孔。三解

【校】

〔一〕「密」，原作「蜜」，據康熙本改。

【箋】

此詩採自民國本《九煙詩鈔·夏爲堂詩草》，康熙本亦收。據此詩在《九煙詩鈔·夏爲堂詩草》中編排位置，當作於甲午年，即順治十一年（一六五四）。本年黄周星在金陵。

明月之士四章讀古詞巾舞歌，詩訛異不可解，中有明月之士四字，喜而賦之。〔一〕

明月之士，緊何人〔二〕哉？相視而笑，青天雲開。
明月之士，明明如月。神膚皎然，洞鑒毛髮。
斯士高坐，月明萬里。衆星蠕蠕，伏不敢起。
軒軒斯士，如日之升。士曰不敢，臣魄如冰。

【校】

〔一〕康熙本題注作：「讀古辭巾舞歌，訛異不可解，中有明月之士四字，喜而詠之。」
〔二〕「人」，康熙本作「士」。

【箋】

此詩採自民國本《九煙詩鈔·夏爲堂詩草》，康熙本亦收。據此詩在《九煙詩鈔·夏爲堂詩草》中編排位置，當作於甲午年，即順治十一年（一六五四）。本年黄周星在金陵。

壽丁菡生五十

靜坐一日是兩日，此言殊爲忙人憐。形木心灰亦云靜，雖活千歲何益焉？三皇五帝皆寂寞，至今惟有琅函傳。賤子生平抱私願，願得人壽三百年。百年詩書讀且著，百年山水游且眠。百年名花與美酒，乘雲控鶴歸神仙。大笑豈知南面樂？下視政轍徒腥羶。蟣蝨微臣仰天請，未知上帝然不然？我友丁子纔五十，灼灼芙蕖似初日。生平此願差可酬，山水什三詩書七。名花不斷酒盈杯，杯空蔗漿恒似蜜。所居堂上號烏龍，潛躍仍非雌黑術。讀書爲善二樂并，文章滿家德滿室。我笑世間穢襶日不給，蜍志春秋空悒悒。三百甲子少全人，如君五十真五十。

【箋】

此詩採自民國本《九煙詩鈔·夏爲堂詩草》，不見於他本。據此詩在《九煙詩鈔·夏爲堂詩草》中編排位置及丁菡生生年，當作於甲午年，即順治十一年（一六五四）。本年黄周星於金陵曾與丁雄飛交遊。丁雄飛（一六〇五—一六八七），字菡生，號倦眉居士，江浦（今屬江蘇南京）人。明末清初藏書家。

題梅杓司響山草堂

吾聞鍾山之英草堂靈，草堂名自吾鄉始。盧鴻杜甫各溪山，堂以人傳不數子。邇來人人一草堂，四海草堂名如蝗。迹則草堂心市朝，終南捷徑毋乃是。巢由馬首往往聞，稚圭移文詎勝擬？所以不敢浪作草堂詩，草堂不終詩亦耻。宛陵梅子富春秋，朱霞白鶴何風流！龍騰鳳翥咄嗟事，此日癖愛惟林丘。草堂近在響山側，嚴光李白相與游。山以響名殊嘉絶，噌吰鏜鞳無其儔。非絲非竹非金石，長嘯似聞鸞鳳啁。函胡清越皆天籟，撫琴動操松風颼。一山響徹衆山響，如此草堂那有兩？

【箋】

此詩採自民國本《九煙詩鈔·夏爲堂詩草》，不見於他本。據此詩在《九煙詩鈔·夏爲堂詩草》中編排位置，當作於甲午年，即順治十一年（一六五四）。梅杓司，即梅磊，字杓司，號響山，宣城人。二十即有詩名，性喜自負，明亡後不仕，晚年流寓南京，著有《響山齋集》。黄周星本年於金陵，曾與梅磊交遊。

古道照顏色社題〔一〕

羲皇而能語，五柳慶朋侶。管樂而能語，卧龍歡爾汝。士生千載下，塊然恒獨處。安得起古人？一一交縞紵。尚論苦渺茫，歌哭尠佳緒。憤懣或呵壁，狂叫走無所。所賴有遺編，曠代遥心許。皋夔不讀書，姬孔不應舉。節義與文章，千載無齟齬。吁嗟文先生，宋季之翹楚。偉然忠孝人，伯仲堪伊吕。惜哉南風微，英雄殉刀俎。當其爲此言，身乃幽囹圄。抗聲歌正氣，天地皆慘沮。相〔二〕見岸幘時，目光爛如炬。嵇張顏段輩，熱血湧毫楮。森然鬚髮張，壯氣不可禦。把卷望白雲，風檐久延佇。大笑向諸君，古今猶逆旅。

【校】

〔一〕康熙本題作「社題古道照顏色」。

〔二〕「相」，康熙本作「想」。

【箋】

此詩採自民國本《九煙詩鈔·夏爲堂詩草》，康熙本亦收。據此詩在《九煙詩鈔·夏爲堂詩草》中編排位置，當作於甲午年，即順治十一年（一六五四）。本年丁雄飛於金陵設古歡社，邀黄周星、黄虞稷加入，共閱彼此藏書。此詩當爲黄周星在古歡社的唱和之作。

擬五雜組

古歌中爲此體者率每句一意，余爲聯貫之〔一〕。

五雜組，集〔二〕玉瑞。往復還，南河避。不得已，元旦嗣。一

五雜組，篚玄黄。往復還，誓鄴〔三〕疆。不得已，肆鷹揚。二

五雜組，負扆輔。往復還，流言雨。不得已，東山斧。三

五雜組，麐鳳庭。往復還，纍狗形。不得已，述六經。四

【校】

〔一〕康熙本題注作：「古歌每句一義，余爲聯貫之。」

〔二〕「集」，康熙本作「輯」。
〔三〕「鄴」，康熙本作「鄗」。

【箋】

此詩採自民國本《九煙詩鈔·夏爲堂詩草》，康熙本亦收。據此詩在《九煙詩鈔·夏爲堂詩草》中編排位置，當作於甲午年，即順治十一年（一六五四）。本年黄周星在金陵。

擬兩頭纖纖二首

兩頭纖纖裹蹏金，半白半黑小人心。腷腷膊膊衆喙侵，磊磊落落丈夫襟。

兩頭纖纖彎大黄，半白半黑虎龜章。腷腷膊膊百戰場，磊磊落落漢高光。

【箋】

此題二首採自民國本《九煙詩鈔·夏爲堂詩草》，不見於他本。據此詩在《九煙詩鈔·夏爲堂詩草》中編排位置，當作於甲午年，即順治十一年（一六五四）。本年黄周星在金陵。

擬前溪歌四首

萬花隔一溪，云是美人家。欲渡無梁檝，舫艑可奈何？舉頭如晨霞。

溪水可憐緑，一步一芙蓉。鴛鴦語蛺蝶，爾我幸相於，蓮子愁殺儂。

前溪一步地，如隔華山巔。縱是華山巔，萬仞亦須到，到時空雲煙。

郎家前溪後，妾家前溪前。相望長歎息，牛女天上笑，世人真可憐。

【箋】此題四首採自民國本《九煙詩鈔·夏爲堂詩草》，不見於他本。據此詩在《九煙詩鈔·夏爲堂詩草》中編排位置，當作於甲午年，即順治十一年（一六五四）。本年黄周星在金陵。

壽太蒙先生八十

前乎八十年，先生或朝市。後乎八十年，先生乃山水。山水則真隱，朝市則真仕。更閱八十年，先生五嶽矣。賤子亦無恙，高峰視群螘。長跪問先生，莊周師李耳。

【箋】

此詩採自民國本《九煙詩鈔·夏爲堂詩草》，不見於他本。據此詩在《九煙詩鈔·夏爲堂詩草》中編排位置，當作於甲午年，即順治十一年（一六五四）。范鳳翼（一五七五—一六五五），揚州府通州（今江蘇南通）人，字異羽，號太蒙，學者稱真隱先生。明萬曆二十六年（一五九八）進士，官至吏部主事。後爲時所忌，稱病還鄉，結社吟詩，屢召不起，海内君子均尊其品目。

題施匪莪集詩

我聞删後豈無詩，始漢訖唐代强弱。自唐以後更無詩，唐以後詩可不作。詩果不作龍威愁，天地大文乍肯收。不作不可作不可，才人擱筆氣如火。别有詩人擁卷吟，古非古兮今非今。號曰集唐工且夥，非我集唐我集我。百千萬手一手同，百千萬意一意通。初盛中晚人滿屋，咄嗟驅役婢與僮。李杜錢劉悉惆悵，何物詩人太無狀。

【箋】

此詩採自民國本《九煙詩鈔·夏爲堂詩草》，不見於他本。據此詩在《九煙詩鈔·夏爲堂詩草》中編排位置，當作於甲午年，即順治十一年（一六五四）。施端教，字匪莪，泗州（今屬安徽宿州）人。官宣城訓導，升范縣知縣，遷東城兵馬司指揮。精六書，工草隸，著有《唐詩韻匯》、《集唐》、《六書指南》、《嘯閣集》等。施端教喜集唐人成句爲詩，黄周星此詩乃題其《集唐》之集。

黄人謡并序

余秋日返金陵，有一客謂余曰：「子無所不至〔一〕，但恨太真耳。」數日，又一客謂余曰：「子窮而寡合，其病在不俗耳。」噫！有是哉！遂爲長謡以實斯語。

黄人黄人，誰令爾太真復不俗？從來俗則不真，真則不俗。我觀世間兒，不真者多於太真，太俗者多於不俗。爾太真則不真者嗔，爾不俗則太俗者恧。所以家無卓錐，缾無儲粟。喪狗纍纍，窮猿躄躄。我觀古今人，太真者無如嵇阮與陶王，不俗者無如李杜與皮陸。彼皆江湖酒民，羲皇聖僕。能龍能蛇，亦魚亦鹿。又其上者，則皋夔稷卨〔二〕之儔，伊周孔孟之屬。文章事業何一不真？廊廟山林了無一俗。彼其世則于于徐徐，其人則渾渾穆穆。今何時哉？地老天荒，海枯嶽禿。詹尹策策皆迷，步兵途途可哭。舉世皆不真，以太真者爲獝狂。舉世皆太俗，以不俗者爲鴆毒。黄人黄人，誰令爾太真復不俗。

【校】

〔一〕「至」，康熙本作「佳」。

〔二〕「咼」，原作「禹」，據康熙本改。

【箋】

此詩採自民國本《九煙詩鈔·夏爲堂詩草》，康熙本亦收。據此詩在《九煙詩鈔·夏爲堂詩草》中編排位置，當作於甲午年，即順治十一年（一六五四）。據詩序，有人指其「太真」「不俗」，遂作《黄人謡》答之。黄周星性格孤傲，剛腸疾惡，與世多忤。葉夢珠《閲世編》（中華書局二〇〇七年版）「名節·黄周星」：「海内仰公名如慕上古異人，接公貌者見端莊凝重，有凛然不可近之概，而不知其中坦然無纖毫城府也。」陳鼎《留溪外傳》（清康熙三十七年自刻本）卷五隱逸部上《笑蒼老子傳》：「爲人性剛直，言行不苟，而疾惡甚嚴，以是與正人君子鬼神神仙爲相知，而與小人賊强盗多不合。足迹所至，無不得謗，無不被難。」

駡人歌 并序

天下豈有駡人黄九煙哉？世人見九煙貧賤日久，率簡棄之。或曰：此亦一先輩，於法不當簡棄。則陽尊之，尊之而實無以爲禮，又惡與簡棄同譏，則突爲讕語曰：渠固善駡人，余何禮焉？於是簡棄之徒，欣然群起而和之，而九煙駡人之謗遂成矣。然九煙實不駡人也。亡其實，敢居其名乎？乃矢天而爲此歌。

黄九煙，善駡人。何物黄九煙？爾乃善駡人。人言爾善駡，爾果駡何人？九煙聞此驚發悸，笑且不敢那敢嗔。熟思駡人非容易，古今幾輩堪指陳。我所知者漢高帝，輕士嫚駡同兒戲。亦有潁川灌將軍，行酒駡坐多意氣。下此復見禰正平，捶地大駡坐曹營。更有裴邈與謝奕，極駡兩王皆不争。似此烺烺標簡册，流傳千載多生色。伉爽雖云快一時，敢説駡人爲盛德。又況諸君皆人豪，富貴文章一羽毛。下視王侯猶糞土，何有齪齪小兒曹。欲求一駡安可得，斧鉞分明華衮褒。若較九煙則懸絶，譬彼鯤鵬視蚳蟻。九煙此日夫如何，纍狗驚烏甕中鼈。人不駡我幸甚哉，我敢駡人自作孽？從來人苦不自知，惟我知我了不欺。生平正直復忠厚，小心畏義恒謙卑。雖然性剛與骨傲，實則腸熱而心慈。所嗟命賤世寡合，枘鑿冰炭苦參差。有腰不能工傴僂，有舌不解效嚅唲。窮途每遭輕薄子，逡巡卻走便長辭。有時不幸遇權貴，側身斂手惟低眉。似此笑啼俱不敢，一生安有駡人時？奈何世情多險毒，小人慣度君子腹。深情厚貌慘鏌鋣，鈎距深文利如鏃。轉喉觸諱固當懲，緘脣腹誹冤何酷。《春秋》誅意豈其然，吁嗟俯仰真跼蹙。我今被謗不欲辯，但指天日祈聽讞。九煙實不妄駡人，若駡人者乃瘈犬。我聞天上有百神，若駡人者神當殄。更聞地有拔舌獄，若駡人者定不免。不駡云何説駡人，誰歟造謗應有靦。變亂黑白倒是非，冥冥未必無陰譴。九煙此語真復真，日星雷火同炳麟。語罷投筆復大笑，九煙何嘗不駡人。上下千年半塊壘，大都少可多齗齗。么麽鬼子安足罵，章章杞檜亦非倫。我曾一罵假曹瞞，奸雄亂賊劇凶殘。我曾再罵頑馮道，五姓中誇長樂老。我曾三罵邪李贄，非聖無法恣横議。古今人物似塵沙，九煙所罵不過是。至於頽俗慨江河，善人苦少惡人多。魑魅鬼蜮工反側，虎狼盜賊紛干戈。兩觀當誅雷當殛，此曹不罵更如何？我今向人首百頓，九煙一言乞聽信。可罵與否自在人，我罵與否何須問？古來聖賢亦罵人，其言頗不差膚寸。罵苟不謬罵何妨，口誅筆伐安容遜。秉彝直道心理同，《緇衣》《巷伯》有明訓。豈若百藥護知交，劉四罵人人不恨。

附　題《罵人歌》

余讀九煙黃先生所爲矢音長歌，而歎爲九煙之難也。余與九煙生同歲，深交四十年，未嘗聞其罵人也。而今忽有此名，九煙不平，余亦代爲不平，矢音之作宜矣。雖然，君子必自反，豈其有以取之耶？余爲九煙沉思良久，勃然而起曰：「得之矣！昔蜀漢先主嘗下令禁酒，民間有釀具者咸罪之。一日同簡雍出，見男女並行，雍謂先主曰：『彼欲行淫，何以不縛？』先主曰：『何以知之？』雍曰：『彼有其具。』先主笑而弛其禁。今九煙不幸而有罵人之具，人遂以罵人之罪坐之，其猶是歟？吾爲九煙計，向使并無其具，則不成其爲九煙；有其具，又不免於罵人之疑。爲九煙者，不亦難乎？」九煙曰：「子之説近是矣，第謂余不幸而有罵人之具者，其説安在？」余曰：「子不自知耶？凡子之兢兢自好者，即人之目爲申申詈予者也，是乃罵人之具也。具可以罵而不可即坐之以罵，猶具可以酒而不可即坐之以酒，具可以淫而不可以即坐之以淫也。世有達者，思簡雍之言，一笑而解耳，何以矢音爲？」

舊同研弟襄樊杜濬題於梅花外

【箋】

此歌採自康熙本，不見於他本。玩詩意，當作於《黃人謠》同時。史料多記載黃周星喜罵人，如温睿臨《南疆逸史》（清傅氏長恩閣鈔本）卷四十列傳三十六「隱遯」：「以余所見，庚辰進士黃周星……性高亢……人以詩文就質者，爲設酒肴亦不辭。稍忤其意，則面加叱責。遇富貴者則愈倨，人亦憚見之。孤行一意，至屢空不介意。」朱彝尊《静志居詩話》（嘉慶二十四年扶荔山房刻本）卷二十一：「布衣素冠，寒暑不易，人有一言不合，輒嫚罵。」杜濬《題罵人歌》乃爲康熙本所附。杜濬（一六一一—一六八七），杜岕之兄。原名詔先，字于皇，號茶邨，黃岡（今湖北黃岡）人。少倜儻，爲副貢生。明亡，避地金陵，寓居鷄鳴山之右。詩文豪健，有《變雅堂集》傳世。杜濬爲黃周星好友。本年在金陵，黃周星與杜氏兄弟多有交遊。

與新安程子決戰詩并序

九煙〔一〕

曩歲在戊子，余初據有西湖，程子争之不得。越壬辰，余再至西湖，程子又争之不得。至丁酉秋，相遇鳩茲，時西湖已歸余十年矣。程子不復言，久之，乃出《江上吟》一卷示余。嘻！程子不争湖而，争江〔二〕猶争湖也。夫江，余家也；湖，余室也。舊歡新寵，誼俱難捐，顧師老寇深，積怨奚解？無寧以江易湖，遂移文告程子。程子報曰：如約，既已寢兵矣。未幾，程子復投余一詩，似譏似謔，且曰「避鋒」，曰「割地」，類巾幗然。嘻！是豈能如約者哉！即如約，固當攻之。於是以詩代檄，與程子決戰。

自古何人争西湖？争者黄子與程子。飛羽走檄累十年，不吞西湖勢不已。誰知西湖久歸黄，澹妝濃抹來堂堂。林逋蘇小皆拜送，此後無復野鴛鴦。咄咄程子不量力，違言郊戰如鄭息。一戰戊子再壬辰，赤壁淝水徒空國。黄子奏凱乃北征，南方自料不煩兵。湖身雖寄武林曲，煙魂月魄盡隨行。別去五霜歲丁酉，二子參辰良亦久。無端萍合魯明江，相逢一笑惟拱手。款坐徐出《江上吟》，黄子讀之頻拊心。騷國久治數當亂，劉項吴蜀仍相尋。咄咄〔三〕程子何憍倨，昔湖今江等非據。湖則我湖江我江，誰肯讓君輕攫去。森然武庫矛戟張，便欲重臨舊戰場。復聞天道忌貪黷，自古佳兵號不祥。頓兵且作仁義想，豐茲嗇彼理無兩。二者可兼何必兼，江其魚乎湖熊掌。一取一捨本人情，交易各得期息争。豈知程子終倔强，陽服陰叛盟難成。貽我長箋紛纚纚，美刺并陳刺過美。避鋒割地是何言？

聞此令人投袂起。我本養鋒言避鋒，擇地誣與割地同。可見仁義全無用，唐虞豈敵滈池雄。咄咄程子我好友，每得佳篇不釋手。施施范范墨如新，昨日東冬猶在口。「施施范范」「昨日東冬」，皆程子句。奈何負氣屢憑陵，小若螳車大鶡鵬。我本尚德不尚力，對此不覺心飛騰。急召墨兵討軍政，百靈萬怪皆奔命。豐隆列缺作前茅〔四〕，海若馮夷爲後勁。詰朝相見碧油幢，邾莒之國齊魯邦。耳後生風鼻出火，桓桓百戰氣無雙。山摇海立天地震，龍蛇虎豹相衝撞。勗哉程子好自愛，莫教失湖并失江。

【校】

〔一〕「九煙」原無，據康熙本補，道光本作「略似」。

〔二〕道光本、咸豐本無此「争江」兩字。

〔三〕「咄咄」，道光本、咸豐本作「咄嗟」。

〔四〕「茅」，咸豐本作「矛」。

【箋】

此詩採自康熙本，道光本、咸豐本亦收。新安程子即程光禮，字奕先，錢塘人，原籍新安。順治八年（一六五一）舉人，官湖南石門知縣。後吴三桂叛，殉官署，府志入《忠臣傳》。黃周星與程光禮有「西湖三戰詩」，一戰在順治五年戊子（一六四八），爲戊子之戰。二戰在順治九年壬辰（一六五二），爲壬辰之戰。三戰在順治十四年丁酉(一六五七),爲丁酉之戰。此詩乃順治十四年丁酉(一六五七)秋,黄周星與程光禋相遇於繁昌,再作争西湖之詩的丁酉之戰。徐世昌《晚晴簃詩匯》(民國十八年退耕堂刻本)卷十三:「《詩話》:……嘗遊西湖,賦詩十首,有句云:『揚州那可死,留命配西施。』其友錢塘程光禋奕先作詩争之,九煙不答。程後遂有詩云:『扁舟一棹蘭江去,赢得西湖不字黄。』九煙和云:『酒爐多爲黄公醉,肯信兹湖不姓黄。』程復作長歌與争。于湖羅世繡梨柯者爲之解紛,遂名其詩曰『西湖三戰詩』,亦詩人之軼事也。」

附 與黄九煙司農大戰於鳩兹詩 步來韻,有序。〔一〕

奕先〔二〕

錢塘江上,鳳凰山下,天所立西湖主人程光禋謹再拜寓書於秦淮河口,桃葉渡頭,自稱西湖主人九煙〔三〕黄公閣下。蓋西湖者,固我之西子也。我昔重愛西子,輕滅江黄。良家選四十賢人,伯功成六千私卒,我方多君退三舍也。别去數載,忽漫相逢,我作詩曰:「赢得西湖不字黄。」君答詩曰:「肯信兹湖不姓黄。」夫姓黄則果不字黄矣,我故晉師不出也。偶來江上,復有清吟,我豈有意將舟戰於江哉!君乃猥以大江歸我。我久嬪湖主,重媵江妃,左江右湖,其樂無有,遂啞然笑而受之,而給君曰:「如約即止。」如約即止者,正如約而不肯即止者也。君乃横肆狠暴,便將并吞江湖。顧此吹吹,我安得默然而已乎? 不以玉帛相見,而以興戎,惟是一矢相加,遺敝邑之幸,亦云從也。

自古何人争西湖，争者程子與黄子。程子之争非憤驕，敵加於己不得已。贏得西湖不字黄，月白風清有美堂。草莽野空驅虎豹，菰蒲水暖睡鴛鴦。黄子獨恃挾山力，挑戰致師未肯息。敢以盧家玳瑁梁，竊比西子玻瓈國。我方是時厭戰争，豈能黷武窮墨兵。况復經言歸勿遏，任君宵遁避顔行。遂與西湖數卯酉，其算天長而地久。舊曲多歌《昔昔鹽》，新聲還唱《大垂手》。偶來江上有閒吟，未如松柏結同心。人言黄子江上住，夢日亭邊試一尋。黄子袒裼仍前倨，意内西湖尚竊據。絶世聰明絶世癡，千里相思夢曾去。與我把臂鬚髯張，真疑旗鼓在疆場。反軍相向我無畏，若殺已降即不祥。忽然黄子静回想，予汝英雄天下兩。假使以江可易湖，鴻溝盟定如指掌。笑君官路當人情，此議如何得息争。不道西湖我所愛，祊田故事不可成。我乃好言洋復纚〔四〕，掩君之過揚君美。謂君割地固知幾，平原十日與君起。因之深匣太阿鋒，不欲一麾晉鄭同。君苟罷兵我不戰，庶幾守雌是知雄。何期勍敵即良友，長篇嫚言過毒手。寧徒學寫絶秦書，討曹一檄猶沘口。我覩其氣甚馮陵，鯤魚不翦將爲鵬。但教三鼓氣已竭，我乃驅車策馬騰。疇昔之羊子爲政，我必使爾疲奔命。夏姬業已逐巫臣，空用中權與後勁。與君相見碧油幢，我寧鬥智似劉邦。請出翰林及子墨，如以布越佐無雙。怒髮直指三千丈，筆陣圖中劍戟撞。拚道人心苦不足，既得湖兮復望江。

【校】

〔一〕道光本題作「與略似户部大戰於鳩兹詩（步來韻并序）」，咸豐本題作「與略似户部大戰於鳩兹詩步來韻」。

〔二〕「奕先」，咸豐本作「程光禋」。
〔三〕「九煙」，道光本、咸豐本作「略似」。
〔四〕「纚」，咸豐本作「灑」。

【箋】

此詩採自康熙本，道光本、咸豐本亦收。此乃「西湖三戰詩」丁酉之戰中程光禋詩。程光禋，見卷二《與新安程子決戰詩》箋。

附　題友人争西湖詩

僕未陳水戲，先被火攻。忽來殿虎之争，幾作野龍之戰。安期章臺楊柳，任嫁李韓；笑比觴政葫蘆，競持由錯。固當避楚三舍，豈止放晁一頭。僕惟有攡指而退，悔秋後之盛年；博簺以遊，嗟夜半之大力耳。

【箋】

此文採自康熙本，不見於他本。康熙本此文未與「西湖三戰詩」一併收録。

附　西湖三戰詩引

詩不可無序，如《西湖三戰詩》，尤不可無序。然詩皆可無序，如《西湖三戰詩》，獨不可無序。顧誰爲序《西湖三戰詩》者？將使黄子序之。黄子曰：我三戰人也。將使程子序之，程子曰：我三戰人也。將使羅子序之，羅子曰：僕已解紛矣。誰爲序《西湖三戰詩》者？於是程子過羅子而喟曰：邈乎廓哉！誰爲序《西湖三戰詩》者？羅子曰：僕方作《三詩人詠》，三詩人者，皆非鳩産而先後旅於鳩，謂二君及曹石霞也。然則此詩之序，請待石霞可乎？黄子曰：可。〔一〕

【校】

〔一〕道光本下有「略似氏識」四字。

【箋】

此文採自康熙本，道光本、咸豐本亦收。本文作者當爲曹胤昌，字石癖、石霞，湖廣麻城（今湖北麻城）人。崇禎十二年（一六三九）鄉試第一，十六年（一六四三）成進士，授嘉定知縣。明亡後，解職歸里。曾萬里入滇，護送其父靈柩歸葬。洪承疇入湖廣，檄召曹胤昌入其幕。曹佯狂譩語，遂遣歸。

附　小引

古今尤物稱西子，然其初苧蘿村女耳，自吴越相競，而西子之名益著。西子湖之比西子，又千百載往矣。予曾遊止其都，一泓如鏡，兩峰黛色，簇簇媚人。昔樂天、子瞻風流遺迹，炳耀來兹，未聞如郎官、僕射并其地而有之也。今黄、程兩公，才人遊戲，筆鋒墨陣，横亘於荷花桂子之間，輸攻墨守，各極其技。覺從來名人韻士，悠悠忽忽，以六橋、三竺爲公物，雖流連玩賞，終同泛愛。一經兩公反唇攘臂，西子湖增榮益觀，聲價頓長。雖然，今日之西湖不歸黄則歸程，譬之夷光非嬪夫差即婿少伯，天下豈有中立兩可之佳人哉！兩公詩出，西子有靈，必能陰相一人以屬之者，終未許强委禽也。

于湖再來人沈士柱題

【箋】

此文採自康熙本。沈士柱（一六〇六—一六五九），字昆銅，號惕庵，安徽蕪湖人。其父沈希韶，明御史。士柱爲復社成員，明亡後隱居蕪湖，廣散家財，支持反清義軍。順治十四年（一六五七）被捕，後解南京。十六年（一六五九）就義，葬於雨花臺後。有《土窨集》。此文當作於順治十四年（一六五七）。

附　江上弄丸詩并序

璆柯〔一〕

曩者穀城老人遥胄與程伯休父裔孫，耽明聖之湖光，作移人之物想。莫不溺同情塹，擬苧蘿獨配鴟皮；遂至競起詞鋒，勝蠻觸紛争蝸角。雖交綏暫解，有如修教於三旬；乃捲土重來，忽似尋讎於九世。嘻其太甚，長此安窮？走技愧弄丸，願同射戟。冀引虞芮質成之誼，用息晉楚争鄭之師。爰述本末其後，託爲巫陽，下銜帝命，進二子而詔焉。

上帝啓閶闔，群真謁蕭臺。嶽瀆上封事，兵氣生江隈。乃是兩蝨臣，誤爲天所才。本結鷄壇盟，構鬥俄然開。所攖一杯水，彼我心嫌猜。十年未悔禍，干戈伏樽罍。前事怙餘勇，墨池揚戰埃。請帝降六丁，分遣此怪魁。邈若参與商，中天隔昭回。無俾穎楮聲，甲仗殷風雷。用訓膠漆友，美好通往來。帝也披章咥然笑，罪小何當煩譴詔。青雲城外命巫陽，下士爲予規二妙。告以前車金海陵，朵頤荷桂殂凶嘯。天吴不爲徙西湖，烏牛白馬貽憑弔。西湖西子總戕人，越娃吹火蘇臺燎。人生實難豈不聞？安用墨兵争窈窕。寧爾丹元保盛年，微慫許向星辰醮。巫陽再拜白帝前，臣往能令袖老拳。未知尤物究何屬，乞將處分批來牋。帝言此物充閒田，晝遊士女宵遊仙。仙耶人耶誰能專，在昔長源及樂天。子瞻和靖曰四賢，玻瓈千頃經留連。誰曾專欲妻此淵，錢塘江口舊魚〔二〕船。通人羅隱家雲煙，精靈終古長儼然。陽往敕彼烹秋鯿，延觴二妙設誓堅。蹊田往事各自捐，貨寧棄地毋流涎。巫陽拜起欽帝宣，禁碑請揭南高巔。金書鳥篆青瑶鐫，影落明湖千萬年。

【校】

〔一〕「璆柯」，道光本、咸豐本作「于湖羅世繡璆柯」。

〔二〕「魚」，道光本、咸豐本作「漁」。

【箋】

此詩採自康熙本，道光本、咸豐本亦收。此詩當作於「西湖三戰詩」丁酉之戰後。璆柯即羅世繡，字繡銘，號璆柯（一作「珂」），于湖（今屬安徽當塗）人。崇禎十六年（一六四三）府學貢，曾爲江蘇崇明縣訓導。黄周星蕪湖授經之時曾與羅世繡交遊，羅曾爲黄周星《匏瓜五藝》作序并刊行。

庚子紀年詩一百四十韻

低頭問皇天，仰面呼后土。我生何不辰，罹此百憂苦。百憂果如何，更僕難悉數。約略請敷陳，聲淚已盈楮。憶昔居母腹，爲日方百五。勃溪遭椎擊，危若髮一縷。天幸不隕殈，歷冬晨始舉。暗昧畀周氏，僵凍漏二鼓。本是東吳人，忽改爲南楚。哀哉鮮民生，生不識父母。父母謂他人，葛藟悲河滸。所賴撫育慈，恩亦均恃怙。質羸幼善病，藥餌填肺腑。母也頗卞急，擠牀或逢怒。稍長就外傅，頭角漸可睹。群小如鬼狐，怙寵時侵侮。憤懣遽吞藥，乃竟無患苦。十六試辟雍，至冬喪厥母。十七甫受室，糟糠實貧窶。寢苦仍析炊，時復纏二豎。十八補成均，十九貢天府。名始達九重，其歲爲庚午。藉甚早蜚聲，困悴了無補。瓠落歷窮冬，無聊適湘浦。四千里風波，六十日檣櫓。鷦枝且卑棲，詎知非吾土。亦越癸酉冬，逝將圖進取。間關賦北征，水陸備艱阻。一驚鄰舟盜，再驚沉舟估。戒心乃啓途，驢背觸炎暑。抱疴竣棘闈，自分孫山伍。忽爾厠賢書，毋乃荷神祜。甲戌竟下第，經旬病羈旅。涉冬仍返湘，終歲門空杜。倏忽丙子秋，計偕仍赴部。附舸出洞庭，緑林逢乳虎。橐裝飽饞喉，雞肋支刀斧。性命幸無傷，萬卷葬洲渚。丁丑再被放，神氣倍慘沮。南還即劇病，死生爭銖黍。病起復移居，奔走遍城墅。無端入親舍，雙親忽云睹。時年二十七，始知真父母。咫尺暫相依，脉脉未敢吐。周氏尋覺之，姬豎爭煽蠱。周父頽湎餘，信讒遂齎怒。相尤非一端，漂摇失故處。避地過廣陵，伶仃寄春廡。庚辰復計偕，名籍尚隸楚。倩人賫藩牒，兼復持資斧。誰知姬豎輩，偵探盡掩取。匍匐將抵都，敢望篚鵷羽。是年忽登第，天意憐沉苦。廷對擬第二，多士欣抃舞。乃不蒙宸鑒，依然置儕伍。其時雖釋褐，虀鹽仍逆旅。中有周氏奴，挾刃不利主。幸爲同輩窺，遣去害始杜。籃輿冒暑歸，役夫棄墟莽。逾淮復大病，歲杪纔臻楚。周父俄捐館，縗絰過憂癙。是時寇氛熾，三楚半貙貐。狂徒忽乘釁，刑牲鳴金鼓。避亂去長沙，負困濱陽旅。癸未乃移家，艤舟湘之滸。載米可千石，忽爲亂兵阻。兵去寇旋來，破竹摧州府。自春聿徂秋，寇已逼門户。棄舟走豫章，千石付一炬。間道抵金陵，登堂且將父。母已閟黃泉，風木恨何補。甲申值南遷，謁選補計部。錢穀非所長，聊復濫圭組。未幾又鼎革，蒼黃移鐘簴。掛冠遂遯荒，田廬棄如土。崎嶇入霞關，揮涙從牧圉。戌秋復遘變，狼狽創彌鉅。奔竄嶺海間，重繭百里許。入水有鱷鰻，上山有豺虎。賊黃巾紅巾，兵赤羽白羽。宛轉兵燹叢，步步逢矰罟。一厄古田岡，再厄連江溆。三厄海口村，四厄瑯崎嶼。五厄至南臺，洪波夜衝宇。蓬跣冒暑趨，仍憩古田旅。群盗又大至，喘汗走欲死。六厄華山巔，七厄西莊圃。八厄朝漁兵，九厄槐尾炬。月黑走踉蹌，日晡泣空釜。痁痎動經年，瘡痏不得瘉。菜色類鵠形，鶉結懸藍縷。九死而一生，孑身鬼爲侣。予秋出横塘，仍遭幺麽侮。流離達武林，僥倖脱砧俎。四海歎無家，舉目非吾與。漂泊東南鄉，賣文兼訓詁。刺促十餘年，捃摭偷呰窳。寄生沮洳場，饘粥聊傴僂。靈椿又見摧，終天悲屺岵。迄今庚子冬，蘧齡已屆五。服政則無官，招隱則無侣。欲躬耕無田，欲授徒無主。上不能醫卜，下不能農圃。居不能陶漁，行不能商賈。念欲訪神仙，何處寄妻女。念欲歸苾芻，無兒懼殄祖。忍死復謀生，津梁疲吴楚。空持三寸錐，無濟二區鬴。眼看輕薄兒，忍辱惟聾瞽。同姓即他人，獨行嗟睘踽。自憐幼服儒，科第幸竊取。名節勉砥礪，矢志答君父。俯仰無一愧，聖賢或見許。詎意丁百六，蕉蓑成莽鹵。傷心萬事非，身世兩乖齬。生平好讀書，書散不得聚。生平好著述，錦囊空蠹腐。生平好山水，海嶽多悵佇。生平好花竹，誰乞東山墅。性嬾愛幽閒，笠屩無安處。腸熱輕施濟，點金乏丹黍。亦復喜開樽，貧難得佳醑。還復悦傾城，奇緣慳玉杵。屈指半生來，鬱鬱渺歡緒。風波十之三，兵火十之五。疾病十之七，拂亂不勝數。譬彼蓼中蟲，習苦竟忘苦。譬彼冰中蠶，生不識春煦。譬彼萬斛舟，逆流滯荒浦。片帆未掛風，摧篙頻折櫓。宇宙非不寬，容身少環堵。知己一人無，悠悠愴終古。磊落好丈夫，不如嫗與姥。上負生成恩，下慚貧賤婦。四十九年中，年譜皆愁譜。有眉不得揚，有氣不得吐。有願不得酬，有懷不得抒。人巧我獨愚，人樂我獨苦。生我意何爲，厄我向誰語。天地奈爾何，長歌淚如雨。

【箋】此詩不見於黄周星諸集，採自周慶雲《南潯志》（民國十一年刻本）卷四十九集詩二「黄周星」部分。周慶雲《潯溪詩徵》卷三十八亦收。庚子年爲順治十七年（一六六〇），時黄周星五十歲。詩中回憶了他五十年來的人生悲歡，部分行實可以彌補史料之不足，具有重要的文獻價值。

鴛鴦夢引寄東皋冒子辟疆附紀夢

辛丑巧夕，夢中似在真州江樓。樓東南皆啓窗，窗外林樾參天，木末衆山環繞，其正東雙峰秀出，云是鍾山，而東南一峰聳峭復過之。有巨帆乘風西上，余指顧欣然。樓中似有美人文士之屬，因相向言：「余嘗集長吉句爲詩云：『小玉開屏見山色，西施曉夢綃帳寒。』殆謂是耶？」語竟，不覺倏過白門舊書齋，偕兒童輩於庭中踞地爲戲，忽見草際有兩三蛺蝶翔舞不休，文彩殊常，以手捉之，忽化爲鴛鴦，種種丹翠斑斕，目所未睹。余隨手攫得，悉付童子持去。俄有賓朋滿座，東皋冒辟疆居上。余詢童子：「適所獲鴛鴦共幾頭？」童子答云：「十一。」余即起入書室，室中復有鴛鴦三頭嫛婗案間，又攫之而出，其毛羽尤絢爛可愛。余見辟疆有朵頤之色，笑曰：「公欲得之耶？可自擇一雙將去。」辟疆笑而受之。

我聞君名三十年，甲午秦淮始握手。爾時有客語葛藤，咄嗟無計掩其口。坐間披牘稍論文，轉喉觸諱時復有。素心真率類如斯，世人皮相驚牝牡。此中實乃無他腸，傾蓋知心定白首。與君惜未久周旋，曹劉沈謝十得九。轉盼煙雲又八秋，浪迹海陵歲辛丑。相去東皋兩舍餘，忍不登堂拜老友。誰知同日俱掛帆，交臂相失吁可忸。堅卧僧寮一月過，翹首高軒如北斗。無聊且作驥渚遊，故人招我意良厚。臨行遺君雙鯉魚，敢望桃李報瑶玖。逡巡驥渚遇陳郎，稱述高誼多不朽。因風又復寄相思，字字肝脾非矯揉。歸來目斷雲中鴻，聞問闕焉應未久。慨然泛宅思南還，欲去不去心窈糾。何來好夢忽親人，七夕星河殘漏後。初倚鑾江遠黛樓，倏過荒齋白門柳。驚看蛺蝶兩三行，化作鴛鴦二七耦。座中賓客似梁園，裦然無出君家右。君復何事羨鴛鴦，一雙持贈聊爲壽。蘧蘧乍覺月窺牀，彷彿簪裾移户牖。嘗聞夢者想與因，此夢想因兩不受。吉祥安用大人占，友朋誼篤通夫婦。我思世上賢豪本無多，古往今來悵不偶。鳳麐肩踵幸同時，往往河山成郊酉。所以英雄熱淚横，總有心血無處嘔。即如一江衣帶我與君，五十年中門幾扣。君名藉藉吴楚間，我獨飄零牛馬走。到門投刺卻空迴，傳之恐爲後世醜。我生落落寡知交，傲骨熱腸性不苟。從來不市閔叔肝，亦復不使灌夫酒。只今丘壑願非奢，修竹數椽秔十畝。人言此事須君謀，皋廡宜著梁鴻臼。躬耕教授慕先賢，南村晨夕堪剪韭。願君慎勿聽流言，丈夫意氣非鉏帚。况君與我生同辰，閲人半世過蘧叟。生死貴賤備曾經，文章道義探淵藪。寧似輕薄小兒曹，蠅聲欲擬師子吼。昻哉古調歲寒心，肯令松柏嗤培塿。與君妄意有奇緣，壎篪定復同于喁。蕭朱王貢自千秋，豈在彈冠與結綬。輞川鹿門勝事多，香山雒社歡耆耉。是宜兩地欻神交，中宵恍惚龍蚴蟉。不然此夢胡爲來？蛺蝶鴛鴦忍孤負。我聞人生無非大夢場，眼看白衣半蒼狗。昔人夢中每相尋，夢中説夢憑誰剖。欲辨夢覺是耶非？今無黄帝與孔丘。世間好夢即奇文，枕畔龍威應失守。一篇夢引寫寄君，君夢知如我夢否。

【箋】

此詩不見於黄周星諸集，採自《冒辟疆全集·同人集》（鳳凰出版社二〇一四年版）卷六。據序中云「辛丑巧夕」，則此詩當作於順治十八年（一六六一）。本年黄周星飄零泰州海陵，曾赴如臯拜訪冒襄不遇。後於七夕之夜夢見冒襄，遂作此詩以寄。冒襄（一六一一—一六九三），字辟疆，號巢民，一號樸庵，又號樸巢，私謚潛孝先生，海陵如臯（今江蘇如臯）人。明末清初文學家。著有《先世前徵録》《樸巢詩文集》《岕茶匯抄》《水繪園詩文集》《影梅庵憶語》《寒碧孤吟》《同人集》等。

後鴛鴦夢引再寄東臯冒子辟疆附紀夢

乞巧之次夕，夢與二客夜行，童子持籠燭前導，其後客足蹴著一物，呼童子以火燭之，乃一小布裹。童子發視曰：「金鍼也。」余取閱之，見錐刀十數事，頗類銀工所用，意爲眼醫遺物，仍付童子藏之。稍前，至人家，有人出應客。余問：「此地有眼醫否？」應曰：「無。」余曰：「適途間金鍼爲誰所遺？」曰：「此冒辟疆物耳。」余心異之。復前行，至一亭墅，門内有丹漆花籬，籬畔小案上列印石數方，中有一方作白文小篆二字云「虎謚」。聞童子語云：「此小師父所鐫也。」俄聞笑語相接，有梁溪潘緝仲自籬内出，且行且言曰：「黄心甫得非東粤人耶？」余曰：「非也。正是君鄉里耳。」又一垂髫小友踵至，身著青帛，年可十五六，緝仲遽命拜余。余亦匆匆答拜，起入亭館右廂，見一人踞座西嚮，知爲辟疆。窗前巨案横陳，綵繪花鳥一幅，似是緝仲未完筆。余稍就視之，曰：「此宫妝也。」遂趨過之。辟疆忽從後追至，語余曰：「公知君家墨農事已有好消息乎？」余漫應曰：「墨農事姑勿論，但吾因此爲公收得一物矣。」意蓋指金鍼云，語訖而寤。至十一夜，又夢閱辟疆詩，篇什甚繁，披吟無暇，比醒來，止記其五言律二結句云：「緑裯諸雜詠，不欲繫江城。」

七月七夜夜初凉，牛女匆匆天上忙。我時高卧心如水，卻夢贈君雙鴛鴦。鴛鴦贈罷夢已醒，毛羽陸離猶迴翔。起來歎詫識奇兆，兆君福禄與文章。拜手作歌喜相寄，好夢神交志不忘。誰家夢後復有夢，一夢再夢寧荒唐。弦月盈盈夜將半，與客秉燭行康莊。道傍布裹偶拾得，奚童發視驚徬徨。金鍼之名亦奇絶，疑出龍宫絳藥囊。人言乃是君家物，珍重奚童好善藏。逶迤卻抵誰氏墅，竹籬蘚徑多幽芳。棐几何來虎謐印，雙螭切玉儗琮璜。須臾語笑花間出，梁溪畫手舊潘郎。老友詼諧小友慫，倉皇一拜偕登堂。堂空無人但几榻，相邀蹀躞入西廂。嗒然有客據高座，此座非君孰敢當。案間未了潘郎畫，瞥然一顧知宫妝。賓主忘言惘惘過，君獨屣履起褰裳。墨農消息果何語，金鍼一物縈衷腸。舌端躍躍迫欲吐，颯然朝檻摇扶桑。連宵有夢夢不斷，韻人韻事如聯牀。纔越三宿又見夢，夢把君詩喜欲狂。琳瑯觸手應不暇，性拙惟能記兩行。緑裯江城亦麗句，猶勝春草生池塘。噫嘻！人生有夢皆如此，兩地何必恨參商。我有好友陶汝鼐，家在長沙湘水傍。荆吴相去四千里，十夜九夢同壺觴。我輩友朋本性命，精誠所至無遐荒。神爲車兮氣爲馬，驥魂不憚疲津梁。何況與君隔兩舍，衡宇咫尺猶相望。晨不共晨夕共夕，美人寧歎天一方。但願百年夕夕同此夢，黽兹枕上依然三萬六千場。

【箋】

本詩不見於黄周星諸集，採自《冒辟疆全集·同人集》（鳳凰出版社二〇一四年版）卷六。此詩亦作於順治十八年（一六六一）黄周星赴如皋訪冒襄之際。據序中云「乞巧之次夕」，則此詩作於七月初八日之後。

六月六日登洞庭西山縹緲峰放歌

噫吁嘻！怪事哉！洞庭一水三萬六千頃，中有兩山〔一〕磅〔二〕礴而崔嵬。西山之巔曰縹緲，自有此峰登者不知幾萬輩。誰曾六月六日來，我來亦非愛觸熱，因緣意外真奇絶。梁溪有客乘興遊，中宵命棹何勇決。曉發膠〔三〕山夕跨塘，詰朝一葦凌蒼茫。火雲燒空風色静，雙櫓咿軋水中央。七十二峰紛出没，日晡始艤西山旁。舉頭便見蒲萄緑，頓令煩暑化清凉。從兹緑者不一狀，千緑萬緑森相望。家家橘柚户桑麻，遊人步步行圖障。叟童〔四〕鷄犬寂無喧，别有天地疑巢軒。世人不信桃源記，誰知此是真桃源。真桃源，人罕見。水如垣，山如殿。神仙窟宅尊〔五〕，羽衲津梁倦。老殺姑蘇城裏人，何曾一識西山面。我來終〔六〕是苦驕陽，搜奇討勝空彷徨。道逢樵牧争笑詫，何物襏襶走顛狂。一遊林屋洞，隔凡幽濕〔七〕窅如夢。再遊石公山，劍樓雲嶂聊躋攀。包山好閣環空翠，歸雲盤石猶等閒。三遊西湖寺，寺外松杉中荷芰。其日炎威倍赫曦，僕夫蹩躠何況瘁。入門總拚高枕休，王侯相唤不回眸。忽聞縹緲在寺側，起舞仍〔八〕作登山謀。各向山僧乞杖笠，同遊七人四人留。余與二客賈勇上，倏忽便到孤峰頭。俯瞰衆山皆培塿，茫茫震澤連天浮。東望虎阜，西望荆溪，南望苕霅，北望梁溪。四顧拍手大叫何不乘風便飛去，乃猶戀此紛紜齷齪區區九點之齊州〔九〕。噫吁嘻！怪事哉！縹緲峰頭六月六日來。長安貴人渴欲死，名車利馬走虺隤。余與二客坐〔一〇〕天際，罡風颯颯浮雲開。披襟散髮那知暑，恨不一飲千百杯。三島十洲在何許，下視塊蘇真可哀。噫吁嘻！怪事哉！縹緲峰頭六月六日胡爲來？噫吁嘻！縹緲峰頭六月六日胡不來？

【校】

〔一〕「山」，咸豐本作「峰」。
〔二〕「磅」，咸豐本作「盤」。
〔三〕「膠」，咸豐本作「高」。
〔四〕「叟童」，咸豐本作「童叟」。
〔五〕「尊」，咸豐本作「真」。
〔六〕「終」，咸豐本作「真」。
〔七〕「濕」，咸豐本、光緒本作「室」。
〔八〕「仍」，咸豐本作「便」。
〔九〕「齊州」，光緒本作「州齊」。
〔一〇〕「坐」，咸豐本作「望」。

【箋】

此詩採自道光本卷三，咸豐本、光緒本、卓爾堪《遺民詩》卷一亦收録此詩。康熙十年辛亥（一六七一）黄周星作有《辛亥五月登太湖東山莫釐峰》，其中有句云「壬寅我到西山中，冒暑曾登緲縹峰」，則黄周星登西山縹緲峰在康熙元年壬寅（一六六二）。縹緲峰是蘇州西山島的西山主峰，爲太湖七十二峰之首。因經常被雲霧籠罩，猶如傳説中的縹緲仙境而得名。

海寧觀潮歌

古之鹽官州，今之海寧縣。滄濱在城南，海若當門見。我來初值癸卯冬，漫繞横塘西至東。塘外所見盡斥鹵，大荒廣莫生悲風。縣以海名乃無海，私怪名實胡不蒙。人言去海數十里，望洋歎想同虚空。誰知大力輸海若，成毁須臾等戲謔。今年甲辰六月中，海潮直齧横塘脚。怒浪崩奔吁駭人，晝夜衝激如有神。枕畔砰訇響不絶，排墻倒屋難比倫。不出城門能幾日，鯨波忽已易桑塵。觀者如山滿塘比，千人萬人皆動色。婦女驚走兒童譁，力窮精衛空歎息。縣吏伈伈無奈何，政拙撫字勞催科。牲牢酒醴頻匍匐，陽侯詎肯弭鯨波。時當朔初三四日，午未支交潮信溢。余亦隨衆塘上觀，壞塔層層人似櫛。萬目晶熒盡向東，海雲瑟瑟摇天風。赤日當空潮尚緩，欲來不來心忡忡。少焉遥見一綫白，殷殷雷聲循地脉。大衆歡呼潮到來，約略計程猶近百。俄頃潮頭已至前，山崩地坼聲震天。素車白馬蔽空下，貔貅百萬争鳴鞭。豐隆列缺齊奮怒，龍哮虎吼何轟闐。惘像閃屍天吴舞，巨靈贔屓翻坤蹠。銀山雪巘卧波上，排風掣電奔雲煙。潮頭數丈倏西去，瞬息便到錢塘邊。似兹境界真奇絶，白日雷霆起霜雪。天下文章此最雄，浩汗之中横嵂崪。其光熊熊氣魂魂，崑崙倒起歸墟穴。古來共詫廣陵濤，誰道淛江濤更别。相傳中有子胥魂，三軍縞素如銜〔一〕冤。霸吴覆楚已千古，何事到今還歷喧。錢王强弩射不得，此日何如天曆元。湯湯瓠子猶難塞，投璧沉馬勞帝力。何况海若用物宏，肯似馮夷輕受讖。咄嗟此邦唐緊縣，昔年桑棗今沙澱。始自延祐迄崇禎，三百年來凡幾變。風潮雨汐波臣呼，一决數仞尋常見。九郡金錢焦殺人，虎冠捆載同郵傳。只今民與魚鼈鄰，酣鼾猶作怡堂燕。噫吁嘻！堂燕酣鼾可若何，公等福如滄海多。旅人拂袖幸歸去，拍手且作觀潮歌。

【校】

〔一〕「銜」，原作「衡」，據文意改。

【箋】

此詩採自静嘉堂本《圃庵詩集》甲辰卷，不見於他本。甲辰即康熙三年（一六六四）。據詩意，黄周星在六月初觀浙江海寧海潮而作此歌。

次韻答徐子

不必説義熙，不必談天寶。塊壘爲君澆，塵土爲君掃。醉來泣復歌，呵壁問大造。一部十七史，何暇細探討。生平好讀書，磊落摘雄藻。節義與文章，難爲俗人道。若將世法論，定書下下考。憂患歎頻仍，聞道苦不早。轗軻喜逢君，推襟堪送抱。松柏寒始奇，薑桂辣亦好。蠟車妄詆諆，將謂等枯槁。嘿嘿嗟屈原，咄咄笑殷浩。何不同翻飛，騎龍拾朱草。玉笈自可披，瑶觴自可倒。大兒浮丘公，小兒圯上老。

【箋】

此詩採自静嘉堂本《圃庵詩集》甲辰卷，不見於他本。甲辰即康熙三年（一六六四）。徐子，未詳。

海寧陳氏園海棠花下放歌

野人今年有異福，連日海棠看不足。昨過城東孫氏樓，樓前兩樹高於屋。爛熳嫣紅照一庭，自謂繁華已滿目。今朝復過陳君園，誰知一株更絶俗。斜鎖長門盡日閒，渾如蘿村西子緘香玉。繼開軒閣沸觥籌，又似夜來高臺星火煜。嬌若飛燕怯臨風，膩若昭儀新出浴。豔若文君臉暈霞，酣若太真午睡熟。野人對此搖精魂，誒詒懭恍身安屬。忽然置我平泉莊，忽然招我韋杜曲。忽然坐我西川之錦城，忽然觴我河陽之金谷。魏郡清河笑殺人，酸腐天公應局縮。浮白大叫酹花神，越溪美酒容千斛。此樂遠過山水間，安用紅裙與絲竹。酒闌日暮醉言歸，主人停橈幾彳亍。夜深花睡阿誰知，畢竟輸他蝴蝶宿。嗟乎！人其如此海棠何，一生幾度燒銀燭。我思世間萬紫與千紅，奇豔无如此花獨。此花此花亦難逢，十年南北空碌碌。韋公祠畔天妃宮，兩處淒涼堪痛哭。何期今日到君園，洗盡泥沙脂粉辱。銅柯鐵幹老槎枒，花則妖花木喬木。飽歷風霜不記年，紛紛桃李羞臣僕。亦呼名拔亦神仙，富貴煙霞非酒肉。人言此花有色奈無香，淵材三恨誠難贖。似茲真色即生香，何必昌州在巴蜀。飲酒堪結徐佺巢，賦詩應滿東坡麓。況復欣逢淡淹天，四美二難同不速。主人猶慮風日侵，意謂洗妝宜霡霂。細雨輕雷喚不來，碧翁安肯從人欲。吁嗟乎！碧翁安肯從人欲，花開花落多刺促。少陵遺恨不留詩，鄭谷有詩人罕讀。何如今日海昌看海棠，我輩千秋名自馥。作歌聊當花董狐，一醉那知三萬六。

【箋】

此詩採自靜嘉堂本《圃庵詩集》甲辰卷，不見於他本。甲辰即康熙三年（一六六四）。黃周星本年又有《海昌陳君招飲賦贈》，則陳氏爲海昌人。海昌屬浙江海寧，時黃周星在海寧授經。此海寧陳氏應爲陳奕禧及其兄弟。黄周星此年與海寧陳氏交往之際，寫有多首作品，除《海寧陳氏園海棠花下放歌》外，還有《次韻答陳生兄弟招飲》《海昌陳君招飲賦贈》《陳生邀妓置酒與余餞别安國寺次韻答謝》《悦傾曲》《神姬曲（并序）》《有姬號悦傾戲詠二絶》，又於康熙七年（一六六八）寫下《集海寧陳生拙閒堂》。海寧拙閒堂爲陳奕禧書齋，其好友姜宸英曾作有《拙閒堂藏硯記》敘及陳殿桂、陳奕禧父子對收藏硯臺的嗜好，以及他和陳奕禧在拙閒堂中鑒賞藏品之事。陳奕禧另一位好友查慎行亦稱陳爲「拙閒吾好友」。陳奕禧（一六四八—一七〇九），字六謙，又字子文，號香泉，浙江海寧鹽官人，清代書法家、詩人、金石收藏家。黄周星《次韻答陳生兄弟招飲》中言「君家兄弟方少年」，應指當時正處少年時的陳奕禧及其兄弟。陳奕禧之父陳殿桂有六子。陳奕禧行三，長兄陳奕培（一六三七—一六九一），次兄陳奕昌（一六四〇—一七〇二）。

次韻答陳生兄弟招飲

當今誰是詩酒豪，屈卮此日爲君操。君家兄弟皆森挺，愧我疏野如東臯。鐘鼎山林各天性，杜陵佳句晰秋毫。俗流漫詫眼青白，麋鹿安知禮法曹。勞君澆我一斗酒，不讓琥珀與蒲萄。縱酒曾聞鯨吸川，又聞飲者名獨傳。長沙稱壽但張衲，地狹何足當迴還。痛飲讀騷成名士，此語於今詎不然。君家兄弟方少年，驊騮鵰鶚氣無前。搏摇會見風九萬，奏書寧止牘三千。深者入重淵，高者出蒼天，雄談河漢坐頻遷。毛穎不須秃，鐵硯不須穿。世間文士多如蟻，鼃聲婢態殊可憐。騷壇風靡誰强項，我輩還應似董宣。

【箋】此詩採自静嘉堂本《圃庵詩集》甲辰卷，不見於他本。甲辰即康熙三年（一六六四）。陳生兄弟，應爲陳奕禧及其兄弟陳奕培、陳奕昌，見本卷《海寧陳氏園海棠花下放歌》箋。

神姬曲并序

海昌陳君寫真作圖，有美伴妝號四神姬。神姬者，實無是姬，一成於元稹之《離思》詩而有意中人，再成於劉麟之《神樓圖》而有畫中人，屬余製曲傳之，則三成於余而有曲中人矣。遂持此爲陳君壽。

亦不詠巫山女，亦不賦雒川妃。聽唱陳家神姬曲，西方南國是耶非。陳家神姬世罕聞，胡天胡帝劇驚人。陰陽離合魂無主，嬙施環燕非等倫。試問此姬果誰氏，烏有之姑子虚姊。何來空際現優曇，皆由長慶元才子。才子傷春憶小樓，吟成《離思》滿篇愁。山桃萬樹流泉繞，晶簾把卷看梳頭。似兹人境真奇絶，瑶池臺洞寧差别。至今相去幾千年，一想一吟一擊節。就中梳頭何女郎，紅酥紕縵斷人腸。薛濤掩面采春泣，不是雙文孰敢當。此詩詩中原有畫，風流千古無人解。詎期今日入君圖，將身了卻元郎債。山水樓階似儼然，桃花人面共妖妍。緑鬢皓腕俱心死，追記《南華》第幾篇。此景此情非幻筆，虎頭遠勝少君術。元家姬作陳家姬，共駭真真呼或出。再問此姬誰與同，姓字還如亡是公。何來非想非非想，復由正德劉司空。司空昔欲構高樓，十年不就賓客愁。名流高士笑相慰，不如紙上卧遊休。一時競贈《神樓曲》，以神爲樓吾願足。神兮可樓亦可姬，莫姍君家屋下屋。君不見世間萬事一空花，漚槿榮華如轉燭。王侯將相盡微塵，何况姬姜粉黛族。試看嬙施環燕儔，阿誰留得芙蓉肉。肉姬共祝勝神姬，百年轉眼同歌哭。争如一幅好丹青，萼緑飛瓊長在目。嗟乎！世間萬事何真假，古莽阜落皆夢也。識得神姬神所爲，所見無非神姬者。君從無姬得有姬，誰感君者元微之。君從無神得有神，誰契君者劉子振。我今對君姬，摹君神，爲君歌一曲，四座俱逡巡。高門如水室如茵，小樓彷彿遠山顰。簾垂永晝無纖塵，煙雲金石羅奇珍。《黄庭》在案酒在樽，讀書懷古撫龍鱗。千巖萬壑摇心魂，桃花流水笑殺人。噫吁嘻！肯教桃花流水笑殺人，與君爛醉錦瑟三千春。

【箋】

此詩採自静嘉堂本《圃庵詩集》甲辰卷，不見於他本。甲辰即康熙三年（一六六四）。據詩序，此詩爲海昌陳君賀壽所作。海昌陳君，見本卷《海寧陳氏園海棠花下放歌》箋。

次韻答年家朱生高軒歌

亦不必登白玉闌，亦不必酌黄金罍。但願讀騷兼痛飲，日日歡樂無悲哀。與君抵掌殊不惡，前指鸞皇後鵬鶚。山高水長醉復醒，夜深星斗何錯落。典墳丘索掛壁間，笑殺竪儒實糟粕。丈夫久厭承明廬，亦復羞乘下澤車。劵韝鞠跽取富貴，曹商蔡澤我不如。齪齪當世何足道，一任雷同共毁譽。漢后當生沙麓崩，中山失守因羊羹。世間萬事多反覆，達人高坐自不驚。只今舉步愁荆棘，山鳥聲聲行不得。閉户難尋辟穀方，出門大有可憐色。縱使扶摇九萬强，何處堪容六月息。迷陽迷陽晝地趨，蠻府刺促笑娵隅。道傍揶揄紛無數，幸得逢君一歎吁。青天磬懸家四壁，窮愁那得著《潛夫》。慨慕黄虞思美人，破屋團團坐鬼神。有時呵壁復捶地，歌哭笑駡皆天真。一年三百有六十，醉鄉日日須雲集。但得名花滿座傾，誰問枯魚過河泣。大兒醉舞小兒歌，餘子蛇行那敢入。劃然長嘯金鐵鳴，九天雲垂海水立。笑指神仙在蓬萊，盧敖徐福何人哉。丈夫功成會當去，安能碌碌埋黄埃。吁嗟乎！世事難從詹尹卜，誰探崑侖窮星宿。迹遍五嶽長九州，到底歸休一茅屋。何如醉卧白雲邊，笑看溪翁飯黄犢。喜君文采如麟鳳，書可盈牀筆可甕。長卿奏賦未云遲，賈生言事何須痛。酒酣耳熱爲君歌，側身天地可奈何。與君談笑一瞬耳，多少白衣蒼狗過。

【箋】此詩採自静嘉堂本《圃庵詩集》甲辰卷，不見於他本。甲辰即康熙三年（一六六四）。本年黄周星有《後逼側行用少陵韻别海寧年家朱生》，則朱生爲海寧人，未詳。

悦傾曲

四座俱莫喧，請歌悦傾曲。悦傾者爲誰，美人顔如玉。爲問美人年幾何，初日盈盈二十多。儂家本是鴛湖産，移向鹽官隱苧蘿。鹽官城中多少年，王孫公子何聯翩。美人意氣無輕許，只愛才華不愛錢。風塵邂逅得陳郎，門第文章少雁行。誰贈明珠誰解佩，當年恨不嫁王昌。輕舟來往非朝暮，人間豈少銷魂處。臨邛有令召相如，中宵載向語溪去。語溪客況亦蕭騷，猪肝嗛嗛煩牛刀。張燈置酒羅賓客，浮白呼盧且自豪。誰知禍福長相倚，肘腋戈矛見若曹。咄咄怪事真叵測，賓客中間有盜賊。壚篚覥面彼何人，夜半穿窬同鬼蜮。盜亦有道良不欺，厭勝之術一何奇。榻前綦履三四兩，一一反覆無雄雌。卧者沉沉盡昏默，獨有美人迷不得。胠篋探囊漸剥牀，驚起芙蓉春夢黑。推枕高呼童僕奔，秉炬扃扉得罪人。試看梁上今宵客，竟是樽前昨日賓。其時卧者方唤醒，主人詰賊聊相警。寧知鋌險發殺機，怒提匕首思狂逞。此際陳郎危復危，性命俄頃争毫釐。蒼黄還賴美人救，力掣賊肘相撑持。回身復以身當賊，五步免教血濺帷。衆手擒賊賊甘死，於法固應無活理。美人談笑仍解紛，要與陳郎全大體。噫吁嘻！咄咄怪事世罕逢，荆棘芝蘭迥不同。彼何衣冠而狗彘，此何脂粉而英雄。自古時窮見節義，藺廉千載猶生氣。繡窗今日得卿卿，世上鬚眉應掃地。誰能掉臂白刃前，料頭編鬚等遊戲。嚮使秦王繞柱呼，卿卿即是夏無且。嚮使圈熊犯屬車，卿卿即是馮婕妤。智伯必報楚必復，亦可豫讓可包胥。忠臣烈士兼義俠，今日捨卿其誰歟。更聞慧眼真殊絶，薰蕕一見能分別。此賊初同歡讌時，殷勤早向陳郎説。徙薪曲突孰歸功，爛額焦頭仍在列。復聞此賊昔多金，桑間買棹曾相尋。卿獨却金還閉户，何異羅敷皎日心。又聞語溪遺賊後，陳郎尚留卿獨否。歸來魴鱮數寄書，休貪鷄肋忘虎口。似此膽識俱過人，智勇由來并一身。力貴突兮智貴猝，機警如卿况絶倫。卿豈讀書老世務，胡乃舉動合經綸。嘗疑造物生才理，不在男兒在女子。假令卿輩列巖廊，寧非彪虎熊羆士。可歎庸庸纍若儔，捧土揭木無卿比。試問悦傾之號誰贈卿，多因名士悦傾城。若還論德不論色，只解成城那解傾。我今亦慕嬙施美，我今亦重姬姜賢。三歎爲卿歌此曲，留待千秋彤管傳遺編。

【箋】此詩採自静嘉堂本《圃庵詩集》甲辰卷，不見於他本。甲辰即康熙三年（一六六四）。據詩意，悦傾爲海昌陳生的紅顔知己。海昌陳生，見本卷《海寧陳氏園海棠花下放歌》箋。詩中，黄周星記敘了悦傾抵擋盗賊、保護陳生的英勇行爲。同年，黄周星又作七言絶句《有姬號悦傾戲詠二絶》，見卷四。

後傴側行用少陵韻别海寧年家朱生

傴側何傴側，誰問張南與周北。越溪自越溪，天下寧知重豔色。閉户空歎埋蓬蒿，出門又苦多荆棘。天荒地老鶗鴂啼，伊周孔孟行不得。欲躬耕既無田，欲負販又無力。威鳳祥麟在眼前，青天白日無人識。我觀世情惱欲顛，浮家泛宅同郵傳。泥塗何幸握君手，高誼彷彿參雲天。鐘鼎山林判霄壑，君豈同病能相憐。丈夫磊落張空拳，萬里江湖氣浩然。磻溪楚丘稱少壯，我今半百猶髫年。功名富貴腐鼠耳，華峰廬瀑聊堪眠。美人琅玕何以報，男兒意氣非金錢。

【箋】

此詩採自静嘉堂本《圃庵詩集》甲辰卷，不見於他本。甲辰即康熙三年（一六六四）。朱生，見本卷《次韻答年家朱生高軒歌》箋。

遊嘉善胥山詩

九日復九日，駕言遊胥山。問我何爲懷？秋冬之際難。載酒鼓蘭枻，維舟叩柴關。老友邀登堂，茗藿試盤桓。蒼翠猶在望，敢辭溯洄艱。振衣披蒙茸，心目悦無端。初意擬部婁，誰知亘鬱蟠。畏佳幕天地，虎兕紛巑岏。老友爲我言，兹土罕巖巒。巋然此靈光，拳石即大觀。周遭三百畝，聊足供躋攀。緬懷古英雄，曾此駐征鞍。至今但榛莽，廟貌久摧殘。笑彼道傍墳，松柏徒丸丸。山墅闃荒寂，絲竹誰爲彈。歎息理歸棹，逸興飛潺湲。謖高士廬，林水相縈環。再登老友榻，殷勤庀盤餐。所重豈醉飽，真意藹芝蘭。衡宇何暄潔，容膝審易安。簡編雜瓶几，幽卉間香欒。因思村居樂，耕讀心長閒。桃源與鹿門，即此十畝間。東籬況咫尺，阡陌堪往還。笑彼鼠壤徒，錢刀爲肺肝。竹林有王戎，嵇阮應汗顔。素心如老友，晨夕良足歡。願與二三子，觴吟共歲寒。

【箋】

此詩採自静嘉堂本《圃庵詩集》甲辰卷，不見於他本。甲辰即康熙三年（一六六四）。據詩中「九日復九日，駕言遊胥山」云云，則本詩當作於本年重陽節。嘉善胥山，在浙江嘉興，相傳伍子胥伐越駐兵於此。或云子胥死浮屍至此，鄉人葬之山巔，并爲立廟。

松化石歌

松化石曾得於傳聞，今始從魏塘蔣君處見之。其膚理宛然松也，而色與質則石。洵異物哉，歌以紀之。

世間乃有松化石，向來耳聞眼未識。何期今日落君家，一段龍鱗古鐵色。把酒摩挲久歎嗟，試問君從何處得。君言得自梁湯溪，午閘座主遠相貽。殷勤小置匡牀供，滇南美石承趺基。陳設蕭齋勝彝鼎，觀者嘖嘖咸稱奇。前年痛飲鄰家酒，醉歸北斗闌干後。恰值偷兒出室中，此石石牀俱入手。霹遇主人那不驚，蒼黄棄石擕牀走。主人大笑嗟若曹，神物陰知呵護牢。石牀雖去石亡恙，欲失復得爭秋毫。至今晨夕屹相對，寒山一片生雲濤。我觀此石磊砢多節目，黝者如石蒼如木。亦非臨海連理株，亦非大食松風玉。疑是媧皇煅煉餘，石破天傾墜崖谷。又聞此石名因馬自然，延真庭際三千年。笑指風雨一夕化，人耶松耶俱神仙。迄今又過千百載，神仙已往石猶傳。君不見，山頭貞婦曾化石，星隕魚遊多往迹。朽麥胡蝶楓羽人，有情無情了不隔。何況松石氣類同，自古南山近松柏。丈人峰畔五大夫，千尺龍蛇巖洞黑。信知神物有神靈，離奇變幻人難測。吁嗟乎！此石不與凡石同，松即石兮石即松。願君寶此如璜琮，名流韻士傳奇蹤。玉簫瑶瑟餐千鐘，延年歡樂壽無窮。三千年後更風雨，安知此石不化爲蛟龍。

【箋】此詩採自静嘉堂本《圃庵詩集》甲辰卷，不見於他本。甲辰即康熙三年（一六六四）。本年秋黄周星離開海寧，流寓嘉善魏塘。魏塘，今屬浙江省嘉興市嘉善縣。

硤石東山讌集詩

磊磊落落古硤石，西山東山相對碧。孤雲兩角去天尺，篷窗佇眙非朝夕。執徐夏五簪冠舄，東諸侯者來繹繹。齊魯大邦殊檜虢，敢誇名士多如櫛。左執槃敦右典册，推襟送抱風生腋。振衣千仞寰瀛窄，塊蘇宫榭薺松柏。搜巖剔谷山鬼嚇，美人明月懷何劇。銀燭晃如哉生魄，一樓夜聚文章伯。五百里内星光赤，酾鼉鷹鼂浮大白。酒酣笑詠紛墮幘，吞吐風騷轡丘索。六朝金粉羞入格，汗流淵雲走湜籍。南皮河朔争杖屐，那堪座有萬里客。明發紇鴻分阡陌，時哉努力事行役。我獨歸泛玄真宅，但願千峰長繞席。所謂臣有煙霞癖，山高水長春夢隔。

【箋】此詩採自静嘉堂本《圃庵詩集》甲辰卷，不見於他本。甲辰即康熙三年（一六六四），時黄周星在海寧授經。硤石在海寧，以東西兩山夾水名。東山亦稱沈山、審山，其間多名勝古迹。

爲人題畫竹

我愛王子猷，此君結幽契。何可一日無，種植須庭砌。若無十箇軒，青士將安寄。所以澹蕩人，毫端發蒼翠。與可畫篔簹，髯蘇喜作記。千畝不療貧，一竿堪寫意。誰歟繪碧鮮，鸞尾紛紛曳。此竹數尺耳，而有萬丈勢。妙手難畫風，試看風篠醉。掛向羲皇窗，秋聲滿天地。

【箋】

此詩採自静嘉堂本《圃庵詩集》乙巳卷，不見於他本。乙巳即康熙四年（一六六五）。

和惱公五十韻

詠長吉《惱公》，殆爲美人而作也。余此日固無美人見惱者，然亦何所不惱哉？因以己意和之。

沉酗天仍碧，彌祲日自紅。崇朝誇美槿，浹宿笑神叢。逐臭人情熱，争妍婦態穠。劍鳴添酒盞，壺缺減詩筒。枳棘元非竹，菰蔣或似洪。行藏訛虎鼠，得失混鷄蟲。入蜀愁三峽，歸吴問五茸。室惟張仲蔚，鄰少斛斯融。筆落空驚雨，文成但笑風。濡裳疑采荔，緣木憚搴蓉。江遠魚呼轍，雲高鶴觸籠。尋花難化蝶，吐飯豈成蜂。嫂畏新蘇季，人輕舊阿蒙。蒸梨分轂食，衣褐類蠻賨。名重燕臺駿，功遲渭水熊。長檠憐短策，安矢愛危弓。傅説身騎尾，荆卿氣貫虹。遊仙懷賈島，送客憶崔峒。願作披裘釣，羞争澼絖封。狐狸驕隱豹，螻蟻苦潛龍。火碎崑岡玉，山圍郿塢銅。高門多鬼瞰，空谷絶人蹤。毒熱祈霖澍，嚴寒籲日烘。黄沙塵噎噎，白水氣蔥蔥。露冷巖阿桂，霜紅石徑楓。進狼開後户，射隼失高墉。土室風何杳，冰山興自濃。吹簫人似伍，彈鋏客如馮。未種千頭橘，虚傳百尺桐。螢飛同月照，烏集是雲從。魑魅喧昕市，嬋娟泣暗櫳。官儀思建武，黨禍咎元豐。但見州沉陸，誰知嶽降崧。煢煢秦氏女，滚滚霍家僮。宋雀誇虞鳳，韓盧擬鮑驄。淫哇殊可聽，正直故難容。朝士羶堪慕，山人隱暫充。醉醒千里外，笑歎百年中。燎野星星燼，滔天滴滴鬃。蜃樓迷海岱，鳥道阻巴邛。嵇叔琴三弄，禰生鼓一通。人皆行富貴，我自任疏慵。命也誰能造，時哉適不逢。憂讒恒閔默，慮患每怔忪。節苦窮亡悔，旅貞吉亦凶。伏犀慚骨相，磨蝎妒身宫。孤憤韓非子，狂吟陸放翁。傭奴聯黻佩，娼丐夾章縫。夜看花殘燭，晨聽漏盡鐘。扶桑騰彩旭，矯首望璇空。

【箋】

此詩採自静嘉堂本《圃庵詩集》乙巳卷，不見於他本。乙巳即康熙四年（一六六五）。《惱公》爲唐代詩人李賀（字長吉）的一首五言古詩，本詩爲黄周星的追和之作。

丙午六月遊湖州諸山水歌

前年六月來蘇州，冒暑直上西山頭。今年六月來湖州，又復騰騰冒暑遊湖州。山水多幽曠，古稱清遠良不妄。我來誤信主人賢，枯坐三旬空悵怏。誰知天送我友來，山水同心真快哉。停觴一語即命駕，欻如鷹隼決浮埃。環郡皆山西北多，弁山盤亘何嵯峨！三巖九〔一〕洞十八寺，一笻難遍可如何？發棹先尋古白雀，石門畫壁殊盤礴。望湖亭子颯如秋，竹樹森涼蔽丘壑。欲去不去幾踟躕，半日高閒坐畫圖。屠〔二〕塔青蓮不足道，遺墨依稀見大蘇。山僧欲留客不聽，揮汗還復報〔三〕圓證。十里坡陀袓跣行，松杉猶是漁樵徑。過橋始覺非人間，茂松林竹隔松關。千畝浮天同一脈〔四〕，寺門如對萬重山。是時神魄怳無主，秋亦難名何況暑？高卧僧帷幽夢酣，不知此生〔五〕在何許。清曉鳴蟬戛絲竹，出寺林光正初旭。東西小刹盡經過，多寶積善兼資福。行行十步九流連，回首難辭紺碧天。爲僧不向此〔六〕山老，更於何處學安禪？南望群峰興未已，道場崢嶸〔七〕連妙喜。詰朝便作妙喜遊，夾山漾即西湖水。水盡山迴見竇積，皎然遺址空陳迹。傍有龍樵學道人，妻梅友竹家泉石。相過一棹〔八〕叩雲房，半榻松風五夜涼。丹砂未熟黄金笑，去去迴舟艤道場。道場山勢屹峻嶒，山椒有塔不可登。東坡書院罨空翠，别有幽奇得未曾。東下峴山惟培塿，知與襄陽相似否？逸老堂中好賦詩，窪樽石畔宜斟酒。吾於〔九〕凋壑頗尋賞〔一〇〕，浪湖浮玉足徜徉。獨恨碧巖未得到，私慚襏襫疲津梁。津梁雖疲饒逸趣，空有勝情無勝具。揮手遥謝賢主人，拂衣大笑且歸去。

【校】

〔一〕「九」，原作「如」，據静嘉堂本改。

〔二〕「屠」，静嘉堂本作「尼」。

〔三〕「報」，静嘉堂本作「投」。

〔四〕「脈」，静嘉堂本作「緣」。

〔五〕「生」，静嘉堂本作「身」。

〔六〕「此」，静嘉堂本作「兹」。

〔七〕「峥嶸」，静嘉堂本作「嵂嵲」。

〔八〕「棹」，静嘉堂本作「揖」。

〔九〕「吾於」，静嘉堂本作「其餘」。

〔一〇〕「賞」，静嘉堂本作「常」。

【箋】

此詩採自《前身散見集》丙午年，静嘉堂本《圃庵詩集》丙午卷亦收。丙午爲康熙五年（一六六六）。本年六月，黄周星遊覽湖州山水，遂有此作。

醉後讀〔一〕論語沮溺章不覺墮淚漫書長句一首

鳥獸不可與同群，吾非斯人而誰與？吁嗟吾師大聖人，無可奈何爲此語。想見停車憮然時，一腔悲憫淚如雨。安懷信友志不伸，多少蒼生失慈父。堅乎白乎匏瓜哉？世莫宗余余曷主。麟鳳翻同虎兕啼，傷心纍狗走無所。吾道非耶吾道窮，困餓九州空逆旅。吁嗟吾師生不辰，不逢堯舜與文武。迷津到處被嘲譏，何但耦耕沮溺侶。彼沮溺者豈庸流？亦是四科賢哲伍。接輿荷簣皆其儔，懷瑾握瑜堪公輔。遭時倘得颺明庭，皋夔稷契寧多詡。滔滔天下可如何？聊復隱鱗而戢羽。辟人辟世豈參商，時哉時哉色斯舉。若與吾師款款談，相視莫逆忍相忤。黻佩負戴時爲之，冕玉被褐隨所處。禹門顔巷道本同，室鄰疏戚分秦楚。試觀當日之域中，竟是誰家之區宇。《春秋》未作亂賊多，麀聚鶉奔安足數。七十二國兄弟行，秕政大都衛與魯。衣冠禮樂亦何爲？野鹿標枝思太古。鳥獸安知非由夷，斯人安知非貙貐？正言不足或反言，沮溺聞之語齟齬。請爲轉語質吾師，未識婆心肯相許。斯人不可與同群，吾非鳥獸而誰與？

【校】

〔一〕「讀」字後，静嘉堂本有「書」字。

【箋】

此詩採自《前身散見集》丙午年，静嘉堂本《圃庵詩集》丙午卷亦收，然而「沮溺聞之語齟齬」以下部分缺失。丙午爲康熙五年（一六六六）。「論語沮溺章」出自《論語·微子》：「孔子過之，使子路問津焉。長沮曰：『夫執輿者爲誰？』子路曰：『爲孔丘。』曰：『是魯孔丘與？』曰：『是也。』曰：『是知津矣！』問於桀溺。桀溺曰：『子爲誰？』曰：『爲仲由。』曰：『是魯孔丘之徒與？』對曰：『然。』曰：『滔滔者，天下皆是也，而誰以易之？且而與其從辟人之士也，豈若從辟世之士哉！』耰而不輟。子路行以告，夫子憮然曰：『鳥獸不可與同群，吾非斯人之徒與而誰與？天下有道，丘不與易也。』」

仿離合體秣陵黄周星九煙氏八字

閲孔文舉《離合郡姓名字》四言詩，每用四句成一字，中又有兩句者，或疵其冗雜不倫。余乃改爲五言，用二句離合爲一字，以識籍系名號云。

乘車將北行，洙水東流迅。陸機辭下土，草閣何須問。異鄉少田園，拂袖解朝衣。舟裹掛冠去，鳴鳥自高飛。景物帝京遥，吹笙隱竹圃。好仇在深閨，豈有傍人侮。秋未斂玉穗，甄陶瓦釜推。抵掌論時輩，何嘗見一才。

【箋】

此詩採自静嘉堂本《圃庵詩集》丙午卷，不見於他本。丙午即康熙五年(一六六六)。孔融《離合作郡姓名字詩》：「漁父屈節，水潛匿方。與時進止，出寺施張。吕公磯釣，闔口渭旁。九域有聖，無土不王。好是正直，女回于匡。海外有截，隼逝鷹揚。六翮將奮，羽儀未彰。龍蛇之蟄，俾也可忘。玟璇隱曜，美玉韜光。無名無譽，放言深藏。按轡安行，誰謂路長。」

題方朔偷桃圖爲某君壽

天壽有歲星，地壽有蟠桃。人壽臣朔是，物壽鶴鳴皋。四者皆稱壽，泰華與嵩高。誰知歲星郎臣朔，阿母蟠桃親手攫。白鶴隨身閒不騎，上天下地只雙脚。度索三千里，瑶池三千年。曼倩三偷誰得見？短人饒舌殊可憐。令威拍手蘇耽笑，侏儒那得知神仙。

【箋】

此詩採自静嘉堂本《圃庵詩集》丙午卷，不見於他本。丙午即康熙五年(一六六六)。

夢遊華山吟送王君歸關中

華山高，高幾許？腹龍門，高〔一〕天柱。絡終南，足〔二〕玄扈。壁立五千仞，森秀蟠終古。武功太白等兒孫，熊耳七盤不足數。吁嗟鴻濛誰所居？蓐收之館少昊都。手盪足踏分爲兩，巨靈贔屭果何如。滈池白璧〔三〕事怪誕，集靈仙殿空踟躕。莫笑秦皇〔四〕漢武老死不得到，試問七十二君誰留封禪書？獨有文人差不俗，甘將性命殉猿蝠。落雁峰前太白呼，黃〔五〕龍嶺上昌黎哭。後來好事亦寥寥，鈎梯博箭無人續。輸他石峽老希夷，一睡千年魂夢緑。我生夙癖在煙霞，每見名山似到家。五嶽纔遊一衡嶽，岱華嵩恒漫自誇。我所思兮華爲首，半生想像徒咨嗟。比來神境奇復奇，十夜九夜夢見之。或爲巖巒青崒屼，或爲殿閣碧參差。或見散仙及古佛，或見瑶草與瓊枝。千峰萬壑遞隱現，雲海盪胸光陸離。殷勤三步六迴顧，今朝喜識華山路。月落鴉啼夢忽醒，華山渺渺知何處？幾回拊枕中惆悵，醯鷄措大真窮相。長安大道直如繩，崤函百二今亡恙。欲行則行誰尼之？華山原不在天上。胡爲轆轆夢中逐〔六〕？婚嫁蹉跎笑禽向。我夢華山遊，未了華山願。但願華山人，如見華山面。客中愺恅忽逢君，正是華山東西眷。君言家居去山尚二百，若問驪山真咫尺。繡嶺時烘返照松，温泉猶馥凝脂澤。梨園子弟華清宮，鴻門將相新豐宅。此中古迹何太多，對君俯仰悲今昔。我夢華山非驪山，因華得驪亦解顔。他日浴驪方涉華，好與君家共往還。君今歸去華山下，爲我持書致主者。關門紫氣有人過，青牛未必非白馬。今歲不來明歲來，肯教春夢同飄瓦。華山高高知幾重？蓮花天外矗三峰，明星玉女照芙蓉。青柯坪上不肯住，洗頭盆畔會相逢。飽餐玉井如船藕，醉呼酒姥〔七〕騎茅龍。笑看孤雲兩角天一握，與君狂吟大叫呼吸帝座常相通。

【校】

〔一〕「高」，静嘉堂本作「尻」。

〔二〕「足」，静嘉堂本作「趾」。

〔三〕「璧」，静嘉堂本作「壁」。

〔四〕「皇」，静嘉堂本作「王」。

〔五〕「黄」，静嘉堂本作「蒼」。

〔六〕「逐」，静嘉堂本作「過」。

〔七〕「姥」，静嘉堂本作「媽」。

【箋】

此詩採自《前身散見集》丁未年，静嘉堂本《圃庵詩集》丁未卷亦收。丁未即康熙六年（一六六七）。

吴臺行贈吴成縣

我知君非百里才，何乃折腰爲縣吏？大官大邑猶不宜，況復彈丸甌窶地？咄咄成縣古仇池，鳳臺龍峽饒若輩〔一〕。草堂流寓昔爲誰？杜陵有客子美字。嗚呼七歌同谷哀，負薪拾橡空憔悴。至今遺像委荒祠，才人過此應下淚。後千百年有吴君，倜儻磊落兼高致。士元驥足本空群，公琰人推社稷器。無故驅車向此邦，如鸞栖棘鴻垂翅。蒿目溝墟幾孑遺，魴尾羊〔二〕墳幾殄瘁。保障猶難況繭絲，那堪悍卒申申詈？更有積冤冤最奇，成縣階州元並置。環成俱〔三〕是階州屯，卻代階郵具鈞駟。階人談笑成人號，僕痛馬瘏悲枕胔。殃鄰嫁禍忍吞聲，爲民父母能無愧？君獨毅然論罷之，脣焦穎秃非容易。累世恫瘝一旦蠲，福〔四〕山煙〔五〕海何贔屭。從此成人慶更生，庚桑尸祝垂永利。其他美政不勝書，除害貽休皆此類。勞苦功高竟去官，疏狂迺因詩酒累。傳誦彈文笑煞人，罪狀有三皆韻事。其中一事曰修祠，端爲少陵挂吏議。髫叟遮留君拂衣，回首秦川惟涕泗。成宰曾聞補〔六〕子皋，蟹筐〔七〕蟬緌等兒戲。何似君家遺愛深？芙蓉千頃羅碑誌。投劾抽簪自古多，如此風流人罕企。數行白簡勝華褒，不可無一寧有二？誰言詩酒誤殘編〔八〕，詩酒造福偏殊異。功首元來即罪魁，錚錚循卓恒遭忌。廉吏可爲不可爲？蒼生樂只身遐棄。吴帆越棹好秋風，歸來且慰蓴鱸志。久在樊籠翻自然，何異息黥而補劓。逢君勿復歎升〔九〕沉，但向鴛湖日日醉。山高水長姓氏〔一〇〕香，千秋試看吴臺記。

【校】

〔一〕「若輩」，静嘉堂本作「蒼翠」。

〔二〕「羊」，静嘉堂本作「牂」。

〔三〕「俱」，静嘉堂本作「盡」。

〔四〕「福」，静嘉堂本作「移」。

〔五〕「煙」，静嘉堂本作「堙」。

〔六〕「補」，静嘉堂本作「誦」。

〔七〕「筐」，静嘉堂本作「匡」。

〔八〕「殘編」，静嘉堂本作「經綸」。

〔九〕「升」，原作「斥」，據静嘉堂本改。

〔一〇〕「氏」，静嘉堂本作「字」。

【箋】

此詩採自《前身散見集》丁未年，静嘉堂本《圃庵詩集》丁未卷亦收。丁未即康熙六年（一六六七）。

吴成縣，即吴山濤（一六二四—一七一〇），字岱觀，號塞翁，清初書畫家，曾任成縣知縣。清黄泳第纂修

《成縣新志·名宦》：「國朝吳山濤，字岱觀，浙江錢塘人也。由舉人任成縣知縣，慨然以興除利弊爲己任。」吳山濤因在成縣任上建少陵七歌堂被誣罷官，黃周星此詩中即言及此事。「少陵七歌」指杜甫所作《乾元中寓居同谷縣作歌七首》，唐代同谷縣即甘肅成縣。

寫真行贈雲間沈韶〔一〕

我笑世人競寫真，世本無真安用寫？寫真況復未必真，不成寫真但寫假。傳神那俟虎頭奇？草草丹青皆土苴。驪黃牝牡是耶非？畫人彷彿同相馬。解衣槃礴擬〔二〕庸流，儃儃誰是真畫者？昔年閩海有曾鯨，白門游藝聲名哆。大署軒屏索價高，寒士何由窺燕廈？同里復有廖時行，與鯨亦不相上下。偃卧荆溪懶出門，厥技雖工知者寡。近來此派盛三吳，轥材遍地空挦撦。謝彬吳旭武林英，茅葦叢中見松檟。人人爲我一寫之，大都伯仲相魚雅。五十年來轉眼間，蒼顏漸没〔三〕非遊冶。今年始得見沈韶，瓶山幽閣如蘭若。雲鶴神交匪一朝，傾蓋論心兩不捨。四顧縑緗何陸離，盡是桃花人面赭。猴冠蜥羽不足論，亦有江湖氣豁閜。我時熟視屢垂涎，心慕神摇口似啞。只愁筆燥客橐〔四〕空，洪崖赤白誰堪打？感君顧我輒欣然，落紙霜毫手便把。意匠經營阿堵中，鬚眉颯爽多瀟洒。是時繞閣綻黃梅，融融冬日如春夏。坐我羲皇六月風，脱帽披襟露雙踝。寫罷賓朋盡笑譁，宛然黃子九煙也。頰上三毫不用增，懷葛之民真樸野。若教九煙對坐看，便堪呼出同樽斝。咄咄沈君技絶倫，老手擅場非苟且。僧繇道子本前身，五經三史隨傾瀉。揮毫欲腐〔五〕剡藤箋，潑墨當空銅雀瓦。餘技猶能繪麗姝，花間蜂蝶香争惹。收藏往往炫珍奇，如標鳳羽陳龍鮓。我本落穆素心人，坐卧風騷懷屈賈。跋扈難同李白狂，疏慵頗類嵇康姐。閉户長吟罕應酬，耻效雕龍炙轂輠。愛君古道比壎篪，不數洛中有三嘏。山高水長筆墨酣，他年好結香山社。

【校】

〔一〕静嘉堂本題作「寫真行贈沈雲韶」。

〔二〕「擬」，静嘉堂本作「睨」。

〔三〕「没」，静嘉堂本作「復」。

〔四〕「橐」，静嘉堂本作「囊」。

〔五〕「腐」，静嘉堂本作「罄」。

【箋】

此詩採自《前身散見集》丁未年，静嘉堂本《圓庵詩集》丁未卷亦收。丁未即康熙六年（一六六七）。

沈韶（一六〇五—？），字爾調，華亭（今上海松江）人。善畫人物仕女，寫真學曾鯨，有名於時。據詩中所云，本年冬，沈韶曾爲黄周星畫像。

題沈石田山水爲某君壽

山高水長天地緑，雲樹重重界飛瀑。江村茆屋坐伊人，焚香擁卷瓶花馥。嗒然相對有漁舠，釣竿不動波如縠。咄咄兩翁世罕稱，一似淵明一子陵。羲皇爛醉狂奴笑，正是千秋耐久朋。

【箋】 此詩採自靜嘉堂本《圃庵詩集》丁未卷，不見於他本。丁未即康熙六年（一六六七）。沈石田即沈周（一四二七—一五〇九），字啓南，號石田、白石翁、玉田生、有竹居主人等，長洲（今屬江蘇蘇州）人。明吴門畫派創始人，明四家之一。

題張仙送子圖爲某君壽

有美丈夫生孝友，尚書司籙佐南斗。斟酌元氣左右手，操弧挾彈何赳赳。永錫祚胤昌厥後，眉山老泉文章叟。玉環易歸禱祀久，爰生軾轍名不朽。偉哉靈瑞世希有，花蘂繡奩今再剖。仰視璇霄時矯首，雲中武曲負兒走。天香似出姮娥授，弓韣祥徵良不偶。我作吴歈爲君壽，願君玉樹森槐柳。荀龍薛鳳十得九，它年累榻聯貂綬，爲君更酌千春酒。

【箋】此詩採自静嘉堂本《圃庵詩集》丁未卷，不見於他本。丁未即康熙六年（一六六七）。

孝貞行爲嘉禾李氏女賦

古之貞女耶，十年乃許字。今之貞女耶，終身竟不字。咄咄今人過古人，無乃深閨好立異。深閨立異亦何傷，孝貞至性由天植。其貞不同孝則同，請説當年孝貞事。檇李李家有幼妹，生來品格與人殊。齠齡哭母慟幾絶，織紝佐父何勤劬。門祚雖卑德容茂，户外時聞桃李車。父母之心人皆有，宜室宜家女獨否。自言生女須養親，肯把姑章易父母。矢志靡他故無匹，婦有三從一從畢。晨昏膝下供饘酏，四十七年如一日。有時父病女嗟呼，籲天請代期捐軀。何來青鳥遺朱實，一匕入口沉疴除。人言純孝格天地，古今一理奚其誣。因思孝貞皆令德，中庸本分無奇特。以貞成孝孝生貞，聖人復起吾何惑。獨疑詩禮垂訓深，風始千秋重瑟琴。設教女行皆如此，盤古何由得至今。我知此事非恒事，比干孝己皆同類。間氣偶鍾出異人，不可無一安有二。邇來綱常棄如土，往往掉臂視君父。若聞笄褘孝貞風，彝倫名教寧小補。爲我語世人，生女慎莫悲，生女亦莫怒。流虹勝地有斯人，彤編青史堪千古。

【箋】此詩採自静嘉堂本《圃庵詩集》丁未卷，不見於他本。丁未即康熙六年（一六六七）。嘉禾，即浙江嘉興。

戲集莊子篇名成詩

達生繕性養生主，盛德充符天道溥。逍遥遊戲寓言多，人間世事同駢拇。在宥無心應帝王，不讓王詡庚桑楚。齊物論中外物齊，刻意當爲天下溪。天地至樂惟漁父，安知北遊蹶馬蹄。空山木落澄秋水，陰極則陽天運始。説劍胠篋盗跖豪，仁賢列御寇烽弭。魏廷誰是大宗師，田子方與徐無鬼。

【箋】此詩採自静嘉堂本《圃庵詩集》丁未卷，不見於他本。丁未即康熙六年（一六六七）。

卦名詩

洪蒙肇闢乾坤始，泰運一中孚冠履。師旅震驚鼎革交，扶屯出蹇期傾否。豐亨豫大壯皇圖，損益隨時敷賁美。巽風解困晉賢良，訟生無妄渙然理。噬嗑觀頤漸剥膚，晦明夷險復相倚。以大畜小畜何尤，以小過大過斯侈。臨事夬決戒需遲，幹蠱勞謙方萃祉。家人歸妹姤河洲，未濟睽離既濟喜。坎井流膏大有年，艮山兑澤欣鄰比。好同人士頌升恒，嘉遯苦節咸興起。

【箋】此詩採自静嘉堂本《圃庵詩集》丁未卷，不見於他本。丁未即康熙六年（一六六七）。

壽某君七十

上壽百齡中八十，年如古稀固其匹。古稀不獨以年稱，福德兼之乃可述。黄海峨峨白鶴高，三十二峰何崒嵂。中有姱修金玉人，輝山媚澤温而栗。清識難尚德可師，朗陵長社堪儔肸。紛内美兮重修能，七十年來如一日。琴樽奕釣卧羲皇，泉石煙霞非痼疾。隱鱗戢羽世皆知，會見纁黃賁圭篳。有子振振號荀龍，元愷辛陽恍再出。賢書卓犖鳳毛多，袍笏它年應滿室。此日雲璈薦菊觴，瓊林珠樹儼成行。朱紱浮名何足道，緑天閒課正常羊。

【箋】

此詩採自靜嘉堂本《圃庵詩集》丁未卷，不見於他本。丁未即康熙六年（一六六七）。

靈巖山觀石畔西施履迹戲詠

豔色重西施，色好迹亦好。胡然枉玉趾，山徑踏芳草。屐齒善印泥，所至如脱藁。多少野[一]遊姬，慣被香塵惱。獨奇剛化柔，磐石同苔藻。宛宛鑱刻成，好事知誰造？風雨蝕千秋，此迹終不掃。我來訪得之，拍手堪絶倒。天闕[二]瞿曇趺，太華巨靈爪。古迹流傳多，真贋類難考。此迹將毋同，掌故何從討？貞娘墓有無，才人猶悵懊。何況此迹存，館娃如未老。雖無金蓮花，觸目咸知寶。因想昔繁華，吴宫矗蒼昊。酣憩靈巖顛，彷彿棲蓬島。中有傾城人，曳錦握文葆。妝閣與琴臺，風月娱清皓。富貴而神仙，自謂長相保。轉盼麋鹿遊，鴟夷去何早。空餘步屧痕，千載縈懷抱。咄咄書生癡，臆度徒紛擾。或笑比竺摩，一夔殊恨少。或誤認夫差，纖鈎等楛笴。似此槃籥觀，無異童與媪。長嘯謝山靈，今古何足道？

【校】

〔一〕「野」，静嘉堂本作「冶」。

〔二〕「闢」，静嘉堂本作「闕」。

【箋】

此詩採自《前身散見集》戊申年，静嘉堂本《圃庵詩集》戊申卷亦收。戊申爲康熙七年（一六六八）。本年六月，黄周星曾遊蘇州西南的靈巖山，觀西施脚印。相傳夫差曾爲西施在此建造館娃宫，靈巖山上有奇石「烏龜望太湖」，石上脚印據説是西施常站在此眺望故鄉所留。

雲間柏生以所作洞庭吟索余題跋未就是夜忽夢與武水殳生晤談時殳生肥遁九峰余欲作五古一章相贈先得二句云壯士或不言言則有異響醒來遂足成一詩既以寄殳即以酬柏

壯士或不言，言則有異響。高士或不言，言則有異想。落落九峰青，雲間故無兩。我懷殳山人，夢寄靈鼉上。西望洞庭雄，兩峰横漭沆。縹緲與莫釐，神仙定來往。咄咄柏古癡，孤笻恣吟賞。討怪復征幽，笠澤歸趺掌。笑煞採蓮娃，嚇煞龍威丈。

【箋】

此詩採自《前身散見集》戊申年，靜嘉堂本《圃庵詩集》戊申卷亦收。戊申年爲康熙七年（一六六八）。雲間柏生即柏古，字斯民，號雪耘，浙江嘉善清風涇（今上海楓涇）人。因寓近白牛涇，又自稱白牛牧人。詩古淡，書法繪畫兼善，著有《雪耘詩集》。約是年，黃周星於嘉善清風涇，與柏古交遊，遂有此作。博潤修、姚光發纂《光緒松江府續志·名迹志》（清光緒九年刊本）卷三十八：「柏學士茅屋，在一保十一圖清風涇，柏古建。黃九煙用杜少陵舊題，題其額。（《嘉興府志》。案：《嘉興府志》載入嘉善縣古迹，誤。）國朝柏古《和杜少陵韻詩》：涇水洋洋可釣魚，棲遲絕似碧山居。詩交杜甫千年上，春老陶潛五柳餘。學士清風還拂拂，野人茅屋豈渠渠。年來已辦漁樵事，徒有家傳太史書。」

六月十七日友人招集南園觀荷醉賦

六月荷花二十四，吴俗争傳荷誕辰。今朝相去尚七日，已覺繁豔無比倫。三吴水國多此種，西湖震澤等齊秦。此邦邾莒不足數，亦有池館相鮮新。從來風月無常主，惟應閒者是主人。繞軒芙蓉正爛漫，麗若晨霞粲錦茵。嬙施環燕紛林立，喜者如笑愁如顰。檻邊朱粉時半露，又如鄰女戲窺臣。六郎幺麽覺形穢，文君臉際遠山勻。殘妝未謝新妝接，何異靈芸踵洛神？緑鉤翠荇巧相映〔一〕，蝶飛栩栩魚鱗鱗。薰風十里香不絕，頓令夏宇成秋旻。此時無酒心亦〔二〕醉，況有賢主及嘉賓。碧筒歡〔三〕飲成〔四〕故事，鯨吸鰲呿知幾巡？科跣酣呼各沉湎，竹林豈識元規塵？羲皇魏晉在何許？無懷民歟葛天民。夕陽已下明月上，欲去還恐花神嗔。自有此花無此客，今日之樂樂最真。把酒酬〔五〕花向花語，轉盼七日非彌旬。先酌一斗爲汝壽，願汝五光十色八千春。

【校】

〔一〕「巧相映」，静嘉堂本作「相映發」。

〔二〕「心亦」，静嘉堂本作「亦心」。

〔三〕「歡」，静嘉堂本作「勸」。

〔四〕「成」，静嘉堂本作「傳」。

〔五〕「酬」，静嘉堂本作「酧」。

【箋】

此詩採自《前身散見集》戊申年，静嘉堂本《圃庵詩集》戊申卷亦收。戊申爲康熙七年（一六六八）。據詩句「六月荷花二十四，吴俗争傳荷誕辰。今朝相去尚七日，已覺繁豔無比倫。三吴水國多此種，西湖震澤等齊秦」云云，黄周星本年六月十七日在蘇州賞荷，遂有此作。

壽羅母五十

荷香拂天風轉蕙，園林極目皆澄霽。此日瑶臺敞綺筵，疑有仙姝颺綵袂。殷勤來過阿母家，五十年中初設帨。阿母風儀鍾郝儔，汝南方幅好門第。當年梁孟敬如賓，黄鵠中宵悲伉儷。冰檗錚錚二十霜，夜雨春燈長擁髻。雙珠膝下會峥嶸，世業琳琅真善繼。諸孫森立盡芝蘭，東牀玉潤非齊贅。共向萱幃進壽觴，千秋日月正相望。鸞歌鳳舞何須道，佇看龍綸賁北堂。

【箋】此詩採自静嘉堂本《圃庵詩集》戊申卷，不見於他本。戊申即康熙七年（一六六八）。

讀易吟爲海寧張先生八十壽

庖羲一畫開千古，乾坤六子相孳乳。天根月窟滿宫春，六虚萬象歸參伍。大哉《易》乎統三才，姬文周孔皆同祖。杏壇親受有商瞿，田丁施孟聊訓詁。前後乃有兩京房，文辭占數分門户。自漢迄唐代有人，空談雜技曾何補。咄咄華山白雲翁，一圖繪出先天譜。濂雒關閩遞發揮，紫陽極力呼聾瞽。晦明絶續數千年，往往鼉簧竄鐘鼓。幸哉今日有先生，海濱彷彿鄹與魯。先生壯歲登賢書，聲名一日馳寰宇。是時朝野久恬嬉，旦暮相期躋台輔。七上公車志益堅，垂天息翼鵬猶怒。誰知滄海忽翻騰，□□艱貞遇六五。先生歎曰歸休乎，小樓坐卧門常杜。起視韋編大《易》存，朝吟夕諷心良苦。焠掌支頤且著書，四聖羹牆如可睹。點竄《經世》《正蒙》篇，縱横太極圖書府。書成自以困學名，謙謙君子非迂腐。善《易》不言言即傳，二經十翼供談麈。左招康節右濂溪，康成輔嗣安足數。吟風弄月樂無涯，山鳥可歌蝶可舞。先生所居曰待軒，守先待後功誠溥。袁閎土室范粲車，此意吾知非稼圃。先生好學老不衰，賓筵懿戒媲衛武。行年八十色如嬰，堪稱人龍與文虎。即今陽月欣覽揆，杖朝大耋宜多祜。先生有道世罕知，笑殺群兒殉圭組。我願先生比鏗聃，明德加餐力同努。請酌一斗壽先生，先生者誰張元岵。

【箋】

此詩採自静嘉堂本《圃庵詩集》戊申卷，不見於他本。戊申即康熙七年（一六六八）。據詩句「先生者誰張元岵」，則張先生爲張次仲，字元岵，海寧人，天啓元年（一六二一）舉人，著有《周易玩辭困學記》。黄宗羲有《張元岵先生墓志銘》。本年冬，黄周星曾赴海寧拜張次仲八十大壽，遂有此作，據『即今陽月』句，詩當作於十月。

閱顏魯公集中載清遠道士同沈恭子遊虎丘寺詩云我本長殷周遭罹歷秦漢四瀆與五嶽名〔一〕山盡幽竄及此寰區中始有近峰玩近峰何鬱鬱平湖渺瀰漫吟眺〔二〕川之陰步止〔三〕山之岸山川共澄澈光彩交凌亂白雲滃〔四〕欲歸青松忽消半客去川巒〔五〕靜人來山鳥散谷深午見日崖幽曉非旦聞子盛遊遨風流足詞翰嘉茲好松石一言常累歎勿謂余鬼神忻君此〔六〕幽贊而皮襲美題其後云虎丘山有清遠道士詩其所稱自殷周而歷秦漢迄於近代抑二千年末〔七〕以鬼神自謂亦神怪之甚者顏魯公李衛公皆有繼作噫清遠道士果鬼神乎抑道者流乎抑隱君子乎襲美之言如此余亦異而和之如襲美所云

清遠彼何人？從殷歷秦漢。上下二千年，世代幾更竄。想見蓬壺遊，瑤華頻把玩。有時入青雲，九垓期汗漫。滄桑〔八〕或揚塵，深谷或成岸。彷彿桃花源，耳邊無理亂。咄咄小虎丘，未及靈巖半。於此暫流連，歌哭時聚散。何物沈恭子，與爾共昏旦。若非伴琴樽，即是連篇翰。天地有同心，風雨免悵歎。仙耶鬼神耶？靈幻誰能贊？

【校】

〔一〕「名」，静嘉堂本作「各」。

〔二〕「眺」，静嘉堂本作「就」。

〔三〕「止」，静嘉堂本作「上」。

〔四〕「滃」，静嘉堂本作「蓊」。

〔五〕「巒」，静嘉堂本作「島」。

〔六〕「此」，静嘉堂本作「共」。

〔七〕「末」，静嘉堂本作「來」。

〔八〕「桑」，静嘉堂本作「海」。

【箋】

此詩採自《前身散見集》戊申年，静嘉堂本《圃庵詩集》戊申卷亦收。戊申即康熙七年（一六六八）。

壽吴江沈君七十

我本金陵人，生當萬曆末。五齡逮九齡，兩度入京闕。其時久承平，禁網殊疏闊。煙火萬里春，朝野浩通達。鴆毒生晏安，妖魅潛牙枿。吁嗟國步頻，門户仍傾奪。始自辛亥秋，内計争澄汰。戈矛復戈矛，衣鉢還衣鉢。展轉三十年，怨毒纏轇轕。經歷啓與禎，三朝遞喧聒。曰余通籍晚，庚辰始釋褐。回憶丙丁時，奄禍横降割。翼虎飛食人，毆迫過鸇獺。三案沸蜩螗，嗔齗相排揬。正人與君子，次第遭誅蔡。野哭盡傷心，書空怪咄咄。海宇遂騷然，蒼黎頻蹙頞。萬國半橐韓，十年九蝝魃。元氣日凋殘，旒黈多擁閼。清議起東南，金箭森挺拔。聲名動四方，絡繹走飢渴。努力事文章，餘波及帖括。誰歟共敦槃？松陵實祖軷。君時方盛年，意氣自軒豁。相期颺明廷，維柱供旋斡。致君比皇虞，尪瞥得再活。誰知塵海翻，吴會成甌脱。鵷麟戢羽毛，側目成鶻鵮。吁嗟安適歸？德音傷壼跋。言返笠澤濱，田園聊一撥。所交數鉅公，皋廡寄炊秣。亡何鋒燹詾，生死各楚越。轉盻廿六霜，碩果盡摧掇。君獨巋然存，靈光尚巀嶭。今年七十春，惇憲殊藜毦。我生後一紀，時命如合鈸。相逢嘯復歌，憂來不可遏。酒罷忽霑襟，隔世語剌剌。君幸有草堂，玉笋羅騶适。我獨歎流離，涸鮒耻濡沫。安得移南村，望衡對松栝。素心賞奇文，耕釣安粗糲。眼底無干旌，耳畔絶鞭撻。不羨粱肉肥，且愛薑桂辣。酬詠太古天，風月同批抹。再過七十年，與君遊胥葛。

【箋】

此詩採自《前身散見集》己酉年。静嘉堂本《圃庵詩集》己酉卷亦收録此詩，然前半部分内容已闕，僅保留「君時方盛年，意氣自軒豁」至末尾。己酉爲康熙八年（一六六九）。吴江，今屬江蘇蘇州。沈君，未詳。

後貧交行爲鹽官張子作

君不見管鮑貧時交，此道今人棄如土。千載人人誦此詩，何須活剥杜工部？只應交道無古今，後視今猶今視古。有客請續《貧交行》，不覺尋源到老杜。試問貧交客爲誰？黄巖張子南邦〔一〕侶。張子之貧貧可傳，張子之交交可譜。生長東南大海濱，負郭蕭然只環堵。長齋繡佛奉萱幃，藥囊詩卷無寒暑。瓢笠相羊時出門，足迹依稀遍吴楚。到處招攜傾蓋多，名流一見輒心許。或爲僑札之縞紵，或爲范張之鷄黍。或爲忘年之孔禰，或爲〔二〕命駕之嵇吕。有時燕趙聽悲歌，有時奇節逢〔三〕齊魯。黄金白璧不足言，龍泉太阿相爾汝。有時詞客筆如虹，有時酒徒氣如虎。平原信陵知有無，笑看朱門如蓬户。有時羽士供彈棋，有時老衲同揮麈。山空木落悄無人，明月三更對榻語。張子之交大抵然，土木形骸麟鳳伍。不交富貴只交貧，彷彿人棄而〔四〕我取。素心多屬山水朋，密書何用金蘭簿。更有高誼人共傳，一死一生情可睹。有客有客泣羈魂，殷勤賻襚身爲主。咄哉張子非今人，松筠金石洵古處。坐看紛紛輕薄兒，翻手作雲覆手雨。

【校】

〔一〕「邦」，静嘉堂本作「村」。

〔二〕「爲」，静嘉堂本作「有」。

〔三〕「逢」，静嘉堂本作「追」。

〔四〕「而」，静嘉堂本作「爲」。

【箋】

此詩採自《前身散見集》己酉年，静嘉堂本《圃庵詩集》己酉卷亦收。己酉年爲康熙八年（一六六九）。鹽官張子，未詳。唐杜甫有七言古詩《貧交行》：「翻手爲雲覆手雨，紛紛輕薄何須數。君不見管鮑貧時交，此道今人棄如土。」

六月廿五夜夢戚玾

不見君者今十年，不夢君亦六年矣。昨夜忽然夢見之，笑貌分明我緩耳。我與二客爲三人，中有畫溪之朱子。歡然相對共持觴，案上盤飧惟四簋。四簋之中豆與瓜，蒸卵如糕兼餅餌。朱子意欲索紫茄，綏耳點頭應唯唯。紫茄未至夢已醒，千般辟積誰曾啓？我館潯溪君泗濱，南北相去正千里。咄咄此夢胡爲來？雖未劇談亦可喜。相逢一笑待他年，攬衣泚筆聊爲記。

【箋】

此詩採自《前身散見集》己酉年，不見於他本。己酉爲康熙八年（一六六九）。戚玾（一六三五—一六八八），字後升，號綏耳，又號莞爾。泗州（今江蘇省宿遷市泗洪縣）人。明代學者戚伸之子。初由明經教習授知縣。天資聰穎，善著文。康熙十二年（一六七三）纂《泗州通志》三十卷。康熙二十七年（一六八八），靖逆侯張雲翼提督閩省軍務，招玾遊閩，至即患病，歸卒於途。戚玾爲黄周星好友，二人多有唱和。

兩懷吟二[一]

秋冬之際難爲懷

秋冬之際難爲懷，子敬所言山陰道。有懷欲樂不欲悲，秋冬何如春夏好。我所懷兮春夏交，四時惟此稱熙顥。韶華駘蕩暢清和，千里光風拂晴昊。此際最宜北窗人，新緑摇空如荇藻。鳥聲木蔭醉羲皇，著書不覺松麟老。又宜妝閣與繡牀，落花飛絮憐芳草。臨池翠袖自生香，鶯蝶從教故相惱。此懷那得比秋冬？富貴風流澹豔〔二〕中。山陰道上應更美，雲霞巖壑蔚蒙籠〔三〕。若教子敬當時見，應接山川定不窮〔四〕。

人生不得行胸懷

人生不得行胸懷，雖壽百歲猶爲夭。此語我聞蕭惠開，一腔悲憤何悄悄。胸懷十人九鬱紆，如惠開者自不少。惠開所至乃功名，官除少府意懊惱。所以齋前悉剗除，列種白楊與〔五〕花草。我所懷兮非高官，讀書賦詩兼好道。山水之間署醉翁，美人高士同傾倒。竹林松塢百花村，風月酣眠天不老。笑殺傴王與腐卿，下視塵鞅迹如掃。吁嗟此懷何日償？百歲今過一半〔六〕强。惠開惠開勿復歎，會見春風花草香。

【校】

〔一〕「二」下静嘉堂本有「首」字。

〔二〕「豔」，静嘉堂本作「灩」。

〔三〕「籠」，静嘉堂本作「蘢」。

〔四〕「窮」，静嘉堂本作「同」。

〔五〕「與」，静嘉堂本作「代」。
〔六〕「半」，原作「年」，據静嘉堂本改。

【箋】

此二首採自《前身散見集》己酉年，静嘉堂本《圓庵詩集》己酉卷亦收。己酉年爲康熙八年（一六六九）。

屢得族兄家書招余歸金陵且欲余學柳下惠云云戲爲此答之

我從鼎革去故都，二十五年如隔世。吾兄數數招我歸，勸我且學柳下惠。我曾熟聞柳下風，聖之和者類不恭。又聞事人必直道，不將一介易三公。後人漫把夷惠較，首陽爲拙柳下工。誰知柳下亦不易，商周易地將無同。我學首陽慚未得，忍死謀生緣嗣息。膝間今幸有兩兒，乳稚安能辭父職。更憶先人窀穸荒，十年未葬心如撞。辱兄教我我感泣，遊子寧忘父母邦。恨我生平多磊砢，久與周旋寧作我。若教屈節效脂韋，何如肆志隨坎坷。莫將長樂比尼山，錯認無可無不可。

【箋】

此詩採自静嘉堂本《圓庵詩集》己酉卷，不見於他本。己酉即康熙八年（一六六九）。

養虎行爲友人作

君不見陽羡南山白額虎，磨牙噬人氣何怒。一朝忽遇周孝侯，等閒射殺同狗鼠。又不見右北平下起黃雲，有虎騰傷李將軍。斷頭作枕及溲器，至今青史揚英芬。吁嗟此物非善類，生來性與牛馬異。不宜豢養宜驅除，聖君賢相煩安置。奈何畜之肘腋間，卧榻狺牙恣鼾睡。無狃戒傷履咥凶，古訓昭然寧不惴。人言此物從小來，主人卵翼如嬰孩。鮒入鯢居匪朝夕，野心狼子實貽灾。至今尾大日驕恣，豺聲蠭目腹蛇虺。家人愕眙親朋恚，晉陽空想墮壘培。主人狎暱渾不寤，忠言直諫胡爲哉。我聞此語然疑作，主人英明非闇弱。讒賊春秋尚炳然，何許幺麽能作惡。妄意此物多材諝，貨殖居奇兼禦侮。不然勤苦異常傭，獸貌人心亦堪取。人言此物殊不然，凶頑桀黠仍惰窳。短長巨細一無能，幾回構禍翻累主。只爲主人有夙緣，故將貙貐爲心膂。我初臆度猶未料，聞此不覺發大笑。咄咄怪事果有之，郭公善惡何須誚。笑罷悄然憂懼生，庚宗往轍能不驚。雷陳誼重關休戚，緘口坐視豈人情。我向主人還再拜，君家此物殊蜂蠆。願上雒陽痛哭書，乞加省覽幸勿怪。君非養虎之梁鴦，饑飽喜怒安可常。君非華林善覺師，二空那得供指麾。君非郭文與歐寶，銜鹿祭禽何足道。君非宋均與童恢，恩威殫詘空嫌猜。天生梟獍鍾戾氣，不比封邵與牛哀。小懲大戒總非福，好爲蕭墻弭禍胎。長林豐草本其性，何似縱放歸山隈。莫謂區區僅疥癬，君家殷鑒元不遠。請紀夷簡今日言，免使他年嗟悔晚。

【箋】

此詩採自静嘉堂本《圃庵詩集》己酉卷，不見於他本。己酉即康熙八年（一六六九）。

與長沙同年陶汝鼐别三十年矣一歲之中輒數見夢庚戌春日偶從月函上人處得見所寄月公詩札〔一〕甚喜即次其扇頭韻和之

龍蛇四十載，與子共行藏。學術宗姬孔，功名薄漢唐。所志逍遥遊，亦可應帝王。誰知遘百六，積陰蝕孤陽。同心成隔世，俯仰摧肝腸。我浮吴越舫，子獨隱瀟湘。譬彼館娃人，側身睇英皇。河山悵修阻，彈指三十霜。凌風思勁〔二〕鵠，息〔三〕影願良驦。何來開士札，昨秋九月望〔四〕。我友幸亡恙，蘭芷終同香。

【校】

〔一〕静嘉堂本無「札」字。

〔二〕「勁」，静嘉堂本作「動」。
〔三〕「息」，静嘉堂本作「躡」。
〔四〕「望」，静嘉堂本作「章」。

【箋】

此詩採自《前身散見集》庚戌年，静嘉堂本《圃庵詩集》庚戌卷亦收。庚戌年爲康熙九年（一六七〇）。陶汝鼐（一六〇一—一六八三），字仲調，一字爕友，别號密庵，又號石溪農，寧鄉（今湖南省寧鄉市）人。少奇慧，工詩文詞翰，海内有「楚陶三絶」之譽。崇禎六年（一六三三）舉於鄉，十六年（一六四三）中會試副榜，官廣東教諭。明亡削髮爲僧，號忍頭陀。文雋逸，有奇氣，詞賦尤工。有《榮木堂文集》《榮木堂詩集》。陶汝鼐爲黄周星好友。詩題中「月函」「月公」即董説。董説（一六二〇—一六八六），南潯（今浙江省湖州市南潯區）人，明末小説家。父董斯張。字若雨，號西庵，又號鷓鴣生、漏霜。明亡後，隱居豐草庵，改姓林，名蹇，字遠遊，號南村，又名林鬍子，并自稱槁木林。中年出家蘇州靈巖寺爲僧，法名南潛，字月函。董説一生著述繁富，據《南潯鎮志》共有百餘種，代表作爲《西遊補》。

董廡吟

余館於潯溪兩載，欲覓一椽不得。有董子湛思〔一〕以小〔二〕樓相贈，其意亦可感也。乃作歌以識之。
我聞昔日郗景興，辦貲百萬助隱士。特起大宅居戴逵，如入官舍何華侈。又聞康節在
洛陽，名重公卿罕棲止。誰爲集錢買贈之，文富司馬諸君子。卓哉古道炤千秋，嘉賓賢主
洵雙美。其人雖往姓氏〔三〕存，光争日月紛〔四〕青史。吁嗟末俗交態儇，彼有屋兮多仳仳。
廣厦參差千萬間，寒士何由厠半跬。威鳳祥麟在眼前，青天白日無人視。誰知哀樂本循
環，高明瞰室偏招鬼。連雲蔽日吁駭人，轉盼金碧隨流水。狐兔榛蒿孰不悲？幾人早悟
盈虚旨。我生半世值囏屯，飄泊東南頻轉徙。月明烏鵲自驚飛，曠野時時愁虎兕。偶依馬
肆過潯南，雉啄螿吟聊復爾。數口纍纍乏應門，畫溪悵隔如千里。欲寄鷦鷯少一枝，脣焦
穎秃誰相理？結交喜得廣川君，門第文章俱竦峙。生平品行著州閭，潁川長社差堪擬。
謬採鴛湖顧叟言，叨嗜昌歜揚糠粃。阮籍雖逢青眼青，房公幸識紫芝紫。顧我落落俗人
憎，辱君貽贈情無已。去年所贈五車書，曝〔五〕富三瓻宜隱几。今年所贈百間樓，一室臨流
仍近市。長卿四壁雖蕭然，彈詠衡門亦可喜。如君高誼此間稀，緇衣杕〔六〕杜毋乃是。邱
成分宅未云奇，公瑾升堂安足哆？入門三歎思梁鴻，賃舂臯廡稱遐軌。五噫聲歇數千年，
橋畔奉卿呼不起。商山杳杳西臺荒，那有朱門容〔七〕黄綺。如君此舉過奉卿，錢虜肉傖應
媿死。我今爲寫董廡吟，他年銀管堪同紀。

【校】

〔一〕「子湛思」，原作「君欲」，據静嘉堂本、《吴興詩存》本改。

〔二〕「小」，原作「半」，據静嘉堂本、《吴興詩存》本改。

〔三〕「氏」，《吴興詩存》本作「字」。

〔四〕「紛」，静嘉堂本、《吴興詩存》本作「芬」。

〔五〕「曝」，静嘉堂本、《吴興詩存》本作「暴」。

〔六〕「杕」，原作「杖」，據静嘉堂本、《吴興詩存》本改。

〔七〕「容」，静嘉堂本、《吴興詩存》本作「客」。

【箋】

此詩採自《前身散見集》庚戌年，静嘉堂本《圃庵詩集》庚戌卷、陸心源《吴興詩存》四集卷十四、周慶雲《潯溪詩徵》卷三十八亦收。庚戌爲康熙九年（一六七〇）。此贈樓之董君，即南潯董思，月函上人董説之侄。原名靈預，號潛虬，後更名思，字湛思，號兼山、懸圃，有《兼山堂集》。黄周星搬來南潯後無落脚之地，董思贈以小樓，感而作此。

畦庵吟爲吴門友人作

誰道畦庵天下無？不可無一在三吴。誰道畦庵天下有？不可有二惟邛友。三吴邛友有畦庵，庵耶人耶兩不朽。試問畦庵狀若何？我身未到夢先過。門内四時森竹木，門外十里浩煙波。白浮春檻梅花滿，紅積秋窗〔一〕柿葉多。真〔二〕同琮璧非繩甕，潔勝蘋蘩比玉禾。稱名取義意無限，彷彿邁〔三〕槃在澗阿。若非太素逍遥館，即是堯夫安樂窩。主人避俗庵中住，高坐蕭然人所慕。慕潭明月映冰壺，半榻清風披玉樹。無雙本是江夏童，千頃不讓徵君度。其間晨夕何所爲？漁獵縹緗酣竹素。幕天席地横古今，百靈奔走〔四〕龍威懼。中有數卷名寒山，蒼遠峭淡非人間。塗脂抹粉渾不似，冰霜别自頩朱顔。更有奇編編可讀，卓行紀異兼赤牘。禪林閨秀兩函詩，白雪生香花雨緑。君家纂述世罕儔，〔五〕司空中壘與金樓。楊子草玄非寂寞，虞卿著書豈窮愁？似兹閉户殊不惡，擁書浮白堪獨樂。況復門多問字車，鶴蓋漁舠趾相錯。時聞雅集踵西園，似見延賓箋東閣。快哉勝情勝可并〔六〕，羲皇懷葛同盤礴。辱君招我過林丘，金粟鄉中擬放舟。宅畔雲煙五十畝，松篁魚鳥老春秋。奇葩怪石看不厭，恍疑姑射在樓頭。笑我飄零已半世，頂笠無天錐無地。野渡虚舟斷綫鳶，每見棲烏惟下淚。生平負癖更鍾情，山水文章與友朋。嵚崎歷落誰知己？骯髒時遭村〔七〕豎憎。何幸江鄉有逸彦，畦庵咫尺歡相見。若得南村共素心，輞川鹿門那足羨。伯鸞五噫免悲歌，皋羽哭聲行欲變。我今且寄畦庵吟，他年應勒畦庵傳。更須妙寫畦庵圖，風流千古開生面。英雄才子與神仙，高士美人同一卷。

【校】

〔一〕「窗」，静嘉堂本作「林」。

〔二〕「真」，静嘉堂本作「貴」。

〔三〕「邁」，原作「邁」，據静嘉堂本改。

〔四〕「走」，静嘉堂本作「命」。

〔五〕「禪林閨秀兩函詩，白雪生香花雨緑。君家纂述世罕儔」三句原缺，據静嘉堂本補。

〔六〕「勝可并」，静嘉堂本作「并勝事」。

〔七〕「村」，静嘉堂本作「傖」。

【箋】

此詩採自《前身散見集》庚戌年，静嘉堂本《圃庵詩集》庚戌卷亦收。庚戌爲康熙九年（一六七〇）。本年，黄周星在蘇州。

次韻答此山上人有引

此山上人者〔二〕，以儒門之游夏，作釋氏之閔曾。草莽悲天，首效申胥之哭；髡髮避地，略同夏馥之形。蓋有家無家，一生莫非至性；入世出世，三教共此彝倫。故愛親可移於愛君，而報師一如其報母。建塔院而鑿池範像，已酬四事之因緣；播文翰而善畫工詩，堪賁千秋之史乘。此真讀書種子，吾黨當奉爲楷模；不獨成佛根基，彼法自推爲龍象已也。僕偶寄潯溪，時過竹院。談經問字，非僅偷半日之閒；賞月吟風，竊已結三生之契。屬當今春之雨後，適逢故友於舟中。偕一笑而登堂，遂聯牀而共話。浹〔二〕月飽伊蒲之饌，但有餘慚；清夜聽招提之鐘，每發深省。未幾雲飛出岫，客去而我仍留；孰意閭殫爲河，天災〔三〕而人盡弔〔四〕。堪歎〔五〕桑田向若，野間之青草何存；猶幸靈光巋然，世外之紫芝無恙。乃重叩維摩之室，忽惠貽支遁之詞。將毋拋玉而引磚，聊復投瓊而報李。敬和十三之韻，如臨《洛神賦》之十三行；漫成百八之吟，敢擬牟尼珠之百八顆耶？

潯溪無山有此山，此山居潯十之九。崚崚瘦骨虛〔六〕垂肩，絶壁孤松誰與耦？此公少年材藝多，胸蟠萬卷羅星斗。家有雙嫠世節奇，一生忠孝儒林首。誰知塵海忽翻騰，維傾柱折龍蛇走。報國難尋矍鑠翁，逃禪且伴支離叟。拈花擊〔七〕竹盡文章，西來大意從公剖。棒喝鉗椎我不知，與公但作空門友。歲寒堂上共論心，含翠軒中時握手。今春復遘延陵君，招攜如入桃源口。清談快論麈頻揮，茗柯堪醉何勞酒？同牀各夢倏東西，辱公先後交爲壽。三壽須公作好朋，岡陵日月同恒久。

【校】

〔一〕《吴興詩存》本無「者」字。

〔二〕「浹」，原作「淡」，據静嘉堂本、《吴興詩存》本改。

〔三〕「災」，原作「笑」，據静嘉堂本、《吴興詩存》本改。

〔四〕「弔」，静嘉堂本、《吴興詩存》本作「莩」。

〔五〕「歎」，静嘉堂本、《吴興詩存》本作「嗟」。

〔六〕「虚」，静嘉堂本、《吴興詩存》本作「雪」。

〔七〕「擊」，原作「擎」，據静嘉堂本、《吴興詩存》本改。

【箋】

此詩採自《前身散見集》庚戌年，静嘉堂本《圃庵詩集》庚戌卷、陸心源《吴興詩存》四集卷十四、周慶雲《潯溪詩徵》卷三十八亦收。庚戌爲康熙九年（一六七〇）。此山上人，法名净孝，字此山，南潯僧人，黄周星與之多有唱和。清代汪曰楨纂《南潯鎮志》志十五「方外」載：「净孝，字此山，姓周氏，名廖，字澹城，吴縣諸生。少孤，事母以孝聞。鼎革時逃於禪。爲漁庵禪師明聞法嗣，從董漢策募長生寺旁地爲明聞造骨塔，創建塔院，黄周星爲題歲寒堂額。能詩善畫梅，與南潛友善。著《歲交詩》，自譜其流連廢興之迹。」本年春，黄周星與南潯此山上人相遇於舟中，聯牀共話，不勝其歡，遂有此作。

黃童歌六十自壽九百九十九字

黃童黃童，爾今年六十，屈指二萬一千六百日。昔日黃童今黃公，顧瞻宇宙疇爲匹。人言去日苦太多，飛光苦太疾。我言去日亦不多，飛光亦不疾。但恨萬事一無成，茫茫天意殊難詰。追憶吾生〔一〕閱六庚，始自庚申至庚戌。庚申之年甫十齡，俯仰〔二〕經帷事佔嗶。爾時尚作小兒嬉，嶢嶢頗覺頭角出。所悲襁褓墮陰〔三〕謀，吕嬴牛馬多銜恤。十六鼓篋遊成均，二十明經貢天室。其年庚午浪飛〔四〕聲，争睹鳳麟誇景霱。廿三癸酉雋賢書，黃金臺上秋風颷。兩上春官被放歸，歲在丁丑年廿七。無心幸得邁所生，葛藟他昆反甚嫉。坎坷三載屆庚辰，壯年釋褐猶超軼。射策初推第一人，臨軒忽復倒甲乙。縱橫可惜字三千，衆人相遇同齊瑟。碌碌例應授計曹，本無宦情況冗秩。從此無意入春明，休沐南還辭警蹕。人言富貴在科名，誰知命賤仍圭蓽。安居圭蓽亦何傷？新亭强起陪簪珌。可憐江左少夷吾，巾幗郎當充輔弼。慶者未來弔已來，疾風板蕩何倉卒。癸未乙酉再破家，生死毫釐判凶吉。松菊琴書掃地無，從此流離同蛸蛣。間關轉徙浙閩鄉，烽煙匝地兵戈密。零丁洋裏惶恐灘，驚烏喪狗時顛踣。四十羈棲檇〔五〕李郊，五十奔馳棠泗馹。萍飄蓬轉遍荆吳，相逢人類多魈獝。途窮往往被揶揄，側身天地愁矰罼。悄如閉口磨兜堅，怯如忍辱波羅蜜。强顏苟活爲宗祧，孤竹吁嗟鮮弟姪。倔强支離半百餘，艱險備嘗難縷悉。冉冉於今六十秋，絶無善狀堪縷〔六〕述。枯坐潯南溪水濱，夏五還驚淫潦溢。躬耕教授總荒唐，牛衣馬肆徒啾唧。吾生但學信天翁，豈有鬼使争名實。猿鶴蟲沙我自甘，無如俯仰多慚慄。蓼莪抔〔七〕土痛王裒，向平婚嫁何時畢？昂藏七尺歎虚生，籧篨戚施同一律。黄童之譽昔無雙，黄公之苦今第一。皇天后土愛我哉？不若鰕䱇與蟣虱。生平所志在文章，飲酒賦詩期真率。美人才子共英雄，神仙把臂同親暱。平章風月主煙霞，山水酣吟成曠逸。誰知此願杳難酬，蹉跎遲暮輸盧橘。顛倒拂〔八〕鬱塵網中，點金辟穀都無術。漫羨相如與樂天，空慕張良與李泌。知己奇緣冀一逢，蓮炬瓊漿安可必？榮遇常羞牛口珪，風流詎愛鷄皮衵。九州五嶽想〔九〕探奇，遠遊〔一〇〕又恐多紆窒。孤憤窮愁好著書，飢來難乞生花筆。時乎時乎可奈何，行或使之止或尼。纍纍匏贅寄人間，萬念冰灰剩空質。無綫風鳶不繫舟，一任楚越題凫鳦。猶幸寵辱了不關，草廬高卧聊恬謐。區區下壽孰稱觴，兒女嬌癡紛繞膝。甕有春〔一一〕醪柈有魚，糟糠之妾供芋栗。酒後仰天呼烏烏，拔劍起舞中峷嵂。自信盈虧理不誣，勞我半生老當佚。蛟雨鵬風會有時，庭槐門駟宜陰隲。又況耳目聰明手足强，鬚髮森森猶鬒漆。人生百歲亦尋常，引年何必餐松朮。孫弘羊祜彼何人？纔如髫丱加冠韠。邯鄲全劇未開場，夢裏黄粱香正飶。豔舞嬌歌取次來，春秋佳日多如櫛。過此尚有萬五千，日日爲歡計未失。世間晦朔不敢拘，山中曆日新開帙。顧影大笑爾爲誰？歲星遊戲無人識。君不見扶桑杲杲西復東，甲子循環喜再逢。今日恍如初誕降，黄公仍是一黄童。

【校】

〔一〕「吾生」，静嘉堂本、《吴興詩存》本作「我身」。

〔二〕「仰」，静嘉堂本、《吴興詩存》本作「首」。

〔三〕「陰」，静嘉堂本、《吴興詩存》本作「隱」。

〔四〕「飛」，静嘉堂本、《吴興詩存》本作「蜚」。

〔五〕「檇」，原作「攜」，據静嘉堂本、《吴興詩存》本改。

〔六〕「縷」，静嘉堂本、《吴興詩存》本作「稱」。

〔七〕「抔」，原作「坏」，據静嘉堂本改。

〔八〕「拂」，静嘉堂本、《吴興詩存》本作「佛」。

〔九〕「想」，静嘉堂本、《吴興詩存》本作「相」。

〔一〇〕「遠遊」，静嘉堂本、《吴興詩存》本作「路遠」。

〔一一〕「春」，静嘉堂本、《吴興詩存》本作「村」。

【箋】

此詩採自《前身散見集》庚戌年，静嘉堂本《圃庵詩集》庚戌卷、陸心源《吴興詩存》四集卷十四、周慶雲《潯溪詩徵》卷三十八亦收。庚戌爲康熙九年（一六七〇）。本詩當作於其六十歲生日之際，詩中回憶了他六十年之人生經歷與理想志趣。據康熙四年（一六六五）《造命詩并序》詩中云「余生於辛亥嘉平其日壬午，本以黎明誕育，而爲異姓陰撫乞養，遂訛爲戌刻。如是者廿七年。至丁丑冬，重遘本生二親，始改戌爲寅」，嘉平乃臘月之別稱，據《二十史朔閏表》，辛亥年臘月壬午即萬曆三十九年（一六一一）農曆十二月十七。

小喪狗謠

旅人瑣尾流離時，對客稱喪家狗。有客笑曰：「子無然，使鯫生聞之，得毋謂子〔一〕僭擬聖人耶？」余悚然不安，乃再拜稽首，爲此謠以謝客云〔二〕。

吁嗟尼山大聖人，纍纍乃若喪家狗。當時侘傺鄭東門，此言本出嘲譏口。弟子走告中不平，聖人一笑卻點首。然哉然哉喜知心，嘉名千古遂無耦。我思萬類無如狗窮卑，度德只堪猳羝友。乃爲聖人先據言，我輩幺麽復安取。下此惟數貓與鷄，鷄或文明貓福壽。若較狗德猶差强，僭越敢居奎婁右〔三〕。我聞古人取象多，不拘人乎獸乎未須剖。狼貪螽孽詎堪論，輒比姬公與姒后。又況盧令譽美仁，犬彘命名往往有。吁嗟尼山間氣鍾，功德文章總不朽。休言恭儉及温良，堯顙禹腰亦非偶。胡爲到處被揶揄，相遭但喚東家某。東西南北空皇皇，帝師王佐成尫叟。低眉不辱固因時，何至甘心等下走。我知聖人所感惟喪家，龍蛇兕虎悲菹藪。人言肖貌酷傳神，破涕爲笑聊拊手。呼馬呼牛漫應之，聖亦不榮狗不醜。誰信名卑道益尊，千秋麟鳳齊山斗。賤子喪家將毋同，狗則然哉聖則否。聖人之下有大賢，小儒又出賢人後。今日賤子宜何稱？狗兮狗兮狗復狗。

【校】

〔一〕「子」，原作「小」，據静嘉堂本改。

〔二〕静嘉堂本無「云」字。

〔三〕「我思萬類」至「居奎婁右」，静嘉堂本無。

【箋】

此詩採自《前身散見集》庚戌年，静嘉堂本《圃庵詩集》庚戌卷亦收。庚戌爲康熙九年（一六七〇）。司馬遷《史記·孔子世家》：「孔子適鄭，與弟子相失，孔子獨立郭東門。鄭人或謂子貢曰：『東門有人，其顙似堯，其項類皋陶，其肩類子産，然自腰以下不及禹三寸。纍纍若喪家之狗。』子貢以實告孔子。孔子欣然笑曰：『形狀，末也。而謂似喪家之狗，然哉！然哉！』」黄周星詩用此典故立意。

庚戌仲夏自長興移家南潯載詠〔一〕

荆溪山，若溪山，巖洞峭邃復迴環。若溪水，荆溪水，拖藍紆碧皆可喜。其他物産滿[二]川陸，茶筍梨棗[三]兼魚鹿。似兹幽勝應卜居，彷彿輞川與盤谷。噫吁嘻！奈何許，山水雖嘉慳福緣，嘉賓自古須賢主。我生飄泊已六旬，到處依人罕寧宇。己亥到荆溪，庚子去荆溪。己酉到若溪，庚戌去若溪。其間僑寄未經年，孔席墨突真窮旅。瑣尾流離我命宜，辛苦糟糠累兒女。仰天大笑蒼狗多，移家更值黄梅雨。

【校】

〔一〕静嘉堂本題作「庚戌仲夏自長興移家南潯感詠」。

〔二〕「滿」，静嘉堂本作「漏」。

〔三〕「棗」，静嘉堂本作「栗」。

【箋】

此詩採自《前身散見集》庚戌年，静嘉堂本《圃庵詩集》庚戌卷亦收。庚戌爲康熙九年（一六七〇）。據詩中云：「我生飄泊已六旬，到處依人罕寧宇。己亥到荆溪，庚子去荆溪。己酉到若溪，庚戌去若溪」，則康熙九年（一六七〇），黄周星搬離長興若溪，赴南潯寓居，遂有此作。

哀竹樓

爲孝廉馮君棖公作也。君名一第，楚之長沙人，舉丁卯賢書第九人。癸未秋，獻賊陷長沙，君被執不屈，死之。君嘗構竹樓，讀書其中，生平著述甚富，尤工吟詠，有《史發》及《代古詩》諸編。身後子姓零落，故罕流傳。庚戌冬日，余過吴江，感顧君之意〔一〕，遂作歌以哀之。

竹樓高，高幾重？誰讀書，樓之中？長沙城南湘水東，馮君一第字棖公。丁卯舉孝廉，魁墨〔二〕壓群雄。五上春官志益壯，丁丑副車嗟不逢。亡何三楚被寇禍，第一凶渠張獻忠。焚薙襄黄及武岳，腥膋倏染湘波紅。官吏走死郡邑破，大索紳士仍牢籠。是時馮君避湘澳〔三〕，何期逼〔四〕挾强相從。仗節不阿攖賊怒，劓鼻斫腕罹凶鋒。吁嗟馮君竟慘死，天崩地拆竹樓空。竹樓空，名不滅，長沙尚碧千〔五〕人血。文章節義足千秋，凛凛生氣何轟烈。同時亦有老詞人，靦顔從賊甘稱臣。果〔六〕頭屈律旋見殺，何似竹樓垂清芬。我哀竹樓人，竹樓人已没。湘〔七〕岳英靈久消〔八〕歇，仰天爲作竹樓歌，留取騷光争日月。

【校】

〔一〕「意」，静嘉堂本、《吴興詩存》本作「言」。

〔二〕「墨」，静嘉堂本、《吴興詩存》本作「壘」。

〔三〕「澳」，静嘉堂本、《吴興詩存》本作「隩」。

〔四〕「逼」，静嘉堂本、《吴興詩存》本作「追」。

〔五〕「千」，静嘉堂本、《吴興詩存》本作「才」。
〔六〕「果」，静嘉堂本、《吴興詩存》本作「裹」。
〔七〕「湘」，静嘉堂本、《吴興詩存》本作「湖」。
〔八〕「消」，静嘉堂本、《吴興詩存》本作「銷」。

【箋】

此詩採自《前身散見集》庚戌年，静嘉堂本《圃庵詩集》庚戌卷、陸心源《吴興詩存》四集卷十四、周慶雲《潯溪詩徵》卷三十八亦收。庚戌爲康熙九年（一六七〇）。據詩序，此詩作於本年冬黄周星遊蘇州時。馮一第，字棖公，長沙人，天啓七年（一六二七）舉人，後爲張獻忠所殺。有詩名，著有《史發》及《代古詩》等。馮一第爲黄周星青年之友。

黄孝子萬里尋親歌

萬里尋親有幾人，我聞王原趙廷瑞。於今又見黄向堅，孝子後出尤奇異。爲問孝子孝何奇，艱險不同王趙事。兩君所值太平朝，此當鼎革干戈際。髧薙冠纓迥不倫，往來兩地談何易。兵燹叢中見老親，萬死間關心力瘁。老親何名名孔昭，癸酉孝廉清白吏。五年滇徼奏賢良，璽書纔下郊原沸。掛冠高卧萬峰雲，回首家山真隔世。忽然孝子從天來，童婢奔呼驚弱弟。登堂百拜肅起居，握手悲歡疑夢寐。棲烏未定欲飛還，蕭蕭旅橐渾無計。狄門幸有八士存，魚書擬寄愁迢遞。孝子慨然復請行，衝炎踏遍南荒地。朅來草草治舂糧，車航跋涉尤疲勩。康寧喜得奉親歸，宗黨讙騰歌錫類。爲問孝子行幾時，自辛迄癸凡三歲。爲問孝子行幾程，二萬五千難悉記。爲問孝子行幾州，吴越江楚滇黔裔。孑身何物俱往還，破蓋慳囊雙草屝。此雖勞苦尚非奇，所奇冒險終克濟。南北兵争戰壘高，鯫生誰敢輕掉臂。况復顛毛種種殊，何怪關梁詰奸僞。躑躅窮途更畏途，劍戟如麻能不惴。梯崖縋谷穿箐榛，出入虎狼伴猩狒。洱海水緑點蒼青，黄毛白骨多瘴癘。地震城崩幸苟全，足繭目眚嗟留滯。性命秋毫與鬼謀，苗獠兵盗皆倀祟。洞庭水厄更顛危，疑有神龍陰鼓枻。似兹艱險古今稀，事事可驚還可涕。他人聞此尚寒心，君身親歷同兒戲。膽力俱應二十分。

（下原缺）

【箋】

此詩採自静嘉堂本《圃庵詩集》辛亥卷，不見於他本。辛亥即康熙十年（一六七一）。自「膽力俱應二十分」始，《圃庵詩集》脱版，具體内容已失。黄孝子名向堅。黄向堅（一六〇九—一六七三），明末清初畫家，字端木，號存庵、萬里歸人。善畫山水，其父因戰亂阻隔雲南不得歸家，黄向堅徒步萬里迎回，受到時人讚揚。他曾作《萬里尋親圖》紀實徒步入滇尋父事，今藏蘇州市博物館。本年，黄周星於蘇州曾見黃向堅，感其迎父之事，遂有此作。

爲張君題石瀨遠偏廬

結廬在人境，心遠地自偏。此本陶潛語，今請贈張肩。肩也家世四明客，流寓潯溪石瀨磧。溪畔結廬號遠偏，正如五柳先生宅。廬外繞屋樹扶疏，漁艇村畦總畫圖。鷄犬相聞車馬絶，彷彿桃源世代無。主人高坐何所事，編梅種竹瓊芳翠。一畝之宫半圃餘，秋菘春韭多生意。客到時時自剪蔬，林泉真樂堪同醉。我愛此廬景物清，尤愛主人饒勝情。讀史詠詩何浩落，畫手軒昂更老成。有時潑墨寫山水，蕭瑟雲巒煙滿紙。有時縱筆掃篔簹，中宵風雨蒼龍起。詩中有畫畫中詩，摩詰前身毋乃是。似兹主人真不俗，三徑琴書願亦足。泛濫宜觀山海圖，悠然自采東籬菊。灌園何必問三公，快比封侯酒初熟。咫尺南村好唱酬，正似王裴與皮陸。遠偏廬，遠且偏。蓬蒿仲蔚古稱賢，南窗寄傲北窗眠。君不見陶潛之後有陶潛，柴桑石瀨應并傳。

【箋】此詩採自静嘉堂本《圃庵詩集》辛亥卷，不見於他本。辛亥即康熙十年（一六七一）。據詩句「流寓潯溪石瀨磧」，則張君寓居南潯。據卷二《墨竹歌爲張子爾就作兼寄檇李俞子》中詩句「於今石瀨見張生」，則此張生即張爾就，亦即張肩，黄周星友人，寓居南潯時曾與黄周星比鄰而居。

瓻酒行爲湖濱宋君贈

客從太湖來，遺我一瓻酒。瓻酒安足奇，君子意良厚。我本非酒人，所好乃朋友。山水風月間，一杯常在手。浩浩落落然，萬籟欣于喁。豈獨發天機，亦藉驅俗垢。憶昔升平時，讀書坐深柳。《楚辭》與《漢書》，案前而肘後。狂歌浮大白，時時進一斗。意氣何雄豪，狀貌非枯醜。所恨體質羸，脾泄恒爲咎。但可飲醇醪，不宜醨與酘。以此嗟薄福，力難致珍卣。誰知生不辰，中歲厄陽九。貧賤復流離，田園化烏有。從此劇淒涼，纍纍成喪狗。硯田什九荒，捃拾難餬口。累月不茹葷，猶自艱藜糗。生趣遂索然，形骸土木偶。獨此杯中物，尚未離座右。求覓每多方，酒債尋常有。上輸彭澤令，招飲煩親舊。下愧逍遥公，日給河東守。鷫裘貰已空，金貂詎解紐。傷心失老春，焦革同紀叟。誰把松江鱸，歸而謀諸婦。往歲客三吴，聲氣猶可取。雖少緇衣好，樽簋時盈缶。邇來竟絶響，空谷填蓬莠。憂地復愁天，白日狌鼬走。愧我交君晚，縞紵殊杵臼。輕薄任群兒，古處君獨否。前者到君家，麟鳳接郊藪。下榻喜淹留，烹鮮更剪韭。命棹偕往還，周旋亦不苟。珍重嗣音頻，餽貽宜拜受。白小燦銀花，雁腒勝雉牡。頃復餉家釀，清縹盎甕牖。呼兒笑開樽，引滿還自壽。

釣詩既有鈎，掃愁亦得帚。胸壘故須澆，龍劍時當吼。嗒然中聖人，乾坤如敝笱。嗟我來潯溪，屈指三載久。送酒少白衣，兀兀憎卯酉。僅見兩沈君，移家致一瓻。與此是爲三，鼎立誠無耦[一]。辱[二]君世外知，傾蓋如白首。丈夫志雲霄，所重豈甂甌。但取意氣真，漚塵亦川阜。自慚桃李寒，欲報無瓊玖。作歌寄千秋，安知非不朽。

【校】

[一]《圃庵詩集》中有佚名校者將「耦」字校改爲手寫小字「別」，又將「別」字塗抹。

[二]原字塗抹不清，旁有佚名手寫小字「辱」。

【箋】

此詩採自静嘉堂本《圃庵詩集》辛亥卷，不見於他本。辛亥即康熙十年（一六七一）。據詩句「客從太湖來，遺我一瓻酒」，則宋君居太湖之濱，未詳。

辛亥五月登太湖東山莫釐峰

壬寅我到西山中，冒暑曾登縹緲峰。今年辛亥越十載，始得到此東山東。是時夏五亦迫暑，狂飈恰送中宵雨。曉來颯爽竟如秋，河魚腹疾偏相苦。日晡對食怯加餐，强欲登山氣不鼓。顧我懷此已有年，此來意外亦奇緣。忍饑扶病安足惜，賈勇忽復躋峰顛。俯瞰湖光天四壁，三郡周遭環几席。左揖穹窿右弁山，遥呼軍將與馬脊。七十二峰等龜黽，側望西峰真咫尺。咄咄縹緲與莫釐，兩峰對峙何廜巖。我今跂脚閒評跋，未知劉項孰雄雌。若論尋丈西較勝，平視東峰高幾磴。所恨峰左多一峰，障蔽艮維虧半鏡。譬如君側壅權臣，又似中闈逼妾媵。榻傍鼾睡可如何，肩高頤隱寧非病。東峰雖小卻不同，巋然獨立當虚空。衆峰蜿蜿拜其下，呼吸帝座恍相通。因思山水生不易，如人眉目煩位置。大小高卑總莫論，但期軒豁能適意。此理豈獨山水然，人生處世亦如是。丘壑平安故自佳，何須高亢招猜忌。即如此山閲人多，看盡風流與富貴。誰知過眼即煙雲，惟見林嵐靄蒼翠。人言昔日全盛時，山中不少輕肥兒。錦韉繡幰日馳驟，朱樓十二謔妖姬。至今指點歌舞地，野花蔓草空迷離。我行過此三歎息，此土古稱安樂□。雖無城郭有街衢，風景渾如萬家邑。别有天地只人間，桃源彷彿猶難入。其間幽勝非一二，忽忽蠟屐何由至。昨日纔過雨花庵，今朝略識翠峰寺。法海蕭森在道傍，日暮遄歸徒抱愧。愧我此游非快遊，行止因人一葉舟。回思六月六日事，十年依舊客羊裘。何時泛宅重來過，醉看兩峰笑不休。

【箋】

此詩採自静嘉堂本《圃庵詩集》辛亥卷，不見於他本。辛亥即康熙十年（一六七一）。本年五月，黄周星登蘇州洞庭東山莫釐峰。

假黃九煙歌并序

黃九煙安得假哉？乃旅屩所至，往往有傖豎輩，見其貧賤坦易，而形容復不老，竊相與揶揄云：「此必假黃九煙也。」九煙聞之曰：「嘻！此爲假九煙，將誰爲真九煙者？且九煙之真假，吾亦惡乎知之。」因捧腹大笑，作此歌以自問。

咄咄白門黃九煙，爾爲真耶抑爲假？將謂爾爲假，爾曾聲名遍天下。弱冠賢書壯制科，黃門粉署相魚雅。婦女依稀識侍郎，兒童彷彿知司馬。將謂爾爲真，三生誰是爾前生[一]？叔子次律[二]多茫昧，何況崧高降甫申。呼牛即牛馬即馬，人非人等類非人。似茲真假兩莫據，一个九煙在何處？肉眼難同道眼論，以真爲假豈無故。我知其故有三端，世俗狂疑未足歎。一疑九煙定富貴，不應行徑太酸寒。二疑九煙當蒼皓，那能鬒髮顔渥丹。三疑九煙必宦套，豈肯真率輒披肝。而今九煙正相反，兒曹往往費籌忖。假真真假孰區分，優孟虎賁將恐混。誰知果有假九煙，昔年相遇江淮邊。車從甚都事干謁，深情厚貌工周旋[三]。諸公倒屣更投轄，饋遺酬酢紛喧闐。一聞我到輒宵遁，有如燕雀避鷹鸇。異哉鬼魅見白晝，黎丘往事豈虛傳。顧我半生苦行邁，多迕寡合良困憊。世人既認假爲真，以真爲假復何怪。可見假者偏勝真，樸誠往往較狡獪。我聞昔日楊鐵崖，賓朋高會顧氏齋。門外復投鐵崖刺，相戒勿語肅升階。其人入座殊魁岸，揮毫浮白驚群儕。衆賓酣暢或漏語，坦然略不縈襟懷。競請姓字終不告，一時頓有兩鐵崖。又聞衡山文待詔，山遊避雨投村醨。座中先有衡山存，據案横肱何倨傲。徐出詩文强叩之，惶恐乃説真名號。聞恒三非文衡山，異字同音堪一笑。二事相同實不同，假雖假乎亦有道。彼皆名下盛交遊，無怪江湖多詐冒。争如今日黄九煙，貧賤流離六十年。文章節義如糞土，通身不值半文錢。寄語兒曹莫相訝，真者何如假者賢。

【校】

〔一〕「生」，康熙本作「身」。

〔二〕「叔子次律」，康熙本作「羊祜房琯」。

〔三〕「旋」，原作「疑」，據康熙本改。

【箋】

此詩採自静嘉堂本《圃庵詩集》辛亥卷，康熙本亦收。辛亥即康熙十年（一六七一）。本年有人指其爲假黄九煙，黄周星遂有此作。

盛川許君慕余最久相見甚歡余寄以一札言生平絶少知己得許君報章情詞剴摯謬極推獎中有云譬如夷齊在首陽曾有知己否讀之感愴因爲長歌以詠之

夷齊在首陽，曾有知己否？此語古未聞，乃出許君口。許君羲皇人，降生中晚後。淳樸任天真，浩落無俗垢。生平好交遊，結契亦不苟。聞我過盛川，科跣遽奔走。一見喜欲狂，自言慕我久。五十三年中，時時望山斗。何意今始逢，鬢丱成耆叟。再拜車笠盟，永矢歲寒友。嗟我生不辰，中歲戹陽九。長歌向西山，採薇慚野婦。神農虞夏間，千載誰握手？知己一人無，纍纍悲喪狗。君言理固然，此亦安足醜，節義與文章，自古罕儕偶。忠孝通鬼神，豈爲群聾剖。天下第一流，往往招譏詬。聃老貴知希，雌黑聊退守。巍巍魯國男，任呼東家丘。道大斯莫容，調高寡于喁。譬彼絶壁松，俯視皆培塿。譬彼獅子王，獨行不求耦。疇人天地知，人知夫何有。若使人人知，孤竹成蓬蒿。義士不勝扶，馬首胡難扣。辱君貽此書，用意良深厚。捧讀泣復歌，加餐兼下酒。仁者贈人言，一字勝瓊玖。作詩謹識之，此語定不朽。

【箋】

此詩採自静嘉堂本《圃庵詩集》辛亥卷，不見於他本。辛亥即康熙十年（一六七一）。盛川，乃今江蘇省蘇州市吴江區盛澤鎮。本年，黄周星過蘇州盛澤，與許君交遊。

題襟夢引寄年家諫議姜公

辛亥初春，喜晤年家姜公卿墅於吴門，欲作一詩相贈，卒卒未果。至季秋乙巳之夕，忽夢口誦《周書·武成》篇。適余妾來前，手持一巨匏，中實以蒸熟秫米，欲出其米不得。余曰：「何不掊之？」妾如言掊匏出米，其所誦則亦《武成》篇也。俄自見身著紺碧新紵袷衣，襟前大書數行。記其末數語云：某物某物及此衣，此真三生物也，正宜九煙服之。沙門智融題。有人云即姜諫議卿墅筆也。醒而異之，遂爲此歌以寄諫議。

天下人物本無多，邇來十九已銷磨。今日見公令我喜，分明碩果在喬柯。三十年中□[一]赴□[二]，巋然魯殿何嵯峨。顧我知公非一日，縞紵相逢如舊識。年齒科名彷彿同，伯仲之間差比翼。問歲公丁我則辛，通籍公辛我則庚。前後相去雖十歲，其時大氏猶昇平。憶公筮仕爲廉吏，江津劇邑勞撫字。至今遺愛滿峴山，嘖嘖循良兼卓異。幸逢特簡擢梧垣，拾遺補闕期酬恩。誰道批鱗忽觸忌，伏杖青蒲濺血痕。是時公名動朝野，無人不知諫官者。我方讀禮卧草間，亦覺毛髮森□□〔三〕。吁嗟當時事已非，忠言誹謗罪何辭。未幾玉步一朝改，焦頭爛額徒爾爲。塵海轟豗悲戰伐，西山何處歌薇蕨。龍象門前寄姓名，鷄兔閣中淹日月。鼎鼎於今有歲年，方袍圓笠故依然。鑾江虎阜時來往，且作人間煙火仙。最奇無如淵獻歲，聞公偶發鑾江柑。誰知轉瞬起鯨波，處處江干風鶴唳。飛鴻先去獨冥冥，弋人何慕真蟬蜕。知公福德不尋常，早有神鬼相呵衛。我幸叨公聲氣中，上虞夫子門墻同。制科况復陪令弟，孔李家庭豈妄通。文章節義有衣鉢，志非溫飽矢愚忠。惜我致身殊恅憆，偏丁奇厄復奇窮。明□〔四〕旅人備憂患，躬耕教授徒飄蓬。今日吴門非昔日，安得皋廡客梁鴻。見公只恨交公晚，往還傾蓋何忽忽。昔人相見輒作賦，我欲贈公久未吐。咄咄怪事何爲來，昨宵一夢生無故。我夢口誦《武成》篇，有妾手摶蒸秫瓠。破瓠取秫如我言，口中亦誦《武成》句。我身忽著紺袷衣，大字書襟將百數。末云此物真三生，九煙宜服勝大布。試看此字阿誰題，沙門智融名自注。又聞智融匪異人，即是公名無謬誤。真耶幻耶孰主之，見聞歷歷如堪據。正人君子有同心，毋乃神明通寐寤。醒來走筆聊作歌，鷄聲尚繞邯鄲路。

【校】

〔一〕静嘉堂本此處爲一墨釘，旁有佚名的手寫小字「才」。

〔二〕静嘉堂本此處爲一墨釘，旁有佚名的手寫小字「敵」。

〔三〕静嘉堂本此處爲一墨釘，旁有佚名的手寫小字「飄然」。

〔四〕静嘉堂本此處爲一墨釘，旁有佚名的手寫小字「悉」。

【箋】

此詩採自静嘉堂本《圃庵詩集》辛亥卷，不見於他本。辛亥即康熙十年（一六七一）。諫議姜公即姜埰（一六〇七—一六七三），字如農，一字卿墅。萊陽（今山東省萊陽市）人。明末名臣、遺民詩人。明崇禎四年（一六三一）辛未科進士，初授密雲縣知縣，十四年（一六四一）遷禮部儀制司主事，以敢言著稱於朝。入清後，與弟姜垓流寓蘇州，購「醉穎堂」，修葺後更名「頤圃」，又名「敬亭山房」，卒後，葬於宣州敬亭山麓。據詩序「辛亥初春，喜晤年家姜公卿墅於吴門，欲作一詩相贈，卒卒未果。至季秋乙巳之夕」云云，則詩當作於九月。

友人拈謝玄暉句云斂性就幽蓬以詩索詠次韻答之

好道宜聞道，逃禪豈習禪。褒譏觀史日，窮達讀書年。住有荒蕪宅，耕惟苟簡田。行招遊退谷，笑看飲狂泉。莫問同心曲，聊吟《獨鹿》篇。衆峰晨夕照，萬頃古今煙。朝市徒紛若，山林且嗒然。人嘲玄草白，世幸紫芝賢。男子桐江釣，先生栗里眠。幽居圖詠愜，應滿米家船。

【箋】

此詩採自静嘉堂本《圃庵詩集》辛亥卷，不見於他本。辛亥即康熙十年（一六七一）。

皇甫君六十歌

六十年前鳳曆紀，我生辛亥君壬子。其時朝野浩雍熙，煙火和樂連萬里。黈旒高拱不聞聲，雒朔盈廷多翕訿。豈無草莽抱杞憂，燕雀誰知肉食鄙。亡何海寓遂騷然，旱癘頻仍兵革起。轉盼俄驚玉步移，百罹果合風人軌。我生之初尚無爲，我生之後悲罹雉。吁嗟我生何不辰，以我思君亦當爾。身經兩代七朝時，貧賤行兼患難倚。君住湖濱尚有家，我同喪狗愁轉徙。君妙臨池慣筆耕，我守硯田空莠秕。只此二事遠輸君，縱有微名安足哆。去臘我登耆指年，冰雪彌空凍欲死。幽谷渾如天上居，掃斷蓬門絶玉趾。一二貧交漫過從，略似寒鴉集荒沚。兒女嬌癡繞酒樽，魚菽寒酸慳四簋。酒酣大笑復狂歌，丈夫六十乃如此。生平萬事不如人，何堪與君執櫜弭。今年君始躋六旬，短小精悍人莫比。覽揆況值朱夏時，盛德長嬴天睨侈。雪檻冰山醉碧筩，薦麥炰羔錯瓜李。君生遲我僅半齡，婺柳躔次無多晷。一炎一冷乃天淵，何怪相去過倍蓰。憶我菰城初見君，傾蓋忽忽駒隙駛。比來潯市屢相逢，到門題鳳殊嵇喜。辱君賞我翰墨佳，獎譽過情慚汗泚。謬將惡札比泰山，餘子紛紛皆峛崺。我聞古人重品行，文章往往稱小技。何況翰墨猶卑微，雕蟲徒令壯夫耻。即如書家推四公，蘇黄米蔡同魁壘。至今法米法蘇黄，胡爲蔡京擯不齒。又如逸少與魯公，品以字掩寧虚美。晦庵學曹不學顔，漢賊猶遭時輩詆。近來董米獨馳名，其人亦足輝青史。人重書耶書重人，即此可窺聖賢旨。士所當爲事較多，何暇營營競片紙。我愿再閲六十年，讀書悟徹天人理。松鱗著述有餘閒，飲酒賦詩窮山水。爾時與君汗漫遊，彷佛無懷葛天氏。君真玄晏之後身，我是黄公追甪綺。

【箋】

此詩採自静嘉堂本《圃庵詩集》辛亥卷，不見於他本。辛亥即康熙十年（一六七一）。皇甫君，未詳。

題王母圖壽姚母

閬風積翠槐眉緑，玉樓十二中天矗。穆滿劉徹何辛勤，遠馳八駿祈丹籙。誰爲買絲繡作圖，華勝文章如在目。崑崙之東曰天都，峨峨黄白多名族。中有女士出延陵，汝南門第殊方幅。禮法愔愔鍾郝儔，笄珈令譽推貞淑。當年梁孟敬如賓，於今五載歌黄鵠。夜雨青燈擁髻吟，柏舟耿耿思貽穀。三珠膝下會崢嶸，世業琳瑯堪似續。設帨今當四十秋，正值山川澄霽旭。陶家明日是重陽，繽紛繞遍東籬菊。階前蘭玉競稱觴，疑有飛瓊親拜祝。君不見瑶池阿母敝華筵，蟠桃一宴三千年。欣逢跨鶴長庚至，即是君家上壽仙。

【箋】

此詩採自静嘉堂本《圃庵詩集》辛亥卷，不見於他本。辛亥即康熙十年（一六七一）。

楊生自號秋江謾題此以應其索

有客有客字秋江，逢人索詠秋江字。秋江雖好義不同，秋則從天江則地。天地之間有秋江，所謂伊人毋乃是。游洄宛在水中央，露白葭蒼如隔世。悲哉秋氣古來悲，我輩鍾情長下淚。更聞大江日夜流，客心悄悄多憔悴。誰知秋氣爽復佳，四時惟此難虚置。山高水長風日清，蓉華繽紛亦富貴。所以高流甚愛之，往往稱名兼寓意。此意只難語俗人，若逢朝市甘引避。澹蕩偏與江湖宜，緑蓑青笠堪肆志。煙波釣叟蘆中人，鷗天魚國同遊戲。秋江秋江樂事多，但願與君終日醉。

【箋】

此詩採自静嘉堂本《圃庵詩集》辛亥卷，不見於他本。辛亥即康熙十年（一六七一）。

垂虹橋新漲歌

亦不必觀錢塘潮，亦不必觀廣陵濤。但看垂虹五月漲，吴江之水勢何高。我來吴江凡幾度，時見微波落楓樹。前年始至登長橋，垂虹亭子聊縱步。是時正值大澇餘，水痕刻畫浸〔一〕橋柱。慮殫爲河蛟龍遊，民其魚乎公無渡。今年聞説鳩僝功，重複古道濬吴淞。長橋側半〔二〕盡開闢，一碧萬頃青天空。蝃蝀蜿蜒五千尺，垂虹此日真垂虹。我聞此語心踴躍，恨不飛棹江城角。何期文酒有奇緣，羯鼓正逢六月朔。高堂讌會造群賢，星羅霧合〔三〕霏雲煙。如荼如墨復如火，困車龍馬紛駢闐。解衣盤礴競舐筆，慘澹經營寂不喧。是時羲輪正卓午，滿座和〔四〕香風栩栩。忽然頭上墨〔五〕雲横，狂颷颯颯驅獰雨。祝融纔收火龍鞭，列缺更佐豐隆鼓。詞人拍手酒人歌，金鐵鏦錚百靈舞。我時科跣坐高堂，同心之友勸傾觴。黿兹卻奏飛龍鳳，絲竹嘈囋夜未央。初期讌罷徐觀漲，誰知雷雨復〔六〕震蕩。高堂幾欲化長橋，階庭三尺飛鯨浪。詰朝徒侶遽言歸，回首垂虹空悵快。我嘗作客遍九州，洞庭彭蠡幾回遊。比年朝暮泛笠澤，莫釐縹緲兩鳧鷗。九天雲垂海水立，談笑如乘竹葉舟。

況復松陵家咫尺，乘興何妨便遡遊。直須枚叔觀濤日，重看吴江八月秋。

【校】

〔一〕「浸」，咸豐本作「侵」。

〔二〕「半」，咸豐本作「畔」。

〔三〕「合」，咸豐本作「列」。

〔四〕「和」，咸豐本、光緒本作「荷」。

〔五〕「墨」，咸豐本、光緒本作「黑」。

〔六〕「復」，咸豐本作「忽」。

【箋】

此詩採自道光本卷三，咸豐本、光緒本、卓爾堪《遺民詩》卷一亦收録。垂虹橋在蘇州吴江區。據詩中云「比年朝暮泛笠澤，莫釐縹緲兩鳧鷗」，黄周星康熙十年（一六七一）五月登蘇州洞庭東山莫釐峰，則本詩當作於康熙十年之後。據詩句「但看垂虹五月漲，吴江之水勢何高」，則其詩當作於五月。是時，黄周星於蘇州觀吴江漲潮，遂有此作。

題尤展成水亭垂釣圖

爾頭賈逵頭，爾腹邊韶腹。爾腕羲之腕，爾足鄭崇足。胡魁跣而岑牟，乃袖短而襟禿。

或以爲太原公子之風，或以爲⿱山乃乩高士之躅。而吾曰不然，是其人筆掃千軍，胸函萬斛。曾奏賦於上林，聊剖符於孤竹。今則拂衣而歸田園，會心而遊濠濮。臥六月之羲皇，友千秋之綺甪。抑豈獨斯人哉？即其垂綸稺子，亦知其爲志和之童，而非穎士之僕。

【箋】

此詩採自道光本卷三，咸豐本亦收。尤展成，即尤侗（一六一八—一七〇四），字展成，晚年自號西堂老人，長洲人（今屬江蘇省蘇州市）。清初著名文學家、戲曲家。康熙十八年（一六七九）舉博學鴻詞科，授翰林院檢討，參修《明史》三年，後告老歸。康熙十年（一六七一）黃周星於蘇州曾訪尤侗，馮桂芬《蘇州府志》（清光緒九年刊本）卷四十六：「尤侍講侗宅，在新造橋。有鶴棲堂，聖祖仁皇帝御書賜額。園曰亦園，有揖青亭、水哉軒。」玩詩意，此詩或作於黃周星遊亦園水哉軒之際。

墨竹歌爲張子爾就作兼寄檇李俞子

昔人所至專種竹，日對此君聊免俗。又喜晨夕共素心，南村北宅諧鄰玉。遐哉靖節與子猷，千載高風誰似續。最苦貧士貧無家，揮杯勸飲惟燈燭。素心雅竹稱兩難，天荒地老徒孤哭。無可奈何乃計生，辦取縑藤贏幾幅。請將墨竹代此君，煙霞不異淇園綠。試問此竹誰寫之，正是素心非碌碌。時時對竹如對人，人耶竹耶俱在目。一舉兩得殊快哉，貧士獲此真奇福。我思寫竹亦良難，古來幾個篔簹谷。苕溪空想管夫人，仲昭白民真炫鬻。於今石瀨見張生，健筆天生如鐵鏃。晴雨風雪不暫閒，身卧瀟湘萬條玉。與我相隔止一溪，籬竹屏梅香滿屋。我時步屧常過從，開樽剪韭勝粱肉。貽我素箑颯生風，倒攔龍孫麟尾秃。展箑高吟數舉觴，如此下酒一斗足。酒酣復出扇頭詩，鴛湖老友相遥屬。上言廉讓舊比鄰，下言芳潔辭污辱。末篇殷勤重訂盟，三隱相期偕卜築。慚愧深情夙好敦，何時得共溪雲宿。聯牀夜話廿年心，彭城風雨巴山燭。從兹日向醉鄉遊，不數王裴共皮陸。歲寒誰與此君同，林賢七兮溪逸六。臨風走筆聊和歌，笑指長空有鴻鵠。

【箋】

此詩不見於黃周星諸集，採自周慶雲《潯溪詩徵》（浙江古籍出版社二〇二〇年版）卷三十八。據詩中「於今石瀨見張生」，則此詩與卷二《爲張君題石瀨遠偏廬》當作於同時，即康熙十年（一六七一），時黃周星寓居南潯，與友人張爾就比鄰而居，常相往來。檇李俞子，未詳。

余嘗〔一〕欲評選古今人詩自葩騷而外釐爲三集一曰驚天一〔二〕曰泣鬼一〔三〕曰移人而總名曰詩貫先以一詩識之

天上有詩仙，地下有詩鬼。人間有詩人，三才正鼎峙。我思邃古來，到今千萬紀。聖賢與英雄，袞袞隨流水。與日月爭光，如此人有幾。相傳三不朽，德功〔四〕言者是。德功〔五〕安往〔六〕哉，獨其言在耳。其言維伊何，墳索及經史。浩汗稱百家，縱横到諸子。讀之如望洋，數之難屈指。多少慧業人，嶺嶺埋故紙。何物通性情，觸耳能興起。哀感頑豔均，惟有詩而已。詩者本天機，别趣非關理。風雅共《離騷》，千秋尊祖禰。一辭安能贊，捧誦咸唯唯。過此首先秦，逮至今日止。上下二千年，作者多於〔七〕螘。人言氣運殊，升降分隆庳〔八〕。昔爲粲與醇〔九〕，今爲醨與粃。唐以後無詩，雖有未足齒。吾意頗不然，貞元終復始。歲歲有嘉禾，時時有名卉。悦目即嬙施，適口即珍餌。諸家非一家，衆體非一體。選詞惟選佳，擷句惟擷美。追貌如追魂，擢膚如擢髓。但取快意觀，何必拘繩軌。俗調與油腔，相去幾千里。見此太憎生，芟夷同莠秕。與其收卑庸，毋寧過奇傀。驚天天欲傾，泣鬼鬼不死。移人將移情，琴海詎堪擬。尤物一嫣然，城國皆敝屣。所以列三科，甲乙微分壘。大意將毋同，一貫義取此。我本曠逸人，鍾情更無比。生有風騷癖，吟詠罕暇晷。每欲勒一書，藏山復懸市。無數古精靈，奔命環窗几。一一聽〔一〇〕品題，權衡如校士。我自用我法，公正無偏倚。既非竟陵鍾，亦非濟南李。寧俟一人知，毋爲衆人喜。收得好門生，榮樂勝金紫。大雅庶可扶，狂瀾庶可砥。此志何時酬，悵惜飛光駛。鼎鼎六十秋，貧賤負冠履。孤持千古意，誰人喻斯旨。屈宋倘復生，或者稱知己。

【校】

〔一〕咸豐本無「嘗」字。

〔二〕「二」，咸豐本作「一」。

〔三〕「一」，咸豐本作「三」。

〔四〕〔五〕「德功」，咸豐本作「功德」。

〔六〕「往」，咸豐本作「在」。

〔七〕「於」，咸豐本作「如」。

〔八〕「庳」，咸豐本作「痺」。

〔九〕「醇」，光緒本作「淳」。

〔一〇〕「聽」，咸豐本作「歸」。

【箋】

此詩採自康熙書帶草堂本《唐詩快》，道光本、咸豐本、光緒本亦收。《唐詩快》中又收録《既爲長歌復繫以一絶》詩，詩後有黄周星小注云：「此余癸丑冬所詠也。」故此首長詩亦當作於康熙十二年癸丑（一六七三）。本年冬，黄周星始編唐詩選集《唐詩快》，遂作此詩。

夕陽詩

余生平最愛夕陽，嘗欲裒輯古今人詩爲《夕陽集》，凡句中有夕陽字者〔一〕，悉皆採録，若斜陽、殘陽、夕照〔二〕、返照之類，亦附焉。并以一詩識之。

我聞詩人言，夕陽無限意。夕陽自夕陽，何與詩人事。多少蚩蚩兒〔三〕，昏曉同夢寐。獨有多情人，煙雲滿胸次。所見皆夕陽，夕陽況相值。初不與詩期，爾時詩自至。靈均指纁黄，淵明賦佳氣。夕陽本無言，詩人自憔悴。多情我亦然，見此欲下淚。吁嗟一夕陽，宇宙相終始。碧雲惹相思，明霞澹摇曳。芳草恨無休，紅樹紛如醉。種種與偕來，茫茫百端萃。羈客劇傷心，美人漫凝睇。第一最銷魂，無如雨後霽。黯黯近黄昏，明滅半蒼翠。悲吟織〔四〕暮蟬，殘虹空點綴。銷魂復銷魂，尤在秋冬際。草木倏變衰，悄如天地閉。斷雁與寒鴉，點點皆愁思。終古此夕陽，閲盡人間世。河山〔五〕送興亡，城郭今古異。松柏五陵煙，樓臺鎖薜荔。哀樂兩無端，歌哭都非是。所以鍾情人，詠歎恒不置。長篇或短篇，風謡及頌偈。詩但説夕陽，便有深妙義。或一兩句佳，定帶夕陽字。首尾縱參差，往往不忍棄。問我何爲然，殊不可思議。毋乃痼癖成，韻〔六〕事等魔祟。詩爲夕陽窮，亦爲夕陽貴。夕陽爲詩傳，亦或爲詩累。詩耶夕陽耶，是一還是二。若與我爲三，共命同根蒂。我今盡蒐羅，不獨充巾笥。愁以當醇〔七〕醪，病以〔八〕當藥餌。亦可驚〔九〕天公，亦可泣幽〔一〇〕魅。此集若告成，詩人應〔一一〕破涕。萬古復千秋，夕陽長不墜。

【校】

〔一〕咸豐本無「者」字。

〔二〕咸豐本無「夕照」二字。

〔三〕「兒」，咸豐本作「人」。

〔四〕「織」，咸豐本作「識」。

〔五〕「河山」，咸豐本作「山河」。

〔六〕「韻」，咸豐本作「詠」。

〔七〕「醇」，光緒本作「淳」。

〔八〕「以」，咸豐本作「可」。

〔九〕「驚」，道光本作「當」。

〔一〇〕「幽」，咸豐本作「鬼」。

〔一一〕「應」，咸豐本作「當」。

【箋】

此詩採自康熙書帶草堂本《唐詩快》，道光本、咸豐本、光緒本亦收。《唐詩快》將此詩附於《既爲長歌復繫以一絶》（題注：「此余癸丑冬所詠也。」）之後，也當作於康熙十二年癸丑（一六七三）。本年，黄周星曾欲輯古今詩句中有夕陽字者爲《夕陽集》，遂作此詩。胡無悶《凝香樓奩豔叢話》（民國元年中華圖書館石印本）卷四「黄九煙夕陽詩」：「明季黄九煙先生周星，江夏人，崇禎進士。鼎革後，悲懷抑鬱，自湛秦淮以死。生平最愛夕陽，然對之即泣。嘗搜集古今夕陽詩，裒然成帙，而已則不著一字。謝奕山贈以詩曰：『留光戀影每如斯，個是人間惹恨時。白首黄郎殊解意，平生不作夕陽詩。』蓋記實也。黄所著詩名《夏爲堂集》，有句云：『落日河山千古在，秋風天地一人無。』可見其懷抱矣。」

龍沙八百地仙姓名歌

弟子黄周星九煙氏纂（别號笑蒼子）

昔旌陽許真君於東晉寧康二年飛昇，遺讖云：「吾仙去後，一千二百四十年間，五陵之内，當出弟子八百人，皆成地仙。」所謂龍沙會聚庚申歲也，今已逾期矣。余於壬子春，得交苕溪陸子芳辰，而陸子先於庚戌歲邀請乩仙，叩八百地仙姓名。乩題一詩云：「八百功成尋共由，周天星宿可誠求。九洲煙水無人識，不比庸庸一世流。」隨書七百九十八字，錯雜無文（始於「道鐘贖秀建還濟」，終於「翮留未超飲妙貝」。）陸子再叩之，仍書五字云：「尋共由可也。」陸子未解其義。至甲寅冬，偶爲余言，余笑曰：「共由豈非黄字乎？」及出原本相示，則詩中已預藏余名號，蓋仙師欲余編輯成文耳。遂遵旨纂爲七言長歌一章，其數不足八百者，乩云：北闕碑上，原少二字，因其中王趙兩君，已登仙籍，故不復編入云。

道法昭明聖德昌，祖師上相尊純陽。源遠流深嗣胤接，弘持正教盛名揚。栽培啓導統先覺，務從一室通遐荒。大並坤穹司位育，密如經緯織文章。貞元環轉匡雅化，周而復始理之常。遥泝混沌歷億兆，誕分品質毓賢良。孔孟儒宗鮮對峙，玄圖竺範參圭璋。於中奇人著異迹，烜灼載籍斯輝光。束心鍊魄守淳静，服炁吞液迎吉祥。矜拔侗癡賑窮孑，拯援溥濟擴津梁。功行果圓即沖舉，昇霄迅駛撫魁罡。紅霓焕耀雷霆響，朱霞白鶴偕騰翔。是時游賞殊得志，迴首瘦骨猶委蜕。皈依肅潔拜宸旒，授職奚慕君王貴。銜坊卓奕寔恢隆，琪樹瑶芭森采瑞。金階璿柱拱芝蘭，璜臺瓊樓憑窣桂。梅嶼椒蹬跨藤橋，楓樟橙柑穿薈翳。右闥爽閟東軒凉，秀童嬋妾擁珠翡。羽衣拂體嫌縞縑，烹鱗捧醴嘗珍餌。擎杯給燭揮絲弦，繽嶺笙簧翻新製。握筆須臾灑露雯，鄭重春容標妙詣。沉潛豊郁蓋咸宜，謨訓詔誥零頌偈。立徹秘奥證曇禪，返本除垢增芬味。超脱陳緣亘古存，性命雙修煉净慧。閒來寂漠悟養生，思入浩杳感虚靈。想見伏羲創易像，舜敷政治在璣衡。飛熊應夢商緒失，齊桓九合繼連横。秦韓趙魏震毅烈，苔斑堆土埋雄英。末世次降彌忍黷，槿蹤蜎迹懶論評。廣徵庶類精麤備，審察還能習物情。崧葑岑巒屺岵峽，洞麓岸磧激濤澄。株葉楂枒芽莩潤，蓬蒲蓼荻荷苓菁。雀翥鴛棲鸝奮翮，圉馬駕輂駘嘶鳴。琛瑾琳琅鎮玩弄，琉球瑚璉瑩琤玲。趁舫乘桴憑柁棹，匠執椎斧農鋤耕。利器鋒鉦當處錞，梯架碪鐙鏡鐸鈴。夔陶鼎鼒寘輔弼，綉褓彩綬侍賓卿。攀弦貯印聆鐘鼓，投壺瀝勺甘醺醒。運際承平誠錫祐，芳辰美景熙春晝。解拘釋結省訟端，進爵移封誇綺繡。宰憲駐巡董用威，僚屬欽慎徽猷奏。扶植採拮録真才，熔鑄吹吁輒造就。忠孝聿興雍睦諧，仁智敦凝皆樂壽。巢棲市隱任飄翛，晨榻穩卧雲歸岫。招飲徐呼爾汝交，禱祝青松叢蔭茂。究竟謙和獲永年，敬謹篤慥勝機權。林居蘊積知抱負，怡悦登臨續詠聯。庵闈趺坐目照頂，課函卜策動杓躔。濯沐素練恒霑注，内産盈殖泰基填。期頤納息補皓鬢，護莳孫枝根帶堅。惠懷普度量固巨，葆斂信順福攸全。余也學識悵疏拙，憶昔單提祈了決。兹遵御敕益欣逢，據實效工寧巧設。寸錦片玉總收羅，留取佳話尋仙訣。其餘意義半含藏，雷彡鈖鋠榷宲枋。黥兀牟唄甦涑絜，咢厂遲鬁抖彿徉。伊胡演集成韻句，建康野臣黄笑蒼。

右歌成，焚於乩前。有朱衣孔公德玄降壇，傳法旨云：黄子真奇才也，文皇觀是文，甚爲雀躍，贊歎不已。他日修文，虚席待之，今當奉旨陞擢云云。俄桂殿傳宣曹公性凝再降云：黄子文氣清秀，心胸錦繡，筆底生花，思致如長江流水，可稱奇才。百千之字，編輯成文者頗有，但仙名成文而不野，思在乎仙家氣象，後日必是紅林半酣間人也。此八百字，許黄子等刊刻頒行。

此八百字頒示於六年之前，而笑蒼子編次於三日之内。蓋仙祖預知笑蒼之才，了此有餘，故宜文皇覽之，再三歎賞不置也。嘗觀集字成文，自古有之，獨難其纍若貫珠，爛如織錦，字字精確，不容增減。朗誦終篇，但覺一氣呵成，宛然無縫天衣，絶不見襞積之痕，豈非人工天巧乎？且題爲仙題，詩即爲仙詩，而篇中疊出警句，洞抉玄詮，一以爲柏梁詠，一以爲《黄庭經》，復令人應接不暇，玩味無窮，直當作一卷異書讀可耳。夫編次猶屬笑蒼長技，而校讎點勘之勞，凡歷十數丹鉛而後成。人但知其才之奇不可及，而不知其念之誠，心之細，尤爲不可及也。嘻！難言哉！

道弟陸之璣評　終

【箋】

此詩採自康熙本，不見於他本。先是康熙十三年（一六七四）冬，扶乩者陸芳辰將康熙九年（一六七〇）所得之乩詩呈於黄周星，黄周星遂認爲乩詩中暗含「黄周星九煙」之名，乃是仙師想要自己將乩語編輯成文，遂始作七言長歌《龍沙八百地仙姓名歌》。據《仙乩雜詠十二首》小序「至乙卯孟春，復奉敕編纂《龍沙八百字》」，則本詩完成於康熙十四年（一六七五）。據文中所云，詩焚於乩前之後，天上的文皇對此頗爲賞識，并許諾黄周星日後會登身仙界。事雖荒誕可笑，然黄周星深信不疑，這促成了他在康熙十九年（一六八〇）的投水自盡。景星杓《山齋客譚》（清乾隆四十二年盧氏抱經堂抄本）卷三「乩仙四則」：「昔許旌陽真君飛升，嘗遺讖云：『吾自升後一千二百四十年間，當得弟子八百人，皆爲地仙。』所謂龍沙聚會庚申歲也。然至今無能測其人姓名者。語溪黃九煙先生諱周星，故明進士，性忠介，穎悟絶倫，仕至曹郎。甲申後即杜門著書，爲詩多悲憤之音。更世亂，篇章恒失於寇略。末年著有《薇蕚集》行世。康熙辛酉失足墮水卒，或曰痛飲醉自沉也。先是苕溪陸芳辰於庚戌歲請乩，嘗以八百地仙之名扣之，乩隨書七百九十八字，皆散雜無文。復請仙筆纘成文句，乃示以一絶云：『八百功成尋共由，周天星宿可誠求。九州煙水無人識，不比庸庸一世流。』末書：『尋共由可也。』蓋詩中已括黃公姓名矣。陸始不悟，至甲寅冬適與公同舟，談頃，偶爲公述其事，公覽詩哂曰：『此仙君欲余編緝成文耳。若共由周星九煙非余而何？』公遂取仙名纂爲七言長歌一章，文義通妙，不減興嗣《千文》也。辭長不録。按數八百闕二字者，據乩示王趙兩君已登仙籍，故云。」

題山水畫册四首

秋容半山，著樹能響。杖藜者誰？抱琴安往？

此中有詩，欲説不似。煙樹江帆，秋聲滿紙。

楓荻皆蒼，天失其碧。我懷伊人，橫江一篴。

竹林少五，商山去二。對酌陶然，松篁交翠。指顧之間，嵐光欲醉。

【箋】此詩採自康熙本，道光本、咸豐本、光緒本亦收。創作時間未知。

題王山長社兄行樂圖

置丘壑中，作梅花賦。我懷伊人，空山歲暮。

【箋】此詩採自道光本卷三，咸豐本亦收。創作時間未知。

小半觔謡并序

某善治生，間市肉不得逾四兩，名「小半觔」，人遂以「小半觔」呼之。黄九煙（周星）〔一〕曰：「此盛德事也〔二〕。」因爲長謡〔三〕紀之。

市肉市肉，震驚神人。乃公終身不飲酒，窮年不茹葷。今朝胡爲忽市肉？咄咄怪事，疇可比倫。一解

市肉市肉，爰聚童僕。左手提衡，右手啓櫝。有銅如金，有錢如琛。把授童僕，不覺掩淚酸心。二解

童僕受錢，愕眙相視。長跪請命，市肉寧幾？童曰一觔，公怒欲捶。僕曰半觔，怒猶不已。童僕惶恐，莫測公旨。三解

匍匐再請，聽公何云。徐伸四指，曰小半觔。小半觔者，半觔之半。半而又半，祿已逾算。四解

僕乃前行，公尾其後。側身躡足，潛伏閭右。僕詣肉肆，錢付屠手。屠方鼓刀，公突而前。曰我市肉，爾爲我添〔四〕。一增再增，肉重於權。名小半觔，不啻六兩。公挾僕歸，大喜過望。五解

肉已至家，僕欲持去。公曰無遽，談何容易。此〔五〕肉我當細區分，安得愴惶暴殄等兒戲？爲我呼爨婢，此肉謹付汝。汝其善煎烹，一爲乾豆薦祖考，二爲賓客餉師生，三爲君庖饜我口，飫我腹，我與〔六〕妻妾子女共咀啗，下及汝曹俱彭亨。貓鼠不得〔七〕竊，犬豕不得爭。餘瀋〔八〕滿注缶，轢釜須用戛戛鳴。珍重小半觔，此肉良非輕。六解

市肉市肉，震驚神人。咄咄怪事，疇可比倫。我聞東海有麒麟，麻姑擘脯世莫陳。公之啖肉，毋乃啖麒麟。吁嗟乎！小半觔！七解

我聞古有豢龍人，飂叔潛醢饗夏君。公之啖肉，毋乃膾龍肝披龍鱗。吁嗟乎！小半觔！八解

我聞天厨〔九〕内，有熊蹯豹胎猩猩脣，惟辟列食羅八珍。公之啖肉，毋乃啖熊蹯豹胎猩猩脣。吁嗟乎！小半觔！九解

【校】

〔一〕道光本作「周九煙（星）」，咸豐本作「周九煙」。

〔二〕咸豐本下有「不可不傳」四字。

〔三〕咸豐本「謡」下有「以」字。

〔四〕「曰我市肉，爾爲我添」，咸豐本作「曰此我市肉，爾無我朘。屠曰公肉，敢不腆焉」。

〔五〕「此」，原作「比」，據道光本、咸豐本改。

〔六〕「我與」，咸豐本作「與我」。

〔七〕「得」，咸豐本作「爲」。

〔八〕「瀋」，咸豐本作「湆」。

〔九〕咸豐本「厨」下有「之」字。

【箋】

此文採自褚人穫《堅瓠集》（清康熙刻本）八集卷三，道光本、咸豐本、晚清楊凌霄搜選本《前身集》亦收。創作時間未知。《前身集》其後有兩則評語：「夏以肉爲山，殷以肉爲圃，我不知當日費幾千萬億小半觔也。雖然，奢者自奢，儉者自儉，處今之世，藜藿不充，何有於肉？若得以片脯待客，便是家庭之瑞，而糜費乃至小半觔，何得不教五臟神相率鼓舞，慶千載一時耶？龔肇權。」「昔張典一飯肉常十觔，若惠此公，便可作四十日盛饌矣。然較之爛烝去毛之盧丞相，一食十八種之李尚書，則此公布獨爲窮奢極慾乎？錢燭臣。」《小半觔謠》又收録於清康熙三十四年（一六九五）新安張氏霞舉堂《檀几叢書》餘集、金武祥《粟香隨筆》、徐珂《清稗類鈔》、民國四年（一九一五）上海國學扶輪社《古今説部叢書》一集、清末至民國間掃葉山房石印本《廣虞初新志》卷十一、上海書店《叢書集成續編》子部第九十七册等文獻。

奉賀非翁年詞宗暨長公榮擢主政之喜

黄白峰巒何崒嵂，古今代有聞人出。於今復見延陵君，天産賢豪尠儔匹。君才卓犖世無雙，磊砢英多意氣揚。矯然獨立鷄群鶴，昂霄聳壑豈尋常。自古英雄鄙章句，陳椽勝事人争慕。況復生平行誼高，交遊慷慨披衷愫。極危周急見仁風，取與還嚴一介中。汝南方幅尤堪詡，四海金蘭縞紵同。孟公投轄頻爲客，文舉傾樽酒不空。似孫才品人罕識，彷彿計然與卜式。龍門鉅筆若重拈，任俠儒林兼貨殖。乃知學術未易論，風塵亦自有奇人。趨操往往與古合，何必章縫始致身。只今梁楚聲名偉，萬里風雲看蔚起。奇才大用世所推，安能局促守蓬虆。又況階前挺鳳麟，奕奕應爲天廟珍。早晚含香趨粉署，朱紱行看晝錦新。此日良辰兼美景，賞心樂事冠天倫。稱觴堂下花爭笑，玳筵絲竹醉嘉賓。我聞君名未識面，幸藉夙交通繾綣。西山佳氣曲江濤，千秋盛事真堪羨。

奉賀 非翁年詞宗暨 長公榮擢主政之喜 鍾山圃庵黄周星拜贈

【箋】 此詩不見於黄周星諸集，採自清代陸心源《穰梨館過眼録》(上海書畫出版社二〇一八年版)卷三十四。周慶雲《潯溪詩徵》卷三十八亦收。創作時間未知。在《穰梨館過眼録》中，此詩收録於《黄九煙張瑶星詩翰合卷》條目，前有標注：「紙本，高七寸三分，長三尺。南山草堂，朱文。」後有標注：「黄周星章，朱文。九煙，朱白文。」

卷三　五言絶句

丁子襄陽人而客於衢思歸不得以告歸賦見示余既然其志且以自然因題短句酬之〔一〕

吴人不歸吴，楚人不歸楚。天地兩癡聾，芻狗吾與汝。

【校】

〔一〕康熙本題作「丁子襄陽人而客於衢思歸不得以告歸賦見示余既悲其志且以自悲因題短句酬之」。

【箋】

此詩採自民國本《九煙詩鈔·薇蕚集》，康熙本亦收。據此詩在《九煙詩鈔·薇蕚集》中編排位置，當作於壬辰年，即順治九年（一六五二）。時黄周星遊衢州。

鵲江寶山寺大士金像三首

像出蜀之峨眉。宋嘉祐間，乘鐘浮來，寺僧收之，鐘復去，今在潤州之甘露寺。〔一〕

金入水即沉，佛乃多狡獪。能使身如羽，復令鐘如芥。

巴江至〔二〕鵲江，相去六千里。水豈能浮佛？佛或能浮水。

佛既乘鐘來，鐘不隨佛住。佛奇鐘亦奇，飄然赴甘露。

【校】

〔一〕康熙本題作「寶山寺浮來金像三首像出蜀之峨眉宋嘉祐間乘鐘浮至舊江寺僧收之其鐘復去今在潤州甘露寺」。

〔二〕「至」，康熙本作「去」。

【箋】

此詩採自民國本《九煙詩鈔·夏爲堂詩草》，康熙本亦收。據此詩在《九煙詩鈔·夏爲堂詩草》中編排位置，當作於甲午年，即順治十一年（一六五四）。鵲江，長江流經今安徽銅陵市、繁昌縣及無爲縣等地之間的别名。寶山寺，在安徽繁昌縣。本年，黄周星於安徽，先後遊覽繁昌寶山寺、黄石磯、迴龍閣、峨山和縣西梁山龍王宫等名勝，遂有此作。

冬夜醉後步月忽成絶句

大笑霜前影，長吟醉後身。好天如上世，明月似閒人。

【箋】此詩採自民國本《九煙詩鈔·夏爲堂詩草》，康熙本亦收。據此詩在《九煙詩鈔·夏爲堂詩草》中編排位置，當作於甲午年，即順治十一年（一六五四）。本年冬，黄周星由金陵再赴安徽繁昌授經，冬夜醉後遂有此作。

題畫二首

開卷《離騷》香，九畹在一幅。若遇魯叟過，琴書滿幽谷。（蘭）

忘憂復宜男，寫此勝珠玉。不須公理埋，何用封人祝。（萱）

【箋】此詩採自《前身散見集》庚戌年，不見於他本。庚戌爲康熙九年（一六七〇）。

可歎無知己十首刻六首

其一

流水高山志，清風皓月襟。可歎無知己，紅塵溷道心。

其三

羲皇彭澤柳，虞夏首陽薇。可歎無知己，黄冠何處歸。

其五

文高兜率塚，詩滿蜀江瓢。可歎無知己，虞翻恨不銷。

其六

高僧萬松谷，名媛百花村。可歎無知己，春風獨閉門。

其八

東海三山棹，崑崙五嶽觴。可歎無知己，閒雲笑夕陽。

其九

大鵬憐斥鷃，腐鼠嚇鵷鶵。可歎無知己，牛醫共狗屠。

【箋】

此詩採自康熙本，不見於他本。創作時間未知。

卷四　七言絶句

偶感二首

嘯傲江東二十年，不知憂地與愁天。一朝泛宅過湘浦，始信低眉是聖賢。

屈子放來悲澤畔，賈生謫去怨長沙。由來才子傷心地，不是徬徨即咄嗟。

【箋】此詩採自咸豐本卷一，光緒本亦收。玩詩意，當作於黄周星崇禎四年（一六三一）初來湖南之時。

入衡嶽見引路松

十二年前揺爽夢，四千里外踏閒苔。蒼蒼一片雲松色，合是秋冬之際來。

【箋】

此詩採自康熙本，咸豐本、光緒本亦收。康熙本、咸豐本皆將這首詩收録於《衡嶽遊記》後的《衡嶽詩》組詩中。光緒本收《入衡嶽見引路松》《三宿鐵佛庵雨中》《歎夢》《有感僧舍芙蓉盛開》《登祝融峰遥嘲馮子》《登峰後書壁間遺陶子（陶子曾屢訂余遊）》《暫到家》七首爲一組，并在《入衡嶽見引路松》標題下注「以下七首遊南嶽作」。光緒本諸詩并未置於《衡嶽遊記》後，而作爲單獨的詩作收録。黄周星於崇禎十五年壬午（一六四二）秋赴衡山，則本詩當作於此時。

三宿鐵佛庵雨中

寒花一徑稱僧貧，佛屋峰腰不記春。息我勞生風雨到，三朝真作住山人。

【箋】

此詩採自康熙本，咸豐本、光緒本亦收。康熙本、咸豐本皆將這首詩收録於《衡嶽遊記》後的《衡嶽詩》組詩中。光緒本收其爲「以下七首遊南嶽作」之一。此詩亦爲黄周星崇禎十五年（一六四二）秋赴衡山所作。

歎夢

薝蔔櫻桃屢犯猜，昔年慚謝已心灰。如何萬壑千峰裏，猶自崎嶇夜半來。

【箋】此詩採自康熙本，咸豐本、光緒本亦收。康熙本、咸豐本皆將這首詩收録於《衡嶽遊記》後的《衡嶽詩》組詩中。光緒本收其爲「以下七首遊南嶽作」之一。此詩亦爲黄周星崇禎十五年（一六四二）秋赴衡山所作。

登祝融峰遥嘲馮子

周星今日登峰罷，下視浮雲笑未休。底事長沙馮一第，不隨黄鶴到山頭。

【箋】此詩採自康熙本，咸豐本、光緒本亦收。康熙本、咸豐本皆將這首詩收録於《衡嶽遊記》後的《衡嶽詩》組詩中。光緒本收其爲「以下七首遊南嶽作」之一。此詩亦爲黄周星崇禎十五年（一六四二）秋赴衡山所作。馮子，即馮一第，見卷二《哀竹樓》箋。

登峰後書壁間遺陶子陶子曾屢訂余遊

七十二峰相待久，年年笠屐負心期。我今慚愧先君到，他日君來讀我詩。

【箋】

此詩採自康熙本，咸豐本、光緒本亦收。康熙本、咸豐本皆將這首詩收録於《衡嶽遊記》後的《衡嶽詩》組詩中。光緒本收其爲「以下七首遊南嶽作」之一。此詩亦爲黄周星崇禎十五年（一六四二）秋赴衡山所作。陶子，即陶汝鼐，見卷二《與長沙同年陶汝鼐别三十年矣一歲之中輒數見夢庚戌春日偶從月函上人處得見所寄月公詩札甚喜即次其扇頭韻和之》箋。

有感僧舍芙蓉盛開

經年不識芙蓉面，寂寞寒芳何處開？忽向朱明峰下見，看山來是看花來。

【箋】

此詩採自康熙本，咸豐本、光緒本亦收。康熙本、咸豐本皆將這首詩收録於《衡嶽遊記》後的《衡嶽詩》組詩中。光緒本收其爲「以下七首遊南嶽作」之一。此詩亦爲黄周星崇禎十五年（一六四二）秋赴衡山所作。

暫到家

一灣窮水招憔悴，滿眼森涼偃舊扉。何處荒荒青未了，主人新自萬山歸。

【箋】

此詩採自康熙本，咸豐本、光緒本亦收。康熙本、咸豐本皆將這首詩收録於《衡嶽遊記》後的《衡嶽詩》組詩中。光緒本收其爲「以下七首遊南嶽作」之一。黄周星於崇禎十五年（一六四二）秋赴衡山，則本詩當作於此時。

過延平黯淡灘

雪浪奔雲〔一〕響亦寒，輕舠三躍即安瀾。都將平日光明事，來過今朝黯淡灘。

【校】

〔一〕「雲」，康熙本作「雷」。

【箋】

此詩採自民國本《九煙詩鈔·薇蕚》，康熙本亦收。據此詩在《九煙詩鈔·薇蕚集》中編排位置，當作於乙酉年，即順治二年（一六四五）。延平，在今福建省南平市。黯淡灘，又名黯黮灘、港灘，在今福建省南平市東。本年秋，黄周星入福州，於南明隆武朝任禮科給事中。行役過南平黯淡灘，遂有此作。

丙戌暮春余于役建州朔十日將之延津先一日移寓城外小樓方擬登舟適内子自新安携幼女來相問訊因爲半日之留至詰朝余匆匆解維下延津内子亦返松溪此别黯然詩以記之

建溪城外小樓中，決決灘流淡淡風。正是落花寒食候，孟光此夜見梁鴻。

孟光此夜見梁鴻，辛苦寒啼脈脈中。弱女嬌憨渾不管，向爺懷袖索芳紅。

孟光此夜對梁鴻，千里風煙夢暫同。一夜子規啼不住，征帆又逐五更風。

劍津扈從去悤悤，樓上低徊頃刻中。玉筯自垂舟自放，孟光此夜别梁鴻。

【箋】此詩採自民國本《九煙詩鈔·薇蕚》，不見於他本。據詩題，此詩當作於丙戌，即順治三年（一六四六)。本年，黄周星仍任職於福州南明隆武朝。暮春，與遠道而來的妻女有半日之會，分别後遂有此作。建州即今福建省建甌市。延津，古代津渡名，屬延平縣，在今福建省南平市東南。新安位於錢塘江上游的新安江流域，屬於古代的浙西地區。松溪，位於閩浙交界處，武夷山麓東南側。

中秋憩淵關青山書院

百年天地又中秋，且信征軺半日留。記取青山書院裏，一溪明月水東流。

【箋】此詩採自民國本《九煙詩鈔·薇蕁》，不見於他本。據此詩在《九煙詩鈔·薇蕁》集中編排位置，當作於丙戌年，即順治三年(一六四六)。本年中秋，黄周星行役至福建古田淵關青山書院，遂有此作。古田，現爲福建寧德下轄縣。古田水口古稱淵關。

冬日余避迹長樂之塔頭村坐卧小樓或持焦飯爲糧偶爲兒童所見輒呼余鍋巴老爹因笑占四絶聊以解嘲

竈養幸無郎將號，鍋巴猶得老爹名。兒曹相笑非無謂，慚愧西山有此生。

學仙恨少休糧訣，嚇鬼空多噉飯身。如此老爹應餓殺，鍋巴敢望史雲塵。

隔江船尾競琵琶，金帳寧知雪水茶。新婦羹湯多得意，老爹自合嚼鍋巴。

哺親焦飯記前賢，苦節多存感慨篇。莫道鍋巴非韻事，鍋巴或藉老爹傳。

【箋】

此詩採自民國本《九煙詩鈔·薇蓴》，咸豐本亦收，題作「余喜食鍋底焦飯人呼鍋巴老爹因賦四絶」。據此詩在《九煙詩鈔·薇蓴》集中編排位置，當作於丙戌年，即順治三年（一六四六）。本年八月二十八日，隆武帝朱聿鍵被清軍俘殺，隆武朝亡。冬，黄周星藏身於福建長樂塔頭村，生活困頓，以焦飯爲糧，被兒童呼爲「鍋巴老爹」，遂自嘲有詩。長樂，今福建省福州市長樂區。陳作霖等編《金陵瑣志》（民國六年刊本）之「金陵物産風土志·本境食物品考」云：「金陵民日三食。屑麥糯和糖霜調鹽酪巧制，湯餅、餛飩、糍團、油炸諸品，晨食之，曰點心。點心者，宋人語也。貧者則取釜底焦飯以代，俗呼『鍋粑』。明遺老黄九煙酷嗜之（九煙，名周星，上元人），人稱其爲『鍋粑老爹』者以此。」

戲嘲同寓者

凌霄勁翮飢猶矯，藉草頑軀飽即休。若向此間尋臭味，正如野鶴對癡牛。

【箋】此詩採自民國本《九煙詩鈔·薇蓴》，不見於他本。據此詩在《九煙詩鈔·薇蓴》集中編排位置，當作於丁亥年，即順治四年（一六四七）。

西莊院喜穫作示山僧

秋甲子晴田父喜，黄禾入户畝鱗鱗。隨緣粥飯非容易，何限春榆剥枱人。時聞豫章大祲，米一石值八鑼，福州亦一歲再被水灾，獨古田差稔。

【箋】此詩採自民國本《九煙詩鈔·薇蓴》，不見於他本。據此詩在《九煙詩鈔·薇蓴》集中編排位置，當作於丁亥年，即順治四年（一六四七）。此詩當爲本年夏秋間，黄周星避亂福建古田西莊僧院時所作。

卧病數朝足音斷絶從友人借得一蒼頭朽瞶驕慵而又嗜酒

一身羈病竟誰知，多謝長鬚暫護持。高卧西風惟索酒，不堪重作跛驢移。

【箋】此詩採自民國本《九煙詩鈔·薇蓴》，不見於他本。據此詩在《九煙詩鈔·薇蓴》集中編排位置，當作於丁亥年，即順治四年（一六四七）。本年夏秋之間，黄周星避亂福建古田西莊僧院時卧病，藥粒俱斷，自以爲必死。詩當作於此時。

所借蒼頭復卧病余自强起執炊視手中火筒不禁失笑自嘲一絶

非簫非管還非笛，此日何緣弄不休。若向虁門相問訊，前朝諫議最風流。

【箋】此詩採自民國本《九煙詩鈔·薇蓴》，不見於他本。據此詩在《九煙詩鈔·薇蓴》集中編排位置，當作於丁亥年，即順治四年（一六四七）。詩亦作於福建古田西莊僧院卧病時。

卧病二旬醫藥絶望忽有人持藥一提餽余藥品庸泛受而飲之病亦良已

空山草木長如許，誰訪袁安到土牀。贈藥伊人來意外，陳皮甘草亦奇方。

【箋】此詩採自民國本《九煙詩鈔·薇蓴》，不見於他本。據此詩在《九煙詩鈔·薇蓴》集中編排位置，當作於丁亥年，即順治四年（一六四七）。詩亦作於福建古田西莊僧院卧病時。

連歲所祈神福籤筶不驗

盛世曾聞鬼不神，如何衰亂復紛論。虚文大似江湖石，正直聰明也誤人。

【箋】此詩採自民國本《九煙詩鈔·薇蕚》，不見於他本。據此詩在《九煙詩鈔·薇蕚》集中編排位置，當作於丁亥年，即順治四年（一六四七）。詩當作於福建古田西莊僧院卧病時。

偶與僧談及泥犁僧茫然不解蓋地獄中有兩泥犁一曰泥犁迦無喜樂也一曰泥犁耶無去處也然則我輩終日在泥犁中矣

一身匏系兩肩低，慧業多緣綺語迷。話到泥犁僧共感，不知久已坐泥犁。

【箋】此詩採自民國本《九煙詩鈔·薇蕚》，不見於他本。據此詩在《九煙詩鈔·薇蕚》集中編排位置，當作於丁亥年，即順治四年（一六四七）。詩當作於避亂福建古田西莊僧院時。

山僧無識字者屢以書記見屬余亦笑應之因憶唐人竇群詩云不知筆硯緣封事猶問傭書日幾行言昔人傭書後封事也今乃封事後傭書耶

數紙街談彩筆忙，米鹽梨棗費周詳。孟光若見應狂笑，輸卻當年竇夕郎。

【箋】此詩採自民國本《九煙詩鈔·薇蕚》，不見於他本。據此詩在《九煙詩鈔·薇蕚》集中編排位置，當作於丁亥年，即順治四年（一六四七）。詩當作於避亂福建古田西莊僧院時。

余自避亂西莊以來殆三月矣愁病相仍不酒不肉且村穀窮荒雖油豉虀茗亦了不可得惟終朝烹泉茹草而已因念世俗食貧者輒云豆腐飯由今而觀之豆腐可易致耶

樂道一瓢泉可飲，聞韶三月肉能忘。淮南風味貧家饌，此日真同禁臠嘗。

【箋】此詩採自民國本《九煙詩鈔·薇蕚》，不見於他本。據此詩在《九煙詩鈔·薇蕚》集中編排位置，當作於丁亥年，即順治四年(一六四七)。詩當作於避亂福建古田西莊僧院時。

余初入閩時有三願一武夷遊二九鯉夢三楓亭荔枝今竟成三恨矣聊志一絶

武夷山上雲空笑，九鯉湖邊夢暫拋。底事荔枝緣獨淺，往來偏隔夏秋交。

【箋】此詩採自民國本《九煙詩鈔·薇蕚》，不見於他本。據詩中所云：「往來偏隔夏秋交」，當作於丁亥年夏秋之間，即順治四年(一六四七)。詩當作於避亂福建古田西莊僧院時。

讀鄭所南心史有絶句寄同庚友云淳祐初年同下生已經三十七番春此身雖墮胡塵裏只是三朝天子臣予生於萬曆辛亥迄今歲丁亥春秋恰三十七自庚辰舉制科筮仕正歷三朝今日所遭亦復相類異哉此詩何與予巧合也因感而次其韻成三絶句

不知富貴與勳名，談拙由來少世情。莫歎壯齡丁百六，元從萬曆末年生。

甑知清苦壁知貧，淒絶中郎只病身。三十七番春去也，幾曾消受一番春。

天如倚杵海成塵，何處堪容節義身。三百六旬人盡樂，卻教今日作孤臣。

【箋】

此詩採自民國本《九煙詩鈔·薇蕁》，不見於他本。據詩在《九煙詩鈔·薇蕁》集中編排位置，當作於丁亥年，即順治四年（一六四七）。本年，黄周星讀宋末鄭思肖《心史》，分外有故國之思、遺民之悲，遂作此詩。

千春一恨 集唐六十首，丁亥歲作。〔一〕

序

千春一恨者，思彼美而不得也。彼美伊誰？蓋出於某王孫之家，而衆人蓄之者也。余〔二〕與王孫同避亂福唐西陳村，見而慕之。王孫固夙稱交好者，初慨許持贈，既而負約。百計求之，益慳秘爲奇貨。余無可奈何，屢集唐句相贈〔三〕，冀其一悟。乃王孫頑狠自若，不成報章。予〔四〕悵恨經旬，因與王孫訣别，移寓東潹。自此彼美音容杳然，判若隔世矣。每五夜徬徨，拊枕咄咄。因思昔人所云：「英雄如項籍，而不得天下；高才如杜默，而不得一第。」今風流俊逸如九煙〔五〕，而不得彼美，此三恨者，真堪鼎足千古。雖然，九煙湖海元龍，生平奇遇較多，亦安可少此一恨？所可慨者，王孫之不仁，而彼美之薄命耳。中懷崒嵂，久不能平。因漫次前後所集唐人語，共得絶句六十首。藏之名山，傳之後世，以告天上〔六〕人間、千秋萬古之情癡詩人，如白門黃九煙〔七〕者。

【校】

〔一〕康熙本題作「千春一恨集唐六十首（代友）」，道光本題作「千春一恨集唐六十首（并序）」，咸豐本題作「千春一恨集唐六十首」。

〔二〕「余」，康熙本、道光本、咸豐本作「某」。下文同。

〔三〕「贈」，康熙本、道光本、咸豐本作「貽」。

〔四〕「予」，康熙本、道光本、咸豐本作「某」。

〔五〕「九煙」，康熙本、道光本、咸豐本作「某」。下文同。

〔六〕「上」，咸豐本作「下」。

〔七〕「白門黄九煙」，康熙本、道光本、咸豐本作「某」。

初集十首

芙蓉如面柳如眉白居易，〔一〕盡日含毫有所思薛能。惆悵春歸留不得皇子陂女郎，曉鶯啼斷緑楊枝。

清歌妙舞落花前劉希夷，夫子紅顔我少年。若問玉人殊易識，娉婷十五勝天仙白居易。

天下能歌御史娘劉禹錫，等閒教見小兒郎元稹。無情不似多情苦，擬託良媒亦自傷秦韜玉。

白日嫦娥旱地蓮白居易，當時求夢不曾眠戎昱。人生豈得長無謂，閒過春風六十〔二〕年戎昱。

門前初下〔三〕七香車韓偓，二月中旬已破〔四〕瓜王建。不管相思人老盡，隔江猶唱《後庭花》杜牧。

上清仙子玉童顔，只許含情背後看杜甫。但使主人能醉客李白，一生長對水晶盤李商隱。

一寸相思一寸灰，落花流水認天台。由來此貨稱難得，不踏金蓮不肯來張謂。

道是無情卻有情劉禹錫，千金莫惜旱蓮生韓偓。兒童不識沖天物關盼盼，惡説南風五兩輕許渾。

朧朧樹色隱昭陽王昌齡，不辨花叢暗辨香元稹。誰謂此中難可到，盡知三十六鴛鴦李商隱。

一月主人醉〔五〕幾回崔惠童，更逢山上一花開韓偓。蘼蕪亦是王孫草孟遲，嫁與春風不用媒李賀。

【校】

〔一〕康熙本、道光本、咸豐本詩句後皆未注原詩作者，「再集」「三集」亦同。

〔二〕「十」，康熙本、道光本、咸豐本作「六」。

〔三〕「下」，咸豐本作「度」。

〔四〕「破」，咸豐本作「進」。

〔五〕「醉」，康熙本、道光本、咸豐本作「笑」。

再集二十首

南宮風月寫難成，一笑從教下蔡傾。從此不知蘭麝貴，内家叢裏獨分明韓偓。

分付新聲與順郎劉禹錫，一枝濃豔露凝香李白。佳人已屬沙吒〔一〕利，惱亂蘇州刺史腸。

三十無家作路人，樓前相望不相親盧照鄰。桃花潭〔二〕水深千尺李白，願得乘槎一問津宋之問。

鈿暈羅衫色似煙關盼盼，妖童寶馬鐵連錢盧照鄰。十年南北看燕趙羅虬，半採紅蓮半白蓮白居易。

玉釵斜壓鬢雲鬆，人面桃花相映紅崔護。若使春風會人意羅虬，世間應不要春風白居易。

淚濕羅巾夢不成，信知尤物必牽情韓偓。春宵苦短日高起白居易，卻是劉楨坐到明。

清潤潘郎玉不如楊巨源，枇杷花下對〔三〕門居元稹。黄姑阿母能拚剖〔四〕羅虬，歌舞閒時教讀書。

彷彿聞香不是香元稹，風嬌小葉學娥妝李賀。遥知楊柳是門處李商隱，隔得盧家白玉堂。

夢來何處更爲雲盧仝，忽到窗前疑是君。《玉樹後庭花》一曲杜甫，人間能得幾回聞？

盡日無人屬阿誰白居易，阿誰曾似與嬌癡。也應扳〔五〕折他人手，何不相逢未嫁時韓雄。

不愛深紅愛淺紅杜甫，野花黃蝶領春風。玉童私地誇書札曹唐，一片西飛一片東王建。

紅衣落盡暗香殘羊士諤，幾許幽情欲語〔六〕難薛逢。憶得雙文衫子薄元稹，玉容寂寞淚闌干白居易。

獨悲孤鶴在人群，夢繞巫山一片雲。聞説春來倍惆悵，錦衾深愧卓文君。

春色先歸十二樓陳陶，玉釵恩重獨生愁曹鄴。何時共剪西窗燭李商隱，斜倚紅鸞笑不休曹唐。

且將團扇暫徘徊王昌齡，林下輕風待落梅孫逖。一種蛾眉明月夜劉駕，夜深誰共阿憐來白居易。

一生閒坐枉傷神羅虬，定子當筵睡臉新劉禹錫。聞道欲來相問訊韋應物，爲持金籙救生人。

莫送春風入客衣孟遲，眼前珠翠與心違。何如買取猢猻弄羅隱，任爾〔七〕三彭説是非白居易。

碧玉今時鬥麗華萬楚，豈宜重問《後庭花》李商隱。秦宮一生花底活李賀，願君且宿黃公家高適。

一塲春夢不分明張泌，分付鶯花與後生。莫怪當歡卻惆悵陶峴，人生難免是深情羅虬。

花恨紅腮柳恨眉，相思無路莫相思皇子陂。相思相見知何日李白，此恨綿綿無盡期白居易。

【校】

〔一〕「吒」，原作「叱」，據康熙本、道光本、咸豐本改。

〔二〕「潭」，康熙本、道光本作「流」。

〔三〕「對」，康熙本、道光本、咸豐本、咸豐本作「閉」。

〔四〕「剖」字原脱，據康熙本、道光本、咸豐本補。

〔五〕「扳」，康熙本、道光本、咸豐本作「攀」。

〔六〕「語」，康熙本、道光本、咸豐本作「話」。

〔七〕「爾」，康熙本、道光本、咸豐本作「汝」。

三集三十首

名花傾國兩相歡李白，犀辟塵埃玉辟寒李商隱。我有迷魂招不得李賀，莫教長袖倚闌干羊士諤。

濕雲如夢雨如塵崔魯，愁思看春不當春。難得相逢容易別，可能都是不如人羅隱。

花壓欄干春晝長温庭筠，阿侯繫錦覓周郎李賀。東風不與周郎便杜牧，雲雨巫山枉斷腸李白。

耿耿星河欲曙天白居易，月明橋上看神仙張祜。無情有恨何人見皮日休，卻繞迴廊又獨眠元稹。

銅雀春深鎖二喬杜牧，玉人何處教吹簫。卻嫌脂粉污顔色杜甫，願作輕羅著細腰劉希夷。

傾國傾城總絶倫羅虬，全家羅襪起秋塵。無情最是臺城柳，不解迎人只送人李商隱。

露桃花下不知秋劉駕，何處相思明月樓張若虚。第一莫嫌才地薄元稹，年初十二〔二〕最風流王建。

知君書記本翩翩杜審言，疊在空箱得幾年白居易？不分桃花紅勝錦杜甫，王孫草色正如煙。

枝枝交影鎖長門段成式，虛負賢侯鄭重恩曹唐。桃葉含情竹含〔二〕怨劉禹錫，月明花落又黄昏劉禹錫。

不把雙蛾鬥畫長薛能，柳花偏打内家香李賀。丈夫飄蕩今如此，合是狂時不得狂。

宵分獨坐到天明，南斗闌干北斗横石城女子。若見紅兒夜深態羅虬，沉香火底夜〔三〕吹笙王建。

紅袖香銷二十年，一身憔悴對花眠。何因得扱真珠履，白日將升第九天。〔四〕

滿堂絲竹爲君愁張謂，人自傷心水自流。願得侍兒爲道意，與君同上景陽樓畢曜。

芙蓉脂肉緑雲鬟劉得仁，花態嬌羞月態閒。莫向樽前奏花落岑參，對君衫袖淚痕斑岑參。

憔悴支離爲憶君武后，江花亂點雪紛紛韓翃。思量卻是無情樹杜甫，半入江風半入雲。

樹頭樹底覓殘紅王建，踏閣攀林恨不同韋應物。世上悠悠安足論張謂？明朝歸去事猿公李賀。

逐隊尋行二十春羅隱，與君相見即相親劉希夷。相逢不用頻迴避李涉，同是天涯淪落人白居易。

紅裙妒殺石榴花萬楚，海燕西飛白日斜。不信比來長下淚武后，越羅衫上有紅霞白居易。

南方應有未招魂杜甫，金屋無人見淚痕劉方平。天若有情天亦老李賀，巫咸不下問銜寃李商隱。

不將清瑟理霓裳曹唐，半是思郎半恨郎李原妓。取次花叢懶迴顧元稹，後園青草任他長韓偓。

芳草何年恨始休杜牧？夕陽西下水東流。一生幾許傷心事司空圖，欲採蘋花不自由柳宗元。

卻恨青娥誤少年譚用之，狂歌痛哭酒樽前白居易。得成比目何辭死盧照鄰，天子呼來不上船杜甫。

可憐春半不還家張若虛，寒食東風御柳斜韓翃。繫得王孫歸意切温庭筠，一群嬌鳥共啼花盧照鄰。

小白長紅越女腮李賀，無人不道看花回劉禹錫。可憐夜半虚前席李商隱〔五〕，不賜金莖露一杯李商隱。

羨爾城頭姑射山李頎，破瓜年紀百花顔羅虬。由來絶色稱難得羅隱，世上浮名好是閒岑參。

休言芳槿一朝新劉希夷，不擬教人哭此身。能以精神〔六〕致魂魄白居易，也應休憶李夫人羅虬。

偷眼蜻蜓避伯勞杜甫，黄鸝枝上啄櫻桃。誰能更把閒心力羅虬，幻出文君與薛濤元稹。

劍逐驚波玉委塵，岸旁桃李爲誰春樓穎？仰天大笑出門去李白，從此蕭郎是路人于頔。

此身飄泊苦西東杜甫，十載青娥不負公杜牧。玉樹九重長在夢耿湋，定知難見一生中張籍。

妝成掩泣欲行雲戎昱，荀令香爐可待熏。别後相思隔煙水元稹，不知何處再逢君韋莊。

【校】

〔一〕「二」，康熙本、道光本、咸豐本作「五」。

〔二〕「含」，康熙本、道光本作「枝」。

〔三〕「夜」，康熙本、道光本作「坐」。
〔四〕此首原無，據康熙本、道光本、咸豐本補。
〔五〕「李商隱」原作「□曾」。
〔六〕「神」，康熙本、道光本作「誠」。

【箋】此詩採自民國本《九煙詩鈔》末尾所附組詩，康熙本、道光本、咸豐本亦收。據題下小注云「丁亥歲作」，此組詩當作於順治四年（一六四七）。清宣統二年上海國學扶輪社《香豔叢書》第十一集、臺北新文豐出版社《叢書集成續編》文學類等亦予以收録。福唐，今福建省福清市。據詩序，是時黄周星避亂福州福清，愛慕一位王孫家的女子，求而不得，後移寓東漈時，遂有此作。

戊子春暮感懷時寓後坪郭氏山樓

如癡如夢復如酡，萬壑千峰鎖恨多。看盡繁花挑盡笱，聞人又説一春過。

【箋】此詩採自民國本《九煙詩鈔·薇蓴》，不見於他本。據詩題，當作於順治五年（一六四八）戊子春暮。後坪，當爲今福建省寧德市古田縣地名。本年春，黄周星仍羈留閩中古田。

爲〔一〕人題畫册二首

一片蒼寒卧看宜，知爲風雨欲來時。南朝四百八何處，猶見浮屠影似錐〔二〕。

偶將醉墨潑春潺，約略閒情遠近間。盡把六朝花草恨，一齊付與〔三〕米家山。

【校】

〔一〕康熙本、道光本、咸豐本、光緒本「爲」下有「友」字。

〔二〕「錐」，咸豐本作「椎」。

〔三〕「付與」，康熙本、道光本、咸豐本、光緒本作「分付」。

【箋】

此詩採自民國本《九煙詩鈔·薇蓴》，康熙本、道光本、咸豐本、光緒本亦收。據此詩在《九煙詩鈔·薇蓴集》中編排位置，當作於戊子年，即順治五年（一六四八）。

壽某總戎

璚圃秋濃菊正芳，好邀龍鶴薦霞觴。他年麟閣標名後，對坐山高與水長。

【箋】此詩採自民國本《九煙詩鈔·薇蓴》，不見於他本。據此詩在《九煙詩鈔·薇蓴》集中編排位置，當作於戊子年，即順治五年（一六四八）。

過仙霞嶺

長江稱塹河稱帶，天險從來恃得無。笑殺霞關空插漢，八閩何處得雄圖。

【箋】此詩採自民國本《九煙詩鈔·薇蓴》，不見於他本。據此詩在《九煙詩鈔·薇蓴》集中編排位置，當作於戊子年，即順治五年（一六四八）。仙霞嶺在浙閩交界的群山之間，爲浙閩贛三省交通要衝，中設仙霞關、楓嶺關等九處雄關。仙霞關被譽爲「東南鎖鑰」「八閩咽喉」。隆武二年（一六四六）六月，清軍南下，隆武政權鎮守仙霞關之鄭芝龍慌忙撤兵，退守安海。八月十三日，清軍從容過仙霞嶺攻打建寧府，南明隆武朝遂亡。本年自春至秋，黄周星與家人自仙霞嶺由閩入越，未免感歎萬千，遂有此作。

過仙霞嶺〔一〕陰晦擬不得見江郎石矣至次日忽明霽方得睹所謂三片石者

江郎面目今朝見，矗立森然偉丈夫。何〔二〕事昔年相妒甚，一天煙雨緑模糊。

【校】

〔一〕康熙本「嶺」後有「值」字。

〔二〕「何」，康熙本作「底」。

【箋】

此詩採自民國本《九煙詩鈔·薇蕚》，康熙本亦收。據此詩在《九煙詩鈔·薇蕚》集中編排位置，當作於戊子年，即順治五年（一六四八）。本詩亦作於黄周星與家人自仙霞嶺由閩入越途中。

過嚴陵釣臺二首臺在山半，去〔一〕水可數十丈。

突兀高臺蒼藹間，朱絲千尺也應閒。羊裘老子真奇絶，不釣溪流卻釣山。

來往桐江煙雨中，聊憑峭石拜高風。臺前笑向癡人説，緣木求魚是此翁。

【校】

〔一〕「去」，原作「玄」，據康熙本改。

【箋】

此詩採自民國本《九煙詩鈔·薇蕚》。康熙本僅收第一首，題作「嚴陵釣臺」。據此詩在《九煙詩鈔·薇蕚》集中編排位置，當作於戊子年，即順治五年（一六四八）。桐江，即富春江上游，錢塘江流經桐廬縣境内一段。嚴光，字子陵，省稱嚴陵。少曾與漢光武帝劉秀同遊學。秀即帝位後，光變姓名隱遁。秀遣人覓訪徵召，不受，退隱於富春山。後人稱他所居遊之地爲嚴陵山、嚴陵瀨、嚴陵釣臺等。本年秋，黄周星入浙，行舟過浙江桐廬嚴陵山，遂有此作。

題湖寓樓壁上

荷花桂子風流國，底事今朝始一遊。總爲西湖高索價，不教容易到杭州。

【箋】

此詩採自民國本《九煙詩鈔·薇蕚》，不見於他本。據此詩在《九煙詩鈔·薇蕚》集中編排位置，當作於戊子年，即順治五年（一六四八）。本年仲冬，黄周星至西湖，爲西湖美景所感，遂有此詩。

向子自號遠林和尚索人作詩送之入山而復好遊因口占一絶嘲之

五嶽共催婚嫁畢，雙林久信業緣空。遠公不是廬山客，送入齊州九點中。

【箋】此詩採自民國本《九煙詩鈔·薇蕁》，不見於他本。據此詩在《九煙詩鈔·薇蕁》集中編排位置，當作於己丑年，即順治六年（一六四九）。向子，其人未詳。

醉題湖上女史壁

風恬日美到巫山，銀燭留人翠黛灣。曾在洛川波上見，依稀霧鬢與風鬟。

【箋】此詩採自民國本《九煙詩鈔·薇蕁》，不見於他本。據此詩在《九煙詩鈔·薇蕁》集中編排位置，當作於己丑年，即順治六年（一六四九）。本年仲春，黄周星寓居西子湖畔，賞識姑孰才女吴巖子，遂有此作。

苕水爲針醫某君壽

手持寸鐵行天下，不假刀圭奏壽康。曾見杏林紅歲歲，列神傳裏拜醫王。

【箋】此詩採自民國本《九煙詩鈔·薇蕚》，不見於他本。據此詩在《九煙詩鈔·薇蕚》集中編排位置，當作於庚寅年，即順治七年（一六五〇）。苕水，今浙江省湖州市吴興區之别稱，以境内有苕溪而名。是年，黄周星曾有吴興之旅。

壽嚴母六十

辛苦滄浪半日中，汝南方幅見遺風。而今甲子重開曆，千遍桃花始一紅。

【箋】此詩採自民國本《九煙詩鈔·薇蕚》，不見於他本。據此詩在《九煙詩鈔·薇蕚》集中編排位置，當作於庚寅年，即順治七年（一六五〇）。

余髫齡即聞煙雨樓迄今過之惟荒丘宿莽耳俯仰悵然聊識一絶

疑幻疑真煙雨樓，廿年癡夢付東流。此樓正似夷齊骨，甘把西山殉九州。

【箋】此詩採自民國本《九煙詩鈔·薇蓴》，不見於他本。據此詩在《九煙詩鈔·薇蓴》集中編排位置，當作於庚寅年，即順治七年（一六五〇）。煙雨樓，始建於五代後晉年間，初位於嘉興南湖之濱，後毁。明嘉靖二十七年（一五四八），嘉興知府趙瀛疏浚河道，所挖河泥填入湖中，遂成湖心小島。次年仿煙雨樓舊貌，建樓於島上，遂成江南名樓。本年，黄周星至嘉興，與友人遊覽南湖，登煙雨樓舊址，遂有此詩懷古。

南湖舟集雨甚薄暮偕倩雲女史乘小艇歸

一川煙雨亂荷衣，翠滴鴛鴦惱不飛。偶借扁舟紅粉福，旁人便擬五湖歸。

【箋】此詩採自民國本《九煙詩鈔·薇蓴》，不見於他本。據此詩在《九煙詩鈔·薇蓴》集中編排位置，當作於庚寅年，即順治七年（一六五〇）。倩雲女史，未詳。此詩當作於黄周星遊嘉興南湖時。

秋暮與諸子同登毘陵城東見深緑中夕陽樓閣憑眺久之真黯然魂銷也

無情天地又深秋，人盡言愁我更愁。記取毘陵城上路，大家惆悵夕陽樓。

【箋】此詩採自民國本《九煙詩鈔·薇蕁》，康熙本亦收。據此詩在《九煙詩鈔·薇蕁》集中編排位置，當作於庚寅年，即順治七年（一六五〇）。毘陵，即江蘇常州。本年暮秋，黄周星遊常州城東，遠眺夕陽閣，遂有此作。

戲爲劉君詠鵲銜梅 劉善請乩仙，於湖上設紫姑壇，其内人嘗飯鵲，鵲銜梅如報德云。

紫姑壇上神仙影，仿佛羅浮月下魂。定有靈禽能解事，不關玉粒内家恩。

【箋】此詩採自民國本《九煙詩鈔·薇蕁》，不見於他本。據此詩在《九煙詩鈔·薇蕁》集中編排位置，當作於庚寅年，即順治七年（一六五〇）。

瓜州登大觀樓

滕王閣古蛟螭怒，黃鶴樓高鸚鵡愁。争似瓜州城上眺，金山笑擁大江流。

【箋】

此詩採自民國本《九煙詩鈔·薇蕁》，不見於他本。據此詩在《九煙詩鈔·薇蕁》集中編排位置，當作於辛卯年，即順治八年（一六五一）。瓜州，即瓜洲，是揚州市古運河下游與長江交匯處。大觀樓建於明朝萬曆年間，位於瓜洲古渡，曾與滕王閣、黃鶴樓和岳陽樓并稱爲長江四大名樓。本年黃周星曾登瓜洲大觀樓，遂有此作。

秋日重過廣陵關帝祠樓舊寓見壁間墨迹猶鮮乃戊寅歲留題也蓋幾經兵燹慨然有詠〔一〕

城郭人民半似煙，高樓醉墨尚依然。乾坤無恙秋風老，一夢揚州十四年。

【校】

〔一〕康熙本詩題作「辛卯秋重過廣陵關帝祠樓舊寓見壁間墨迹猶鮮乃戊寅歲留題也蓋幾經兵燹矣

慨然有詠」。

【箋】

此詩採自民國本《九煙詩鈔·薇蕚》，康熙本亦收。據此詩在《九煙詩鈔·薇蕚》集中編排位置，當作於辛卯年，即順治八年（一六五一）。本年秋，黄周星過揚州關帝祠，見舊寓壁上十四年前題詩仍在，遂感慨有詩。

張子客遊廣陵與李姬訂盟歲杪言歸殊不得意旅中諸子爲置斗酒話别限韻各賦七言絶句余分得河字〔一〕

盡呼羈客餞星河，離恨天中發浩歌。兒女英雄齊下淚，不知哀樂屬誰多？

曲終怕聽懊儂歌，我輩鍾情豈貴多？蹀躞玉〔二〕溝留不得，可憐舉目異山河。

鳳凰一曲感人多，誰信枯魚自過河？賢似伯鸞貧〔三〕亦好，何妨同詠五噫歌。

【校】

〔一〕康熙本下有「輒賦三首」四字。

〔二〕「玉」，康熙本作「御」。

〔三〕「貧」，康熙本作「窮」。

【箋】此詩採自民國本《九煙詩鈔·薇蕚》，康熙本亦收。據此詩在《九煙詩鈔·薇蕚》集中編排位置，當作於辛卯年，即順治八年（一六五一）。據黄周星本年《次韻贈李姬西如》詩可知，李姬名西如。本年年末，黄周星於揚州送别張子，并詠張子與李姬之情事。

友人索竹溪草堂詩因集唐句四首遺之

邵平瓜地接吾廬，懶性從來水竹居。案有《黄庭》樽有酒，白雲長釣五溪魚。

百花潭水即滄浪，水國蒹葭夜有霜。聞道欲來相問訊，隔溪遥見舊書堂。

芙蓉開在卧牀前，蝦菜忘歸范蠡船。獨立衡門秋水闊，萬條寒玉一溪煙。

碧天如水夜雲輕，竹影當窗亂月明。一片揚州五湖白，蘆花深處睡〔一〕秋聲。

【校】

〔一〕「睡」，道光本、咸豐本作「聽」。

【箋】

此詩採自民國本《九煙詩鈔·薇蕚》，康熙本、道光本、咸豐本亦收。據此詩在《九煙詩鈔·薇蕚》集中編排位置，當作於壬辰年，即順治九年（一六五二）。

重遊金山

余乙卯春曾遊金山，轉眼十四年矣。至壬辰秋孟，以友人相邀，旬日許乃三陟其巔，因爲口號紀之。

夢斷金山十四秋，忽然旬日幾回遊。人生杖履渾無定，野鶴閒雲笑不休。

【箋】

此詩採自民國本《九煙詩鈔·薇蕚》，不見於他本。據序中云「壬辰秋孟」，則此詩作於壬辰年，即順治九年（一六五二）。金山，在江蘇省鎮江市西北。

三衢道中風雨

盲風妒雨恰冬殘，浩歎津梁步步難。不道清明寒食夜，美人容易凭欄干。

【箋】此詩採自民國本《九煙詩鈔·薇蕚》，不見於他本。據此詩在《九煙詩鈔·薇蕚》集中編排位置，當作於壬辰年，即順治九年（一六五二）。三衢，即浙江衢州，因縣境有三衢山，故稱。據詩中云「盲風妒雨恰冬殘」，則本年冬，黄周星離衢州赴桐廬之時道中遇風雨，遂有此作。

見諸子和歲寒詩者笑詠一絶

中原大雅久沉淪，一卷冰霜畏客嗔。珍重群公争屬和，不知誰是歲寒人？

【箋】此詩採自民國本《九煙詩鈔·薇蕚》，不見於他本。據此詩在《九煙詩鈔·薇蕚》集中編排位置，當作於壬辰年，即順治九年（一六五二）。

爲僧題墨水仙花

趙師雄未夢見，陸接輿曾寫真。硯北羅浮仙子，窗中姑射神人。

【箋】此詩採自民國本《九煙詩鈔・薇蕚》，不見於他本。據此詩在《九煙詩鈔・薇蕚》集中編排位置，當作於癸巳年，即順治十年（一六五三）。

聞先人變奔歸金陵二首

八年畏向故鄉歸，昔昔高堂蝶夢飛。今日枯魚徒飲淚，此生自合老麻衣。

向平久矣厭人群，無奈徵蘭夢未薰。空負孤臣更孤子，何如孤鶴共孤雲。

【箋】此詩採自民國本《九煙詩鈔・薇蕚》，不見於他本。據此詩在《九煙詩鈔・薇蕚》集中編排位置，當作於癸巳年，即順治十年（一六五三）。本年黄周星生父黄一鵬亡，遂急赴金陵奔喪。

江上看斜陽口號

騷客江邊愁似草，美人樓上夢如煙。天涯何限傷心事，第一斜陽最可憐。

【箋】此詩採自民國本《九煙詩鈔·薇蕁集》，不見於他本。據此詩在《九煙詩鈔·薇蕁集》中編排位置，當作於癸巳年，即順治十年（一六五三）。

萬潔齋中群花取次盛開

三春造物亦多才，五色文章信手裁。謾道天公終日醉，紅紅白白爲誰開？

【箋】此詩採自民國本《九煙詩鈔·夏爲堂詩草》，不見於他本。據此詩在《九煙詩鈔·夏爲堂詩草》中編排位置，當作於甲午年，即順治十一年（一六五四）。本年春，黄周星赴安徽蕪湖繁昌古叔俞萬潔齋，授經謀生。

樓前垂絲海棠更盛〔一〕

分明妃子醉深簾，倦態絲絲睡未厭。豔到海棠真第一，千紅萬紫是無鹽。

【校】

〔一〕康熙本、道光本、咸豐本、光緒本題作「樓前垂絲海棠」。

【箋】

此詩採自民國本《九煙詩鈔·夏爲堂詩草》，康熙本、道光本、咸豐本、光緒本亦收。據此詩在《九煙詩鈔·夏爲堂詩草》中編排位置，當作於甲午年，即順治十一年（一六五四）。聯繫本年黄周星的《萬潔齋中群花取次盛開》詩，則本詩亦是詠鵲江古氏萬潔齋之景。

鵲江黄石磯迴龍閣

乾坤納納〔一〕此憑欄，滿地蘆花不耐看。略似金山南面望〔二〕，夕陽樓下暮潮寒。

【校】

〔一〕「納納」，康熙《繁昌縣志》作「落落」。

〔二〕「望」，康熙《繁昌縣志》作「目」。

【箋】

此詩採自民國本《九煙詩鈔·夏爲堂詩草》。康熙《繁昌縣志》卷十六「藝文」亦收，題爲「黄石磯」。據此詩在《九煙詩鈔·夏爲堂詩草》中編排位置，當作於甲午年，即順治十一年（一六五四）。本年黄周星於安徽授經之際，曾遊覽繁昌寶山寺、黄石磯、迴龍閣、峨山和縣西梁山龍王宫等名勝，遂有此作。黄石磯，在今安徽省蕪湖市繁昌縣長江之濱。《繁昌縣志》：「黄石磯在迴龍磯上一里許。」迴龍閣，當在迴龍磯之上，《繁昌縣志》：「濱大江，與迴龍庵并塔。」

和兩女郎邸舍壁間韻七首并序

兩女郎者，一爲秦淮宋蕙湘，一爲吴中趙雪華。世變遭驅，忍死留迹。雖其人不可問，而其志均可悲。各次原韻和之。

酒池金穴兩相催，負乘怡堂釁自開。漫道紅顔隨馬尾，君王將相爲誰來？

正看梅雨浴雛鴉，《玉樹》歌轟醉麗華。驚破《霓裳》人盡散，總將羯鼓换胡笳。

緑珠紫玉半成煙，花裏秦宮那得眠？痛殺鴛鴦逢百六，高頭離恨更無天。

國破家亡此一時，囚鸞鏁鳳不勝悲。劫灰飛盡名難滅，留與千秋弔宋姬。右蕙湘韻。

深閣何曾試浣紗？忍將琴瑟易箏琶。白門楊柳猶嫌遠，卻望龍荒是妾家。

生本强顔死亦賒，百年幽恨正無涯。可憐字字班姬管，博得聲聲蔡琰笳。

遺墨濺濺〔一〕涙血頻，好從句裏唁真真。文人無貌猶慳福，何況文人是美人。右雪華韻。〔二〕

【校】

〔一〕「濺濺」，道光本、咸豐本作「郵亭」。

〔二〕咸豐本無此小注。

【箋】

此詩採自民國本《九煙詩鈔·夏爲堂詩草》。道光本、咸豐本收最後一首，道光本題目作「和吴中羈婦趙雪華」，咸豐本題目作「和吴中羈婦趙雪蕭」。據此詩在《九煙詩鈔·夏爲堂詩草》中編排位置，當作於甲午年，即順治十一年（一六五四）。

附　兩女郎原詩并序

中有字句未諧者，稍爲更定。

被難而來，野居露處，即欲效新嘉故事，稍留舊迹，以告君子，不可得也。偶至邸舍，疾題四絶，竊冀萬一之逢。然命薄如此，恐不可望矣。

風動江空鼙鼓催，降旗飄颭鳳城開。將軍戰死君王繫，薄命紅顔馬上來。

廣陌黄塵暗鬢鴉，北風吹面落鉛華。可憐夜月《箜篌引》，幾度窮廬伴暮笳。

春風如繡柳如煙，良夜知心畫閣眠。今日相思渾是夢，算來不敢恨蒼天。

盈盈十五破瓜時，已作明妃去國悲。誰散千金同孟德？鑲黄旗上贖文姬。右秦淮宋蕙湘題中州旅壁。

不畫雙娥向碧紗，誰從馬上撥琵琶？料因薄命多生恨，青塚啼鵑怨漢家。

日日牛車道路賒，遍身塵土向天涯。驛亭空有歸家夢，驚破啼聲是夜笳。

驚傳縣吏點名頻，一一分明漢語真。世上無如男子好，看他髠秃也驕人。右吴中羈婦趙雪華題李家莊旗亭壁間。

【箋】此詩採自民國本《九煙詩鈔·夏爲堂詩草》，不見於他本。

嘲沈韻

東冬沃屋渾難辨，語麌蕭肴豈易論？一韻更疑三韻合，糊塗何意十三元。

【箋】此詩採自民國本《九煙詩鈔·夏爲堂詩草》，不見於他本。據此詩在《九煙詩鈔·夏爲堂詩草》中編排位置，當作於甲午年，即順治十一年（一六五四）。

七夕

大拙如臣豈可醫？周天散巧亦空迷。不須更乞天孫巧，但乞黄姑教把犁。

【箋】此詩採自民國本《九煙詩鈔·夏爲堂詩草》，不見於他本。據此詩在《九煙詩鈔·夏爲堂詩草》中編排位置，當作於甲午年，即順治十一年（一六五四）。

唐人有句云待送妻兒下山了便隨雲水一生休余雅抱兹願矧值今日漫識一絶

五嶽向禽真五嶽，三山政徹豈三山。温柔鄉老誰能老？老向蓮峰廬瀑間。

【箋】此詩採自民國本《九煙詩鈔·夏爲堂詩草》，不見於他本。據此詩在《九煙詩鈔·夏爲堂詩草》中編排位置，當作於甲午年，即順治十一年（一六五四）。

有婦人年三十許舉體裸跣蓬垢行金陵市中

一絲不掛本來身，纖指何堪印市塵？莫笑佯狂女箕子，眩妝多少負慚人。

【箋】此詩採自民國本《九煙詩鈔·夏爲堂詩草》，不見於他本。據此詩在《九煙詩鈔·夏爲堂詩草》中編排位置，當作於甲午年，即順治十一年（一六五四）。本年黄周星在金陵。

江行風日甚佳數日前乩仙見贈有大江秋色快行舟之句

大江秋色尋常語，個是神仙絶妙詞。無限詩人吟不盡，詩人那許浪吟詩？

【箋】此詩採自民國本《九煙詩鈔·夏爲堂詩草》，不見於他本。據此詩在《九煙詩鈔·夏爲堂詩草》中編排位置，當作於甲午年，即順治十一年（一六五四）。本年重陽前後，黄周星於金陵友人處遇扶乩事，唱和數日，此詩當作於此際。

登西梁山龍王宫

乍將身入畫圖間，秋色横江客自閒。卻笑布帆多逸事，向來如未過梁山。

【箋】此詩採自民國本《九煙詩鈔·夏爲堂詩草》，不見於他本。據此詩在《九煙詩鈔·夏爲堂詩草》中編排位置，當作於甲午年，即順治十一年（一六五四）。亦爲本年黄周星於安徽授經時出遊所作。西梁山在安徽省馬鞍山市和縣。

和湘女詩十首有序〔一〕

湘〔二〕女初不知姓名邑里，有燕客遊於楚者云，甲午之夏，此女遭兵，掠至漢江，赴水死。其屍逆流千里，越洞庭〔三〕而南，爲漁人所獲。玉貌如生，年可十四五。有素帨繫左臂甚固，發視得詩十首，人争傳寫，遂達金陵。余得之於林子扇頭，讀其詩，始知〔四〕爲湘江女子也。秋燈蕭颯，倚韻和之。頌歟？誄歟？愧深於慟。

長夜綿綿未五更，荒天老地盡愁城。誰傳十首湘娥怨？一夕千秋萬感生。

嬌羞曾未識公姑，夭枉空憐反哺烏。孝烈名香真不朽，須知生女勝淳于。

孤竹文山是弟兄，奸雄聞此定心驚。湘娥雖死何曾死，鵌志當年本不生。

誰人敢勸易羅衣，萬丈洪濤撒手歸。卻笑黑江何見晚，琵琶空自惜明妃。

字字分明正氣歌，光争日月豈須多？春蘭秋菊哀終古，還勝投詩贈汨羅。

玉折蘭摧此一時，隨光正則是吾師。江潭漁父非漁父，帝遣神收絶命詞〔五〕。

委蜕千秋即異珍，貞魂豈復滯江濱？天龍八部齊驚拜，個是文章節義身。

萬刼真容儼未笄，汗青重見女夷齊。鬼神但識西山事，此是西山又向西。

只宜讚〔六〕歎不宜悲，如戟原非卓氏眉。千里逆流生氣壯，皇天后土可曾知？

幾多忠孝殉君親，造物於今頗不仁。眼見珠沉連玉碎，癡頑長樂是何人？

【校】

〔一〕康熙本、道光本作「和楚女詩十首（并序）」。咸豐本題作「和楚女詩十首」。

〔二〕「湘」，康熙本、道光本、咸豐本作「楚」。

〔三〕康熙本、道光本、咸豐本「庭」下有「湖」字。

〔四〕「始知」，康熙本、道光本、咸豐本作「咸意」。

〔五〕「詞」，康熙本、道光本、咸豐本作「辭」，依原唱當從。

〔六〕「讀」，本作「讀」，據康熙本、道光本、咸豐本改。

【箋】

此詩採自民國本《九煙詩鈔·夏爲堂詩草》，康熙本、道光本、咸豐本、宣統二年上海國學扶輪社《香豔叢書》第十一集、鄧之誠《清詩紀事初編》卷二、臺北新文豐出版社《叢書集成續編》文學類亦收。據詩前小序，此女子死於順治十一年（一六五四）甲午，其詩傳至金陵，黄周星遂有此作。詩序中林子即林古度（一五八〇—一六六六），字茂之，號那子，别號乳山道士，福建福清人。明亡以遺民之身寄居金陵，詩文名重一時，與王士禛、錢謙益等交遊，時人稱爲「東南碩魁」。晚年窮困，雙目失明，八十七而卒。本年秋，黄周星於金陵見林古度扇頭上之湘女絶命詩，感其貞烈，遂作此詩。

附　湘女原詩〔一〕

家鄉一别已春更，此日含羞到漢城。忽下將軍搜括令，教人尚敢惜餘生。

征帆又説過雙姑，掩淚聲聲聽夜烏。葬入江魚波底没〔二〕，不留青塚在單于。

骨肉輕離弟與兄，孤身千里夢常驚。歸魂願返家園路，報道雙親已不生。

遮身還是舊羅衣，夢到瀟湘何日歸？遠涉風濤誰作伴，深深遥祝兩靈妃。

厭聽胡兒啼〔三〕笑歌，幾回腸斷嶺猿多。青鸞有意隨王母，空教〔四〕人間設網羅。

生小伶仃畫閣時，詩書曾把母兄師。濤聲夜夜悲何極，猶記挑燈讀楚辭。

當時閨閣惜如珍，何事流離逐水濱。寄語雙親休眷念〔五〕，入江猶是女兒身。

生來誰惜未簪笄，身没狂瀾歎不齊。河伯有靈憐薄命，東流直〔六〕繞洞庭西。

照影江干不盡悲，永辭鸞鏡歛雙眉。朱門空復〔七〕諧秦晋，死後相逢未可知。

圖史當年强解親，殺身從古羡成仁。簪纓雖愧奇男子，猶勝於今共事人。

【校】

〔一〕康熙本題作「附楚女原詩十首」，道光本題作「附楚女原作」。咸豐本題作「楚女原作」，附於《和楚女詩十首》小序之下。

〔二〕「没」，咸豐本作「腹」。

〔三〕「啼」，康熙本、道光本、咸豐本作「帶」。

〔四〕「教」，道光本、咸豐本作「使」。

〔五〕「念」，康熙本、道光本、咸豐本作「戀」。

〔六〕「直」，原作「真」，據康熙本、道光本、咸豐本改。

〔七〕「復」，康熙本作「教」，道光本、咸豐本作「説」。

【箋】

此詩採自民國本《九煙詩鈔·夏爲堂詩草》，康熙本、道光本、咸豐本亦收。

夢得湘女姓名并序〔一〕

余既和湘〔二〕女十詩矣，恨〔三〕其姓字〔四〕無傳。嘗與林子謀請於乩仙而不得。至仲冬長至夜，夢與數友閒談，偶詢及此女姓字〔五〕，一友遽答云：「姓李。」余亦唯唯。旁一友云：「君言謬矣。此女自姓盧，名佛蓮。」余不覺恍然，因援筆就案書「盧佛蓮」三字。友言〔六〕「佛」字非是，乃上從竹頭者。余諦思竹部諸字，「佛」音殊少，或是「筏」字之譌，遂復注「筏」字於旁，兩義并存，此友無語。醒而異之，紀以一詩。自此湘〔七〕女無姓字而有姓字矣。

寶筏蓮臺佛國遊，珊珊〔八〕甲帳豈能〔九〕儔？湘江水月身重現，不是當年舊莫愁。

【校】

〔一〕康熙本題作「夢得楚女姓名」，道光本題作「夢得楚女姓名一首（并序）」，咸豐本題作「夢得楚女姓名一首」。

〔二〕「湘」，康熙本、道光本、咸豐本作「楚」。

〔三〕康熙本、道光本、咸豐本「恨」前有「終」字。

〔四〕「字」，道光本、咸豐本作「氏」。

〔五〕「姓字」原缺，據康熙本、道光本、咸豐本補。

〔六〕「友言」，康熙本、道光本、咸豐本作「此友復言」。

〔七〕「湘」，康熙本、道光本、咸豐本作「楚」。

〔八〕「珊珊」，康熙本、道光本、咸豐本作「姍姍」。

〔九〕「能」，康熙本、道光本、咸豐本作「堪」。

【箋】

此詩採自民國本《九煙詩鈔·夏爲堂詩草》，康熙本、道光本、咸豐本、清宣統二年上海國學扶輪社《香豔叢書》第十一集亦收。據此詩在《九煙詩鈔·夏爲堂詩草》中編排位置，當作於甲午年，即順治十一年（一六五四）。本年冬至，黄周星夢見湘女姓名爲「筏蓮」，遂有此作。後黄周星於順治十二年（一六五五）作《妄得楚女姓名四首（并序）》，又於順治十五年（一六五八）作《真得楚女姓名六首（并序）》。

近今〔一〕詩人太多詩刻太盛余竊憂之因爲二絶

但關文字即菁華，爛熳能留幾日花？三十年來多血戰〔二〕，草池何處不聞蛙。

竹青油素總離離，萬卷城高亦自危。梨棗有妖能作焰，將來莫遣祖龍知。

【校】

〔一〕「今」，康熙本作「日」。

〔二〕「血戰」，康熙本作「戰血」。

【箋】

此詩採自民國本《九煙詩鈔·夏爲堂詩草》，康熙本亦收。據此詩在《九煙詩鈔·夏爲堂詩草》中編排位置，當作於甲午年，即順治十一年（一六五四）。

癸巳甲午二歲積雪酷寒江上冰合聞之土人乃七十年來所未見紀以二絶

雪窖冰天恨自長，歌殘《黄竹》轉凄凉。袁安凍殺渾閒事，多少蒼生望太陽。

直將揚子作滹沱，地氣南來事若何？江上幾年濡馬首，佛狸紅翠正酣歌。

【箋】

此詩採自民國本《九煙詩鈔·夏爲堂詩草》，不見於他本。據此詩在《九煙詩鈔·夏爲堂詩草》中編排位置，當作於甲午年，即順治十一年（一六五四）。本年冬，積雪酷寒，江上冰合，遂感而作詩。

嘗聞俚史雜劇其中往往有佳句以睹記所及如城邊人倚夕陽樓澹甚渡頭芳草憶前身幽甚一家終日在樓臺豔甚天下飢寒盡在門偉甚皆令人諷詠不置因各爲三絶存之

城邊人倚夕陽樓，可是殘春是暮秋？無限詩魂銷不盡，碧雲芳草古今愁。

枯木寒鴉帶水流，城邊人倚夕陽樓。欄杆垂手知何意？老盡相思恨不休。

美人歌斷木蘭舟，騷客吟殘杜若洲。記得西湖山色好，城邊人倚夕陽樓。

渡頭芳草憶前身，擬向仙源再問津。千載鶴歸春夢改，隔溪漁艇送何人？

風月三生幻卻真，渡頭芳草憶前身。身身畫裏還詩裏，楊柳紅橋似昨春。

月明秋水舊丰神，兩岸青山是故人。彷彿湘衡帆九面，渡頭芳草憶前身。

一家終日在樓臺，美酒名花錦翠堆。僵殺頑仙無分到，誰人錯喚小蓬萊？

千樹桃花萬樹梅，一家終日在樓臺。鴛鴦七十何勞問？但聽秦簫鳳便來。

齊州九點酒盈杯，天上人間盡可哀。若問英雄閒退步，一家終日在樓臺。

天下飢寒盡在門，田文趙勝豈堪論？飢寒不是狂歌客，要取勳華奉至尊。

頻將水旱警重閽，天下飢寒盡在門。曾見野人歌帝力，青春白日付琴樽。

擬托文章報國恩，虞風商雨願虚存。何當一網空麟鳳，天下飢寒盡在門。

【箋】

此詩採自民國本《九煙詩鈔·夏爲堂詩草》，不見於他本。據此詩在《九煙詩鈔·夏爲堂詩草》中編排位置，當作於甲午年，即順治十一年（一六五四）。

觀淩歊臺故址二首姑孰黃山顛，劉宋建離宮處，今僅存片石。〔一〕

一代豪華夢已殘，當年歌舞幾鳴鑾。莫言片石無光彩，直作千門萬户看。

霸業文名總寂寥，夕陽荒草弔淩歊。若教頑石能言語，便與從頭話六朝。

【校】

〔一〕咸豐本、光緒本無此注。

【箋】

此詩採自康熙本，咸豐本、光緒本亦收。清代陸次雲輯《皇清詩選》（清康熙間刻本）卷二十八、清末陳田《明詩紀事》（商務印書館一九三六年《萬有文庫》第二集排印本）辛籤卷六下「周星」條收録本組詩的第二首，詩題作「觀淩歊臺故址」。清代朱滋年輯《南州詩略》（清乾隆刻本）卷一收録本組詩兩首，題作「淩歊臺」。清代王斗樞修、張畢宿纂《康熙當塗縣志》（清鈔本）卷三十一「藝文」收録本組詩兩首，題作「淩歊臺懷古」。順治十一年（一六五四），黃周星在安徽授經之際曾赴當塗，遊覽淩歊臺故址，遂有此詩。淩歊臺，又作陵歊臺，位於安徽省馬鞍山市當塗縣姑孰鎮，在黃山塔南。相傳爲南朝宋武帝劉裕所建，後築避暑離宮於其上。

江館絶少閒庭亦無花竹因憶昔年讀書金陵時所至輒有桐陰竹翠即萬不得已亦列植芭蕉代之而此地闃然也感詠四首

百尺桐高不世情，每敲疏雨入書聲。故園荒盡魂猶緑，三十年前手植成。

寫盡風晴雨雪詩，月明虚檻倍相思。此君雖好無人種，惱殺王猷總不知。

千頃寒雲好結廬，亦宜高士亦名姝。緑天小隱何年築？乞種紅蕉一萬株。

萬紫千紅我輩情，更逢幽碧道心生。誰教空谷蓬蒿笑？富貴神仙兩不平。

【箋】

此詩採自康熙本，不見於他本。據詩題「江館」云云，則當作於黄周星順治十一年（一六五四）於繁昌授經之後。

秋暑江望

茂林修竹真難得，蓬户朱扉總不宜。莫道開門無好句，夕陽秋水一江詩。

【箋】此詩採自康熙本，不見於他本。玩詩意，亦當作於黄周星順治十一年（一六五四）於繁昌授經後。

妄得楚女姓名四首并序

甲午之冬，余既夢得楚女姓名矣，此衷遂已釋然。至乙未春日，忽有林生鳳鳴過鵲江。生爲楚之安陸人，適友人談及楚女事，生云：「此吾同里黄氏閨媛也。其尊人諱以泰，爲鄉先達。女小字青蓮，因避亂僑居長沙之益陽。突遭兵掠，赴江盡節。前所傳一一不妄，但十詩題油楮上，非素悦。詩中所云母兄者，則母之長兄某，女幼所師事者也。」余聞之快然，因復作四絶識之。（至戊戌冬，晤衡陽徐生，乃知此言之妄。）

纔得貞姬姓字傳，騷魂半載爲誰牽？神仙只向蓬萊覓，豈識西方九品蓮。

謫仙畸號偶同行，夢裏先偷一字名。更訝無端聯氏族，恰如許渾對飛瓊。

守禮應知出大家，文章彤管豈勝誇。人間生女能如此，愧殺蘭階玉樹斜。

三楚精神屈宋魂，《離騷》日月至今存。由來湞女非湘女，雲夢從今不敢吞。

【箋】此詩採自康熙本，道光本、咸豐本、清宣統二年上海國學扶輪社《香豔叢書》第十一集亦收。據詩前小序此詩作於「乙未春日」，即順治十二年（一六五五）。本年春，黃周星仍在繁昌授經，安陸林鳳鳴來訪，告知其赴水而亡之湘女（楚女）名爲「青蓮」，黃周星感而作詩。黃周星曾於順治十一年（一六五四）作《和湘女詩十首（有序）》，又於順治十五年（一六五八）作《真得楚女姓名六首（并序）》。

乙未七夕立秋

雖多離恨亦風流，但說新歡莫說愁。漫向井梧嗟葉落，雙星今夜恰宜秋。

【箋】此詩採自康熙本，不見於他本。據詩題，詩作於乙未年，即順治十二年（一六五五）七夕。

真得楚女姓名六首并序

乙未之春，聞安陸林生言，咸以楚女爲黄青蓮矣。越三載，戊戌冬，偶晤衡陽徐生於鳩兹，復談及此。徐生慘然曰：「此吾妹也。以甲午春，兵隱〔一〕衡州被掠至漢江，赴水死。死時，留十詩於紙。適見擔水童子，乃抽銀釵并詩授之，囑云，煩寄與讀書相公。童子以呈〔二〕其主人瞿生，遂盛傳於武昌。藩臬聞之，遣人順流收其屍，不獲。因礱碑鑱十詩其上，植之漢陽門外。」余問：「女年幾何？」曰：「十三。」「曾許字否？」曰：「許字王氏。」「女何名？」曰：「青鸞，即詩中所謂『青鸞有意隨王母』者也。」余聞之亦慘然。蓋徐生之父立階，爲楚丙子孝廉第六人，曾與余有舊。以女故，亦憤鬱而死云。噫！一楚女姓名也，初夢得之，既妄得之，至是始得其真焉。乃由佛蓮而青蓮，由青蓮而青鸞，若郵遞然，亦奇矣！因復爲六詩識之。雖然泡影何嘗〔三〕，余惡知林之果妄，徐之果真耶？又惡知夢之非真，真之非夢耶？尚俟他日過方城漢水而問之。

吴楚乾坤倏不同，祝融粉碎洞庭空。那知萬古貞魂宅，卻在湘帆九面中。

亂離誰問孝廉船，絳帳旃裘各一天。痛殺文姬生死别，從今休拂四條弦。

青鸞王母是前因，漚槿塵緣總未真。環珮若歸明月夜，應隨南嶽魏夫人。

幾行清淚漲瀟湘，花落黄陵更斷腸。從道峰高無雁到，化爲精衛過衡陽。

天遣奚童表孝貞，讀書種子定鍾情。脱簪瀕死殷勤囑，只爲高堂不爲名。

千秋墮淚説遺蹤，片石今看矗女宗。漫道朱陵峰七二，直應添作七三峰。

【校】

〔一〕「兵隱」，道光本、咸豐本作「在」。

〔二〕「呈」，咸豐本作「陳」。

〔三〕「嘗」，道光本、咸豐本作「常」。

【箋】

此詩採自康熙本，道光本、咸豐本、清宣統二年上海國學扶輪社《香豔叢書》第十一集亦收。據詩前小序，此詩作於「戊戌冬」，即順治十五年（一六五八）。本年冬，黄周星遇衡陽徐生，得知赴水楚女（湘女）之真實姓名爲「青鸞」，感而作詩。之前黄周星曾於順治十一年（一六五四）作《和湘女詩十首（有序）》，於順治十二年（一六五五）作《妄得楚女姓名四首（并序）》。

余既爲張靈崔瑩補合傳復以十絶句弔之

才子佳人事已陳，誰知化腐更爲新。千秋一卷崔張傳，真可崩天泣鬼神。

韓朋塚上説鴛鴦，蕭史樓中憶鳳凰。争似風流玄墓侣，千春花月夢魂香。

初無舊約與新盟，癡殉皆因一字情。説向人間渾不解，仰天空自哭千聲。

阿翁難駐病中船，天子還留意外緣。好事頭頭偏錯迕，命宫只合鬼團圓。

雌雄才貌本來分，惟有靈瑩并一身。不是佳人殉才子，只如才子配佳人。

貞孃墓上淚成灰，合葬崔張更可哀。今日遺碑猶在否？欲搜玄墓掃荒苔。

子晉吹笙鶴不飛，劉伶告飲筆還揮。劍池不是騎鯨處，捉月那同采石磯。

《十美圖》成美麗姝，六如妙筆世應無。紅顔命薄終淪落，何似《張靈行乞圖》。

風流自昔説崔張，今日崔張更斷腸。若按紅牙新製曲，梨園誰復演《西廂》？

高士梅詩萬口傳，無端一字惱先賢。改詩才子知何處？枉把唐寅試老拳。

【箋】

此詩採自康熙本，不見於他本。據詩題，約康熙二年（一六六三），黄周星先有《補張靈崔瑩合傳》小説一篇，而後作十絶句詠其事。考證詳見卷十四《補張靈崔瑩合傳》箋。

海寧五日大雨而此地故無競渡之戲笑爲口號一首

五日多從客裏過，龍舟到處沸笙歌。誰知海畔渾蕭索，羞殺投詩贈汨羅。

【箋】　此詩採自静嘉堂本《圃庵詩集》甲辰卷，不見於他本。甲辰即康熙三年（一六六四）。本年五月初五，海寧大雨，黄周星遂有此作。

嘉善楓溪卞君以忤時繫獄既得釋乃登舟絶粒賦正氣吟而死次韻四首弔之

勁骨剛腸天賦之，孤忠草莽豈求知。刑拘九死都無悔，凛凛惟存《正氣詩》。

萬古綱常孰系之，一絲九鼎鬼神知。敢將白髮三千丈，散作青編幾卷詩。

絶粒成仁古有之，伯夷龔勝足相知。自從柴市留題後，又見楓溪四句詩。

晉史曾推卞望之，一門忠孝古今知。雙貞異代遥相映，合撰君家世德詩。晉司馬卞壼，字望之，謚忠貞，即其始祖，君私謚貞憲。

【箋】此詩採自静嘉堂本《圃庵詩集》甲辰卷，不見於他本。甲辰即康熙三年（一六六四）。本年黄周星流寓嘉善，聞卞君絶粒賦《正氣吟》之事，感而作詩。卞君，嘉善楓溪人，事迹未詳。

題麗農山居畫册四首

寰中五嶽猶難到，海外誰尋五嶽栖。忽看畫圖應失笑，麗農元只在苕溪。右麗農山屋。

東陵瓜美史猶馨，説到青門眼共青。今日杍山瓜更好，故侯只合作園丁。右種瓜圖。

名賢到處炳遺文，請向顔庵伴白雲。試問當年藍面鬼，可曾留得相公墳。右伴顔庵。

生平性僻愛林丘，客異相如也倦遊。聽説好山思泛宅，從君兄弟借西頭。

【箋】此詩採自静嘉堂本《圃庵詩集》甲辰卷，不見於他本。甲辰即康熙三年（一六六四）。

有姬號悦傾戲詠二絶

曾聞名士悦傾城，此日無城但悦傾。料得中原都笑破，只應獨立是卿卿。

陽城下蔡惑人多，家國其如一顧何。唤作悦傾傾便悦，休論壁壘與山河。

【箋】此詩採自静嘉堂本《圃庵詩集》甲辰卷，不見於他本。甲辰即康熙三年（一六六四）。本年黄周星於海昌，爲陳君之紅顔知己悦傾作《有姬號悦傾戲詠二絶》《悦傾曲》。《悦傾曲》見卷二。海昌陳君，見卷二《海寧陳氏園海棠花下放歌》箋。

同友人遍走四郊看菊

陶潛乞食尚無家，九日村酤豈易賒。猶幸魏塘秋色賤，東西南北看黄花。

【箋】此詩採自静嘉堂本《圃庵詩集》甲辰卷，不見於他本。甲辰即康熙三年（一六六四）。據詩中「九日村酤豈易賒」云云，則本年九月初九，黄周星在魏塘與友人郊外賞菊，遂有此作。魏塘，今浙江省嘉興市嘉善縣魏塘鎮。

海鹽秦駐山有鷹窠頂於孟冬朔夜可觀日月合璧孫子邀余同往爲友人謬引紆途昏黑不及赴悵恨漫賦

雙輪合璧信奇觀，況值晴空雨後看，何事鰍生多孟浪，等閒誤卻水晶盤。

【箋】此詩採自静嘉堂本《圃庵詩集》甲辰卷，不見於他本。甲辰即康熙三年（一六六四）。詩題中「孟冬朔夜」即十月初一之夜。海鹽秦駐山，即今浙江省嘉興市海鹽縣南二十里秦山。相傳始皇東遊登此，故名。玩詩意，十月初一之夜，黄周星與友人同登海鹽秦駐山，欲觀日月合璧而不可得，遂有此作。

見鄰家嫁娶紛然戲爲口號

北舍纔聞迎鵲駕，東鄰又見送鴛衾。人間婚嫁忙如許，五嶽何由識向禽。

【箋】此詩採自静嘉堂本《圃庵詩集》甲辰卷，不見於他本。甲辰即康熙三年（一六六四）。

次韻題沈石田秋江釣艇圖二首

九鼎桐江繫一絲，客星入座定何時。狂奴故態無人見，只有高山遠水知。

風波休歎鬢如絲，泛宅浮家此一時。黄葉江村歸棹好，我心早有石田知。

【箋】此詩採自静嘉堂本《圃庵詩集》甲辰卷，不見於他本。甲辰即康熙三年（一六六四）。沈石田即沈周，見卷二《題沈石田山水爲某君壽》箋。

十月朔日月并昇當宿霧初收微雲落盡以雲岫庵望之足成大觀老友田鼒淵孫昭令濮雋茹偕往取道硤川訪外彦餘不晤留周雨生齋頭一日却賦

日月雙懸暢大觀，故人邀往路漫漫。停舟且去尋□度，共住濂溪興未闌。

【箋】

此詩不見於黃周星諸集，採自王德浩纂、曹宗載編《嘉慶硤川續志》（嘉慶十七年刊本）卷十七。康熙三年（一六六四）十月初一夜，黃周星與田茂遇、孫昭令、濮雋茹等同登海鹽秦駐山，觀日月合璧奇觀，遂有此作。是旅曾取道硤川，硤川在海昌（今浙江海寧）。田茂遇，字楫公，號髯淵、樂饑處士，青浦（今屬上海）人。少負文名，順治十四年（一六四八）舉人，授直隸新城知縣，未赴任。康熙十八年（一六七九）薦博學鴻詞科，落選而歸。著有《燕臺文鈔》《十五國風》《高言集》《水西草堂集》《緑水詞》《清平詞》等。孫昭令，未詳。濮孟清纂《康熙濮川志略》（清抄本）卷十二「傳詠」收録黃周星《秋杪過梅溪訪雋茹道兄不值喜新舟成輒賦一律》，則濮雋茹，居梅溪（在嘉興王店），黃周星友人。

顧生以富春山圖屬題且欲作驚人語漫書一絶貽之

羲皇虞夏峰頭樹，秦漢商周水上船。都向富春圖裏見，客星雙脚只撩天。

【箋】

此詩採自静嘉堂本《圃庵詩集》乙巳卷，不見於他本。乙巳即康熙四年（一六六五）。是年於魏塘，黃周星曾與顧生唱和有詩。據黃周星康熙三年（一六六四）《顧生自號病鶴雨夜招飲空齋無榻席地草宿戲詠》詩，則顧生號病鶴，家貧。

昔長沙陳太守以驛梅驚别意堤柳黯離愁十字爲離合體絶句余因戲作閨怨旅懷各十首

閨怨

馬啼偏喜繞天涯，四海爲家豈是家。幸遇故人歡樂否，驛亭何處醉黄花。

木葉寒砧遠戍悲，人間那得萬回兒。毋嗟予季疲行役，梅嶺榆關總未知。

苟全性命愛茅廬，文武勳名恐未如。馬上泥金知是否，驚呼小玉問家書。

口舌經年費揣摩，力田刺繡枉蹉跎。刀頭夜夜懸明月，别淚何堪付逝波。

立盡斜陽望盡雲，日長香篆冷殘薰。心中只是憐夫婿，意外何曾夢使君。

土風到處入新〔一〕篇，日近長安自杳然。匹練吴門空極目，堤邊草色只連天。

十年湖海盍歸歟，八月豳風樂有餘。卯酒午餐聊共慰，柳陰贏得狎樵漁。

黑貂零落泣王孫，立馬千門月〔二〕影昏。日日登高勞遠望，黯然何處不銷魂。

凶吉難憑卜筮偕，内爻應勝外爻乖。佳人自是無心緒，離坎當中卻倒排。

禾黍秋風念異鄉，火流又促〔三〕授衣忙。心心欲織迴文寄，愁見梧桐墜曉霜。

旅懷

馬首騣騣欲向東，四方有志奈飄蓬。幸逢羽騎頻貽札，驛使何如雪後鴻。

木蘭舟畔試征衣，人在高樓掩淚歸。母氏春暉愁日暮，梅花空傍白雲飛。

苟能富貴豈相忘，文譽虚慚動帝鄉。馬上詩書猶未展，驚人奇句只空囊。

口似儀秦少薄田，力如賁育亦空拳。刀州夢好何時到，别恨綿綿話幾千。

立談卿相豈人謀，日夜縱横走不休。心血半枯容鬢改，意中猶自覓封侯。

土花䵷盡客衣緇，日向襄陽問習池。匹馬明朝還北發，堤傍笑殺酒壚姬。

十畝青山帶夕陽，八窗秋水藕花香。卯君舊約都如夢，柳閣何時復對牀。

黑白棋喧笑世情，立功立德總虚名。日隨聲利滔滔去，黯淡雲山負一生。

凶悔多由動取災，内明外順亦艱哉。佳懷欲擬《歸田賦》，離卻紅塵更莫來。

禾麥成村好結茅，火山遇旅笑還號。心知歸去綦巾樂，愁殺家徒四壁高。

【校】

〔一〕「新」，道光本、咸豐本、光緒本作「斯」。

〔二〕「月」，咸豐本、光緒本作「日」。

〔三〕「促」，光緒本作「作」。

【箋】

此詩採自静嘉堂本《圃庵詩集》乙巳卷，乙巳即康熙四年（一六六五）。康熙本、道光本、咸豐本、光緒本僅收《閨怨》十首，題作「昔長沙陳太守以驛梅驚别意堤柳黯離愁十字爲離合體絶句余因戲作閨怨十首」。

又驛梅驚别意堤柳黯離愁十字離合成詩十首寄泗州戚子綏耳

馬頭到處匣琴隨，四海何從覓子期。幸遇知心麟鳳侶，驛邊花信恨來遲。

木天神骨自高閒，人在西園北海間。毋解剪鬟妻舉案，梅花萱草日開顔。

苟安籬廡豈英雄，文字光争萬丈虹。馬過高軒奇句發，驚天逗雨破鴻蒙。

口如泉湧手如雷，力障狂瀾到海回。刀几箴銘嫌腐□，别從林屋探書來。

立言何必問窮愁，日月光中灝氣收。心折前賢師左屈，意空時輩笑曹劉。

土人鷄黍足壺觴，日把殘編醉夕陽。匹馬行吟多款段，堤間贏得駐秋光。

十載蕉幃著述工，八龍星夜想過從。卯金藜閣光芒燦，柳色煙規緑幾重。

黑甜枕畔屢相尋，立掃龍蛇憶舊吟。日暮笑門曾送客，黯然一别到如今。

凶沴全憑一塔銷，内盱外泗界前朝。佳城鬱鬱今榛莽，離索能無詠采蕭。

禾城咫尺接西湖，火樹星橋似畫圖。心許溪山陪好友，愁看江艇隔菰蘆。

【箋】此詩採自静嘉堂本《圃庵詩集》乙巳卷，不見於他本。乙巳即康熙四年（一六六五）。戚子緩耳即戚玶，見卷二《六月廿五夜夢戚玶》箋。

斜陽

枯木寒鴉仍水畔，碧雲芳草更天涯。吟詩莫恨斜陽晚，詩帶斜陽句便佳。

【箋】此詩採自静嘉堂本《圃庵詩集》乙巳卷，不見於他本。乙巳即康熙四年（一六六五）。本年，黄周星寓居浙江嘉善魏塘。

有客商隱居善地余答云只要無兵無盜賊客又問余又云還須有竹有魚蝦遂成四絶

直將天地作桃源，懷葛羲皇對榻眠。山静日長人不到，緑陰處處繫漁船。

髫叟怡然自往來，耕桑鷄犬了無猜。不須更唱神仙曲，只覺人間盡可哀。

稻蟹蓴鱸蒲澗溪，總輸此處賤如泥。晉家若有漁人到，草草烹鮮勝殺鷄。

儘將甲子付壺觴，欸乃聲中歲月長。莫道醉鄉浮寂甚，温柔還近白雲鄉。

【箋】

此詩採自静嘉堂本《圃庵詩集》乙巳卷，不見於他本。乙巳即康熙四年（一六六五）。是年於魏塘，黄周星爲隱居之客作此詩。周召《雙橋隨筆》（影印文淵閣四庫全書本，臺灣商務印書館一九八三年版）卷五：「黄九煙先生托人覓居，問所欲，曰：『但欲無兵無盜賊，又須有酒有魚蝦，所願如此。』先生當日以爲聊可之詞耳。以今觀之，非極樂世界耶？因憶眉公《太平清話》有曰：余昔戊子隱居沈大夫園，四周雜種花，是小桃源。時雨初晴，負笠握鋤，撥散土膏如灌園狀，是小於陵。教授諸生，是小河汾。橋斷水西，不聞市喧，是小考槃。短舟徜徉池中，一爐一琴，可濯可釣，是小五湖。挾此數者，視青天呼白鳥，有談名利則揮手謝之，不知其他，是小神仙。此等境地，與九煙先生所願，又若雲淵矣。而眉公尚視以爲小，然則身處眉公之世者，豈僅世所稱蓬壺閬苑中人哉！」

懷泗州戚玾

胸中差可空千古，眼底何曾見一人。不合前年逢戚玾，至今夢繞泗城濱。

【箋】

此詩採自静嘉堂本《圃庵詩集》乙巳卷，不見於他本。乙巳即康熙四年（一六六五）。戚玾，見卷二《六月廿五夜夢戚玾》箋。

聞南雲僧客死西湖哀之

哭罷觚庵同軫石，今朝又復哭南雲。文人多向西湖死，不信西湖不好文。觚庵黄公文焕、軫石王子猷定，皆相繼死西湖。

【箋】

此詩採自静嘉堂本《圃庵詩集》乙巳卷，不見於他本。乙巳即康熙四年（一六六五）。南雲僧，楚人，入清後爲僧。本年客死西湖，黄周星作此詩哀之。黄文焕（一五九八—一六六七），字維章，號坤五，又號觚庵、恕齋，永福（今福建省福州市永泰縣）人，明末著名詩人、學者。明天啓乙丑（一六二五）進士，官至翰林院編修，曾與黄道周、葉廷秀登臺講學。後以「鈎黨之禍」下刑部獄，既釋，乞身歸里，後寓居金陵，客死西湖。有《詩經蝍蠉》《漢書蕃索》《老莊注》《杜詩注》等著作存世。王猷定(一五九八—一六六二),字于一,號軫石,江西南昌人,貢生。曾於史可法幕下效命,明亡不仕,以詩文自娱。晚寓西湖僧舍。猷定工詩文,其行書楷法亦名重一時。有《四照堂集》。

西湖竹枝詞廿首

花晨月夕幾春秋,宜雨宜晴總解愁。老向西湖無限好,何人卻要死揚州。

湖山功德兩堤長,餘澤還連十錦塘。千古白蘇名不朽,也留姓字到孫瑺。

寶叔巑岏山北角,雷峰擁腫寺南頭。月明静對應相笑,看老西湖幾百秋。

六橋三竺鎖煙蕪,掩映吴山似畫圖。更有九溪十八澗,大都生色仗西湖。

東山昔號謝公墩,應有西湖林氏村。不用梅妻將鶴子,孤山便是老兒孫。

西陵松柏自蒼蒼，蘇小墳碑竟渺茫。第一西湖殘闕事，速題片石配貞孃。

淡妝濃抹逐時新，總被西湖占盡春。怪得武林遊舫裏，只留紅粉少佳人。

西湖紅粉亦堪憐，幸藉名流姓字傳。琴操朝雲零落盡，淑真空賦《斷腸》篇。

漫嘲緑水怨紅顔，弱宋亡吴不一般。若把西湖比西子，東施豈合配東山。

净慈昭慶列經堂，總是西湖選佛場。争似韜光靈隱好，飛來峰畔醉蕭娘。

詞人有筆幻娉婷，情字中分即小青。莫向西湖癡説夢，孤山擬作牡丹亭。

花圍錦簇沸錢塘，畫舫笙歌鎮日狂。何處銷魂愁渺渺，湖心亭子水中央。

參差雉堞帶浮圖，山水樓臺紫翠鋪。世上夕陽無限好，夕陽尤好是西湖。

三分明月判維揚，張祜〔一〕題詩欠酌量。若把十分明月算，西湖合占七分强。

好還天道豈糊塗，夢裏江山早索逋。自是錢王貪故土，不關臣構戀西湖。

山川不朽仗英雄，浩氣能排岱嶽松。岳少保同于少保，南高峰對北高峰。

靖康北狩事堪哀，獨阻邦昌亦壯哉。千載共誅奸檜惡，可知當日上書來。

陂陀葛嶺久淒涼，舊是驕奢宰相莊。節用愛人猶勒石，可憐蟋蟀半閒堂。

文章生氣凛精忠，奸佞徒勞聲帨工。縱有《福華編》萬卷，争如半闋《滿江紅》。

競向西湖〔二〕詠竹枝，廉夫可是殢〔三〕情癡。我來耻和儂郎句，要唱江東鐵板詞。

【校】

〔一〕「祜」，原作「祐」，誤。

〔二〕「湖」，原作「河」，據道光本、咸豐本、光緒本改。

〔三〕「彿」，咸豐本作「婦」。

【箋】

此詩採自静嘉堂本《圃庵詩集》乙巳卷，乙巳即康熙四年（一六六五）。道光本、咸豐本、光緒本收「陂陀葛嶺久淒涼」「競向西湖詠竹枝」「山川不朽仗英雄」三首，題作「西湖竹枝詞三首和楊廉夫韻」。清代梁詩正、沈德潛等撰《西湖志纂》卷十二收「山川不朽仗英雄」一首。清代丁敬《武林金石記》第八卷：「寶石山磨崖三刻：『節用愛人，視民如傷。』右磨崖正書，字徑二尺，無題款。黄周星《竹枝詞》注云：『相傳爲賈似道書。』」倪濤《六藝之一録》卷一百十：「摩崖：『節用愛人，視民如傷。』八大字。在寶石山，正書，字徑二尺，無題款。黄周星《竹枝詞》注云：『相傳爲賈似道書。』」則此組《竹枝詞》中「陂陀葛嶺久淒涼」一首，當有一注云「相傳爲賈似道書」。今諸本皆無。

送芥公歸潭州六首

三十年中同病客，四千里外獨歸僧。祝融柳毅如相問，行盡西陵又秣陵。

別山已去南雲死，老友空門只芥庵。今日送師雙淚落，傷心不獨爲湘潭。

英雄失路半逃禪，節義文章那值錢。嚇殺青天須喫棒，笑余偏自好神仙。

易水河梁總莫論，魏塘一別倍銷魂。瀟湘夜雨秦淮月，千里相思各閉門。

巴陵水闊長沙混〔一〕，天柱峰高回雁愁。九面衡湘常在夢，何年共醉岳陽樓。

江湖縞紵半浮雲，此日天涯又別君。若見寧鄉陶汝鼐，爲言黄子恨離群。

【校】

〔一〕「混」字旁邊有手寫小字「坧」。

【箋】

此詩採自静嘉堂本《圃庵詩集》乙巳卷，不見於他本。乙巳即康熙四年（一六六五）。芥公即芥庵和尚，湖南湘潭人，黄周星好友。據《皇清詩選》（清陸次雲輯，康熙間刻本），釋琛大，字芥庵，湘潭人，有

《半山詩略》。黄周星本年還爲之寫了《芥庵和尚詩序》。詩中「若見寧鄉陶汝鼐，爲言黄子恨離群」之陶汝鼐，見卷二《與長沙同年陶汝鼐别三十年矣一歲之中輒數見夢庚戌春日偶從月函上人處得見所寄月公詩札甚喜即次其扇頭韻和之》箋。

贈崔金友十首

魏塘市中有荷擔鬻茗果者，楚蘄方公言其人能作佳詩，余索觀之，信然。問其姓名，爲鹽官崔五龍，字金友。自題其詩曰「樵隱近詠」。相與嗟異久之，因走筆書十首爲贈。〔一〕

天下何人不詠詩，菜傭牧豎總堪嗤。若逢負販崔金友，羞殺詞場輕薄兒。

崔家詩派舊知名，黄鶴樓高未許争。誰道後人零落盡，擔頭覓句繞街行。

亦是高人亦韻人，梁鴻徐稚合爲鄰。蓬門幸有炊扊婦，猶勝當年朱買臣。

班香宋豔才非易，島瘦郊寒格亦難。手把一編嗟歎久，如逢周朴與方干。

兩聯漢隸從頭讀，五字唐音著意裁。莫笑此君慳腹笥，曾看卓氏藻林來。

梛櫟横肩短後衣，兩奩茗果售應稀。須知君輩真吾輩，自古詩人盡忍饑。

慣從山水覓清音，贈汝筠箋託素心。自是耽詩成痼癖，擕來擔上便長吟。

負薪賣餅誠高士，屠狗歌牛亦異人。多少英雄同糞土，如君那不困風塵。

夕陽柳影詞偏好，明月松風籟自清。更愛九華峰畔句，青山不語會多情。

九煙此日逢金友，退谷當年遇白雲。同是詩人同負販，幾行涕淚落斜曛。昔有閩人陳昂流寓金陵，終年負薪吟詩，聞有人誦其詩，輒從傍痛哭。鍾退谷官祠部時遇之，爲作《白雲先生傳》。

【校】

〔一〕「相與嗟異久之，因走筆書十首爲贈」，《吴興詩存》本作「走筆爲贈」。

【箋】

此詩採自静嘉堂本《圃庵詩集》乙巳卷，乙巳即康熙四年（一六六五）。陸心源《吴興詩存》四集卷十四、周慶雲《潯溪詩徵》卷三十八收録其中第二、第三、第九首。據詩序，則本詩當作於魏塘。是年黄周星見商販崔金友詩，遂有此作。尤侗《西堂集·看雲草堂集》（清康熙刻本）卷六有《贈崔五龍二首》：「自古高賢混菜傭，風塵青眼幾曾逢。當時不遇黄山谷，誰識詩人崔五龍。（崔君負販能詩，黄九煙亟稱之）」「道上歌謳人不堪，苦吟佳句貯筠籃。憑君日把楂梨賣，换取風騷一擔擔。」黄周星此組詩多被後世詩話所記載。如王士禛《漁洋詩話》（乾隆二十三年竹西書屋重刻本）卷中：「金陵黄九煙（周星）客嘉善。有負擔者過市口吟哦不絶。揖入問之。答曰：『崔姓，名金友。適偶得句耳。』徐出其詩一卷，五言云：『水闊天垂遠，花深月到遲。』七言云：『因風去住憐黄蝶，與世浮沉笑白鷗』『吟思白社傾家釀，坐對青山讀異書。』黄遂與之定交如平生云。」又見王士禛、張宗柟輯《帶經堂詩話》卷十九「棲隱」、鈕琇《觚賸》卷二「樵隱」條等。

西湖竹枝

魏監門前白石獅，何人移供岳王祠。英靈不受姦璫物，一夕風雷折大旗。

【箋】

此詩不見於黄周星諸本，採自清代梁玉繩《清白士集》（清嘉慶道光間《皇清經解》本）卷二十三《瞥記六》。清代史夢蘭《止園筆談》(清光緒四年刻本)卷三亦收録此詩。康熙四年(一六六五)黄周星有《西湖竹枝詞廿首》,此詩或作於同時。

又七絶一首

瀟湘煙雨晚鐘稀,村市晴嵐夕照暉。暮雪江沙看雁落,洞庭秋月遠帆歸。

【箋】此詩採自民國本《九煙詩鈔·夏爲堂詩草》,静嘉堂本《圃庵詩集》丙午卷、康熙本、道光本、咸豐本、光緒本亦收。丙午爲康熙五年(一六六六)。本年於嘉善,魏塘友人以《瀟湘八景詩》索詠,黄周星遂作有七言律詩《瀟湘八景臺爲宋嘉祐時築詞人題詠甚夥大抵皆從畫屏間摹寫耳余昔年嘗久客其地睹聞頗真適魏塘友人以是題索詠遂仿歐蘇禁體漫賦八章貽之(禁犯題字)》《合詠八景七律二首》、七言絶句《又七絶一首》、五言律詩《戲集八景題字五律一首》與《又長短句一首》。

余自丁卯迨甲申所作詩凡數千首兩爲劇盜所掠其一則丙子秋楚中之湘陰一則丙戌秋閩中之古田也湘陰之盜攫得余詩文數卷悉投汨羅江中汨羅今名木頭灣余曾爲木頭灣行紀之五言娓娓[一]長篇幾及千字後復失去今他作或尚能追憶一二而此篇則茫然矣丙午春日偶簡從前詩文稿不覺感慟漫成六首[二]

懷中錦繡應難盡，篋底珠璣遂不還。心血廿年堪痛惜，尤憐一首木頭灣。

木頭灣裏驚危處，正是黃陵古汨羅。二女三閭俱不見，可憐萬卷葬江波。

楚澤湘陰曾遇盜，古田閩嶺又遭兵。十年兩度詩文劫，正似嬴秦虐焰坑。

秦坑餘燼已難收，長吉還遭溷裏投。我豈文章光萬丈，蛟龍豺虎苦相仇。

木頭灣有傷心紀，勝似《彭衙》與《北征》。纚纚千言難記憶，長歌痛哭總無聲。

禽妖水怪一天愁，豪客來驚夜半舟。烈炬燃眉猶自可，不堪利斧更臨頭。歌行全篇已不復記憶，惟記其中有「是日天色惡，醃□失青碧。江豚舞中流，鷓鴣鳴格磔」，又「烈炬及星眉，利斧及星額」數語云。

【校】

〔一〕「娓娓」，静嘉堂本作「亹亹」。

〔二〕「六首」，静嘉堂本作「絶句四首」。

【箋】

此詩採自《前身散見集》丙午年，静嘉堂本《圃庵詩集》丙午卷收第一、二、三、五首共四首。丙午爲康熙五年（一六六六）。本年春，黄周星感慨詩稿曾兩次被盜賊所掠，遂有此作。

苕溪遇中州吴年兄賦贈六〔二〕首

八年雲雨隔山河，燕市吴江〔二〕感慨多。我自扁舟漂泊慣，憐君平地卻風波。

干戈叢裏過荆溪，江北江南望眼迷。今日苕溪重握手，元龍湖海不堪題。

曾聞好友夢相尋，春草池塘費苦吟。何似今朝君夢我，一宵〔三〕三度話同心。先一夕君忽夢余清話達旦。

相逢苕霅信奇緣，轉盼雲山又隔〔四〕天。君去武林儂武水，何時同泛武陵船？

妙理從來屬濁醪，平原昔日興何豪。麯生老去風情減，名士惟應醒讀騷。君飲興素豪，今忽斷酒。

天下英雄得幾人，王侯將相豈長貧？不須五嶽閒遊遍，好向蓬萊看日輪。

【校】

〔一〕「六」，静嘉堂本作「四」。

〔二〕「江」，静嘉堂本作「門」。

〔三〕「宵」，静嘉堂本作「朝」。

〔四〕「隔」，静嘉堂本作「各」。

【箋】

此詩採自《前身散見集》丙午年，静嘉堂本《圃庵詩集》丙午卷收第一、三、四、五首共四首。丙午爲康熙五年（一六六六）。中州吴年兄，即吴孳昌，河南商城人，崇禎十三年（一六四〇）進士三甲及第。苕溪，即浙江湖州。黄周星亦是崇禎十三年（一六四〇）進士，故稱其爲「年兄」。本年黄周星於湖州遇吴孳昌，遂有此作。

過長興朱年兄白溪山莊賦八首〔一〕

白門庚午共編摩，癸酉燕臺更切磋。三十四年重握手，可憐風景隔山河。

定交春杵古今同，太學猶傳穆祐風。記得新詩持贈處，三三六六滿胸中。

萬事悲歌總莫論，讀書窮達豈關人？封侯澼絖都無用，笑煞當年手不□。

萬緑陰中翠蔓低，扁舟到處聽黄鸝。聞君曾説家山好，常憶吴興罨畫溪。

相思命駕滯東南，千里何緣〔二〕慰盍簪。今夕一樽相對語〔三〕，分明天寶老人談。

紅塵婚嫁漫關心，五嶽何年識向禽？自歎寒宗門祚薄，羨君玉樹正森森。

塵埃誰解締英雄，冰玉緣奇自不同。聞説雀屏當日事，似君真有古人風。

半生修竹想吾廬，晨夕南村願總虚。安得與君同杖履，醉歌田舍讀奇書。

【校】

〔一〕静嘉堂本題作「遇長興朱年兄白溪山莊賦四首」。

〔二〕「緣」，静嘉堂本作「繇」。

〔三〕「語」，静嘉堂本作「話」。

【箋】

此詩採自《前身散見集》丙午年，静嘉堂本《圃庵詩集》丙午卷收第一、二、四、五首共四首。丙午年爲康熙五年（一六六六）。長興今屬浙江湖州。朱年兄爲朱升，崇禎六年（一六三三）舉人，明末清初書畫家。明亡後隱居於長興白溪，建「畫莊」。據詩中云「白門庚午共編摩，癸酉燕臺更切磋」，則朱升崇禎三年（一六三〇）曾與黄周星同在金陵學習，崇禎六年（一六三三），與黄周星爲同榜舉人。

苕溪度生庵竺公所居有燕結巢於瑠璃燈索旬日誕五雛燃燈〔一〕升墜馴伏自如竺公有詩志異云銜泥避俗意非同翦掠忘機夕〔二〕照中花月殘燈如共語呢喃歷歷唤東翁余亦〔三〕和詠三〔四〕首

天女雲軿〔五〕迴不同，全家都在佛光中。啣泥戊己多迴避，莫把詩禪當杜〔六〕翁。

底事玄禽太好奇，烏衣新國傍瑠璃。晨昏上下偏安穩，九鼎渾疑繫一絲。

泥壘從來愛畫梁，歸巢林下歎兵荒。無端狡獪栖燈索，物性何緣頓反常。

【校】

〔一〕原本無「燈」字，據静嘉堂本增。

〔二〕「夕」，静嘉堂本作「寂」。

〔三〕静嘉堂本無「亦」字。

〔四〕「三」，静嘉堂本作「二」。

〔五〕「軿」，静嘉堂本作「軒」。

〔六〕「杜」，静嘉堂本作「社」。

【箋】

此詩採自《前身散見集》丙午年，静嘉堂本《圃庵詩集》丙午卷僅有第一、二共兩首。丙午爲康熙五年（一六六六）。本年黄周星於湖州苕溪度生庵，與僧竺公遊，遂有此作。

擬作雜劇四種

美人才子與英雄，更著神仙四座中。演作傳奇隨意唱，柳枝風月大江東。

【箋】

此詩採自《前身散見集》丙午年，静嘉堂本《圃庵詩集》丙午卷、咸豐本亦收。丙午爲康熙五年（一六六六)。本年,黄周星擬作美人、才子、英雄、神仙四種雜劇。黄周星現存的雜劇僅有《試官述懷》《惜花報》兩種。

題畫二首

輞川金谷似幽栖,樹影迴廊到欲迷。莫道園林渾富貴,渭濱千畝在橋西。

草閣參差向水開,曲堤紅樹好徘徊。若非晨夕南村客,那得溪橋結伴來。

【箋】

此詩採自《前身散見集》丙午年,静嘉堂本《圃庵詩集》丙午卷亦收。丙午爲康熙五年(一六六六)。

遍遊九峰兼贈主人三十首〔一〕

丹崖翠巘接仙亭,賓主時看聚德星。卻笑九峰元易到,十年空向夢中青。

鵠峙東西各四峰,神山蒼秀正居中。草堂攬盡三三勝,個是蓬壺舊主人〔二〕。

巖傍亭臺澗傍軒，天然部署絕塵喧。九峰總是牀頭物，笑煞村〔三〕夫日構園。

五侯夙昔擅豪華，異代猶傳內史家。好向崐岡呼二陸，九峰今日屬琅琊。琅琊，主人郡望。

二陸淪亡草木悲，凌巖點綴僅留詩。百千年後重開闢，疑〔四〕是山林吐氣時。

名山元藉異人傳，功德如兹豈偶然？九老銜恩齊下拜，願公將相作神仙。

齊物莊生論最豪，泰山元不敵秋毫。九峰自得文人筆，五嶽從今不敢高。

景〔五〕霞姓氏已高懸，功比皇媧欲補天。天下名山俱戴德，一時翻手望由拳。

雲間山水接吴淞，漂舫人多笑白龍。莫道九峰峰易得，九峰峰外更無峰。

漫説由拳似一拳，試看九點矗蒼煙。青天更得驚人句，崔顥〔六〕殘詩不值錢。

天馬西來綵鳳吟，三公二俊集崐陰。九峰正似香山老，笻笠朝朝滿細林。

主人高卧草堂前，臣妾鵷麟孰比肩？若問九峰真臭味，英雄才子與神仙。

辛苦煙霞結構工，向平婚嫁任從容。九峰渾作居家事，卻把家居當九峰。

馬頭齊魯青難了，帆角荆吴緑未殘。七十二峰三十六，大都只作九峰看。

點頭頑石解參禪，笏拜何須詫米顛？一片寒山猶可語，九峰便合話千年。

君子亭邊君子林，青青君子九峰深。主人自是真君子，門外那無君子尋？

誰從赤壁表孤蹤？澱斡鍾廬總附庸。若使九峰峰可十，主人身是最高峰。

吟閣静軒梧館緑，嘯亭弈圃竹樓香。隱廬似共琴齋約，盡送群峰到雪堂。九處皆主人創設別墅名。

賓中主即主中賓，九處溪山九處人。莫遣竹林嘲後輩，多應蓮社是前身。

九疑縹緲九華奇，九曲幽森説武溪〔七〕。與我周旋寧作我，此心惟有九峰知。

封禪書成半鑿空，海山宫闕有無中。九峰但看君家志，便合衙官太史公。

九峰九派各成家，横側遥看態轉加。好向辰佘望雲馬，還宜雲馬眺辰佘。

才人高士競嶙峋，微恨兹山少美人。欲遣鳳凰天馬去，瑶池蓬島聘真真。

九州五嶽苦津梁，丘壑無多便可藏。我恨九峰相見晚，正如四皓遇高皇。

好遊無夏亦無冬，喝向苕峰凍九峰。莫恨罡風吹欲墜，春花秋月會相逢。

商歌點點厭風塵，醉向青山好結鄰。姓氏阿誰曾預定，九煙應作九峰人。

孔李通家舊誼長，兒童戲墨在山莊。誰知四十年前客，今日重逢自雨廊。辰山張氏長雲居有「自雨廊」三字，乃余童時所書。

萬壑千峰一片心，半生騷雅少知音。好山好友真奇遇，此處不吟何處吟？

小米家風兼北苑，大癡筆意帶倪迂。畫圖九幅難持去，只合將身入畫圖。

意氣才華本不群，招攜文酒更殷殷。泖濱欲别殊難别，半爲溪山半爲君。

【校】

〔一〕「三十」，静嘉堂本作「十七」。

〔二〕「人」，静嘉堂本作「翁」。

〔三〕「村」，静嘉堂本作「傖」。
〔四〕「疑」，静嘉堂本作「纔」。
〔五〕「景」，静嘉堂本作「崇」。
〔六〕「顥」，原作「灝」，據静嘉堂本改。
〔七〕「溪」，静嘉堂本作「夷」。

【箋】

此詩採自《前身散見集》丙午年，静嘉堂本《圃庵詩集》丙午卷收第一、二、三、四、五、七、八、九、十、十一、十四、十八、二十、二二、二七、二九、三十首共十七首。丙午爲康熙五年（一六六六）。九峰在今上海松江。九峰主人即諸嗣郢。孫鳳鳴修，王昶纂《乾隆青浦縣志》（清乾隆五十三年刻本）卷二十九《人物》：「諸嗣郢，字幹一，號勿庵，又號九峰主人。其先由琴村遷縣城。嗣郢幼爲徐方廣弟子，陳繼儒、董其昌見之，執手摩頂，目爲神駒。中順治十七年舉人，明年成進士，未殿試，逋糧案起，被斥。先是九峰三泖間，四方以爲勝地，自明以來，徐階、陸樹聲、孫克宏、施紹莘、李逢申及陳繼儒、董其昌輩，皆有別業。歲以兵革繼作，尠有存者。嗣郢性耽泉石，少時已有買山之志。既錮廢，乃搜治巖壑於九峰，各有營建。歲以三月三日、九月九日招賢士大夫爲九峰遊，且以祀張翰、陸機、陸雲、顧野王、張之象諸先賢。四方高人逸士、黃冠緇衣無不至，至則分題鬥韻。文酒之餘，間以絲竹，俊童妙妓，舄履交錯，往往燭盡漏窮，爲歡未已，與其會者，人人自以爲登仙也。時陸振芬、周茂源謝官歸，皆築室山中，相見尤數。至如吴偉業、黃周星、葉方藹、歸莊、殳丹生皆自異縣而至。而與方藹交尤厚，常約其歸隱九峰，故嗣郢築吉亭紉齋於山中以待，又貽當歸以諷之。康熙二十一年，方藹卒於京師，未幾，嗣郢亦歿，年五十九。嘗與殳丹生撰《九峰志》未成，修《青浦志》，復爲他人所亂，非其志也。」本年冬，黄周星應諸嗣郢之招，赴松江遊九峰，遂有此作。

九峰詩成既而悔之

明珠投溷罪何辭？山水文章枉自癡。幾度欲焚青鐵硯，只因浪作九峰詩。

【箋】

此詩採自《前身散見集》丙午年，静嘉堂本《圃庵詩集》丙午卷亦收。丙午爲康熙五年（一六六六）。本詩亦當作於本年冬黄周星遊九峰之際。

湖州天聖寺殿壁觀管夫人畫竹二首

修篁空谷愁誰倚，班竹清湘淚已湮。何幸數竿留殿壁，千秋猶見管夫人。

煙雲過眼不須題，七十年前到卻迷。今日飽看天聖壁，此行方不愧苕溪。

【箋】

此詩採自静嘉堂本《圃庵詩集》丙午卷，不見於他本。丙午即康熙五年（一六六六）。本年夏秋間，黄周星於湖州天聖寺觀管夫人筆墨，遂有此作。

度生庵僧閣夜半睡起看山

狂吟只覺乾坤小，僵卧翻疑歲月閒。贏得苕溪僧閣上，月明笑看道場山。

【箋】

此詩採自静嘉堂本《圃庵詩集》丙午卷，不見於他本。丙午即康熙五年（一六六六）。度生庵在湖州苕溪，僧竺六公所居。

有老慳買得鴛鴦索人和詠戲爲一首嘲之

已無題鳳人窺户，亦少籠鵞客到堂。數米晨炊猶恨少，肯分餘粒到鴛鴦。

【箋】

此詩採自静嘉堂本《圃庵詩集》丙午卷，不見於他本。丙午即康熙五年（一六六六）。

即事歎笑二首

從來憂國願年豐，底事年豐更告窮。穀賤傷農猶自可，只應愁殺富家翁。

普天士女慶豐穰，惟有豪門各肺腸。相見攢眉無別事，只嫌米價不軒昂。

【箋】

此詩採自静嘉堂本《圃庵詩集》丙午卷，不見於他本。丙午即康熙五年（一六六六）。

丙午生日

漫言將相與神仙，搔首無心更問天。五十六年塵土夢，何時拍手華山巔。

【箋】

此詩採自静嘉堂本《圃庵詩集》丙午卷，不見於他本。丙午即康熙五年（一六六六）。

武水某公客園禁人不得入有少年數輩乘醉題詩其門云爲訪梅花到客園誰知客到主成冤當年金谷曾何在空使成蹊桃李言某公大怒訟少年於官輸百金乃得免因戲題三〔一〕首即用其韻

一客那容到客園？因梅鎖柳不勝冤。無端輕薄甘投阱，費盡黄金爲七言。

金妖木怪總煩冤，桃李無言石欲言。想到池臺荆棘處，此園知是阿誰園？

贖罪鈞金嘖有言，惡詩那敢玷名園？半鍰一字猶輕罸，寄語兒曹莫訟冤。

【校】

〔一〕「三」，静嘉堂本作「二」。

【箋】

此詩採自《前身散見集》丁未年，静嘉堂本《圃庵詩集》丁未卷收第一、二首。丁未爲康熙六年（一六六七)。武水,在浙江嘉善。

九日東郊看菊〔一〕

今年〔二〕風物更凄凉,聞道東籬菊又黄。無酒莫教彭澤笑,也來郊墅踏重陽。

【校】

〔一〕静嘉堂本題作「吕君爲余繪東郊看菊圖因題一絶」。

〔二〕「今年」,静嘉堂本作「清秋」。

【箋】

此詩採自《前身散見集》丁未年,静嘉堂本《圃庵詩集》丁未卷亦收。丁未爲康熙六年(一六六七)。静嘉堂本題作「吕君爲余繪東郊看菊圖因題一絶」,本年重陽,黄周星曾於東郊看菊,吕留良爲之繪《看菊圖》,黄周星遂作此題畫詩。吕留良(一六二九—一六八三),又名光輪,一作光綸,字莊生,一字用晦,號晚邨,别號耻翁、南陽布衣、吕醫山人等,暮年爲僧,名耐可,字不昧,號何求老人。崇德(今浙江省桐鄉市崇福鎮)人,明末清初學者、詩人。順治十年(一六五三)諸生,後隱居不出。康熙間拒博學鴻詞科之徵,後削髮爲僧。死後,雍正十年(一七三二)被剖棺戮屍,爲清代文字獄之首。吕留良著述多毁,現存《吕晚邨先生文集》《東莊詩存》。吕留良與黄周星爲好友,二人多有唱和。

辱瑤瑢女道人餽問笑詠一絶

天涯縞紵孰相知，蟻國蛙墟更可悲。笑煞魏塘諸俊傑，都無半個似蛾眉。

【箋】此詩採自《前身散見集》丁未年，不見於他本。丁未爲康熙六年（一六六七）。本年黄周星與武水女道士瑤瑢詩書往還，遂有此詩。

夢中

醉後狂歌恨不平，夢中痛哭更傷情。何時一覺邯鄲枕，消盡牛衣歎息聲。

【箋】此詩採自《前身散見集》丁未年，不見於他本。丁未爲康熙六年（一六六七）。

閱同門亡友高寓公詩集有寄余一絶云秋色驚人撫[一]物華小園桂樹著初花欲分幽賞[二]能來否爲報牆東即酒家不禁淒然輒和四[三]首

十年冠佩繞京華，此日真同鏡裏花。香海墨莊君自好，笑余長鋏獨無家。

軟紅香土憶東華，忍見冬青糝雪花。遺得咸淳前進士，年年野廟哭天家。

嫏環博物説張華，賸有閒情賦落花。愁殺遠山飢欲死，誰憐四壁長卿家？

知君性不愛豪華，珍惜東鄰靖節花。若使濁醪能醉客，何須隔屋問西家？

【校】

〔一〕「撫」，静嘉堂本作「换」。

〔二〕「賞」，原作「貢」，據静嘉堂本改。

〔三〕「四」，静嘉堂本作「三」。

【箋】

此詩採自《前身散見集》丁未年，静嘉堂本《圃庵詩集》丁未卷收第一、二、三首共三首。丁未爲康熙六年（一六六七）。高承埏（一六〇三—一六四八），字寓公，一字澤外、九遐，晚號弘一居士、鴻一居士。秀水（今屬浙江省嘉興市）人，明末藏書家、刻書家。崇禎十二年（一六三九）中舉，崇禎十三年（一六四〇）進士，授遷安知縣。崇禎十五年（一六四二）調寶坻知縣、甘肅涇縣知縣。屢退清兵，旋遷工部主事。明亡後隱居竹林村窩，拒不仕清。好聚書，藏書處和刻書處爲「稽古堂」，編有《稽古堂藏書目》，刻有《稽古堂叢刻》《稽古堂新鐫群書秘簡》等，爲明人刻書之精品。著有《詩義裁中》《自靖録》《稽古堂集》等。黄周星亦是崇禎十三年（一六四〇）進士，故稱高承埏爲「同門」。本年黄周星於嘉興，曾閱高承埏詩集，感而作詩。

丁未生日〔一〕

五十七年貧賤中，制科渾與布衣同。今朝把酒聊爲壽，新得駒兒慶阿翁。

【校】

〔一〕静嘉堂本題作「除夕對酒作」。

【箋】此詩採自《前身散見集》丁未年，静嘉堂本《圃庵詩集》丁未卷亦收。丁未爲康熙六年（一六六七）。

偶作春閨集句

金縷濃熏百和香，困人天氣日初長。幽窗漫結相思夢，睡起楊花滿繡牀。

【箋】此詩採自静嘉堂本《圃庵詩集》丁未卷，康熙本、道光本、咸豐本亦收。丁未即康熙六年（一六六七）。

風涇有僧院多竹余爲書一聯云竹深僧夢緑梅古佛燈香春日復過其地友人即以二語索詠漫成四首禁犯題字

千畝寒漪醉碧筠，優曇花氣睡難分。不知胡蝶魂何處，疑是瀟湘一片雲。

滿谷篔簹一枕閒，羅浮翠羽可相關。莫嫌禪榻風流少，似見阿房門曉鬟。

幾年雪幹鑠空門，慧焰堪收粉黛魂。坐到暗香浮動處，渾疑初月照黃昏。

素葩綠萼老參差，熏徹栴檀盡解頤。莫道幽芬惟寸炬，須知滿屋是瑠璃。

【箋】此詩採自静嘉堂本《圃庵詩集》丁未卷，不見於他本。丁未即康熙六年（一六六七）。風涇，在浙江嘉善（今上海市金山楓涇）。本年春，黃周星過之，遂作此詩。

題畫

竹翠梧陰繞渭濱，芰荷千頃白鷗馴。羲皇六月渾無事，把酒吟詩贈美人。

【箋】此詩採自静嘉堂本《圃庵詩集》丁未卷，不見於他本。丁未即康熙六年（一六六七）。

戊申七夕

好是新秋霽爽天，雖無離恨亦蕭然。何時乞巧臨妝閣？醉共佳人擘錦箋。

【箋】

此詩採自《前身散見集》戊申年，不見於他本。戊申即康熙七年（一六六八）。

題廬山圖

恍然身在此山中，畫裹寧將夢裹同。正是此山真面目，漫尋白傅與坡翁。

【箋】

此詩採自《前身散見集》戊申年，静嘉堂本《圃庵詩集》戊申卷亦收。戊申即康熙七年（一六六八）。

口號贈史叟叟爲惠宗時從亡侍書史仲彬之後

遜國雲孫烈士風，而今已是七三翁。若詢足迹難行處，只欠滇中與隴中。

【箋】此詩採自《前身散見集》戊申年，不見於他本。戊申即康熙七年（一六六八）。史仲彬，字清遠，浙江嘉興人，明洪武時曾任翰林院侍書。

答朱年兄十〔一〕首

弁峰元列郡城間，罨畫溪幽亦等閒。若問雉州何所有，有君相對即名山。

無〔二〕錐到處卧青天〔三〕，飄泊荆吴不計年。尺素幾函曾寄訊，函函都是《卜居》篇。

兩榜紛紛詎足論，當年六館數鵷麟。於今那忍輕抛捨，十二人中剩兩人。

四海無家道莫容，丈夫豈合哭途窮？梁鴻若覓傭舂廡，君是吴興皋伯通。

稼圃生涯我不如，陶猗福慧亦從渠。山林經濟如堪學，但乞先秦種樹書。

半生落魄笑詩狂，知己惟應祝杜康。聞説君家饒美醖，便須老向箬溪傍。

德義同心即好逑，由來仙佛亦風流。玠庵和尚真饒舌，要與陳雷作蹇修。

坦腹王郎未是奇，向平累遣即舒眉。只愁練布牽無犬，輸卻當年吴隱之。

仙乞詩聯鬼乞文，年來怪事劇驚人。若教樽酒同君論，只恐風霆走百神。

晨夕南村事若何？素心一個即爲多。陶公不是欺人語，試看孤松擁薜蘿。

【校】

〔一〕「十」，静嘉堂本作「六」。

〔二〕「無」，静嘉堂本作「立」。

〔三〕「天」，静嘉堂本作「山」。

【箋】

此詩採自《前身散見集》己酉年，静嘉堂本《圃庵詩集》己酉卷收第二、三、四、五、九、十首，詩題作

「答朱年兄六首」。己酉，即康熙八年（一六六九）。此詩亦當作於黃周星居長興之時。朱年兄即朱升，見本卷《過長興朱年兄白溪山莊賦八首》箋。

留别嘉善孫君八[二]首

武水經過二十年，畸孤流寓愧高賢。韓翃未必長貧賤，難得逢君世外緣。

槐柯埳井酷炎涼，高屋群兒盡可傷。若向此中論縞紵，只應君是魯靈光。

神仙才鬼杳難求，只在君家屋角頭。異夢幾回勞囑咐，秋來須訪五層樓。

尋常鷄黍未須誇，醉别頻看燭影斜。莫遣七無居士見，便嗔我輩太豪華。

草堂詩酒幾追陪，不飲坡翁亦快哉。臨别相期還掃榻，丁寧徐孺好重來。

素心古道照生平，風雨如何得變更。自是君能容直諒，不教人怪左丘明。

朗陵長社重鄉邦，天爵優餘澤自長。莫歎雲亭今寂寞，他年袍笏會盈牀。

向平婚嫁不須論，日日攢眉吏打門。安得與君遊五嶽，羲皇懷葛共晨昏。

【校】

〔一〕「八」，静嘉堂本作「四」。

【箋】

此八首採自《前身散見集》己酉年，静嘉堂本《圃庵詩集》己酉卷收第三、四、五、六首，詩題作「留别嘉善孫君四首」。己酉即康熙八年（一六六九）。本年四月，黄周星由嘉善移居湖州長興。

移家長興舟中口占

鴛水苕溪道路分，今朝移棹入斜曛。兒童未識青山面，錯認高峰是碧雲。

【箋】

此首採自《前身散見集》己酉年，静嘉堂本《圃庵詩集》己酉卷亦收。己酉即康熙八年（一六六九）。

此詩亦當作於黄周星搬離嘉善時。

與朱子同宿岕山憶癸酉秋曾於京邸連牀余次日即聞得雋[一]之報

四十年前曾共榻，今朝重見[二]岕山中。鳥聲木蔭歡無限，笑煞泥金帖子紅。

【校】

〔一〕「雋」，原作「售」，據静嘉堂本改。

〔二〕「見」，静嘉堂本作「卧」。

【箋】

此首採自《前身散見集》己酉年，静嘉堂本《圃庵詩集》己酉卷亦收。己酉，即康熙八年（一六六九）。岕山，在長興。朱子即朱升，黄周星同榜舉人，見本卷《過長興朱年兄白溪山莊賦八首》箋。

有故人[一]以墨罷官索人贈詩因戲爲十二[二]絶慰之

無官漫説一身輕，寵辱由來未足驚。贏得遨頭稱太守，萬年茗水有聲名。

高才十九歎官卑，及第孤魂事更悲。多少詩人終刺史，可知刺史慣妨詩。

衢謡輿誦不須論，知己還應重感恩。留得蘋州文一卷，争看桃李在公門。

詞人只合鳳凰池，何事褰帷羨一麾。縱使還君二千石，也應羞説峴山碑。

自古文章與命仇，幾人富貴復風流。溪山花月能消福，便是官清也合休。

依然蠹繭一寒儒，枉惹詩逋共酒逋。何似廣陵幽巷裏，繡窗盡日對樗蒲。

會稽衣繡有光輝，轉盼咸陽又布衣。王不留行休餉客，餉君須用蜀當歸。

昔年四壁歎相如，晝錦惟期駟馬車。不信宦成仍仰屋，何時修竹到吾廬。

漫羨〔三〕杭州與越州，青山緑水古諸侯。歸家若作江南憶，春夢應迷韻海樓。

梁園賓客動如雲，此日何曾見一人？慚愧貧交能入夢，扁舟猶得拜清塵。相見時言夜來正夢余至。〔四〕

白衣蒼狗滿虛空，得喪須臾似夢中。若向剡溪呼好友，虬髯何處弔秋風？

騷壇酒社莫教停，珍重江湖有客星。芍藥春風依舊好，何妨重醉木蘭亭。

【校】

〔一〕「有故人」，静嘉堂本作「吴園次」。

〔二〕「十二」，静嘉堂本作「十」。

〔三〕「羨」，静嘉堂本作「説」。

〔四〕静嘉堂本無此小注。

【箋】

此詩採自《前身散見集》己酉年，《圃庵詩集》己酉卷收第三、四、五、六、七、八、九、十首，詩題作「吴園次以墨罷官索人贈詩因戲爲十絶慰之」。己酉爲康熙八年（一六六九）。此故人爲吴園次，即吴綺（一六一九—一六九四），字園次，一字豐南，號綺園，又號聽翁，江都（今江蘇省揚州市江都區）人。清代詞人。順治十一年（一六五四）貢生，曾任湖州知府，後失官，再未出仕。本年吴綺罷官，黄周星作詩慰之。

余將有事填詞故人許以百種雜劇相贈戲爲四絶索之

罷官贏得五車書，我輩元應飽蠹魚。風雅讓君稱獨步，乞分卮稗到三餘。

鸞箋鳳誥璨星雲，貧賤何由播大文。好製新聲三四闋，千秋也得醉紅裙。

寶劍輕裘未足奇，借書那得笑三癡。若將院本輕〔一〕囊授，便是貧兒暴富時。

風流太守老騷壇，萬卷嫏環有底難。莫惜塵編輕簡贈，譬如安邑餽豬肝。

【校】

〔一〕「輕」，據静嘉堂本改作「傾」。

【箋】

此首採自《前身散見集》己酉年，静嘉堂本《圃庵詩集》己酉卷亦收。己酉爲康熙八年（一六六九）。

據詩中「罷官贏得五車書」「風流太守老騷壇」句，知此故人是吴綺。吴綺，見本卷《有故人以墨罷官索人贈詩因戲爲十二絶慰之》箋。

九日始見庭中桂花

東籬不比小山幽，誰把寒香著意留？自是花天同醉夢，錯將重九作中秋。

【箋】

此詩采自《前身散見集》己酉卷，静嘉堂本《圃庵詩集》己酉卷亦收。己酉，即康熙八年（一六六九）。據詩題，當作於本年重陽。

有盱江一公上人以吹萎草一帙見貽舉孔孟顔曾輩爲拈頌數則題曰聖鏡在兹戲爲四〔一〕絶答之

數行拈頌墨淋漓，聖鏡元來卻在兹。珍重吾師千古意，重提秃管寫鬚眉。

三教曾分日月星，都來晝夜放光明。若將皎日中天照，只恐蟾輝未敢争。

誰將孔子〔二〕稱菩薩，更把顔淵號月光。自有廬山真面目，何勞金碧漫添妝。

教人爲善休爲惡，三教殊途只此同。不用援儒來入墨，大家各自整門風。

【校】

〔一〕「四」，静嘉堂本作「三」。

〔二〕「子」，静嘉堂本作「聖」。

【箋】

此詩採自《前身散見集》己酉年，静嘉堂本《圃庵詩集》己酉卷收第二、三、四首。己酉，即康熙八年（一六六九）。

雪中過南潯口占

白滿溪山盡是詩，扁舟恰向雪中移。不須更看王維畫，正是寒江獨釣時。

【箋】

此詩採自静嘉堂本《圃庵詩集》己酉卷，不見於他本。己酉即康熙八年（一六六九）。本年冬，黄周星曾冒雪至南潯，遂有此詩。

雨窗偶占

門掩春寒雨脚斜，參差梅萼半泥沙。推窗何處生詩興，水面朱魚唼落花。

【箋】

此詩採自静嘉堂本《圃庵詩集》己酉卷，不見於他本。己酉，即康熙八年（一六六九）。

題嘉興屠園五首

屠家別墅壓城東，勝地名流兩不空。何似衡山文待詔，停雲館在法書中。

乾坤何處不滄桑，煙雨樓空悵夕陽。留得君家臺榭在，巋然猶是魯靈光。

誰將富貴傲神仙，古木修篁別有天。占得煙霞三十畝，絕勝金谷與平泉。

積金積德總難論，惟有文章萬古存。試向讀書臺上望，野王何事問兒孫。

繞榻圖書繞屋梅，輞川唱和只王裴。板橋未必丸泥隔，自是忙人不肯來。

【箋】此詩採自静嘉堂本《圃庵詩集》己酉卷，不見於他本。己酉，即康熙八年（一六六九）。本年，黄周星曾過嘉興居園，遂有此作。

閲小史王翹兒事有感

掩蓋紅顔絶世功，錢塘月下哭英雄。終將一死酬知己，不愧荆高烈士風。

【箋】此詩採自静嘉堂本《圃庵詩集》己酉卷，不見於他本。己酉，即康熙八年（一六六九）。

過吴門喜晤尤侗十首

雲龍時地每〔一〕難同，千古才人恨不窮。踏破吴門知幾度，今朝喜得見尤侗。

疇昔曾過沈旭輪，欲招二子共琴樽。無端交臂輕相失，二十年來惱夢魂。

一編雜俎出西堂，異錦明珠字字香。著述近來知更富，青天萬丈吐[二]光芒。

遭際依稀似長卿，玉堂金馬竟何憑。尚書筆札終須給，留取他年拜茂陵。

科名李杜未應[三]難，夢醒松風早去官。翻恨盧龍多一出，如君何不[四]鵕鸃冠。

盛名坎壈苦風塵，我看君家似不貧。酌酒著書婚嫁畢，天生福慧大文人。

文人無貌古來訛，富貴文章俊偉多。巨顙豐頤眸更炯，如君豈合老煙蘿。

論文那有庾開府，作賦應無杜拾遺。今日逢君須唱和，莫輪裴迪與王維。

蘭苕翡翠競喧啾，五嶽嵯峨海自流。傖豎紛紛何足數？只應我輩共千秋。

秋波一轉有奇文，那許東鄰浪效顰。縱使三毫〔五〕添頰上，應愁婢子學夫人。

【校】

〔一〕「每」，咸豐本作「美」。

〔二〕「吐」，靜嘉堂本作「看」。

〔三〕「未應」，靜嘉堂本作「豈云」。

〔四〕「不」，靜嘉堂本作「必」。

〔五〕「毫」，靜嘉堂本作「毛」。

【箋】

此詩採自《前身散見集》庚戌年。咸豐本僅收第一首，題作「書箑頭贈尤展成（十首存一）」。靜嘉堂本《圃庵詩集》庚戌卷收第一、三、四、五、八、十首共六首，題作「過吳門喜晤尤君展成六首」。庚戌即康熙九年（一六七〇）。據詩題，此詩當作於本年黃周星遊蘇州時。尤侗，見卷二《題尤展成水亭垂釣圖》箋。尤侗有回贈詩《白門黃九煙先輩貽詩十首口號答之八首》和《答黃九煙》書，從《答黃九煙》書中可見，黃周星此十首詩確實如咸豐本詩題所言是寫在扇面上的。尤侗《艮齋雜説》（康熙間刻《西堂全集》本）卷五：「予與九煙初不相識，一旦貽詩十絶，其首云：『雲龍時地每難同，千古才人恨不窮。踏遍吳門知幾度，今朝始得見尤侗。』見者訝之，予曰：『無異也。唐人詩題皆名而不字，即子美詩「白也詩無敵」，太白詩「飯顆山頭逢杜甫」，可知今人少所見多所怪耳。』因答八首，其末云：『遲我談心二十年，衆人欲殺爾猶憐。從今相樂還相泣，慷慨悲歌黃九煙。』或問：『黃先生名君，而君字黃先生，何也？』予笑曰：『且讓前輩。』」王士禛《分甘餘話》（中華書局一九八九年版）卷二「直呼名」條：「廣平張蓋字覆輿，申鳧盟涵光友也，常有贈申一絕句云：『草澤賢豪盡上書，奎章閣外即公車。我同漁父因衰老，獨有涵光是隱居。』金陵黃周星九煙，明末進士也，贈長洲尤悔庵云『今朝喜得見尤侗』，皆直呼其名。此以古道自處，故以古道待其友，非知己之深者不能也，俗人且以爲倨傲無禮矣。明鹽山王忠肅公（翺）官太宰，滄州馬恭襄公（昂）官大司馬，忠肅在朝，每面呼其名，此尤古道之不易行者，又非詩文之比。」王士禛、張宗柟輯《帶經堂詩話》卷十七《稱謂》、吳仰賢輯《小匏庵詩話》卷三亦論及此事。

吳〔一〕門有郭校書茱萸之名而異之因爲口號六〔二〕首以應友人之索

伊人誰爲錫嘉名，韻事都〔三〕從九日生。想到登高酬詠處，東籬秀色敢相爭。

遠信昔聞封豆蔻，新詩今見賦茱萸。春風桃李知多少，秋實還能似爾無？

翰墨風流羨右軍，臨川何處少鵝群。茱萸亭上能乘興，不數羊家白練裙。

勝事當年説〔四〕輞川，王裴佳句至今傳。行吟若到茱萸沜，文杏辛夷不值錢。

隨堤芍藥笑春風，十載青樓似夢中。若向茱萸灣畔宿，酒壚那得少黄公？

靈均底事歎椒蘭？只爲芳馨暗裏殘。充得佩幃元自好，莫將蕭艾與同看。

【校】

〔一〕静嘉堂本「吴」前有「聞」字。

〔二〕「六」，静嘉堂本作「五」。

〔三〕「都」，静嘉堂本作「多」。

〔四〕「説」，静嘉堂本作「祝」。

【箋】

此詩採自《前身散見集》庚戌年。静嘉堂本《圃庵詩集》庚戌卷收第一、二、三、四、六首共五首。庚戌，即康熙九年（一六七〇）。本詩亦作於本年遊蘇州之時。

遊鄧尉玄墓二山

深山金碧駭招提，雲際峰高塔影低〔一〕。六里梅花天一角，遊人不信勝西溪。

【校】

〔一〕「低」，静嘉堂本作「底」，旁有小字改爲「低」。

【箋】

此詩採自《前身散見集》庚戌年，静嘉堂本《圃庵詩集》庚戌卷亦收。庚戌，即康熙九年（一六七〇）。《前身散見集》康熙九年庚戌卷首：「屢過嘉興、蘇州。」則本詩當作於遊蘇州之時。鄧尉、玄墓二山，皆在蘇州。

余己丑曾祈夢於于忠肅公祠有嘉定縣三字每思過其地不得至己酉春嘉善孫君忽頻夢其先人告語會〔一〕同余往五層樓孫君叩五層樓安在則云在嘉定因益思過其地亦卒卒未果今庚戌二〔二〕月有中州年家吴君過潯南余偶述斯語吴君遂慨〔三〕然命棹招余偕往至嘉定南郊之張氏園中果得睹所謂五層樓者深爲喜慰然一無所遇也漫爲三〔四〕絶志〔五〕之

仙真指點費參求，夢繞畱城二十秋。訪遍世人都不識，誰知果有五層樓。

今朝喜見五層樓，應有仙真在上頭。何意聲容俱寂寞，麗譙千尺枉添愁。

廿年空想五層樓，咫尺花溪似十洲。誰共尋詩兼載酒，元龍湖海有扁舟。

【校】

〔一〕「會」，静嘉堂本作「令」。

〔二〕「二」，静嘉堂本作「十」。

〔三〕「遂慨」，静嘉堂本作「欣」。

〔四〕「三」，静嘉堂本作「二」。

〔五〕「志」，静嘉堂本作「識」。

【箋】

此詩採自《前身散見集》庚戌年，静嘉堂本《圃庵詩集》庚戌卷收第一、二首。庚戌，即康熙九年（一六七〇）。嘉定，今上海市嘉定區。據詩題，本年二月（依静嘉堂本則爲十月），中州吴孳昌過南潯相訪，二人又赴嘉定南郊之張氏園，黄周星遂有此作。吴孳昌，見本卷《苕溪遇中州吴年兄賦贈六首》箋。

吴君以羊裘贈李生生〔一〕欲易其美人圖戲爲一絶致之

畫裏宫娥勝玉真，桐江煙雨漫垂綸。客星雖好誰爲伴？願把羊裘换美人。

【校】

〔一〕静嘉堂本僅有一「生」字。

【箋】

此詩採自《前身散見集》庚戌年，静嘉堂本《圃庵詩集》庚戌卷亦收。庚戌，即康熙九年（一六七〇）。

此吴君爲吴孳昌，見本卷《苕溪遇中州吴年兄賦贈六首》箋。

偶以覓居入人家見兩美人而歎之二首[一]

酷似江東大小喬，縱[二]無珠翠也妖嬈。若教賜浴温泉水，粉膩脂香玉兩條。

湘竹娥英對倚簾，林風閨秀似鶼鶼。家常妝束渾閒事，難得凌波一樣纖。

【校】

〔一〕康熙本題作「無題」。道光本、咸豐本題作「無題二首」。静嘉堂本題作「友人客遊見兩美人而歎索贈一首」。

〔二〕「縱」，康熙本作「總」。

【箋】

此詩採自《前身散見集》庚戌年，康熙本、道光本、咸豐本亦收。静嘉堂本《圃庵詩集》庚戌卷僅收第二首。庚戌，即康熙九年（一六七〇）。本年黄周星於南潯覓宅時，見兩美人歎而有詩。

爲吴門袁孝子題吴母節壽卷二首

瞰日當心八十年，已無紅淚到窮泉。滄桑變盡人民改，惟有貞嫠不二天。

文章節義久成灰，馬角烏頭盡可哀。此日爲君歌節孝，只如皋羽哭西臺。

【箋】

此詩採自静嘉堂本《圃庵詩集》庚戌卷，不見於他本。庚戌，即康熙九年（一六七〇）。本詩亦作於本年遊蘇州之時。

遊支硎山

家常巖壑即奇觀，士女籃輿到不難。行入寒山清絶處，滿山水石一時寒。

【箋】

此詩採自静嘉堂本《圃庵詩集》庚戌卷，不見於他本。庚戌，即康熙九年（一六七〇）。支硎山在江蘇省蘇州市西郊，以東晉高士支遁（號支硎）得名，又名觀音山。本詩亦作於黄周星本年遊蘇州之時。

與友人話舊追憶首夏村莊者牡丹感賦

群玉山頭百寶欄，風流富貴古來難。平泉金谷知多少，不及村莊好牡丹。
煙雲甲第劇繁華，也是三吴韋杜家。緑怨紅愁都莫説，只應飽看牡丹花。

【箋】此詩採自静嘉堂本《圃庵詩集》庚戌卷，不見於他本。庚戌，即康熙九年（一六七〇）。

歎息

繡虎雕龍浪得名，吟風弄月酷鍾情。如何頑福無些子，歎息聲中過一生。

【箋】此詩採自静嘉堂本《圃庵詩集》庚戌卷，不見於他本。庚戌，即康熙九年（一六七〇）。

從月函上人乞竹

一片秋聲午夢殘，萬條緑玉傍人寒。從君乞取緣何事，欲向江頭把釣竿。

【箋】此詩不見於黄周星諸集，採自周慶雲《南潯志》（民國十一年刻本）卷四十九集詩二「黄周星」部分。月函上人即南潯董説，見卷二《與長沙同年陶汝鼐别三十年矣一歲之中輒數見夢庚戌春日偶從月函上人處得見所寄月公詩札甚喜即次其扇頭韻和之》箋。康熙九年（一六七〇）黄周星與董説相識，則詩當作於本年後。

元旦之夕夢斬鵂鶹一頭其長如人欲以爲炙啖之

周公詠罷斧斨殘，漢殿年年賜百官。料得凶妖今貫滿，故教霜刃佐盤餐。

【箋】此詩採自静嘉堂本《圃庵詩集》辛亥卷，不見於他本。辛亥，即康熙十年（一六七一）。本年元旦之夜夢斬鵂鶹頭，遂有此作。

寄寧鄉陶年兄十二首

過眼煙雲四十年，明經復共孝廉船。看花走馬猶如昨，不道桑濤遂各天。

美人明月恨荊吴，咫尺江山萬里圖。惟有夢魂如健鶻，等閒飛度洞庭湖。

四海論交意氣新，文章道誼孰疏親。愛君一語良非謬，年譜中間骨肉人。

長沙望斷雁南翔，中有情人老□〔一〕觴。莫道瀟湘天外隔，瀟湘只在枕函旁。

浪傳繫獄更遭鞭，多是三生夙業緣。我若幸超評論外，□〔二〕蟠争似黨人賢。

猶憶湘中苦由餘，無端鬼蜮競張弧。勞君一矢聊城札，今日群凶得在無。

骨性生來不受憐，于今孤硬倍當年。阿誰寄與吾兄道，箇是傳神黄九煙。

髟鬞□〔三〕天羡赤髭，逃禪我亦漫追隨。可知世上奇男子，不對高僧未是奇。

賣文教授幾春秋，棲遍吴山越水頭。説到繁華渾似夢，客星元不犯揚州。

詞欲驚天句泣神，曖昧車斗笑離群。近來怪事人知否，仙乞詩聯鬼乞文。

四十年前名共噪，五千里外病同憐。此生若得重相見，真似微之對樂天。

異人許我楚城遊，準擬逢君黄鶴樓。三十年來兩雙淚，只應匯作漢江流。

【校】

〔一〕静嘉堂本此處有一墨釘，旁有佚名的手寫小字「舉」。

〔二〕静嘉堂本此處有一墨釘，旁有佚名的一個手寫小字，然無法辨識。

〔三〕静嘉堂本此處有一墨釘，旁有佚名的手寫小字「號」。

【箋】此詩採自静嘉堂本《圃庵詩集》辛亥卷，不見於他本。辛亥，即康熙十年（一六七一）。寧鄉陶年兄，即黄周星老友陶汝鼐，見卷二《與長沙同年陶汝鼐别三十年矣一歲之中輒數見夢庚戌春日偶從月函上人處得見所寄月公詩札甚喜即次其扇頭韻和之》箋。

登太湖射鶚山

石浪鱗鱗滿釣灣，湖光如鏡半迴環。雄圖黯色歸何處，此地猶傳射鶚山。

【箋】此詩採自静嘉堂本《圃庵詩集》辛亥卷，不見於他本。辛亥，即康熙十年（一六七一）。本年黄周星於蘇州洞庭東山登射鶚山，遂有此作。

夏日晝卧緑窗下即事戲詠二首

羸得貧家緑滿天，豆棚瓜架總翛然。若教視草鑾坡裏，那得南窗一覺眠。

兒喧女鬧太憎生，午夢蘧蘧那得成。猶勝鄰翁多伯道，空將黃葉望啼聲。

【箋】此詩採自靜嘉堂本《圓庵詩集》辛亥卷，不見於他本。辛亥，即康熙十年（一六七一）。據詩題、詩意，此詩當作於南潯夏日家居之際。

閒庭枯坐秋風颯然因〔一〕忽憶昔年公車時過兗州新嘉驛覓壁間女子詩不得乃見李小有詩云有才無命老秋風錦字銷亡淚墨空我亦十年塵土面總來無分碧紗籠蓋小有下第南歸時亦覓女子詩不得而題壁者也長吟數四不覺潸然感而和之

文章幾度弔秋風，碎玉遺香夢亦空。若使驊騮悲阜棧，何殊鸚鵡殉雕籠。

【校】

〔一〕咸豐本無「因」字。

【箋】

此詩採自静嘉堂本《圃庵詩集》辛亥卷，咸豐本、晚清楊淩霄搜選本《前身集》亦收。《前身集》題作「憶過新嘉驛覓會稽女子詩不得追和壁間李小有韻附元韻」。辛亥，即康熙十年（一六七一）。崇禎六年（一六三三）春，黄周星由金陵赴京應鄉試，過濟寧兗州新嘉驛，覓壁間女子詩不得，乃見李小有詩。詩云：「有才無命老秋風，錦字銷亡淚墨空。我亦十年塵土面，總來無分碧紗籠。」康熙十年（一六七一）秋，黄周星回憶昔年所見李小有之題壁詩，遂有此作。李小有（一五八八—一六五七），名長科，一名盤，安徽淮南人。明末清初詩人、醫學家，有《李小有詩紀》。

壽武林徐君七十二首六月一日生，與楊妃誕辰同。

亦似維摩亦謫仙，書淫史癖總堪傳。莫言杖國稱耆舊，名士風流即妙年。

江山風月許平分，白雁樓霏五色雲。占斷西湖文字福，頑仙才鬼總輸君。

才色偏難福慧齊，玉環遺恨是峨眉。君今同誕非同壽，贏得千秋詠荔枝。

【箋】此詩採自静嘉堂本《圃庵詩集》辛亥卷，不見於他本。辛亥，即康熙十年（一六七一）。據詩題、詩注，詩當作於六月一日或稍前，時黄周星或在杭州。

偶於客座逢一士初未識余及私詢知之即驚喜頂禮自詫奇遇云慕余有年曾向人借余著作暑夜手抄一目幾眇余悚然異之叩其姓字則嘉興姚淑臣也感詠三首

相思十載歎調飢，乍見疑逢寶筏歸。即此好賢千古少，漫誇杕杜與緇衣。

借觀抄讀總艱難，真作貧兒暴富看。有底文章驚海内，累君幾著杜欽冠。

文章自古少鍾期，猶記虞翻語絶悲。知己一人堪不恨，□今幸已一人知。

【箋】此詩採自静嘉堂本《圃庵詩集》辛亥卷，不見於他本。辛亥，即康熙十年（一六七一）。

夜被穿窬罄取室中之藏而去

春去曾遭胠篋客，秋來又遇穴阫兒。青氊舊物偷都盡，如此奇窮也太奇。

【箋】此詩採自静嘉堂本《圃庵詩集》辛亥卷，不見於他本。辛亥，即康熙十年（一六七一）。本年秋夜有小偷鑿牆偷盗，黄周星遂有此作。

次日手自塞穿窬之穴笑詠一絶

斷鼇煉日元無術，補衮調羹豈有才。好續昌黎《圬者傳》，且將十指弄泥坏。

【箋】此詩採自静嘉堂本《圃庵詩集》辛亥卷，不見於他本。辛亥，即康熙十年（一六七一）。被盗次日，黄周星親自修補盗洞，遂有此作。「昌黎《圬者傳》」指唐代韓愈爲泥瓦匠所作的《圬者王承福傳》。

辛亥秋杪偶過太湖東山晤吴翁二君皆驚喜歎慕言五十年前即知余名又數日過盛川晤許君云公今年六十一吾慕公已五十三年矣蓋余童時頗有雕蟲之譽也亦感詠三首

何物兒童浪竊名，塗鴉畫荻太憨生。無端賺得時人想，五十餘年夢未成。

閱盡譏讒與怪嗔，浮名坎壈〔一〕日纏身。誰知痂歠多奇嗜，卻在湖山世外人。

由來富貴愛癡愚，偏是香名惹臭帑。怪底吾生頑福少，可知强半此銷除。

【校】

〔一〕「壈」，原作「凜」，誤。

【箋】

此詩採自静嘉堂本《圃庵詩集》辛亥卷，不見於他本。辛亥，即康熙十年（一六七一）。本年暮秋，黄周星於蘇州洞庭東山晤吴、翁二君，又於盛川晤許君，遂有此作。

游君貽余一札中有二語云碧翁終不瞽未許蟪蛄知余讀而喜之後詢游君此出何人之詩游君云此即公乙巳歲暮感懷詩也余乃竟忘之矣不覺嗟異久之

碧翁未許蟪蛄知，疑是誰人絶妙詞。笑殺比來懷抱惡，自家不識自家詩。

【箋】此詩採自静嘉堂本《圃庵詩集》辛亥卷，不見於他本。辛亥，即康熙十年（一六七一）。

夢陶參公醒來口占一絶

乾坤吴楚半蒿萊，日落人間盡可哀。此夜洞庭千里月，不知我去是君來。

【箋】此詩採自咸豐本卷一，光緒本亦收，亦見於《寄陶參公》文中。陶參公，即陶汝鼐，見卷二《與長沙同年陶汝鼐别三十年矣一歲之中輒數見夢庚戌春日偶從月函上人處得見所寄月公詩札甚喜即次其扇頭韻和之》箋。康熙十一年（一六七二）黄周星與陶汝鼐有書信往還，本詩亦作於此際。

既爲長歌復繫以一絶〔一〕

千秋大雅〔二〕孰扶輪？萬丈文光自有神。好把一編傳不朽，驚天泣鬼與移人。

此余癸丑冬所詠也。初欲名爲「詩貫」，復改爲「詩别」，後以泗濱戚子緩耳珅言，遂定名「詩快」云。〔三〕

【校】

〔一〕道光本題作「既爲長歌復繫以一絶句」，咸豐本題作「余欲選詩既爲長歌復繫以一絶」，光緒本題作「選唐詩快既爲長歌復繫以一絶句」。

〔二〕「雅」，道光本、咸豐本、光緒本作「業」。

〔三〕道光本下有「九煙自識」四字，咸豐本此注置於「余嘗欲評選古今人詩自葩騷而外釐爲三集一曰驚天一曰泣鬼一曰移人而總名曰詩貫先以一詩識之」詩後，且無「珅」字。光緒本置於題目之下。

【箋】

此詩採自康熙書帶草堂本《唐詩快》，道光本、咸豐本、光緒本亦收。據詩後有作者注云「此余癸丑冬所詠也」，則本詩作於康熙十二年癸丑（一六七三）。本年冬，黄周星始編唐詩選集《詩快》，遂有此作。據詩注，此唐詩選集先名爲「詩貫」，復名爲「詩别」，後依戚珅定名爲「詩快」。戚珅，見卷二《六月廿五夜夢戚珥》箋。

又一絶句

自古詩人愛夕陽，夕陽佳句滿縑緗。我今收拾懸霄壤〔一〕，好與天爭日月光。

【校】

〔一〕「壤」，咸豐本作「漢」。

【箋】

此詩採自康熙書帶草堂本《唐詩快》，道光本、咸豐本、光緒本亦收，咸豐本題作「夕陽詩」，光緒本題作「夕陽」。黄周星曾欲輯古今人詩句中有夕陽字者爲《夕陽集》，《唐詩快》將此詩與五言長歌《夕陽詩》附於《既爲長歌復繫以一絶》之後，或亦作於康熙十二年癸丑（一六七三）。

將園十勝

竹徑三亭

亭小者曰「寒翠」，曰「碧鮮」，大者曰「造詠」，俱在萬竹林中。一望修篁戛雲，琅玕粟粟，不數渭川千畝。

千户侯封笑渭濱，萬條寒玉壓湘筠。王猷莫但憑疏傲，看竹先須拜主人。

羅浮嶺

在竹徑之北，上下四旁皆古梅，繞屋三百樹，詎足云多？正恐趙師雄未夢見在。

紅滿層崖緑滿溪，美人高士到還迷。六宫粉黛多如許，羞殺孤山處士妻。

鬱越堂

鬱單越洲，有自然衣食，宫殿隨身，堂名義蓋取此。因稍更袁石公句，爲聯懸堂中云：「笑看東震旦，坐撫北俱盧。」俱盧洲〔二〕，即鬱單越也。

恨不身生鬱越洲，化宫衣食足優游。而今別有花天地，誰復埋憂與寄愁。

至樂湖

大可二十畝，天光雲影，恍然一碧萬頃。莊叟《至樂》篇，故與秋水濠上相接，因以名之。

至樂人間無有哉，誰知杯海眼中開。鷗天魚國相終古，此外何人更往來。

醉虹堤　飲練橋　枕秋亭

堤在湖中，而橋適當堤之半，橋上爲亭，坐亭中四顧湖光，真〔二〕身在水晶壺、玻璃國也。沿堤兩畔〔三〕，桃柳芙蓉相間，而垂楊尤多，絲絲拂波，緑煙如織，一望令人銷魂〔四〕。

長虹飲練枕高秋，總〔五〕是愁人也破愁。更把柳絲收拾盡，争教張緒不風流。

吞夢樓　忘天樓

兩樓東西並峙，面俱臨湖，巃嵸軒豁，不讓柏梁建章。登斯樓，則心曠神怡，如岳陽之瞰洞庭矣。昔云仙人好樓居，今則美人居之。仙之與美，一耶？二耶？「吞夢」，取長卿《子虛賦》中語。「忘天」，取淵明「重觴忽忘天」之句。

俯吞雲夢仰忘天，也住名姝也住仙。姑射元無脂粉氣，笑他金屋俗嬋娟。

蜺高臺一名無雲

在兩樓之中，因山爲臺，臺上平曠如席，縱横各十丈。其南有短垣如女牆，其北有屋三楹。屋畔大槐一本，左右交蔭，有古藤縈繞其間。臺下甃石爲門，空洞〔六〕如城闉。南北徑數十步，與長堤相嚮。當盛夏熇溽時，晝則納凉於城闉，夜則酌月於臺上，不知三伏炎蒸之有無也。「蜺高」，蓋取龍漢劫前之義。昔漢宫有通天臺，又有俯月臺，下臨影娥池，兹臺其兼之乎！

萬古千秋見此臺，通天俯月想崔嵬。茂陵富貴今何在？贏得山人日舉杯。

一點亭　蠡盤

一點亭在湖東，彷彿太虚一點耳。蠡盤在湖西，波光淼淼，宛在中央。絶類舼艦〔七〕，非艇子不能飛渡也。此二區居内外之界，賓客美人皆可遊，若碧筩銷暑，則專爲美人讌集之所。登樓倚檻，晶簾四垂，解衣盤礴，縱横枕藉。醉鄉也，睡鄉也，温柔鄉也，庶幾兼三者而有之。「蠡」與「螺」同，劉夢得《君山詩》云「白銀盤裏一青螺」，義蓋取此。或曰：「此與五湖扁舟何異？」意者如范少伯之盤桓乎？亦無不可。

一點孤亭對蠡盤，樓船高處足憑欄。花房酒肆堪成道，莫作情癡秘戲看。

百花村

在兩樓之後及左右，遍植名花異卉，殆無間〔八〕隙。萬紫千紅，四時不絶，爲美人遊賞之所。其中亦有亭子數處，大抵各以其花名之，而最著者，爲海棠、牡丹、荔支、扶桑云。

衆香國裏朝臣妾，萬緑天〔九〕中長子孫。縱使乾坤終混沌，也須還我百花村。

花神祠閣

在羅浮嶺之北，百花村之東南，閣中置木主，以奉祀百花之神，如東皇、封姨亦與焉。兩傍配以歷代之才子美人，如司馬長卿、卓文君、秦嘉、徐淑之屬。每歲時及花朝誕辰，命美人設果醴致祭，或〔一〇〕歌新詩以侑之。

啼紅怨緑費相思，報答春光藉一卮。從此香魂歆肸蠁，詞人休賦落花詩。

【校】

〔一〕光緒本無「洲」字。

〔二〕「真」，咸豐本作「直如」，光緒本作「如」。
〔三〕「畔」，咸豐本作「岸」。
〔四〕「銷魂」，咸豐本作「魂銷」。
〔五〕「總」，咸豐本作「縱」。
〔六〕「空洞」，咸豐本作「洞穴」。
〔七〕「艦」，咸豐本作「檻」。
〔八〕「間」，咸豐本作「閒」。
〔九〕「天」，《昭代叢書》本、道光本、咸豐本、光緒本作「叢」。
〔一〇〕咸豐本無「或」字。

【箋】

此詩採自康熙本，《昭代叢書》本、道光本、咸豐本、光緒本亦收。據黄周星《仙乩紀略》文中所云「余之將就兩園，經始於庚戌之冬，落成於甲寅之春」，則《將就園記》開始創作於康熙九年庚戌（一六七〇），成稿於康熙十三年甲寅（一六七四）。則本詩當作於康熙十三年（一六七四）。

就園十勝

萬松谷

谷可徑二里許，一望古松參天，皆老龍怒虬鱗爪也。昔人之五大夫、七處士，寥落已甚，若杜牧之賦中所云「數十株切切交峙，如冠劍大臣，庭立而議」，亦豈能如是之多乎？中有「不封亭」「白眼庵」「寒知道院」。

老盡蒼龍鱗甲身，攫拏〔一〕千尺豈無神？縱教風雨群飛去，到底還皈學道人。

華胥堂

昔軒皇夢遊華胥，二十八年而天下大治。此特夢耳，今則實有之矣。登斯堂也，何難白日到羲皇乎？因題一聯其上云：「長離廣乘之境，無懷葛天之民。」願與素心古道之我友共之。

羲皇六月睡蘧蘧，不問周歟共〔二〕蝶歟。軒后夢遊誰作證，如今真個是華胥。

十八曲山澗亭館

武夷九曲，曲曲通舟，溪山亦云奇矣，而吾園則更倍之。亭有六，館有四，皆天開異境也。不欲別立名者，以名之妙無加於曲也，即以曲之次第呼之可矣。

溪流如遥石如門，峭壁巃嵸[三]樾館屯。九曲曲中還九曲，武夷何處傲兒孫。

就日峰　雲將[四]峰

兩峰在十八曲之盡處，蓋山勢屈盤已極，忽然怒生崛起，如獰龍之奮頭角。東西對峙，高各千尋，登其顛，則園之内外四傍，無不洞矚。東爲「就日峰」，峰前建祠閣以奉義勇闕夫子，而配以歷代節義諸公，如張、許、文、謝之屬，命高僧主其事。西爲「雲將[五]峰」，峰前亦建祠閣以奉純陽吕祖，而配以歷代高士逸民，如張子房、陶淵明、李青蓮、長源之屬[六]，命羽客主其事，歲時各以酒脯致祭焉[七]。

峥嶸相望兩琳宫，天闕驚聞曉夜鐘。看盡塵寰皆蟻垤，萬千峰裏只雙峰。

天生藤橋

兩峰相去數丈，如巨靈之擘太華，終古無有合理。若行者必自踵陟巔，豈不走殺凡夫？妙哉古藤亘空，聯兩峰而爲一，謂非仙迹鬼工，誰其信之？自有此橋，不特〔八〕資羽衲津梁，且關呂二帝師，亦得不時往還，人天樂事，無過於此。

劃斷危崖孰敢〔九〕登，雲龍忽挾霽虹升。石梁鐵鎖多神怪，不及天生一古藤。

挾仙臺 一名狎仙

臺在西峰之巔〔一〇〕，視呂祖祠固咫尺也。神仙之中，豈無聲氣，況其地高寒孤潔，月曉風清之下，定有緱山笙鶴相過，揖〔一一〕浮丘而拍洪厓，固非難事。

揮手高臺俯曙煙，時人仰面只看天。等閒〔一二〕便作蓬瀛會，此地神仙不值錢。

兩丹室

一在東峰之腰，巖壑幽森，碧雲深鎖；一在西峰湯池之畔，池氣蒸煦，隆冬如春。何寒燠之天淵乎？然其爲修真習靜之宇則一也，是宜有〔一三〕道者居之。

池沸丹砂未覺冬，雲寒碧洞暑還空。坎離龍虎休饒舌，只在山房冷暖中。

桃花潭

潭在東峰之後，一泓澄碧，夾岸緗桃，固非凡境，然亦平平無奇耳。奇在隔水之瀑布，銀河九天，練光雷響，令觀者神魂奔悦。若平坡，若釣臺，若石橋，皆藉此瀑以增幽勝。

隔水銀河濺瀑珠，釣臺還伴客星孤。桃花潭水深如許，何物汪倫似此無？

榕林

榕爲散木，然離披偃蹇，垂鬘〔四〕成門，亦異種也。園中得一二已足，況成林乎？

地在萬松谷之東，歲寒不凋，青翠彌望，中有「笑福庵」。

閩粤曾誇榕樹門，鬘纓垂地輒行根。不知何日移來種，輪囷離奇緑滿村。

楓林　柏林

皆在萬松谷之西，中有「霜紅精舍」「鵶舅廬」。秋老紅酣，雲錦爛然，寒山石徑，萬不及一，尤妙在西峰頂上觀之。

秋來富貴勝春華，霜葉分明五色花。好向雙峰高處看，青天一半赤城霞。

【校】

〔一〕「拏」，光緒本作「挐」。

〔二〕「共」，咸豐本、光緒本作「與」。

〔三〕「蘢蓯」，道光本作「龍嵸」。

〔四〕「雲將」，咸豐本、光緒本作「將雲」。

〔五〕「雲將」，咸豐本、光緒本作「將雲」。

〔六〕「屬」，咸豐本作「類」。

〔七〕道光本、咸豐本、光緒本無「焉」字。

〔八〕「特」，光緒本作「得」。

〔九〕「敢」，咸豐本作「可」。

〔一〇〕「巔」，原作「顛」，據咸豐本改。

〔一一〕「揖」，咸豐本作「挹」。

〔一二〕「閒」，光緒本作「間」。

〔一三〕咸豐本「有」字下有「古」字。

〔一四〕「鬘」，道光本作「地」。

【箋】

此詩採自康熙本，《昭代叢書》本、道光本、咸豐本、光緒本亦收。據黃周星《仙乩紀略》文中所云：「余之將就兩園，經始於庚戌之冬，落成於甲寅之春。」則《將就園記》開始創作於康熙九年庚戌（一六七〇），成稿於康熙十三年甲寅（一六七四）。則本詩亦當作於康熙十三年（一六七四）。

仙乩雜詠十二首

鍾山黃周星九煙詠

余於甲寅季冬，既荷桂殿文皇取閱《將就園記》，命天神彷構，改閣製聯。至乙卯孟春，復奉敕編纂《龍沙八百字》，又辱文皇獎賞，詳載兩園《仙乩紀略》及《地仙姓名歌》中。尚有餘緒縷縷，復得絶句如干。

何物區區將就園，空中樓閣夢中緣。無端驚動文昌座，九地平飛上九天。

鑿空杜撰漫成文，正似蜃樓蒼狗雲。蟻國蜂衙兒戲事，敢勞桂殿大將軍。文皇命值殿大將鍾雯詣中海崑崙，依余文構爲兩園。

天上從無凡俗仙，瓊花瑶草盡名篇。竹枝桃葉渾無賴，敢比奇葩世外妍。帝曰：「才子思路如世外奇卉，璀燦鮮妍。」

乘槎博望史能詳，猶道崑崙屬渺茫。今日若非天上語，那知中海在何方。

百萬仙才盡讀書，玉樓簪珮定盈車。蠅聲鼯技吁堪哂，不信天宫反不如。帝曰：「天上修文不能及其萬一。」

峰畔雙祠日月光，好將關吕奉烝嘗。寧知别有烝嘗主，特改三清與玉皇。余就園中有東西兩閣，擬事關帝吕祖者，奉敕特改爲三清、玉帝閣，且命余各作十五字聯句。

牓聯輕重辨分毫，取捨公明藻鑑勞。若使文皇知貢舉，何來才士屈聲高。余初擬作兩聯，奉敕云：「未盡所長。」因復擬兩聯，乃云：「甚佳，准用。」

蒙敕修文未遽修，拜官尚待武夷遊。誰知八百庚申記，早識人間有共由。文皇爲余構園曰：「俟黄子武夷相聚之後，來此永作修文長郎。」又陸子叩地仙姓名時初未識余，而乩已預示云：「尋共由。」共由，非黄字乎？

流離貧賤酷堪哀，贏得虛名動玉臺。試問人間嘲喪狗，何如天上歎奇才？文皇覽余《八百字歌》，輒判曰「奇才、奇才」云。

勞動朱衣對面談，筆花胸錦只生慚。虎溪再笑渾閒事，還約紅林共半酣。朱衣傳法旨云：「黄子筆底生花，心胸錦繡，後日必是紅林半酣間人。」續叩紅林何地？云是龍沙聚會之所，在蓬島間。前取閱《將就園》時，有「虎溪再笑之期，黄子可爲兩園主人」之語。

周天星宿九洲煙，名號分明在眼前。底事庸流偏不識，只因世上少神仙。「周天星宿」「九洲煙水」，皆仙詩中語，蓋六年前預藏余名號者。

兩園崑海已崢嶸，八百龍沙句又成。説與世人惟一笑，人間真個可憐生。

【箋】

此詩採自康熙本，道光本、咸豐本亦收。據詩前小序，此組詩當作於乙卯年，即康熙十四年（一六七五）孟春。黄周星作《仙乩雜詠十二首》，詠其在仙乩中顯示被天帝所賞識，將要飛升之事。道光本此組詩與《仙乩紀略》并收録於「雜著」卷中，咸豐本將之置於《將就園記》附《仙乩紀略》之後。

壽蝕庵詩

東澥西山總不堪，只應稽首向聃曇。皇天老眼今何在？六十年來一蝕庵。

乾坤光岳共茫茫，披髮還應下大荒。牛角歌中過一世，可憐何處望扶桑。

白盤神物嗽天東，誰磔妖蟆寸刃中。蟣蝨賤臣空老大，只如韓愈效盧仝〔一〕。

泣鬼驚天更莫疑，移人人只恐難移。且將四卷《唐詩快》，先寄淵明佐一卮。

【校】

〔一〕「仝」，原作「同」。

【箋】

此詩不見於黄周星諸集，採自清代達受編《寶素室金石書畫編年録》（清刻本）。《寶素室金石書畫編年録》收録此四絶時云：「又得黄九煙先生《壽蝕庵詩》四絶墨迹，及侯君峒曾及其弟岐曾詩翰，皆足爲藝林增重也。」蝕庵，即程守（一六一九—一六八九），字非二，號蝕庵，安徽歙縣人。明末諸生，甲申之變後謝去仕途，性淡薄有操守，書法、繪畫皆奇崛。年七十一而卒。著有《省静堂集》《汰錦詞》。康熙十八年（一六七九）《唐詩快》書成後，黄周星曾以之作爲壽禮，寄予程守，并作《壽蝕庵詩》絶句四首。

解蜕吟十二首

今歲在庚申，余〔一〕年已七十矣，念世事之都非，歎年華之易盡，與其苟活，不如無生。昔傅奕自銘其墓〔二〕曰：「傅奕者，青山白雲人也，以醉死。」余竊〔三〕慕其風，以爲醉死殊勝餓死，但自銘則當曰「詩人黄九煙之墓」耳。似兹含笑而入地，何異厭世而上仙。聊爲解蜕之狂吟，以當獲麟之絶筆。

苦海空過七十年，文章節義總徒然。今朝笑逐罡風去，縱不飛昇也上天。

人間枉自説科名，讀到奇文鬼亦驚。三十年來千斛淚，誰知一事竟無成。

文皇桂殿久臨軒，構得吾家將就園。好去崑崙山頂上，大開天眼看中原。

塵蒙錦繡最堪哀，濁世何人識異才。可惜詩文光萬丈，一齊埋没付蒿萊。

傷心萬事劇紛紜，不欲看來不欲聞。收拾聰明歸去歟，好隨冠珮拜彤雲。

神鬼人兮并地天，仙家五品豈虚傳。但能脱卻紅塵去，莫問神仙與鬼仙。

生平濟困更扶危，積善人言後福宜。不信到頭終草草，吁嗟天道竟何知。

《人天樂》劇《唐詩快》，《百姓》秋波《將就園》。贏得區區傳衆口，滄溟一滴詎堪言。

幾年窮餓寄鷄棲，忍死謀生足慘悽。薇蕨已枯歌亦〔四〕絶，今朝真個是夷齊。

久隨患難有糟糠，一旦分飛黯自傷。膝下依依惟弱女，移家好傍碧衣郎。

半生辛苦爲兒曹，漫説超宗有鳳毛。他日雙珠能照乘，文章門第自然高。

皇天后土心無愧，萬古千秋氣不磨。此去何須生怨恨，江風山月自高歌。

笑蒼道〔五〕人九煙氏草

【校】

〔一〕「余」，《南潯志》作「予」。

〔二〕《南潯志》無「其墓」二字。

〔三〕《南潯志》無「竊」字。

〔四〕「亦」，《南潯志》作「未」。

〔五〕「道」，《南潯志》作「老」。

【箋】

此詩採自康熙本。康熙十九年(一六八〇)五月，黄周星自撰《墓志銘》，書《解蜕吟》十二首、《絶命詞》二章後，投水自盡。周慶雲《南潯志》(民國十一年刻本)卷四十八集詩二、周慶雲《潯溪詩徵》卷三十八收録黄周星《解蜕吟十首(并序)》，未選第七、第八首。

附 杜岕跋

九煙先生嗣君楕持先生《解蜕吟》《自作墓志銘》過金陵，以示其友杜岕，請爲跋語。岕遜謝不敢措辭，以先生有執友黃太史維章，從學戚君緩耳。維章已下世，戚君北遊於燕。兩君而外，惟岕知先生也。予之知先生不在語言文字，因執椷之手而告曰：「偉哉造化！前屈原而後九煙，世無知屈原者，疇知九煙乎？原以《騷》續《經》，《離騷》者，離憂也，讀《九歌》《天問》以爲憂焉耳。憂則近怨，子貢問：伯夷、叔齊怨乎？子曰：求仁而得仁，又何怨？蓋屈原解脱汨羅，無憂無怨，離憂患而去之久矣，逍遥乎乘虬鷖而從心所欲也，賈誼諸人俱未之曉。先生有《絶命詞》，予未得見，手其《墓志》《解蜕吟》，視都俞吁咈、股肱良哉無二。以丈夫得志則爲彼，不得志則爲此。陽明謂斬然衰絰之中，嬉笑自若，不和滋甚。然則先生詩文乃天地仁氣義氣，和平正始之音也。壯哉造化！何幸有九煙之志之詩，是真解脱也已。椷歸而焚告乃公，使知其友之言如是，不愈於父老之弔哭而極哀者歟！」楚黄岡友弟杜岕拜跋。

【箋】

此文採自康熙本。杜岕，字蒼略，號望山，黃岡（今湖北省黃岡市）人。明季爲諸生，入清後，與兄濬避亂居金陵。黃周星好友。

絶命詞

成仁取義本尋常，嬰杵何分早晚亡。三十七年慚後死，今朝始得殉先皇。

【箋】

此詩採自秦翰才《黄周星年譜稿一卷附録一卷》（一九六一年稿本，《上海圖書館藏珍本年譜叢刊續編》第十五、十六册，國家圖書館出版社二〇一九年版）附録的鄭元慶《湖録》。葉夢珠《閲世編》中記載黄周星「遂於五月五日自譔墓志，爲《解蜕吟》十二章、《絶命詞》二章，踵三間大夫之後，遇救得免。」康熙本《解蜕吟》後附杜岕跋語云：「先生有《絶命詞》，予未得見，手其《墓志》《解蜕吟》，視都俞吁咈、股肱良哉無二。」則黄周星康熙十九年（一六八〇）臨死前除了《解蜕吟》十二首外，還有《絶命詞》二首。《絶命詞》未見其集，今僅從秦翰才《黄周星年譜稿一卷附録一卷》中見鄭元慶《湖録》中録其中一首。

跋黄九煙户部絶命詩君諱周星，崇禎庚辰科進士。〔一〕

佛氏戒嗔，良爲道眼不開，璅屑細故，與夫已實理絀，妄動無明者言耳。若夫事至宏鉅，名節所關，人禽之界，而亦復不嗔，則是形骸苟〔二〕具，而薾然無氣。古今無氣之人，莫如馮道、留夢炎及平康里中阿家翁耳〔三〕，而可以爲法乎？吾與老友故户部黄〔四〕九煙先生，蓋深惡之，而嗔益日甚，至於無終食之間違嗔，以此取憎於世，以致困窮危殆弗顧也。然吾之嗔，僅〔五〕託諸空言，而九煙之嗔，則見諸實事。觀其無故沉淵，無病辭世，非實事乎？蓋積嗔有年，而發揮於一旦。世人但見其猝然，而不知其所以然，宜其反指醒人爲醉，而不自覺其如泥也，可哀也矣〔六〕。今〔七〕讀其《絶命詩》二章，其〔八〕首章固已自明〔九〕其嗔之故，次章直欲與三間大夫方駕齊驅，豈欺我哉！夫一部《離騷經》，緣嗔而作也，故屈子不嗔，則無《離騷》。由是〔二〕武侯不嗔，則無《出師表》，張睢陽不嗔，則無軍城《聞笛》之詩。文文山以嗔，故有《衣帶銘》《正氣歌》，謝疊山以嗔，故有《卻聘書》，九煙猶是也。蓋嗔者生氣，故九煙不死；不嗔無氣，故若輩不生。世有我輩，人不可以不辨。此皆疇昔之日與九煙互相砥礪之概。至是其令子楕，字禹弓者過訪，出二詩再拜，以爲先人知己同調，莫逾老僕，請識數語，遂書此意歸之。禹弓負才有志，能終身無改於父之道乎〔二〕？則可謂孝矣。乙丑陽月深裹山人〔三〕黄岡杜濬題於金陵流寓之再造草堂〔三〕。

先君目空一世，獨推先生爲勝己。今觀先君之不朽，得先生是文而益光，益信其推服之誠。此小子所以感泣百拜，蒲伏而不能起也。（小姪黄楕僭識）

嗔之一字，是千古精忠大孝，憤不顧身之所同，此文洗發至透，讀此而不動，則醫和望之卻走矣。（曾青藜）

【校】

〔一〕道光本題作「絶命詩題詞（原詩已佚）」，咸豐本題作「跋周九煙户部絶命詩」，光緒本題作「題九煙先生絶命詩」。光緒本題目之前有小序云：「翼高按，九煙先生有絶命詩兩章，黄岡杜君爲之題詞。今求其原詩不可得。附録杜君所題於此，讀之可知其詩之概云。」按「庚辰」原刻爲「庚戌」，黄周星乃崇禎十三年（一六四〇）庚辰科進士，故改之。

〔二〕「苟」，咸豐本、光緒本作「徒」。

〔三〕道光本無「及平康里中阿家翁耳」九字。

〔四〕「黄」，道光本、咸豐本、光緒本皆作「周」。

〔五〕「僅」，咸豐本作「徒」。

〔六〕咸豐本無「矣」字。

〔七〕道光本、咸豐本、光緒本「今」字前有「夫」字。

〔八〕道光本、咸豐本、光緒本無「其」字。

〔九〕「明」，咸豐本作「言」。

〔一〇〕咸豐本無「由是」二字。

〔一一〕咸豐本無「乎」字。

〔一二〕道光本、咸豐本、光緒本無「深裹山人」四字。

〔一三〕咸豐本無此句。

【箋】

此文採自杜濬《變雅堂遺集》（清康熙間刻本）「跋」部分。道光本、咸豐本、光緒本亦收。據署日期爲「乙丑」，則本文寫於康熙二十四年（一六八五）。杜濬，見卷二《罵人歌（并序）》箋。

癡情三首并序〔一〕

偶與二友同舟，一友暢談時事及余，余曰：「吾素無名利之想，但生平有二恨，一無知己，二無奇緣，今但願得遇一文君足矣。」一友笑曰：「世間寧有老相如？」余曰：「又安知無老文君耶？」友曰：「公真情癡也！」余即笑吟云：「底事情癡癡不了，癡情猶望老文君。」因戲成三絶，以識斯語。〔二〕

癡情猶望老文君，半世求凰四海聞。但得芙蓉脂肉好，何妨眉黛遜春雲。

四十年來夢雨雲，癡情猶望老文君。鷸裘犢鼻都休道，只愛琴臺舊嫁裙。

風流學士俊參軍，騷壘端餘百戰勳。莫笑長卿終四壁，癡情猶望老文君。

【校】

〔一〕原詩無題，據道光本、咸豐本補。

〔二〕康熙本以此小序爲題。

【箋】

此詩採自康熙本，道光本、咸豐本亦收。創作時間未知，據序及詩『四十年來』句，當作於晚年。

醉書戚六齋壁

高山流水詩千軸，明月清風酒一船。借問阿誰堪作伴，美人才子與神仙。〔一〕

【校】

〔一〕周慶雲《潯溪詩徵》採録此詩，詩後有小注：「此詩公鐫作圖章，今存沈柳橋登瀛家。又自鐫印文曰『性剛骨傲腸熱心慈』，見許旦復《冬心廬雜鈔》。」

【箋】

此詩採自周慶雲《潯溪詩徵》卷三十八，咸豐本卷一亦收，題作「樂志詩」。黄周星在其《墓志銘》中引用此詩，但未提及此詩標題，故多種文獻在介紹黄周星時提及此詩，均不録題。周慶雲《潯溪詩徵》採録此詩，題爲「醉書戚六齋壁」。周爲南潯文獻大家，藏書豐富，所撰《南潯志》《潯溪詩徵》《潯溪詞徵》《潯溪文徵》等皆對黄周星生平與作品進行介紹和收録，且有他本未收之作，可見周慶雲當接觸了關於黄周星的可靠且罕見的文獻。故此詩標題依照《潯溪詩徵》本。

福田寺石佛二首

鼎立同根丈六軀，斫山巧匠世應無。不知當日飛來意，較比鴻毛重幾銖。

低眉相對總無言，老盡塵沙在福田。不用點頭聽説法，泥牛石馬解參禪。

【箋】此詩採自晚清楊凌霄搜選本《前身集》，未見於他本，創作時間未知。浙江嘉興烏鎮西栅有福田寺，又名石佛寺，或即本詩所詠之處。

卷五　五言律詩

寺僧以佛芋竹菌二種相餉

分爾伊蒲供，勞勞世外心。芋叨佛號美〔一〕，菌出竹香深。野衲時窺户，巢鳥不下林。素餐頻衎衎，燈磬負秋陰。

【校】

〔一〕咸豐本、光緒本「美」字下有小注：「即蒟蒻根。」

【箋】

此詩採自康熙本，咸豐本、光緒本亦收。康熙本、咸豐本皆收録於《衡嶽遊記》後的《衡嶽詩》組詩中。光緒本單獨收録，題作「南嶽鐵佛寺僧以佛芋竹菌相餉」。據《衡嶽遊記》「壬午歲之秋杪」遊衡山，則本詩當作於崇禎十五年壬午（一六四二）。

飛來船

想爾飛來意，山川力豈能？偶然依霧泊，或者類雲崩。泛海難逢客，疲津屢見僧。此舟無覆理，不礙伯夷登。

【箋】此詩採自康熙本，咸豐本、光緒本亦收。康熙本、咸豐本皆收録於《衡嶽遊記》後的《衡嶽詩》組詩中。光緒本單獨收録，題作「詠南嶽飛來船」。黄周星於崇禎十五年（一六四二）遊衡山，此詩作於當時。

遊方廣天台二寺二首

如許森泓地，云胡今始來。相期在方廣，無意到天台。十里趨鳴澗，千年隱嘯臺。乍遊疑夙夢，步步記霜苔。

所見無非嶽，移情入窅冥。亂泉秋後寺，絶壁古時亭。槲葉路多濕，蓮花峰正青。白雲吾負汝，笻響未遑停。

【箋】

此詩採自康熙本，收録於《衡嶽遊記》後的《衡嶽詩》組詩中。咸豐本收第一首，題作《遊方廣天臺二寺》。黄周星於崇禎十五年（一六四二）遊衡山，此詩作於當時。

天台

勝迹天台路，移情入杳冥。飛〔一〕泉秋後寺〔二〕，絶壁古時亭。槲葉岸多濕，蓮花峰更青。白雲吾語汝，且向石梁停。

【校】

〔一〕「飛」，《吴興詩存》本作「亂」。

〔二〕「後寺」，《吴興詩存》本作「寺後」。

【箋】

此詩採自道光本卷三。咸豐本、光緒本、張豫章《御選宋金元明四朝詩》卷六十五、朱彝尊《明詩綜》卷七十五、鄧顯鶴《沅湘耆舊集》卷二十七、陸心源《吴興詩存》四集卷十四、周慶雲《潯溪詩徵》卷三十八亦收。本詩亦當作於崇禎十五年（一六四二）衡山之旅中。或即上詩《遊方廣天臺二寺》之二，文字略異。

福唐東漈龍宫祈夢二首

漈豈因人設，山如待客來。仙蹤非水石，龍性自風雷。廬瀑秋同静，衡雲晚更開。此中天地别，幽夢不須猜。

似兹江表客，發願廿年餘。未得神仙訣，空存節義書。住山心自爾，浮海計何如。呵遍閶天壁，虚氛或起予。

【箋】此詩採自民國本《九煙詩鈔·薇蓴》，不見於他本。據此詩在《九煙詩鈔·薇蓴》集中編排位置，當作於丁亥年，即順治四年（一六四七）。本年年初，黄周星避亂於福清東漈，遂有此作。東漈寺又稱龍王宫，始建於唐貞元年間，位於福清北門外北西亭村東面、東漈山西麓。

郭君招飲樂志亭賦謝

避世真吾事，如君復古風。開樽嵐爽畔，把卷瀑聲中。竹想前朝緑，蓮疑異域紅。釣絲休浪試，應許客星同。

【箋】此詩採自民國本《九煙詩鈔·薇蓴》，不見於他本。據此詩在《九煙詩鈔·薇蓴》集中編排位置，當作於丁亥年，即順治四年（一六四七）。本年夏秋間，黄周星避兵亂於古田西莊僧院，期間與郭君交遊，遂有此作。

郭君復招飲再賦謝時雨宿山軒聞建安之驚

高士仍雲卧，新詩復滿樓。快從秋後聚，真作雨中游。藤蘚狂能寫，荷筒醉欲酬。亂離關底事，天上寄閒愁。

【箋】此詩採自民國本《九煙詩鈔·薇蓴》，不見於他本。據此詩在《九煙詩鈔·薇蓴》集中編排位置，當作於丁亥年，即順治四年（一六四七）夏秋間於古田西莊僧院，與郭君交遊期間。建安，今福建省建甌市。詩題中所云「聞建安之驚」，可能指隆武帝被殺之事。順治二年（一六四五）十二月，隆武帝朱聿鍵由福州北上親征，於建安設行宫，招兵募馬。順治三年（一六四六）年八月，仙霞關失守。二十八日，隆武帝於福建汀州被清軍俘殺，隆武政權亡。

再柬郭君

眼看天地閉，黄綺詎關心。空谷人如玉，高山水似琴。稻香連野澮，竹翠到門深。未了斜陽句，西窗待客吟。

【箋】此詩採自民國本《九煙詩鈔·薇萼》，不見於他本。據此詩在《九煙詩鈔·薇萼》集中編排位置，當作於丁亥年，即順治四年（一六四七）夏秋間於古田西莊僧院，與郭君交遊期間。

病起過友人山莊見池上木芙蓉盛開

我病六旬久，芙蓉那得知。今朝方款户，何日已臨池。木末留秋色，煙餘弄晚姿。故園紅遍未？見爾倍相思。

【箋】此詩採自民國本《九煙詩鈔·薇萼》，不見於他本。據此詩在《九煙詩鈔·薇萼》集中編排位置，當作於丁亥年，即順治四年（一六四七）。本年秋，黄周星仍在古田西莊僧院養病。

喜家人至蒲城

離合皆天意，於今豈不然。一家俱避地，八口各分天。已判音塵絶，何期性命全。依然同旅夢，月比舊時圓。

數口幸無恙，敢云多一身。幾爲閩地鬼，又作越江人。驚喜仍相半，悲歡總未真。篝燈聊共醉，無暇問飢貧。

【箋】此詩採自民國本《九煙詩鈔・薇蓴》，不見於他本。據此詩在《九煙詩鈔・薇蓴》集中編排位置，當作於戊子年，即順治五年（一六四八）。本年暮春，黄周星與妻女在蒲城團聚，遂有此詩。蒲城在福建南平，位於仙霞嶺下。

大竿嶺越閩分界處〔一〕

幾年懷越地，此日别閩天。恰過春秋〔二〕際，重來風雨邊。津梁疲未足，性命亂仍全。

吾道應何往，憑高意惘然。

【校】

〔一〕「大竿嶺」原作「大竿頭」，據康熙本、道光本、咸豐本、光緒本改。康熙本、道光本、咸豐本、光緒本題作「大竿嶺（越閩分界）」。

〔二〕「春秋」，康熙本、道光本、咸豐本、光緒本作「秋冬」。

【箋】

此詩採自民國本《九煙詩鈔·薇蓴》，康熙本、道光本、咸豐本、光緒本亦收。據此詩在《九煙詩鈔·薇蓴》集中編排位置，當作於戊子年，即順治五年（一六四八）。本年自春至秋，黃周星與家人自仙霞嶺、大竿嶺由閩入越，遂有此詩。大竿嶺即楓嶺，與小竿嶺、梨嶺等險隘，合稱仙霞六嶺。

初出閩關行江山道中

忽覺乾坤曠，井虛情始移。遠山圍木末，平楚接田陂。濯濯安茆店，依依識槿籬。自然風景別，分野不吾欺。

【箋】

此詩採自民國本《九煙詩鈔·薇蓴》，不見於他本。據此詩在《九煙詩鈔·薇蓴》集中編排位置，當作於戊子年，即順治五年（一六四八）。江山，今浙江省江山市。本年秋，黃周星過仙霞嶺、大竿嶺由閩入越，此詩當作於浙江江山境内。

乙酉過江郎山雨中不見三片石今歸途擬見之比過仙霞嶺連日積陰此中悵然因補舊作一首

詭絶山靈意，相逢且喜藏。山人方索價，閨媛未催妝。頑石空三片，新詩欠一章，他年荔枝熟，還我看江郎。

【箋】此詩採自民國本《九煙詩鈔·薇蓴》，不見於他本。據此詩在《九煙詩鈔·薇蓴》集中編排位置，當作於戊子年，即順治五年（一六四八）。江郎山，在今浙江省江山市。「三片石」爲江郎山名勝。本年黃周星由浙入閩，過衢州江郎山，雨中不見三片石，遂有此詩。

青湖書舍

行役何辭賤，吾徒失意時。旅人安即次，君子慎明夷。猿鶴一身在，豺狼盡室疑，故園霞數片，藜褐倚門期。

【箋】此詩採自民國本《九煙詩鈔·薇蓴》，不見於他本。據此詩在《九煙詩鈔·薇蓴》集中編排位置，當作於戊子年，即順治五年（一六四八）。本年秋，黄周星行舟過浙江蘭溪、桐廬，遂有此作。

苕溪孫大蘇索詩余出西莊曉携一帙相示輒書二律見遺和韻賦答

寧爲龔勝死，不作李陵生。世外鵾夷隱，人間蓬纍行。九州煙一點，千古淚三聲。莫恨天公醉，中山正索醒。

久嗟孤鶴性，空羨老松身。雲物朝朝幻，風光歲歲貧。夔龍真俊物，巢許豈頑民。乞放鋤經地，黄冠對緑筠。

【箋】此詩採自民國本《九煙詩鈔·薇蓴》，不見於他本。據此詩在《九煙詩鈔·薇蓴》集中編排位置，當作於戊子年，即順治五年（一六四八）。本年秋，行舟過浙江蘭溪、桐廬時，舟中與苕溪孫大蘇等唱和，遂有此作。

贈同舟友

相逢古道在，何必須滄桑。斗酒尋詩約，扁舟附醉鄉。書奇争日月，誼熱奪風霜。晨夕溪聲内，如聯夜話牀。

【箋】此詩採自民國本《九煙詩鈔·薇蓴》，不見於他本。據此詩在《九煙詩鈔·薇蓴》集中編排位置，當作於戊子年，即順治五年（一六四八）。此詩亦當作於本年秋行舟過浙江蘭溪、桐廬時。

蘭溪道中

鷗鷺相還往，衢州復婺州。灘聲催險韻，嵐氣蜕閒愁。夢不離三徑，雲多戀一舟。竻竻黄葉下，得句似新秋。

【箋】此詩採自民國本《九煙詩鈔·薇蓴》，不見於他本。據此詩在《九煙詩鈔·薇蓴》集中編排位置，當作於戊子年，即順治五年（一六四八）。蘭溪，今浙江省蘭溪市。本年秋，黄周星行舟過浙江蘭溪、桐廬。

舟中同山陰董伯音集牙牌成詩

遠旭交清籟，微煙鎖冷篁。冶樓蕉伴枕，古屋荔衣牆。佛磬巢蟲外，樵巾谷鳥傍。龍賓驅寂寞，坐臥對班揚。

【箋】此詩採自民國本《九煙詩鈔·薇蕚》，不見於他本。據此詩在《九煙詩鈔·薇蕚》集中編排位置，當作於戊子年，即順治五年（一六四八）。此詩亦當作於本年秋行舟過浙江蘭溪、桐廬時。

至蘭溪集牙牌

夕靄湖陰隔，霜華行路難。蕪城青蔭滿，禁苑緑蘿乾。席陣飄斜浦，齊航出峻湍。壺蔬多癖趣，銀燭寫餘殘。

一鶴舟前過，嵐陰晝望迷。堂虚鴉唱曉，磯穩雁行低。枕研籠松徑，樽罍繞杏堤。歲華蒲葉後，斗極柳條西。兩客宵揮麈，余心正曠兮。

【箋】　此詩採自民國本《九煙詩鈔·薇蓴》，不見於他本。據此詩在《九煙詩鈔·薇蓴》集中編排位置，當作於戊子年，即順治五年（一六四八）。本年秋，行舟至浙江蘭溪，遂有此作。

舟中贈董伯音

與君同舉目，猶是盛明時。大雅悲中晚，修名嗟亂離。鳳麟飢欲死，猿鶴化何遲。把酒商生計，山樊共水湄。

虞夏吾安適，行行入醉鄉。山川頑不語，天地老將荒。好道宜中歲，題詩愛夕陽。相携黄綺輩，芋火話耕桑。

一樽零落酒，相對各忘貧。宅柳還垂晉，源花不照秦。誤人皆八股，慟世只孤身。三上公車日，寧知壅筆辰。

行歌憐髪短，野哭厭聲長。已破松風夢，還殘菊露香。車裘驕節義，鎗劍賤文章，莫話春明事，風煙正渺茫。

【箋】

此詩採自民國本《九煙詩鈔·薇蕚》。清代朱緒曾編（清光緒十三年刻本）《金陵詩徵》卷三十收第一首，題作「桐江舟中與同年孝廉」。據此詩在《九煙詩鈔·薇蕚》集中編排位置，當作於戊子年，即順治五年（一六四八）。本年秋，行舟過浙江蘭溪、桐廬時，舟中與山陰董伯音等唱和，遂有此作。

戊子仲冬初至西湖十首并序〔一〕

九煙

何物西湖，復兼西子之號；幾年南渡〔二〕，遂擅南國之名。風韻在一水間，畫圖遍四天下。豔傾前代，才士未免鍾情；近出東家，名人或難識面。望明河而不語，咫尺〔三〕三山；歎荒徑之無媒，方寸五嶽。日月逝矣，風雨凄然。僕生也不辰，來兮何暮。換殘新緑，衛娘之髮難梳；落盡深紅，杜牧之腸欲〔四〕斷。香飄千里〔五〕障，誰教錯過花時；淚濕雙明珠，卻悵〔六〕相逢嫁後。如桓主之持李妹，亦殺亦憐；似沛公之得蕭侯，且喜且駡。梅驚初度，已負我三十七〔七〕春；菊誤重陽，須償他一百五日。聊拈十韻，自壽三觴。

行年三十六，始得見西湖。〔八〕饑漢江瑶柱，愁人洛浦珠〔九〕。願酬心乍獲〔一〇〕，見晚恨寧

無。勞我廿年夢，誰償花月逋。其一

見面難如許，相思久更加。疑拋紅豆子，似訪菖蒲花〔二〕。明澹〔三〕山兼水，㛹〔三〕娟月復霞。從今成熟識，好向外人誇。其二

乍見防唐突，熏香盥露時。想何從預設，貌不敢全窺。北苑傳神筆，東坡得意詩。揚州那可死，留命配西施。其三

不信當吾世，兹湖獨少緣。著殘幾兩〔四〕屐，留得一文錢。贈我明明月，消他淡淡煙。晨昏煩〔五〕供養，百拜米家船。其四

坐臥空明裏，琴言與墨香。美人懷不淺，仙子興難忘。四面陰晴畫，六時濃淡妝。此中真可老，誰問白雲鄉。其五

是我胸中物，偷移向〔六〕武林。半生勞寤寐，匝地費追尋。忽向花前見，還疑夢裏吟。

請依蘇小例，松柏結同心。其六

衆人皆欲醉，我見獨相憐。久厭笙歌寵，新參書畫禪。眉痕愁晚岫，卵色想春天。速向東君訊〔一七〕，鶯花著意妍。其七

哀樂殊今昔，炎涼孰是非。兩峰猶秀色，一水自晴〔一八〕暉。《白雪》翻歌板，明霞贈嫁衣。渾如范少伯，載得館娃歸。其八

誰令鶯花國，翻爲水草鄉。吴山真立馬，滄海欲生桑。楊柳原無力，蘼蕪别有香。人言蒙不潔，我見尚明妝。其九

湖今爲我有，天地不須愁。真向鏡中過，殊勝畫裏遊。琴樽堪一世，脂粉也千秋。屬望無多子，吴天剩虎丘〔一九〕。其十

【校】

〔一〕康熙本、道光本、咸豐本題作「冬日初至西湖十首（并序）」。詩題下「九煙」據康熙本補。道光本詩

題下爲「昌山周人略似」。

〔二〕「渡」，咸豐本作「楚」。

〔三〕「尺」，原作「只」，改。

〔四〕「欲」，康熙本、道光本、咸豐本作「堪」。

〔五〕「里」，康熙本、道光本、咸豐本作「錦」。

〔六〕「悵」，康熙本、道光本、咸豐本作「恨」。

〔七〕「七」，康熙本、道光本、咸豐本作「六」。

〔八〕「行年三十六，始得見西湖」，康熙本、道光本、咸豐本作「天涯幾歷遍，今始見西湖」。

〔九〕「愁人洛浦珠」，康熙本、道光本、咸豐本作「鰥人洛浦姝」。

〔一〇〕「願酬心乍獲」，康熙本、道光本、咸豐本作「神全癡頓滅」。

〔一一〕「疑抛紅豆子，似訪菖蒲花」，康熙本、道光本、咸豐本作「雙抛疑海豆，十訪甚蒲花」。

〔一二〕「明澹」，康熙本、道光本、咸豐本作「綽約」。

〔一三〕「娷」，康熙本作「蓮」，道光本、咸豐本作「連」。

〔一四〕「兩」，原作「雨」，據康熙本、道光本、咸豐本改。

〔一五〕「煩」，康熙本、道光本、咸豐本作「須」。

〔一六〕「向」，康熙本、道光本、咸豐本作「傍」。

〔一七〕「訊」，康熙本、道光本、咸豐本作「道」。

〔一八〕「晴」，康熙本、道光本、咸豐本作「澄」。

〔一九〕「屬望無多子，吴天剩虎丘」，康熙本、道光本、咸豐本作「何福銷尤物，梅妻笑敝裘」。

【箋】

本詩採自民國本《九煙詩鈔・薇萼》，康熙本、道光本、咸豐本亦收。戊子即順治五年（一六四八），本年仲冬，黃周星初至西湖，爲西湖美景所感，遂有此詩。

附　和黃九煙司農初至西湖十首步來韻，有序〔一〕

奕先〔二〕

告九煙司農〔三〕：西湖者，乃我之西子也。少長及今，從來相狎。華弱本弱，宫奇無奇。教持則厭，因思帆海浮湘；數見不鮮，且欲夢巫感洛。棄捐濃抹，冷落澹妝。比蕩舟之蔡女，鹵莽送回；若匪石之莊姜，寤言不答。夫何若士遠遊，此間觀止。後庭麗曲，寫出佳人；行雨新銘，描來神女。遂使彦先聽而拜北辰之星，司馬聞而迴茂陵之駕。可謂詩爲媚藥，功等合歡者也。獨恨横干碧玉，輕睨緑珠。癲狂周顗，將露醜以無慚；放達謝鯤，欲折齒而不顧。縱中山陰姬未立，趙王意移；但羅敷夫婿自殊，使君氣沮。挑之必怒，原同習禮明詩；持此安歸，非若壺醯瓿醬。物各有主，是亦多言。敢請施施，仍還范范。詩曰：

向以一杯水，强而名曰湖。縱然非里醜，未必是都姝。豈意高唐少，從教洛浦無。只今妻子樂，我欲類林逋。

習久因成賤，於湖寵不加。恩情秋後扇，嫌棄夜來花。新婦思〔四〕磯月，女兒想〔五〕浦霞。寧知岐路美，子建竟深誇。

湖本同臣曲，目成復〔六〕幾時。霧蒙真幕擁，霜白乃墻窺。山石無堪語，海棠未〔七〕有詩。伯鸞精擇配，抹殺一夷〔八〕施。

好色予非不，湖尤肯作緣。挑人勞柳眼，買笑儘荷錢。宿醉迷爲雨，殘妝暈入煙。息嬀繩語好，我欲治樓船。

有湖宜月下，無隱足花香。一顧誠難得，多愁每健忘。臨春歌《玉樹》，狎客賦催妝。頓使髡能石，頽然到醉鄉。

謂湖非妙選，博採及山林。玉女專房可，娥眉當夕尋。近前遺嫵媚，遠道費沉吟。早讀當壚曲，如何離賞心。

披露啼妝罷，湖如小阿憐。詞人多惑色，妓女孰參禪。拭鏡花摇月，踞牀緑〔九〕漾天。尚書自能品，王子賦空妍。

長門湖有望，玉帳是邪非。合意無多日，離情怨落暉。鵑聲中夜淚，雲錦一天衣。載詠相如賦，回心接手歸。

湖是繁華子，今來何有鄉。春思縈蔓草，風致攝條桑。晞露光猶鑑，浣花體〔一〇〕更香。倡家君莫誤，夫婿自窺妝。

湖原爲我有，之子枉多愁。不見使君力，難從秦氏遊。同聲惟百歲，採葛偶三秋。何所無芳草，偏耽老菟裘。

【校】

〔一〕道光本題作「和周略似户部初至西湖十首（并序）」，咸豐本題作「和周略似户部初至西湖十首」。

〔二〕道光本、咸豐本作「錢唐程光禋奕先」。

〔三〕「九煙司農」，道光本、咸豐本作「周子」。

〔四〕「思」，道光本、咸豐本作「想」。

〔五〕「想」，道光本、咸豐本作「思」。
〔六〕「復」，道光本、咸豐本作「當」。
〔七〕「未」，道光本、咸豐本作「那」。
〔八〕「夷」，道光本、咸豐本作「鬟」。
〔九〕「緑」，道光本、咸豐本作「波」。
〔一〇〕「體」，道光本、咸豐本作「身」。

【箋】

此詩採自康熙本，道光本、咸豐本亦收。黄周星《戊子仲冬初至西湖十首》詩出，有新安程奕先不平，亦作詩十首與之争鋒，這就是「西湖三戰詩」的「戊子之戰」。戊子年，即順治五年（一六四八）。程奕先，即程光禋，見卷二《與新安程子決戰詩》箋。

汪然明有湖舫名不繫園次韻分賦二首

古今浮碧處，波上艤名園。屏几疑東閣，琴書似北軒。客來楊柳岸，人想苧蘿村。大雅追疇昔，千春酒一樽。

兩峰猶潑黛，蘭枻鼓新晴。酒滯多愁客，詩憐太瘦生。曉煙參墨妙，午夢戀香清。相對空明裏，鷗鳧擬共盟。

【箋】此詩採自民國本《九煙詩鈔·薇蕚》，不見於他本。據此詩在《九煙詩鈔·薇蕚》集中編排位置，當作於己丑年，即順治六年（一六四九）。本年，黄周星於西湖結識風雅富商汪汝謙，遊不繫園，遂有此作。汪汝謙（一五七七—一六五五），字然明，號松溪道人，徽州府歙縣人。明末移居西湖，家豪富，好文藝。在西湖與文人士大夫、諸才女等詩酒酬唱。著有《西湖韻事》《不繫園集》《隨喜庵集》等。不繫園，乃汪汝謙於天啓三年（一六二三）在西湖所造之畫舫。

題掖縣謝先生便面

奇雲生海岱，今古有人豪。筆陣排虹氣，家聲振鳳毛。紅桑秋嶼遠，翠柏曉峰高。何日扶藤杖，相期訪二勞。

【箋】此詩採自民國本《九煙詩鈔·薇蕚》，不見於他本。據此詩在《九煙詩鈔·薇蕚》集中編排位置，當作於己丑年，即順治六年（一六四九）。

梧桐一葉落社題

身在衆芳裏，翩然獨感秋。辭柯渾未覺，墮地始知愁。旅夢初依井，閨吟乍倚樓。鳳凰棲老處，誰放月如鈎。

【箋】

此詩採自民國本《九煙詩鈔·薇蓴》，不見於他本。據此詩在《九煙詩鈔·薇蓴》集中編排位置，當作於己丑年，即順治六年（一六四九）。此詩當作於楊氏尋雲榭詩社之中。

明湖荷泛社題

秋灔三之一，尋香縱所如。榜行烏氏釀，牀卧米家書。舊韻拈河鼓，新盟定望舒。魂魂紅碧裏，不道是芙渠。

【箋】

此詩採自民國本《九煙詩鈔·薇蓴》，不見於他本。據此詩在《九煙詩鈔·薇蓴》集中編排位置，當作於己丑年，即順治六年（一六四九）。此詩亦當作於楊氏尋雲榭詩社之中。

賀某公子晬盤

今日傳開閣，昨秋報弄璋。玉爲天上種，蘭是國中香。鸜鵒呼文祼，麒麟繞繡囊。金戈將玉印，束髮事明王。

【箋】此詩採自民國本《九煙詩鈔·薇葶》，不見於他本。據此詩在《九煙詩鈔·薇葶集》中編排位置，當作於己丑年，即順治六年（一六四九）。

九日同諸子登慶忌寶塔飲天然圖畫閣眺西湖

第一秋光好，風將日并宜。雲開西子面，花舞上人眉。木末飄新句，江皋送遠思。把萸歡共醉，如在太平時。

【箋】此詩採自民國本《九煙詩鈔·薇葶》，不見於他本。據此詩在《九煙詩鈔·薇葶》集中編排位置，當作於己丑年，即順治六年（一六四九）。本年重陽節，黄周星與諸子登塔遠望西湖，遂有此作。

秋晴次韻四首

有地葦皆白，無人蘭亦芳。荒唐蝴蝶夢，繚亂鶺鴒行。野草常迷徑，飛花每笑牀。一樽聊贈影，何必伴求羊？

首陽争笑拙，宣武或流芳。碧血藏何地，丹心照幾行？乾坤留本穴，風雨對匡牀。得喪空花耳，誰分臧穀羊？

百草冤鶗鴂，時哉胡不芳？澤吟心一片，野哭淚千行。劍老芙蓉匣，書閒薜荔牀。空將蘇氏帖，何處换官羊？

人情安衆醉，天意棄孤芳。面面如長夜，心心似太行。九州懸破壁，五嶽繞枯牀。欲訪神仙術，山頭换石羊。

【箋】此詩採自民國本《九煙詩鈔·薇蕚》，不見於他本。據此詩在《九煙詩鈔·薇蕚》集中編排位置，當

作於己丑年，即順治六年（一六四九）。

贈友

其齋中多匏器，鼎彝缾盦之屬種種皆以匏爲之。屬余題「遺古」二字額，用梁昭明語。

天地逢寒食，我來君啓扉。香薰楊柳像，墨染芰荷衣。貽札殊殷浩，論文似陸機。懸匏真古器，欣賞醉忘歸。

【箋】此詩採自民國本《九煙詩鈔·薇蕚》，不見於他本。據此詩在《九煙詩鈔·薇蕚》集中編排位置，當作於庚寅年，即順治七年（一六五〇）。

自武林移家過禾水以詩別西湖

無計移君去，初心爲爾來。尋歡何剌促？惜别更徘徊。芍藥聊相贈，芙蓉未許媒。客囊青片片，疑是貯樓臺。

【箋】此詩採自民國本《九煙詩鈔·薇蕚》，不見於他本。據此詩在《九煙詩鈔·薇蕚集》中編排位置，當作於庚寅年，即順治七年（一六五〇）。武林，浙江杭州之舊稱，浙江嘉興府古稱嘉禾，禾水當在嘉興境內。五月，黃周星自杭州搬家，別西湖過嘉興，遂有此詩。

初至虎丘

虎丘青未老，懷夢亦多年。萬古煙霞氣，三生水石緣。粉香銷世界，文字壽山川。我輩鍾情癖，那無怪事傳。

【箋】

此詩採自民國本《九煙詩鈔·薇蓴》，不見於他本。據此詩在《九煙詩鈔·薇蓴》集中編排位置，當作於庚寅年，即順治七年（一六五〇）。本年黃周星至蘇州遊覽虎丘，遂有此作。虎丘位於江蘇省蘇州市城西北郊，乃蘇州名勝。

贈鄒臣虎先生〔一〕

天下鄒臣虎〔二〕，於今得幾人？乾坤存本穴，日月沐閒身。世上蛾眉賤，山中鶴髮新。《離騷》應醉讀，誰復紀庚寅。

【校】

〔一〕原作「鄒虎臣」。康熙本題作「贈毘陵先輩」。

〔二〕原作「鄒虎臣」。康熙本作「真先輩」。

【箋】

此詩採自民國本《九煙詩鈔·薇蕚》，據此詩在《九煙詩鈔·薇蕚》集中編排位置及詩中『誰復』句，當作於庚寅年，即順治七年（一六五〇）。此詩康熙本亦收，題作「贈毘陵先輩」，則此詩亦當作於寓居常州期間。鄒之麟，字臣虎，號衣白、逸老、昧庵，江蘇武進（今常州）人，萬曆三十八年（一六一〇）進士，畫家。明亡後初降清，後閉門寄情書畫以終。

秋日過毘陵晤初霞黄師因憶二十年前屢欲過毘陵未果今相別又十七春矣賦贈四首

吾道今猶昔，寧知甲子遷。乍過高士里，長憶美人天。風雨聯吟夜，鶯花問字年。南蘭非遠道，廿載夢綿綿。

舊接康成席，今登元禮堂。論文宜漢魏，應世似羲皇。竹露偏猶滴，松風夢自香。千秋行努力，不朽在縑緗。

姓氏天然合，煙霞本一家。勝情同痼癖，汪度絶津涯。彝鼎千年器，琴書八月槎。龍蛇吾未學，弟子愧侯巴。余與師同姓，師號霞，余號煙，故首聯云云。

閲盡桑濤變，良年定未逢。繡紋羞市倚，縭絖笑侯封。桃葉橋邊句，梅花嶺畔蹤。煙霜皆歷歷，相勗歲寒松。

【箋】

此詩採自民國本《九煙詩鈔·薇蕚》，不見於他本。據此詩在《九煙詩鈔·薇蕚》集中編排位置，當作於庚寅年，即順治七年（一六五〇）。黄初霞，未詳。毘陵，今江蘇省常州市，南朝時名南蘭陵，故詩有「南蘭非遠道」句。本年秋，黄周星遊常州。

寓毘陵友人家見窗前小樹拂簷詢之乃玫瑰也異而賦之

玫瑰安能樹？花叢昔未逢。何年初倚竹，此日欲摩松。隔户窺應笑，臨樓摘詎慵。恍疑閩海路，雲際望芙蓉。

【箋】此詩採自民國本《九煙詩鈔・薇蕁》，不見於他本。據此詩在《九煙詩鈔・薇蕁》集中編排位置，當作於庚寅年，即順治七年（一六五〇）於常州。

秋熱殊甚與允康同遊惲氏園

逃暑云何往？城西小有天。經秋新水木，隔世舊山川。鬼語闌干夜，人懷初盛年。吾生慚野鶴，何處乞平泉。

【箋】此詩採自民國本《九煙詩鈔・薇蕁》，不見於他本。據此詩在《九煙詩鈔・薇蕁》集中編排位置，當作於庚寅年，即順治七年（一六五〇）。本年秋，黄周星與萬允康同遊常州惲氏花園，遂有此作。萬允康，未詳。考《明清進士題名碑録索引》，崇禎十三年（一六四〇）進士中無萬允康，則此人或爲黄周星崇禎六年（一六三三）同年之舉人。

贈友

高視乾坤裏，千秋磊落人。蟄龍存正性，野鶴笑閒身。世共江河晚，天留日月春。快書聊下酒，閉户看椎秦。

【箋】

此詩採自民國本《九煙詩鈔·薇蓴》，不見於他本。據此詩在《九煙詩鈔·薇蓴》集中編排位置，當作於庚寅年，即順治七年（一六五〇）。

代壽鄭母

賢哉鄭氏母，允矣笄褘師。相夫成循卓，宜家稱孝慈。冰霜屆七紀，純嘏齊槐眉。鸞池未可駕，千春以爲期。

【箋】

此詩採自民國本《九煙詩鈔·薇蓴》，不見於他本。據此詩在《九煙詩鈔·薇蓴》集中編排位置，當作於庚寅年，即順治七年（一六五〇）。

友人將集歲寒詩話次韻答之

長夜當吾世，吁嗟天步難。龍蛇方欲起，猿鶴敢求安？節義人非老，文章歲獨寒。閒情兼正氣，異代好同看。

【箋】此詩採自民國本《九煙詩鈔·薇蓴》，不見於他本。據此詩在《九煙詩鈔·薇蓴》集中編排位置，當作於庚寅年，即順治七年（一六五〇）。

生日志感

大塊真勞我，蒼茫四十春。仍爲貧賤客，僭擬老成人。將相山中夢，神仙海畔塵。引觴還自壽，風月勸閒身。

【箋】此詩採自民國本《九煙詩鈔·薇蓴》，不見於他本。據此詩在《九煙詩鈔·薇蓴》集中編排位置及「四十春」語，當作於庚寅年，即順治七年（一六五〇）。

題友人溪山話舊處

何處尋幽勝，溪山舊主賓。琴書心自遠，農圃意偏真。摩詰圖中景，淵明記裏人。浩然同一笑，風月未全貧。

【箋】

此詩採自民國本《九煙詩鈔·薇蕚》，不見於他本。據此詩在《九煙詩鈔·薇蕚》集中編排位置，當作於辛卯年，即順治八年（一六五一）。

世局

世局仍難問，天心竟未知。春秋愁裹老，甲子夢中疑。米芾灰堆畫，盧仝月食詩。糊塗兼懵懂，萬事且聾癡。

【箋】

此詩採自民國本《九煙詩鈔·薇蕚》，不見於他本。據此詩在《九煙詩鈔·薇蕚》集中編排位置，當作於辛卯年，即順治八年（一六五一）。

過友人郊居賦贈二首

真似浣花叟，西郊舊草堂。野人趨木蔭，高士立溪光。竹石疏無次，圖書静有香。對君嗟異福，半日共羲皇。

傳裏尋高隱，詩中見逸民。人如三代器，佛是六朝身。柳趣多連理，芝顔不受塵。狂歌呼酒伴，天地豈私貧。齋中有北周時古佛一軀，秀雅可愛，又柳枝連理，紫芝成蘗，皆實事也。

【箋】

此詩採自民國本《九煙詩鈔·薇蓴》，不見於他本。據此詩在《九煙詩鈔·薇蓴》集中編排位置，當作於辛卯年，即順治八年（一六五一）。

贈友

丘壑偏宜我，林塘喜見君。竹香醒噩夢，蕉葉緑奇文。古壁詩摇雨，空窗墨潑雲。人間聲利熱，硯北幾曾聞。

無家空四海，有客老千峰。去住悲孤鶴，行藏笑拙農。卜鄰吾有願，問字孰相從？古道同冰雪，心期泰岱松。

【箋】

此詩採自民國本《九煙詩鈔·薇蕚》，不見於他本。據此詩在《九煙詩鈔·薇蕚》集中編排位置，當作於辛卯年，即順治八年（一六五一）。

爲友人題三姬墨蘭卷三姬者蔣飛儀楊漪照顧眉生皆秦淮舊識也漫書二律感慨係之

何處柔荑筆，傳來九畹神。竹枝林下意，桃葉舫中人。幽谷香深淺，名閨夢假真。雅稱三婦豔，煙月共前身。

隔世春風面，當年暮雨思。離離千萬種，楚楚兩三枝。樓畔簫還在，江皋佩已遺。最憐娥黛好，嫁與弄珠兒。

【箋】

此詩採自民國本《九煙詩鈔·薇蕚》，不見於他本。據此詩在《九煙詩鈔·薇蕚》集中編排位置，當作於辛卯年，即順治八年（一六五一）。詩題中蔣飛儀、楊漪照、顧眉生皆秦淮名妓也。顧橫波（一六一九—一六六四），原名顧媚，又名眉，字眉生，號橫波，上元人。秦淮八豔之一。工詩善畫，善音律，尤擅畫蘭，有《柳花閣集》。楊漪照，與沙九畹齊名，見《影梅庵憶語》。

錢龍門先生招集客園是日雨後晚晴見月看海虞小友張生奏新聲暨歌兒隔竹度曲以牡丹亭牙牌行酒因賦四首〔一〕

早乞東山墅，還耕南郭田。衆香真可國，萬緑自爲天。秦漢桃花外，羲皇楊柳邊。海棠〔二〕紅幾度，絲竹笑平泉。

得趣無非水，移情況有山。乾坤藏屋裏〔三〕，海嶽在窗間。巖溜標蒼骨，林煙散翠鬟。側聞天地〔四〕醉，此日半開顔。

雨霽惟宜閣，風輕恰得廊。煙雲看世代，丘壑寫文章。大樹祠偏古，小山徑欲香。問人能幾輩，池上話斜陽。

坐想江湖白，遥分齊魯青。十年塵乍浣，千日酒還醒。小史憐新月，狂奴恕客星。飛觴休選曲，已在牡丹亭。

【校】

〔一〕康熙本題作「錢公招集客園是日雨後晚晴見月聽小友奏新聲暨歌兒隔竹度曲以牡丹亭牙牌行酒因賦四首」。

〔二〕「棠」，康熙本、《吴興詩存》本作「桑」。

〔三〕「裏」，康熙本作「底」。

〔四〕「地」，康熙本作「帝」。

【箋】

此詩採自民國本《九煙詩鈔・薇蕚》，康熙本亦收。陸心源《吴興詩存》四集卷十四、周慶雲《潯溪詩徵》卷三十八收第一首，題作：「錢公招集客園。」據此詩在《九煙詩鈔・薇蕚》集中編排位置，當作於辛卯年，即順治八年（一六五一）。錢繼登，字爾先，又字龍門，嘉善（今浙江省嘉興市嘉善縣）人。明萬曆四十四年（一六一六）進士。累官僉都御史，巡撫淮陽致仕。有《壑專堂集》。本年春，黄周星至嘉興嘉善，飲於錢繼登之園，遂有此詩。

次韻題孝廉船詩二首

慧識詮釁木，鴻才辨藻廉。百城書自富，五字律何嚴？花燦文通管，煙霏持正縑。蒼槐交碧柳，一半似陶潛。

十載春明夢，桃花笑錦韉。美人傾國曲，騷客卜居篇。劍氣龍雙縷，琴心鳳七弦。醉呼山鬼問，甲子是誰年？

【箋】

此詩採自民國本《九煙詩鈔·薇蓴》，不見於他本。據此詩在《九煙詩鈔·薇蓴》集中編排位置，當作於辛卯年，即順治八年（一六五一）。

廣陵喜逢程子〔一〕

舊人程邃在，十載各傷神。阡陌前朝客，江湖隔世身。賦名鶯鷟鷟，書種慰麒麟。負戴同今日，皇天笑賤貧。

【校】

〔一〕詩中首句言「舊人程邃在」，則黄周星在廣陵所逢當爲程邃，《九煙詩鈔·薇蓴》詩題中原作「陳子」，現改爲「程子」。

【箋】

此詩採自民國本《九煙詩鈔・薇蓴》，不見於他本。據此詩在《九煙詩鈔・薇蓴》集中編排位置，當作於辛卯年，即順治八年（一六五一）。廣陵，今江蘇省揚州市。本年，黄周星遊揚州。程子，即程邃（一六〇七—一六九二），字穆倩，朽民，號青溪、垢道人、野全道者、江東布衣等。安徽歙縣人。明末清初篆刻家、書畫家。明末爲諸生，師從陳繼儒，於詩文、書畫、金石、醫道無不精究，有《蕭然吟》集。

廣陵疊華齋僧舍同諸子坐雨限韻各賦五言近體二首分得十五咸〔一〕

入秋天更醉，江海上松杉。帝發豐隆怒，神工屏翳讒。閨娥慚暗鏡，野老哭長鑱。颯颯青蓮座，寒潮湧萬函。

英雄皆抱膝，相顧濕青衫。夏正訛羲歷，商霖誤傅巖。騷〔二〕人蛙閣閣，説鬼燕喃喃。怪事當窗見，林蕉類遠帆。

【校】

〔一〕「雨」，原作「兩」，據道光本、咸豐本、光緒本改。

〔二〕「騷」，道光本、咸豐本、光緒本作「驕」。

【箋】此詩採自民國本《九煙詩鈔·薇蓴》，據此詩在《九煙詩鈔·薇蓴》集中編排位置，當作於辛卯年，即順治八年（一六五一）。道光本、咸豐本、光緒本、鄧顯鶴《沅湘耆舊集》收第二首，題作「廣陵梵公僧舍同諸子坐雨得十五咸」，則爲本年秋黄周星於揚州疊華齋僧舍同梵公等唱和所作。梵公，即釋圓生，見卷二《結茅圖爲詩僧題》箋。

重遊廣陵有感

十載揚州夢，重來感慨多。炎涼新歲月，歌哭舊山河。世態尊裘馬，天心吝麥禾。玉人橋廿四，風雨共誰過。

今日老農圃，當年窮孝廉。數奇曾被謗，節苦復招嫌。鸚鵡羞銀燭，鴛鴦妒玉奩。詎來香鹽海，一月食無鹽。

【箋】此詩採自民國本《九煙詩鈔·薇蓴》，不見於他本。據此詩在《九煙詩鈔·薇蓴》集中編排位置，當作於辛卯年，即順治八年（一六五一）。本年秋，黄周星過揚州，遂有此詩。

賦得秋天不肯明社題

夢覺須臾事，深秋乃不然。漫漫殊未旦，鼎鼎遂如年。魑魅群相慶，鵷麟只自憐。天公渾醉殺，忘卻斗杓旋。

【箋】此詩採自民國本《九煙詩鈔·薇蕚》，不見於他本。據此詩在《九煙詩鈔·薇蕚》集中編排位置，當作於辛卯年，即順治八年（一六五一）。

次韻答王于一述夢見贈二首

牛角歌方闋，鷄聲舞未殘。綿綿秋草遠，閃閃曙星寒。瞿峽雲千舫，桐江雨一竿。中流吾輩在，肯作夢遊看。

漫決西江水，虛隨東海煙。魚龍喧此際，烏兔屬誰邊？北士三更夢，偉人萬里船。白鷗與黃鶴，應歎夜如年。

【箋】此詩採自民國本《九煙詩鈔·薇蓴》，不見於他本。據此詩在《九煙詩鈔·薇蓴》集中編排位置，當作於辛卯年，即順治八年（一六五一）。王于一，即王猷定，見卷四《聞南雲僧客死西湖哀之》箋。

魏塘友人招同諸子夜集於野堂

今夕虚堂滿，森然語默真。秋冬難此際，江海老斯人。酒國鯨蛟起，騷壇麟鳳蹲。寒空遥墮句，磊落似星辰。

【箋】此詩採自民國本《九煙詩鈔·薇蓴》，不見於他本。據此詩在《九煙詩鈔·薇蓴》集中編排位置，當作於辛卯年，即順治八年（一六五一）。魏塘，今浙江省嘉興市嘉善縣魏塘鎮。本年秋冬之際，黄周星赴嘉善魏塘，與友人夜飲作此詩。

過黄浦

黄浦初相識，吾生半水邦。不知東蹈海，誤認北浮江。鴻鵠家何在？蛟龍國已降。

蒼茫煙雨外，歌哭共漁艭。

【箋】

此詩採自民國本《九煙詩鈔·薇蕚》，不見於他本。據此詩在《九煙詩鈔·薇蕚》集中編排位置，當作於辛卯年，即順治八年（一六五一）。黄浦，在今上海市。本年夏秋之間，黄周星數次過青浦、黄浦。

贈李年兄

附驥名殊早，登龍願獨遲。雲間公子曲，天外美人思。大雅存絲竹，高文見鼎彝。一樽寒夢破，如醉杏花時。

【箋】

此詩採自民國本《九煙詩鈔·薇蕚》，不見於他本。據此詩在《九煙詩鈔·薇蕚》集中編排位置，當作於辛卯年，即順治八年（一六五一）。李年兄，不詳，當爲黄周星同榜舉人或進士。

錢爾斐園中構一亭子其南面濱梅餘則竹環之余爲題曰玉霍記曰大山宫小山霍蓋小山居中大山繞之如宫其名霍也〔一〕

表裏兼蒼秀，將山比墅看。一方雲自白，三面玉皆寒。坐愛〔二〕聰明净，吟知字句難。美人能獨立，幽翠正相安。

【校】

〔一〕康熙本題作「錢子園中構一亭其南面濱梅餘則竹環之余爲題曰玉霍爾雅云大山宫小山霍蓋小山居中大山繞之如宫其名曰霍也」。

〔二〕「愛」，原作「受」，據康熙本改。

【箋】

此詩採自民國本《九煙詩鈔·薇蕚》，康熙本亦收。據此詩在《九煙詩鈔·薇蕚》集中編排位置，當作於辛卯年，即順治八年（一六五一）。錢繼章，字爾斐，號菊農，嘉善（今浙江省嘉興市嘉善縣）人。明崇禎九年（一六三六）舉人，入清不仕，撰有《菊農詞》。本年秋，黄周星遊嘉善錢繼章園林，作此詩并爲其亭題名。

青浦縣

青浦誰家縣？無聊試一過。魚蝦臨水賤，鸛鶴入城多。所見風猶朴，微聞政不苛。欲探峰泖勝，百里半桑波。

【箋】此詩採自民國本《九煙詩鈔·薇蕚》，康熙本、道光本、咸豐本亦收。據此詩在《九煙詩鈔·薇蕚》集中編排位置，當作於辛卯年，即順治八年(一六五一)。本年黄周星數次過青浦、黄浦。

天意薄浮生二首

磨蝎文人命，荒鷄志士心。詠詩傷板蕩，讀史耻浮沉。四海臨邛曲，千秋廣武吟。英雄空灑淚，象緯正蕭森。

神辱琴難鼓，心孤劍易鳴。羲皇頗乞食，管樂且傭耕。龍有畸人性，鷗無俗客情。天公如腐史，節義慣相輕。

【箋】

此詩採自民國本《九煙詩鈔·薇蕁》，不見於他本。據此詩在《九煙詩鈔·薇蕁》集中編排位置，當作於辛卯年，即順治八年（一六五一）。

丹陽舟中夜雪

兹宵天果雪，雲雨驟〔一〕多時。氣肅神先告，魂清夢不知。布衣寒自笑，塵鏡曉頻移〔二〕。閒盼雲陽道，公車正陸離。

【校】

〔一〕「驟」，康熙本、道光本、咸豐本、光緒本作「釀」。

〔二〕「移」，康熙本、道光本、咸豐本、光緒本作「疑」。

【箋】

此詩採自民國本《九煙詩鈔·薇蕁》，康熙本、道光本、咸豐本、光緒本亦收。據此詩在《九煙詩鈔·薇蕁》集中編排位置，當作於辛卯年，即順治八年（一六五一）。丹陽，今江蘇省丹陽市。本年冬，黄周星乘舟經丹陽、京口，再赴揚州，途中遇雪作此詩。

京口舟中

河身不逾丈，萬艑此争途。已作中流想，還爲涸轍呼。迫冬魚拂鬱，失路鬼揶揄。漁父憎清醒，無勞問大夫。

【箋】此詩采自民國本《九煙詩鈔·薇蓴》，不見於他本。據此詩在《九煙詩鈔·薇蓴》集中編排位置，當作於辛卯年，即順治八年（一六五一）。京口，今江蘇省鎮江市。本年冬，黄周星經丹陽、京口，乘舟再赴揚州，途中作此詩。

初至廣陵適遇王趙二子雪夜旅酌

翩如野鶴下，數子聚揚州。來各携新帙，歸俱歎敝裘。西湖千日别，北道幾宵留。雪月人同皎，他年記此遊。

【箋】此詩采自民國本《九煙詩鈔·薇蓴》，不見於他本。據此詩在《九煙詩鈔·薇蓴》集中編排位置，當作於辛卯年，即順治八年（一六五一）。本年冬，黄周星再至揚州，與友人雪夜旅酌，遂有此詩。

冬杪廣陵頒春余與諸子同觀復醵飲張子寓中送別張子以李姬面屬杜子姬稍遜杜子意頗悵恨因以小詩紀事兼爲杜子解嘲

灝氣如雷動，東郊日乍長。人中窺翡翠，市中士女，皆垂簾看春。馬上數鴛鴦。是日紅衫妓策騎者七十二人。貧賤支春酒，英雄聚晚妝。誰傳京兆筆？小阮最清狂。

【箋】此詩採自民國本《九煙詩鈔·薇蕚》，不見於他本。據此詩在《九煙詩鈔·薇蕚》集中編排位置，當作於辛卯年，即順治八年（一六五一）。本年年末，黄周星於揚州送別張子，并詠張子與李姬之情事，遂有此詩。據本年《次韻贈李姬西如》詩題，李姬名西如。

緑蕚梅 社題。

羅郁魂應在，江妃癖更宜。夭穠都不似，朱粉兩難施。翠袖幽居意，蛾眉淡掃時。兹恩逢李白，何事不留詩？

【箋】

此詩採自民國本《九煙詩鈔·薇蕚》，不見於他本。據此詩在《九煙詩鈔·薇蕚》集中編排位置，當作於壬辰年，即順治九年（一六五二）。本年正月十三日，黄周星與吴綺等揚州諸子結木蘭亭詩社，此詩當作於社中唱和之際。

修禊社題〔一〕

曲水千年事，平山此日觴。群賢猶竹影，一國自蘭香。姓字原〔二〕無垢，詩書詎不祥。共誰争沐浴，日月照滄浪。

【校】

〔一〕康熙本、道光本、咸豐本、光緒本題作「社題修禊」。《吴興詩存》本題作「修禊」。

〔二〕「原」，《吴興詩存》本作「元」。

【箋】

此詩採自民國本《九煙詩鈔·薇蕚》，康熙本、道光本、咸豐本、光緒本、陸心源《吴興詩存》四集卷十

四、周慶雲《潯溪詩徵》卷二十七亦收。據此詩在《九煙詩鈔·薇蓴》集中編排位置，當作於壬辰年，即順治九年（一六五二）。此詩當作於揚州木蘭亭詩社社中三月修禊之際。

寒食夜集新柳堂分得寒字

此日哀賢者，吾徒且共歡。尋盟桃葉近，索酒杏花寒。馬瘦吟真苦，龍飢墨未乾。愁過一百五，北斗莫闌干。

【箋】

此詩採自民國本《九煙詩鈔·薇蓴》，不見於他本。據此詩在《九煙詩鈔·薇蓴》集中編排位置，當作於壬辰年，即順治九年（一六五二）。本年黄周星有《題宗子新柳堂》，據道光本、光緒本題作「題宗定九新柳堂」，咸豐本題作「題定九新柳堂」可知，宗子乃宗定九，即宗元鼎（一六二〇—一六九八），字定九，一字鼎九，號梅岑，又號香齋、東原居士、梅西居士、小香居士、芙蓉齋、賣花老人等，江都（今江蘇省揚州市江都區）人。康熙十八年（一六七九）貢太學，部考第一。工詩善畫，與兄元觀、弟元豫、侄之瑾、之瑜時稱「廣陵五宗」。本年寒食之夜，黄周星於宗元鼎新柳堂唱和，遂有此作。

集杜詩題宗子春雨草堂二首[一]

幽事供高卧，山林引興長。柴扉臨水碓，花嶼讀書牀。霽霧搴高牖，春星帶草堂。看君多道氣，白日到羲皇。

蕭瑟唐虞遠，桃源自可尋。封侯意殊〔二〕闊，在野興偏〔三〕深。柳影含雲幕，泉聲帶玉琴。忘機對芳草，秀氣豁煩襟。

【校】

〔一〕康熙本、道光本、咸豐本題作「集杜題宮子春雨草堂二首」。

〔二〕「殊」，康熙本、道光本、咸豐本作「疏」。

〔三〕「偏」，康熙本、道光本、咸豐本作「清」。

【箋】

此詩採自民國本《九煙詩鈔·薇蕚》，康熙本、道光本、咸豐本亦收。據此詩在《九煙詩鈔·薇蕚》集中編排位置，當作於壬辰年，即順治九年（一六五二）。宗子即宗元鼎，見本卷《寒食夜集新柳堂分得寒字》箋。

旅夢

天地今何在？飄飄愧旅人。長吟秋後樹，痛哭夢中身。黻佩疑周蝶，詩書誤魯麐。

誰從江海外，危坐問星辰？

【箋】

此詩採自民國本《九煙詩鈔·薇蕚》，不見於他本。據此詩在《九煙詩鈔·薇蕚》集中編排位置，當作於壬辰年，即順治九年（一六五二）。

飲毛生齋中賦贈一章以應其索

傾蓋歡如故，天涯斗酒親。典刑標勝友，騷客饗逋臣。夜白珠常燦，年豐玉不貧。著書羞近代，灝噩在王春。

【箋】

此詩採自民國本《九煙詩鈔·薇蕚》，不見於他本。據此詩在《九煙詩鈔·薇蕚》集中編排位置，當作於壬辰年，即順治九年（一六五二）。

壽胡君七十

十竹胡居士，鷄林識姓名。高流稱有道，中歲悟無生。彝鼎商周氣，桑麻漢魏情。古稀秋始旦，强飯待昇平。

【箋】

此詩採自民國本《九煙詩鈔・薇蓴》，不見於他本。據此詩在《九煙詩鈔・薇蓴》集中編排位置，當作於癸巳年，即順治十年（一六五三）。

古歡社詩

社爲丁子菡生設，約黄子俞邰爾我過從，兩人互閲藏書也，即用三韻爲三章贈之。

莽莽秦焰紅，墳索化焦土。龍威走且僵，史皇淚如雨。咄哉兩張華，從何得秘府？東西峙百城，嵯峨并千古。

千古空兀兀，孤弦誰與彈？百城相對啓，風檐互唱歎。往還五雜組，入室各芝蘭。晨夕苟如此，陶潛胡寡歡？

此歡當百年，百年更上下。脉望作人言，五星時覆瓦。金樓石倉間，異福誰參者？神仙語英雄，安得入兹社？

【箋】此詩採自民國本《九煙詩鈔·夏爲堂詩草》，不見於他本。據此詩在《九煙詩鈔·夏爲堂詩草》中編排位置，當作於甲午年，即順治十一年（一六五四）。丁子菡即丁雄飛（一六〇五—一六八七），見卷二《壽丁菡生五十》箋。黄俞邰，即黄虞稷（一六二九—一六九一），字俞邰，號楮園，晉江安海（今屬福建省晉江市）人，明末清初著名藏書家。丁雄飛曾和黄虞稷、黄周星於南京訂古歡社約，互相抄書。

題乳山老人萬人緣疏

詩人林茂之老矣，貧且甚，山有薄田，欲耕無力。展誦短疏，心惻久之。

世變侵書枕，年凶到硯田。難邀千日醉，且募萬人緣。白髮陶元亮，丹心魯仲連。謀生兼忍死，相見各潸然。

【箋】此詩採自民國本《九煙詩鈔·夏爲堂詩草》，不見於他本。據此詩在《九煙詩鈔·夏爲堂詩草》中編排位置，當作於甲午年，即順治十一年（一六五四）。乳山老人即林古度，見卷四《和湘女詩十首》箋。是年，黄周星曾與林古度在金陵交遊，遂有此詩。

又和林茂之來韻

猿鶴夜多驚，書城屢被兵。漁樵皆不可，仙佛竟何成？海上文章哭，塵中錦繡行。皇天無野老，忍餓乞傭耕。

【箋】此詩採自民國本《九煙詩鈔·夏爲堂詩草》，不見於他本。據此詩在《九煙詩鈔·夏爲堂詩草》中編排位置，與上詩同作於甲午年，即順治十一年（一六五四）。林茂之，即林古度。

池上新緑社題

大塊仍春色，文章漸老成。枝頭惟薄暈，波面尚殘英。魚戲初呑影，鶯藏乍學聲。化工紅紫外，慘澹更經營。

【箋】此詩採自民國本《九煙詩鈔·夏爲堂詩草》，不見於他本。據此詩在《九煙詩鈔·夏爲堂詩草》中編排位置，當作於甲午年，即順治十一年（一六五四）。據詩題，此詩當爲黄周星在古歡社的唱和之作。

曩在廣陵見王杜二子唱酬詩題爲真州江畔十里桃花下送別也王句云江上波濤白天邊芳草青杜句云緑是江南樹青唯渡口煙余并賞之追憶成詩

我愛桃花句，如行千里身。萬言紅莫盡，片語緑偏真。草樹疑無色，煙波覺有神。還應添二子，白袷共烏巾。

【箋】此詩採自民國本《九煙詩鈔・夏爲堂詩草》，不見於他本。據此詩在《九煙詩鈔・夏爲堂詩草》中編排位置，當作於甲午年，即順治十一年（一六五四）。

連歲夏秋間皆寒

三伏從來畏，於今久不然。人情同夏日，天道似秦年。雷電殊恭默，風霜已矯虔。怪來陰節盛，太白正高懸。

【箋】

此詩採自民國本《九煙詩鈔·夏爲堂詩草》，不見於他本。據此詩在《九煙詩鈔·夏爲堂詩草》中編排位置，當作於甲午年，即順治十一年（一六五四）。

次韻答周江左〔一〕

避地常浮宅，偷生且授經。家中徒壁立，江上或峰青。薇蕨何辭餓，糟醨豈願醒？窮愁真我輩，相見賀飄零。

【校】

〔一〕康熙本題作「次韻答周子」。

【箋】

此詩採自民國本《九煙詩鈔·夏爲堂詩草》，康熙本亦收。據此詩在《九煙詩鈔·夏爲堂詩草》中編排位置，當作於甲午年，即順治十一年（一六五四）。本年黄周星於金陵，曾與周嘉胄交遊，遂有此詩。周嘉胄（一五八二—一六五九？），字叔休，號江左，揚州泰興（今江蘇省泰興市）人。明末清初寓居金陵，能詩善書，精鑒別，富藏弆。所著《香乘》《裝潢志》二書，有名學林。

次韻答林茂之

我自知炎熱，人誰辨醉醒？乾坤藏野史，日月讓騷經。變姓非梅福，浮家似管寧。不須南郭隱，土木久忘形。

【箋】此詩採自民國本《九煙詩鈔·夏爲堂詩草》，不見於他本。據此詩在《九煙詩鈔·夏爲堂詩草》中編排位置，當作於甲午年，即順治十一年(一六五四)。林茂之，即林古度，見卷四《和湘女詩十首》箋。此詩亦作於本年與林古度在金陵交遊期間。

遊繁昌縣峨山二首山有金峨洞，俗呼仙人洞。

未必神仙住，如斯洞亦佳。危崖擬[一]華嶽，怪石可蕭齋。李白遊難到，劉伶死欲埋。桃花遮道笑，此客本天涯。

去郭無三里，偷閒試一登。石雲流片片，山翠落層層。陸地瞿塘峽，平疇夏禹陵。何年重秉炬，探穴看飛騰。山[二]有石如疊浪，錫山尤皜題曰「石雲」。洞深可十餘丈，非燃炬莫敢[三]入。

【校】

〔一〕「擬」，康熙本、道光本、咸豐本、光緒本作「疑」。

〔二〕康熙本、道光本、咸豐本、光緒本「山」下有「間」字。

〔三〕康熙本、道光本、咸豐本、光緒本無「敢」字。

【箋】

此詩採自民國本《九煙詩鈔·夏爲堂詩草》，康熙本、道光本、咸豐本、光緒本亦收。《康熙繁昌縣志》卷十六「藝文」、《道光繁昌縣志》卷十七「藝文」收録此詩，題爲「金峨洞」。據此詩在《九煙詩鈔·夏爲堂詩草》中編排位置，當作於甲午年，即順治十一年（一六五四）。本年黄周星於安徽，遊覽繁昌寶山寺、黄石磯、迴龍閣、峨山和縣西梁山龍王宫等名勝，遂有此詩。繁昌縣，今安徽省蕪湖市繁昌縣。

贈宣城廣文施匪莪

敬亭山在好，此日得詩人。元白墻東隸，錢劉硯北臣。家貧常愛客，官小亦容身。我有瓊瑶報，需君二酉珍。匪莪許貽余《古樂苑》諸書，余擬手鐫印篆答之。

【箋】

此詩採自民國本《九煙詩鈔·夏爲堂詩草》，不見於他本。據此詩在《九煙詩鈔·夏爲堂詩草》中編排位置，當作於甲午年，即順治十一年（一六五四）。施匪莪，即施端教，見卷二《題施匪莪集詩》箋。本年黄周星或赴宣城，與施端教交遊。

與無可

和尚稱無可，道人號半非。閒携九節杖，相對七條衣。淚盡高堂菽，魂傷故嶺薇。皇天聞笑歎，餓骨豈堪肥？

【箋】

此詩採自民國本《九煙詩鈔·夏爲堂詩草》，不見於他本。據此詩在《九煙詩鈔·夏爲堂詩草》中編排位置，當作於甲午年，即順治十一年（一六五四）。據詩中云「道人號半非」，則此詩當作於本年黄周星返回金陵改號之後。據康熙本黄周星《豈想庵選夢略刻》：「夢遊一大剎，徙倚廡下。忽遇余同年友無可上人。余因語之曰：『頃思得一聯，稍暇當覓佳箋，爲我書之。』無可首肯，問何聯句？余曰：『國破家亡同草木，身貧親老混漁樵。』」則無可上人，乃黄周星同年友。

友人七夕新婚詩

天上星方合，人間月正中。娶妻如宋子，擇對得梁鴻。夜永頻迷蝶，秋清好夢熊。策勳花幕府，良友最無功。

【箋】

此詩採自民國本《九煙詩鈔·夏爲堂詩草》，不見於他本。據此詩在《九煙詩鈔·夏爲堂詩草》中編排位置，當作於甲午年，即順治十一年（一六五四）。

香橼代妾詩并序

杜子新亡愛姬，歌哭無緒。偶同余入市，買香橼四枚。余笑曰：「貧士何須此？」杜子曰：「吾聊以當妾。」與余分攜袖歸，因感而爲詩。

宛轉情何極？空花色假真。當年應共命，此日再生身。鼻觀非非想，魂香了了因。孤山容甲帳，梅畔李夫人。

【箋】此詩採自民國本《九煙詩鈔·夏爲堂詩草》，康熙本亦收。據此詩在《九煙詩鈔·夏爲堂詩草》中編排位置，當作於甲午年，即順治十一年(一六五四)。按方苞《杜蒼略先生墓志銘》:「(杜岕)方壯喪妻，遂不復娶。」則詩中杜子或爲杜岕兄杜濬。

附 杜子和詩

自我幽蘭折，真香記不真。春容無妙手，秋色倘前身。豈入湘纍怨，還修水月因。魂歸依角枕，誤認有新人。

【箋】此詩採自民國本《九煙詩鈔·夏爲堂詩草》。此詩或爲杜濬的唱和之作。

友人處遇乩仙與余輩唱和數日正樂〔一〕

東海揚塵日，南山好道年。人閒宜説鬼，身隱只歸仙。龍鶴三秋駕，黿魚半夜箋。窮愁良得意，爛醉菊花天。

【校】

〔一〕道光本、咸豐本題作「九日於友人處遇乩仙與余輩唱和甚樂因紀之」。

【箋】

此詩採自民國本《九煙詩鈔·夏爲堂詩草》，康熙本、道光本、咸豐本亦收。據此詩在《九煙詩鈔·夏爲堂詩草》中編排位置，當作於甲午年，即順治十一年（一六五四）。據道光本、咸豐本詩題此詩當作於九月初九重陽節。

談伯醒五十善寫生

談生今半百，霽旭正秋紅。世事漁樵好，生涯花鳥中。硯田封已蹙，酒國户偏雄。更萬八千日，君猶未老翁。

【箋】

此詩採自民國本《九煙詩鈔·夏爲堂詩草》，不見於他本。據此詩在《九煙詩鈔·夏爲堂詩草》中編排位置，當作於甲午年，即順治十一年（一六五四）。談伯醒，未詳。

月夜諸子醵酌賦别禁用月字

高坐三秋老，青天萬里明。客心横荇藻，詩思滿柴荆。吴楚虹蜺氣，乾坤蟋蟀聲。窮愁人又散，何計樂昇平？

【箋】此詩採自民國本《九煙詩鈔・夏爲堂詩草》，不見於他本。據此詩在《九煙詩鈔・夏爲堂詩草》中編排位置，當作於甲午年，即順治十一年（一六五四）三秋。

次夕復與諸子酌月

孤月明如此，老天秋可憐。嫦娥終不死，山鬼也疑仙。庭積千峰雪，窗懸九點煙。别離當此夜，如泛洞庭船。

【箋】此詩採自民國本《九煙詩鈔・夏爲堂詩草》，不見於他本。據此詩在《九煙詩鈔・夏爲堂詩草》中編排位置，當作於甲午年，即順治十一年（一六五四）。

次韻答乩仙前後見贈詩四首

詩是神仙事，相逢只浩歌。格清同庾鮑，心苦似陰何。山海文多怪，天人籟自和。移情蓬島近，花月怒蹉跎。和九月初七日韻。

龍隱惟高卧，鴻驚或遠游。陶潛隨地醉，張儉望門投。夜錦忙新婦，秋瓜老故侯。何年收日月，把卷入滄洲。和重九日韻。

松鱗年未老，牛口夜偏長。史自傳南郡，銘誰志首陽？山川終不語，天地黯相望。海上奇花放，孤芳異衆芳。和立冬日寄贈二首。

燈寒知耳熱，屋矮覺身長。共笑神龍困，誰憐野鶴昂？硯田荒黍麥，酒國誤封疆。五嶽門前路，行藏不用商。

【箋】

此詩採自民國本《九煙詩鈔·夏爲堂詩草》，不見於他本。據此詩在《九煙詩鈔·夏爲堂詩草》中編排位置，當作於甲午年，即順治十一年（一六五四）。據詩注，詩是黃周星於是年冬金陵和乩仙詩之作。

江上三友詩

余比年匏繫江館，形槁心灰，足音斷絶，幾不聞人世間〔一〕有「文章聲氣」四字矣。每薄暮出户悵佇，但〔二〕見夕陽江水，冷暖相親。因呼夕陽爲老友，江水爲淡〔三〕友。又念友不可無三，遥望江外數峰，縹渺映接，似亦〔四〕可以〔五〕晤語者。爰〔六〕招彼青山，號爲遠友，而各贈以詩。

出門何所見？老友當我前。長跪問老友，賴爾久周旋。千古更千古，萬年復萬年。羲皇〔七〕今安在？老友意茫然。老友。

老友時隱見，淡〔八〕友無時無。淡〔九〕友清且遠〔一〇〕，吾道尚〔一一〕不孤。懷沙一何勇，洗耳一何迂。洋洋而可樂，君子之交夫。淡〔一二〕友。

淡〔一三〕與老爲二，相對時開顔。復有遠友者，居老淡〔一四〕之間。此友有高致，可望不可攀。終古自危坐，白雲時〔一五〕往還。遠友。

【校】

〔一〕「聞人世間」，康熙本作「知人間世」。

〔二〕「但」，康熙本作「惟」。

〔三〕〔八〕〔九〕〔一二〕〔一三〕〔一四〕「淡」，康熙本作「澹」。

〔四〕「似亦」，康熙本作「亦似」。

〔五〕康熙本無「以」字。

〔六〕「爰」，康熙本作「遂」。

〔七〕「皇」，康熙本作「農」。

〔一〇〕「遠」，康熙本作「直」。

〔一一〕「尚」，康熙本作「倘」。

〔一五〕「時」，康熙本作「或」。

【箋】

此詩採自民國本《九煙詩鈔·夏爲堂詩草》，康熙本亦收。據此詩在《九煙詩鈔·夏爲堂詩草》中編排位置，當作於甲午年，即順治十一年（一六五四）。本年黄周星於繁昌江館作此詩。邢澍等修、錢大昕等纂《長興縣志》（嘉慶十年刊本）卷二十二《寓賢》：「每薄暮出户，望夕陽江水，呼夕陽爲老友，江水爲淡友，又以江外數峰爲遠友，爲《江上三友詩》，世多傳之。（《胡府志》）」

次韻答別山

世出世間客，無家俱未歸。送窮三寸管，忍辱七條衣。佛自成靈運，人誰問少微。笑他雲外鶴，飛鳥詎同依？

【箋】此詩採自民國本《九煙詩鈔・夏爲堂詩草》，不見於他本。據此詩在《九煙詩鈔・夏爲堂詩草》中編排位置，當作於甲午年，即順治十一年（一六五四）。別山即別山和尚，未詳。本年，黃周星於繁昌與之唱和。

予屢爲人作書鐫篆厭苦殊甚漫成二詩以謝索者

自是前生債，何關後輩師？忍饑常吮墨，失意復臨池。共惜丹墀策，余庚辰廷對策，精楷合古法，讀卷者擬第二人。進呈後，竟不蒙聖鑒，都人嗟惋。私慚黃絹碑。余童時曾書《曹娥》《蘭亭》帖數種，好[一]事者摹勒流傳，深爲[二]慚恨。換鵝衣鉢壞，空自惱羲之。

有筆應稱鐵，鑴印刀名鐵筆。能雕亦號蟲。捉刀徒自苦，鐫石竟何功？鐘鼎名空在，圖書義不同。篆章俗呼圖書，不知何〔三〕始。壯夫生計拙，技小笑兒童。

【校】

〔一〕「好」，康熙本上有「爲」字。

〔二〕「深爲」，康熙本作「至今」。

〔三〕「何」，康熙本作「所」。

【箋】

此詩採自民國本《九煙詩鈔·夏爲堂詩草》，康熙本亦收。據此詩在《九煙詩鈔·夏爲堂詩草》中編排位置，當作於甲午年，即順治十一年（一六五四）。黃周星書法、篆刻皆妙，從此詩中可見一斑。許楚《青巖集》（清康熙五十四年許象縉刻本）卷八《汪采臣印稿序》：「……歷代以來，名鉢相承，略可遡指。宋元則有王伯順、趙松雪、顧汝修、楊宗遵，皇明則有文三橋、何雪漁、趙凡夫、黃聖期，與余之及交者則有顧山臣、江晚柯、黃九煙、汪無坡、鍾孝虎，此諸君子，固皆高才勝流，淹洽群籍。既已妙絶臨池，更復精工切玉。寸章數字，留秘名家，藝苑文函，務傳至寶，匪虚譽也。」葉夢珠《閲世編》（中華書局二〇〇七年版）卷四「名節·黃周星」：「嘗遊戲作金石古文及八分書，鐵筆精工，特其餘藝耳。」

雪夜集古孺美齋中醉歸即事〔一〕

今宵天下白，我輩共寒檠。世外風波話，樽前磊塊情。龍蛇冬自苦，魑魅夜何榮？萬事如陵谷，開門已不平。

往來俱朗朗，身入畫圖行。韻語燈前積，奇懷醉後生。漁樵天半壁，鴻鵠夜三更。何處驚鴉夢？溪橋大笑聲。

【校】

〔一〕康熙本題作「雪夜集友人齋中醉歸即事二首」。

【箋】

此詩採自民國本《九煙詩鈔·夏爲堂詩草》，康熙本亦收。據此詩在《九煙詩鈔·夏爲堂詩草》中編排位置，當於甲午年，即順治十一年（一六五四）冬黄周星雪夜飲於繁昌古孺美齋中，歸後作。古孺美，未詳，或爲授經東家古叔俞之族人。

予甲午歲授經鵲江古氏冬日返自金陵諸生或以他故去惟漢如中文二子獨留感慨交至遂成四詩

絳帳人争慕，玄亭我自憐。交遊雖古道，文字有奇緣。雲雨態多幻，冰霜盟更堅。去來堪一笑，函丈小滄田。

吾門雙玉樹，歲晚見亭亭。茅葦人皆盡，松筠爾獨青。雀羅休署字，魚釜且談經。奎璧無多曜，聯珠即德星。

莫訝人情薄，翻疑吾道非。英流甘藥石，婦性悦脂韋。宋樹幸無代，虞弦聊可揮。虚空聆謦欬，跙蹰到應稀。

有學方干禄，無文可送窮。傴僂饘粥畔，聾啞簡編中。穆醴何曾重？僖盤故不同。從教門外雪，一月自春風。

【箋】

此詩採自民國本《九煙詩鈔·夏爲堂詩草》，不見於他本。據詩題「甲午歲」，則本詩當作於甲午年，即順治十一年（一六五四）。本年冬，黄周星由金陵再赴安徽繁昌授經，感生徒零落，遂有此作。

汪巨六賞余逋草評隲甚當詩以識之

得意人多怪，知音古亦慳。素心嘲賞外，明眼合離間。《石鼓》非難讀，《蘭亭》未可删。誰知醬瓿畔，吾世有君山。

【箋】此詩採自民國本《九煙詩鈔·夏爲堂詩草》，不見於他本。據此詩在《九煙詩鈔·夏爲堂詩草》中編排位置，當作於甲午年，即順治十一年（一六五四）。汪巨六，未詳。本年黄周星於繁昌，編成八股文集《逋草集》作爲授經之用，因此集頗得汪巨六賞識，感而作詩。

夢陶仲調年兄時季冬朔日

不見陶生久，人傳在薜蘿。十年猶日月，萬里各山河。落落星將老，綿綿草正多。明夷聞爾厄，幽夢意如何？

【箋】此詩採自民國本《九煙詩鈔·夏爲堂詩草》，不見於他本。據此詩在《九煙詩鈔·夏爲堂詩草》集中編排位置，當作於甲午年，即順治十一年（一六五四）。據詩題小注「時季冬朔日」，此詩當作於十二月初一。陶仲調，即陶汝鼐，見卷二《與長沙同年陶汝鼐别三十年矣一歲之中輒數見夢庚戌春日偶從月函上人處得見所寄月公詩札甚喜即次其扇頭韻和之》箋。

生日感懷

又是懸弧日，今年似去年。窮惟呼父母，癡或想神仙。犬馬辰安在，龍蛇歲已遷。引觴差快意，雪霽見青天。

【箋】此詩採自民國本《九煙詩鈔·夏爲堂詩草》，不見於他本。據此詩在《九煙詩鈔·夏爲堂詩草》中編排位置，當作於甲午年，即順治十一年（一六五四）十二月。

除夕三首

除夕今宵是，天公正醉鄉。乾坤吾未老，歲月爾何長？壁立詩無罪，燈寒劍有光。十年江海夢，把酒記星霜。

年年長作客，處處只依人。短盡英雄氣，還爲貧賤身。無家仍八口，有國亦孤臣。夜半思堯舜，漫漫爝火辰。

壯心元不已，大器果何成？身世浮萍影，江山爆竹聲。美人嗟歲晏，窮鬼喜冬晴。臘月今三十，依然舊處行。

【箋】此詩採自民國本《九煙詩鈔·夏爲堂詩草》，不見於他本。據此詩在《九煙詩鈔·夏爲堂詩草》中編排位置，當作於甲午年，即順治十一年（一六五四）除夕。

余館所濱江每薄暮無聊輒出户看斜陽因思唐人句云夕陽無限好只是近黄昏若以黄昏爲恨者余謂夕陽之妙全在黄昏向非黄昏夕陽安得佳耶遂用轉語翻案爲夕陽解嘲

群岫當時變，奇雲此際奔。美人多竹閣，詩客半柴門。草樹三秋色，江山萬古魂。夕陽無限好，正喜近黄昏。

【箋】此詩採自康熙本，不見於他本。詩當作於順治十一年（一六五四）於繁昌江館授經之際，或與《江上三友詩》作於同時。

江館歲暮雜詩十五首

有名呼聖僕，無罪作書囚。原憲歌非病，陶潛乞不羞。雀羅同馬肆，鶉結異羊裘。慚愧皋比號，藜牀坐幾秋。

依然窮措大，兼似苦頭陀。閎肆千篇少，饑寒八口多。安貧阿造物，忍辱學波羅。只說升平好，翻宜鼓腹歌。

十笏維摩室，三家學究村。不蘄樊雉樂，但覺井蛙尊。弟子名空寄，先生道自存。笑他汾水畔，將相出何門？

鬱鬱誰能遣？冥冥自可飛。蟄龍雖不死，野鶴竟何依。抱膝春風老，埋頭夜雪饑。儘教萊婦笑，還似著麻衣。

親朋皆薄禄，奴僕竟無宫。命爲文章賤，途因節義窮。青氊仍舊物，皁帽豈高風。盛德慚君實，逢人唤相公。

長夜心何樂，窮冬氣更悲。山川無語日，天地不通時。帖括偏隨我，詩篇欲寄誰？鶯猩將鬼蜮，應避廣川帷。

車馬塵元苦，蟲沙劫亦冤。聖人曾似狗，君子已爲猿。竹葉都無分，桃花久不言。有時逢四美，村社賽梨園。

問字門如水，談經甑自塵。陳商看白晝，鄧禹笑青春。八股還魂債，五言落魄親。分明窮舉子，只恨欠頭巾。

歲月泥犂底，生涯羅刹中。無人堪説鬼，有事只書空。拍岸驚濤白，開門返照紅。怪來乾亥向，日日嘯西風。

四海家何在？三冬曆又殘。龍蛇隨我困，鴻雁向人寒。澤畔徒清醒，河干豈素餐。

雖云薑桂辣，終帶甕虀酸。

此地饒糠覈，誰知念筆耕。魂魂財虜氣，脈脈旅人情。悍僕時争道，頑童或斥名。只應傭豎輩，賣菜識先生。

一寒真至此，人尚詷空囊。可笑焦螟睫，應憐腐鼠腸。惱公今日劇，知己昔人傷。卻感鄰傖誼，葡萄任過墻。

陸莊誠拙計，匡席亦强顔。師本君親列，儒今娼丐間。傭書憐匠憊，乞食羡僧閒。近喜聞根净，無人勸出山。

總不合時宜，休猜一肚皮。蠅頭人自狠，鷄肋我何癡。黄白能雄世，青藍豈讓師。盜憎兼鬼瞰，個是守錢兒。

喜怒供紈絝，招麾任素封。卑污良易合，方正固難容。自笑昂藏骨，誰澆塊壘胸。畸懷何所託，泰岱有孤松。

【箋】

此詩採自康熙本。清末陳田《明詩紀事》辛籤卷六下「周星」條收録本組詩之其四、其九，詩題作「江館歲暮二首」。詩亦當作於順治十一年（一六五四）歲暮於繁昌江館授經之際。

屢夢與陶仲調同上公車

陶子胡爲者，秋燈入夢頻。公車仍紫氣，野衲且緇塵。七八年中事，三千里外人。離騷灘艇哭，葉葉似前身。

【箋】

此詩採自道光本，咸豐本、光緒本亦收。亦當作於順治十一年（一六五四）冬。陶仲調，即陶汝鼐，見卷二《與長沙同年陶汝鼐别三十年矣一歲之中輒數見夢庚戌春日偶從月函上人處得見所寄月公詩札甚喜即次其扇頭韻和之》箋。

答宣城袁士旦

誰知城市裏，邂逅有斯人。月旦無虚士，春秋有素臣。詩因同調貴，交爲異鄉親。一片繁華地，黐成訪隱淪。

【箋】

此詩不見於黃周星諸集，採自陸心源《吳興詩存》四集卷十四，清光緒間歸安陸氏刊本。周慶雲《潯溪詩徵》卷三十八亦收。順治十一年（一六五四），黃周星或在宣城，與袁啓旭遊。袁啓旭，字士旦，號中江，安徽宣城人。有《中江紀年稿》。楊鍾羲《雪橋詩話餘集》（民國《求恕齋叢書》本）卷二：「士旦多才負氣，善詩古文及行草。多交老輩，與胡星卿、黃九煙、彭躬庵、魏叔子、陳元孝皆有酬唱。」

友人招集泗州塔後高臺即事

登臺悲杜甫，賦塔憶岑參。牢落一杯酒，蒼茫萬古心。城平疑遠岸，地迥得疏林。痛飲宜昏默，何勞鐘磬音。

【箋】

此詩不見於黃周星諸集，採自陸心源《吳興詩存》（清光緒間歸安陸氏刊本）四集卷十四，周慶雲《潯溪詩徵》卷三十八亦收。順治十七年（一六六〇），黃周星與戚玾、戚玾岳父王鼎子同登泗州塔懷古，是詩當作於同時。

登靖江真文寺塔

北來平野盡，一塔作孤峰。險歎長天塹，卑看蕞壤封。風難安鸛雀，氣欲上魚龍。滄海憑闌外，奇雲忽盪胸。

【箋】此詩不見於黄周星諸集，採自陸心源《吴興詩存》（清光緒間歸安陸氏刊本）四集卷十四，周慶雲《潯溪詩徵》卷三十八亦收。順治十八年（一六六一），黄周星於靖江曾登真文寺塔，詩當作於該時。

集語溪吕氏東莊梅花下

乞得移山術，羅浮直到門。幾年摇月魄，萬里傍冰魂。邢尹堪同幕，巢由不隔村。《離騷》那忘卻，終古恨黄昏。

天下梅花國，溪邊高士家。吟詩争日月，把酒贈煙霞。僕隸林和靖，俳優萼緑華。草廬龍卧處，鱗爪共槎枒。

【箋】此詩不見於黄周星諸集，採自陸心源《吴興詩存》（清光緒間歸安陸氏刊本）四集卷十四，周慶雲《潯溪詩徵》卷三十八亦收。康熙二年（一六六三）正月，黄周星於桐鄉東莊梅花下，曾與吕留良、陳祖法、陳紫綺、吴之振等飲宴唱和，詩當作於該時。

寄泗州戚子四首

離索經三載，琴樽好在無。襟期吾未老，聲氣爾應孤。習坎龍猶蟄，登高鳥自呼。謝家池草遠，春夢滿蘼蕪。

想到笑門裏，煙規眼底明。芭蕉元有骨，楊柳豈無情。麴部推王績，壺天失宋清。巴童辛苦慣，貰酒可三更。

自從離戚珋，復見吕光輪。快事堪千古，奇才有幾人。江淮分劍氣，吴越共龍身。流落吾何恨，艱危獲鳳麟。

近況何須問，畸懷只黯然。腹中悲玉碎，膝下愧珠聯。忍死鰕鮂窟，謀生鷄鶩阡。何時同把卷，醉向素心天。

【箋】此詩採自静嘉堂本《圃庵詩集》甲辰卷，不見於他本。甲辰即康熙三年（一六六四）。戚子即戚珅，見卷二《六月廿五夜夢戚珅》箋。

次韻答僧善辭

自聞方外樂，益覺世情難。異地悲王粲，彌天遜道安。乾坤行處是，漢魏坐來看。勝友如山水，孤琴試一彈。

【箋】此詩採自静嘉堂本《圃庵詩集》甲辰卷，不見於他本。甲辰即康熙三年（一六六四）。僧善辭，未詳。

次韻答武林友人

幸得同晨夕，誰知願復違。月梁疑太白，江練憶玄暉。遠望頻登閣，高吟各偃扉。西湖圖畫裏，何處是烏衣。

【箋】此詩採自静嘉堂本《圃庵詩集》甲辰卷，不見於他本。甲辰即康熙三年（一六六四）。武林，浙江杭州之别稱。本年，黄周星或有杭州之旅。

武水王君得導引術每夜餐北斗之氣不食不饑冬不挾纊且能引手愈疾喜爲二詩贈之

先生真有道，風骨亦奇哉。衣食都蠲累，煙霞自結胎。斗漿輸沆瀣，天饌饗瓊瑰。一任群兒笑，人間故可哀。

學得無生訣，淵源與我同。君真稱辟穀，吾尚愧飛蓬。吐氣能消疹，呴雷可治聾。赤松當面是，何必訪崆峒。

【箋】此詩採自静嘉堂本《圃庵詩集》甲辰卷，不見於他本。甲辰即康熙三年（一六六四）。武水在浙江嘉善。王君，未詳。

友人請賦灌菊詩言此題殊未易作灌菊非灌他卉一難也且灌菊根葉非灌菊花二難也余漫詠二首貽之

欲作餐英計，滋培詎敢遲。黄花猶九日，碧葉已三時。抱甕非瓜圃，連筒異竹埤。晨昏煩努力，樂事在東籬。

雨露非無福，兹花不媚春。芳馨宜晚節，盥沐待高人。桃李難分潤，芝蘭未浣塵。好持甘谷水，細酌壽嘉賓。

【箋】

此詩採自静嘉堂本《圃庵詩集》甲辰卷，不見於他本。甲辰即康熙三年（一六六四）。本年九月初九，黄周星在魏塘與友人郊外賞菊，遂有此作。

乙巳九日

魏塘如許地，兩度見重陽。酒貴衣難白，詩窮菊少黄。林泉慚鄙吝，蟲鳥習炎涼。欲覓登高句，卑棲笑異鄉。

【箋】此詩採自静嘉堂本《圃庵詩集》乙巳卷，不見於他本。乙巳即康熙四年（一六六五）。九月初九，魏塘房東遣婢送綀溪酒，黄周星作本詩與七言律詩《九日兀坐喜居停孫子遣婢送綀溪酒以詩二首謝之》。

過武水放下庵爲勺公書李義山詩以四筆見貽賦贈

豈是屠龍客，來過放下庵。竹窗容我話，玉板許誰參。癖似元章舫，禪同彌勒龕。虚貽彤管美，醉墨愧湖南。

【箋】此詩採自静嘉堂本《圃庵詩集》乙巳卷，不見於他本。乙巳即康熙四年（一六六五）。本年歲暮，黄周星在嘉善武水。勺公，未詳。

張子從雲間歸以所作初月女史詩見示余亦次韻遥贈

何處窺丰采，蟾鈎乍吐時。青天秋一色，碧海夜相思。金粟香初引，姬小字桂。銀河夢屢疑。盈盈三五畔，應許小星知。

【箋】此詩採自静嘉堂本《圃庵詩集》乙巳卷，不見於他本。乙巳即康熙四年（一六六五）。雲間，松江府之别稱，今上海市松江區。張子，未詳。

武水歲暮感懷一首

此邦渾惡薄，吾道合凄涼。狂稚馳衣桁，慳傖葬飯囊。深讐惟節義，最賤是文章。莫笑寒灰死，行看萬丈芒。

【箋】此詩採自静嘉堂本《圃庵詩集》乙巳卷，不見於他本。乙巳即康熙四年（一六六五）。武水，在浙江嘉興嘉善。

戲集八景題字五律一首〔一〕

洞天〔二〕嵐翠合，暮夜〔三〕遠鐘聲。帆落煙汀夕，漁歸雪浦晴。村庭寒〔四〕月照，沙市晚江平。秋雨湘山寺，瀟瀟雁滿城。

【校】

〔一〕道光本題作「又五律一首」，咸豐本題作「瀟湘八景題字」。

〔二〕「天」，咸豐本作「庭」。

〔三〕「夜」，光緒本、民國本作「雨」。

〔四〕「寒」，咸豐本作「閒」。

【箋】

本詩採自民國本《九煙詩鈔·夏爲堂詩草》，静嘉堂本《圃庵詩集》丙午卷、康熙本、道光本、咸豐本、光緒本亦收。丙午即康熙五年（一六六六）。本年居嘉善，魏塘友人以《瀟湘八景詩》索詠，黄周星遂作有七言律詩《瀟湘八景臺爲宋嘉祐時築詞人題詠甚夥大抵皆從畫屏間摹寫耳余昔年嘗久客其地睹聞頗真適魏塘友人以是題索詠遂仿歐蘇禁體漫賦八章貽之（禁犯題字）》《合詠八景七律二首》、七言絶句《又七絶一首》、五言律詩《戲集八景題字五律一首》與《又長短句一首》。

題苕溪名勝八首

愛山對月

郡署有高臺，可眺衆山。蘇子瞻詩云：「我從山水窟中來，猶愛此山看不足。」故取以名臺。〔一〕

何處尋仙吏，樓臺入畫圖。雲中猶霅峴〔二〕，月下即蓬壺。痛飲稱名士，高吟見大夫。此山看不足，真個是〔三〕髯蘇。

【校】

〔一〕《吴興詩存》本無此小序。

〔二〕「霅峴」，静嘉堂本、《吴興詩存》本作「峴霅」。

〔三〕「是」，静嘉堂本、《吴興詩存》本作「似」。

【箋】

此詩採自《前身散見集》丙午年，静嘉堂本《圃庵詩集》丙午卷、陸心源《吴興詩存》四集卷十四、周慶雲《潯溪詩徵》卷三十八亦收。丙午即康熙五年（一六六六）。苕溪，在浙江湖州。本年夏秋間，黄周星於湖州遊覽郡署高臺、韻海樓、墨妙亭、六客堂、伏虎庵、白雀寺、峴山、圓證寺八景，作《題苕溪名勝八首》。此乃遊高臺之作。

韻海敲詩

署内大樓甚宏敞，顔真卿爲守於此，著《韻海》《鏡源》二書，故取以名臺。〔一〕

眼底無吴越，巋然第一樓。文章傳巨手，節義想名流。好句江山助，奇懷翰墨收。遺編誰掌故？浩氣共千秋。

【校】

〔一〕「故取以名臺」，静嘉堂本作「故名」。《吴興詩存》本無此小序。

【箋】

此詩採自《前身散見集》丙午年，静嘉堂本《圃庵詩集》丙午卷、陸心源《吴興詩存》四集卷十四、周慶雲《潯溪詩徵》卷三十八亦收。丙午即康熙五年（一六六六）。韻海樓，始建於唐大曆八年（七七三），顔真卿由撫州刺史遷任湖州，招集文人編成了字典辭書《韻海鏡源》三百六十卷：「窮其訓解，次以經史子集中兩字以上或句者，廣而編之，故曰『韻海』；以其鏡照源本，無所不見，故曰『鏡源』。」黄周星此詩小序中云「著《韻海》《鏡源》二書」，實乃理解有誤。韻海樓即爲修書而建，詩中所謂「第一樓」即韻海樓。

「文章傳巨手，節義想名流」乃是稱道顔真卿。

墨妙揮毫

孫莘老爲守於署中，池上建墨妙亭，刻古碑於此。〔一〕

縣舍書裙後，何人更擅長。臨池苔藻黑，染翰竹梧香。碑古摩〔二〕秋色，亭空寫夕陽。休論鷺〔三〕尾價，得意即鍾王。

【校】

〔一〕此小序底本原缺，據静嘉堂本補。《吴興詩存》本亦無此小序。

〔二〕「縣舍」至「碑古摩」原缺，據静嘉堂本、《吴興詩存》本補。

〔三〕「鷺」，静嘉堂本、《吴興詩存》本作「鸞」。

【箋】

此詩採自《前身散見集》丙午年，静嘉堂本《圃庵詩集》丙午卷、陸心源《吴興詩存》四集卷十四、周慶雲《潯溪詩徵》卷三十八亦收。丙午即康熙五年（一六六六）。

客堂雅會

署中有六客堂，李公擇爲守日，宴蘇子瞻輩六客於此，後東坡爲守〔二〕，復集六客宴會，故名。

前輩風流在，蘇〔二〕堂歲月深。雲霄時握手，湖海屢横襟。班秩疑松粒，衣冠似竹林。於今懷〔三〕六客，千載快同心。

【校】

〔一〕「後東坡爲守」原缺，據静嘉堂本補。《吴興詩存》本無此小序。

〔二〕「蘇」，静嘉堂本、《吴興詩存》本作「兹」。

〔三〕「懷」，静嘉堂本、《吴興詩存》本作「還」。

【箋】

此詩採自《前身散見集》丙午年，静嘉堂本《圃庵詩集》丙午卷、陸心源《吴興詩存》四集卷十四、周慶雲《潯溪詩徵》卷三十八亦收。丙午即康熙五年（一六六六）。

道場遺〔一〕勝

山有伏虎庵，爲伏虎禪師道場，上有塔可望震澤、錢塘，傍有東坡書院。〔二〕

伏虎師何處，人傳古道場。峰腰縈震澤，塔頂見錢塘。浮玉寒波碧，飛雲遠岫荒〔三〕。不知蘇太守，吟屐幾回忙？

【校】

〔一〕「遺」，静嘉堂本、《吴興詩存》本作「選」。

〔二〕《吴興詩存》本無此小序。

〔三〕「荒」，静嘉堂本、《吴興詩存》本作「蒼」。

【箋】

此詩採自《前身散見集》丙午年，静嘉堂本《圃庵詩集》丙午卷、陸心源《吴興詩存》四集卷十四、周慶雲《潯溪詩徵》卷三十八亦收。丙午即康熙五年（一六六六）。

白雀觀圖

白雀寺在弁山東，昔有尼葬，舌生青蓮，有宋石門畫壁十一堵。山有望湖亭池并紅蝦、無尾螺。〔一〕

白雀猶遺搆，蓮花好在無。羸蝦留異迹，竹柏護靈區。金粉三千界，丹青十一圖。滄洲看不厭，何暇眺重湖？

【校】

〔一〕静嘉堂本此小序作：「白雀寺在弁山東，昔有尼葬地下，其舌上生青蓮花，有宋石門畫壁十一堵。

山上有望湖亭，池中有紅蝦、無尾螺。」《吴興詩存》本無小序。

【箋】

此詩採自《前身散見集》丙午年，静嘉堂本《圃庵詩集》丙午卷、陸心源《吴興詩存》四集卷十四、周慶雲《潯溪詩徵》卷三十八亦收。丙午即康熙五年（一六六六）。

窪樽載酒

峴山有石樽可貯酒，李適之判郡日嘗飲此，作亭覆其上。山在逸老堂前。〔一〕

左相分符日，孤〔二〕亭數舉觴。客迷山墅緑，天與石樽香。夢發延英殿，吟轟逸老堂。遊人驚下馬，錯認是襄陽。

【校】

〔一〕《吴興詩存》本無小序。

〔二〕「孤」，静嘉堂本、《吴興詩存》本作「兹」。

【箋】

此詩採自《前身散見集》丙午年，静嘉堂本《圃庵詩集》丙午卷、陸心源《吴興詩存》四集卷十四、周慶雲《潯溪詩徵》卷三十八亦收。丙午即康熙五年（一六六六）。

圓證談禪

圓證寺在弁山西，度一小橋則[一]竹樹參天，疑非人世。

圓證何年剎？前身似聽禪。過橋[二]惟見竹，入寺不知天。佛帶煙霞癖，僧耽水石緣。此中容大隱，誰復慕神仙？

【校】

〔一〕静嘉堂本無「度一小橋則」五字。

〔二〕「橋」，静嘉堂本作「山」。

【箋】

此詩採自《前身散見集》丙午年，静嘉堂本《圃庵詩集》丙午卷亦收。丙午即康熙五年（一六六六）。

次韻答武水錢公歲暮見訪十首

一水城東路，相看似隔村。義熙今日事，天寶舊時魂。月暗珠添淚，霜寒玉失温。空持千古意，綺角對柴門。

住世皆如客，爲園半是村。煙雲疲部署，花月幻精魂。白傅吟還醉，王曾志不温。歸田松菊好，贏得賦衡門。

不向青雲路，聊尋黄葉村。漆園宜説夢，楚澤免招魂。馬革真無謂，羊裘也自温。何須嗟往事，長嘯上東門。

素心懷古處，仿佛見南村。易水英雄淚，邯鄲富貴魂。躬耕思管樂，齒冷笑敦温。自愛松風夢，那知神武門？

東郭誰開徑？西園欲傍村。書懸天地眼，酒酹古今魂。泉石幽還峭，風霜肅亦温。閒人登不得，真個是龍門。

修竹何年宅？斜陽著處村。江聲時汩汩，山氣自魂魂。秋氣清逾迥，春弦濁不温。黄粱炊熟未？無夢到金門。

宋玉非無宅，明妃自有村。衆狂難共語，兩美自通魂。渴病緣詩劇，柔鄉帶酒温。凌雲誰買賦？花鳥負長門。

空谷跫〔一〕音絶，城居過遠村。人忙無冷眼，天老有遺〔二〕魂。飲啄情何樂，流離席未温。非公愛孤僻，誰爲叩蓬門？

名掛文昌座，身淹學究村。棄官餘傲骨，及第等孤魂。玉樹庭非謝，金莖集似温。舉頭愁虎豹，何處叫天門？

微生何所願，農圃共漁村。易結煙霞癖，難消〔三〕粉黛魂。文章爭得失，形影自寒温。萬念俱冰雪，相期訪羨門。

【校】

〔一〕「跫」，原作「[illegible]」，據静嘉堂本改。

〔二〕「遺」，静嘉堂本作「迷」。

〔三〕「消」，静嘉堂本作「銷」。

【箋】

此詩採自《前身散見集》丙午年，静嘉堂本《圃庵詩集》丙午卷收第七、第八、第十首。丙午即康熙五年（一六六六）。錢公爲錢繼登，見本卷《錢龍門先生招集客園是日雨後晚晴見月看海虞小友張生奏新聲暨歌兒隔竹度曲以牡丹亭牙牌行酒因賦四首》箋。本年年末錢繼登來訪，黄周星喜而作詩。

惠州羅浮山有大竹葉蟲篆屈曲名爲竹葉符佩之能闢虎狼鬼魅僧竺公以二葉見貽賦答二首

羅浮吾故里，想像似蓬壺。未赴梅花夢，先觀竹葉符。盤紆疑繆篆，詰屈駭奇觚。珍重山僧贈，殊勝九節蒲。

此葉疑身佩，傳聞辟毒魔。虎狼隨處是，魑魅向來多。抱朴書知怪，旌陽竹拯疴。他年遊五嶽，應免笑山阿。

【箋】

此詩採自《前身散見集》丙午年，不見於他本。丙午即康熙五年（一六六六）。此詩當作於黄周星遊湖州苕溪，與僧竺公交遊之時。

湖州飛英寺塔

塔中有小石塔，相傳自太湖飛來，以大塔圍之，恐其飛去也。

塔裏還安塔，生平見未曾。宮山應似霍，襲櫝即如縢。來自三千頃，登宜十二層。神龍猶破壁，底事不飛騰？

【箋】

此詩採自《前身散見集》丙午年，不見於他本。丙午即康熙五年（一六六六）。黃周星在湖州時又遊飛英寺，遂有此作。

漁父圖爲某君題像

放眼紅塵外，漁〔一〕簑一葉輕。卜居鄰屈子，説劍對莊生。山水吟嘗〔二〕醉，風波夢豈〔三〕驚？其人呼或出，想見剡溪情。

【校】

〔一〕「漁」，静嘉堂本作「魚」。

〔二〕「嘗」，静嘉堂本作「常」。

〔三〕「豈」，静嘉堂本作「不」。

【箋】

此詩採自《前身散見集》丙午年，静嘉堂本《圃庵詩集》丙午卷亦收。丙午即康熙五年（一六六六）。

過平原故村弔二陸

平原天下士，二俊古今無。將種同書種，鴻儒異魯儒。才雖傷唳鶴，智豈讓思鱸。歎息遺村没，誰知晉與吴。

【箋】

此詩採自静嘉堂本《圃庵詩集》丙午卷，不見於他本。丙午即康熙五年（一六六六）。本年冬日，黄周星於九峰訪小昆山陸機、陸雲故居諸處，遂有此作。「二陸」指晉代文學家陸機、陸雲兄弟。陸機（二六一—三〇三），字士衡，陸雲（二六二—三〇三），字士龍，皆爲吴郡吴縣華亭（今上海市松江區）人。東吴滅亡後，二陸曾回到家鄉小昆山閉門苦讀十年。

丙午除夕余屢年有火馬之兆，今竟未驗。

赭馬今朝盡，明年又赤羊。仙書多妄誕，神夢亦荒唐。富貴雖非願，艱危已備嘗。寒號呼盍旦，應許望扶桑。

【箋】

此詩採自静嘉堂本《圃庵詩集》丙午卷，不見於他本。丙午即康熙五年（一六六六）。

賀友人生孫〔一〕

笑我方求子，看君已抱孫。高陽文若里，通德小同門。萬事足還足，一堂尊更尊。何來〔二〕麟鳳種，容易見雲昆。

【校】

〔一〕道光本、咸豐本、光緒本題作「贈孫霄客生孫次陳階六同年韻」。

〔二〕「何來」，道光本、咸豐本、光緒本作「可知」。

【箋】

此詩採自《前身散見集》丁未年，静嘉堂本《圃庵詩集》丁未卷、道光本、咸豐本、光緒本亦收。丁未即康熙六年（一六六七）。本年四月，黄周星始得長子黄樯。黄周星先有四女，卻苦於無子，今年終喜得佳兒，所以《賀友人生孫》中有「笑我方求子，看君已抱孫」云云。孫霄客，不詳。陳階六，即陳臺孫，見卷二《楚州酒人歌》箋。

次韻答佘山覺公

不忘煙霞約，勞勞世外心。人多懷北闕，我自操南音。丘壑宜安石，風神愛道林。笑他塵夢客，屐笠枉追尋。

【箋】

此詩採自《前身散見集》丁未年，不見於他本。丁未即康熙六年（一六六七）。據道光本卷二《與覺庵上人》文中云：「舊冬無意過九峰，因得拜道範於東佘草堂，一見即有水乳之契。初以吾師爲衲子也，迨相對久之，始知師非衲子，乃昔年荆楚之諸生也。」則覺庵上人，原乃楚之諸生，住在松江九峰白雲庵。康熙五年（一六六六）冬，黄周星遊青浦及九峰，曾與覺庵上人相見。本年，二人仍有詩書來往。

武水女道人瓌瑢以札索詩欲作奉道出塵瓊瑶幽谷之語因賦四章贈〔一〕之

大道非常道，無名復有名。九霄知姓氏〔二〕，五嶽見生平。仙佛元同座，人天可獨行。從他下士笑，蟬翼與蠅聲。

紅塵皆五濁，當日爲誰來？天上差能樂，人間盡可哀。松風呼噩夢，花雨濯凡胎。暗地逢龍女，應登九品臺。

洵美瓊瑶質，天然與世殊。才華驚殿閣，膽識破江湖。林下真君子，閨中偉丈夫。若逢堯舜後，稷契是名姝。

身任綱常重，鬚眉愧後塵。香奩稱傑士，幽谷笑佳人。智勇堪持軸，雄慈欲渡津。何須嗟世網，平等視冤親。

【校】

〔一〕「贈」，静嘉堂本作「貽」。

〔二〕「氏」，静嘉堂本作「字」。

【箋】

此詩採自《前身散見集》丁未年，静嘉堂本《圃庵詩集》丁未卷亦收。丁未即康熙六年（一六六七）。武水，在浙江嘉興嘉善。是年，黄周星與武水女道士瓌瑢有詩書往還，詩當作於該時。

新緑〔一〕

墻頭新緑滿，頗不似城居。樹蔭時聞鳥，溪涼足釣魚。天清過雨後，人澹落花餘。枉被羲皇笑，無心坐讀書。

【校】

〔一〕静嘉堂本題作「題新緑小景」。

【箋】

此詩採自《前身散見集》丁未年，静嘉堂本《圃庵詩集》丁未卷亦收。丁未即康熙六年（一六六七）。

重過嘉禾顧君齋中

醉墨留題處，蒼茫十八年。杖頭消日月，橐底貯山川。斗室陳蕃榻，蕭齋米芾船。心期同五嶽，禽向孰先鞭？

【箋】此詩採自《前身散見集》丁未年，静嘉堂本《圃庵詩集》丁未卷亦收。丁未即康熙六年（一六六七）。嘉禾，浙江嘉興府的别稱。因三國吴時有禾自生於嘉興縣境，以爲祥瑞，故名。是年秋冬間，黄周星曾兩遊嘉興。

五日懷戚玾

我友秋眉緑，相思七載餘。蕉窗懸舊榻，葦國結新廬。奇字天驚夢，狂吟鬼乞書。魚龍今日醉，知是弔三閭。

【箋】此詩採自《前身散見集》丁未年，静嘉堂本《圃庵詩集》丁未卷亦收。丁未即康熙六年（一六六七）。

本年端午懷好友戚珊，遂有此作。戚珊，見卷二《六月廿五夜夢戚珊》箋。

題程生新葺小齋

愛爾書齋趣，南窗似北窗。羲皇多遠夢，屈宋豈新腔？看竹人無〔一〕一，尋花蝶自雙。深山何足擬？畫舫在空江。

【校】

〔一〕「無」，静嘉堂本作「非」。

【箋】

此詩採自《前身散見集》丁未年，静嘉堂本《圃庵詩集》丁未卷亦收。丁未即康熙六年（一六六七）。

程生，未詳。

哭顧屺二首

苟活情無樂，如君死亦佳。野薇頑禄盡，碩果苦心乖。鰥獨身誰兩〔一〕？飢寒骨竟埋。何須誅鬼伯？魑魅正盈街。

偷生雖可死，少緩亦何妨？志未填東海，身先赴北邙。河清悲壽促，月犯應人亡。地下如相屈，修文恨正長。

【校】

〔一〕「兩」，静嘉堂本作「嗣」。

【箋】

此詩採自《前身散見集》丁未年，静嘉堂本《圃庵詩集》丁未卷亦收。丁未即康熙六年（一六六七）。顧屺，號雪漁。嘉善武水人，黄周星之友，事迹未詳。本年仲秋，顧屺亡故，黄周星作此詩。

戊申元日

旭日初升處，朝霞更滿天。飛龍符舊曆，獻鳥喜新年。富貴花爲國，風流墨是仙。青雲應不遠，吾意欲騰騫。

【箋】

此詩採自《前身散見集》戊申年，静嘉堂本《圃庵詩集》戊申卷亦收。戊申即康熙七年（一六六八）。

孫君以記〔一〕夢詩相示且云夢見余同年亡友沈臨秋見託有求於余而未明言因次韻和之

人與天同夢，何從别是非？月梁疑太白，江練憶玄暉。漫説無生話，誰觀杜德機？心知印〔二〕友託，秃管敢辭揮。

【校】

〔一〕「記」，静嘉堂本作「紀」。

〔二〕「印」，原作「邛」，據静嘉堂本改。

【箋】

此詩採自《前身散見集》戊申年，静嘉堂本《圃庵詩集》戊申卷亦收。戊申即康熙七年（一六六八）。

余於丁未仲秋有哭顧屺詩二首至季冬偶閲同年高寓公遺詩有二語云惟將前進士慘淡表孤墳愴然傷懷思欲改竄數字移以弔屺而忽忽忘之至戊申人日屺忽見夢於孫君云深感黄先生以三詩相弔孫云止聞其二安得有三屺曰公不知也其一詩特未成耳孫君次日以語余余爲悚然遂補成一詩以實其語

我友何曾死？宵來每颯然。孤魂那及第，委蜕且登仙。節義通三極，文章慰九泉。好題名〔一〕處士，墓石表千年。

【校】

〔一〕「名」，静嘉堂本作「明」。

【箋】

此詩採自《前身散見集》戊申年，静嘉堂本《圃庵詩集》戊申卷亦收。戊申即康熙七年（一六六八）。本年正月初七，孫君夢見顧屺向黄周星乞詩，黄周星遂有此作。顧屺，黄周星好友，事迹未詳，康熙六年

（一六六七）亡故。

戲題友人蜩寄齋

早知生是寄，何不暫忘機？濁世千鈞重，新妝兩鬢稀。影疑蛇跗待，笑共鷽鳩飛。痀僂真多巧，誰論有道非？

【箋】

此詩採自《前身散見集》戊申年，静嘉堂本《圃庵詩集》戊申卷亦收。戊申即康熙七年（一六六八）。本年黄周星於杭州，曾爲杭州書商汪象旭書坊蜩寄齋題詩。汪象旭曾以「蜩寄」爲名，刊刻多種書籍。

南園觀荷分得高字

地似濂溪樂，峰疑太華高。美人皆水殿，君子半江皋。弱藻妝明鏡，薰風韻濁醪。褰裳何足憚？木末笑離騷。

【箋】

此詩採自《前身散見集》戊申年，静嘉堂本《圃庵詩集》戊申卷亦收。戊申即康熙七年（一六六八）。

本年六月十七日，黄周星於蘇州南園觀荷花，遂有此作。

中秋次韻答友人見招不赴二首〔一〕

旅愁逢此夕，不信是中秋。頗怪雲如墨，翻疑月似鉤。詩因吴詠發，酒借《漢書》浮。牀上元無客，何須百尺樓？

秋分今夜是，九十恰當中。乍歇疏桐雨，還飄古桂風。一樽懷李白，五噫續梁鴻。欲吐驚天句，憑誰寄月宫？

【校】

〔一〕静嘉堂本無「二首」二字。

【箋】

此詩採自《前身散見集》戊申年，静嘉堂本《圃庵詩集》戊申卷收第二首。戊申即康熙七年（一六六八）。據詩題，作於本年八月十五，時黄周星旅居蘇州。

賀友人移居

客居真不易，見爾已三遷。徑似陶潛宅，齋如米芾船。擁書香似〔一〕國，染翰緑爲天。從此長安樂，酣吟幾百年。

【校】

〔一〕「似」，静嘉堂本作「是」。

【箋】

此詩採自《前身散見集》戊申年，静嘉堂本《圃庵詩集》戊申卷亦收。戊申即康熙七年（一六六八）。

戊申九日

三吴從作客，七載未登高。坐席翻嫌暖，吟筇免告勞。臨城懷故國，俯塔悵神臯。猶喜秋光好，斜陽眷布袍。

【箋】

此詩採自《前身散見集》戊申年，静嘉堂本《圃庵詩集》戊申卷亦收。戊申即康熙七年（一六六八）。

九月初九，黄周星仍在蘇州。

夜宿梅溪大公精舍憶庚寅春曾過此

燈火梅溪路，勞勞十九年。浮生仍〔一〕作客，薄醉且安禪。萬竹圍寒夢，孤舟破曉煙。剎那成聚散，身世各茫然。

【校】

〔一〕「仍」，静嘉堂本作「曾」。

【箋】

此詩採自《前身散見集》戊申年，静嘉堂本《圃庵詩集》戊申卷、清代劉薊植纂修《乾隆安吉州志》（清乾隆刻本）卷十五「藝文」亦收。戊申即康熙七年（一六六八）。詩作於黄周星赴梅溪訪濮雋茹之際。所謂「燈火梅溪路，勞勞十九年」指順治七年庚寅（一六五〇）五月，黄周星自杭州搬家，曾過嘉興梅溪。

程生讀書瓶山魁星閣以箋索詩因成二首

小閣紅塵外，蕭然自讀書。性能求寂寞，聲欲動空虛。山有劉伶迹，亭非楊子居。一杯千首興，相憶似匡廬。

趯斗元非鬼，皆因字肖形。黄金能踴躍，綵筆想神靈。肸蠁通群帝，光芒燦六經。只應〔一〕藜閣上，夜夜伴文星。

【校】

〔一〕「應」，静嘉堂本作「因」。

【箋】

此詩採自《前身散見集》戊申年，静嘉堂本《圃庵詩集》戊申卷亦收。戊申即康熙七年（一六六八）。瓶山，在浙江嘉興。是年，黄周星曾往返於嘉興，與程生交遊。

有賢者先爲浙中嘉禾司理復補得楚嘉禾令友人徵詩送之率賦一首

嘉禾分郡縣，楚越似同鄉。兩地庚桑社，千秋召伯棠。開雲看紫蓋，酌水愛清湘。卧治何由得，天池待頡頏。

【箋】

此詩採自静嘉堂本《圃庵詩集》戊申卷，不見於他本。戊申即康熙七年（一六六八）。浙中嘉禾即浙江嘉興，楚嘉禾在湖南郴州。是年，黄周星曾往返於浙江嘉興，與嘉禾司理交遊。

梅溪訪友不遇而家人款客甚殷兼喜其新製舟成留詩貽之

正是秋冬際，難爲倦客懷。昔年徐孺榻，此日子雲齋。水竹居真樂，孝廉船更佳。鹿門今再見，鷄黍愧吾儕。

【箋】此詩採自静嘉堂本《圃庵詩集》戊申卷，戊申即康熙七年（一六六八）。濮孟清纂《康熙濮川志略》（清抄本）卷十一「傳詠」收録此詩，題作《秋杪過梅溪訪雋茹道兄不值喜新舟成輒賦一律》。則黄周星所訪之友爲濮雋茹，嘉興王店梅溪人，事迹不詳。

新春次韻答友二首

命駕非千里，扁舟便可尋。炎凉今日態，憂樂古人心。得句推敲熟，論文感慨深。何須山水操？謦欬總清音。

春風天下緑，誰不道新年？人盡趨塵海，吾仍守硯田。枕書辭俗夢，對酒喜高賢。莫問乾坤事，閒看斗柄旋。

【箋】此詩採自《前身散見集》己酉年，静嘉堂本《圃庵詩集》己酉卷收第二首，題作「新春次韻答友」。己酉即康熙八年（一六六九）。

歎雨中緑萼梅

與雨相終始，汝生亦不辰。幸無蜂蝶惱，殊少綺羅親。點石渾疑雪，浮波半似鱗。孤芳仍見妒，不合望陽春。

【箋】此詩採自《前身散見集》己酉年，静嘉堂本《圃庵詩集》己酉卷亦收。己酉即康熙八年（一六六九）。

集南潯友人齋中以黑白子爲酒籌以算局記明瓊勝采積至數千不休實從來所未見也戲爲一詩嘲之

雅酌從無算，今看算局新。綺筵添博士，酒國少頑民。累觶疑逋賦，持籌異告緡。平原能醉客，會計合經旬。

【箋】此詩採自《前身散見集》己酉年，静嘉堂本《圃庵詩集》己酉卷亦收。己酉即康熙八年（一六六九）。本年黄周星在南潯。

塾中遣悶二首

貧賤何時了，我生太不辰。腐心看世事，忍淚向時人。飲啄憐樊雉，行藏歎藪麟。横空雲更黑，誰信是蒼旻。

行行三十載，總不似人間。羅刹波爲國，泥犁獄是山。非仙常忍辱，未老已成鰥。倔强吾猶昔，寧摧壯士顔。

【箋】此詩採自《前身散見集》己酉年，不見於他本。己酉即康熙八年（一六六九）。本年黄周星在南潯授經。

潯溪略無岡阜惟有油肆煤燼積成培塿號曰煤山登其上可望太湖洞庭余坐塾中亡聊時一登之笑成一律

爨餘何朽壞，亦僭小山稱。禁苑聞常設，寰區見未曾。湖山收震澤，煙樹指松陵。爲憶甲申事，傷心不忍登。

【箋】

此詩採自《前身散見集》己酉年，不見於他本。己酉即康熙八年（一六六九）。本年黄周星在南潯。

塾中再遣悶二首

昔年猶北海，此日遂西山。正氣歌堪續，閒情賦盡删。文章填〔一〕磊砢，富貴戀癡頑。七尺何爲者？空生天地間。

挑燈思世事，理數總難詳。長夜疑無旦，重陰竟少陽。凶危仍福德，妖孽盡禎祥。被髮吾何往？悲號下大荒。

【校】

〔一〕「填」，静嘉堂本作「嗔」。

【箋】

此詩採自《前身散見集》己酉年，静嘉堂本《圃庵詩集》己酉卷收第一首，題作「塾中遣悶」。己酉即康熙八年（一六六九）。本年黄周星在南潯授經。

立秋

時令一何正，方秋竟似秋。涼風隨雨至，大火帶星〔一〕流。天下知梧葉，人間動蒯緱。東家與宋玉，今夜各添愁。

【校】

〔一〕「星」，静嘉堂本作「雲」。

【箋】

此詩採自《前身散見集》己酉年，静嘉堂本《圃庵詩集》己酉卷亦收。己酉即康熙八年（一六六九）。

九〔一〕月十九夜夢與戚玾同卧

知君又不第，夢裏更相尋。乍喜交樽簋，何期共枕衾。十年才子面，千里美人心。恨別多匆遽，荒鷄故滿林。

【校】

〔一〕「九」，静嘉堂本作「六」。

【箋】

此詩採自《前身散見集》己酉年，静嘉堂本《圃庵詩集》己酉卷亦收。己酉即康熙八年（一六六九）。九月十九夜，再夢戚玾，黄周星遂有此詩。戚玾，見卷二《六月廿五夜夢戚玾》箋。

己酉季秋喜生次子

二雛相繼出，彷彿似徐卿。晚愛蘭芽茁，春增棣蕚榮。雙珠祈〔一〕并照，兩鳳想和鳴。濟美看前代，翩翩好弟兄。

【校】

〔二〕「祈」，静嘉堂本作「期」。

【箋】

此詩採自《前身散見集》己酉年，静嘉堂本《圃庵詩集》己酉卷亦收。己酉即康熙八年（一六六九）。本年季秋九月，妾趙氏生次子，名槲，字寄中，後過繼給沈氏。國家圖書館藏《夏爲堂别集》八卷九册（清康熙二十七年刻本）題：「鍾山黄周星九煙氏著，男楠（禹弓）輯，育黄寄中校（繼沈姓）。」葉夢珠《閲世編·名節·黄周星》（中華書局二〇〇七年版）：「公年逾五十，未有子，所生四女：長嫁錫山賈氏，元配出。次適嘉禾吴氏，又次適松陵吴氏。至丁未以迄己酉，連舉二子，公喜曰：『今蒸嘗有托，可以從君親於地下矣。』……公元配蕭氏，楚人。側室趙氏，二子三女，皆其所出。長子楠，字禹弓，年十四聘笱里張氏。次子槲，字寄中，年十二未婚。皆秀慧能文，公之肖子也。」陳鼎《留溪外傳》（清康熙三十七年自刻本）卷五隱逸部上《笑蒼老子傳》：「老無子，乃置妾生二子，曰：『吾可以告無罪於先人矣！』」

己酉生日

貧賤至今日，峥嶸笑煞人。科名真敝帚，節義亦微塵。白日安狸魅，青雲惱鳳麟。堂堂成底事，五十九年身。

【箋】

此詩採自《前身散見集》己酉年，不見於他本。己酉即康熙八年（一六六九）。詩作於該年十二月十七，五十九歲生日時。

歎書四首

余自丁喪亂，片紙無遺。廿餘年來，復積得書數千卷，苦流離蟄隘，無櫝可棲，無架可貯。惟擎以木版，束以菅索，層疊委置墻壁間，狼藉煙塵，卑暗穢雜。嗟乎！困屈至此，書一何不幸而隨余也。寒窗歲暮[二]，顧此愴然，因爲四詩以歎之。

書卷爾何罪？摧頹酷可傷。數當罹禁錮，時正賤文章。漫羡鄴侯架，空憐楊子牀。長虹雖萬丈，何處吐光芒？

豈有龍威守，大文禁不舒。米家難署舫，惠子未停車。完帙殘飢鼠，奇編碎蠹魚。似

聞山鬼哭，此厄等燔書。

憐爾拘幽久，軒昂更不能。何由藏石室，長似閉金縢。忍辱龍蛇怒，韜光魑魅憎。枕

函排梵夾，真是客堂僧。

我自書囚慣，冤哉爾亦囚。終年遭束縛，到處伴窮愁。命寄三家塾，心飛萬卷樓。何時天禄夜，藜火燦銀鈎。

【校】

〔一〕「歲暮」，静嘉堂本作「燈夜」。

【箋】

此詩採自《前身散見集》己酉年，静嘉堂本《圃庵詩集》己酉卷收題目、小序與第一首，其後内容已闕。己酉即康熙八年（一六六九）。年末，黄周星於南潯作此詩。

過正宗居晤不負禪師蓋因其父殉國難而兄弟隱於空門者

昨識南家路，相逢似夙緣。桃花堪悟道，柏子漫參禪。忠孝三生事，文章萬古天。我師端不負，名號自今傳。

【箋】

此詩不見於黄周星諸集，採自清代汪曰楨纂《南潯鎮志》（同治二年刊本）志八寺廟一「正宗居」條目下，周慶雲《潯溪詩徵》卷三十八亦收。此詩當作於黄周星晚年居南潯時。黄周星康熙八年（一六六九）赴南潯，故此詩排列於此。不負禪師，未詳。

贈吴園次

老盡升沉夢，相看六十年。文章喧錦繡，富貴笑雲煙。官罷貧交在，名高怪事傳。不知千載下，誰問峴山賢。

【箋】

此詩不見於黄周星諸集，採自陸心源《吴興詩存》（清光緒間歸安陸氏刊本）四集卷十四，周慶雲《潯溪詩徵》卷三十八亦收。吴園次，即吴綺，見卷四《有故人以墨罷官索人贈詩因戲爲十二絶慰之》箋。據詩中「官罷貧交在」云云，當作於康熙八年（一六六九）吴綺罷官之後。

庚戌元日先是己酉曆已閏十二月，後忽改爲庚戌閏二月。

天下皆元旦，吾何獨不然。閏餘猶舊臘，端始忽新年。雨積村前路，雲横夢裏天。隔鄰泥飲處，只覺杜陵賢。

【箋】

此詩採自静嘉堂本《圃庵詩集》庚戌卷，不見於他本。庚戌即康熙九年（一六七〇）。

憩吴門赤脚庵閲郭校書茱萸之名而異之阻雨不及過訪因漫寄一詩

見面宜餐秀，聞名可辟殃。漢官青〔一〕玉珮，桓氏絳紗囊。薑桂應同性，椒蘭不并香。風情知在否？酬〔二〕詠問徐娘。

【校】

〔一〕「青」，静嘉堂本作「清」。

〔二〕「酬」，静嘉堂本作「酣」。

【箋】

此詩採自《前身散見集》庚戌年，静嘉堂本《圃庵詩集》庚戌卷亦收。庚戌即康熙九年（一六七〇）。本年於蘇州，黄周星曾憩吴門赤脚庵，遂有此作。

寄友

素心雖世外，青眼只人間。夢繞瞬城路，吟爭華岳山。奇文安拂鬱，俗物敗高閒。何似瞻衡宇，詩筒日往還。

【箋】

此詩採自《前身散見集》庚戌年，不見於他本。庚戌即康熙九年（一六七〇）。

歎雨中梅花〔一〕

冤苦梅花命，年年凍雨中。當心無杲日，墮劫有剛風。夢繞孤山濕，香憐庾嶺空。應教桃杏笑，春老尚深紅。

【校】

〔一〕静嘉堂本題下有注：「閱友人集同和其韻。」

【箋】

此詩採自《前身散見集》庚戌年，静嘉堂本《圃庵詩集》庚戌卷亦收。庚戌即康熙九年（一六七〇）。

次韻答同宗友

吾宗棠棣好，珠玉在湖濱。逸韻空時輩，奇懷逼古人。遺言知瑰麗，作賦愛清新。試誦飛花句，韓翃豈久貧？

【箋】此詩採自《前身散見集》庚戌年，不見於他本。庚戌即康熙九年（一六七〇）。

余館隨生徒遷徙仲春自潯南而晟溪孟夏復自晟溪而潯南

函丈尋常事，於今迥不同。逋逃徒忽散，禁錮客誰通。俗物雲翻雨，高懷月趁風。先生如傀儡，提掇任西東。

【箋】此詩採自《前身散見集》庚戌年，静嘉堂本《圃庵詩集》庚戌卷亦收。庚戌即康熙九年（一六七〇）。

五月移家大雨兼旬

陰陽吾不信，五月亦移家。水厄嗔屏翳，天傾叫女媧。地偏仍沮洳，命賤只泥沙。野哭聽何忍，荒廬任産蛙。

【箋】

此詩採自《前身散見集》庚戌年，静嘉堂本《圃庵詩集》庚戌卷亦收。庚戌即康熙九年（一六七〇）。

本年四月至五月，黄周星由長興移家南潯。正逢梅雨季節，分外苦楚，遂有此作。

苦雨兼旬不止

淫雨竟如此，天公太不仁。其魚思禹德，爲沼弔吴民。曷喪盧淵日，難揚滄海塵。旅人無寸土，憂歲亦沾巾。今歲霖雨迥異常時，幾有懷襄之歎。

【箋】

此詩採自静嘉堂本《圃庵詩集》庚戌卷，不見於他本。庚戌即康熙九年（一六七〇）。詩當作於由長興移家南潯之際。

庚戌九日客嘉禾東塔僧舍喜武水孫君過晤時新從閩中歸

相見真如夢，禾城重九時。行收桐瀨釣，坐詠鯉湖詩。佳味思瑶柱，奇緣妒荔枝。山川宜醉客，寂寂愧東籬。

【箋】

此詩採自《前身散見集》庚戌年，静嘉堂本《圃庵詩集》庚戌卷亦收。庚戌即康熙九年（一六七〇）。嘉禾即浙江嘉興。本年重陽，黄周星客嘉興東塔僧舍，遇武水孫君，遂有此作。

余有庚午同選吴君久没今過吴門見其子狀貌酷似其父感詠二〔一〕首

相見殊驚喜，恍如對故人。虎賁存〔二〕舊典，優孟想前身。氣爽西山曙，情欣上苑春。何當皋廡畔，晨夕接芳鄰。

憶昔遊雍日，回頭四十年。鵬飛悲息翼，駑步愧先鞭。湖海留豪氣，星霜剩逸編。君家兄弟好，拭目邁前賢。

【校】

〔一〕「二」，静嘉堂本作「一」。

〔二〕「存」，静嘉堂本作「仍」。

【箋】

此詩採自《前身散見集》庚戌年，静嘉堂本《圃庵詩集》庚戌卷收第一首。庚戌即康熙九年（一六七〇）。此詩當作於本年遊蘇州之時。

此公上人以詩爲壽次韻答以二首〔一〕

已作無家客，還同忍辱仙。一錢留〔二〕鹵莽，三瓦愧團圓。地僻難開徑，天頽懶上箋。賴公貽妙句，應并虎溪傳。

人驚滄海變，我歎硯田荒。菜色時侵面，車聲只繞腸。謀生真百拙，積學豈三長。冰雪埋塵甑，何如六月涼。

【校】

〔一〕「答以二首」，静嘉堂本作「答之」。

〔二〕「留」，静嘉堂本作「羞」。

【箋】

此詩採自《前身散見集》庚戌年，静嘉堂本《圃庵詩集》庚戌卷收第一首。庚戌即康熙九年（一六七〇）。此公上人，即此山上人，見卷二《次韻答此山上人》箋。本年此公上人以詩爲壽，黄周星喜而答之，當作於十二月生日時。

除夕鄰友投詩兼訂獻歲鼓琴次韻答之

有人娱彦伯，何處覓鍾期。可歎風塵客，多愁造化兒。寒溪流雪夜，殘燭引杯時。好句勞持贈，山雲許共怡。

【箋】

此詩採自《前身散見集》庚戌年，静嘉堂本《圃庵詩集》庚戌卷亦收。庚戌即康熙九年（一六七〇）。除夕，鄰友投詩，約定正月鼓琴，黄周星作詩答之。

次韻答朱子天爻壽詩一律

處士終書晉，侯封但乞留。朝参心已斷，野哭淚難收。天下誰三樂，人間自百憂。南村詩酒在，晨夕亦千秋。

【箋】此詩採自静嘉堂本《圃庵詩集》庚戌卷，不見於他本。庚戌即康熙九年（一六七〇）。朱天爻，不詳。

次韻答友二首

長貧還忍辱，自顧似非人。蝦菜期青笠，鶯花謝紫宸。俠思燕市客，醉愛葛天民。晨夕誰宜共，淵明與伯倫。

拚作無糧鶴，何方任去留。雄心銷廣武，香夢妒揚州。天漏詩難補，田蕪硯不收。濤箋看滿壁，若箇似曹劉。

【箋】此詩採自静嘉堂本《圃庵詩集》辛亥卷，不見於他本。辛亥即康熙十年（一六七一）。

新春過友人齋中

不覺春聲動，悠然出指間。江漢猶積雪，斗室似空山。心與孤雲遠，身同萬卷閒。簞瓢尋樂處，饑溺可相關。時方煮糜賑飢也。

【箋】此詩採自靜嘉堂本《圃庵詩集》辛亥卷，不見於他本。題目自「齋中」之後字迹已無法辨識。辛亥即康熙十年（一六七一），爲聽友人彈琴而作。

辛亥元夕

今夕淒涼甚，誰言是上元？燈能安棄置，月亦避繁喧。玉漏空催夢，銀花欲訟冤。銜杯那敢醉？鴻雁滿中原。

【箋】此詩採自靜嘉堂本《圃庵詩集》辛亥卷，不見於他本。辛亥即康熙十年（一六七一），是年飢荒。

再次聽琴前韻答友人二首

放懷難〔一〕世外，混迹只人間。有字能呵壁，無錢可買山。擔簦憐客苦，洗鉢羡僧閒。虎豹依然在，那容叩九關。

彈琴宜竹裹，得句喜花間。斗酒東西水，緘詩大小山。清飢翻似樂，拙逸豈真閒。看慣門羅雀，呼兒莫掩關。

【校】

〔一〕「難」，《圃庵詩集》上有佚名塗改爲「雖」。

【箋】

此詩採自静嘉堂本《圃庵詩集》辛亥卷，不見於他本。辛亥即康熙十年（一六七一）。

閱張子遊洞庭兩山詩輒題二首

冰雪迷千里，君爲笠澤遊。龍松行覽勝，林屋夢探幽。山水詩邊展，煙雲畫裏舟。大文舒欲盡，遮莫丈人愁。

西山我一到，恨不過東山。樓閣疑天際，村墟想世間。莫鼇青未了，縹緲翠空攀。總被君收拾，誰容造物慳。

【箋】此詩採自静嘉堂本《圃庵詩集》辛亥卷，不見於他本。辛亥即康熙十年（一六七一）。此張子當爲本年《東山張子寓中有感二首》中之張子，當作於黄周星遊蘇州洞庭東山之際。

次韻題尤君水哉軒

人世全無樂，此中信樂哉。杜陵垂釣檻，鄭谷讀書臺。雲繞琅嬛笈，春浮頓遜杯。掛冠松菊在，贏得賦歸來。

【箋】此詩採自静嘉堂本《圃庵詩集》辛亥卷，不見於他本。辛亥即康熙十年（一六七一）。尤君即尤侗，見卷二《題尤展成水亭垂釣圖》箋。本年於蘇州，黄周星曾訪尤侗亦園，遊水哉軒，遂有此詩。

太湖東山雨花庵

早擬多幽勝，山凹果得庵。松風如我夢，花雨向誰參。湖入樓心白，泉分石髓甘。此中休夏好，可許佛同龕。

【箋】此詩採自静嘉堂本《圃庵詩集》辛亥卷，不見於他本。辛亥即康熙十年（一六七一）。本年，黄周星於蘇州洞庭東山，遊雨花庵。

盛暑思洞庭包山寺

忽憶包山寺，西山幽更幽。眼前猶酷暑，意内即深秋。竹杪飛丹閣，云根漱碧流。石公與林屋，未勝此中遊。

【箋】此詩採自静嘉堂本《圃庵詩集》辛亥卷，不見於他本。辛亥即康熙十年（一六七一）。據詩題、玩詩意，詩當作於南潯夏日家居之際。

集施子且適齋

靄靄南村路，山居此最幽。把杯呼綺角，開卷見商周。鷄犬聲非俗，田園樂盡收。何當真卜地，越陌互賡酬。

【箋】此詩採自静嘉堂本《圃庵詩集》辛亥卷，不見於他本。辛亥即康熙十年（一六七一）。

過蝦嗳嶺晤葉君

古道斯人在，崎嶇得過從。石經千載席，詩史五湖峰。鷄黍情良厚，鶯花興未慵。雲山那忍别，爲我一扶筇。

【箋】此詩採自静嘉堂本《圃庵詩集》辛亥卷，不見於他本。辛亥即康熙十年（一六七一）。蝦嗳嶺在蘇州洞庭東山。本年，黄周星於蘇州洞庭東山，登射鷃山，過蝦嗳嶺遇葉君，遂有此作。

五湖鷗逸爲高君題

夙負雲霄志，冥鴻安可籠。未遊三島外，且隱五湖東。獨釣嚴光態，扁舟范蠡風。若教生上古，應列逸民中。

【箋】此詩採自静嘉堂本《圃庵詩集》辛亥卷，不見於他本。辛亥即康熙十年（一六七一）。本年，黄周星於蘇州洞庭東山與高君遊。

夜飲葉君齋中

歎息談天室，燈窗酒屢傾。興亡前代夢，生死古人情。四海存高誼，千峰隱大名。洞庭今夜月，偏向客懷明。

【箋】此詩採自静嘉堂本《圃庵詩集》辛亥卷，不見於他本。辛亥即康熙十年（一六七一）。葉君，即本年《過蝦㠩嶺晤葉君》中之葉君，則本詩當作於本年過洞庭東山蝦㠩嶺之際。

東山法海寺前有草名香花甲苗可佐茗根可釀酒亦異卉也施子有詩紀之因爲次詠〔一〕

萬古〔二〕香花甲，因君始得名。采芳分杜若，益壽比青精。酒許陶潛〔三〕釀，泉宜陸羽烹。從今添本草，芝朮有難兄。〔四〕

【校】

〔一〕道光本、光緒本題作「香花甲和施佩宜」。咸豐本題作「香花甲和施佩宜（其種出洞庭山中）」。

〔二〕「萬古」，道光本、咸豐本、光緒本作「不識」。

〔三〕「陶潛」，道光本、咸豐本、光緒本作「淵明」。

〔四〕道光本、光緒本下有注：「其種出洞庭山中。」

【箋】

此詩採自静嘉堂本《圃庵詩集》辛亥卷，道光本、咸豐本、光緒本亦收。辛亥即康熙十年（一六七一）。法海寺在蘇州洞庭東山。本年，黃周星遊蘇州洞庭東山，至法海寺，詩當作於此際。

東山張子寓中有感二首

偶發登高興，來衝萬頃波。知音今日少，感遇古人多。但把詩償酒，難持字换鵝。獨憐山水勝，十日畫中過。

【箋】此詩採自静嘉堂本《圃庵詩集》辛亥卷，不見於他本。辛亥即康熙十年（一六七一）。本年，黄周星於蘇州洞庭東山訪張子，遂有此作。題曰二首，實僅一首。

題許香山庵

誰知塵世裏，高隱有斯人。屋小存先代，山香老逸民。唱酬惟古道，歌哭總天真。千載如求友，桐江一釣綸。

【箋】此詩採自静嘉堂本《圃庵詩集》辛亥卷，不見於他本。辛亥即康熙十年（一六七一）。許香山，未詳。

過新浦訪宋君適君從武林歸

奇緣真意外，我到恰君歸。池草詩堪續，簷花願不違。魚龍鄰水宿，鴻燕待春飛。狼藉污茵處，平生此會稀。

【箋】

此詩採自静嘉堂本《圃庵詩集》辛亥卷，不見於他本。辛亥即康熙十年（一六七一）。

哭此公上人

貧賤空門友，於今已杳然。虎溪誰送客，鹿苑詎談禪。風月身前事，滄桑夢裏天。他年宗鏡在，淚滿歲寒編。

【箋】

此詩採自静嘉堂本《圃庵詩集》辛亥卷，不見於他本。辛亥即康熙十年（一六七一）。此公上人，即此山上人，見卷二《次韻答此山上人》箋。本年春，黄周星曾爲此公上人祝六十五歲之壽，作有七言律詩《壽此公上人》，則此公上人終年六十有五。

重九日雨坐太湖東山許子齋中

大敗登高興，詩情更勃然。盡招山水友，同醉鬼神天。尋菊遊誰續，催租句自傳。兩峰鄰帝座，搔首試投箋。

【箋】

此詩採自静嘉堂本《圃庵詩集》辛亥卷，不見於他本。辛亥即康熙十年（一六七一）。許子爲許濬，字致遠，號莫釐山人。蘇州吴縣人。明亡不仕，隱居於太湖東山，有《許子詩文存》。本年九月初九，黄周星坐太湖東山許濬齋中，遂有此詩。

十二月讀書樂和董蔗園〔一〕

正月

椒酒纔稱頌，草堂已〔二〕寄詩。發樽因諫史，奪席爲經師。雨潤枯毫茁，風和凍硯澌。擁書同獺祭，莫笑義山癡。

二月

大地桃花笑，披帷面面香。山川争錦繡，雷電啓文章。玄鳥初窺案，倉庚乍囀簧。詞壇多鼓吹，誰識社翁忙。

三月

新桐初引處，生意滿庭蕪。虹見天邊賦，萍開水上圖。流觴仍諷詠，禁火亦咿唔，讀《易》閒窗下，何心出舞雩。

四月

春歸何太急，孟夏遂陶陶。櫻筍堪充供，蒲葵未告勞。薰風宜拂席，永日勝焚膏。麥秀清和候，儒生且布袍。

五月

有書那不讀，反舌耻無聲。簧[三]翠交窗媚，榴丹照卷明。大文看虎變，小學試蜩鳴。

正喜《離騷》醉，光同日月争。

六月

何方能避暑？避暑向書牀。字挾風霜貴，文攜冰雪涼。哦松濤響細，漂麥雨飛狂。草際螢光滿，無煩武子囊。

七月

倚梧長把卷，一葉忽驚秋。巧向篇〔四〕中乞，火從句〔五〕裏流。衆芳歸玉笈，萬寶在金樓。若曬空庭腹，邊韶合點頭。

八月

正是天香節，詞場異小山。鍾陵歌可和，牛渚論難删。雁過三更後，蟲吟萬卷間。短檠明月下，志士未應閒。

九月

是月黄花發，家應足濁醪。繞籬惟擬古，閉户亦登高。獵野功誰纘〔六〕？神倉籍共韜。奇書須讀盡，豈獨爲題糕。

十月

天地不通日，惟書道可通。三冬開曆朔，十月坐春風。龍戰玄黄野，蜃噓山海宫。奇文驚變化，已在簡編中。

十一月

暢月稱名久，非書暢曷名。翰音能共語，盍旦不須鳴。添綫工同積，飛灰律已更。閒登西閣上，正喜緑芸生。

十二月

日月俱窮處，難窮獨有書。人皆輕八蜡，我自惜三餘。雪映眸逾炯，冰堅腹豈虚。梅花天地外，此樂更何如。

《十二月讀書樂詩》，創自蔗園董子，和者如林。余不免見獵效顰，遂得五律如數。其摘詞琢句，亦不過老生常談，但字字貼切本月，禁絶泛套游移，豈王侍中所云：「臣於數子亦有一日之長者耶？」請以就正大方，庶或有以益我。九煙自識。〔七〕

【校】

〔一〕道光本、咸豐本、光緒本題作「和董蔗園十二月讀書樂十二首」。咸豐本各詩前無月份標題。

〔二〕「已」，道光本、咸豐本、光緒本作「俄」。

〔三〕「簣」，道光本、咸豐本作「篹」。

〔四〕「篇」，道光本、咸豐本、光緒本作「句」。

〔五〕「句」，道光本、咸豐本、光緒本作「篇」。

〔六〕「續」，咸豐本作「續」。

〔七〕咸豐本無「九煙自識」四字。光緒本無此段注文。

【箋】

此詩採自康熙本，道光本、咸豐本、光緒本亦收。董蔗園，即南潯董樵，字裘夏，號煙疾生，法名靈壁，室名蔗園。有《蔗園詩集》《蔗園雜文》《易象表》等。董樵有《十二月讀書樂詩》，康熙十年（一六七一），黄周星於南潯和之。

得陶仲調年兄書

陶生今不死，吾道尚嶙峋。天地留松柏，庖厨赦鳳麟。十年書到喜，再世夢回真。歌涕知何日，東籬歲月新。

【箋】

此詩採自道光本卷三，咸豐本、光緒本亦收。清末陳田《明詩紀事》辛籤卷六下「周星」條亦收録本詩，詩題作「得陶仲調書卻寄」。此詩鄧顯鶴《沅湘耆舊集》亦收，詩題作「得陶仲調書喜寄」。陶汝鼐，見卷二《與長沙同年陶汝鼐别三十年矣一歲之中輒數見夢庚戌春日偶從月函上人處得見所寄月公詩劄甚喜即次其扇頭韻和之》箋。康熙十一年（一六七二）春，陶汝鼐寄書與《嚏古集》數卷，請黄周星爲序，黄周星作《寄陶參公》《得陶仲調年兄書》《陶密庵詩序》。

嚴子武伯招集山墅分得四豪

屋裏虞山路，舟車豈告勞。呼朋常攬勝，攜酒便登高。木未湖横練，松根石枕濤。醉來休展卷，天地盡《離騷》。

【箋】

本詩採自《冒辟疆全集·同人集》（鳳凰出版社二〇一四年版），光緒本亦收。據《同人集》中所繫的位置，當是丁巳年仲冬所作，即康熙十六年（一六七七）。嚴子武伯，即嚴熊，字武伯，號白雲，江南常熟人，遺民詩人，有《嚴白雲詩集》。本年冬，黃周星遊常熟虞山，與冒襄等赴嚴熊山墅唱和。

戲詠泥美人一首〔一〕

粉黛真黃土，居然號美人。息嬀無語日，邢媛獨來身。暮雨行應怯，春風罵豈嗔。怪他心似石，蛾翠亦長顰。

【校】

〔一〕道光本、咸豐本題作「戲詠泥美人」。

【箋】

此詩採自康熙本，道光本、咸豐本亦收。創作時間未知。

牡丹蓮

花形叢簇如牡丹，房中皆吐碎瓣，俗呼「千葉蓮」，一名「臺閣蓮」。

誰知姚魏國，移向水中央。芍藥輸新譜，芙蓉愧晚妝。心空能吐豔，薏苦亦成香。富貴兼仙佛，何從著六郎。

【箋】此詩採自康熙本，道光本、咸豐本亦收。創作時間未知。

盆蘭

本自生幽谷，何由傍短籬。玉階思謝遏，綺石愛王維。徵夢深閨近，親賢靜室宜。莫嫌香國小，九畹在披帷。

【箋】此詩採自康熙本，道光本、咸豐本、光緒本亦收。創作時間未知。

題明秀閣

如何巖壑裏，高義有斯人。杵臼疑皋廡，詩書想孟鄰。望中山共水，意外主兼賓。以此兼〔一〕酣暢，真堪倒葛巾。

【校】

〔一〕「兼」，咸豐本、光緒本作「相」。

【箋】

此詩採自道光本卷三，咸豐本、光緒本亦收。創作時間未知。

失題

莊生曾教我，材與不材間。馬走終年苦，魚游盡日閒。琴書非捷徑，袍笏亦深山。應有求羊侶，誰能絶往還。

【箋】

此詩不見於黄周星諸集，採自徐崧《百城煙水》（康熙二十九年刻本）卷三。原詩無標題，題目爲編者所加。創作時間未知。

集友人園亭次韻

真成同調侶，倡和總蹉跎。夜静花如夢，庭空月欲波。醉醒千古在，哀樂一生多。何日尋山屐，相將拂黛螺。

【箋】此詩不見於黄周星諸集，採自陸心源《吴興詩存》（清光緒間歸安陸氏刊本）四集卷十四，周慶雲《潯溪詩徵》卷三十八亦收。創作時間未知。

季春社集楊氏尋雲榭分得寒字限十二韻

萬古鶯花在，兹春特地寒。盈盈桃尚美，漠漠絮初殘。蘚徑堪留屐，藤崖且掛冠。觥從歡後角，鋏喜醉中彈。但覺鸝聲熟，何愁鶴影單。騷題分楚玉，徵調變燕丹。巫峽圖間岫，滄溟筆底湍。奇書傾大白，勝事説長干。高士樓中卧，才人壁上觀。微聞花歎息，每報竹平安。隱約山情遠，踟躕天步難。曠懷收碧海，勁骨敵蒼巒。臺閣知公在，吾將老釣竿。

【箋】

此詩採自民國本《九煙詩鈔·薇蓴》，不見於他本。據此詩在《九煙詩鈔·薇蓴》集中編排位置，當作於己丑年，即順治六年（一六四九）。本年季春，黄周星於楊氏尋雲榭結詩社唱和，遂有此詩。

黄周星集校箋

中

〔清〕黄周星／著

唐元　張静／校箋

上海古籍出版社

組詩中。咸豐本并未將此詩置於組詩中，而作爲單獨的詩作收録。道光本、光緒本并未收録《衡嶽詩》組詩，但單獨收録此詩，題作「遊南嶽丹霞寺」。此詩鄧顯鶴《沅湘耆舊集》亦收，題作「遊南嶽丹霞寺」。據黄周星《衡嶽遊記》中所言，他於「壬午歲之秋杪」赴衡山，則本詩當作於崇禎十五年壬午（一六四二）。

水簾洞

頗恨兹山無瀑布，不知水在此稱簾。天分碧漢遥遥下，人近蒼崖細細霑。飽歷千秋風雨怒，静觀三夏雪霜嚴。身閒只合家林杪，卧聽琮琤戛曙〔一〕簷。

【校】

〔一〕「曙」，光緒本作「樹」。

【箋】

此詩採自康熙本，咸豐本、光緒本亦收。康熙本、咸豐本皆將此詩收録於《衡嶽遊記》文後的《衡嶽詩》組詩中。光緒本單獨收録此詩，題作「詠南嶽水簾洞」。詩當作於崇禎十五年（一六四二）黄周星遊衡山之際。

贈簡在雍

放我雙眸混沌前，文章多在女媧天。精神自古歸三楚，湖海何人不十年。懷有異書争日月，心將〔一〕良友當山川。湘煙歷歷皆花氣，共汝徘徊澹蕩邊。

【校】

〔一〕「將」，咸豐本作「多」。

【箋】

此詩採自道光本卷三，咸豐本、光緒本、鄧顯鶴《沅湘耆舊集》亦收。玩詩意，當作於崇禎十五年（一六四二）居湖南時。簡在雍，湘鄉文士，事迹不詳。

過辰龍關

千重山過萬重山，一綫羊腸一綫關。至此始知無雁度，勞生不道與猿攀。憑陵身出飛雲〔一〕上，指顧詩成落照間。天子黎元歸一統，五溪南去莫稱蠻。

【校】

〔一〕「飛雲」，咸豐本作「雲霄」。

【箋】

此詩採自道光本卷三，咸豐本、光緒本亦收。辰龍關位於湖南常德與懷化交界地，沅陵官莊鎮境内。本詩或作於黄周星崇禎十五年（一六四二）居湖南之際。

有感

此身何故落瀟湘，悶對長天淚幾行。山水無緣供酒椀，文章多病惱詩囊。人情只向黄金熱，世法誰〔一〕容白眼狂。明日扁舟吴越去，從渠自作夜郎王。

【校】

〔一〕「誰」，咸豐本作「難」。

【箋】

此詩採自道光本卷三，咸豐本、光緒本、鄧顯鶴《沅湘耆舊集》亦收。從詩中「此身何故落瀟湘」「明日扁舟吴越去」之句，知其當作於崇禎十六年（一六四三）黄周星離湘之際。

乙酉新秋汊川諸子邀遊蒸谷澹石各園巷至夜雷電大作衝雨而歸

敢告雲山我息機，於今嘉遯可稱肥。煙霞自合終年住，雷電何憂薄暮歸。偶爾軒池留野屐，天然巖壑著禪扉。同遊鹿豕渾閒事，誰念孤懷泣採薇。

【箋】

此詩採自民國本《九煙詩鈔・薇蓴》，不見於他本。據詩題，此詩當作於乙酉年，即順治二年（一六四五）。本年新秋，黄周星與諸子遊園，遂有此詩。

季秋訪董子於閩海憩齋中信宿因過天竺庵登白雲山觀日出賦贈一首〔一〕

薊北江東好論文，十年鸞鶴歎離群。忽來滄海看紅日，恰有青山號白雲。屋比松寮書數卷，齋如蘭舫月三分。蕉花閲盡興亡夢，痛飲騷壇定屬君。

【校】

〔一〕康熙本題作「乙酉季秋訪董子於閩海憩齋中信宿因過天竺庵登白雲山觀日出賦贈一首」。

【箋】此詩採自民國本《九煙詩鈔·薇蕁》，康熙本亦收。據康熙本此詩的標題，當作於乙酉年，即順治二年（一六四五）。本年季秋，黃周星訪友人董子憩齋，又過天竺庵，登白雲山觀日出，遂有此作。白雲山，在今福建省福安市。

除夕董子招飲寓齋賦詩見示有一夕難留禿頂髟之句次韻賦答六首

山林浩氣未應消，疏樹殘鴉久闃寥。過眼雲煙真隔世，側身天地共今宵。尉侯轉笑羊頭爛，尹姞空憐蠆尾髟。新句傷懷那忍讀，雄鷄聲裏客心遥。

不堪景物半煙消，車馬魚龍總寂寥。萬里無家湖共海，百年如夢晝兼宵。陌頭走馬慚青眼，帳底盤鴉憶緑髟。酒後仰天空耳熱，西山東海路寧遥。

胸中壘塊故難消，歌罷商芝意泬寥。滿地干戈丁壯歲，一天風雨刷寒宵。虬髯磔處侵紅頰，鸞翮删來惜翠髟。蠻觸梟盧闗底事，黃冠真歎故人遥。

細和陶詩飽飯消，輸他坡老對参寥。小山叢桂香爲歲，古屋疏梅影伴宵。擁卷高人惟抱膝，衝冠壯士尚留髟。天涯樽酒誰家臘，笑説滄桑鶴夢遥。

江流日夜淚難消，嶺雁吴魚兩寂寥。百六會中逢蹇運，三千里外度窮宵。心從倒篆真如火，宋張有善小篆，嘗言篆文心字，只是一倒火字。髮少全文合唤髟。帶索狂歌何處是，神農虞夏去人遥。

三徑蓬蒿意也消，元亭好事近寥寥。共知舊雨殊今雨，漫説來宵勝昨宵。吟就腹悲含苦調，文傳頭責笑殘髟。琵琶船上人如蟻，孤鶴横江去路遥。

【箋】

此詩採自民國本《九煙詩鈔·薇蓴》，不見於他本。據此詩在《九煙詩鈔·薇蓴》集中編排位置與詩題，當作於丙戌年，即順治三年（一六四六）。本年除夕，黄周星與友共飲，遂有此詩。

漈頭旅舍春暮

壯志空懷海嶽遊，都將天地付沙鷗。晝人文字争知夜，春士悲多不但秋。薇蕨自慚分鹿糈，薜蘿誰擬换羊裘。兒曹博簺閒争道，笑指青門説故侯。

【箋】

此詩採自民國本《九煙詩鈔·薇蕚》，不見於他本。據此詩在《九煙詩鈔·薇蕚》集中編排位置，當作於丁亥年，即順治四年（一六四七）。本年暮春，黄周星仍在福清東漈避亂，遂有此詩。

古田兵燹余偕徐子避亂西莊僧院有郭君招集山軒賦贈

逢人誰復問中原，瓢笠經行即野髠。自有王猷穿竹徑，可無靖節記桃源。寺連文塚雲爲族，屋繞詩筒月共魂。把酒不須論魏晉，但看巖瀑隔秋痕。

【箋】

此詩採自民國本《九煙詩鈔·薇蕚》，不見於他本。據此詩在《九煙詩鈔·薇蕚》集中編排位置，當作於丁亥年，即順治四年（一六四七）。古田，今福建省寧德市古田縣。本年夏秋間，黄周星與徐子避兵亂於古田西莊僧院期間，與郭君交遊。

丁亥夏秋間孑身避亂古田西莊僧院忽病痁二旬時兵燹四塞藥粒俱斷淒苦萬狀自度必危已而漸瘥枕上漫詠一律

忍辱西山萬死臣，病魔相逼更無因。家惟曾晳嗟孤氂，身似商瞿近四旬。鴛枕夢應憐弱女，鶺原影子羨他人。鴻毛九鼎元無二，剩有丹心傲鬼神。余上有八旬老父，下無藐孤，而終鮮兄弟，惟萊婦及弱息，今仳離兩載，不知安在。

【箋】此詩採自民國本《九煙詩鈔·薇蕚》，不見於他本。據此詩詩題及此詩在《九煙詩鈔·薇蕚》集中編排位置，作於丁亥年，即順治四年（一六四七）。本年夏秋之間，黃周星避亂福建古田西莊僧院。其時卧病，藥粒俱斷，自以爲必死。

秋霪不止兼驟寒逼人旅愁增劇

臣心日日如風雨，那更驕霖作意傾。窗外怒翻秋瀑響，枕邊愁送夜灘聲。幽篁獨處悲天步，苦柏頻餐鍊世情。幾度夢迴生萬感，牛衣颯颯淚縱橫。

【箋】此詩採自民國本《九煙詩鈔·薇蓴》，不見於他本。據此詩在《九煙詩鈔·薇蓴》集中編排位置，當作於丁亥年，即順治四年（一六四七）。本年秋，黄周星仍在古田西莊僧院養病，是詩當作於此際。

贈古田姚君

相携雲壑與煙濤，墨妙茶香致自高。世異羲皇難寄傲，人如湖海任稱豪。吟殘風月歸牙軸，閲盡冰霜見布袍。曾待太平花似綺，共君觥底讀《離騷》。

【箋】此詩採自民國本《九煙詩鈔·薇蓴集》，不見於他本。據此詩在《九煙詩鈔·薇蓴集》中編排位置，當作於戊子年，即順治五年（一六四八）。本年春，黄周星仍羈留閩中古田。

次陳昌箕韻兼贈别二首

北窗此日卧羲皇，把酒狂呼籍與康。仲蔚蓬蒿猶四壁，靈均蘭芷自三湘。寄愁聊復存天地，齊物安知應帝王。賴有高人同此意，新秋請續遠游章。

千峰萬壑好論文，龍鶴由來本不群。天下英雄幾欲死，人間聲利那堪聞。世間金馬誰能避，山對銀魚自合焚。卻笑長鑱無活計，南陽何處得塵氛。

【箋】此詩採自民國本《九煙詩鈔·薇蓴集》，不見於他本。據此詩在《九煙詩鈔·薇蓴集》中編排位置，當作於戊子年，即順治五年（一六四八）。玩詩意，當作於羈留古田之時。陳昌箕，福建長樂人。明末清初詩人，以舉人官南平教諭，與名士錢謙益、龔鼎孳、周亮工等唱和，編有《江田詩乘》。

與某令

遠霞如黛映澄瀾，爲政風流信不難。天得三秋歆稷黍，客從千里採芝蘭。郊原氣肅威初建，山水緣深秀儘餐。物外招尋如有約，槃阿今在柘江干。

【箋】此詩採自民國本《九煙詩鈔·薇蓴集》，不見於他本。據此詩在《九煙詩鈔·薇蓴集》中編排位置，當作於戊子年，即順治五年（一六四八）。

寒江聞雁集牙牌

雁落平沙拂白蘋，琴書此日憶同人。梅臺猿笑征袍倦，柳寺鱸供斗酒貧。暮雪集簑看玉佩，碧蟾摇樹夢羅巾。寸心得失從君是，恐逐迷鴻誤晚津。

【箋】此詩採自民國本《九煙詩鈔·薇蕚》，不見於他本。據此詩在《九煙詩鈔·薇蕚》集中編排位置，當作於戊子年，即順治五年（一六四八）。本年秋，黄周星由閩入越，行舟過浙江蘭溪、桐廬，與諸友唱和有作。

戊子秋日遊牛首山宿弘覺寺

真成衮衮上牛頭，三十餘年兩度遊。海内煙雲仍楚漢，山中蟲鳥自春秋。奇藤怪樹皆堪賦，野草閒花總不愁。世事從來宜倒看，祖堂高處試登樓。牛首勝處全向祖堂，倒看牛首之語。

【箋】此詩不見於黄周星諸集，採自陸心源《吴興詩存》（清光緒間歸安陸氏刊本）四集卷十四，周慶雲《潯溪詩徵》卷三十八亦收。牛首山，在江蘇省南京市江寧區。戊子即順治五年（一六四八）。據詩題，本年秋曾遊金陵牛首山。陸心源《吴興詩存》題作「戊午秋日遊牛首山宿弘覺寺」，然詩中「三十餘年兩度遊」云云，則此詩不當作於戊午年（一六七八）黄周星六十八歲之際，再據「海内煙雲仍楚漢」，則此詩當作於順治初年。則《吴興詩存》詩題「戊午」有誤，現據周慶雲《潯溪詩徵》改爲「戊子」。

仲春偶過西湖友人寓中見女史吴巖子樓頭春雨詩暨其閨秀元文和章余近少閒情久疏吟弄睹此不禁獵心飆涌拂拂指端率爾步韻兼以寫懷輒得十二首

身隱何須更用文，湖光日日漾霞紋。孤懷自向青山笑，險韻閒從白社分。虎節有心追介子，鷫裘無力醉文君。英雄兒女千秋話，氣短情深我亦云。其一

一樽雲樹且論文，消受嵐光與瀫紋。仙府煙霞應共領，騷壇天地欲平分。慚無豔曲誇三婦，剩有高懷詠五君。賦就凌雲何日賣，不妨虛擬禪亭云。其二

受聽鸚鵡誦彈文，案有生香簟有紋。好句每從愁裏得，奇緣只向夢中分。龍泉獨笑應

知我，鴛綺雙飛合贈君。痛飲讀《騷》名士譜，風流曾記晉人云。其三

不須泉石勒移夕，謖謖風摇蕙帳紋。蘿薜自招猿鶴隱，蕨薇羞向鹿麛分。輕肥肯羨千金子，儉謹曾傳萬石君。數卷老莊吾爛熟，何須關尹更云云。其四

漫向龍威威大文，校殘縹篆與緗紋。碧桃臺洞餘千樹，明月揚州占二分。銅狄幾年辭漢主，金徽何處弔湘君？圯橋衡嶽多游戲，腐鼠勳名那足云。其五

一泓煙雨即奇文，瓦影龜魚面面紋。白鶴心隨孤嶼遠，黄鸝夢與六橋分。香能繞屋梅爲耦，貧屢移家竹是君。遲卻十年花鳥約，不知西子欲何云。其六

厭談雲氣與星文，千古興亡指上紋。廣武場空看百戰，南陽廬小識三分。江頭有婦悲司馬，陌上何人罵使君？酌酒彈琴聊爾爾，嵇康近況不堪云。其七

由來絳灌本無文，雙掌休誇將相紋。騷壘螢弧容我建，醉鄉茅土許誰分？齋前合置

支離叟，宅畔何妨溟漠君。歷遍九州芳草緑，卜居詹尹竟何云。其八

鞦韆人静憶雙文，倚市難憐刺繡紋。蛺蝶不辭花裏老，鴛鴦肯向浪中分？襜褕密贈愁平子，環佩遥歸託少君。一種相思誰最古，鷄鳴風雨有詩云。其九

浪説雕龍吐鳳文，枇杷窗下有迴紋。落紅句就聞三弄，飛白書成勝八分。把酒欲呼彭澤令，乞絲應繡信陵君。炎劉不入桃源夢，況復卑卑魏晉云。其十

簾捲晴霞碧落文，山如眉黛水如紋。晚愁萬疊還千疊，春色三分已二分。折盡寒梅勞北使，啼殘新柳怨東君。閒來但學空門法，試問菩提與意云。其十一

索居多病似休文，睡起青山帶纈紋。鏡裏榮華看欲改，壺中混沌幾曾分。鼓聲應屬三撾吏，花政新除九錫君。黑白雄雌何處辨？叨叨頗厭老聃云。其十二

【箋】此詩採自民國本《九煙詩鈔·薇蕚》。道光本、光緒本僅收「由來絳灌本無文」一首，題作「客中過西

湖見吴巖子卞元文詩步韻寫懷」。咸豐本題作「己丑過西湖見吴巖子卞元文詩步韻寫懷二首」，「由來絳灌本無文」爲第一首，民國本《九煙詩鈔・薇蕚》中《再和前韻四首》之「辛苦傭書更鬻文」爲第二首。順治六年（一六四九）仲春，黄周星寓居西子湖畔，賞識才女吴巖子、卞元文詩，遂有此作。

再和前韻四首

西山節義有遺文，餓死何關縱埋紋。皓月清風千古在，愁天憂地兩家分。眼前長樂猶稱老，海内英雄孰對君。十七史從何處説？俳場傀儡任他云。

買盡人間只半文，開元指爪玉環紋。髮緣愁放三千丈，膽與才争十二分。鄉是温柔堪老我，國如淳寂請從君。秦灰漢蕞渾兒戲，魯叟空嗟禮樂云。

秋風何處哭高文，縷血空濡匕首紋。野澤龍蛇雲際擾，旗亭鴻雁日斜分。孔方晉秩應呼父，毛穎遭髠敢號君。醉即烏烏醒咄咄，悲歌翻類豔歌云。

辛苦傭書更鬻文，雲雷心熱博山紋。恩讎國士憑三尺，長短隣姝較一分。爵棄歌殘呼朔客，琵琶弦〔一〕斷咽昭〔二〕君。花前痛哭林間笑，此日吞聲不復云。

【校】

〔一〕「弦」，咸豐本作「絲」。

〔二〕「昭」，咸豐本、光緒本作「明」。

【箋】

此詩採自民國本《九煙詩鈔・薇蕚》。道光本、咸豐本、光緒本收「辛苦傭書吏鬻文」一首。道光本、光緒本題作「己丑過西湖見吴巖子卞元文詩步韻寫懷」。咸豐本題作「己丑過西湖見吴巖子卞元文詩步韻寫懷二首」，「辛苦傭書吏鬻文」爲第二首，民國本《九煙詩鈔・薇蕚》中《率爾步韻兼以寫懷輒得十二首》之「由來絳灌本無文」爲第一首。順治六年（一六四九）仲春，黄周星寓居西子湖畔，賞識才女吴巖子、卞元文詩，遂再有此作。

姑孰女史吴巖子僑居湖上工詩而貧仁錢兩邑令時有遺贈汪子美之爲作西湖佳話詩一時詞人屬和甚衆因次韻四首

錯呼才子作佳人，螺黛爭如蠹簡親。夢斷梨花何處月，吟殘柳絮幾回春。濤箋自繪香兼豔，葩什重賡美且仁。莫訝臨邛多逸興，女中司馬向來貧。

落霞秋水想伊人，姑射亭亭亦可親。翠袖每移修竹暮，紫釵長送落花春。蓮心絶苦寧無薏，桃靨雖嬌自有仁。最恨難兼稱福慧，玄機清照共時貧。

畫中山水卷中人，一片空明魚鳥親。燕子只愁楊柳夜，杜鵑偏怯海棠春。吟詩最近林君復，潑墨何須米友仁。珍重香奩休寫怨，韓家夫子豈常貧。

玻璃爲國玉爲人，非霧非煙鏡裏親。羅襪不辭香徑晚，錦囊長貯大堤春。無雙花月憐隋煬，第一湖山紀宋仁。銷盡黄金因豔色，當年誰問越溪貧。

【箋】

此詩採自民國本《九煙詩鈔·薇蕚集》，不見於他本。據此詩在《九煙詩鈔·薇蕚集》中編排位置，當作於己丑年，即順治六年（一六四九）。本年仲春黄周星寓居西子湖畔，賞識才女吴巖子詩，遂有此作。

春日社集楊氏園次韻四首

移來花柳曲江頭，乍喜長庚曉不收。騷社衣冠堪命僕，醉鄉鐘鼎許封侯。漢陂兄弟皆奇彦，洛下耆英總勝流。閲盡滄桑孤鶴在，溪山無恙是金甌。

收拾乾坤到草亭，小山泉石亦英靈。畫圖花放心心緑，錦繡雲開面面青。東壁星纏因酒聚，西春羲馭爲詩停。飛泉竹影遥相識，疑在匡廬九疊屏。

春明滚滚别花欄，乞得平泉取次看。湖海襟懷高士醉，峰巒几席碩人寬。神仙曲裏荼蘼老，士女圖中芍藥寒。風月一窩雲半屋，不教鶗鴂報春殘。

三分流水帶愁霪，辛苦鶯花白日心。尋夢正宜懷夢草，破寒寧藉辟寒金。樽彝繞澗呼山鹿，絲竹當軒變野禽。搴就蘭亭真粉本，群賢休問永嘉音。

【箋】

此詩採自民國本《九煙詩鈔·薇蕚集》，不見於他本。據此詩在《九煙詩鈔·薇蕚集》中編排位置，當作於己丑年，即順治六年（一六四九）。本年季春，黄周星於楊氏尋雲榭結詩社唱和有作。

復次前韻四首代改友人作

別業青溪柳市頭，一庭花鳥雨初收。野人開徑呼三益，仙客尋源笑五侯。拜石雅宜松下石，漱流寧誤枕邊流。會須長結龍門社，萬軸詩籤一酒甌。

何處尋雲雲在亭，恍從縣圃揖山靈。碧桃萬樹春常滿，修竹千竿眼自青。趺〔一〕坐投綸魚亦樂，醉歸垂轡馬猶停。湖山作吏元堪隱，晚對知心屬翠屏。

點勘芬菲日倚欄，移樽不惜美人看。煙雲眼底樓臺幻，丘壑胸中部署寬。弱柳翻風迎淡霽，妖花蘸水弄輕寒。會心是處皆濠濮，絲竹東山興未殘。

后土纔乾天復霪，勞勞花鳥一年心。品題嫩緑千條玉，愛惜深紅寸晷金。南浦草香薰夢蝶，北窗木蔭變鳴禽。尋盟且作溪山主，時有高軒送好音。

【校】

〔一〕「趺」，原作「蚨」，據文意改。

【箋】

此詩採自民國本《九煙詩鈔·薇蕁》，不見於他本。據此詩在《九煙詩鈔·薇蕁》集中編排位置，當作於己丑年，即順治六年（一六四九）。本詩亦爲尋雲榭社集所作。

壽吴年兄五旬

甌卜名同鸑鷟游，燕雲如錦燦南州。揮弦雅對荆溪静，露冕閒探漢洞幽。桂陌蟾輝猶隔夜，松厓鶴韻正高秋。百年勳業纔過半，留鄴中間待拜侯。

【箋】

此詩採自民國本《九煙詩鈔·薇蕁》，不見於他本。據此詩在《九煙詩鈔·薇蕁》集中編排位置，當作於己丑年，即順治六年（一六四九）。

沈大匡年兄招同金若千湖樓小飲得糟字

此日誰分玉與糟，愁來懶續大夫騷。文章節義羞群婢，蜾蠃螟蛉笑二豪。避地只今寰海窄，問天從古帝閽高。何當喚起岑年吏，痛飲摻撾聽駡曹。

【箋】

此詩採自民國本《九煙詩鈔·薇蓴》，不見於他本。據此詩在《九煙詩鈔·薇蓴集》中編排位置，當作於己丑年，即順治六年（一六四九）。是年，黄周星於杭州與沈捷等結交酬唱。沈捷，字大臣，仁和（今屬浙江省杭州市）人。崇禎十三年（一六四〇）進士，歷任桃源、武進縣令，明亡回杭歸隱，建别墅於瑞石山下，名「石園」。金若千，即金濲，字瀫如，號若千，浙江石門人。崇禎十三年（一六四〇）登第，爲黄周星同年進士，曾任福建莆田縣知縣。

同大臣嶧山諸年兄昭慶僧樓聯牀得樓字

拜手春明倏十秋，朅來湖海意悠悠。人間富貴誇三窟，天下文章聚一樓。南北風雲看屢變，東西溝水悵分流。琵琶船上新歌沸，留得青門幾個侯？

【箋】

此詩採自民國本《九煙詩鈔·薇蓴》，不見於他本。據此詩在《九煙詩鈔·薇蓴》集中編排位置，當作於己丑年，即順治六年（一六四九）。沈大臣，見上首箋。嶧山，其人未詳。昭慶寺，宋明以來杭州著名的「四大叢林」之一。

代人壽某令

譜成花地與皂天，爲政風流令亦仙。北斗城遥猶燦若，南山籬外自悠然。鶴歸華表看今代，牛放桃林記昔年。側耳江流聲譽好，野人爲壽愧鸞牋。

【箋】

此詩採自民國本《九煙詩鈔・薇蕁》，不見於他本。據此詩在《九煙詩鈔・薇蕁》集中編排位置，當作於己丑年，即順治六年（一六四九）。

代人壽同年五十

種分丹穴九苞威，匡蠡才名滿帝畿。政似任公心自遠，年同蘧叟更無非。南陽琴暖龍猶卧，緱嶺笙高鶴共飛。見説吴剛神采異，昨宵桂殿倍澄輝。

【箋】

此詩採自民國本《九煙詩鈔・薇蕁》，不見於他本。據此詩在《九煙詩鈔・薇蕁》集中編排位置，當作於己丑年，即順治六年（一六四九）。按黄周星本年作有《壽吴年兄五旬》詩（見前），此同年或即吴某。

贈答雪公太史

遠從天半拜峨眉，齊魯青多未是奇。鳳沼千秋懸碩果，龍門百尺見高枝。心期北海風雲在，力護西山日月知。笠屐徑行隨早晚，一樽還共泰階移。

【箋】此詩採自民國本《九煙詩鈔・薇蕚》，不見於他本。據此詩在《九煙詩鈔・薇蕚》集中編排位置，當作於庚寅年，即順治七年（一六五〇）。雪公，不詳，當由進士官翰林。

禾水贈緒年兄二首

同是春風抱膝人，蕭蕭花竹寄閒身。衆香有國堪安隱，萬卷爲城不厭貧。東海主賓金箭美，西山兄弟蕨薇親。燭窗夜話如初夢，屈指相思十八春。

小築桃源傍柳灣，閉門圖史即深山。高風自謂羲皇上，古調休論晉魏間。潑墨煙雲隨怪幻，詠懷天地任癡頑。讀書種子何曾絕，話到神州涕共潸。

【箋】

此詩採自民國本《九煙詩鈔・薇蕚》，不見於他本。據此詩在《九煙詩鈔・薇蕚》集中編排位置，當作於庚寅年，即順治七年（一六五〇）。浙江嘉興府古稱嘉禾，禾水在嘉興境內。據詩中「燭窗夜話如初夢，屈指相思十八春」云云，則褚氏與黄周星同在崇禎六年（一六三三）中舉。

贈友

文酒風流是大家，山林經濟未須誇。閒園自種英雄菜，名社頻探富貴花。四壁縑緗真世業，一牀金石足生涯。煙雲供養非容易，每到蕭齋半日斜。

【箋】

此詩採自民國本《九煙詩鈔・薇蕚》，不見於他本。據此詩在《九煙詩鈔・薇蕚》集中編排位置，當作於庚寅年，即順治七年（一六五〇）。

贈沈君其家善釀

水繞衡門別一天，酣吟風月即神仙。漫言度世求勾漏，直似移封向酒泉。户外不停看竹篙，溪邊堪老種花田。素心晨夕誠奇福，願乞羲皇半榻眠。

【箋】

此詩採自民國本《九煙詩鈔·薇蓴》，不見於他本。據此詩在《九煙詩鈔·薇蓴》集中編排位置，當作於庚寅年，即順治七年（一六五〇）。

與年家子

十年霄壑與心違，此日西州始叩扉。新柳庭前看玉樹，落花池上悼金徽。鼎彝繞屋多雲氣，袍笏盈牀尚旭輝。莫向墨田嗟苦節，前人珍重故山薇。

【箋】

此詩採自民國本《九煙詩鈔·薇蓴》，不見於他本。據此詩在《九煙詩鈔·薇蓴》集中編排位置，當作於庚寅年，即順治七年（一六五〇）。

贈某君

須知巢許即夔龍，金馬名高自不同。五嶺弦清人似鶴，兩都簪盍氣如虹。樽開湖海襟偏爽，劍隱風雲興獨雄。酣詠不妨壺口缺，比年廖鳳半牆東。

【箋】

此詩採自民國本《九煙詩鈔·薇蕚》，不見於他本。據此詩在《九煙詩鈔·薇蕚》集中編排位置，當作於庚寅年，即順治七年（一六五〇）。

贈友

亦宜酒國亦書城，豈是逃名更得名。鄧禹笑人春易老，龍泉知我夜常鳴。頭如巾杵真無計，心似彈棋自不平。屋角幸留湖一片，天公容主白鷗盟。

【箋】

此詩採自民國本《九煙詩鈔·薇蕚》，不見於他本。據此詩在《九煙詩鈔·薇蕚》集中編排位置，當作於庚寅年，即順治七年（一六五〇）。

飲友人齋中是日同泛南湖登煙雨樓故址

問奇又到子雲牀，墨妙茶清醉古香。看竹人隨煙棹遠，養花天趁繡鞋忙。一泓水冷龍吟瘦，百尺樓空鶴夢荒。飽吃青精參玉版，相將白日事羲皇。

【箋】

此詩採自民國本《九煙詩鈔・薇蓴》，不見於他本。據此詩在《九煙詩鈔・薇蓴》集中編排位置，當作於庚寅年，即順治七年（一六五〇）。煙雨樓，見卷四《余髫齡即聞煙雨樓迄今過之惟荒丘宿莽耳俯仰悵然聊識一絶》箋。本年黄周星至嘉興，與友人遊覽南湖，登煙雨樓舊址，遂有此作。

三飲友人齋中

共擬桃源喜問津，濕雲如夢界香塵。萬竿竹繞錚錚漢，千里花飄落落人。南陌新紅皆妙偈，東流古緑是芳鄰。翠微歷歷疑前度，試向莓苔辨佛身。

【箋】

此詩採自民國本《九煙詩鈔・薇蓴》，不見於他本。據此詩在《九煙詩鈔・薇蓴》集中編排位置，當作於庚寅年，即順治七年（一六五〇）。詩當作於本年與友人遊覽嘉興南湖之際。

和沈大匡年兄菰城寫懷韻

贈我琅玕欲往從，碧雲豈隔美人蹤。家如園令真徒壁，江似湘靈約數峰。夢斷春明乘下澤，吟殘晝漏坐高春。佯狂太瘦俱堪笑，飯顆山頭幾度逢。

【箋】

此詩採自民國本《九煙詩鈔·薇蕁》，不見於他本。據此詩在《九煙詩鈔·薇蕁》集中編排位置，當作於庚寅年，即順治七年（一六五〇）。沈大匡，即沈捷，見本卷《沈大匡年兄招同金若千湖樓小飲（得糟字）》箋。是年，黄周星與沈捷唱和。菰城，浙江湖州之舊稱。

贈别錢年兄

十年花柳笑危冠，此日嶔崎共歲寒。怪事滿空書咄咄，商歌長夜歎漫漫，掉頭東海匏[一]常掛，抱膝南陽劍自彈。夢破蒲團春又老，鷄鳴[二]幾度過邯鄲。

【校】

〔一〕「匏」，康熙本作「瓢」。

〔二〕「鳴」，康熙本作「聲」。

【箋】

此詩採自民國本《九煙詩鈔·薇蕁》，康熙本亦收。據此詩在《九煙詩鈔·薇蕁》集中編排位置，當作於庚寅年，即順治七年（一六五〇）。此詩作於本年五月，黄周星自杭州搬家之際。

贈别洪年兄

同依皋廡各支扉，晨夕南村願忍違。坐擁百城龍虎嘯，家徒四壁鳳凰飢。文章自古多哀樂，節義於今半是非。他日西湖春更好，期君花舫醉斜暉。

【箋】

此詩採自民國本《九煙詩鈔·薇蕚》，不見於他本。據此詩在《九煙詩鈔·薇蕚》集中編排位置，當作於庚寅年，即順治七年（一六五〇）。據詩中「他日西湖春更好」句，可知此詩乃本年五月搬離杭州時，與友人惜别之詩。洪年兄，未詳。

贈别朱年兄

相逢把酒〔一〕復歌《騷》，閒聽黄鸝罵碧桃。我輩生涯惟冷淡，時人意氣且雄豪。調翻郢雪音難和，夢入巫雲賦自高。蠹簡一編〔二〕琴一曲，皇天后土笑蓬蒿。

【校】

〔一〕「把酒」，康熙本作「詠史」。

〔二〕「蠹簡一編」，康熙本作「濁酒一杯」。

【箋】

此詩採自民國本《九煙詩鈔·薇蕚》，康熙本亦收。據此詩在《九煙詩鈔·薇蕚》集中編排位置，當作於庚寅年，即順治七年（一六五〇）。此詩亦作於本年五月，自杭州搬家之際。朱年兄，人未詳。後康熙五年黄周星赴湖州長興，與白溪山莊之朱升來往頻繁，相交甚篤，則康熙年間諸多詩作中所稱之「朱年兄」爲崇禎六年（一六三三）黄周星同榜舉人之朱升，見卷四《過長興朱年兄白溪山莊賦八首》箋。

贈友以諸生受菩薩戒

側身懷古歎居諸，漫道窮愁好著書。路上禽言啼滑滑，園中蝶夢笑蘧蘧。前生金粟名非謬，往事楊枝癖未除。怪石一庭詩四壁，與君把酒話樵漁。

【箋】

此詩採自民國本《九煙詩鈔·薇蕚》，不見於他本。據此詩在《九煙詩鈔·薇蕚》集中編排位置，當作於庚寅年，即順治七年（一六五〇）。

次韻贈萬允康年兄〔一〕

英雄失路歎離居，閒殺臯夔且讀書。雙匣蛟龍經戰後，一編蝌蚪是焚餘。寄愁天上閶難叩，作苦田間圃自鋤。莫怪風雲多慘澹，星文夜夜照蒿廬。

【校】

〔一〕康熙本題作「次韻贈萬年兄」。

【箋】

此詩採自民國本《九煙詩鈔·薇蕚》，康熙本亦收。清代陸次雲輯《皇清詩選》（清康熙間刻本）卷十八收録此詩，題作「次韻贈萬年兄」。據此詩在《九煙詩鈔·薇蕚》集中編排位置，當作於庚寅年，即順治七年（一六五〇）。詩當作於常州，黄周星與萬允康交遊之際。萬允康，見卷五《秋熱殊甚與允康同遊惲氏園》箋。

與同年某監司

十年冠劍各江湖，此日風雲興未孤。外史洛南慚叔度，群公江左見夷吾。政成邃穆川蜆静，賦就和平谷鳥呼。握手莫驚韶序改，行看麗句滿三吴。

【箋】此詩採自民國本《九煙詩鈔·薇蓴》，不見於他本。據此詩在《九煙詩鈔·薇蓴》集中編排位置，當作於庚寅年，即順治七年（一六五〇）。

次韻贈錢生

天半長庚曉未收，扶輿浩氣幾人留。湘蘭信美非吾土，臺柳多情繫客舟。萬里風雲憑策杖，十年湖海快登樓。憂時莫羡桃源隱，黄石商山總爲劉。

【箋】此詩採自民國本《九煙詩鈔·薇蓴》，不見於他本。據此詩在《九煙詩鈔·薇蓴》集中編排位置，當作於庚寅年，即順治七年（一六五〇）。

贈鄒年兄

閒卻鶯花十八春，披帷一笑恰愁晨。千章堂後聯吟客，萬卷城中獨坐人。黻佩何妨兼負戴？耕桑元不礙經綸。巢由牽犢渾兒戲，羞向溪山署外臣。

【箋】此詩採自民國本《九煙詩鈔·薇蕚》。據此詩在《九煙詩鈔·薇蕚》集中編排位置，當作於庚寅年，即順治七年（一六五〇）。鄒年兄，當爲常州鄒之麟，著名書畫家，見卷五《贈鄒虎臣先生》箋。此詩當作於本年黄周星寓居常州與鄒之麟交遊之際。

贈柳年兄

柳風蒹露淡多思，江海何妨問字遲。堂似深山琴静後，人如空谷玉臨時。千秋日月心爲史，一卷冰霜性是詩。酒後仰天休錯詠，南山蕪穢不須疑。

【箋】此詩採自民國本《九煙詩鈔·薇蕚》，不見於他本。據此詩在《九煙詩鈔·薇蕚》集中編排位置，當作於庚寅年，即順治七年（一六五〇）。

次韻贈周年兄

蒼荒天地盡秋聲，廣武琅邪共此情。感慨盛年真隔世，悲歌前路有同盟。金門歲月憐方朔，玉壘風雲念孔明。何日聖湖霞五色，與君柳浪聽新鶯。

【箋】此詩採自民國本《九煙詩鈔·薇蕚》，不見於他本。據此詩在《九煙詩鈔·薇蕚》集中編排位置，當作於庚寅年，即順治七年（一六五〇）。周年兄，即周世臣，見卷二《題周穎侯山水便面（仿倪雲林筆意）》箋。本年秋，黄周星與周世臣遊，并爲其題寫扇面。

與錫山令

大雅雄名北地傳，凌秋鵰鶚自高騫。雲生鄴架三千軸，雪映程門十八年。庭上棲鸞誇漢札，池邊舞鶴聽虞弦。河陽花滿人争羡，訪勝寧關第二泉。

【箋】此詩採自民國本《九煙詩鈔·薇蕚》，不見於他本。據此詩在《九煙詩鈔·薇蕚》集中編排位置，當作於庚寅年，即順治七年（一六五〇）。錫山在江蘇省無錫市西郊，此指江蘇無錫。是年，黄周星或赴無錫謁縣令，遂作此詩。

庚寅秋日與萬允康年兄同客毘陵龍興禪院相對窮愁以詩索笑〔一〕

黃金紅粉未銷愁，野寺相看〔二〕只敝裘。舉目山河〔三〕千古淚，對牀風雨兩人秋。時危家破憐張儉，地老天荒歎〔四〕馬周。赤白洪崖齊拍手，誰人客帳夢封侯。

【校】

〔一〕康熙本題作「庚寅秋日與友人同客毘陵僧舍相對窮愁以詩索笑」，道光本、咸豐本、光緒本題作「荒寺愁坐同允康賦」。

〔二〕「看」，道光本、咸豐本、光緒本作「逢」。

〔三〕「山河」，康熙本、道光本、咸豐本、光緒本作「河山」。

〔四〕「歎」，康熙本、道光本、咸豐本、光緒本作「笑」。

【箋】

此詩採自民國本《九煙詩鈔·薇蕚》，康熙本、道光本、咸豐本、光緒本皆收。鄧顯鶴《沅湘耆舊集》亦收，題作「荒寺愁坐同允康賦」。毘陵，江蘇常州之古稱。萬允康，見卷五《秋熱殊甚與允康同遊惲氏園》箋。順治七年（一六五〇）秋，黃周星至常州，曾與萬允康同寓居龍興禪院，遂有此詩。

贈吴年兄

半生出處每相同，十載風雲感慨中。我愧牛衣棲廡下，君真鳳羽隱牆東。論文胸貯峨眉雪，詠史身經易水風。舊日金門如午夢，青山未笑黑頭公。

【箋】

此詩採自民國本《九煙詩鈔·薇蕚》，不見於他本。據此詩在《九煙詩鈔·薇蕚》集中編排位置，當作於庚寅年，即順治七年（一六五〇）。

代人壽狀元二首

管領鶯花第一人，當年才調更無倫。千門柳拂文昌席，五夜藜分太乙賓。座對西山秋氣爽，樽開北斗歲華新。瓊葩占盡東南美，未許曹劉步後塵。

玉樹臨階詠素秋，居然名士舊風流。綵樓宰相元參政，黃鶴仙人亦狀頭。池號鳳凰身已到，杯傾鸚鵡客長留。桂輪香滿懸弧夕，翠管鸞箋早唱酬。

【箋】此詩採自民國本《九煙詩鈔·薇蕚》，不見於他本。據此詩在《九煙詩鈔·薇蕚》集中編排位置，當作於庚寅年，即順治七年（一六五〇）。按此詩作於常州，所壽狀元當爲吕宫，常州武進人，順治四年一甲一名進士。

重九前三日飲友人齋中即席限韻〔一〕

共憐剪髮混荆蠻，長鋏歌中客夢鰥。人似玉山花作供，詩依金谷酒爲鍰。蟻浮春緑玻璃滑，蟹薦秋紅琥珀殷。醉後不須詢甲子，竹〔二〕籬元對舊南山。

【校】

〔一〕《吴興詩存》詩題作「重九前三日楊組玉席分韻」。

〔二〕「竹」，《吴興詩存》作「菊」。

【箋】此詩採自民國本《九煙詩鈔·薇蕚》。據此詩在《九煙詩鈔·薇蕚》集中編排位置，當作於庚寅年，即順治七年（一六五〇）。陸心源《吴興詩存》四集卷十四、周慶雲《潯溪詩徵》卷三十八亦收此詩，詩題作「重九前三日楊組玉席分韻」。則本年九月初六，黄周星飲於常州楊組玉之筵席，因而有詩。楊組玉即楊璚，字組玉，號雪臣，常州著名學者。

和韻贈友人二首

厭聽吳歈與越吟，白衣蒼狗古猶今。大夫松老官非莽，處士梅孤姓是林。龍戰千秋看劍氣，鳳飛四海問琴心。荒涼雲物多愁色，誰爲西歸賦好音。

幾年風雨送龍吟，滿目雲煙變古今。魑魅縱橫遮大道，英雄歌哭在長林。扁舟泛宅真無計，斗酒論交自有心。收拾牀頭秦項紀，空山閒聽梵潮音。

【箋】此詩採自民國本《九煙詩鈔・薇蓴》，不見於他本。據此詩在《九煙詩鈔・薇蓴》集中編排位置，當作於庚寅年，即順治七年（一六五〇）。

和友人無家詩二首

富貴神仙事有無，白衣天子羨金吾。猿狙人物場如戲，雉犢山河界似蒱。妝閣有心琴謾挑，棋亭失意酒頻沽。清風繞屋稱名隱，愚叟移山果是愚。

行行誰問魯朱家？一片雄心寄落霞。吴越風乖疑朔漠，唐虞代邈況皇媧。山中長嘯鸞鳳寂，壠上高談燕雀譁。斗大齊州無住處，蓬壺咫尺莫言遐。

【箋】

此詩採自民國本《九煙詩鈔·薇蓴》，不見於他本。據此詩在《九煙詩鈔·薇蓴》集中編排位置，當作於庚寅年，即順治七年（一六五〇）。

吴門贈友

同是乾坤未了身，相逢歌哭見天真。糟醨國裏餐霞客，裘馬場中卧雪人。宅柳有年仍紀晉，源桃無姓不宗秦。吴天花月今誰主？文酒虚誇舊日春。

【箋】

此詩採自民國本《九煙詩鈔·薇蓴》，不見於他本。據此詩在《九煙詩鈔·薇蓴》集中編排位置，當作於庚寅年，即順治七年（一六五〇）。此詩當作於黄周星旅居蘇州期間。

贈友

翡翠蘭苕大雅遺，對君如在盛明時。壁間柳色高人畫，屏上春懷逸士詩。四海傾樽多夙好，六朝題練有新知。側聞皋廡皆鷖鳳，可許梁鴻詠五噫。

【箋】此詩採自民國本《九煙詩鈔·薇蕚》，不見於他本。據此詩在《九煙詩鈔·薇蕚》集中編排位置，當作於庚寅年，即順治七年（一六五〇）。詩中「側聞」兩句用蘇州典，或亦作於蘇州。

代壽禾水司李

嘉名肇錫本禎祥，上壽姚籛合雁行。菀苑文章推碩彥，鳳池人物待仙郎。繡衣望重清霜肅，銀牓春回化日長。共喜覽揆迎歲首，椒花詞響薦霞觴。

履端待旦接懸弧，絳旭先浮五嶽圖。詞賦名家來雪苑，風流仙吏在冰壺。塵銷蜃海樓臺靜，春滿鴛波草木蘇。虞聖商賢同甲子，早知娃字是禎符。

【箋】　此詩採自民國本《九煙詩鈔·薇蓴》，不見於他本。據此詩在《九煙詩鈔·薇蓴》集中編排位置，當作於庚寅年，即順治七年（一六五〇）。浙江嘉興府古稱嘉禾，禾水在嘉興境内。

題嘉禾壁時吴梅村於嘉禾集同輩，登樓吟詠。

十郡名賢只自知，眼前若個是男兒。燕山難返龍髯日，鴛水争傳牛耳時。滴盡冬青猶有淚，題殘凝碧更無詩。長陵此日惟淒奠，願借閟堂酒一巵。

【箋】　此詩不見於黄周星諸集，採自清代朱緒曾編《金陵詩徵》（清光緒十三年刻本）卷三十。據顧師軾《梅村先生年譜》，吴偉業於順治七年（一六五〇）在嘉興南湖召集「十郡大社」。黄周星亦於此年至嘉興，與友人遊覽南湖，登煙雨樓舊址，留下多首詩作。據詩題小注「時吴梅村於嘉禾集同輩登樓吟詠」，及詩中提到「十郡」，皆指以吴偉業爲首的江南士人參加的「十郡大社」。「鴛水」，即鴛湖，鴛鴦湖，嘉興西南湖的統稱。則此詩當作於順治七年（一六五〇）黄周星在嘉興南湖參與「十郡大社」之際。

元日

百拜天門蟣蝨臣，乾坤何處著閒身？茫茫運會仍三朔，冉冉年華見五辛。異代河山波上影，故鄉人物夢中春。側身懷古非今日，漫向西方詠美人。

【箋】

此詩採自民國本《九煙詩鈔·薇蕚》，不見於他本。據此詩在《九煙詩鈔·薇蕚》集中編排位置，當作於辛卯年，即順治八年（一六五一）元旦。

次韻答友人

竹柏深盟共歲寒，飯牛誰問夜漫漫。美人家隔隋堤柳，騷客天荒夢畹蘭。春樹有詩懷李白，秋風何處到燕丹。相逢齊魯多奇節，拔劍酣歌自不難。

【箋】

此詩採自民國本《九煙詩鈔·薇蕚》，不見於他本。據此詩在《九煙詩鈔·薇蕚》集中編排位置，當作於辛卯年，即順治八年（一六五一）。

始僦〔一〕居

天空海闊竟何如，此日英雄〔二〕且僦〔三〕居。擊筑市中誰進酒，賃舂廡下自鈔書。一春風雨牛衣老，十載江湖馬鬣〔四〕虛。輸卻雲門行脚漢，竹煙松月總精廬。

【校】

〔一〕〔三〕「僦」，原作「蹴」，據康熙本、道光本、咸豐本改。康熙本、道光本、咸豐本、光緒本題作「僦居」。

〔二〕「英雄」，道光本、咸豐本、光緒本作「高人」。

〔四〕「鬣」，康熙本、道光本、咸豐本、光緒本作「肆」。

【箋】

此詩採自民國本《九煙詩鈔·薇蕚》，康熙本、道光本、咸豐本、光緒本亦收。據此詩在《九煙詩鈔·薇蕚》集中編排位置，當作於辛卯年，即順治八年（一六五一）。徐世昌《晚晴簃詩匯》卷十三「黃周星」條收詩兩首，其二爲《僦居》。此詩鄧顯鶴《沅湘耆舊集》亦收，題作「僦居」。僦居，租屋而居也。陶汝鼐《榮木堂集》（清康熙間刻世彩堂匯印本）卷十《清詩集中見黃九煙僦居詩淒然念之因和其韻》：「生平才儁意何如，許大乾坤欠一居。行在拾遺官似夢，吴門名姓變猶書。朱弦調古音方絶，白玉樓新召豈虛。賈誼屈原雖有宅，千秋寧爲弔其廬。」萬言《管村文鈔》（民國張壽鏞約園刊四明叢書本）內編卷二《黃周星傳》：「而旅舍湫窄，率不能越三楹。以艱嗣攜妾而行，既截其一爲卧室，其一間鷄塒爨具與書几客坐并陳。」

過武水錢子郊園題贈「高秋」「終古」俱題額語。

扁舟溪上即吾廬，十畝閒閒静者居。水木高秋心自爾，煙雲終古意何如？竹間嵇阮堪呼酒，花下羲皇好讀書。省向外人詢甲子，比來絶少武陵漁。

【箋】

此詩採自民國本《九煙詩鈔·薇蕚集》，不見於他本。據此詩在《九煙詩鈔·薇蕚集》中編排位置，當作於辛卯年，即順治八年（一六五一）。本年黄周星作有五言律詩《錢爾斐園中構一亭子其南面濱梅餘則竹環之余爲題曰玉霍記曰大山宫小山霍蓋小山居中大山繞之如宫其名霍也》，則錢子爲錢爾斐，即錢繼章，見卷五該詩箋。本年秋，黄周星於嘉善飲於錢繼章園林，遂有此作。

與同年某計部

西湖譽滿復江皋，處處風流見節旄。雋理每翻梁苑雪，雄文應瀉廣陵濤。美人擊楫懷偏遠，名士持籌致自高。閒説春江花月好，郎官幾度醉宫袍。

【箋】

此詩採自民國本《九煙詩鈔·薇蓴》，不見於他本。據此詩在《九煙詩鈔·薇蓴》集中編排位置，當作於辛卯年，即順治八年（一六五一）。

次韻爲康子廣陵秋雨移寓

旅舍同憐曉暮煙，雲泥鴻迹屬誰邊？南人北客蓬飄日，夏令秋行梅雨〔一〕天。高士自移徐孺榻，群公誰問米家船？梧桐河漢涼如水，佳句空懷孟浩然。

【校】

〔一〕「雨」，原作「兩」，誤，今改。

【箋】

此詩採自民國本《九煙詩鈔·薇蓴》，不見於他本。據此詩在《九煙詩鈔·薇蓴》集中編排位置，當作於辛卯年，即順治八年（一六五一）。據詩題與詩句「南人北客蓬飄日，夏令秋行梅雨天」，則此詩作於是年秋於揚州。康子，不詳。

廣陵中秋月夜值雨次韻

幾處河山黯夕暉，薄陰輕霽送熹微。人當涼夜雲生座，天爲中秋月到扉。莖露遥憐銅狄冷，霓裳空羡玉環肥。吹簫橋畔歡兼怨，何限寒香點客衣。

【箋】

此詩採自民國本《九煙詩鈔·薇蕚》，不見於他本。據此詩在《九煙詩鈔·薇蕚》集中編排位置，當作於辛卯年，即順治八年（一六五一）。中秋，黄周星在揚州，遂有此詩。

次韻答友人海陵見懷有隋珠燕玉之句

桃源花放不知年，處處溪山一棹牽。此日放牛埋寧戚，何人捫蝨事苻堅？中原將相多堪笑，異代親朋盡可憐。燕玉隋珠真似夢，犢褌空羡鳳凰眠。

【箋】

此詩採自民國本《九煙詩鈔·薇蕚》，不見於他本。據此詩在《九煙詩鈔·薇蕚》集中編排位置，當作於辛卯年，即順治八年（一六五一）。海陵，今江蘇省泰州市海陵區。海陵友人，其人未詳。

候張訒叟老師

扶桑相望接朝暾，斗嶽千秋道自尊。世界幾年題本穴？宮墻此日拜高門。北山猿鶴知朋侣，東海鵷鱗見弟昆。節義文章成底事，廬陵真愧未酬恩。

【箋】

此詩採自民國本《九煙詩鈔·薇蓴》，不見於他本。據此詩在《九煙詩鈔·薇蓴》集中編排位置，當作於辛卯年，即順治八年（一六五一）。張訒叟，即張元始，明末曾爲太常寺少卿。黄周星爲崇禎六年（一六三三）張元始主持鄉試所得士，故詩中有「世界幾年題本穴？宮牆此日拜高門」云云。本年，黄周星於松江筍里拜訪張元始，遂有此作。應寶時修、俞樾纂《同治上海縣志》（清同治十一年刊本）卷二十三《遊寓》：「周星爲邑人張太常元始鄉榜所得士，甲申後常客新場，寓太常家。」新場即松江筍里。

呈錢塞庵太師先輩

身同鼎吕繫蒼生，一代儀型見老成。舉世何曾知節義，如公始足重科名。洞庭日月胸中隱，滄海風波眼底平。悟徹禪元多妙諦，鵾鵬都作鳳伽鳴。

【箋】

此詩採自民國本《九煙詩鈔・薇蓴》，不見於他本。據此詩在《九煙詩鈔・薇蓴》集中編排位置，當作於辛卯年，即順治八年（一六五一）。錢士升（一五七五—一六五二），字抑之，號禦冷，晚號塞庵，嘉善人。萬曆四十四年（一六一六）殿試第一，授翰林院修撰。崇禎中累官禮部尚書兼東閣大學士，後致仕歸鄉。著有《南宋書》《遜國逸書》等。甲申國變後，錢士升削髮爲僧，故黄周星詩中有「悟徹禪元多妙諦，鵾鵬都作鳳伽鳴」之句。錢士升曾築别業於嘉善北郊，曰遯溪，國初四方遺老多有至焉。則此詩當作於嘉善。

呈錢龍門先生

雲雷舒卷任晴空，威鳳潛龍道本同。江左幾年推仲父，斗南此日見粱公。榮名人耀千秋簡，勁節天高百尺桐。珍重平章花月手，會看黄髮領春風。

【箋】

此詩採自民國本《九煙詩鈔・薇蓴》，不見於他本。據此詩在《九煙詩鈔・薇蓴》集中編排位置，當作於辛卯年，即順治八年（一六五一）。錢龍門乃錢繼登，見卷五《錢龍門先生招集客園是日雨後晚晴見月看海虞小友張生奏新聲暨歌兒隔竹度曲以牡丹亭牙牌行酒因賦四首》箋。本年春，黄周星至嘉興嘉善，飲於錢繼登之園。

吴子有梅屋懷人詩爲悼亡友作次韻四首

柳絲濯濯想當年，墨妙茶香似目前。詠雪人清宜比玉，雨花天巧不如錢。早梅詩興思何遜，夜月風情記阿憐。福慧三生多妒恨，莫將才鬼傲頑仙。

天生成佛是何年？我法應超靈運前。白璧車中人似玉，青峰江上句如錢。荒唐鵬鷃應相笑，辛苦夔蚿只互憐。千載浪傳歸鶴語，群兒誰信是蘇仙？

文人何可使無年？好懺浮名繡佛前。鄴架丹黄空滿軸，洪崖赤白總慳錢。鬼才天上尊長吉，婢態人間笑小憐。香豔情多難駐世，幾回夢裏葬神仙。

桃源鷄犬豈知年？轉眼滄桑又過前。白馬屢沉和氏璧，黄牛誰復漢時錢？屈原既放人皆醉，李白佯狂我獨憐。三島十洲多局促，學仙多學飲中仙。

【箋】

此詩採自民國本《九煙詩鈔・薇蓴》，不見於他本。據此詩在《九煙詩鈔・薇蓴》集中編排位置，當作於辛卯年，即順治八年（一六五一）。

與朱友銅客青浦友銅以詩見投兼招旅酌次韻賦答

寄愁天上强裁詩，樓外青山似黛眉。憤比韓非陳五蠹，窮如柳子駡三尸。喜無風雨傷幽獨，自有乾坤怨别離。峰泖送迎吾共汝，鷫裘斗酒復何辭？

【箋】

此詩採自民國本《九煙詩鈔・薇蓴》，不見於他本。據此詩在《九煙詩鈔・薇蓴》集中編排位置，當作於辛卯年，即順治八年（一六五一）。本年夏秋之間，黄周星曾過青浦。朱友銅，未詳。

次韻贈李姬西如

渡頭桃葉爲儂愁，可有蕭郎愛遠遊？朝峽雨晴雲自淡，春江花睡月同流。含情仙子憐瑶瑟，乞巧才人恨玉鈎。第一瓊葩卿自好，相思誰共竹西樓？

【箋】

此詩採自民國本《九煙詩鈔·薇蓴》，不見於他本。據此詩在《九煙詩鈔·薇蓴》集中編排位置，當作於辛卯年，即順治八年（一六五一）。本年年末，黄周星於揚州送别張子，并詠張子與紅顔知己李西如之情事。

人日同諸子遊平山堂大明寺迷樓故址一帶還醵飲法海寺

十載龍蛇記昔遊，憑高細認舊揚州。名懸二曜誰家寺？舞破千峰此處樓。對酒客星蓮社笑，寄詩人日草堂愁。興亡滿眼鶯花老，空向斜陽歎故侯。

【箋】

此詩採自民國本《九煙詩鈔·薇蓴》，不見於他本。據此詩在《九煙詩鈔·薇蓴》集中編排位置，當作於壬辰年，即順治九年（一六五二）。平山堂，位於揚州市西北郊大明寺内，始建於宋仁宗慶曆八年（一〇四八），於元代曾一度荒廢，明代萬曆年間重新修葺。大明寺雄踞在揚州北郊蜀岡中峰之上，初建於南朝劉宋孝武帝大明年間，後屢有重建。隋煬帝曾建行宫「迷樓」於觀音山。法海寺位於揚州瘦西湖，始建於隋，重建於元代。舊俗以農曆正月初七爲人日。本年正月初七，黄周星與諸子遊揚州平山堂、大明寺、迷樓故址、法海寺，遂有此作。

上元前二日廣陵諸子木蘭亭社初集分得星字

六街燈火亂春星，香豔中宵感百靈。酒客舊誇金谷社，詩人今聚木蘭亭。著書松老同貧賤，索笑梅癡半醉醒。正好攝提貞歲首，《離騷》有句盡成經。

【箋】此詩採自民國本《九煙詩鈔・薇蕚》，不見於他本。據此詩在《九煙詩鈔・薇蕚》集中編排位置，當作於壬辰年，即順治九年（一六五二）。舊俗以農曆正月十五日爲上元節。則本年正月十三日，黄周星於廣陵同諸君子結「木蘭亭社」，相與唱和。

次韻答酒徒

酷似高陽酈食其，江湖落魄幾人知？醉回春色歌青眼，老盡秋風换緑眉。劍客心肝留寶玦，箏人神血問金卮。羲農去後衣冠假，如爾真堪野鹿隨。

【箋】此詩採自民國本《九煙詩鈔・薇蕚》，不見於他本。據此詩在《九煙詩鈔・薇蕚》集中編排位置，當作於壬辰年，即順治九年（一六五二）。

題宗子新柳堂〔一〕

如將韻友列山扉，晨夕琴樽願不違。月下王恭真濯濯，風前張緒故依依。香薰小像鴟初語，影落空梁燕乍歸。隔户長條休挽斷，宮腰著意護書〔二〕幃。

【校】

〔一〕道光本、光緒本題作「題宗定九新柳堂」，咸豐本題作「題定九新柳堂」。

〔二〕「書」，咸豐本作「長」。

【箋】

此詩採自民國本《九煙詩鈔·薇蕚》，康熙本、道光本、咸豐本、光緒本亦收。據此詩在《九煙詩鈔·薇蕚》集中編排位置，當作於壬辰年，即順治九年（一六五二）。宗子，即宗元鼎，見卷五《寒食夜集新柳堂分得寒字》箋。本年，黄周星於揚州宗元鼎新柳堂内唱和作此詩。

題劉子次山樓〔一〕

真似移家向瀼濱，太初風月好爲鄰。漫郎自是名山〔三〕侶，聱叟應非近代人。百尺樓高龍〔三〕獨卧，數峰江澮鶴相親。題詩五嶽如〔四〕君志，姓字〔五〕先分石室春。

【校】

〔一〕道光本、咸豐本、光緒本題作「題劉正少次山樓」。

〔二〕「山」，咸豐本作「家」。

〔三〕「龍」，咸豐本作「人」。

〔四〕「如」，道光本、咸豐本、光緒本作「知」。

〔五〕「姓字」，道光本、咸豐本、光緒本作「嵐谷」。

【箋】

此詩採自民國本《九煙詩鈔·薇蕚》，道光本、咸豐本、光緒本亦收。據此詩在《九煙詩鈔·薇蕚》集中編排位置，當作於壬辰年，即順治九年（一六五二）。據道光本、咸豐本、光緒本題作「題劉正少次山樓」可知，劉子乃劉正少，其人未詳，居揚州。

新春同廣陵諸子郊游飲緑野館分得西字

十載春風悞馬蹄，旗亭此日手重携。繁華滿目〔一〕才人老，貧賤傷心壯士低。繞席緑雲羞鳳吹，隔江紅雨想鶯啼。溝頭蹀躞如尋夢，可是煙花舊竹西。

【校】

〔一〕「目」，《吴興詩存》本作「眼」。

【箋】

此詩採自民國本《九煙詩鈔・薇蓴》，咸豐本、光緒本、清代陸次雲輯《皇清詩選》（清康熙間刻本）卷十八、陸心源《吴興詩存》四集卷十四、周慶雲《潯溪詩徵》卷三十八亦收。咸豐本、光緒本題作「同人偶集緑野園分韻」。《吴興詩存》《潯溪詩徵》本題作「同人偶集緑野園」。據此詩在《九煙詩鈔・薇蓴》集中編排位置，當作於壬辰年，即順治九年（一六五二）。本年新春，黄周星於揚州郊遊飲宴唱和，遂有此詩。

次韻贈花姬舜華

天教文士幻雲鬟，誰數新豐謝阿蠻？夜月有人同製曲，春風無處不開顔。臨池柹葉宜千賦，閉户桃花即萬山。笑詠沉香亭北句，三生福慧未愁慳。

【箋】

此詩採自民國本《九煙詩鈔・薇蓴》，不見於他本。據此詩在《九煙詩鈔・薇蓴》集中編排位置，當作於壬辰年，即順治九年（一六五二）。

平山春望社題〔一〕

春風萬里客登臺，平楚蒼然霽色開。百雉似連孤塔湧，群峰欲渡大江來。生前富貴楊婆笑，亂後文章庾信哀。滿眼煙花今古夢，天荒地老獨徘徊。

【校】

〔一〕道光本、咸豐本、光緒本、《吴興詩存》本無「社題」二字。

【箋】

此詩採自民國本《九煙詩鈔·薇蕚》，道光本、咸豐本、光緒本、陸心源《吴興詩存》四集卷十四、鄧顯鶴《沅湘耆舊集》卷二十七、周慶雲《潯溪詩徵》卷三十八亦收。據此詩在《九煙詩鈔·薇蕚》集中編排位置，當作於壬辰年，即順治九年（一六五二）。平山即平山堂，在揚州大明寺内。本詩當爲黄周星在木蘭亭社中所作詩。

清明日諸子同遊法海寺共酌紅橋野館

客裏鶯花似舊貧，郊行隨列趁芳辰。牛頭衮衮青山意，馬尾翩翩紫陌塵。繡幕水嬉輕薄子，縞衣野笑太平人。板橋村館渾相識，十五年前醉幾春？

【箋】

此詩採自民國本《九煙詩鈔·薇蕚》，不見於他本。據此詩在《九煙詩鈔·薇蕚》集中編排位置，當作於壬辰年，即順治九年（一六五二）。本年清明，黄周星與諸子遊揚州法海寺，飲於紅橋野館，遂有此作。法海寺位於揚州瘦西湖，始建於隋，重建於元代。

賦得月湧〔一〕大江流社題〔二〕

蒼茫灝氣戰空明，灩灩流光月有聲。山水皎然秋萬里，文章奇絶夜三更。影迷烏鵲身難定，響落魚龍夢亦驚。無限客心悲木末，沙鷗天地一舟横。

【校】

〔一〕「湧」，本作「擁」，據康熙本、道光本、咸豐本、光緒本改。

〔二〕康熙本、道光本、咸豐本、光緒本無「社題」二字。

【箋】

此詩採自民國本《九煙詩鈔·薇蕚》，康熙本、道光本、咸豐本、光緒本亦收。國家圖書館善本部藏康熙三十二年（一六九四）《螢照堂刻明代法書》收録黄周星撰并正書《月湧大江流》七律拓本。據此詩在

《九煙詩鈔·薇蓴》集中編排位置，當作於壬辰年，即順治九年（一六五二）。本詩當爲黄周星在木蘭亭社中所作詩。

同諸子遊上方寺觀第一泉三絶碑并東坡詩刻分得林字

對此茫茫念古今，英雄牢落共登臨。殘花滿地前朝夢，芳草連天去國心。春乳泉香迷野寺，夕陽碑影弔荒林。墓田雖好誰能死，橋上神仙不可尋。唐張祜詩：「人生只合揚州死，禪智山光好墓田。」禪智，即上方也。

【箋】

此詩採自民國本《九煙詩鈔·薇蓴》，不見於他本。據此詩在《九煙詩鈔·薇蓴》集中編排位置，當作於壬辰年，即順治九年（一六五二）。本年春，與諸子遊揚州上方寺，觀第一泉、三絶碑，遂有此作。上方寺即禪智寺，一名竹西寺，在揚州便益門外，寺内有三絶碑與蜀井。碑刻吴道子畫寶志公像、李太白贊、顔真卿書，故曰「三絶」。蜀井一名「第一泉」。唐代詩人張祜《縱遊淮南》：「十里長街市井連，月明橋上看神仙。人生只合揚州死，禪智山光好墓田。」即黄周星詩注中所引之詩。詩題中有「東坡詩刻」云云，蘇軾曾有多首詩與禪智寺相關，如《歸宜興留題竹西寺》三首、《别擇公》等。

宗子新買杜鵑花一本索詠

杜鵑花高一丈五，移向宗家新柳堂。似此天葩最爛熳，何渠野卉能芬芳？紅綃仙子色殊麗，絳節真人身許長。腸斷三春李白句，宣城蜀國遥相望。

【箋】此詩採自民國本《九煙詩鈔·薇蕚》，不見於他本。據此詩在《九煙詩鈔·薇蕚》集中編排位置，當作於壬辰年，即順治九年（一六五二）。宗子，即宗元鼎，見卷五《寒食夜集新柳堂分得寒字》箋。本詩亦爲黄周星與揚州宗元鼎的唱和之作。

與同年某監司

嵩雲静靄蔭江關，迢遞龍門幸可攀。我望美人浮澱水，天教仙吏住柯山。縑緗霧湧名逾重，裘帶風流身自閒。譽滿東南桃李渥，漁樵聲似邃初間。

【箋】此詩採自民國本《九煙詩鈔·薇蕚》，不見於他本。據此詩在《九煙詩鈔·薇蕚》集中編排位置，當

作於壬辰年，即順治九年（一六五二）。本卷順治七年亦有《與同年某監司》詩，當爲同一人。

和韻復程子西湖詩并引〔一〕

九煙〔二〕

往予初至西湖，作詩十首。中有「留命配西施」之句，頗爲騷客〔三〕傳誦。有新安程子奕先〔四〕，撊然不平，亦作十首〔五〕争之。争之甚力，尺楮間，幾成廣武昆陽之勢。余乃以癡聾付之，此湖亦默然退處田間〔六〕矣。别去五載，至壬辰之秋，余偶由武林泝三衢，程子復投余一詩，末〔七〕句云：「扁舟一棹蘭江去，贏得西湖不字黄。」噫！豈程子餘妒猶未忘耶？昔何報之速，今何銜之深！且西湖之字黄久矣，程子未之知耶？因復和一詩以挑其怒，怒則來戰。

山水知吾故態狂，蓬飄痛飲自飛揚。竭來西子玻璃國，真似盧家玳瑁梁。明月何曾離〔八〕畫舫，白雲兼可老柔鄉。酒罏多爲黄公醉，肯信兹湖不姓黄。〔九〕

【校】

〔一〕康熙本、道光本題作「次韻復程子（并序）」，咸豐本題作「次韻復程子」。

〔二〕「九煙」原無，據康熙本補，道光本作「略似」。

〔三〕「客」，康熙本、道光本、咸豐本作「壇」。

〔四〕康熙本、道光本、咸豐本無「奕先」兩字。

〔五〕「首」，康熙本、道光本、咸豐本作「詩」。

〔六〕「田間」，康熙本、道光本、咸豐本作「閒田」。

〔七〕「未」，咸豐本作「來」。

〔八〕「離」，康熙本、道光本、咸豐本作「虛」。

〔九〕康熙本、道光本、咸豐本下有小注：「女子以夫姓爲氏，己姓爲名。如李衛、趙管之類皆是。」

【箋】此詩採自民國本《九煙詩鈔·薇蒪》，康熙本、道光本、咸豐本亦收。此乃黃周星與程光禋「西湖三戰詩」之壬辰之戰，作於順治九年（一六五二）。據「余偶由武林泝三衢」云云，本年秋，黃周星由杭州赴衢州，友人程光禋以詩挑之，黃周星作此詩迎戰。程光禋，見卷二《與新安程子決戰詩》箋。

附　秋日與黃九煙司農湖上話舊詩〔一〕

奕先〔二〕

此九煙〔三〕假道西湖之三衢而予餞之以詩也。歲在戊子，九煙初至西湖，有「留命配西施」之句，余曾作詩爭之，故此篇末句云然。

勝地初看滯酒狂，浮家三載又維揚。功名惱我椎車壁，辭賦懷君仰屋梁。只許重逢如昨日，肯教少別更他鄉。扁舟一棹蘭江去，贏得西湖不字黃。〔四〕

【校】

〔一〕道光本題作「秋日與略似户部湖上話舊詩（并序）」，咸豐本題作「秋日與略似户部湖上話舊詩」。

〔二〕「奕先」，咸豐本作「程光禋」。

〔三〕「九煙」，道光本、咸豐本作「略似」。下文同。

〔四〕道光本、咸豐本詩後有注云：「略似，本湘人，後冒上元黄氏。」

【箋】

此詩採自康熙本，道光本、咸豐本亦收。此乃程光禋「西湖三戰詩」壬辰之戰中所作詩，亦當作於順治九年（一六五二）。程光禋，見卷二《與新安程子決戰詩》箋。

遊爛柯山

在衢州郡城南二十里，號青霞第八洞天。有石梁一綫天，路傍有戰龍松。

樵斧仙枰兩寂然，石梁負贔自高懸。青霞朗署千秋洞，白日閒窺一綫天。巖下客吟捫蘚潤，道傍龍戰嘯松顛。煙霞水石多荒詭，鶴背何人想拍肩？

【箋】

此詩採自民國本《九煙詩鈔·薇蕚》，不見於他本。據此詩在《九煙詩鈔·薇蕚》集中編排位置，當作於壬辰年，即順治九年（一六五二）。爛柯山，浙江衢州名山。據詩注，是年黄周星曾遊衢州爛柯山。

閲衢州志見削去留夢炎姓字率爾感作

留爲宋狀元宰相，首降於元。元人欲釋文信國，獨留力阻之。其降時年七十，後三年死，有僧作詩云：「早知七十三，不如六十九。白骨葬青山，萬年當不朽。」厥族頗蕃盛，國朝凡應童子試者，投牒有司，必書不係夢炎之後。至今㴑人羞稱之。今郡志削而弗録，宋元中亦皆不立傳。

一汚青簡便凄涼，節義文章兩渺茫。野史不標丞相傳，村兒羞説狀元坊。江南號召憂誠切，漠北恩榮澤許長。咫尺江山祠大義，千秋蘋藻竟誰香？江山縣有正節徐公應鑣大義祠，以太學生殉節者。

【箋】此詩採自民國本《九煙詩鈔・薇蕚》，不見於他本。據此詩在《九煙詩鈔・薇蕚》集中編排位置，當作於壬辰年，即順治九年（一六五二）。據詩題、詩注，此詩當作於衢州。留夢炎（一二一九—一二九五），字漢輔，號忠齋，一作中齋，浙江衢州人。南宋末期狀元、宰相。元軍逼近臨安，棄位遁去，不久降元。入元後，官至禮部尚書、翰林學士承旨。

信安旅舍遇三山林子君言酌酒話愁生平可念欲作一詩相贈久未成章於月夕醉别偶占起句云相逢俱是歲寒人林子即賦二章寄余龍丘余因次來韻漫成四首〔一〕

相逢俱是歲寒人，何處桃源〔二〕許問津？雲暗兩都多涕淚，月明三楚少精神。山中笑〔三〕傲衣冠冷，市上悲歌劍筑親。猿鶴蟲沙同幻化，任呼賤士與愚民。

相逢俱是歲寒人，聞説群兒競要津。笑我梅妻將鶴子，看他牛鬼共蛇神。賃春廡下無賢主，賣卜橋頭有老親。偶到龍丘棲隱地，千秋猶見漢遺民。

相逢俱是歲寒人，靈物何年會劍津？鳳翼龍鱗應有命，烏頭馬角詎無神。屬簦作客鬚眉賤，杵臼論交意氣親。負米拾桑皆未死，皇天后土笑頑民。

相逢俱是歲寒人，處處風波妒婦津。鸚鵡才高憐木偶，鴛鴦命薄恨花神。美人名士前生福，孝子忠臣異代親。誰願揚州誰願鶴，從今乞作太平民。

【校】

〔一〕康熙本題作「信安旅舍遇三山林子酌酒話愁生平可念欲作一詩相贈久之未成於月夕醉别偶占起句云相逢俱是歲寒人林子即賦二章寄余龍丘余因次來韻漫成四首(刻三首)」。

〔二〕「源」，康熙本作「花」。

〔三〕「笑」，康熙本作「嘯」。

【箋】

此詩採自民國本《九煙詩鈔·薇蓴》，康熙本收一、二、四共三首。據此詩在《九煙詩鈔·薇蓴》集中編排位置，當作於壬辰年，即順治九年(一六五二)。信安，即今浙江衢州，則此詩當作於黄周星遊衢州之際。三山，即福州。林子，其人不詳。龍丘，在衢州龍游縣東，此代指龍游。

壬辰冬日余遊龍丘適晤閩漳李生擬作一詩貽之忽忽未就一夕夢閲他人詩草見帙首標二語云白乳弔香晴日詠寒潮吹夢七年心顧見李生在側笑語之曰吾與子相别非七年耶醒而異之記余與李生相别自戌至辰屈指正如其數因用爲起句漫賦四律以示李生〔一〕

寒潮吹夢七年心，閩越風波感慨深。四海無家嗟狗喪，萬山有客聽龍吟。秋冬蕭瑟離騷氣，虞夏悽涼大雅音。欲寄閒身鷄犬外，桃花天地杳難尋。

寒潮吹夢七年心，雲物須臾變古今。天上酒酣春暖熱，人間漏永夜愁深。素車白馬濤常怒，紫蓋黄旗日未沉。負戴耕傭行努力，早輸園綺卧山林。

寒潮吹夢七年心，鷗鷺〔二〕神州半陸沉。匣裏龍吟〔三〕懷劍俠，案頭螢死愧書淫。高人曳履歌商頌，壯士衝冠變徵音。每望扶桑應下拜，田横賓客淚沾襟。

寒潮吹夢七年心，夜夜天横醉後參〔四〕。呼我馬牛唯大笑，化爲猿鶴亦長吟。家徒四壁芙蓉老，門掩千峰薜荔深。只合墻東同避世，嵇生濁酒阮生琴。

【校】

〔一〕康熙本題「在側」作「在傍」，題末注「刻三首」。

〔二〕「鷺」，康熙本作「鶩」。

〔三〕「吟」，康熙本作「鳴」。

〔四〕「參」，原作「吟」，據康熙本改。

【箋】

此詩採自民國本《九煙詩鈔・薇蕚》，康熙本收一、三、四共三首。據此詩在《九煙詩鈔・薇蕚》集中編排位置，當作於壬辰年，即順治九年（一六五二）。本年冬，黄周星遊龍丘，遂有此作。

題余生可園限韻

閒署松寮與藥房，只將孤秀領群芳。曉煙夢欲迷吴苑，夜雨聲如渡楚湘。化國羲皇呼酒帝，騷壇姚魏拜花王。輞川風月疑争席，割取藍田賦幾行。

【箋】 此詩採自民國本《九煙詩鈔・薇蓴》，不見於他本。據此詩在《九煙詩鈔・薇蓴》集中編排位置，當作於壬辰年，即順治九年（一六五二）。

次韻答陳君

繫馬才名説廣文，銀魚誰向碧山焚？曾辭計吏終遺世，强起公車又見君。六代詞華梁苑雪，九州意氣岱宗雲。蓿欄雖冷雄心熱，龍虎騷壇舊冠軍。

【箋】 此詩採自民國本《九煙詩鈔・薇蓴》，不見於他本。據此詩在《九煙詩鈔・薇蓴》集中編排位置，當作於壬辰年，即順治九年（一六五二）。陳君，不詳，據詩，曾任教職。

輓孝烈王孺人二首 孺人爲河陽名家女，字李君，早逝，俟免身，即自經，時年二十二。畢命爲八月十三日。

扶輿灝氣水東流，共羨貞姬殉《柏舟》。閨閣師儒今不愧，山河天帝古堪羞。青箱本出烏衣巷，彤管應隨白玉樓。此夜素娥奔月去，人間何處得中秋？

傷心瘞玉復摧蘭，永訣高堂夢亦安。但覺身輕名義重，誰知死易立孤難。魂隨精衛千秋壯，魄化鴛鴦五夜寒。宛轉蛾眉生氣在，汗青龍比許同看。

【箋】此詩採自民國本《九煙詩鈔・薇蕚》，不見於他本。據此詩在《九煙詩鈔・薇蕚》集中編排位置，當作於壬辰年，即順治九年（一六五二）。

登釣臺謁子陵祠

亦是狂奴亦客星，任他龍躍與鴻冥。真人白水衣原白，高士青山笠自青。將相雲臺憐腐鼠，乾坤漢鼎歎浮萍。雙崖百尺誰垂釣？笑殺癡人夢未醒。

【箋】此詩採自民國本《九煙詩鈔・薇蕚》，不見於他本。據此詩在《九煙詩鈔・薇蕚》集中編排位置，當作於壬辰年，即順治九年（一六五二）。釣臺即富春江嚴陵釣臺。子陵即嚴光，見卷四《過嚴陵釣臺二首》箋。本年，黄周星曾於桐廬登嚴子陵釣臺，拜謁子陵祠。

閲王子南陔詩次一先韻題贈二首

金仙銅狄總凄然，十載松楸淚暗懸。綵服尚留乾净地，緇塵應避孝廉船。花殘鵑血山河在，樹老龍鱗歲月遷。我亦棘人同草木，中原誰著祖生鞭。

時窮縗絰只呼天，吾道艱難豈受憐？野老慣聽禾黍詠，門人新廢《蓼莪》篇。閔曾名重三千士，嬰杵盟堅十五年。好事世間忠孝是，鼎彝何日答幽泉？

【箋】

此詩採自民國本《九煙詩鈔·薇蕚》，不見於他本。據此詩在《九煙詩鈔·薇蕚》集中編排位置，當作於癸巳年，即順治十年（一六五三）。王子即王潢，字元倬，上元（今江蘇省南京市）人。明崇禎九年（一六三六）舉人，後見時政動蕩，遂隱居以著書自娱，年九十猶存。有《南陔集》。朱彝尊《明詩綜》收王潢詩，引黄周星語云：「元倬詩沉雄渾鬱，頓剉瀏離，大都發源於騷雅，徵材於漢魏，歸根於杜陵。」此評論未見于黄周星諸集，特附録於此。

與督鑄某少府

蓮嶽崚嶒毓鳳麟，太真才望冠群倫。西京名重人如玉，南國風行化似春。歌出修和凝庶績，書垂平準陋商緡。二天更切淵源誼，弓劍飄揺愧後塵。

【箋】此詩採自民國本《九煙詩鈔·薇蕚》，不見於他本。據此詩在《九煙詩鈔·薇蕚》集中編排位置，當作於癸巳年，即順治十年（一六五三）。

仲夏同諸子登雨花臺集高座寺無可上人禪關復醵飲松風閣以天下皆秋雨山中自夕陽爲韻余分得中字

依然花雨與秋風，臺閣蒼涼感慨同。六代興亡流水外，百年歌哭夕陽中。故鄉僅見黄冠返，高座何妨漢語通。地老天荒吾輩在，一樽誰酹大江東。

【箋】此詩採自民國本《九煙詩鈔·薇蕚》，不見於他本。據此詩在《九煙詩鈔·薇蕚》集中編排位置，當

作於癸巳年，即順治十年（一六五三）。雨花臺在南京，高座寺即甘露寺，始建於西晉永嘉年間，寺後即爲雨花臺。無可上人，乃黄周星同年之友。杜首昌《綰秀園詩選》（清乾隆間刻本）卷一有《登雨花臺次黄九煙農部韻》：「莽莽三春草，荒荒六代宫。雨來江影外，雲亂樹聲中。寺見長干近，亭憐本末空。舊家王謝在，燕子莫西東。」考其韻部，當爲同時所作。杜首昌，字湘草，江蘇山陽（今淮安）人。鹽商，豪富，善書，結交一時名士，入清不仕。家有綰秀園，水石花木之勝甲一郡。則本年仲夏，黄周星與杜首昌等諸子登金陵雨花臺，遊高座寺，唱和作此詩。

次韻答蔡子

江東人物説宣城，騷雅千秋見性情。此日乾坤堪雪涕，當年湖海共盱衡。呼天自恨詩無力，擲地誰知賦有聲。争訝披裘當六月，白門重訂歲寒盟。時季夏正寒。

【箋】

此詩採自民國本《九煙詩鈔·薇蕚》，不見於他本。據此詩在《九煙詩鈔·薇蕚》集中編排位置，當作於癸巳年，即順治十年（一六五三）。據詩注，此詩作於本年季夏，時黄周星在金陵。

自白門授經春穀杜子以詩送余有每共夕陽常痛哭直將采蕨當饔飧之句次韻答之

城郭山河半似村，十年多難厭兵繁。無家管樂誰高卧？未死夷齊亦素飧。一葉舟輕身共寄，五經笥冷舌猶存。河汾教授成何事？馬鬣心灰學杜門。

【箋】此詩採自民國本《九煙詩鈔·薇蓴》，不見於他本。據此詩在《九煙詩鈔·薇蓴》集中編排位置，當作於癸巳年，即順治十年（一六五三）。春穀，在今安徽省南陵縣、繁昌縣和銅陵市等地。杜子，其人不詳。據詩題，此詩當作於本年黃周星居金陵時，時將赴安徽。

仲冬無題

敦脥血拇逐人來，日暗風悲慘夜臺。才子百年俱併命，清流一夕竟罹灾。時非麟鳳身宜隱，歲在龍蛇夢亦哀。笑問巫陽曾醒未？儘將樂事送深杯。

【箋】此詩採自民國本《九煙詩鈔·薇蓴》，不見於他本。據此詩在《九煙詩鈔·薇蓴》集中編排位置，當作於癸巳年，即順治十年（一六五三）。據詩題，當作於本年仲冬。

有慨

偷得西山草木身，超然評論亦傷神。芝蘭鬱鬱焚應盡，松柏青青寇自頻。天外鴻冥聊免慕，泥中蠖屈敢求信？逢萌梅福多慚愧，俊士餘波冷笑人。

【箋】

此詩采自民國本《九煙詩鈔·薇蕚》，不見於他本。據此詩在《九煙詩鈔·薇蕚》集中編排位置，當作於癸巳年，即順治十年（一六五三）。

題萬潔齋古叔俞別墅，即余授經處。

一方幽勝欲全收，花鳥江村亦散愁。我到每存淇澳想，人來多似習池游。春潮隔浦遥浮樹，朝爽隨山盡入樓。最喜蕭齋名萬潔，好移卦義贈巢由。

【箋】

此詩采自民國本《九煙詩鈔·夏爲堂詩草》，不見於他本。據此詩在《九煙詩鈔·夏爲堂詩草》中編排位置，當作於甲午年，即順治十一年（一六五四）。據注，黄周星本年於鵲江古叔俞家授經，授經地點爲萬潔齋。

賦得芳草何年恨始休社題

無情天地自根芽，歲歲東風惹歎嗟。士女踏來青未了，王孫送去緑無涯。夕陽有意薰愁蝶，夜雨何心葬落花。老盡相思渾不管，幾朝春夢未還家。

【箋】　此詩採自民國本《九煙詩鈔·夏爲堂詩草》，不見於他本。據此詩在《九煙詩鈔·夏爲堂詩草》中編排位置，當作於甲午年，即順治十一年（一六五四）。此詩當爲黄周星同丁雄飛、黄虞稷等於金陵古歡社的唱和之作。

逋草集成自笑課徒舉子業也

分明村塾老癡頑，筆墨隨人且判閒。共道七篇關氣運，誰言八股送江山？文章縱好終何用？帖括雖卑未可删。三五少年知匿笑，阿婆塗抹大强顔。

【箋】此詩採自民國本《九煙詩鈔·夏爲堂詩草》，不見於他本。據此詩在《九煙詩鈔·夏爲堂詩草》中編排位置，當作於甲午年，即順治十一年（一六五四）。據黄周星道光本卷一《逋草自敘》，其中收録的乃是黄周星所作之八股文，本年爲教授生徒而編，此集後佚。葉夢珠《閱世編·名節·黄周星》（中華書局二〇〇七年版）：「見制藝之靡，則著《補褐草》，謂釋褐以前所作，未盡合法也。」《九煙先生遺集》（道光二十九年揚州刻本）卷首周系英《九煙先生傳略》：「先生所著詩文有《夏爲堂集》，時藝則有《逋草》，均已散佚。」

自更名號 改余名曰人，字略似，號半非道人

略似人形已半非，道人久與世相違。鬟眉無恙千秋緑，意氣全灰十載飢。猿鶴蟲沙同是化，鯤鵬龍象竟何歸？向平願了終須去，千仞峰頭看振衣。

【箋】此詩採自民國本《九煙詩鈔·夏爲堂詩草》，不見於他本。據此詩在《九煙詩鈔·夏爲堂詩草》中編排位置，當作於甲午年，即順治十一年（一六五四）。本年秋，黄周星自繁昌返金陵，改名人，字略似，號半非道人。陳鼎《留溪外傳》（清康熙三十七年自刻本）卷五隱逸部上《笑蒼老子傳》：「國亡爲道士，更名

人，字略似，號半非。」

次韻再答林茂之

邯鄲夢破幾回春？此日桃源羨隱淪。共道江頭哀野老，誰知澤畔悴孤臣。南村晨夕仍還古，東閣龍跎自美新。數畝乳山堪避世，何年偕作耦耕人。

【箋】

此詩採自民國本《九煙詩鈔·夏爲堂詩草》，不見於他本。據此詩在《九煙詩鈔·夏爲堂詩草》中編排位置，當作於甲午年，即順治十一年（一六五四）。本年，黄周星曾與林古度在金陵交遊。林茂之，即林古度，見卷四《和湘女詩十首》箋。

與別山和尚

孤雲野鶴是吾師，龍象焦螟法總宜。四海有天堪寄夢，萬山無地不留詩。溪邊松雪心常浄，門外桑濤世自移。瓢笠經行多勝事，向平真覺厭鬚眉。黄山谷云：「人生一大夢，四海中凡有日月星辰之處，無不可寄此一夢者。」

【箋】此詩採自民國本《九煙詩鈔·夏爲堂詩草》，不見於他本。據此詩在《九煙詩鈔·夏爲堂詩草》中編排位置，當作於甲午年，即順治十一年（一六五四）。本年，黄周星於繁昌與别山和尚唱和。别山和尚，黄周星之友，未詳。

秋日與杜蒼略過高座寺登雨花臺〔一〕

被髮何時下大荒？河山舉目共悽涼。客來古寺談秋雨，天爲高人放夕陽〔二〕。去國屈原終婞直，無家李白只佯狂。百年多少憑高淚，每到〔三〕西風濺〔四〕幾行。

【校】

〔一〕康熙本、《吴興詩存》《潯溪詩徵》題作「秋日與杜子過高座寺登雨花臺」。道光本、咸豐本、光緒本題作「秋日與杜于皇過高座寺登雨花臺」。

〔二〕「天爲高人放夕陽」，道光本、咸豐本、光緒本、《吴興詩存》本作「天爲幽人駐夕陽」。

〔三〕「到」，咸豐本作「對」。

〔四〕「濺」，道光本、咸豐本、光緒本、《吴興詩存》本作「灑」。

【箋】

此詩採自民國本《九煙詩鈔·夏爲堂詩草》，康熙本、道光本、咸豐本、光緒本亦收。此詩寫盡遺民之悲，爲黄周星代表作之一。此詩鄧顯鶴《沅湘耆舊集》卷二十七亦收，題作「秋日與杜子過高座寺登雨花臺樓」。朱彝尊《静志居詩話》、朱彝尊《明詩綜》卷七十五、卓爾堪《遺民詩》卷一、沈德潛、周準《明詩别裁集》卷十一、陸心源《吴興詩存》四集卷十四、周慶雲《潯溪詩徵》卷三十八等皆收録此詩。據此詩在《九煙詩鈔·夏爲堂詩草》中編排位置，當作於甲午年，即順治十一年（一六五四）。杜蒼略，即杜岕，見卷四《解蜕吟十二首》箋。按《九煙詩鈔·夏爲堂詩草》乃黄周星中年稿本，詩題中「杜蒼略」當爲其最初面貌。康熙本將「杜蒼略」改爲「杜子」，道光本、咸豐本、光緒本後出，皆將「杜子」改爲「杜于皇」，當誤。杜于皇乃杜濬，杜岕之兄。

秋日獨登觀象臺望〔一〕故宫及功臣廟一帶遺址

獨來獨往意何如？羈客心孤興〔二〕不孤。落日河山千古在，秋風天地一人無。英雄感慨麒麟閣，神鬼睥睨〔三〕燕雀湖。高處不須搔首問，老天〔四〕大事久糊塗。

【校】

〔一〕道光本、光緒本無「望」字。

〔二〕「興」，道光本、咸豐本、光緒本作「意」。

〔三〕「睥睨」，康熙本、咸豐本、光緒本作「揶揄」。

〔四〕「老天」，康熙本、道光本、咸豐本、光緒本作「碧翁」。

【箋】

此詩採自民國本《九煙詩鈔·夏爲堂詩草》，康熙本、道光本、咸豐本、光緒本、卓爾堪《遺民詩》卷一亦收。據此詩在《九煙詩鈔·夏爲堂詩草》中編排位置，當作於甲午年，即順治十一年（一六五四）。觀象臺，在南京北極閣，明欽天監即設於此。朱元璋曾在南京郊外鷄鳴山爲開國功臣修建功臣廟。秋日，黄周星獨登觀象臺、清涼山，望明朝遺迹，引無限故國之思，遂有此詩。

重九前五日同諸子醵飲鷄籠山望湖亭分得寬字即席賦成

十年吾道歎艱難，亂後河山著意看。去國有心惟悄悄，叫閽無路自漫漫。衣裳荷芰秋風老，弓劍松楸白日寒。共醉太平無半語，只言天地酒杯寬。

【箋】

此詩採自民國本《九煙詩鈔·夏爲堂詩草》，不見於他本。據此詩在《九煙詩鈔·夏爲堂詩草》中編排位置，當作於甲午年，即順治十一年（一六五四）。鷄籠山位於南京市玄武區，以其山勢渾圓形似鷄籠而得名。九月初四，黄周星與杜濬等同飲於鷄籠山，遂有此作。

杜于皇又限五韻即席賦成

陋巷誰人樂一簞，千年故紙豈勝鑽？鍾情自合爲情死，墮體何須問體胖。天上神仙憐漢武，人間功利笑齊桓。糟壇若拜文章伯，未識重瞳印幾刓。

【箋】此詩採自民國本《九煙詩鈔·夏爲堂詩草》，不見於他本。據此詩在《九煙詩鈔·夏爲堂詩草》中編排位置，當作於甲午年，即順治十一年（一六五四）。杜于皇，即杜濬，見卷二《罵人歌（并序）》箋。此詩當作於本年九月初四，與諸子飲於鷄籠山之際。

秋日獨登清涼山

五嶽何年署姓名，登高遠望每多情。風吹江上朝朝立，淚斷鍾山面面横。《爾雅》蟲魚隨世變，《離騷》日月與天争。孤雲兩角人如夢，獨上荒臺笑幾聲。

【箋】此詩採自民國本《九煙詩鈔·夏爲堂詩草》，不見於他本。據此詩在《九煙詩鈔·夏爲堂詩草》中編排位置，當作於甲午年，即順治十一年（一六五四）。南京清涼山古名石頭山、石首山，踞於南京城西隅，以建有清涼寺得名。本年秋，黄周星獨遊清涼山，詩中充滿故國之思。

代贈堪輿

半生贏得地仙名，到處漁樵作送迎。天壤無窮行欲遍，山川能語道何驚？身從萬樹叢邊老，眼向千峰亂處明。記取腐談聊贈別，願留方寸大家耕。

【箋】此詩採自民國本《九煙詩鈔·夏爲堂詩草》，不見於他本。據此詩在《九煙詩鈔·夏爲堂詩草》中編排位置，當作於甲午年，即順治十一年（一六五四）。

別山將結茅鵲江次韻答贈二首

任呼鐵漢與風顛，文字誰參最上禪？白石清泉新部署，黄花翠竹舊因緣。迦陵音接生前偈，蝴蝶書成夢後篇。收拾閒雲催歇脚，芒鞋休問海東邊。

世人皆以芾爲顛，酒社詩壇豈礙禪？羅刹國中尋活計，邯鄲道上覓奇緣。太平《論語》無全部，獨醒《離騷》剩一篇。煨得衡山殘芋熟，英雄都坐糞堆邊。

【箋】此詩採自民國本《九煙詩鈔·夏爲堂詩草》，不見於他本。據此詩在《九煙詩鈔·夏爲堂詩草》中編排位置，當作於甲午年，即順治十一年（一六五四）。别山即别山和尚，時將移居安徽繁昌。

與皖城司李朱年兄

生平知己是西湖，良友遷喬聽鳥呼。五度春風醒芍藥，六橋秋思舊蘼蕪。青雲志遠非銀綬，白水心清奉玉壺。好夢數年江月闊，可能相見話蓴鱸。

【箋】此詩採自民國本《九煙詩鈔·夏爲堂詩草》，不見於他本。據此詩在《九煙詩鈔·夏爲堂詩草》中編排位置，當作於甲午年，即順治十一年（一六五四）。皖城，今安徽省潛山市。司李，即推官。本年，黄周星或赴潛山，干謁皖城推官，遂有此作。

海昌陳君招飲賦贈

分明觸目見琳琅，握手欣登大雅堂。清露晨流開武庫，德星夜聚直文昌。花林評跋推真紫，觴政催科到硬黄。共道城南天尺五，誰知萬丈自光芒。

【箋】此詩採自静嘉堂本《圃庵詩集》甲辰卷，不見於他本。甲辰即康熙三年（一六六四）。海昌，在今浙江省海寧市。海昌陳君，見卷三《海寧陳氏園海棠花下放歌》箋。

閩中太史黄公與余同宗以甲辰春客死西湖其家在余鄉白門復災於火率成二詩哭之

如公結局劇凄凉，舉燭開緘淚滿牀。節義千秋誰不朽，文章一代已云亡。高踪楚水還吴水，遺澤山陽共海陽。公筮仕初令海陽，繼調山陽。地下若逢王軫石，幾多風月弔錢塘。王軫石名猷定，豫章詩人，先兩載亦客死西湖。

翰林聲價久成虚，客死何人枉素車。薄惡世情元自爾，報施天道竟何如。空囊漫想三年槨，虚照先收萬卷書。痛殺吾家佳子弟，烏衣零落夕陽墟。

【箋】此詩採自静嘉堂本《圃庵詩集》甲辰卷，不見於他本。甲辰即康熙三年（一六六四）。閩中太史黄公，爲黄文焕，見卷四《聞南雲僧客死西湖哀之》箋。王猷定，見卷四《聞南雲僧客死西湖哀之》箋。

陳生邀妓置酒與余餞别安國寺次韻答謝

此日壺觴迥不同，旗亭明發各西東。坐收颯颯林塘氣，拜别泱泱海國風。一代冶容秋色外，百年離恨夕陽中。梁鴻五噫聲難歇，又向何方乞伯通。

【箋】

此詩採自静嘉堂本《圃庵詩集》甲辰卷，不見於他本。甲辰即康熙三年（一六六四）。據詩句「一代冶容秋色外，百年離恨夕陽中」，則當作於秋季。本年秋，黄周星將離海寧，陳生於安國寺送别，遂有此詩。海寧陳生，見卷二《海寧陳氏園海棠花下放歌》箋。

友人有入楚求仙之志次韻答之

巢由洗耳愧同儔，褦襶寧知五月裘。四海有人聊寄夢，九州無地可埋憂。醉殘黄鶴思江夏，老盡青娥歎石頭。聞道神仙家不遠，好攜笠屐伴君遊。

【箋】

此詩採自静嘉堂本《圃庵詩集》甲辰卷，不見於他本。甲辰即康熙三年（一六六四）。

次韻答友

衆殺吾憐共此才，江山何處足低徊。嶔崎歷落書千卷，跋扈飛揚酒一杯。北闕屢聞高士去，西方未見美人來。笑他長夜思堯舜，爝火誰知叩角哀。

【箋】

此詩採自静嘉堂本《圃庵詩集》甲辰卷，不見於他本。甲辰即康熙三年（一六六四）。

次韻答友二首

漫道文章勝史遷，書牀寂寞自年年。愁來只覺詩魔戰，醉後安知草聖傳。松菊天荒陶令宅，菰蘆人笑米家船。辱君佳句相持贈，正似《南華》第一篇。

誰愛千金共九遷，摩松枕石不知年。曲中有指翻新調，教外無心問別傳。山静日長思藥圃，水窮雲起祝桑田。歲寒晨夕如堪對，好爲高吟《白雪》篇。

【箋】此詩採自静嘉堂本《圃庵詩集》甲辰卷，不見於他本。甲辰即康熙三年（一六六四）。

集羅山劉君寓中聯句

百年詩思半天涯，萍聚樽前感歲華。魏里雲輕流竹葉，蕭齋雪霽問梅花。春山有約誰爲伴，曉夢無端各到家。别後莫愁江樹隔，五君高詠在煙霞。

【箋】此詩採自静嘉堂本《圃庵詩集》甲辰卷，不見於他本。甲辰即康熙三年（一六六四）。羅山劉君，未詳。

與孫子泛泖濱歸舟中無几取片板相對共酌余笑謂此殊似塲屋席舍中號板孫子即請余詠之戲成一首

相對渾疑坐棘圍，風簷燭影尚依稀。當年筆墨非諧俗，此日壺餐且療飢。敵手恨無楸作局，枕肱何用錦成幃。三杯草草旋收拾，恰似停驂傍酒扉。

【箋】此詩採自静嘉堂本《圃庵詩集》甲辰卷，不見於他本。甲辰即康熙三年（一六六四）。孫子，未詳。

詩作於遊松江三泖歸塗中。

顧生自號病鶴雨夜招飲空齋無榻席地草宿戲詠

一樽風雨破窮冬，湖海論交昔未逢。自有樓頭棲病鶴，何妨地下卧元龍。脂韋世法看人熟，木石天真任我慵。此夕高談霄壑外，只疑四壁是千峰。

【箋】此詩採自静嘉堂本《圃庵詩集》甲辰卷，不見於他本。甲辰即康熙三年（一六六四）。顧生，號病鶴，乃黄周星嘉善之友。

重過錢公客園并賦贈園有壑專堂

林塘賓主尚依然，轉眼煙雲十四年。半郭半村隨客過，一丘一壑讓公專。芰荷風冷香猶在，竹柏霜高節愈堅。何事莫釐峰頂去，閉門已是地行仙。

【箋】

此詩採自静嘉堂本《圃庵詩集》甲辰卷，不見於他本。甲辰即康熙三年（一六六四）。錢公即錢繼登，見卷五《錢龍門先生招集客園是日雨後晚晴見月看海虞小友張生奏新聲暨歌兒隔竹度曲以牡丹亭牙牌行酒因賦四首》箋。詩云「林塘賓主尚依然，轉眼煙雲十四年」，指順治八年（一六五一）黄周星曾至嘉善訪錢繼登之事。本年黄周星於嘉善再遊錢繼登之園，遂有此作。

余自喪亂以來廿年未嘗作竈至甲辰冬流寓嘉善始創爲之臘盡致祠戲詠一首

刺促晨昏二十年，都無觚竈倚茅簷。鴻炊自不因人熱，墨突何曾許客黔。過去家風惟菽水，新來生計有虀鹽。東厨此日能安穩，愧少黄羊媚繡奩。

【箋】

此詩採自静嘉堂本《圃庵詩集》甲辰卷，不見於他本。甲辰即康熙三年（一六六四）。作竈，指安修厨竈、厨爐移位等，據詩題「至甲辰冬流寓嘉善始創爲之臘盡致祠」，則本詩當作於十二月末，黄周星此際寓居嘉善。

讀張公蒼水[一]絶命詞次韻四[二]首

公被執，入武林，身著麻衣，戴方山巾，踐木履，示不履地也。赴市時，士民號泣走送者無數。文山死年四十七，公死年四十五。[三]

彷彿燕京致命年，傾城號慟更喧闐。風雲不護[四]睢陽矢，颶浪偏逢世傑船。高屐隔塵羞[五]后土[六]，危冠指髮哭[七]皇天。成仁取義多無愧，蒼水[八]文山合并傳。[九]

絶脰刳肝古有之，南風不競欲工師。氣吞此日森羅殿，淚滿他年蜀相祠。蘋藻定居虚左席，松楸看拱向南枝。從容慷慨無餘事，翻笑山薇累伯夷。

石柱恩深三百年，到頭鼉鼓尚闐闐。魂銷雪窖空扶鼎，氣盡烏江孰艤船。笑擲河山還白地，怒騎箕尾觸青天。滿身縗絰甘霜刃，奇事奇人信可傳。

興亡天運實爲之，百戰猶喧水兕師。我[一〇]到金山袁粲郡，會過采石允文祠。六龍[一一]西逝真無策，孤鵲南飛豈有枝。一死報君臣竭力[一二]，不同箕子笨[一三]明夷[一四]。

【校】

〔一〕「蒼水」，静嘉堂本此處爲兩個墨釘。
〔二〕「四」，静嘉堂本作「二」。
〔三〕本段小序，静嘉堂本作：「公被獲身著麻衣戴□□巾踐木屐赴市時士民號□□□者無數。」
〔四〕「護」，静嘉堂本作「下」。
〔五〕「羞」，静嘉堂本此處爲一個墨釘，墨釘旁有手寫小字「歸」。
〔六〕「土」，原作「士」，據静嘉堂本改。
〔七〕「哭」，静嘉堂本作「笑」。
〔八〕「蒼水」，静嘉堂本此處爲兩個墨釘，墨釘旁有手寫小字「屈倒」。
〔九〕静嘉堂本此詩後有注：「文山死年四十七公死年四十四。」
〔一〇〕「我」，静嘉堂本作「幾」。
〔一一〕「龍」，静嘉堂本作「洲」。
〔一二〕「竭力」，静嘉堂本作「力竭」。
〔一三〕「筮」，静嘉堂本作「利」。
〔一四〕「明夷」，静嘉堂本此處爲兩個墨釘，墨釘旁有手寫小字「行書」。

【箋】

此詩採自陸心源《吴興詩存》（光緒間歸安陸氏刊本）四集卷十四，周慶雲《潯溪詩徵》卷三十八亦收。静嘉堂本《圃庵詩集》甲辰卷收其中第一、四首，且其上有大量墨釘。對校兩個版本可知《吴興詩存》所據底本當爲黄周星的稿本，據卷前黄周星小傳中云「著有《芻狗齋集》」，則陸心源所依據的稿本很可能就是黄周星佚集《芻狗齋集》。《潯溪詩徵》當爲沿用《吴興詩存》本。而《圃庵詩集》當是黄周星晚年編輯全集時的試印本。該書在刻板時將政治敏感詞留下墨釘，以避時諱。本詩在《圃庵詩集》中系年爲甲辰，即康熙三年（一六六四）。張蒼水，即張煌言（一六二〇—一六六四），字玄著，號蒼水，鄞縣（今浙江省寧波市鄞州區）人，著名詩人、抗清英雄。崇禎時舉人，官至南明兵部尚書。順治二年（一六四五）南京失守後，與錢肅樂等起兵抗清。後奉魯王，聯絡起義軍，并與鄭成功配合，親率部隊連下安徽二十餘城，堅持抗清鬥争近二十年。康熙三年（一六六四），當永曆帝、監國魯王、鄭成功等人相繼死去，張煌言見大勢已去，於南田（今浙江省寧波市象山市縣南）解散義軍，隱居不出。是年被俘，後於九月初七日在杭州遇害，就義前，賦《絶命詩》一首云：「我年適五九，偏逢九月七。大厦已不支，成仁萬事畢。」有《張蒼水集》行世。《明史》有傳。乾隆四十一年（一七七六）追謚忠烈，入祀忠義祠，收入《欽定勝朝殉節諸臣録》。本年九月初七，張煌言於杭州就義之後，黄周星讀其《絶命詞》，感而作此詩。

送客還汝南

別離無計挽行舟，斗酒明朝溝水頭。漫道客中長送客，不堪愁裏又言愁。旗亭日暮英雄恨，繡閾春深粉黛羞。莫悵雪鴻輕聚散，重逢應在鳳皇樓。

【箋】此詩採自静嘉堂本《圃庵詩集》乙巳卷，不見於他本。乙巳即康熙四年（一六六五）。

次韻答武水計生十首并序

武水計子廉伯者，乃余故人可權之長君也。代是青箱，人如白璧。謝家有鳳，超宗偏得鳳毛；荀氏多龍，慈明更居龍首。科名本其舊物，不畏偷兒；文藝實有都長，非因傖父。愛令明之簡静，元不類乎輕肥；慕叔度之汪洋，或能銷夫鄙吝。經户而披帷斯在，誰謂闃其無人；褰裳而命駕獨來，亦云惠而好我。屬當三時之契闊，忽投十詠以周旋。錦繡琅玕，不異美人之贈；蘭苕翡翠，庶幾大雅之遺。僕落落萍蹤，勞勞柳眼。昔與老友，班聯虎觀，曾同登璧水之堂；今喜令嗣，家住魚溪，復近接高陽之里。河山邈矣，幸門第之猶存；文采褎然，識箕裘之未墜。德星與真人并奏，五百里頻聚何難；浮雲共壯歲俱馳，四十年重逢不易。登堂一拜，真成孔李通家；貽札數行，欲繼王裴韻事。將竊比高軒遺紵，誰曰不然；若持當脱粟村醪，毋乃太過。何以爲報，愧乏平子之瓊瑶；是用作歌，聊託彦威之瓦礫耳。

願學冥冥避弋鴻，肯將澼絖易侯封。山中難覓餐霞侶，世上多逢賣菜傭。處士春秋存晉菊，大夫風雨笑秦松。玄亭玉檢猶休道，那有文章到筰邛。

纔説無雙便有雙，幾多國士老鄉邦。才名未許人稱管，耆舊誰知客姓龐。槐郡風雲迷北闕，桃源天地近南窗。神州沉陸渾閒事，擊楫無勞更渡江。

兩世叨稱生死交，對君翻憶舊襟袍。墨池應接參軍鳳，瀚海還騰學士蛟。人坐小樓花自放，客來幽徑竹頻敲。龍鱗松老煙雲滿，好傍書城結半巢。

河上相將學緯蕭，須知鵬鴳等逍遥。塵封猶愛千金帚，瓠落從譏五石瓢。富貴夢殘雲過眼，聰明銷净雪齊腰。文章豈爲秋風哭，誰道迷魂不可招。

千株松下踏芒鞵，萬樹桃邊見玉釵。但有因緣牽洞壑，謾勞遊俠遍江淮。美人自合花前拜，高士何妨酒底埋。避世金門誇大隱，由來曼倩好詼諧。

得喪何須較楚凡，胸中五嶽自巉巉。心如宿莽終難死，髮似飛蓬只合芟。陌上歌成羞府騎，江南唱罷悔頭銜。瑯嬛峋嶁無心讀，欲向仙卿乞玉函。

不向雲中賦大鵬，即從海外詠奇鷹。恨無錦繡描供奉，欲把黄金鑄少陵。文不療饑終是乞，俗能累道那如僧。何時揮手緱山去，鶴背青天共爾升。

【箋】此詩採自静嘉堂本《圃庵詩集》乙巳卷，不見於他本。乙巳即康熙四年（一六六五）。據詩序「武水計子廉伯者，乃余故人可權之長君也」云云，則武水計生，故人計可權之長子也。本年黄周星曾赴嘉善武水，詩當作於此時。

次韻答陶然上人

風月吟魔那得降，天人同籟不同腔。高寒詩思宜三徑，曠朗文心愛八窗。好水佳山今有幾，美人名士古無雙。客懷不似禪機寂，厭聽春潮涌大江。

【箋】此詩採自静嘉堂本《圃庵詩集》乙巳卷，不見於他本。乙巳即康熙四年（一六六五）。陶然上人，未詳。

次韻詠王錬師召鶴

笑指瑶臺瑞靄浮，忽看仙驥下滄洲。縞衣横掠三千水，丹篆高飛十二樓。名帶令威歸郡郭，身隨子晉到林丘。鯤鵬同是逍遥侣，誰道《南華》總謬悠。

【箋】此詩採自静嘉堂本《圃庵詩集》乙巳卷，不見於他本。乙巳即康熙四年（一六六五）。王錬師，未詳。

春日苦雨僵卧居停友人亦困於追呼以陳卧子清明詩相示即次韻答之

誰教皇極錮恒陰，辜負流鶯繡上林。桃蕚浪中空惹恨，茗華歌裏更傷心。琴書鄰隔三秋遠，風雨門如萬壑深。莫怪足音今斷絶，窮居白日少人尋。

【箋】此詩採自静嘉堂本《圃庵詩集》乙巳卷，不見於他本。乙巳即康熙四年（一六六五）。陳卧子即陳子龍（一六〇八—一六四七），初名介，字卧子、懋中、人中，號大樽、海士、軼符等。松江華亭（今上海松江）

人。明末著名詩人、詞人。據詩題，本年清明前後，房東以陳子龍《清明詩》相示，黄周星次韻和之。本年黄周星還有七言律詩《九日兀坐喜居停孫子遣婢送練溪酒以詩二首謝之》，據詩題，則居停友人爲孫氏，事迹未詳。

再柬居停友人

閉門誰許縱清狂，破硯閒田總任荒。修禊衣冠殊上巳，催租風雨似重陽。溪山有約渾疑夢，花草無情半不芳。安得共君遊世外，桃源深處醉羲皇。

【箋】此詩採自静嘉堂本《圃庵詩集》乙巳卷，不見於他本。乙巳即康熙四年（一六六五）。據詩中「修禊衣冠殊上巳」，則本詩當作於三月三上巳日。

遊沈氏北山草堂二首

收拾煙霞盡入詩，草堂何用《北山移》。衣冠想見當年盛，松石無如此地奇。木蔭鳥聲良可喜，水情雲性共相宜。魏塘第一真名勝，笑殺傖儜總未知。

出郭無多十里餘，此中端合夢華胥。彌天緑樹惟啼鳥，匝地清溪可釣魚。高士正宜題石隱，仙人元自好樓居。何當六月羲皇卧，濁酒彈琴笑讀書。

【箋】

此詩採自静嘉堂本《圃庵詩集》乙巳卷，不見於他本。乙巳即康熙四年（一六六五）。此詩作於黄周星寓居魏塘遊覽沈氏北山草堂之際。

次韻答顧子

閉門只覺户庭悠，五嶽何年得共遊。尋樂世間元少樂，寄愁天上更多愁。山人自合雲爲笠，海客還應月作鈎。若比長卿家四壁，輸他眉黛與鷫裘。

【箋】

此詩採自静嘉堂本《圃庵詩集》乙巳卷，不見於他本。乙巳即康熙四年（一六六五）。是年於魏塘，黄周星曾與顧子唱和。黄周星康熙三年（一六六四）又有《顧生自號病鶴雨夜招飲空齋無榻席地草宿戲詠》詩，則顧生號病鶴，家貧。

次韻答芥公二首

相逢湖海歎流離，廿載孤懷那得知。君轉法輪多法喜，我慚情種尚情痴。晨鐘金粟前身事，夜雨瀟湘舊日詩。世出世間皆幻境，誰分蓬户與瑶墀。

賣餅無人識趙岐，彈文幸免《北山移》。風流一代能餘幾，感慨千秋實繫之。對此茫茫才子恨，翩何姗姗美人遲。西堂相憶勞春夢，不覺新詩滿草池。

【箋】

此詩採自静嘉堂本《圃庵詩集》乙巳卷，不見於他本。乙巳即康熙四年（一六六五）。芥公即芥庵和尚，湖南湘潭人，黄周星好友。見卷四《送芥公歸潭州六首》箋。

寓嘉善寄西塘李年兄二首

閉門應擬卧羲皇，三徑無媒且任荒。心與秋雲飛北闕，夢隨春草寄西堂。黄山松柏高風在，緑野芝蘭舊澤長。若向桐江談事業，於今煙水正徜徉。

相看猶幸是全人，世外冰霜未字身。春色上林曾探杏，秋風故國免思蓴。茅廬龍卧名逾重，皋廡鴻春道豈貧。二十六年同冷暖，肯教咫尺隔松筠。

【箋】

此詩採自静嘉堂本《圃庵詩集》乙巳卷，不見於他本。乙巳即康熙四年（一六六五）。西塘位於嘉興嘉善。李年兄，未詳。

夏日喜雨次韻

高風河朔杳難尋，矮屋炎威只任侵。幾處流民悲菜色，誰家公子醉花陰。窗横一卷心常遠，枕接千峰夢自深。乍喜小池雷雨過，甘霖此日異愁霖。

【箋】

此詩採自静嘉堂本《圃庵詩集》乙巳卷，不見於他本。乙巳即康熙四年（一六六五）。

和友人荷花生日詩六月廿四

不共春葩一例紅，渾疑仙種降瑶宫。凌波態欲驚遊女，勸酒身宜狎醉翁。胎在菊芳蘭秀外，命居露冷月明中。大椿千歲誰滕薛，好倩花神問帝鴻。

【箋】

此詩採自静嘉堂本《圃庵詩集》乙巳卷，不見於他本。乙巳即康熙四年（一六六五）。據詩注，本詩作於六月二十四日，乃是和友人荷花生日之作。

秋夜獨酌口占二首

停杯顧影忽凄然，湖海飄零二十年。亡國大夫空有淚，買山高士迄無錢。五窮多受文章纍，四素惟慳富貴緣。造化小兒猶醉夢，秋風何處叫蒼天。

百年萬事半蹉跎，轉眼滄桑歲月過。世態人情皆似此，地經天柱竟如何。塵封緑綺奇緣少，夢破黄粱怪事多。安得竹溪家數畝，開樽把卷日高歌。

【箋】

此詩採自静嘉堂本《圃庵詩集》乙巳卷，不見於他本。乙巳即康熙四年（一六六五）。

九日兀坐喜居停孫子遣婢送練溪酒以詩二首謝之

似茲佳節悵難逢，歡伯煩君遣過從。練酒品争潯酒勝，青衣情較白衣濃。便堪匏盞呼鄰叟，且免鷫裘付市傭。醉向城頭狂興發，只如身在最高峰。

三百青錢自足豪，何如損餉佐持螯。不須甕畔偷新釀，絶勝牆頭度濁醪。浮白《漢書》聊快意，問青謝句即登高。瓊瑶欲報慚名士，試聽南窗夜讀《騷》。

【箋】此詩採自静嘉堂本《圃庵詩集》乙巳卷，不見於他本。乙巳即康熙四年（一六六五）。本年重陽節之際，房東孫氏遣婢送酒，黄周星因作此詩謝之。

九月十八日同閩楚吴方諸君泛舟南村孫園看菊分得秋花兩韻二首

一天爽翠拂汀洲，勝侣招攜且恣遊。節仿宋唐還九日，人同晉魏足千秋。落英餐後争題菊，縱酒吟時好放舟。若得百年皆此日，乾坤何處著閒愁。自初九至十九皆名重陽，唐文宗展重陽予十九日，宋人因之。

扁舟斗酒共天涯，笑指東籬似到家。九日節過逢白社，一年詩好在黃花。美人列座非金粉，高士開軒盡綺霞。繞遍晚香酣詠久，不知秋水夕陽斜。

【箋】此詩採自静嘉堂本《圃庵詩集》乙巳卷，不見於他本。乙巳即康熙四年（一六六五）。據詩題，此詩作於九月十八日，與諸君於南村孫園看菊之際。時黃周星寓居於嘉善魏塘。

余客魏塘一載門如空谷頗爲慨歎有少年過余曰先生良苦然先生不知敝邑習俗爾爾設有一周旋冷客者即群起而非笑之耳余不覺仰天絶倒忽成一詩

足迹依稀遍四方，流離何意落渠鄉。傾城惟識金銀氣，入室誰知蘭蕙香。集菀附羶呼俊傑，招賢訪隱笑癡狂。閒從吴越評風俗，第一炎凉是魏塘。

【箋】此詩採自静嘉堂本《圃庵詩集》乙巳卷，不見於他本。乙巳即康熙四年（一六六五）。是年，黃周星於魏塘門如空谷，有少年告知魏塘之人情風俗，黄周星感而有作。

代賦秋興二首

朝爽西來拂綵毫，情懷大約似離騷。旅愁自可舒雙眼，宦拙誰當賦二毛。太華峰孤雲正白，洞庭木脱月初高。少陵八詠多蕭瑟，湖海何妨一倍豪。

摇落難禁逸興飛，登山臨水送將歸。徵君彭澤懷松徑，王子咸陽歎布衣。乍喜白蘋浮畫舫，俄驚黄葉點書幃。溪山多少行吟客，倚仗停杯悵夕暉。

【箋】此詩採自静嘉堂本《圃庵詩集》乙巳卷，不見於他本。乙巳即康熙四年（一六六五）。詩當作於本年秋。

友人曾爲余梓庚辰制義行世今年七十矣爲寄一詩壽之

鐘鼎山林事若何，煙雲轉眼幾經過。當年文字慚梨棗，此日衣冠掛薜蘿。詩到魏塘佳興少，酒傳箬水勝情多。知君耆舊高風在，擬向雙溪訪釣蓑。

【箋】此詩採自静嘉堂本《圃庵詩集》乙巳卷，不見於他本。乙巳即康熙四年（一六六五）。本年黄周星友人七十，是友曾將黄周星崇禎十三年（一六四〇）登進士科之制義刊行於世，故作詩祝壽。

初冬同諸君遊沈氏北山草堂看松分得何字

逋客移文近若何，北山載酒喜重過。五星宛爾聯奎壁，九老依然列澗阿。嶺上白雲招隱少，溪邊紅葉送愁多。吟懷恰值秋冬際，蘭柮能忘皓齒歌。

【箋】此詩採自静嘉堂本《圃庵詩集》乙巳卷，不見於他本。乙巳即康熙四年（一六六五）。本年黄周星《遊沈氏北山草堂二首》詩中云「魏塘第一真名勝」，則沈氏當爲魏塘人。據詩題，此詩寫於初冬。時黄周星寓居魏塘，遊覽沈氏北山草堂。

次韻輓顧節婦

冰雪從來不染塵，當年遥想樂綦巾。玉樓天上無凡侣，彤管編中有□〔一〕人。矢志自應同鐵石，遺書何用識金銀。數行淚墨留湘竹，羞殺桃花鏡裏春。

【校】

〔一〕静嘉堂本此處有一個墨釘，墨釘旁有手寫小字「節」。

【箋】

此詩採自静嘉堂本《圃庵詩集》乙巳卷，不見於他本。乙巳即康熙四年（一六六五）。

造命詩并序

古來有造命者，嘗於稗史中見之，猶疑信參半。後聞新安方君述其姑汪夫人，初時曾改干支，竟獲遐福，始信世間果有是事。余生於辛亥嘉平，其日壬午，本以黎明誕育，而爲異姓陰撫乞養，遂訛爲戌刻，如是者廿七年。至丁丑冬，重遘本生二親，始改戌爲寅，如是者又廿七年，蓋備極憂患矣。今乙巳孟春，偶遇婁東顧君，言余從前五行皆未佳，宜改寅爲午，寅午戌既屬三合，而余數年前曾有頳馬之夢，適符此兆。嘻！異哉！遂如言改之，并識以一詩。

半世真同苦行僧，忽教白日破春冰。生身元向乾坤得，造命何須君相能。磨蝎三星休跋扈，冥鵬六月會騫騰。文人誰道偏無禄，福慧從今似佛燈。

【箋】

此詩採自静嘉堂本《圃庵詩集》乙巳卷，不見於他本。乙巳即康熙四年（一六六五）。婁東即今江蘇太倉。據詩序，本年孟春，黄周星偶遇太倉顧君，顧君建議他將出生時辰改寅爲午，黄周星遂有此作。黄周星生於明萬曆三十九年臘月十七日寅時。

劉子過溪默園看梅偶於樓中遇歌姬文生作見見詩比再往物色則杳然不可得復作見不見詩屬余和詠一首

載花空憶美人舟，客似文園已倦遊。一笑傾城誰拂枕，衆香爲國且登樓。靚妝白日羅浮夢，高髻青春蜀郡愁。從此新詞名見見，惱公何處競風流。

曲欄依舊俯溪流，買笑無緣但買愁。天各一方憐北渚，月明千里恨南樓。漫思錦瑟夢騰醉，羞説瓊花爛熳遊。見見竭來還不見，只如天際望仙舟。

【箋】

此詩採自静嘉堂本《圃庵詩集》乙巳卷，不見於他本。乙巳即康熙四年（一六六五）。

次劉子韻遥贈初月女史

冰雪誰經姑射山，只從天際想珠顔。英娥不隔仙凡界，環燕疑居伯仲間。卿似名花難折寄，客如倦鳥易飛還。泖峰相望無多路，知在前溪第幾灣。

【箋】

此詩採自静嘉堂本《圃庵詩集》乙巳卷，不見於他本。乙巳即康熙四年(一六六五)。

乙巳生日感懷

貧賤流離三十年，青雲白日兩茫然。科名盛事真如夢，典册高文不值錢。糞土功名非將相，煙霞痼癖只神仙。今朝五五龍蛇過，明歲春風别一天。

【箋】

此詩採自静嘉堂本《圃庵詩集》乙巳卷，不見於他本。乙巳即康熙四年(一六六五)。詩作於十二月生日時。

合詠八景七律二首〔一〕

其一

瀟湘斜繞洞庭南，夜雨澄秋月滿潭。煙寺鐘微收夕照，江天雪霽見晴嵐。帆歸遠浦漁村暗，市接平沙雁陣酣。八景臺邊圖〔二〕詠遍，千秋名勝幾人探。

其二 盡用題字

洞庭瀟水合湘〔三〕流，沙市溪村景色幽。雨暗鐘殘多入夜，月明雁落正宜秋。曉煙寺帶晴嵐爽，夕照帆歸晚浦愁。最愛江山平遠處，滿天暮雪一漁舟。

【校】

〔一〕道光本、咸豐本題作「合詠八景二首」。光緒本題作「合詠瀟湘八景二首」。

〔二〕「圖」，道光本、咸豐本、光緒本作「都」。

〔三〕「湘」，道光本、咸豐本、光緒本作「西」。

【箋】

本詩採自民國本《九煙詩鈔・夏爲堂詩草》，静嘉堂《圃庵詩集》丙午卷、康熙本、道光本、咸豐本、光緒本亦收。道光本、咸豐本、光緒本、民國本第二首無注「盡用題字」。丙午即康熙五年（一六六六）。本年於嘉善，魏塘友人以《瀟湘八景詩》索詠，黄周星遂作有七言律詩《合詠八景七律二首》《瀟湘八景臺爲宋嘉祐時築詞人題詠甚夥大抵皆從畫屏間摹寫耳余昔年嘗久客其地睹聞頗真適魏塘友人以是題索詠遂仿歐蘇禁體漫賦八章貽之（禁犯題字）》，七言絶句《又七絶一首》、五言律詩《戲集八景題字五律一首》與《又長短句一首》。

瀟湘八景臺爲宋嘉祐時築詞人題詠甚夥大抵皆從畫屏間摹寫耳余昔年嘗久客其地睹聞頗真適魏塘友人以是題索詠遂仿歐蘇禁體漫賦八章貽之禁犯題字〔一〕

瀟湘夜雨

楚雲何意濕芳汀，淅瀝中宵未易停。酒醒忽驚千里夢，曲終難覓數峰青。潤添蘭畹香先到，怨入筠斑淚共零。最是秋聲敲客舫，離騷點點不堪聽。

洞庭秋月

湖光浮盡岳陽天，桂魄當空更悄然。三萬頃中鋪縞練，五千里外想嬋娟。影迷牛斗槎難泛，夢破魚龍鏡自懸。笑指君山如荇藻，冰壺何礙挾飛仙。

平沙落雁

楚江秋色正銷魂，何處賓鴻下遠村？豈爲稻粱辭朔漠，欲同蘭芷宿黄昏。雲霞黯黯書無字，洲渚粼粼篆有痕。咫尺衡陽聲斷否？揮弦好入曲中論。

遠浦歸帆

第一湘濱〔二〕好畫圖，望衡〔三〕九面態〔四〕難摹。誰攀雲嶺千重樹？閒閲煙波十〔五〕幅蒲。鼓棹白衣休借問，倚樓翠袖欲遥呼。笑他〔六〕湖海年年客，得似江潭釣叟無？

漁村夕照

三閭曾見詠滄浪〔七〕，可是蒹葭此一方？樹樹人煙圍野色，家家魚網掛斜陽。國同鷗鷺無苛吏，代似羲皇近醉鄉。誰道桃源真隔世，桃源元只在瀟湘。

煙寺晚鐘

六朝何地少精藍，清絶湖南勝海南。石馬嘶時僧閉户，銅鯨吼處佛依龕。三千界向雲中隱，百八聲宜月下參。閒愛翠微横杳靄，幽尋豈是爲瞿曇。

山市晴嵐山市，乃山間雲氣蒸變，如海市之類，非墟市也。〔八〕

蜃樓争詫海門東，此處奇峰迥不同。天宇乍收朝霧〔九〕後，人家都在旭光中。金銀氣眩千巖麗，龍鼠〔一〇〕雲疑〔一一〕七國雄。誰信湘南培塿地，舉頭縹緲似瑶宫。

江天暮雪

六出飛花未是奇，卻因湘浦弄幽姿。都將〔一二〕米芾高寒畫，散作王維澹遠詩。釣罷漁蓑收艇後，醉歸驢背叩門時。不知溪閣騷人筆，評到疏梅第幾枝？

【校】

〔一〕康熙本、民國本《九煙詩鈔·夏爲堂詩草》題作「瀟湘八景詩」。道光本題作「瀟湘八景八首（并序)」，光緒本題作「瀟湘八景八首」。康熙本、民國本《九煙詩鈔・夏爲堂詩草》、道光本、光緒本都將《圃庵詩集》的詩題作爲小序，字詞亦有差異。如「夥」，道光本、咸豐本、光緒本、民國本作「多」。民國本無「間」字。「余昔年嘗久客其地」，道光本、咸豐本、光緒本作「余聚族於斯」。「蘇」，咸豐本作「陽」。道光本、咸豐本、光緒本、民國本無「禁犯題字」。

〔二〕「濱」，道光本、光緒本作「衡」。

〔三〕「望衡」，道光本、咸豐本、光緒本作「山開」。

〔四〕「態」，道光本、光緒本作「面」。

〔五〕「十」，光緒本作「一」。

〔六〕「笑他」，道光本、咸豐本、光緒本作「往來」。

〔七〕「滄浪」，道光本作「蒼蒼」。

〔八〕咸豐本無此注。

〔九〕「霧」，民國本作「露」。

〔一〇〕「鼠」，道光本作「虎」。

〔一一〕「疑」，咸豐本作「凝」。

〔一三〕「將」，道光本、光緒本作「從」。

【箋】

本詩採自静嘉堂《圃庵詩集》丙午卷，康熙本、道光本、咸豐本、光緒本、民國本《九煙詩鈔・夏爲堂詩草》亦收。丙午即康熙五年（一六六六）。是年於嘉善，魏塘友人以瀟湘八景詩索詠，黄周星遂有此作。

附　題《瀟湘八景詩》〔一〕

八景詩相傳最多，然吟者率未必身至其地，不過遥想空描。正如河朔宴中談江瑶柱，尚未知作何狀，又何暇論其詩之高下工拙耶？九煙先生遊憩湘濱有年，其於晴雨雪月，猶晨夕枕案間物也，故言之親切，確乎不易。今披誦八詠，有三難焉：詩昉禁體，不犯題中隻字，一也；詩中深貼楚景，如湘雨必不可爲蜀雨，湘月必不可爲吴月，二也；又冶鑄性靈，融滙神髓，如湘雨一章，合之則八句皆湘雨，析之則句句有湘雨，三也。具此三長，恐前後作者未易搥碎黄鶴樓矣。至合詠數首，雖似信手拈來，亦殊費烹鍊苦心。邯鄲國能豈壽陵餘子所可幾乎？謹拈出與宇内詞人共參之。

武水後學王念祖題

【校】

〔一〕此題詞原無標題，爲編者所加。

【箋】

此文採自康熙本，不見於他本。康熙本將之系於《瀟湘八景詩》之後。

人日招友共酌

佳氣春來似不同，草堂乍喜闢晴空。比年已過龍蛇歲，連日還經牛馬風。君子雲雷陽漸長，美人山隰夢應通。開樽命侶宜轟飲，試看詩家跋扈雄。

【箋】

此詩採自《前身散見集》丙午年，不見於他本。丙午即康熙五年（一六六六）。人日爲正月初七。

新移居頗隘内〔一〕人或以爲言作此慰之

丈夫有志豈林丘，此地元非老菟裘。幕上爲巢真燕子，廬中有國見〔二〕蝸牛。萬間廣厦終能庇，三匝寒枝且任投。莫恨蓬門環堵窄，會看花月滿高樓。

【校】

〔一〕「内」，静嘉堂本作「家」。

〔二〕「見」，静嘉堂本作「是」。

【箋】

此詩採自《前身散見集》丙午年，静嘉堂本《圃庵詩集》丙午卷亦收。丙午即康熙五年（一六六六）。

苦雨十日不止復成一詩

鄭館緇衣已杳然，扶風絳帳竟無緣。不成皋伯橋邊廡，只類張融岸上船。繞屋蓬蒿空有地，閉門風雨似無天。窗前幸得寒梅在，待月看花不用錢。

【箋】

此詩採自《前身散見集》丙午年，静嘉堂本《圃庵詩集》丙午卷亦收。丙午即康熙五年（一六六六）。

久客魏塘窮困殊甚將欲出門干人感詠二首

不堪忍死復謀生，説到飢驅淚只傾。地覆天翻家總喪，水窮山盡路難行。杜鵑自合逢春拜，盍旦誰憐徹夜鳴。漫道九州芳草緑，風塵豺虎〔一〕正縱横。

傷心牛角夜漫漫，百八聲中漏未殘。朝菌竟能知晦朔，夏蟲久已歷炎寒。愚公移處山仍在，精衛填來海不乾。木石子孫心力盡，何時北斗向南看。

【校】

〔一〕静嘉堂本此處爲一墨釘，墨釘旁有手寫小字「虎」。

【箋】

此詩採自《前身散見集》丙午年，静嘉堂本《圃庵詩集》丙午卷亦收。丙午即康熙五年（一六六六）。魏塘，在浙江嘉興嘉善。

夢回枕上口占

乾坤何處是吾鄉？夜半商歌淚數行。醉後聞鷄還咄咄，夢中喪狗亦皇皇。月明十里瑶臺冷，雲暗千山玉壘長。昏曉鐘聲渾不識，幾回蝴蝶笑滄桑。

【箋】

此詩採自《前身散見集》丙午年，不見於他本。丙午即康熙五年（一六六六）。

夏日雨中同湖州守集友人家

西窗翦燭夜何如？良會無勞問索居。新舊雨中千日酒，寒温話裏十年書。移情山水登臨外，過眼煙雲鑒賞餘。自是東來多紫氣，傍人漫羨朗陵廬。

清風栩栩愛松濤，名士何妨醉讀《騷》。魚鳥親時公事了，鳳麟聚處德星高。人如司馬才逾豔，客似元龍氣尚豪。此夕一樽初破夢，郎官贏得賦宮袍。

【箋】

此詩採自《前身散見集》丙午年，静嘉堂本《圃庵詩集》丙午卷收第一首。丙午即康熙五年（一六六六）。據詩題，當作於夏日之湖州。湖州守，即吴綺，見卷四《有故人以墨罷官索人贈詩因戲爲十二絶慰之》箋。

遥和湖州守愛山臺讌集二首

高才未肯薄淮陽，喜對名山共舉觴。折簡每尋安石墅，攤〔一〕書長滿子雲牀。鹿車桑雨隨時〔一〕潤，燕寢蘭薰到處香。此夜美人千里月，醉〔三〕歌渾似奏《伊》《涼》。

畫溪繞郭帶長虹，正是青山緑水中。廿四橋邊攜皓月，二千石内見清風。西園客雅詞皆妙，北海人豪酒不空。若問平章臺閣事，醉翁元即是文翁。

【校】

〔一〕「攤」，静嘉堂本作「擁」。

〔二〕「時」，静嘉堂本作「身」。

〔三〕「醉」，静嘉堂本作「酣」。

【箋】

此詩採自《前身散見集》丙午年，静嘉堂本《圃庵詩集》丙午卷亦收。丙午即康熙五年（一六六六）。

雨中宿妙喜山黄君山館賦贈二首

部署煙霞三十年，吾宗今喜見神仙。授書橋上英風遠，叱石山中道力堅。丹鼎久懸貞白誥，緗牀新著〔一〕紫陽篇。淮南鷄犬多奇福，早乞羲黄〔二〕半榻眠。

泉石幽栖迴不同，竹陰匝地帶〔三〕松風。心期白日青雲上，身立千巖萬壑中。銀管定傳高士宅，玉衣應擬化人宮。他年揮手緱山去，莫忘清溪舊釣翁。

【校】

〔一〕「著」，静嘉堂本作「注」。

〔二〕「黄」，静嘉堂本作「皇」。

〔三〕「帶」，静嘉堂本作「布」。

【箋】

此詩採自《前身散見集》丙午年，静嘉堂本《圃庵詩集》丙午卷亦收。丙午即康熙五年（一六六六）。

妙喜山在浙江湖州，詩當作於本年夏秋間黄周星遊覽湖州之時。

贈長興姚年兄

相逢誰不念滄桑，隔世寒暄感慨長。此日煙霞期五嶽，當年烽火別三湘。清貧漫笑雲間守，勞瘁猶傳水部郎。醉向畫溪談往事，不禁天寶淚沾裳。

【箋】

此詩採自《前身散見集》丙午年，静嘉堂本《圃庵詩集》丙午卷亦收。丙午即康熙五年（一六六六）。長興，在今浙江省湖州。姚年兄，即姚序之，字瞿石，浙江長興人。崇禎十三年（一六四〇）黄周星同榜進士。曾任尚書郎，擢税關轉守濟南。詩當作於本年遊長興之際。

丙午九日

不堪武水又重陽，三度黄花笑異鄉。西北風塵空慘淡，東南天地更淒涼。年豐〔一〕未覺人情樂，秋爽偏令客思傷。差恨登高無好處，浮圖依舊照寒塘。

【校】

〔一〕「豐」，静嘉堂本作「登」。

【箋】

此詩採自《前身散見集》丙午年，静嘉堂本《圃庵詩集》丙午卷亦收。丙午即康熙五年（一六六六）。據詩題，詩作於重陽。據詩中「不堪武水又重陽」云云，則此際黄周星已返嘉善武水。

社題詠菊禁體

秋深白戰到花城，掃盡東籬舊落英。名重何須攀正則，品高元不借淵明。色同叢桂姿殊異，秀比猗蘭節倍貞。况是酣吟宜九日，衆芳誰并歲寒盟。

【箋】

此詩採自静嘉堂本《圃庵詩集》丙午卷，不見於他本。丙午即康熙五年（一六六六）。此詩亦當作於本年九月初九，於嘉善武水登高賞菊之際。

題調羹圖

春暖鴻鈞禁幄開，君王日昃未傾杯。欲施玉宇爲霖手，先試金閨調鼎才。借箸不愁爭水火，和羹須用作鹽梅。蒼生飢渴知感慰，元自[一]商巖夢裏來。

【校】

〔一〕「自」，静嘉堂本作「是」。

【箋】

此詩採自《前身散見集》丙午年，静嘉堂本《圃庵詩集》丙午卷亦收。丙午即康熙五年（一六六六）。

題補衮圖

龍藻輝騰日月傍，虞廷重喜見垂裳。也知衮職無多闕，應許綸扉有寸長。星燦七襄霞彩麗，煙浮五色繡痕香。柔嘉誰擅金針巧？請誦清風第六章。

【箋】

此詩採自《前身散見集》丙午年，静嘉堂本《圃庵詩集》丙午卷亦收。丙午即康熙五年（一六六六）。

次韻送別

斗酒論文昔未輕，客窗偏是遇秋聲。奇文自合千金賞，逸興還教四座傾。景接良辰吟倍苦，魂消〔一〕別賦夢頻驚。魏塘柳色頻〔二〕憔悴，愁聽他鄉唱《渭城》。

【校】

〔一〕「消」，静嘉堂本作「銷」。

〔二〕「頻」，静嘉堂本作「渾」。

【箋】

此詩採自《前身散見集》丙午年，静嘉堂本《圃庵詩集》丙午卷亦收。丙午即康熙五年（一六六六）。

孟冬三日同友人城南看菊

共欣秋色似春光，散步郊園菊正芳。天寵幽姿晴一月，人追晚節醉重陽。雲霞滿座披文錦，朱粉傾宫鬥靚妝。裛露莫嫌三徑冷，閒情多爲落英狂。

【箋】

此詩採自《前身散見集》丙午年，静嘉堂本《圃庵詩集》丙午卷亦收。丙午即康熙五年（一六六六）。

十月初三，黄周星與友人城南賞菊，遂有此作。

九峰詩十首

鳳山 一峰

鬱葱佳氣冠群峰，翽羽朝陽正在東。世外鵷鸝元愛竹，天邊鸑鷟不栖桐。回頭似欲招嬴女，舒翼還應覆木公。更喜庫岡横燕咮，恍銜丹誥下瑶宫。

庫山二峰　二峰應〔一〕屬陸寶山，今以庫補之。

陸寶山傾庫不傾，庫山元以庫公名。著書曾號亢倉子，避世堪呼用里生。地似桃源忘漢代，官非松樹笑秦卿。琅玕一軸千秋在，夜夜應聽綵鳳鳴。

宗山三峰

三峰蜿蜿翠連蜷，首尾常山似率然。東指鳳岡迎麗旭，南瞻鼉阜疊蒼煙。將軍墓冷誰招客，徵士廬空漫説仙。好上層霞高閣望，何〔二〕如秋葉扇如田。

辰山四峰

九點青峰帶草堂，細林蒼〔三〕秀宛中央。黛鬟兩兩同魚貫，簪笏三三總雁行。館壓北溟通斗極，垣聯〔四〕東壁指辰方。最奇鼉背神仙宅，列岫誰分丹井香。

薛山五峰

二五高名彷彿同，薛公〔五〕還似厙公峰。爲巡〔六〕徐福安期約，不愛〔七〕文成五利封。青借匡廬屏九疊，紫分金谷障千重。玉山一座平如席，肯信群仙〔八〕不過從？

機山六峰

誰將内史直呼名，要使千秋識士衡。山似吴羌元有姓，宅同謝朓更多情。平原村廢堂空築，谷水田荒壟孰耕。縱使華亭能起舞，鶴聲能〔九〕不换鷄聲。

横雲山七峰

一片雲横萬頃中，崚嶒未許衆峰同。大癡畫似疏林淡，小陸文如峭壁雄。潭静只疑龍作雨，巖虚猶想虎生風。雪堂勝地尤佳絶，休夏真宜醉碧筩。

天馬山八峰

何年神駿下天門，俯瞰平原勢獨尊。萬里騰驤誰伯仲？群峰拱揖似兒孫。歌翻漢帝龍非匹，圖訝周王驥欲奔。若向干將尋劍氣，應同電影照黄昏。

小崐山九峰

不覺吟過第九峰，踏殘蒼翠已千重。慚非日下荀鳴鶴，來弔雲間陸士龍。二俊玉臺猶婉孌，七賢瑶席自雍容。左山右泖收全勝，未許諸昆傲邶鄘。

小赤壁不在九峰之内

九峰之外迥〔一〕無儔，石骨巑岏一派秋。峭逼半天宜倚杖，寒生六月可披裘。險從昌谷詩中得，皺〔二〕向藍田畫裏求。若使大蘇先見此，不須作賦過黄州。

【校】

〔一〕「應」，静嘉堂本作「舊」。

〔二〕「何」，静嘉堂本作「河」。

〔三〕「蒼」，静嘉堂本作「荒」。

〔四〕「聯」，静嘉堂本作「連」。

〔五〕「公」，静嘉堂本作「峰」。

〔六〕「巡」，静嘉堂本作「尋」。

〔七〕「愛」，静嘉堂本作「受」。

〔八〕「仙」，静嘉堂本作「山」。

〔九〕「能」，静嘉堂本作「終」。

〔一〇〕「迴」，静嘉堂本作「夐」。

〔一一〕「皺」，静嘉堂本作「皴」。

【箋】

此詩採自《前身散見集》丙午年，静嘉堂本《圃庵詩集》丙午卷亦收。丙午即康熙五年（一六六六）。九峰在今上海市松江區。本年冬，黄周星應諸嗣郢之招，赴松江遊九峰。諸嗣郢，見卷四《遍遊九峰兼贈主人三十首》箋。

友人招遊九峰遍歷勝境賦贈二首

湖海聲名未足誇，仙才自合主煙霞。一堂文酒人人客，十里溪山處處家。秋到有詩皆桂樹，春來無記不桃花。簷楹觸目多珠玉，千載猶應護碧紗。

文采風流一代無，草堂誰笑北山逋。重將二陸開生面，盡與群峰洗俗膚。河朔平原真勝集，蘭亭金谷總新圖。山靈稽首銘功德，正似西湖有白蘇。

【箋】此詩採自静嘉堂本《圃庵詩集》丙午卷，不見於他本。丙午即康熙五年（一六六六）。此詩仍作於本年赴松江遊九峰之際。

次韻別友

勝地名流合并傳，九峰羅拜草堂邊。山中賓主仍三隱，竹裏琴樽更七賢。向子定尋禽慶約，李生惟得杜陵憐。千秋不朽知君在，簡末還宜附九煙。

【箋】此詩採自静嘉堂本《圃庵詩集》，不見於他本。丙午即康熙五年（一六六六）。此詩仍作於本年赴松江遊九峰之際。

冬日集佘山董子東山草堂

問奇何處覓玄亭？此地真堪聚德星。百里便同千里駕，九峰先了一峰青。竹林客喜知皆醉，蓮社僧閒愧獨醒。聞説丹崖宜卜築，他年好勒北山銘。

【箋】

此詩採自《前身散見集》丙午年，静嘉堂本《圃庵詩集》丙午卷亦收。丙午即康熙五年（一六六六）。佘山，爲九峰之一，在今上海市松江區。本年冬日，於九峰訪佘山董子東山草堂，遂有此詩。

過佘山陳徵君故廬有感

著書高隱兩成名，羨爾終身樂太平。自是文人通慧業，非關處士盜虚聲。幼輿丘壑今猶重，綺里衣冠昔未輕。共慨草廬參廟算，東江遺恨失田横。結語蓋指錢機山相國主殺島帥毛文龍事也，聞徵君實發縱云。

【箋】

此詩採自《前身散見集》丙午年，静嘉堂本《圃庵詩集》丙午卷亦收。丙午即康熙五年（一六六六）。清代孫鳳鳴修、王昶纂《乾隆青浦縣志》（清乾隆五十三年刻本）卷十九「第宅園林下」，清代宋如林修、莫晉纂《嘉慶松江府志》（清嘉慶松江府學刻本）卷七十八「名迹志」皆收録此詩。本年冬日，黄周星於九峰訪佘山陳繼儒故廬，遂有此詩。陳徵君即陳繼儒（一五五八—一六三九），字仲醇，號眉公、麋公，華亭（今上海市）人。明代著名文學家、書畫家。諸生，年二十九即隱居小昆山，後居東佘山，杜門著述。雖屢奉詔徵用，皆以疾辭，人遂稱「徵君」。著有《陳眉公全集》《小窗幽記》《妮古録》等。

辰山集友人九峰草堂

細林泉石足清幽，乘興何妨再放舟？共説神仙能羽化，便看富貴等雲浮。鼉鳴別館三山曉，鶴唳空潭片月秋。正是九峰佳絶處，吟筇端爲主人留。

【箋】

此詩採自《前身散見集》丙午年，不見於他本。丙午即康熙五年（一六六六）。辰山，爲九峰之一。本年冬日，黄周星於九峰訪辰山九峰草堂，遂有此詩。

辰山坐雨張子移酌招隱堂

京兆家聲叔度名，山居典籍自縱横。雲間放棹知高興，雨裏移樽見遠情。身歷群峰詩更峭，胸排五嶽酒能平。不煩太史占星聚，朝爽應看海甸晴。

【箋】

此詩採自《前身散見集》丙午年，静嘉堂本《圃庵詩集》丙午卷亦收。丙午即康熙五年（一六六六）。

本年冬日，黄周星於九峰訪辰山張子，因雨移酌招隱堂，遂有此詩。

辰山蠡庵有東山一草亭甚佳坐久喜詠

最愛東山一草亭，兩佘正向細林青。無波千頃平如席，不雨三峰翠似屏。雪霽遠村詩更曠，月明虚閣酒還醒。我來恰對斜陽好，疑坐瀟湘棹〔一〕洞庭。

【校】

〔一〕「棹」，静嘉堂本作「揖」。

【箋】

此詩採自《前身散見集》丙午年，静嘉堂本《圃庵詩集》丙午卷亦收。丙午即康熙五年（一六六六）。本年冬日，黄周星於松江訪辰山東山一草亭，遂有此詩。

白雲庵贈楚僧覺公

棄去儒冠身及第休論選佛場，白雲深處足徜徉。菰蓴自愛吴風好，蘭芷猶傳楚澤香。未老，倚來禪榻夢初長。憐余曾作江潭客，乍見渾疑是故鄉。

【箋】此詩採自《前身散見集》丙午年，静嘉堂本《圃庵詩集》丙午卷亦收。丙午即康熙五年（一六六六）。本年冬日，黄周星於九峰訪白雲庵，遂有此詩。覺庵上人，原楚之諸生，現住九峰白雲庵。

武水有丸丸生者情鍾吴門某姝有年矣兹忽頻得其手札詩箋并餽遺諸玩好其詩每篇俱用八字隱語生喜甚欲盛傳其事余既爲作八字情郵録復漫賦四律爲倡

金屋瑶臺豈易攀，忽從天上落人間。書傳閬苑緘珠淚，珮解湘皋綰翠鬟。楊柳路邊還有路，蘼蕪山外更無山。相思何物縈春夢，紅豆青絲琥珀環。

春廡高風未可攀，臨邛元不似桑間。雙珠紅濕千重錦，半縷香分十八鬟。柘屐但歌憐胥曲，藁砧莫悵望夫山。殷勤貽贈須珍重，約指丹璺勝玉環。

八字情郵事頗奇，藏鈎宫戲羡春閨。吴儂隱語堪傳札，秦客廋詞欲折笄。憐比芙蓉媒

未託，封如荳蔻信空〔一〕題。中央四角教人讀，恰似當年伯玉妻。以下詠隱語。〔二〕

織錦璇璣自古奇，何如射覆擅香閨。同心正合稱連璧，偕老還應詠副笄。譜按紅牙思顧曲，碑摸黃絹競窺題。他年茗戰傳金石，莫笑明誠遜巧妻。

【校】

〔一〕「空」，康熙本作「頻」。

〔二〕康熙本無此注。

【箋】

此詩採自静嘉堂本《圃庵詩集》丙午卷。丙午即康熙五年（一六六六）。是年，黄周星有感於武水丸丸生之情事，遂作此詩。黄周星作有《八字情郵録·丸丸生小紀》一文，康熙本於文後收録《題情郵録四首》，即此四詩。咸豐本僅收「金屋瑶臺豈易攀」一首，題作「贈丸丸」。武水，在浙江嘉興嘉善。

次韻送人歸楚

鐘鼎山林轉盼身，未應憔悴老江濱。醉尋蝴蝶蘧蘧夢，笑看驊騮衮衮塵。蘇軾才名元自好，虞翻骨相豈終屯。他年赤壁歡遊處，會向皋亭訪隱淪。

【箋】

此詩採自静嘉堂本《圃庵詩集》丙午卷，不見於他本。丙午即康熙五年（一六六六）。

有故人爲湖州守贈以二詩

幾回天上望文星，十五年來眼倍青。新曲争傳柳花閣，舊遊長憶木蘭亭。帶圍紅藥江都瑞，樽貯縹醪箬水馨。羲獻風流今再見，千秋好勒峴山銘。

才名香豔世應無，曾共蕭齋夢緑蕪。書榻幾宵呼鑿落，繡幃盡日聽樗蒱。吟思北郭梁朝寺，醉愛南郊卓氏壚。苕霅今來瞻紫氣，綈袍莫訝荔支圖。

【箋】

此詩採自静嘉堂本《圃庵詩集》丙午卷，不見於他本。丙午即康熙五年（一六六六）。據詩題，當作於黄周星遊湖州時。湖州太守爲吴綺。詩中有「舊遊長憶木蘭亭」云云，乃指順治九年（一六五二）黄周星與廣陵諸君結木蘭亭社之事，吴綺即爲當年社中一員。吴綺，字園次，見卷四《有故人以墨罷官索人贈詩因戲爲十二絶慰之》箋。

送友人遊燕

漫將梅里當青門，北地寒暄未可論。好景正逢三月暮，舊交誰問十年恩？錦囊句滿人偏瘦，珠履庭閒客自尊。珍重前途知得意，莫言南浦不銷魂。

【箋】

此詩採自《前身散見集》丁未年，静嘉堂本《圃庵詩集》丁未卷亦收。丁未即康熙六年（一六六七）。據詩句「好景正逢三月暮」，則詩當作於本年三月底。

丁未四月生子志喜二首

半世零丁歎數奇，汝南門祚久孤危。誰知甲子將周日，方是庚寅肇錫時。漫道仁人宜有後，也憐詩伯免無兒。荀龍竇桂吾何敢？但乞階蘭更一枝。

婚嫁休嫌向累多，生男且復慰〔一〕蹉跎。室中真似麟初降，門外幾同盜不過。余有四女。伯道憂虞今免矣，仲謀事業果〔二〕如何？阿翁此竈無難跨，好聽徐卿二子歌。

【校】

〔一〕「慰」，静嘉堂本作「一」。

〔二〕「果」，静嘉堂本作「竟」。

【箋】

此詩採自《前身散見集》丁未年，静嘉堂本《圃庵詩集》丁未卷亦收。丁未即康熙六年（一六六七）。本年四月，黄周星始得長子，遂有作。黄周星長子名黄楕，字禹弓。據詩注「余有四女」，則黄周星已經有四個女兒，但爲無子而苦，今五十七歲始得一子，喜悦之情可想而知。

友人寄詩賀余生子次韻答之寧馨，方言猶「如此」也，世俗誤傳爲佳語。

漫言奎壁降文星，乍喜蘭芽茁謝庭。月在甲辰非後甲，歲逢丁未恰添丁。高門敢望誇三戟，舊德維期守一經。曾笑弄麞人錯寫，更休錯認作〔一〕寧馨。

【校】

〔一〕「作」，静嘉堂本作「説」。

【箋】

此詩採自《前身散見集》丁未年，静嘉堂本《圃庵詩集》丁未卷亦收。丁未即康熙六年（一六六七）。

本詩亦作於本年四月生子之際。

丁未夏〔一〕日偶閱兩朝遺〔二〕詩見長沙亡友馮棖公一律爲鷓磯夜泊憶丙子冬日同周景虞步鶏〔三〕鳴寺望鍾陵山色之作周景虞者即余〔四〕當〔五〕年姓氏〔六〕也俯仰愴然揮涕和之

生死滄桑三十秋，忽翻遺句憶同遊。蟠龍共愛鍾山勝，回雁偏懷嶽麓幽。騷客精神仍楚澤，詞人魂魄定瀛洲。憐余薄俗隨萍絮，傾蓋誰堪共白頭？

【校】

〔一〕「夏」，静嘉堂本作「春」。

〔二〕「遺」，静嘉堂本作「餘」。

〔三〕「鶏」，原作「鶴」，據静嘉堂本改。

〔四〕「余」，静嘉堂本作「予」。

〔五〕「當」，静嘉堂本作「昔」。

〔六〕「氏」，静嘉堂本作「字」。

【箋】

此詩採自《前身散見集》丁未年，静嘉堂本《圃庵詩集》丁未卷亦收。丁未即康熙六年（一六六七）。馮棖公即馮一第，見卷二《哀竹樓》箋。黄周星又有《哀竹樓》詩序云：「爲孝廉馮君棖公作也。君名一第，楚之長沙人，舉丁卯賢書第九人。癸未秋獻賊陷長沙，君被執，不屈死之。君嘗構竹樓讀書其中，生平著述甚富，尤工吟詠。有《史發》及《代古詩》諸編。身後子姓零落，故罕流傳。庚戌冬日，余過吴江，感顧君之意，遂作歌以哀之。」本年夏日，黄周星翻閱兩朝遺詩，見長沙亡友馮一第詩，有感而作。

戚友賈君招飲僧舍賦贈君名曾，舊令秀水。

十載今方識紫芝，對君如在盛唐時。銅龍曉苑招賢句，銀燭春城繼美詩。此日才名輕召杜，他年制誥羨皋夔。葭莩情重何辭醉？野鶴猶慚溷鳳池。

【箋】

此詩採自《前身散見集》丁未年，静嘉堂本《圃庵詩集》丁未卷亦收。丁未即康熙六年（一六六七）。秀水，在嘉興北。賈曾，吴縣人，順治九年進士，曾爲秀水縣令。據詩題，賈曾與黄周星爲遠親，故詩有「葭莩情重」之句。

壽駱君八十

逢君已是釣璜年，白首青雲志自堅。山海蟠胸驚日月，滄桑過眼笑雲煙。桃源阡陌羲皇外，芝谷衣冠綺皓前。酪社贈〔一〕言聊復爾，傳家應接《帝京篇》。

【校】

〔一〕「贈」，静嘉堂本作「禽」。

【箋】

此詩採自《前身散見集》丁未年，静嘉堂本《圃庵詩集》丁未卷亦收。丁未即康熙六年（一六六七）。

駱君，未詳。

喜友人移居走筆爲賀

羨爾移家水竹灣，閉門真個是深山。嘐嘐自可書千卷，朗朗還如屋百間。半榻清風銷富貴，滿庭秋色鬥〔一〕高閒。仙人亦愛樓居好，何必丹丘始駐顔。

【校】

〔一〕「門」，静嘉堂本作「對」。

【箋】

此詩採自《前身散見集》丁未年，静嘉堂本《圃庵詩集》丁未卷亦收。丁未即康熙六年（一六六七）。

次韻答友見懷二首〔一〕

踢地呼天又幾年，屈平詞賦只孤懸。文章節義徒爲爾，富貴神仙竟惘然。高士難求三畝宅，美人空想五湖船。要知我友相思處，多在荒臺野廟邊。

風雲吟嘯共茅廬，漫把行藏比蟨驢。但見江鴻懷白也，不知蝴蝶夢周歟。夕陽淚滿新亭柳，秋雨心傷老圃蔬。窮煞長卿無半壁，仙人何事好樓居？

【校】

〔一〕静嘉堂本題作「次韻答吕用晦見懷二首」。

【箋】

此詩採自《前身散見集》丁未年，静嘉堂本《圃庵詩集》丁未卷亦收。丁未即康熙六年（一六六七）。静嘉堂本題作「次韻答吕用晦見懷二首」，則此詩爲黄周星與吕留良的唱和之作。吕留良，見卷四《九日東郊看菊》箋。據詩句「秋雨心傷老圃蔬」，則當作於本年秋。

秋日集吴君檇李寓中

還知湖舫醉聽鶯，十九年中一夕情。弦滿餘溪追魯頌，歌翻同谷帶秦聲。疏狂詩酒臣何罪？坎壈才名世不平。唱和千秋猶未晚，殷勤好訂輞川盟。

【箋】

此詩採自《前身散見集》丁未年，不見於他本。丁未爲康熙六年（一六六七）。檇李，今浙江嘉興。本年秋冬間，黄周星曾兩遊嘉興，是詩當作於此際。

相傳〔一〕吴門嫠婦臨京口賦詩擇配有能屬和如意者願以〔二〕千金事之其詩曰婦人有髮却無鬚免得秋風對鏡鋤自恨閨中無好句不知男子讀何書顔逢亂世花難似人到荒年草不如願見太平沽美酒先觴郎母後觴余〔三〕真耶妄耶偶爾見之輒〔四〕戲和二〔五〕律

男兒髡髮剩留鬚，春雨臨流愧荷鋤。世上已無高士傳，閨中遍有異人書。黄金軒蓋憂方大，紅粉琴樽樂自如。料得綵鸞工寫韻，不知同調可憐余。

長短無心較髮鬚，閒愁如草不勝鋤。姬姜未必誇聯句，稷契何曾慣讀書？簫韻半天思弄玉，琴心千古仗相如。若教北渚能騰駕，莫賦愁余賦召余。

【校】

〔一〕静嘉堂本「傳」後有「有」字。

〔二〕静嘉堂本「以」後有「三」字。

〔三〕「余」，静嘉堂本作「予」。詩中兩「余」字同。

〔四〕静嘉堂本無「輒」字。

〔五〕「二」，静嘉堂本作「一」。

【箋】

此詩採自《前身散見集》丁未年，静嘉堂本《圃庵詩集》丁未卷收第二首。丁未即康熙六年（一六六七）。

得友人〔一〕寄詩有到處人情大抵然之句感詠一首

白衣蒼狗滿虛空，無數炎涼感慨中。舉世從教嗔我僻，惟君不合與人同。文章豈愛倡優氣，肝膽須存義俠風。若把元龍倍許氾〔二〕，高樓何處説英雄？

【校】

〔一〕「友人」，静嘉堂本作「吕五」。

〔二〕「氾」，原作「范」，據静嘉堂本《圃庵詩集》改。

【箋】

此詩採自《前身散見集》丁未年，静嘉堂本《圃庵詩集》丁未卷亦收。丁未即康熙六年（一六六七）。

詩題中的「友人」，静嘉堂本作「吕五」，吕五即吕留良，見卷四《九日東郊看菊》箋。本年，吕留良以詩見懷，黄周星次韻有作。

偶閲時輩詩選盈帙笑詠一首

千秋騷雅久沉淪，辛苦群兒浪效顰。門户欲争鍾伯敬，皮毛聊竊李于鱗。土牛文繡空稱好，木偶衣冠總未真。笑煞夜郎驕漢大，蛙聲紫色屬何人？

【箋】

此詩採自《前身散見集》丁未年，静嘉堂本《圃庵詩集》丁未卷亦收。丁未即康熙六年（一六六七）。

汪君從雲間過訪因留下榻俯仰今昔慨然有贈

相看還是義熙人，十六年來倚愴神。老似馬援當益壯，才如韓子豈長貧？揚州未醒青樓夢，燕市空憐紫陌塵。片石靈巖堪隱否？他年蓮社好爲鄰。

【箋】

此詩採自《前身散見集》丁未年，静嘉堂本《圃庵詩集》丁未卷亦收。丁未即康熙六年（一六六七）。

雲間，上海松江之别稱。汪君，未詳。

訪禾中友人醉宿僧閣

相逢故態總疏狂，觴詠依然入醉鄉。四海芝蘭歸臭味，一樓麟鳳聚文章。賈生自合邀前席，許汜〔一〕何堪卧上牀？此後月明湖舫畔，只應處處似鴛鴦。

【校】

〔一〕「汜」，原作「范」，據静嘉堂本《圃庵詩集》改。

【箋】

此詩採自《前身散見集》丁未年，静嘉堂本《圃庵詩集》丁未卷亦收。丁未即康熙六年（一六六七）。禾中，嘉興之故稱。詩亦當作於本年秋冬間遊嘉興之際。

雲間張生久以二詩見投及過訪又不相值因次韻答寄〔一〕

乾坤何處著漁磯？大澤羊裘見亦稀。前度桃花空灼灼，昔年楊柳故依依。草廬歲晚龍猶卧，華表天荒鶴未歸。簦笠相逢元自好，莫將貂錦笑鶉衣。

浮雲今古事如何？黯黯桑田未白波。冰雪文章春色好〔二〕，河山涕淚夕陽多。抱琴應許來還去，擊筑何妨泣復歌？慚愧饑驅如避客，漫勞仲蔚笑〔三〕相過。

【校】

〔一〕静嘉堂本「寄」後有「二首」二字。

〔二〕「好」，静嘉堂本作「少」。

〔三〕「笑」，静嘉堂本作「遠」。

【箋】

此詩採自《前身散見集》丁未年，静嘉堂本《圃庵詩集》丁未卷亦收。丁未即康熙六年（一六六七）。雲間，上海松江之别稱。張生，未詳。

又次韻〔一〕答張生來詩中以「吾」字作「我」字讀。

耻隨惡俗稱詩客，喜對高流唤酒徒。砌畔草花非殿閣，井中星斗異江湖。長鯨碧海才元少，野鶴閒雲調自孤。莫笑香山同老嫗，兒曹多未識之無。

【校】

〔一〕静嘉堂本「韻」後有「戲」字。

【箋】此詩採自《前身散見集》丁未年，静嘉堂本《圃庵詩集》丁未卷亦收。丁未即康熙六年（一六六七）。此詩亦爲答贈雲間張生之作。

楚僧南雲客死西湖已兩載冬夜忽夢持詩相示云詠孤鶩二首一爲停腥韻一爲長字韻其腥字句結尾云霞氣腥醒來率成二首即以補弔南公可矣

西湖十里晚山青，笑爾長眠喚不醒。梅嶼林逋應共詠，壁〔一〕車蘇小可曾停？野狐嘯月風偏慘，孤鶩飛霞氣自腥。莫怪騷魂來入夢，慚無半字弔泉扃。

回首南天道路長，洞庭無雁過衡陽。崔盧門第應無恙，屈宋風流迄未亡。此日功名歸一塔，當年文酒憶三湘。前途靈鬼頻相報，莫道幽明隔渺茫。

【校】

〔一〕「壁」，原作「璧」，據静嘉堂本改。

〔二〕「弔」，静嘉堂本作「石」。

【箋】

此詩採自《前身散見集》丁未年，静嘉堂本《圃庵詩集》丁未卷亦收。丁未即康熙六年（一六六七）。本年冬夜，黄周星夢亡友楚僧南雲以詩相示，遂有此作。康熙四年（一六六五）黄周星尚有《聞南雲僧客死西湖哀之》詩。

丁未除夕偶有持美人圖乞題者遂懸之牀頭

雌〔一〕伏蓬蒿又一年，樊中飲啄總堪憐。逃名隱士難爲隱，忍辱仙人豈是仙？老病縞綦長苦惱，新生牝〔二〕犢小團圓。蝸廛〔三〕幸識丹青面，只叫真真莫叫天。

【校】

〔一〕「雌」，静嘉堂本補作「睢」，實誤。

〔二〕「牝」，静嘉堂本作「犰」。

〔三〕「廛」，静嘉堂本作「廬」。

【箋】

此詩採自《前身散見集》丁未年，静嘉堂本《圃庵詩集》丁未卷亦收。丁未即康熙六年（一六六七）。

據詩題，本年除夕，有人持美人圖請題詩，遂有作。

瑶瑢女道人乞余作詩寄長安某貴人〔一〕欲其辭榮入道以詩當棒喝因漫成〔二〕二首

富貴神仙豈世情？與君石上話三生。但存白鶴高人意，莫笑蒼蠅下士聲。揮手好呼王子晉，步虛休避許飛瓊。芙蓉城主如相問，可是金門勝玉京。

成佛生天未有期，瀛洲方丈費相思。曾孫老盡憐毛竹，長史飢來想肉芝。嶺上白雲何日贈，關前紫氣幾人知？辭封翻笑留侯懦，怕到邯鄲出夢時。

【校】

〔一〕「某貴人」，静嘉堂本作「貴人家」。

〔二〕「成」，静嘉堂本作「賦」。

【箋】

此詩採自《前身散見集》丁未年，静嘉堂本《圃庵詩集》丁未卷亦收。丁未即康熙六年（一六六七）。是年，黄周星與武水女道士瑶瑢多有詩書往還。

友人以瓷鞋杯行酒宛然纖纖一瓣因向座客徵詩約字字帖切瓷杯不得移入真鞋座客多閣筆余漫成六首

誰琢瓊筵月一弓，渾疑響屧墮吴宫。高擎便欲臨頤畔，細酌還堪舞掌中。暖玉滿浮雲液白，真珠微滴鳳頭紅。莫言瓦缶無風味，醉倒金蓮勝碧筩。

静夜傳香愛素瓷，製成巧匠惹相思。生花未許潘妃著，承露應教漢帝持。玉椀但盛紅琥珀，春雲誰裹碧琉璃。酒人願化陶家土，合共淵明乞〔二〕履絲。

勸飲曾窺纖指痕，屈卮争似此銷魂。四香捧足宜蓮印，七寶同心勝桂樽。量大翻嫌金葉小，酒寒應想玉趺温。若將繡履評高下，輸卻雕盤鄭重恩。

漫向雲端比窅娘，盈盈三寸笑瑶觴。杯傾白墮元同色，玉瀉黄流别有香。蓮瓣慣看凝瑪瑙，桃絲遥擬寄鴛鴦。雖非裙底凌波物，醉想凌波興更狂。

纔説纖鉤便可憐，青絲未勝縹瓷妍。神飛霜履〔二〕鴉頭外，心醉霞觴鳳咮邊。仙掌漫教移別殿，妓鞋何必卸當筵。定州正是甄妃里，莫羡臨邛大邑堅。

想像弓彎製自佳，休論官汝與哥柴。一鉤引興非羅襪，三寸銷魂即錦鞋。蓮葉黃金羞學步，花瓷紅玉愛投懷。寧封若遣爲陶正，不屬軒轅屬女媧。

【校】

〔一〕「乞」，康熙本作「化」。

〔二〕「履」，康熙本作「屐」。

【箋】

此詩採自静嘉堂本《圃庵詩集》丁未卷。康熙本、道光本、咸豐本亦收。丁未即康熙六年（一六六七）。

友人有爲門神告代詩戲和二首以應其索

度索蟠桃又一春，綵符隨例盡更新。暫辭虎豹關前地，重現麒麟閣上身，闢似虞門宜佐舜，封如函谷不通秦。年年此際瓜期到，莫訝豪家鼎革頻。

閲盡人間富貴春，何辭送故復迎新。甘爲一載門前客，終作三生石上身。繼體似同牛馬晉，閉關休比虎狼秦。匆匆遷次渾閒事，轉眼炎涼覺太頻。

【箋】

此詩採自静嘉堂本《圃庵詩集》丁未卷，不見於他本。丁未即康熙六年（一六六七）。

顧生屺已死屢見夢於孫君乞余作傳且言余有藥茗二封饋孫君戒以勿受又言余有三詩相弔其一未成皆預言人意中事余甚異之適有王翁見過以詩就正翁能辟穀人呼之爲神仙遂戲成一詩〔一〕

近來怪怪復奇奇，拙筆幽明盡得知。文鬼夜來求立傳，神仙曉降乞敲詩。兩函藥好須留貯，三首吟殘乞〔二〕補遺。靈物好賢情尚爾，兒曹何事獨相欺？

【校】

〔一〕「詩」，静嘉堂本作「首」。

〔二〕「乞」，静嘉堂本作「索」。

【箋】

此詩採自《前身散見集》戊申年，静嘉堂本《圃庵詩集》戊申卷亦收。戊申爲康熙七年（一六六八）。孫君夢見亡友顧屺向黄周星乞傳，黄周星遂有此作。

仲春武林〔一〕西溪看梅得晴陽二字

乞得東皇分〔二〕外晴，羅浮春信正分明。千林素豔多臨水，十里清芬欲到城。高士美人情獨往，輕煙淡月夢三生。此中天地皆香雪，那許桃源浪得名？

脂粉纖穠笑壽陽，孤山翠袖亦凄涼。風騷以外非無句，山水之間別有香。林鶴舞衣惟縞素，玉龍血戰〔三〕不玄黄。千巖萬壑行吟遍，一任遊人攬衆芳。

【校】

〔一〕「林」，静嘉堂本作「陵」。

〔二〕「分」，静嘉堂本作「意」。

〔三〕「血戰」，静嘉堂本作「戰血」。

【箋】
此詩採自《前身散見集》戊申年，静嘉堂本《圃庵詩集》戊申卷亦收。戊申爲康熙七年（一六六八）。武林，即浙江杭州。《前身散見集》康熙七年卷首：「春在杭州及石門。」本年仲春，黄周星於杭州西溪看梅，遂有此詩。

戊申夏〔一〕日過吴門喜晤中洲〔二〕張子次韻賦答

五嶽何如卧一丘？向禽笠屐願難酬。閒雲自愛長松冷，遠志寧知小草秋。詩好漫呼騷社客，酒狂應拜醉鄉侯。赤松黄石尋常事，莫向磻溪問直鉤。

【校】
〔一〕「夏」，静嘉堂本作「冬」。
〔二〕「洲」，静嘉堂本作「州」。

【箋】
此詩採自《前身散見集》戊申年，静嘉堂本《圃庵詩集》戊申卷亦收。戊申爲康熙七年（一六六八）。《前身散見集》康熙七年卷首：「夏過蘇州。」據詩題，本詩當寫於本年夏遊蘇州之際。

戊申六月遊靈巖山

湖山雄曠久鍾情，此日呼朋觸熱行。探勝欲教龍丈泣，好遊每與祝融爭。霸圖一代空陳迹，黯色千秋獨盛名。若使松風能寄夢，只應巖畔學長生。

【箋】

此詩採自《前身散見集》戊申年，静嘉堂本《圃庵詩集》戊申卷亦收。戊申爲康熙七年（一六六八）。據詩題，爲本年六月遊蘇州靈巖山所作。靈巖山在蘇州西南，相傳夫差爲西施在此建造館娃宫。

次韻答戚玾二首

親交北斗歎闌干，貢禹塵冠久不彈。漫説衆人皆醉濁，也知吾道屬艱難。芝蘭地迥青春老，麟鳳天荒白日寒。咫尺浮雲迷好夢，卻疑盱泗是長安。

寂寞玄亭書滿牀，雕蟲羞説十三行。溪山自合藏書屋，日月何曾戀醉鄉。武庫奇文應有癖，客星故態不嫌狂。惠州猶説非天上，豈憚江淮一葦杭？

【箋】此詩採自《前身散見集》戊申年，静嘉堂本《圃庵詩集》戊申卷亦收。戊申爲康熙七年（一六六八）。戚玾，見卷二《六月廿五夜夢戚玾》箋。

玉虚道院看牡丹次韻

藥闌幾見七香車，忽向玄都閲異葩。滿地穠華羞粉黛，一天富貴帶煙霞。紫疑勾漏砂無價，白笑唐昌玉有芽。莫訝名妃耽寂寞，松窗篆縷正横斜。

【箋】此詩採自《前身散見集》戊申年，静嘉堂本《圃庵詩集》戊申卷亦收。戊申爲康熙七年（一六六八）。

友人以緑窗對弈禁體索詠

簾櫳近遠翠微横，坐隱何妨客話清？露冷丹黄休點《易》，風生黑白試論兵。拂枰梧影兼〔一〕蕉影，落子泉聲帶葉聲。戰勝不知山墅晚，碧雲修竹倍關情。

【校】

〔一〕「兼」，原作「留」，據静嘉堂本改。

【箋】

此詩採自《前身散見集》戊申年，静嘉堂本《圃庵詩集》戊申卷亦收。戊申爲康熙七年（一六六八）。

次韻答王生秋夜見夢之作

懶向郊墟弔麥禾，幾年空谷少人過。論文白也知誰是？讀史虞兮歎奈何。酒國王侯輕紱佩，書城天地愛松蘿。勞君好夢時來往，殊勝牀頭問太阿。

【箋】

此詩採自《前身散見集》戊申年，静嘉堂本《圃庵詩集》戊申卷亦收。戊申爲康熙七年（一六六八），據詩題，當作於本年秋。王生，未詳。

同友人〔一〕郊壠看鷄冠秋色數百本即索賦一律

叢桂飄殘菊未黄，忽驚奇豔滿林塘。英蕤不數群芳圃，爛漫還疑碎錦坊。五夜光輝羞絳幘，三秋富貴笑紅妝。莫嫌野卉同朝槿，絶勝東籬老傲霜。

【校】

〔一〕静嘉堂本無「人」字。

【箋】

此詩採自《前身散見集》戊申年，静嘉堂本《圃庵詩集》戊申卷亦收。戊申爲康熙七年（一六六八）。據詩題，當作於本年秋。

過海寧朱子齋中信〔一〕宿讀其蜀行詩記〔二〕拈得難字二首

水石盟心憶歲寒，數年只作隔宵看。撿詩都勝吴江冷，把酒重論蜀道難。四壁煙雲新粉墨，一庭風月舊芝蘭。更欣三鳳聯翩出，好共飛〔三〕鵬振羽翰。

孝養寧知行路難，歸來松竹喜平安。三年鴻寶盈詩篋，萬里名花聚藥欄。氣奪虎狼林伴〔四〕穴，身輕象馬峽中灘。奇人自古多奇事，翦燭休辭話夜闌。

【校】

〔一〕「信」字原缺，據静嘉堂本補。

〔二〕「記」，静嘉堂本作「紀」。

〔三〕「飛」，静嘉堂本作「龍」。

〔四〕「伴」，静嘉堂本作「畔」。

【箋】

此詩採自《前身散見集》戊申年，静嘉堂本《圃庵詩集》戊申卷亦收。戊申爲康熙七年（一六六八）。《前身散見集》康熙七年卷首：「冬過海寧及南潯。」本年冬，過海寧，訪朱子有詩。朱子，不詳。

集海寧陳生拙閒堂

扁舟又過拙閒堂，獨喜君家有季方。珠玉十章慚未和，星霜五載笑空忙。嶺南騷雅歸全楚，鄴下才名逼盛唐。此夕酬吟思顧曲，何如野寺昔年狂？

【箋】

此詩採自《前身散見集》戊申年，不見於他本。戊申即康熙七年（一六六八）。海寧陳生，應爲陳奕禧，拙閒堂爲其書齋，見卷二《海寧陳氏園海棠花下放歌》箋。黄周星曾於康熙三年（一六六四）與海寧陳氏兄弟交往，有多首詩作。此詩爲本年再過海寧時所作。

戊申生日

近有當湖陸翁爲余稽前生事，言係南極宫謫降云云。

我今行年五十八，上壽猶餘四二齡。陸沉未是東方朔，謫降何云南極星？功名富貴本非願，險阻艱難已慣經。近來一事差强意，膝前昨歲新添丁。

【箋】

此詩採自《前身散見集》戊申年，不見於他本。戊申即康熙七年（一六六八）。詩作於十二月生日時。

禾中贈吴年兄

武水項〔一〕生没而見夢於友云：「感吴君高義，在地下焚香頂祝。」故及之。

相逢湖畔是鴛鴦，酬詠還宜我輩狂。兩浙東西三載夢，六旬上下百年場。濠梁魚樂思秋水，鍾阜龍蟠問夕陽。不信高名神鬼重，夜臺有客祝穹蒼。

【校】

〔一〕「項」，静嘉堂本作「顧」。

【箋】

此詩採自《前身散見集》戊申年，静嘉堂本《圃庵詩集》戊申卷亦收。戊申爲康熙七年（一六六八）。

禾中，即浙江嘉興。是年，黄周星曾往返於嘉興，與吴年兄等交遊。

與閩中吴年兄别三年矣辱其招過禾中酬詠累日臨别復投余一詩次韻答之

漫擕奇句問青天，傲骨從來豈受憐？劍匣有時騰虎氣，墨池〔一〕到處迸龍涎。疏狂尚憶陶潛酒，鹵莽難留杜甫錢。同向鴛湖橋上望，歲寒松柏正蒼然。

【校】

〔一〕「池」，静嘉堂本作「頭」。

【箋】

此詩採自《前身散見集》戊申年，静嘉堂本《圃庵詩集》戊申卷亦收。戊申爲康熙七年（一六六八）。本詩亦當作於本年往返嘉興與吴年兄交遊期間。

己酉元日 時曆仍用漢法，但上浣十日無初字爲創例。

曆象從先又鼎新，風光淡藹亦宜人。共嬉城市融融日，獨攬郊原拍拍春。世事幾年真夢幻，天公今歲似精神。野人百拜無多願，乞賜桃源作酒民。

【箋】此詩採自静嘉堂本《圃庵詩集》己酉卷，不見於他本。己酉即康熙八年（一六六九）。從題，爲元旦作。

次韻答友

重逢眉宇帶秋光，妙喜因緣未可忘。身入弁巖同五嶽，舟行苕水似三湘。囊空恨少餐霞訣，鼎熟應尋辟穀方。黄石赤松元不遠，掃門何日叩雲房？

【箋】此詩採自《前身散見集》己酉年，不見於他本。己酉即康熙八年（一六六九）。

新春日元旦至元夕嘉善孫君屢夢其先人身在仙宫索觀余生平詩文且云余生平著作有三十種又有游生自武林寄余一札云春初於齋樓請乩仙時何仙姑至書一語云庭前雙桂無雙以屬諸友無有應者又書云可到嘉善特懇黄九煙先生對之游生問何故書云仙人不若才子之妙耳嘻異哉此更奇於昨春顧生之見夢矣遂爲一詩識之

怪事今年倍去年，妄言妄聽亦堪傳。文章自愧非才子，姓氏何緣動列仙？蠹篋漫標三十種，鸞箋勞乞一雙聯。迷途若肯明相引，正則寧須更問天。

【箋】

此首採自《前身散見集》己酉年，不見於他本。己酉即康熙八年（一六六九）。本年元宵節前後，孫君、游生皆夢仙界讚賞黄周星之詩才，感而有作。

贈風鑑印君

君爲嘉定人，余嘗祈得嘉定之夢，又友人夢仙真相示，令從余往嘉定五層樓，知後來事云。

夢繞疁城二十秋，逢君疑在五層樓。胸中人物塵埃得，眼底乾坤水鏡收。富貴漫勞誇蔡澤，神仙應許識留侯。白雲黄鶴知同調，他日相期華嶽樓〔一〕。

【校】

〔一〕「樓」，静嘉堂本作「頭」。

【箋】

此詩採自《前身散見集》己酉年，静嘉堂本《圃庵詩集》己酉卷亦收。己酉即康熙八年（一六六九）。

己酉仲春余館於潯溪喜吴江徐子見過同遊長生報國磧砂諸寺看桃花因晤此公上人於歲寒堂漫賦爲贈

慚負春光十二年，相逢仍是醉中天。梁溪婚嫁真窮累，潯水唔咿亦俗緣。桃柳自迷歸洞棹，松筠難乞買山錢。歲寒堂主殊堪羡，高坐垂垂雪滿肩。

【箋】

此詩採自静嘉堂本《圃庵詩集》己酉卷，不見於他本。己酉即康熙八年（一六六九）。吴江徐子，疑爲卷六《過盛川徐子羲賓快墨軒留憩信宿》中的徐羲賓。此公上人，即此山上人，南潯僧，黄周星與之交好，見卷二《次韻答此山上人》箋。本年仲春於南潯，黄周星與徐子同遊長生、報國、磧砂諸寺，於歲寒堂遇此公上人，遂有詩。

同諸子遊長興岕山兼呈山左馬君

名山名士兩難全，此日招攜豈偶然。洞岕東西纔得路，江河南北忽同天。詩成緑樹懸巖外，人醉清溪罨畫邊。漫道茗柯多妙理，誰知求友是〔一〕奇緣。

【校】

〔一〕「是」，静嘉堂本作「有」。

【箋】

此詩採自静嘉堂本《圃庵詩集》己酉卷亦收。己酉即康熙八年（一六六九）。本年黄周星於長興，與朱升等遊岕山，詩當作於同時。

贈遯公上人

弱冠從征到劍津，於今瓢笠出風塵。曾爲曹洞門中客，又作廬山會上人。孝比茅容餔白髮，義高脂習炤青燐。聖賢仙佛元同座，珍重冰霜世外身。

【箋】

本文採自《前身散見集》己酉年，不見於他本。己酉即康熙八年（一六六九）。遯公上人，未詳。

初冬〔一〕同朱年兄過下箬寺陽烏山觀陳武帝瑞井及祖墓適吴君邀余〔二〕集許郎廟僧樓溪橋村畛歷歷如畫余顧而樂之舉酒屬客笑曰此乃真畫溪也因漫吟三秋二語朱年兄即足成一詩余次韻答之

爲探古迹趁佳辰，何意酣吟下箬濱。同作三秋溪上客，獨爲半日畫中人。山川世代皆空幻，日月禪燈正斬新。樽畔名花猶富貴，無勞夜氣識金銀。

【校】

〔一〕「初冬」，静嘉堂本作「余約」。

〔二〕静嘉堂本無「余」字。

【箋】

此詩採自《前身散見集》己酉年，静嘉堂本《圃庵詩集》己酉卷亦收。己酉即康熙八年（一六六九）。下箬寺，在今浙江省湖州市長興縣，附近有陳武帝故宫。朱年兄即朱升，黄周星同榜舉人。見卷四《過長興朱年兄白溪山莊賦八首》箋。本年初冬，與朱升遊長興下箬寺、陽烏山等地，遂有此詩。

贈此公上人

吴中高士舊琴樽，老住潯溪作野髡。選〔一〕地鑿池分月魄，開山建塔護雲根。明倫堂上千秋淚，苦節廬邊兩世恩。漫向人間尋好事，誰知忠孝在空門。

【校】

〔一〕「選」，原作「道」，據静嘉堂本、《吴興詩存》本改。

【箋】

此詩採自《前身散見集》己酉年，静嘉堂本《圃庵詩集》己酉卷、陸心源《吴興詩存》四集卷十四、周慶雲《潯溪詩徵》卷三十八亦收。己酉即康熙八年（一六六九）。此公上人，即此山上人，南潯僧，見卷二《次韻答此山上人》箋。

己酉除夕〔一〕和劉文房韻即用其起句

文房有《戲題〔二〕贈二〔三〕小男詩》云：「異鄉流落頻生子，幾許悲歡并在身。欲并老容羞白髮，每看兒戲憶青春。未知門户誰堪主，且免琴書别與人。何幸暮年方有後，舉家相對卻沾巾。」余年當望六，飄泊東南，於丁未、己酉連舉二子，正與文房相類云。

異鄉流落頻生子，差慰孤窮苦節身。頗喜一雙同白璧，未盈六十正青春。文章軾轍宜師古，名位郊祁敢上人。守歲團圞聊共樂，糟糠之妾笑綦巾。

【校】

〔一〕「己酉除夕」，静嘉堂本作「冬至日戲」。

〔二〕静嘉堂本無「題」字。

〔三〕「二」，静嘉堂本作「兩」。

【箋】

此詩採自《前身散見集》己酉年，静嘉堂本《圃庵詩集》己酉卷亦收。己酉即康熙八年（一六六九）。據詩注，黄周星於除夕感於近年連舉二子而有此詩。劉長卿，字文房，唐代詩人。

贈寫真張君兼善構園墅

傾蓋論交似夙緣，鬚眉如戟亦倏然。謝鯤丘壑胸中具，曹霸丹青世上傳。金谷遊來全勝俗，玉山寫出半疑仙。閒身不愛凌煙畫，好向他年構輞川。

【箋】

此詩採自静嘉堂本《圃庵詩集》己酉卷，不見於他本。己酉即康熙八年（一六六九）。

贈儒醫張君

神仙家世接南陽，檢盡牙籤到藥囊。松菊藏名非痼癖，參苓得意即文章。夢同易老傳書異，迹似玄真泛宅狂。會見他年功行滿，儒林傳裏拜醫王。

【箋】此詩採自靜嘉堂本《圃庵詩集》己酉卷，不見於他本。己酉即康熙八年（一六六九）。

次韻答友

懶向嚴陵問釣臺，喜從仲蔚伴蒿萊。窗吞緑野宜登閣，門枕清溪可酌罍。大隱何妨塵俗笑，幽棲應有異人來。漁樵泛宅君家事，肯學南華老不才。

【箋】此詩採自靜嘉堂本《圃庵詩集》己酉卷，不見於他本。己酉即康熙八年（一六六九）。

次韻答友人見寄四首

醉看青天有小車，誰知白鑼與烏紗。山間采藥思三秀，江上吟詩記九華。夢帶松濤非槁木，情鍾柳絮即名花。閒參富貴風流話，啞謎何緣屬破瓜？

晨昏一卷小樓中，坐卧燕山事可同。難爲主人歌《杕杜》，强將弟子闢蠶叢。無家自笑鳩兮拙，有後誰當穀也豐。眼看商巖人去盡，只應黃石伴黃公。

鳳戢龍潛亦偶然，形骸土木愧高賢。醉眠酒已過千日，窮讀書寧止十年。莫把英雄輕豎子，從教才鬼傲頑仙。近來蟣虱尤無狀，懶向天公再上箋。

漫將露草比霜筠，世外巢由本不臣。婚嫁經營真苦累，生徒教授敢辭貧。行吟枯澤無蘭佩，野哭荒天有角巾。珍重故人勤問訊，何時煙雨共收綸？

【箋】

此詩採自《前身散見集》庚戌年，静嘉堂本《圃庵詩集》庚戌卷收第三、四首，題作「次韻答友人見寄二首」。庚戌即康熙九年（一六七〇）。

見優人演牧羊劇有感

誰將屬國譜傳奇，節義文章信不欺。十九年中羝乳〔一〕苦，八千里外雁歸遲。海天嚙雪忠如火，冰窖吞氈死似飴。看到賢愚齊下淚，李陵衛律復何辭。

【校】

〔一〕「乳」，原作「亂」，據静嘉堂本改。

【箋】

此詩採自《前身散見集》庚戌年，静嘉堂本《圃庵詩集》庚戌卷亦收。庚戌即康熙九年（一六七〇）。牧羊劇，演漢蘇武牧羊事。

弔烏鎮烈女顧季繁〔一〕即用女遺詩原韻 未嫁殉夫，以上巳日自經。

風雨何須恨五更，貞魂千古自如生。藻蘋南國芳逾烈，粉黛西山節共清。鴛翼分時孤影斷，鴻毛擲處萬緣輕。秉蕳溱洧同今日，正氣寧知士女情。

【校】

〔一〕「繁」，静嘉堂本作「蘩」。

【箋】

此詩採自《前身散見集》庚戌年，静嘉堂本《圃庵詩集》庚戌卷亦收。庚戌即康熙九年（一六七〇）。烏鎮烈女顧季繁未嫁殉夫，黃周星遂有此作。據詩注「未嫁殉夫，以上巳日自經」，當作於三月初三上巳之後。

暮春友人攜妓集温氏池亭

勝事千秋未易逢，今朝始不負春風。滿堂簪舄誰虛左？一水樓臺宛在中。人出林閨姿獨秀，客來湖海氣方雄。二難四美都無恨，卻笑斜陽不肯紅。

【箋】此詩採自《前身散見集》庚戌年，不見於他本。庚戌即康熙九年（一六七〇）。據詩題，暮春，黄周星與友人集温氏池亭，遂有此作。

喜友人生子

堂構千秋自苦辛，於今八葉有傳人。詩書澤遠看貽燕，德義門高喜紱麟。珠入壯懷元未老，玉來儉歲豈長貧？君家積纍非朝夕，會見西豪紫氣新。

【箋】此詩採自《前身散見集》庚戌年，不見於他本。庚戌爲康熙九年（一六七〇）。

旅人求館不得思以傭書餬口作此以問主人〔一〕

乾坤何處説文章？羞殺虹光萬丈長。吳市廡高春杵斷，扶風帳冷硯田荒。飯牛誰聽歌三闋，牧豕空懷策幾行。只有傭書窮活計，欲從鷄鶩乞餘糧。

【校】

〔一〕静嘉堂本題作「友人求館不得以傭書餬口作此問友」。

【箋】

此詩採自《前身散見集》庚戌年，静嘉堂本《圃庵詩集》庚戌卷亦收。庚戌即康熙九年（一六七〇）。

董墓看桂次題壁韻

早香直作晚香開，牽惹遊人幾度來。天竺影疑花雨墮，月宫曲記《紫雲回》。蕊珠叢裏探芳徑，金粟堆前酹古苔。彷佛淮南招隱地，可堪作賦小山才。

【箋】

此詩不見於黄周星諸集，採自清代汪曰楨纂《南潯鎮志》（同治二年刊本）志十「祠墓」，周慶雲《南潯志》（民國十一年刻本）卷十六「祠墓」、周慶雲《潯溪詩徵》卷三十八亦收。據《南潯鎮志》，此墓爲明贈光禄寺少卿董嗣成墓，在南潯北栅外拜三圩，順治四年（一六四七）由烏鎮遷葬於此。黄周星康熙九年（一六七〇）始遷居南潯，或於本年秋，於南潯董嗣成墓看桂花，遂有此作。

次韻答友人雪中感懷

漫矜〔一〕文史足三餘，門外誰停問字車？半世炎涼遊子鋏，千秋歌哭古人書。當年被褐多懷玉，此日投瓜孰報琚？猶幸雪深酬唱便，袁安家近子雲廬。

【校】

〔一〕「矜」，静嘉堂本作「吟」。

【箋】

此詩採自《前身散見集》庚戌年，静嘉堂本《圃庵詩集》庚戌卷亦收。庚戌即康熙九年（一六七〇）。據詩題，本年冬日雪中，黄周星與友人唱和作此詩。

庚戌六十生日四首

大塊勞吾六十年，去來身世總茫然。文人豈合無奇遇，情種如何少夙緣？四海才名慚綵筆，千秋節義聽青編。啣杯且向家人笑，明日重開混沌天。

大塊勞吾六十年，已輸燕頷與鳶肩。早叨簪紱仍無禄，晚得豚駒尚可憐。乞米更愁賒酒債，賣文那辦買山錢。躬耕教授都無計，修竹茅廬若個邊。

大塊勞吾六十年，不因人熱受人憐。桂薑辣處心尤壯，松柏寒時節益堅。踏破山川呵后土，掃開星斗問皇天。世間甲子今周遍，更誦《崧高》第一篇。

大塊勞吾六十年，浮生跕跕似風鳶。難諧世俗寧阿世，不愧天公合怨天。四素内惟三素具，六其中有五其全。生來富貴元非願，老作華陽洞頂仙。

【箋】 此詩採自《前身散見集》庚戌年，不見於他本。庚戌即康熙九年（一六七〇）。是年十二月，黄周星六十歲生日。

余六十生日喜友人遠來爲壽作詩志感用堯夫首尾吟

二十年來一故人，東西南北共艱辛。荆梁溪上頻移宅，淮泗城邊幾問津。黄閣春秋憐未遇，洪崖甲子喜重新。扁舟冒雪誰爲壽，二十年來一故人。

【箋】

此詩採自静嘉堂本《圃庵詩集》庚戌卷，不見於他本。庚戌即康熙九年（一六七〇）。據詩題，本詩當作於十二月六十生日之際。堯夫，宋理學家邵雍，字堯夫。

爲袁孝子題吴母節壽卷有感

纔言節壽即潸然，子孝孀貞并可傳。八十年中黄檗路，三千世外碧桃天。口銜石闕真難語，腸轉車輪只自憐。我亦鮮民多罪狀，淚痕空覶《蓼莪》篇。

【箋】

此詩採自静嘉堂本《圃庵詩集》庚戌卷，不見於他本。庚戌即康熙九年（一六七〇）。黄周星本年有七言絶句《爲吴門袁孝子題吴母節壽卷二首》，袁孝子當爲吴門人。則本年於蘇州，黄周星曾與袁孝子交遊。

余過吴門見黄孝子端木得讀其滇南尋親傳次日蔡子九霞過余貽余述先烈詩一帙始悉其先中丞忠襄公晋中殉難狀因合爲一詩紀之

文章節義半青燐，聞説吴天尚有人。昨日傳中知孝子，今朝詩裏見忠臣。麻鞵萬里尋親路，葦索千秋殉國身。生死柱維同正氣，梨園絲管幾回新。孝子有《萬里圜傳奇》。

【箋】

此詩採自静嘉堂本《圃庵詩集》辛亥卷，不見於他本。辛亥即康熙十年（一六七一）。黄孝子，即黄向堅，見卷二《黄孝子萬里尋親歌》箋。蔡忠襄公，蔡懋德（一五八六—一六四四），字維立，江蘇崑山人。萬曆四十七年進士，官至山西巡撫。李自成破太原，自縊而絶，謚忠襄。蔡九霞爲其後裔。本年，黄周星於蘇州，曾見畫家黄向堅，感其徒步萬里迎父之事迹，又得蔡懋德殉難狀，遂有此作。

舟居廣放生詩爲石公題册一首

休論大地與山河，收拾生涯付碧波。鷗鷺國中兵氣少，魚龍天外客星多。看雲坐水王摩詰，泛宅浮家張志和。洗盡百年塵土夢，好將安樂署行窩。

【箋】此詩採自静嘉堂本《圃庵詩集》辛亥卷，不見於他本。辛亥即康熙十年（一六七一）。石公，不詳。

贈湖濱宋生

鐵石梅花足勝情，無雙月旦愧虚名。我非昔日黄江夏，君是他年宋廣平。才調湖山同磊落，文章臺閣定峥嶸。二難四美今朝具，恰聽林鶯第一聲。

【箋】此詩採自静嘉堂本《圃庵詩集》辛亥卷，不見於他本。辛亥即康熙十年（一六七一）。本年，太湖宋君來訪并送酒，黄周星遂有此作。黄周星同時還有《瓻酒行爲湖濱宋君贈》長歌一首。

贈雙溪淩君

湖海名高二十年，真如鵰鶚在秋天。錦囊句好詩推伯，丹竈功成籍是仙。帶草春星移舊舫，衍波曉夢拂新箋。相逢卻話鹽官事，恍覺潮聲到酒邊。

【箋】此詩採自静嘉堂本《圃庵詩集》辛亥卷，不見於他本。辛亥即康熙十年（一六七一）。雙溪在杭州，則此詩當作於本年黄周星遊杭州之際。

餘溪金年兄與余同躋六袠寄詩壽余次韻賦答一首

看花猶記軟紅塵，三十年來劇苦辛。弘景入官元是夢，長卿作客更添貧。光華夜月還申旦，富貴秋英勝好春。此日羽觴應互祝，草堂爽氣正鮮新。

【箋】此詩採自静嘉堂本《圃庵詩集》辛亥卷，不見於他本。辛亥即康熙十年（一六七一）。

壽此公上人

松身鶴髮故依然，六十於今又五年。兩世劬勞同奉佛，一生忠孝卻歸禪。鳳麟隱處祥威在，龍象行時慧力全。謾說煙雲多供養，滿空春色正芳妍。

【箋】此詩採自静嘉堂本《圃庵詩集》辛亥卷，不見於他本。辛亥即康熙十年（一六七一）。此公上人，即此山上人，南潯僧，見卷二《次韻答此山上人》箋。此詩乃黄周星爲此公上人祝壽之作。據詩句「滿空春色正芳妍」，則本詩當作於春季。再據「六十於今又五年」，則此公上人今年六十五歲。

贈婁東王子因感余同門亡友顧遐篆即其婦翁也

高歌青眼對王郎，醉把《離騷》讀幾行。袍笏千年猶氣象，江湖萬里盡文章。才人磊砢偏餘傲，名士風流未厭狂。話到良朋真隔世，玉峰咫尺是山陽。

【箋】此詩採自静嘉堂本《圃庵詩集》辛亥卷，不見於他本。辛亥即康熙十年（一六七一）。婁東，即今江蘇太倉。王子，未詳。

壽陳翁八十

閉户龍鱗老著書，釣璜溪上閲居諸。北窗柳傲供高枕，西郭梅孤憶舊廬。學抉天官玄象别，韻綜皇極大文舒。耆英祭酒如君少，花下時聞過小車。

【箋】

此詩採自静嘉堂本《圃庵詩集》辛亥卷，不見於他本。辛亥即康熙十年（一六七一）。

楊生自號秋江即用其號徵詩以一律應之

欲將姓字寄滄浪，蒹露伊人水一方。入座不同湖海氣，披襟常帶芰荷香。吟隨鴻雁孤懷遠，思到鱸魚逸興長。漫説逃名名更好，客星元在紫微傍。

【箋】

此詩採自静嘉堂本《圃庵詩集》辛亥卷，不見於他本。辛亥即康熙十年（一六七一）。

初夏同諸子泛舟過此公禪院

一天新緑漾輕舟，共叩松關亦勝遊。客是元龍紛紫氣，僧如野鶴在清秋。攜來冰雪堪移贈，話到湖山欲補酬。更喜閒郊風日好，詩情應滿謝家樓。

【箋】此詩採自静嘉堂本《圃庵詩集》辛亥卷，不見於他本。辛亥即康熙十年（一六七一）。此公上人，即此山上人，南潯僧，見卷二《次韻答此山上人》箋。據詩題，初夏於南潯，黄周星同諸子訪此公上人，唱和有作。

沈君年逾七十得子且半載之内連舉孫及曾孫亦僅事也以二詩賀之

河岳英靈間世無，君家盛事冠東吴。半年倏見人三代，七袠新添鳳四雛。莫慮公卿嘶令長，且欣遏末并封胡。懸知積慶多天貺，海屋還連嫁娶圖。

松柏芝蘭總吉徵，千齡堂構正崚嶒。秋冬春好還逢運，父子孫賢又見曾。孝弟力田從古昔，詩書貽澤到雲仍。潁川星聚渾閒事，笑指扶桑日始升。君前三子生於冬與春、秋，今季子適以夏五生。

【箋】此詩採自静嘉堂本《圃庵詩集》辛亥卷，不見於他本。辛亥即康熙十年（一六七一）。沈君，不詳。

余友戚綏耳夢曹子建招飲郵亭顧見魏武帝在上覺而賦之因和其韻

怪事横空滿笑門，醉仙才鬼至今存。曹家父子千年夢，鄴郡賓朋五夜魂。遊似南皮重命駕，讌如銅雀乍開樽。分明白日聞酣詠，不信星河斗轉坤。

【箋】此詩採自静嘉堂本《圃庵詩集》辛亥卷，不見於他本。辛亥即康熙十年（一六七一）。戚玾，見卷二《六月廿五夜夢戚玾》箋。

壽閒鶴道人七十

如君合贈古稀詩，不獨年稀品亦稀。碧水常浮書畫舫，紅塵不到芰荷衣。雲霄志在身堪隱，山澤形癯道自肥。閒鶴署名洵稱實，閒雲野鶴羨高飛。

【箋】此詩採自静嘉堂本《圃庵詩集》辛亥卷，不見於他本。辛亥即康熙十年（一六七一）。閒鶴道人，不詳。

重九前二日集東山許子心耕草堂以明瓊佐飲張子一投乃成純五舉座歡噱曰此繞屋梅花三十樹也遂用爲起句得二首

繞屋梅花三十樹，投瓊偶值豈非奇。客來天外煙波渺，人在山中竹石宜。庾鮑一樽高論洽，羲皇萬卷素心知。更欣九日萸觴近，好是梟盧得意時。

繞屋梅花三十樹，何來佳趣佐飛觴。擲成客舍千金采，想到孤山十里香。正喜主賓稱具美，莫愁風雨近重陽。天涯良會如兹少，歡詠真堪壓醉鄉。

【箋】

此詩採自静嘉堂本《圃庵詩集》辛亥卷，不見於他本。辛亥即康熙十年（一六七一）。許子爲許濬，見卷五《重九日雨坐太湖東山許子齋中》箋。據詩題，九月初七，黄周星又至蘇州洞庭東山，集許濬心耕草堂唱和。許濬《許子詩文存》（清康熙刻本）詩卷三有《黄九煙先生過訪》：「蕭瑟高樓爽氣侵，秋尋有客獨攜琴。千林落葉峰巒迴，數里寒煙橘柚深。傾蓋已知天下士，誦詩仍見古人心。乾坤莫漫傷漂泊，澤畔相逢且醉吟。」當作於同時。

九日飲翁季霖春草亭

問奇纔過子雲廬，春草相思十載餘。小隱湖山堪獨步，大文天地欲全舒。時翁方撰《具區志》。持螯九日成佳話，把酒千秋見異書。若得素心晨夕共，析疑欣賞更何如。

【箋】此詩採自道光本卷三，咸豐本、光緒本亦收。翁澍，字季霖，吴縣（今江蘇省蘇州市吴中區）人，世居洞庭東山，著有《具區志》。據詩題，本年重陽，黄周星於洞庭東山翁澍春草亭飲宴，遂有此詩。

九月十三日諸君約補登高同飲許氏墓傍俗以十三爲拗重陽，又唐宋時自初九至十九皆稱重陽節。

百年難負此秋光，補詠何辭再舉觴。招隱正逢真勝侶，喜晴況值拗重陽。節依唐宋增詩料，天設湖山屬醉鄉。卻憶歡歌依墓柏，肯教陶令獨疏狂。

【箋】此詩採自静嘉堂《圃庵詩集》辛亥卷，不見於他本。辛亥即康熙十年（一六七一）。本年九月十三日黄周星同諸君登蘇州洞庭東山。許氏爲許濬，見卷五《重九日雨坐太湖東山許子齋中》箋。許濬《許子詩文存》（清康熙刻本）詩卷三有《唐宋時俗以九月十三日拗重陽家玉晨兄移具於碧螺峰先塋之側招同黄九煙先生吴不官葉梅友爲補登高之集》：「高興不隨風雨去，良朋豈肯負良辰。攜樽未睹黄花面，欹杖先憑翠柏身。隔水衆峰皆向客，穿林一鶴亦如人。題成此日真留勝，節補今朝愈覺新。」「應許惠連同避世，非徒仲晦倍思親。沙鴻落處啼將夕，霜葉濃時豔若春。帆亂渡前漁網集，月明湖上棹歌頻。白頭互對稱遺老，好占青山話隱淪。」當爲同時之作。

過盛川徐子義賓快墨軒留憩信宿

素心古道想羲皇，榻下南州夜話長。魏晉以前疑漢代，秋冬之際似春光。百城舊擁琴樽樂，三徑新開杞菊香。珍重瑶華盟縞紵，美人明月詎能忘。

【箋】

此詩採自静嘉堂本《圃庵詩集》辛亥卷，不見於他本。辛亥即康熙十年（一六七一）。疑盛川乃是蘇州吴江區的盛澤。徐義賓，吴江人，事迹未詳。則本年暮秋，黄周星曾過蘇州盛澤，與徐子、許君交遊有詩。

禾城祥符僧舍晤查年兄

奇人奇事與奇書，四十年來識面初。松柏豈應嘲櫟社，鳳麟争似祀爰居。黄金歌舞繁華後，白首編摩感慨餘。富貴神仙俱未了，開樽且復話樵漁。

【箋】此詩采自静嘉堂本《圃庵詩集》辛亥卷，不見於他本。辛亥即康熙十年（一六七一）。禾城即浙江嘉興。詩當作於黄周星本年遊嘉興之際。

南潯漏霜庵贈月公原爲諸生董説，字若甫。

天教詩骨帶煙霞，門第文章笑大家。上士不妨擔榔栗，奇人偏喜著袈裟。孤峰狼虎牀頭夢，萬卷蟲魚筆底花。末世紫芝吾幸識，祥威未許俗流誇。

【箋】此詩采自静嘉堂本《圃庵詩集》辛亥卷。辛亥即康熙十年（一六七一）。月公，即南潯文人董説，法名南潛，見卷二《與長沙同年陶汝鼐别三十年矣一歲之中輒數見夢庚戌春日偶從月函上人處得見所寄月公詩札甚喜即次其扇頭韻和之》箋。明末清初潘爾夔初編、清人夏廣遠等人增輯《南潯鎮志》（浙江攝影出版社二〇一七年影印清乾隆間手鈔本）卷十「藝文」中亦收黄周星此詩，詩題同，無題下注。詩後注選自「《芻狗齋集》」。周慶雲《潯溪詩徵》卷三十八亦收，詩題同，無題下注。同治二年（一八六三）刊本汪曰楨《南潯鎮志·志九·寺廟二》云：「漏霜庵，在南栅補船村，亦稱補船庵。釋南潛住此，今圮。」下亦收黄周星此詩。是年，黄周星於南潯赴漏霜庵訪董説，遂有此詩。

次韻答月公及其長公樵次公耒共三首

百年詩史足三餘，寂寞誰過揚子居。勝侶勝情難勝具，奇人奇事有奇書。桂香且飽靈巖飯，楓冷還隨笠澤漁。占斷湖山天地小，龍威敢禁大文舒。右和月公韻。

共羨君家富五車，代傳奇秘過張華。異同虎觀輸緗綬，黑白龍團鬥墨茶。賦草自能生夢草，筆花時復現曇花。《漢書》斗酒堪酬對，幾度歌呼博浪沙。右和董長公韻。

何意□□〔一〕見□〔二〕平，儘將飢辱懺浮名。山中掃迹分炎冷，澤畔揚波異濁清。季野春秋空自炯，子將月旦爲誰評。風流富貴神仙劇，笑指秦樓有鳳笙。右和董次公韻。

【校】

〔一〕静嘉堂本此處爲一墨釘，旁有手寫小字「餐霞」。

〔二〕静嘉堂本此處爲一墨釘，旁有手寫小字「治」。

【箋】

此詩採自静嘉堂本《圃庵詩集》辛亥卷，不見於他本。辛亥即康熙十年（一六七一）。月公即董説，見卷二《與長沙同年陶汝鼐别三十年矣一歲之中輒數見夢庚戌春日偶從月函上人處得見所寄月公詩札甚喜即次其扇頭韻和之》箋。董説有六子：樵、牧、耒、舫、漁、村。董長公即董樵，字裘夏。董次公即董耒，字江屏。董家一門均能詩。此詩亦當作於南潯。

沈君以五斗相餉賦此爲謝即書其箑

空谷何人問寂寥，停舟古誼見瓊瑶。半軒如衲聊容膝，五斗非官令折腰。笑破圖書餘冷鏟，吟殘風雪在危橋。溪山一望堪招隱，早晚還乘笠澤潮。

【箋】

此詩採自静嘉堂本《圃庵詩集》辛亥卷，不見於他本。辛亥即康熙十年（一六七一）。

中夜感懷

感恩知己兩難逢，六十年來涕淚中。槁木死灰甘命賤，皇天后土怪詩窮。米鹽逼拶成纍狗，兒女啼號類祼蟲。枕畔黄粱將熟否，半鐺猶未響松風。

【箋】

此詩採自静嘉堂本《圃庵詩集》辛亥卷，不見於他本。辛亥即康熙十年（一六七一）。

與友人論詩有感

樽酒論文并説詩，平懷今古試參之。曹劉韓杜洵稱伯，何李袁鍾總是師。自有後人評得失，莫將前輩較雄雌。一知半解偏輕薄，蛙蚓堪憐爨下凶。

【箋】

此詩採自静嘉堂本《圃庵詩集》辛亥卷，不見於他本。辛亥即康熙十年（一六七一）。

次韻答鄰友

敢將郢曲傲龜兹，牧唱漁歌亦我師。大地山河渾似夢，神農虞夏不同時。途窮阮籍惟餘哭，釜熟粱鴻豈就炊。莫怪隔籬酣叫絶，由來比舍樂相知。

【箋】

此詩採自静嘉堂本《圃庵詩集》辛亥卷，不見於他本。辛亥即康熙十年（一六七一）。

夜集宋君葭露齋有凌君劇談宣城事

一樽今夜動星文，落落吾儕盡軼群。快論欲傾巫峽水，高懷如對敬亭雲。花間剪燭吟俱就，月裏聯牀夢不分。正是草堂千古事，他年震澤有奇聞。

【箋】

此詩採自静嘉堂本《圃庵詩集》辛亥卷，不見於他本。辛亥即康熙十年（一六七一）。宋君、凌君均不詳，或均爲南潯人。

蓮生同日詩次韻答壽朱君

醉讀《離騷》是大家，芙蓉木末映明霞。同心自愛濂溪水，共命還疑優鉢花。社結遠公無俗駕，圖懸太乙有仙槎。碧箭歲歲能爲壽，翠管銀甖詎足誇。

【箋】此詩採自静嘉堂本《圃庵詩集》辛亥卷，不見於他本。辛亥即康熙十年（一六七一）。朱君，不詳。

過伍浦友人齋中留宿有感

散步西疇詎有期，越阡度陌漫追隨。一樽鷄黍賓猶主，四座圖書友亦師。寄夢聊分高士榻，傷心更讀故人詩。見同年亡友李霜回遺詩。湖山風月情無限，想到南村卜宅時。

【箋】此詩採自静嘉堂本《圃庵詩集》辛亥卷，不見於他本。辛亥即康熙十年（一六七一）。

甲寅九日潯溪諸子招同湖州舊守吴君泛舟即事

只將望遠作登高，桂棹蘭槳豈告勞。胸有千峰宜試杖，時非八月亦觀濤。龍蛇奔命愁斑管，鷗鷺忘機笑錦袍。酒德如天難作頌，劉郎争敢更題糕。

【箋】此詩不見於黄周星諸集，採自清代汪曰楨纂《南潯鎮志》（同治二年刊本）志一「疆域」，周慶雲《潯溪詩徵》卷三十八亦收。據題中「甲寅九日」，則此詩作於康熙十三年（一六七四）重陽。吴君即吴綺，見卷四《有故人以墨罷官索人贈詩因戲爲十二絶慰之》箋。時吴綺作有《九日同明黄九煙南潯秋泛》《南潯泛舟》詩。

甲寅除夕詩殘句

第一過年窮快活，從來未有索逋人。

【箋】此詩不見於黄周星諸本，採自清代顧禄《清嘉録》（清道光刻本）卷十二，僅有此兩句。甲寅年爲康熙十三年（一六七四）。

丁巳八月既望集曾青藜吴趨客舍各以姓爲韻

天水年年各一方，相逢誰不話滄桑。虎丘月好蘋初白，茂苑風高桂正黄。久客元龍翻類狗，無家老鳳尚求皇。溝頭蹀躞渾閒事，何日南皮再舉觴。

【箋】

此詩不見於黄周星諸集，採自徐崧《百城煙水》（清康熙二十九年刻本）卷二《吴縣》中「吴趨坊」條目之下。丁巳爲康熙十六年（一六七七），據詩題，本年八月十六日，黄周星在蘇州曾燦吴趨坊客舍小集，遂有此作。徐崧《百城煙水》卷二《吴縣·吴趨坊》：「吴趨坊，在閶胥之交，古樂府有《吴趨曲》。」曾青藜即曾燦（一六二五—一六八八），原名傳燦，字青藜、止山，自號六松老人。江西寧都人。「易堂九子」之一，明亡後曾爲僧，後僑寓蘇州。有《六松草堂文集》《止山集》《西崦草堂集》《過日集》等。

寒山次答在昔〔一〕

一曲《陽春》未易賡，蒲團趺坐自三更。松濤入枕知風細，梅〔二〕影移窗愛月明。惠遠匡廬饒〔三〕酒興〔四〕，巳公茅屋有詩名。青山笻笠應同志，五嶽何年訪向平。

【校】

〔一〕《吴興詩存》詩題作「次韻答在昔上人」。

〔二〕「梅」，《吴興詩存》作「竹」。

〔三〕「饒」，《吴興詩存》作「寛」。

〔四〕「興」，《吴興詩存》作「戒」。

【箋】

此詩不見於黃周星諸集，採自徐崧、張大純《百城煙水》（康熙二十九年影翠軒刻本）卷二《吴縣》中「寒山寺」條目之下，陸心源《吴興詩存》四集卷十四、周慶雲《潯溪詩徵》卷三十八亦收録此詩，詩題爲「次韻答在昔上人」。康熙十六年（一六七七）冬，黃周星或於蘇州寒山寺與在昔和尚唱和作此詩。

瞿壽明泛舟招遊春暉園倡韻二首

夢老虞〔一〕山五十年，今朝始得踏〔二〕蒼煙。三峰已叩生公石，一水還浮米芾船。海國衣裳名士會，醉鄉花月美人天。真〔三〕情勝事歎〔四〕千古，那羨蘭亭共〔五〕輞川。

果然冬日似春暉，恰喜名園枕翠微。舉目湖山争入座，盪胸雲海待開扉。忠臣孝子鴻

文爛，賢主嘉賓逸興飛。莫道兹遊徒放浪，他年巖壑有光輝。〔六〕

【校】

〔一〕「虞」，咸豐本、光緒本作「吴」。

〔二〕「踏」，咸豐本、光緒本作「卧」。

〔三〕「真」，咸豐本、光緒本作「豪」。

〔四〕「歎」，咸豐本、光緒本作「真」。

〔五〕「共」，咸豐本、光緒本作「并」。

〔六〕光緒本下有小注：「春暉園即冒巢民水繪園，其一見上」。

【箋】

此詩採自《冒辟疆全集·同人集》（鳳凰出版社二〇一四年版）卷八，光緒本收第二首。咸豐本卷一、光緒本收第一首，題名爲「遊冒巢民水繪園」，當爲編者所誤。瞿壽明即瞿昌文（一六二九—？），字壽明，明末清初常熟人。瞿式耜之孫。永曆時爲翰林院檢討，後歸里隱居。康熙十六年（一六七七）仲冬，黄周星同冒襄等過常熟虞山，於瞿昌文春暉園唱和，遂有此詩。黄周星此詩爲其代表作之一，經常爲各種詩話所引。例如查爲仁《蓮坡詩話》卷上、楊際昌《國朝詩話》卷一、戴璐《吴興詩話》卷十三等。冒襄《同人集》卷八有冒襄所作的《丁巳仲冬過虞山泛舟看吾谷紅葉赴壽明春暉園之招次九煙原韻》云：「鷸户蓬蒿幾十年，此來端的爲雲煙。恰逢舊友增遊興，共集名園入畫船。滿谷醉霜紅錦樹，一帆開鏡蔚藍天。丹青八桂標千古，更有遺詩繪輞川。」「石村返照勝朝暉，爛漫紅霞罨翠微。昏旦變蒸清水木，風雲慘淡護綸扉。元顔碑與虞山并，（次山《大唐中興頌》，魯公書，刻於峿臺，是爲磨崖三絶碑。）王謝堂仍燕子飛。（春暉園久他屬，今重歸壽明。）遺種留余偕過此，歲寒天地有餘輝。」嚴熊《嚴白雲詩集》（清乾隆十九年嚴有禧刻本）卷十三《春暉園雅集黄九煙即席首倡偕冒辟疆鄧肯堂戴稼梅次和》：「小春和煦最今年，霽後林巒絶點煙。良友共欣來勝地，芳醪遺許載湖船。忘機鷗自眠沙渚，得勢鷹多摩遠天。頭白相逢情話在，（與辟疆别三十餘年矣。）清遊端不負山川。」則知同遊者還有嚴熊、鄧林梓、戴稼梅等。嚴熊，見卷五《嚴子武伯招集山墅分得四豪》箋。鄧林梓（？—一六七九），字肯堂，一字玉山，常熟人。有《玉山集》，爲清初「虞山派」重要詩人。戴稼梅，一字介眉，常熟人，以詩詞名。

遊劍門〔一〕

亦〔二〕似〔三〕瞿塘亦馬當，只從天上〔四〕瞰蒼茫。龍門樹已輪千尺，劍閣詩應愧十章。壁異黄州安用赤，壺非蓬島卻同方。懸崖〔五〕倘得移家住，松磵何須辦〔六〕鶴糧。

突兀排空第一奇，吟筇捨此復何之。横崖叠石龍蟠壯，絶壁妨雲鳥過遲。笏拜定添米芾癖，斧皴如見虎頭癡。釣臺若傍虞山座，九鼎還應笑一絲。

【校】

〔一〕題目據《吴興詩存》、《潯溪詩徵》所加。

〔二〕「亦」，《吴興詩存》、《潯溪詩徵》作「允」。

〔三〕「似」，《吴興詩存》、《潯溪詩徵》作「是」。

〔四〕「上」，《吴興詩存》、《潯溪詩徵》作「半」。

〔五〕「崖」，《吴興詩存》、《潯溪詩徵》作「巖」。

〔六〕「辦」，《吴興詩存》、《潯溪詩徵》作「問」。

【箋】

本詩採自《冒辟疆全集·同人集》（鳳凰出版社二〇一四年版）卷八，陸心源《吴興詩存》四集卷十四、周慶雲《潯溪詩徵》卷三十八收第一首。康熙十六年（一六七七）仲冬，黄周星與冒辟疆、鄧林梓等同遊虞山，彼此唱和有詩。此詩爲和冒辟疆詩所作，冒原詩爲《登劍門同黄九煙鄧肯堂戴介眉首倡二首》：「虞山陡削劍門當，老我驚看絶混茫。壁立户庭雄結構，横披湖海大文章。鴻龐開闢無此理，靈鷲飛來或可方。應列胡牀十八九，飽餐奇秀厭仙糧。」「衡湘巫峽恣探奇，年少山川任所之。萬里曾遊況眉睫，一江相對阻棲遲。到來安得謝靈運，久看方知黄大癡。只少南風迎拂水，虹橋悵望雪如絲。」劍門，在江蘇常熟虞山中部最高處，以石景著稱。

十九年來酒一杯

十九年來酒一杯，於今杯酒亦堪哀。紛紛輕薄空雲雨，袞袞英雄半草萊。乞食晉侯難返國，思鄉蘇武怕登臺。冠霞此日猶塵土，那得揚州跨鶴回。

【箋】

本詩不見於黃周星諸集，採自孫枝蔚《溉堂後集》（康熙六十年刻本）卷二所附詩。孫枝蔚（一六二〇—一六八七），字溉堂、叔發，號豹人，陝西三原人，清初著名詩人。一生著述甚富，有《溉堂集》二十八卷。孫枝蔚《溉堂後集》卷二有《黃九煙再至揚州偶得首句屬和》詩云：「十九年來酒一杯，乍因相見錯相猜。令威忽向遼東過，蘇武何時塞上回。月色分明臨几席，簫聲依舊滿樓臺。惟憐烈士頭全白，往昔雄心已盡灰。」本詩乃黃周星的答詩，題目爲編者根據首句所加。康熙十七年（一六七八），黃周星於揚州，曾與戚玾、杜濬、程邃、孫枝蔚等遊隋堤、迷樓舊址、平山堂等勝迹。諸人的唱和詩，都以黃周星的「十九年來酒一杯」爲首句。例如戚玾《笑門詩集》（康熙四十五年林任刻本）卷十七有《程士新太學招同黃九煙民部杜于皇程穆倩諸同人買舟載酒繞隋堤訪迷樓舊址及平山勝迹歡宴累日時與諸公皆有十九年之別同用爲起句以志感云》：「十九年來酒一杯，猶疑笑口夢中開。乾坤獨許留遺老，文章真能掃劫灰。畫舫笙歌迷水竹，紅橋花柳蓋池臺。主人好客樽時滿，夕棹何須欸乃催。」「十九年來酒一杯，飄零詞賦老鄒枚。盡消離恨浮雲去，別有幽情野鶴哀。煬帝樓邊尋舊月，醉翁碑裏辨荒苔。名人勝地皆千古，不負驅車此一來。」

余自癸丑歲有〔一〕選詩之詠忽忽又數載矣至己未之春館於岑山程子齋中因從事斯役於是先成唐詩快十六卷復笑〔二〕詠四首識之

驚天泣鬼更移人，生面重開净掃塵。詩賦有時還復古，風騷此日似懷新。儻來富貴真無謂，不朽文章定有神。萬丈焰光千古事，眼前譽謗總〔三〕休論。

天人鬼物豈相同，同屬情田性海中。草木禽魚情可化，日星河嶽性皆通。盛衰理一非關理，正變風殊總是風。解得別才兼別趣，唐〔四〕詩終古在虛空。

生來誦法素王編〔五〕，寢食葩壇七十年。敦厚溫柔皆似此，興觀群怨豈徒然。風流合讓唐人占，忠孝還從魯國傳。說到〔六〕移人無不有，何須問鬼復呵天。

鬼泣天驚半信疑，移人人豈不堪移。代無初晚惟求快，格有高卑略過奇。十六卷中吾自苦，百千年後世應知。此書若問何時歇，直到乾坤混沌時。

【校】

〔一〕「有」，咸豐本作「爲」。

〔二〕咸豐本無「復笑」二字。

〔三〕「總」，咸豐本作「且」。

〔四〕「唐」，咸豐本作「真」。

〔五〕「編」，咸豐本作「篇」。

〔六〕「到」，咸豐本作「得」。

【箋】

此詩採自康熙書帶草堂本《唐詩快》，道光本、咸豐本、光緒本亦收。據詩題「己未之春」云云，則當作於康熙十八年己未（一六七九）。岑山程子爲程洪，字士莘，號丹問。本安徽歙縣岑山人，後遷居揚州江都。五格修、黄湘纂《乾隆江都縣志》卷三十「經籍」載：「洪才美而好學，所梓有《詞潔》《唐詩快》《記紅集》行於世。」則本年春，黄周星於程洪館中開始編纂《唐詩快》。再據《唐詩快·選詩略例》「而余以旅館刺促，勢難持久。乃自季春迄秋杪，忽忽竣役」，則本年秋《唐詩快》十六卷編成。書分「驚天」「泣鬼」「移人」三集，於衆多唐詩選本中别出心裁。

詠牡丹

名葩爛熳門新妝，酣詠身如到洛陽。金粉百年真富貴，丹青三月大文章。天分豔色皆殊色，國是奇香異衆香。美酒妖姬難乞供，願將綵筆事花王。

【箋】

此詩採自康熙本，道光本、咸豐本、光緒本亦收。創作時間未知。

觀音蓮

一瓣亭亭儼雪龕，千紅萬紫見應慚。誰知東土芬陀利，即是西方優鉢曇？質似芙蕖惟獨立，香非簷蔔略同參。百年一現何容易，試問瑶姬可得簪？

【箋】

此詩採自康熙本，道光本、咸豐本、光緒本亦收。創作時間未知。

官舫即席贈小姬掌仙姬〔一〕原名葵英，余爲更之。

如見仙仙掌上身，芳名去故亦懷新。夢維巫峽雲猶怯，花出揚州月欲顰。金屋三千誰共夜，酒壚十五正宜春。天涇片舫郵亭似，醉後何妨擁洛神。

【校】

〔一〕咸豐本無「姬」字。

【箋】

此詩採自康熙本，道光本、咸豐本亦收。創作時間未知。

次韻贈澹生女史

玉人何用識金銀，湘水巫雲好作鄰。橋畔春風身是薛，樓中曉日氏爲秦。綺琴應伴芙蓉麗，錦字休封豆蔻辛。惆悵三年陽羨别，東牆可否再窺臣。

【箋】

此詩採自康熙本，道光本、咸豐本亦收。創作時間未知。

情竇詩五首〔一〕

偶見葉生所鐫《美人情譜》一帙中有此題，喜其新創而詩苦不佳，程生乞余更詠，遂戲爲五律應之，得毋見笑大方耶。〔二〕

御溝葉何〔三〕愁混沌鑿虚空，竅妙天然在個中。泉泛魚津疑丙穴，山分鳥道想蠶叢。小隨波送，桃洞春深有路通〔四〕。卻恨守宫常印臂，花房夜夜擣殘紅〔五〕。

溝似渥試浴端宜五蘊湯，助嬌尤喜合歡牀。縱眠冰簟中偏暖，那〔六〕識羅襦别有香。丹巖自守〔七〕，肌能盈〔八〕實壯何傷。温柔鄉裏元堪老，個〔九〕是温柔第一鄉。

蚌湘裙巫髻總風騷〔一〇〕，丹穴誰知有〔一一〕鳳毛。漫道花間宜宿蝶〔一二〕，肯教葉底慣偷桃。珠有淚抛商隱，鸚舌無言笑薛濤。若得〔一三〕瓊漿酬玉杵，玄霜擣盡〔一四〕敢辭勞。

谷口丹崖〔一五〕一綫奇，風流千古〔一六〕惹相思。花深〔一七〕還許僧窺户，草細何妨鳥宿〔一八〕池。東海夫人呈異品，上宫逸女見凝脂。破瓜年好春〔一九〕無限，莫待狂紅〔二〇〕片片吹。

石榴裙底似深山〔一一〕，仙窟〔一二〕元來咫尺間。火齊吐時傾漢殿，丸泥封處異函關。玄霜絳雪誰能採，暮雨朝雲總不閒。若使鷄皮〔一三〕真得道，好〔一四〕將丹鼎供紅〔一五〕顔。

【校】

〔一〕咸豐本題作「情竇詩」。

〔二〕咸豐本序爲「偶見葉生所鐫《美人情譜》中有此題，惜其詞不文，余因戲拈此」。

〔三〕「何」，咸豐本作「漫」。

〔四〕「泉泛魚津疑丙穴，山分鳥道想蠶叢。御溝葉小隨波送，桃洞春深有路通」，咸豐本作「界劃鴻溝營兔窟，巖開鳥道想蠶叢。後庭花好無人問，曲徑春深有路通」。

〔五〕「花房夜夜擣殘紅」，咸豐本作「椒房夜夜點砂紅」。

〔六〕「那」，咸豐本作「才」。

〔七〕「溝似渥丹嚴自守」，咸豐本作「色甚穠纖嚴自愛」。

〔八〕「盈」，咸豐本作「充」。

〔九〕「個」，咸豐本作「者」。

〔一〇〕「湘裙巫髻總風騷」，咸豐本作「石榴裙裏最風騷」。

〔一一〕「有」，咸豐本作「毓」。

〔一二〕「漫道花間宜宿蝶」，咸豐本作「但看梢頭初綻蕊」。
〔一三〕「若得」，咸豐本作「欲把」。
〔一四〕「玄霜搗盡」，咸豐本作「擣殘靈液」。
〔一五〕「丹崖」，咸豐本作「泉流」。
〔一六〕「風流千古」，咸豐本作「盈盈衣帶」。
〔一七〕「花深」，咸豐本作「林幽」。
〔一八〕「鳥宿」，咸豐本作「爵入」。
〔一九〕「好春」，咸豐本作「小芳」。
〔二〇〕「紅」，咸豐本作「華」。
〔二一〕「石榴裙底似深山」，咸豐本作「兩峰高并似蓬山」。
〔二二〕「窟」，咸豐本作「洞」。
〔二三〕「鷄皮」，咸豐本作「守雌」。
〔二四〕「好」，咸豐本作「應」。
〔二五〕「紅」，咸豐本作「朱」。

【箋】

此詩採自康熙本，咸豐本亦收。創作時間未知。

次韻村居〔一〕

酷似江南紅葉村，稻花千頃帶雲屯。沿堤雨後還栽柳，是水春來盡繞門。芳草煙中蝴蝶夢，曉風枝上杜鵑魂。殘生只可銷閒事，望遍歸鴉日又昏。

【校】

〔一〕咸豐本題作「次平州大中丞村居之一」。

【箋】

此詩採自道光本卷三，咸豐本、光緒本亦收。創作時間未知。

次韻答贈〔一〕喻非指

漫説功名薄漢唐，何如六月卧羲皇。連牀野竹千峰翠，繞屋名花萬卷香。詩伯飢寒憐杜曲，酒徒落魄怪高陽。相逢且結隆中侣，笑看他年八百桑。

【校】

〔一〕咸豐本無「贈」字。

【箋】

此詩採自道光本卷三，咸豐本、光緒本亦收。創作時間未知。喻非指，生平不詳。

書浙中吴廷錫手箑

閒逐樵夫閒看棋，忽逢人世是秦時。開雲種玉嫌山淺，渡海傳書怪鶴遲。陰洞石鐘微有字，古壇松樹半無枝。煩君遠寄青囊籙，願得相從一問師。

【箋】

此詩採自光緒本，不見於他本。創作時間未知。吴廷錫，浙江人，生平不詳。

秋晚行田間即事

穲稏連疇一望同，旅人亦自願年豐。閒中來往心能遠，静裏推敲句欲空。明月每生秋水白，碧雲常映夕陽紅。百端交集蒼茫晚，終古何人問太空。

【箋】

此詩不見於黄周星諸集，採自陸心源《吴興詩存》（清光緒間歸安陸氏刊本）四集卷十四，周慶雲《潯溪詩徵》卷三十八亦收。創作時間未知。

清溪

舊是吴羌處士家，溪山幽異勝繁華。灣灣城郭憑流水，面面峰巒礙落霞。百步嶺同夔府眺，千尋橋作洛陽誇。此中天地宜圖畫，但少桃源夾岸花。

【箋】此詩不見於黄周星諸集，採自陸心源《吴興詩存》（清光緒間歸安陸氏刊本）四集卷十四，周慶雲《潯溪詩徵》卷三十八亦收。創作時間未知。

感謔

狂歌大笑向虚空，顛倒賢豪是此翁。廿一史中多涕淚，三千界内盡沙蟲。白衣蒼狗形全幻，紫色鼃聲氣自雄。我不負公公負我，從他頭上試神通。

【箋】此詩不見於黄周星諸集，採自陸心源《吴興詩存》（清光緒間歸安陸氏刊本）四集卷十四，周慶雲《潯溪詩徵》卷三十八亦收。創作時間未知。

又三首

興亡成敗只區區，作怪翻新卻近迂。驀地登場提傀儡，有時依樣畫葫蘆。三王五帝人空朽，萬古千秋世用愚。我不負公公負我，乞公大事勿糊塗。

亦能泱漭亦嵯峨，陽燄寒冰頃刻過。盤古鑿來平較少，媧皇補後缺尤多。幾番節義悲刀俎，無數英雄恨網羅。我不負公公負我，千秋輿論謂公何。

鴻濛屈指數年長，縱不瞢聾也髦荒。金屋幾層憐窈窕，玉樓豈是愛文章。龍蛇起陸機同殺，虎豹當關物盡傷。我不負公公負我，靈均何處用巫陽。

【箋】此詩不見於黃周星諸集，採自陸心源《吴興詩存》（清光緒間歸安陸氏刊本）四集卷十四，周慶雲《潯溪詩徵》卷三十八亦收。創作時間未知。

梁溪集鄒同年齋中

緑蔭滿座狎騷壇，絲管東山興未闌。五日恰逢花爛漫，三年喜見竹平安。客多霞氣朝同爽，人有冰心夏亦寒。把酒不須論世代，桃源如向北窗看。

【箋】

此詩不見於黄周星諸集，採自陸心源《吴興詩存》（清光緒間歸安陸氏刊本）四集卷十四，周慶雲《潯溪詩徵》卷三十八亦收。創作時間未知。

次韻答樹南上人

青鎖羞稱供奉班，久知法苑勝塵寰。無聲禮樂真堪述，有字詩書盡可删。春夢不分花下蝶，秋吟時放月中鷳。共君話到忘機處，山自蒼蒼水自潺。

【箋】

此詩不見於黄周星諸集，採自陸心源《吴興詩存》（清光緒間歸安陸氏刊本）四集卷十四，周慶雲《潯溪詩徵》卷三十八亦收。創作時間未知。樹南上人，不詳。

旅居無聊

寥落茅庵一石牀，最憐作客在他鄉。半窗松竹風蕭瑟，十日江城雨渺茫。海内知交誰繾綣，天涯蹤迹自昂藏。多情惟有空庭月，不靳清光對我觴。

【箋】此詩不見於黄周星諸集，採自清代朱緒曾《金陵詩徵》（清光緒十三年刻本）卷三十。創作時間未知。

初入山自咎

奔走風塵嗽利名，只今面目自相親。昔年巖壑成寥落，近日琴書付杳冥。洞口老猿窺客傲，林間翥鶴避人深。自知久負山靈約，流水桃花亦笑人。

【箋】此詩不見於黄周星諸集，採自清代朱緒曾《金陵詩徵》（清光緒十三年刻本）卷三十。創作時間未知。

立夏日同友人郊行即事

不將塵土負煙霞，此日清和節果佳。竹畔已登高士榻，桑間還過美人家。彌天新緑初聞鳥，隨地嬌紅屢見花。山水文章真夙好，更期同泛五湖槎。

【箋】

此詩不見於黄周星諸集，採自周慶雲《南潯志》（民國十一年刻本）卷四十九集詩二「黄周星」部分。創作時間未知。

卷七　詞曲

又長短句一首

沙市江天夜，村嵐暮雪晴。晚鐘秋月寺，夕照遠山平。雁落瀟湘漁浦，帆歸煙雨洞庭。

【箋】

此詞採自民國本《九煙詩鈔·夏爲堂詩草》，静嘉堂本《圃庵詩集》丙午卷、康熙本、道光本、咸豐本、光緒本亦收。丙午即康熙五年（一六六六）。本年於嘉善，魏塘友人以《瀟湘八景詩》索詠，黄周星遂作有七言律詩《瀟湘八景臺爲宋嘉祐時築詞人題詠甚夥大抵皆從畫屏間摹寫耳余昔年嘗久客其地睹聞頗真適魏塘友人以是題索詠遂仿歐蘇禁體漫賦八章貽之（禁犯題字）》《合詠八景七律二首》、七言絶句《又七絶一首》、五言律詩《戲集八景題字五律一首》與本詞。

賀新郎

試撿婚姻牘，有佳人、邯鄲甲第，槐柯眷屬。羊尾鷄頭占姓氏，奕奕吴趨望族。正稚齒、文鴛單宿。國色家聲俱絶代，更憐才、喜和《陽春曲》。天上少，人間獨。傳來情種驚奇福，待將身、祓濯承歡，猶慚倚玉。拚得拍浮酒池裹，儘教枕糟藉麴。還摩厲、銛鋒利鏃。珠珮玉巵多好夢，願秦樓、綵鳳飛來速。但合巹，萬事足。

【箋】

此詞採自康熙本，不見於他本。康熙五年丙午（一六六六），黄周星有感於武水丸丸生之情事，遂作七言律詩《武水有丸丸生者情鍾吴門某姝有年矣兹忽頻得其手劄詩箋并饋遺諸玩好其詩每篇俱用八字隱語生喜甚欲盛傳其事余既爲作八字情郵録復漫賦四律爲倡》、小説《八字情郵録·丸丸生小紀》。《八字情郵録·丸丸生小紀》文後收録此詞，亦當作於同時。

黄葉村莊曲 仙吕入雙調

語溪吴子孟舉，新構黄葉村莊，戲爲小曲寫之。

【沉醉東風】想伊人各天一方，詠霜蒹竹廬無恙。新構個守愚堂，還有橙齋虚敞。端的是福地仙鄉，別來呵草池夢長。今日裏剡溪重訪，誰知道又添個黃葉美莊。

【忒忒令】這莊呵，既不比平泉板腔，又非同輞川喬樣。都是那天然丘壑，部署不尋常。只兩字幽和曠，幽而爽，曠而紆，參差冠洛陽。

【品令】這莊呵，西郊數武，總不費車航。閒來獨往，興到便飛觴。高朋滿座，還有響屧繞回廊。牙籤萬軸，無數名流酬唱。便金谷蘭亭，也不及西園翰墨場。

【豆葉黃】你看那門題學圃，側轉村莊。且銷磨種菜雄心，休認做簞瓢顏巷。這疏林野水，扁舟岸傍，真合著老蘇佳句，真合著老蘇佳句，家住在江村黃葉故鄉。莊門顏曰學圃。

【玉交枝】竹洲相望，草廬翁聯輝一堂。亭名老友南宮丈，看寒山片石堪商。還有風潭百頃枕野航，苔磯濯足翻輕浪。聽鶴唳聲聞九蒼，觀魚樂吾知濠上。莊中有竹洲、草廬、老友亭、野航濯足處。

【月上海棠】再酌量，仙人每好居樓上。有巋然東閣，一笛悠颺。接連著書屋天香，似趙嘏小山吹唱，真奇暢。這煙霞經略，花月平章。有一笛樓、天香書屋。

【江兒水】這莊呵，既引遊仙夢，還鄰選佛場。有時忽發晨鐘響。賦詩齊已茶堪餉，逃禪蘇晉還添釀。況黃葉金錢非誑，縱有鶯娘，又那怕法聰和尚。莊東鄰有慧庵。

【川撥棹】休惆悵，笑人生總戲場。填新詞好付霓裳，填新詞好付霓裳，更流傳龍韜錦囊。看東籬晚菊香，一任他認陶潛做阮郎。霓裳、龍韜，二歌童名。

【尾聲】語溪自古多佳況，羡名士風流無兩，這的是黃葉江南第一莊。

【箋】

此散曲採自康熙本，不見於他本。小序中所言「語溪吴子孟舉」，即吴之振（一六四〇—一七一七），字孟舉，號橙齋，別號竹洲居士，浙江石門（今浙江省桐鄉市）人，清代藏書家、詩人。康熙時貢生，官内閣中書，不赴任。藏書富於一時，多秘本，有家藏書目《延陵吴氏藏書目》一卷。康熙二年（一六六三），與吕留良、吴自牧合編《宋詩鈔》收録百餘家秘本。著有《黃葉村莊詩文集》《德音堂琴譜》等。吴之振曾於康熙十四年（一六七五）築別墅於石門城西，因愛蘇軾名句「家在江南黃葉村」，便命名爲黃葉村莊，遂晚年又號黃葉老人、黃葉村農。據「語溪吴子孟舉，新構黃葉村莊，戲爲小曲寫之」云云，則本曲當作於康熙十四年（一六七五）。

黃葉村莊四時曲 仙吕入雙調

【步步嬌】爲問村莊，何處探春信。第一寒梅韻，韶華取次新。萬紫千紅，到處花成陣。打疊詠芳春，這園林佳景描難盡。

【醉扶歸】你看那竹洲上緑竹生新筍，草廬邊青草長蘭蓀。雖然把黃葉署莊門，卻只見碧桃紅杏排朱粉。這的是花城酒國錦乾坤，只合招勝友傾佳醖。

【皂羅袍】看數畝方塘汪潤，似華林秀蔚，魚鳥親人。繞池覓句蝶飛頻，倚欄聽曲鶯喉俊。還有松軒柳閣，詞人論文，花畦藥徑，名姝捧樽，這三春富貴真風韻。

【好姐姐】愁只愁春光轉瞬，九十日陰晴無准。百拜天公，莫教風雨嗔，求幫襯。花星長照花神運，但願一年都是春。

【尾聲】一年都是春風信，祝園内衆芳安穩，不妨喚黃葉村爲緑葉村。

右春日

【步步嬌】可惜春光去了還交夏。告過東皇假，黃鸝訴落花。緑暗紅稀，亂把嫣香嫁。清晝寂無譁，這園林佳影還如畫。

【醉扶歸】你看柳絲拂水侵書榻，蕉心展緑映窗紗。樓臺倒影接蒹葭，蕙蘭滿院和薔薇架。好一似衆香國裏早排衙，便比極樂國無高下。

【皂羅袍】看數畝方塘瀟灑，喜蕙風解愠，荇藻交加。無人處，脱巾散髮對蓮娃，客來時，解衣盤礴槐陰下。還有野航垂釣，烹魚醉蝦，苔磯濯足，狎鷗聽蛙，啣杯但説羲皇話。

【好姐姐】似這般不拘禮法，正合著不求聞達。那六逸七賢，又何須羨他，酣吟洽。好停十日平原駕，避暑寧教河朔誇。

【尾聲】這園林第一宜銷夏，有人問笑而不答，但指著黃葉村莊是我家。

右夏日

【步步嬌】過了炎蒸，不覺清商奏。夜半金風驟，梧桐又報秋。黃葉蕭蕭，正是此時候。情景恰相侔，纔見得莊名非謬。

【醉扶歸】這莊名呵也不因止啼佛子金錢誘，也不因睚眦狂花病飲愁。則爲那東坡畫裏詠扁舟，住家喜共江南叟。今日裏語溪名士獨風流，特地把村莊構。

【皂羅袍】看數畝方塘依舊，只潭清潦浄，宿霧全收。荻花楓葉滿汀州，芙蓉裛露香蘭秀。還有小山攀桂，淮王宴遊，東籬采菊，淵明唱酬，勸君莫放杯中酒。

【好姐姐】此時月明夜漏，正萬里清輝如晝。試看天香書屋，和那一笛樓。真消受，數聲嘹亮穿雲透，驚起嫦娥玉兔愁。

【尾聲】詞人每怕悲秋瘦，若真樂境悲從何有？可知道這莊呵便黃葉如山也不怕秋。

右秋日

【步步嬌】一夜霜飆又把秋光送。草木皆驚恐，斗杓忽指冬。世外高人，好把寒氊擁。黃葉盡隨風，倒喚醒了繁華夢。

【醉扶歸】這時節，也没有白蓮丹桂充清供，也没有穠李夭桃鬥曉風。只見那碧蘿翠竹問蒼松，素梅似妒黄梅寵。還有溪亭石丈對南宫，正合屈老友相陪奉。

【皂羅袍】看數畝方塘澄瑩，似寒泉落木，引興無窮。更有六花飛絮舞長空，珠林玉樹疑仙種。正好掃階烹茗，頻呼小童，傳觴擊鉢，頻招好朋，三冬文史儘勾詩家用。

【好姐姐】試憑小樓瞰空，見四野瓊瑶無縫。鶴氅斜披，盪摇雲海胸。狂吟詠，圃中菘韭殊堪供，醉聽鄰庵報曉鐘。

【尾聲】算四時最苦冬宵凍，若這莊中呵，任憑你雪山冰洞，況不日間臘盡陽回春又逢。

右冬日

【箋】

此散曲採自康熙本。亦當與上文同作於康熙十四年（一六七五）吴之振築黄葉村莊之時。

秋富貴曲 南吕

乙卯秋杪，偶過武水友人讀易草堂，見叢菊駢羅，爛如霞綺，因命酒酣賞竟日。余顧而歎曰：此真秋富貴也，遂以小曲寫之。

【滿江紅】風日清和，真個是、秋冬之際。幸今歲、西疇豐稔，太平堪紀。放棹無心同訪戴，到門漫擬逢嵇喜。又誰知、握手笑登堂，花如綺。

【梁州新郎】虹梁雲棟，珠簾椒壁，何異公侯宅第。堂名讀易，楊花瓦雀誰窺。只見盈盈紅粉，燦燦黄金，盡是延年蕊。御袍金帶競芳菲，佛座銀臺四面圍。誇竹柏，驕蘭桂。(合)便春風上苑應無對，秋富貴，果奇異。

【前腔】西園佳集，南窗高寄，總帶東籬風味。看這森森三徑，淵明好賦歸兮。況有開樽賢主，授簡嘉賓，不速三人會。萬花叢裏任遊嬉，百寶欄邊恣品題。名隱逸，真華麗。(合前)

【前腔】深黄輕白，嫣紅殷紫，五色繽紛呈瑞。美人高士，煙霞粉黛都宜。任他芙蓉臨水，芍藥迎風，見此多慚愧。你看玉環飛燕列丹墀，褒姒西施繞繡帷。金屋侶，瑶池隊。(合前)

【前腔】餐英騷客，持螯狂吏，此事還推吾輩。況重陽纔過，一年好景須知。今日裏呼盧浮白，脱帽披襟，不數龍山會。詠詩猶可聽黄鸝，送酒何須待白衣。風格迴，文章備。(合前)

【節節高】秋葩富貴奇，勝春暉，披圖按譜殊難記。金銀氣，錦繡推，風霜意。莫嫌晚節非妖媚，華堂喜共群芳醉。(合)醉後將花更細看，阮郎錯認渾兒戲。

【前腔】經秋宋玉悲，枉情癡，名花美酒歡相值。緇衣誼，黄絹詞，青雲器。滄桑世局

何須計，幕天席地應沉醉。（合前）

【尾聲】筵前惜少紅綃妓，好句教尋若個題，只好閒付歌兒笛裏吹。

世以牡丹及玉蘭、海棠諸種爲「春富貴」，尚矣。從未有名菊以「秋富貴」者，名之蓋自余始。然余謂秋之勝春，復有五焉，其一獨殿衆芳，其二五色變眩，其三凌霜耐久，其四雖萎不謝，其五可移置堂室中，此皆花王所不逮也，使傅延年聞之，亦以余爲知己否耶。附識。

【箋】

此散曲採自康熙本，不見於他本。據文中「乙卯秋杪，偶過武水友人讀易草堂」云云，則康熙十四年（一六七五）暮秋，黄周星過嘉善武水，作此曲。

寄泗州戚綏耳 南北雙調

【北新水令】想往年何事到淮濱，撫琴書尚餘殘恨。看山川無意緒，論人物少精神。又誰知天畤風雲，驀地裏逢奇俊。

【南步步嬌】這奇俊何人？須把芳名認。東海蓬萊郡，家聲貞白存。美玉爲名，果爾温潤。表字更鮮新，是迢迢域外山城峻。

【北折桂令】那日裏絳帷空草滿衡門，一刺纔投，五韻先陳。分明是駒谷伊人，嵬峨叔夜，俊逸參軍。從此後披帷接軫，往還處不問朝昏。大都來一載寒温，無非是花裏聯吟，月下開樽。

【南江兒水】我愛高齋静，齃然號笑門，蓬蒿誰把天公問。有牙籤萬軸，堆書囷，筆牀硯匣玄山印。還有歷代精靈安穩，詩酒高賢，木主香煙時噴。

【北雁兒落帶得勝令】曾記得鬬煙規醉午薫，曾記得驅款段吟秋畛。曾記得眺陵園發浩歌，曾記得戲寶塔斟佳醞。曾記得蒲葵節酹騷魂，曾記得萸菊會和新韻。曾記得剪蠟炬評紅粉，曾記得持蟹螯倒緑樽。醺醺，落筆處蛟龍奮。紛紛，狂呼處鬼魅奔。

【南僥僥令】文章千古藴，肝膽一生真。這意氣元龍何須問，諒海内知心只兩人，海内知心只兩人。

【北收江南】呀又誰知不久竟離群，呵正隆冬風雪滿江村，笑門邊送別黯銷魂。禁不住淚痕，禁不住淚痕，早天涯醉醒各沾巾。

【南園林好】到如今呵十六年韶光轉瞬，一千里池塘夢頻。歎契闊誰通音問，空望斷碧天雲，空望斷碧天雲。

【北沽美酒帶太平令】總然有好江山寄大文，冷魚雁傳芳信。到底是渭北江東兩地春，任詩壇酒陣。更有誰效韓孟比雷陳，因此上對斜陽茫茫惹恨，向明月寂寂愴神。望高山空搔雙鬢，臨遠水只添孤悶。天呵阻人妒人，無由睹故人，呀這相思一言難盡。

【尾聲】天荒地老愁無盡，何時晨夕共南村，方不枉了萬古千秋一笑門。

【箋】

此散曲採自康熙本，不見於他本。戚綏耳即戚玾，見卷二《六月廿五夜夢戚玾》箋。戚玾《笑門詩集》（康熙四十五年林任刻本）卷五《十八年歌（有引）》小引云：「自庚子迄丁巳，余別九煙先生有十八載。茲春自苕潯貽我尺書兼《笑門行》一首、南北調填詞一闋，深情古義，厚重纏綿，驚喜交集。」則康熙十六年丁巳（一六七七）春，黃周星自南潯寄書信與詩詞予戚玾。戚玾提到的「南北調填詞一闋」，當指此首《寄泗州戚綏耳（南北雙調）》。

滿庭芳・送友人還會稽

新緑方濃，殘紅盡落，多情正自凝眸。不堪南浦，又復送歸舟。便倩江郎作賦，也難寫、別恨離愁。消魂久，斜陽芳草，天際水悠悠。　問君何處去？若耶溪畔，宛委山頭。有千巖競秀，萬壑争流。愧我江湖迹遍，到如今、仍坐書囚。遲君至，開襟散髮，詠月醉南樓。

【箋】

此詞採自王昶編《明詞綜》（清嘉慶七年青浦王氏刻本）卷六，咸豐本亦收，題作「送友人還會稽調寄滿庭芳」。周慶雲《潯溪詞徵》卷二亦收。創作時間未知。

眼兒媚·畫中撲蝶美人

佳人相喚出蘭房，攜手挽羅裳。恰如當日，趙家姊妹，各鬥新妝。　嬌羞戲撫宫紈扇，閒趁燕鶯忙。偶然撲著，一雙新蝶，好是輕狂。

【箋】

此詞不見於黄周星諸集，採自清代鄒祗謨《倚聲初集》「小令」，清順治十七年（一六六〇）刻本。創作時間未知。

滿江紅·想山居

十畝之間，千嶂翠、一溪縈緑。結茅舍、後依嘉樹，前環修竹。池上草堂楊柳暗，亭前藥圃蘭芸馥。更安藏、鸜鵒小妝樓，紅闌曲。　南面樂，書千軸。醉鄉樂，醪千斛。有黄鷄紫鱠，故人情熟。春雨一簑耕與釣，秋雲萬樹樵兼牧。命兒曹、檢點舊詩瓢，生涯足。

【箋】此詞不見於黄周星諸集，採自清代蔣景祁《瑶華集》卷九，清康熙二十五年（一六八六）刻本。創作時間未知。

卷八　記文

葦窗記

葦窗舊名瓮天，即余讀書處也。以屋形類石瓮，故名。北壁有小窗，圓如月，其外則朱闌一，曲闌内梧桐一，木樨一。稍遠之，海榴二。又遠之，若梅，若桃杏，若繡毬、芍藥、薝蔔、紫薇之類，不可殫述，此皆園中曩日之所有也。今年春季，余復抱書來此，竹榻緆帷，蕭然如畫。開窗舒盼，故人栩栩相尋不絶。桂卿槃礴而傲坐，梧丈嘹喨而高吟。而石家阿醋，亦時時倩紅靨笑人。雙睛暈寒煙籠緑肉，顧半窗闃然，誰可晤語。因憶誦王子猷「何可一日無此君」之語，呼童子持鑱入深谷求之。童子返曰：「棘楚縱横，琅玕深鏁，不可得也。」余悵然者竟日。向晚散步池頭，遥望西鄰翠靄如屏，爽然心訝。趣視之，但見蒼葦萬竿，暮煙羃䍥。余一叫欲狂，謂童子曰：「大奇！大奇！似此龍陰，何減瀟湘風韻哉！」急乞數竿，移植窗前，相對嘯吒，中夜忘寢。葦故有心人，一宿而芊然，再宿而栗然，三宿而森森然、矗矗然。蕭瑟如悲歌，翩躚如醉舞，碧光照鬚髮，秀色沁神魂，樂可知也。於是礪墨濡毫，而顏其瓮曰「葦窗」，志樂也。時若濕霧濛濛，老鶴呼姓。梅花爇煙，紅露在帟。其樂仙仙，仙仙者葦。紫月如姝，蝦蟆墮笋。麻姑搔背，環珮雲來。其樂㛹㛹，㛹㛹者葦。龍霆一壁，篁雨幽幽。鬼嘯犺啼，七弦走蜧。其樂颯颯，颯颯者葦。葦乎葦乎，素節蒼顏，寧有能逾子者乎？雖有穠華，吾不汝易。酹汝杯酒，謹識斯語，以無忘此寒窗。昔漢陰隱君子臨秋水而歎詠曰：「蒹葭蒼蒼，白露爲霜，所謂伊人，在水一方。」噫嘻！噫嘻！蒹葭白露之中，乃亦有伊人在耶！

【箋】

此文採自康熙本，不見於他本。順治十一年（一六五四）黃周星有《江館絶少閒庭亦無花竹因憶昔年讀書金陵時所至輒有桐陰竹翠即萬不得已亦列植芭蕉代之而此地闃然也感詠四首》，據詩題「昔年讀書金陵時所至輒有桐陰竹翠」云云，則葦窗即黃周星少年時於金陵的讀書之處。本文當作於年少讀書之際。

衡嶽遊記

鍾山黃周星著　鵲江門人古之冕較〔一〕

余自總角時，即有五嶽之志。顧生長鍾山草堂間，距五嶽青翠遥遥，每從縑素中緬懷雲氣，只如秦漢殿庭談三神山耳。癸酉盛夏，曾挾策走山東道，一望岱宗鬱蔥，奭然心動。時窮旅虺隤，津梁乏絶，僅從驢背上延頸注盼，黯黯告别，徒有慚惶。若夫南方之衡，自辛未入楚以來，便感山靈貢夢，將謂持三日糧，咄嗟辦此耳，乃浮名羈紲，卒卒未果。迄今歷十有二年矣，始克踐斯約，則壬午歲之秋杪也。主賓相見，既喜其來而恨其晚。且古稱五嶽於中州，衡爲最遠，余家江南，去此四千餘里，非有槎軒扉屨因緣，幸而肆志遊之，是不可無記。記曰：

衡嶽距湘潭二百里而遥，余以九月既望癸未，薄暮發舟，同行者，白門鄉僧津修，邗江程生雲朗。蓋先是修從金陵得得來，以八月抵衡，會連雨弗克陟巔，歸來僅能爲余極道嶽路松之勝，余頷之，至是復攜與偕。

越三日丙戌，抵衡山邑，呼箯輿詣嶽廟。甫行數里許，望見道傍蒼虬千尺，森峭觸天，果如修言。稍進，則寒陰夾隊，屹如巨人，冠劍林立，拱揖相屬，大夫良爲勞苦。輿人向余言：「是中松奇特可志者二，曰龍頭，曰子抱母。」龍頭今亡矣，子抱母宛然。會天將暝，疾驅廟，止宿崇寧寺僧舍。明日丁亥，晨起謁嶽帝，廟貌窿閎，賁鏞喤然。時釐禱者甚衆，半皆村甿，羅拜壚〔二〕煙下，口噞喁不辨爲何語。余雖通籍，猶然布衣也，僅齎瓣香爲獻，酸寒可掬，俗人腹笑之，知帝不我訶也。時修、朗皆在側，惟仰視甍桷，嚄唶曰：「夥頤！嶽之爲殿沈沈者。」繞殿巡行，略無往迹可紀，遂復返寺。

飯罷，謀登山，時陰晴相戰。輿人環立聽命，余悉謝去，獨與修、朗及童僕數輩，策杖徑往。有送余者，偶得小僧名福，頗解事，藉爲鄉導，余袖中亦有圖經。迤廟西行隰畛間二里許，至茶庵。庵則隰之終而山之始也，稍上則岡矣。送者別去，余輩拾級而登，幽草野花，秋色堪把。稍前遇石磴，磴本一片石，人鑿而磴之，傍有時人新題曰「雲梯」，不知何義。過磴，始聞潺湲聲，自遠而近，砰磕如奔雷。下矚深磵中，若斷若聯，如曳練，如縣箔者，絡絲潭水也。余心神澄曠，泬然有會。福遥指潭處示余，時志在高山，未暇窮源，遂去。過玉板橋，水聲益瀌瀌沸耳，然又非絡絲潭水，蓋由是以趨潭者。余踞盤石，憩木蔭中。良久復前，山勢漸峻，至此始有嶽意。

遊者始杖，既陟復降，陗壍相間，然壍弗及陗十之一，此所謂小竹篙嶺、大竹篙嶺也。竹篙，本象山形巉削，南楚方言耳。而後人輒更爲祝高，殊無謂。兩嶺皆岝峈巑岏，與浮雲相亂。初望前嶺煙靄中有白衣，以爲天上人。比達煙所，則白衣又在天上。凡數休而後至，據地慄慄，渴肺願漿。然屠蘇相望，僧茗可乞。

既逾嶺，則嶽思過半矣，於是有半山亭。亭已虚無人，空閉栴檀數軀，莓苔告哀，佛有憂色。出亭四望，則宜衆峰羅立，湘流縈帶矣。時山雲樓起，漭漭無所見，福妄言之，余妄聽之，修朗輩妄附和之。稍上，雲黨益盛，餘弗迷者咫尺。遊情少倦，遂折入鐵佛庵。弛裝脱屨，擬税駕於此矣。

時日猶在悲谷，天色乍開乍合，然可決其不雨。余復投袂起曰：「今日即不登峰，夫豈無傍近散勝可搜，胡騃坐爲？」余目福，福曰：「有之。此傍近爲兜率庵、懶殘巖。」余欣然往尋，由庵右取道南折而下。先過懶殘巖，巖庳濕不可坐。半芋既無，牛糞亦少。上數武，即兜率庵。庵徒四壁立，荒略草創，斧痕尚鮮。階下有秋花亭亭，頗類貧女顏色。詢之老僧，曰：「鐵綫牡丹也。」時天忽向霽，出庵遍索無餘勝，意微怏怏。然往返經行處，桐竹參差横斜，宿草殘碑，或僵或立，似王侯家新廢臺榭，令人愴然生盛衰之感。仍取故道歸，偶登坂少憩。余坐，諸人皆坐，見白雲庵庵，舒卷不經，儵忽萬變。雲有孤飛者、群遊者、旁午相觸者、前後相逐者，有滃滃四起忽復回互者。少焉，衆雲烏合，直來逼人，余輩急起，欲避無地，頃刻叵匝，并在白光封裹中。余歎息謂修朗輩：「吾與若終日地下看雲，亦曾見如是雲乎？ 嗚呼！ 此乃所以嶽也。」修朗皆憮然。返於庵，僦夢禪榻，深山無酒，倦劇如醉。

越明日，宿霧益壯，似欲雨者，然不甘枯坐，於朝餐後，信脚登山，已過丹霞寺，余自下上，有客自上下，邂逅於泉樹翳薈間。客乃吴人，亟摇手謂余〔三〕曰：「勿往，適峰頂大風雨，徒敗公芒屨〔四〕。」强挽之至庵中。然庵處固猶未霑濡也，余疑之。客曰：「兹嶽蓋有三天焉。自玉板橋以下一天；自橋以上至半山亭一天；自亭至峰頂又一天。往往雨其上，霽其中；雨其中，霽其下；而甚者或雨其下，霽其上，霧其中，非復人世陰晴也。」余又歎之。有頃，天微霽，余意仍欲搜傍勝，屢目福，福謝無有，良久曰：「無已，則下火場。」於是遂東之下火場，然心怪厥名弗韻。比至，則畦竈穢俗，所見無非野髡，名稱其實。但竹石磵道，亦彷彿昨日兜率路，差可不悔。時霡霂已霏霏矣，疾趨返，未及庵而大雨。明日又雨。余惟匡坐繩牀，時時呼老衲説無事鬼話。福笑於前，修朗歎於側，僧童輩皆寂無聲。老衲炊餅作供，案間有蒟蒻根、竹花菌，皆山蔬也，余屢爲厭餐。蓋自丁亥至己丑，凡三宿庵中，留小詩於壁記之。

明日庚寅，雨少歇，霧晦如故，余決策前進，褰裳先登，仍過丹霞。僧智融持一卷索詩，泚筆題之而去。遂歷會泉，經湘南寺，徘徊弗果入，乃至南天門，此土人所稱横嶺者也。嶺當岡巒之脊，嵽嵲綿亘，實中分嶽。嶺之陽曰前山，嶺之陰曰後山。又自山下仰矚者，高迄嶺而止。自峰頂俯矚者，卑亦迄嶺而止。蓋登斯嶺，始獲睹祝融云。時有僧持茗出飲客，傖夫而操吴音。修呼問所勝，對曰：「過此則飛來船、講經臺矣。」遂從歧路趨至船所。船之上下左右皆石也。船則高庋兩崖間，適當石之門户處，人皆從船底往來，船上亦捫躡可登。余與修盤礴流連，未始不歎其奇也。周視絶壁間，有題曰「石舟」者，有曰「簑雲釣月」者，又有擬題曰「慈航」者，以船喻船，都無是處。往觀講經臺，臺上劖有「壽嶽」二大字，云是宋徽宸翰，然奇處正不在此。遂復返，尋登峰路，時霾霿迷離，對面茫茫，如半山亭時。余輩惟以福爲目，福高亦高，福下亦下，經獨覺門故址，余忽恍然，低回久之不能去。蓋余初登横嶺時，將謂過此以往，當步步攀躋，直到上頭矣，不意此處復作凹凸，既斷復起，類蜂腰然，此嶽中絶無關繫處，而余獨默契其理，以爲登峰非如此則不妙，似先得我胸中丘壑者，未暇與俗人言也。

經獅子泉，入上封寺，寺僧極藞苴，向人惟攢眉説苦。然寺亦漂摇頹殆，無住理，去之。上天尺庵，至峰頂。時雲絮四塞，白日暉其外，一氣氤氲浮動，如混沌未分時，遊者亦莫知爲祝融。峰側〔五〕有小祠，石其垣，鐵其瓦，前以位嶽帝，後則思大禪師。有行僧顛霜種種，從祠中出，自稱洛陽人，曰：「余老此孤峰絶頂，十五年矣。」指余輩登望月臺。數人者，據石趺坐，相顧凄然，如在窮荒海島中。時見雲色稍明澹，幸其或開。僧掉頭曰：「全未全未。」余悵然乃下，此初登也。

遂西過不語巖，至會仙橋。橋即道書所號「青玉壇」，又在後山之後矣。兩崖斬然，中斷如峽，惟近北崖者，石脈不絶，如駢拇枝指。相去三丈許，復突起而爲會仙峰。橋横跨之，廣可數尺，下臨萬仞。余飄然徑度，修從之，餘人或色戰縮朒，久之乃過。然余既度此峰，天色忽慘變，濃雲如墨，濕霧濛濛，蕩潏窅冥，疑非人世。余亦悄然悲恐，捉修臂曰：「人言地獄景象，幽晦無晝夜，當作如是觀。」修點首。去峰數尺，復有巨石谽問，初不相屬，或云可躍而下，以試人之心，遂名曰「試心石」。石隙有古松數株，禿拙如畫，不知何似天臺橋畔。峰上望捨身崖，殊了了。路紋如綫，足迹可數。會昏黑不辨陵谷，身固難捨，心亦懶試，仍循舊徑南下。

過觀音泉，蒼翠幽濕，步步踏落葉，有山衲扶藤相御，則觀音巖僧碧環也。巖一名圓明洞，一名高臺寺，今皆不可考，獨巖在耳。巖左復有小巖，蓋新出之土中者。其洞外有石龍首，洞中有降龍尊者像，不知何代遺迹，向來遂埋坳爾許年。巖額平廣如席，僧或乞名，余即題曰「降龍巖」。傍有石類蟾蜍，西嚮癡望，如請雨者。而觀音巖上故有圓通閣，懸崖置屋，結構牢密，僧指石上短松曰：「此念庵羅先生手植也。」薄暮，霧愈甚，就憩閣傍僧舍，神骨頗覺高寒。中夜時聞淅瀝聲，蓋林露賨薘，兼山溜泠泠，俱非雨似雨者。

比天明，乃真雨，披衣出户，四望黤然，僕夫況瘁，余猶躊躇未決。問福，福不言。問修朗，朗曰下山，修亦曰下山。余無可奈何，遂如所請。然終不能忘會仙橋。復踏幽濕往觀之，昏黑如故，乃東觀望日亭、舍利塔、脱殼池而還。返至湘南寺，忽簡圖經曰：「此處有貫道泉。」亟入寺訪之，泉頗幽冽，石壁間，有大觀中趙岍絶句，岍不知何許人，詩亦平平無奇。而此山唐宋人留題絶少，見此聊慰典刑〔六〕。復過鐵佛庵，庵前爲歧路，東西分。由東道下山，可十五里，即前日來時路也。西道倍之，且茅塞不良於行，然福巖南臺諸境俱在西。余一意討勝，遂麾奴子肩襆被，從東下，而余與修朗輩策杖而西，仍下兜率庵。至中庵，庵荆扉反鐍，惟餘蕉花守籬外。

道經巳公巖，巖在隔溪，徑路斷絶。余意頗怠，而福力薦此巖殊谽谺，非曩所見〔七〕諸巖比。遂從亂石僵樹間，猿掛而下。入巖，見空洞可容百餘人，福言不謬。有五臺僧龕其中，聞〔八〕足音跫然，似有喜色。余默思此中面壁，何減少林？只恐爲僧心不了耳。出巖，天忽霽，路漸蕪翳，茅葦如人長。時見衰蓁中一片皆鴛鴦菊，土人或不識此毒卉也，然花自可玩。望福巖寺在前，欲往詣之，而福先引至羅漢洞。洞〔九〕即獅子巖，以形得名。相傳前代有五百聖僧居之，日飯於福巖寺。寺中故有凡僧五百，合爲千人。然飯罷輒隱其半，主者疑焉。一日披荆迹之，盡在洞中。後遂移巨石塞其門，至今無敢排闥者。説雖不經，然余觀其塞處，庨豁如城闉，石自内出，殊不可曉。石傍有隙，修以杖探入，數叩之，聲谾谾然。俄而狂飆怒起，福曰：「此豈洞中羅漢嗔耶？往年故有雷雹之異。」然同行者皆不顧，益賈勇陟其巔。風倍勍，吹人欲墮。有頃乃下，風亦旋止。

坐坡側少憩，正見三生塔鼎立層岡，纔露魋結，會雙脛告憊，不任嫛姍，囑修、福兩人往先之，有奇則以聞。良久反命曰：「亡奇。」乃已。遂入福巖寺，寺亦無它奇，惟古松數章，龍鱗獰栗，實爲此山之冠，余亟稱之。寺僧爲檇李人，向余指畫形勝，云此地四峰環拱，後嶂則狻猊狀也。前臨平畬，有孤垤突起，如龜爬堰，且行且視之，信然。時已過劫餘之南臺寺矣。回望宋人黄桂所書大壽字，在宿莽中。遂至退道坡，坡間石磴，略如東道所稱雲梯，而廣長數倍，歷百餘級始盡，或呼爲「天生磴」。察其傍，則金牛迹存焉，蹏痕參錯，間以人趾。此中安得有是迹？豈亦效鼙蠶叢故事爲之耶？下睇嶽廟，歷歷在目，以爲西道之勝已盡，而道左有三石相疊，俯瞰欹巖，欲墜不墜者，飛來石也。修、朗輩皆危且奇之。余曰：「夫嶽則廣矣大矣，諸勝備矣，胡拳石之足多？」抵廟時，天已暮。余中夜深念，此來往返於嶽，自丁亥迄辛卯，凡五晝夜矣。而山靈妒人，雲煙黨錮，朱陵[一〇]之真面目，其終不可識乎？澄爽有待，務[一一]堅定以勝之。

越三日甲午，天則大霽，曉望衆峰歷歷，老黛如沐。余仰面長笑，不復言。急呼僕夫戒裝，於是提修挈朗，仍取玉板橋故道而上。江山草樹如故也，而點蹴眺聽，觸處軒豁，恍如別一天地，令遊人精神怒生。俄而半山亭，俄而觀音巖，皆疾於鳥，巖僧環復趨迓山阿，草草相勞苦。是日碧空皎澈，上下中幸歡然同一天矣，絶無向客所言兩三天之惑。而余輩懲前者雲厄，有戒心，皇皇焉惟恐失會仙橋。接屨而趨，至橋，則日方亭午。此番陵谷劃然，崖爲之加深，橋爲之加細。余仍飄然徑度，餘人從之。時修慕試心之名，欲從谽閜處躍而下，環從後〔二〕呵之不止，竟躍而下，有奴子繼之，而余亦從橋畔梯而下。繞峰而達於所躍之石，諦視石上字，乃「定心」，非「試心」也。然定而後試，良亦至理。石隙禿拙松故無恙，有善緣木者，能王長其間，獨捨身崖則無敢嘗試者，身固重於嶽耶！遂趨登峰頂。是日，天地始分，鄉之混沌者，一變而文明。騁懷極目，見界諸境，咸來奔會。環復一一指畫，初下其手曰：此某峰某峰也。又下其手曰：某江〔三〕某河也。復四面下其手曰：此周遭〔四〕大小諸某某山，衡陽郡邑也，長沙郡邑也，邵陵郡邑也。余惝怳久之，或叩後山諸勝地，則皆在峰脚右畔。如古大明寺，如茅坪，如九龍坪，又歷歷入環指掌。精藍累蘇，遠松如薺。噫吁嘻，危乎高哉！自登此峰，而七十一〔五〕峰皆盆砌間物耳。今而後，祝融君猶得不以真面目奉我乎？此再登也。

將下峰，聞傍有太陽、虎跑二泉，遂并觀之。太陽泉，亦與貫道諸泉伯仲。而由泉以達於上封寺，有石筧焉，溜涓涓緣之以下，約二里許，云是唐時一老女所鑿，至今以其名〔六〕筧。此老女大好事，毋乃跼地喚天，無聊之極思耶？虎跑即在寺後，出樹石根罅，淙淙不絕，然皆不甚著。歸巖，語環曰：「余詰旦欲觀日。」環曰：「今且請觀落日。」遂假道圓通閣，上觀音巖頂，與修并坐觀之。烏輪墜處，與平地所見亦略同，但下方已嚮晦，而山際猶輝輝弄景爲異耳。是夕，念念作日出想，殆不成寐。夜半，環促之起，嵐氣嚴礅，不霜而凄。行者皆擁罽挾纊，暗中燃枯竹。牽率至望日亭，時北斗煌煌在天，寒鷄尚未初號。同遊數人，莫不延頸東望，恭默鵠立，如金閨待漏圖。從者或躧僵蜎縮，抵背鼾睡。久之，月始上，盈盈一鈎，清輝如濯，此人間夢回酒醒時也。又久之，東方始作，初僅一痕白，白者漸高漸淡，則黄繼之，黄者漸高，則紅繼之，紅者既高，則紅盡處又漸淡而爲白。白則又黄，黄則又紅，如是者又久之，乃吐一綫於〔一七〕莽蒼間。倏而半規，倏而全輪。紫燕支、赬玉盤，不足以喻其色也。轉瞬扶桑載拂，則色化而爲光，不能正視矣。而觀者咸詫光中猶蕩漾如冶金，此不知是日動目動。時朝旭已璁瓏，同遊者人人滿志而去，無他望，而余獨中懷勃窣，似仍不能忘祝融。乃復登之，瞿然顧其後，相從者惟有一修。是日所見則又異。雲瀰於山腰，凝而不流，無近遠皆作一片白。日光在上映之，粼粼漚漚，遥峰如鳧雁出没，渺然洞庭萬頃。余不覺驚喜狂叫，顧修曰：「大奇大奇！昔人云『雲海蕩吾〔一八〕心胸』，此其是矣。」蓋余三登峰，而山亦三變。始則海，終則湖，獨中所見是山耳。嶽哉！嶽哉！何其善幻而不測也！觀止矣，亟去，無太奢侈，取造物忌。既返於巖，遂浩然南下。

將至湘南寺，忽又簡圖經，知此處有隱松巖，不憚披蒙茸探之，荒陋殊難爲品題，不知何故被此嘉名，或者岸谷變遷？抵寺，日猶未晡，是日蓋乙未也，計往返於嶽者又兩日。於〔一九〕是遊聲始振，乃公對鏡引杯，頗有驕色，栩栩然自謂日無全嶽，而嶽廟前招提星羅，煙磬相望，豈遂略無小勝可紀？則拱手應客曰：「敬聞命矣。」竊已於前兩日了之，以壬辰了其西，則集賢書院也。宫庭肅潔，清風穆如，諸賢人姓字燁燁〔二〇〕，所云開雲霽雪之先輩具在。院後琅玕萬個，間以瘦松，芬碧瀟〔二一〕疏，能使六月無暑。或采杜句題曰「湖南清絶地」，差不惡。此外如胡文定、湛甘泉兩祠，僅可仿元旦酬酢例。到門投一刺而去，不見主人。以癸巳了其東，則所謂華嚴閣、甘露林諸所，俱卑庸無足道。最後至一處，號近聖蘭若者，廣長不贏十笏。室已闃寂，偶爾步入，正中有出山老迦文妙相，鬚鬘如生，肉色温好，紺目波流，顧人而笑。余極駭悦，修、朗亦皆駭悦，歎未曾有，然莫〔二二〕識所自。返至司馬橋，適遇福，試詢之，福遽曰：「是某所活佛耶？」余輩始知爲活佛。獨怪此中人殊乏心眼，不活佛之則已，既活佛之，不以活佛之道事之，而乃聽其抱膝冷坐於蟲絲蝸篆之下，衆生夢夢至此。此前兩日所了廟傍小勝也。

考圖經，水簾洞去廟差遠，乃以下峰之後一日往了之。其日則丙申矣，暄麗如暮春，仍呼福道夫先路。行十里，經桂藩新卜寢丘，稍坐松根觀之，亟去。覓水簾路，而福初不識途，妄引余輩入山。行二里許，不聞水聲，頗疑之，望見隔溪村煙曖曖，髻嫗鷄犬，如桃花源人家。命福往叩之，始知誤入。急返故道，得牧牛兒爲指南，越陌度阡，跉踔〔一三〕眅畷間，久之，始涉澗。舉頭遥見白練，知是簾所爲。然此微簾耳，又行二里許山路，始見全簾。蓋朗不能從焉，獨修與余偕。飛流自山頂兩折而下，峻壁高可百尺，水遥之，故曰簾。瀉珠濺玉，真有銀河九天之想。欹坐崖上，毛髮淅淅，魂骨俱清。簾畔大字，標「天下第一泉」，而余所坐處石平如砥，亦大署「朱陵太虚洞天」。其傍宋元人姓字楚楚，視嶽有加，然皆不見汗青，何殊腐朽。聞水中有冲退石，堪坐卧。苦斗絶，無路可下，未敢以身許之。然此處亦值得一死，恨不立化爲猿鶴。余歸途目修言：「此亦奇觀矣，未知與匡廬瀑布，孰爲雄長？」顧水而簾，簾而洞，三之則美斯全，今乃闕一，故吾深愛其簾，而猶微恨其不洞。返至先所涉澗，即簾之餘，渴甚，掬水飲之，果甘洌異常，此泉合置第一。

抵廟，偶過準提庵，忽有懷赫蹏見訪者，爲天臺寺僧湛公。湛公之來，則邀余爲方廣遊也。嗟乎！余念方廣久矣，未入嶽，神已先往。但以距嶽頗遠，故後之，今不意遂得湛。時弗可失，遂欣然命駕，以明日入方廣。有從余遊者，即前送余茶庵别去者也。其日修行朗不行，或便謂修勝朗，然山水有緣，亦胡可强？初所歷皆官道，平楚蒼然，黄疇相錯，矯首望天柱、赤帝諸峰，猶冉冉送客。久之，始入山。山徑崎嵚，微類福巖路，而詰屈倍之。既過西明寺，則益巉巗不倫。怪石虎蹲〔一四〕，藤樹交蔭，林礁齒齒，千澗皆鳴。行人屢入箐樾中，冪䍦〔三五〕如幄。或數里不見天，惟聞荔藟蘢蓯下，水聲瀄汩，然亦不辨水所在，時於蔓葉疏隙窺見之，桐栗俱歲年老大，結實纍纍，枝頭自笑。沙磴多碎散石膚，布地如魚鱗，爍爍有光，或即舉以當雲母，仙家大藥，不應狼藉如許。遍歷窈窱間，竟日不逢一人，鳥雀相呼亦少。斜曛始抵方廣寺，寺故壯麗，屢遭鬱攸，今遂零落，然規模猶依稀可睹。殿上佛軀極偉，皆負墻露坐，塵隆於鼻，覺〔三六〕活佛遭際猶幸。立荒臺佇望，四面銛峰苞簇，環繞如城。僧言此地形絕似千瓣芙蕖，寺基乃在蓮房上，熟視之信然。遥指疊巘，有紅葉半灣〔三七〕，正出萬綠深處。余與修矊眇久之，秋魂欲醉。飯於僧閣，窗扉怡悦，此中儘堪寄夢。而湛已庀榻於天臺，勢不能不天臺，遂别去。

過洗衲石、補衲臺，皆梁海尊者遺迹。石去地無多許，水逕其上，欲簾不能，然簾意亦可想。臺則硱磳樹石間，可設蒲團孤坐，後人或又題曰「嘯」。獨計此一衲耳，既洗又補，何當復嘯？稍前，度石橋，修翳四合，激湍清越，此亦絕無關繫處，而余〔三八〕又樂之，低回駐戀，如過獨覺門時。既暝，乃投天臺，一徑森黑，穿蘿而入。寺極典嚴，是湛所經營，頗不類巖阿結構。明日晨起，往觀拜經臺，惟有寒荒一片。尋無縫塔，塔甃亂石爲之，位當兩山之會。罡風曉昏雷吼，而浮圖尖終古矗如，寧〔三九〕無呵衛。回視前山椒，亦有亂石塔，與此相望。昔年經震霆摧而爲二，然俱植不踣，以彼塔匹此塔，所謂東鄰西子也。返過妙高峰，峰通體皆石，峭壁仡仡，如百堵墻。而石上有一徑，儼然軌涂，即以車轍名其亭。上劖留元圭六大字，柳骨顔筋皆備，殊可法。有石欹覆高崖間，其形正方，曰「分糧斛」。不知斛化爲石？石化爲斛？又有稽首石上者，幘痕宛然，石乃不剮於額，顧之失笑。返於寺，湛欲相淹信宿，而佳處已盡入奚囊，安能爲蔬筍留？偶聞福昌寺龍潭有幽致，遂紆道取福昌路而下。既至，則茫不知潭所，寺中人導觀之。潭處亂石間，竹蓏罥〔三〇〕途，遊屐罕到。一泓黝窅，疑爲龍湫。修稍進，投石試之，導者變色呵止，以〔三一〕是潭嘗殺人故，然我輩豈潭所得殺也？笑而返。是役也，以丁酉往，戊戌還，初志在方廣耳，乃兼得天臺，可謂不負西來意矣。

擬束裝言歸，忽披圖經，蹶然起曰：「尚有黄庭觀見遺。」其以明日往，至則荒寂無煙，松筠空鎖。亟訪魏元君飛仙石，突兀傍簷，跂脚朗吟，半天笙鶴，縹緲可想。返至中途，聆澗聲觸耳，知從絡絲潭來。忽憶前福所指潭處尚未到，慨然往尋之。衣榛帶棘，上下岡坂，乃達潭所。潭不一水，水不一狀。然潭所逕無非澗者，欹卧石上，看壁間飛流，所謂砰磕如奔雷者，足當水簾之半，然又不可以簾論，故是氣象别耳。水傍有山客某小篆「趙澗」二字，鈎畫亦俊健。世人耳尊於目，趙澗之名，遂以絡絲潭而掩，非身到，誰知之者？是日已亥，山行告終。雙履盡穿，踵決尚未覺。

明日庚子，高卧僧舍，稍息勞生。然胸中躍躍然全嶽動盪，醒與俱醒，夢與俱夢，方寸幾不能自主。辛丑，乃出嶽，寺僧送之廟前。見道左頑石，上標佛號，漫訊之，僧曰：「此嶽石也。蓋世傳嶽帝宫故在峰頂，陳時有思禪師欲踞其地，與帝約曰：『吾拋一石，視石止處，創爾祠。』故祠遷於平麓，即今廟是矣。」余又爽然。念此等閒瑣事，不叩則亦不知也。凡余所歷嶽中諸勝，有前人所未及者，多以善問得之。

九煙氏曰：余於兹嶽，蓋亦得其八九云。從來品嶽者，高言祝融，幽言方廣，奇言水簾，余既兼而有之。若夫高外之高，幽中之幽，奇前後之奇，亦鮮不爬羅剔抉，征翳伐荒，鶩入詭出，與猱鶻争智勇，可謂不遺餘力矣。所微憾者，獨後山未到。人言其金碧繡錯，緇錫如雲，安可過而不問？噫！余本以數千里外之身，一旦裹糧挐艇，跋涉山川，徒以嶽故，若僅取金碧緇錫，鋪染快目，豈余所急？且亦豈嶽所望於余者哉？雖俟異日焉可也。天地不壞，灝氣長存，五嶽之遊，請從衡始。山中前後留墨，識會仙橋者，曰：「老此不恨。」贈碧蘿峰片石者，曰：「差可共語。」題方廣寺者，曰：「萬壑孤蓮。」而廟前有乞額爲帝獻者，則書曰：「發英生寶。」并記之。

【校】

〔一〕咸豐本、光緒本無此十四字。

〔二〕「壚」，咸豐本作「鑪」，光緒本作「爐」。
〔三〕「余」，咸豐本作「予」。
〔四〕「屨」，咸豐本、光緒本作「履」。
〔五〕「側」，咸豐本、光緒本作「則」。
〔六〕「刑」，光緒本作「型」。
〔七〕光緒本無「谽谺非曩所見」六字。
〔八〕「聞」字後，光緒本有「空谷」二字。
〔九〕光緒本無「洞」字。
〔一〇〕「朱陵」，咸豐本作「祝融」。
〔一一〕咸豐本、光緒本無「務」字。
〔一二〕光緒本無「後」字。
〔一三〕「江」，光緒本作「河」。
〔一四〕「遭」，咸豐本、光緒本作「禮」。
〔一五〕「一」，光緒本作「二」。
〔一六〕「其名」，咸豐本、光緒本作「名其」。
〔一七〕「於」，光緒本作「如」。
〔一八〕「吾」，咸豐本、光緒本作「我」。

〔一九〕「於」，光緒本作「如」。

〔二〇〕「燁燁」，咸豐本、光緒本作「煜煜」。

〔二一〕「瀟」，光緒本作「蕭」。

〔二二〕「莫」，光緒本作「目」。

〔二三〕「踔」，光緒本爲「躍」。

〔二四〕「蹲」，光緒本爲「樽」。

〔二五〕「麗」，原作「歷」，據咸豐本、光緒本改。

〔二六〕咸豐本、光緒本無「覺」字。

〔二七〕「灣」，原作「彎」，據咸豐本、光緒本改。

〔二八〕「余」，咸豐本、光緒本作「予」。

〔二九〕「寧」，咸豐本、光緒本作「豈」。

〔三〇〕「罥」，光緒本作「冒」。

〔三一〕「以」字後，咸豐本、光緒本有「爲」字。

【箋】

此文採自康熙本，咸豐本、光緒本亦收。據文中「始克踐斯約，則壬午歲之秋杪也……衡嶽距湘潭二百里而遥，余以九月既望癸未」云云，則黄周星登衡嶽在崇禎十五年壬午（一六四二）九月，本文當作於是年。董説《寶雲詩集》（清康熙二十八年董樵董耒刻本）卷二《黃九煙居士重過寶雲》詩中贊美本文云：「嶽記清裁空左馬。」詩云：「不朽文章感慨餘，未成吴越卜新居。北天簫鼓仙韶樂，夢國河山太史書。（自言將製《北俱盧傳奇》，又有《夢史》，高一尺。）嶽記清裁空左馬，禹碑真訣授樵漁。（並隸九煙事。）何年去挈東籬叟，（謂湘中陶仲調。）三笑重將旅抱舒。」沈粹芬、黃人、王文濡等輯《國朝文匯》甲前集卷五「黃周星」條收録文一篇，即《衡嶽遊記》。本文亦曾收入道光間吴江沈氏世楷堂《昭代叢書》戊集續編卷二十六、清光緒十七年（一八九一）上海著易堂《小方壺齋輿地叢鈔》第四帙、民國間朱格抄本佚名輯《遊記叢抄》第二十七册、上海書店出版社一九九四年版《叢書集成續編》史部地理類、臺北新文豐出版公司一九八九年版王德毅等編《叢書集成續編》史地類等。

附　衡嶽遊記小引

王謔庵《游唤》曰：人有兩目，不第謂其晝視日、夜視月也。又賦之兩足，亦不第欲其走街衢田陌，上長安道已也。瓦一壓而人之識低，城一規而人之魄狹。天下三山六水，土處一焉，一土之中，蠕蠕擾動，以盡其强陽，是惡能破鼇之房而出螘之穴耶？又曰：天地之精華，未生賢者，先生山水。故其造名山大川也，英思巧韻，不知費幾爐冶。而但爲野仙山鬼、蛟龍虎豹之所嘯據，或不平而爭之，非樵牧則緇黃耳。而所謂賢者，方如兒女子[一]守閨閾，不敢空闊一步，是鼇螘也，尚不若魚鳥。信如謔庵斯語，則世之不爲鼇螘者抑[二]寡矣。僕本曠適之人，復生曠適之地，江風山月，朝爽夕佳，浩浩落落，其樂無涯。一旦遠去舊都〔三〕，誤墮蠭螘國中，蹷然而城規之，弇然而瓦壓之，蠕動强陽，交戰乎前，主人枯冷寂默，惟窮年堅守繩甕，誠有如誰庵所譏。每中夜浩愾，人生貴適意耳。僕春秋三十有二，幸而策名當時，修途未央，歲華堪惜，東西南北，安往不歡。無端向風馬牛之區，齗齗齧齧，行歎坐愁，何爲也？茲者衡遊告成，聊託紀詠，自謂稍稍破蠭房、出螘穴矣。試以舉似誰庵，誰庵其又將魚鳥我耶？

汰沃主人漫題〔四〕

【校】

〔一〕光緒本無「子」字。

〔二〕「抑」，咸豐本、光緒本作「蓋」。

〔三〕「都」，咸豐本、光緒本作「居」。

〔四〕咸豐本無「汰沃主人漫題」六字。

【箋】

此文採自康熙本，咸豐本、光緒本亦收。據文中「僕春秋三十有二」云云，則此文亦當作於崇禎十五年（一六四二）。

附　衡嶽遊記跋

九煙先生著述最富，生前授梓及身後後人校刊者，不及什之一二，良可喟也。茲衡遊記暨詩，亦散刊之本，簡潔爽朗，與王氏《五嶽草》、潘氏《鴻爪集》可稱鼎足。餘子碌碌，敢在下風。癸卯仲冬，震澤楊復吉識。

【箋】

此文採自道光間吳江沈氏世楷堂《昭代叢書》戊集續編卷二十六。

重修繁學記

「孔子登泰山小天下矣，何有於部婁繁陽？」僕請撫掌謝客曰：「謹受教。孔子雖小天下，未必不大繁陽。」「曷大乎繁陽也？」曰：「繁陽勝。」「繁陽雄乎山川甲都會乎？」曰：「否否。」「然則繁陽曷勝？」曰：「頖宮勝。」「瀛寓泮宮，不下數千區，寧獨無什伯繁陽者？」曰：「有之有之，而汎濫罕紀。」「其敝有二，一曰謷而近夸，一曰庳而近僿。夫孔子時中之聖也。之二者皆失中，失中則孔子之神不樂居。雖唐戟宋旒，何裨德教？」「若今者入繁陽，瞻泮宮，則二患亡矣。先是邑經一遷，學則再遷，建置化更，屢葺屢圮，數年前嘗陊剥矣。邑之人奔蹶委輸，厥費不貲。將謂暫勞永逸，乃不數年則陊剥如故，赫靈在天，實應怨恫。兹幸繼起，有人毅然一舉而更新之，扶衰振敝，成績爛然。而吾更竊有感於興廢之際也。夫孔子之位猶帝王也，頖宮則猶其社稷也。上下數千禩，或創或因，亦似有曆數之乘焉。人知創之難也倍，因而不知因之難也尤倍創。蓋龍蜆易傳，耆姚難績也。見今茲之役，名雖埒於因，而實則浮於創。暈外蝕内，蠧壞已深。所謂琴瑟不調，必解張乃可鼓。而一時輿情愮愓，陶猗輩咸藉藉口實，前車動激，艱於轉石。自非至誠感物，永肩一心，疇克勝其任而愉快。迄今七曜中階，五雲太甲，星燦霞蒸，其效既章章睹矣。譬之流㲋變爲飛翬，紫龜易爲赤鳳，雖運會使然，亦策力功居多焉。由斯以觀，則孔子數千禩之社稷，可謂危而復安，絶而復興矣，顧不偉與大？繁陽蕞爾國，曾謂泰山不如金峨浮丘乎？然麐鳳金玉之靈，實式憑之。岱宗夫如何？青不在齊魯矣。」時秉鐸邑宫，董斯役者爲新安孝廉洪公協忱，佐理者爲邑茂才章君人鳳、李君杓、湯君之選，而始終經營，勞怨弗避者，則茂才古君大佳一人任之。僕以鍾山逋臣適授經邑之鵲江，幸遘觀厥成，登斯堂也，不敢僭擬晉大夫輪奐善頌，庶幾附野甿之後，翹首瞻視曰：「夥頤！繁陽之泮宫沈沈者。」

【箋】

此文不見於黄周星諸集，採自清代黄桂修、宋驤纂《康熙太平府志》（康熙十二年修光緒二十九年重刊本）卷三十七「藝文」，清代梁延年修，閔爕纂《康熙繁昌縣志》（康熙十四年刻本）卷十四「藝文・記」亦收，題爲「重修儒學記」。順治十一年（一六五四）春，黄周星赴安徽蕪湖繁昌授經謀生。據文中「僕以鍾山逋臣適授經邑之鵲江，幸遘觀厥成，登斯堂也」云云，則本文當作於順治十一年（一六五四）。

附　順治重修學記碑黄周星記，在戟門外。

國朝順治十一年知縣張楷、教諭洪明鍾，殫力修庀。於學前朝山置文峰塔，學宫一振。又以威遠門在學爲白虎方，急宜閉塞，耑趨天馬。諸生章人鳳、郝焜等具調呈縣，知縣張楷允議，轉詳道院，院批准閉威遠以培學校，以妥聖靈。□依在案，即令工匠□□□張仍捐俸，置天馬城門。升高石甕，修建樓櫓。□於泮河置木橋一道，自學前直抵天馬，以通往來。又橋外築新堤慢石路，士民兩便。進士楚人黄周星記。

【箋】

此文採自清代梁延年修，閔熒纂《康熙繁昌縣志》（康熙十四年刻本）卷七「學校」。

儒學教諭洪公修學碑〔一〕

今夫人材之盛衰視學宫，學宫之盛衰視師表。以余所聞，如庾益爲朝散大夫，上書請葺學宫。朱公博爲鄉祭酒，請捐俸創學。袁德州爲齊教授，德王遺金十斤不受，出修學宫。莊敬爲閩節度使，時閩人不學，莊命建修學宫，鼓勵士業，遂歲貢士與各州等。載在縑緗，班班可考。由斯以觀，聖學盛衰之關，豈不以人哉？繁之學宫嘗圮矣，數載之前孱工庀材，是斷是虔，亦既不遺餘力，乃未幾則又告圮。豈人謀之弗臧，抑聖心之未協耶？兹幸天相吾繁，有新安洪師者，一旦儼然造焉。師爲壬午名孝廉，辰之役闈牘已入彀，主者以溢額憖置副車，受命來司繁鐸，繁之人士咸喁喁，願覯德化。師氣度魁頎，神襟軒朗，望之如朱霞白鶴。菈泮之初，慨然以興教育才爲己任，鉛槧管弦，春秋罔間，一時士風丕變，不啻文翁之於蜀，胡瑗之於苕也。且與人坦誠而律己嚴潔，逞者膠序歲啐，鄉耆師儒之𤸰黷者率奇貨居之，人每視盛典爲畏途，師獨痛謭陋習，介僎笙觶之間，歡然復見古風。又凡弟子員之以鼓篋初至者，於函丈例有雉緺之贄，名曰公堂，實以充葙盤餕瀋，師則悉捐以助學工。迄今規模宏遠，坻㟧巃嵸，鳥革翬飛，雲委波詭，雖多士肱翼之功，實師首倡力也。然吾觀師之意念操矣，嘗若有歃然者。蓋繁爲江左文獻之區，邇來蘂榜賢書，晨星歷落。鄧林豈乏嘉植，或亦地脉使然。兹且議闢天駟之亨衢，矗文峰之勝槩，引靈源於西北，匯委氣於東南。自此三鳳八龍，蟬聯鵲起，巍科碩輔，卓冠寰瀛，則師之澤正長，而師之心始慰耳。後之溯宫墻而颺詡者，詎止一廣寧丹紫如李泌所譏哉？余不敏，請載筆以竢。〔二〕

【校】

〔二〕《道光繁昌縣志》無標題，有小序：「國朝順治十一年，知縣張楷、教諭洪明鍾重修，并於學前朝山重置文峰塔，學宫一振。首事生員章人鳳、李杓湯之選，古大佳督造，鄭重貲費，絲毫不苟。督學内院藍各族以功在聖門匾額。給事中姚文然、主事黄周星有記。（碑存明倫堂）。」

〔二〕《道光繁昌縣志》下有：「師諱明鍾，字萬貞，號溯舍，新安歙人也。順治甲午嘉平月，賜進士奉訓大夫户部浙江司主事秣陵黄周星撰。」

【箋】

此文不見於黄周星諸集，採自清代梁延年修、閔爕纂《康熙繁昌縣志》（康熙十四年刻本）卷十五「藝文」，清代曹德贊原本、張星焕增修《道光繁昌縣志》（清道光六年增修，民國二十六年鉛字重印本）卷八「學校志」亦收。本文亦當作於順治十一年（一六五四），時黄周星在繁昌授經。

將就園記

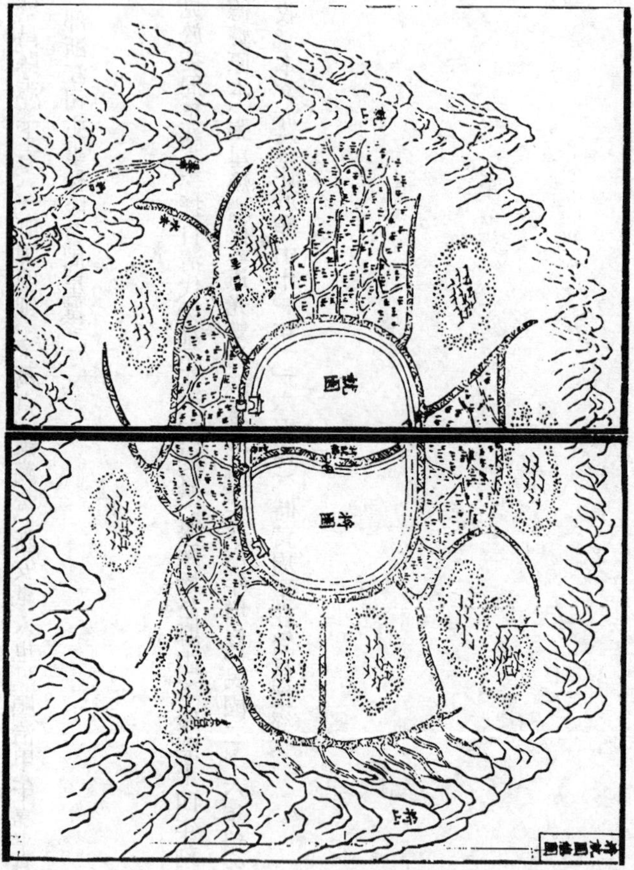

（將就園總圖　採自康熙二十七年《夏爲堂別集》）

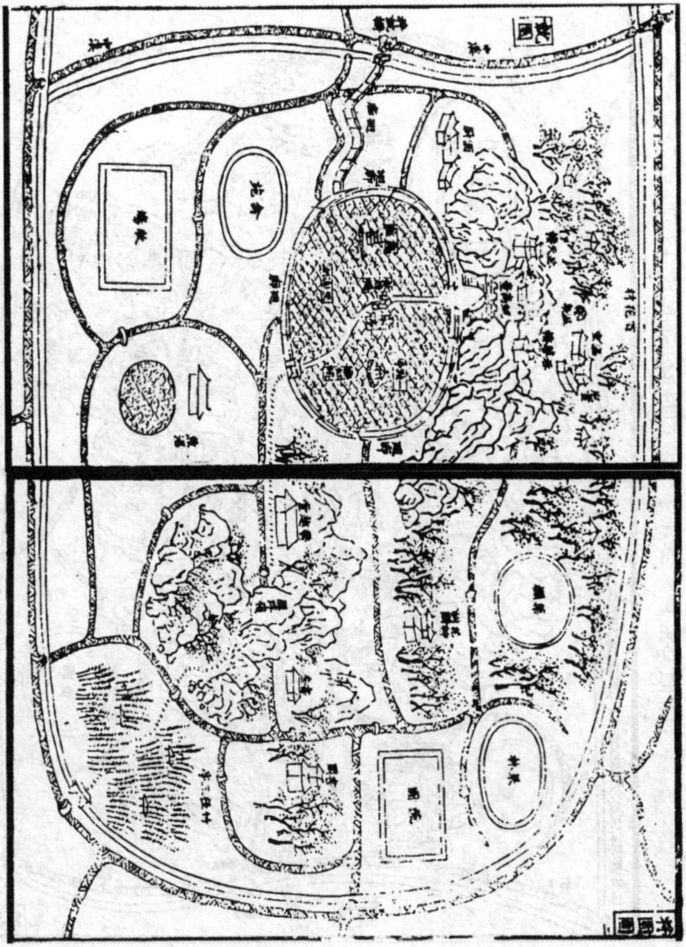

（將園圖 採自康熙二十七年《夏爲堂別集》）

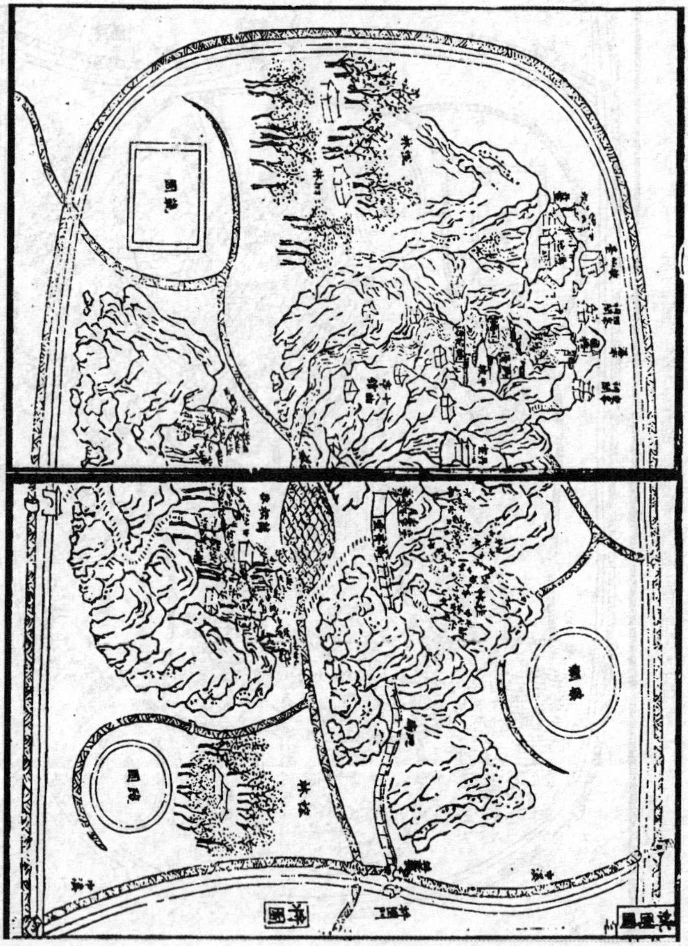

（就園圖　採自康熙二十七年《夏爲堂别集》）

一

自古園以人傳，人亦以園傳。今天下之有園者多矣，豈黄〔一〕九煙而可以無園乎哉？然九煙固未嘗有園也。九煙曰「無園」，天下之人亦皆曰「九〔二〕煙無園」，九煙心嗛之。一日者，九煙忽〔三〕岸然語客曰：「九煙固未嘗無園也。」客問：「九煙之園安在？」九煙曰：「吾園無定所，惟〔四〕擇四天下山水最佳勝之處爲之。所謂最佳勝之處者，亦在世間，亦在世外，亦非世間，亦非世外。蓋吾自有生以來，求之數十年而後得之，未易爲世人道也。」客曰：「請言其概。」九煙曰：「誠然。其地周遭皆崇山峻嶺，匼匝環抱，如蓮花城。繞城之山，凡爲岯焉者，岊焉者，霍焉〔五〕，峘焉者，不知其幾也，名皆不著。其著者，惟左右兩山。左曰『將山』，右曰『就山』，高各數千仞，而將之高過於就，就之視將，大約〔六〕減三之一耳。山形内塹而外峭，隔絶塵世，無徑可通。獨就山之凹〔七〕，西南隅有洞〔八〕穴，僅可容舠〔九〕。水自此而洩，蜿蜒紆折〔一〇〕。暝行數百步，乃達〔一一〕洞口。口〔一二〕外有澗，亦可通人間溪谷。然洞口纔大如井，而山巔有泉，飛流直下，搖曳爲瀑布，正當洞口，四時不竭，狀若懸簾。自非衝瀑出入，絶不知其爲洞，故終古無問津者。此則茲山之界限也。山中寬平衍沃，廣袤可百里。田疇村落，壇刹浮圖〔一三〕，歷歷如畫屏。凡宇宙間百物之産，百工之業，無一不備其中者。居人淳樸親遜，略無囂詐，髫耈男女，歡然如一，蓋累世不知有門辨争奪之事焉。又地氣和淑，不生荆棘，亦無虎狼蛇鼠蚊蚋螫蠚之屬。此則兹山之風土也。山椒各有飛泉下注，懸爲瀑，匯爲澗，流爲溪〔四〕沼，隨處可通艇〔五〕筏。而將、就兩山之下，溪流環繞十餘里，中爲平野，亦復有岡嶺湖陂，林藪原隰，參錯起伏，此吾園之所在也。園分東西二區，東近將山者，曰『將園』，西近就山者，曰『就園』，統名之曰『將就園』。兩〔六〕園之外，皆溪流環之，而中復有一溪，逶迤流亘南北，形如太極，實爲兩園之界。將園之門東南嚮，就園之門南嚮，門外各設橋以度，周遭壘石爲繚垣。而中溪居將園之外，就園之中，其東亦有繚垣隔之，不相連屬。獨將園瞰溪，有水陸門各一，溪上爲橋，橋上爲亭，以通兩園之往來，即名曰『將就橋〔七〕』。主人居兩園之中〔八〕，自號曰『將就主人』。此則吾園之大概也。」

【校】

〔一〕「黄」，道光本、咸豐本、光緒本改爲「周」。

〔二〕「九」字前，咸豐本有「周」。

〔三〕「忽」，光緒本作「復」。

〔四〕「惟」，道光本作「謂」。

〔五〕「焉」字後，道光本、光緒本有「者」字。

〔六〕「大約」，道光本、光緒本作「大若」，咸豐本作「又若」。

〔七〕「凹」，《昭代叢書》本、道光本、咸豐本、光緒本作「腰」。

〔八〕「洞」，《昭代叢書》本、道光本、咸豐本、光緒本作「一」。

〔九〕「舠」，《昭代叢書》本、道光本、咸豐本、光緒本作「身」。

〔一〇〕「水自此而洩，蜿蜒紆折」，《昭代叢書》本、道光本、咸豐本、光緒本作「穴自上而下，蜿蜒登降」。

〔一一〕「達」，道光本、咸豐本、光緒本作「通」。

〔一二〕「口」，咸豐本作「洞」。

〔一三〕「圖」，咸豐本作「屠」。

〔一四〕「溪」，道光本、咸豐本、光緒本作「池」。

〔一五〕「艇」，道光本、光緒本作「舟」，《昭代叢書》本、咸豐本作「舠」。

〔一六〕「兩」，道光本、光緒本作「而」。

〔一七〕「橋」，道光本作「園」。

〔一八〕咸豐本無「居兩園之中」五字。

二

「將園前門臨溪，而溪流散注園中，所見無非水者。入門行竹徑可里許，徑間爲亭者三。徑盡，度小橋，爲『羅浮嶺』，環嶺皆梅也。人行石磴中，又里許，爲『鬱越堂』，堂前後雜植名卉，間以梧竹。循堂西北行數十步，爲『至樂湖』，大可二十畝，湖中爲長堤，曰『醉虹』。迤邐達北岸，堤皆甃文石爲之，兩畔有石欄，中央爲巨橋，曰『飲練』。橋上有亭曰『枕秋』。既抵北岸，則因山爲樓臺，東西兩樓並峙，東曰『吞夢』，西曰『忘天』。飛甍傑閣，上接霄漢，左丹而右堊，以象陰陽之義。兩樓相去約十丈，其中爲露臺，曰『蜺高臺』。臺下甃石置門，狀如城闉，正嚮長堤，以受南薰。繞湖四面皆回廊，間以水檻，廊檻之外，皆桃柳芙蓉。長堤之兩畔亦然，而堤畔垂楊尤多。湖形本類璧鏡，以長堤界爲東西，西廣而東稍狹。東湖之中央有島嶼凸起如黿，於其背作八方亭，曰『一點』。西湖之中央，有橫洲如魚形，其首東嚮，構屋其上，宛類樓船，名曰『蠡盤』。楯外各[一]垂簾箔，洲傍亦皆桃柳芙蓉，與長堤相望。然泛泛波心，非舟不度[二]。若湖中芰荷魚鳥之屬，則不假人工，自然蕃育，固無煩主人之點綴也。樓後隙地，遍植名花異卉，是爲『百花村』。兩樓中各命一美人領之，童婢各四，以供香茗汲釣之役。其庖湢諸室，皆在樓後，湢室之傍，溫泉出焉。園中藏書有閣，釀酒有厨，蒔藥有欄，種蔬有圃，植果有林，畜魚有沼，馴禽有苑，任牧有場，分布園之四隅，大抵皆傍山臨溪。而羅浮嶺之南，有書齋二，左曰『日就』，右曰『月將』，爲子弟講讀之區。嶺之北，有花神祠閣，主祀百花之神，而以歷代之才子美人配享焉。凡賓客往來遊讌，一園之内，舫屐皆可經行。獨湖北兩樓，限以堤橋，爲美人所居，賓客不得至。其湖西之蠡盤，則美人賓客，可更迭御之。若休夏納涼，則美人讌寢之時爲多。循湖而西，歷回廊十數曲，爲水陸兩門，啓門度橋，即就園也。」

【校】

〔一〕咸豐本無「各」字。

〔二〕「度」，咸豐本作「渡」。

三

「就園前門亦臨溪，溪流亦散注入園，而園中之山多於水，其雜卉亦彷彿將園，而松柏梧竹〔一〕之屬爲多。入門爲石徑，磴半之，上下登降，可百餘級。磴盡，爲『萬松谷』，行松間可里許，度溪橋，爲『華胥堂』。堂前有大池，池畔亦雜植名卉，間以梧竹，頗類將園。自堂而北，則皆山也。岡嶺複疊，峭壁屹屹，如百堵城。溪流逕其下爲深澗，大小各九曲，每曲折幽勝處，輒建一亭館，凡爲亭者六，爲館者四。至十八曲，山勢將盡，則突起而爲兩峰，高各千尋，東曰『就日』，西曰『雲將〔二〕』。兩峰之陽，各建一祠，祠後有閣。東祠閣中，主祀義勇關夫子，而以歷代節義諸公配享，命高僧領之。西祠閣中，主祀純陽吕祖，以歷代高士逸民配享〔三〕，命羽客領之。兩峰相去可數丈，下臨絶壑，不知其幾千仞也。而西峰之側有古藤，其歲月不可考，兩幹横亘空中，與東峰相接，大如殿柱。兩幹之中，則設横木庋之，傍植欄楯，以通往來，此天生橋梁也。西峰之巔，有平臺曰『挾仙』，臺上植五字碑，曰『揮手謝時人』。東峰之腰有洞，洞左右〔四〕有丹室數楹，因巖作屋，蒼翠陰森，人迹罕到。榜以七字，曰『洞雲深鎖碧窗寒』。峰北直下〔五〕，有大潭曰『桃花潭』，廣可一畝，其水澄碧，兩岸皆桃花。潭畔有石坡，寬平可容千人，坐坡上，觀西峰隔水瀑布，飛流下注，聲若奔雷。坡側有釣臺，臺西有石橋，横枕絶壑，亦可達西峰。從石橋仰睇藤橋，殆有霄壤之隔矣。園中岡嶺之隈，則有桂林，有榕林，有楓林〔六〕柏林，與萬松谷相望。其中各有蘭若精廬，以供羽衲遊憩者，不可殫述。而西峰祠畔有湯池，因置浴室，以便祓濯。傍亦有丹室數楹，號爲燠館。其氣温而不寒，隆冬如春，蓋湯池所蒸煦也。其餘藥欄蔬圃之屬，亦彷彿將園，凡賓客往來其中，遊陟眺覽，無適不可。而讌集則多在華胥堂，美人亦不時至焉。堂東沿山有曲徑，倚石壁爲回廊，循廊行數十曲，至將就橋。橋東繚垣間，有水陸兩門，門内即將園。然啓閉以時，將園可出，就園不可入也。」

【校】

〔一〕「竹」，咸豐本作「桐」。

〔二〕「雲將」，咸豐本、光緒本作「將雲」。
〔三〕「享」，咸豐本作「饗」。
〔四〕咸豐本無「右」字。
〔五〕「下」，道光本作「上」。
〔六〕咸豐本「林」字下有「有」字。

四

將就主人曰：「吾兩園分而實合，合而實分，其中〔一〕止一垣之隔耳。論其概，則將園多水，就園多山，然將園所見皆水，而自羅浮嶺以至兩樓露臺，無非山也。就園所見皆山，而溪流自東〔二〕入者，匯爲華胥堂之池，池之西北〔三〕爲十八曲之澗，澗之北復〔四〕爲桃花潭，與池水俱南〔五〕流出溪，則無非水也。故將曠而就幽，將疏而就密，將風流而就古穆，將富貴而就高閒。四時之中，將宜夏，就宜冬。然將有梅〔六〕數畝，兩樓面南暄燠，可臨湖看雪，亦未嘗不宜冬。就之巖壑幽深，竹樹森艴，能使六月無暑，亦未嘗不宜夏。若春秋佳日，則無一不宜矣。將之東面爲將山，其上珠泉百道，四時飛瀑。就之西面爲就山，其下平疇萬頃，終古斜陽。此兩園所見之不同者也。至於〔七〕兩園相比，争奇競秀，回互生姿。登將園之樓臺，西望就之兩峰矗霄，不異雲中雙闕。一望松柏鬱葱，則五陵佳氣也。登就園之峰，東望將之崇臺傑閣，宛如蜚廉桂觀。遥睇湖光，又令人作瀛洲方丈之想。豈非兩美必合，相〔八〕得益彰〔九〕者乎？雖然〔一〇〕，天〔一一〕設此將、就兩山，以待將就主人。將者，言意之所至，若將有之也；就者，言隨遇而安，可就則就也。故將山高，就山卑，正如俗諺所云『將高就低』之義。且將園之中，其一齋曰『日就』『月將』。就園之中，其兩峰曰『就日〔一二〕』『雲將〔一三〕』。『將就』之中，又有『將就』焉，則主人之寓意可知矣。苟窮極兩園之勝，雖什伯不爲多，而主人自以德凉福薄，惟恐太奢侈以犯造物之忌，故每園僅節取其最勝，爲目各十，以小詩紀而傳之。非敢言園也，亦云將就而已，此則吾園之始終也。」於是主人復岸然對客曰：「誰謂九煙無園者？若此區區者，謂非九煙之園乎哉？」客乃唯唯而退。於是九煙曰「有園」，天下萬世之人亦莫不曰「黃〔一四〕九煙有園」。

【校】

〔一〕「中」，咸豐本作「間」。

〔二〕「東」，《昭代叢書》本、道光本、咸豐本、光緒本作「南」。

〔三〕「池之西北」，《昭代叢書》本、道光本、咸豐本、光緒本作「池水北流」。

〔四〕「澗之北復」，《昭代叢書》本、道光本、咸豐本、光緒本作「澗盡乃匯」。

〔五〕「與池水俱南」，《昭代叢書》本、道光本、咸豐本、光緒本作「而潭水復北」。
〔六〕「梅」字後，光緒本有「花」字。
〔七〕「於」，咸豐本作「若」。
〔八〕「相」，道光本、光緒本作「兩」。
〔九〕「彰」，原作「章」，據道光本、咸豐本改。
〔一〇〕道光本、光緒本無「然」字。
〔一一〕道光本、光緒本無「天」字。
〔一二〕「就日」，道光本、光緒本作「日就」。
〔一三〕「雲將」，道光本作「將雲」。
〔一四〕「黄」，道光本、咸豐本、光緒本作「周」。

【箋】

此文採自康熙本，《昭代叢書》本、道光本、咸豐本、光緒本亦收。晚清楊凌霄搜選本《前身集》收其一、四，其下有龔肇權點評：「經營匠心，曲折如意，真造凌雲臺、修五鳳樓乎也。○此記共有四，首篇一一條晰，終篇兩兩相形，而結構位置俱在中間兩幅，兹以集小不能悉載。嘆遺珠者，當覓先生全稿觀之。」據黄周星《仙乩紀略》文中所云：「余之將就兩園，經始於庚戌之冬，落成於甲寅之春。」則《將就園記》開始創作於康熙九年庚戌（一六七〇）冬，成稿於康熙十三年甲寅（一六七四）春。將就園乃黄周星幻想之園林，寄託了黄周星晚年無家之悲與求仙之志。俞樾《茶香室叢鈔》（清光緒二十五年刻春在堂全書本）卷二十《神樓》：「國朝王漁洋《香祖筆記》引《金陵瑣事》云：神樓乃劉南坦尚書制爲修煉者，用篾編成，似陶靖節之籃輿。懸於屋樑，僅可弓卧，其上下收放之機，皆自握之，不須他人。文徵仲寫其圖，諸詞人多詠歌之，皆不得其旨。按，神樓之名，余聞之久矣，亦不得其旨。疑是黄九煙將就園之比，故余詞有『幾處神樓空結想』之句，讀《香祖筆記》乃始得之。」《將就園記》一卷，又見于清康熙《昭代叢書》甲集第三帙、道光《昭代叢書》甲集第三帙、嘉慶八年（一八〇三）刊本《廣虞初新志》卷二十一、清末至民國間掃葉山房石印本《廣虞初新志》卷之二十一、上海書店《叢書集成續編》子部藝術類、臺北新文豐出版公司《叢書集成續編》子部藝術類等書。

附　評序

九煙氏將就園落成，馳書曰：「請序我園。」余辭之曰：「請爲評。」昔王季重氏遊天台山，操文衡例，謂風雨無恙，得以搜閲，竣事，略品題甲乙，與諸山靈約。矢諸天曰：「不敢有偷心焉。」文章胎骨清高，氣象華貴，瓊臺雙闕第一。磅礴渾茫，從天而下，石梁瀑布第二。天繪鬼斧，能品加入神品，明巖第三。曠世逸才，國清第四。惚恍幽玄，不記何代，桃源第五。繞腸雄氣，萬年寺第六。以險絶爲功，斷橋落澗第七。醉筆紛披，赤城第八。不求賞識，奇矯無前，寒巖第九。清新俊逸，道骨仙風，瀑水嶺下第十。有如天風海濤，華頂第十一。曲有微情，幽溪第十二。别造一格，高下倒置，桐柏宫第十三。停勻沖粹，天封寺第十四。字字鬼才，別有僻腸，神仙趕石第十五。余欲引季重氏評天台法以評九煙氏之園，而變其略例。一曰洞口瀑。夫山水以相遭爲奇，山與水相遭之奇，莫大乎瀑。瀑者，山水之妙於位置者也。而兹園之瀑，曰正當洞口，曰狀若懸簾，曰自非衝瀑出入，不知其爲洞，位置第一。山水之奇，非道理之所攝，有時入道理而益奇。記曰：兩園之外，皆溪流環之，而中復有一溪，逶迤流亘南北，形如太極，道理第一。余嘗縱論古今文章，史遷信逸才，天下之至曠逸者水也，遷所作《史記》，浩浩具天下之水脈，故其文最奇。將園前門臨溪，而溪流散注園中，所見無非水者，曠逸第一。山水之關鍵在分合，猶文章之關鍵在分合也。將就主人曰：吾兩園分而實合，合而實分。關鍵第一。其五曰終古斜陽，記曰：將之東面爲將山，其上珠泉百道，四時飛瀑。就之西面爲就山，其下平疇萬頃。終古斜陽，風景第一。其六曰十八曲山澗亭館，記曰：武夷九曲，曲曲通舟。吾園更倍之，亭有六，館有四，不欲別立名者，以名之妙無加於曲也。我昔者慨然於古今之名之異也，夫天下名山川，天下樓觀臺榭，其名之出於古者，我能辨之，必其名之無意於名而名奇。其名之出於晚近者，我能辨之，必其名之有意於名也而名乃不奇。十八曲山澗亭館，安名第一。季重氏評天台者十五，得一第一。余評九煙氏兩園者六，得六第一。余所得較多。

漏霜釋南潛

【箋】

此文採自康熙本，不見於他本。漏霜釋南潛即董説，見卷二《與長沙同年陶汝鼐別三十年矣一歲之中輒數見夢庚戌春日偶從月函上人處得見所寄月公詩札甚喜即次其扇頭韻和之》箋。

附　胡潛跋

九煙先生者，白蘇再世，留鄴前身。鴻才將學識兼長，盛德與品行俱備。蓋盡人争睹，快景慶之星雲；而舉世皆珍，比祥威於麟鳳。乃今日香山之祭酒，抑它年碧落之侍郎也。以故每有新裁，輒通玄契。即如乩飛版上，仙姬請庭桂之聯；箋擘袖中，靈鬼乞山薇之傳。輯龍沙之八百字，預識共由；祝鸞殿之萬千春，永知制誥。是皆章章於睹記，非同泛泛以傳聞。何意今者將就之園，復來皇矣上帝之鑒。在主人不過墨莊游戲，畫圖開紙上之天；乃文皇則已崑海經營，輪奐煩殿前之將。此人間咄咄怪事，咸驚弄假以成真；而天上朗朗神書，孰敢將無而作有？潛菅茅下品，溲勃微材。未讀包山之大文，徒慚吴闔；欲問揚亭之奇字，願學侯芭。兹何幸目涉名園，遠過輞川金谷；更喜手披鴻寶，盡窺雲笈琅函。踴躍歡呼，無能效一辭之贊；心齋頂禮，何由展百拜之誠。聊承乏於棗人，冀觀成於梓氏。則是役也功邀青簡，庶不比金石之難鐫；而吾師乎名在丹臺，竊願附雲霄以不朽云耳。

鵲江後學是庵胡潛拜識

【箋】此文採自康熙本，不見於他本。康熙本此文後有《九煙小影》《將就園總圖》。

附　戚玾題詩

妙哉將就園，非無亦非有。蜃市現樓臺，鵞籠吐男婦。真耶或幻耶？夢覺誰分剖。桃源與醉鄉，寓言恒十九。此意將毋同，宇宙皆在手。我懷九煙翁，超然綺皓友。蟬蜕塵氛中，千古夐無偶。山水盡文章，落筆風雷吼。遊戲見神通，尺幅雲千畝。園以將就名，徵詩聊佐酒。誰知驚鬼神，百靈供奔走。遂使崑崙巔，傑構冠岡阜。世人那得知，披圖試探取。小子請作歌，青雲期不朽。

蠙城戚玾緩耳氏敬題

【箋】

此文採自康熙本，不見於他本。戚玾，見卷二《六月廿五夜夢戚玾》箋。

附　將就園記小引

相傳海外有三神山，爲神人往來之所，或又言仙人常好樓居，此皆凡人所不能到，其爲荒唐與否，吾不得而知也。唐李賀爲帝召作《白玉樓記》，則是穹窿之際，果有樓臺宫殿矣，第不知此白玉樓者，建於何所？其將虛空無著，浮於雲氣之上耶？抑或竟有所附耶？九煙黄先生著《將就園記》，初亦第遊戲筆墨耳，非真有所謂園也，乃文昌聞而樂之，遂命所屬如其記而構之崑崙之顛。文章遇合之奇，誠莫有過於此者矣。夫天下之樂，以仙人爲第一，苟不得其行樂之所，徒乘雲而往，御風而歸，亦甚無謂。

今忽有此一園，吾知蓬萊方丈中有望衡而對宇者，必且相與往還，樂數晨夕，談三環九轉之法。或吹簫對弈，或長嘯聯吟，園主人方且應接不暇。在群仙則甚樂，而黄先生未免疲於奔命矣。雖然，尚有説焉。世人以口腹爲累，故於賓客過從，不無酒食之供。若夫神仙者流，餐雲霞而吸沆瀣，倉卒主人，固亦何難優爲之乎？

心齋張潮撰

【箋】

此文採自張潮《昭代叢書》（清道光沈氏世楷堂版）甲集，張潮《昭代叢書》甲集中收録黄周星的《將就園記》，并在文前作此小引。道光本亦收録此《小引》。

附　將就園記跋

九煙先生以《將就園記》示余，將就云者，蓋自謙其草率苟簡云耳。余笑謂之曰：「公此園殊不將就。」及覽乩仙事，乃知不惟不將就而已，且大費彼蒼物料，公其謂之何？夫世人之園，經營慘澹，乃未久而即廢爲丘墟。孰若先生此園，竟與天地相終始乎？

心齋居士題〔一〕

【校】

〔一〕光緒本作「心齋居士張潮題」。

【箋】

此文採自張潮《昭代叢書》（清道光沈氏世楷堂版）甲集，張潮《昭代叢書》甲集中收録黄周星的《將就園記》，并在文後作此跋。道光本、光緒本亦收録此跋。

仙乩紀略

昔文衡山待詔，於所作法書幀首，輒用「停雲館」印，或問公：「停雲館安在？」衡山笑曰：「吾館即在法帖上耳。」劉南坦司空，欲構一樓未就，倩衡山作《神樓圖》，楊升庵太史因爲作《神樓曲》，後人多仿此作園。曰志，曰思，曰夢，曰想，曰意先，曰如是，大抵皆空中樓閣，畫裏溪山也。余之將、就兩園，經始於庚戌之冬，落成於甲寅之春，頗自謂慘澹經營，部署不俗，然亦不過墨莊幻景，聊以自娱耳。乃於仲冬甲子日，偶過友人岸舫壇中，觀茗溪陸子芳辰運乩祈仙。至夜分，乩忽大書云：「今日奉文昌帝君法旨而來，聞本壇護法，報至崑崙，云黄子有將就園，甚爲可愛，故桂宫傳命，欲索原本細覽批閲，以作不朽之奇觀。擇名山高阜最佳處，建其兩園，以待諸仙往玩，并作騷壇。至虎溪再笑之期，黄子可以爲兩園主人矣。」余不勝駭異，亟〔一〕如命繕録。次日上呈，乩復傳法旨云：「帝曰：『才子思路，如世外奇卉，璀燦〔二〕鮮妍，天上修文，不能及其萬一。即著值殿大將鍾雯，前詣中海崑崙，依其文內所構爲兩園。待功完，余往彼處，以作世上別業。俟黄子武夷相聚之後，來此永作修文長郎。』」余又不勝駭異。至次日，余仍過壇中，乩又忽〔三〕大書云：「桂宮大將軍鍾奉法旨，吕祖閣改爲三清閣，關某〔四〕閣改爲玉帝閣。敕〔五〕黄子速作兩閣對聯，聯各十五字，爲合式。」蓋因余就園中有東西兩閣，而特爲更定之也。余即於是日擬作兩聯上呈。三清閣云：「此地勝瓊臺，萬壑千巖，允矣清微聖境；何人臨寶閣，十洲三島，宛然縹緲神山。」玉帝閣云：「玉京〔六〕迎麗旭之暉，喜千劫修持同妙樂；金闕冠崇霞之表，看萬靈呵衛〔七〕似香嚴。」隨奉旨云：「黄子所作對，未盡所長，亦可用之。」余次日乃復擬兩聯上呈，三清閣云：「先天地生，遡閣中萬古燈傳，極本無極；爲道法祖，仰雲際三臺鼎峙，玄之又玄。」玉帝閣云：「山似香嚴，看萬壑千峰，文章盡成巍煥；國如妙樂，遍十方三界，血氣莫不尊親。」復奉旨云：「黄子今日所作對聯甚佳，准用。」此不獨余一人駭異，凡在壇諸君，蓋無有不相顧駭異者矣。噫！此一〔八〕小小遊戲文字耳，茫茫六宇，誰是知音？乃不意上瀆帝聽，謬辱鑒賞，而且重勞天神，按圖構造，更定閣式，旌以文郎。似此種種，殊恩異數，如余幺麽蟣蝨，何德以當之耶？然則是區區之〔九〕將就園，從此可名爲崑崙園，亦可名爲天上園矣。事屬創聞，不敢掩遏，謹據實紀載，用告同人，一以見上帝之右文，一以見神明之昭赫云。

將就主人敬述

【校】

〔一〕「亟」，咸豐本作「即」。

〔二〕「燦」，咸豐本作「璨」。

〔三〕「忽」，咸豐本作「復」。

〔四〕「某」，道光本作「聖」。

〔五〕咸豐本無「敕」字。

〔六〕「京」，咸豐本作「清」。

〔七〕「衛」，咸豐本作「護」。

〔八〕「一」，咸豐本作「亦」。

〔九〕咸豐本無「之」字。

【箋】

此文採自康熙本，道光本、咸豐本亦收。張潮《昭代叢書》甲集收録《將就園記》，附録《仙乩紀略》。光緒本《將就園記》後有周翼高注云：「《將就園記》仿《楚材軼草》本録刊揚州刊行之《九煙先生集》中。尚有《將就園仙乩紀略》《乩仙雜詠》編入《別集》。」據文中云「乃於仲冬甲子日，偶過友人岸舫壇中，觀苕溪陸子芳辰，運乩祈仙」，則《仙乩紀略》當寫於康熙十三年甲寅（一六七四）十一月。本年仲冬，黄周星觀苕溪陸芳辰運乩祈仙，乩云天帝將在崑崙建造將就園，請黄周星作將就主人與修文郎。其後黄周星與天帝在仙乩中多次對話，喜而作《仙乩紀略》。

韓公吹鐵簫記

韓翁能吹鐵簫，冠服詭異。時而衣大袖紅衫，如豪富公子；時而破衲襤褸，如貧乞兒。予聞而異之，因訪焉。面城而居，敗屋一楹，几上置大小竹管若干具，皆有竅，長四五六寸不等，裂片楮三四寸許者，書簫譜，約三四十字，堆滿几案。翁衣貉裘，冠狐帽，如營伍中人，語操北音。予請聆其技，乃出鐵簫者三，其二制與常簫等，左右手各握一具，以鼻吹音，無參差也。其一約長二尺餘，口吹。余因詢其所裁竹管，答云：「竹不論長短，皆可吹，但須因材剜竅耳。予簫譜止四五句，熟之則諸曲皆可合也。尚有鐵琴一，今在真州，未携來，不能爲君奏矣。學予技頗能已病，撫軍某患目疾，予授以吹簫而愈。制府某患齒病，予授以吹簫而愈。所治者非一人矣。」復爲余言：「今醫家每以王道治病，王道性燥裂，恐反增疾。予則純以霸道治之，是藥皆取其魂而去其質，僅輕清之氣耳。」予因知翁未嘗讀書，誤謂霸爲王，謂王爲霸也。

【箋】

此文不見於黄周星諸集，採自清代張潮《虞初新志》（清康熙三十九年刻本）卷六《簫洞虚小傳》後附。題目爲編者所擬，創作時間未知。

卷九　序文

代古詩序

馮子悲憤流連，而有《代古詩》之作。斷自虞初，迄於隋季，得入詩者，凡四十有九人。余與馮子同社稱最善，馮子長余七年，予訂交馮子亦七年。每見馮子天性樸誠，敦易古處，揵帷删述，其書滿家，兹集亦其一斑也。

【箋】

此文不見於黄周星諸集，採自清代卞寶第、李瀚章等修，曾國荃、郭嵩燾等纂《光緒湖南通志》(光緒十一年刻本)卷二五四「藝文志」集部别集類「《代古詩》一卷」敘録。馮子，馮一第，見卷二《哀竹樓》箋。崇禎九年(一六三六)，黄周星曾與馮一第遊金陵，《代古詩序》或作於同時，姑系年於此。馮一第《代古詩》一卷原書已佚，黄周星《代古詩序》僅存此數句，全文已不可尋覓。

題馮棍公語

棍公天性樸誠，敦易古處。鍵帷删述，其書滿家。揚扢風雅，闡微搜幽。排調一時，涕淚千古。

【箋】

此文採自咸豐本卷一，不見於他本。馮一第(字棍公)，見卷二《哀竹樓》箋。此文當爲黄周星《代古詩序》中的殘句，亦當作於崇禎九年(一六三六)。

逋草自敘

僕性好讀書，而雅不喜舉子業。竊謂文章不朽，必本性情。彼世之習爲舉子業者，大抵出於無可奈何，而性情不與焉。則宋之八股，何如唐之八句？故晨夕圭蠹，口不絶吟，獨帖括一道，自社筒試牘而外，或窮年不掛毫縑。酉辰兩役，倖食鹵莽之報，因簡客笥所攜數十藝，略授棗人，以應房選。土龍芻狗，過則棄之，而池草江楓之句，亦復流傳近遠，正如野王之笛，伯玉之琴，雖愜時賞，匪我思存耳。既〔二〕榛燹流離，漂泊江海，嘗偶偕一二同人，浪遊吴越間，布颿所至，後生輩〔二〕嘖嘖稱道某君曰：「此時文名家也。」僕聞之，頗内自愧悔，以爲時文末技耳，胡乃讓他人浪得名？曩使僕肯降心爲之，何詎不若某君？然往事如夢，不堪回首。荒落之春，以苫塊流寓白門，偶邂逅春穀諸子，厥有舊江之役。於是鍵帷授經業，掃除一切聞見。而社集每旬必再舉，僕因隨諸子之後，偶一爲之，阿婆塗抹，孩兒倒綳，幾不顧薛逢、苗振之誚。久之，筆墨酣恬，欲歌欲舞，興會感觸，是不一端。或清曉鳥聲，好風徐度。或北窗交蔭，永晝緑函。或涼月半牀，夢回酒醒，中宵拊枕，咄咄聞鷄。或空江停〔三〕立，闃其無人，悵望夕陽，愴然涕下。大都如寱〔四〕如詠，舉生平英雄氣、兒女情，悉銷磨於無可奈何之八股，故其爲言謬悠而荒唐，參差而連犿，浹歲之間，得文累百，有莫知其然而然者，殆所謂「誰爲爲之，孰令聽之」者耶？集既成而難其名，初名爲「癡草」，以其稍類借書還書之智。繼命爲「眯草」，蓋採南華師金之語。已乃定爲「逋草」，逋則逋矣，其義安居？或曰「逋者，逃也」，閒而無事，逃之於文；或曰「逋者，逸也」，身爲逸民，則言爲逸書；或曰「逋者，負也、補也」，鄉者鹵莽之役，八股似有不釋然於予者，宿負未償，以此補之。

【校】

〔一〕咸豐本「既」後有「而」字。

〔二〕咸豐本「輩」後有「輒」字。

〔三〕「停」，咸豐本作「佇」。

〔四〕「寱」，咸豐本作「寐」。

【箋】

此文採自道光本卷一，咸豐本亦收。順治十一年（一六五四），黃周星於繁昌編成八股文集《逋草集》作爲授經之用。《逋草自敘》亦當作於同時。《逋草集》現已佚。葉夢珠《閱世編·名節·黃周星》（中華書局二〇〇七年版）：「見制藝之靡，則著《補褐草》，謂釋褐以前所作，未盡合法也。」道光本《九煙先生遺集》卷首周系英《九煙先生傳略》：「先生所著詩文有《夏爲堂集》，時藝則有《逋草》，均已散佚。」

夏爲堂詩略刻小引

嗟乎！余亦何爲而刻詩也哉！蓋余髫齔時即喜習有韻之言，至十五六以後始有草本，每歲風月閒吟，少或一編，多則數帙。自丁卯迄乙亥，所得不下三千首，率散置行篋中。丙子七月，從長沙過洞庭，夜半爲劇盜所掠，盡取舟中圖籍，投之汨羅江流，此篋遂亡。已乃稍稍蒐綴軼藁，復得十之六七，加以數載畋𢿘，又不下三千首。然而籤軸紛紜，體製龐雜。至甲申歲，始裒輯從前大小諸種，一一薅櫛而淘汰之，獨存八卷，名曰：「鵬雲堂自訂十五年詩。」命善書者登之副墨，行將僝功於梓氏矣。遷延至乙酉夏五，忽遘坤離之厄，書巢一空。蒼黄從矛鏑叢中攫得此集，挈之以奔。次年九月，避地至閩之古田山間，復爲劇盜掠去。於是舉盛年之心血光陰，一旦化爲烏有矣！痛哉！自此萬念灰冷，閣筆不爲詩者歲餘。越戊子冬，抵武林，乍窺西子生面，不覺逸興飆發，故態復萌。嗣後浮家泛宅，時往來吴越江淮間，酒壇騷社所在有之，題詠唱酬動盈箋幀。轉盼十年以來，不覺又累千首。每咎前車之誤，思盡付殺青，以存全鼎，而流離拮据，年復一年，療饑不給，何暇爲梨棗謀？丙申歲，授經鳩兹，偶以故人從臾，遂舉笥中塵編，屬之删狂剗怪，聊爲節取蝨餘，醵金刊木，此夏爲堂詩所爲略刻也。嗟乎！余亦何爲而刻詩也哉？余觀古今詩人多矣，顧能者未必工，工者未必夥，即工且夥矣，而其詩又未必傳。彼顔謝李杜之流，幸而篇什具存，光芒不滅耳。若劉昚虚之十四首，劉叉之廿七篇，何其少也。尤有可悲者，高仁裕萬首詩窖，樊宗師澀體七百餘篇，至今遂莫睹隻字，較之李賀溷劫，沉抑更甚。詩之傳與不傳，豈非數耶？夫余區區兹刻，猶澤礨海粟也，以十年計之則什之一，以三十年計之則百之一。若夫澒洞嵯蘖之觀，陸離詭暉之致，由今視昔，正未知足當千百之一否？雖然，使余詩而不當傳，雖懸萬牒以示人無益也。使余詩而當傳也，且安知是區區者之不爲碎金片羽乎哉？

略似氏漫識。

【箋】

此文採自康熙本，不見於他本。據文中所言「丙申歲，授經鳩茲，偶以故人從臾，遂舉笥中塵編，屬之删狂剗怪，聊爲節取螙餘，釀金刊木，此夏爲堂詩所爲略刻也」，則此文當作於丙申年，即順治十三年（一六五六）。鳩兹即安徽蕪湖。本年黄周星在蕪湖坐館時，整理之前的詩稿，結集爲《夏爲堂詩略刻》，遂作此文。

題友人争西湖詩

僕未陳水戲，先被火攻。忽來殿虎之争，幾作野龍之戰。妄期章臺楊柳，任嫁李韓；笑比觴政葫蘆，競持由錯。固當避楚三舍，豈止放晁一頭。僕惟有攏指而退，悔秋後之盛年；博簺以遊，嗟夜半之大力耳。

【箋】

此文採自康熙本，不見於他本。康熙本此文并未與「西湖三戰詩」一起收録，而以單篇文章收録。順治十四年丁酉（一六五七），黄周星與友人程光禋結束了「西湖三戰詩」，則本文或當作於同時。程光禋，見卷二《與新安程子决戰詩》箋。

慚書序

僕生平有二恨，其一阿堵，其一帖括。阿堵之害，舉古今人無貴賤賢愚、男女童叟，皆蠕蠕衮衮〔一〕，出没生死於其中，其罪狀多端，姑不具論。獨帖括一途〔二〕，始於王臨川。臨川執拗病國，史册昭然，後世痛詆其人，而仍恪遵其制，真不可解。且臨川晚年亦自悔其變秀才爲學究矣，彼作俑者，方且悔之，而效顰者顧衆悦之，尤不可解也。世之習此技者，剪綵綴花，塗粉著糞，與聖賢理學一路，相去若〔三〕河漢馬牛，要不過藉以爲功名捷徑耳。然高才博學之士，或槁項黄馘，而〔四〕不得一售。而一二黄口孺子，甫識之無，剽掇唾餘數語，便自詡青紫拾芥，舉文章經術、學問品行，一切俱可束之高閣。未仕安得有真人品，既仕安得有真事功？故甘泉先生嘗言：「舉業壞人心術。」而草野抵巇〔五〕之徒，憤時嫉俗，往往倡爲廢八股之説，良有以也。僕自束髮受書，朝夕披吟不絶，獨於帖括一途〔六〕，不能爲違心之媚。雖假手倖竊科名，而所憂乃在世道。每歎取士定〔七〕制，相沿已久，神明變通，當自有法。輪攻墨守，兩者交戰，功罪未知孰先？昨得用晦制藝讀之，乃不覺驚歎累日。夫僕所恨者，卑腐庸陋之帖括耳。若如用晦所作，雄奇瑰麗，詭勢瓌聲，拔地倚天，雲垂海立，讀者以爲詞〔八〕賦可，以爲制策可，以爲經史子集諸大家，皆〔九〕無不可。何物帖括，有此奇觀，真咄咄怪事哉。使世間習此技者，皆如用晦，則八股何必不日星麗而嶽瀆尊也？僕嘗謂，欲雪阿堵之恨，定須作神仙，欲雪帖括之恨，定須登制科。然神仙難求，而制科易取。僕固嘗爲其易者，鹵莽之報，實愧於心。今幸得用晦此衷〔十〕洒然暢然，復何恨於帖括哉？若夫神仙之事，當與用晦共圖之，必不令稚川貞白拍手笑人耳。

【校】

〔一〕「衮衮」，咸豐本作「襲襲」。

〔二〕「途」，咸豐本作「道」。

〔三〕「若」，咸豐本作「如」。

〔四〕咸豐本無「而」字。

〔五〕「巇」，咸豐本作「戲」。

〔六〕「途」，咸豐本作「道」。

〔七〕「定」字後，咸豐本有「法」字。

〔八〕「詞」，咸豐本作「詩」。

〔九〕「皆」，咸豐本作「亦」。

〔一〇〕「衷」，咸豐本作「中」。

【箋】

此文採自道光本卷一，咸豐本、光緒本亦收。吕留良《晚邨慚書》一卷成書於清順治十七年（一六六〇），黄周星順治十八年（一六六一）始與吕留良交遊，則本書序當作於順治十八年（一六六一）之後。吕留良，見卷四《九日東郊看菊》箋。

笑門詩序

余初不知天壤之間有蠙城，亦不知蠙城之中有莞爾。使余而蚤知蠙城也者，余胡爲乎來蠙？使余而蚤知莞爾也者，余胡爲至今日而始來蠙？困敦之春，孟浪移家，遠赴故人夙約。妄意此一來，可以剡溪乎蠙，可以河汾乎蠙，且可以南村西瀼乎蠙。比抵蠙而所見乃大謬，業已無可奈何，則彷徨侘傺，大叫狂奔。於是躡僧伽之浮圖，瞰支祁之窟宅。弔寢園於宿莽，杜宇冬青；叩泉石於荒煙，粟留春雨。舉眺履所及，凡罍洿牙枿之觀，亡不爬羅剔抉，以庶幾所爲不恨於蠙者，而卒不可得。久之，乃有懷刺見訪者，則戚子莞爾也。余初接其人，祺然紫然，使人意消。已而讀其版上詩，則大奇。讀其集中制義，則又奇。越數日，復讀其箋上見贈詩，則又奇。已而過其笑門，盡發其囊中所爲詩歌、今古文，及韻書填詞雜俎之屬讀之，則又無一不奇。嘻！蠙城乃有莞爾哉！大氐莞爾以終賈之妙年，挾陸潘之異藻，揮毫落紙，坐壁馳璣，拔地倚天，熊熊雉雉。昔人所云「生龍活虎，鞚勒難施，猛獸奇鬼，森然欲搏」者，仿佛似之。至其情深一往，歌思哭懷，浩然有天荒地老之悲，悵然有月落參横之慨。悄然有天上無憂、人間可憐之情，茫然有前不見古人、後不見來者之恨。莞爾何感人之深也！余每過笑門，見其案間設歷代詩酒高賢一席，得詩即告，把酒必澆，寄託淵遐，精靈出入，以故飈飛夢裏，筆躍箒中。寘官呼沈約之名，才鬼遜陳思之座，莞爾豈猶是今之詩人哉！余嘗謂詩出於才，未有詩人而不負奇才者。詩生於情，未有詩人而不鍾癡情者。抑詩發乎性，未有詩人而不具至性者。以視莞爾，可謂兼之矣。䢖使莞爾不產於蟦，余安得見莞爾？䢖使余不困於蟦，莞爾又安得見余？自余得莞爾，而舉前此之妄意可剡溪乎蟦、河汾乎蟦，且南村西瀼乎蟦，而所見大謬者，悉於莞爾乎償之。前此於疊涔牙栫之觀，亡不爬羅剔抉，以庶幾所爲不恨於蟦而不可得者，悉於莞爾乎銷之。今而後，都梁矗矗，淮水湯湯，余與莞爾，得吟花醉月於其間，亦胡爲不來蟦也哉！鍾山黄周星撰。

【箋】

此文採自戚玾《笑門詩集》卷首，康熙四十五年（一七〇六）林任刻本。該書序版心處刻有「庚子黄序」，則當作於順治十七年庚子（一六六〇）。戚玾，見卷二《六月廿五夜夢戚玾》箋。本年，盱眙邑人戚玾來訪，黄周星與之一見如故，爲之選定《笑門詩集》二十五卷，并作《笑門詩序》。

聞見卮言序

經史子集而外，雜記一書，凡所以爲明道覺世之助也。墳典丘索，僅有存者，不可〔一〕考其真僞，他如《左傳》《國語》，雜記於焉鼻祖矣。爾時千八百國，宜國國有史，如《乘》如《檮杌》。以大國著名，他弱小不堪者，豈遂無紀載？所以《春秋》筆削，賴有諸書，任其蒐採耳。郡縣以來，天下一家，絶去列國紀載，而國史亦未能盡登。然則草莽間有輯録，可概置勿論哉？自秦火之餘，作者其言具在，上可以考當時典制政事，下可以見當時風俗人心。精者可以爲聖賢微言折衷，惝者亦可以廣學者耳目聞見。好古者每得一篇一句，如寸璣尺璧，寶惜逾於書史之上。何則？經史子集，習見習聞，如布帛菽粟，多閲亦增人厭倦。其雜記諸紀載，每多奇僻，嘗其一臠，如侯家鯖味之不盡；擷其一片，如吉光羽玩之愈珍。更若枕中秘，冢中談，名理名言，尤爲好古家欣賞弗置也。乃自隋唐之世，傳述類怪誕不經，惑世誣民，莫此爲甚。宋元以及明儒，不敢妄置異喙。談理者皆超超元著，頗有前人未能發者，經其剖晰，如出聖賢面命。紀事者志僻拾遺，每於正史所未詳者，間從〔二〕野老談説問得之，於是稗官野乘，悉入於天禄石渠矣。或有未經鋟刻，留隱士之秘笈，資山人之談柄，如波斯異寶，能多得哉？吾友祝子理美，少年即博物洽聞，留心筆墨，凡閲歷聞見，即行劄記，積久成帙，顔曰《聞見卮言》，其門人陸續校刻，頗爲世人賞識。近來專心義理之學，於濂洛諸書尋味如有所得，著[三]有《四子通解》《詩經通解》[四]《就正録》《聖門狂狷録》等書，已梓行海内，學者奉爲斗杓。乃疑《卮言》之害道也，輒欲焚棄前刻。余僑寓語水，祝子爲南鄰，數相過從。余止之曰：「無傷也。所見所聞所傳聞，聖人固不欲棄置弗道也。百川無非大海之歸，曲説無非大道之寄。格物致知，聖人亦不過以淺近者明道覺世而已。性與天道，端木以下，概不及聞，而可多得乎？」其門人遂以余言爲序，而將成全刻以傳之。

【校】

〔一〕「可」字後，咸豐本多「以」字。

〔二〕「從」，咸豐本作「於」字。

〔三〕「著」，咸豐本作「者」字。

〔四〕咸豐本無「詩經通解」四字。

【箋】

此文採自道光本卷一，咸豐本、光緒本亦收。《聞見卮言》著者祝文彦，字珵美，浙江桐鄉石門人，著有《石門縣志》十二卷等。據文中「余僑寓語水，祝子爲南鄰，數相過從」云云，語水，即語溪，在浙江桐鄉石門。則本文當作於黃周星康熙二年（一六六三）僑寓石門之際。

芥庵和尚詩序

芥公今飄然一衲子耳，其初固楚湘文士也。楚之湖南有三湘，而湘潭適居其中。北望洞庭，南望岣嶁，皆不越二百里外。其山川磅礴浩淼，謂宜有魁奇倜儻之人出於其間，而輿乘寥寥，只增愾喟。余本湘人，今寄迹白門，於湘不忍遽忘，猶復往來羈棲於湘者數四。不知者多以余爲非湘人，余亦不欲自明其爲湘人也。以嶔崎澹蕩之性，處喧湫聲利之場，其勢不能相入。兼之少年磊砢，感憤易生，境遇所觸，往往發爲聲歌，殆不下數百首。今猶記二絶一律云：「嘯傲江東二十年，不知憂地與愁天。一朝泛宅過湘浦，始信低眉是聖賢。」「屈子放來悲澤畔，賈生謫去怨長沙。由來才子傷心地，不是彷徨即咄嗟。」「此身何故落瀟湘，悶對長天淚幾行。山水無緣供酒椀，文章多病惱詩囊。人情只向黃金熱，世法難容白眼狂。明日扁舟吴越去，從渠自作夜郎王。」則其侘傺無聊之況，可概見矣。當是時，所見皆縱目之徒，所聞皆傷心之事，絶不知有所謂芥公其人者。迄今三十年來，華表銅駝，人代皆非故矣。昨歲甲辰夏五[二]，始與芥公相見於鹽官。握手通名，淒然話舊，相嚮失聲，不知墮幾許永嘉、天寶之淚。已乃瀹茗煨芋，出新詩一編示余。余展讀未竟，又不禁怡然相樂也。蓋近日詩人遍天下，盲風苦霧，令人掩面欲噦。余嘗謂世人皆不宜作詩，獨僧宜作詩，取其有雲水情，有松石意，其旨趣或不相遠也。然鍾退谷之論曰：「僧詩有僧詩習氣，僧而必不作僧詩，便有不作僧詩習氣。」此言非獨爲詩僧而發。若曰：「詩家習氣不除，則僧與不僧無一而可耳。」今讀芥公之詩，清遠秀澹，皆直寫性靈，絶無習氣，嶽色湖光，往往於篇什見之。坡仙有云：「點瑟既希，昭琴不鼓。此中有曲，可歌可舞。」是可以狀芥公之詩矣。詩而若此，又何必僧，何必不僧也。

【校】

〔一〕「五」，咸豐本作「午」。

【箋】

此文採自道光本卷一。咸豐本、光緒本亦收。據文中「昨歲甲辰夏五，始與芥公相見於鹽官」，則本文作於康熙四年乙巳（一六六五）。芥公即芥庵和尚，湖南湘潭人。見卷四《送芥公歸潭州六首》箋。

題釋大汕遇異圖

和上遇異時，不以無爲二字一概抹殺，且能就學，則不愧知識矣。

【箋】

此文採自咸豐本卷一，不見於他本。康熙七年（一六六八）黃周星遊杭州西溪，與釋大汕交游，本文或作於當時。釋大汕《離六堂集》（《清代詩文集彙編》第一三〇冊，上海古籍出版社二〇一一年版）卷二《西溪訪黃九煙》：「無聊況雨餘，何以慰幽獨。一探隱君子，到門飛蝙蝠。蒼煙出疏柳，芳草連深竹。取次溪邊行，村村聞布穀。良月吐高崗，衆星羅喬木。翻疑天乍明，悠悠話樵牧。」釋大汕，本姓徐，字石蓮（濂），法號大汕，浙江嘉興人。中年後爲廣東長壽寺僧，工詩善畫。有《海外紀事》《離六堂集》等。《離六堂集》最早刊行於康熙三十年（一六九一），卷首有釋大汕所配三十三幅插圖，其中有《遇異圖》。

文纂小引

公選《文纂》，自署戊申重九，題於幃齋。

三光傾頹，補天之色石曾施；四韻寂寥，擲地之聲金幾振。名山副在，何預頑仙；荒冢佚藏，獨資才鬼。傳腴招癖，辭治誨淫。專愚欲似朱生，業慧寧希謝客。裂裳拗憶，破卷多慚。提槧次且，耻逐輶軒之使；抱經彳亍，羞從臺閣之儒。用是輯影精廬，縱懷龘軸。豔飛傾國之史，觸紙肌香；雄鶩研人之書，啓編血臭。薄言讐校，厚集畋漁。五彩全章，誰迷威鳳；一鱗半甲，自賞靈虬。雖貧宛委之文，差富咸陽之字。甘由蜂採，辛亦蠹知。狐白同珍，驪黃別鑒。既行披以坐諷，將笑并而泣偕。勝埒開於十行，生涯廓於七尺。猶賢廢日，竟藉忘年。

【箋】

此文採自光緒本卷一，不見於他本。據題注「公選《文纂》，自署戊申重九」，知《文纂》成書於康熙七年（一六六八）重陽節。《文纂》今不存。

具區志序

鴻濛初判，必先生天地，次生山水，而後乃生人。若論滕薛長幼之序，則人不獨不能與天地争，抑并不能與山水争。乃人與山水之得失，不過數端盡之。數端者何？曰耳目也，手足也，心〔一〕思也。人皆有之，而山水皆無之，故以人與山水争，則山水常不勝，而人常勝也。雖然，人之勝山水也，以耳目手足與心思，而山水之勝人，亦即以無耳目手足與心思。故山水静而人動，山水逸而人勞。以静勝動，以逸勝勞。故山水常有餘而人常不足，山水常樂壽而人常苦夭也。若是，則人終不能勝山水乎？曰：殆不然，吾自有勝之之法。何法以勝之？曰：惟文章足以勝之。彼山水，非無文章也，有文章而不能自見，必且乞靈於人。乞靈於人，則人有權而山水無權。故〔二〕人之於山水，猶田忌與諸公子之三駟，常一不勝而再勝也。三吴固〔三〕多名山水，其於東南爲澤國，水乃較多於山。而水之最大者，無過震澤。自神禹底定以來，闔閭遊觀而後，迄今數千年，蓋薄海内外，無不知有洞庭、太湖者矣。太湖即震澤之殊號，以水得名，而洞與庭爲兩山居湖中，又以山得名，則震澤實兼山水之奇而有之。王文恪公首輯《震澤編》一書，謂生平足迹所至，經歷名山大川頗多，若三萬六千頃，波濤之中，復森列七十二高峰，此則天下所未有。顧其地距吴門將百里，山中之人，有終身不入城市，而城市之人，亦有累世不至山中者。其間古今興廢之迹，風土形勝之概，與夫文獻睹〔四〕記之林，或口能言而筆不能述，或筆能述而目未及窺，大抵如秦漢殿廷談蓬瀛方丈耳。雖有文恪公〔五〕一編在前，然當時權輿草創，未暇爬羅剔抉，漁獵無遺，況今相去又二百年矣，物换星移，陵谷變遷，增華濟美，不無望於後賢。而翁子季霖，乃慨然以爲己任，於是招集二三同志，相與修明而恢廓之，竭數〔六〕年之心力，以成此一書，名爲《具區志》。蓋一開卷而粲〔七〕若列眉，瞭如指掌。龍門氏所謂「文成數萬，其指數千」者，是書庶幾近之。兹當告成之日，問序於余。余讀之而歎曰：嘻！此非所謂勝山水之法乎？夫具區巑岏漭沆，雄視東南，求之荆楚豫章之境，自洞庭彭蠡而外，固未易伯仲也。吾輩幸生長江南，可以朝發夕至，然余自髫時，即嚮慕兩峰之名，至年曰艾而始一登縹緲，曰耆而始再陟莫釐。則薄海内外之人，其得與於斯遊者或寡矣。夫思兩峰而不得遊，見具區如見兩峰焉。思具區而不得見，見具區之《志》如見具區焉。則遊者不必身至其地也，得是書而覽之，將人人有一具區於胸中，即有一具區於目中。具區固賓然大乎，而受成於尺幅則已小。具區固窅然遠乎，而奔命〔八〕於棐几則已近。由是觀之，彼山水雖能以静逸驕人，而人之静逸乃更過之，則人之勝山水也，不問而可知矣。嗚呼！豈非文章之力哉！

【校】

〔一〕「心」字後，咸豐本有「也」字。

〔二〕咸豐本無「故」字。

〔三〕「固」，光緒本作「故」。

〔四〕「睹」，咸豐本作「覩」。

〔五〕咸豐本無「公」字。

〔六〕「數」字後，咸豐本多「十」字。

〔七〕「粲」，咸豐本作「燦」。

〔八〕「命」，咸豐本作「走」。

【箋】

此文採自道光本卷一，咸豐本、光緒本亦收。據文中「然余自髫時，即嚮慕兩峰之名，至年曰艾而始一登縹緲，曰耆而始再陟莫釐」，則本文當作於康熙十年辛亥（一六七一）黄周星登太湖東山莫釐峰之後。《具區志》，翁澍撰。書以明蔡羽《太湖志》、王鏊《震澤編》爲本，參酌增損。於瀕湖港瀆，區畫獨詳。

翁澍，見卷六《九日飲翁季霖春草亭》箋。

陶密庵詩序

余與陶子燮友交，殆非恒俗形貌之交也，蓋生平有四同焉。燮友，楚人而生於湖南，余雖非楚人，而亦嘗寄籍〔一〕湖南，則其地同。當庚午積分創復時，燮友爲北雍第一人，余爲南雍第二人，則其貢天府同。癸酉之役，燮友舉於楚，余舉於燕，名次亦復相亞，則其登賢書同。嗣後窮達隱見，雖稍有參差，而變革顛危，流離跋疐，金石相信，九死弗渝，則其志操又同。噫嘻！古今來文章性命之交，如吾兩人者，可多得哉？自壬午〔二〕判袂以來，迄今三十年矣，荆吴相隔，煙水蒼茫，雲樹月梁之懷，未嘗少間晨夕。既無御風縮地之術，則時時夢見之。余故有《選夢》一編，紀生平〔三〕夢中所得詩文聯額之屬，凡十餘卷，而與燮友往還酬答者居十之五。古云千里神交，夫豈欺我？庚戌之春，余流寓潯溪，偶從寶雲和尚所，得睹燮友箋箑，欣然倚〔四〕而和之。越一載辛亥冬，始作一緘寄燮友，未知迢迢雙鯉，何日得達瀟湘。又越一載壬子春，則燮友儼然先以一緘寄我，且示我《嚏古集》數卷。余熏澣卒業焉，而不禁臨風三歎也。燮友《嚏古》之作，本因李西涯先生而起。余嘗讀西涯樂府而酷愛之，不獨懷古論世，有功勸懲，而音節鏦〔五〕錚，激越頓挫，此案間第一絶妙下酒物也。今變友復引伸而推廣之，凡得一百廿〔六〕餘則。大抵非忠孝廉節之型，即奇侅靈秘之迹。大之可以干城名教，而小之亦可以博物洽聞。後世讀其書，想見其人，則不淫不亂，將比《風》《雅》於春秋；志潔行廉，當推《離騷》於日月矣。至於瘖歌之後，繼以商歌，則建安不存，恨滿桓靈之痛；義熙以往，辭多哀定之微。昌黎所謂「誅姦諛〔七〕於既死，發潛德之幽光」者，一篇之中，不啻三致意焉。自是編出，而皇天后土，可鑒野廟之心；五嶽九州，共聽空山之哭。迴視西涯當日一曲春風，公然後來居上，豈但變本增華而已哉？變友之以「噫古」名篇，蓋取風人「願言則噫」之義。夫莊碩之噫，自噫也，悼今人之不古處也。而變友之噫，則不自噫而噫人，不噫今而噫古。自噫者陰，噫人者陽，噫今者短，噫古者長。彼碩人兮，瘖言不寐，此碩人兮，瘖歌獨寐。然則處風雷霾曀之時，而切居諸照臨之慕者，余與變友，其亦猶此物此志也夫。

【校】

〔一〕「籍」，咸豐本作「迹」，「迹」下有「於」字。

〔二〕「壬午」，本作「壬子」，據咸豐本改。據黄周星行年事迹考查，此處當指崇禎十五年壬午（一六四二）。

〔三〕咸豐本無「生平」二字。

〔四〕「倚」，咸豐本作「依」。

〔五〕「鏦」，本作「摐」，據咸豐本改。

〔六〕「廿」，咸豐本作「二十」。

〔七〕「衺」，咸豐本作「諛」。

【箋】

此文採自道光本卷一。咸豐本、光緒本亦收。據文中「自壬午判袂以來，迄今三十年矣」「又越一載壬子春，則燮友儼然先以一緘寄我」，則本文當作於康熙十一年壬子（一六七二）。本年春，陶汝鼐寄書與《嚏古集》數卷，請黄周星爲序，黄周星遂有此文。陶汝鼐，見卷二《與長沙同年陶汝鼐別三十年矣一歲之中輒數見夢庚戌春日偶從月函上人處得見所寄月公詩札甚喜即次其扇頭韻和之》箋。

怡情小品敘

昔吴王闔閭游包山，得龍威丈人素書，以問孔子，孔子爲徵《靈寶謡》云：「天地大文不可舒，若强取出喪國廬。」危哉言乎，夫文而曰不可舒，則不可睹矣。大者既不可睹，則其粲然散見於天地之間者，無慮皆小品耳。乃小品之中，又復有大小焉。試仰觀乎天，有日月，即有星辰。俯察乎地，有海嶽，即有川阜，此其章章者也。至於人倫物理之繁賾，草木鳥獸之紛紜，其爲巧曆所不能悉者，又何一而非小品乎？顧品有大小，而文無大小，即文有大小，而道則無大小。子思氏所謂語大語小，端木氏所謂識大識小，夫豈有二道耶？所慮者，文本不小，而人自小之。如後世摛詞之士，每拈及小品，輒以蟲魚之細碎，花柳之纖穠，與夫繡窗兒女之噞喁當之。於是小者始藐然真小矣。雖然，彼玉臺之詠，香奩之體，文苑相沿，業已數千年於兹，吾又孰從而辨之，而孰從而正之？無已，則請以一言斷之曰：不惟其文，惟其情而已矣。古今道無窮，情亦無窮，情之所至，可以大，可以小，可以小中見大，亦可以大中見小，可以化小而爲大，亦可以攝大而爲小，故道之所至，而情亦至焉。情之所至，而文亦至焉。情之至者，大抵不取苦而取甘，不從怫而從愉，不趨艱深險怪，而趨和平樂易。此龔、錢二子所以有《怡情小品》之刻也。二子皆爲武水英髦，余嘗客武水六載，顧未得識龔子，若錢子則曾與比鄰，然亦未得數往還。余之慵陋可知。兹特假手苹川何子，以是集郵寄苕潯而屬余題其端。余素有作序之戒，然非所論於小品，且辱二子長篇大牘之貽，壹似不以余爲猥賤齷齪而猶足軒輊於世者，余則何敢當二子之盛心哉？因率書數語以復，且爲《戲續靈寶謡》云：「天地大文不可舒，怡情小品自堪娱。一任龍威獻闔閭，名山國門勝素書。」

康熙丁巳七夕鍾山黄周星題

【箋】

採自清末沈宗畸宣統元年(一九〇九)輯校刊刻的《晨風閣叢書·怡情小品》卷首,晚清楊凌霄搜選本《前身集》亦收。《怡情小品》乃清初錢永基(燭臣)、龔廷鈞(肇權)所輯。據篇末「康熙丁巳七夕鍾山黄周星題」,則此序作於康熙十六年丁巳(一六七七)。

敬亭集序

余與萊陽姜君如須爲庚辰同籍友,其仲兄如農先生以名進士爲廉循吏,又爲真諫官,後以抨擊柄臣,忤旨廷杖,繫詔獄,備受楚毒,九死弗移,謫戍宣州,洵錚錚烈丈夫哉!先生初令儀真,有惠政,改革之後,僑寓儀真,復遷吴門。疾革時,遺命葬宣州,蓋歸骨戍所,不忘君命也。余雖與先生爲通家,然喪亂飄泊,曾不得數數相見。壬辰歲,一過如須,辛亥歲,一過先生。今年丁巳秋,余復過吴門,先生没五年,而輿櫬敬亭山下久矣。遵其庭階,撫其遺迹,恍如疇昔。嗟乎!三十年間,存亡聚散,如浮雲蒼狗,人生若此,可不悲哉!二子安節、實節,出先生遺詩。余灑淚讀之,其沉雄悲壯,則杜拾遺也。其博奥蒼古,則韓吏部也。典麗鏗鋐,瀏灕頓挫,則又兼温李元白而有之。蓋不問而知其嚴氣正性凛如也。嘗慨人與文之不相蒙也,如陶靖節清真絶俗,而《閑情》一賦,婉昵多情。宋廣平鐵心石腸，及賦梅花，則不勝嫵媚。他若奸回爲忠孝之言，亂賊作仁義之語，文行二者果若是其矛盾乎？若先生之詩，發於性情，本乎忠孝，可謂名實交孚，表裏一致者矣。故爲名進士，爲廉循吏，爲真諫官，迨其後爲老兵，爲敬亭山人，皆悽惻纏綿，各極其致，是豈可與曹蜍、李志、元符貴人同年而語哉？先生自定己亥以前詩曰《敬亭集》，己亥以後詩曰《餺飥集》。敬亭，志戍所也。餺飥，取范忠宣《謫永州寄人書》云「此中每日閉門餐餺飥，不知身之在遠」。今併合爲一，統名曰《敬亭集》云。

舊京黄周星纂

【箋】

此文不見於黄周星諸集，採自清代姜埰《敬亭集》（《清代詩文集彙編》本，上海古籍出版社二〇一〇年版）。據文中「今年丁巳秋，余復過吴門」云云，則該序作於康熙十六年（一六七七）。

道山堂集序

往庚辰南宫之役，余同籍士三百人，而八閩乃居四十。時静機裒然爲英妙之冠，蓋其齒纔廿四耳，余時亦將及三旬，似皆可備彧、莊、韜、偃之數者，而是科竟不選庶常。余廷對策，雖精楷合格，讀卷者擬奏名第二，已三日，至臚傳時，乃抑置二甲，當授郎官。而静機則亦忽忽綰墨綬以去。嗣是河山阻越，絶不相聞。至乙酉秋，板蕩間關，崎嶇嶺海，余乃復得與静機相見於榕城。榕城，固静機家鄉也。余時以羈靮至，裋褐麻鞋，憔悴枯槁，而静機顧獨踔厲飛揚，意氣軒舉，余睹之茫若有所失也。已復得追隨後塵，左右櫜弭。未逾期而板蕩又見告矣！於是復蒼黄與静機相失。今忽忽三十三年矣！地老天荒，杳然隔世。曩所謂同籍三百人，蓋廑有存者。至今年丁巳冬，乃忽與静機相見於吴門。噫！醒耶？夢耶？真耶？幻耶？相與拊手一拜，凄然不知涕之何從也。夫人生自少而壯，壯而老，計其歲月，多不過百年耳。此百年之内，哀與樂相尋，離與合相禪，大抵不幸生此缺陷世界中，未有樂而不哀，合而不離者。然亦有時哀而復樂，離而復合，此則意計之所不及，而或有鬼神控揣於其間，若吾兩人今日之晤對，豈不誠幸矣哉？余既與静機慷慨欷歔，已而酒酣耳熱，因與抵掌論才，點勘風雅。余有詩，静機亦有詩。余有文，静機亦有文。余有填詞，静機亦有填詞。余有傳奇、雜劇，静機亦有傳奇、雜劇。凡余所能者，静機類皆能之。而静機所能者，余顧未必能也。何也？蓋余之不如静機者有三：静機家世通顯，簪笏蟬聯，而余崛起單寒，親無强近，其不如一；静機精神滿腹，弘潤通長，而余體羸善病，峭性寡諧，其不如二；静機著述滿家，力能壽梓，而余積文成家，徒飽鼠蟫，其不如三。坐是三者，余固宜瞠乎其後矣！而况其詩文之瑰麗沉雄，詞劇之鮮妍香豔，又復劘古轢今，絶無而僅有乎？兹余於静機，既感其晤合之奇，復歎其文章之妙，欣慨交并，曷能自已。適静機以《道山堂集》屬余序，因亟爲數語識之。嗟乎！俯仰今昔，欻忽且四十年。静機齒已逾六，而余則望七矣。回視夫金門待詔之年、紫陌看花之日，豈不猶槐蟻蕉鹿也哉？過此以往，静機之潛躍變化不可知，而余則癖好神仙，行且訪洪崖而從赤松矣。請戲與静機約，再閲四十年，吾當遇君於武彝、太華之間。

鍾山年弟黄周星題

【箋】

此文不見於黄周星諸集，採自陳軾《道山堂集》（廣陵書社二〇一六年版）卷首。據文中「至今年丁巳冬，乃忽與静機相見於吴門」，則本文作於康熙十六年（一六七七）冬。此文乃是黄周星爲陳軾《道山堂集》所做之序。陳軾（一六一七—一六九四），字静機，號静庵，福建侯官（今屬福州市）人，明末清初戲曲家。崇禎十三年（一六四〇）與黄周星同中進士，授海南縣令，南明隆武朝擢御史。桂王時，曾官蒼梧道。入清不仕，於故鄉築道山堂，晚年流寓江浙。陳軾詩文瑰麗沉雄，有《道山堂詩集》，又撰傳奇《續牡丹亭》。黄周星入閩後，曾於南明隆武朝任禮科給事中，與陳軾交遊於榕城（福州）。

題周端孝先生血疏貼黄册

此吴門周君子佩所書血疏貼黄也。子佩之父忠介公，當熹廟時以觸魏璫慘死。至思皇御極，子佩乃赴闕，具血疏鳴冤，欲假尚方，以揕讎人之胸，洵一門忠孝哉。按貼黃例應與疏俱上，其所以得留者，因疏未上時，爲同里姚文毅公所見，以其中「鼎湖勸進」一語未中窾會，勸子佩易之。子佩復刺舌血，重書以進，故原草得留貽至今。嗟乎！此天所以彰孝子也。古今來，忠孝節烈之事何限，然當時則榮沒則已焉，後之人每每得其片楮隻字，莫不寶若球琳，蓋慕其人而不得見，見其遺迹如見其人焉。此生民秉彝之恒性，自有天地以來，未之有改也。夫由熹廟至今，屈指五十餘年。余每與後生輩談及當日璫禍諸事，皆瞠目相視，若漢唐宋之邈不相及，何況過此以往乎？今子佩幸而健飯亡恙，若過數十年，且將不知子佩爲何如人，後之人慕子佩而不得見，見此草如見子佩焉。則此數行丹碧者，非人留之，而實天留之也，君家之子子孫孫其尚永保之哉！

鍾山黃周星拜題

【箋】

此文不見於黃周星諸集，採自明代黃煜《碧血録》（清《知不足齋叢書》本）卷下。據文中「夫由熹廟至今，屈指五十餘年」，明熹宗一六二〇至一六二七年在位，五十年後當在康熙十六年（一六七七）左右。周端孝即周茂蘭（一六〇五—一六八六），字子佩，號芸齋，吴縣人。忠介公周順昌長子。明崇禎初，年十九，刺血上疏，請誅閹黨，又疏請給三代誥命，皆報可。好學，國變後隱居，私謚端孝先生。此血疏貼黃册後又附清代乾隆年間彭紹升題詞曰：「上元黄九煙周星、宣城吴街南肅公，及同里李密庵模、文端文枏、徐損之晟諸先生，皆勝國遺民。諸跋中氣節激昂，性情真篤，儼然如見古人。嗚呼！其可感也已夫……乾隆四十七年除日，通家後學彭紹升題。」

逸山集序

孝廉之科，始於西漢文帝，而武帝覽董仲舒策，因詔郡國舉孝廉，嗣後相沿不變。然徐淑舉孝廉而不能逃冒年之責，曹操亦嘗舉孝廉，而其人則亂世之奸雄。若桓靈之時，乃有察孝廉而其父别居者，至與濁泥怯黽不知書者同譏，遂爲兒童姗笑。此亡他，其所謂孝者非真孝，而所謂廉者非真廉也。以余所睹聞，當吾世而克稱真孝廉者，有兩先生焉，其一爲秣陵之元倬王潢，一爲苕溪之三求嚴書開。元倬以崇禎丙子舉於南闈。三求原名胤昌，與余同登癸酉賢書，但有燕浙之分。兩先生皆獨行君子，積學有聲。值改玉後，即杜門卻埽，謹謝公車，發爲詩文，并堪不朽。今兩君俱齎志坳矣。余今年秋秣陵過王先生故居，得讀其《南陔詩選》，卬視壁間，仍大署其生前一聯云：「范車管榻，謝髮鄭心。」爲之欷歔流涕，徘徊之不能去。仲冬抵潯溪，又得讀嚴先生《逸山遺集》，因先生次子述曾操舟過訪，出此帙見示，且屬余弁其首。余受而卒業焉，則見其爲文斎斎嶽嶽、韡韡森森，或奥崛如周秦，或典嚴如漢魏，或雄奇如韓柳，或閎肆如歐蘇，豈非體備衆美，不名一長者耶？而余尤賞其文心之秀異，服其理學之精純，至性深情，纏綿婉轉，蓋仁義之言，忠孝之旨，一篇之中三致意焉，令觀者流連往復而不能已已。以如是之人，生如是之時，處如是之境，作如是之文，誠所謂人位不足，天爵有餘，言爲典章，行爲坊表，固可以不黻佩而榮華，不鼎鐘而壽考矣。而況其高風勁節，志潔行芳，又足以抗迹風霜，争光日月耶？猶憶丙午歲，余薄遊苕中，有老友張君南村語余曰：「此中有嚴三求先生者，苕溪高士也。」因備述先生生平孝友睦婣、忠君信友，及救菑積德諸善狀。余聞而心嚮往之，因詢南村曰：「先生可得見乎？」南村曰：「先生故不見客也。」余曰：「先生雖不見客，當必不拒我輩。」南村曰：「唯唯，當徐圖之。」已而雪鴻東西，遂負斯約。嗚呼！今先生豈復可得見哉？昔宋纖有遠操，沉静隱居，不與世交，太守楊宣畫其像於閣上，作頌曰：「身不可見，名不可求。」酒泉太守馬岌具威儀、鳴鐃鼓造焉，纖拒不見，岌曰：「名可聞，而身不可見，德可仰，而形不可睹，乃人中之龍也。」先生其毋乃是耶？今先生雖往，而先生之節義文章不與俱往，爲之子若孫者，但寶護此集，傳之後世，正不必以高言孟行相夸詡也。請以一言紀其實曰：「有明一代之真孝廉而已。」倘九原有知，與王先生邂逅於山水之間，其亦相視莫逆，而欣然把臂也哉。

鍾山年弟黄周星拜題

【箋】

此文不見於黄周星諸集，採自嚴書開《嚴逸山先生文集》（清初寧德堂刻本）卷十三。嚴書開，字逸山，湖州南潯人。崇禎六年癸酉（一六三三）舉人，入清不仕。著有《嚴逸山先生文集》。據《逸山集序》「余今年秋秣陵過王先生故居，得讀其《南陔詩選》，印視壁間，仍大署其生前一聯云：『范車管榻，謝髮鄭心。』爲之欷歔流涕，徘徊之不能去。仲冬抵潯溪，又得讀先先生《逸山遺集》，因先生次子述魯操舟過訪，出此帙見示，且屬余弁其首」云云，則康熙十七年（一六七八）仲冬，黄周星自金陵返南潯，嚴述魯以亡父嚴書開《逸山遺集》見托，遂作此序。

唐詩快自序〔一〕

鍾山黄周星撰〔二〕

粤稽史〔三〕皇制字，心之爲志，言之爲詩。志也者，心之所之，則詩也者，其言之所之乎？而《尚書》紀舜之命夔，又曰「詩言志」，則言之所之，其即志之所之乎？後世以爲未足，而復於之下增寸，則似有取於尺寸矣。尺寸者，法度所由生，意謂詩必麗於才，才必麗於法也。僕嘗聞康節之言曰：「須信畫前元〔四〕有《易》，自從删後更無《詩》。」畫前有《易》，是已。若夫詩也者，天地人三才之靈籟也，如云删後無《詩》，則必春秋以後，并天地人皆無之而後可。而自春秋至今，固未始〔五〕一日無天地人，則春秋至今，未始一日無天地人之三籟也。自僕言之，不但刪後有詩，即畫後早已有詩。又不但畫後有詩，即畫前先已有詩。曷言之？詩爲〔六〕天地人之三籟，而未有詩，先有天地人，既有天地人，即有天地人之三籟，彼三籟非詩也乎哉？且無論衆竅比竹，吹萬不同，即下至樹聲泉響、鳥語蟲吟，無一非自然之籟，即無一非自然之詩也。

詩自皇初以來，至李唐而大盛。非詩獨盛於唐也，蓋天下之人心，每視功名爲趨嚮。唐以詩取士，故舉一世聰明才辨之士，皆竭智殫精以赴之，雖欲不盛，而不可得。而唐之一代，垂三百祀，不能有今日而無明日，不能有今年而無明年，則不能有一世而無二十〔七〕世。於是乎，武德不得不降而開元，開元不得不降而大曆，大曆不得不降而元和、長慶，元和、長慶不得不降而天祐五季者，此理勢所必至也，而後人遂執此爲初盛中晚之分。夫初盛中晚者，以言乎世代之先後可耳，豈可以此定詩人之高下哉？且如天地間，樹聲泉響、鳥語蟲吟，凡有耳者聞之，未有不欣然以喜，或悄然以悲者。朝聞亦然，暮聞亦然。一歲聞之，至歲歲聞之亦然。彼泉樹蟲鳥之音，豈嘗有初盛中晚哉？至於疾雷震霆，則掩耳而思避，鴞啼鴉噪，則抨弓而思彈。苟意所不許，固亦不問其爲初盛中晚也。僕嘗〔八〕極服袁石公之論曰：「文章之氣，一代薄一代，而文章之妙，一代盛〔九〕一代。」古有不盡之情，今無不寫之景，其盛處正其薄處也，然安得因其薄而掩其妙哉？故僕以爲初盛中晚之分，猶之乎春夏秋冬之序也。四序之中，各有良辰美景，亦各有風雨炎凝。歡賞恒於斯，怨咨恒於斯，不得謂夏劣於春，冬劣於秋也。況冬後又復爲春，安得謂明春遂劣於今冬耶？總之，世俗小儒，鶩外好高，胸中眼底，實未得其最下者，而哆口輒取〔一〇〕法乎最上。以中晚爲未足，乃進而初盛，初盛猶未足，乃進而六朝，六朝又〔一一〕未足，乃進而秦漢，等而上之，其勢不進於盤古不止〔一二〕。而盤古以前，相傳如龍漢蜺高之屬，又豈無更高於盤古者？則何不直求之混沌之初，未有天地之始乎？此真可爲仰天捧腹大笑絶倒者也。

僕今者《詩快》之選，則不惟〔一三〕其世而惟其人，不惟其人而惟其詩，又不惟其詩而惟其快。於中釐爲三集，曰《驚天》〔一四〕《泣鬼》〔一五〕《移人》。移人則人快，驚天則天快，泣鬼則鬼亦快。而且人快則移人者尤快，天快則驚天者尤快，鬼快則泣鬼者尤快，蓋一快則無不快也。其爲選則虛公平直，毫不敢以成心〔一六〕偏見參之。不問〔一七〕穠〔一八〕澹淺深，惟一以性情爲斷。初則去其不快者，取其快者，既乃去其差快者，取其最快者。譬之披沙揀金，剖璞出玉，蓋幾經剥換而後成。於〔一九〕以微顯〔二〇〕闡幽，哀窮悼屈，以此自快，亦云庶矣。雖然，人之欲快，誰不如我？務期凡讀斯集之人，喜者可以當歌，歡者可以當劇，思者可以當月，愠者可以當風，倦者可以當遊，雄者可以當獵，愁者可以當酒，寂者可以當花，鬱者可以當香，病者可以當藥，怒者可以當劍，仇者可以當椎，夢者可以當鐘，冤者可以當鼓，餒者可以當婿，曠者可以當姬，不第者可以當銀魚，避世者可以當金馬，求仙者可以當白鳳，齎志者可以當青蠅。使我一人讀之，歌哭叫跳不已，人人讀之，亦歌哭叫跳不已。而千古以上之詩人，相與歌哭叫跳於前，千古以下之詩人，相與歌哭叫跳於後。則我一人之心快，而天下萬世之人心俱快。是則僕之私志也。

至於僕生不辰，窮愁拂〔二一〕鬱，倔强支離，雖倖竊早歲之科名，無救於中年之貧賤。生平著述等身，積稿滿屋，曾未得一遇彭宣、侯芭其人者，與之從居〔二二〕而坐論焉。茲年屆古稀，始勉成此一書，遂不覺愀然作而歎曰：「嗟乎〔二三〕！宇宙大矣，古今名賢，從事於丹鉛之役者，蓋無慮數十輩矣。計前此所選之詩，不啻汗牛充棟，僕區區茲〔二四〕集，何足當倉稊澤礨？毋亦聊存此一種於天地間，以當樹聲泉響、鳥語蟲吟而已。」既而復囅然笑曰：「唯唯否否。試觀今日村塾中，經如《三字》，詩如《千家》之類，尚傳之千餘年不絕，而況乎大於〔二五〕此者？夫文章，不朽之盛事，自當與天地相終始。僕生也晚，茲集之成又晚，是區區者〔二六〕，誠不得與天地相始矣，將不得與天地相終乎哉〔二七〕？若夫時輩悠悠之口，少可〔二八〕多怪，君山昌黎言之詳矣，今固不必問也。」

【校】

〔一〕道光本、光緒本題目爲「選唐詩快自序」。咸豐本題目爲「唐詩快序」。

〔二〕道光本、咸豐本、光緒本無此六字。

〔三〕「史」，道光本、光緒本作「媧」。

〔四〕「元」，咸豐本作「原」。

〔五〕「始」，咸豐本作「嘗」。

〔六〕「爲」，咸豐本作「有」。

〔七〕咸豐本無「十」字。

〔八〕咸豐本無「嘗」字。

〔九〕「盛」，光緒本作「妙」。

〔一〇〕咸豐本無「取」字。

〔一一〕「又」，咸豐本作「猶」。

〔一二〕「止」，咸豐本作「已」。

〔一三〕「惟」，光緒本作「爲」。

〔一四〕「天」字後，道光本、咸豐本、光緒本有「曰」字。

〔一五〕「鬼」字後，道光本、咸豐本、光緒本有「曰」字。

〔一六〕咸豐本無「成心」二字。

〔一七〕「問」，咸豐本作「拘」。

〔一八〕「穠」，道光本、咸豐本、光緒本作「濃」。

〔一九〕「於」字後，咸豐本有「是」字。

〔二〇〕「微顯」，道光本、咸豐本、光緒本作「顯微」。

〔二一〕「拂」，咸豐本作「佛」。

〔二二〕「居」，道光本、咸豐、光緒本本作「容」。

〔二三〕「乎」，咸豐本作「夫」。

〔二四〕「兹」，咸豐本作「此」。

〔二五〕「於」，咸豐本作「如」。

〔二六〕咸豐本無「兹集之成又晚是區區者」十字。

〔二七〕咸豐本無「哉」字。

〔二八〕「可」，咸豐本作「見」。

【箋】此文採自康熙書帶草堂刻本《唐詩快》卷首，道光本、咸豐本、光緒本亦收。《唐詩快》成書於康熙十八年己未（一六七九），本文亦當作於同時。

選詩略例

一　余初志原欲盡選古今之詩以作寓内大觀，奈其事緐重難舉。必取精多而用物宏，誰爲爲之，孰令聽之耶？是以先取有唐一代之詩，爲之選定。且詩莫盛於唐，正如牡丹爲花中之王，得此首植庭檻，其餘梅、蘭、蓮、菊，固不妨次第位置耳。

一　昔人評選諸書，類皆洊歷歲月，多或逾紀，少亦數年，而余以旅館刺促，勢難持久。乃自季春迄秋杪，忽忽竣役，誠可謂殫竭心力。齊己有句云：「五七字中苦，百千年後清。」請爲稍更之曰：「二十旬中苦，百千年後傳。」傳不傳雖未可知，然而苦則良苦矣。

一　少陵詩云：「文章千古事。」凡語及文章，未有不以千古爲期者，顧安有半年而爲千古之事者乎？是以奇觚急就，不免紕漏貽慚。然而體裁粗具，正如衛文之革車，叔孫之綿蕞，雖云日不暇給，規模或亦可觀。

一　唐詩從來分初、盛、中、晚，選者好尚不同，或有多寡之觭。余茲選以「快」爲名，則無論世代先後，但一以快爲主。及選畢校勘，乃不覺憮然曰：「嘻！余豈私好中晚哉！是何中晚之多也！」然中晚之人，本多於初盛，人多則詩多，詩多則選安得不多？

一　中晚之詩雖多於初盛，然初盛中如王、孟、高、岑、李、杜之類，實選之不勝選，但全首未必能大快人意，故往往憖置之。若應制、應教諸作，此中安得有快詩乎？則寧庋之高閣，以待後之專選此體者可也。

一　齋頭書苦未備，而客中借書殊難。所賴同志數子，各出所藏，相與有成。如語溪吴子孟舉之振，延陵吴子園次綺，錦川席子允叔居中，白門龔子半千賢，松陵潘子雙南鏐，燕山盧子魯一琮，新安吴子銘卣承勳，皆能攟摭籤軸，以佐丹鉛。既有暴富之樂，而復無一瓻之酬，厥功不可泯也。

一　全唐諸家專集，似已蒐羅略盡。所少者，惟李公垂紳之《追昔遊詩》，皮襲美日休之《文藪》，司空表聖圖之《一鳴集》。然三公之詩，散見於諸刻者已多，或者可免遺憾。此外復有文傳而詩不傳者，如李翱、皇甫湜、馬異、樊宗師、劉蜕、孫樵諸公，皆雄奇魁傑，絶無僅有，而吟詠寥寥，乾坤缺陷，莫大於是，殊足令人悵恨。

一　余生平握齱無狀，然虚懷好善，芻蕘必詢。如兹選皆閉户經營，一手獨拍，絶無相助爲理者。偶得吴子園次所舉王司馬建之詩，則亟録之。閔子湘人所舉鄭都官谷之詩，又亟録之。而湘人富於記問，遠隔重城，每日見過，多所諏度，亦一快事云。

一　前人選詩者多矣，無論高下奇平，要亦各有所見，而後人輒任意彈駁，似非雅道。且自古文人相輕，往往互相非笑，我能訾人，人獨不能訾我乎？余惟守忠厚之訓，一字不敢妄彈。

一　余初作選詩古風時，即有《夕陽詩》一篇。意欲蒐輯古今夕陽詩爲一集，以供詩人憑弔，而今何暇及此，姑存其詩，附於古風之後識之。然此事亦殊易辨，但得一精細記室，從諸刻中翻檢録出，以待評隲，自可計日而成，請以俟之好事者。每見近日選刻，臚列參閲姓字，多至伯什，心竊哂之。此非金蘭籍、香火簿，安用是稷稷者爲？余生平落落寡合，且此集實成自獨杼，不敢妄載一人，以涉厚薄之嫌，幸觀者諒之。

九煙氏識

【箋】此文採自康熙書帶草堂刻本《唐詩快》卷首，《唐詩快》成書於康熙十八年己未（一六七九），本文亦當作於同時。

題驚天集

或問於九煙曰：「天可驚乎？」九煙曰：「可。」曰：「奚驚？」曰：「天以風雷驚人，人以文章驚天。風雷者，天之文章；文章者，人之風雷也。昔太白登華山落雁峰曰：『此處呼吸想通帝座，恨不攜謝朓驚人詩來，搔首問青天耳。』夫以驚人之詩問天，則駸駸乎驚天矣。但不知閶闔之中，亦解道『澄江净如練』否？少陵之寄太白曰：『筆落〔一〕驚風雨。』風〔二〕雨，非天之風雨乎？然不曰天而曰風雨，猶之乎呼蓋臣告僕夫云爾，尚未敢訟〔三〕言驚天也。至長吉之詠李憑箜篌，則直曰『石破天驚〔四〕逗〔五〕秋雨』矣。夫箜篌一小技耳，尚可以破石驚天，而況大於箜篌者乎？嘗觀《周易》之《坤》曰：『龍戰於野，其血玄黃。』《太玄》〔六〕之《劇》曰：『海水群飛，蔽於天杭。』此真驚天語也。詩中有類此者，自〔七〕不得不亟取之。嗟乎〔八〕！天蒼蒼而高也，屈原問之而不應，庶女叫之而不聞，鄒衍談之而不知，鼂道元箋之而不答。從來夢夢若此，吾亦何從〔九〕驚之哉？然世無驚天之事，而詩實有可以〔一〇〕驚天之理。豈沐日浴月之章，吐火施鞭之句，反出二十三絲下耶？集《驚天》第一〔一一〕。」

【校】

〔一〕「筆落」，咸豐本作「落筆」。
〔二〕「風」字前，咸豐本多「夫」字。
〔三〕「訟」，咸豐本作「直」。
〔四〕「天驚」，咸豐本作「驚天」。
〔五〕「逗」，咸豐本作「透」。
〔六〕「玄」，咸豐本作「白」。
〔七〕「自」，咸豐本無此字。
〔八〕「乎」，咸豐本作「夫」。

〔九〕咸豐本「從」下有「而」字。

〔一〇〕「可以」，咸豐本無此二字。

〔一一〕「集《驚天》第一」，咸豐本無此五字。

【箋】

此文採自康熙書帶草堂本《唐詩快》，道光本、咸豐本、光緒本亦予收録。黃周星《唐詩快》成書於康熙十八年己未（一六七九），本文亦當作於同時。

題泣鬼集

九煙曰：「古今來善泣者無如鬼。昔倉〔一〕頡制字，鬼爲夜哭。哭字耳，非哭詩也，然而有字即有詩矣。《檀弓》云：『有愛而哭之，有畏而哭之。』後世詩有佳有劣，不知此夜哭之鬼，果愛其佳而哭耶？抑畏其劣而哭耶？嘗觀葩騷所載，如萇楚桑柔之什，山鬼禮魂之歌，其爲可泣者多矣，而初不聞有鬼從而泣之者，豈其時鬼皆頑聾乎？惟賀季真初見太白《烏棲曲》，以爲可泣鬼神，而少陵即用其語相贈。長吉集中，一則曰『願攜漢戟招書鬼』，再則曰『秋墳鬼唱鮑家詩』，後人遂以鬼才目之。夫鬼能泣詩，詩亦能泣鬼，鬼詩之與詩鬼〔二〕，正未知〔三〕是一是二。然詩有佳有劣。鬼亦應〔四〕有佳有劣，其爲雄奇高妙之詩，則必有雄奇高妙之鬼賞之。其爲卑俗庸陋之詩，則亦〔五〕必有卑俗庸陋之鬼賞之。但恐以劣詩而遇佳鬼，則鬼當泣。以佳詩而遇劣鬼，則詩又當泣。斯二者之泣，一則鬼之不幸，一則詩之不幸也。吾所取於泣鬼者，其必以佳詩而挑佳鬼，以佳鬼而拜佳詩乎？噫！鬼猶如此，人何以堪！集《泣鬼》第二〔六〕。

【校】

〔一〕「倉」，原作「皇」，據咸豐本改。

〔二〕「鬼詩之與詩鬼」，咸豐本作「鬼之與詩」。

〔三〕「正未知」，咸豐本作「不知其」。

〔四〕咸豐本無「應」字。

〔五〕咸豐本、光緒本無「亦」字。

〔六〕「集《泣鬼》第二」，咸豐本無此五字。

【箋】

此文採自康熙書帶草堂本《唐詩快》，道光本、咸豐本、光緒本亦收。黄周星《唐詩快》成書於康熙十八年己未（一六七九），本文亦當作於同時。

題移人集

九煙曰：「天下之最難移者，其惟斯人乎？禮樂移之不得，政教移之不得，甚至兵刑移之亦不得。而獨有一物焉，可以俄傾〔一〕談笑而移之。一物者何？即所云釋西伯而走司寇者是也。故於《傳》有之曰：『尤物移人。』然此物安可多得？則思得近似者以充之。詩也者，文章之尤物也。孔子詔小子學詩，而曰『興觀群怨』。之四者，以言詩可，以言尤物亦可。取尤物而比詩，殆猶西子之與西湖歟。夫古今之爲尤物者多矣，粉白黛緑，燕瘦環肥，其爲物〔二〕也不一，而皆足以傾城國而昡帝天。所謂美人不同面，而皆悦於目也。惟詩亦然，如《邶風》山榛隰苓之思，《楚辭》沅芷澧蘭之賦，寧〔三〕復知尤物之爲詩，詩之爲尤物乎？但詩雖與尤物同功，只恐世有魯男子與登徒大夫，則真無可如何耳。如其不然，吾見其從風而靡矣。若夫伯牙學琴於成連，從之東海，成連去而不返，但見海水山林群鳥悲號，伯牙歎曰：『先生將移我情。』此則姑射飛瓊之流，又不當與凡俗同觀矣。然其爲移人，寧〔四〕有二乎？集《移人》第三〔五〕。」

【校】

〔一〕「傾」，道光本作「頃」。

〔二〕「物」，咸豐本作「尤」。
〔三〕「寧」，咸豐本作「豈」。
〔四〕「寧」，咸豐本作「豈」。
〔五〕「集《移人》第三」，咸豐本無此五字。

【箋】

此文採自康熙書帶草堂本《唐詩快》，道光本、咸豐本、光緒本亦收。黄周星《唐詩快》成書於康熙十八年己未（一六七九），本文亦當作於同時。

臯嘯序

頊天公醉甚，燕太子呼之不聞，屈大夫問之不答。握齱如鼂道元，箋再上亦不報。將芻狗萬物，無意横目乎？抑茗柯有妙理也？蟗螬糟血，墨墨且數霜矣，奈何乎陛下？或告愚黔曰：此公自蜺高龍漢來，積算既夥，年齒長矣，聰明衰矣，而不得休歸，悶者恤然若忘。毋乃菁華已竭，褰裳去之乎？苟若然，不醉奚益？愚黔嘸然。或又曰：嗇有之，八禽所際，三三六六，皆天也。假令此公果醉，揣其上下四旁，亦必有不醉者存，何遽坐視，不相捄正，一爲執杓代理耶？噫！是讆言也。愚觀此公雄踞真丹，巧歷莫紀，精多物宏，梱梮橿橿，彼當年材華魄幹，定自籠轢等夷。今雖老，威令尚行，其在上者，格不得下，在下者，搤不得上，處四旁者，皆選蠕觀望，莫肯先發。籧篨乎？戚施乎？文繡偶人乎？頽唐潦倒，相與爲醉而已。嗟乎已矣！勿復言矣！視吾舌尚在不？吾願有喙三尺。語未既，有登東皋而嘯者，若遠若近，或闔或闓，嘯不一人，人不一聲，聲不一詞，詞不一調，有激者，謞者，宎者，譹者，于喁者，調調刁刁者，函胡者，清越者，引商刻羽雜以流徵者，嘈呟如無射者，窾坎鏜鞳如歌鐘者，嗗然如數部鼓吹林谷傳響者。大氐潺湲阫側，激楚瀏灕。吐懷而半部《離騷》，矢音而一通《小雅》，自冬歷春，嘯猶未已，愚黔聞之心動。稍進，益諦視之，則數子仡然雁立於皋次，遽前捉其臂，拍其肩，數子大嘯，愚黔亦大嘯。相應如千百鸞鳳，聲滿天地，響震巖壑。當是時，九天雲垂，四海水立，百靈萬怪，惶汗奔走。項王之救鉅鹿，黄帝之張洞庭，殆不及也。後巫陽從帝所來，言此公爲諸君暫醒者數日。

【箋】此文採自康熙本，不見於他本。創作時間未詳。

卷十　傳文

李裕堂先生傳

憶昔追陪先子遊宦金陵，僑寓上元，因與先生交最密。崇禎庚辰，又同第楊瓊芳榜進士。時余因疾告歸，先生遂授兵部主政，以廉能擢宮詹。不數年，亦歸里，退居吉兆營之壽星橋，離余居不過數武。月夕花晨，未嘗少間，幾三十載，而先生倏然下世矣。嗣君旭亭，克承箕業，早歲游庠，後攜眷居吾湘。逾數年，余亦扶先大夫櫬歸潭。晤旭亭如遇故人，又不勝今昔之感，且丐余爲先生傳，意以相知有素，言之益切。噫！先生何待余傳，而余又何足爲先生傳也！然先生往矣，旭亭不忍没其親，而余遽敢忘其友？第居官清慎，竹帛留徽，先代聲華，家乘著美。惟思先生依日月之末光，奮風雲之際會，得時而駕，克展宏猷。既而解組歸田，杜門不出，日與二三知己耽詩酒以自娱，其節概有足多焉。余故樂爲道之，并以示故舊之感云。

【箋】

本文採自光緒本卷二，不見於他本。據文中「扶先大夫櫬歸潭」句，此文作於黄周星居湘潭時，當在崇禎十六年(一六四三)秋離開湘潭前。

周大司農家傳

公諱堪賡，字仲聲，五峰其號也。先世自漢尚書周衡逢討賊駐潭州，遂著籍。至宋學士户部尚書周文龍派衍寧鄉〔一〕，而公爲寧鄉人。曾大父策明，正德十年舉於鄉，令廣西貴縣，有循聲，以子采貴，贈兵部侍郎兼都察院右副都御史，巡撫雲南。大父檄未仕。父耀晃萬曆七年舉人，授山東東平牧，多善政，州人祠祀之，詳《東平志》，擢同知陝西延安府事。會回民倡亂鄜時間，出奇掩擊，賊敗走，餘孽仍剽刦〔二〕爲民害。復請剿，監司郡守主撫，申報不以實，不肯署名，由是不獲乎上，遂引疾歸。子四，長堪賁，户部司務，仲、叔俱早殤，公其季也。生而穎異，性篤孝，六歲詣塾讀書，倜儻多大略。年十九，學乃大成，補郡庠弟子員。天啓甲子、乙丑聯捷成進士，時年三十三。初授福建永春令，以才調福清。海賊流刦遠近，屢挫官兵，公密遣壯士入其黨，廉得各盜首，悉捕獲置之法，海氛以靖。有坊店主要客於路，殺而奪其金，佯爲申狀，哭盡哀。公曰：「若號而無淚，又數瞤我，中情怯耳。」夜半〔三〕，抵其坊，召而詰之曰：「客何罪而汝殺之？」一訊輒伏〔四〕，起獲原贓，封識宛然，闔縣稱神。公持讞明決，一時有升米完訟之謡，治行爲八閩冠，行取授陝西道御史。按山東，劾藩下官恣縱，及奸民投獻莊田二十事，直聲振朝野。按畿輔，言廠衛樹威，牟利害民狀，同官皆悚惕，公意氣自如，上雖不能用，亦不之罪也。適畿輔戒嚴，公繕阸塞，釐兵餉，簡士馬，劾將帥不職者，壁壘一新。有司捕獲奸細百餘人，法當梟，公覆鞫七十餘人無顯狀，得末減。事竣，請假省親還，侍郡丞公不離左右，數月不入内寢。公未顯時，母胡夫人先卒，奉木主朝夕進膳如常儀。假滿入朝，猶依戀寢門，悲不自勝。乙亥丁外艱，己卯〔五〕服闋，入掌河南道印。庚辰管〔六〕京察，舉劾悉當，人稱鐵面。稍遷太僕、光禄寺卿，辛巳遷順天府尹。有民婦匿母家，取他尸以證，本夫以誣服坐抵。公駁訊，獲其婦，事以昭雪。霸州大盗獄已具，親屬挾重貲賂權貴，欲曲宥之。公摘其奸，論如法。旋擢工部右侍郎。壬午九月，闖賊決黄河，灌汴梁，保督侯恂堵塞弗效，陵運攸關，上憂甚。十二月，特敕加副都御史，賜銀幣、發帑金，命公往。當是時，李自成已據荆北、河南地，眈眈虎視汜水滎澤間，將渡河長驅畿輔，物料人夫，百無一備。初命下，愛公者咸爲公危，公誠信招徠。不浹旬，兵夫雲集以萬計。爲陰勒部署，以備不虞。揮汗赤日中，與下均勞苦，能得人死力。且守且築，賊以公在汴，不敢徑渡，乃從上游以濟，窺潼關。自癸未二月迄十一月，爲時二百〔七〕七十日，卒砥狂瀾，河還故道。上大嘉賚，拜南户部尚書。以積勞成疾，繼聞潼關不守，嘔血數升。陳《六大弊疏》及《扼宣雲關隘》，指陳時病，語甚激烈，不報。連疏乞骸骨，上允之。過留都，謁孝陵痛哭。甲申四月旋里，京師已陷，縞素晝夜哭，瀕於死者數。公僅一子鋐，已登賢書。獻賊亂湖南，與世父堪貢，先後被執，不屈死。堪貢亦無嗣，遺孤孫二，一七歲，一六歲。每北望涕泗交橫下，值兩孫在旁，輒揮之去，聞者酸心。乃遁入溈山禪林，或瞑坐竟日不語，或中夜繞榻行至達旦不寐。福王立於南京，聞相馬士英，公拍案大痛〔八〕曰：「其無望也乎！」史可法以書招之，因泛舟南下。兵部尚書張國維，爲公會試同年友，素與國維善，先致密函，請誅馬、阮，以正綱紀。行次吴城，得報，知不可，乃返棹。復變易姓名，走嶺表，走甌閩，數年側轉山海江湖間，而公已病不能支矣。歸來結庵邑西四十里之董家村，常焚香禮佛，病則彌月不起，鄉鄰罕識其面。國初，經略洪公承疇以特達〔九〕重臣徇滇黔道，出寧鄉。洪與公有舊，令迎謁，猝問：「周司農安在？」令愕眙，倉皇出，詢胥吏，乃具書爵里以進。日將晡，洪命驛卒前導，以數騎向邑西馳，長吏以上皆駭詫。至董家村，已昏暮。驛卒傳呼經略來，遽辭之弗獲，而洪已造榻前。草屋三楹，篝燈布被，卧病奄奄。洪撫其背曰：「吁，甚矣憊！」公扶杖徐起，相持而泣。坐定，促膝語地方疾苦甚悉。少頃，呼童摘園蔬留共飯，至夜分，洪乃騎馬去。公曰：「吾當與君永訣矣。」翌日，家人請致地誼，不許，曰：「吾不以此辱洪公。」卒不通一刺。時大湖南北，疊罹〔一〇〕兵燹，郡縣白骨青燐，荆棘千里。經略疏免荒糧百十餘萬，民慶更生，人謂公有隱德云。順治十年癸巳，恭順王疏其賢，簡命下，已成廢疾。次年四月，晨起沐浴，衲衣趺坐而逝，年六十三。公清操介如，通顯二十年，妻孥菜羹麥飯如田家。坦中不爲崖岸，雖農夫樵牧，皆可語。居恒恂恂，未嘗以才智先人。及臨大事，決大疑，則義形於色，片言立定。身罹國難，南北間關，至萬死一生，而志不少挫。其晚年逃禪，蓋憂患之餘有託而然矣。著有巡察及治河諸奏疏、《黄河紀》《五峰文集》。嗚乎！士君子當革命之際，流離困頓以死，其行事多不表見，則惟鄉黨後死者知之。然知之卒不能深，語焉而終不能詳也。崇禎末，余在京邸，讀公劾保督侯恂疏，斥其仗左良玉以要君，大不敬，罪當誅，風裁凜然，可不謂偉丈夫哉！卒以運移事易而賫志以没，悲夫！

【校】

〔一〕「漢尚書周衡逢討賊駐潭州，遂著籍。至宋學士户部尚書周文龍派衍寧鄉」，光緒本作「周顯德間節度周行逢鎮潭州，子孫繁衍武陵、吉水、湘鄉。明初始占籍寧鄉」。

〔二〕「刲」，光緒本作「剠」。

〔三〕「夜半」，光緒本作「半夜」。

〔四〕「伏」，光緒本作「復」。
〔五〕「己卯」二字本無，據光緒本補。
〔六〕「管」，光緒本作「官」。
〔七〕「百」，原作「月」，據光緒本改。
〔八〕「痛」，光緒本作「慟」。
〔九〕「達」，光緒本作「遣」。
〔一〇〕「罹」，原作「羅」，據光緒本改。

【箋】

此文採自咸豐本卷二，光緒本亦收，題作「周五峰先生傳」。據文中所云：「順治十年癸巳，恭順王疏其賢，簡命下，已成廢疾。次年四月，晨起沐浴，衲衣趺坐而逝，年六十三。」則傳主周堪賡順治十一年（一六五四）去世，此文當寫於其去世之後。然而，聯繫到崇禎十五年壬午（一六四二），黄周星三十二歲時就和湘潭周氏決裂，此文可能并不是黄周星的筆墨，而是周氏後人在給黄周星編輯文集時，自行加入的一篇文章。編者特附文於此，讀者可參。

補張靈崔瑩合傳〔一〕

余少時閲唐解元《六如集》，有云：「六如嘗與祝枝山、張夢晋，大雪中效乞兒唱《蓮花》，得錢沽酒，痛飲野寺中，曰：『此樂惜不令太白見之！』」心竊異焉，然不知夢晉爲何許人也。頃閱稗乘，中有一編，曰《十美圖》，乃詳載張夢晉、崔素瓊事，不覺驚喜叫跳，已而潸然雨泣，此真古今來才子佳人之軼事也，不可以不傳，遂爲之傳曰〔二〕：

夢〔三〕晉，名靈，蓋正德時吴縣人也。生而姿容俊奕〔四〕，才調無雙，工詩善畫，性風流豪放，不可一世。家故赤貧而靈獨蚤慧，當舞勺時，父命靈出應童子試，輒以冠軍補弟子員。靈心顧不樂，以爲才人何苦爲章縫束縛，遂絶意不欲復應試。日縱酒高吟，不肯妄交人，人亦不敢輕與〔五〕交，惟與唐解元六如作忘年友。靈既年長不娶，六如試叩之，靈笑曰：「君豈有意中人，足當吾耦者耶？」六如曰：「無之。但自古才子宜配佳人，吾聊以此探君耳。」靈曰：「固然。今豈有其人哉？求之數千年中，可當才子佳人者，惟李太白與崔鶯鶯耳。吾雖不才，然自謫仙而外，似不敢多讓。若雙文惜下嫁鄭恒，正未知果識張君瑞否？」六如曰：「謹受教。吾自今請爲君訪之，期得雙文以報命，可乎？」遂大笑别去。

一日，靈獨坐讀《劉伶傳》，命童子進酒，屢讀屢叫絶，輒拍案浮一大白。久之，童子跽進曰：「酒罄矣！今日唐解元與祝京兆讌集虎丘，公何不挾此編一往索醉耶？」靈大喜，即行，然不欲爲不速客，乃屏棄衣冠，科跣雙髻，衣鶉結，左持《劉伶傳》，右持木杖謳吟《道情詞》，行乞而前。抵虎丘，見貴游蟻聚，綺席喧闐。靈每過一處，輒執書向客曰：「劉伶告飲。」客見其美丈夫，不類丐者，競以酒饌貽之。有數賈人方酌酒賦詩，靈至前，請屬和，賈人笑之。其詩中有「蒼官」「青士」「撲握」「伊尼」四事，因指以問靈。靈曰：「松、竹、兔、鹿，誰不知耶？」賈人始駭，令賡詩，靈即立揮百絶而去。遥見六如及祝京兆枝山數輩，共集可中亭，亦趨前執書告飲。六如早已知爲靈，見其佯狂遊戲，戒座客陽爲不識者以觀之。語靈曰：「爾丐子持書行乞，想能賦詩。試題《悟石軒》一絶句，如佳，即賜爾巵酒，否則當扣爾脛。」靈曰：「易耳。」童子隨進毫楮，靈即書云：「勝迹天成説虎丘，可中亭畔足酣遊。吟詩豈讓生公法，頑石如何不點頭？」遂并毫楮擲地曰：「佳哉！擲地金聲也！」六如覽之大笑，因呼與共飲。時觀者如堵，莫不相顧驚怪。靈既醉，即拂衣起，仍執書向悟石軒長揖曰：「劉伶謝飲。」遂不别座客徑去。六如謂枝山曰：「今日我輩此舉，不減晉人風流。宜寫一幀〔六〕，爲《張靈行乞圖》，吾任繪事，而公題跋之，亦千秋佳話也。」即舐筆伸紙，俄頃圖成。枝山題數語其後，座客争傳玩歎賞。

忽一翁縞衣素冠，前揖曰：「二公即唐解元、祝京兆耶？僕企慕有年，何幸識韓。」六如遜謝，徐叩之，則南昌明經崔文博，以海虞廣文告歸者也。翁得圖諦觀，不忍釋手，因訊適行乞者爲誰。六如曰：「敝里才子張靈也。」翁曰：「誠然，此固非真才子不能。」即向六如乞此圖歸。將返舟，見舟已移泊它所，呼之始至。蓋翁有女素瓊者，名瑩，才貌俱絶世，以新喪母，隨翁扶櫬歸。先艤舟岸側時，聞人聲喧沸，乍啓檻窺之，則見一丐者，狀貌殊不俗。丐者亦熟視檻中，忽登舟長跪〔七〕，自陳張靈求見，屢遣不去。良久，有一童子入舟，强挽之始去。故瑩命移舟避之。崔翁乃出圖示瑩，且備述其故。瑩始知行乞者爲張靈，歎曰：「此乃真風流才子也！」取圖藏笥中。翁擬以明日往謁唐、祝二君，因訪靈。忽抱疴數日不起，爲榜〔八〕人所促，遽返豫章。

靈既於舟次見瑩，以爲絶代佳人，世難再得，遂日走虎丘偵之，久之杳然。屬鄞人方志來校士，志既深惡古文詞，而又聞靈跅弛不羈，竟褫其諸生。靈聞，乃大喜曰：「吾正苦章縫束縛，今幸免矣！顧一褫何慮再褫？且彼能褫吾諸生之名，亦能褫吾才子之名乎？」遂往過六如家，見車騎填門，胥尉盈座，則江右寧藩宸濠，遣使來迎者也。六如擬赴其招〔九〕，靈曰：「甚善！吾正有厚望於君。吾曩者虎丘所遇之佳人，即豫章〔一〇〕人也，乞君爲我多方訪之，冀得當以報我。此開天闢地第一吃緊事也，幸無忽忘！」六如曰：「諾。」即偕藩使過豫章。

時宸濠久蓄異謀，其招致六如，一〔一一〕博好賢虛譽，一慕六如詩畫兼長，欲倩其作《十美圖》，獻之九重。其時宫中已覓得九人，尚虛其一。六如請先寫之，遂爲寫九美，而各綴七絶一章於後。九美者，廣陵湯之謁〔一二〕字雨君，善畫，姑蘇木桂文舟，善琴，嘉禾朱家淑文孺〔一三〕，善書、金陵錢韶鳳生，善歌、江陵熊御小馮[四]，善舞、荊溪杜若芳洲，善箏、洛陽花蕚未[五]芳，善笙、錢唐柳春陽絮才，善瑟、公安薛幼端端清[六]，善簫也。圖詠既成，進之濠。濠大悅，乃盛設特讌六如，而別□[七]一殿僚季生副之。季生者，憸人也。酒次請觀《九美圖》，因進曰：「十美歉一，殊屬缺陷，某願舉一人以充其數，詰朝請持圖來獻。」比持圖以獻，即崔瑩也。濠見之曰：「此真國色矣！」即屬季生往説之。先是，崔翁家居時，瑩才名噪甚，求姻者踵至。翁度非瑩匹，悉拒不納。既從虎丘得張靈，遂雅屬意靈，不意疾作遽歸。思復往吴中，託六如主其事。適季生旋里喪耦，熟聞瑩名，預遣女畫師潛繪其容，而求姻於翁。翁謀諸瑩，瑩固不許，於是季[八]生銜之，因假手於濠以洩私忿。時濠威殊[九]張甚，翁再三力辭不得。瑩窘激欲自裁，翁復多方護[一〇]之。瑩歎曰：「命也已矣！夫復何言！」乃取笥中《行乞圖》，自題[一一]詩其上云：「才子風流第一人，願隨行乞樂清貧。入宫只恐無紅葉，臨別題詩當會真。」舉以授翁曰：「願持此復張郎，俾知世間有情癡女子如崔素瓊者，亦不虛其爲一生才子也。」遂慟哭入[一二]宫。

濠得之喜甚，復倩六如圖詠，以爲「十美」之冠。而六如先以取季生所獻者，摹得一紙藏之。瑩既知六如在宫中，乘間密致一緘，以述己意。六如得緘，乃大驚惋，始知此女即靈所託訪者。今事既不諧，復爲繪圖進獻，豈非千古罪人？將來何面目見良友？因急詣崔翁，索得《行乞圖》返宮，將相機維挽。不意「十美」已即日就道，六如悔恨無已。又見濠逆節漸著，急欲辭歸，苦爲濠羈縻，乃發狂號呼顛擲，溲穢狼藉。濠久之不能堪，仍遣使送歸。杜門月餘，乃起，過張靈，時靈已頽然臥病矣。

蓋靈自別六如後，邑邑亡憀，日縱酒狂呼，或歌或哭。一日中秋，獨走虎丘千人石畔，見優伶演劇。靈佇視良久，忽大叫曰：「爾等所演不佳，待吾演王子晉吹笙跨鶴。」遂控一童子於地而跨其背，攫伶人笙吹之，命童子作鶴飛，捶之不起。童子怒，掀靈於地。靈起曰：「鶴不肯飛，吾今既不得爲天仙，惟當作水仙耳！」遂躍入劍池中。衆急救之出，則面額俱損，且傷股不能行。人送歸其家，自此委頓枕席，日日在醉夢中。

至是忽聞六如至，乃從榻間躍起，急叩豫章佳人狀。六如出所摹《素瓊圖》示之。靈一見詫爲天人，急捧置案間，頂禮跪拜，自陳才子張靈拜謁云云。已〔二三〕聞瑩已〔二四〕入宮，乃撫圖痛哭。六如復出瑩所題《行乞圖》示之。靈讀罷，益痛哭，大呼：「佳人崔素瓊！」隨〔二五〕踣地嘔血不止。家人擁至榻間，病愈甚。三日後，邀六如與訣曰：「已矣！唐君！吾今真死矣！死後乞以此圖殉葬。」索筆書片紙云：「張靈，字夢晉，風流放誕人也，以情死。」遂擲筆而逝。六如哭之慟，乃葬靈於玄墓山之麓，而以圖殉焉。撿其生平文草，先已自焚，惟收其詩草及《行乞圖》以歸。

時瑩已卒「十美」抵都，因駕幸榆林，久之未得進御，而宸濠已舉兵反，爲王守仁所敗，旋即就擒。駕還時，以「十美」爲逆藩所獻，悉遣歸母家，聽其適人。於是瑩仍得返豫章。值崔翁已捐館舍，有老僕崔恩殯之。瑩哀痛至甚，然煢孑無依。葬父已畢，遂挈裝徑抵吴門，命崔恩邀六如相見於舟次。瑩首訊張靈近狀，六如愴然抆涕曰：「辱姊鍾情遠顧，奈此君福薄，今已爲情鬼矣！」瑩聞之，嗚咽失聲。詢知靈葬於玄墓，約明日同往祭之。六如明日果攜靈詩草及《行乞圖》至，與瑩各拏舟抵靈墓所。瑩衣縗絰，伏地拜，哭甚哀。已乃懸《行乞圖》於墓前，陳設祭儀，坐石臺上，徐取靈詩草讀之。每讀一章，輒酹酒一巵，大呼：「張靈才子！」一呼一哭，哭罷又讀，往復不休。六如不忍聞，掩淚歸舟。而崔恩佇立已久，勸慰無從，亦起去徘徊丘壟間，及返，則瑩已自經於臺畔。恩大驚，走告六如。六如趨視，見瑩已死，歎息跪拜曰：「大難大難！我唐寅今日得見奇人奇事矣！」遂具棺衾，將易服斂之。而瑩通體衫襦，皆細綴嚴密無少隙，知其矢死已久。六如因取詩草及《行乞圖》，并置棺中爲殉。啓靈壙與瑩同穴，而植碑題其上云：「明才子張夢晉佳人崔素瓊合葬之墓。」時傾城士人，閧傳感歎，無貴賤賢愚，争來弔誄，絡繹喧闐，雲蒸雨集，哀聲動地，殆莫知其由也。六如既合葬靈、瑩，撿瑩所遺橐中裝，爲置墓田，營丙舍，命崔恩居之，以供春秋奠掃之役。

嗚呼！才子佳人，一旦至此，庶乎靈、瑩之事畢，而六如之事亦畢矣。而六如於明年仲春，躬詣墓所拜奠。夜宿丙舍傍，輾轉不寐。啓窗縱目，則萬樹梅花，一天明月，不知身在人世。六如悵然歎曰：「夢晉一生狂放，淪落不偶，今得與崔美人合葬此間，消受香光，亦差可不負矣！但將來未知誰葬我唐寅耳！」不覺欷歔泣下。忽遥聞有人朗吟云：「花滿山中高士卧，月明林下美人來。」六如急起，入林迎揖，則張靈也。六如訝曰：「君死已久，安得來此吟高季迪詩？」靈笑曰：「君以我爲真死耶？死者形，不死者性〔二六〕。吾既爲一世才子，死後豈若它人泯没〔二七〕耶？今乘此花滿山中，高士偃卧，特來造訪耳。」復舉手前指曰：「此非『月明林下美人來』乎？」六如回顧，有美人姍姍來前，則崔瑩也。於是兩人攜手整襟，向六如拜謝合葬之德。六如方扶掖之，忽又聞有人大呼曰：「我高季迪《梅花詩》，乃千古絶唱，何物張靈，妄稱才子，改雪爲花？定須飽我老拳！」六如轉瞬之間，靈、瑩俱失所在。其人直前呼曰：「當捶此改詩之賊才子！」捽六如欲毆之。六如驚寤，則半窗明月，闃其無人。六如憮然，始信真才子與真佳人，蓋死而不死也。因匡坐梅窗下，作《張靈崔瑩合傳》以紀其事。然今日《六如集》中，固未嘗見此傳也，余又安得而不亟補之哉？

畸史氏曰：嗟乎！蓋吾閲《十美圖編》，而後知世間真有才子佳人也。從來稗官家言，大抵真贋參半。若夢晉之名，既章章於《六如集》中，但素瓊之事，無〔二八〕從考證。雖然，有其事，何必無其人？且安知非作者有爲而發乎？獨怪夢晉之才，目空千古，而其尚論才子佳人，則耑以太白與鶯鶯當之。夫太白誠天上仙才，不可有二。若千古佳人，自當以文君爲第一。而夢晉顧捨彼取此，厥後果遇素瓊，毋乃〔二九〕思崔得崔，適符其讖耶？至於張以情死，崔以情殉，初非有一詞半縷之成約，而慷慨從容，等泰山於鴻毛，徒以才色相憐之故。推此志也，凛凛生氣，日月争光，又遠出琴心犢鼻之上矣！而或者猶追恨於夢晉之蚤死，以爲夢晉若不死，則素瓊遺歸之日，正崔張好合之年，後此或白頭唱和，蘭玉盈階，未可知也。噫！此固庸庸蚩蚩者之厚福也，何有於才子佳人哉！

【校】

〔一〕咸豐本題作「張靈崔瑩合傳」。

〔二〕咸豐本無「曰」字。

〔三〕道光本、咸豐本「夢」前有「張」字。

〔四〕「奕」，道光本、咸豐本作「爽」。

〔五〕咸豐本無「與」字。

〔六〕「幀」，道光本作「貼」。

〔七〕「跪」，咸豐本作「跽」。

〔八〕「榜」，道光本作「傍」。

〔九〕「招」，咸豐本作「召」。

〔一〇〕「章」，咸豐本作「之」。

〔一一〕咸豐本無「一」字。

〔一二〕「謁」，道光本、咸豐本作「靄」。

〔一三〕「孺」，道光本、咸豐本作「儒」。

〔一四〕「馮」，咸豐本作「馬」。

〔一五〕「未」，道光本、咸豐本作「朱」。

〔一六〕「清」，咸豐本作「青」。

〔一七〕道光本、咸豐本無缺字痕迹。

〔一八〕「季」字康熙本原爲一墨釘，據道光本、咸豐本補。

〔一九〕「殊」字康熙本原爲一墨釘，據道光本、咸豐本補。

〔二〇〕「方護」二字康熙本原爲一墨釘，據道光本、咸豐本補。

〔二一〕「乞圖自題」四字康熙本原爲一墨釘，據道光本、咸豐本補。

〔二二〕「入」，咸豐本作「出」。

〔二三〕咸豐本「已」下有「而」字。

〔二四〕咸豐本無「已」字。

〔二五〕咸豐本無「隨」字。

〔二六〕「性」，咸豐本作「情」。

〔二七〕「没」，咸豐本作「泯」。

〔二八〕咸豐本「無」前有「既」字。

〔二九〕「乃」，咸豐本作「以」。

【箋】

本文採自康熙本，道光本、咸豐本亦收。鄧曉東《〈補張靈崔瑩合傳〉〈十美圖〉成書年代考》（《明清小説研究》二〇一三年第三期）云：「『崔張傳』具體作於清初哪年還很難確定。不過根據現有的材料，可以認爲：如果《十美圖》一問世黄周星便得以閲讀并改編成『崔張傳』，那麼『崔張傳』的成書最早也要在順治十一年（一六五四）之後，這與上文所述黄氏當在順治七年（一六五〇）後才創作『崔張傳』的結論相吻合。如果就現在知道的黄周星染指小説的確切時間康熙二年（一六六三）即其五十二歲時來看，那麼他在這一時間點前後乃至其創作傳奇《人天樂》的六十多歲期間，也均有可能閲讀《十美圖》并將其改編成『崔張傳』。所以我們暫且將『崔張傳』的成書年限定於康熙二年（一六六三）前後。」依此則康熙二年（一六六三），黄周星閲《十美圖》，感張夢晉、崔素瓊之事，遂作此傳。黄周星此文有一定影響力。康熙間張潮編《虞初新志》卷十三（清康熙三十九年刻本）收黄周星《補張靈崔瑩合傳》，并載張山來（即張潮）曰：「夢晉若不蚤死，無以成素瓊殉死之奇，此正崔張得意處也。」乾隆年間文人錢維喬作《乞食圖傳奇》演繹張靈、崔瑩的愛情故事，就是從黄周星《張靈崔瑩合傳》中得到的啓發。錢維喬《竹初文鈔》卷一《乞食圖傳奇·序》云：「……間又閲黄周星《張靈崔瑩合傳》，則其事尤足悲也……」清末學者王先謙《虚受堂詩存》卷一五《實甫自言前生爲張夢晉其友藏張船山書畫册中有張靈後身小印以歸實甫攜之至臺灣索題》四首其三云：「詩酒酣嬉剩放顛，衣冠束縛且逃禪。大名幻作張三影，小傳誰翻黄九煙。」《張靈崔瑩合傳》一卷又見清咸豐元年（一八五一）小嫏嬛山館刻本《虞初新志》卷十三、清宣統二年（一九一〇）上海國學扶輪社《香豔叢書》第七集、上海文瑞樓民國間石印本《正續虞初新志》之《虞初新志》卷十三、上海商務印書館民國四年（一九一五）版《舊小説叢書》己集、江蘇廣陵古籍刻印社一九八四年版《筆記小説大觀》第十四册《虞初新志》卷十三、臺北新文豐出版公司《叢書集成續編》文學類等。

八字情郵録·丸丸生小紀

篴步幻史氏述

武水城北之楓溪，有丸丸生者，千古情癡人也。生姓卞氏，别號丸丸。昔年曾叩闕上書，當事欲以中翰待之，遂自稱中翰焉。其先人蓋嘗以理學名節著聞，生績學苦吟，不求聞達，酷有父風，而鍾情則異甚。弱冠時一娶而鰥，竟不復再娶。徘徊吴越間，冀得有奇緣佳偶，如臨邛、藍橋故事者。然自少至壯，率惘惘無所遇。居久之，忽有客過生，言吴中有某姝者，貴家女也，才色俱絶世，慕生之名，願與訂茂陵約。生聞之，私獨喜，以爲是固當長卿我也，欣然欲往見之。客曰：「此未可率略見也，見必以珍幣。」生乃傾囊中裝，得珍幣纍纍以畀客。客與俱至一處，則院宇宏深，簾幃邃密。良久，遙見一麗人靚妝袨服，從屏間姍姍揚袂而過，穠豔芬郁，珮聲璆然。有女鬟數輩後隨，皆明姣奪目。客遙指麗人謂生曰：「此非所謂某姝者耶？」生見之，魂搖心死，惟恐不得當也。然寂不聞一聲，生自是惑之，日夜謀所以致姝者。未幾，客竟謝去，生悵然如失。

又久之，有客從吳中來，持一緘授生，云某姝所貽。其署名曰「瓊英」。一札娓娓數百言，大抵多愁怨語，寄生以題劇二絶句云：「相國家風禮素持，豈因旅邸動閨思。可憐甲族幽貞女，爲譜《西廂》萬古疑。題《西廂》。」「深閨玉質美無瑕，況是詩書閥閱家。未識陽臺何有夢，《牡丹》讀罷漫嗟呀。題《牡丹亭》。」而別以紅葉箋題一律贈生，中有「堪憐卞氏連城璧，冷落温家玉鏡臺」之句。生又私獨喜，以爲姝果憐我。顧貧無卓錐，何以爲家？於是遍告諸姻戚知交，以五綵雲箋，置募疏一册，倩名公弁儷語於幀首，題曰「催妝」，踵門乞人捐助。人人開卷驩然，率搦管直書，自田宅舟車，以至奩幃優婢之屬，靡不賅備。閲之金玉駢闐，錦琲狼藉，計直殆不下數百千緡，儼然一富家翁矣。好事者競作詩詞以紀其盛，及操券以取，則無一應者。生索居邑邑，流言日至。或言有姝則喜，或言無姝則愠，或言吳中實有姝，前客特設詐紿珍幣，生所見非真姝，則益唾詑不信。生故貧窶，又性落拓，不喜修邊幅，往往衣敝履决，蹣跚行市中。或私語生，彼姝慕公實甚，但我聞姝頗貴少而好潔，且時遣人瞷公，公不可不修謹以俟。生以爲然，自念歲華冉冉，則倩善繪者繪己狀貌，爲金門待詔圖，著峨冠盛服，顔色如三十許人。又恐體膚未瑩皙，有葭玉之嫌，傳聞糟能治黲，適友人家有五石大瓮，滿貯酒滓，生乞裸坐其中三晝夜，任蠅蚋嚼嘬，塊然弗動。日三沐三釁，痛自刮磨，冀蟬蜕緇垢以無貽姝羞。其它如閨閣之私，褻襦之隱，生所爲賈勇摩厲，思竭力以事姝者，無所不至。然姝信亦竟杳然。

生彷徨求索，逢人問訊，所見無非姝者。偶肆中有畫工，幀美人圖於壁，或指謂生，此即姝真影也。生驚喜，熟視良久，肅衣冠斂容跪拜，稽首四叩，口喃喃稱吾妻吾妻云，傍人目笑之不顧也。生雖貧，尚存先世所遺金石珍玩，及法書名畫數種。其中有珠斗月華杯，尤爲瓌異，專擬致姝爲聘。一日偶持至市肆觀之，有少年數輩，展轉傳玩，倏忽遂失杯所在。生不勝恚，以爲禍由肆主，則訟之於官。或言姝某日曾以一函寄生，中有明珠一丸，大如李實，色半赤半青，號爲日月珠，此無價寶也，誤落某塾師手。生遽往索之不獲，疑塾師匿其珠，則又訟之於官。會邑令貪狠，入肆主之賄，以生爲誣誑，輒折辱生。生大呼曰：「天下豈有邑令撻中翰者哉！」令不爲動。有薦紳某者，生素所師事父執也，聞之不平，自起見令白其事。令不得已，乃移獄肆主，肆主竟以此破家。其塾師之訟，則又屬它薦紳爲之解紛。生備見詘辱，幸而得理，然杯與珠終不可問。

久之，或言里中某顯者欲奪姝爲婦，有成約矣。生聞之憤甚，偵顯者過邑門，挈巨石狙擊，碎其乘輿，顯者幾不免。生間行遠村，過所師事薦紳家，薦紳已死，諸子留生泥飲，遂大醉。時溽暑，生方解衣入浴，聞有人抵掌揶揄云：「咄咄卞癡，坐視美妻爲人所奪，而竟不敢伸首吐一詞，何無丈夫氣耶？」生益憤甚，遽從浴柈中躍出，將捽其人而詰之，其人已走匿它所。生發狂繞屋大叫，遂裸跳闖中堂，撼薦紳之棺連呼「老師助我」。棺中人既弗應，則手排肩舉，幾擠棺踣地，衆人力挽之就寢。詰朝視生，舉體皆瘀痏矣，生固略不悔恨也。

久之，又有言某儇子從北地來，主於某薦紳家，挾重貲謀欲娶姝。生聞之，急往叩薦紳，薦紳謝曰：「誠有之，然公慎勿與爭。彼且率僕隸，操梃刃，伏門左，伺公出，將不利於公。」生恐甚，則微服從後垣逸去。私念儇子事若成，則吾事且敗，此其勢不兩立。顧倉卒無可爲蹇修者。然事急矣，不得不獨身前往。於是背負名畫，袖貯法書，腰束奇珍，手持玩物，冒雨徒步，踉蹌走吳中，數月而後返，則儇子既寂不聞，已事亦茫無要領。時人或笑之，或憐之。生智窮力絀，計無復之，惟彷徨竊歎而已。

居亡何，忽又有人從梁溪來，持一緘授生。生啓視，固吳中某姝所寄詩札也。其署名則曰「瓊芝」，字曰「仙紫」。札中大意，言妾夙慕君才名，今望君久矣，佇惠好音，寄生以紅豆二枚，青絲一縷，而綴一詩於末曰：「喜慕昔賢人，力田與刺繡。羊妻能斷機，古意誠爲厚。一點心如石，下簾笑春風。良宵多好夢，卻恨去無踪。日夜盼佳音，十年猶未偶。言語徒悠悠，皆屬如簧口。女也志不渝，因風聊寄書。卷首緘蓮桂，目斷越江魚。」其幀首用一印爲兩小兒戲桂樹下，手執蓮花及笙，傍有叢蘭，欲以此印爲信，故結語云然。詩仿北海離合體，蓋中寓隱語八字云「嘉善卞郎，早諧姻眷」也。生得書，大喜過望，但初不解詩中意，又不識瓊英何以改爲瓊芝。商之友人，始殷勤削牘致謝，報以錢刀、玉蟹二物，而亦效離合體次韻作詩答之曰：「女範著周南，古藻霏錦繡。薊水不容刀，禾俗猶淳厚。催妝吴舫近，佳麗欲乘風。婦事豈箕帚，爰處嗣芳踪。大哉琬琰篇，可以叶嘉偶。絲分半縷雲，喙吐珠離口。二姓聯秦晉，人傳閬苑書。金風拂蘭桂，易合比雙魚。」幀首亦鑱一印答之，作陰陽連環式，印文曰「合璧」，故姝後寄詩有玉環白璧之語。蓋隱八字云「姑蘇仙媛，奇緣天錫」也。

數日後，復得姝報章，大意言君孤高如伯鸞，妾敢不效德耀。但春廡舉臼之事，非君與妾所能，若相如之鷫裘，淵明之松徑，玄真之漁童樵青，似皆居室所不可少者，又欲得當世之大人先生，如里中某元老者，爲之主盟，復報生以珀環二枚，仍如前綴一詩曰：「儂非聽曲人，寸心如冰雪。賄遷何所有，曾笑鳩婦拙。解得詩中意，風流定不凡。金閶一葦地，淺水任隨帆。幸獲佩奇珍，服之忘歲月。似此山海情，安用傍人説。攄詞乏才思，几席愧相如。玉環本無玷，白璧可同車。」蓋隱八字云「辱贈蟹錢，報以虎珀」也。而箋尾復書數語云：「前札偶因病腕，倩青尚姊代書，茲札乃芝手勒。青尚者，家姊瓊英字也。」

生得書，益狂喜不禁。始知芝即英之妹。二美萃於一門，此真所謂奇緣佳偶也。顧自恨無長物可爲聘，囊尚存珍玩四種，爲周文王寶鼎，柴世宗窯簪，宋徽宗畫鷹，米南宫研山，今强半入他人手，非旦夕可得，然私意姝或憐才，姑先寄空函達意，冀以文詞動之。亦如前和一詩曰：「耳聽紫鸞音，騁馬隨飛雪。太姒頌嗣徽，諒非寒女拙。鼐輔作蹇修，無乃事非凡。石峰横半壁，見召自揚帆。珠翠隱朱門，摇手墮明月。竹素滿書城，借閲誰人説。微言不藉口，道系樂自如。應物本無心，鳥喜集香車。」蓋隱八字云：「聘以鼎硯，瑶簪徽鷹」也。數日後又得姝報章，大意與前札略同，仍綴一詩曰：「丞相豈一人，三公亦其匹。計吏凜周官，臨民臣品失。杏泗接道系，如水必東流。特祠無寸土，匆懈著春秋。晝夜闈微言，無書不備述。農牧焉用文，學《易》少暇日。案頭塵滿帙，槁木共寒灰。頗怪蘧蘧叟，無心夢蝶來。」蓋隱八字云嘲生云：「承許四物，一物安在」也。箋尾復書數語云：「讀來詠有『微言道系，應物無心』之句，方知爲道學之士也。因戲作周孔語奉答，如此隱語，已三見矣，幸一笑置之，不煩再和云。」生得書，惝怳數日，知姝非空函可動，復日夜謀所以致姝者，必欲得姝而後已焉。

幻史氏曰：丸丸生洵千古情癡人哉！當其繡屏遥睇，初未嘗與彼姝音容相接也，而情深一往，堅若金石，十餘年不少變，推此志也，雖以爲忠臣孝子無難也。至於箋翰往還，隱語倡和，未免有情，誰能遣此，吾於生又曷怪耶？獨惜生以服政之年，鰥獨窮困，念無後爲大之訓，交友宜與有責焉。《詩》云：「豈其取妻，必齊之姜。」苟能爲生祚胤計，雖不必姝可也，而況姝乎？昔阮宣子家無儋石，年四十餘未有室，王處仲等斂錢爲婚，皆名士也，時慕之者，求人錢而不得。今生之孤蹤苦節，不讓宣子，茫茫宇宙中，顧誰爲處仲與諸名士其人者哉？

【箋】

此文採自康熙本，不見於他本。此文在康熙本中是《八字情郵録》的一部分。根據静嘉堂本《圃庵詩集》中《武水有丸丸生者情鍾吴門某姝有年矣兹忽頻得其手札詩箋并餽遺諸玩好其詩每篇俱用八字隱語生喜甚欲盛傳其事余既爲作八字情郵録復漫賦四律爲倡》的編年，此文當作於康熙五年丙午（一六六六）。

樸樕女子傳

古西周岐陽邑外，蓋有樸樕林云。林故大衍，無草木廬舍。商辛末年，有雍人避怨者數十家，來茅綯其地，聚而家焉。地在石鼓山之陽，山多蒼蘙髳茸，百獸之所館也。每纆黃西逝，則咆喊跄跳者相屬於扉，攫牢畜，躙場蔬，居人毒之，乃醵錢共買小木樸樕之族周四方樹之，以障其迹。數年小木盡活，搜然成林，自邑望之，鬱鬱如煙，因名之曰樸樕林。林有荀氏者，事獵善騎射，邑中諸獵者少年，多往從之。嘗行獵石鼓山，挾諸少年游，諸少年搏麋貫雀者數百騎。方睥睨歡笑，欻風中一大彪躍出，諸少年慹慴汗而犇，纓屩狼藉。荀氏眦目大呼，就臂取朱弓彀一矢，戛戛響，大呼發之，洞彪腰，彪轉死磵中。諸少年皆拜伏，願折鏃執弟子禮。由是，樸樕林輪鞅相望，事浸淫傳告邑人，率多趨荀氏。

荀氏有女字嫾，年十五，霙靨生蕖，膚如紅玉，清矑泠泠，光豔射人。幼失恃，趾未嘗越室幃。性雅好文史，每紅絍之暇，輒讀古詩書，操筆吟詠。音若嬌鶯初囀，深夜聽之，嚦嚦焉。嘗託鄰家媪入市覓新詩，媪久無以報。時值春仲，雨數日，嫾支頤倦坐。偶鄰媪自雨中來，攜夭桃數枝，併出懷中新詩二篇投嫾。視其一爲《行露》之詩，詩三章，尹氏娏賦。其一爲《摽有梅》之詩，詩三章，杜氏小容賦。嫾喜，媪謝去。嫾乃折夭桃一枝，簪於總角，盥手爇龍腦香，取詩讀之。讀尹氏《行露》之三章，喟然歎曰：「嗟乎！娏所遭之不幸也。避露而就獄，姊之志悲矣乎！」又讀杜氏《摽有梅》之三章，清淚漣漣，如不自禁，良久歎曰：「吾小容多情若是哉！梅酸心渴，求庶士而不得，多情也哉！」因唏嘘流涕，涕潺湲，涴衣班班然。遂廢卷假寐，少醒思之，又復流涕。乃頓鐫而歌，賦《夭夭者桃》三章，曰：「夭夭者桃，雨則愁之。悠悠者天，云胡遭之。夭夭者桃，將牝將牡。舍彼楊園，即我寒牖。風雨蕭蕭，勞心焦焦。未見吉士，今宵何宵。」歌罷，遲徊久之，取篋中素帨一幅題其上。復傷二女之不偶，心益哀憐，掩袂而泣，嗚嗚不絕。父覺而怪之，對曰：「無它，適夢中感吾妣耳。」嬪自是殺飯輟飲，昔昔痛悼，如有所懷。

一日父出獵，衡宇悄然，小犬在户。嬪捲鬟繞帶，忽潛出幃，倚前扉緩立，遥望葱蒨，展轉不去。邑中有杜子陽生者，小容之弟也。小容十七歸郅氏時，陽生年十五，瀟灑美丰儀。閉帷讀書，孤坐無耦，頗聞樸樕林荀氏射麃之事，欲識其人，因阻雨未果。會是日春晴，乃輕巾素帶，翩翩獨往。至林中，樹木交翠，黄鳥唤人，流連緩步，瞻盼不輟。俄回首見柴扉中一女，光采奪睛，香澤襲鼻。女方凝睇長思，婑媠如醉。生惶惑無主，心知其荀氏女也，前踴躍造門，垂衣深揖，致辭曰：「鄙人杜陽生，敬謁仙卿。」嬪見之，驚且怯，欲言則蒼黄不能言，欲去又懼拂其意。乃轉腰側拜答曰：「賤妾不足以辱君子。」幽韻咿吆，翻然而逝。生怳然愕眙，若喪其魄。徐入户從視，則有素帨一幅，委門中。拾而觀之，小詩三章，墨痕如活。生知爲女所遺物，又即女手迹，寶玩之，袖而去。

翌日，復至林中，望見荀氏及諸少年，方從山中來。所殺獲死麕鹿數千頭，皆取白茅包之，純束而歸。生屏立樹後，窺之。荀氏入門，掀髯大笑，解弓矢，易解服，負鹿肉一肩，復挾諸少年入城飲酒去。生疊踵微行，抵其閾，囁息以伺女。女向夜解衣寢，亡素帨，起秉燭大索不得，意必入生手，心甚恨，然睹生姿容，殊愛而慕之。生久立寂然，徑登堂振履，履聲疾階下。小犬卧蒼苔中，忽醒，見生驚起吠之。嫾膏首甫畢，趨出，遇生於堂，佯怒曰：「家大人它出，賤妾獨處深閨，君子何得狎至驚我犬乎？自惟蕉萃陋質，不足以當君子，幸無相瀆也。」生垂首不語，逡巡謝曰：「鄙人知罪矣。」陽爲踧踖狀，赧甚，顔發頳，急探袖中出帨，自持覆其面。嫾顧見帨，乃笑曰：「君子毋重賤妾之過。哇句戔細，又復疏率，誤爲君子所見，姍笑足矣，乞留相擲。」生斂帨前跪曰：「讀卿香韻，已知卿之心矣。卿必有以許我，毋使夭桃笑人也。」因墮淚漸羅巾。嫾感其意，接之而起曰：「君子姑徐徐，賤妾草茅槿豔，誠恐不足以侍綦櫛。君子倘不我棄，盍就家大人謀之？」生喜，抃然再拜曰：「感卿明德，死且不朽。」遂謝歸，造郅氏告其姊小容。小容憐嫾之志，遽出篋中白璧一、青琅玕一，以贊其納徵之禮。

　　生乃蠲吉，託荀氏鄰家媪媒之，往致幣於荀氏。荀氏見生大悦，慨然許諾，釃酒炙麋，薦地團飲。越夕，生御小犢車來迎，嫾靚妝姣服，遂乘車而歸生焉。質明而見其小姑，叩其字爲小容，乃知即曩日所悲傷鬱悒而賦《摽有梅》者也。生女既諧夙約，遠近聞者，莫不歎羨，多嘖嘖道其事。於是雍山風人，爲作詩三章以紀之。詩曰：「野有死麕，白茅包之。有女懷春，吉士誘之。林有樸樕，野有死鹿。白茅純束，有女如玉。舒而脱脱兮！無感我帨兮！無使尨也吠！」厥後周公旦，采入《召南》，是爲《野有死麕》之篇。

【箋】

本文採自康熙本，不見於他本。創作時間未知。在此文中，黃周星運用豐富想象力，還原了《詩經·召南·野有死麕》篇的本事，不可謂不奇。

卷十一　書柬

與族兄

弟前在青溪，遇乳山老人，欲爲弟更名號，即改名曰人，字曰略似，號曰半非道人，相沿已久。昨爲吾兄題畫幀，不覺信筆書之。曩未嘗告於吾兄，宜吾兄之見訝也。然細思名號何嘗？弟昔爲周景虞，後爲黃九煙。昔爲黃九煙，今又爲黃略似。同一竹也，而或筍之，篁之，篔簹之。同一蓮也，而或藕之，荷之，芙蓉之，豈有二哉？且兄不觀之古人乎？涉末流而變姓名者多矣。如范少伯之爲陶朱公，梁伯鸞之爲運期燿是也。東方生有云：「人生爲兒，長爲老，昔爲善哉，今爲瞿所。著樹爲寄生，盆下爲窶藪，萬物豈有定哉？」弟言若此，兄復何疑？仍記有一戲談，並爲兄述之。弟往在楚中，遇衡陽一友同座。此友詢弟比來曾晤貴同年陽節庵否？弟茫然不知何人，漫對曰：「未也。」至酒闌時，弟詢此友云：「貴里歐玉卿近況何似？」此友愕然曰：「敝里無歐玉卿。」弟曰：「乃癸酉榜歐陽解元也，那得云無？」此友曰：「若然，則陽節庵耳。」座客不覺哄然。夫一歐陽君耳，而或以爲歐玉卿，或以爲陽節庵，二者將何居乎？吾兄聞之，亦爲拊掌一噱否？

【箋】

採自康熙七年（一六六八）聖雨齋刻本《分類尺牘新語廣編》第二十三册「家庭」類。後附汪淇（憺漪）評：「一人而名號錯見者，首推《左傳》，次則《世説》，蓋古人文字變動不拘如此。豈若村氓觀劇以蔡中郎之萱堂爲王梅溪之泰水耶？」此書信，晚清楊淩霄搜選本《前身集》亦收。族兄，其人未詳。順治十一年（一六五四）秋，黄周星自繁昌返金陵，改名人，字略似，號半非道人。據文中「弟前在青溪，遇乳山老人，欲爲弟更名號，即改名曰人，字曰略似，號曰半非道人，相沿已久」云云，則本書信當作於一六五四年之後。

與周江左論字

翰墨一道，世推晉人擅長，至今日而衛索比肩、鍾王接踵矣。嘗思史皇造字時，天雨粟，鬼夜哭。鬼哭固屬無謂，若使造字之天，日日雨粟，豈不足果普天寒士之腹？何至「饑來據案嘆，一字不堪煮」耶？千古以來，燔書者獨一祖龍，今文字太盛，舛謬支離，有議者恨不舉蟲魚科斗悉化爲泰山無字之碑，然結繩之治，安可再見也？始存其可傳者，亦曰：與其行行春蚓、字字秋蛇，固不若龍跳天門、虎卧鳳闕耳。孰聞鼎足齋中，法書墨迹之富，高於孤雲兩角，何時當載酒問奇，學歐陽詢坐卧其下，三日不去耶？

【箋】

採自康熙二年（一六六三）刻本《分類尺牘新語》第十四册「翰墨」類，題下注：「《行笥稿》選。」後附徐士俊（野君）評：「余懷契九烟先生二十餘年矣。今春偶於憺漪齋中，相逢杯酒，遂爾傾蓋如故。惟是先生文章、詩賦、翰墨、篆刻無所不極其妙，而鴻才豹隱，流寓石門。賞識之人，必有過而問之者。」此書信，晚清楊凌霄搜選本《笑蒼排闥》亦收。周江左，即周嘉胄，見卷五《次韻答周江左》箋。順治十一年（一六五四），黄周星於金陵曾與周嘉胄交遊，本書信或當作於此際。

與友人論鐵筆

揚子雲有言：「雕蟲小技，壯夫不爲。」鐵筆一道，誠哉雕蟲小技也。然而亦難言之矣。必先論章法，後論筆法，豈獨區區鐵筆哉。即推而論詩文字畫，以至國家人物、山川風俗，莫不皆然。子夏曰「大德不逾閑」，此章法也。「小德出入可也」，此筆法也。世有章法佳而筆法不佳者矣，未有章法不佳而筆法能佳者也。章法云何？曰：「天然大雅，不俗不纖而已。」僕於斯道，磨礲四十餘年，持論終不易此。若夫衺詭之徒，未解捉刀，輒曰：

「吾仿先秦兩漢。」夫先秦兩漢縱佳，亦不可施之今日。況其所仿者，又皆其〔一〕最惡最陋者也〔二〕。巧借蟲魚科斗之形，以文其魑魅魍魎之實，則吾不之知〔三〕矣。

【校】

〔一〕咸豐本無「皆」字。

〔二〕「也」，咸豐本作「乎」。

〔三〕咸豐本無「之」字。

【箋】

採自康熙二年（一六六三）刻本《分類尺牘新語》第廿二册「技術」類，題下注：「《鵬雲堂稿》選。」後附徐士俊點評：「徐野君曰：議論透則鋒芒自生。斯真切玉如泥、射石没羽者矣。」陳克恕《篆刻針度》（乾隆五十一年刻本）卷六、道光本、咸豐本、光緒本、晚清楊凌霄搜選本《笑蒼排闥》亦收。民國本《九煙詩鈔·夏爲堂詩草》順治十一年（一六五四）有《予屢爲人作書鐫篆厭苦殊甚漫成二詩以謝索者》云：「有筆應稱鐵，（鐫印刀名鐵筆。）能雕亦號蟲。捉刀徒自苦，鐫石竟何功？鐘鼎名空在，圖書義不同。（篆章俗呼圖書，不知何始。）壯夫生計拙，技小笑兒童。」詩中所言與此信相類，姑將《與友人論鐵筆》亦系於順治十一年。黄周星本年四十又四，與文中「僕於斯道，磨礲四十餘年」相合。

與羅璨珂

世間有書者不肯讀，而欲讀者每苦無書。有暇可讀書者不肯讀，而欲讀者又苦無暇，此乃乾坤之大缺陷也。故讀書，有讀書之性，有讀書之才，亦有讀書之福。苟無其福，徒有望百城而咄嗟耳。夫人生鼎鼎百年，光陰幾何，而又加以衣食婚喪、憂患疾病，一月之中，能有幾日與書卷相對耶。僕嘗設一妄想，謂人生須活三百年。以百年應酬世事，以百年遊山水飲酒賦詩，而專以百年讀書，庶可無憾。然書豈百年可讀盡者耶？僕生平多奇夢，夢中所得詩文聯額之類，不下十餘卷。又時與故人握談，謂天地生我，儘可以讀書著述爲榮，而苦爲境遇摧挫，不得肆力於文章，往往從夢中痛哭而醒，邇來併此夢亦不復作矣。足下固好讀書而多著述者，且博聞强記，其天資學力，俱十倍於弟，而又有其福，不知足下何修而得此？

【箋】

採自康熙七年（一六六八）聖雨齋刻本《分類尺牘新語廣編》第三册「文章」類，後附汪淇（憺漪）評：「從來福慧難兼，説到讀書之福，繩甕才人能無飲泣？　昔蜀中有神童舒實，死後得仙，猶鍵戶深山，讀書十年。神仙且爾，何況凡夫。」此書信，康熙二十年（一六八一）刻本《尺牘蘭言》、晚清楊凌霄搜選本

《前身集》亦收。羅璆珂（一作柯），即羅世繡，見卷二《江上弄丸詩（并序）》箋。黄周星順治十一年至順治十六年（一六五四—一六五九）於蕪湖授經之時曾與羅世繡交遊，此書信或作於當時。

與坤五宗翁

我輩今日爲造化小兒所苦，亦已至矣。僕固甘爲信天翁，而先生每每欲勝天。何以勝之？曰惟作詩可以勝之。僕思先生之言良是。但作詩必須嘔心鉥腎、洗髓伐毛而後得之。本欲逃苦，而先自苦乃爾，不轉爲造化兒所笑耶。僕謂勝天有法，與其勝之以詩，不若勝之以酒。素心知己，相對酣呼，頹然醉鄉，裸跣枕藉，任羲皇魏晉，總不知是何甲子。彼小兒其如我何哉？僕與先生俱客鳩兹，然僕猶爲賓中之主，樽酒論文，闕然於懷。明日敬陪諸君之後，傾耳琴言。已覓得汪氏小墅，庭中有栝子松數株，碧幹參天，濤陰蕭瑟，更有馨彤二姬在側，以供顧曲題綃之興。幸先生早來，彼造化兒，方鷹揚虎視於上，我輩當共謀所以勝之。詩耶？酒耶？二者必居一於此矣。翹跂翹跂。

【箋】採自康熙七年（一六六八）聖雨齋刻本《分類尺牘新語廣編》第十六册「邀約」類，並附汪淇（憺漪）評：「以詩勝天奇矣，以酒勝天尤奇。只恐造化兒三戰三北，不知又作何狡獪技倆耳。」晚清楊凌霄搜選本《前身集》亦收。坤五宗翁即黄文焕，見卷四《聞南雲僧客死西湖哀之》箋。黄周星順治十一年至順治十六年春（一六五四—一六五九）於安徽繁昌坐館授經，據文中「僕與先生俱客鳩兹」云云，此書信當作於此間。

與李小有

古人得時駕，不得時則蓬蔂而行，此自是大聖賢學問，《中庸》闡素位而以富貴居首，可見聖賢何嘗諱富貴，但可行則行耳。今人處富貴不必言，即處貧賤患難時，大抵皆行富貴也。而況其他乎？僕生來疏懶澹拙，泉石煙霞是其本來面目。數年來閒雲野鶴，蕭然物外，所謂適得吾素。昨見座客以「高尚」二字相推，而道兄亦謬許之。僕不覺悚然汗下。夫高尚之稱，謂富貴在前而褰裳去之也。今僕原未嘗有富貴相逼，何以見其高尚？正如叔夜所云，見黄門而稱貞，豈不貽笑大方哉？且流離奔走，卑也；捃拾負戴，下也。已卑已下，何名高尚？

【箋】

採自康熙七年（一六六八）聖雨齋刻本《分類尺牘新語廣編》第二十册「隱逸」類，後附汪淇（憺漪）點評：「此真正理學也。俯仰無愧，定不作欺世之語。」此書信，康熙二十年（一六八一）刻本《尺牘蘭言》、晚清楊凌霄搜選本《前身集》亦收。李小有，即李長科（一名盤），見卷四《閒庭枯坐秋風颯然因忽憶昔年公車時過兖州新嘉驛覓壁間女子詩不得乃見李小有詩云有才無命老秋風錦字銷亡淚墨空我亦十年塵土面總來無分碧紗籠蓋小有下第南歸時亦覓女子詩不得而題壁者也長吟數四不覺潸然感而和之》箋。

李小有去世於一六五七年，此書當作於一六五七年之前。

寄王杲青

憶丁酉之冬，雨雪載塗，足下獨攜一獠奴，躡屩擔簦，過弟蕪蔭館中。問足下何之，則云將走嶺南，扶其先公旅櫬也。爾時，弟亦未暇問其資斧，但見半肩行李，蕭然如行脚衲僧，心竊異之。越兩載，己亥春，則相傳足下已扶櫬歸里，且并其年伯潘公櫬同舟載歸。一時鄉閭嘖嘖，無不稱誦高誼者。弟益心異之，尤奇者，聞足下出門時，僅持金六星，行不數舍而金盡矣。計往返八千里，其一切舟車資糧之費，皆取辦於道路交遊，及從無半面之人。噫！有如此之才、之膽、之遇，足下真異人哉！王元倬先生，足下受業師也，生平未嘗妄[一]許可，其爲足下賦詩曰：「北面爾常[二]稱弟子，南歸今日是吾師。」則其傾倒於足下至矣。弟不揣巴俚[三]，亦勉賡二律於後。傳之後世，俾知天壤間有此一種孝義人物，亦凜凜千載生氣也，又何暇計其詞之工拙耶？

【校】

〔一〕咸豐本「妄」下有「爲」字。

〔二〕「常」，咸豐本作「嘗」。

〔三〕「俚」，道光本、咸豐本、光緒本作「里」。

【箋】

採自康熙七年（一六六八）聖雨齋刻本《分類尺牘新語廣編》第七册「贊美」類，並附汪淇（憺漪）點評：「海内自不乏異人，如萬里尋親之舉，古今凡幾見矣。若王君之持空囊，行絶域，其與入直三省顧婢子語剌剌者，奚翅霄壑。」道光本、咸豐本、光緒本、晚清楊凌霄搜選本《前身集》亦收。據文中「越兩載，己亥春，則相傳足下已扶櫬歸里，且并其年伯潘公櫬同舟載歸。一時鄉閭嘖嘖，無不稱誦高誼者」云云，則本書信當寫於順治十六年己亥（一六五九）之後。是年春，黄周星得知王杲青已經自嶺南扶其父靈柩歸鄉，感其孝義而寄書。據文中有「王元倬先生，足下受業師也」云云，則王杲青爲王潢弟子。王潢，見卷六《閲王子南陔詩次一先韻題贈二首》箋。

與曹石霞

昔徐青藤有二子，皆愚魯不解文義。青藤一名之曰「角心」，一名之曰「蔗皮」，言皆世間之棄物也。弟家無應門三尺，惟在荆溪買得一老婢，面如蒙魌，攣跛〔一〕愠羝，諸惡畢具，而雙腕復不能屈伸。每握箸噉飯，則手高於頂，見者無不失笑。弟思此婢真世間棄物，非弟家誰蓄之者？遂以十金買得之。初名之曰「無雙」，言不可有二也，既〔二〕名之曰「銷災」，言其可懺除罪業也。因思昔年漢陽有王〔三〕生者，頗好奇，其齋中蓄童子四人，一曰「之乎」，一曰「者也」，一曰「耳〔四〕矣」，一曰「焉哉」。四童已具，復有友以一童贈之，此童頗慧黠解事，因命以十字名曰：「明白而易見，一覽而無餘」。每一呼其名，必連舉十字不絕聲，而僕從輩不能效之，但呼「明白兒」而已。昨見盛傔名新奇，聊書呈以博一笑。

【校】

〔一〕「跛」，咸豐本作「踠」。

〔二〕「既」，咸豐本作「繼」。

〔三〕「王」，咸豐本作「某」。

〔四〕原無「耳」字，據咸豐本增。

【箋】

採自康熙七年（一六六八）聖雨齋刻本《分類尺牘新語廣編》第十三册「嘲諷」類，後附汪淇（憺漪）評：「往見海陵王君家有一僮，聾而且瘖，呼爲『天聾地啞』。家人每命市食物，則以手語示之，此童殊曉了。言韭必不誤爲葱，言醯必不誤爲醬。正堪移十字名以贈之，且可與無雙美婢作對。」咸豐本、光緒本、晚清楊凌霄搜選本《前身集》亦收。曹石霞，即曹胤昌，字石癖、石霞，湖廣麻城（今湖北省麻城市）人，詳見卷二《與新安程子决戰詩》所附《西湖三戰詩引》箋。順治十六年（一六五九），黄周星於荆溪買一老婢。後有書予曹胤昌討論命名之趣事。

寄戚綏耳

僕生平踽踽落落，最號寡交，然交道亦自難言。嘗妄〔一〕論取友有數種：第一當取有品者，其次則有行者，又其次則有學者。是三者皆吾所敬也。然三者何可多得？其次則取有才者。有才者吾愛之，但愛其才可矣，不必問其品行，并不必問其學也。雖然，世間能有幾才人哉？又其次，則取有情者。平居〔二〕繾綣，患難周旋，皆情也。顧鍾情之人，亦復未易數見。無已，則取有禮者。往來交接，餽問殷勤，雖古之聖賢，固當受之，何況今日？僕之論交，大約盡於數種矣。若品行才學，既無一〔三〕可稱，而情禮又不足取，此所謂勢利酒肉之儔耳，是安足道哉？昔陳元龍使客卧下牀，人以爲驕，而與陳季弼言其所敬者，陳元方、華子魚、趙元達、孔文舉、劉玄德〔四〕諸君，則非徒湖海狂豪者。今僕之猥瑣，曾不足當元龍下牀之客，而足下之雍穆潔清，奇卓雄傑，則真〔五〕陳孔諸君之匹也。僕之得足下，可謂交友中第一人，但恨江淮阻越，不能無各天共月之歎，豈非造物妒人耶？

【校】

〔一〕咸豐本無「妄」字。

〔二〕「居」，咸豐本作「生」。

〔三〕咸豐本無「一」字。

〔四〕道光本、光緒本無「劉玄德」三字。

〔五〕咸豐本無「真」字。

【箋】

採自康熙七年（一六六八）聖雨齋刻本《分類尺牘新語廣編》第七册「贊美」類，並附查望（于周）點評：「千古論交之道，只此數言盡之。丹雞白犬，良非易事。」康熙二十年（一六八一）刻本《尺牘蘭言》、道光本、咸豐本、光緒本、晚清楊凌霄搜選本《前身集》亦收。戚綏耳即戚玾，見卷二《六月廿五夜夢戚玾》箋。順治十七年（一六六〇）黄周星與戚玾於盱眙一見如故，後湖海相隔，但多有書信往還，此書信當作於一六六〇年後。

答戚綏耳

辱手教言：夜分篝燈獨坐，童子鼾睡。忽有一筆自篇中躍出，從空而下，至今惶駭，未審凶吉。僕敢肅衣冠趨前拜賀曰：大吉祥，何疑之有？足下將來必掇巍科矣。何言之？蓋天下物無妖祥，以人爲妖祥，故凡遇一切怪異非常之事，急宜反躬自考其德。德足以勝之，則雖妖亦祥；德不足以勝之，則雖祥亦妖。此不易之理也。次則宜審其怪異之物云何。如其爲凝重之物，則宜靜而不宜動。若筆之爲物，神物也。衝騰飛舞，繫中書君是賴，方求其躍而不可得，乃更憚其躍耶？謹爲足下作《躍筆行》長歌一篇呈覽，志異也，亦志瑞也。千載而下，吾知笑門之筆，當與東亭之筆並傳矣。龍躍天門，跂予望之。

【箋】

採自康熙七年（一六六八）聖雨齋刻本《分類尺牘新語廣編》第五册「慶賀」類，後附汪淇（憺漪）評：「『物無妖祥，以人爲妖祥』及『反躬考德』等語，可當一部《迪吉録》，不必讀《竹林》《玉杯》諸篇。」此書信，晚清楊凌霄搜選本《前身集》亦收。戚綏耳即戚玾，見卷二《六月廿五夜夢戚玾》箋。順治十七年（一六六〇）黃周星與戚玾於盱眙一見如故，後湖海相隔，但多有書信往還，此書信當作於一六六〇年後。文中所題《躍筆行》長歌一篇，其詩已佚。

與戚綏耳論文

世人貴耳而賤目，哆口動稱法古，大而文字，小而服器，不曰周秦則曰漢魏，自唐以下，殆不屑掛眉吻間。僕甚惑之。善乎袁石公之論曰：「文章之氣，一代衰一代，故古也厚，今也薄。而文章之妙，一代盛一代，故古有不盡之情，今無不寫之景。」此言最公最確，洵千古文章定評矣。僕嘗嘲人之摹古者，以爲凡事但當問臧否，不當問古今，如以古而已。譬之皋夔、稷卨、共驩、苗鯀，皆古人也，爲後世臣子者，但可學皋夔、稷卨耳，亦可學共驩、苗鯀耶？如吾夫子祖述堯舜、憲章文武矣，曷嘗有人祖述桀紂、憲章幽厲耶？僕生平所最耻者，「依傍勦襲」四字。每有所撰著，人輒曰：「此似某某，此似某某。」僕笑應之曰：「古來作者多矣，洪纖巨細，靡一不有，任吾人胸腕所至，定有一人相類者。謂之古人似我則可，實非我有意學步也。且今人事事摹古，古人可法者非一端。其大者莫如忠孝廉節，爲立身行己之大綱。今人捨其大綱不學，而獨學其區區文字服器之末，是何異以山雞之一毛而晞鵷雛，以狸狌之一斑而擬文豹耶？」僕之窾見如此，足下以爲何如？

【箋】

採自康熙二年（一六六三）刻本《分類尺牘新語》第三册「文章」類，題下注：「《鵬雲堂稿》選。」後附汪淇（憺漪）評：「『但當問藏否，不當問古今』二語破的。人有此刻，脱稿而已屬陳言，豈論年代之久長乎？九烟倚馬之才，當推第一。」晚清楊淩霄搜選本《笑蒼排闥》亦收。戚緩耳即戚玾，見卷二《六月廿五夜夢戚玾》箋。順治十七年（一六六〇）黄周星與戚玾於盱眙一見如故，後湖海相隔，多有書信往還，此書信當作於一六六〇年後。

與趙止安年兄

弟生不信命，非不信命也，不信算命者耳。妄謂命之爲物，定是算不着者，惟其算不着，所以謂之命。若算得着，即非命矣。即如弟之賤造，從未有人算着者。侯嬴有云：「人固未易知，知人亦未易。」豈命固未易算，算命亦未易耶？抑不特此也。嘗見笠翁《無聲戲》小説中有蔣皂隸改命一事，人多以爲荒唐，不知實有其事。弟曾在海陵與一新安方友同舟，此友言其家昔有一姑，命極破敗，在室二十餘年，人無聘之者。其父忿甚，乃改其干支以示人。有貧士汪君娶之，後二載，汪君遂得逋弟子員，未幾登第，官至冏卿而終。生四子者，皆有聲膠庠。此嫗年已七十矣，諸子欲爲母誦經祈壽，方奏牒之際，此嫗呼諸子至前，密告以己之實庚，令其改正。諸子如命改之，佛號方終，而此嫗已奄逝矣。由此觀之，命何嘗不可改耶？命而可改也，又寧有一定不易之命耶？如鄴侯所謂君相造命者，與改命之義同乎否耶？弟於此竊有惑焉。年兄素精於星學，固當今之李虚中、王處訥也，不識何以解弟之惑，且因以解世人之惑。

【箋】

採自康熙七年（一六六八）聖雨齋刻本《分類尺牘新語廣編》第二十二册「技術」類，並附汪淇（憺漪）評：「世間又多有干支相同而生平迥異者。或以爲刻數之先後使然，則不當算八字而當算九字矣。亦未知九字果驗否？ 又曰：曾有一星士爲人評命云：『船遲又被打頭風。』誤書『風』爲『蜂』，人皆笑之。未幾，此人乘舟他往，舟行甚滯，暑月醉卧船頭。忽爲巨蜂螫其額，痛楚欲死。由是言之，命亦何嘗不驗耶？ 附識以供一噱。」此書晚清楊凌霄搜選本《前身集》亦收。據題目所稱「趙止安年兄」，則趙止安疑爲趙進美，字韞退、嶷叔，號清止等，山東益都人。崇禎庚辰科黄周星同榜進士，康熙朝官福建按察使。順治十八年（一六六一）黄周星飄零泰州海陵，據「弟曾在海陵與一新安方友同舟」，則本書信當寫於一六六一年之後。

與呂用晦論時藝

僕生平有二恨，其一阿堵，其一帖括。阿堵之害，舉古今人無貴賤賢愚、男女童叟，皆蠕蠕衮衮〔一〕，出没生死於其中，其罪狀多端，姑不具論。獨是帖括一途〔二〕，始於王臨川。臨川執拗病國，史册昭然，後世痛詆其人，而仍恪遵其制，真不可解。且臨川晚年，亦自悔其變秀才爲學究矣。彼作俑者，方且悔之，而效顰者顧衆悦之，尤不可解也。世之習此技者，剪綵綴花，塗粉著糞，與聖賢理學一路，相去若〔三〕河漢馬牛，要不過藉以爲功名捷徑耳。然高才博學之士，或槁項黄馘，而〔四〕不得一售。而一二黄口孺子，甫識之無，剽掇唾餘數語，便自詡青紫拾芥，舉文章經術、學問品行，一切俱可束之高閣。未仕安得有真人品，既仕安得有真事功？故甘泉先生嘗言：「舉業壞人心術。」而草野抵巇〔五〕之徒，憤時嫉俗，往往倡爲廢八股之説，良有以也。僕自束髮讀〔六〕書，朝夕披吟不絶，獨於帖括一途〔七〕，不能爲違心之媚。雖假手倖竊科名，而所憂乃在世道。每歎取士定〔八〕制，沿襲〔九〕已久，神明變通，當自有法。輸攻墨守，兩者交戰，功罪未知孰先？昨得足下〔一〇〕制藝讀之，乃不覺驚歎累日。夫僕所恨者，卑腐庸陋之帖括耳。若如足下所作，雄奇瑰麗，詭勢瓌聲，拔地倚天，雲垂海立，讀者以爲詩〔一一〕賦可，以爲制策可，以爲經史子集諸大家皆〔一二〕無不可。何物帖括，有此奇觀？真咄咄怪事哉。使世間習此技者，皆如足下，則八股何必不日星麗而嶽瀆尊也？僕嘗謂：「欲雪阿堵之恨，定須作神仙；欲雪帖括之恨，定須登制科。」然神仙難求，而制科易取。僕固嘗爲其易者，鹵莽之報，實愧於心。今幸得足下此衷〔一三〕洒然暢然，復何恨於帖括哉？若夫神仙之事，當與足下共圖之〔一四〕。

【校】

〔一〕「衮衮」，咸豐本作「襲襲」。

〔二〕「途」，咸豐本作「道」。

〔三〕「若」，咸豐本作「如」。

〔四〕咸豐本無「而」字。

〔五〕「巇」，咸豐本作「戲」。

〔六〕「讀」，道光本、咸豐本、光緒本作「受」。

〔七〕「途」，咸豐本作「道」。

〔八〕「定」字後，咸豐本有「法」字。

〔九〕「沿襲」，道光本、咸豐本、光緒本作「相沿」。

〔一〇〕「足下」，道光本、咸豐本、光緒本作「用晦」。以下「足下」同，不一一。

〔一一〕「詩」，道光本作「詞」。

〔一二〕「皆」，咸豐本作「亦」。

〔一三〕「衷」，咸豐本作「中」。

〔一四〕道光本、咸豐本、光緒本下有「必不令稚川貞白拍手笑人耳」十二字。

【箋】

採自康熙二年（一六六三）刻本《分類尺牘新語》第三冊「文章」類，題下注：「《鵬雲堂稿》選。」後附徐士俊（野君）評：「前段痛掃一番，結處忽然挽轉，如神龍戲海，蜿蜒半空，信是大家手筆。」此書信道光本卷一、咸豐本、光緒本亦收，並擬題「慚書序」。用晦，即吕留良。吕留良《晚村慚書》一卷成書於清順治十七年（一六六〇），黄周星順治十八年（一六六一）始與吕留良交遊，則本書信當作於順治十八年（一六六一）之後。吕留良，見卷四《九日東郊看菊》箋。

與王手一

詩道之難，近體、古風一也，而莫難於古風。古風之難，五、七言一也，而猶莫難於七言。昔曹能始先生雅負重望，門下獻詩者紛紛，殆無虚日，能始悉屏不觀。或叩之，能始曰：「此何必看，不過皆七言律詩耳。」近日滿街詩人，此亦一箋，彼亦一帙，試批閲之，非七律即五律，絶不知七言古爲何物。豈特輕薄兒曹爲然，往往有自負詞壇名宿、鐫詩盈帙者，欲覓其七言古，正如鳳毛麟角，即間一有之，亦不過寥寥數語而已。求所謂長江大河者無有也。少陵詩云：「即看翡翠蘭苕上，未掣鯨魚碧海中。」今之稱工詩者，大都皆翡翠蘭苕耳，惡覩所謂鯨魚碧海者哉。僕每遇人投詩，不暇觀其諸體，單看其七言古，即七言古亦無暇觀全篇，單看其起手一句。同一七言也，七律、七絶之起手，必不可爲七言古之起手。此一句是則俱是，此一句非則俱非矣。天下豈有不能爲七言古之詩人，又豈有不知起手之七言古哉。夫七言古之法，起句如高峰墜石，結句如奔馬收韁，中間如波斯寶船、武庫甲杖無所不有。自非千鈞之力、八斗之才、萬卷之學，恐未易擅長也。前見足下《怪哉行》與《姑山草堂歌》諸作，此乃真七言古也。僕生平所作長篇亦最多，何日過秦淮酒樓，當盡出破錦囊中所有，與足下質之。

【箋】

採自康熙七年（一六六八）聖雨齋刻本《分類尺牘新語廣編》第四册「詩詞」類。後附汪淇（憺漪）評：「作詩如用兵，然五、七近體猶之淮蔡小捷，雖偏稗或可奏勳。若長篇歌行則如鉅鹿、昆陽之戰，非大將莫克勝任。翡翠鯨魚，少陵可謂善喻。九翁嘗言：閱詩與閱舉業相類。近體猶一兩句單題，古風則全章長題也。單題文可用八股，若長題文但於起講下作兩提股，便當擲去不觀。此可通於七言古起手之法。」本書信康熙二十年（一六八一）刻本《尺牘蘭言》、晚清楊凌霄搜選本《前身集》亦收。王于一，即王猷定，見卷四《聞南雲僧客死西湖哀之》箋。王猷定康熙元年（一六六二）死於西湖，則本書信當作於此年之前。

寄戚緩耳

憶庚子冬，與足下笑門酌别時，相訂以卯秋得意，把臂秦淮。不意今歲仍淹驥足，搤腕何可勝言。然珠光劍氣，必不久溷風塵。唐岑參《送嚴維落第》云：「勿嘆今不第，似君殊未遲。」李遠《贈下第友人》云：「黄金百萬終須得，惟待挼莎更一呼。」足下之謂矣。又曾聞杜蜕叟言：萬曆己未時，其同年某君少年登第，蜕叟謔之云：「年兄年兄。閣老尚書，今日不知明日事；會元鼎甲，他生未卜此生休。」蓋嘲其三甲出身，應作外吏也。今足下雄姿瑰品，淮海無雙，將來不但會元鼎甲，即閣老尚書亦皆心庵荷包中物耳，何芥蒂爲。

【箋】

採自康熙七年（一六六八）聖雨齋刻本《分類尺牘新語廣編》第十五册「慰問」類，並附陳維崧（其年）評：「狀元不怕剪絡，宰相無妨落瓜。此日心庵之荷包，安知他年不爲文穆之夾袋耶？」晚清楊凌霄搜選本《前身集》亦收。戚綏耳即戚玾，見卷二《六月廿五夜夢戚玾》箋。據文中「相訂以卯秋得意，把臂秦淮。不意今歲仍淹驥足」云云，則本書信當作於康熙二年癸卯（一六六三）。

與詹扶九

弟寓令岳蜩寄，同評《證道書》，與吾兄盤桓又數載矣。弟目下幸借僧園，喜有老柳密篁，參天垂地，芙蓉數百本，次第迸發，以此稍遣詩懷而已。旅況甚澀，無鋏可彈，主人之情，在虛實實虛，不能測度。中秋後再過令岳相晤，唏吁道故，共商入山之計，或菁蔥蕪莽中，容我同憺漪寄傲，未可知耳。如何如何。

【箋】

採自康熙七年（一六六八）聖雨齋刻本《分類尺牘新語廣編》第二十册「隱逸」類。後附徐士俊（野君）評：「高曠之懷，直欲羲皇而上。」此書信，晚清楊凌霄搜選本《前身集》亦收。詹扶九，當爲汪淇女婿，事迹不詳。黄周星康熙二年（一六六三）寓居汪淇書坊蜩寄齋，同評《西遊證道書》。據文中「弟寓令岳蜩寄，同評《證道書》，與吾兄盤桓又數載矣」云云，此書信當作於一六六三年之後。

柬汪憺漪

僕生來有煙霞痼癖，每誦陶隱居「青雲白日」之句，頓覺瓊樓玉宇，去人不遠。恨半生漂泊，駒隙蹉跎，茫茫九點，欲覓一〔一〕同心之侣，正如搴芙蓉於木末。昨來西子湖頭，始得交吾兄，望其風格，知爲方瞳緑髮中人。及展讀諸編〔二〕，又字字皆雲笈琅函，順風問道，捨此其誰？僕將有靈均遠遊之志，欲發軔於二勞，撰轡〔三〕於五嶽，放杖於崑崙，泛槎於河漢，然後税駕於三神山，異人大藥，庶幾遇之，足下能從我遊乎？足下當爲向子長，僕亦不失爲禽子夏耳。

【校】

〔一〕咸豐本無「一」字。

〔二〕「編」，咸豐本作「篇」。

〔三〕「繕」，咸豐本作「筆」。

【箋】

採自康熙二年（一六六三）刻本《分類尺牘新語》第十一册「曠達」類。題下注：「《鵬雲堂稿》選。」後附徐士俊點評：「徐野君曰：仙乎仙乎？子姑妄言之，而余姑妄聽之，不亦可乎？」道光本、咸豐本、光緒本、晚清楊凌霄搜選本《笑蒼排闥》亦收。汪憺漪，即汪象旭，原名淇，字右子，號殘夢道人、憺漪子，杭州西陵人。明末清初坊刻家。好道教，著有《吕祖全傳》《保生碎事》《尺牘新語》等。黄周星康熙二年（一六六三）與汪象旭於西湖交遊，遂系年於此。汪象旭好道教，黄周星以其爲知音，所以書信中多討論神仙之事。按：黄周星與汪象旭同好神仙事，今存《西遊證道書》卷首目録題「鍾山黄太鴻笑蒼子、西陵汪象旭憺漪子同箋評」，正文題「西陵殘夢道人汪憺漪箋評，鍾山半非居士黄笑蒼印正」。書末憺漪子跋云：「笑蒼子與憺漪子訂交有年，未嘗共事筆墨也。單閼維夏，始邀過蜩寄，出大略堂《西遊》古本屬其評正。」「單閼維夏」即康熙二年，本年二人共同評定《西遊證道書》。

與汪憺漪

神仙一道，世人多以爲荒唐，僕獨以爲神仙必可學而至，但有三難耳。何謂三難？一曰根器，二曰功行，三曰機緣。彼無根器者，雖告以神仙而不信，所謂下士聞道則大笑之，此一難也。幸生而有志煙霞，根器具矣，自暴自棄可乎？故必須功行。所謂三千八百，何時圓滿？此二難也。功行足矣，非得仙真〔一〕接引，我從何處訪求？不得不聽之機緣湊合〔二〕，此三難也。正如士子讀書應舉，根器其天資也，功行其學問也，機緣則試官之遇合耳。雖然，鍾離祖師之語吕祖曰：「吾之求人，甚於人之求吾。」岳陽樓中，早望見邯鄲青氣。」故僕以爲人但患無根器功行，不患無機緣。功圓行滿，機緣自至矣。僕之矢志神仙，從來持論如此，未知與吾儈滀不徑庭否？至於世間一種文人，習染既深，妄肆譏姍，嘗見一狂士詩云：「人生最快事，天子作神仙。」是欲向秦皇漢武問徐福船〔三〕覓安期棗也，亦只如蒼蠅聲而已。

【校】

〔一〕「仙真」，咸豐本作「真仙」。

〔二〕咸豐本無「合」字。

〔三〕道光本、咸豐本、光緒本無「船」字。

【箋】

採自康熙二年（一六六三）刻本《分類尺牘新語》第廿一册「釋道」類。題下注：「《鵬雲堂稿》選。」後附徐士俊點評：「徐野君曰：説得學仙鑿鑿，能長人道心，却撓着儈滀癢處，此兩人所以稱知己交。」道光本、咸豐本、光緒本、晚清楊凌霄搜選本《笑蒼排悶》亦收，唯前三者題名承前作「又」。汪憺漪，即汪象旭，見本卷箋。書當亦作於康熙二年（一六六三）二人始於杭州訂交後。

柬汪憺漪

昨見野君與道兄箋，有酒色財氣皆可成仙之語。又見于周一札，有「吾兄事事揀便宜做去不讓人」之語，譽耶嘲耶？是一是二？愚謂兩君詞異而意則同。天下事莫便宜於仙，尤莫便宜於酒色財氣而皆可成之仙，然其間亦自有辨。彼甘酒豐財，自是便宜，若耽色使氣，則不無損耗。道兄風流豪舉，冰臆雪腸，沉湎忿悁之事，屈指似未多見。所不能忘情者，獨財與色耳。然鉛汞龍虎，原屬大道丹頭，此中秘妙安得盡人而告之？至吾兄爲人，光明磊落，心似朱弦，口如并剪，生平慷慨任事，排難解紛，不一而足。其便宜處，固多吃虧處，亦自不少。人但知其便宜而不知其吃虧，可謂埋没一片苦心。然吾兄吃虧處正是極便宜處，昔人所謂黄老之學，以退爲進。天下第一等乖人，乃天下第一等很人也。如何如何？一噱一噱。

【箋】

採自康熙二年（一六六三）刻本《分類尺牘新語》第十三册「嘲諷」類。題下注：「《夏爲堂稿》選。」

後附徐士俊（野君）評：「嘲中有譽，譽中有嘲。簡兮之出於自己口中，固已奇矣。乃我輩數人同聲致諷，正使汪子增數日軒渠。」此書信晚清楊淩霄搜選本《笑蒼排闥》亦收。汪憺漪，汪象旭之字，原名淇，見本卷《柬汪憺漪》箋。黄周星康熙二年（一六六三）與汪象旭於西湖交遊，此書信當作於此年之後。

與金若千年兄

臯奉卿與吴清翁，名不著於史册而至今稱道不衰者，徒以其能客梁伯鸞、謝臯羽耳。弟寄栖圃舍一載，冷淡枯寄，略無善狀。弟固非伯鸞、臯羽之儔，而年兄之氣誼，則已過於奉卿、清翁遠矣。近有最傷心一事，黄坤五先生爲藝林祭酒四十餘年，今一旦客死西湖，貧不能歸葬，此吾輩後死者之責也。弟生平絶少文字知己，惟此公酷有痂歔之嗜。凡弟所作單詞隻字，悉手録持歸，以教其兒曹。其兒曹行文，竟彷彿與弟相類，此亦一奇也。弟今將往湖上哭之，敢以奉聞，絜酒麥舟之風，知年兄必不後於古人耳。

【箋】

採自康熙七年（一六六八）聖雨齋刻本《分類尺牘新語廣編》第十五册「慰問」類，並附汪淇（憺漪）評：「古誼殷然，浮動毫楮，世固有一事而便足千秋者，安可泛泛視之。坤五先生文章宗匠，其品範高出古人，與九翁有杞梓之誼。前來湖上辱顧敝廬，極承教益，未幾遂賦玉樓，可勝西州之痛。」晚清楊淩霄搜選本《前身集》亦收。金若千，即金漈，見卷六《沈大匡年兄招同金若千湖樓小飲（得糟字）》箋。黄文焕（坤五先生）於康熙三年（一六六四）春客死西湖，黄周星曾有《閩中太史黄公與余同宗以甲辰春客死西湖其家在余鄉白門復災於火率成二詩哭之》詩哭之，據信中「近有最傷心一事，黄坤五先生爲藝林祭酒四十餘年，今一旦客死西湖」云云，則本書信當作於本年。

與老年翁書

一别十三載，復得剪燭西窗，對牀夜話，快慰何極。弟匆匆返棹，急赴海昌館約，不意天下事有迴出情理之外者，主人喬梓，忽遘非常之災病，致此館頓成畫餅，又誤卻一歲之計，旅人命蹇若此，爲之奈何。弟此時進退維谷，不得不轉徙謀生。因念珂里相去頗近，且爲弟流寓故里，又幸老年翁山斗在望，息影茂樹之傍，嘗得佳蔭。然弟素性硜介，亦非以口腹累安邑者。今有兩説於此，其一曰：坐無錢之館。但乞茅屋數椽，足以容身，脱粟一盂，足以餬口，則窮年兀坐教授，不復更取脩脯。如俗諺云「包飯不算工」者，此一説也。其一曰：賣可用之文。倘世無假館授粲之主人，則弟自覓一枝之棲，但有欲構大小試策論諸種者，任其命題屬草，如坊間賣文例，每篇議給筆貲若干，或可備溲渤之用，此又一説也。恃老年翁知愛之素，輒敢以衷曲相商，萬祈留意。弟别有一札致錢仲老年翁者，大意與此相同。又有拙作小試策論數首，即舊歲鬻於武林坊賈者，因繕寫乏人，僅録一帙寄仲老，以聊當嚆矢，老年翁便中不妨索觀之也。再有，君則令兄昔年堰斗之屋，不知今尚如故否？昨弟行迫，不及往候，敢煩年翁一爲代訊。倘此屋仍可居，則弟當備價典之。若此外有可典之屋，其價在廿金内外者，亦乞多方留神。敬先託許舍親叩階奉瀆。翹首德音，再圖趨教。諸容面布，不盡欲言。弟名單具。

【箋】

此書信不見於黄周星諸集，採自陸心源《穰梨館過眼録》（上海書畫出版社二〇一八年版）卷三十四，標題爲編者所擬。據信中「急赴海昌館約」云云，或作於康熙三年（一六六四）黄周星於海昌授經之時。

答王元倬

星自束髮受書時，即知里中有元倬先生，今已四十年矣。向來名場諸公，皆如潦水赴壑，而先生乃巋然獨存，豈特魯靈光哉？即黄流之龍門砥柱耳。星猥瑣無似，辱先生不棄涔爝，謬以詩序見委，何異姬文昌歜之嗜。再四思之，以爲玄晏則不敢當，以爲青雲則又不敢不附也。蓋星生平不爲人作序者，非有所避忌而然，但惡其違心貢媚耳。若先生今日之詩序，則中郎所謂郭有道碑也，使後世因其人而傳其詩，并因其詩而傳其序，星一〔二〕何厚幸哉？謹郵寄馳上，唯先生繩削之。

【校】

〔一〕「二」，咸豐本、光緒本作「亦」。

【箋】

採自康熙七年（一六六八）聖雨齋刻本《分類尺牘新語廣編》第七册「贊美」類，並附汪淇（憺漪）評曰：「詩能傳序，序亦能傳詩，總之存乎其人耳。昔李滄溟遊華山，王弇州欲附名題蓮花峰下，正未知王以李重，李以王重？」道光本、咸豐本、光緒本、晚清楊凌霄搜選本《前身集》亦收。據文中所云：「星自束髮受書時，即知里中有元倬先生，今已四十年矣。」古代男子十五歲左右束髮，四十年後約五十五歲。則本書信當作於康熙四年（一六六五）左右。王元倬，即王潢，見卷六《閱王子南陔詩次一先韻題贈二首》箋。玩文意，當是王元倬請黃周星爲之作詩序，黃周星寫好詩序後，寄此信予王元倬。

與南雲師

吾師今日竟蕭然衲僧耶？僕當年曾見師之讀書應童子試，又聞師之策名仕版，銜命馳驅。曾幾何時而竟作如許頭顱耶？錫山一晤，喜不勝悲矣，然更有爲師喜者。天下人各有本分内事，即聖賢之所謂素位也。師昔日爲書生，則有書生之素位。中年爲仕宦，則有仕宦之素位。今日爲衲僧，則又有衲僧之素位。衲僧素位云何？不過掃地、焚香、讀書、種菜而已。僕每怪今之大和尚滿天下，嘗有一友云：朝廷命官必由小至大，凡所謂大僚者，皆朝廷積漸大之也。今大和尚忽然而大，誰大之哉？即云三教體段相同，然儒家未聞有大秀才，道家未聞有大道人，而釋家獨有大和尚，其義何居？僕又素不服宗門之説，以爲凡立説者，必有所主。主於平實則平實，主於荒唐則荒唐，要不失爲一家之言。今之談宗者忽而平實，忽而荒唐。每熟窺其門徑，大氐能答則用平實，不能答則用荒唐。荒唐者，乃其支離鶻突之遁詞耳。本欲欺人，適以自欺，世間豈少明眼英雄乎？且訊其宗門花葉之祖，始於達摩。既云達摩東來，直指人心，不立文字矣。彼紛紛支那撰述，連牀充棟何爲乎？今師既爲衲僧，而不談宗門，不學大和尚，此師之最高處也。蓋師不以衲僧自待，而仍以書生自待，故僕亦不以師爲衲僧，而以師爲朋友。此雖衲僧之素位，實即吾輩聖賢之素位，全與佛教無干也。僕非闢佛之人，但性不佞佛耳。每見有儒者入梵刹，僕僕跪拜不休，心竊笑之。然或因此而起狎侮之念，則又不可。夫佛雖未入吾目，然自漢至今，相傳已數千歲矣。設使今日尚在，投刺謁之，必當自署晚生，相見時必稱爲前輩老先生。豈有晚生之於老先生而可以狎侮者哉？吾夫子所云「敬而遠之」，正此理也。若師則直當愛而近之矣，未可與方袍圓項之徒，同年而語也。亭午無事，幸過我茗話半日，亦有蔬酒在案，韻籤在榻，有興則不妨酌之詠之。

【箋】

採自康熙七年（一六六八）聖雨齋刻本《分類尺牘新語廣編》第二十一册「釋道」類，後附汪淇（憺漪）評：「辨駁談宗一派，真無躲閃處。至云聖賢素位，全與佛教無干。請倣《中庸》增二語云：『素書生行乎書生，素和尚行乎和尚。』何如？」此書信晚清楊凌霄搜選本《前身集》亦收。南雲，見卷四《聞南雲僧客死西湖哀之》箋。南雲僧於康熙四年（一六六五）客死西湖，則此書信當作於一六六五年之前。

寄施范縣

前門下振鐸宣城，弟設帳蕪陰，爾時相去不二百里，然竟不獲趣敬亭之駕。迨弟去蕪陰而館泗濱，而門下亦去宣城而知范縣矣。此後聞問闕然，勞心忉怛。前歲在海昌，得晤孝廉張君，云從范縣施令君處來，始得知范縣之爲范縣，與令君之爲令君也者。其言曰：范縣荒瘠不具述，但邑中無好酒，又不能日得肉。邑有集，以七之日爲期，遇集期始有肉可市。計一月之中，食肉者三耳。邑又苦多盜，令每夜必宿麗譙上，命蒼頭健兒，執戈彎弧，嚴坐至曙，以爲常。故從來賓客絶無至者，而令君獨能好客，客至，輒有美酒嘉餚，海錯則有海參一種，且雅意與客周旋。又喜賦詩作字，當筵揮灑，字大如斗，真神鬼驚而蛟龍走也。上官重其才，乞其一言如拱璧，筆墨應酬，殆無虚日。而范縣之人愛戴之，則不啻如召父杜母。數年以來，亦絶不聞枹鼓聲。噫！有是哉。弟初聞范縣之説，甚爲門下攢眉。繼聞令君之説，又不禁爲門下額手也。弟未至范縣之城，而已如至范縣，未登令君之堂，而已如對令君矣。門下真天下才哉。至於門下集句之妙，妙而且多，多而且敏，自有風雅五千年以來，想惟有門下一人。邇來緗緗定當益富，但恐范縣之楮不堪罄，而棟不堪充耳，何時白雁南來，幸不恡傾儲教我。

【箋】

採自康熙七年（一六六八）聖雨齋刻本《分類尺牘新語廣編》第二册「政事」類。後附汪淇（憺漪）評：「以一月三肉之地而能如此風流卓犖，淋漓滿志，施君豈非異人。又曰：集句之難，難於自作百倍。縱勉强襞績，終傷大雅，不知施君是何神力。遂多至數十卷而且工妙渾成。古云：『詩有别才。』詎意别才之中又有别才耶。」此書信，晚清楊凌霄搜選本《前身集》亦收。施范縣即施端教，見卷二《題施匪莪集詩》箋。施端教曾爲范縣知縣，有政聲。據文中「前歲在海昌」云云，黄周星康熙二年至三年（一六六三—一六六四）在浙江海寧，則此書信當作於康熙四年（一六六五）左右。

答門人葉瑞屏

憶丁酉之秋，僕在鳩兹，得與賢竹林共事兩月。爾時見足下器宇端凝，文采英茂〔一〕，決其爲雄飛大受之材。惜乎切磋未久，觀摩未深，致僕不能驟效他山，揆厥所由，蓋因〔二〕主人惑於鯫生之言，故信之不篤，任之不專。即如仲秋初旬課題，僕偶拈「貧而無諂」一章，本出無心，而主人再三訾議，以爲不冠冕，非大場題〔三〕，僕默然不得其解。後細詢之，乃知鯫生有不通之論，以貧字居首爲不冠冕耳。越數日，南闈題至，則首題正「貧而無諂」章也。僕不禁失笑曰：「此豈亦不冠冕耶？」然僕竟以此失主人歡，席未暇暖而退矣。此往事笑柄，可置勿道。獨是僕所不能不惓惓於足下者，以足下待僕過〔四〕厚，愛僕過〔五〕深，所謂當前不覺，過後見思。初意僕在鳩兹，則訪之於鳩兹，鳩兹不得，則訪之於鵝湖，鵝湖不得，則又將〔六〕訪之於武夷。此何異榮趎七日之贏糧，邴原千里之躡屣乎？僕落落孤蹤，生平多迕少合，今者誠不知何以得此〔七〕於足下也。僕固齷齪不足道，而足下之古心篤誼，殆過於昔人遠矣。僕自己亥之春，已去鳩兹，數年來流離轉徙，偶泊武水。武水或名鶴湖，然則足下所傳聞武夷者，豈武水之訛？而鵝湖者，又豈鶴湖之訛耶？僕生平以朋友爲性命，以文章道義爲骨肉，而福緣淺薄，知己甚稀〔八〕。今不意得足下，僕之欲見足下，當甚於足下之欲見僕。昨辱手教後，即決意泛武林之棹，所苦家無跛奚，未免行止因人，而同行輕薄兒曹，半途忽返，令人悵恨無極。兹歲聿云暮，又以窮冗刺促，不能脱離。足下之欲見僕，視千里如咫尺，而僕之欲見足下，顧視咫尺如千里，又何其不相及也。然我輩心知〔九〕，豈以區區形迹爲疏曠哉？屈指孟陬，良辰非遠。湖山〔一〇〕握手，意氣如新。三春之花柳方妍，千秋之事業未晚。願從此與足下晨夕共之，幸毋相忘。損〔一一〕貺腧麋，不減浮提金壺之汁，愧無景室經書可寫耳，銘謝銘謝。

【校】

〔一〕「茂」，咸豐本作「妙」。

〔二〕「因」，咸豐本作「由」。

〔三〕咸豐本無「非大場題」四字。

〔四〕〔五〕「過」，咸豐本作「甚」。

〔六〕咸豐本無「將」字。

〔七〕「此」，咸豐本作「之」。

〔八〕「稀」，道光本、咸豐本、光緒本作「疏」。

〔九〕「心知」，咸豐本作「知心」。

〔一〇〕「山」，咸豐本作「邊」。

〔一一〕「損」，咸豐本、光緒本作「承」。

【箋】

採自康熙七年（一六六八）聖雨齋刻本《分類尺牘新語廣編》第九册「懷叙」類，並附吳雯清（方漣）

評：「嘗疑五倫中何以有朋友而無師弟，蓋師弟即在朋友之内也。古今師弟之誼，固有隆於君父，親於昆朋者，所以列於五大之目，直與天地並重，觀此札，字字肝膽，益令人動山海珠玉之懷。」道光本、咸豐本、光緒本、晚清楊凌霄搜選本《前身集》亦收。武水在今浙江省嘉興市嘉善縣。葉瑞屏，即葉殿邦，號瑞屏，黃周星弟子，事迹未詳。據文中云：「僕自己亥之春，已去鳩兹，數年來流離轉徙，偶泊武水。武水或名鶴湖，然則足下所傳聞武夷者，豈武水之訛？而鵝湖者，又豈鶴湖之訛耶？」康熙四年（一六六五）歲暮，黃周星在武水，本書信或作於此際。

與覺庵上人

舊冬無意過九峰，因得拜道範於東佘草堂，一見即有水乳之契。初以吾師爲衲子也，迨相對久之，始知師非衲子，乃昔年荆楚之諸生也。夫衲子，固不足重人，即諸生，又〔一〕何足重人哉？弟所以重師者，以師爲我輩讀書文人〔二〕，臭味正相同耳。握别時，辱雅意諄諄，再三訂弟入山，新正復接佳詠，讀「冰霜愁擁被，鐘呂慶知音」之句，爲之嗟歎累日。弟生平以山水爲肝腸，以朋友爲性命。去年一見九峰，再見吾師，即滿擬爲入山計，未幾而瞿然有懼焉。何懼乎？蓋弟昔年曾過某處，樂其溪山之勝，意欲卜居其側，業與主人有成約矣。弟歸，而主人忽貽弟一札，聒聒數千言，皆責備教誨，與不相知之語。大意謂弟孤高不合時宜，未許同調。弟閲之，不覺大笑絶倒。夫弟但〔三〕患不孤高耳，若使弟果孤高，則山水元〔四〕屬極孤極高之物，正須孤高之人，方可相對無慚。而今反以爲不宜，然則入山之人，必如中庸之胡廣，癡頑之馮道而後可，竊恐彼胡、馮之輩，方且終其身汩没於〔五〕聲利富貴場中，縱招之必不至，又安得若人而與之欣然把臂哉？弟因此一腔熱血，不覺化爲萬丈冰雪。懲羹吹虀，遂不免令人裹足。此皆弟福緣淺薄所致，不足深論。但徒勞吾師一番延佇，深負世外知己，爲可歎耳。俚句奉和，并乞教正之。

【校】

〔一〕「又」，咸豐本作「亦」。

〔二〕「以師爲我輩讀書文人」，咸豐本作「以我輩爲讀書文人」。

〔三〕「但」，道光本、咸豐本、光緒本作「特」。

〔四〕「元」，道光本、咸豐本、光緒本作「原」。

〔五〕咸豐本無「於」字。

【箋】

採自康熙七年（一六六八）聖雨齋刻本《分類尺牘新語廣編》第六册「遊覽」類，並附汪淇（憺漪）評：「入山不取孤高，而轉欲如胡、馮之人，此所謂策馬揚鞭而赴，不求聞達科也，豈不令人笑殺。」道光本、咸豐本、光緒本、晚清楊淩霄搜選本《前身集》亦收。康熙五年（一六六六）黄周星在遊覽九峰時，拜訪覺庵和尚，作有《白雲庵贈楚僧覺公》，次年初春，黄周星與覺庵和尚因有此書信來往。

答諸友賀生子

弟今年始得舉一子，此子來何暮也。昔武夷君中秋宴□□峰呼鄉人爲曾孫，今此子雖宛然胤嗣乎？若以甲子□之秖可當曾孫輩耳。辱諸公金錢之貺，不減文褓繡鞶。弟瑣尾旅人，何以爲報？昨復有數友見過者，輒舉成語爲弟志喜云：「無官一身輕，有子萬事足。」弟不覺笑應曰：「無官一身輕，輕他何用。有子萬事足，足些甚麽。」不知諸公更可以教之也。

【箋】

採自康熙七年（一六六八）聖雨齋刻本《分類尺牘新語廣編》第五册「慶賀」類，後附汪淇（憺漪）評：「古云仁者必有後，然白香山、司馬涑水、歐陽廬陵諸君子又何以解也。九翁之才與學不必言，即其端品古誼，亦近今所罕睹，將來定當有螽麟之慶。區區青紫，又何足爲輕重耶。」余於二編内亦已梓一札欣賀矣。」此書信晚清楊淩霄搜選本《前身集》亦收。黄周星康熙六年（一六六七）五十七歲，始得長子，此書信當作於此際。

與顧雪漁

僕賦性孤介，大抵非今之狂，乃古之狷耳。生平不妄謁一人，然有枉顧者，雖兒童傭豎，必往報之，自非風雨疾疴，必不出三日，此亦可謂循循禮法矣。乃昨聞足下言此中有訾僕不近人情者。夫人情可近，若非人之〔一〕情則不可近。彼鸜猩鬼蜮之徒，皆所謂非人情者耳，僕豈能近之哉？猶憶僕在海昌時，有人雌黄僕於張先生之前者曰：「此公無所不佳，但微嫌其傲耳。」先生曰：「渠豈但傲，更有一大病痛在。」其人悚然改容，急叩之。先生徐應〔二〕曰：「無他，渠病痛在不做官耳。若此時正做官，縱使十分真傲，人必轉以爲佳。惟其不做官，任渠傴僂罄折，人只以爲傲耳。」其人始憮然而退。今之訾僕者，得無有類於是乎？足下試以張先生之言告之何如？〔三〕

【校】

〔一〕咸豐本「人」字下無「之」字。

〔二〕咸豐本「應」字下有「之」字。

〔三〕咸豐本無「今之訾僕者」以下文字。

【箋】

採自康熙七年（一六六八）聖雨齋刻本《分類尺牘新語廣編》第十二册「感憤」類。後附汪淇（憺漪）評：「才人處世，如麟鳳然，知者以爲祥，不知者以爲妖。又況生非其時，處非其地乎？翹足高屋下，見群兒我是蘇仙，彈我何爲？真不得不翻然高舉耳。」咸豐本、光緒本、晚清楊凌霄搜選本《前身集》亦收。顧雪漁即顧屺，黄周星好友，康熙六年（一六六七）亡故，則本書信當作於此年之前。

寄陶參公年兄

參公固無恙耶？計今行年當六十七矣。憶乙未仲秋，弟在鵲江館中，遠拜年兄一函。

爾時喜躍欲狂，即作一詩記之云：「陶生今不死，吾道尚嶙峋。天地留松柏，庖厨赦鳳麟。十年書到喜，再世夢回真。歌涕知何日，東籬歲月新。」至丁酉季秋，又屢夢與吾兄同上公車。再作一詩云：「陶子何爲者，秋燈入夢頻。公車仍紫氣，野衲且緇塵。十六年中事，三千里外人。離騷灘艇哭，葉葉似前身。」時弟在蕪陰館中也。弟昔年寄迹湖南，元少知交。自喪亂以來，聞問斷絶，杳如隔世。惟己亥冬日，弟在陽羨，得長沙簡子在雍一札，札中亦言參公無恙。其寄弟詩中有「詞人舌底談君在」之句，爲之感泣。今又九年矣，未知年兄近履若何？弟每一相思，輒慨然欲拏舟溯長江，過洞庭，叩吾兄之廬，與之握手傾罇，狂吟痛哭一番，亦人生千百年難遇之事。而俗累牽羈，此願竟成虛負，不過以山川修阻之故。昔巢谷年七十三，徒步欲訪子瞻兄弟於嶺海。或慮其遠，谷曰：惠州不在天上，行即至矣。以我輩方之，可勝愧死。弟廿年以來，雪鴻之迹，幾遍東南。近復僑寄檇李之武塘，冷淡枯寂，無復人理，所幸鬚眉如故。以前連生四女，長者已適梁溪舊族，幼者纔數齡，徒爲向平之累。今歲孟夏，始舉一子，雖景升豚犬，無關重輕，然幸免伯道之悲，想亦吾兄所樂聞也。至於數年來夢中周旋往復之句，幽奇譎怪，筆不勝書，當俟相見時傾囊出之作下酒物耳。劍合有時，願言珍重。

【箋】

採自康熙七年（一六六八）聖雨齋刻本《分類尺牘新語廣編》第十五册「慰問」類，並附汪淇（憺漪）評：「九煙道翁以山水爲肝腸，以友朋爲性命。閱此札可得其大概矣。所云參公者何人哉？高山景行，六轡如琴，令人不勝執鞭之慕。」此書信晚清楊凌霄搜選本《前身集》亦收。陶參公即陶汝鼐，見卷二《與長沙同年陶汝鼐别三十年矣一歲之中輒數見夢庚戌春日偶從月函上人處得見所寄月公詩札甚喜即次其扇頭韻和之》箋。陶汝鼐生於一六〇一年，據文中「參公固無恙耶？計今行年當六十七矣」云云，則本書信當寫於康熙六年（一六六七）年。

與沈大匡

與年兄同憎（憺）漪、吴山一别，刹那又五載矣。每念龍樹庵中之茗談，鴛鴦湖畔之觴詠，至今窅然不可復得。比來著述之富，想已滿百尺樓、十間屋矣。《放眉集》曾殺青未？從來彙書苦無佳本，若此集告成，便可稱桂苑之叢珠、龍龕之手鏡矣。但鄙見猶患其太多。蓋彙書之難有二，一曰略而弗賅，一曰博而寡要，其弊均也。若得繁簡適中，汰冗取精，豈非字字珠船、言言花谷哉？古今刻本之最夥者，無過於《南華》、《楚辭》、陶詩、《西廂》數種，此數種書固奇妙，亦由其卷帙不多，故刻者易辦易售，讀者易購易攜耳。願與年兄商之。

【箋】

採自康熙七年（一六六八）聖雨齋刻本《分類尺牘新語廣編》第九册「懷敘」類，並附汪淇點評：「文不貴多，不獨彙書爲然。凡一切詩文子集，大抵少則易傳。試觀《册府元龜》《太平御覽》諸書，何如李于鱗《唐詩選》耶。」康熙二十年（一六八一）刻本《尺牘蘭言》、道光本、咸豐本、光緒本、晚清楊凌霄搜選本《前身集》亦收。沈大匡，即沈捷，見卷六《沈大匡年兄招同金若千湖樓小飲（得糟字）》箋。此書或作於康熙七年（一六六八）。

復〔一〕謝帝颺

記判袂湘江，卸帆白下，閲有十年許。楚之騷朋韻〔二〕士，與洞庭之月、衡陽之雲、瀟湘之雨，恒留諸夢想，擬古千里神交，僅隔衣帶耳。予晦迹潯溪，輶軒欲絶，忽潙山僧來自上湘，郵寄一緘，詩則《百詠梅花》也，人則謝子帝颺也，情則索弁簡端也，不禁瞿然曰：「斯牘也，胡爲乎來哉？」已而卒業，覺寄意綿邈，吐詞豪宕。謝子乎，其楚風之雄乎？向之騷朋韻士，注我寤思者，忽寄諸謝子矣。若彼瀟湘雨、洞庭月、衡陽雲，雖幻境日新，而幽致如昨，所〔三〕渺渺余懷者，當於少文尺幅中遇之而已。

【校】

〔一〕「復」，咸豐本作「寄」。

〔二〕「韻」，咸豐本作「詠」。下文「韻」字同。

〔三〕咸豐本「所」下有「謂」字。

【箋】

採自道光本卷二，咸豐本、光緒本亦收。據文中「予晦迹潯溪」云云，則此書信應作於黄周星晚年（一六六九—一六八〇）寓居南潯之際。謝帝颺，未詳。

寄陶參公

僕生平頗多奇夢，嘗哀輯夢中所見詩文聯額之類，録爲十卷，大都自作者什七，閱他人作者什三，而其間往還最夥者，無如足下。憶昔僕僑寄〔一〕湖南，知交落落，爾時詩酒唱酬，有長沙馮子、湘潭周〔二〕子，與足下而爲三。今馮周〔三〕皆久赴修文之召，獨足下在耳。聞足下已作皤然一老僧，想瀟湘岣嶁之間，有坐一葉小艇，泛急灘，痛哭讀《離騷》者，非他人，必參公也。秋夜正長，燈光蟲響，悄然傷懷，連宵復感君入夢，恍如平生〔四〕。醒來枕上口占一絶，云：「乾坤吴楚半蒿萊，日落人間盡可哀。此夜洞庭千里月，不知我去是君來。」〔五〕偶因鴻便，寫以寄君，想見開緘時，襟袖浪浪也。

【校】

〔一〕「僑寄」，道光本、光緒本作「暫歸」。

〔二〕「湘潭周」，道光本、光緒本作「敝邑李」。

〔三〕「周」，道光本、光緒本作「李」。

〔四〕「平生」，咸豐本作「生平」。

〔五〕咸豐本無此絶句之内容。

【箋】

此文採自康熙二年（一六六三）刻本《分類尺牘新語》第九册「懷敘」類。題下注：「《鵬雲堂稿》選。」後附汪淇（憺漪）評：「『落月滿屋梁，猶疑照顔色』，此老杜夢青蓮句也。知已精魂去來，自應爾爾，不惟文章叙事之妙。於此見九煙一段交情。」道光本、咸豐本、光緒本、晚清楊凌霄搜選本《笑蒼排闥》亦收。陶參公，即陶汝鼐，見卷二《與長沙同年陶汝鼐别三十年矣一歲之中輒數見夢庚戌春日偶從月函上人處得見所寄月公詩札甚喜即次其扇頭韻和之》箋。康熙十一年（一六七二）黄周星與陶汝鼐有詩簡往還，本文亦當作於此際。

與張潮書

《廋詞》中，姓字四語，即陳獻老所撰，但仍有未妥處。内安字改爲閒字，方覺確切。

承詢選詩一事，謹以小詩呈覽。此真千古不朽之業，若道兄肯爲此舉，其姓字便可與日月争光，與天地相終始矣。弟嘗謂昔唐人選唐詩，本無甚佳處，猶然傳至今日。若此選果成，雖不佳亦傳，況於極佳乎！蓋驚天、泣鬼、移人之名，大足以聳觀聽而感性情也。弟之移人，本非怡人，以爲怡人，則可廢矣，以爲移人，則談何容易乎！此非一言可盡，若道兄果肯作此大功德主，則弟請面商以竟其説。承教佳刻，謹謝謹謝。尚容卒業以復。弟本世外野人，倘蒙不棄，此後只宜用單幅殘箋或竹楮作字，往來一切虛套，皆可蠲去也。

黄周星 九煙江寧

【箋】

此信選自張潮《尺牘友聲初集》（清乾隆四十五年張氏心齋定本）甲集，題目爲編者所加。黄周星康熙十二年（一六七三）有選唐詩之志，計劃分驚天、泣鬼、移人三集，此信正是告知張潮此事。張潮《尺牘偶存·卷一》收張潮《與黄九煙先生》一篇，此信當是張潮來信之回信。張潮來信如下：「潮自束髮受書以來，即知有黄九煙先生，然以爲天上神仙，無從識其面也。今先生以老前輩，居然設帳此間，使潮得以親承色笑，何幸如之。理應執贄以備門墻之末，但馬渤牛溲，氣味嫌惡劣，徒令大醫王瞑眩顰眉，是以未敢耳。昨晤程未能兄，知先生向有選詩之舉，其目分爲驚天、泣鬼、怡人三類，此書若出，當令豎儒咋舌。但以鄙見揆之，覺怡人一種，未可與驚天、泣鬼同類而并觀。想先生必自有説，幸明以教我，切禱切禱。又偶閲《一夕話》中，見所謂《廋詞》者，其列名處云：中央四圍滿天列，十處烽煙一處安。參詳其意，似是先生姓字，益以想見文人遊戲之妙耳。」《尺牘偶存·卷二》中張潮另一篇《與黄九煙先生》，當是對黄九煙此信之回復，張潮回信如下：「承諭《古詩快》之選，極妙，但此事必得先生爲主，潮從旁效參閲之勞可耳。若竟以見委，則是畀蚉虻以泰山，其不克負荷可知矣。此復。」

又與張潮書

塵冗鹿鹿，致久違叔度，悵念悵念。園圖尚未告成，尚容另呈。笠翁傳奇十本，并畫册韻牌俱完，上惟《閒情》一種，容閱完再璧，草復。

【箋】

本文選自張潮《尺牘友聲初集》（清乾隆四十五年張氏心齋定本）甲集，題目爲編者所加。康熙十三年（一六七四）《將就園記》已經告成，根據文中云「園圖尚未告成」，則本文當作於康熙十三年之前。

與程坦庵

僕命薄數奇，雖倖竊科第將三十年，初未嘗一日離貧賤二字也。然賦性孤介，耻以飢寒累人，故生平有三不，謂「不稱貸，不貰〔一〕物，不醵錢作會」也。以此窮年鬱鬱，多愁寡歡。然亦自有一樂。每至歲除之夕，世人皆轟轟擾擾，索逋償負，逼拶欲死，而僕獨于于徐徐，掉臂而行，開口而笑。計一歲之中，三百五十九日皆不如人，惟有此一日可以驕人。因戲拈數語云：「人不負我，我不負人，三十夜果然快活。」原無意於〔二〕屬對也。一日有友强僕對之，僕乃對曰：「吏若無民，民若無吏，初一朝真是升平。」此友不覺囅然。今臘月三十在邇，僕之樂境將至矣，輒敢聞之足下，以供掀髯拊掌何如？

【校】

〔一〕咸豐本「貰」後有「貨」字。

〔二〕咸豐本無「於」字。

【箋】

本文採自康熙七年（一六六八）聖雨齋刻本《分類尺牘新語廣編》第十一册「曠達」類，並附汪淇（憺漪）評：「莊語耶？謔語耶？可以解頤，亦可以銘座。」道光本、咸豐本、晚清楊凌霄搜選本《前身集》亦收。程坦庵，人未詳。顧禄《清嘉録》（清道光刻本）卷十二「節帳」條中引佚詩：「黄周星《甲寅除夕詩》：『第一過年窮快活，從來未有索逋人。』」此殘句與本文内容相似，則本文或亦作於甲寅年，也即康熙十三年（一六七四）。再據文中「僕命薄數奇，雖幸竊科第將三十年」云云，黄周星崇禎十三年（一六四〇）三十歲時中庚辰科二甲進士，將三十年則應在康熙七、八年間。再據文中云「今臘月三十在邇，僕之樂境將至矣」，則此信當作於除夕之前。

復錢牧齋

昌黎月值南斗，東坡命居磨蝎，毁譽固是生前帶來，但木偶人之造言可耐，青瑣蘭臺之彈射不可耐，奈何！或曰：「青瑣蘭臺，正是木偶耳，何必作分别觀。」可爲絶倒。

【箋】

此文採自道光本卷二，咸豐本、光緒本亦收。康熙十六年（一六七七），黄周星至常熟，或與錢謙益交遊，姑系年於此。錢牧齋，即錢謙益（一五八二—一六六四），字受之，號牧齋，晚號蒙叟，又號東澗老人，江蘇常熟人。明萬曆三十八年（一六一〇）探花及第。東林黨領袖，崇禎初任禮部侍郎。南明弘光時，官至禮部尚書。清兵南下，於南京率先迎降，官禮部右侍郎，後辭官歸隱。錢謙益於明末清初主盟文壇數十年。有《牧齋初學集》《牧齋有學集》等。

又與張潮書

弟在此中，辱賢喬梓教愛，可謂三生之幸。今行矣，不敢躬叩以悤起居。拙刻《詩快》先成四卷，謹並《詩戒》一紙呈正。但選唐詩而不選古詩，終是歉事，不識高明以爲何如。

【箋】

本文選自張潮《尺牘友聲初集》（清乾隆四十五年張氏心齋定本）甲集，題目爲編者所加。康熙十八年（一六七九），黄周星編成《唐詩快》十六卷，按信中所云「拙刻《詩快》先成四卷」，則本文當作於康熙十八年（一六七九）。

又與張潮書

久欲返棹，因河干阻塞，是以遲遲。承諭外史一書甚妙，敝友梁溪錢礎日方有《文瀫》

之選，弟拙作亦多，統俟明歲攜來相商可也，然何如選古詩之爲全美乎。

【箋】

本文選自張潮《尺牘友聲初集》（清乾隆四十五年張氏心齋定本）甲集，題目爲編者所加。按張潮《尺牘友聲》中的編排順序，再考信中仍然在討論選詩之事，則本文亦當作於康熙十八年（一六七九）。

寄謝延平

文章與經濟，均屬天才。然文章之才可學，經濟之才不可學。所以庾、鮑多於龔、黄，而韓、范難於燕、許也。門下博學鴻才，詩文妙絶今古，每一落筆，則杜陵、昌黎，汗僵奔命，此海内所共聞見，奚藉弟之饒舌耶？獨弟所不解者，門下生長桂林望族，又弱冠舉賢書，未幾遂入官服政，疑與稼穡艱難，絶不相習者，乃洞悉民隱，聽斷如神，一何奇也。然承平嘯諾，中材有餘，夫亦何足多詡。弟見門下視篆陽羨時，適值舶氛飈熾，遠邇震驚，百里内外之鄰封，無不靡然從風者，爾時陽羡勢亦岌岌矣。門下獨談笑處之，聲色不動，夜出片紙榜邑門，有如兒戲。人皆吐舌相視，而其後安如磐嶽，卒不出其所料，真所謂一紙書賢於十萬之師者。使陽羡危而復存、死而復生，秋毫皆門下力也，而猶不免於讐忌者之口，公道果安在耶？今幸雪消晛見矣。劍津風土非不佳，問其官則依然別駕也。古者別駕號爲半刺，漢制半刺上佐，得與二千石參校政事短長利病，其任不輕。而弟竊窺門下之意，若夷然不屑者，往往見於詩歌，形於聯額，而甚至謂貴里以郡倅爲笑唾之資，供詛誓之用，何其激也。弟嘗謂人能重科名，非科名能重人，則官非能重人，人自能重官。昔崔斯立日哦二松間，曰：「余不負丞，而丞負余。」今日非門下負半刺，亦半刺負門下耳，然門下何可聽其相負也？且歷考古來名賢，以半刺起家者多矣。彼習鑿齒、李商隱輩，固卑卑不足道，若漢之黄霸、陳蕃，晉之王祥、謝奕，唐之杜如晦、魏元忠、姚崇、李泌，宋之王旦、富弼、司馬光、范仲淹之類，不可勝數。門下文章經濟，既擅兼長，而復加之以端品卓識，將來公輔將相，直懷袖中物耳。廣陵芍藥，瑞應匪賒，又何事過自菲薄爲。

【箋】

採自康熙七年（一六六八）聖雨齋刻本《分類尺牘新語廣編》第二册「政事」類，後附汪淇（憺漪）評：「歷考古來三公宰相，强半出別駕之中，則此官不特爲名賢淵藪，即以俗情論之，衙門風水亦極利市。又曰：文章經濟難得兼才，若果如謝公其人者，又奚羡傅安遠之使趙子柔知此，必不發雄飛雌伏之嘆。」此書信晚清楊凌霄搜選本《前身集》亦收。謝延平，官延平（今福建南平）別駕，人未詳。寫作時間未知。

與董水心

程伊川云：「天下之理，無獨必有對。」如有天則有地，有山則有海，是也。且以人物言之，從來君子小人、聖賢庸愚，迄未有單行者。若稷契、共驩、夷齊、管蔡之類，比比而是。或同時無其儔匹，則不難取數百年而聯合之。如湯武、周孔、莽操、杞檜者是也。最妙者，前有秦，後有隋，前有晉宋齊梁陳，後有梁唐晉漢周，分數適均，恰恰相配。而一時並出者，纔有秦皇帝，即有楚霸王，而又何其巧合也。由今思之，隻立千古而無偶者，獨有一盤古耳。昨因座間觴政，有賈董、龔黄之目，故敢以此質之年兄。

【箋】

採自康熙七年（一六六八）聖雨齋刻本《分類尺牘新語廣編》第三册「文章」類，後附汪淇（憺漪）評：「世間兩人並稱者多矣，過此則四人，若三人者則甚少。古今來惟三仁、三良、三傑、三義凡數輩而已，即三分鼎足亦不再見，豈陰陽之理固然耶？又曰：千古惟盤古無偶。相傳盤古前一劫曰龍漢，龍漢前一劫曰蜕高，則又可鼎立爲三矣，然孰從而見之。」此書信康熙二十年（一六八一）刻本《尺牘蘭言》、晚清楊凌霄搜選本《笑蒼排闥》亦收。董水心，當爲黄周星同榜舉人，事迹不詳。寫作時間未知。

與某憲長薦醫

醫道之難也，差之毫釐，誤[一]若丘山矣，故鄙諺曰：「賢不薦醫。」而愚謂惟賢者爲宜薦醫。蓋世間庸醫多而名醫少，而人之感病，亦庸病多而奇病少。如其庸病，只求庸醫足矣，若危疑艱巨之症，則非名醫不爲功。而是名醫非賢者誰能識之[二]。如弟所知芮[三]六吉先生者，著書盈笈，治病如神，誠當今之和緩也。而市闠洶洶之粗工，方從而叫噪之，甚至欲殺欲割，此正[四]如才人處世不見容於流俗耳，非俊疑傑亦何足怪。昨因門下惓惓求醫，故特[五]舉所知以對，弟雖不敢居賢者之名，諒此翁必不負魏無知耳。

【校】

〔一〕「誤」，咸豐本、光緒本作「謬」。

〔二〕「非賢者誰能識之」，咸豐本、光緒本作「惟賢者爲能識之」。

〔三〕「芮」，咸豐本、光緒本作「苗」。

〔四〕咸豐本、光緒本無「正」字。

〔五〕咸豐本、光緒本無「特」字。

【箋】

採自康熙七年（一六六八）聖雨齋刻本《分類尺牘新語廣編》第八册「薦舉」類，後附汪淇（憺漪）評：「庸病故不妨用庸醫，然庸醫亦自有差等。如以陳皮、甘草爲庸，雖庸何害？嘗見今之庸醫專以大黄、附子爲聖藥，其殺人多矣，而乃有欣然服習之者，使按律而論，不知將何以置此輩也。」咸豐本、光緒本、晚清楊淩霄搜選本《前身集》亦收。寫作時間未知。

與蕭尺木

昔孟萬年好飲酒，桓宣武嘗問：「酒有何好而卿嗜之？」孟答曰：「公但未知酒中趣耳。」正如太白所云「但得醉中趣，勿爲醒者傳」也。今我輩鬱塞牢騷，枯槁憔悴已極，其間一線不斷之生趣，全恃此杯中涓滴之物。若並此而去之，亦何樂乎有生耶？足下性不飲酒，未敢以此趣相强。昨泥飲竹軒，酒非不多，但恨其太甜。昔人評酒者云：「辣爲上，苦次之，臭又次之，甜斯下矣。」幼時讀《孟子》「禹惡旨酒」之語，宋儒以爲禹絶酒不飲。愚謂禹非惡酒也，但惡旨酒耳。若使清冽辛香，則禹豈惡之哉？如以此言爲妄，試取下文反觀之。下云「好善言」，好善言者，好善非好言也。知好善言之非好言，則知惡旨酒之非惡酒矣。又昨與繡銘、連叔同過延壽庵，庵僧出茗果相款，其中有糟紅棗一盂。兩君偶各啖數枚，遂同時伏几沉醉，半日方醒，亦咄咄怪事哉。斗大鳩茲城，何吴衍之多也。笑絶笑絶。

【箋】

採自康熙七年（一六六八）聖雨齋刻本《分類尺牘新語廣編》第十三册「嘲諷」類。後附汪淇（憺漪）評：「酒爲功首罪魁，然功浮於罪甚多。若伯倫之頌，則又進功而德矣。至發明『禹惡旨酒』處，雖謔實莊。倘醉鄉勤鼎苴茅，其功亦不在禹下。」此書信，晚清楊凌霄搜選本《前身集》亦收。蕭尺木即蕭雲從（一五九六—一六七三），字尺木，號于湖老人、無悶道人等，安徽蕪湖人，明末清初著名畫家。寫作時間未知。

托友人易畫

以僕觀今日之畫家，正與今日之詩家相類。蓋作詩者，胸中元無真騷雅，徒藉剽襲塗綴以爲詩；作畫者，胸中亦無真丘壑，徒藉剽襲塗綴以爲畫。如是安得有佳詩畫乎？僕嘗謂一切詩文字畫，必須自我作古。自我作古者，不必盡翻前人窠臼也，只力掃剽襲塗綴之陋習，直抒自己之性靈，佳則成爲我之佳，即劣亦成爲我之劣。有時顯與古異，固非我讎古人；或有時暗與古合，亦不妨古人類我。此乃真自我作古也。至於筆墨之間，更須有生氣，有别趣。生氣者，森森颯颯，如有鬼神，閲之則鬚髮畢張，按之則笑啼欲出；别趣者，人熟我生，人熱我冷，人皆甜軟，我獨老辣。能是數者，雖不佳亦傳，況佳者乎？若今日之畫，大都皆脂粉金碧耳。脂粉則婦女氣，金碧則匠作氣，所謂與印板争工拙於毫釐，未可以移情動魄也。昨見程君堂中所懸大幅頗佳，僕思以一物易之。足下肯作此無錢之中人否？

【箋】

採自康熙七年（一六六八）聖雨齋刻本《分類尺牘新語廣編》第十四册「翰墨」類，後附汪淇（憺漪）評：「説盡近日詩畫醜態，令人欲笑欲唏。至於『自我作古』『生氣』『别趣』之論，名言不刊，宜勒金石。」此書信晚清楊凌霄搜選本《前身集》亦收，寫作時間未知。

柬李子喬年兄

弟二十年來，欲謀一棲隱之地不可得。或問弟志願若何？弟應之曰：「只要無兵無盗賊。」復問有所需否？弟曰：「更須有竹有魚蝦。」果能如此二語者，則吾願足矣。然歲月空抛，竟成畫餅。此靖節所云「正爾不能得，哀哉亦可傷」也。又弟本薄福人，半生疲於津梁，每一出門，輒爲風雨所苦。弟思風雨能苦行役之人，而不能苦高卧之士，因自擬圃庵幽居一聯云：「免受天公氣，聊爲野老居。」懷此亦有年矣，未審何時方得誅宋玉之茅，撫相如之壁，高懸此十字於北窻榻畔耶？塵鞅剌促，念之悵然。辱年兄知我，輒敢以此相聞，非有所冀望於左右也。

【箋】

採自康熙七年（一六六八）聖雨齋刻本《分類尺牘新語廣編》第十四冊「翰墨」類。後附汪淇（憺漪）評：「宅近青山，門垂碧柳，乃知杜陵水晶鹽，亦復正不易得。」此書信晚清楊凌霄搜選本《前身集》亦收。

李子喬，事迹未詳。寫作時間未知。

答孫霄客

古人神道設教，故有占夢之掌、卜筮之官，獨乩仙一道，不見於經史，想亦起於後世耶？相傳乩仙奇驗最多，不可殫述，而場屋科名之事爲尤著。當由才鬼氣類感通，樂於相告耳。嘗記甲子南闈，有諸友叩闈中首題。乩判云：「聖學工夫大，儒門道德隆。要知題目旨，只在一章中。」一友仍求明示，乩復判云：「吾已明明說了。」後闈中首題，乃「大學之道在明明德」也。丁卯復有叩南闈首題者，乩云：「八十公公康健身，金蘭意氣重雷陳。堂前有個嬰兒哭，乳哺休教離母親。」後首題乃「老者安之」三句也。此可謂顯淺之極矣。然莫妙於吾兄昨所言錢凝庵請乩事。凝庵方與諸友觀弈，適扶乩者至，爭問場題。乩判四語云：「問場題，第一題。莫亂動，且着棋。」後首題乃「大學之道」，次題「非禮勿動」，三題「今夫弈秋」一節。凝庵遂以是科獲雋。噫！乩之神妙，一至此乎？獨不解闈題，乃臨期探擬者，彼仙子何以預知？豈非萬事前定，雖鬼神不能違耶。觀此亦可以寢人躁妄之念矣。道兄以爲然不？

【箋】

採自康熙七年（一六六八）聖雨齋刻本《分類尺牘新語廣編》第二十二册「技術」類，後附汪淇（憺漪）評：「曾聞中州張君少年時請乩叩科名事。乩大書『己酉己酉』四字示之，人以爲不過乙榜耳，後果列己酉賢書。延至乙丑入闈，以題紙給遲，衆共争奪。張君攫得一紙，中已半裂。其次題爲『高明配天』，裂處恰至『配』字而止，乃『己酉』也，遂以是年登制科。噫！一紙之裂亦有定數，況其大者乎？此理真不可解。」此書信晚清楊凌霄搜選本《前身集》亦收。孫霄客其人未詳。寫作時間未知。

與族弟

吾弟見阿兄連歲設帳，差堪糊口，亦思效東家之顰，欲圖村塾訓詁。昨商之二三及門，言此地延蒙師者，必先試以龜鼈黿竈四字，欲其點畫不謬。次則試以屬對，如冰冷酒三字之類，其偏傍爲一點二點三點也。吾弟果能之乎？能則阿兄當爲饒豐干之舌，不則寧歸葸肆，飽閲馮瀛王《兔園册子》耳。

【箋】

採自康熙七年（一六六八）聖雨齋刻本《分類尺牘新語廣編》第二十三册「家庭」類。後附汪淇（憺漪）評：「龜鼈黿鼉四字易書，而冰冷酒三字難對，此館定坐不成，休想休想。」此書信晚清楊凌霄搜選本《前身集》亦收。族弟其人未詳，本書信寫作時間未知。

寄長女非紫

吾不幸生汝不辰，適逢兵革之運，流離掊拾，謀生不給。汝雖聰慧，無暇教以詩書，又無餘力可以延師，所謂百草春雨，聽其自然而已。然汝業已能讀書作字矣，此豈待教而能者乎？昨汝從梁溪來一月即歸，吾心甚爲悵快。汝屢向我求作詩之法，吾聞之，復不勝傷心。使汝而男子也，此作詩之法，豈待求而後告之哉？今汝既不幸而爲女子矣，並讀書作字亦可不必，況欲求進於讀書作字之上乎？雖然，汝既能讀書作字矣，安能禁汝之不學詩。吾即不汝告，當必有告之者。夫今日詩人滿天下，有識者每僅隱憂，其實庸陋卑俗之調，元不可以言詩。汝而無志於詩則已，汝而有志於詩，只須熟讀《神童》《千家》詩，及李于鱗《唐詩選》足矣。其他文章事業，留之庚甥可也。吾言不妄，汝其知之。

【箋】

採自康熙七年（一六六八）聖雨齋刻本《分類尺牘新語廣編》第二十四册「閨閣」類。後附汪淇點評：「汪憺漪曰：喁喁兒女語耳，正自入情入理，可以訓女，獨不可以訓兒耶。」此書信，晚清楊凌霄搜選本《前身集》亦收。據黄周星《告殯男石兔文》「吾曩生三女，皆以地與歲支名之，長者以壬午生於楚湘，因名之曰『湘騉』」，則長女大名爲「湘騉」。再據葉夢珠《閱世編·名節·黄周星》：「公年逾五十，未有子，所生四女：長嫁錫山賈氏，元配出。次適嘉禾吴氏，又次適松陵吴氏。」則此女後嫁錫山賈氏。據文中「昨汝從梁溪來一月即歸，吾心甚爲悵快」云云，此書信當作於長女出嫁之後。

與賀義卿

昔人以旅枕一夢，遂決志從仙，蓋爲勳爵壽𡩋事事具〔一〕足耳。若今人一事未足，決不歇手，無怪其出枕復入枕也。不識諸君靜觀，亦思超於塵坌之外，以了此生乎？抑猶未免流戀枕中滋味也。

【校】

〔一〕「具」，咸豐本作「俱」。

【箋】採自道光本卷二，咸豐本、光緒本亦收。創作時間未知。

復家元萬叔

曩辱縹緗之賜，所不即歸秘帳者，爲嚴命耳。今行矣，謹戒使珍，伏乞照入，猥叨巨觀，曷勝銘謝，感感。計《衍義》二十四本、《奇賞》二十六套。

【箋】採自咸豐本卷二，不見於他本。寫作時間未知。

黃周星集校箋

下

〔清〕黃周星／著

唐元　張静／校箋

上海古籍出版社

姓名爲黄周星，庶名正言順，生成永戴矣。臣不勝兢惕待命之至。

崇禎十七年十月二十六日具奏，二十八日奉聖旨：周星准改名黄周星，欽此。

【箋】

此文採自康熙本，不見於他本。據文中云「崇禎十七年十月二十六日具奏」，則此文作於崇禎十七年（一六四四）。黄周星的姓氏和籍貫，諸家史傳中多有異説，或謂其本姓黄，寄養於周氏，後歸於本宗；或謂其姓周，因與族人不合，冒姓黄氏。或謂其爲江寧上元人，或謂其爲湖南湘潭人。然考《復姓疏》與自著詩文，可知其生於上元黄氏，出生後即過繼給湘潭周家，後又復姓黄氏，歸於本宗。因爲這篇文章中詳細寫了黄周星復姓的經過，所以周氏族孫編纂的道光本、咸豐本皆没有收録此文。陳軾《道山堂後集》（廣陵書社二〇一六年版）文集卷四《黄九煙傳》：「庚辰舉進士，繼逢泰亡，九煙終三年喪，葬其父母畢，告周氏二弟及諸宗族曰：『吾受周氏恩撫，實黄姓也。但周氏有子而黄氏無子，不得不復姓以承黄氏宗祧嗣。』上疏改姓，仍以周名，示不忘本也。」葉夢珠《閲世編·名節·黄周星》（中華書局二〇〇七年版）：「甲申謁選，得請復黄姓加於原名，不忘周也。」陳鼎《留溪外傳》（清康熙三十七年自刻本）卷五隱逸部上《笑蒼老子傳》：「庚辰成進士，授户部主事。始上疏反周爲黄。」朱彝尊《静志居詩話》（嘉慶二十四年扶荔山房刻本）卷二十一：「中崇禎庚辰進士，除户部主事，疏請復姓。」

附　復姓紀事

周星先世出江右之信豐縣，至三世祖達可，自信豐遷粤東之和平。國初洪武間，以徙閭右實京師，高祖子隆復自粤東遷金陵，占籍京衛，遂爲應天府上元縣人。生三子：鋭、鏜、鋒。鋭以明經任楚邵陽諭。生三子，其長者曰尚質，舉嘉靖戊午孝廉，官至國子監博士，子姓繩繩，賢書接武。鋒爲星之曾祖，生二子，長曰尚文，次曰尚友。尚友生二子，長一鳳，次一鵬，一鵬即星之父也。父娶母徐氏，生四子三女，長嘉相，次嘉慶，其三即星，又次嘉棟，三女俱各適人。星以幼拊於楚之周氏，遂冒周姓，繫楚籍，如是者三十四年，守内外艱者六載。至崇禎甲申歲，星以服闋得補選版曹，始具疏乞復本生籍系，蒙俞旨報允，於是復姓黄氏，仍以周星爲名，此其大略也。然其本末繁矣，不可不述。

按周氏爲楚之湘潭人，其先有同胞六子，俱以宦游顯。長者曰之屏，登嘉靖己未進士，歷仕至豫章左方伯。方伯公生平有品概，所至稱名宦，其居官僅循資平進，屬當朝野恬熙，歇歷多年，兼家素饒裕，聲名遂甲三湘。方伯公有二子，長者才而夭，次者闒而儜。其冢孫諱逢泰，即拊星之父也。曾舉乙卯孝廉，署潁州廣文，人皆稱爲潁川公。潁川公年十四時，方伯公捐館舍，先已補邑弟子員，後數歲，娶於張，張體劣弱，不宜男。潁川公意疏之，琴瑟漸不叶。時海寓鼎盛，湖南繁穰之區，俗競豪奢，公以少年席累世厚貲，出入得自如，稍稍馳騖聲伎間。未幾，遊於長沙，遂與涂氏者締盟，納之爲妾。張聞之大恚，房幃之内，勃溪不休。張故仕族女，素貴倨，至是不能堪，遂奔愬其父叔。其父叔信之，竟訟公於官。時周氏族大人夥，然頗多奊詬無賴，素窺公産蓄厚，無不耽耽朵頤者。會族中有顯者某，亦挾長潤陵，與公齮齕，於是族人蠭起，皆承望顯者風指，助張氏而攻公。公以一孱諸生攖衆怒，勢不敵，構訟累歲，家已耗。又備見窘辱，不勝憤，乃毅然捐棄田宅，并罷其諸生弗顧，而獨與妾涂者泛舟而下，僦居金陵。

其所居適與黄氏鄰近，即星之父母家也。金陵之俗，内家率招邀過從。二姓既晨夕往還，而星有姑適嚴者，尤與涂孺人相得，由是歡然無間。時星母徐已舉二子三女矣，復有娠數月。星父一儒門布衣，家徒壁立，頗有向平之累，而潁川公尚無子。公之去楚也，其嫡配張怨怒，不與公别，弟遣人致詞曰：「若擕妾南下，即舉子來見我，不然，請勿復歸湘矣。」以故公與涂求子甚急，而涂卒無子。至是星母已有娠，涂心知之，乃乘間謂母曰：「若誠大福德人，何多子女如是？」母蹙然曰：「孺人失言矣！某貧家藜褐不具，顧此諸累稷稷，方飢凍是虞，何福德也？」涂曰：「吾正復乞此累不得耳。」母乃笑曰：「孺人無多言，吾與若交稔，吾今已有娠數月，倘幸而得雄，舉以相贈何如？」時母亦未辨腹中男女，漫爲戲言以對，嚴氏姑遽相與慫慂成之。涂知母之愿樸也，必不爽諾，心獨喜，然欲秘其事，無令張聞之。歸而謀諸公，乃僞爲有娠者，雖臧獲皆不得聞，獨嚴氏姑知之。是歲辛亥冬杪，届彌月，母果舉一子，即星也。星生於是日之寅，而嚴氏姑遷延至乙夜，始襁抱以畀周，蓋日中恐爲人所覺也。於是遠近傳告，以爲周氏於某日戌刻得子矣。其事雖秘，然外人頗知之，金陵距楚湘雖四千里乎，亦竟無不知者。顧兩地契闊，宗黨亦付之不問，自是星遂父周父而母涂母矣。

星生之五歲，是爲乙卯。潁川公遊北雍，舉鄉薦，屢上春官不第。己未以後，遂廣置姬媵，自涂孺人而外，如張、吴、詹、趙輩凡數人，前後共得九子四女。而趙姬稱最幸，其子女亦最夥。諸姬半非閨中媛，好延接尼媪，非時出遊。公中歲漸放情麴蘖，聽諸姬出入不問，又馭下素寬縱，僮僕多驕恣不法，内外之閒蕩然，星久爲側目齘齒而無可如何也。星小時頗了了，觸目成誦，性亦沉潛嗜古。十齡即操觚爲文，已乃就外傅，益加礲磨，所學日進。至丙寅歲，年十六承父師之命，以新例就試成均。是歲冬，公之嫡配張卒，星乃遭内艱。明年丁卯，娶於蕭，固寡人女也。星雖有室家，惟楗扉讀書，初不問户外事，然心傷家政陵夷，思自爲門庭計，至次年冬，遂力請於公，乞析爨别居。

越兩載庚午，遵旨積分，星以第二人貢於廷，是年秋闈下第。時星析居日久，伶仃艱窘，俯仰無聊，會涂孺人思歸楚，星亦聞楚地饒魚稻，猶可居，乃於辛未歲，奉孺人挈家過中湘。至癸酉春，復由金陵就試北畿，是歲遂得列賢書。再試南宫，皆下第。既返金陵，遂決意不歸，欲覓一授經地，爲下帷計。是歲丁丑，星已生二十七年矣，潁川公僑寓金陵亦三十年，姬妾子女，次第林立，而星所本生父母，春秋俱高，父年六十有五，母五十有九。時一兄一弟，俱已夭逝，獨次兄尚在，然已病羸不支。星父母貧且愿，每對影嗟吁，念門祚衰薄，壯者皆無禄即世，黄氏不絶如髮。雖聞二男已舉孝廉，然又屬之他姓，恐難以口舌争，惟安之若命，無可奈何，窮居邑邑，涕泗滂沱而已，乃星則杳然不知也。

至是星以覓館，久泊金陵，自夏涉冬，尚無定所。金陵地遼曠，凡四方友生，多聚秦淮桃葉間。地在東南，而星旅寓近周氏舍旁一小屠蘇，僻處西北，往還輒竟日，頗以爲苦，且晨夕復有非意之加，亦思遠徙避之。屢謀之新安友吴生，欲移寓近秦淮，久之不得。一日復與二客過吴生，吴生曰：此間居大不易，無已，請謀之秦淮以東。於是遂過秦淮東，所謂正陽門，大内之左右也。星從來足迹罕經其地，往來衢巷間，叩覓久之，復不得。時天寒途遠，賓從皆飢疲，欲少憩。以吴生言，乃共入一道旁人家。

吳生自持錢出沽酒，星與二客俱坐。頃之，有老人自外來，玄冠布袍，狀貌頗修潔，前揖客而入，少間復出。老人數數往來於前，於衆中獨目攝星，星亦瞢然不覺，而不知老人者，乃星之父也。蓋星長兄名嘉相者，年三十許，性孝謹，多材藝，二人素鍾愛之，於兩載前下世，二人慟之，母爲之哭失明，至今淚痕未斷。是日父偶見星形貌酷似其長男，驚喜入内，告其家人，欲留外間緑衣郎君，燕坐飲食，冀得從容盡款曲，如昔人中郎虎賁故事，以寄其哀痛無聊之思，亦初不知爲星。於是主人庀具酌客，吳生亦至，相與酣飫而散。星與二客歸，言我輩窮途失意，正覓漂母不得，彼老人素無半面，何恭謹如是，此意不可不報。越數日，星復與吳生約，持一通家刺往謁老人。老人得刺見星姓名，乃大驚，然亦絶口不言，惟治饌肅客如前，情好有加。星心感老人高誼，稍稍語及謀居事。老人起曰：「諾，當從君入市訪之。」入市不數武，輒得一處，頗喧潔可居。星意欲僦之，老人熟視户扉間字曰：「此吾故人客舍也，君第來居此，勿問。」於是星大感之，亟挈裝移居其中，有蔡生者從焉。時已迫嚴冬，老人數持醪脯過從相勞苦，終無一言及星，星亦莫知所謂。

居月餘，星與蔡生自外歸，見燈下一函在案，訊所自來，童子曰：「來自二公子。」二公子者，蓋周氏之長男，吳姬所出也，時年十八。星發書讀之，其中多矛戟語，咄咄逼人。星大駭，亟詢之蔡生。蔡生初囁嚅，久之乃曰：「君不知耶？君今朝夕相見之老人，即君所本生父母家也。今外間籍籍，言君且歸而宗矣，周氏聞之怒，故遣其子作書來譙讓耳。」星愕然良久，問蔡生曰：「信乎？」蔡生曰：「信。」星於是愀然長歎，蓋是日始知有真父母。乃從容商之蔡生曰：「是則然矣，顧二公子語斷斷，似欲發難者，此其指大謬。從來乞養子姓，自是尋常事，感恩圖報，在我而已，何怒爲？」屬蔡生及謝生緩頰往解之。二生如言往見公。公比年功名失意，日遊醉鄉，客至率不得見，而諸姬群公子之徒，皆婦孺不達大體，命童子譟而出詬二生，二生惝惘而歸，由是姬曁輩遂極力與星爲難。時星旅中有童僕數人，皆次第奪去。而星内子在中湘，需儋石自給，亦并收之。且更有不忍言者。内子頓發狂疾，幾至殞身。星聞之，乃請於里中二三父老曰：「星無罪，夫星育於黄，而拊於周，生養均也，誼固非有輕重。且曩者星不知有本生則已，知有本生而漠然不一顧，天下豈有無父之國哉？夫人各有宗，於法固終當去也，然星今實不去，奈何相厄之甚？」於是諸父老皆以星無罪，爲合請於公。公意猶未解，星欲自往白其事，或阻之曰：「君勿往，彼姬曁輩皆將不利於君，君往必無幸。」星乃止，事久之不得白。自丁丑冬迄戊寅秋，日日在風波中。星初欲於金陵覓下帷地，不意遘此無妄，漂摇杌隉，神理沮喪，至是困瘁無計，乃於秋八月渡江而北，避迹廣陵，彷徨羈旅，資糧乏絶。於除夕偶逢故友，邀過其家，得不困。

至己卯歲，遂館於廣陵、延令之間，芻饘差足自給。而是冬當計偕，顧北道資無所出，且比歲令甲嚴，凡舉子非具祠部郵符，及本籍藩司牒者，不得入試。星向寄楚籍，不獲已，乃於隔歲倩周氏故僕，入楚賫藩司牒，并作書内子，取槖中五十金，爲公車資。俟之一載，至臘盡，其人始空手來廣陵，詢其資及牒，則皆已攜至金陵，悉爲諸姬攫去矣。時公車期迫，計無所出，幸一二知交捐助，得少資，匍匐達都門，僅以祠部故符抵儀曹，乃儀曹亦不復問藩司牒。是歲遂得舉制科，實庚辰歲也。放榜後，謁主司先輩，每詢及星本末，咸曰：「子可歸而宗矣。從來釐正名氏，例在廷對以前，俟臚唱榜出，所懸即真姓字也。子盍早具疏以請。」星心是之，然私念周氏拊星有年，一旦遽捨之去，意猶豫未忍。欲待南歸省親時，以至情請於周氏，幸而得請，甚善；如不得請，則稍稍謀報德而去耳，以是不復具疏。循例當觀政三閲月，而京邸清苦殊甚，惟寄食逆旅，時有周氏故僕，亦在旅中，悻悻欲去，以求索不遂，幾欲剸刃於星。幸同輩覺之，得解，因急遣之，而星亦匆匆言歸。抵金陵，見父母，所云次兄病羸者，溘露又一載餘。亟叩周氏之居，則已於春初挈家還楚矣。時星同乳數人，皆取次凋謝，無一人存者，獨兩親垂白，煢煢相向。星之欲歸本生，事二人甚急。然周氏之事未畢，則本生不可得歸，故星之急周也甚於黄，即冒寒買單舸疾趨楚。以除夕前抵中湘，則潁川公已感病半載。

先是公遠客三十餘年，丘壟頗榛蕪，至是一旦來歸，欲悉從創飭。素以青鳥術自負，往視方伯公寢丘，以爲形勝不佳，使我仕途蹇躓，於是鋭意改卜。朝夕陟降陵麓間，不憚幽險。偶一形家妄指某所有貴人地，其實荒瀦也，乃伐山焚林得之，大悦，欲移葬方伯公。時族姻中無少長賢愚皆知其不可，相與垂涕諫止，弗聽，卒移葬焉，不逾月而疾作。比星至，尚能强飲食。星乃頓首堂下，具珍幣，陳悃款，杯酒接歡如平時。時公獨與趙姬母子居，涂孺人仍在星所，諸姬多前後散處。星時過公視醫藥，然疾勢不少衰。星之入楚也，與父母别，實眷眷不忍捨，相約以半載爲往返期。既抵湘，則百務蝟集，積逋累千，皆欲取償於星，事殊非旦夕可辦，遷延至辛巳仲夏，而潁川公捐館矣，星於是遂丁外艱。厥後星母徐亦卒於金陵，星聞之，北嚮飲泣而已。

星既苫塊家居，勢不能遽捨去，思欲爲公身後計久遠。居無何，争嗣事起。争嗣者，蓋周氏三十年不了之獄也。先是方伯公有季弟名之龍，登萬曆辛丑進士，官虞部郎，於淮浦督造漕艘，累資數十萬，卒掛吏議，捆載而歸。歸後一載而暴病死，無子。以後事屬顯者某，某爲立三子，倫序皆倒置，不合衆心。數歲之間，争者九起。未幾，二子殤，一子以罪廢，橐藏盡歸顯者，遺産則舉族瓜分之，虞部竟不祀。公論咸咎顯者，顯者不得已，乃命其同父弟往嗣虞部。數年又死，厥子復繼之。其兩世皆獨子也，無嗣人理。顯者死，族人乃訟厥子於有司，群起攻之，累歲不得解。厥子不勝困憊，息肩無所。適潁川公自南中還，此本非公切身事，而公爲大宗冢孫，又素負氣敢言，族人多憚之。厥子喜其來，以爲長兄固家督也，其誰敢不聽命，乃悉以嗣事歸公，公亦旺然受之。時虞部之業，已蕩掃無餘，僅存塗茨數椽，即嗣子新創以奉木主者，曾不足當太倉稊。公初歸，苦食指繁，無所容，幸厥子之見推，遂命詹姬往居之。詹姬無子，因以他姬所出第十子名邦者，令詹姬子之，號爲虞部後，時邦甫半齡耳，未嘗告於族人，族人亦未有言者。公之疾革也，苦趙姬，不樂與處，亦移就詹姬，後一月竟没於其中，襚賻臨奠皆在焉。星新從金陵來，初不與聞繼嗣事，以爲此居相安久矣，而不知固未定之局也。

居月餘，頗聞周人籍籍，或言虞部居本公物，不應獨據，或言邦乳褓呱呱，無主鬯理。星心知其然，然以公之志，弗忍傷，思欲竟成之以慰地下。流言日至，不爲動。久之，道路螗沸益甚，至有毁屋排櫬之議。諸子恐，奔告星。星不得已，乃削牘奏之郡邑監牧長，并移書告周人。大指言虞部薦紳先達，其祀不當斬，而昭穆倫序，於法應歸適長房，邦之嗣不可易。引律證經，陳説大義，娓娓數千言，監牧長皆是星言，即日給篆牒，令邦出嗣虞部。周人亦無以難，然猶喋喋不休。時周氏族中之窶貧亡行者，視嗣子爲奇貨，咸欲規尺寸利。而一二桀黠之徒，及顯者餘孽，素惎公所爲，欲假此修累世怨，必不令嗣事得成，百計沮敗之，以此相持不下。會楚地流氛飈煽，湖南盜風競起，狂衿輩睚眦語難，往往糾黨侵奪巨室，肆行焚剽，有司莫敢問。周人尤而效之，於是聚群不逞之徒，刲羊豕，鳴鉦斬木，揭榜書通衢，欲逐嗣子而攻星。星聞變，急趨長沙，白郡守。時郡守有能聲，乃具令甲懸中湘邑門。邑令亦從傍解散，嗣事得不廢。當是時，星非有毫髮利於其間，徒欲成公之志，獨肩勞怨，殫竭兩載心力，舌敝穎秃以爭之，幸而安全無恙。未幾，則邦又告殤，爭者復起，星乃拊膺太息曰：天乎天乎！星本非周氏，然爲周氏嗣事計，亦已至矣。今若此，周氏之事，未可問也。且星自有父母，以周氏之故，契闊又已累歲，生養死葬，兩者闕然，星何人哉？且星終不能以周易黄，於是具牘辭當道，仍舉虞部嗣事，歸之公庭。而自取周氏一二家政，稍稍爲之經畫。

周氏故有田萬餘畝，諸子女均析受業有年矣。吴姬三子，長者年二十四，已娶，即曩所謂二公子者也。詹姬二女，趙姬四子一女，婚媾俱有成約。時潁川公宅兆未叶，乃卜得方伯公故域之傍，俟諏吉歸窆。涂孺人有田數百畝，素暱吴姬母子，樂與同居，不欲去中湘。且先已育得一女，年十四，許適富家子，未字。星之行也，則悉託二公子爲政。獨趙姬所生女，行最長，當公没時，尚未受聘，公亦無遺命及之，時年十七矣，星乃爲擇尹氏婿，亦孝廉兒也。迨女于歸時，其母趙姬又死，妝具多未備，諸昆弟皆置不問。女來言於星，以奩田爲請，星惻然憐之，爲請於諸姬，無有應者。星自有田二百畝，乃悉捐以助女，號爲大姑奩田，剖券授尹氏，雖諸姬愠嫉弗顧也。星經畫麤定，諸所爲惟殫吾心力而已，亦不敢復問他事。時癸未夏秋間，闖寇已踞荆州半載餘，獻寇已破武昌至岳州矣，與長沙相隔惟洞庭一水。而長沙業已空國奔竄，距中湘僅三舍耳。人情洶洶恇擾。至仲秋之初，獻寇遂突至中湘，大肆焚戮。星先二日盡棄輜糧，倉皇覓小艇，取間道以行，幸免於難。乃由豫章急趨金陵，以季秋抵家，與老父相見，握手悲涕，恍如再世。時星已服闋，親知多趣星赴都謁選者，星以親老子獨且素無宦情，不欲脂車。至今年甲申夏五，南都肇造，星乃赴銓曹，於九月得授户部浙江司主事。既受事後，始伏闕陳情，乞復星本生籍系，旋蒙俞旨報可。於是以黄爲氏，以周星爲名，不欲更前名者，亦示不忘周也。

星之復姓本末，章章如是，其間一言一事，無不可上對天，下告人者。乃愚俗溺於常聞，徒見星從周久，一旦改而爲黄，未免疑信參半，甚至顛倒是非，安能家喻户説？試爲設難以明之。或難星曰：「子曷爲歸黄？」請應之曰：「子亦知夫天下事乎？夫天下之事，惟理與情與法而已。從來物本乎天，人本乎祖，營丘反葬，古以爲仁。聖人教民，必報本反始者，理也。水源木本，誼有同然。人不産於空桑，亡子見父母則必歸者，情也。且古今典例，凡繼嗣必擇同宗，鬼神不歆非類。故律嚴異姓乞養之文，罔俾他族承祧以紊宗支者，法也。合三者而衷之，則星之於黄，應歸乎？不應歸乎？」

或又曰：「子既歸黄，勢必捨周，毋乃爲非孝乎？」則應之曰：「唯唯否否。子之所謂孝，非吾之所謂孝也。夫星非生於周，乃祔於周耳。曩者黄氏多男，周氏艱息，故以星授周，初無成心。孰知數載之後，黄氏諸昆，靡有孑遺，而周氏則子女若林。當是時，星在黄則周無損，而在周則黄頓絶。此宗祀存亡之關，孰輕孰重，何去何從？如以愚俗之見，取黄挈周，則彼富此貧，彼隆此替，彼簪笏蟬聯，而此儒門寒畯，枯菀之分，較若蒼素。設以苟無人心者處此，安於周而不言，其所得奚啻百倍於黃？既可享其厚實，而又有合於子之所謂孝者，詎不深爲得計？然星豈爲之哉？且子既以捨周爲非孝，則必將以捨黃爲孝。夫捨周則負周，極言之，不過曰孤恩已耳，若捨黃則負黃，黃必且無後，其爲不孝一也。吾寧負祔我者而蒙孤恩之虛名乎？抑將負生我者而受無後之實禍乎？二者不可得兼，雖姬孔復起，吾知其必去彼而取此矣。」

或又曰：「向使周氏無子，將若何？」曰：「本生之當復，此斷斷不容再計者。故先後去就之間，但當問之所生，不當問之所祔。星特偶值周氏之蕃衍耳，曩使黃氏即終多男，周氏即仍艱息，勢必爲周謀繼嗣而去，亦安能棄黃而即周耶？故星之陰祔他姓，星之不幸也。而適值厥宗蕃亢，星可脱然而去，則猶星之幸也。抑不特此也，向使周氏不久客金陵，即久客而星或以戌丑早捷去，即不蚤捷，而二人或流光不相待。三者有一於此，則星且終其身不識父母爲何狀，何況復姓？故周氏之僑寓三十年，星之再下春官，二人之享遐齡，皆星之厚幸也。毋亦彼蒼重絶人後，故假以種種機緣耶？」

或曰：「雖然，子必有以報周氏。」曰：「此星之私志也，奚藉人言。夫周氏身後事，其大者不過數端。今泉壤已定，田産已析，諸子女已次第成立，婚嫁麤畢，存没均安，星之所得爲者止此耳。其他或爲强宗抗撓，或爲婦孺牽制，未免一二遺憾。然盗憎鼠忌，自古戒之，亦非星所敢與聞也。異日者，星倘邀朝廷錫類之賜，尚冀破格以賁松楸，則又星所願望而不敢必者。星之志如此，庶可告無罪於周氏乎？」

凡星所謂反覆辨難者，大略盡於數端矣。乃更有無稽之談，出人意表，妄謂星實楚人，以不樂爲楚，故改而之吴者。嗟乎！嗟乎！夫氏有域，族有方，吴之不能爲楚，猶楚之不能爲吴，是楚則不當辭，非楚則安敢冒？且楚何地乎？固泱泱大風，海内之神臯奥府也。以山川則雲夢瀟湘，以人物則伍申屈宋，談之者齒芬，懷之者神逸。星正恨不得爲楚人耳，何所苦而欲逃之耶？夫星生於金陵，長於金陵，貢於南而舉於北，昭昭在人耳目間。星本宗雖單寒，然族姓頗繁，衿佩不絶。今列各膠序者，尚若而人。復有王君諱芝瑞者，崇禎辛未進士，今督學蜀中。夏君諱時泰者，與星同舉庚辰進士，今官中翰。兩君皆星之姑姨表兄也。向使星非金陵，安所得如許族姻乎？星生平鹿鹿，無所短長，然頗知重名義，畏鬼神。自幼迄壯，雖戲言戲動，猶兢兢慎之，況父母何等事？此一生行誼，千秋名節所關，而敢有毫髮苟且於其間乎？星不文，更不好辨，謹以復姓梗概，詳述右方，以爲仁人君子告，隻字涉虚，神其殛之。是爲紀。

崇禎甲申孟冬日周星謹識

【箋】

此文採自康熙本，不見於他本。據文中自署「崇禎甲申孟冬日」，則是文寫於崇禎十七年（一六四四）。文中詳細梳理了自己身世之謎、與周氏的矛盾、復姓的因果。從黄周星的自敘中可見，生父黄一鵬與寄居金陵之湘潭人周逢泰比鄰而居。時周逢泰艱嗣，乞撫於黄一鵬。黄周星遂被過繼，承襲周姓，名星。因周逢泰家籍湖南，遂黄周星嘗寄籍爲楚人。周氏後人編纂的道光本、咸豐本均未收録這篇文章。

福清東漈龍宫祈夢疏

某酸瓻窮胎，臭帑濁質。志非温飽，倖登藥榜之書；名豈文章，耻外花甎之選。奈何邦家弗造，緊惟我生不辰。七月書傭，潦倒遂稱蘭署；半年羈負，郎當亦號梧垣。乃以忠義之性成，卒致艱虞之身歷。念素位原分四位，獨富貴不來，而貧賤夷狄患難之位俱來；歎大倫并重五倫，僅君臣未斷，而父子夫婦昆朋之倫久斷。以此强顏苟活，實有愧於墨胎；若乃被髮佯狂，尚未銷其碧血。深山窮谷，疇憐異代孤臣；海角天涯，罕見他鄉義士。雲迷松舍，梁公之淚徒揮；月冷蘭閨，徐媛之音頓絶。牛衣鶉結，誰捐范叔之綈；魚釜蝸塵，孰裹子桑之飯。戹同陳從，愁類鍾囚。肯鑒此心，所恃者皇天后土；可與共語，其間諸古佛名仙。伏望東漈九鯉真君，垂慈憫心，開光明路。來既乞靈於五夜，去必發覆於一朝。壽固不可知，敢曰功名吾自有；福豈應過望，或云緣遇與人同。片語指迷關，寧是夢中説夢；三生遊化境，即如身外生身。悲淚投誠，薰膜待命。謹疏。

【箋】此文採自康熙本，不見於他本。此文乃順治四年(一六四七)初，黄周星避亂於福清東漈時所作。東漈寺又稱龍王宫，始建於唐貞元年間，位於福州福清縣北門外北西亭村東、東漈山西麓。

乞開喉音懺疏[一]

伏念某乳稚何知，書香有志。方朝吟夕詠，惟期耳畔之琅琅；乃口誦心違，甚苦喉間之格格。矧遡厥賦形之始，疾匪得於天生。若究其習染之因，咎或由於自作。蓋緣弱齡過郡，飽聽北刹之鐘。適逢老衲談經，聱類南蠻之鴂。聞之失笑，時與玩弄於同群；偶爾效顰，遂致聲音之酷肖。是豈孽魔相值，能移肺腑以爲妖；毋亦神佛所臨，多因戲侮而降罰。自此瓊樓竅澀，空食石澗之菖蒲；玉管腔遲，徒羨金龍之鸚鵡。兹者拊心悔罪，稽首皈誠。伏願矜無識之童蒙，宥既往之小過。鑿破丹田之混沌，復還睍睆清音；劃開華蓋之蠶叢，盡洗鉤輈舊習。則蓮花頓生於舌本，免嘲稜等之箏聲；膠飴不含於口中，誰誚昌家之艾氣。恩同再世，報擬三生。某無任悲切懇祈之至。謹疏。

【校】

[一] 康熙本目録題作「爲年家子懺悔乞開喉音懺疏」。

【箋】

此文採自康熙本，不見於他本。創作時間未知。

園銘

甲寅之冬，已奉文皇法旨構園矣，至丙辰仲夏初，復觀陸子祈仙，乩又大書云：桂宮大將軍鍾，奉法旨，中海崑崙園已成，敕黄子速作一銘，以便即日勒玉云云。余乃遵旨爲銘曰：

倬彼崑崙，是曰天門。斡維八柱，宅乾奠坤。華蓋握契，三角盤根。媧皇煉石，天際餘痕。金母所治，桃錦霞歎。閬風縣圃，峻極秋雯。熚光匌氣，熊熊魂魂。爰自龍漢，萬禩千春。於今創見，實維我園。我園伊何，始自微塵。藐予小子，蛾蝨之臣。圭繩寂漠，遊戲成文。空中樓閣，夢裏煙雲。鷩籠蜃市，蒼白焉分。自怡或可，不堪贈人。誰知鑾曶，上達天神。子虛迺實，幻影斯真。維我文皇，至聖至仁。憐才若渴，好善如珍。一敕傳宣，再命將軍。按圖鼎構，海嶽嶙峋。遂令茲園，霅煜輪囷。瓊樓玉宇，金屋瑶軒。山水澮峙，竹樹清芬。衆香國富，萬緑天親。輞川梓澤，未比兒孫。華林上苑，何當弟昆。帝曰佳哉，此一名垣。騷壇可建，别業可屯。列真雲集，仙姬駿奔。斑麐白鳳，繹絡繽紛。有書滿屋，有酒盈樽。簫韶迭奏，緑竹娱賓。興酣起舞，筆舌瀾翻。一唱百和，響徹高旻。山鬼驚竄，龍鶴踆踆。帝曰佳哉，其樂孔云。藐予小子，儃羽枯鱗。仰睇霄漢，幾萬由旬。緬維茲園，日異月新。初名將就，今則不倫。將也乾元，就也坤元。大哉至哉，太極渾淪。維我文皇，三界同尊。甄陶萬彙，埏埴烝民。一經題品，瓦石璵璠。兹園何幸，得附丹宸。拜銘增愧，鼈咳蟲呻。吾皇大德，歷劫長存。元會運世，視此崑崙。清微二十二代弟子黄周星謹撰。

【箋】

此文採自康熙本，不見於他本。據文中「甲寅之冬，已奉文皇法旨構園矣，至丙辰仲夏初，復觀陸子祈仙」云云，則此文作於康熙十五年丙辰（一六七六）。文末署名「清微二十二代弟子黄周星謹撰」，則黄周星當爲清初道教清微派教徒。清微派爲道教符籙派别之一，重視内丹修行，形成於南宋時，清代以來在湖州一帶又有傳承。黄周星當時寄居湖州南潯，結交的扶乩者陸芳辰也是湖州人，受清微派影響可以想見。

大令廓庵公墓志銘

崇禎庚午歲，余遊南雍，時方舉積分之典，六館中遴六人以貢於廷，蓋復祖制，擢真才，朝廷甚盛心也。試之日，雍士不下七千人，兩日八義，楷法必中程，余倖奏名第二，而錫山安廓庵第三，因是得識廓庵。後三載癸酉，俱舉於北闈，則儼然稱同年矣。至庚辰，余始成進士，癸未，廓庵亦列名副牘，獲邀新恩，授邑令以歸。明年甲申，遘國變，廓庵呼憤祈死，不半載而即世矣。越三十四年丁巳，其子璿郵寄尺書，乞余志其墓。適過梁溪，乃得見之，不覺慘怛涕零，遂拜手而志之曰：

君諱廣居，字無曠，廓庵其號也。其先長洲黄氏，洪武中有叔英公者贅於錫山別駕安公明善家，世爲無錫安氏焉。四傳而生贈公國，有高義卓行，海內所稱桂坡翁者也。國生如山，嘉靖己丑進士，由庶常歷仕僉憲，祀名宦，學者稱爲膠峰先生。如山生勳卿公希范，萬曆丙戌進士，由行人晉吏部主政，恤贈光禄卿，没而祀於鄉，即君之父也。當君癸巳初生時，勳卿公服官舊京，以高忠憲公秉正去國，上書忤君相，直聲震天下，禍且不測。公慨然曰：吾有呱呱兒衍宗祧，死復何憂？蓋已知君不凡矣。君天資静慧，解悟過人，受業於師七載，著有《講義揆一》鏤版問世。壬子補博士弟子員，屢試不售。辛酉以後，相繼守内外艱，辟踴哀號，苫塊毁瘠，殆不勝喪。不獨所生爲然，其事嫡母張宜人亦必誠必信，勿之有悔，宗黨皆稱其孝。更念其父孤忠未白，瀝血陳情，哀感九重，特賜恤典，咸謂勳卿有子不死也。

先是，邑中顧端文公與高忠憲公輩講學東林，君嘗侍父側，忠憲雅器重之，字以季女。及丙寅奄禍作，忠憲致命止水，君爲扶服盡傷。時人情洶洶，忠憲子弟將有巢卵之患，族姻多引嫌，君奮争於當事，門户賴以無恐。後有負君者，置弗問。癸酉挾策遊北雍，登賢書。

甲戌下第歸，值歲凶盜起，倡議浚河賑饑，講鄉約，修保甲，佐理郡邑，輯寧里閭，一切方略確可施行者，札記纍纍，似有期待，人以是卜異日經濟焉。君既數困公車，癸未之役，闈牘入劉文正公手，極賞其古奥高華，當與上駟並驅，惜得之較晚，整置副車。君愾然太息：此天亡我，非戰之罪也。然虞仲翔有言，一人知己，可以不憾，吾何憾哉？適寇躪中原，六宇蜩沸，當宁側席求才，一榜盡賜簡擢。君不敢上負主知，因赴所司就選格，然終以不堪吏職，竟自免歸。甲申春，神京崩陷，撫膺慟哭，遂不欲生。子璿爲跽而解之，乃呼而前曰：萬一闖賊南下，汝曹將奚策？璿漫應曰：從衆。君正色呵之：汝可從衆，吾不可也。每每憤恨求死，至季秋而溘然逝矣。嗚呼！此非所謂草莽孤忠者耶！君丰神軒爽，質任自然。寡言笑，好讀書，愛山水花木，怡情詩酒。其著述閎深，書法精妙，爲士林所推。又賦性孤高，不治家人生産。仕籍多親串，不屑以片楮通殷勤。齋居匡坐，惟筆牀茶竈，南面擁書而已。以故名日起、家日落，人稱真孝廉云。性篤友于，介弟才類相如，忽有臨邛之遇，其傖父欲從而甘心，事已衡決，不憚傾身排難。馬文肅公嘗謂君鴒原之雅，不讓前賢，洵篤論也。大抵君之一生文章行誼，經術理學，皆可以頡頏古人，惜生也不辰，未得少展尺寸，是固君之不幸，而亦斯世斯民之不幸也。獨有可私幸者，卒於甲申之九月，葬於乙酉之三月，服制未更，毛髮無恙，全受全歸，猶得岸幘正襟而見祖宗於地下，豈非宇宙之完人乎？

後死者視此不能無愧矣。

余與君同生江表，其先又同姓，既同膺積分之選，復同舉於燕闈。君之知交，宜莫先余者。而瓚之寓余書曰：昔人謂不得昌黎藏記如不奠其親。令墓中片石不可得諸先輩，不欲得諸時流，惟稽顙函丈，泣請奮筆，如弗獲命，當效晝夜循墻之哭，以祈必得。倘賜金石，踵頂不忘。嗟乎！余則安敢當此哉！信如瓚言，則廓庵之墓，余雖欲不志，其可得乎！抑知夫廓庵之墓非余志之而誰也？敬系之銘曰：

嗟我友之生兮，蹇值世之多故。幸我友之死兮，免睹國之改步。蔚文學與經術兮，悵重華之難逆。留片石於千秋兮，斯爲真孝廉之墓。

前進士户部尚書郎鍾山年弟黄周星拜撰

【箋】

本文不見於黄周星諸集，採自上海圖書館藏《明安廓庵先生手寫日記》（明崇禎手稿本）卷首。據文中「越三十四年丁巳，其子瓚郵寄尺書，乞余志其墓」云云，則本文作於康熙十六年丁巳（一六七七）。安廣居（一五九三—一六四四），字無曠，號廓庵，無錫人，安希范長子，高攀龍之婿，崇禎六年（一六三三）舉人，十六年（一六四三）進士副榜，有《安大令文集》一卷、《率意吟》。

墓志銘

笑蒼道人姓黄氏，名周星，號九煙道人。本金陵人，生於萬曆之辛亥年。初生時爲楚湘周氏計取陰拊之，故以黄爲周。至崇禎丁丑，道人生二十七年，始得邁本生父母。時道人已舉燕闈癸酉孝廉，又三年庚辰成進士，明年丁周氏外艱，又三年甲申冬授計部主政，始具疏復姓，改周爲黄。明年夏，以國變棄家，遂流寓吴越間，以終其身。此道人一生之大概也。道人生來有煙霞之志，於世間一切法俱澹然無營，故髫齔時曾有神童之譽，而道人不知其爲神童也。二十而貢於天府，二十三而登賢書，三十而登制科，人皆以爲功名之士，而道人不知其爲功名也。既遭九六之厄，沉冥放廢，隱居不出三十餘年，人或以高尚目之，而道人益不知其爲高尚也。大抵道人生平正直忠厚，好濟人利物，而真率少文，剛腸疾惡。嘗自鐫一印，文曰：「性剛骨傲，腸熱心慈。」此其實録也。故其處世每與正人君子、鬼神仙佛相知，而與小人多不合，以此無事得謗。然道人性慵才拙，恬於聲利，故雖被謗而不傷。喜讀書、賦詩、遊山水、訪異人，其胸中空洞無物，惟有「山水文章」四字，故嘗有詩云：「高山流水詩千軸，明月清風酒一船。借問阿誰堪作伴，美人才子與神仙。」則道人之志趣可知矣。一生事事缺陷，五倫皆然，自少至老，未嘗一日安樂。蓋生世不辰，遂與貧賤相終始。然積功累行，孳孳爲善，非義所在，一介不苟，俯仰之間，毫無愧怍，庶乎文人之有行者。幼時體羸善病，艱於得子。既生四女，迨年將望六，始連舉二男，曰「楕」，曰「棚」，然齒尚稚弱，恨未見其成立。其詩文著述幾盈百卷，既無力授梓，并不暇繕寫。今世俗所傳者，惟有《唐詩快選評》《人天樂傳奇》及《百家姓新箋》《秋波時藝》《將就園記》《八百地仙歌》數種，與散見他選者數篇而已。嗚呼，是何足當滄海一粟哉！道人嘗改名黃人，字略似，號半非。今詩選中有黃人者，即道人也。道人生多患難，幼時遇酖毒不死，丙子公車出洞庭，遇大盜炬斧交加不死，丁丑遇寒疾不汗發狂不死，庚辰燕邸幾觸凶刃不死，丙戌避亂閩海復遇盜，繼以大病，藥粒俱絶不死。道人年三十五而逢世變，顛蹶流離，飢寒憂辱，備極生人之苦，而皆不死。至今年庚申春，道人行年七十而顔色猶嬰兒也。言念世事，四顧寂寥，忽感愴傷心，仰天歎曰：「嘻！吾今不可以死乎！」遂爲《解蜕吟》十二章，與親朋妻孥訣别，慷慨引醇酒盡數斗，一夕竟大醉不醒。於是人以道人爲真死矣。或曰：「道人故有仙緣，特假此蟬蜕去耳。」蓋至今未死云。因爲銘曰：

笑蒼乎，笑蒼乎！爾既不屑生前之富貴，獨不留死後之文章乎！既不能飛身於碧落，獨不當演[一]夢於黃粱乎！而今竟若此，是安得不心傷乎！然則爾之英風浩氣，寧不可蟠五嶽而配三光乎！

笑蒼道人自撰

【校】

〔一〕「演」，道光本《自撰壙銘》、光緒本《自撰壙銘》作「淹」。

【箋】

此文採自康熙本。作於康熙十九年庚申（一六八〇），黄周星七十歲自殺之前。他本或將「笑蒼乎笑蒼乎」以下銘文單獨成篇，道光本題作「自譔壙銘」，咸豐本題作「自譔墓志銘」，光緒本亦題「自譔壙銘」。晚清楊凌霄搜選本《前身集》、民國周慶雲撰《潯溪文徵》（《晨風廬叢刊》本）卷十五「寓賢」亦收，題作「笑蒼道人墓志銘」。

卷十三　雜文

詰天公文

黄子卧病一月，形神顛頇，志慮紛糅，野鳥晝啼，山鼠宵走，魂愁魄怨，無所歸咎。乃爲文以詰天公曰：

天公天公，吾嗟爾之懵懵。蓋聞渾沌初分，三才鼎立，或冕而圭，或墳而埴，惟公最强，踞乎太極。其上穹窿，其下青碧，雙丸熊熊，六子蟄蟄。僕觀公形磅礴，公貌魁梧，公年耄耋，公位崇膴。公亦可謂富於黔婁，樂於榮啓，飽於伯夷，壽於顔子者矣。僕爲公計，公閲人既多，歷年亦久，謂宜亶厥聰明，輔我元后，勸善如飴，耡惡如莠，投魑魅於遐荒，散光明於户牖。俾人齎畏壘之胸，户贈康衢之口，享厥鴻名，垂之不朽，不亦茂哉！乃吾熟窺公之所爲，竟大謬而不然。吾試詰公，公辱聽焉：

膾肝何德？齋心何咎？誰實爲之？一夭一壽。侏儒何盛？歲星何衰？誰實爲之？一飽一飢。貨殖何喜？商歌何怒？誰實爲之？一貧一富。直弦何辱？曲鈎何榮？誰實爲之？一死一生。譬彼勳華，弗克千載。胡誕癸辛？燔炙四海。譬彼姬孔，弗獲比肩。胡縱莽操？鬼蜮聯翩。皇哉禹甸，帝區王宅。貙貐何爲？姦宄鑾貊。井井田田，旌髻歌舞。山澤何爲？蜩螗蛇虎。以若所爲，實應且駭。僕雖善辯，固不能爲公解也。

至若杲杲出日，不耀寒谷。烈風雷雨，偏逢大麓。震雷虩虩，不擊秦臺。九水七旱，仁聖是災。有時雨粟，不雨首陽。有時反風，不反咸陽。有時冰合，汨羅湯湯。有時滅火，介子猖狂。刀俎節義，桎梏文章。虹不貫日，晝不飛霜。貞姬刎脰，烈士刳腸。風霾寂寞，彗孛潛藏。孱主泣血，忠臣扼吭。江潮避壘，海颶吞航。以若所爲，是謂大拂。僕雖至愚，要不能爲公屈也。

即如僕者，五嶽其頭，四瀆其腹，吐氣干霄，嘯聲滿谷。公之視僕，誠不知將以爲龍象之姿，抑以爲蟣蝨之族？然僕自揣，纍纍賤士，唧唧寒生，腐心千賦，泥首六經。鶉居鷇食，螻伏鰲行，鄉黨嗔其寡合，童婢笑其無成。且也孤類鶴蹤，寒同蟬品，酒國多兵，研田罕稔。褭蹄未謁夫奚囊，蟬鬢不儷乎瓦枕。蓽竇眯翟雉之觀，藜腸絶駝猩之瀋。側身以遊，曲肱而寢。不知何負於公，而公顧困我若斯之甚乎！僕今訊公，公幸教之，誓共激楚，宥其狂癡。僕實無狀，昧死陳詞。爾乃俯伏敗牀，屏息聽命。人語既終，地籟亦静。

久之，忽聞天公噓然笑曰：吾聽子言，維鞀維鼓。吾適沉醉，假寐縣圃。何物么麿，輒敢爾侮。吾已縶之，投畀豺虎。吾亶聾盲，聞過思補。今與子約，守之終古。熊熊䨻䨻，毳黼黼。子毋我誚，我毋子苦。有渝斯盟，俾出童羖。於是黄子蘧然而醒，霍然而興，振衣出户，旭日方升。

【箋】

此文採自康熙本，不見於他本。據文中「黄子卧病一月，形神憔悴，志慮紛糅，野鳥晝啼，山鼠宵走，魂愁魄怨，無所歸咎。乃爲文以詰天公曰……」云云，則爲黄周星久困於病，乃作此文。順治四年（一六四七）黄周星於福建古田僧院卧病許久，或作於本年。

戲爲逆旅主人責皐伯通文〔一〕

半非道人亂後無家，往往僑寄逆旅。逆旅主人不禮焉，至乞一椽不可得。夫群兒何足道？其中有號爲賢者，亦復爾爾。道人笑曰：「嘻！此真所謂賢主人矣。昔梁伯鸞適吴，皋伯通以廡下居之，世皆稱伯通賢。由今觀之，則伯通不太多事乎？」道人將行，乃阿賢主人之意，代爲文以責伯通曰：

咄咄伯通，爾何人斯？乃竟容梁鴻居廡下耶？吾聞爾爲皋氏，彼爲梁氏，雖生同斯世，而族類懸殊。且爾家吴門，彼家扶風，一南一北，風馬牛不相及也，豈嘗有枌榆香火之情耶？又爾爲吴門大家，彼爲江湖賤士。爲大家，則有大家之體。必峻宇重門，深居高拱，謁者如鬼，主人如帝〔二〕。階前盈尺之地，毋令它人闌入一步焉，而後無愧其爲大家。若賤士則有賤士之分，窮猿喪狗，飄泊天涯，四海無家〔三〕，一枝莫藉，固其所也。之二者，自有天地以來，蓋窮年而不相告語，纍譯而不相通問，老死而不相往來者也。爾之名著吴門久矣，鄉里稱述，聞聲相思，以爲爾必吾輩中人。吾不識彼梁鴻者，與爾何親？乃一旦以廡下居之，喪大家之體，而長賤士之威，莫此爲甚，爾何顛倒一至於此耶？是豈爾之喪心病狂耶？抑鴻之禄命偶亨，應亨奇福，遂若有鬼物憑於爾躬，而今爾爲此驚世駭俗，千古創見之怪事耶？

咄咄伯通，吾窺爾之意，視此廡下若不甚惜者，爾雖不自惜，吾則重爲爾惜之。爾〔四〕抑思人家之廡，何爲而設？祖父之所貽〔五〕，子孫之所守，上可以候王公，中可以饗優隸，而最下亦可以畜牛馬、飼鷄豚。即或閒曠無用，而付之寠人，授之貧士，則可以徵僦税而取廛緡，潤屋肥家，於是乎在一廡之關繫，良不細矣！爾何見不及此，而輒輕以假梁鴻耶？吾爲爾計之，鴻居爾廡一日，則爾亡一日之税也，鴻居爾廡一歲，則爾亡一歲之緡也〔六〕。

幸而鴻尚有霸陵可隱，齊魯可家耳，萬一久假不歸，則爾臯氏之廡，且將化爲梁氏之廡矣，是可不爲之寒心耶？雖然，爾於此[七]廡，本[八]不甚惜，夫一廡誠何足惜？[九]然其害有不止於一廡者。彼鴻與爾素昧生平，萬一包藏禍心，得隴望蜀，今日居爾廡，明日睨爾堂，後日窺爾閫，眈眈然鮒入鯢居，不至盡取爾之宫室而吞篡之，其勢不止，則爾將來雖欲求爲廡下之客而不可得矣。夫爾實開門揖盜，噬臍何及[一〇]？是又可不爲之寒心耶？

咄咄伯通，爾胡爲此？爾試觀世俗之人，每一舉事，不爲厚實，則爲名高。如以此舉爲厚實，則爾之所喪多矣。如以此舉爲名高，則爾不過欲市德於鴻，以博一賢豪長者之譽耳。夫爾將獨爲賢者，則吴門之人，豈皆不肖耶？爾將獨爲吴門之賢者，則天下之人，又豈皆不肖耶？且梁鴻何人？昔年嘗牧豕上林，因失火償主，以身力作執勤，及居爾廡下，則爲人賃舂。彼勢家或慕其高節，耆老或稱其非恒，自我觀之，一傭夫牧豎耳，是何足[一一]比數耶？又鴻居爾[一二]廡[一三]，與[一四]其妻偕來。其妻爲誰[一五]？則世俗所稱肥醜而黑，布衣椎髻之孟光也。聞其每[一六]爲鴻具食，必舉案齊眉，不敢仰視[一七]。夫以如彼蠢陋之形，而又作如此腐傴之態，鮮有不望而反走者。吾意爾當厭憎唾棄之不暇，而顧反敬禮之耶？又鴻生平好詠詩著書，彈琴自娱，諒居爾廡下，必不能低頭塞默也，爾獨不惡其嘯咤無聊之聲耶？又不特此也，聞鴻出關過京師，作五噫之歌，肅宗聞而非之，乃變易姓名，避地行遯。今日之運期燿，即前日之梁鴻也。迹其行藏，有類詭激，後來氣節標榜之禍，未必不由於此也〔一八〕。爾獨不畏夫窮治鈎黨，波及居停耶？

咄咄伯通〔一九〕，此數者，皆人所易曉，而爾顧憒憒若此。吾知之矣〔二〇〕，爾得無浮慕虛聲，而以鴻爲才人耶？夫人之處世，何所用才？鴻即才，何與爾事耶？又得毋以鴻爲高士耶？夫世之恨士，正恨其高，鴻即高，又〔二一〕何與爾事耶？不則爾素負熱腸，憐鴻之窮困無依而收之耶？夫鴻之窮困，鴻自取之，即宵啼露處，凍餒流離，彼時命固然，又何與爾事耶？

咄咄伯通，吾今請爲爾正告之。天之生鴻，所以譴鴻。人之棄鴻，所以處鴻。彼鴻即才如周公，德如仲尼，品如由彝，行如曾史，文章如班馬歐蘇，學識如賈董韓范，節義如張許文謝，然而無勢位足以驕人，無貨力足以動衆，交遊不足生蘭譜之色，流寓不足增邑乘之光。即望重公孤，名高天壤，曾不足以易吾之一瓦一石，一草一木也。彼窮來爾鄉保，不驅逐之、禁錮之，稱厚幸矣。吾不識爾何愛於彼，而公然以廡下尊寵之？何其重梁鴻而輕廡下耶？藉曰彼哀而請之，求而得之，然彼舌自敝，我〔二二〕耳自充；彼穎自禿，我目自蒙；彼容自戚，我氣自雄；彼踵自繭，我徑自封。則鴻雖有蘇張懸河之口，潘陸倒海之詞，陶潛乞食之顏，慶忌奔馬之足，亦將如爾何耶？且天下爲爾者一，而爲鴻者，累千百而未已。倘聞爾之風，延頸接踵，貿貿然，纍纍然，我負子戴〔三〕，相率而來歸爾，爾以一廡容一梁鴻足矣，又安得千百之廡以容千百梁鴻耶？

咄咄伯通，爾有廡，吾輩繄獨無廡？夫吾輩之廡，自有吾輩之客居之。當其來也，吾則爲之闢池館、飾供張、共飲食、同卧起。其愛之也似子，其畏之也似父。此非勢利之交，則私暱之黨也，其與旅人羈客，固不可同年而語矣。又何有於齷齪疏賤，不因人熱之梁鴻耶？

咄咄伯通，爾過矣！爾過矣！爾容一梁鴻，而天下之爲梁鴻者喜。爾爲一容梁鴻之伯通，而天下之不爲伯通者必怒。但恐梁鴻之後，不少梁鴻，而伯通之外，更無伯通。徒使後之爲梁鴻者，往往哆口向人，作不入耳之談。一則曰伯通，再則曰伯通，而吾輩之誓不爲伯通者，大抵胡越視之，豕〔四〕獸遇之，死灰槁木待之，任其乞館則不聞，獻詩則不答，疾病則不視，殯殯則不救。如是，亦可謂賤惡斥辱之至矣。然彼猶不識時務，齫齫齧齧，輒復援廡下故事爲口實。夫廡下之舉，前此未有，始作俑者爾也。罪魁戎首，非爾而誰？怨汝詈汝，爾則何辭？

咄咄伯通，爾何人斯！乃竟容梁鴻居廡下耶！

【校】

〔一〕道光本、咸豐本題作「戲爲逆旅主人責皋伯通書」。
〔二〕道光本、咸豐本無「謁者如鬼，主人如帝」八字。
〔三〕道光本、咸豐本無「無家」二字。
〔四〕道光本、咸豐本無「咄咄伯通，吾窺爾之意，視此廡下若不甚惜者，爾雖不自惜，吾則重爲爾惜之。爾」。
〔五〕「貽」，道光本、咸豐本作「遺」。
〔六〕道光本、咸豐本無「吾爲爾計之，鴻居爾廡一日，則爾亡一日之稅也，鴻居爾廡一歲，則爾亡一歲之緡也」。
〔七〕「此」，道光、咸豐本本作「一」。
〔八〕「本」，道光本、咸豐本作「縱」。
〔九〕道光本、咸豐本無「夫一廡誠何足惜」七字。
〔一〇〕道光本、咸豐本無「夫爾實開門揖盜，噬臍何及」十一字。
〔一一〕道光本、咸豐本「足」下有「與」字。
〔一二〕道光本無「爾」字。
〔一三〕咸豐本「廡」下有「下」字。

〔一四〕咸豐本無「與」字。
〔一五〕道光本、咸豐本無「其妻爲誰」四字。
〔一六〕咸豐本無「每」字。
〔一七〕道光本、咸豐本無「不敢仰視」四字。
〔一八〕咸豐本無「也」字。
〔一九〕道光本、咸豐本無「咄咄伯通」四字。
〔二〇〕道光本、咸豐本無「吾知之矣」四字。
〔二一〕咸豐本無「又」字。
〔二二〕「我」，道光本作「吾」。
〔二三〕道光本、咸豐本無「貿貿然，纍纍然，我負子戴」十字。
〔二四〕「豖」，道光本、咸豐本作「禽」。

【箋】

此文採自康熙本，道光本、咸豐本亦收。據文中「半非道人亂後無家，往往僑寄逆旅」云云，考順治十一年甲午（一六五四）黄周星作《自改名號》詩，變姓名曰黄人，字略似，號半非道人。則本文或作於順治十一年之後。晚清楊淩霄搜選本《前身集》亦收，後有龔肇權點評：「憤懣之極，有此無聊賴之作。嗟乎！天地雖寥廓，亦甚逼仄，不知何處著落得先生也。」

告殨男石兔文

嗟乎傷哉！歲在癸卯，黄子年五十三矣，時萍寄石門，憒鬱亡憀，走武林捃拾餬口。先是内子於夏五有娠，已四閲月矣。至是忽苦腹痛，以吾在外故，誤聽庸醫姚大黄者，飲以枳朴秏剋之藥，遂致殞墜，蓋宛然一男也。嗚呼已矣！吾曩生三女，皆以地與歲支名之，長者以壬午生於楚湘，因名之曰「湘騉」，次者以丁酉生燕陰，三者以壬寅生錫山。故一名「燕鷊」，一名「錫虒」。今此兒雖溘然殟殈，猶之乎吾子也。既爲吾子，不可不哭，既哭吾子，不可無名。嗟乎！此兒之生，此兒之死，地則石門，歲則玄兔，遂追名之曰「石兔」。以隻鷄巵酒，哭於其藁瘞之所，而爲文以告之曰：

嗟汝石兔！汝何所聞而來，何所見而去耶？吾年逾半百，胤嗣尚艱。黄氏一脈，不絶如髮。吾望子久矣，豈惟吾望子久，自吾父吾祖而上，以及吾高曾始祖，皆望子久矣。而汝既惠然而來，奈何復拯然而去耶？是果吾家之門祚衰薄，不宜昌厥後耶？抑吾之骨相單寒，於法不當有子耶？又豈吾德涼行謭，應招天譴，遂因我而并波及於汝耶？我聞世間嬰兒之生，善則斗嶽降之，孔釋送之，不善則阿修羅攫之，鬼子母啖之。汝之來也，果誰降而誰送？汝之去也，又誰攫而誰啖耶？是豈汝之乘興而來，興盡而返耶？抑汝之生死有數，汝亦不能自主耶？雖然，汝之生吾不得而知，汝之死吾則知之。皆由汝母起居不謹，以致汝不安於腹，而又誤飲庸奴姚大黄之藥，以致汝中道殞喪。是殺汝者姚大黄也，汝亦知之否耶？

嗟乎，嗟乎！曏使吾遭時激昂，吾必不長貧賤。即貧賤而有一椽數畝，必不流離至石門。使石門之人稍有能假館而授餐者，必不捨此而去武林。吾苟不去武林，則汝雖不安於汝母之腹，吾必當召良醫治之，雖有大黄百輩，安能殺汝耶？惟吾不幸而長貧賤，貧賤不幸而至石門，石門之人，又復簡忽厭棄之，乃不得已而去武林，以致汝戕於庸奴之手而莫能救。是汝雖由大黄而死，實由我而死也。幽冥之中，吾其何以謝汝耶！更可傷者，當汝死時，吾不及見。聞汝出腹之際，厥狀彭亨，墮地之頃，啾啾有聲。嗟乎！吾縱不得汝爲子，乃欲一睹汝彭亨之狀，一聞汝啾啾之聲而不得耶！古者葬殤子，長中下各有制。未三月則不殤，汝在胎而殯，視殤子則猶彭祖也。上之不能用殷人之棺槨，夏后之堲周，而下之并不能用有虞之瓦棺，僅以蒲越純束，羸瘗於荒榛斷壠之間。吾雖欲厚汝，其將何以厚汝耶？嗟汝石兔，吾負汝，吾負汝，汝今已矣，悔將何及？

然我實非無情於汝者，汝尚明聽吾言。吾望汝甚切，汝雖暫去，仍當即來。汝有姊三人，吾皆珍之惜之，視同珠玉。以故汝姊之暱我，過於其母。吾之愛女者如此，汝若肯來，其珍惜更當何如耶？且吾非他人，乃秣陵前進士黃九煙，多讀書而能爲詩古文者也。寧渠不堪爲汝父耶？吾聞造物忌盈，人生缺陷，多其慧者薄其福，豐其才者嗇其遇。吾束髮讀書，三十登第，至今猶窮愁孤苦，一事無成。造物之薄我嗇我，亦已至矣。豈猶未足以示罰，而復恐遷怒於汝耶？抑吾自揣生平，廉潔正直，俯仰無慚，熱腸利濟，勤修功行，文人無後之語，定知不爲我設也。吾聞彼蒼重絶人嗣，使天道有知，汝固當來，如其無知，又孰能禁汝之不來耶？即吾之生平，或不足道，然自吾先世以來，皆儉樸謹愿，積善行仁，若以恒理論之，後世宜有興者。汝縱不爲吾來，獨不爲吾祖吾父來耶？藉曰子之賢愚不可知，汝而麟鳳，則以麟鳳來，來則可以繼徐卿之歌；汝而豚犬，則以豚犬來，來亦可以免若敖之泣。是賢愚皆我所不計也，汝又何憚而不來耶？

嗟汝石兔，汝生則人，汝死則鬼，爲人則稚，爲鬼則靈。汝來投我，而我不克保汝，我則負汝。我今招汝，而汝忍不顧我，汝不轉負我耶？我行且去石門矣，棄汝於荒榛斷壠之間，汝魂魄將何依？吾爲汝計，亦何可不隨我而去耶？今汝母方虛腹以待，汝來則仍居故處，擇善地而生焉。鞠汝育汝，教汝勗汝，恩勤百倍於他人也。汝如不欲生則已，汝而欲生也，捨我將安適耶？我聞竺乾氏之言，鬼爲中陰身，舉目幽暗，惟視交媾處則最明。若在胎忽殞，則覓路甚難，此汝已經之苦也。汝雙眸烱烱，魂魄去此不遠，欲來則竟來耳，又安可逡巡而自誤耶？嗟汝石兔，吾今告汝，言盡於斯，吾聲哽咽，吾涕漣洏，丹鷄在案，清酒在巵，汝靈不昧，幸明聽之。

黄坤五先生曰：身與家之困，則九煙所近歷，題與文之創，則千古所未有，章法迴旋，倉兄百結矣。吾爲僑客平氣，則簡忽厭棄，所以遵此時之天。且石門雖無深相知者，然泛泛往還，尚不至題午貽嗤。若盡爲假館授餐，反違天矣。吾爲石兔招魂，則既知投胎，必知再來，决不作炎凉，悔入舊進士之家。又决不樂庸俗，反託彼不多讀書不能爲詩古文者。願九煙以自信者信石兔之魂，亦即以信天，或盡爲假館授餐，未可知也。

【箋】此文及跋語採自康熙本，不見於他本。黄坤五即黄文焕，事迹見卷四《聞南雲僧客死西湖哀之》箋。據文中「歲在癸卯，黄子年五十三矣，時萍寄石門，憤鬱亡憀，走武林捃拾餬口。先是内子於夏五有娠，已四閲月矣」云云，則是年爲康熙二年癸卯（一六六三）。其妻五月有孕，九月，誤用庸醫之藥，致使男嬰流産。黄周星老而無男，至此悲痛異常，名男嬰爲「石兔」，并作此文。石門，在今浙江省桐鄉市。武林，浙江省杭州市之别稱。

募助崔金友啓

金友，鹽官之士族作武水之傭流。既無食力之田，亦罕授經之塾。貧惟負販，貿茗果以資生。窮且工詩，託毫縑而寄興。混迹於屠沽樵牧之内，紅塵誰識高蹤？怡情於山水月花之間，白雲時霏佳句。短衣對揖，似逢寧戚梁鴻。庋笠孤吟，如見方干、賈島。荷擔而悠然自得，目中豈有公卿？叩門而莞爾相吟，胸次全無寵辱。當此日市廛栖隱，即同在野之遺賢。他若年輿乘流傳，寧非獨行之君子？兄宜藉高風以型末俗，豈可當吾也而失斯人。敢遍告於同心，冀共推夫彝好。雖禮賢慕義之事，此時諒已絶無。而憐才任俠之風，吾黨或猶不乏。但願申解驂之古誼，賦比緇衣。繼指囷之隆情，交同縞帶。倘能頃還其硯席，足當釋褐之榮。縱使巧隱於錐囊，亦見贈綈之雅。庶俾賣漿毛薛，得物色於魏郊。擊筑荆高，免沉埋於燕市。則渺渺梟飛燕集，雖無當汝南千頃之波。而紛紛犬吠驢鳴，猶幸見寒山一片之名。如蒙嘉惠，乞署鴻名。

【箋】

採自晚清楊凌霄搜選本《笑蒼排闥》，他處未見。康熙四年（一六六五）黄周星客於嘉善魏塘，見小商販崔金友能詩，作《贈崔金友十首》，此書信亦當作於同時。

怨天説

或問於臣曰：「天可怨乎？」臣曰：「不可。」蓋至尊者莫如天，至仁愛者莫如天，故廣大則曰「昊」，閔下則曰「旻」，崇高威嚴則曰「帝」。其日月之照臨，雨露之霑濡，風雷之震蕩，任舉其一，皆足以爲功於民物。凡居天下者，方且愛之戴之敬之畏之之不暇，而敢怨乎哉？曰：「然則天不可怨乎？」臣曰：「何爲不可？」夫人之所以愛天戴天而敬畏天者，爲其有功於民物也。有功於民物者，爲其彰善而癉惡，扶正而抑邪也。故理曰「天理」，道曰「天道」，聰明曰「天聰明」，賞罰曰「天賞罰」，必事事皆合於人心，俾天下之人，咸服其居心之至公，持衡之至平，用法之至當，而後可以受人之愛戴，當人之敬畏而無憾。有如不然，是悖理也，是失道也，是不聰不明而賞罰倒置也，雖欲不怨，又安得而不怨哉？請試觀上下數千年間，善者果盡彰乎？惡者果盡癉乎？正者果盡扶，而邪者果盡抑乎？考古證今，殊大謬不然也。此臣之所未解也。或曰：「是固未可爲天咎也，彼天豈真憒憒者，但徘徊而姑有待耳。蓋善者必彰，而一時未必遽彰，惡者必癉，而一時未必遽癉。正者必扶，邪者必抑，而一時未必遽爲扶抑。故或遲之一世者有之，遲之再世三世者有之。所謂量雖大而不迂，性雖緩而不忘，網雖疏而不漏也。但徘徊而姑有待耳。」若是，則臣之惑滋甚。嘗聞治國之道，在乎信賞必罰，故賞無留而罰不宿，欲民速得爲善之利，與爲不善之害也。若遲之，遲而又久，則善將何勸而惡將何懲？此其在地則如山藪之藏垢納污，在人則如郭公之善善惡惡乃可耳。豈以至尊之天，而亦出於此乎？又況所謂必彰者終未必彰，必癉者終未必癉，而必扶必抑者，亦終未必扶且抑乎？此又臣之所未解也。或曰：「厄當陽九，林魚有延及之殃。劫遇三千，玉石有俱焚之歎。此氣數使然，固天之所無如何也。」若然，則賢愚同盡，亦所甘心耳。乃程卓富而夷齊貧，驪賈貴而孔孟賤，跖蹻壽而回鯉夭，光修絶而杞檜昌。一似所彰者偏在惡，所癉者偏在善也，所抑者耑在正，所扶者耑在邪也。此又臣之所未解也。或又曰：「上古之世善人多，中古之世善惡半，輓季之世惡人多。故唐虞之天，不同於羲皇之天，三代之天，不同於唐虞之天，漢唐宋之天，不同於三代之天。積漸至後世而益不可問矣。此運會使然，亦天之所無如何也。」若然，則上下數千年間，不爲不久矣。大者如興亡成敗之分，小者如生死窮通之變，世則愈趨而愈下，天則愈出而愈奇。過此以往，且不知何所紀極也。而泯棼憒眊，日甚一日，長此安窮？嗟乎！嗟乎！使蒼蒼漠漠之表，絶無有主張是者，則冥然塊然，如土如木，如癡如聾，亦何足道？設使有主張是者，則顛倒舛錯，至矣極矣。而徒然强爲之解，一則曰姑有待，再則曰姑有待，一則曰無如何，再則曰無如何。夫人之神智不若天，威力不若天，故凡有所姑待而無如何者，則仰而望之天耳。若天亦姑待而無如何，復何貴乎有天耶？豈天之上，更有尊於天者，而天復俯聽其主張耶？此又臣之所未解也。故同一天也，爲循理之天，則當愛之。爲盡道之天，則當戴之。爲至聰至明，賞罰不爽之天，則當敬之畏之。萬一板板夢夢而爲疾威多辟之天，大拂乎理道，大蔽乎聰明，大謬乎賞罰，則不得不怨之。是非怨天也，正德天也，正愛天戴天而敬畏天也。何也？天心之仁愛甚矣，彼循理盡道，亶聰明而合賞罰者爲天，則板板夢夢而疾威多辟者必非天。是天則德之，非天則怨之，人自怨夫板板者夢夢者，與疾威而多辟者耳，曷嘗怨天哉！夫天之尊猶君也，其親則猶父母也。天下之人，無有不尊君而親父母者。故君雖不仁，臣不敢不忠。親雖不慈，子不敢不孝。此古今之通義也。然儒者特道其常耳，設或不幸以湯武之臣，而遇獨夫之君，將不爲放伐之舉乎？以舜參之子，而遇焚廩揜井大杖之親，將不爲號泣之走乎？彼放伐之舉，與號泣之走，皆積怨所致，不履其常而履其變者也。故君有廷諍之臣，父有泣諫之子。臣之諍君，不可謂不敬君。子之諫親，不可謂不愛親。則人之怨天，不可謂之不敬天而愛天。嘗聞禹湯有引罪之詞，《春秋》有責備之義，其理一也。生我抓我，撫我虐我，誰實爲之？不此之怨而誰怨哉？且人之怨天，不自今始也，其在《書》則有暑雨祁寒之咨，在《詩》則有《小弁》《瞻印》之刺。是皆斯人疾首籲呼，幽憂發憤之所爲作也。彼其心豈樂於怨哉？蓋愁苦亡聊，哀痛迫切，欲生不能，求死不得，計無復之，萬不獲已而出於此也。若今日之愁苦哀痛，視昔日更何如耶？故昔日之天，猶今日之天，而今日之人，非昔日之人。曾是昔人所不能免於怨者，而謂今人能免於怨耶？或曰：「吾輩誦法聖賢，孔子曰不怨天，孟子亦曰不怨天，計孔孟當日，未嘗邀天之寵澤也，而猶然不怨，下此者又何敢怨？」然孔子曰「不怨天」，而即繼之曰「知我其天」。孟子曰「不怨天」，而又曰「仰不愧於天」。夫知與不知，有愧之與不愧，其相去亦遠矣。故惟聖賢而後可以不怨，亦惟聖賢而後可以怨。所謂心正則言公，理直則氣壯也。且安知不怨之非怨，而怨之非不怨也哉？夫臣之在宇宙間，猶焦螟蟣蠓也。古今無有怨天者，怨天者惟臣一人。則古今無有作怨天之説者，怨天者惟臣一説。使彼蒼而無知則已，如其有知，而或嗔其逆耳，怒其攖鱗，即赫然降罰於臣，臣固不畏。何也？凡臣所言者，非一人之私心，乃天下之大公。非一時之偶激，乃萬世之大慮也。然則自有此天以來，亦安可少此一怨哉？臣所爲明目張膽而昌言怨天者如此，若屈平有《天問》之篇，商隱有《天醉》之詠，晁道元有《與天公》之箋。或荒誕而近誣，或猥瑣而近戲，彼之所謂怨，非臣之所謂怨也。至於稗史所識，天翁本姓劉氏，有漁陽張堅者，乘醉竊其龍車，登天而攘其位。蓋本以詐力得之，故至今善惡邪正，一切乖盭爾爾，此則無稽之談，臣所未敢信也。

是篇作於庚戌之冬，蓋窮愁拂鬱，冤憤亡聊而爲此也。其詞雜亂冗複，頗無倫次。

漫置塵案間，幾幾不欲料理矣。越三載，癸丑之夏，窮愁如故，且加甚焉，乃始伸楮奮筆，毅然成之。即上告碧翁，亦無不可。

【箋】

此文採自康熙本，不見於他本。按文中所云，本文初稿作於「庚戌之冬」，即康熙九年庚戌（一六七〇）黄周星六十歲時。「越三載，癸丑之夏」終稿完成，即康熙十二年癸丑（一六七三）。

天地與日月食論食或作蝕，非，乃音獨，粥也。〔一〕

吾人日在天地之中，戴圓履方，習而不察。試問天與地作何安頓，鮮有能了了者。此真可謂仰不知天，俯不知地矣。天地之理，人以爲大而難明，愚謂非苦其大也，但苦無證據耳。星辰度分，日月往來，是其可據。且以天地之形言之，按王蕃《渾天説》云：天形似鳥卵，地居其中，猶卵之黄，故天包地外，半覆地上，半在地下，地之上下四方皆天也。朱子亦云：天在外，嘗周環運轉，地只在中央不動。岐伯曰：地亙於中，大氣舉之。邵康節曰：天依形，地附氣，其氣極緊，故能扛得地住〔二〕，氣外有軀殼甚厚，所以固得此氣也。惟天運轉不息，若天不運旋，亦無地矣。故撈宗滑切。〔三〕結許多渣滓在中間而成地，使有一息之停，則地須陷下，地陷下，陷於何處？是言無有停時。〔四〕此説似矣。乃又云：天外無水，地下是水載，故地浮在水上，與天相接，此何説也？夫既云天包地外，地之四方上下〔五〕皆天矣，則地猶卵黄，即天猶卵殼，卵黄之外，必四面皆空曠無物，而後得成其爲卵殼之天。今乃云地浮水上，是地猶方板，然方板之外，四邊皆水，與天相接，則天只有一半在地上，一半在水中。夫地上之天可見，水中之天亦可見乎？且水之爲物，非能懸於虚空也，有水必有底，底必有泥沙。若云水中有天，則泥沙之下亦有天乎？所謂天常周環運轉而不息者，惟轉於地上耳，亦將轉於水中乎？縱能轉於水中，亦能轉於泥沙之底乎？夫泥沙之底爲何物？即地也。若云地浮水上，地是水載，則水所載者一地，而載水者又是一地，豈非兩重地乎？彼水上之地，既是水載，不知水下之地，又屬何物所載？若云仍是水載，則水而又地，地而又水，吾恐地之爲地，將千百重而未有已也，其何所底止乎？且所謂方板外之水爲何水？必四大海水也。古今浮海者多矣，若使四大海之水與天相接，則浮海之人行而不止，不且飄飄直上天乎？吾有以知其不然也。然則畢竟何如？曰，先聖有云：「不以人廢言。」又曰：「狂夫之言，聖人擇焉。」世間有所謂西士之學者，誠荒誕不足道，然其論天地之形，與日月食之理，則至當而不可易。其論天地也，曰天包地外，地居天中，亦猶夫王蕃、朱子之言耳。而其論地中之水，與地上之人物，則獨異。彼言地形如一大圓毬，凡一切流峙動植之物，皆粘吸〔六〕於圓毬上。故海水繞毬而流，人物環毬而生。於是有正者，有倒者，有横斜者。鯫儒驟聆其説，驚眩不信，以爲人物但正生耳，安有横斜與倒生者？姑以淺近者明之。曆家云：北極出地三十六度，南極入地三十六度，此言其大概耳。然燕京之與粤東，相去不滿五千里，其南北極出入之度數已差。若以燕京爲正，則粤東之人當立於斜處。然而粤東初未嘗斜者，漸遠而不覺也。由此推之，人在五千里之遠，則正者可斜，若進而五萬里，斜者不可横乎？若更進而五萬里，横〔七〕者不可倒乎？非倒也，乃正也。蓋我以正爲正，彼亦〔八〕以倒爲正，易地則皆然耳。抑〔九〕非彼處之人欲倒也，彼處之天已先倒矣。天既倒覆於上，人安得不倒立於下？如不信地下有倒立之人，何以有倒覆之天？如并不信地下有倒覆之天，又何以稱四方上下皆天乎？至於水之周流，總不離地毬一步。設以一舟而遍行四大海，近則平行，遠則斜行，又遠則横行，又遠則倒行，其理與人一也。人可倒立，何疑於水？水可倒浮，又何疑於舟乎？所以然者，皆因地毬質重，性能粘吸〔一〇〕一切物。正如朱子所云，地居中央，惟天轉運〔一一〕不息，故能摎結渣滓而成地。夫地既可以摎結而居中，況水與人物皆附地而成形者，獨不可以摎結而居中乎？此乃確然不易之理。所苦者，人之視履有限，不能親到倒立倒行之處而印證之。縱使能到倒立倒行之處，而既到其地，依然平直。猶燕京之抵粤東，全不覺粤東之爲斜，又安知彼處之爲倒乎？然人雖知其爲倒，而仰觀於天，其南〔一二〕北極出入之度數，則灼然不可欺也。吾上見北極而不見南極，則彼倒立之處，自當見南極而不見北極。可曰北極是天而南極非天耶？又可曰南極之天，猶夫北極之天耶？今吾輩舉目不見南極，遂敢謂天上無南極，南極之下無山水人物耶？至於日月食之説，尤屬顯明。按朱子云：日食者，日上月下，在黄道赤道交處相會，日爲月遮，故食。月食者，以月本無光，日耀之乃有光。而火日外影，《周髀經》云：日猶火，月猶水，故曰火日。其中實暗，曆家謂之暗虚。至〔三〕望時，恰對其中暗處，月爲暗虚所射，故食。此言日食似矣，而月食則不勝牽强。夫既云月無光，日耀〔四〕乃有光，則日爲至明之體，安得中暗？即云中暗，而日之對月，方將耀無光者而爲有光，又安得射有光者而爲無光乎？此殊不可解也。惟西士之論，則分日月與地毬爲三，而〔五〕兩言以蔽之曰：日食者，日月俱在天上，但日居上而月居下，日爲月掩，故食。月食者，月在天上，日乃〔六〕在地下，地毬居中隔之，日光全爲地毬所掩，不能耀月，故食。是其言日食與吾儒同，而言月食與吾儒異。要其理，則至明至簡，而不可易矣。又〔七〕曆書云：日何食朔？謂日月會於辰，遇天首地尾二星，則以月之陰氣盛，而得掩日之明，乃日食矣。月何食望？謂日月相望，得日之氣而明，遇天首地尾二星，則日之氣爲二星所奪，而月乃食矣。每歲日月十二次交會，所會之月謂辰。天首羅睺也，地尾計都也。總之，儒者胸中，但信其所見，而不信其所未見。雖統言地之四方上下皆天，其實拘於地浮水上之説，以爲地下皆水。故但知地上有仰戴之天，臆度四方有遍滿之天，而終不敢確信地下有倒覆之天。惟其不信地下之有天，則不信地下之有日，因不信居中之地毬，可以隔地下之日光，而致天上之月食。所謂見一半不見一半，其受蔽則一而已矣。聞西士有遍歷大地一周者，見南極衆星朗朗，與吾土所見迥異。故其天文有兩圖，分南北極而爲二。因知北極爲地上之天，南極爲地下之天，正與吾土人足掌相對。蓋彼曾親到南極之下，故言之鑿鑿如此。夫西士〔一八〕之言天地，必待親到南極而知之。若吾之言天地，則不必親到南極而始知之也，亦信之〔一九〕以其理而已矣。嗟夫！宇宙大矣，凡吾人耳目心思之外，其爲理之所無，而事之所有者，何可勝道？況此爲事之所應有，而又爲理之所必然者乎？〔二〇〕

【校】

〔一〕咸豐本無此小注。
〔二〕「住」，光緒本作「生」。
〔三〕咸豐本無此小注。
〔四〕咸豐本無此小注。
〔五〕「四方上下」，咸豐本作「上下四方」。
〔六〕「吸」，咸豐本作「喫」。
〔七〕「横」字前，咸豐本多「則」字。
〔八〕咸豐本無「亦」字。

〔九〕「抑」字後，咸豐本多「亦」字。
〔一〇〕「吸」，咸豐本作「喫」。
〔一一〕「轉運」，咸豐本作「運轉」。
〔一二〕「南」字後，咸豐本多「極」字。
〔一三〕「至」，咸豐本作「其」。
〔一四〕「耀」字後，咸豐本有「之」字。
〔一五〕「爲三而」，咸豐本作「而爲兩」。
〔一六〕咸豐本無「乃」字。
〔一七〕咸豐本無「又」字。
〔一八〕「士」，咸豐本作「土」。
〔一九〕「信」字後，咸豐本無「之」字。
〔二〇〕咸豐本下有小注：「雷兆瑞錫五箋注。」晚清楊凌霄搜選本《前身集》此句下有：「竊願與門下大破齇螗邊隅之見而縱談之。」

【箋】

此文採自道光本，咸豐本、光緒本亦收。楊凌霄搜選本《前身集》亦收，題作「與黄坤五太史論天地書」，下有汪憺漪評曰：「琅琅戛戛，幾滿二千言，可稱崧川摇嶽之文而辨析奇快，洞貫三才，此開闢來第一篇文字，何意於尺牘見之。」黄坤五即黄文焕，事迹見卷四《聞南雲僧客死西湖哀之》箋。道光本此文有多處夾注，爲諸本所無，當淵源有自，故此次整理即以道光本爲據，置於雜文卷中。創作年份難以確考。在這篇文章中，黄周星先陳述了中國古人關於天地、日月食的看法，然後又闡述了西方的觀點。他認爲自己雖然不能够周遊世界來驗證西人的地理天文之學，但卻認爲西人觀點確有道理，并對東方腐儒固守眼前所見表達了批評。可見他眼界頗爲寬廣，對天文地理之學也有一定的興趣。《續修四庫全書總目提要（稿本）》：「《九煙先生遺集》六卷（清道光己酉揚州刻本），明黄周星撰……周星文激昂慷慨，肖其爲人，而如《天地與日月食論》，則於西洋人士地居天中，爲一球形，能粘吸萬物，及月在天上，日在地下，地球居中隔之，日光爲地球所掩，故有月食諸説，深致折服。知周星頗能留心物理，實事求是，不徒以文采著稱。」

將就主人自贊九煙小影

爾何人，書獃子。爾何園，一幅紙。世園幻，仙園真。今何在，上崐崘。

（九煙小影　採自康熙二十七年《夏爲堂别集》）

【箋】此文採自康熙本，不見於他本。康熙本在《將就園記》之前有《九煙小影》一幅，其上有「將就主人自贊」二十四字。《將就園記》成稿於康熙十三年甲寅（一六七四）春，則此小影和自贊文當作於同時。

吕祖出山像贊

曩見吕祖，貌類藥王。美髯飄緑，冠佩軒昂。今見吕祖，大似鍾離。科頭跣足，野服襬襬。同一吕祖，云何有二。是名神仙，圓通游戲。彼亦不是，此亦不非。有緣者子，旦暮遇之。

【箋】此文採自康熙本，不見於他本。創作時間未知。

題鍾馗一品補衮圖贊

有士也虎眦而熊腰，武夫哉胡爲乎釋長劍而操洞簫。有女也嚲鬟而婉衿，静姝哉胡爲乎庋瑶瑟而度金鍼。我知之矣，毋乃壯懷暫寄於音律，而淑質弗輟乎縫紝。或曰吹簫者象其品，補衮者昭其心。調羹之鼎在座，傲雪之葩出林，意非宰輔不足以當之乎？然則睇斯圖者，其亦可以正襟危坐，而穆然於吉甫清風之吟。

【箋】此文採自康熙本，不見於他本。創作時間未知。

關帝像贊

噫嘻！此漢之壯繆關公，而今之義勇武安王也。公去今已千五百年矣，而英風猶如一旦。以言乎大節精忠，夫人而歎之矣，而吾不必歎；以言乎文武聖神，夫人而贊之矣，而吾不能贊；以言乎禱祠乩卜，人或習而玩之矣，而吾不敢玩；以言乎雷車飈馬，人皆畏而憚之矣，而吾亦不復憚。蓋其浩氣嶽峙而川流，其精爽日暉而星燦。凡肸蠁有赫，已遍於下土之紘埏；而巍蕩無名，寧假夫文人之詞翰。走也幺麽，復何足算。然公之神宇，儼若不離其影衾；而吾之夢魂，一似長繞乎几案。抑豈獨一時爲然哉！吾知後之視今，亦猶今之視漢。

【箋】

此文採自康熙本，不見於他本。創作時間未知。

凌仲宣九十像贊

吴越之間，苕桐之際，湖山毓靈，鍾此人瑞。蓋生於全盛之時，長於文明之世。今行年九十矣，而强固聰明，酣吟遊戲，矯然如雲鶴之姿，翛然有松石之意。或曰斯人也，可以運鬻子之帷籌，可傳伏生之經笥。而吾曰不然，使臨大學而酳老更，固可以追玉峰之壽誼。

【箋】

採自晚清楊凌霄搜選本《前身集》，未見於他本。凌仲宣，其人未詳，創作時間未知。

驅病魔檄

病魔病魔，適從何來？遽集於此，使我尩隤。我觀天地間，萬物各有族，號爾曰病魔，爾族將安屬？又觀天地間，萬物各有祖，號爾曰病魔，誰爲爾父母？我欲視爾，不見爾形，我欲聽爾，不聞爾聲。爾可謂陰陽倏忽，俶詭幻冥。我想爾形蟣虱，爾質蠛蠓，爾貌鬼蜮，爾迹蝦蟲。爾豈猛如虎，狠如羊，中於人身，輒復倀狂。爾豈毒如蜂，虐如蠆，時來侵人，輒爲患害。爾豈其爲檮杌饕餮之苗裔，抑亦魑魅夔魈之弟昆。胡鬼出而雹入，或魚駭而鹿奔？我正告爾，爾其疾趨，無探龍頷，無編虎鬚，反我侵地，即爾故廬。三日秣馬，兩日脂車，疾行去我，無得踟躕。爾如不悛，我則殲汝，白刃如霜，鳴鏑如雨。直兵曲兵，赤羽白羽，與爾從事，爾逃何所？又如不然，我將撞洪鐘，伐賁鼓，決海波，罄山竹，奏之上帝，使飛廉梏爾首，屏翳蚶爾足，豐隆震爾軀，列缺爗爾目，蓐收析爾魂，祝融燔爾肉。投爾於四裔之陲，九幽之獄。爾如悔禍，聞命竄伏，匿影深林，銷聲暗谷，庶貰爾刑，不汝夷僇。不然上帝好生，爾罪不宥，是誅是殛，呼天曷救。

【箋】此文採自康熙本，不見於他本。創作時間未知。

卷十四　時藝

匏瓜五藝并序

原序

匏，苦物也，宣尼之以「豈匏」鳴，苦語也。後二千年而有作者側身天地，上體宣尼道窮之歎加甚矣，豈惟蜇吻如匏，直己通身化檗。然猶時於黃檗樹下，彈響箜篌，豈《匏五義》所由作也？夫作者固當高題千佛之經，兩到寒娥之窟，區區八股，業久當與墻角短檠同棄。一旦代異時移，捨其省蘭埤竹，俯而就薪木於他人，獨抱遺經，教授自給，所藉手蛾術生徒，惟有重理棄業，聖人賢者，者也之乎。遂如以還魂人償未了債，此中滋味，謂甘如肥瓠乎？謂苦如懸匏乎？顧數年來所爲經書制藝，重於《瓠史五義》者，居百之一耳，作者心手又何樂也？余與友人張子、二林子，姑欲以其樂樂天下之攢眉八股者，謀爲盡授雕行世，而力詘劂資，則請以《五義》先焉，從具區馮公單行《聽雨七義》例。嗟乎！余不知當世審味之舌，其將因所樂知所苦，如嘗一子者知通匏，而慘然不忍盡咀耶？其但得少思全，作者身自匏，讀者曰自蔗，不盡噉不已耶？順治丙申夏五江東同學弟璆柯羅世繡纂。

【箋】

此序採自道光本卷六，不見於他本。《論語・陽貨》：「佛肸召，子欲往。子路曰：『昔者由也聞諸夫子曰：「親於其身爲不善者，君子不入也。」佛肸以中牟畔，子之往也，如之何？』子曰：『然，有是言也。不曰堅乎，磨而不磷；不曰白乎，涅而不緇。吾豈匏瓜也哉？焉能繫而不食？』」黄周星此文乃化用其意。羅世繡，見卷二《江上弄丸詩（并序）》箋。據文末所屬「順治丙申夏五」云，羅序當作於順治十三年（一六五六）。

吾豈匏瓜也哉其一

聖人不滯於物，而即無用者以明志焉。夫吾之不能爲匏，猶匏之不能爲吾也。豈以無可無不可之聖而乃若是耶？嘗觀《易》著茅茹之象，《詩》陳荇菜之風，古之託物以類人者，往往然矣。顧人有可託之物，有必不可託之物。物有相類之人，有絶不相類之人，未可以一概論也。如子之律吾也以君子，而吾之自解也以堅白。吾之爲吾，幾茫然其不可問矣。無已，請借一物以明之。子亦知匏瓜乎？ 匏爲瓜之屬，故稱匏，必以瓜爲名。然貴賤不同，瓜可薦而匏不可薦也。匏肖瓠之形，故言匏，每與瓠相亂。然甘苦迥別，瓠可烹而匏不可烹也。吾今且爲匏熟計之。托身於林莽之表，則匏有似乎君子。混迹於蕭艾之叢，則匏又似乎非君子。以爲非君子，吾固不願爲之；以爲是君子，吾亦不願爲之也。何也？ 彼之所謂君子，非吾所謂君子也。經風霜而與碩果并存，則世之堅白者無如匏。辱泥塗而與五石同剖，則世之不堅白者亦無如匏。以爲不堅白，吾固不欲效之。以爲果堅白，吾尤不欲效之也。何也？ 彼之所謂堅白，非吾之所謂堅白也。或曰，世之爲匏者亦善矣。蕭然高寄，其據地豈不甚尊？ 然吾何樂乎有此尊也。塊然獨全，其居身豈不甚逸，然吾何愛乎有此逸也？ 吾聞大材爲楩楠，小材爲棫樸，夫固各有所用耳。若不大不小之間，匏將安所用耶？ 或又曰：世之不爲匏者庸愈乎？ 道路豈不與山林同槁？ 而吾寧槁於道路，不甘槁於山林也。朝市豈不與丘園俱老？ 而吾寧老於朝市，不忍老於丘園也。吾聞正人如松柏，邪人如蔓草，夫亦各有所據耳。若疑正疑邪之介，匏將安所據耶？ 且夫匏之爲用，吾知之矣。得時則爲南郊之祀，并陶器而居歆，然所歆者非匏也。處約則爲陋巷之瓢，與簞食而共樂，然所樂者非匏也。即曰播同律於清廟，則一物備八音之全，然未若虞廷之絲桐也。即曰濟急難於中流，則一壺有千金之用，然終非傅巖之舟楫也。遠述古帝憔悴之狀，堯如腊而舜如腒，不聞比之於匏。近舉吾身刺譏之名，楚以鳳而鄭以狗，亦未嘗呼之爲匏。吾豈匏瓜也哉！

吾豈匏瓜也哉其二

聖人自信其吾，即以所不爲者信之也。夫是吾者存，則不爲吾者皆廢矣，何匏瓜之足云？且天地之中有萬物，萬物之中有吾，吾與萬物固迥乎其不侔矣！苟以一吾易萬物，而萬物必不受，則以萬物易一吾，而吾亦必不受也，又何況萬物之一物乎？且以堅白之説推之。堅白者吾，則不堅不白者非吾，吾自有故吾也。抑可磨可涅者堅白之吾，則不可磨不可涅者即非堅白之吾，吾自有真吾也。若然，則吾之爲吾也，較然矣。而子必欲執昔者君子之説以律吾，是子不欲堅白吾而欲君子吾也，不知此非君子吾，而乃匏瓜吾也。嗟乎！子遂欲匏瓜吾也哉？使吾而幸生二帝之世，則占蓂莢者吾知之，服藻采者吾知之，明良喜起之間，其爲吾也不少矣。即今日茅茨風遥，猶得驅蒲輪而考四方之治亂。夫人之愛吾，不如吾之愛吾。吾固東南西北之吾也，豈稼圃自甘？乃與無用之匏均棄乎？使吾而幸逮三代之英，則儆桑穀者吾能之，矢梧桐者吾能之。啓沃論思之際，其爲吾也更多矣。即今日棫樸化衰，猶將撫杏壇而訂千秋之出處。夫世莫宗吾，不若吾自宗吾。吾固上下古今之吾也，豈厲揭罔效，竟與有苦之匏同譏乎？所可慮者，吾有吾之吾，匏亦有匏之吾。設使吾曰：「吾不爲匏。」匏則曰：「吾必爲匏。」匏與吾真如薰蕕之相忌矣。然吾無失其爲吾，匏無如吾何；匏無失其爲匏，吾亦無如匏何也。此其辨猶顯而易見。更可慮者，匏有匏之吾，吾亦未嘗無吾之匏。設使吾曰：「吾不類匏。」匏則曰：「爾甚類匏。」匏與吾不且如苗莠之相亂乎？然吾雖有時乎類匏，而終不可以吾爲匏，猶之匏亦有時乎類吾，而終不可以匏爲吾也。此其界實隱而難知。總之能行者吾，能藏者亦吾，豈曰才不才可否之間，遂遺世而獨立。至變者吾，至常者亦吾，敢云我與我周旋之久，竟昨是而今非。夫吾之爲吾也，較然矣。子而欲匏瓜吾也，亦將匏瓜君子耶？

吾豈匏瓜也哉其三

物之異於聖人者，聖人亦不欲同之焉。夫匏瓜，何物也？而乃足與聖人較同異耶？然其趨操則殊矣，是惡可以無辨？其告子路曰：吾豈不欲嗒然與世相忘哉？顧天下惟無情者始能忘，能忘者世亦忘之；又惟無用者始可忘，可忘者世亦忘之，而吾皆有所不能也。不然，吾之於世亦何樂乎？以堅白鳴耶？夫堅白疑於執而試之磨涅則通，堅白近於拘而歷夫磷緇則化。審如是也，則天下之物，其爲通而不執，化而不拘者，吾必從而愛之，愛之斯取之；其爲執而不通，拘而不化者，吾必從而惡之，惡之斯棄之矣。而無如物之多執而少通也，易拘而難化也。吾蓋不能無三歎焉。其爲曲謹之輩，矩步繩趨，學一先生之言，則曖昧而自悦耳。然經事不知其宜，變事不知其權，纍然一物，豈非國家之冗蠹耶？可曰蹤迹聖賢，遂不與草木同朽耶？其爲枯槁之流，陸沉石隱，厭人間世之勞，則頹然而自放耳。上不臣天子，下不友諸侯，龐然一物，豈非天地之贅疣耶？藉曰偃蹇山林，遂可與鳥獸爲群耶？吾觀物之見美於人者不少矣，芝蘭有幽谷之芳，則吾賞其芳。松柏有歲寒之節，則吾欽其節。即昔賢賦榛苓於山隰，猶足動美人遲暮之思。而吾何獨不然？且物之有功於世者又多矣。餐者吾知其爲菽粟，則願天下之無飢。衣者吾知其爲桑麻，則願天下之無寒。即往哲紀葵棗於田家，亦可見王業艱難之本。而吾又何獨不然？如曰不然，是不以有情之物視吾，而以無情之物視吾矣。是不以有用之物待吾，而以無用之物待吾矣。夫苟以無情之物視吾，無用之物待吾，嗒然與世相忘，則必如匏瓜而後可。然吾豈爲之哉？吾豈爲之哉？

吾豈匏瓜也哉其四

記小物以致辨者，聖人不欲小視夫物也。夫匏瓜雖小乎，然世之誤以匏瓜爲君子者多矣，故夫子亟辨之。且天下之物，豈誠以大小爲輕重哉？或言其至大者，而了無當於人心。或舉其至小者，而反有關於世道。如談化理者曰「上如標枝」。則標枝即可以概淳悶之風。歎苛政者曰：「民如草菅。」則草菅即可以悉凋殘之俗。稱名小而取類大，往往然矣。吾今與子言堅白，亦何難取一物以證堅白乎？而正不必也。姑藉非堅白者以喻之，如所謂匏瓜者，置之場圃之間，不過藐然一物耳。乃物有物之匏瓜焉，人亦有人之匏瓜焉。即收之簞豆之列，亦不過蕭然一器耳。乃器有匏瓜之器焉，道亦有匏瓜之道焉。故有爲匏瓜者，即有學匏瓜者，有真匏瓜者，復有似匏瓜者，而匏瓜幾與吾道爭勝矣。尚稽歷代之典謨，菽粟焉而已，布帛焉而已，惡睹所謂匏瓜者乎？然使堯舜不揖讓，則堯舜一匏瓜也。湯武不征誅，則湯武一匏瓜也。吾聞聖人不滯於物而能與物推移，經權正變之用，諒非匏瓜所能知爾。博觀往哲之經濟，爲俎豆者有之，爲干戈者有之，又惡知所謂匏瓜者乎？然使禹稷不平成，則禹稷一匏瓜也。伊周不輔攝，則伊周一匏瓜也。吾聞聖人不能違時，而能與時消息，進退存亡之機，諒非匏瓜所可語爾。雖然，世固有以匏瓜之治爲治者矣，如上古之清净無爲者非耶？然而在上古則可，在今日則不可。夫生當皇帝王霸之後，仁人治之不足，智士治之不足，乃以匏瓜治之有餘耶？如必返叔季爲混沌，而刑名出於道德，適足爲大亂之階世，又有以匏瓜之學爲學者矣，如小儒之硜然信果者非耶？然而爲小人則宜，爲大人則不宜。夫身荷綱常名教之全，聖賢可學而至，君相可學而至，乃以匏瓜之學自安耶？如欲行私意於國家，而執拗變爲紛更，必且貽無窮之禍。故此一匏瓜也，渾其質於不識不知，若爲天下之至拙，居其身於似忠似信，實爲天下之至巧，而非刺何以不得加？其猶賊德之鄉愿歟？以守經效匹夫之諒，若爲天下之至貞，以執一成異端之偏，實爲天下之至邪，而堅僻何以不可破？其猶亂政之聞人歟？吾故以一言斷之曰：吾豈匏瓜也哉！將以告天下萬世之爲匏瓜者。

吾豈匏瓜也哉其五

聖人之所不爲者，以其不同道也。夫聖人豈不欲爲君子哉？但不欲爲匏瓜之君子耳。雖各有其道，要亦存而不論云。若曰今天下之自號爲君子者何多也，然而君子有是非焉，有真僞焉，復有大小焉。夫是君子之與非君子，庸人得而辨之。真君子之與僞君子，賢者得而辨之。獨是同一君子也，而大小或徑庭焉。則去就取捨之間，非[一]其人殆未易定耳。如子之信吾也，以不善不入。而吾之自信也，以不磷不緇。是吾昔所言者一君子，今所言者又一君子也。天下固有一人之身而前後兩君子者哉？蓋有説焉。昔者之言，爲未至乎君子者言之也。未至乎君子，則恐其蹈於非而流於僞，故其爲言也小而拘。今者[二]

之言，爲已至乎君子者言之也。已至乎君子，則諒其行之是而見之真，故其爲言也大而化。夫大而化者，吾必以爲君子，則小而拘者，吾直以爲匏瓜耳。然則子爲吾計，將何去而何從耶？嘗於古人求之，爲君子者多矣，爲匏瓜者則甚少。如二帝三王之道德，五臣十亂之功名，皆君子也，即皆非匏瓜也。吾愛之重之，願學者效之也。又於今人求之，爲君子者少矣，爲匏瓜之君子者〔三〕則甚多。如耦耕荷蕢之陸沉，石門儀封之吏隱，皆君子也，即皆匏瓜也。吾愛之重之，不願學者效之也。或曰：「往代有匏瓜之賢人焉，採薇之夷、齊是也。」夫夷、齊，本非匏瓜之才，而適處不得不匏瓜之勢，則以一匏瓜〔四〕係萬古〔五〕之綱常。使盡人皆如此匏，即《春秋》可以不作矣。然忠義之士，世不概見，豈可與掛瓢洗耳之輩同觀耶？或又曰：「上世有匏瓜之聖人焉，結繩之巢、燧是也。」夫巢、燧，固有匏瓜之道，而又適當其可以匏瓜之時，則以一匏安百姓之枝鹿，使終古長存此匏，即典謨可以盡删矣。然混沌之代，吾何足知？豈可使守雌處鈍之流藉口耶？且匏與瓜，均屬山林之物，一甘而一苦，匏已不同於瓜，而何況於吾？即吾與吾遞閲風波之變，時止而時行，吾且不同於吾，而何況於匏？夫論人於三代之下，人各有能有不能焉。若匏瓜者，非吾之所能也。置我於逸民之中，我則無可無不可耳，若匏瓜者，亦豈吾之所可哉？子往矣，吾終不以昔之君子而易今之君子矣。抑前志有之：「聖達節，次守節，下失節。」達與守之間，其聖人與匏瓜之分乎？後世廉耻道喪，奸雄亂賊，動輒自附於聖人，而匏瓜且絶響矣。試以陶潛、馮道較之，丘中之匏瓜，豈不遠勝於道傍之蔓草耶？故同一磨涅也，夫子可以驅車於佛肸，而子路不免結纓於孔悝。由今觀之，有聖人之堅白則可，無聖人之堅白，則匏瓜亦未可輕詆者哉。

偶見社課中有拈此題者，枯淡幾如嚼蠟。及覓坊刻閲之，則又膚板而沉滯，殊不快意。因漫泚筆爲之，興會所至，不覺遂成四藝。首藝乃帖括本色；次藝專擒吾字；三藝通篇養局，至末點睛；四藝復縱横言之，幾可作匏瓜彈文，亦略盡此題之變態矣。數日後，社中有見余文因以所作相質者，觸類增華，才思頗佳，但中以首陽爲無用之匏，與荷蕢、接輿同譏，此則關係不小，故復有第五義之作。雖若爲匏瓜解嘲，實以干城名教云。

按匏與瓠同類而異種，匏苦瓠甘，瓠可充蔬，匏但可老之以爲器。故夫子曰：「繫而不食。」觀《毛詩》詠匏者曰「匏有苦葉」，詠瓠曰「甘瓠纍之」，曰「八月斷壺」，曰「幡幡瓠葉，採之烹之」，俱了然可據。自考亭以「瓠」訓「匏」，學者往往以「匏」「瓠」相混，如莊子本言「瓠落」，而今以爲「匏落」，《天官書》有「瓠瓜星」，而今以爲「匏瓜星」，傳訛非一日矣，因附識此正之。自注。

【校】

〔一〕咸豐本無「非」字。

〔二〕〔三〕咸豐本無「者」字。

〔四〕咸豐本無「瓜」字。

〔五〕「古」，咸豐本作「世」。

【箋】

此文採自道光本卷六，咸豐本亦收。據《匏瓜五藝原序》文末所屬「順治丙申夏五江東同學弟瓌柯羅世繡篡」云，則黄周星的《匏瓜五藝》當作於順治十三年（一六五六）之前。黄周星於繁昌作八股文《匏瓜五藝》，于湖名士羅世繡爲之作序刊行。

秋波六藝

黄九煙秋波六義序

往予作《論語詩三十首》，客難予曰：「經可詩矣，曲亦可文乎？」遂拈「秋波一轉」爲題。予時被酒走筆成之，一坐絶倒而已。不意爲世廟所賞，遂有才子之目。雖天語獎藉不僅斯文，然觀其與弘覺國師問答，讀至終篇，令下轉語，亦千古佳話也。亡何，宫車晚出，杖錫南歸，而江潭野老獨躑躅於荒田短屋之間，追思往事，恍焉如夢，感慨係之矣。

白門黄九煙先生於予爲前輩，而好予特甚。一旦出所擬《秋波六義》示予，奇思妙解，側生挺出，其視拙作不啻十倍。先生老矣，以前進士爲村學究，豈猶沾沾争文名，不過酸虀淡飯，閒坐無聊，藉此筆戲消磨白日耳。乃予讀之，則忽然增鼎湖之感，不知涕之何從者。假使世廟在御，見先生之文，則凌雲之慕，寧止雄似相如哉。予窮愁多暇，間爲元人曲子，長歌當哭，而覽者不察，遂謂有所譏刺，群而譁之。夫以優伶末伎尚不容於世如此，若以《西廂》之曲造爲八股之文，向非特達之知出自先帝，則縉紳大人、道學夫子，未有不議其怪誕，執而欲殺者矣。乃有從而和之如黄先生者哉？嗚呼，此虞翻所以歎恨於知己也。

【箋】

此序作者尤侗。採自尤侗《西堂雜俎二集》卷三，康熙二十五年（一六八六）刻本。

小引

以傳奇語參禪，自古未有也。以傳奇語爲時義，尤自古未有也。聞昔有老僧，所居四壁皆畫《西廂》，或問：「禪〔一〕家安取此？」僧曰：「吾正於此參禪耳。」「請問禪機安在？」曰：「吾最喜其『怎當他臨去秋波那一轉』，此語真禪機也。」《宗録》中曾載此段公案，而尤君展成集中，則取其語爲時義一首，業已名噪上林。而友人輩尚欲余别創新裁，余亦不禁技癢，乃戲爲前二作。效顰點睛，於個中神情，似已略爲鈎剔。徐思題疊數重，狀若深堅，然其間吃緊字面，未始不可次第擒捉。因墨兵餘勇未衰，復縱筆爲後三作。其三則專擒「一」字，其四專擒「轉」字，其五專擒「他」字。覺題中險要盡破，歷歷莫逃，庶可以躊躇滿志乎！至於「那」之一字，亦宜在擒取之列，嫌其涉於方言，已姑置之度外。而觀者争再三從臾〔二〕，乃復爲一作，追而擒之。雖云毫髮無遺憾，然得無〔三〕三鼓氣竭否？夫宗門顢頇之談，帖括卑陋之習，皆余素所厭棄者。而兹忽俯首雕繢，詹詹不休，殆如景純之注蟲魚，君道之志草木耳。而或訝其中有漁獵騷史處，稍不類八股體製，則笑應之曰：「君不觀其題乎？明明以實甫香豔之詞，傳君瑞風流之語，摹神寫景，自應爾爾。豈真如四子五經之文，必字字聖人，言言賢者而後可耶？」

鍾山黄周星九煙氏自識〔四〕

【校】

〔一〕「禪」，道光本、咸豐本作「僧」。

〔二〕「從臾」，道光本、咸豐本作「慫慂」。

〔三〕「無」，道光本、咸豐本作「毋」。

〔四〕「鍾山黄周星九煙氏自識」，道光本作「昌山周人略似氏自識」。咸豐本無落款。

怎當他臨去秋波那一轉其一　此作總寫大意〔一〕

想美人之目送，知才士之魂銷矣。甚矣！秋波之目不易轉也，而茲何幸於臨去得之，非張生誰復能當此哉！今夫宇宙，一無情之區耳，然宇宙之情寄於人，而人之情寄於目。故猶是人也，而有情之目則獨異。猶是有情之目也，而美人之目則尤異。何以知之？於張生之詠鶯鶯者知之。彼當鶯孃〔二〕既去之後，追憶其臨去之情，而一則曰「怎當他」，再則曰「秋波那一轉」，曷爲是若欣若慕，唱歎之而不置也。豈不以詩歌倩盼，爰標美目之稱？而鶯之目，則非目也，波也。即騷賦娭光，亦著層波之譽。而鶯目之波，則非但波也，蓋秋波也。當宫眉偃月之時，未始無清揚之婉美。然其初固凝而不波者也，迨一轉而始覺其爲波。又因臨去之一轉，而始全覺其爲波，則其爲波也可思。當花柳争妍之頃，亦豈無屬玩之物華？然其時固滿目皆春者也，迨一轉而始〔三〕知其爲秋。又因臨去之一轉，而始愈知其爲秋，則其爲秋也可思。由今思之，以彼秉禮守義之躬，其秋波豈肯〔四〕輕轉？然前乎此轉，有人無波；後乎此轉，有波無人。吾固無庸睹之也，所欲睹者，惟是一轉之全神耳。

則非一轉，不足見秋波之真。以彼秀外惠中〔五〕之姿，其秋波亦何時不轉？然未去之前，波於何生？既去之後，波於何止？吾固不得〔六〕知之也。所可知者，惟是臨去之一瞬耳，則非臨去，不足見一轉之妙。夫當吾世而有秋波焉，或與錢穀爲緣，則轉而之俗。或與笙歌爲侶，則轉而之淫。秋波之受污也多矣，而鶯豈有是哉？吾不知幾彷徨於雪案螢窗，而庶幾遇之也，則謂此一轉，爲二〔七〕十年來之一轉可也。先吾世而有秋波焉，以爲胡天胡帝，則其轉最妖；以爲傾國傾城，則其轉最毒。秋波之溺人也不少矣，而鶯又豈有是哉？吾不知幾夢想於詩書簡編，而今始親見也，則謂此一轉，爲五百年來之一轉可也。且天壤之中，有鶯即有我，鶯目能轉，豈吾目獨不能轉？然而有仙凡之别焉。夫吾雖百轉，安能及彼一轉之靈？即咫尺之内，有鶯復有紅，鶯目解轉，豈紅目遂不解轉？然而有天人之隔焉。彼紅雖千轉，又安敢擬此一轉之尊哉？鶯乎！秋波乎！吾何福以當之？抑此語本才士之言情耳，而禪宗且以〔八〕之悟道，空之與色，一耶？二耶？若然，則罄《大藏》之千函，固〔九〕不如繪《西廂》之〔一〇〕四壁。

齊論魯論，韓文柳文。潛庵〔一一〕

【校】

〔一〕道光本無「此作總寫大意」六字，咸豐本無「其一」二字。

〔二〕「嬢」，道光本、咸豐本作「鶯」。
〔三〕道光本、咸豐本無「始」字。
〔四〕「肯」，道光本、咸豐本作「可」。
〔五〕「秀外惠中」，道光本、咸豐本作「秀中惠外」。
〔六〕道光本、咸豐本「得」後有「而」字。
〔七〕「二」，道光本、咸豐本作「三」。
〔八〕「以」，道光本、咸豐本作「爲」。
〔九〕咸豐本無「固」字。
〔一〇〕「之」，道光本、咸豐本作「於」。
〔一一〕此句道光本、咸豐本無。

怎當他臨去秋波那一轉其二　此作拈「怎當」二字〔一〕

美人有餘情，而當之者反若愧焉。夫秋波一轉，此臨去之餘情也。惟多情者能當之，亦惟多情者不敢遽當之。張生若曰：吾今乃知情之難言也。然非情之難，有情而能當者之爲難。嘗聞相如鼓琴，文君心悦而好之，恐不得當。彼女之於士且然，況士之於女乎？彼美女之於才士且然，況士之才不逮相如，而女之美且遠過於文君者乎？如吾今日之遇雙文，蓋幾幾乎有欲當而難爲當者。始而睹其春風之面，以爲是絶代之仙姿也，其冶容難當也。既而聆其紅樱之語，以爲是囀花之鶯聲也，其逸韻難當也。已而窺其香塵之步，以爲是傳心之芳蹤也，其密意更〔二〕難當也。迄今仙姿往矣，鶯聲歇矣，芳蹤隱矣，吾亦惟有付之悵〔三〕歎已耳。而孰知其難當之情，復有出於數端之外者，則臨去之秋波也，則臨去秋波之一轉也。當是時也，蘭麝之香半飄，玉珮之聲漸遠，而尚餘兩點之眇眇清矑，注射於吾眉宇者。殆所謂「未知心許，已經目成」者耶？吾何人斯，而敢當其目成？梨花之院將掩，楊柳之墻正高，而獨有一種之泠泠曼睩，縈繞於吾心胸者，殆所謂「敢望迴腰，或肯垂盼」者耶？吾何修乎而獲當其垂盼？想從來美人之態不一，爲顰爲笑各有其時矣，而秋波之轉，諒亦同之。彼因笑而轉，則不勝歡；因顰而轉，則不勝愁。歡固難當，愁亦難當也。夫秋波本無功罪，然當其歡，或以爲慧；當其愁，或以爲癡，癡慧異而功罪分焉。而秋波固兩不受也，吾其如此秋波何？即今日雙文之態亦不一，宜嗔宜喜，已見於面矣，而秋波之轉，何獨不然？彼宜喜而轉，則似於憐，宜嗔而轉，則似於恨。憐已難當，恨益難當也。夫秋波有何恩怨？然當其憐，若以爲慈；當其恨，若以爲忍。慈忍異而恩怨形焉，而秋波固終無語也。吾其如此臨去之秋波何？蓋目與目，本有往來之緣。爲未轉之秋波，吾目或能當之；爲既轉之秋波，則非吾目之所能當也。庶幾以此身當之乎？即身與身，亦有合離〔四〕之數。爲未去之秋波，吾身猶及當之。爲臨去之秋波，并非吾身之所及當也。庶幾以此心當之乎？而究竟亦非吾心之所敢當也。然則吾之神魂，惟有與秋波俱往而已。

不才張珙，合當跪拜。潛庵〔五〕

【校】

〔一〕道光本「此作拈『怎當』二字」置於文後。

〔二〕咸豐本無「更」字。

〔三〕「悵」，道光本、咸豐本作「長」。

〔四〕「合離」，道光本、咸豐本作「離合」。

〔五〕此句道光本、咸豐本無。

怎當他臨去秋波那一轉其三　此作拈「一」字〔一〕

以目相感者，以情相感而已。夫一轉者此目，怎當者亦此目，然果目爲之耶？抑情爲之耶？想張生當鶯孃〔二〕之回眄而不禁魂飛也，恍然曰：吾嘗讀《騷》矣，彼於湘夫人之降也，曰「目眇眇兮愁予，嫋嫋兮秋風，洞庭波兮木葉下」，初以爲目自目，秋自秋，波自波耳，而不意今者，乃合而爲一。則鶯之目，其可復以目名之乎？姑狀之曰秋波，而是秋波，固未易數數轉也。從來誇絶世者曰「一顧」，歎傾城者曰「一笑」，可見尤[三]物之移人，一而已矣，敢望其多？而玆且於鶯之一轉見之。此一轉也，如在未去之前，則花柳庭軒之間，固無處不迎其眄睞矣。然境逐情紛，方且不勝其轉，而何有於一轉？如在既去之後，則深院珠簾之内，自無時不婉其清揚矣。然情隨境寂，業已不見其轉，而又安知爲一轉？夫吾所觸於目而難忘，縈於懷而不散者，惟是臨去之一轉耳。時當臨去，則捨此一時之外，已更無可轉之時。故雖平時修端恪之目容，至此而若不能終守其端恪者，秋波之情爲之，亦秋波之勢爲之也。夫美盼關乎[四]全體，或宜靜而不靜，則秋失其秋，宜動而不動，則波失其波。孰如此一轉之動靜咸宜者乎？語其常，則此轉不可無一。語其暫，則此轉固不可有二耳。人當臨去，則捨此一人而外，亦絶無可轉之人。故雖深閨嚴非禮之瞻視，至此而若不暇計及於非禮者，秋波之才固然，亦秋波之理固然也。夫雙眸備乎四時，或多温而少肅，則波而不秋；多肅而少温，則秋而不波。孰如此一轉之肅温[五]俱備者乎？習見之，則此轉百不爲多；創見之，則此轉一不爲少耳。吾由此一轉思之，誠不知鶯之一生，其秋波凡有幾轉？然前乎此轉者，或與此轉而爲二，後乎此轉者，或與此轉而爲三，而吾謂皆不及此一轉也。他時之轉無心，而此有心也。嘗聞我輩有獨鍾之情，秋波之内，不容更多一人，則一轉之外，豈可更多一轉耶？又由此一轉推之，誠不知吾之一生，凡幾當此秋波之轉？然似鶯而轉者，請以千轉而當一，非鶯而轉者，請以萬轉而當一，而吾意總不易此一轉也。他人之轉有價，而此無價也。嘗聞佳人有難再之遇，自睹鶯之秋波，而天下無秋波，則自經鶯之一轉，而世間豈更有一轉耶？然則鶯雖已去，謂之未去可也。何也？未有此轉，而波隨人往。既有此轉，而人以波留也。鶯雖遺我而去，謂與我俱去可也。何也？無此一轉，而吾在其波外；有此一轉，而吾已入其波中也。然吾終如此秋波何哉？惟有望風懷慕，殷勤致辭曰「怎當他臨去那一轉」而已，而秋波果可再接否耶？

別恨離愁，變做一弄。潛庵〔六〕

【校】

〔一〕道光本「此作拈『一』字」置於文後。

〔二〕「孃」，道光本、咸豐本作「鶯」。

〔三〕「冘」，道光本、咸豐本作「凡」。

〔四〕「乎」，道光本、咸豐本作「於」。

〔五〕「肅温」，道光本、咸豐本作「温肅」。

〔六〕此句道光本、咸豐本無。

怎當他臨去秋波那一轉其四　此作拈「轉」字〔一〕

目能轉而意難當，皆深於情者也。蓋情不可見，於秋波之轉見之。不然，彼當之者，何以魂銷耶？張生意謂，吾觀天下之理，莫苦於拘，莫妙於轉。拘則累世而難通，轉則得一而已足。凡事且然，而況於鍾情之際乎？嘗聞情之所至，一往而深。彼但知情以一往而深，而不知情以一轉而愈深。吾每求其人而不得也，茲不意於鶯之秋波見之。夫猶是目耳，曷言乎秋波也？蓋四時之氣，秋爲最清，故春不稱爽，而秋稱爽，然凝肅之秋非秋也。自有鶯目中之秋，而始知天下無秋，獨此兩點之秋爲真秋。大〔二〕地之間，波爲最活，故山不能流，而波能流，然潢污之波非波也。自有鶯目中之波，而後知天下無波，獨此一泓之波爲真波。何也？爲其能轉也。顧秋波有可轉之時，有可不轉之時，有不可不轉之時。當其可轉，則無轉不妨有轉，少轉不妨多轉，如未去之前是也。當其可不轉，則有轉猶夫無轉，多轉猶夫少轉，如既去之後是也。當其不可不轉，則有轉勝於無轉，少轉勝於多轉，如臨去之頃〔三〕是也。而此際一轉之秋波，於是令人有怎當之歎矣。想自有秋波以來，騰爲光，流爲盼，舉宇宙間之賢愚貴賤，不知幾生死於其中，而茲乃於吾身而親見之也。吾揣其一轉之情，若以爲生平之意中，止有此一人，則生平之目中，亦止有此一轉。殷殷而承彼睠顧者，雖王公在其前，卿相在其後，曾不足當此一轉也。蓋王公卿相易得，而此轉難得也。抑自有秋波以來，睇宜笑，眇宜愁，舉古今來之聖賢豪傑，又不知幾浮沉於其間？而兹乃當吾世而躬逢之也。吾窺其一轉之隱，若以爲目中之人，以此一轉送之去，而意中之人，即以此一轉招之來。遥遥而辱彼眄〔四〕睞者，雖帝天在其上，仙佛在其傍，亦不足當此一轉也。蓋帝天仙佛可求，而此轉難求也。夫有此一轉，而吾前此棘闈螢〔五〕案之苦，將於一轉乎終之。後此翠幃錦帳之歡，將於一轉乎始之。雖因緣之離合難期，而炯炯雙眸，必不與風雨晦冥〔六〕俱滅没者，有如此秋波矣，吾何敢負此千載之遭逢耶？有此一轉，而吾前此五百年風流之願，將於一轉乎終之。後此離恨天相思之況，又將於一轉乎始之。雖事變〔七〕之吉凶難料，而耿耿寸衷，斷不隨干戈唇舌爲翻覆者，有如此秋波矣，吾何以酬彼九天之寵眷耶？蓋世間最善轉者，無如秋波。故秋波非奇，而一轉之秋波則甚奇；秋波非巧，而一轉之秋波則甚巧。然世間最難轉者，無如鶯之秋波。故一轉本尊，而臨去之一轉則尤尊；一轉本妙，而臨去之一轉則尤妙。吾將何以當之哉？惟有望秋波而百拜焉耳。抑此固老僧參禪語也，禪家於公案難通者，輒請人下一轉語，未知此一轉，與秋波之一轉何若？

兀的不引了人魂靈。潛庵〔八〕

【校】

〔一〕道光本「此作拈『轉』字」置於文後。

〔二〕「大」，道光本、咸豐本作「天」。

〔三〕「頃」，道光本、咸豐本作「時」。

〔四〕「眄」，道光本、咸豐本作「盼」。

〔五〕「螢」，道光本、咸豐本作「芸」。

〔六〕「冥」，道光本、咸豐本作「明」。

〔七〕「變」，道光本、咸豐本作「後」。

〔八〕此句道光本、咸豐本無。

怎當他臨去秋波那一轉其五　此作拈「他」字〔一〕

美盼之難酬也，才士若不容名言焉。夫秋波之轉，自鶯轉之，而當之者，且以爲他也。他之與鶯，一耶？二耶？想張生以爲，凡人所不能忘者，人我之見也，而獨於男女之際則否。彼既遇目而成色，亦可即口而成聲。故狎侮疏慢之稱，無往而不宜，而畏敬親愛之僻〔二〕，皆在所弗受，誠有不期然而然者。如吾今日之於鶯，其殷殷而呼之者，蓋不一而足矣。語其丰標，則玉人也；語其姿容，則可喜娘也；語其情態，則風流業冤也；語其門第，則開府相公家也，語其風韻與光輝，則洞天之神仙、南海之水月也。鶯之名號，固若是其多乎？然此皆鶯之似也，非鶯之真也。欲求鶯之真，則一而已矣。一者何也？曰：他也。夫鶯也，而何乃以他呼之？曰：前此軃撚花之肩，宜春風之面，與偃宫樣之眉者，皆他也。若然，則他之爲他，吾亦幾幾乎難當之矣。而孰知難當之中，更有難當者。不觀其臨去乎？不觀其臨去秋波之一轉乎？想天下人皆有目而目不皆秋波，倩盼清揚，《詩》慕之矣。故諸人之目可當，而他之目難當也。爲其秋波也，即天下之目，或有秋波，而秋波未必能轉，曼睩遺睎，《騷》歎之矣。故諸人之秋波可當，而他之秋波難當也。爲其一轉也，抑天下之秋波，或能一轉，而一轉未必當可轉之時。含睇伫眙，歌怨之矣。故諸人之一轉可當，而他之一轉難當也。爲其臨去也，自有此臨去之一轉，而九州之内，九州之外，應無復與他争此一轉者矣。但恐我以他爲他，他亦以我爲他，或不無貴賤親疏之别。然我目中止有一他，則他目中當亦止有一我也。夫他之稱名不一，以爲疏賤則疏賤，以爲親貴則親貴。而吾獲邀此從天之眄睞，其敢以疏賤而加親貴耶？自有此臨去之一轉，而五百年之前，五百年之後，應無復與他并此一轉者矣。但恐我有我之他，人亦有人之他，或未免古今同異之感。然人人意中之他，我得而他之，我一人意中之他，人不得而他之也〔三〕。夫他之取類頗殊，以爲衆悦，則古與今同，以爲獨憐，則今與古異。而吾幸沐此絶代之榮光，其暇向古今而較同異耶？　蓋此一時也，我與他猶分而爲二，我之稱他曰姊〔四〕，則他之稱我宜曰兄。然而正不必也，只〔五〕以一他概之，而誰何莫問，宛如我〔六〕與我之周旋。有一日者，我與他或合而爲一。我當謂他爲婦，則他即當謂我爲夫。然而亦不必也。總以一他渾之，而爾汝可歌，何論卿不〔七〕卿之憐愛？然則鶯雖有秋波之一轉乎，但願去其一轉之名而存秋波，去其秋波之名而存鶯，并去其鶯之名而存他，則所謂怎當者，吾庶幾得而當之乎？

似聽兒女小窗喁喁。潛庵〔八〕

【校】

〔一〕道光本「此作拈『他』字」置於文後。

〔二〕「僻」，道光本、咸豐本作「辟」。

〔三〕道光本、咸豐本無「也」字。

〔四〕「姊」，道光本、咸豐本作「妹」。

〔五〕「只」，道光本、咸豐本作「直」。

〔六〕道光本無「我」字。

〔七〕道光本無「不」字。

〔八〕此句道光本、咸豐本無。

怎當他臨去秋波那一轉其六　此作拈「那」字〔一〕

移情於美盼者，言近〔二〕而意愈遠矣。夫張生所難當者，秋波之一轉耳。而何以必謂之那一轉？此非去後之思，不能已〔三〕已耶？今夫情之所至，豈復可以語言〔四〕求之哉？然言不足以盡情，而情終不能忘言。故同一事也，有以正言出之者，有以戲言出之者，而更有〔五〕以方言出之者，至於方言，而情益不可究詰矣。如〔六〕張生之逢鶯孃〔七〕，既自以爲眼花繚亂，口難言矣，乃於其臨去之秋波，不曰「何當他」，而曰「怎當他」，不曰「彼一轉」，而曰「那一轉」，是何方言之屢見也！夫方言之「怎當」，猶夫正言之爲「何當」也，此不必辨也。而方言之「那一轉」，則非猶夫正言之「彼一轉」也，此不可不辨也。今試思之，猶是秋波也，前此者有轉矣，後此者有轉矣，而此際何獨以一轉稱？則此際之所謂轉，必非前後之所謂轉也可知。抑猶是那一轉也，前此者有那矣，後此者有那矣，而此處何獨以那稱？則此處之所謂那，并非前後之所謂那也又可知。當其櫻唇綻玉，囀花外嚦嚦之聲，夫獨不可曰那一聲乎！然舌方囀之，而耳即聞之，要止可謂之此一聲耳。若秋波，則豈有聲之可駐哉？騰曼睩於目成，盈盈欲笑，迄今殷勤而追憶之曰那一轉，雖有睍睆之好音，固不敵婉〔八〕美之清揚矣。當其芳徑襯紅，顯香塵纖纖之步，又獨不可曰那一步乎？然足之所至而目亦至焉，仍止可謂之此一步耳。若秋波則豈有步之可迹哉？寄含睇於目送，渺渺予〔九〕愁，迄今惝恍而徐摹之曰那一轉，雖有凌波之微步，終不及傾城之一顧矣。論屬辭比事之例，則他與那，均爲遥指之名。但他者繫之人，那者繫之事，人與事分，而所見於是乎異詞矣。夫秋波者其人，而秋波之轉則其事也。假令轉於始而復轉於終，或疑那之中又有那焉，而臨去之秋波，固無暇再轉也，則請以那一轉結秋波之局可也。論出口入耳之恒，則怎與那俱爲習聞之語。但怎者屬之我，那者屬之他，我與他參而相對，自不能無言矣。夫秋波之轉者，他之情，而難當秋波之轉，則我之臆也。假令轉於此而亦轉於彼，或疑那之外，又有那焉。而臨去之秋波，固未肯他轉也。則請以那一轉，攝秋波之神可也。噫！彼一時也。傳心事於芳蹤，將留情之眼角，便欲付之休題。然時當未去，而冀其不去，魂摇於可憐之步，自不禁柳風嬝娜之懷。此一時也，注相思於餓眼，則一轉之秋波，惟有歎其怎當。蓋時當既去，而憶其臨去，神馳於垂盼之餘，殊不勝煙雲縹緲之想。謂之那一轉，明乎一轉之後，更無一轉也，又何怪乎方言之屢見也哉！

悄悄冥冥，絮絮答答。潛庵〔一〇〕

【校】

〔一〕道光本將「此作拈『那』字」五字置於文後。

〔二〕「近」，道光本、咸豐本作「邇」。

〔三〕「已」，咸豐本作「自」。

〔四〕「語言」，咸豐本作「言語」。

〔五〕「有」，道光本、咸豐本作「可」。

〔六〕「如」，道光本、咸豐本作「而」。

〔七〕「孃」，道光本、咸豐本作「鶯」。

〔八〕「婉」，道光本、咸豐本作「婗」。

〔九〕「予」，道光本、咸豐本作「余」。

〔一〇〕此句道光本、咸豐本無。

【箋】此文採自康熙本，道光本、咸豐本亦收。康熙九年（一六七〇），黄周星赴吴門拜訪尤侗，作《過吴門喜晤尤侗十首》贈尤侗，第十首云：「秋波一轉有奇文，那許東鄰浪效顰。縱使三毫添頰上，應愁婢子學夫人。」則尤侗先有《臨去秋波那一轉》，黄周星擬之，作《秋波六藝》。葉舒穎《葉學山先生詩稿》（《叢書集成續編》集部一二七册，上海書店一九九四年版）卷二《贈黄九煙先生》詩注：「先生工書法，近著《秋波六藝》。」此詩在《葉學山先生詩稿》中繫年爲「乙巳」，即康熙四年（一六六五）。則《秋波六藝》當作於本年之前，姑繫年於此。

王士禛《池北偶談》（康熙四十七年金溪李氏自怡草堂刻本）卷十五《尤悔庵樂府》：「吴郡尤悔庵（侗）工樂府，嘗以『臨去秋波那一轉』公案，戲爲八股文字，世祖見而喜之。其所撰樂府，亦流傳禁中，世祖屢稱其才。既而世廟升遐，尤一爲永平推官，以細故罷去，歸吴中，時時以樂府寓其感慨。所作《桃花源》《黑白衛》二傳奇，尤爲人膾炙。予嘗寄詩云：『南苑西風御水流，殿前無復按《梁州》；淒涼法曲人間遍，誰付當年菊部頭？』『猿臂丁年出塞行，灞陵醉尉莫相輕；旗亭被酒何人識，射虎將軍右北平。』尤爲泣下。康熙己未，尤以召試入翰林，爲檢討。（近見江左黄九煙周星作「怎當他臨去秋波那一轉」制義七篇，亦極遊戲之致。）」俞樾《茶香室續鈔》（清光緒二十五年刻《春在堂全書》本）卷十四《臨去秋波製義七篇》：「國朝王士禛《池北偶談》云：近見江左黄九煙周星作『怎當他臨去秋波那一轉』製義七篇，亦極遊戲之致。按，今人止知有尤西堂作，不知有黄九煙作也。漁洋亦因尤西堂事而附注及此。」

色斯舉矣

山雉之章，聖人之《易》也。夫《易》者，時而已，聖人亦時而已。時之義大矣哉！説者曰：「孔子晚而好《易》。」夫孔子豈獨晚而好《易》，蓋孔子一生皆《易》也。於何知之？曰：「於《魯論·鄉黨》之卒章知之。」夫《鄉黨》一篇，記孔子生平行事詳矣，或曰：「是皆服食言動之末，而未殫其精微也。」吾則曰：「其精微久已殫矣，人自不察耳。」試取其卒章讀之，所謂山梁雌雉之象，果何象也耶？夫山，静物也，止也，其象爲艮。雉，動物也，文明之屬也，其象爲離。山上有雉，猶山上有火也。離上而艮下，於卦爲《旅》。世以仲尼爲旅人，與文王明夷并稱，殆謂是耶？或曰：「因雉而始見山，法當先雉而後山。」先雉後山，是山下有火也。則離下艮上，於卦爲《賁》。孔子嘗筮得《賁》，而愀然不樂矣，曰：「非正色也。」茲豈其兆耶？或又曰：「是山梁也，非山也。」梁之下有水，雉棲於梁，猶火在水上也。則坎下離上，於卦爲《未濟》。孔子嘗臨河而歎矣，曰：「丘之不濟，此命也夫。」曩固有琴操以鳴哀云，由是觀之，《旅》也，《賁》也，《未濟》也，皆孔子也。噫！孔子，聖之時者也，顧何以不帝不王而子也時也，猶之夫不鳳而雉也，不雄而雌也，不朝不廟而山梁也，皆時也。則請於六十四卦之外，別爲孔子置一卦，卦何名乎？即名曰「時」。有陰陽乎？曰：「無。」有彖爻乎？曰：「無。」則何以卦也？曰取其象而已。其象維何？曰：「時，元亨利貞。」初一，色斯舉矣。象曰：「色斯舉矣，知幾也。」次二，翔而後集。象曰：「翔而後集，覽德輝也。」次三，山梁雌雉。象曰：「山梁雌雉，文明以止也。」次四，時哉時哉。象曰：「時哉時哉，知終始也。」次五，子路共之。象曰：「子路共之，賢人愠也。」上六，三嗅而作。象曰：「三嗅而作，遯世無悶也。」

【箋】

此文採自咸豐本外集卷三，不見於他本。咸豐本標注其採録自《九煙餘緒》。創作時間未知。

卷十五　雜撰

新箋百家姓小言

世俗塾師導童蒙識之無，率多藉《百家姓》及《千字文》爲筌蹄。於是斯二編者，遂并成科斗齋中不刊之書，習焉不察，視若等夷。按《千字文》爲前梁散騎侍郎周思纂編次，敏才雲駛，雋語瀾翻，如「枇杷晚翠」等句，見賞詞人，足追逸韻。至《百家姓》，不知創自何代，或以爲北宋初東南人所作，蓋因趙錢二姓，列居冕弁故耳。彼只以羅姓氏之籍，初無意於文章之觀。然其中闕漏殊多。考古今氏族，軼而未載者，不可枚舉，且拉雜淆譌，尤憎惡札，閱之大堪覆瓿。雅意訂輯，清暇爲慳。崇禎丁丑夏，予寄迹白門，卧疴初起，永晝寡營，適稚弟索予摹楷，予迺戲取帙中諸字，剖析而經緯之。律以駢珠，彙歸倫序，書授小子，俾誦習餘工，粗識往乘，聊備三家村學，庶成一家雅言。今而後署之村夫子案頭，當不復慮散騎笑人否？原帖四百七十二字，爲隻姓者四百有八，爲複姓者三十，并結語四字，無所裒益。原多未備，尚俟將來云。

朱王萬壽，明時吉昌。國家全盛，胡越向方。江山鞏宓，邊堵安康。

尚慕胥葛，軒轅虞唐。農牧公冶，熊夔司常。匡危易暴，周武殷湯。

尹仲單扈，姬邵毛姜。滕薛鄒費，桓公富强。芮莘茅蔣，薊鄂齊梁。

荆舒翟狄，鍾離濮陽。余師孔孟，甄别洪蒙。顔曾景仰，閔季樂從。

公羊左戴，童習咸誦。高談汪廣，徐步雍容。欒鮑臧甯，郗謝崔盧。

申屠汲邴，姚宋令狐。文章司馬，滑稽淳于。東方訾郭，諸葛聶吴。

趙蓋韓楊，龔黄卓魯。荀董賈終，陶阮沈庾。燕許歐蘇，元白韋杜。

蕭曹居相，衛霍封侯。陳平闞項，鄧禹扶劉。袁晁何郤，逄羿奚仇。

計倪程鄭，饒沃巴邱。夏雷凌鬱，秋雲薄陰。冷沙融浦，隆石支岑。

魚杭於水，鳥巢諸林。褚裘皮段，鍾鈕璩金。喬松蔚柏，郁李紅梅。

柳連空谷，花宿澹臺。蓬麻蒲蒯，查黎桑柴。斑管紀史，貝葉譚經。

宦儲牛馬，宰慎權衡。上官豐禄，茹甘席榮。祝巫穆卜，任傅顧成。

都俞莫應，簡繆厲宣。解長孫印，靳司徒錢。弓車滿路，龐駱充田。

羊那屈陸，藺須和廉。潘郎韶艾，吕祖莊嚴。伊皇甫冉，暨歐陽詹。

包羅婁畢，勾索丁辛。能喻賁益，尤賴聞人。彭裴邢耿，申卞樊温。夏侯宗魏，万俟党秦。井閻麴米，鞠養翁孫。桂闞雙鳳，華池伍龍。東房施惠，後宫慕容。祁郝郜郜，郟鄔酈酆。尉遲屠寇，公孫伏戎。干戈瞿戚，刁斜柯殳。單于東貢，赫連賀符。張馮范蔡，懷利游敖。宇文隗竇，冀幸焦勞。司空于苗，藍闞蒼濮。晏仲孫弘，廖湛糜竺。古籍毋聞，太叔宗正。昝逯厙乜，終百家姓。

【箋】

本文採自咸豐本卷三。據小言中「崇禎丁丑夏，予寄迹白門」云云，則是篇寫作於崇禎十年丁丑（一六三七），黄周星居金陵之際。黄周星認爲舊本《百家姓》「彼只以羅姓氏之籍，初無意於文章之觀」，而且「軼而未載者，不可枚舉，且拉雜淆譌，尤憎惡札」。於是他重編了一本《新箋百家姓》，全書以「朱王萬壽，明時吉昌」爲開頭，顯示出創作於明代的時代特徵，又將單姓與複姓混合而排，加上書尾的「終百家姓」四字，仍爲四七二字。黄周星的重編本可以説改變了舊本的雜亂無文，做到了成句成文，但仍没有解決闕漏殊多的弊端。黄周星《百家姓新箋》一卷，曾收入《蒙求叢書》，題明黄周星撰，國家圖書館藏有清抄本。又有《重編百家姓》，題清九煙先生編，民國間抄本，書衣題「黄九煙尚慕隆古百家姓」，國家圖書館藏。又有《別本百家姓》，題清黄周星編，清末抄本，書衣題「黄九煙朱王萬壽百家姓」。明李日華撰、魯董民補訂《姓氏譜纂》後附《百家姓新箋》，題明黄周星撰，國家圖書館藏有清刻本。

百家姓新箋

小言

《百家姓》之與《千字文》并傳久矣，世俗塾師導蒙，率多用之。按《千字文》爲前梁散騎侍郎周思纘編次，一夕成文，鬚髮爲白。其詞炳琅洋纚，如「枇杷晚翠」等句，見賞昭明，可想佳致。至《百家姓》，不知創自何代，或以爲宋初東南人所作。蓋因趙、錢二姓，列居冕弁故耳。趙，宋藝祖姓；錢，吴越王姓。其間闕漏殊多，單姓如商、岳、涂、來，複姓如左丘、叔孫、鮮于、胡毋之類，指不勝屈，且雜亂無文，於義奚取。余昔年曾重爲纂緝，合單複姓而彙編之，頗已流傳海内。仍恐單複不分，讀者易混，兹復釐而爲二，經緯錯綜，演成韻語，以便小子誦習，庶幾文義粗通。雖巧製間出於苦心，而譾才實限於短幅，未知能步散騎後塵否耶？原本計四百七十二字，中爲單姓者四百有八，爲複姓者三十，并附結語四字。悉循舊章，略無增損。倘觀者猶病其疏陋，則有吴編修之《千家姓》在。吴編修，名沉，洪武時人。所纂《千家姓》凡爲姓千九百六十八云。

秣陵九煙氏謾識

尚上黨慕敦煌隆南陽古新安，胥琅琊仰汝南盛汝南王太原。

萬扶風方河南弘太原賴潁川，懷河內葛頓丘虞陳留唐晉昌。

農雁門牧弘農施吴興惠扶風，熊江陵夔京兆司頓丘常平原。

胡安定越晉陽仝京兆暨渤海，家京兆國下邳壽京兆昌汝南。

匡晉陽危汝南易太原暴河東，周汝南武太原殷汝南湯中山。

伊陳留仲中山單南安扈京兆，毛西河季渤海姬南陽姜天水。

芮平原莘天水荀河內蔣樂安，冀渤海鄂武昌徐東海梁安定。

鄒范陽滕南陽齊汝南薛河東，桓譙國公括陽富齊郡强天水。

江濟陽闞隴西鞏山陽宓高陽，邊隴西堵河東安武威康京兆。

余下邳師太原孔魯國孟平昌，顔東魯曾魯國景京兆從東莞。

申魏郡戴譙國時隴西習東陽，賈武威董隴西咸汝南宗京兆。

高渤海談廣平明吴興簡范陽，舒鉅鹿步平陽雍京兆容敦煌。

能太原通西河益馮翊賁宣城，幸雁門喻江夏童雁門蒙安定。

臧東漢甯齊郡欒西河郤濟陰，郗山陽謝陳留崔博陵盧范陽。

房清河杜京兆姚吴興宋京兆，朱沛國邵博陵歐平陽蘇武功。

趙天水蓋汝南韓南陽楊弘農，龔武陵黃江夏卓西河魯扶風。
嵇譙國阮陳留沈吳興陶濟陽，元河南白南陽鮑上黨庾齊郡。
陳潁川平河内闞天水項遼西，鄧南陽禹隴西扶京兆劉彭城。
袁汝南晁京兆何廬江訾渤海，逄京兆羿齊郡奚譙國仇南陽。
張清河馮始平范高平蔡濟陽，秦天水魏鉅鹿敖譙國游廣平。
計京兆倪千乘程安定鄭滎陽，饒平陽沃太原巴高平丘河南。
金彭城鍾潁川璩豫章鈕吳興，褚河南段京兆皮天水裘渤海。
夏會稽雷馮翊凌河間薄雁門，秋天水雲琅琊晏齊郡陰始興。
沙汝南融南康宿東平浦京兆，石武威冷京兆支郃陽岑南陽。
魚雁門杭餘杭於京兆水吳興，烏潁川巢彭城諸琅琊林西河。
華武陵闞下邳雙天水鳳平陽，燕范陽山河内伍安定龍武陵。
柳河東連上黨薊内黃谷上谷，花東平滿河東吳延陵宫太原。
紅平昌梅汝南郁黎陽李隴西，蒼武陵柏魏郡喬梁國松東莞。
柴平陽柯濟陽查汝南桂天水，麻上谷蒯襄陽苗東陽蓬巴郡。
弓太原車京兆蔚琅琊鬱太原，文雁門章河間汪平陽洪豫章。

相魏郡席安定居雁門左濟陽，侯上谷封渤海于河内東平原。
焦中山㔑松陽後東海利河南，甄中山别京兆党馮翊空頓丘。
祁太原郝太原郈平盧郜京兆，郕武陵鄔潁川酈新蔡酆京兆。
都黎陽俞河間莫鉅鹿應汝南，繆蘭陵厲南陽閔隴西宣始平。
荆廣平茅東海貢廣平路内黄，龐始平駱内黄充贊皇田雁門。
潘滎陽郎中山韶太原艾天水，吕河東祖范陽莊天水嚴天水。
羊河上那天水靳西河陸河南，藺中山尤吴興屈臨海廉河東。
汲清河邴平陽蕭河南曹譙國，衛河東霍太原耿高陽竇扶風。
解平陽印馮翊賀廣平符琅琊，伏太原戎江陵屠陳留寇上谷。
彭隴西韋京兆聶河東許高陽，蒲河東滑下邳裴河東邢河間。
班扶風管平昌紀平陽史京兆，貝清河葉南陽譚弘農經滎陽。
祝太原巫平陽卜西河吉馮翊，任樂安傅清河樂南陽成上谷。
宦東陽儲河東牛隴西馬扶風，辛西河慎天水權天水衡平陽。
廣丹陽錢彭城豐括陽禄扶風，茹河内甘渤海向河内温太原。
井扶風閻太原麴吴興米京兆，鞠河東養山陽翁鹽官孫樂安。

包上黨羅豫章婁譙國畢河間，勾平陽索武威丁濟陽辛隴西。
翟南陽狄天水冉武陵黎京兆，藍汝南池西河桑黎陽濮魯國。
干潁川戈臨海戚東海瞿松陽，刁弘農斜臨海殳武功東南陽。
詹河間尹天水樊上黨須渤海，廖武威湛豫章糜汝南竺東海。
郭太原隗河西卞濟陽和汝南，顧武陵榮上谷費江夏穆河南。
終南陽籍廣平毋鉅鹿聞吴興，昝太原乜晉昌厙内黄逯廣平。

複姓

軒轅高陽皇甫京兆，歐陽渤海濮陽平陵。
澹臺泰山公冶頓丘，淳于河内公羊頓丘。
聞人河南太叔東平，鍾離會稽東方平原。
長孫濟陽仲孫高陽，公孫高陽申屠京兆。
夏侯譙國諸葛琅琊，尉遲太原令狐河東。
宇文齊郡慕容敦煌，赫連渤海單于千乘。
上官天水司馬河南，司徒安平司空頓丘。
万俟蘭陵宗正彭城，百家姓終。

【箋】

本文採自康熙本。相比崇禎年間的《百家姓新箋》，黃周星入清後這新的一版，改變了「朱王萬壽，明時吉昌」的敘述，顯示其寫於清代的時代特徵。而且每個姓氏之後又小字注釋了其郡望。全文收單姓四〇八個，複姓三〇個，加上書尾的「百家姓終」四字，仍爲四七二字。本文具體寫作時間難以確考。

直音

暨季單善扈户芮鋭冀記鄂諤鞏拱宓密堵睹賁臂郤隙郗希蓋閤庾與闞瞰晁潮呰子逄旁羿義璩渠華化燕平聲薊計蒯快蔚畏相去聲甄真党黨通祁奇郝霍郈台郜告郟夾鄔午酈力酆風龐旁靳僅藺吝邴丙解蟹任平聲麴曲翟宅斜斗殳殊廖料糜迷竺竹隗危上聲毋無昝簪上聲乜滅平聲厙赦逯六澹談冶也長上聲令平聲單蟬万俟麥奇

釋義

懷葛無懷氏、葛天氏，俱古帝號。

農堯時后稷爲農官。牧十二牧。

熊夔具虞臣。司常《周禮·春官》：司常，掌九旗之物名。

伊仲單扈，毛季姬姜伊尹、仲虺、咎單、臣扈俱湯臣，毛伯爵、季姬、公旦、姜公望俱武王臣。

芮莘荀蔣，四國名。冀鄂徐梁四州名。

宓安也。

中戴漢申公治《詩經》，戴德、戴聖治《禮經》。

賈董賈誼、董仲舒，俱西漢儒臣。

益賁二卦名，孔子嘗與弟子問答，俱見《家語》。

臧甯欒郤俱春秋列卿族氏。

郗謝晉望族。崔盧唐望族。

房杜姚宋，房玄齡、杜如晦、姚崇、宋璟，俱唐宰相。朱邵歐蘇朱熹、邵雍、歐陽修、蘇軾，俱宋儒臣。

趙蓋韓楊，龔黄卓魯趙廣漢、蓋寬饒、韓延壽、楊惲、龔遂、黄霸、卓茂、魯恭，俱兩漢名臣。

嵇阮沈陶，元白鮑庾嵇康、阮籍、沈約、陶潛、鮑照、庾信，俱六朝詩人，元稹、白居易，俱唐詩人。

陳平闞項陳平爲漢將，時楚漢相距，平多以黄金縱反間，致項王君臣相疑，漢卒滅楚。闞與瞰通，窺望也。

鄧禹扶劉鄧禹佐光武定天下，爲中興功臣之首。

袁晁何呰晁錯，漢景帝時大夫，與袁盎有隙，後因七國反，盎勸帝斬錯，呰，毁也。

逄羿奚仇逄蒙學射於羿，後乃殺羿，事見《左傳》。

張馮范蔡張儀、馮驩、范雎、蔡澤，俱戰國游説之士。

計倪程鄭計倪，即范蠡師計然。程鄭，蜀郡富人。俱見《貨殖列傳》。

璩環屬。

褚綿絮裝衣。

華闕雙鳳，北齊崔陵爲侍中，與弟仲文同日拜官，時稱兩鳳連飛。又隋魏景義、景禮兄弟，并有才行世，稱雙鳳。

燕山伍龍伍與五通，後周諫議竇禹鈞五子，儀、儼、侃、偁、僖，相繼登科，時謂燕山竇氏五龍。

查與樝同，木名。

蒯草名。

弓車古者以弓聘士，逸詩云：翹翹車乘，招我以弓。

祁郝郜邵，郟鄔酈酆俱邑名。

繆厲閔宣俱見謚法。

荆茅貢路《尚書》：荆州貢菁茅。龐駱龐龐四駱，皆馬□□□詩。

潘郎韶文晉潘岳字安仁，美姿容。吕祖唐吕祖名嵓，號純陽子。

羊那靳陸晉羊祜武帝時爲都督，與吴陸抗相□□命交通，抗常服其德量，戲而相愧曰靳。

藺尤屈廉藺相如爲趙上卿，位廉頗右。頗欲辱相如，相如引□□□謝罪，卒爲刎頸交。

汲邴蕭曹，汲黯、邴吉、蕭何、曹參，俱漢相。

衛霍耿竇衛青、霍去病、耿弇、竇融，俱兩漢大將。

彭韋聶許，蒲滑裴邢俱商周國邑。

班管班借作斑，梁元帝録文章華麗者用斑竹管筆。

貝葉西域經典皆以貝多樹葉書之。

任保也。

婁畢西方二宿名。

勾索丁辛勾與鈎通，鈎索，鈎玄，索隱之義，丁，後甲三日，辛，先甲三日。

翟狄北狄也。　冉黎西南二夷國。

藍池桑濮二地名。

戚斧也。　瞿戟屬。

刁斛斛借作斗，刁斗，軍中銅鐎，晝炊夜擊。　殳兵器，積竹爲之。

詹尹樊須俱春秋時人。

廖湛糜竺俱後漢人。

郭隗卞和，俱戰國時人。　顧榮晉人。

費穆元魏人。

華闕樹中天之華闕，見《西都賦》。

【箋】以上採自康熙本，不見於他本。當作於入清之後。

新箋百家姓小言

自塾師以詁誦啓童蒙，而《百家姓》與《千字文》，遂成科斗齋中千古不刊之書，亦殊可哂然。《千字文》佳句霏霏，獨《百家姓》雜亂無文，殆不堪讀。彼只以羅姓氏之籍，初無意文章之觀，亦何足怪？曾幾經詞人編纂，如劉青田之「朱王萬壽，夏禹殷湯」，其尤著者也。顧其文不少概見，後有作者數家，大抵皆未慊人意。余索居餘暇，不揣譾陋，聊復效顰爲之，既割裂錯綜，仍組練成韻。雖不敢齊驅散騎，或亦可矩步郁離，未知大方其見許否？原本單姓四百有八，複姓三十，又結語四字，共計四百七十二字。今一字不復增減，仿前例也。若帙中姓氏，原多疏漏，觀者欲進而求之，則有吴編修之《千家姓》在。

尚慕隆古，胥仰盛王。萬方宏賴，懷葛虞唐。農牧施惠，熊夔司常。

胡越全曁，家國壽昌。匡危易暴，周武殷湯。伊仲單扈，毛季姬姜。

芮莘荀蔣，冀鄂徐梁。鄒滕齊薛，桓公富强。江闞鞏宓，邊堵安康。佘師孔席，顔曾景從。申戴時習，賈董咸宗。高談明簡，舒步雍容。能通益責，幸喻童蒙。臧甯欒郤，郗謝崔盧。房杜姚宋，朱邵歐蘇。趙蓋韓楊，龔黄卓魯。嵇阮沈陶，元白鮑庾。陳平闞項，鄧禹扶劉。袁晁何訾，逢羿奚仇。張馮范蔡，秦魏敖游。計倪程鄭，饒沃巴邱。金鍾璩鈕，褚段皮裘。夏雷凌薄，秋雲晏陰。沙融宿浦，石冷支岑。魚杭於水，烏巢諸林。華闕雙鳳，燕山伍龍。柳連薊谷，花滿吴宫。紅梅郁李，蒼柏喬松。柴柯查桂，麻蒯苗蓬。弓車蔚鬱，文章汪洪。孟相居左，封侯于東。焦勞懷利，甄别党空。祁郝邰郜，郟鄔酈酆。都俞莫應，繆厲閔宣。荆茅貢路，龐駱充田。潘郎韶艾，吕祖莊嚴。羊那靳陸，藺尤屈廉。汲邴蕭曹，衛霍耿竇。解印賀符，伏戎屠寇。彭韋聶許，蒲滑裴邢。班管紀史，貝葉譚經。祝巫卜吉，任傅樂成。宦儲牛馬，宰慎權衡。廣錢豐禄，茹甘向温。井閻麴米，鞠養翁孫。包羅婁畢，勾索丁辛。翟狄冉黎，藍池桑濮。干戈戚瞿，刁斜殳束。詹尹樊須，廖湛糜竺。郭隗卞和，顧榮費穆。終籍毋聞，昝乜厙逯。

軒轅皇甫，夏侯宇文。太叔公孫，長孫仲孫。聞人諸葛，澹臺公羊。淳于公冶，鍾離東方。申屠令狐，歐陽濮陽。上官司馬，司徒司空。尉遲宗正，万俟慕容。赫連單于，百家姓終。

【箋】

此文採自道光本卷五。本文當爲入清後，黄周星的修訂之作。與康熙本相比，《小言》部分差異較大，而《新箋百家姓》部分文字差異較小。

選夢略刻

弁言

先生何爲而夢哉？先生之挾奇抱醇而賫志以没，則人夢也，天亦夢也。方顛倒熟夢中，供天人之朦朧幻影，夫何夢？先生曰：「吾不忍獨醒，聊與同夢，且以夢償醒所不得志者。」雖然，夢何爲而選也？先生曰：「夢不可選，醒而夢者也。吾夢而醒，夢可選也。用是邯鄲枕畔、蝴蝶帳中，蘧蘧然筆墨與夢爲伍矣。」夢約萬計，皆咄咄叱嗟，設想所不能到，兹刻尚非全夢也。夫夢未終而驀醒，説夢者必有餘惜。今試作囈語解之曰：

向使先生不夢，夢而無選，選復不數，夢又何由見？先生之夢，夢抑若是多也。昔太白夢遊天姥，長吉夢天，曾不足當兹刻一瞌，而癡人未嘗憾其不再夢。淵明自號羲皇上人，袁安雪中高卧，希夷鼾睡幾百年，豈果至人無夢耶？而均不聞有何夢。然則惜者慎毋夢，夢，行引入華胥羅浮之境，沉酣累晝夜而後大覺焉，何如？

雲間後學朱曰荃止善氏拜題

豈想庵選夢略刻

鍾山黄周星九煙氏自紀

一

夢至一夏屋，若殿廡狀。屋東嚮，中廣方丈，左右遍設素屏障，圍繞殊嚴密。惟屏角開小扉如圭竇，寂不聞聲。少選，有兩青衣雙鬟，自左扉出，倚欄笑語，若不見人者。余逡巡問：「屏内是何處？」答曰：「此烏谷國也。」余問：「可容客一觀否？」青衣笑曰唯唯。遂道余入小扉，緣屏而行。屏延袤宛轉，不知幾百尋丈，内無日月光，惟屏色紺碧，如黝髹可鑒。俄至屏盡處，見烏谷氏，宛然一三十許歲婦人也，揖余就坐。坐處隘甚，其上參差横設二榻，緗幃緑衾，不甚鮮麗。旁復有青衣雙鬟五六輩，俱斂衿鵠立。余因問婦人：「對門屏内是何所？」曰：「瓜迦國。」「與此屏比鄰者何所？」曰：「相思國。」余問：「相思國風景若何？」婦人不應。又問，又不應。青衣從旁答曰：「吾屬不得常相聞，恐有兵事耳。」余乃傾耳屏鎛以聽，久之闃然。婦人即命青衣酌余酒，酒色如墨，余疑未敢遽飲。婦人强之，盡一卮，而面肉忽變紺碧色，與屏色相映。余益駭愕，顧見榻上攤書數十卷，中有一卷，標題爲「孫思邈黄庭詩象」，輒取閲之。纔展一葉，聞牀頭鼠戰，遂蘧然而覺。

一　夢有人授余賦一篇，記其題爲《春龍賦》。

一　夢作古風，得一句云：「彷彿沐鬼雋。」已又夢有一山陰人，投名紙訪余。余謝弗見，仍於紙尾書一句還之云：「屋底自留寒月話，梁園久坐隔塵羔。」

一　夢閲他集，記其五言古風一首云：「蒼然白髮童，向我乞石髓。此物非餅餌，安得多多許。還叱礜下羊，入山擷堯芋。」

一　夢坐小樓中，憑右檻看山，山形獰怪甚。余訝之，以前此未有。奚奴答云：「木葉落山出，江天莫色時。」

一　夢讀《采茶賦》，寤而忘之，止記中一句云「施凌雲以翠步」，已又得二句云「潮生乳麓之新酒，月上松煙之小樓」。

一　夢得一句云：「山雲開冷眼。」

一　夢讀古排律，中二句云「自有六花難共語」，又云「雁色浮浮入鬢邊」。

一　夢登一亭曰「臨煙亭」，得二句云「爲汲長江水，挑燈煮落花。」又云「蕭蕭天下雨，青兕叫菰蔣」。

一夢大江中坐小舟，似欲作古風長篇，首得四句云：「人無才則已，才者禍之胎。物無才則已，才者罟之媒。」

一夢得數詩，止記其一云：「童子有餘閒，抱鋤深夜坐。此下失二句。隱隱數莖鬚，童子云似我。」

一夢閱他人集，得二句云：「遠朋取次來，開門天是客。」已又得四字云：「無雲可歌。」餘忘之。

一夢過一友人家，友人出其細君所作詩詞數帙示余，且以大小印數枚授余，俾印於帙首。熟視其印端各有鈕，鏤作龜蟹蟲鳥之形，俱精妙絕倫。余隨手印之，不甚記憶。獨記其一方，作如意式，中有四字文曰「西界迷臣」云。

（採自康熙二十七年《夏爲堂別集》）

一　夢與同人數輩坐古刹，旁有水軒一楹，中設几榻筆研如就試狀。云是應制草表，表題爲冊封宫人，似是新承寵，加徽號者。余授筆疾書，前後都不復記憶。止記代宫人自敘處有兩聯云：「手似柔荑，不寫相思之字；眉如翠柳，空含未慣之愁。」又云：「偶爾回頭一顧，六宫之粉黛無顔；何意轉盼承恩，九天之珠玉隨落。」記憶甚清切云。

一　夢有人持一硯索銘，余詢其名，曰西施硯。余即援筆題二句云：「才鬼不將歸地下，生香無恙是西施。」

一　夢得二句云：「明者將以松爲根，濬者將以月爲體。」

一　夢閲他書，記其二起句云：「夫聲名者，文章之户牖。功烈者，節義之輿臺。」已又閲他集，得詩二句云：「縛來天已散，劓去衆方存。」

一　夢與諸友共集社中，各分韻賦詩。余分得五歌，作近體七言律一首。余詩最先成，醒來竟忘其首尾，止記中四句云：「敲碎唾壺知夜永，故書蠅字誤秋多。名詩漫作千篇想，斗酒其如不醉何？」

一　夢閲他人集，記其兩句云：「西園廓落吟琵琶，忍淚挑燈看落花。」

一　夢有人名朱黼沐者，乞余改名。余隨舉筆改沐爲浴。已又夢觀劇，詢其名曰「魚鈴記」。已又同二三友人散步，步至一處，有白堊屏牆。牆上先有人畫一人，衣冠而立，面無五官，止畫一耳，耳下一口，正居面中，人皆不解。旁有一人指曰：此隱一字也，諸君頗能射之否？衆人皆嘿然。余乃徐辨之曰：人無五官，而止有耳與口，人下加一口耳，豈非「命」字乎？旁人洒然，拊掌而散。

一　夢得一句云：「芙蓉深處夢中難。」

一　夢閱他人詩集，是五言長篇古風，中有二句云：「小婦煮清輝，明月不敢出。」前後俱忘之矣。

一　夢至一廳事甚華敞，見壁間有一聯云：「北海開樽懸日月，雙河浮玉醉江山。」

一　夢得一詩云：「弋懿凌晨僕，掩庸枕臂醒。雙泓池水定，六面亞山青。鷄足蕭蕭立，顱頭落落生。夜來回互莽，寒月下三更。」

一　夢至一處，院宇深峻，中堂有粉額三字云「天民堂」。兩柱間有一聯云：「簞瓢卓爾從先進，鐘鼓喤然覺後知。」

一　夢至一處，水光山色，蕭瑟明濬，緑柳朱樓，宛如罨畫。余循溪岸而走，有友人偕行，偶過一處，似人家别墅。余視其門上有一小額，乃「茹庵」二字，友人曰：其下尚有一額，額歲久晦昧，不甚明瞭。余諦視之，乃「蛾眉淡薄」四字。友人不解以問余。余曰：此間必有遠山映帶耳。比回視則四面山色環繞，皆縹緲如秋雲。其旁又有一區，此頗不類别墅。見其門上有一聯云：「相公可以出而仕矣，其何憂乎驩兜？天下執大義以臨之，豈無辭於回紇？」

一　夢到一書齋中，几榻瀟灑，室中有牀，牀上有幃。余初不知幃中有人，且就架上翻閱書帙。少焉，忽聞幃中有笑語聲。余趨視之，幃中有一男子，三婦人，圍坐飲酒。正中設一圓木几，如行春櫑榼，杯盤肴核，皆已狼藉。三婦皆雅麗不俗，而中有一衣玄綃者，尤極姣豔，與男子相倚而坐。男子亦少年美書生，自稱岳陽人，招余登牀共飲。余顧見榼間，有弓鞵數緉，或仰或覆，知爲三婦所遺。余笑謂岳陽生：「何不將作鞵盃？」隨引滿自壽。岳陽生大笑，似深喜余解事者。即慷慨長吟，詠七言絶一首贈余。詩既清新，而音響亦遒亮可喜。恨忘其前二句，只記後二句云：「天下但知吾輩好，一枰杏酪在江南。」

一　夢過友人齋中，見堊壁上大書十字云：「宦海焚陽虎，儒宗醢祖龍。」余詢以二語從何處得來？友人云：「得之邵陵郡古碑中。」

一　夢與二三友人聯吟，略彷韓愈、孟郊體。先作詠物詩數首，皆不復記憶。最後一友人相約，勿得作詠物詩，當即事吟詠可也。或問：「以何爲題？」友人云：「即以我輩聯吟爲題。」於是余即先吟云：「神氣不妄與，心眼何清孤。」一友人輒續吟云：「殺賊即殺賊，讀書還讀書。」以後皆忘之。

一　夢與友人數輩，泛小舠，同至一處。江山林木，佛閣漁村，歷歷如畫。已而捨舟登岸，有二客從余，緣江岸而行，見岸邊有石壘數處，相望如斥堠。石色皆如古銅鐵，壘下皆有門户。余不識所自。一客曰：「此即武侯八陣圖也。」相與徘徊久之。復行至一處，見棹楔巋然，石柱插天，壯麗精巧，不可名狀。余復不識，客曰：「此瞽瞍坊也。」余乃仰視坊間，有四大字云：「嚚胎宣聖。」

一　夢作詠懷詩得一句云：「無一獻上皇，天公厭其拙。」

一　夢得一句云：「念子不離桃葉渡，懷人多在竹西樓。」

一　夢得二句云：「卓氏山從簾外見，米家石自袖中來。」

一　夢得詩二句云：「文字好時堪入道，江山盡處合題名。」

一　夢過一蘭若，有僧持素甆盂，注茗飲余。余受而飲竟，視盂中有四字云：「無法即法。」余笑問僧：「此下還須著轉語否？」僧即倚壁，抗聲云：「法本無法。」

一　夢閱他人詩，得一句云：「存亡感異牀。」又一句云：「共説臣清似水清。」

一　夢過街衢，見人家門扉半掩，門上朱箋書七字聯云：「青天終日入黄鸝。」其對句未及窺也。

一　夢過一小庵，庵中有遊女數輩，或持素箋一幅，向予索詠閨情詩。余援筆書七言律一首授之。醒來止記第二句云：「回首相思隔去京。」第三第四句云：「織女慣從機上老，姮娥空向鏡中明。」已復改第二句云：「回首蘭皋隔去程。」推敲久之，遂忘首尾。

一　夢得二句云：「桃花方虎面，回護小窗絲。」

一　夢閲它集，記一句云：「高士無錢對菊花。」

一　夢閲唐人詩，似劉夢得集，記其一句云：「燈前吹劍客宵窺。」

一　夢作舉子業題，爲夷齊餓首陽文。中記得二句云：「採薇弔麥之夫，何足以續十四傳神明之命？」

一　夢得一句云：「一聲中夜雁還鄉。」

一　夢閲它人詩，皆七言律。記其三句，一云：「青山無恙客中移。」一云：「經我南門湖上寺。」一云：「半日光含小柳詩。」

一　夢中閲詩文甚多，恐醒來遺忘，援筆記之，壁案皆滿，比醒時已十忘七八。止記一絶句云：「平康驢背有奇英，新月鴛釵換阿簪。可汗入來還早告，始知奴輩是同心。」又記駢詞二語云：「糟是康名，蜀無玄醴。」

一　夢閲彙書中有語云：「日初出曰『緑天根』。」

一　夢作七言律，止記一句云：「百年丘壑見文章。」

一夢遊一大刹，徙倚廡下。忽遇余同年友無可上人。余因語之曰：「頃思得一聯，稍暇當覓佳箋，爲我書之。」無可首肯，問何聯句？余曰：「國破家亡同草木，身貧親老混漁樵。」

【箋】

此文採自康熙本。道光本卷一有《陶密庵詩序》云：「……余故有《選夢》一編，紀生平夢中所得詩文聯額之屬，凡十餘卷，而與燮友往還酬答者居十之五。古云千里神交，夫豈欺我？」《選夢》當爲《豈想庵選夢略刻》。《陶密庵詩序》約作於康熙十一年（一六七二），則《豈想庵選夢略刻》當完成於康熙十一年之前，姑繫年於此。董説《寶雲詩集》（清康熙二十八年董樵董耒刻本）卷二《黄九煙居士重過寶雲》詩云：「不朽文章感慨餘，未成吴越卜新居。北天簫鼓仙韶樂，夢國河山太史書。（自言將製《北俱盧傳奇》，又有《夢史》，高一尺。）嶽記清裁空左馬，禹碑真訣授樵漁。（並隸九煙事。）何年去挈東籬叟，（謂湘中陶仲調。）三笑重將旅抱舒。」則黄周星著有《夢史》。又《南潯鎮志》（清汪曰楨纂同治二年刊本）志十《祠墓》收范鍇《偕竺峰上人尋黄九煙先生墓》詩云：「百年留故迹，咨訪墨溪濆。芻狗齋無址，銅駝夢散雲。（先生著有《夢史》，佚不傳。而《芻狗齋集》板片亦久燬。）小橋流水曲，獨樹一抔墳。（舊稱獨樹墳爲先生墓，在長生橋畔。）相與談文獻，裴回依夕曛。」據范鍇所云，《夢史》佚而不傳，則《豈想庵選夢略刻》或爲黄周星《夢史》的選本。黄周星是編，專記平生之奇夢。龔煒《巢林筆談》（中華書局一九八一年版）卷三「夢讀佳句」條：「『施凌雲以翠步，潮生乳麓之新酒，月上松煙之小樓。』黄九煙夢讀《採茶賦》，得此三句，不知前人有是語否？若憑空得此，大奇！」按此處指康熙本《豈想庵選夢略刻》第六則：「夢讀《採茶賦》，寤而忘之，止記中一句云：『施淩雲以翠步。』已又得二句云：『潮生乳麓之新酒，月上松煙之小樓。』」

鬱單越頌

題詞

三代已後之文章，莫奇於司馬遷《史記》，而《史記·天官書》非三代已後之文章。自羲和來，太史相承，規天矩地、開闢畫一之書也。《天官書》篇首「中宮天極星」五字則可以定天之蓋，而非渾天。累千年爲渾，而不知其爲蓋者。世人讀《天官書》，不信《天官書》之故也。讀《天官書》不信《天官書》，讀六經不信六經。六經皆言蓋天，世自言渾天；六經皆言鬼神，世自言無鬼；六經皆言天命，世自言斷滅，而反移换宣尼之所謂異端者，以加於我西方聖人之教，故群而讀聖人之書而叛聖人。嗚呼！明堂之制，蓋天之圖也，明堂廢而蓋天無傳矣。井田之法，蓋天之式也，井田廢而蓋天無稽矣。不知蓋天，安知鬱單越？九煙居士之頌鬱單越，未暇爲渾儀之糾繆，聊以作樂邦之化城。九煙居士以慧業文人，捨慧而言福，不知者以九煙居士爲遊戲，而余知其悲。居士踏葉過寶雲，絶歎我舊所作《昭陽夢史》，又自言放遊夢鄉，都荒外神山列仙之奇，謂世人安有夢？立言壯絶。《昭陽夢史》者，余前三十年癸未水濱紀夢之書也，世如不聞也者，而居士知其悲。悲悲相知，而余爲作《鬱單越題詞》，夫鬱單越則亦九煙居士之夢也。

堯封沙門南潛

【箋】

本文採自康熙本。沙門南潛即黄周星好友董説，見卷二《與長沙同年陶汝鼐别三十年矣一歲之中輒數見夢庚戌春日偶從月函上人處得見所寄月公詩札甚喜即次其扇頭韻和之》箋。據文云「余前三十年癸未」，癸未爲崇禎十六年（一六四三），三十年後即康熙十二年（一六七三），則《鬱單越頌》當完成於本年之前。

鬱單越頌

嚮聞衲子略〔一〕述俱盧洲之樂云：「自然衣食，宫殿隨身。」窮愁中每思此二語，輒爲神往。頃見《法苑珠林》中〔二〕所載《長阿含經》一篇，始得其詳。因釐爲七則，喜而頌之，不復問其真妄也。

其言曰：須彌山北，有天下名鬱單越，此云俱盧洲。縱廣一萬由旬。一由旬乃四十里。諸山浴池，華果豐茂，衆鳥和鳴。四面有阿耨達池出四大河，無有溝坑荆棘蚊蝱毒蟲。其地柔軟，隨足隱起，大小便時，地爲開坼，利已還合。妙哉鬱單越！別有天地人。山河匝華〔三〕果，丹青錦繡春。百鳥鳴芳晝，温池可澣塵。平衍無溝塹，及渡穢荆榛。蚊𧏙毒蟲等，福地永不親。安得生此洲，長爲羲皇民。何事劉子驥，桃源想問津。

自然粇米，衆味具〔四〕足。有摩尼珠，名曰燄光，置自然釜鍑下，飯熟光滅。妙哉鬱單越！種種出自然。粇米具衆味，釜鍑不須錢。更有燄光珠，入竈火即然。飯熟光隨滅，依舊摩尼圓。安得生此洲，鼓腹樂便便。癡絶張孺子，辟穀求神仙。

有樹名曲躬，葉葉相次，天雨不漏，彼諸男女，止宿其下。人起欲時，熟視女人，彼女隨至園林。若是父親母親不應行欲者，樹不曲蔭，各自散去。若非親者，樹則曲蔭，隨意娛樂。一日至七爾乃捨去。多欲者，一生數至四五，亦有修行，至死無欲。妙哉鬱單越！有樹名曲躬。密葉不漏雨，坐卧等璇宫。修士或無欲，有欲亦不同。男女相媾合，惟視樹蔭濃。莫言七日久，罕見一生中。安得生此洲，香夢緑重重。阿房與金屋，咄嗟〔五〕可憐蟲。

有諸香樹，果熟之時，自然裂出。種種身衣，或器或食。河中寶船，乘載娛樂。入中浴時，脱衣岸上。乘船渡水，遇衣便著，不求本衣。次至香樹，手取樂器，并妙聲和弦而行。

妙哉鬱單越！有此諸香樹。果熟自裂成，衣食器用具。寶船恣遊嬉，裸浴乘船渡。脱故便著新，紈綺隨處遇。過樹取管弦，踏歌任來去。安得生此洲，燕衎相朝暮。笑殺金谷園，羞殺瓊林庫。

彼人懷妊七八日便産，隨生男女，置於四衢。有諸行人，出指含嗽，指出甘乳，充遍兒身。過七日已，其兒長成，與彼人等。男向男衆，女向女衆。

妙哉鬱單越！生兒似有神。八日能孕育，七日等成人。乳出途人指，了不累母身。男女自分向，無煩教養頻。安得生此洲，螽麟其振振。履敏雖如達，姜嫄殊苦辛。

其人前世修十善行，來生此洲。人長三十二肘。一肘乃一尺八寸。髮紺青色，齊眉而止。其人無有衆病，壽命千歲，不增不減。命終之後，生天善處。

妙哉鬱單越！元從善行來。紺髮復長身，形軀亦偉哉。壽命皆千歲，無疢〔六〕亦無災。命終歸善處，天人復胚〔七〕胎。安得生此洲，五福遍春臺。彭殤均墮落，南方真可哀。

其土正方，人面像之，顔貌同等。彼人命終，不相哭弔。莊嚴死屍，置四衢道，有鳥接置他方啖食之。

妙哉鬱單越！事事皆如意。微憾〔八〕孅中瑕，亦復有三事。其一人面方，何從得嫵媚？其二顔貌同，親疏誰辨識？其三鳥啖屍，忍啄遺骸碎。小小缺陷間，毋亦造物忌。或嫌無五倫，更惜少文字。又聞佛不生，故爲佛法棄。此説姑置之，但喜無機智。淳龐太古風，知識忘童稚。安得生此洲，樂國同遊戲。永斷煩惱緣，頑福勝乾慧。

【校】

〔一〕道光本無「略」字。

〔二〕《檀几叢書》本無「中」字。

〔三〕「華」，咸豐本作「草」。

〔四〕「具」，道光本作「俱」。

〔五〕「嗟」，咸豐本作「咄」。

〔六〕「疚」，道光本作「疚」。

〔七〕「胚」，咸豐本作「懷」。

〔八〕「憾」，道光本作「恨」，咸豐本作「嫌」。

【箋】

此文採自康熙本，道光本、咸豐本亦收。約康熙十二年（一六七三）作。此文又見於康熙新安張氏霞舉堂《檀几叢書》第四帙，清末至民國間掃葉山房石印本《廣虞初新志》卷之十五，王冠、周新鳳主編北京圖書館出版社二〇〇四年版《佛教文獻類編》四，上海書店《叢書集成續編》子部第九十七册，臺北新文豐出版社《叢書集成續編》文學類。

庾詞

上元黄周星九煙著

庾詞小引

嘗讀《漢書》至東方生與郭舍人以隱語相詰難，未嘗不憒潚欲死。夫隱語即甚深微，亦當使人可解，何至如孔雀經、楞嚴咒，竟不曉所謂耶。若夫黄絹幼婦之辭，則明白而易見，然自古人出之，遂爲佳話，使制自今人，幾何其不笑爲淺率耶？九煙黄先生作小牋四十幅，每幅載庾詞四條，以行觴政。中者賞，不中者罰，瓊筵射覆真足以益神智而長聰明。

有如此下酒物，一斗豈足多乎？夫文人慧業何嘗之有，其大者爲持世鴻篇、經天偉論，而其緒餘亦無妨現狡獪神通，著一二小品以相娱樂。譬之天地，既有五嶽四瀆以奠封疆，而於一泉一石之微，亦必極其曲折玲瓏之致；既有松幹栝柏以供材用，而於一花一草之細，亦必傳以馨香豔麗之姿。非好勞也，亦古今靈秀之氣，自有以結撰於無窮，不知其所以然而然者。今之庾詞何以異是。雖然，以黄先生之才，不能效東方曼倩避世金馬門，高談雄辨於人主之側，而僅與二三知己作此冷淡生活，不誠令鄧禹笑人哉？

心齋張潮譔

【箋】

本文採自康熙三十六年至四十二年(一六九七—一七〇三)《昭代叢書》别集卷十三，清道光沈氏世楷堂版。張潮在《昭代叢書》中收録《庾詞》，并附此《小引》。

庾詞題辭

昔范文子退朝，武子問其何暮，對曰：「有秦客庾詞於朝，大夫莫能對，吾知三焉。」其古今射覆之祖乎？然鞠窮庚癸之呼，已疊聞於左史，而壺齟拍塗之語，亦明載於《漢書》。下逮六朝讀曲之歌，唐人藏鈎之戲，咸增華而鬥巧，遂月異而日新。余嘗謂隱語一途，不過兒童小技，然必須親切有味爲佳，如其浮泛支離，徒供軒渠何益？余夙有此意，適遘同心，偶按籍以命題，爰操觚而從事。戔分四十幅，仿玉峰剪葉之規；鬮計二百人，作金谷侑觴之具。是皆因物肖象，順理成章。義必取其圓通，音悉去夫假藉。簿名點鬼，雖有類於盈川；戲異牧豬，或無譏於士行。若和《惱公》五十韻，堪憐長吉芙蓉之詞；誰能醉我六千場，聊寄子瞻芳蓊之句云爾。

桃葉渡童知子漫識

林閒多暇，集知己數人，談讌竟日，酒闌燭跋之餘，輒取古人姓名爲隱語，以供射覆，中者舉大白酹之，不中者罰以苦茗，亦閒居樂事也。或曰：「日月如流，何乃敝精神於無用？」余曰：「然。不猶愈於今之呼梟盧、鬥葉子者，日汩汩於錢刀場中而不知止乎？昔中郎黄絹之詞，北海蛇龍之句，千載而下，猶然膾炙騷壇。彼恨我不見古人，正恨古人不見我。」

江山風月主人題

【箋】

本文採自張潮康熙三十六年至四十二年（一六九七—一七〇三）《昭代叢書》别集卷十二，清道光沈氏世楷堂版。張潮在《昭代叢書》中收録《庾詞》，并附録此二題。

第一牋奉首座及高年者

金仙捧露萬年長。（上古人二字）

泰伯逃周爲紂王。（戰國人二字）

不是桂花即菊花，梅蓮蘭蕙不如他。（漢人二字）

婁金到午宫，木德甚葱蘢。（宋人二字）

第二牋敬善音律客

寂寂長門有異人。（春秋人三字）

危峰猶在望，緩步已山腰。（戰國人三字）

兩人名同姓各别，姓雖各别也相連。一個在太白腮畔，一個在子房鬢邊。（三代、漢各一人，各二字）

漢家子弟隸梨園。（六朝人二字）

第三牋有妾及廣交者各一杯

清簟疏簾方坐穩，不知一葉下銀牀。（戰國人二字）

唐堯在上樂洋洋，静對空潭日月長。（六朝人三字）

玉門西如天上，朝也望來暮也望。（唐女人三字）

周武有亂臣，握手如雷陳。（宋人三字）

第四牋奉詩酒友，女客陪飲。如無女客，擇座中與前代美人同姓者代之，後仿此

鳩鵲枝頭拜大人，浮海堪同勇士行。（上古二人各二字）

淮陰行事果乖張。（戰國人二字）

往來韓魏中間幕，如入尋常百姓家。（漢女人三字）

雖有桃葉共桃根，堪配緑珠與紅玉。（唐人二字）

第五牋富翁一巨觥，女客陪唱

白虎關前虎子蹲。（戰國人三字）

素綆銀瓶，令人消魂。（漢人二字）
艮嶽峰堆百尺高。（六朝人二字）
童子六七人，復有友五人，只道三人中有一人，誰知還有二千五百人。（宋女人三字）

第六牋奉苦吟客

他家做知縣，與我有何干。（三代人二字）
丹砂染就一豬兒。（戰國人二字）
東海有樹蔭十洲，獸群三百大於牛。（漢人三字）
寅卯合戊己，人稱美男子。（唐人二字）

第七牋住近神廟者飲

遥想兩兄堂上坐，多應白晝對青春。（三代二人各二字）
香滿羅浮富貴家。（漢人二字）
纔經雨谷逢高鳳，又過邯鄲遇士龍。（三國二人各二字）
兵部燈籠掛滿街。（宋人三字）

第八牋文士及善卜者各一杯

宦室雲仍能跨竈。（戰國人三字）長安多空宅，城外樂熙熙。（漢二人各二字）有女辟纑不織絲，贏得餘光分四壁。（唐人三字）堪嗟嬴政庭前樹，蒼翠何曾似夏商。（宋人二字）

第九牋奉佞佛及從戎者

兄在朝鮮國，弟在臨淄城。（三代二人各二字）分明稷契皋夔輩，卻恨生當戰國時。（戰國人二字）翰林新鑿放生池。（三國人三字）侯家五代君恩重，博浪椎秦豈顧身。（宋人三字）

第十牋兄弟多及年最少者各一杯，女客陪乾

三日嬰兒甫離懷，天邊黑豹送將來。家中有片花花板，好似軍中抵箭牌。（三代三人

各二字）
識得還丹顛倒用，乾坤艮巽豈相離。（戰國人二字）
柳梢星月照黄昏。（唐人二字）
白也固飄然，到處堪容膝。（宋女人三字）

第十一牋夏月生辰者飲，女客陪乾

姓也是姓，名也是姓。姓也像名，名也像姓。其名無人名，其姓有人姓。姓是有人名，名是無人姓。（三代人二字）
潮陽嶺外寄書來。（漢人二字）
一片軟牛皮，件件用得著。（唐人三字）
生在石榴花下，性格不凶不詐。（宋女人三字）

第十二牋奉富翁及吹唱客

六朝書裏齊梁紀。（春秋人二字）
嗚金收隊後，不禁往來人。（戰國二人各二字）

并轡紫陌，觀光上國。（唐人三字）

石季倫西班宰相，張茂生翰苑鴻儒。（宋二人，一二字，一三字）

第十三牋奉秋風客及衣冠華麗者，女客陪飲

猢猻皮作外郎袍。（春秋人三字）

手挽千鈞弩，口含百沸泉。（漢人二字）

忽然冷，忽然熱，冷時頭上暖烘烘，熱時耳邊悲戚戚。（三國女人二字）

咸陽道上閒馳逐，正是機雲入洛年。（宋人三字）

第十四牋敬詞賦客

擺齊隊伍，以待暴客。（春秋人三字）

金匱中藏傳國璽，新亭風物異前朝。（戰國二人各二字）

雲裏轟轟星斗明。（六朝人二字）

城外小兒，衣冠齊楚。樹下小兒，輝映台輔。（唐二人各三字）

第十五餞好神仙者與女客對飲

三朝堂下洗孫兒。（春秋人四字）

怪道身如乾蝙蝠，昨宵辛苦在河梁。（戰國人二字）

百拜感仙師，門扃已盡披。（六朝女人三字）

兩人姓同名卻差，鬱鬱葱葱氣色佳。一在河南一塞北，三千年是舊冤家。（漢、宋各一人，各二字）

第十六餞喜結盟社者一盃

準備文書報上司。（春秋人二字）

觸藩之羝，進退可憫。東園小侯，花紅似錦。（戰國二人各三字）

漢殿班頭吏部郎。（唐人三字）

本是東吳智將，今爲大宋端人。（宋人三字）

第十七牋敬旅客及善醫者

乳哺呱呱只想娘。（春秋人二字）

八駿齊驅，六駿先散。一駿在旁，觀者不見。（戰國人二字）

子美致書退之，别來幸俱無恙。有人附報平安，卻在山陰道上。（漢一人，六朝二人，各二字）

日暖千家雉堞紅。（唐人二字）

第十八牋合席猜三元拳飲

自起開籠放白鷳。（春秋人二字）

不是娥皇即女英，如何不號君夫人。（漢女人二字）

上有叔度千頃，下有説詩匡鼎。中間兩代蟬聯，有甚冤家著緊。（三國二人各二字）

除卻歐蘇韓柳外，當時豈少大家文。（宋人二字）

第十九牋好議論者飲，仍與女客喝兩拳

千仞岡頭去採薪。（春秋人二字）

不信此鄉風俗美，果然良懦勝沙門。（戰國人三字）

二美名同姓不同，妖穠富貴都相若。一個兒雲嶺巫峰，一個兒筵開東閣。（漢、六朝二女人各三字）

冬官堂上掛真容。（唐人三字）

第二十牋喜手談者飲

三世舂米營生，兒子不知去向。（春秋人四字）

猿猴坐命宫，那復怕刑沖。（戰國人三字）

落花滿地無人掃，半夜敲門不著驚。（六朝人二字）

緇衣館裹魯朱家。（宋人二字）

第二十一牋善奕善書者各一杯

契爾靈龜，爰謀爰咨。（春秋人二字）
三世家傳稱美善，當場卻是阿郎贏。（戰國人三字）
洛陽年少在蓬萊。（唐人二字）
民以食爲天，通場第一篇。（宋人三字）

第二十二牋奉多髯客

兩人姓同派又同，中間名號卻不同。善哉善哉兩人中，一個西班一個東。（春秋二人各三字）
東方既晞，顛倒裳衣。（戰國人二字）
羊裘收拾夕陽邊。（唐人三字）
吴門孔子驅車處，憑眺時時見倚衡。（宋人二字）

第二十三牋喧嘩者一大觥

不須尚緘然，且自得逍遥。（春秋人二字）

肆中學得烏龜法。（漢人二字）

冬日盈階竹不寒。（唐人三字）

四人姓同名不同，夏官堂上鬧烘烘。一個道田單破陣，一個道董卓移宫。一個道廉頗刎頸，一個道孔明火攻。（春秋一人三字，漢二人，一三字，一四字，宋一人三字）

第二十四牋同姓者各一杯

彭城病倒老亞父，仙宫瘦損太真妃。（春秋二人各二字）

季孟之間，一脉綿綿。（戰國人三字）

生在丙戌宫，其人盛德復英雄。（唐人三字）

兩人同姓異名，大家樵採爲生。一個在咸陽古道，一個在曲沃名城。（戰國一人，唐一人，各二字）

第二十五殘歡笑者與女客對飲罰遲

兩人姓同名不同，不同之中又不同。一個是山頭飛蟻，一個是田裏沙蟲。（春秋二人各三字）

塞外嗟君老荷戈。（漢人二字）

慮到心枯無點血，何如拍手笑呵呵。（六朝女人三字）

彌天網裏且潛身。（唐人二字）

第二十六殘敬遠客三盃

二十長亭行過半，小奴辛苦負詩囊。（春秋人三字）

越阡度陌，十九東西一南北。（漢人二字）

兩人姓名俱不同，姓雖不同字卻同。尊卑顛倒一家中，一個兒鼇頭獨占，一個兒八面玲瓏。（戰國一人，漢一人，各三字）

滿引雕弧繞寨行。（唐人二字）

第二十七籤開口者各一杯

四人二字一相同，此字時時在口中。吾父之孫兄及弟，九宫八卦盡皆通。（三代一人，春秋三人，各二字）

朝家封禪稱東岱，樵牧何人敢上來。（春秋人四字）

芳蘭已變盡，極目盼天涯。（漢人三字）

學挽强弓未十年。（唐人三字）

第二十八籤如作佛事者飲

陰變陽，女變郎，水火未濟請參詳。（春秋女人二字）

分明孔氏老門徒，卻似佛家大檀越。（戰國人三字）

丈二將軍舉鼎行。（唐人三字）

朱公次子，久羈楚邸。（宋人三字）

第二十九殘好花鳥者飲

兩人姓同名不同，不同還有一半同。東山紅，西山紅，前頭掛著一張皮，後頭跳出錦毛蟲。（春秋二人各二字）

曹瞞空僭妄，元只是嬰兒。（漢人三字）

楚天雨後見明霞。（唐人三字）

甲乙之鄉，可以逃亡。（宋人二字）

第三十殘同宗者俱一杯

俯首緑楊間，貽金不用還。（春秋人三字）

兩人姓同名又同，中間行派卻不同。總是大房親骨血，二叔三叔鬧烘烘。（戰國二人各三字）

會得濠梁樂趣，參來道妙無窮。（唐女人三字）

新莽親排八陣圖。（宋人三字）

第三十一戕敬江湖客

太僕兼銜管太常，剛剛走失一群羊。（春秋人三字）

不知醫藥何來，忽然沉疴脱體。（漢人三字）

行路難，風波苦。九嚮九背從湘帆，三朝三暮黄牛艫。（六朝人二字）

一聲方啓蟄，花發十千番。（唐人三字）

第三十二戕好龍陽者巨觥

只道陰陽不顛倒，如何離兑總稱男。（春秋二女人各二字）

淇澳家家緑竹陰。（漢人二字）

囊中不費一文錢，賞盡清風與明月。（唐人三字）

右軍寫道經，字字如金石。（宋人三字）

第三十三戕合席數花嬌女狀元郎，飲到三十三止

前房接後房，生個好兒郎。（戰國人三字）

眼底桃花驚半落，從前深悔念頭差。（漢人二字）

一派峰巒無限好，幽禽相對更頻啼。（唐女人三字）

兩人并轡入皇都。（宋人二字）

第三十四殘姓名中帶鳥獸字面者飲

萬物兩間皆并育，何嘗盡被虎狼餐。（戰國人四字）

河橋有鳥獨高飛。（漢人二字）

是人不是人，一分似獸二分人。雖是二分人，又非冠帶老成人。（唐人三字）

阿瞞欲迎曹嵩，徐州凶問已至。（宋人三字）

第三十五殘坐右席者俱飲，女郎陪乾

萬頃良田一夜耕。（上古人三字）

青龍門外歲朝寒。（漢人三字）

分明是柱下老子，卻疑作海濱太公。（唐人三字）

二美姓名相亞，一字微分兩下。好座閶闔城傍，人還道不大。不大，不大，爲甚姐兒都

嫁。（六朝一女人，宋一女人各三字）

第三十六牋奉仕紳大盃，女郎陪乾

點點飛鴉入手中。（戰國人二字）

紅雲一朵郎官列，多是黄金博得來。（漢人三字）

三人姓同名各樣，三代相傳乏主罡。一在天分一在田，一在朝中假度量。（戰國二人，漢一人，各三字）

地介齊滕非水國，如何平地起波瀾。（唐女人二字）

第三十七牋好絲竹者巨觥，女郎陪乾

東邊隴上日初升。（春秋人三字）

百畝元來授一夫。（戰國人二字）

二美姓名各別，稍頭一字無差。一個兒芳草天邊半缺，一個兒瑩瑩白玉無瑕。大名喚爛更光華，不在公侯之下。（漢二女人各三字）

梁鴻與孟光，不著綺羅裳。（三國人二字）

第三十八牋奉醫卜客

呂雉當筵忽發狂，手擎鐵柱驅牛羊。（上古二人各二字）
生在午年午月，緣何不做男兒。（戰國人二字）
趙之西，魏之北，幸無災祲并兵革。（六朝人二字）
兵占知賊至，尅應果無差。（宋人二字）

第三十九牋合席分班猜將拳飲

吾語汝。（戰國人二字）
生芻之下人如玉。（漢人二字）
思兼三代是周公。（宋人二字）
忽然間四國兵争，未知他彼此輸贏。只見那夫差呵，挺戈攘臂。信陵呵，偃旆回營。平原呵，貲糧席捲。祖龍呵，虎視群英。（戰國一人，六朝一人，又戰國一人，宋一人，各二字）

第四十牋闕

手握兵權樞府坐，於今不必避廉頗。（漢人四字）
有時放，有時收，終日不離太守頭。（三國人二字）
千巖競秀，萬壑争流。（六朝人二字）
一篇錦繡呈閶闔，何異卿雲映景星。（宋人三字）

【箋】

採自康熙三十六年至四十二年（一六九七—一七〇三）《昭代叢書》别集卷十三，清道光沈氏世楷堂版。張潮在《昭代叢書》中收録《廋詞》。

廋詞釋

第一牋

盤古　○豫讓　○黄香　○狄青

第二牋

宫之奇　○高漸離　○李耳　張耳　○劉伶

第三牋

奕秋　○陶淵明　○關盼盼　○王十朋

第四牋

巢父　許由　○韓非　○趙飛燕　○李白

第五牋

西門豹　○汲黯　○石崇　○李師師

第六牋

伊尹　○朱亥　○桑弘羊　○杜甫

第七牋

叔夜　叔夏　○梅福　○關羽　趙雲　○司馬光

第八牋

公孫勝　○京房　郭泰　○盧照鄰　○秦檜

第九牋

伯夷　叔齊　○虞卿　○太史慈　○韓世忠

第十牋

微子　箕子　比干　○甘羅　○楊炯　○李易安

第十一牋

伊尹　○韓信　○韋應物　○朱淑真

第十二牋

蕭史　○畢戰　許行　○駱賓王　○富弼　文彥博

第十三牋

申包胥　○張湯　○貂蟬　○秦少游

第十四牋

列禦寇　○匡章　陳代　○雷煥　○郭子儀　李光弼

第十五牋

子濯孺子　○扁鵲　○□□□〔一〕　○衛青　衛狄

第十六牋

申詳　○羊角哀　左伯桃　○劉長卿　○呂蒙正

第十七牋

子思　○馮驩　○杜康　韓康　嵇康　○陽城

第十八牋

展禽　○虞姬　○黄祖　禰衡　○王曾

第十九牋

高柴　○淳于髡　○陰麗華　張麗華　○司空圖

第二十牋

公孫杵臼　○申不害　○謝安　○鄭俠

第二十一牋

卜商　○公輸子　○賈島　○米元章

第二十二牋

臧文仲　臧武仲　○白起　○皮日休　○蘇軾

第二十三牋

言游　○卜式　○温庭筠　○司馬牛　司馬遷　司馬相如　司馬光

第二十四牋

癰疽　瘠環　○魯仲連　○狄仁傑　○蘇秦　蘇晉

第二十五牋

微生高　微生畝　○終軍　○盧莫愁　○羅隱

第二十六牋

百里奚　○田横　○孫叔敖　叔孫通　○張巡

第二十七牋

子牙　伯牙　叔牙　易牙　○公山弗擾　○蕭望之　○張九齡

第二十八牋

南子　○孟施舍　○高力士　○范仲淹

第二十九牋

陽虎　陽膚　○魏無知　○南霽雲　○林逋

第三十牋

柳下惠　○孟仲子　孟季子　○魚玄機　○王安石

第三十一牋

司馬牛　○霍去病　○江淹　○雷萬春

第三十二牋

南子　西子　○衛青　○白樂天　○黄庭堅

第三十三牋

屋廬子　○晁錯　○崔鶯鶯　○馮京

第三十四牋

浩生不害　○粱鴻　○牛僧孺　○魏了翁

第三十五牋

神農　○東方朔　○李商隱　○蘇小小　蘇小妹

第三十六牋

烏獲　○朱買臣　○公孫龍　公孫丑　公孫弘　○薛濤

第三十七牋

左丘明　○田單　○卓文君　王昭君　○吕布

第三十八牋

風后　力牧　○馮婦　○韓康　○寇準

第三十九牋

告子　○束晳　○王旦　○吴起　魏收　趙括　秦觀

第四十牋

司馬相如　○黄蓋　○山濤　○文天祥

【校】

〔一〕此處原爲一長條墨釘。

【箋】

採自康熙三十六年至四十二年（一六九七—一七〇三）張潮《昭代叢書》别集卷十三，清道光沈氏世楷堂版。此外，國家圖書館藏清康熙間刻本《一夕話二刻》、道光《昭代叢書》别集、上海書店《叢書集成續編》子部藝術類、臺北新文豐出版公司《叢書集成續編》文學類等皆予以收録。約康熙十二年（一六七三），黄周星製成酒席謎語《廋詞》與《廋詞釋》四十箋。

廋詞跋

廋詞之道，製之者與射之者孰難？曰：製者難，射不過期於中耳，製則必期於佳，夫安得而不難？試聚數文人於此，出一謎與之，射中之者必有其人，指一物以爲的，使各製一謎，則無有能之者，且製而不佳，尤屬無味也。夫唯製之佳，是以中之易耳。今之廋詞，不誠爲黄絹幼婦乎哉？

心齋居士題

【箋】

本文採自康熙三十六年至四十二年（一六九七—一七〇三）《昭代叢書》别集卷十三，清道光沈氏世楷堂版。張潮在《昭代叢書》中收録《廋詞》，并附此跋。

製曲枝語

心齋張潮譔

小引

文字之最先者莫如詩，其最後者莫如曲。宓羲之世，僅有六十四卦名而已，無所爲文辭也。虞帝君臣賡歌颺拜，於是乎詩言志歌永言，遂開萬世吟詠之祖。自是而後，諸體以次咸備。宋王安石復創爲經義帖括之文，亦可云日趨日下矣。降至元人，忽增填詞一種，名之曰曲，其體愈卑，其事愈難，苟非當行，鮮有能道隻字者。近代唯李笠翁深得此中三昧，而尤妙於串頭，世務人情，描寫畢肖，良由其胸中原無所感、無難，婉轉曲折，以求合於時宜。夫是以雅俗共賞，案頭場上無不可觀也。黄九煙先生著《人天樂》填詞，極道製曲之苦，《枝語》十條，雖亦可盡其大概，然而未之備也。夫以黄先生之才，雖極棘手題，皆能以無厚入有間，恢恢乎遊刃有餘，獨至於曲，則戛戛乎難言之，洵乎文字之難，無有過於此者。唯其至難，是以元人以降，世遂不能復於曲之後更增一體以爲文章。則曲也者，固文家之後殿。苟非詞壇老將，亦烏能勝任而愉快乎哉？

【箋】

本文採自張潮康熙三十六年至四十二年（一六九七—一七〇三）《昭代叢書》甲集卷三四，清道光沈氏世楷堂版。張潮在《昭代叢書》中收録《製曲枝語》，并附此《小引》。

製曲枝語十條

上元黄周星九煙著(一)

詩降而詞，詞降而曲，名爲愈趨愈下，實則愈趨愈難。何也？詩律寬而詞律嚴，若曲則倍嚴矣。按格填詞，通身束縛，蓋無一字不由湊泊，無一語不由扭捏而能成者。故愚謂曲之難有三：叶律，一也；合調，二也；字句天然，三也。嘗爲之語曰：「三仄更須分上去，兩平還要辨陰陽。」詩與詞曾有是乎？

詞壇之推服魁奇者，必曰神童才子。夫神童之奇，奇在出口成章；才子之奇，奇在立掃千言也。然僅可施之於詩文耳，設或命之製曲，出口可以成章乎？千言可以立掃乎？以故才者至此無所騁其才，學者至此無所用其學，此所謂最下之文字，實最上之工力也。以此思難，難可知矣。

愚謂曲有三難，亦有三易。三易者：可用襯字襯語，一也；一折之中，韻可重押，二也；方言俚語，皆可驅使，三也。是三者，皆詩文所無而曲所有也。然亦顧其用之何如，未可草草。即如賓白，何嘗不易？亦須順理成章，方可動聽，豈皆市井遊談乎？

余最恨今之製曲者，每折之中，一調或雜數調，一韻或雜數韻，不問而陋劣可知。即東嘉《琵琶》，正自不免。至於次曲换頭，無端增減數字，亦復何奇？余於此類，皆一概禁絶之。

余尤恨今之割凑曲名以求新異者，或割二爲一，或凑三爲一，如《朱奴插芙蓉》《梁溪劉大娘》之類。夫曲名雖不等於聖經賢傳，然既已相沿數百年，即遵之可矣。所貴乎才人者，於規矩準繩之中，未始不可見長，何必以跳越穿鑿爲奇乎？且曲之優劣，豈係於曲名之新舊乎？故余於此類，皆深惡而痛絶之。至於二犯、三犯、六犯、七犯諸調，雖從來有之，亦皆不取。

有一老友語余云：「製曲之難，無才學者不能爲，然才學卻又用不著。」旨哉斯言！余見新舊傳奇中，多有填砌彙書，堆垛典故，及琢鍊四六句，以示博麗精工者。望之如餖飣牲筵，觸目可憎。夫文各有體，曲雖小技，亦復有曲之體。若典彙四六，原自各成一家，何必活剥生吞，强施之於曲乎？若此者，余甚不取。

愚嘗謂曲之體無他，不過八字盡之，曰「少引聖籍，多發天然」而已。製曲之訣無他，不過四字盡之，曰「雅俗共賞」而已。論曲之妙無他，不過三字盡之，曰「能感人」而已。感人者，喜則欲歌欲舞，悲則欲泣欲訴，怒則欲殺欲割：生趣勃勃，生氣凜凜之謂也。噫！興觀群怨，盡在於斯，豈獨詞曲爲然耶！

製曲之訣，雖盡於「雅俗共賞」四字，仍可以一字括之，曰「趣」。古云「詩有别趣」，曲爲詩之流派，且被之弦歌，自當專以趣勝。今人遇情境之可喜者，輒曰「有趣有趣」，則一切語言文字未有無趣而可以感人者。趣非獨於詩酒花月中見之，凡屬有情如聖賢豪傑之人，無非趣人。忠孝廉節之事，無非趣事，知此者〔二〕，可與論曲。

曲至元人，尚矣。若近代傳奇，余惟取湯臨川「四夢」。而「四夢」之中，《邯鄲》第一，《南柯》次之，《牡丹亭》又次之，若《紫釵》，不過與《曇華》《玉合》相伯仲，要非臨川得意之筆也。近日如李笠翁十種，情文俱妙，允稱當行。此外儘有才調可觀而〔三〕全不依韻，將真文庚青侵尋，一概混押者，無異彈唱盲詞，殊爲可惜。愚見如此，附識以質周郎。

余自就傅時，即喜拈弄筆墨，大抵皆詩詞古文耳。忽忽至六旬，始思作傳奇，然頗厭其拘苦，屢作屢輟。如是者又數年，今始毅然成此〔四〕一種。蓋由生得熟，駸駸乎漸入佳境，乃深悔從事之晚，將來尚欲續成數種。因思六十年前，安得有此？王法護曰：「人固不可以無年。」每誦斯〔五〕言，爲之三歎。

笑蒼道人漫識

【校】

〔一〕此「上元黄周星九煙著」八字，據《昭代叢書》補。

〔二〕咸豐本無「者」字。

〔三〕咸豐本無「而」字。

〔四〕「此」，《昭代叢書》、咸豐本作「人天樂」。

〔五〕「斯」，咸豐本作「此」。

【箋】

此文採自康熙本，咸豐本亦收。在康熙本中，《製曲枝語》乃是《人天樂》傳奇的附録。古本戲曲叢刊影印浙江圖書館藏清初刊本，則將此篇附於《夏爲堂人天樂傳奇》卷首。咸豐本作爲單篇文章收録。此外，張潮康熙三十六年至四十二年（一六九七—一七〇三）《昭代叢書》甲集、道光《昭代叢書》甲集第五帙、鄧實等編民國二十五年（一九三六）上海神州國光社的《美術叢書》、上海中華書局民國二十九年（一九四〇）版的《新曲苑叢書》、北京古籍出版社一九九八年據一九四七年上海神州國光社本影印《中華美術叢書》一、上海書店《叢書集成續編》集部、臺北新文豐出版社《叢書集成續編》文學類等書皆予收録。據文中「忽忽至六旬，始思作傳奇。然頗厭其拘苦，屢作屢輟。如是者又數年，今始毅然成此一種」云云，則本文當作於康熙十五年（一六七六）《人天樂傳奇》完成之後。

製曲枝語跋

製曲之難，《枝語》中已詳之矣。於難之中求其易之之法，則有二焉。一在善歌。善歌則不必對譜，其聲調之高下抑揚，可以調之于口吻之際。一在採用詩餘。詩餘中頗多有與曲調平仄相同之句，《浣紗》諸劇，亦復如是。余戊辰歲初學填詞，悟而得之，惜其時九煙先生已歿，不能就正其可否也。

心齋居士題

【箋】

本文採自張潮康熙三十六年至四十二年（一六九七—一七〇三）《昭代叢書》甲集卷三四，清道光沈氏世楷堂版。張潮在《昭代叢書》中收録《製曲枝語》，并附此跋。

酒社芻言

小引

黄九煙先生作《酒社芻言》，於尋常觴政中，特設三戒，此亦各有所宜，未可遽以爲典要者也。更有先生所未及詳者，余請得而備言之。其一爲酒之不潔也。折束之辭，或曰滌卮，取其潔耳。今斟酌之際，一人執壺，一人捧杯。執壺者必欲取盈，捧杯者恐其或溢，每斟至八分時，杯舉而上，壺壓而下，壺之嘴往往没入杯中，此不潔之在先者也。杯或未乾，所當傾而去之，存此酒以醉僮僕，不亦可乎？主人惜酒者，即以未乾冷酒，注於壺中，此不潔之在後者也。其一爲五簋之宜變也。原五簋之初，只以惜費耳，不知其費更甚。蓋簋既少則形必大，形既大則餚必豐。數止於五，則必以價昂者爲之，大約一簋而需二簋之費，此不便之在主者也。人之嗜好，各有不同，既有偏好，亦有偏惡。餚之爲類也多，必有值其好者，今止於五而已。設半投其所惡，客不幾於餒乎？此不便之在客者也。之數者，賓筵之常，皆人所忽，敢因此帙而并及之，冀得遇於觀覽者，豈非我輩之厚幸乎哉？

心齋張潮譔

【箋】

本文採自康熙三十六年至四十二年（一六九七—一七〇三）《昭代叢書》别集卷十三，清道光沈氏世楷堂版。張潮在《昭代叢書》中收録《酒社芻言》，并附此《小引》。

酒社芻言〔一〕

古云酒以成禮，又云酒以合歡。既以禮爲名，則必無傖野之禮；以歡爲主，則必無愁苦之歡矣。若角鬥紛争，攘臂讙呶，可謂禮乎？虐令苛嬈，兢兢救過，可謂歡乎？斯二者，不待智者而辨之矣。而愚更請進一言於君子之前曰：「飲酒者乃學問之事，非飲食之事也。」何也？我輩〔二〕性生好學，作止語默，無非學問。而其中最親切而有益者，莫過於飲酒〔三〕之頃。蓋知己會聚，形骸〔四〕禮法一切都忘，惟有縱横往復，大可暢敘情懷。而釣詩掃愁之具，生趣復觸發無窮。不特説書論文也，凡談及宇宙古今山川人物，無一非文章，則無一非學問。即下至恒言謔語，如聽村謳觀稗史，亦未始不可益意智而廣見聞。何乃不惜此可惜之時，用心於無用之地，棄禮而從野，捨歡而覓愁乎！愚有慨於中久矣，謹勒三章之戒，冀成四美之賢。

一戒苛令

世俗之行苛令，無非爲勸飲計耳。而不知飲酒之人有三種，其善飲者不待勸，其絶飲者不能勸，惟有一種能飲而故不飲者宜用勸。然能飲而故不飲，彼先已自欺矣，吾亦何爲勸之哉！故愚謂：不問作主作客，惟當率真稱量而飲，人我皆不須勸，既不須勸矣，苛令何爲？

一戒說酒底字

說酒底者，將以觀人之博慧也。然聖賢所謂博與慧者，似不在此。況我輩終日兀坐編摩，形神攣悴，全賴此區區杯中之物以解之，若復苦心焦思，搜索枯腸，何如不飲之爲愈乎？更有一種狂黠之徒，往往藉觴政以逞聰明，假席糾〔五〕以作威福。此非呂雉之宴，豈真許軍法行酒乎？若不幸逢此輩，惟有掉頭拂衣而已。

一戒拳鬨

佐飲之具多矣，古人設爲瓊戛以行酒。五白六赤，一聽於天，何其文而〔六〕理也。即藏鈎握子、射覆續麻諸戲，猶不失雅人之致。而世俗率用拇陣虎膺，以逞雄角勝，捋拳奮臂，叫號喧爭，如許聲態，亦何異於市井之夫、輿儓之輩乎？愚嘗謂，天下事無雅俗皆有學問存焉，若此種學問，則斂手未敢奉教。瓊戛即今之骰子。

以上三條，乃世俗相沿習而不察者，故特拈出爲戒。他如四五簋之約盟，百十條之飲律，則昔賢言之詳矣，何竢愚贅。

【校】

〔一〕《昭代叢書》本題下有「上元黄周星九煙著」八字。

〔二〕咸豐本「輩」下有「往往」兩字。

〔三〕「酒」，咸豐本作「食」。

〔四〕「骸」，咸豐本作「體」。

〔五〕「席糾」，咸豐本作「糾席」。

〔六〕咸豐本「而」下有「盡」字。

【箋】

此文採自康熙本，咸豐本亦收。創作時間未知。《酒社芻言》一卷，又見于清康熙《昭代叢書》甲集第五帙、道光《昭代叢書》别集、清代徐珂《清稗類鈔》、上海書店《叢書集成續編》子部第九十七册、臺北新文豐出版社《叢書集成續編》藝術類「飲酒之屬」等書中。

酒社芻言跋

余嘗同黄先生飲，所談亦復不拘何事，大約不喜苛耳。余則謂苛於令，可也；苛於酒，不可也。令取其佳，酒隨乎量，俾客不以飲酒爲苦，而以觴政爲樂，不亦可乎？然令雖無妨於苛，亦須在人耳目之前，意計之所能及爲佳。苟爲人之所必不記憶，徒以示一己之博奥，則真所不必矣。

心齋居士題

【箋】

本文採自張潮康熙三十六年至四十二年（一六九七—一七〇三）《昭代叢書》别集卷十三，清道光沈氏世楷堂版。張潮在《昭代叢書》中收録《酒社芻言》，并附此跋。

卷十六 雜劇

試官述懷

笛步 笑蒼子編 孤山 野漁子訂

【水底魚】(浄扮試官上)文運天開，科場點秀才。三年大比，個個趕將來。

哈哈哈，放屁文章總一般，大家容易大家難。之乎者也成何用，只要金錢中試官。自家非别，乃今科欽點一員新鮮考試官是也。區區一心鑽刺，兩眼糊塗。昔年也淡飯黄虀，久已付之度外；今朝便朱衣絳蠟，渾然只似夢中。看文字那知道皂白青紅，信著手只亂塗亂抹。賣關節緊記定趙錢孫李，合著竅便連點連圈。那中式的休感激我座主恩深，只爲他錢能使鬼。那落第的休怨恨我試官眼瞎，總因你命裏無財。這正是文章自古無憑據，惟願家兄暗點頭。且住，三年一科，事關大典，恐怕左右祗候人役們，不知道上科規矩，臨期致有違錯，不免唤將來吩咐一番。左右的那裏？(雜應上)有。

【點絳唇】(浄)明遠樓高，至公堂閙。龍門曉，濟濟英豪，一一聽吾號。

左右的，你們可知道科場規矩麽？(雜)小的們答應生疏，敢求老爺分咐。(浄)你聽我道來：今歲秀才們科場文字，都要文七篇、論一篇、表一篇、判五篇、策五篇，文論表判策，通共十九篇。篇篇都中式，取他做解元。（雜）是。這秀才們文字，還是老爺一位自看？還要請幾位老爺相幫？（凈）我老爺一位如何看得來？你與我去請那易經房、書經房、詩經房、春秋房、禮記房，易書詩春禮通共二十房，房房都請到，團坐至公堂，大家看卷子，打哄到天光。（雜）到那裏去請？（凈）你與我或浙江，或江西，或湖廣，或陝西，或河南，或山西，或福建，或廣西，四川的，雲南的，兩京十三省，個個都請齊。請到內簾賣關節，大家打夥分東西。（雜）這是內簾事體了，還有外簾事體，可要請幾位老爺相幫？（凈）你再聽我道來。還有那提調官、監試官、搜簡官、彌封官、謄録官，第一更要緊是那供給官，各位外簾都請到，炤常執事一般般。（雜）請問老爺，怎麽供給官更要緊？（凈）你不知道麽？那供給官是專管場中飲食的。那些秀才們吃的大饅頭、小饅頭、粉湯燒餅一謷收，半碗黄粱一碗粥，兩片薄肉醬瓜頭。俺老爺吃的河清酒、三白酒、玉蘭酒、紅梅酒、珍珠酒、琥珀酒，儘量吃得醉醺醺，上牀還有藥燒酒，摟著門子睡一頭，這個快活那裏有？（雜）老爺休得快活過了，還有正事未完。（凈）正事麽？也差不多了，只有那門内門外執事人員等項，未曾分咐。（雜）是那幾項？（凈）是那管門的、掌號的、巡綽的、瞭高的、提鈴敲梆的，一一要嚴緊，休得要子嬉。陰溝洞裏防傳遞，交頭接耳不容私。（雜）那些秀才們坐在號房裏，卻如何隄防他？（凈）你看那東文場天字號、玄字號，直到那率字號、歸字號，西文場地字號、黄字號，直到那賓字號、王字號，天地玄黄率賓歸王一百二十號，號號都要隄防到。謹防代筆并抄謄，夾帶文章藏觳道。那些秀才們，大半是荒字號生員，平日裏，文也荒，學也荒。到這時節，心也慌，手也慌。點過了一枝燭、兩枝燭，聽過了一通梆、兩通梆。畫角兒吹得哈喇哈喇哈哈喇，更鼓兒打的咚噹咚噹咚咚噹。寫去寫來難滿格，哼來哼去不成腔。直弄得一個個頭暈眼花喉舌燥，腰酸背痛指頭僵。肚皮餓得哇哇叫，呵欠噴嚏淚汪汪。這正是窗下功工夫全不做，場下苦惱怎生當。（雜）禀爺，這樣苦惱，那秀才們進來做甚？（净）他進來要望中哩。（雜）要中他做甚？（净）中了好做官。（雜）要做官作甚？（净）做了官好抓銀子。（雜）原來只是爲銀子。敢問老爺做官多年，也有多少銀子麽？（净）我若有銀子，我又謀這試官差做甚？（雜）原來老爺爲没銀子，纔謀這試官差。敢問老爺，這一差，可得多少銀子？（净）這卻定不得，我雖定價三千兩一名，那秀才們貧富不等，也有現的，也有賒的，也有重疊交關的，也有牽前搭後的，大約此一差所得，不過數十萬而已。（雜）够了够了，這樣錢財，拿回家去，敢怕天理難容麽？（净笑介）癡孩子，癡孩子。

【黄鶯兒】那怕犯天條？那青天，高又高，從來善惡都無報。屈倒英豪，便宜草包。那管他麒麟哭殺村牛笑。且風騷，女娼男盗，一任後人嘲。

（雜）有理有理，看來秀才們望中，也只爲銀子，老爺做試官，也只爲銀子，銀子原來是這樣好的。（净）從來如此了，你豈不聞千里求名只爲嘴，萬里求官只爲財。但看滿朝朱紫貴，皆因元寶换將來。

【清江引】幹功名只用真元寶，文字何須道。地啞并天聾，大錠的魁星跳。算世上無如銀子好。

（雜）笑寒儒枉自誇才，料怎及鬆紋鈔。任你好文章，試官全不要。算世上無如銀子好。

（合）孔方兄弄得人顛顛倒，惡業何時了。主考爲他昏，舉子爲他惱。算世上無如銀子好。

罷了罷了，科場中一團怨氣，秀才們昏天黑地，何時得公道昭彰，除非是彌勒出世。（合掌念）南無没天理銀子佛，南無喪良心銅錢菩薩。

【箋】

本雜劇採自康熙本，不見於他本。黄周星康熙五年（一六六六）有《擬作雜劇四種》詩云：「美人才子與英雄，更著神仙四座中。演作傳奇隨意唱，柳枝風月大江東。」康熙八年（一六六九）作有《余將有事填詞故人許以百種雜劇相贈戲爲四絶索》。上述材料雖然没有明確《試官述懷》的創作年份，但可以確定該雜劇大約創作於康熙五年（一六六六）之後。《試官述懷》題爲「笛步笑蒼子編、孤山野漁子訂」，笛步，又名邀笛步。在南京市青溪橋右，爲教坊所在地。相傳晉王徽之曾在此邀桓伊吹笛，故名。黄周星早年登第，十分熟悉科場弊端，這篇雜劇借試官和差役的對話，寫盡科場腐敗。

惜花報

第一折　仙吕羽調江陽韻

【小蓬萊】（老旦扮魏夫人，二旦扮仙女，二丑扮仙童引上。老旦）天上坤元輔相，隸春工澤布離方。風光浩蕩，千紅萬紫，煞費商量。

（集長吉）長眉凝緑幾千年，遥望齊州九點煙。天若有情天亦老，幾回天上葬神仙。小聖南嶽魏夫人是也，本晉司徒魏舒之女，小字華存，長適劉君幼彦。曾舉二子，晚年遇仙得道，白日飛昇。上帝命俺爲紫虚元君，分司南嶽，職隷春工。凡世上奇花異卉，緑萼紅英，賦形命色，一切皆屬俺掌管。日與崔玄微、張籍、蘇直、宋仲儒輩，論栽培傾覆之理，因材而篤，并不敢違那上帝好生之意。這也不在話下。當此春和日麗，雲淡風輕，一群嬌鳥啼花，百丈遊絲繞樹，真好一派光景也呵。黄令徽何在？（旦）弟子有。（老旦指介）你看波：

【四時花】雕欄畔，曲檻傍，萬卉隨時開放。愛他嬝娜輕盈，好比佳人模樣。（旦）常聽得夫人道來，美人是花真身，花是美人小影。果然説得不差。（合）端詳，那搭裏門妍華似西子豔妝，這搭裏競妖嬈似楊妃倚牀。風起處態翩翩似麗娟舞裳，雨過了淚盈盈似明妃望鄉。拜禱東皇，願芳菲無恙，忍教金谷園改變滄桑。

（旦）咳，美人有脂憔粉悴之時，花也有緑暗紅稀之日。美人有香消玉碎之悲，花也有葉落枝枯之厄。這些冶容豔色，寧可久乎？（老旦）正是啊，所可傷者惟此耳。

【前腔】那莽號猛，巽□狂，亂灑蒼苔之上。幾多緑怨紅愁，一任風姨摧蕩。堪傷。怕則怕鬧紛紛蜂忙蝶忙，苦則苦慘淒淒鶯雙燕雙。惱煞那醜村姑添妝毁妝，恨煞那莽兒男偷香觸香。似這種種災殃，向誰伸寃枉，這也是花運兒有個低昂。

（老旦）令徽，人有榮枯，花有開謝，這是一定不移之理。比如做神仙的，逍遥快樂，到五百年間，也有難逃的劫數，何況區區草木乎？（旦）雖然如此，若得一個護花使者，永遠維持，只情培養，勿令摧殘，也不枉了俺每愛花的一片熱腸。（老旦）啊！俺倒忘了，如今下界有個王生呵，他生平才情獨絶，品行兼優，更且有愛花之癖，真個惜花如命。似此等之人，世間罕有，你聽我道來：

【賣花聲】他落落胸襟，十分豪放。楚楚才華，幾般俊爽。他曾作一篇《戒折花文》，勸諸同輩，那惜花心性從天貺，故將折花戒遍告金蘭黨。是這般好文章該懸霄壤。

（旦）那王生真有情人也。

【歸仙洞】是情種，情太長，説不盡多情況。（老旦）他原有仙根，偶來塵世。前世本仙郎，偶爾把仙班曠。令徵。（旦）弟子有。（老旦）你可與俺下界一行，將那生呵，早引到洞天方丈，莫教被塵緣障，把去來因果，示與個端詳。

（旦）弟子理會得。（老旦）這花兒。

【尾聲】願天人，同培養。免教輕薄恣顛狂，要保護他花國春風萬古香。

（旦）弟子如今便領法旨去也。（老旦）小心在意，早去早來。

（集唐）（老旦）我憐貞白重寒芳。

（旦）一片能教一斷腸。

（老旦）千樹桃花萬年藥。

（旦）武陵何處訪仙郎。

第二折　雙調東鍾韻

【花心動】（生巾服上）逸興匆匆，見園林春滿，愛花心動。掃徑留賓，邀月舉觴，深荷主人情重。瑤階徙倚香風送，渾忘卻浮生如夢。喜氣濃，似天台劉阮，誤入仙宫。

花陰隨月進虚堂，月自溶溶花自芳。沉醉踏花閒卧月，夢回花月滿藤牀。小生王晫，别號丹麓，武林人也。俺潛心圖史，讀書不爲功名；樂志田園，閉户惟敦孝友。更且性情澹逸，耻隨廛市經營；興味蕭疏，怕見炎凉反覆。因此上寄迹風塵外，馳神山水間。每遇月夕花朝，良辰美景，或登高以舒嘯，或臨流而賦詩。雖未敢稱煙火神仙，想亦可作雲霞伴侣。且俺生來有愛花之癖，視花如同性命。這近鄰有個茂才沈衡玉，他也性好種花，自號花遯。在這湖墅西偏，構成一園，園中廣植古桂、老梅、玉蘭、海棠、芙蓉之類，而牡丹尤盛，甲於武林。疊石爲山，高下互映，那花兒開的熒熒如列星，又似日中張五色文錦，光彩奪目。俺當這春光明媚之時，大動看花之興，信步來到這園裏，低徊不忍去。遂蒙主人留飲，不覺月上東牆。主人别去，便留俺就宿廊側。你看月朗花香，怎忍辜此良夜。不免趁這月色，向花間品玩一番，以酬佳景者。（起行介）

【夜行船序】仰睇長空，見星疏雲淡，月輪高拱。雕欄裏，異卉奇花争榮。纖穠，魏紫姚黄，須信國色天香出衆。（合）欣逢，朵朵向幽人，含笑玉顔清瑩。

妙哉！溶溶然月色横空，翩翩然花影零亂。芳香襲人衣裾，幾不知身在人世矣。花呵，看你恁般嬝娜妖嬈，豈忍輕易攀折？俺向日曾作一篇《戒折花文》，布勸同心。争奈無知之輩，仍要摧殘，真可恨也。呀！

你看一會價起了這妒花風，把花瓣兒一陣陣都吹落了，可惜可惜。咳！花呵，你爲何常受恁般磨折，不要説世間人來摧殘你，就是天上的風兒，也饒你不過哩。

【前腔】堪痛，爛熳芳叢。奈枝頭連理，慣遭强横。紛紛下，似錦片飄零隨風。花呵，你墮落泥塗，被人踐踏，豈不可惜？待俺一片片的收拾你起來。（拾介）尋踪，踏遍蒼苔，收拾剩粉殘香供奉。

（起視花介）呀，俺把殘花收拾起來，再看枝頭花朵，好不欣喜哩。（合前）這裏現有筆硯，待俺作一篇《祭落花文》，祭他一祭。（坐吟介）（旦上）承旨下瑶天，翩翩向小園。仙郎春夢穩，疑在武陵源。小仙黄令徵是也，奉夫人之命，接引王生。聞他就宿沈園。來此已是，不免徑入。（見介）呀！王郎敢在此吟詩麽？（生驚起，見介）女郎何來？小生拜揖了。（旦）郎君萬福。妾乃南嶽魏夫人弟子黄令徵，因平生善種花，又號花姑。夫人雅重君，特遣妾來接引，幸即同行則個。（生）呀，原來是一位仙姑，敢問仙姑，夫人所隸何事？（旦）夫人呵，隸的是春工。（生）何爲春工？（旦）凡天下草木花片，數之多寡，色之青白紅紫，都是俺夫人主張。（生）恁的爲何見重小生呢？（旦）君到彼自知，不必遲疑，致使夫人盼望。（生）小生正做了一篇《祭落花文》。待小生祭過落花，便與仙姑偕行何如？（旦）夫人常道君惜花如命，信非虚語，君且見過夫人，再來未遲。（生）恁的，只得相隨一往，仙姑請引道。（旦）郎君這裏來。（生）呀，纔轉過太湖石，又早别是一天了。（行介）（合唱）

【黑麻序】兩岸青峰，見流泉一派，混混無窮。（生）呀，原來此處四季花一時并放，比人間大是不同。（旦）正是。（生）那邊一株樹，高有丈餘，花極爛熳。有紅裳女子，遊戲樹下，卻是何花？（旦）此鶴林寺杜鵑也，自殷七七催開之後，移植於此。（生）妙阿妙阿！ 羡鶴林七七，列仙移種。（旦）郎君轉過這幾曲咱。（生）知道了。 縱横崎嶇曲徑通，芳菲滿眼中。（合）躡仙蹤，想那朱陵不遠，多是霧鎖雲封。

（貼扮美人暗上，徐步介，生熟視介）（旦）奈何如此？ 郎君轉來。（美人下）（生轉介）這廂一帶都是梅花，疏影横斜，暗香浮動，又是一樣妙境了。 敢問仙姑，適纔美人是誰？（旦）告郎君得知：

【前腔】他莊重，玉珮叮咚。 係梅妃尊貴，未許情鍾。（生）原來卻是梅妃。（旦指介）這梅亭二字，你道是誰寫的？（生）小生不知。（旦）是明皇御墨，手題殊寵。（生）不是仙姑説，小生如何得知？（旦）幸妃性柔緩，不爾，且恐得罪。（生笑介）小生豈敢唐突。（老旦扮美人撚花嗅上介）（旦）郎君，你道那美人嗅的是甚麽花？（生）這花生成合蒂，香豔侵人，小生目所未睹。（旦）此花産嵩山塢中，人都不識。 隋時有土人得之，以貢煬帝，會車駕適至，固賜名迎輦花。 嗅之可以醒酒，并能忘睡。（生）奇哉奇哉！ 這美人敢就是司花女袁寶兒麽？（旦）正是他了。 融融，奇花拂面紅，馨香染袖濃。

（生）這到夫人那裏，還有多少路？（旦）你看那邊煙雲籠罩的，殿閣參差，朱甍碧瓦，不是麽？ 郎君請前行。（行介）合前（老旦暗下，旦指介）那壁廂是太師府，這壁廂是太醫院。（生）敢問仙姑，這裏也用太醫麽？（旦）這太醫名爲蘇直，他一生善治花，瘠的能肥，病的能生，因命之爲花太醫。（生）太師府又是何人？（旦）這是洛人宋仲儒，他一生善吟詩，兼能種植，又有藝牡丹之術，變易千種，人莫能測。 昔唐明皇曾召至驪山，植花萬本，色樣各不同，賜金千兩。 内人都唤他做花師，今仍號爲花太師。（生）原來如此。 這裏到夫人殿前，不知還有幾步？（旦）兩度石橋，乃抵其處，郎君請行動。（行介）（生）

【錦衣香】花太醫，能栽種。 花太師，能移種。 他行妙手專科，豈非天縱。 小生呵，自慚不比二師工。何當雅愛，特召愚蒙。（旦）説那裏話，我輩藉重多矣，感深情厚德，沐恩光何事謙恭。（生）不敢。前面又有兩位美人來了。（貼、丑笑上）今夜增歡閧，諸姬隨從，仙音滿耳，笙歌迭弄。（迎生、旦介）你二位來何暮也？（旦）同郎君沿途遊覽，以此來遲。如今夫人在那裏？（貼、丑）姐姐聽啓。

【漿水令】后夫人深居内宫，衆佳人樂舞未終。（旦）原來在内殿觀諸美人奏樂歌舞。（貼、丑）正是。（忙介）既承懿旨接明公，應須早報，豈可從容。（生止介）且慢，小生斗膽動問一句，這仙娥集，仙樂轟，可許竊窺珠簾縫？（貼、丑）仙凡相隔，竊窺只恐不便。然在郎君似無不可。這正是嘉客至，嘉客至，伐鼓考鐘。（旦）奇緣邁，奇緣邁，報李投瓊。

（貼、丑）姐姐，你且陪郎君在此，我二人候樂畢相延也。花徑不曾緣客掃，洞門今始爲君開。（下）（生）這二美爲誰？（旦）二位係李鄴侯公子之妾，穿青的名唤緑絲，穿紅的名唤碎桃。凡花經兩人之手，無有不活，夫人因此録入内侍。（生）原來如此。（内作樂，生聽贊歎介）（旦）不妨同郎君到簾外一觀。（内唱介）

（生）這唱的是何人？聽他直奏曼聲，覺絲竹之音，俱不能遏。既而廣場寂寂，若無一人，是誰有此絶技？（旦）此乃永新之歌也，所謂一曲千金，正是此人。（生歎介）（旦）

【尾聲】這簫韶九奏堪儀鳳。（生）況一曲千金價重。

（旦）郎君這裏來。（生）小生好僥倖也，早難道是碧霄無路得相從。

（集唐）（生）家住錢塘東復東。

（旦）紫皇宫殿自重重。

（生）你看美人帳下猶歌舞。

（合）真個是雲想衣裳花想容。

第三折 中呂真文韻

【菊花新】（老旦宫裝，小旦、貼、净、丑引上。老旦）人間天上一般春，奏罷《霓裳》日又曛。花柳正清芬，虚前席佇延賢俊。

小聖魏夫人是也。昨遣黄令徵接引王生來此，這時節諸美人歌舞已久，怎還不見到來？（净）適纔見緑絲姐姐，説王生已在外厢了，聞得夫人在這裏奏樂，不敢擅入。（老旦）快與俺宣進便殿相見。（净向古門介）夫人宣王生入見哩。（生、旦上）（生）

【繞紅樓】紫府黄庭日月新，翹首處天柱嶙峋。（旦）忽聽傳宣，疾忙前進，花裏覲鴛宸。

（旦報介）（生參拜介）念王晫塵俗么麽，仙凡迥隔，辱蒙寵召，曷勝悚惶。（老旦）説那裏話，先生請起。（生起介）（老旦）看坐。（生）夫人在上，王晫怎敢坐？（老旦）本無統屬，但坐何妨。（生）告坐了。（老旦）先生適間可曾見諸美人否？（生）不敢。（旦暗下）（老旦）

【山花子】從來花是佳人影，佳人是花朵真身。你惜花得見美人，料前生大有緣因。

（生）小生凡胎賤質，何敢望此？（老旦）最堪誇《折花戒文》，憐香惜玉情自親，啼紅怨緑愁更殷。

（生）鯫生不才，過蒙獎賞，慚愧何勝。（老旦）先生這《戒折花文》，俺已著衛夫人楷書一通，置之座右了。録取珠璣，勝似奇珍。

（生）惶恐惶恐。（小丑捧茶上）玉殿初延嘉客坐，晶盤旋進百花膏。（老旦）先生請飲此膏，則凡胎俱化矣。（生）多謝夫人。（飲介）（老旦顧左右介）王先生今日遠來，你每將何以燕樂嘉賓？（貼應介）妾願撫琴。（老旦顧生介）此盧女也，最善鼓琴，先生試聽之。（生躬謝介。貼隨意彈曲介）（生）妙哉！泠泠然直令萬木澄幽，江月爲白矣。（老旦）昔于頔曾令客彈琴，其嫂審音，歎息道：「惜哉！三分中一分箏，二分琵琶，絶無琴韻。」今聽盧女彈，一弦能清一心，不數秀奴七七矣。（生）果然不差。（老旦）太真何在？（小旦）臣妾有。（老旦）你試奏琵琶何如？（小旦）領懿旨。（彈介）（生起偷覷背介）

【前腔】傾城絶世多丰韻，常思尤物移人。到今朝驀遇太真，教人怎不銷魂？看他海棠嬌韶顔半醺，聽他鵾弦撥處如有神，宫商克諧無奪倫。（坐介）昔天寶間，稱賀老琵琶獨絶。今一聞雅奏，賀老不足多矣。玉色金聲，著甚評論。

（小丑内弄笛介）（老旦）誰人私弄笛？（净）是石家兒緑珠。（老旦）可唤他出來相見。（净唤介）（小丑内白）有客在堂，羞人答答的，怎好相見？（净）夫人唤你，怎不出來？（小丑）男女混雜，成何體統？（净）他不奉夫人之命，奈何？（丑）兒也善弄笛，何必要他？（小丑上）哎呀哎呀！你是阿紀，你何等之人，敢與我較短論長麽？我終身只事石季倫，不像你謝仁祖没後，便嫁了郗曇。虧你不識羞，還與我争這些技藝。（丑）技藝技藝，何必空争閒氣。若非你賣弄風姿，怎送得石家粉碎？（小丑）阿紀，你可聞得説「寧爲玉碎，不爲瓦全」乎？（丑）瓦全瓦全，我卻身子安然，諒你這墜樓冤鬼，怎笑我琵琶别船？（小丑笑介）

這叫做笑罵由他笑罵，風騷我自風騷。虧你有這臉皮，不羞不羞。（丑怒嚷介）（老旦）住了，尊客在此，休得囉唕。（丑、小丑各退立介）（老旦）諸美人俱在此，除了永新，只有念奴歌聲獨絶。如今可令念奴發聲，絳樹接響，弄玉吹簫，薛瓊瓊搊箏，緑珠等弄笛，紅綫操月琴，徐月華彈卧箜篌以和之。（衆應介）（净執鼓板介）妾曾將王郎《戒折花文》，檃栝成歌，今試爲王郎歌之。（老旦）這個更妙。（生躬介）蛩語蛙吟，何敢污麗人香吻。（老旦）先生過謙了，諸姬每打動樂器者。（衆奏樂介）（净唱介）

【大和佛】姹紫嫣紅爛熳春，淑景新。凄風苦雨妒良辰，泣芳魂。人生一世似春花放，忍看香豔化微塵。請把同心布告休侵損。莫道留情脂粉，須知道，上帝生成大德存。

（老旦）果然檃栝得妙。（生）一經品題，便作佳士。拙句承女郎這番敲鍊，真可謂點鐵成金矣。且歌聲出朝霞之上，當席顧盼撩人，何幸今日躬逢其盛。（净）妾何足道，使麗娟發聲，妾成傖父矣。（旦換扮混入班介）（老旦）麗娟體弱不勝衣，恐不耐歌。昔漢武帝常以吸花絲錦，賜麗娟作舞衣，春暮舞於花下。故將袖拂落花，渾身都著，謂之百花舞。（顧旦介）今日何不爲王郎演之？（旦）領懿旨。諸姐姐打動樂器者。（衆奏樂介，旦先舞後唱介）

【舞霓裳】杏臉桃腮貌出群，貌出群。錦帔羅衫石榴裙，石榴裙。落花滿袖紅成陣，蠻腰輕轉態凌雲。只恐怕隨風飛趁，怪不得漢武當年巧幫襯。

（生）妙絶妙絶！觀止矣。若有他技，小生不敢請矣。

【紅繡鞋】鯫生何幸承恩，承恩。清歌妙舞繽紛，繽紛。（合唱）瞻紫蓋，欲開雲，窺石室，好棲真。想前生夙種仙根，仙根。

（内鷄鳴介）（老旦）諸美人且暫退。（衆轉盼生介）難得相逢容易别，夢來何處更爲雲？（先下。老旦、生、貼、丑弔場）（生）小生就此拜别了。（内鷄鳴介）

【尾聲】鷄聲再唱星將隱，（老旦）月色沉沉此送君。

黄令徽那裏？（旦原扮上介）（老旦）你可原送王生歸舊處去來。（生）怎敢重勞？（二旦）説那裏話，就是夢醒重來，也還須導引。（生）荷蒙指示，敢不從命？小生便告退也。（老旦）你且暫回，到日後俺當令崔玄微處士再來召你，你須緊記者。（生）謹遵臺旨。（老旦同貼、丑下）

（集唐）（生）樓臺丹碧映天涯。

（旦）鳳吹聲如隔綵霞。

（生）我有迷魂招不得。

（旦）夢爲蝴蝶也尋花。

第四折 商調蕭豪韻

【逍遥樂】（外、小生、浄、小丑駝背并仙扮上）（外）此地風光好。（小生）何必瑶池和蓬島。（浄）衡陽洞裏任遊遨。（小丑）胡麻可種，（合）沆瀣堪餐，百卉成膏。

（外）老夫花太師宋仲儒是也。（小生）小生花淫小史張籍是也。（浄）灑家蘇直是也。（小丑）區區花吏目郭橐駝是也。（外拱手介）列位仙翁請了。俺這裏夫人職隸春工。如今正當三春節令，你看遍世界開得好花也呵。（小生）便是。小生當此，方不枉了「花淫」之號。（净）請問張道兄，何以自號「花淫」？（小生笑介）這號有個緣故。俺生平性耽花卉，當日五侯家有山茶一株，求之不得，俺便將愛姬換之，故此人都號俺爲「花淫小史」。（净）原來如此。道兄既號爲「花淫」，令寵只該取名爲「换茶」了。（衆笑介）（小丑）請問列位，今日此來爲何？（外）原來道兄不知。只爲下界有個書生王晫，目今塵緣已滿，宜證仙果。夫人鄭重其事，特命花總裁崔玄微召他到來，大會群仙，設朝引見，這也是俺南嶽洞天千古來一樁盛典。故此俺每齊來伺候。（净打小丑背介）老郭老郭，王生還没有到，你卻先與他背著個包裹來了。（小丑）老蘇，你且莫笑我，你雖名爲太醫，只怕你正没手段醫得我這脊背哩。（净）你生平善種植，常説道植木之性，其本欲舒，其培欲平，你何不把自家的本性舒一舒，平一平麽？（外、小生）蘇者自直，郭者自駝，也只好各適其性罷了，何必以直作曲，以曲作直乎？（各大笑介）（小生指介）你看那邊不是崔玄微引著王晫來也。（衆望介）（生、末上）（生）

【前腔】九面衡湘繞，岣嶁峰頭重來到。（末）乘風一晌好逍遥。名登洞府，職隸南宫，位列仙曹。

俺崔玄微是也。奉夫人之命，接引王生到來。（向生介）丹麓兄，今日夫人設朝，大會群仙，見了你呵，有好一場恩典哩。（生）慚愧慚愧。（末）前面就是衡陽洞府了，你看諸仙長，早已齊集也。（衆迎見介）丹麓兄到了，久仰音徽，幸會幸會。（生）不敢。請教各位仙翁大號？（外、净、小生各道姓名介）（小丑）丹麓公，區區賤號，試猜一猜。（生）這個怎麽曉得？（净）只看他尊背便見了。（生）啊！莫不是橐駝郭老麽？（衆大笑介）丹麓可謂善於射覆者矣。（净）崔先生，夫人此時，尚未升殿，俺每且同往洞外遊覽一番何如？

（末）使得。（行介）（净）你看七十二峰，森秀插天，巖洞幽奇，溪潭澄邃。這南嶽衡山，是好個洞天福地也呵！

【鶯啼序】朱陵洞府名久標，歎山水清高，縱丹青巨手難描。這時節況當花柳招邀，一簇簇丹霞籠罩，一對對青鸞前導。（各向生拱介）春色好，到處共伊登眺。

（内鳴璈擂鼓介）（外）咭叮叮三下靈璈，響咚咚一通法鼓，夫人將次升座了，且向殿前伺候去來。（末）丹麓當隨班朝謁，待不才引奏便了。（生）是。（末）衆仙長照常依次行禮。（内細樂升座介）（内）排班。

（衆排班拜舞，唱介）

【前腔】茫茫劫度今古遥，共攜手煙霄。喜今朝大會仙寮，拱聽著法鼓靈璈。一個個音容静悄，一輩輩威儀端好。齊舞蹈，祝讚海山不老。

（末出班，跪介）花總裁臣崔玄微謹奏，奉懿旨遣臣召書生王晫朝見，今請繳旨。（内）卿等平身。衆仙朝謁已畢，可暫到外廂伺候。（衆應暫下）（旦上）懿旨下。（末、生跪介）（旦）朕觀崔玄微召到書生王晫，心甚嘉悦。今敕封王晫爲護花使者，掌管群芳仙院事。遣侍香金童、傳言玉女，撤座前仙幢寶扇，同花總裁崔玄微，花姑黄令徵等，鼓吹送至洞門，協同群仙，送入仙院隷事。謝恩。（生謝起介）（丑、貼執幢扇上）（旦、末）丹麓兄早則喜也。（生）一介草茅，何幸至此。（旦、末）丹麓兄就此請行。（行介）（生）蒙夫人呵，

（合唱）

【黄鶯兒】仙詔賚瓊瑶，賜仙幢錦帶飄。引仙鶴羽翔文葆，聽仙音濩韶。望仙宫麗譙，

如今纔識仙家妙。五雲高，群仙會聚，恭送上丹霄。

（衆迎上介）王仙兄，恭喜賀喜。（生）念王晫有何德能，謬叨夫人恩寵，思之不覺赧顔。（末）説那裏話。仙兄惜花如命，形之篇章，如《折花戒文》《落花祭文》，種種善果，悉體上帝好生之仁。這般功德，豈同小可。（生）小生只爲芳華滿眼，不忍摧殘，往往見世上的人，或插瓶中，或簪髻畔，百般損折。又見風雨零落，或墮泥塗，或飄溷厠，不勝狼藉，種種觸目傷心。不覺有慨於中，聊託寸管，以抒其憤鬱耳。今日之事，實出望外。（衆）此乃惜花之報也。仙兄有功不居，可謂謙謙君子矣。吾輩候送多時了，仙兄請行動。（生）怎敢有勞諸公？（衆）這是理之當然。

【前腔】你花苑一英豪，感元君，降旨招，花總裁接引功非小。花姑效勞，花師在郊，花醫滿面都堆笑。坐花寮，排衙花吏，控背復躬腰。

【前腔】花運久虚囂，盼仙緣也寂寥，誰知今日裏仙緣花運齊來到。花封富饒，仙都壽高，花仙唱和無邊妙。飲酕醄，千秋萬古，樂事自今朝。

【尾聲】千秋萬古同歡樂，這的是惜花福報。奉勸世間人，切莫把天上春工辜負了。

（集唐）玉詔新除沈侍郎，百花頭上看平章。
世間甲子須臾事，始覺仙家歲月長。

（詩曰）嵯峨衡嶽吾曾到，祝融峰洞多奇奥。
黄庭觀裏魏元君，飛仙石畔餘丹竈。

誰道夫人隸春工，特獎仁賢頒鳳誥。

世人不信花神仙，請看王郎《惜花報》。

【箋】

《惜花報》一本四折，採自康熙本，不見於他本。袁行雲《清人詩集敘録》（文化藝術出版社一九九四年版）卷三：「又《惜花報》雜劇，姚燮《今樂考證》著録，爲王丹麓紀事作，近人或謂佚，或謂收於《夏爲堂别集》。此劇有刻本，在王晫《蘭言集》卷十，無署題，按之標目，即《惜花報》也。」張潮《虞初新志》（清康熙三十九年刻本）卷十二收録清武林王晫（字丹麓）《看花述異記》，記其巧遇花仙之故事，文末云：「露坐石上，憶所見聞，恍然如隔世。因慨天下事，大率類是，故記之。時康熙戊申三月。」後黄周星將之敷衍成雜劇《惜花報》，則《惜花報》當創作於康熙七年戊申（一六六八）之後。王晫，初名棐，字丹麓，號木庵、松溪子，浙江錢塘人。明末清初文人。順治四年（一六四七）中秀才，旋棄舉業，市隱讀書。著有《今世説》八卷、《遂生集》十二卷、《霞舉堂集》三十五卷、《牆東草堂詞》及雜著多種。

卷十七　傳奇

夏爲堂人天樂傳奇

純陽吕祖命序

旨哉《人天樂》，誠濟世之慈航也。夫以濟世之心，運如椽之筆，不啻舌上蓮花、空中樓閣，真堪覺悟一世，豈徒作文字觀而已哉！蓋嘗思之，不可見者心也，可見者文字也。使非以可見之文字，寫不可見之心，則心終隱於寂滅之境，而濟世之術窮矣。此《人天樂》之所以作也。夫《人天樂》何言也？曰：善言也。一言之不足而長言之，長言之不足而又詳言之。曷言乎長言之？即《述懷》以至《净口》等齣是也。曷言乎詳言之？即《不盗》《不淫》《不貪》《不嗔》等齣是也。要皆救世婆心，發爲津梁文字耳。至於《天殿》《天食》等齣，極言單越洲之勝妙，皆因前生修十善而得，此《阿含》《太乙》諸經所備載，而觀者或以爲寓言。夫寓言莫精於《南華》，而《南華》實玄門之妙諦也。惟善讀《南華》者，方許讀《人天樂》，亦惟善解作《南華》之心者，方許解作《人天樂》者之心。倘不曙乎此，而徒曰斯曲也，是舌上蓮花，彼曲也，是空中樓閣，則猶隔一塵劫矣，又何足語《人天樂》也哉？況乎阿修羅，魔心也，支天大士，道心也，道堅而魔始退，魔馘而道始全。豈徒恃夫摶砂鍊汞、黄芽白雪之爲事哉？以故帝君愛其才，祖師欽其道，名登紫府，位列仙班。此人天福報之理所必然耳，又何疑乎？噫！吾與笑蒼子周旋之日久矣，笑蒼子愍人世之勞苦，汩没於聲色貨利中，無有已時，因假軒轅生之名，現身説法，演爲《人天樂》一書，以略述夫力善之概。非徒自覺，欲以覺人也。吾故曰：《人天樂》誠濟世之慈航也。兹偶過清虚，謹識數言於首，願讀斯傳奇者，毋視爲泛常戲劇，當尊之爲《道德經》也可，當尊之爲《太上篇》也可。頌曰：

傳此《人天樂》，覺世發道心。效是行持者，可證法王身。

善哉善哉。

馭雲仙子題於雙真樓中

自序

嗟乎！士君子豈樂以詞曲見哉？蓋宇宙之中，不朽有三，儒者孰不以此自期？顧窮達有命，彼碩德豐功，豈在下者所敢望？於是不得已而競出於立言之一途。此庾子山所謂窮者欲達其言，勞者須歌其事也。然上下數千年，立言之士，莽莽如塵沙，汸汸如煙海，其纂組鞶帨，駢闐狼藉，殆不啻高齊熊耳，去天一握，而吾欲以詹詹諓諓者，離跂攘臂於其間，豈非太倉之稊米，大澤之礨空？而且小得意則人小怪，大得意則人大怪，乃欲求子雲於千百世之下，吁！其亦可哀也已。僕生來有文字之癖，即八股功令，少時皆唾棄不顧，而獨酷嗜詩詞古文。迨倖邀鹵莽之獲，則益性命以之。約計五十年中，其所撰著不下數十種。不幸洊罹鋒燹，燔溺剽敚，所存不過千百之一二，未免有見少之憾。然昔人池草燕泥、雲漢雨桐之句，雖少亦傳，而萬首詩窖，乃有不憖遺一字者。則不獨身之窮達有命，即文之顯晦，亦有命矣。且僕久處賤貧，備嘗艱險。自喪亂以來，萬念俱灰，獨著作之志不衰。邇來此念亦灰，獨神仙之志不衰耳。然天上無凡俗神仙，必欲蜕凡祛俗，則又非文字不可，於是不得已而出於詞曲之一途。少陵云：「文章一小技，於道未爲尊。」況詞曲又文章中之卑卑不足數者。然果出文人之手，則傳者十常八九。試觀王實甫、高東嘉之戲劇，婦孺輩皆能言之，而名公鉅卿之鴻編大集，或畢世不入經生之目，則其他可知矣。雖詞曲一道，其難十倍於詩文，而欲求流傳近遠，斷斷非此不可，此僕之傳奇所爲作也。但苦懷抱惡劣，萬事傷心，而又多俗累窮愁，喧卑冗雜。每一搦管，則米鹽瑣聒於斯，兒女叫號於斯，彼觀者所謂可歌可舞者，皆作者所謂可憤可涕也。昔湯若士作『四夢』，自謂人知其樂，不知其悲。楊升庵讀《西廂》，謂其人必大不得意於君臣父子之間。以古準今，何獨不然？兹僕所作《人天樂》，蓋一爲吾生哀窮悼屈，一爲世人勸善醒迷，事理本自顯淺，不煩詮譯。若置之案頭，演之場上，人人皆當生歡喜之心，動修省之念，其於世道人心，或亦不無小補。雖然，是豈僕之得已哉？夫思德功而不可得，乃降而爲立言，思立言而又不可得，乃降而爲詞曲。蓋每下愈況，以庶幾一傳於後世。後之覽者，或因詞曲而知其人，因其人而并及其詩文，未可知也。嗚呼！人之稱斯文也，豈不重可悲也哉！

笑蒼道人題

書呂祖序後

《論語》載桀溺之言曰：「滔滔者，天下皆是也，而誰與易之？」其言是也。吾夫子不聽，又西之郢，見沮於子西，見譏於接輿，卒老於行而世莫能用。豈其先幾之哲，竟不如沮溺耶？非也。吾嘗以佛氏之果位譬之。有小乘禪者，自了之外，不復度人，而人又難度，則益棄去不顧，沮溺猶是矣。有大乘禪者，弘法度人，不以治亂爲辭，不以難易自解，吾夫子猶是矣。此豈沮溺輩所知乎？今吾與笑蒼道人，頗類於是。吾絶意斯人，噤不道雙字，沮溺之流耳。道人著書等身，世弗覺悟，然後知斯人不可與莊語，於是不得已而託之詞曲，以曲行其勸善之心，始終不倦，洵不愧爲仲尼之高弟歟？吾滋愧矣！此《人天樂》一書，所以上感吕祖，從九天灑藻而爲之序也，豈偶然哉？觀是劇者，思之毋忽。

梅華外臣謹識

題詞

立於四大海之中，超乎三聖人之外，世有其書乎？曰：有之，屈原《離騷》是也。原之《離騷》，琦瑋僪佹，窮高極深，然言言悉本於忠孝。則知一切神仙詞曲，未有不本於忠孝者。今讀笑蒼子《人天樂》，有原之心焉。《人天樂》何爲作耶？曰軒轅生忠孝人也。軒轅生産於鍾阜，遊於江潭似《騷》鄉里，制科青瑣似《騷》芈姓，修十善似《騷》規矩，值滄桑似《騷》澤畔，急朋友似《騷》香草君子，偕隱妻癡僕似《騷》女嬃蹇修，宜笑蒼子之借以自況也。而俗人聞單越州之説，或有疑其荒誕者，夫豎亥量五億十萬九千八百步，不似單越之運肘乎？三桑在削船東，高百仞，女子跪樹歐絲，不曲躬鉅野乎？岐舌不死之國，金膏燭銀之寶，不自然宫殿衣食夫婦乎？《國策》一經兩海，莊周藐姑神人，穆天子之所巡，西王母之所歡，鄒衍主運之談，相如子虚之賦，不恢譎溟涬乎？彼北人疑麖，越人駭毳，無足怪也。戊午秋，笑蒼子與余别二十五年，一旦返金陵，出《人天樂》示余，如立四大海，超三聖人，巴渝天池、于遮若士爲之拊節不能已已。雖然，其大指無他，要之勸人爲善，歸於忠孝而已。太史公推《離騷》之志，謂可與日月争光，於《人天樂》何獨不然？

浯溪磨崖漫士題

人天樂目次

夏爲堂人天樂傳奇卷上

震丹　笑蒼道人　製

第一折　開闢

【西江月】（末上）頭上青青何物，眼前楚楚誰人。勝讀一部《離騷》。山川如夢草如塵，花鳥偏能惹恨。莫問寰中日月，且談世外乾坤。莊周鄒衍有新聞，試聽侏儒打諢。

【漢宫春】世界磨人，只鬱單越部，彷佛仙真。他有自然衣食，宫殿隨身。千年壽樂，無憂勞，静賞芳春。因前世，修行十善，託生彼地歡欣。咄咄軒轅善士，本聰明正直，積德行仁。蹇遇滄桑曠劫，苦守清貧。多愁多難，功行圓，忽蜕塵氛。權遊戲，北洲勝處，回頭笑傲崑崙。

人都道四天下未必有單越洲，四天下未必無軒轅子。

我轉道四天下未必無單越洲，四天下未必有軒轅子。

這本傳奇，名唤《人天樂》。列位看官，要知始末根由，但聽造化主人分付，便見大意。道猶未了，主人已到。絶妙開場。

第二折　定位　仙吕尤侯韻

【北點絳唇】（小外扮小兒紅衣三髻插花，雜扮日月風雲四神隨上）（小外大笑介）萬古千秋，大聲忽發。烏飛兔走乾生受。塵劫無休，笑破黔贏口。

（盤坐案上大笑三聲介）老住虛空萬萬年，也無屋舍與莊田。塵埃野馬渾兒戲，枉被人間喚做天。妙！自家非別，乃造化主人是也。我本無姓無名，無形無象。當初開闢天地的時節，不知是何緣故，劈空把個「天」字加在我頭上，弄得我難解難分。這些下界衆生，因見我浮在上面，就喚我做「上天」。說我尊比皇穹，又喚我做「皇天」。見我顏色青蒼，又喚我做「蒼天」。說我年代長久，又喚我做「老天」。這也都不管他，只是我自從做了這天呵，也不知被人祝贊了多少，被人怨恨了多少，終朝忙碌碌，鬧攘攘，甚不耐煩。今日稍閒，不免把這始末根由，略略數說一番，也教下界衆生們知道者。

【混江龍】這世界係誰人開剖？是那區區老盤古弄虛頭。此公多事。驀地裏分別了陰陽晝夜，辨明了清濁沉浮。那時節就有我了。只是我雖然喚做天，不過當一個虛名而已。全虧著這日月風雲四位，纔幫襯我做得個天。然也。如今你四位在此，何不將各人的神通本事，施展一番也好。（雜應介）謹遵主人公法旨。（日君捧紅輪當頭四面照介）（小外）這日呵，是長史遣燭龍煉成的陽燧火。（月娥捧白輪四面照介）（小外）這月呵，是嫦娥驅顧兔碾就的水晶毬。（風姨執藍旗舞介）（小外）這風呵，是封家姨從蘋末土囊吹出的山林籟。（雲師執五色絹幅四面鋪展介）（小外）這雲呵，是屏翳將把白衣蒼狗變成的海市樓。自有了這四件呵，卻纔挨排起五方節令，安頓起四部神洲。（雜）敢問主人公，何爲五方節令？（小外）是那威靈仰，赤熛怒，白招拒，叶光紀輪流。在含樞紐前，春夏秋冬分氣候。（雜）何爲四部神洲？（小外）是那弗于逮、瞿耶尼、閻浮提、鬱單越，圍繞著須彌山下，東西南北列軍州。那四大部洲的山水人物呵，卻也數説不盡，可正是萬萬年青山不改，千千代緑水長流。

（雜）敢問這四大部洲，還有别様名號麽？（小外）有有。

【那吒令】那弗于逮洲，即東勝身洲。那瞿耶尼洲，即西牛貨洲。那閻浮提洲，即南贍部洲。更有那四方方忒整齊，精潔潔無塵垢。那鬱單越呵，他可也又名爲北俱盧洲。

（雜）敢問這四部洲的人情風景何如？（小外）風景不同，人情各别，那裏説得盡許多，待我一一指點與你們看咱。（起立，案上四望介）（雜扮東洲人持絹布袋袱包裹上，往來行走介）（小外指介）你看，兀的不是東勝身洲也。

【鵲踏枝】他那廂人面似半邊甌，人身可丈餘修。交易食用的是穀帛珠璣，肉飯魚饈。他那裏不宰殺、一般的聯姻會友，問天年有、一百過頭。

（東洲人下，雜扮西洲人持袋袱牽牛上，往來介）（小外指介）你看，兀的不又是西牛貨洲也。

【寄生草】他那廂産珠玉，還多馬牛。市廛也有行商輳，門楣也喜良緣媾，庖筵也用衆生肉。但見他面龐渾似月輪圓，誰道他春秋倒有冥靈壽。

（西洲人下，雜扮南洲人，官吏、士民、僧道、婦人、小子各持雜物上，往來介）（小外指介）你看你看，兀的不是那南贍部洲也。

【六么序】他那廂閻浮樹，緑葉稠，布散著百萬闉疇。那人的形像呵，七尺班儔，直準横眸，似車箱地面相侔。是人呵，但相逢笑臉和甜口，更有那狠謙恭、曲背低頭。若將心事閒參究，咳，端的是通身鱗甲，滿腹也那戈矛。

【么】他也不爲别的，總只爲名囚，利郵，致使心曲如鈎，意毒如蝨，便待把天理民彝一筆勾。那管他骨肉寃讎，酣笑纔休，矢石旋投，這的是口堯行蹠心禽獸。空使盡萬種機謀，算到頭有幾個期頤叟。大古來百年瞬息，枉做那鬼域蜉蝣。

（南洲人下，雜扮北洲人一色巾服，各執樂器弦管吹彈上，往來介。小外笑指介）你看，兀的卻是北俱盧洲也呵。

【一半兒】他那廂四方八面好林丘，花鳥長春不識秋。他歷劫能將十善修，非天眷，豈凡流？一半兒癡憨一半兒秀。

【么】他自然衣食百無憂，宫殿隨身樹色幽。個個千年不白頭，真快樂，儘風流。一半兒清高一半兒壽。

（北洲人下介）（雜）敢問主人公，這四部洲的人物，也有高下差等麼？（小外）他原自有差等，據梵經上説來，贍部洲人，身長四肘，壽百歲，還多中夭。勝身洲人，身長八肘，壽二百五十歲。牛貨洲人，身長十六肘，壽五百歲。俱盧洲人，身長三十二肘，壽一千歲，并無中夭。只就他形體長短，壽數多寡上較量起來，便見四洲人的高下了。（雜）這等看起來，最高的無過於俱盧州，最劣的無過於贍部洲了。（小外）也説不差。（雜）天下衆生一般，敢問贍部洲人，何獨如此惡劣？（小外）這也有個緣故。比如俱盧洲人，他有自然衣食，宫殿隨身，自然個個向善，不造惡業了。那贍部洲地方，卻不能如此。

【金盞兒】他那裏貴的呵，位王侯。富的呵，擁瓊鏐。那貧賤的，便鶉衣藿食那能够。總有朱門金穴向誰求？因此上人懷著狼虎意，家蓄著虺蛇謀。正是那起心天地怕，眨眼鬼神愁。

那貧賤的也罷了，就是那富貴的呵。

【後庭花】他享珍筵想御饈，著緋貂望衮旒。則待要粉黛成林樹，金珠積土丘。肯輕丢，思前算後，要與萬代兒孫作馬牛。越官高越不休，越金多越不彀。便佔斷天宫白玉樓，他雄心還過北斗。真狠。

（雜）那贍部洲人，果然如此惡劣。只是其中難道就没有幾個好的？（小外）怎麽没有。莫説帝王君相，就是那孔仲尼和李伯陽、釋迦牟尼這三個人，也都是生在他那一方的。卻只是聖少凡多，賢少愚多，善少惡多，不知何故。（雜）看起來，四洲之中，只有俱盧洲第一好了。但不知彼地人人可到否？（小外）地土隔絶，形貌不同，别處人怎生到得？就使到得，亦有何用？只有世間修十善行，及積德累功的好人，命終之後，便得託生其地。（雜）那地方想只有好處，更没有不好處了。（小外）也曾有議論他的，道是鬱單越爲八難之一。因其人壽樂，不受教化。一者聖人不生其地，二者韋馱只在三洲感應，再不到他那一洲，因其不得見佛聞法，故名爲難。（雜）這卻如何？（小外）雖是這般説，此處感報，卻遠勝東西南三洲，豈同容易？如今贍部洲中，現有一位善士，唤做軒轅載，此人生平正直忠厚，積德累功，真可謂勤修十善行者。他雖少負才名，早登科第，卻遭時不偶，清苦一生，著實屈了他了。將來正該託生彼地，以彰感報纔是。

【青哥兒】你看偌大的閻浮閻浮宇宙，好一個軒轅軒轅華胄。他生來正直忠良還渾厚，況有紙上琳球，筆底蛟虬。賦似枚鄒，文比韓歐。圭蓽吟謳，虀粥藏修。濟世懷憂，利物貽庥。功行誰酬？則除是奉邀到鬱單洲，權消受。

雖則如此，我看那軒轅生夙有仙緣，將來也不消到得彼處了。只可歎那一個贍部洲中，似此者能有幾人？（冷笑介）

【賺煞】那世界不堪觀，世事難窮究，枉費卻、龍争虎鬥。覷那些螻蟻焦螟鬧不休，這排場甚日方收？如今下界衆生們，每每怨恨著我不公不平，開口就説道不會做天莫做天。冤哉！冤哉！我幾曾要做這天來，我著甚來由替百草擔憂，只索妝啞推聾眼不瞅。歎韶光怎留，笑滄桑依舊。哈哈哈！我且醉眠一覺去也。那怕他妙高峰化做了土饅頭。

枉被人呼作小兒，千鈞重擔怎推辭。

如今料想也没那唐虞揖讓三杯酒，只好閒看那紅拂雌雄一局棋。

（大笑，同雜下）

第三折　述懷　正宫歌戈韻

【瑞鶴仙】（生巾服上）何故天生我，不解。看紅塵五濁，都無一可。千般受摧折，甚功名富貴，么麽奇貨？想神仙有待和才子佳人三個，奈俗緣難了，天心未卜，壯懷無那。

【鷓鴣天】骨相生來本不同，誰言謫降自瑶宫。文章一代卿雲爛，節義千秋皎日紅。閒説夢，悶書空，草衣木食笑英雄。何時揮手緱山去，鶴背長乘萬里風。

小生覆姓軒轅，名載，號冠霞。生長鍾山草堂之間，遍歷東西南北之境。初撫汝南之異姓，後歸江夏之本宗。弱冠而登賢書，壯齡而叨甲第。一官纔授，自知素無宦情；九鼎俄遷，誰道頓遭世變。因此籬邊采菊，藏典午之衣冠；井底函經，留本穴之世界。素貧賤而行貧賤，農圃何妨；志聖賢而希聖賢，簞瓢可樂。這也罷了，只是小生賦命不辰，與世寡合。本書種復兼情種，歎裴航獨少奇緣；是文魔更帶詩魔，恨虞翻絶無知己。人道我性剛骨傲，未肯和光而同塵；我自信腸熱心慈，最喜濟人而利物。奈何一身多難，四海無家，喪亂以來，家口散盡。惟有室人宋氏，相隨患難，井臼親操。向來因未有子息，所以上爲祖宗一脈，權且忍耻偷生；今幸連舉兩男，庶乎箕裘有託。但目下生計蕭條，嗷嗷無策，進退兩難。不免唤書僮盉旦，請娘子出來商議則個。盉旦那裏？（丑扮盉旦，應上）來了。老爺改作相公，大叔降做書僮。不爲乾坤反覆，緣何顛倒英雄？相公待小人請夫人出來。（旦扮宋氏上）

【七娘子】榮枯一瞬浮雲過，問良人坦懷若何？中饋無憂，綦巾聊樂，同心琴瑟還堪和。

（見介）（旦）相公原來在此小軒獨坐。（生）娘子，我想自從棄家以來，貧賤流離，一言難盡，甚虧娘子朝夕支持。如今兒女滿前，資生無計，如何是好？（旦）相公有何長策？（生）我們讀書人，從來只靠著這一管毛錐子，扶王定國，濟世安民，都是他，如今卻用不著了。我想古人處亂世的，只有兩策。一則躬耕隴畝，一則教授生徒。我今無田可耕，須得尋一個館地，教授幾個生徒，以爲餬口之計方好。（旦）相公高曠之人，安能作此瑣事？（生）這也説不得了。娘子，你豈不聞官舘觀郭之説乎？創論奇妙。（旦）甚麽「官舘觀郭」？奴家不知。（生）這是取笑讀書人的話頭。他説讀書的人，第一得意的，便是做官了。若不得官做，只好處舘。若再不得舘處，只好入道觀之中，做個道士。若還連道士没得做，只好學齊人東郭求乞耳。所以「舘」字是「舍官」二字。妙。如今既捨了官不做，自不得不處舘了。（旦）聽了「官舘觀郭」之説，煞是傷心。但恐世態炎凉，人情惡薄，相公你處處圖舘，到底何曾遇著個賢主人來？（生）便是這些可恨。自古道亂臣賊子，人人得而誅之。如今正人君子，人人得而欺之，言之真可痛哭也。娘子，我當日讀這書呵。

【錦纏道】只道占巍科，步瀛洲翩翩玉珂，揮翰宿鑾坡。我素志原不在温飽，但得爲一風流學士足矣。誰想已登鼎甲，臨期又復换去。其時名居二甲，班列郎官。枉勞他尋常榜額收羅，那俗烏紗戴他怎麽。又誰知百千年桑海翻波，荆棘陷銅駝。百忙裏拜辭了三臺八座，因此上飄流受折磨，連累你糟糠窮餓，笑書卷到底誤人多。

咳！娘子，從來人都道科第是貧賤的結局，誰知我卻是貧賤的起頭。孟夫子曾説：「五穀不熟，不如荑稗。」如今五穀既熟，依然不如荑稗。傷心之語。如之奈何？（旦）相公呵。

【普天樂】只爲你謫仙才，名争播，白玉品，塵難涴。你今日處此時世呵，分明是鷄豚畔麟鳳婆娑，蓬蒿裏竹柏嵯峨。諒知音幾何？倒不如閉門酣飲高歌。

（生）閉門酣飲，乃是人生至樂，但恐終不免衣食之累耳。（旦）怎得個自來衣食便好。（生笑介）若要自來衣食，無求自足，除非是北俱盧洲，方有此福，這邊卻怎麽能够。（旦）北俱盧洲光景如何？便請相公表白一番。（生）那俱盧洲呵。

【前腔】好山林，如樓閣，但快樂，無災禍。他思甘旨便有珍味調和，思輕暖便有錦繡綾羅。千年可活，那天宫等閒還不如他。

（丑拍手笑跳介）妙妙妙！原來有這樣好去處。相公，我們該連夜搬去纔是。（生笑介）癡孩子，我們如何去得？他都是前世修來，故得託生彼地。我們只爲前世不修，以致墮落於此。（旦）相公，前世事還屬渺茫，只是你一生積德行仁，若天道有知，將來必有好處。（生）這也由他，只我從今以後，不論在家在外，益當廣行善事，以懺夙業便了。（旦）正是。（生）

【醉太平】思量不錯，想前生作業，今生擷挫。修持積纍，從今再莫蹉跎。（旦）知麽，天堂地獄豈争多，只方寸轉移些個。（生）漫談因果，這儒家利濟，不比彌陀。

【尾聲】半生春夢愁難破，（旦）今日方知安樂窩，（合）且脱鷫裘一醉歌。

（生）出處依然一布衣，

（旦）黄冠那得故鄉歸。

（生）且將夫婦爲兄弟，

（旦）閉户深山共採薇。

第四折　福綱　仙吕齊微韻

【望遠行】（小生扮北洲人上）須彌北際，寶樹庵羅周庇。國土莊嚴，勝妙不容思議。亘古風日清和，到處山川美麗，別有這稀奇天地。果然稀奇。

天外原來復有天，人間極樂更無邊。雖然不是神仙界，笑殺齊州九點煙。自家俱盧洲人是也，俺這國中衆花匝地，七寶爲池。歲歲皆春，四季不知冬夏；人人同體，五倫安用君臣。但説起美衣美食美田園，無求不得；若想到多福多壽多男子，有願必從。白鏹總無交，金寶真同瓦礫；紅顏都不老，蕉萃亦是姬姜。設使那作惡的能來，也省卻許多惡業；畢竟是修善者纔到，可知他夙有善根。説不盡萬種神奇，算得定千年快樂。這正是不喧不寂清虚境，無是無非自在天。道猶未了，只見俺國中一班男女們，笑舞而來也。（外、末、老旦、小旦同上）哈哈！是好快樂也呵！（外）

【一封書】幸生在福地，更無勞誇智力。人材一樣齊，總惺惺落得癡。釋道儒流何處用，便是農牧工商皆不知。（指東介）看東方弗婆提，（合）怎似吾鄉事事宜？（末）

【前腔】幸生在福地，更無勞圖富貴。金珠似土堆，享珍羞共錦衣。事業文章何處用，便是將相王侯皆不知，（指西介）看西方瞿耶尼。（合前）（小旦）

【前腔】幸生在福地，更無勞愁匹配。桃夭没定期，遇天緣是好媒。四德三從何處用？便是月老冰人皆不知。（指南介）看南方閻浮提。（合前）

（老旦）

【前腔】幸生在福地，更無勞求子息。旬中便産兒，要多男甚易爲。麟鳳芝蘭何處用，便是乳哺懷胎皆不知。（指東、西、南三方介）看三方苦參差。（合前）

（小生）

【解三酲】這好世界愜心如意，美風景皞皞熙熙。光天化日閒遊戲，但身到處笑開頤。那吟風弄月皆朋侣，傍柳穿花任唱隨。（合）真奇異，是人天福報，不用猜疑。

（外）

【前腔】這錦繡谷萬花芳媚，管弦隊百鳥嬌啼。（二旦）便歡娱一日同千日，何况没打算海山期。（末）比似别處呵，生年百歲仍難滿，俺這裏快樂千年定不移。

（合前）

【尾聲】自古道樂生悲，盈招忌，須知此地不愁伊，只爲前生吃盡虧。

天然富壽足風流，奇福如斯豈易修。

只恐癡貧生幻夢，人人想到我鬱單洲。

第五折　不殺　商調家麻韻

【繞池遊】（生、旦同丑上）南明盛夏，午節纔銷假。看葵榴滿庭如畫。三間弔罷，笙歌重發，又是漢亭侯千春歲華。

（生）娘子，今日五月十三，乃是關帝聖誕，我們理當祭獻。（旦）相公，我見你一生敬奉關帝，卻是爲何？（生）娘子，那關聖帝君，乃是古今第一正神也。你聽我道來。

【高陽臺】他當日威震中華，名高三國，忠義赤心無假。更智勇英雄，獨行千里爲家。非誇，青龍赤兔無比賽，甚吴魏敢來争霸。到如今爲神呵，遍幽遐。這的是聰明正直，合享這萬古香花。

從來説帝君籤詩最靈，我一生曾祈三籤，都是牛鼠交成。一應在庚辰傳臚之日，一應在甲申監國之時。還有一籤，至今三十餘年，尚未應驗，須待將來。就是那癸未秋間，我在湖南地方，也虧帝君命小將軍指點迷途，得免流寇之難。我想此一生，蒙帝君福庇不小也呵。

【集賢賓】區區一介縫掖家，守章句生涯，何意神明垂鑒察。許逢成牛鼠交加。三番卜卦，論響應令人驚詫。更有兵燹話，幸當日脱離戎馬。

娘子，如此正神，又蒙護祐，安敢不敬奉乎？（丑）正是。今日關老爺生日，各處牲牢祭賽，鼓樂喧天。相公，我們也該殺鷄宰鵞，祭獻一番纔是，待小人去街上買來。（生）這卻不可。我家中從來戒殺，你豈不知？況這帝君呵。

【黃鶯兒】位已列清華，證仙班，護梵伽，將軍轉眼成菩薩。今日祭獻呵，魚蔬不乏，蘋蘩可嘉，何須毛血沾盤斝。省喧嘩，便是心香一炷，感應自無差。

（旦）相公說得是。奴家已備下祭品在帝君案前，請相公同去禮拜便了。（行到，同拜介）（生）

【前腔】稽首絳帷紗，薦微忱，酒共茶。（旦）念我貧家呵，粢盛雖潔無牲殺。（生）齏鹽措大，簞瓢世家，孔顏樂處非虛詐。儘奢華，這肥菘嫩韭，還有蔬食菜羹瓜。

（旦）祭獻已畢，奴家便與相公共酌數杯，以消岑寂何如？（生）甚好。（同飲介）（末扮漁翁持籃上）

【吳歌】水面子個蘆花水底子泥。我摸鰍了摸鱔又摸子個鰻鱺。鱔魚鱔魚，莫道是你名叫子鱔魚，便不吃你，須知子人善也要被人欺。

軒相公，我送一件寶物來，與你午間下麵吃。（丑看介）原來是鱔魚，甚麼寶物。（末）豈不聞書上說，惟善以爲寶。（生）我從來戒殺，不用此物，你請拿到別處去賣。（末）原來相公是不好善的。哈哈！請了。

（下）（老旦扮漁婦持鼈上）

【又】昨夜我郎捉著子一件好東西，官名叫鼈又號子個團魚。我道郎呀，這物事寧可等小阿奴奴拿到街頭去賣，免得人人錯認你做子小烏龜。

軒相公，我特尋得一物來奉敬你，好拿來晚間下酒。（丑）這是兩枚小鼈，何足爲敬？（老旦）豈不聞書上說，不敬何以別乎？（生）我從來戒殺，不用此物，拿去拿去。（老旦）原來如此。相公你分明要和奴家做個不別而行了。（下）（丑）相公，你又不是持齋受戒的和尚，這樣東西，吃些何害？你看街坊上，和那大人家，一日不知宰上多少牲口哩。（生）你不知道。

【簇御林】那屠沽肆，鼓吹衙。恣刀砧，血染花，殺生害命全不怕。有一日業鏡顯，輪回押，報無差。那時節披毛帶角，一例赴屠家。可怕人否？

（旦）相公雖不持齋受戒，如此清苦澹泊，卻也與出家人無異。（生）娘子，聖賢說得好：「素貧賤，行乎貧賤。素患難，行乎患難。」先賢又道：「以儉養廉。」又道：「苟全性命於亂世。」我們不幸處此時勢，焉得不如此安分度日乎？（旦）曾聞得遠方僧家持齋，不忌葱蒜韭薤。他道是園中所生，與蔬菜本同一類。又聞西洋人持齋，把水族都當素品，他道水是素的，連水中之物，也是素的。這卻如何？（生）豈有此理。

【前腔】那是邪魔教，別一家。假闍黎，污釋迦，豈有葷腥好上維摩榻。我今日雖不殺生呵，自有蔡氏脯，陶家鮓，且酌流霞。斜陽欲下，搔首送歸鴉。

惡業無過嗜殺生，須知天道最神明。

請看世上刀兵劫，盡是庖中怨痛聲。

第六折　天殿　黃鐘魚模韻

【點絳唇】（小生、外、末俱扮北洲人上）（小生）萬綠天中，鬱葱佳氣，籠輕霧。寶池香樹，盡是逍遥處。

俺這俱盧洲好快樂也。你看陰陽調柔，四氣和順。多有諸山浴池，無數花果豐茂。俺這國中四面有阿耨達池，各縱廣百由旬，以七寶砌成，出四大河。地上柔軟，一平如掌。隨足隱起，無有溝坑荆棘，亦無蚊虻毒蟲。若大小便時，地爲開拆，便利已完，地還自合。四時之中，無有冬夏，但見百草常生，衆鳥和鳴。到了夜中，有阿耨達龍王，時時起清净雲，周遍世界而降甘雨。爲八味木，潤澤普洽。至中夜之後，净無雲翳，空中清明，海出涼風，微吹人身，舉體快樂。你道有甚麽不稱意也呵。

【畫眉序】和氣滿寰區，錦繡乾坤畫不如。任山川花草，到處歡娱。春光媚嬌鳥長吟，宵夢穩毒蟲無慮。更奇甘雨祥雲布，喜清風解愠徐徐。

（外）那望見緑森森翠巍巍的，是爲何物？（小生）那是俺國中大樹王，名爲庵婆羅。他圍有七由旬，高有百由旬，枝葉四布，有五十由旬。（外）一由旬是多少？（小生）一由旬大者八十里，中者六十里，小者四十里。（外）阿呀！這株樹好不高大哩。

【滴滴金】分明是一座須彌谷，若比并閻浮没算數。緑陰陰掩蔭三千畝，似擎天青玉柱。寰瀛獨步，甚蟠桃大椿堪婢僕。且莫説别處，便走盡俱盧，那有兩株？

（末）那地下一望緑茸茸平鋪鋪的，又是何物？（小生）那名爲軟草，他盤縈右旋，色如孔翠，香如婆師，軟若天衣。（末）原來如此。（小生）

【滴溜子】這天衣草，天衣草，茸茸軟緑。婆師味，婆師味，異香馥郁。説甚麽花茵氍毹，王孫歸不歸？春風幾度，儘妙舞清歌，酣卧酒徒。

（外）那周圍一派樹木，枝葉茂密，或直或彎的，是名何樹？（小生）那名爲曲躬樹，葉葉相次，天雨不漏，就是俺們止宿之處也。（末）更妙更妙。

【三春柳】這是天生廣厦千間屋，抵多少修竹吾廬。那密葉排比呵，便鳥羽魚鱗渾不如，又何愁霖雨濡。尤奇處，彎曲曲如折叠屏風相擁護，作翠幌教春住。一任你席地幕天，安眠穩宿。

我想别處人呵。

【尾聲】一枝烏鵲猶難卜，草栖露宿苦何如。怎知俺這裏宫殿隨身勝帝都。

（小生）若得世間皆此樹，市廛何處榷商緡。

果然宫殿盡隨身。（外）不過是緑樹重陰蓋四鄰。

第七折　不盗

仙吕江陽韻

【傍妝臺】（生、旦同丑上）（生）境凄涼，天涯爲客歲年長。草滿淵明徑，蠹積子雲牀。（旦）土銼疏煙冷，竹甑生蛛網。（丑）難賒酒，頻絶糧，這般清苦果非常。

（生）娘子，我和你處此時世，旅况蕭條，無人過問。三旬九食，十年一冠，這也是應得的。不期又有意外之虞。如我前日往鄰郡議婚，偶遇著一個故人之子。憐其窮困，招過寓中，解衣推食。不期此子乘我他出，竟竊取篋中聘資數十金而去。昨夜又忽遭穿窬，暗掘牆洞，將室中所有，罄捲一空。這豈不是雪上加霜，漏

中遭雨麽？時命如此，可歎可歎。（旦）便是。（生）

【八聲甘州】人心難量，看起來多是鬼魅豺狼。我好意扶危濟困，又誰料他胠篋探囊。故人之子，尚且如此，又何怪那穿窬乎？只是這偷兒一般多孟浪，他妄意儒珍室內藏。（旦）還强，幸勉留黄卷青箱。

（生）如今也無處唤匠作，只得自己尋些磚石補塞此洞。叫盍旦，去後面空地上取些泥土來。（丑應，持鋤上，生搬磚砌牆介）斷鰲煉石元無術，補衮調羹豈有才？好續昌黎《圬者傳》，且將十指弄泥坯。

【前腔】權充砌匠，難道不可朽是這糞土之牆？堪笑奩貲都喪，補牢何救亡羊？我今日裏呵，築巖敢希商傅相，運甓翻同陶士行。（大笑介）清狂，且仰天一笑何妨。

（丑鋤地見銀，驚介）相公！快來快來！你看這土裏一個棕包，包裏有許多銅錠子，倒好耍子。（生看介）這不是銅錠，是好銀子，埋藏日久，起了金花了。（丑喜跳介）原來是銀子。造化造化！這一包何止幾百兩，待我取他起來。（生）不可不可，這是非義之物，怎麽好取？（丑）相公又來了，這是露天的財，乃天賜我們的，取之何礙？（生）在這塊空地上，焉知非鄰家埋藏之物。那律上説公取竊取皆爲盗，斷斷不可。可原將泥土掩上，只在自家門内取些土罷了。（推丑進介，生仍砌牆，丑仍鋤地，又見銀，驚介）奇怪奇怪，這又是一大棕包鐵錠子。相公，你快來看看。（生看介）這也是好銀子，入土多年，顔色都變黑了。（丑）一發造化。相公這是一包更多，約莫有千金之數，如今待我都取了起來。（生）這也不可。（丑）相公，先前那一包在門外的，你恐怕是鄰家之物，如今這一包在門内，明明該是我家的東西了，如何不取？（生）總來是非義之財，不可妄取。從來説命裏有時終是有，若命裏没有，就是取來也未必爲福。快快掩上，切莫胡爲。（丑）相公，天下人癡呆，也再没有像你的。這銀子是人間至寶，養命之源，誰人不要？況且家中窮苦異常，又遭偷兒罄劫，幸得天賜此物，你卻又執意不取，難道叫夫人公子們，不要過日子的麽！（旦）如今家中果然萬分艱苦，相公意下如何？（生）娘子，從來説天無絶人之路，況且我和你，料想不是餓死人物。大丈夫窮當益堅，這非義之財，卻斷不可取。（自取鋤掩土介）盍旦，你可去砌完了牆。（丑槌胸跌脚介）可惜這樣好寶貝，天與不取，真真的氣殺人也！（生）孩子，你但知這銀子是好寶貝，卻不知他的許多利害處哩。（旦）有何利害？（生）你們聽我道來。

【桂枝香】這東西是天生白鏹，神封皇帑，收盡了造物精華，做出這猙獰模樣。曾聞有酒色財氣之精，化作黃紅白黑四衣仙女，各道本色一句。那第一黃衣女道：「杜康造下萬年春。」第二紅衣女道：「一面紅妝愛殺人。」第四黑衣女道：「氤氳世界滿乾坤。」這也都還小可。只有第三的白衣女，昂然高吟道：「生死窮通都屬我。」你看他口氣好不凶狠哩。儘由他賣弄，由他賣弄，横行直撞，無人攔擋。好猖狂，端的是生死隨顛倒，真堪髮指。窮通任主張。

你們不信，但看那魯褒《錢神論》和馮商《歎銀歌》，便知這東西乃是天地古今來第一惡物也呵。

【前腔】那《錢神》堪愴，《銀歌》非誑，只是也還説不盡，縱寫得紙盡毫枯，難數他窮凶情狀。我想人心世道，原都是好好的，只爲這件東西，弄得七顛八倒，千奇萬怪。不然，人心如何得壞？世道如何得亂？可見種種惡業，皆因此物而生。把人心世道，人心世道，輕輕淪喪，金戈搶攘。降災殃，都只爲王老呼元寶，家兄字孔方。

還不但此，我想天地間，最重者莫過五倫，那五倫之中，那一倫是少得銀子的麽？假如君無俸禄，誰仕其朝？父子無財，各尋道路。夫婦凍餓，勢必分離。至於兄弟朋友，一發不消説了。我常説，五倫如一個木桶，銀子乃是桶箍。桶若無箍，誠傷心哉！立時破散。有一前輩聞之，説道：此非君家創論，從來銀子别號「先五」奇。他原在五倫之先，故此一日也少他不得。這也還是道其常，更有許多犯上作亂，骨肉成讐的，也只爲這件東西，豈不可恨？言之真令人痛心切齒也。

【長拍】這的是人爲錢親，人爲錢親，官由財旺，平地陡興風浪。榮枯翻手，等閒間斷送綱常。據《中庸》上説，五倫爲天下達道，誰知又有「先五」。那「先五」號堪傷。若無此物呵，任聖賢豪傑，不如厮養。達道原來仗阿堵，無阿堵便分張，何況反戈相向？歎熏天毒霧，剥蝕三光。如

又不但此，從來説「孝弟忠信禮義廉耻」八個字，爲生人立身之本。若無此八字者，便謂之「亡八」。如今世上人爲了銀子呵，做出多少喪心逆理的事來，就是「亡八」之名，也都不顧。可見這件東西，能使人不孝不弟不忠信，無禮無義無廉耻，言之尤令人髮指眥裂也。

【短拍】這的是混世妖魔，混世妖魔，害人孽障，不知狠磨滅了幾輩賢良。那「亡八」號甘當，總只爲臭銅銖兩。若不爲此惡物呵，到處裏男淳女朴，那得個賊盜與流娼？

如此看來，你道世上可還有第二件東西，利害似他的麽？爲何人還要苦苦愛他？（旦）人也不是愛他，只爲世間「衣食」二字，非銀子不能得，所以叫他做「養命之源」。相公，你雖然如此恨他，可能一日離得他麽？（生）若是可以離得他，我倒不消恨他了，恨正恨他個離不得。爲什麽天地間生出這件惡物來？使他

操人性命之權，不怕人不下氣求他，所以著實恨他不過。（丑）相公既然如此恨他，如今現有兩大堆在面前，何不取他起來，著實碎剪碎鏨，潑使潑用，只當把這惡物盡情擺布一場，也妙。出出生平之氣，有何不可？（生）若取他來用，卻又是愛他，不是恨他了。我非不知此物爲養命之源，但我命在天，決不把此物操權。別人求他，我偏不求他。曾聞俗語説得好：人有兩隻脚，銀子有八隻脚。妙論。人若趕銀子，再趕不著，銀子要趕人，就趕著了。若是命裏該有時，自然不求而至，何必取此不明不白之物？豈不聞《感應篇》上説道：「取非義之財者，譬如漏脯救饑，鴆酒止渴，非不暫飽，死亦及之。」誠爲可畏可懼。如今銀已掩藏，牆已補好，關上門兒，再也不必提他了。這財去財來，總非我財。（旦）塞翁禍福果難猜，相公不知這惡物何時出？（生）須待當年業主來。（同下，丑背指笑介）相公，你説的一團道理，我們做下人的，也拗你不過。如今没奈何，只得唱一隻曲兒消遣消遣，卻唱甚麼的好？啊！我心裏悶不過，就唱個《阿好悶》吧！

【阿好悶】那賊偷我也阿好悶，把家私一股兒都搬盡，我挖土補牆也阿好悶，又誰知挖著兩大梱。相公，你見財不取也阿好悶，枉丢了這千把紋銀，我摸著這肚皮空空也阿好悶，看來真是窮根。

唱了這隻《阿好悶》，悶原不解，怎麼處？如今只得再唱個《清江引兒》進去罷！

【北清江引】恨偷兒席捲了貧家鈔，天賜財和寶。誰知强撇清，不動原封窖。像這般樣的癡人只怕世上少。

第八折　天食　雙調魚模韻

【四國朝】（小生、外扮北洲人上）（小生）快樂快樂真天福，終朝謳歌但鼓腹。受享受享真天福，終朝一事無。

俺這國中第一件樂處，是那自然之食。何謂自然之食？只因地土中常有自然粇米，不種自生。且無有糠籺，如白華聚。這米若吃他呵，猶如忉利天宫之食，衆味具足。俺想普天下的人民，爲這件東西，也不知費了多少辛勤，受了多少艱苦，還不能够安穩下肚。曾聞得古語四句説道：「鋤禾日當午，汗滴禾下土。誰知盤中餐，粒粒皆辛苦。」説起來好不可憐。獨俺這國中現成享用，煞是快樂也呵。

【二犯江兒水】盤餐辛苦，堪痛那盤餐辛苦。憂晴還閔雨，歎艱難稼穡，粒粒如珠。縱有巧婦呵，怎教他炊空釜。俺這裏遍野盡膏腴，何人煩輓輸。不動犁鋤，不用菑畬，那自然粇米呵，似天宫白華香味足。甌窶滿車，真個是甌窶滿車。倉箱紅腐，笑殺那倉箱紅腐，鎮日家努力加餐勝大酺。

（外）俺這國中雖有自然粇米，若還要用柴薪炊煮起來，豈不又費人力？誰知有自然釜鍑，又有一種摩尼珠，名曰焰光，置於釜下，其飯自熟，珠光自滅，不假樵火，不勞人功，何等快樂。

【江兒水】最恨柴薪惡，竈下呼，晨昏火食勞烹煮。俺這裏釜鍑何須銅鐵鑄，焰光不用芻茭炬，連執爨也無煩老嫗。現成的日食三餐，享盡了天宫福禄。

（雜扮衆人上）俺這裏人民熾盛，隨便飲食，這一家子飯已熟了，俺們大家好去吃飯也。

【二犯江兒水】香粳方熟，這時節香粳方熟，席間花影度。豈非仙境。恰黄粱夢醒，正午當餔。（齊吃介）這飯好鮮潔也，果然如白華聚，玉粒自然殊，非關鷃啄餘。你看這釜中之飯，但有來者，恣意食之。主人不起，飯終不盡。主人若起，其飯始竭。小若簞壺，大若盤盂，任人人飽食非貪飫。官庖御厨，羞殺那官庖御厨。嘉賓賢主，説甚麽嘉賓賢主，那怕他食客盈千罄後車。

（衆吃完齊起摩腹介）好飽也。

【尾聲】如今大家飯飽齊摩腹，這般主人落得做。料想那香醪當茗也不須沽。

（小生）辟穀何由學赤松？（外）拮据桂玉累無窮。

那别處人饑來一字偏難煮，（小生）怎似俺這裏個個生來禄萬鍾。

第九折　不淫

仙吕尤侯韻

【鵲橋仙】（生上）青春方過，緑肥紅瘦，正是銷魂節候。園林岑寂忘憂，坐不了槐陰清晝。

小生因家居喧雜，權假巨族郊園，讀書習静。這園子儘寬大，小生雖借住一隅，卻也有池臺花卉，頗足盤桓。只是風開絳帳，既無受業之徒；草滿玄亭，亦少問奇之客。終朝下帷獨坐，只好與聖賢相對，圖史爲緣。這正是啼鳥落花皆妙境，讀書閉户即深山。目下書僮歸去，不免掩上角門，隨意取架上書卷，翻閲一回，多少是好。（抽書介）呀！這是一本《轉情集》，乃鉛山費無學所作。我不知費無學爲何許人，但此集卻大有意味。（讀介）這是《轉情篇》，内中説道：「情憨特甚，不登季女之牀；癡絶可憐，未割孌童之袖。然而清風朗月，輒惘惘而傷神；野草閒花，亦寥寥而寄恨。」（拍案歎介）此數語卻大似小生。（又讀介）這是《回生記》，又是莆田周方叔贈無學的，内中道：「上宫淇水，念同珂雪之城；大路青樓，視若黄沙之室。」（拍案介）佳句佳句！此乃真風流道學語也。如今世上人，説著道學，便以爲迂腐，説著風流，便以爲邪淫。不知天地間，原有一種道學中之風流，千佛名經不過如此。風流中之道學，既不迂腐，亦非邪淫，正所謂名教中自有樂地，何必以越禮犯分爲得意乎？

【皂羅袍】只道門庭差謬，又誰知原有道學風流。那夫婦人倫配剛柔，聖賢豈出空桑竇。試看《尚書》釐降，《周南》好逑。祁雲列媵，明星抱裯。何曾將禮法妨婚媾？

我想世間惟有財色兩關，最是難破，而色字尤爲利害，所以邪淫者最多。

【前腔】第一淫風難究，歎桑間濮上簡册貽羞。還有人類甘心效鶉麀，也有偷香竊玉迷花柳。他那片時歡會，心魂轉愁，一朝敗露，身名并休。幾曾見風燈露水能長久？

看了一回書，有些困倦，我且假寐片時者。（伏案介）（小旦扮石二芸提籃上）

【卜算子】薄命怨紅顔，荆布勞箕帚。蕩子經年去不歸，誰耐空房守。

奴家石氏，小字二芸，薄有風姿，誤配浪子，一去數載，音信杳然。奴家捱不過淒涼，只得結識個鄰寓蕭郎，與他悄地來往。數日前，蕭郎説往太學齋中，如今想已返寓。奴家特覓得這一籃兒櫻桃，好親自望他去也。來此已是他園門首，不免叩門。（叩門介）（生）這叩門之聲，一定是書僮來了，待我開看。（開門，見小旦各驚介）（生）呀！原來是一位小娘子，爲何到此？（小旦背介）我特來尋蕭郎，誰知走錯了，不是蕭郎，卻另是一位相公。看他丰姿瀟灑，態度不凡，遠勝蕭郎十倍。啊！是了，我聞得有一位軒相公，也借寓園中，莫非就是他了。我若勾得上此人，又要蕭郎做甚？（回身拜介）奴家石二芸，住在東鄰，久慕軒相公高名，特來拜訪。攜得朱櫻[一]一籃，與君子聊結投桃之好。（遞籃介）（生不接，放桌上介）娘子差矣。小生與娘子素無半面，何故降臨？自古男女遠嫌，便請回鸞，免遭物議。（小旦）相公，妾身雖生長寒賤，頗知敬慕高賢。不幸誤適狂夫，久已棄妾不顧。今日不羞自薦，特來仰攀，相公何故見拒？念賤妾呵。

【醉扶歸】陋質陋質慚閨秀，虛卻虛卻幾春秋。都只爲嫁得王郎愛嬉遊，因此上竊窺宋玉東牆右。既然見面怎藏羞，但得相公抬舉呵，我情願拂枕席熏羅袖。

（生）這個豈可？我小生豈是這樣人？（小旦）我看相公是個多情種子，爲何如此古板？（生）芸娘，若說小生無情，這是昧心之語了。小生其實多情，卻是素守淫戒，從不敢犯非禮之色。天日在上，豈敢相欺，今日遇小娘子呵。

【排歌】秀色堪餐，嬌花妒柳，何人不道溫柔？卻只是，使君自有婦，羅敷自有夫，那東方夫婿在高頭，如此拒淫何其恬雅。誰敢輕登秦氏樓。（小旦）這園中僻靜無人，便片時相聚，有誰知道？（生）芸娘，你道無人知道呵，那青天湛，大地周，舉頭三尺鬼神遊。（遞籃介）娘子，這瓊珠顆，請別處投，莫錯把陶潛看做阮郎儔。

（小旦）如此説來，倒是奴家得罪了。（生）豈敢。（送小旦行介）雪爲肌體玉爲腮，多謝卿卿特地來。處士不生巫峽夢，空勞雲雨下陽臺。小娘子請了。（小旦）如今出得門來，只得攜了籃兒，再尋蕭郎去也。（下，生閉門介）正好靜憩，不想被這女娘來，纏擾了這半日，如今只得掩上角門，再去高枕一回也。（伏案介）（老旦扮卞小月上）

【卜算子】色藝擅平康，錯嫁昏傖叟。魚貫分班意不甘，要覓知音偶。

奴家卞小月是也，原係教坊名妓，被此間園主人買來爲妾。奈主人年老妾多，不得專房擅寵。奴家氣忿不過，不免私覓情郎，只有對門駱生，相與往來最密。這幾日裏寂寞無聊，那駱生天殺的再不見來了。這花園東首有一位軒相公，借住在内。我見此人志氣軒昂，襟懷磊落，吟詩度曲，才藝多般，正好與奴家作對。奴家留心已久，今日不免瞞著侍婢，悄地去挑逗他一番。只是無因至前，怎好？（看介）有了，原來花臺上薔薇盛開，何不就折取數枝，假以送花爲由，徑叩書齋，有何不可？（折花行介）來此已是，不免叩門。（叩介）（生）纔得就枕，卻又叩門，此番定是書僮來也。（開門見老旦，驚介）哎呀，原來又是一位娘子。（背介）這位女娘，比先來的更加豔麗，不知從何而來？（問介）娘子是誰家宅眷，何事到此？（老旦拜介）原來軒相公不認得奴家，我即園主人第五房姬妾卞小月也。久慕相公才品，有失親近，特折得庭花數枝，奉供雅人清玩。（遞花，生接放桌上介）如此多勞了，容小生改日登堂拜謝。（老旦笑介）相公乃絕世聰明才子，可知奴家來意？（生）這個小生其實不知。娘子有何見教？（老旦）見教見教，總是你花星拱照，想著牛女佳期，特來奉陪歡笑。（生）娘子何出此言？小生與貴夫主雖無深交，亦有半面，娘子既爲朋友之閨房，即同嫂叔之名分，何故言及於亂？小生不敢與聞。（老旦）原來相公不知。奴家原是風塵中人，從來門户人家，前門送父，後户迎兒，乃是常事。這泛泛萍水之交，何足掛齒。（生）月娘差矣。你向日在門户中，便行門户之事。今日在良人家，便行良家之事。所謂彼一時，此一時也，豈可一概而論。（老旦）奴家也不管這些閒帳，只是從來才子必配佳人，奴家雖非佳人，相公實是才子，今日相逢，豈可錯過？ 相公：

【不是路】我生性風流，自小芙蓉喜并頭。難禁受，和尸居餘氣效綢繆。因此上下妝樓，香分賈午期韓壽，錦覓周郎似阿侯。喜得天緣湊，青鸞綵鳳真嘉耦，必然成就，必然成就。

（生）此事豈有成就之理。（老旦）相公怎見得不當成就？ 莫非憎嫌奴家出身微賤，姿容醜陋麽？（生）這個豈敢，娘子真乃天姿國色，何論出身？ 只是小生素守淫戒，誓不敢犯非禮之色，此事只索休題。

【前腔】我素凛清修，柳陌花街迹不留。況關中冓，敢將朱門紫閣當青樓。（老旦）相公説朱門紫閣，豈不聞文君之奔司馬，紅拂之從藥師，爲千古風流佳話乎？（生）那豈庸流，挑琴必待相如手，仗劍還須李靖籌。像我小生呵，甘愚陋，宣尼色戒兢兢守，并非虚謬，并非虚謬。

（老旦）相公，你原來兢兢守戒，我只道你是有趣的風流才子，誰知你是無情的道學先生。（生）小生倒不是無情的道學，但不敢爲越禮之風流耳。（老旦）既然不爲，要有情何用？ 相公：

【前腔】你避色如讐，待把風月機關一筆勾。枉卻你姿容茂，把潘安子建認同儔。謾含愁，你待要坐懷不亂人如柳，天厭妍麗。何不做采藥諧姻的客姓劉。咄咄逼人。

相公既然嫌棄奴家醜陋，奴家尚有微材薄技，不妨請教一二。（生）敢問娘子有何妙技？（老旦）琴棋書畫，吹彈歌舞，以至詩賦詞曲，無所不可。（生）原來月娘有如此大才，小生失敬了，如今正當一一求教。但恨客館中，絶無芩棋弦管一切戲具，奈何？（老旦）戲具雖無，詩詞儘有。相公倘有近作，願借一觀。（生）近作倒没有，只前日偶録得明人絶句一首，尚可呈覽。（取詩送老旦讀介）這是玉峰陸生館中辭女郎之作：「風清月白夜窗虚，有女來窺笑讀書。欲把琴心通一語，十年前已薄相如。」（沉吟介）薄相如？薄相如？啐！這樣没情没趣的詩，做他作甚？（擲地介）相公，你平日既喜吟詠，今日何不就與奴家聯詩一首？（生）這個何妨，但不知以何爲題？（老旦指花介）就將此花爲題，做七言律詩一首如何？（生）妙妙！月娘請起頭，待小生奉和便了。（老旦）這等是班門弄斧。恕奴家僭先了。（吟介）六出幽芳勝雪花。字字精確。（生）好句好句。（吟介）唐昌玉蕊并無瑕。（老旦）宅中黄氣誰能識？（生）林下清風自可誇。（老旦）評借騷人難閣筆。（生）譜名禪友合供茶。（老旦）摘來原是瑶臺種。（生）莫把瓊枝比狹斜。（老旦）狹斜乃娼家所居，爲何説到此處？啊！是了，想來相公始終奚落奴家，道是煙花下賤之輩，不堪抬舉了。（生）這個小生怎敢？我小生敬愛娘子高才，故此把瓊枝比著娘子，那狹斜是説如今妓女之流，誰知娘子錯認了，卻把瓊枝比了花，而自居於狹斜，反疑小生有譏刺之意，豈不冤枉？（老旦）這也罷了。只是我既與相公唱和一番，不爲無情，相公如今還有意於奴家否？（生）從來詞壇唱和，乃是朋友之常。今日蒙娘子不棄，只當做朋友相與。文章聲氣，何等有趣？若説到邪淫之事，這個小生已告過在前，立誓不敢犯戒的了。（老旦）啐！真差謬，落花流水無心湊，枉行挑逗，枉行挑逗。（生）娘子呵：

【前腔】你月閉花修，絶世傾城孰與儔。（老旦）何勞如此過獎？（生）況天生就，多材多藝女伊周。（老旦）一發過獎，不敢當了。（生）今日裏降雲虬，分明是蘭香蕚緑臨蓬牖，便教張碩羊權也怎款留？小生自愧福薄，不敢親近天仙，這是小生萬千之罪了。但娘子已出來半日，誠恐主翁得知，彼此深爲不便，如今只索請回罷。流連久，請早歸繡閣防多口，免貽家醜，免貽家醜。（老旦背怒介）呸！書獃子，書獃子！我只道你是個趣鉈，誰知卻是個滯貨。（丑上，潛聽介）（老旦取花介）相公，你既然不要奴家，又留此花何用？

【尾聲】恨瓊枝無媒媾。（碎花介）將花揉碎擲階頭，我自有可意人兒會解愁。

可恨那騃生天殺的不來，卻白討這一場没趣。罷了，本待將心託明月，不堪回首付東風。（下）（生）這個女娘好不嘽嚥，如今想是含怒而去了，萬一園主知道，卻怎麽好？（丑見生笑介）相公，方纔仙女出現了，你看這滿地香花，莫非是散花天女？（生）甚麽仙女，就是園主人之妾，無故來鬼混這半日。你這狗才在何處？到此時纔來。（丑）我若早來，豈不衝散了一天的好事？相公，他既來鬼混，你可曾和他混一混麽？（生）豈有此理。（丑）這樣標致女人，普天下少有。況且又是上門買賣，湊口饅頭，卻白白放他去了。相公，你難道是不走水路的麽？（生）哇！如今既有此一番事情，恐怕他還來纏擾。這園中住不得了，須作速收拾，辭了主人回去。（丑）嗨嗨嗨！現放著這樣好花園，又有好美人來下顧，别人還求之不得，怎麽倒捨得丢了去？（生）胡説，快快收拾，不要討打。

園林雖好莫徘徊，急理琴書歸去來。

（丑）相公呵！那仙女説來毫不錯，你你你果然是滯貨又書獃！妙！

第十折　天衣

越調寒山韻

【浪淘沙】（小生、外扮北洲人上）（小生）裋褐不禁寒，絲縷艱難，牛衣中夜淚潺潺。争似吾儕堆錦綺，天上人間。

俺這國中，不但有自然之食，還有一件妙處，是自然衣服。你道這衣服出在何處？俺這裏有一種樹，名爲香樹。高者有七十里，或六十里、五十里，最小者有五里。此樹花果繁茂，其果熟之時，皮破開裂，自然香出。其中或出種種衣服，或出種種飲食，或出種種器用，或出種種周身莊嚴之具。隨意所需，無所不有。你道快樂也不快樂？這香樹呵。

【五般宜】他不比老松杉，細沉檀，他卻會成綵服，制羅襴。分明是三株樹，百寶闌，便針神何須見煩？況還有嘉肴珍饌，千般萬般。還有百工之能，悉在其間。這奇觀真是罕。

（外）這香樹有自然衣服，不消説了，然衣服也不必盡出於樹上。假如俺這裏人，要到河中洗浴時，脱衣岸上，隨意乘船，往中流遊戲。遊戲已畢，便徑過彼岸。岸上又有新衣，遇了便著。先到先著，後到後著，不必再尋本衣。總來别處人要求一絲寸帛，也要費許多經營。俺這裏取之無禁，用之不竭，真是吃著不盡也呵！

【五韻美】這香樹衣，已稀罕，又誰知綾羅滿地鋪錦斑。試看他裸浴登河岸，新衣已先辦，何必問舊時妝扮。像這樣穿著呵，便是六銖仙衣也如等閒。那繡黻金貂，誰曾掛眼？

俺看世間人：

【尾聲】懸鶉抱狗愁無限，天下誰憐范叔寒，只有俺這裏日日裝新，轉覺不耐煩。

（小生）日日裝新不耐煩，泥沙金帛此真堪。

（外）絲麻絮縷無人識，何用吴王八繭蠶？

第十一折　不貪

雙調蕭豪韻

【字字雙】（小浄扮王和上）小子生來害錢癆，愛鈔。金銀珠寶整籮挑，越要。只愁時長又時消，難料。若得財源似海潮，纔妙。

自家非别，此間一個小小富翁王和是也。尊稱王員外，綽號「臭錢癆」。我一生好利，百計圖財，但知爲富不仁，何嘗見得思義。鷄鳴而起，孳孳盗蹠之徒；龍斷必登，望望叔疑之輩。大開著日新店鋪，須教他日新日新日日新；現掌著萬貫家貲，要攢到萬貫萬貫萬萬貫。井水當酒賣，還説無糟可養豬；籮糠换田來，更願耕牛不喂草。屏後列金釵十二，都餓成楚宫細腰；堂前有食客三千，各回去本家吃飯。這也不在話下。只是世間五福，富壽爲先，壽若非長生不老，便是彭祖也只算孩兒。富若非横鑄無休，便是石崇也還同乞丐。故此我心裏任點石爲金都不愛，只待要活取了吕祖的指頭。想瞻部洲人皆然。就封侯拜相也無奇，除非是徑奪了玉皇的坐位。正是萬事不知何日足，一心真個比天高。連日盤算辛苦，且到解庫門首，少坐片時，看有甚麽人來。（老旦扮天女，道冠花衣宫妝帶瓔珞上）

【夜行船】五色霞衣攢百寶，天風響送下丹霄。菩薩心腸，真妃容貌，似賜福天官來到。

自家功德大天女是也。本是天上福神，專作人間好事。今日偶遊行到此，聞得有個王員外家私富豪，不免上前相見。（見介）員外見禮了。（小净驚起介）老娘娘何來？敢問高姓大名？（老旦）我名喚功德大天。（小净）到此貴幹？（老旦）我所到之處，能使人家種種利益。（小净）請問是何利益？（老旦）使他貧者即富，賤者即貴，夭者長壽，孤者多男，吉祥利市，災難消除，凡有希求，無不如意。（小净）妙阿妙阿！我小子正想著這幾樁事體，聽娘娘説來，件件都合著我的驢心狗肺。（跪拜介）我的親娘娘，親奶奶，真是心肝活寶貝。敢問娘娘還肯到我寒家來麽？（老旦）有何不肯？（小净）這等請問娘娘吃葷吃素？（老旦）從來不用葷酒。（小净）更妙更妙！既蒙娘娘不棄寒家，小子也不敢怠慢。每日安排半塊豆腐，兩碟芝麻，盡心供養便了。叫安僮快來，接了娘娘進去。（末扮安僮應上）（小净、末引老旦繞場行，作到介）此是内室佛堂，娘娘請坐。安僮可好好伏侍，待我去算清了灰糞帳來。（下）（老旦側邊盤膝坐介）（丑扮黑暗女上）

【字字雙】黑暗生成鬼怪妖，粗糙。大天功德是同胞，不肖。人家遇我便冰消，倒竈。今朝尋著臭錢痨，禍到。

自家黑暗女便是，與功德天是嫡親姊妹，寸步不離。連日不見了姐姐，聞得在錢痨員外家，須索尋他去者。來此已是。王員外有麽？（背立介，小净上）連日留了功德天女在家，生意好不興頭，賣不去的貨都賣了，討不還的帳都還了，平空就長了數倍之利。這位老娘娘，分明是養家神道，衣食父母，就是萬兩黄金，也没處去尋。無非是我小子命運好，合當發積，故此天譴這活菩薩來幫助我，真個感戴不盡。如今又有何人廝叫？不免出去相見。（見丑大驚介）你是何方鬼怪？無故走到人家來。（丑）原來員外不知，我乃是有名的黑暗女也。（小净）黑暗女所作何事？（丑）要問何事麽？但是我所到之處，富者便貧，貴者便賤。與前反對，妙絶！使他人口損傷，家業破敗，多災多難，萬事無成。（小净怒介）可惡可惡！原來是這樣大惡物，輒欲擅到我家，快走快走！若略遲一步，我就拿鋼刀殺了你。（拔刀介）（丑笑介）你這人甚是癡愚，不通道理。我豈無故到你家來的？只因我有個同胞姐姐功德天，在你家中。我姊妹兩人，從來同行共坐，時刻不離。但是所到之處，有我就有他，有他就有我，若要留他也須留我，世人聞此亦知警否？若要遣我也須遣他，豈有分拆之理？（小净）原來有這個緣故，待我進去問一聲看。（進見老旦介）老娘娘，外面有一個甚麽黑暗女，説是你的妹子，果是真麽？（老旦）怎麽不真？我姊妹兩人，從來時刻不離。我常利益，他常衰耗，住則同住，去則同去，斷不拆開。（見丑相叫介）（小净拜老旦介）老娘娘，你是我家的恩星，小子其實捨你不得。只求你與令妹説個方便，請令妹别過一家，娘娘單住在我家裏，我每日再加上半塊豆腐兩碟芝麻，永遠供奉娘娘如何？（老旦）這個怎麽使得？

【畫錦堂】俺姊妹雙雙，行座一處，從來并不開交。只是禍福分門，利益不同衰耗。蹊蹺。萬事完成終有壞，往來剥復皆天道，説甚麽千年調？試看漢殿唐宫，若個子孫長保？

（小净又拜老旦介）娘娘，萬一令妹不肯分開，必要與娘娘同住，只求娘娘多作福，令妹少作禍，小子每日也是半塊豆腐兩碟芝麻，情願與令妹一同供養。（丑怒介）你這臭錢痨，誰要你供養來？

【前腔】你害衆成家，慳貪刻毒，臨財不讓分毫。況恃富驕矜，看得好人如草。難逃。

有日時衰惡貫滿，老天轉眼分明報，齊根倒。如今你倒不消慮我，只怕那雷火瘟司，一倒要來銷繳。

（小净吐舌介）怕死人！怕死人！罷了罷了！我如今也不求得福，只求免禍，望兩位娘娘一齊起駕，饒赦了狗命罷。（老旦）我也自然要去的。（小净）安僮快來！送了娘娘出去。（末應上，小净、末同送老旦，丑出，關門介）（小净）黑暗醜女不敢勞。（末）功德大天也請出。（小净）八兩依然是半斤。（末）秤鈎打釘只扯直。妙！（同下）（丑）姐姐便宜了這臭錢癆。如今我們只得另尋一家去罷。（老旦）往那家去好？（丑）聞得此處有個軒冠霞居士，是個好人，不如到他家去。（老旦）既是好人，他怎肯招接我們，就是我們也不該去打攪他。（丑）聞得他身處貧賤，力行善事，如今姐姐先去，一則觀其爲人，二則只當試他心術，看光景何如，相機而行便了。（老旦）也説得是。待我先去，你且慢來。（丑下）（老旦行介）此間已是軒居士家了，不免叩門。（生上）

【夜行船】兀坐蕭齋無客到，蓬門外剥啄誰敲？（開門見老旦）（驚介）女菩薩從何而來？看他珠佩飄摇，霓裳輝耀，豈是世間儀表？

（老旦）吾乃功德大天女，久聞居士高風，特來相訪。（見禮介）（生）弟子有何德能，敢勞天仙下降。但不知天仙來意云何？（老旦）凡吾所到之處，能使人福禄駢臻，家宅興旺，金銀財寶，不求自來。

【園林好】我經行處祥雲暗飄，端的是福禄壽三星拱照，没估計金銀財寶。若有人遇著我呵，平白地上雲霄，平白地上雲霄。

（生）多感女菩薩美意。只是我弟子自揣福薄，不能消受。況且説到財寶，自古道：「一飲一啄，莫非前定。」這件東西，分毫都有定數，一發不敢妄想。（老旦）怎見得有定數？（生）遠事休題，只就我弟子身上看來，一毫也勉强不得。弟子昔年有一個業師，大受他教益，常思量報他。只是他一生孤寒，再不能發科第，到了丙子鄉試之年，弟子在湖湘地方，預備了三十金，要攜到場前贈他。誰知行到洞庭，卻被大盜劫去。又鼎革之時，弟子與老父住居，相隔一門。弟子也安排三十金，要送與老父用度，卻被兵馬阻隔，幾番不能送去，後來終歸於亂兵之手。又弟子於己卯初秋，曾夢見這位業師，中了第一百五名，後放榜無名，弟子正在寓中惆悵，忽有一同年仕宦，送到書儀二兩，及拆開一看，包銀者乃是一本硃卷，卷中之人正是一百五名。其籍貫經書，俱與業師無二，只差得一個姓名。據此看來，命裏該有時，雖二兩也有預兆。世人亦醒悟否？命裏沒有時，就是父也不能得之於子，師也不能得之於徒，豈不是個定數麽？

【玉交枝】休題財寶，這福緣是生前所招。尋常飲啄皆天造，何況他白鏹精鐐？看起來那陶朱石崇非智高，顔回原憲寧才少。總來莫非命也。所以弟子一生只是安命，又何心希圖富豪？又何心希圖富豪？

（老旦）咳！從來世上人再沒個不貪財的，像居士這樣人，實是罕見，難得難得！

【尾聲】不貪自古稱爲寶，歎人生千般機巧，可知他日拙枉心勞。

不瞞居士說，我還有個舍妹，極是憊懶。他在外邊專等，如今只索告辭居士，同他都去了罷。（生）怎麽好，重勞女菩薩降臨，卻是多有怠慢，得罪了。（老旦）好說。

玉骨冰心君子儒，金銀識氣不貪渠。

（生）不貪爲寶非真寶，寶善還須問楚書。有味哉！

第十二折　天娱　北雙調庚青韻

【夜行船】（小生、外、末扮北洲人上）（小生）歡樂場中原雅静，喜今朝日暖風輕。草色浮煙，花枝交影，怎發付豔陽佳景？

俺這裏浴池最多，河水更廣。今日天氣暄暖，水波不興，大家到河中洗浴一回，多少是好。（外、末）正是。（脱衣同浴介）（小生）

【沉醉東風】這水呵，似溱洧非同衛鄭，似湯泉不比華清。分明是八功德池，一甘香三清浄，更蠲疴適體怡情。今日呵，較洗耳巢由不恁撑，説甚麽點也狂浴沂清興。

俺們洗浴已畢，從來這河中有船，名爲衆寶船。隨人乘船，往中流任意娱樂，無所不可。如今俺們便可上船者。（上船介）（外）

【步步嬌】這緑水青山無邊景，衆寶船端正。憑移艇，隨鷗鷺聽流鶯。水嬉能，煞强似張百戲魚龍騁。

河中遊玩已畢，好同上彼岸，著了新衣，同到園中娱樂。這園中多是曲躬香樹，樹上有種種樂器，任人手取樂器調弦，并以妙聲和弦而行。如今俺們便如此作樂一番，有何不妙？（上岸另著新衣，各取蕭管弦索打十番，同唱介）

【慶東原】和鸞嘯，叶鳳鳴，簫韶一派諧神聽。俺吹著玉笙，你搊著錦箏，他歌著新聲。若不是幔亭峰，卻便似緱山嶺。（外）俺們遇此勝境，不宜唱舊曲，另换個新腔唱唱纔妙。（小生、外）正是。你便唱起何如？（外）使得。（唱介）

【滿堂紅】那錦官城中錦官城也波城，水晶屏上水晶屏也波屏，看春景夏景和秋景也波景。水盈盈，樹青青，響錚錚，這般佳境勝蓬瀛。（末唱介）

【芭蕉延壽】勝蓬瀛，良辰美景暢幽情，化日光天樂太平。《陽春》《白雪》翻新詠，笑吟吟邀伴行。（小生）

【收尾】今朝遊戲真高興，笑殺了金谷蘭亭，便是那横汾簫鼓也堪憎。若還有興呵，明日河干再專等。

臨流修禊勝温泉，（外）攜手還登衆寶船。

（末）林下日聞天樂奏，（合）海山不信有神仙。

第十三折　不嗔

中呂齊微韻

【粉蝶兒】(生上)羈旅明夷，鎮日側身天地。磊砢千尋。鬧攘攘，下見群兒。喪狗形，磨蝎命，時遭讒毁。任他欺，説甚麽眼光牛背。

小生貧賤日久，到處爲家，雖然安土樂天，不免操心慮患。奈何一生與小人少緣，往往被無端欺謗。這正是忍病忍饑還忍辱，憂貧憂亂更憂讒。小生司空見慣，惟有付之一笑而已。所恨生平知己甚少，近年來方得兩人。一個是前輩中的田般庵，一個是時髦中的成爰斗。這兩君真可稱文章性命之友，道義骨肉之交。小生與他周旋，大可破除孤悶。一向久雨，未得出門，今日晴明，不免往探般庵則個。(行介)(外扮田般庵帶末扮蒼頭上)(外)

【菊花新】多年名掛黨人碑，想見其人。不合時宜一肚皮。世事已全非，問他黄冠侶故鄉歸未？

老夫閩海田有章，別號般庵。昔爲名進士，久作老詞林。如今隱迹吴中，與軒公冠霞，最稱同心莫逆。這許久不見冠霞，甚是相念。叫蒼頭到門前，看軒爺來，即時通報。(末)曉得。(生到，末進報)(生、外相見介)(外)正在此想念冠霞，恰承枉顧。誠所謂不共人言惟獨笑，忽疑君到正相思也。請問冠霞近況若何？(生)般翁：

【駐馬聽】我近況淒其，泌水衡門自樂飢。正是那玄亭無客，空谷無音，草徑無媒。況且憂心悄悄畏讒譏，孤踪往往遭疑忌，只索閉口低眉，淒然。好學那菩提忍辱波羅蜜。

（外）冠霞，你文學德行，海内無雙，真所謂麟鳳之姿，金玉之品。不幸生此時世，被人欺謗。曾聞得《金剛經》上説道：若善男子爲人輕賤，是人先世罪業，應墮惡道。以今世人輕賤故，先世罪業，即爲消滅。莫非是這個緣故？也只好逆來順受罷了。（生）小弟意正如此，多承觳翁指教了。（小生扮成爰斗上）

【繞紅樓】百尺高樓萬卷圍，湖海氣還吐虹霓。早負才名，素輕門第，同調幾人知？

小生泗濱成玉甲，表字爰斗，與田觳庵、軒冠霞二公，忝爲忘年之交。日來久闊，且過觳翁處一談。（與生、外相見介）妙妙！恰好冠翁也在此，可謂實獲我心。不知二公適間所談何事？（外）因爲冠翁奇才高品，時遭小人無端欺謗，正在此感慨低回。（小生）便是，小弟也聞得有幾件事，正要奉告。前日有一位張古山先生，也與冠翁爲道義之交，忽然有一細人，到張先生面前，説冠翁的長短。道是此公無所不妙，只略嫌他傲些。張先生道：此公豈但傲，還有一大病痛在。妙！這人欣然急叩之，張先生徐徐説道：也無別事，其病痛只在不做官耳。妙！若此時正做官，縱使十分真傲，人必然轉贊他有氣骨。如今不做官，任使低頭折腰，總來只説他傲罷了。其人纔掃興而去。這人也猶自可。昨日又有一個狂生，對人説道：這個軒冠霞是假的，不是真的。把冠翁竟當做江湖遊棍之類，豈不可恨？（生笑介）

【駐雲飛】聽説稀奇，傲骨天生誠有之。長短從他議，真假都休計。嗏！惡俗重金緋，敢相識？痼疾難除只爲辭榮利，又何須玉石嘵嘵争是非。

（小生）這也還是無關繫之語。更有一事，關繫冠翁一生名義的，也被小人顛倒污衊，尤爲可恨，小弟聞之，甚是不平。（生）何事？（小生）就是冠翁復姓一事。冠翁初撫他姓，後歸本宗。原因本宗多男，他姓艱嗣，故彼家爲此曖昧掩襲之事。誰知後來，他姓倒反多男，本宗倒反無嗣。此宗祧絶續所關，豈得不歸本宗？故此，冠翁具疏，奉旨復姓，乃是天經地義，千聖不易之理。叵耐這些小人，不説冠翁捨他姓而歸本生爲大孝，反説捨本生而認他姓爲不孝。豈不聞律例上説，異姓不許收養，立嫡須要同宗。縱使他姓到底艱嗣，亦必復歸本生。何况他姓多男，本生無嗣，則歸宗豈待再計？且彼時他姓富盛，本宗孤寒，冠翁寧捨富盛而就孤寒，爲人情所難爲，即此便是莫大之孝。奈何小人輩往往顛倒是非，借端污衊，言之殊令人切齒，此事冠翁似不可不辨。（生）此事乃小弟一生不白之冤，小弟彼時就有《復姓紀事》一編，備道其詳。惜乎久困貧賤，未得刊布流傳。然吾儒但自反無愧，便可仰質鬼神。若道路悠悠之口，自古有之。如直不疑無兄，而人誣其通嫂。第五倫三娶孤女，而人謗其撾婦翁。此所謂太虚浮雲，亦何足介意乎？

【前腔】這事屬宗枝，水木根源安可移？怎肯做嬴氏不韋裔，司馬牛金繼？嗏！天地鬼神知，敢心欺！那惡俗含沙吠影何須計，試看通嫂撾翁名豈虧？

（小生）冠翁此言深爲有理，可敬可敬！（丑扮草木生上）自家草木生是也。世居鬼塘地方，與田舣庵比鄰。連日少會，不免過去一談。（進見指小生介）此位小子曾會過，是成爰斗兄。（指生介）此位何人？卻未曾識面？（外）此是軒冠霞先生。（丑）原來就是軒冠霞先生，小子仰慕有年，何幸今日得見。聞得先生流寓敝鄉已久，并無一人周旋，可謂清苦寂寞之極。但先生不知敝鄉風俗，從來如此，有名的叫做鬼塘齊。（生）何謂鬼塘齊？（丑）假如一個人興頭，大家便齊齊奉承他；一個人落寞，大家便齊齊輕薄他。若是冷落違時之人，千古奇談，不可不傳。或有一人與他周旋，便群起而非笑之矣。（生）啊！原來如此。

（小生怒介）咄！你這後生小子，何出此無狀之語！難道冷落之人，就該爲人共棄的麼？總來你這邊人情，百般勢利，一味炎涼。別處人雖也炎涼，卻還曉得非古道盛德之事，雖然存之於心，未敢出之於口，不像你這邊人，把炎涼看做當然之理，得意之事，明明正告天下，訓誨子孫。真所謂天理良心，澌滅殆盡者也。這樣人，我恨不一劍誅之。（磨拳恨介）（丑）小子去了。甜言美語三冬暖，話不投機半句多。（下）（小生）冠翁，適間此子甚是可惡，如今外面生非造謗的，就是這班輕薄兒曹。我小弟從來剛腸嫉惡，實是容他不得，方纔該賞他一頓肥拳纔好。（外）正是。聽了方纔這樣傷心之言，連老夫也不免要按劍而起。（小生）

【越恁好】市兒無忌，市兒無忌，全不識高低。狂鳴亂吠，明頒示鬼塘齊。他輕量我輩如糠秕，激得我頭上怒髮衝，恨不將龍泉斬盡炎涼輩，龍泉斬盡炎涼輩。（生笑介）這也不必。爰斗兄：

【前腔】免生閒氣，免生閒氣，這些光景，見慣豈爲奇？我輩便說他炎涼勢利，他卻自道是遵天道，合時宜，冬裘夏葛皆常理。未嘗不是，奈何奈何？就是方纔此子，兩君便把做輕薄兒待他。據小弟看來，都是那蒼狗與白衣，斯須變幻渾兒戲，斯須變幻渾兒戲。

（小生）冠翁，我見你每受欺謗，全不嗔怪，真是江海之量，弟輩不覺屈服。但惡俗無知，不免如陳長文所言：「蘿蔔唐突人參。」卻如之何？（生笑介）任他「蘿蔔唐突人參」，我卻合著陸放翁一句話「菱角磨成鷄豆」矣。今日可稱快晤，此時日已西沉。小弟暫別，改日再約兩君樽酒論文，暢談今古，何如？（外）領教了。

白衣蒼狗日紛紛，（小生）翻覆偏能作雨雲。

（生）也不要怪他若使盡人無勢利，霸陵誰激李將軍。

第十四折　天合

南呂先天韻

【大聖樂】（浄扮樹王，雜扮鬼卒隨上）千丈庵羅列宮殿，曲躬樹慣諧天眷。包藏風月無邊，暗中原有分辨。

自家北洲中大樹王庵婆羅是也。俺爲樹中之王，神靈普遍。其餘一切曲躬樹，皆有神靈，無不聽俺提調。蓋因俺這裏樹木，都是能直能彎的。既爲隨身之宮殿，兼管好合之姻緣。故此稱爲神異，與他處大不相同。（雜）敢問大王，姻緣事如何管著？（浄）這國中從來没有夫婦，卻人人無非夫婦。有一種人從小修行，到老無慾的，這便不消説了。若是平常之人，依舊男女交媾，然一生之中只可行三四度。即多慾者，不過五度爲止。故此從無嫁娶之儀，但有配合之事。（雜）請問如何配合？（浄）假如男子動了慾念之時，便熟視女人，舉步前行，其女隨後，同到園中曲躬樹下會合。此處卻便有分别了。只因這裏人顔貌同等，一般少艾，無從辨認。假如此一男一女，若關著父母骨肉，或中表眷屬，不應行慾者，其樹即不曲蔭，各自散去。若非關眷屬，則其樹彎曲遮蔽，任他兩人在内，隨意娛樂。一日二日，或至七日，方纔捨去。若是相視之時，本男本女，偶然不覺，自有傍人報知，亦復如是。今日天色甚佳，你看這些男女們，個個都出來遊玩，吾神且一邊静聽者。（同下）（外末、小生扮北洲人同上，合唱）

嬋娟。【一剪梅】好是春風卯色天，花也爭妍，柳也爭妍。大堤遊冶正紛然，東也嬋娟，西也

（旦、老旦、小旦扮北洲女上，合唱）

【前腔】桃似蒸霞草似煙，鶯也翩躚，蝶也翩躚。相逢陌上盡奇緣，男也芳年，女也芳年。

（合）今日好天氣也，你看日暖風恬，花香鳥語，俺們雖無桑濮之行，亦有桃李之期。大家好同到郊園幽雅去處，尋覓良緣也呵。（小生看老旦介）

【香柳娘】看盈盈麗娟，看盈盈麗娟，花叢稀見，登時可了相思願。樂不可言。（小生前行，老旦隨後到園中樹下介）（老旦）喜才郎并肩，喜才郎并肩，同到翠芳園，强如上林苑。（合）是天生好緣，是天生好緣，自在團圓，幾多方便。

（小生）呀！此樹緣何直而不曲，想是我兩人不該配合。去也去也。（小生、老旦各行）（小生看旦介）

【前腔】遇傾城淑媛，遇傾城淑媛，芙蓉嬌面，婷婷堪作神仙眷。（小生前行，旦隨後到樹下介）（旦）顧園林悄然，顧園林悄然，香樹肯周全，曲躬想遮遍。（樹作彎曲遮蔽介）（小生）這株樹兒好湊趣也。（合前）

（小生、旦同坐地擁抱睡介）（末看小旦介）

【前腔】這纖腰可憐，這纖腰可憐，黛眉山遠，嬌羞不用持紈扇。嫣然欲笑。（小旦作不

知介）（老旦）有人看你，你如何不知？（小旦見末介）感情郎意堅，感情郎意堅。（隨到樹下介）這嘉樹緑圍天，生成柏梁殿。（樹彎曲介）（合前）

（末、小旦同坐地擁抱睡介）（小生、旦起立介）願作鴛鴦同戲水，夢爲蝴蝶也尋花。適間俺兩人酣眠娛樂，不覺早是兩日也呵。（老旦看外介）

【前腔】盼風流少年，盼風流少年，美姿堪羨，紅絲好結同心串。（外作不知介）（小生）有人看你，你如何不知？（外見老旦介）似瑤臺謫仙，似瑤臺謫仙。（外前行，老旦隨到樹下介）好趁樹蔭眠，團團碧油幰（樹彎曲介）（合前）。

（外、老旦同坐地擁抱睡介，末、小旦起立介）桃樹巧逢前度客，竹枝還唱《後庭花》。俺兩人任意娛樂，不覺已過三四日，煞是像意也呵。（小生）

【前腔】看青衫翠鈿，看青衫翠鈿。（旦）兩情留戀，陽臺雲雨隨心願。（末）豈風流業冤，豈風流業冤。（小旦）種下五百年，三生締姻眷。（小生指外介）你看那株樹周圍遮護，猶如繡幃羅帳一般，如今倏忽已經七日，他兩個還睡在裏面，不知怎麼樣盡情歡暢哩。（合前）

（外、老旦起立呵欠伸腰介）久了久了，一陽七日方來復，萬轉千回懶下牀。俺們今日行樂已足，且各自到樹下歇息歇息去，改日再來聚會罷。（小生）

【尾聲】那普天下孤男寡女無窮怨，誰似俺這裏鸞鳳成群顛倒顛，只是這樣的花燭登科也忒不值錢。

（外）人人天喜照紅鸞，（末）女貌郎才總一般。

（小生）昔者太王雖好色，也應不及此同歡。

第十五折　不邪

南吕魚模韻

【臨江仙】（生上）抱膝盱衡誰可語，嘐嘐上慕黄虞。高朋相訂過茅廬。尋常鷄黍約，何事罷琴書。

小生前日約了田、成二君，過小齋閒敘。今朝風日清美，想二君必然同來，不免叫盍旦早早伺候。盍旦那裏？（丑應上）來了！門堪羅雀原無雀，釜可生魚不是魚。相公有何分付？（生）今日約田老爺和成相公二位過來，已命夫人安排小酌，你可打掃門庭伺候。（丑）曉得。（外、小生上）（外）

【前腔】到處青山堪作主，況同良友相於。（小生）文章聲氣屬吾徒。竹間頻掃徑，花外好停車。

（丑進報，生迎入，相見介）（外）冠霞，今日天氣甚佳，頗堪遊詠。（生）小弟正在此拱候。難得兩公早顧，甚慰鄙懷。（丑持酒肴上介）（生）貧家草具，殊愧荒疏。聊假一樽，少領大教。（外、小生）多謝了。（共飲介）（外）冠霞，我看你讀破萬卷，眼空千古，未知生平所最喜者，是那幾種書籍？（生）從來説開卷有益，不論古今書籍，各有長短得失。善讀書者，但當捨短取長，名言。則得者固然有益，失者亦自無損。（外）請問長短得失，以何爲斷？（生）不過以邪正二字爲斷。（小生）邪正從何處分辨？（生）吾輩誦法聖賢，其言合於聖賢者，名言。即謂之正；其言謬於聖賢者，即謂之邪。如今通天下的書，不過經史子集四種盡之。六經爲聖人之言，自不容贊一詞。若史書便有多少異同，至於子集之類，尤不勝駁雜。曾記得幼年時子書盛行，舉業家專喜用盜賊、囚殺、戰血等字面，後來遂貽數十年刀兵之禍，豈不可畏？（小生）六經之外，如《莊》《騷》《左》《史》之類，何如？（生）這都是宇宙間絶妙文字，自當與天地相終始。但其間議論亦未必盡合於聖賢，正當用捨短取長之法。（外）言之有理，若敝鄉李卓吾，海内盛傳其書，未知冠霞以爲何如？（生）李卓吾之書，小弟幼時也都看過，他原是一個聰明才人，其手筆爽快，兼時帶詼諧，頗能令人擊節解頤。只是意見偏僻，議論乖張，自此書一行，世道人心，皆從此壞。此正所謂邪説横議，其爲害不在楊墨之下。（外）怎見得？（生）且無論他别種，只如今盛傳的是一部《藏書》。他的是非顛倒，已不可言，開口便説：「無以孔子之定本行賞罰。」輒敢公然抹倒孔子。其論人臣，則以叔孫通爲因時大臣之首，馮道爲吏隱外臣之終，明明教人師法此兩人。又説馮道真無所不可，人共稱與孔子同壽，明明把馮道比著孔子。至於王陵、温嶠，乃漢晉名臣，而置之逆賊之列，此真所謂非聖者無法也。又聞他髡頂爲僧而仍戴烏紗，其平日立論，不但以馮道爲聖相，還以秦始皇爲聖帝，武則天爲聖后。所極口贊賞者，是《三國志》中之曹操，《水滸傳》中之李逵。又贊反賊林道乾爲二十分膽、二十分識。如此異端邪説，種種不一。雖後來被劾逮問，縊死獄中，然其書至今盛行，使有識之士觀之，或者還不被他摇惑，或是後生小子識見未定者，乍讀此書，見他新奇可喜，直截痛快，未有不叛聖賢而壞心術者。故此説他的禍害，不在楊墨之下。

【懶畫眉】那時節承平日久是亂之初，驀地偏生李卓吾。他譏排仁義尚權謀，只待要推倒尼山主，亂賊奸雄接踵趨。

其時不但他自著之書盛行，就是古今種種書籍，無不借他的名色行世。

【前腔】那坊間卷帙案間書，批點無非李卓吾。觀場啼笑盡侏儒，邪説争簧鼓，兩觀重開法必誅。

適間小弟所言邪正之辯，正是爲此。（外）冠霞之言，俱是侃侃正論，真可干城名教。（小生）這李卓吾不必説了，近日又盛行金聖歎之書，冠翁以爲何如？（生）那金聖歎也是個聰明才人，筆下幽雋，頗有别趣。其持論亦不甚邪僻，只是每每將前人之書，任意改竄，反説是古本。其改竄處，又甚是穿鑿不通，這是才人的大病。（小生）相傳聖歎以冤累遭刑而死，死時遺有數行字云：「殺頭，大痛也；抄家，慘禍也。聖歎以無意得之，呵呵！」不識文人取禍，何以至此。（生笑介）不要説别的，只據他改竄《西廂》一節。那《西廂》上説「怎當他臨去秋波那一轉」，他卻改做「我當他臨去秋波那一轉」，即此一字，便有可殺之道。

【尾聲】那一字差，千秋誤。他點金爲鐵待何如？枉自標題才子書。（小生笑介）説得有理。不差不差。弟輩領教已多，暫且告辭，遲日敢屈冠翁和舦翁，同過笑門小齋，再當細聆玉屑。（生）多慢了。

（外、小生同别介）

（外）邪説從來非我徒，（小生）聰明往往墮癡愚。

（生）學宫莽操如容篡，聖座幾歸李卓吾。可畏亦可笑。

第十六折　天育　大石桓歡韻

【碧玉令】（旦、小旦、老旦扮北洲女上）（旦）有兒萬事方圓滿，歎人間禱求不斷。天賜麒麟容易落珠盤，空打算，漢宮中遠條行館。

俺們日前在園林樹下，與男子交合一度，各人俱懷有身孕，但未知何日生產。（老旦）原來你不知，俺國中從來婦女懷孕，不過七八日便生產，是一毫不費氣力的。

【賽觀音】未經旬，胎骨滿，七八日娘懷早寬，甚問卜求醫乾忙亂。（合）和取物傾囊只一般。

（旦）這等說起來，俺如今敢待生產也。（生兒，兒啼介）（旦）好了，早生了一個兒子。

【前腔】是胎生，非伏卵，順而易猶如轉丸，甚坐蓐臨盆乾忙亂。（合前）

（小旦）俺如今也要生產也。（生兒，兒啼介）（小旦）俺生的卻是一個女兒，也好也好。

【前腔】瓦能全，璋能判，是離坎都教喜歡，甚設帨懸弧乾忙亂。（合前）

（老旦）你兩個都已生產，如今卻輪到俺也。（生兒，兒啼介）（老旦）好好，俺也生了一個兒子。

【前腔】你看他頂兒圓，腮兒滿，泣聲壯儀容可觀。這也總不管他，甚薛鳳荀龍乾忙亂。

（合前）（旦）如今俺們既生了兒女，可還要乳哺麼？（老旦）這個一總不消。只將所生兒女，安放在四衢大路邊傍。自有來往行人，將手指與他含嗽。其指頭自出甘乳，充滿兒身。過了七日之後，其兒即長大成人，與俺們形體一般，男向男衆，女向女衆，全不消俺們照管。（旦、小旦）如此，便可將兒女送到通衢路邊去也。（同送兒放地上，三旦競下介）（外、末、小生同上）（外）

【人月圓】衢路裏無數嬰孩伴，襁褓呱呱相呼喚，殷勤乳哺休遲緩。（各出指與兒吮介）（小生）仗十指流膏頻漑灌。説話之間，不覺早已七日也。形容換，看成人長大，一樣衣冠。

（三兒俱長大介）（末）

【前腔】七日裏真個形容換，子女分班各尋伴。親師保姆何須管。這的是大父母乾坤一例觀，無長短。笑司徒教養，傀儡空搬。

（外）如此生兒太易哉，（末）勝如女媧摶土製嬰孩。

（小生）曾聞説先生如達誇神異，還覺得多累姜嫄十月胎。

第十七折　净口　正宮齊微韻

【破陣子】（生上）危行不妨言遜，終朝三復白圭。惟有詩魔降未得，嘲月吟風只自知，何人聽五噫？

前日承爰斗兄約過笑門，日來碌碌塵勞，未得赴約。今日稍暇，不免邀觳翁同去一行。（到介）（外上）

【新荷葉】花滿蒼苔屐齒稀，是俗客且教回避。（生相見介）（外）冠霞來了，前日爰斗之約，不可不赴。（生）小弟正爲此而來。（外）就此同行。（到介，小生上）仰天大笑席門低，吾儕豈是蓬蒿輩。（相見介）（小生）正在此顒望，恰好兩公到來。妙極妙極！叫童子不惰，快安排美酒來，與我輩共澆塊壘。（小丑扮不惰持酒上）小槽酒滴珍珠色，玉碗盛來琥珀光。酒到！（共飲介）（生）爰斗，你坐擁百城，真同李謐，披帷斯在，不異傳昭。一時名流，罕見其匹。（外）正是。（小生）如小弟車載斗量之輩，何足掛齒。

若兩公才學品行、文字科名，頭頭第一，纔是千秋人物。（外生）惶愧惶愧。（生取書看介）這是一本傳奇，名爲《翡翠軒》，乃是《金瓶梅詞話》中李瓶兒之事，想是爰斗兄大筆。（小生）正是。（生）原來爰斗也喜作此香豔之詞，想來稗官野史，涉獵必多。（小生）那稗官野史之書，雖是俚詞，無非學問。若是會讀書之人看之，大可觸發聰明，增益意智。所以楊升庵《詞品》上説道：「天之風月，地之花柳，與人之歌舞，無此不成三才。」自是妙論。昔年諸理齋負笈遨遊，囊中惟攜《西廂》一卷，説道：「鳶飛魚躍，能活文機，莫過於此。」冠翁讀破萬卷，想於此道，亦必留心。（生）若是小弟肯做這些傳奇小説時，此時久已連牀充棟了。只爲素持十善之戒，不敢作淫詞豔曲，故此篋中寥寥。（小生）何謂十善之戒？（生）十善者，一不殺生，二不偷盜，三不邪淫，四不貪欲，五不嗔恚，六不邪見，七不兩舌，八不惡口，九不綺語，十不妄言。反此則爲十惡。（小生）請問這十戒，還是釋家之戒？還是道家之戒？（生）這也是釋家之戒，也是道家之戒；也不是釋家戒，也不是道家之戒，就是儒家之戒。妙語解頤。（小生）儒家倒不聞有戒。（生）豈不聞吾夫子説道：「君子有三戒。」那少色、壯鬥、老得三件，豈不就是淫、殺、盜麽？又説道：「忿思難，見得思義。」又説道：「攻乎異端。」豈不是貪、嗔、邪麽？至於謹言寡尤之訓，不一而足，則四種口過，盡在其中。可見這十件乃是三教總戒。小弟兢兢奉持有年，只是殺、盜、淫三者是身業，貪、嗔、邪三者是心業，兩舌、惡口、綺語、妄言四者是口業，十惡之中，惟有口業最爲易犯。小弟自省生平，兩舌、惡口、妄言之事，斷斷必無，只是綺語一項，尚覺未盡掃除，故此時時勤修懺悔。

【玉芙蓉】那危微共一幾，善惡分千里。看昭昭十戒，三教同歸。這身心惡業應難制，口業紛呶更易滋。須牢記，要端方儉慈，再加些樸誠忠厚是良規。

（小生）聞得宋時有個秀禪師，對黄山谷老人説：「學士一生好作綺語，將來當墮泥犂地獄。」不知何謂泥犂？（生）這是佛家之説，道是地獄中有兩泥犂，一名泥犂迦，無喜樂也；一名泥犂耶，無去處也。無非是深戒綺語之意。

【前腔】那風花雪月詞，《繡榻》《龍陽史》。偏能使洛陽紙貴，無翼而飛。更有迷樓妖豔誇隋帝，寢殿風流繪玉妃。多穠麗，似花叢錦堆，只愁他到頭難免墮泥犂。

（小生）聽了冠翁之言，真字字藥石也，敬服敬服。當以巨觴奉謝。（斟酒介）呀！爲何壺中將罄，叫不惰快取酒來。（外）今日領教已多，此時將次乙夜，況且不勝酒力，告止了罷！（小生）知己談心，最是難得，便通宵痛飲何妨？（生）從來釣詩掃愁，全賴杯中之物，真所謂何可一日無此君也。況爰斗兄高情豪興，吾輩豈可辜負。但酒以合歡，要不過適興而止。若屢屢爲長夜之飲，恐亦非養生家所宜。

【尾聲】素心人，堪晨夕，但須珍重沈家髀，不然便醉倒花前也不辭。

（小丑持酒上）賒得十千平樂酒，何須三百青銅錢。酒到。（生）既然酒到，不可虚主人之意，我輩各飲三大觥別了罷。想今日笑門雅集，不可無詩，觙翁明日請首唱，弟輩當從而和之。（外）但恐又犯綺語之戒，奈何奈何！（同大笑介）（小生）做詩自不妨，然冠翁今日藥石之言，小弟敬當銘之座右。

脣舌從來比劍鎗，（外）括囊無咎好隄防。

（生）若果能守戒呵，不須更誦朱丹咒，吐穢除氛有異香。

第十八折　天壽　羽調蕭豪韻

（外、末、小生同上）（外）俺這俱盧洲好快樂也！　你道爲何名爲俱盧洲？　蓋俺這裏「俱盧」二字，是華言「勝處」二字，因俺這地土勝過三洲，故取此名。（小生）俺這裏有何勝處？（外）一者無所繫屬，二者無有我所，三者壽命千歲，不增不減。（小生）天下人民一般，何故俺這裏壽命獨長？（外）皆因前世修十善行，命終之後，託生此地。此地多生寶玩，無復市易，有所願求，應願而至。其人不受十惡，凡有舉動，自然與十善相合。人人壽定千歲，無有中夭。將來命終，生天善處，故此得稱爲勝。（末）除了壽數之外，可還有不同處麼？（小生）俺這裏一切人民，悉皆白净，口齒平正，鬚髮青翠，恒如剃周羅五日模樣。其髮自然長横七指，齊眉而止，不長不短，無有塵垢。又且一生無有衆病，氣力充足，顔色和悦。其貌少壯，只如二十餘歲之人，即此種種也都不同。（末）到命終之時，如何？（小生）命終之時，不相哭弔，莊嚴身屍，安放四衢道中。有一種大鳥，名爲「憂慰禪伽」，即啣其屍，至他方山外而去。（末）原來如此，果然種種都是勝處。（外）據《長阿含經》上，説是勝處。那《立世論》上，又説是最上。《太乙經》上，又説是最爲勝妙，又説是勝福安樂，所言大抵相同。　俺們幸生此地，真個是人天至樂也呵。

【四季花】此地最爲高，看東洲勝，西洲貨，不比纖毫，塵囂。那南洲贍部尤陋惡，爭如此中無諂驕，一千年日月遥。你看壽過彭祖，美過宋朝，風流更勝王子喬。喜疾厄全消，任災星不照，這的是心好命好，天好地好人好。

（小生）

【前腔】生就美豐標，看膚兒白，髮兒翠，個個英髦，清高。珍衣玉食偏富饒，隨身殿閣連碧霄，有求時全不勞。更有紺園琪樹，寶船畫橈，尋花問柳聽管簫。伴粉黛妖嬈，共兒男環繞，這的是衣好食好，妻好子好家好。

（外）從來説歡娛嫌夜短，寂寞恨更長。又道是無事只静坐，一日當兩日。這一千年歲月好不長哩！别處人忙不過，俺這裏卻閒不過；只宜飲酒。别處人苦不過，俺這裏卻樂不過，須索要慢慢消遣者。

【賣花聲】論五福之中，壽爲先兆。世上人不但難得高壽，就是有了壽呵，奈閒少忙多，苦多樂少。只俺這裏人一生開口逢人笑，何樂如之。同遊戲難辨童和耄，這的是地行仙長不老。

（小生）你看海波幾度變桑田，（末）從道非仙也是仙。

□□□□□□□□□□□（後半頁原闕）

夏爲堂人天樂傳奇卷下

第十九折　魔鬨

□□□□□□□□□□□（前半頁原闕）

神通。力勝四大龍王，還抵敵過八太子。恨頭上兩輪晃眼，暫取日月以爲耳璫；看堂中七葉開顔，欲將五繫以縛帝釋。因此不肯安静，時與諸天戰争。你道俺何故與天戰争？只因俺素染嗔慢之習，常懷諂曲之心，更兼閻浮生民，常有殺機相感。若閻浮人肯修十善，忠孝慈和，則俺們自然退敗。若是十惡滿盈，則俺們定然得勝。你想那些閻浮衆生，能有幾個修行十善的麽？故此俺安静時少，戰争時多，那諸天神王，也屢屢被俺蒿惱不過。這也不在話下。只俺這北海之邊，有個鬱單越洲，他那裏有自然衣食，宮殿隨身。雖然不是天人，那快樂受享，卻與天宮無二。俺想與天戰鬥，還覺費力。若據我神威，吞佔此洲，何異泰山壓卵。如今不免點齊魔兵，且前去攻取此洲，以爲安身之地，豈不强似蹲在海底穴中過日子麽？衆兵將何在？（衆扮鬼兵，各持兵器應上介）大王有何號令？（净）你們可整齊隊伍，隨俺攻取鬱單越洲去者。（衆）得令。（净）你們聽我道來：

【蠻牌令】單越小巢窩，一撮土之多。他自然衣食美，憩喬柯，匝地裏金珠玉珂，俺興兵去降伏幺麽。（合）敲花鼓，唱凱歌，得了這現成家業，喜笑呵呵。

（净）

【豹子令】單越洲中真快樂！（衆）真快樂。（净）天堂佛國不如他，（衆）不如他。（净）今朝要去興災禍，那鮮衣美食與嫦娥。（合）一齊吞佔哩嗹囉。

（净）

【前腔】勇健羅睺威力多，（衆）威力多。（净）隨征百萬小嘍囉，（衆）小嘍囉。（净）北洲撚指須攻破，便齊天洪福待如何？（合）他能强過梵天麽？

（净）可恨俺這裏釀酒不成，故此從來不飲。如今大家同心合力，取了單越州，從今好酕醄痛飲也。（衆應介）

（净）修羅無酒最堪羞，激得俺怒氣衝霄不自由。

（衆）大王如今好了，且將大鬧天宫手，小試牛刀鬱越洲。

第二十折　濟困　越調車遮韻

（生同丑持拜匣上）夕陽西下水東流，處處風波處處愁。有客吹簫向吴市，何人騎鶴上揚州？　盍旦，我爲渡江訪友，來到廣陵。這去處乃是花月之地，錦繡之鄉，自來繁華富麗。我雖然遊過數十回，卻未見幾個賢地主。這正是金穴銅山成世界，誰曾物色到塵埃。可歎可歎。（丑）正是。（生）

【賣花聲】隋苑樓迷，曲江濤瀉，瓊花無二争傳説。冤他耳朵何曾缺，論名區本無别。暢好是法海平山，遊不盡春江花月。看蟻陣蠅樊，鬧穰穰何時休歇？

雖然如此，既到此處，也只得隨例往郊外遊覽一番，庶不負此良辰也。（行介）（丑）相公，你看出得城來，那寶馬香車，畫船簫鼓，酒樽食榼，紛紛攘攘，好不熱鬧也呵。（生）這也不管他，你看那遠遠走來的，卻似一個異鄉貧士也。（末扮周生，破衣上）

【鬥蛤蟆】覓館席，辭鄉里。不憚遠涉，來此地。杳無緣，困淹旅舍。思想進退真維谷，怎得個仁人慨然帶挈？　小子四明周生，因家貧無計，渡江圖館。不想館事不成，囊資罄竭，去住兩難，無門可控，將來只得乞求而歸。那前面來的，像是一位長者，須索求告他一番。（見生，揖介）先生拜揖。（生答禮介）長兄何來？（末）小子從四明遠來，圖一蒙館。如今館既不成，又無路費回鄉，窮途苦境，望先生憐而濟之。（生）原來如此。這個是貧士之常，我小弟亦每同此病。如今篋中幸有微資，尚可相助。（開匣取物付末介）這白金二兩，聊奉吾兄爲歸舟之費。（末揖介）多謝先生，真長者，真任俠，這樣仁人，那得遇耶。

（下。副末扮李生孝服上）

【前腔】正窘迫，遭喪事，殯具怎賒？欲乞米，似淵明，叩門話拙。只索曉渡長江水，向故友哀號滿襟淚血。

小生楚中李生，向來家徒四壁，塵甑少煙。近日又忽遭母喪，真是雪上加霜。只得過江一行，向舊時相知，多方求助。呀！那前面來的是軒老伯，多年不見，何期在此相逢。（見禮介）（生）足下是李兄，尊服卻爲何人？（副末）是家母新喪。（生）何暇來此？（副末）因爲家貧如洗，棺槨衣衾，百無一措，只得到相知處求助。（生）可有所得麼？（副末）來此數日，并無一文。（生歎介）如此世情，能得幾個范希文父子？如今幸得遇著小弟，雖不能大有所助，區區數金，尚可少效匍匐之誼。（取物付副末，副末拜謝介）多謝老伯。（合前）既蒙老伯厚惠，如今小侄急急趕回治喪，不得陪侍了。（生）請了。（副末下）（外扮吴孝廉上）

【前腔】窮舉子，齏鹽況，年近耄耋。不伏老，似梁生，要魁俊傑。目下又值公車促，苦乏計借貲可供結轍。

小生鑾江吴孝廉。生平甘貧力善，一字不入公門。今當公車届斯，赤手不能前去。聞得軒年兄在此，不免和他相商。（相遇介）呀！正要來尋年兄，不期途中相遇。（生）年兄此時又該上公車了。（外）便是。奈何囊無一文，惟有仰天浩歎。（生）别事可以遲得，這春闈期限，如何遲得？小弟既叨附年誼，篋中尚有十數金，可以相助。（取物付外介）（外）多承年兄高誼，只恐不彀盤纏到京，奈何？（生）這同袍公車之費，原有一個省儉之法。（外）願聞。（生）若是富厚的同袍，任從他人夫騾轎，無所不可。若是窮同袍，只有用車一法。（外）用車如何？（生）一輛車子，不消一騾之費，而可以兼兩騾之用。**貧士入都不可不知此法。**箱籠拴於車下，席蓬覆於車上，被套安於車中，可容主僕兩人坐卧，竟可高枕而至都門，且可免風霜之苦。所以從來説車有五善。（外）是那五善？（生）省費，一也。負陰而抱陽，二也。（外）何謂負陰抱陽？（生）這車是倒推的，太陽曬得著，北風吹不著。所以古人説道：「去國不忘君親。」因爲他倒推，去時面向家鄉，回時面朝帝闕，不失忠孝之意。這雖是戲談，亦是正理。（外）還有三善呢？（生）行住坐卧，得以自便，三也。危橋險路，無傾跌之患，四也。設有意外盜賊，萬分無虞，五也。（外）盜賊卻如何保得？（生）年兄不知，從來北路响馬强盜，單尋朝覲官員，所以朝覲官還有假貼會試封條的。若是會試舉子，他便道是寒酸，不屑下手。若是用車的，一發説是窮花子，過而不問了。故此這車子竟可稱爲「賊見笑」。（外）妙阿妙阿！小弟老於公車，不意今日纔聞此妙論。（生）還有一件妙處。那用人夫騾轎的，免不得要上飯店打中火。這一頓中火，所吃不多，卻要費許多錢，又擔閣半晌工夫。若是用車，便隨路有粥飯麪點可買。那車夫少不得時常停車要吃，但他吃時，我也去吃，這是論碗不論頓的，叫做「打野尖」。即此一項，省費也自不少。（外）妙極妙極！原來這用車有許多妙處，所以從來説公車公車，并不説公騾公轎，**妙妙！必如此方纔算得公車。**這樣看起來，適間年兄所贈之物，小弟此行，竟寬然有餘矣。只是承年兄大惠，殊覺不安。（生）叨在同年弟兄，怎説這話？（外揖介）多謝年兄了。（合前）如今期限已迫，小弟只得拜辭了年兄，連夜收拾登程

了。（生）這個豈容再遲，請了。（外下）（小生扮劉大行上）

【前腔】甫通籍，行人職，四牡跋涉。驚鼎革，慟天崩，驀遭大劫。桎梏險作長安鬼，歎繭足鶉衣得尋故轍。

自家閩海劉生，官居大行，奉差復命到京。不意適逢寇禍，備受慘辱。幸得脱身南歸，流離顛沛，九死一生。目下已到廣陵，要返家鄉，奈此地并無同籍一人，無從借貸。如今病卧舟中，只得叫家僮上去打聽，不知可有相知在此。（小净扮家僮上）呀！那前邊行的，像是軒老爺。這是家爺的兩榜同年，極相好的，爲何在此？（上前跪見介）軒老爺，有同年大行家主劉爺在此。（生）你爺在何處？（小净）現在舟中，卧病不能步履。（生）如此，我就到舟中相會便了。（到介，相見介）（小生）軒年兄，今日小弟得與年兄相見，真是兩世人也。（生）年兄何狼狽至此？（小生）小弟不幸，横罹寇禍，一言難盡。如今病體郎當，急欲歸里，只是客囊如洗，寸步難行，奈何奈何？（生）這個不妨，小弟篋中幸還存二十金，如今當盡贈年兄，以作歸途之費。（取物付小生）（小生揖介）這是伯夷之粟，小弟本不當受。但如今在患難中，只得拜領。若得生入霞關，皆是年兄之賜。（合前）（生）年兄請保重，小弟在此，猶恐擔閣行程，倒要告别了。（行介）（小生）多謝年兄，恕小弟不能躬送了。（生）請了。（小生、小净同下）（丑）相公，我今日跟你走了一日，不曾吃得一口水，倒送掉了許多銀子。如今一個拜匣，都空空的了，卻怎麽處？（生）這個何足爲道。我一生專要濟困扶危。昔年在楚中，有周氏孤女，向我告助奩資。我就將自己分内良田二百畝，立刻贈之。如今卻不比昔日了，所有資財，不過隨到隨捨。我年年每到除夕年邊，常攜帶數金在身，專爲救人之用。只是有緣的方遇得著，十分遇不著，卻也無可奈何。

【尾聲】我這扶危濟困婆心切，恨不能補盡乾坤缺。不然難道我此來只爲這二十四橋明月夜？

明月橋邊富貴春，朝朝十萬醉芳樽。
何當布作黄金地，天下飢寒盡在門。

第二十一折　籌魔　北雙調東鐘韻

【新水令】（外扮毗沙門天王上）多聞增長住天宫，一般兒將門龍種。三郎施變化，八將顯神通。劍杵摩空，直摇得九霄動。

自家毗沙門天王是也。俺位列四天，威行三界，統領夜叉羅刹，專護鬱單越洲。這一洲的人民，較彼東西南三洲，最爲勝妙。因他前世修行十善，故得託生彼地，勝福安樂，壽足千歲，向來總相安無事。近日聞得有阿修羅魔王作亂，要興兵吞佔此洲。這是俺職掌所關，安可坐視不救？以前猶傳報未確，昨有海中難陀和跋難陀二大龍王，身繞須彌七匝，山動雲布，以尾打水，大海浪冠須彌。忉利天宫聞之，便知修羅欲戰，須索聚集諸龍鬼神，整頓兵仗，準備征剿，不可遲緩。吾兒那吒何在？（小净扮那吒太子，三頭六臂持兵器上）

【么】三朝踏倒水晶宫，捉蛟龍，父娘驚恐。荷衣翻翡翠，藕骨换玲瓏。施展著八面威風，降盡了九十六妖魔洞。

自家那吒三太子是也。俺高聳三頭，横施六臂，神通廣大，法力高强。聞得父王呼唤，須索上前參見。

（見介）父王喚孩兒有何使令？（外）吾兒可曉得阿修羅作亂，要吞佔單越洲麽？（小浄）孩兒昨日也曾聞得，這是父王該管地方，如今須索前去救護。（外）便是。吾兒一面整頓兵將，俺一面還要到持鬘天東北戰勝天宫，啓上摩利支天大士，請求接應纔是。（小浄）行兵之事，孩兒自會料理，父王但請前行。（下）（外行介）已到戰勝天了，未知大士曾升座否？（末扮摩利支天上）

【喬牌兒】勝幢王位崇，善法佛堂聳。誰將帝釋牟尼供？金輪一樣捧。

妙高峰上幾春秋，歡喜園中采女遊。若道天宫無嫉妒，誰教悦意變冤讐。自家摩利支天大士是也。習成玄一之道，超越四空之禪。得大神通，具大威德，大願度世，大力降魔。弘護閻浮之人，專救兵戈之劫。向來修羅擾亂，曾經現身降伏。近日下界衆生，惡業愈深，又不知作何光景也？（外進參見介）（末）天王所爲何來？（外）因爲阿修羅作亂，要吞佔鬱單越洲，特來啓奏大士，祈求神力接應。大士聽啓：

【碧玉簫】單越熙豐，人在福田中。修羅逞凶，强暴敢相攻。這壁廂喜孜孜將十善種，那壁廂怒轟轟把十惡縱。天不容，兵戈須動。因此上準備選鋒，還要向大梵天勞威重。（末）原來這業畜又復倡狂，我曉得了。天王可一面發兵征剿，我隨後便來收伏。

【鴛鴦煞】俱盧洲裏無驚恐，修羅城内多喧閧。各自山川，牛馬其風。何故稱兵？乾坤震動。速整天戈，掃妖孽，無遺種。這的是福善除凶，纔顯得太平年天一統。（外）這等多勞大士了。小神且先去，拱候駕臨便是。（末）知道了。

（外）如此兵戈豈偶然？（末）不須動地與驚天。

（外）常言道道高十尺魔千丈，（末）識破何曾值一錢？

第二十二折　解冤

商調廉纖韻

【吴小四】（小净扮皮青上）態如閹，腹似鉗，唇邊勝蜜甜。狼虎肚腸魑魅臉，兩面鋼刀三個尖。毛刺蟲，誰敢粘？

小子名唤皮青，一生古怪精靈。滿腹包藏鱗甲，時時冷笑無情。最要挖人腦髓，更會剮人眼睛。欺善何嘗怕惡，妒賢還要嫉能。全憑三寸巧舌，變亂黑白難明。伯夷説他貪利，西子談他醜形。假饒釋迦孔子，總然不免批評。真是獸心人面，又道人頭畜鳴。（内問介）如此作惡，難道没有報應的麼？（小净）莫言爲惡不報，直待惡貫滿盈。如今天公憒憒，眼前落得横行。我小子久居江淮地方，專慣爲非作歹，降禍生災。我有一個讐人，唤作東方望。他家私富饒，生意興旺，我思量小小衙門，急忙弄他不倒，須得到按院處，送他一個訪犯便好。這裏新任理刑，甚有風力，我要將東方望開列惡款送去，只恨没有門路。近日聞得他有個相好同年軒爺在此，待我備副厚禮去拜見，託他將款單送進。還許他事成之後，多金重謝。此計甚妙。事不宜遲，來此已是軒爺寓所，裏面有人麽？（丑上）夜眠清早起，日出事還生。尊駕何人？到此何事？（小净）要求見軒老爺的。（丑）我這裏只有軒相公，并無軒老爺。（小净）可是與理刑老爺同年的麽？（丑）理刑雖是同年，我相公却不甚來往。（小净）有一件機密事，要來面禀軒爺，備得有薄禮在此，相煩引見。（丑）既有禮物，待我通報。（生上）

【風馬兒】十里春風客況淹，繁華夢空繞珠簾。

（丑）有人在外面，要見相公。（生出見小净介）（生）足下何來？（小净）軒爺聽禀，念我小子呵。

【滿園春】安愚分，守窮簷，懼官府，法森嚴。叵耐有個豪惡東方望呵，他憑空倚富欺貧賤，頻吞噬，頻吞噬溪壑欲無厭。傷心怨，口難箝。況且受害的非止小子一人。那觸凶的被殲，畏威的遠潛。現開得有他的惡款在此。（遞單介）望轉達霜臺，轉達霜臺，安民除害。這德澤萬代均沾。

小子不敢輕勞軒爺，備得有薄禮在此，求軒爺海納。待事妥之後，還當以百金爲壽。（遞禮單介）（生）你這話我也未知虛實，但理刑雖係同年，我卻從未關説，況且這害人的事，我是從來不做的。

【前腔】我存陰騭，守清恬，自不慣，取傷廉。你這連篇纍牘詞非善，須詳察，須詳察虛實與洪纖。那公堂上，萬人瞻。例誰容引嫌？字誰容減添？看鐵案如山，鐵案如山，出生入死，休得把曲筆輕拈。

這款單和禮帖，我都不敢收，你原拿了回去罷。（小净）原來如此，凡事若依天理做，世間那個打秋風。（下）（丑）相公，方纔這個人，只要你傳遞得一張紙進去，便有厚禮重謝，這樣事便做做何害？（生）你那裏曉得？這張紙進去，便關繫這個人的身家性命。且無論那個姓東的惡與不惡，就算是惡人，卻也與我無讐，何苦爲這幾兩銀子就去害他？你豈不見前日那個故人之子，偷盗我數十金去。後來事體敗露，被人拿住，我尚且付之不究，何況這個不關己之事，豈可昧心去做他。（末扮東方望上）莫説天高黄帝遠，只愁人少畜生多。小子東方望是也，在此開張藥店生理，與地棍皮青，小小有些口角。昨日有人對我説，這皮青竟開了我的款單，備了禮物，投託一位理刑同年軒爺，求他送進。那軒爺力卻不收。這真是仁人君子，此恩不小，如今須索去登門叩謝者。來此已是，裏面有人麽？（丑上）尊駕何來？莫非也是來送款單的麽？（末）我不是送款單的，是來謝老爺不收款單的。（丑進報生，生出見末，末拜謝介）（生）足下何人？（末）軒爺在上，小子東方望，就是皮青款單中人也。（生）看兄氣度，不像惡人，如何皮青卻造許多款單，要行陷害？（末）不瞞軒爺説，那皮青是個地方喇棍。他與小子不過爲小小口角，誰知他就擺布如此機謀，要置人於死地。這真叫做殺人可恕，情理難容。還幸得軒老爺施天地父母之恩，不墮其計，不然，小子此時也没有性命了。我想此棍既懷此惡意，將來少不得要被他暗害，如今不如先出名告他一狀，以杜後患罷。（生）這個也還不可，你兩個雖有嫌隙，卻無深讐。從來冤家宜解不宜結，待我明日託一個人，與你兩家和解了罷。（末）多感軒爺，頂戴不盡。（生）

【尾聲】來朝便把干戈斂，從此轉禍爲祥卦免占。少不得要到埂子紅橋問酒帘。

莫結冤讐但結緣，須知杯酒釋兵權。

（末）軒爺，我欲酬大德慚無物，只有一梗人參重八錢。實趣。

第二十三折　鍼魔　南北調江陽韻

【南破陣子】（浄阿修羅領衆上）離卻摩婆宮殿，來侵鬱越封疆。大劍長鎗齊踴躍，麾下人人似虎狼，何愁不伏降？

自家阿修羅，特地統領魔兵，來取單越洲。行不多時，卻早到七金山地方。且暫時扎住營盤，歇息一會，再往前進者。（衆）得令。（虚下）（外扮毗沙門天王，小净扮那吒太子，領衆兵將上）（外）

【北紅繡鞋】高坐中軍虎帳，指揮百萬龍驤，天兵驍勇實非常。（小净）巨靈形狀猛，羅刹爪牙張，要芟除盡邪魔黨。

（外）自家毗沙門天王，同孩兒那吒，統領衆兵將，特來征剿阿修羅，救護單越洲。打探得修羅營盤去此不遠，衆將士須索趲行。（衆）得令。（虚下，净、衆上）

【南普天樂】九頭摇，千睛晃，撼須彌，翻波浪。先聲到，先聲到，處處驚惶，覷俱盧似猛虎擒羊。（合）呀！任横衝直撞，何人敢抵當？説甚天兵圍繞，圍繞十面排場。

（丑扮夜叉上）自家金山夜叉是也，今有阿修羅犯境，只索提兵出戰。（戰敗介。净、丑虚下，外、衆上）

【北朝天子】擺弓刀兩廂，列旌旗五行，簇團花盡是貔貅將。鋪排陣勢，看天圓地方，握奇圖風雲壯。九宫星吉祥，八門符生旺。咚咚噹咚噹咚咚噹。（合）奮魁罡威光萬丈，威光萬丈。掃妖氛如翻掌，掃妖氛如翻掌。

（夜叉急上介）天王在上，修羅勢大，小將與交戰不利，只得退回，求天王定奪。（外）知道了，你且暫退，俺這裏自有調度。（虚下，净、衆上）

【南普天樂】髮蓬鬆，鳩盤樣，體峥嶸，金剛狀。高聲唱，高聲唱，俺是魔王，那先鋒將早

已披猖。（合前）

（小净上）何物小魔，輒敢無狀？（戰介，虚下，外衆上）

【北朝天子】迸雙眸火光，現諸般武裝，猛那吒具足威神相。擎輪執杵，駕獅王虎王，滿虚空叮噹響。那修羅呵，蛇神兒跳踉，牛身兒粗莽。那怕他逞逞强逞强逞逞强。（合前）

（那吒急上介）父王在上，修羅委實凶狠，孩兒與他交戰許久，只好扯平，不能取勝，如之奈何？（外）此非摩利支天神力不可。道猶未了，那雲端裏五色祥光，繽紛閃爍，大士早降臨也。（末扮摩利支天上，唱前《喬牌兒》，外接見介）（末）連日交戰如何？（外）修羅凶狠，急難取勝。（末）今晚權且休息，明朝自有分曉。（外）領旨。（同下，净、衆上）

【南普天樂】羅睺星，遮日光，鏡池妃，窺天上。俺頑囂性，頑囂性，一謎猖狂，便是莽那吒也則平常。（合前）

如今天兵中既没俺的敵手，只管殺向前去便了。（虚下，外、末同衆上）（末）

【北朝天子】擲朱輪火光，踏風輪斗罡，兩肩窩日月横安放。此《西遊記》云這一場好殺也。三頭八臂，現金容寶妝。執戈矛擎刀仗，蚩尤旗謹藏，破軍星休撞。那小魔呵，早早降早降早早降。（合前）

（虚下，净、衆上，末登高摇旗，外、小净合戰，净敗，抱頭走介）不好了，不好了。

【南普天樂】自行兵，多雄壯，并不曾，輸一仗。今朝裏，今朝裏，撞遇空亡，半天中降下災殃。正當交戰之時，誰想半空裏降下無數刀輪來，如沙如雨，亂紛紛落在俺頭上，把俺的耳鼻手足，一時都削去了。渾身上鮮血淋漓，連大海水也赤如蛑珠，如今好不疼痛。呀！海波如赤蛑，逃生向那方？好了好了，幸得此處有一池蓮藕，只得往藕孔藏身，羞殺羞殺了一世魔王。（下）（末）

【北朝天子】也不須誦波羅寶章，也不須建光明勝幢，等閒間洗净了凶魔瘴。從伊惡口，免將還法堂。剪渠魁寬餘黨，海潮波不揚，四天宫無恙。掃掃光掃光掃掃光。（外）如今修羅幸已降伏，甚虧了大士神力，多有勞動了。只是那單越洲人，一毫不知不覺，也忒煞便宜。（末）這也是他修善的感報，合當如此。他那裏正酣眠，日高三丈，日高三丈，幾曾聞鉦鼙響，幾曾聞鉦鼙響。（外）如今已恭喜太平了，就此收兵回宫去罷。只可笑這修羅小魔：

逞盡英雄終出醜。（小净）好似神仙老虎狗。

（衆）他便是大鬧天宫的行者孫，到頭怎出如來手。

第二十四折　贖女　商調監咸韻

（生上）幾年滄海已揚塵，每見花開即苦春。滿眼香魂招不得，人生莫作婦人身。我小生爲何道這幾句？只因偶到三衢地方，看見營伍中，有許多遭驅被擄的婦女，觸目傷心。幸得此間當道，原係相好同年，小生雖絶不干謁，然要濟人急難，也不免要用著他。因此在外邊有聞即告，倒也虧此公從善如流。近日又聞得有一個何夫人，因丈夫殉節，没官爲奴。一個毛小姐，因擄在兵營，索銀取贖。這兩件都是要緊之事，且待

打聽的確，再作道理。（暫下。老旦扮何夫人囚服上）

【山坡羊】苦哀哀説不盡的傷感，絮叨叨訴不完的悲慘。黑昏昏叫不應的彼蒼，密森森跳不出的坑和坎。節義擔，兒夫死已甘，何辜又把妻孥陷？終日裏俘囚居皁檻。無慚，這艱危也自諳。難堪，這飢寒誰試探？

忠臣不二主，烈女不二夫，天上和地下，惟應君與吾。奴家何監軍之正室是也。夫君殉節而死，將我没官爲奴，拘繫經年，衣糧不繼。將來若不爲道路之遊魂，定作飢寒之怨鬼。這一死也是我分所當然。只是目下求死不得，好不難捱也呵。（哭介，生上）聞道何夫人拘繫在此，只得走來一看。（見禮介）（老旦）君子何來？（生）小生是遠方過客，聞得夫人在此受難。昨日特與本地官長説知，意欲與夫人求取方便，争耐官長不肯擔當。夫人只得且耐煩守去，小生有白金數兩，聊奉夫人爲朝夕之費。（出銀付老旦）（老旦拜謝介）多謝君子，啣結難報，敢問君子高姓大名？（生）這是我小生常有之事，何足掛齒？夫人也不必問罷。（竟下）（老旦）世上有這樣好人，真個是施恩不望報也。奴家只好默默禱告上蒼，保佑他便了。（下。小旦扮毛小姐淡妝上）

【前腔】亂烘烘家山也那摇撼，淚潸潸椿萱也那傷憯。生擦擦把連枝割開，羞怯怯節操誰全俺。積恨啣，深冤似海潭，一雙姊妹俱遭陷，又誰料分飛如絮莢？鬖鬖，何心整斷簪？喃喃，何由寄短緘？

一朵千金泣路傍，簾櫳難護幕難藏。可憐不遇採花客，狼籍枝頭多少香？奴家毛侍御之女是也。不幸國破家亡，父母俱死於亂兵之手。我姊妹二人，被擄在此，要索多金取贖，爭奈家中單寒，分文難措，如今只得忍耻偷生。數日之前，不知將妹子帶往何方去了，單剩奴家一身，軟禁在此，不死不活，好不苦阿。（哭介，生同末扮差官上）連日爲打聽毛小姐事情，如今方知下落。已與當道説知，特地備辦百金，到營中來取贖。一路訪來，知在此間，這哭聲淒慘，一定就是此女了。（雜扮營官上介）二位何來？（生）奉當道之命，特來取贖毛小姐的。（雜）如此請進。（見小旦介）（小旦）大人何來？（生）我是遠方過客，也與你尊翁頗有年誼。聞得兩位小姐，被難在此，特與本地官長説知，備得百金在此，贖取你兩位回去。（小旦拜介）多謝大人，施此莫大之惠，真是天地父母之恩。但恨舍妹無緣，數日之前，不知帶往何方去了。如今止存得奴家一身，奈何奈何。（生）既然如此，就先將五十金送與本營，作爲酬謝之費，且請了小姐一位回去，令妹再容打聽罷。（付銀與雜介）請收了。（雜收介。生、末同小旦行介，小旦拜介）多謝大人，只是奴家此時已無家可歸，不知何處可以安身。（生）這個不勞小姐費心，我已與當道説過，覓得一位姓吉的飽學文士，就是他的拔貢門生。此兄壯年未娶，即日可以完姻。只是家道貧寒，小姐只得寧耐。（小旦）大人在上，奴家幸蒙大恩提拔，真是出地升天，夢想不到之事。但得荆布相安，何敢復論家計？（生）既然如此，這位差官是有家眷的，小姐權到他家中坐下。今日恰好是黄道吉日，我已與當道説知，將一切妝奩轎馬，安排停當，少刻吉生自來親迎。小姐但請梳妝，打點上轎便了。小姐呵：

【黄鶯兒】這夫婿似《周南》，詠關雎，繼葛覃，鵲巢好把蘋蘩探。家聲不慚，儒風且湛，綢繆邂逅今無憾。綺筵酣，寒梅撲鼻，苦盡得回甘。令人感泣。

（小旦拜介）

【前腔】百拜向江南，這恩波，海樣涵。大人呵，你一肩挑盡仁天擔。誼過解驂，功過建龕，幽明存没皆銜感。祝華三，願公此去，富壽復多男。（行到介）（生）已到差官家中了，小姐請進去少歇。（衆鼓樂綵旗擡轎引小生簪花披紅上）（小生）户有三星真是喜，家無四壁不知貧。小生吉二南，蒙老師恩賜與毛小姐成婚，須索親迎去者。（行介）（衆唱）

【前腔】吉日慶疇三，奉官差，簇紫衫。妝奩轎馬如承站。還有厨司管監，樂人謹參，紅鸞天喜非虚賺。誦瞿曇，一雙兩好，怨女配鰥男。

（到介，末請小旦上轎，衆繞場吹打，到介。衆請小旦出轎，照常喝禮交拜鼓樂成婚介）

【尾聲】歎赤繩千里誰招攬，倒虧這殺掠的兵丁，把月老擔，這的是歡喜冤家好作美談。（小生、小旦、衆俱下）

（生）紅顔命薄總堪憐，（末）阿姊桃夭幸有緣。

（生歎介）只恨五更風雨惡，一枝飛去落誰邊？

第二十五折　贖兒　越調支思韻

【水底魚兒】（末扮朱生破衣帽上）烏鵲無枝，皇皇何所之？窮途歲逼，惟有涕漣洏。

南去青山冷笑人，那能得計訪情親。曾經路苦方知苦，漫説家貧未是貧。自家玉峰朱生是也。山妻薄氏，所生三女一男，向來筆耕爲業。止因舊歲誤聽一少年浪子，將長女招贅成婚，半年之後，攜往新安，約我挈家相就。爲此將家産器物，盡行變賣，竟上新安。誰知到彼訪尋，所言茫無蹤影，方知落了奸拐之計。無門可控，只得歸來。目下掙到潯溪地方，天寒歲暮，食缺衣單，一家數口，嗷嗷待斃。山妻決意將十歲幼男，賣與北客，議定身價二兩，小生苦勸不從。少頃北客到來，便要攜兒而去。這骨肉分離，只在頃刻，教我怎不傷心也呵。（哭介。净扮薄氏，老旦、小旦扮兩女，小生扮幼兒上）（净）

【前腔】雨雪經時，饑寒勢怎支？尋思無計，只得賣親兒。

官人，當此嚴寒天氣，我們身上，只穿得兩層單衣。況且日間無食，夜間無被，忍饑受凍，死在旦夕。只得將兒子賣了銀子，且救一家之命，你還哭他做甚。（生）娘子，處此時勢，這也其實怪你不得。只是父子至情，難以割捨。我想爲著二兩銀子，便把至親骨肉，送在遠方，將來那有相見之期，教我怎不悲痛，我想起來：

【梅花酒】都只爲奸徒詭計，巧施香餌，弄得我一家狼狽遭顛躓。堪切齒，漫嗟咨，霎時間分開父子。知道是何年再逢我兒，恨不把奸徒碎屍死，把奸徒碎屍死。

（撫小生哭介）我兒，你頃刻便是别人家的人了。（小生哭介）爹爹：

【前腔】我生來膝下，每分甘旨，書齋略識之無字。今日裏爲阿姊，廢家私，棄孩兒如犬豕。我怎忘卻生身鞠育大慈，痛肝腸淚如泚，痛肝腸淚如泚。

（哭介。外扮北客持銀上，生隨上介）（外）咱家北方客人，因來江南生意，收拾要回。恰好撞著個窮途夫婦賣孩子的，議定身價二兩，如今交付與他，便好帶了此子去也。（將銀付末，末哭不接，付净，净接介）（净）官人，到此時節，哭也無益，好好接了銀子，叫兒子跟了老客去吧。（末、小生相抱痛哭介）（末）

【前腔】想著我別無子息，只有這藐孤血嗣，如今又要分爲二。忍見他更姓氏，割宗枝，向他家供指使。還生怕流爲囝奴小廝，怎不要叫蒼天椎心死，叫蒼天椎心死。

（哭倒介，老旦、小旦扶介，外對净介）看這光景，你家老官，是捨不得這孩子的了。如今咱也不管，媽媽，你既接了銀子，只得把孩子與咱帶去罷。（净）但憑老客。（帶兒欲下，兒哭介）（生）且住，我在此已看得久了。老客官，他不過得你二兩銀子，如今叫他還了你，我這裏另把二兩與他，免得拆散他父子，也是客官一宗天大的陰騭。（向净取銀付外介）（外）咱只道他夫妻大家情願，故此買這孩子，不想如此光景。相公既然叫他還了咱的銀子，難道有了銀子，怕没處尋孩子不成？如今咱就回去罷，請了請了。（下。生另取銀付末介）（末）先生這個銀子，小子如何敢領？（生）這是我出乎本心，豈是兄要我的。兄倒請從直收了，如今年盡歲逼，好急急收拾回去。（末）小子與先生從無半面，多蒙如此周濟，何以爲報？（生）何必説個報字。我小生從來要濟困扶危，向在揚州聞得有個蔡君，舉行育嬰社會。小生特特訪到他家，拜他八拜，助他十金，爲他保全人家子女，乃是天地間第一件好事。今日見你父子如此哀苦，何忍坐視不救乎？（末同妻子拜謝介）

【望歌兒】謝恩臺搭救我愚父子，我這一家兒盡荷重生賜。且漫道骨肉團圓，便先人地下應歆祀。愧只愧道傍輕薄輩，感只感鮑叔牙今無二。

小子既蒙厚德，如今便好拜別還鄉了。（生）

【尾聲】勸君急早歸桑梓，還只向絳帳攜兒作塾師。只是你那鐵面的夫人，趣。也太不慈。可歎這時節：

路上行人欲斷魂，(末)只應漂母念王孫。

(生)老兄，爲甚江干臨別頻回首，(末)我半爲青山也半爲恩。

第二十六折　仙聯　越調真文韻

【浪淘沙】(末扮游生上)西蜀舊家門，相國兒孫，虀鹽一卷老河汾。何事儒衫偏戀體，望斷青雲。

小生游典，表字日則，原係宋朝蜀中游丞相之後。如今入泮清溪，設帳武林。一向與金陵軒冠霞先生相知，有好幾時不通音問了。這兩日館中放假，且到禾城一遊則個。(行介，生上)繡虎雕龍浪得名，吟風弄月劇鍾情。如何頑福無些子，歎息聲中過一生。可歎。小生家居無聊，暫往近地經行。正是詩人所云「駕言出遊，以寫我憂」也。如今偶來到檇李地方，這裏從來出名的勝景，只得個鴛鴦湖、煙雨樓。奈何湖在樓空，惟有煙波渺渺。今日天氣晴和，不免到彼散步一回。(行介)(末)呀！那前面來的，好似冠翁先生。(相見介)原來正是冠翁，可喜可喜。(生)原來是日則兄，這一向在何處？(末)在武林舍弟家處館。(生)館在何處？(末)

【前腔】一館近湖濱，簫鼓時聞。(生)有幾位高徒？(末)就是兩個舍侄，只將猶子當門人。(生)館穀如何？(末)饘粥尋常餬口過，聊代耕耘。

有一件奇事，正要聞之冠翁，恰好無心相遇，妙極妙極。(生)何事？(末)今歲新正時，有一個朋友，到小館中請仙問事，偶然請下個何仙姑來。判事已畢，忽然寫一句道：「庭前雙桂無雙。」衆人不解其意，又寫道：「我欲贈二子，爲館中一聯耳。」衆人問道：「既欲作一聯，何不湊成對句？」又寫道：「可到樵李，特懇軒冠霞先生對之。」奇事。衆人問是何故，又寫道：「仙人不若才子之妙耳。」爲此，正要來會冠翁，恰好此間相遇，也是天假其便。就要求冠翁一對，以便懸之齋中。（生笑介）原來有此事。何仙姑乃知世間有軒冠霞乎？也奇也奇。此對要對容易，雖十數個也有，但此聯原爲稱贊你兩位令侄而發，須要切在令侄身上，方不寬泛。（末）正是。（生）我有一句在此，倒要做了出句，方纔順口好聽。（末）請教。（生）門内二龍有二。這一句也將就對得了，但不知可合仙姑之意否？日則兄，這事倒奇：

【五韻美】這軒冠霞，久窮困。被那些炎炎赫赫得意人，都看做沉舟破甑和枯燼。又誰知仙姑寄訊，期屬對許多風韻，好一似古木寒巖重見春。只是我小弟當不起仙姑如此盛意，有甚的錦繡珠璣，敢煩特懇。（末）只爲冠翁才高，所以如此。（生）就是這對呵。

【丞相賢】也不比風翻荷葉語無根，也不比煙鎖池塘句絶倫，便是彌天四海何須論。甚才人，敢值得仙姑相敬遜。（末）冠翁：

【尾聲】你這龍門佳句殊清俊，不枉了聲名奕奕動仙人。我這回去呵，便好鏤版高懸做壁上珍。

（生）仙才不信讓凡才，（末）才子元從仙籍來。

（生）二者若還商取捨，升天情願學癡呆。

第二十七折　鬼傳　仙呂齊微韻

【鵲橋仙】（外扮孫霄客上）衣冠門第，文章聲氣，咫尺雲間一水。伯鸞春廡肯棲遲，但有愧伯通情誼。

小生武水孫曄，别號霄客。近有軒冠翁假寓於此，朝夕盤桓，甚是歡暢。今日乃新正人日，須特治一樽，與冠翁共酌者。（生上）阮褌述井酷炎涼，高屋群兒盡可傷。若向茅叢尋勁草，不知誰是魯靈光。小生偶來到武水地方，寄寓孫君齋中。這邊只有個顧生雪漁，名唤顧屺，真可稱首陽採薇之士，於半年前已下世了，我曾做兩首五律弔他。他并無妻子，一死之後，也就化爲冷露寒煙了，可歎可歎。如今雪漁之外，卻更無雪漁。這對門道猶未了，居停主人早出來也。（見介）（外）冠翁，多承寵賁，蓬蓽生輝，只恨舍間湫隘，不足回旋。這對門有鄰園一區，頗堪遊詠，少頃當移樽過去，好同冠翁爲竟日之談。況園中書室儘多，即下榻亦無不可。（生）這等過承了，既有名園，就此同過去罷。（行介，到介）（生）果然好一座園亭也。

【長拍】楚楚池臺，楚楚池臺，森森竹樹，風日今朝清美。一觴一詠，敘幽情莫過於斯。（雜扮童子攜酒具上，置案間，生、外同飲介）（外）丘壑百年期，歎主人頻换，燕巢新壘。（生）如此看來，我輩正當暢飲，那大海揚塵岸谷改，何況此小山溪。這今古曠觀應吾輩，且坐花醉月，好賦新詩。

霄客兄，這園中幽雅，正堪下榻，小弟今夜就在此安置了，吾兄但請方便，明日再領教罷。（外）這等，小弟倒暫時告别，留小僮在此伺候罷。（下）（生）難得如此好月，又映著地下殘雪，真是雪月交輝，便流連達旦，有何不可？（坐椅上假寐介。外上）天已明了，原來冠翁尚然未醒。（生醒介）胥客兄，夜來多擾，今日何故來得恁早？（外）正有一件奇事，特來奉告。（生）何事？（外）那顧雪漁兄，生前與冠翁相知，小弟卻只有半面之交。昨夜忽然到小弟夢中來，請冠翁朝南端坐了，他跪拜於下，且拜且哭，託小弟轉求冠翁替他作一篇傳。冠翁，你道這事奇也不奇？（生）這顧兄，我和他相與，纔得三年，但聞他鼎革之時，爲數莖顛毛，幾陷死地，這事乃是人所共知的。至於生平履歷，實未深知，待小弟再躊躇奉復。（外）這等，小弟今日有一件不得已之俗事，要往鄉間一行，明日再來奉陪。（生）但請尊便。（外下）（生）這園中清幽可喜，正好作詩。昨日恰是人日，我見唐人有許多人日登高應制之作，今人但知九日登高，絶不知有人日。昨日恰好孫君送酒，正宜補作一詩。（吟介）「春入溪橋未見梅，小園殘雪尚皚皚。正思曳杖尋詩去，何意敲門送酒來。楊宅問奇真好事，梁園授簡豈凡才？白衣莫道非重九，人日登高舊舉杯。」（外上）小弟昨日失陪，不意夜間雪漁又到夢中來，託小弟懇求冠翁作傳。他道甚是感激冠翁，曾蒙賜三首詩相弔。我夢中對他説：「聞得冠翁相弔，止有兩首，那得三首？」他道：「兄不曉得，還有一首未曾做完耳。」奇絶。小弟特來奉告，不知果有此事否？（生忖介）這個卻也奇怪。雪漁初死時，我止弔他兩首詩，後來到冬間，偶閲檇李高寓公年兄遺集，内有絶筆五律一首，結尾兩句云：惟將前進士，慘澹表孤墳。讀之不覺潸然。忽然想起，這兩句大可移贈雪漁。止消把「前進士」三字换作「明處士」，便極爲切當。然前詩已難以改竄，只得付之一歎。這事并無一人曉得，連我也付之度外了，如何他偏曉得人意中之事？這卻是非常靈鬼，此傳不得不做矣。只是一件，前日雪漁臨終時，曾付我一本年譜，次日即被他族兄索去，如今要做傳，非年譜不可，但未知此本尚存否？（外）

冠翁只得自往索取方好。(生)是是是。兄可在此，我且將人日小詩請教，待我去去就來。(急下，外看詩吟介)好詩好詩，這人日登高，實是千秋佳話，奈何今人不傳。

【短拍】人日登高，人日登高，唐時盛作，有連篇應制佳詩，今日少人知。那綵勝福奩誰紀？自此新添賦料，伴梅蕚好妝點壽陽眉。

(生急上)

【不是路】急到城西，索取他家年譜歸。(外)冠翁來了，年譜曾取來否？(生)已取來了。(外)可付小弟一看。(生袖中取出介)殘編是，新春帖子外邊圍。(付外看介)這是一本年譜，外面是一張紅單帖裹著。呀！爲何這紅帖上缺了一角，好像是人手指掐去的。(生看介)呀！這是何故？我方纔好好放在袖中的，安得有人掐去？奇怪奇怪！(看地下介)那地下遠遠像是一塊紙，待我拾起來看。(拾介)呀！這正是這紅帖上掐下來的，好生古怪。果希奇，紅箋一角誰偷擲，難道這白日青天有鬼迷？霄客兄，也休驚異，我如今且將他小傳勤操筆。免虛清暑，免虛清暑。

(外)既是這等，小弟不要在此攪亂文思，待冠翁做成，再來請教。(下。生據案作文介)

【前腔】落筆如飛，將這獨行遺民闡隱微。滿紙血腥，字堪泣鬼。綱常繫，西山窮餓小夷齊。他當日蹈凶危，只爲顛毛數縷難輕薙，致使梃刃交加血指摧。今亡矣，只餘數卷風霜字。好伴那井中心史，井中心史。

(外上)冠翁，傳做多少了？(生)已做完矣。(付外看介)好文好文，不但高古奇妙，抑且生氣凛凛，雪漁得此，可以含笑九泉矣。只是他昨夜又到夢中來，説道日間那紅帖上紙角，正是他掐去的，要冠翁知他精爽不散，尚能遊戲人間耳。冠翁，你道世上有這樣出跳的鬼麽？（生）他也無別意，只恐怕小弟不爲他立傳，故多方弄此靈怪，無非欲速其成耳。如今傳已成了，可書一通，到他墓前焚化，也完了朋友之誼。連那首詩也要補完，庶不負他幽冥屬望之意。（外）這是冠翁千古高誼，凡屬朋儕，盡當感激。只還有一件事，近日有一個計廉伯兄，他臨終時，將生平的著作，盡付小弟，惓惓囑託，要求冠翁做一篇序文，使他瞑目於地下。未知冠翁肯做否？（生）這廉伯兄橋梓，我都相識，聞得廉伯也是個有行文人，這篇序自然該做。只是我小弟貧賤違時之人，被人輕賤，看得不值一錢。誰知人便不重我的文字，鬼卻偏要我的文字。這樣看起來，我只好做個鬼之董狐了。（外）總來冠翁名動鬼神，所以如此。（生）

【尾聲】歎空文徒説鬼，那賈生前席在何時？只落得人傳幼婦碑。霄客兄：這好名人鬼總無殊。（外）自是高文重典謨。

（生）這樣説起來，正合了俗語兩句，莫説此人全没用，也有三分鬼畫胡。妙妙！

（笑下）

第二十八折　意園　中吕家麻韻

（丑上）天下何嘗有山水，人間不解重文章。俺書僮跟隨主人多年，飄泊支離，伶仃孤苦，向來主人的同心好友，只有田般庵老爺和成爰斗相公兩位。如今田老爺已客死西湖，成相公又遠隔淮泗。這幾年流寓三吴，并無半個知己。只近日乩仙盛行，扶鸞弟子最多。此處有一位阮相公，少年奉道，最善扶乩，屢著靈異，

與主人志同道合，時時往來。這乃是世外之交，原不比塵埃之侣。這一向不見阮相公到來，俺相公甚是相念也呵。（生上）

【菊花新】生來痼癖在煙霞，何事飄零誤歲華。三十歎無家，又三十怎教干罷？

許久不見阮方龍兄，盍旦，你到門前看著，若阮相公一到，即請進來。（丑）曉得。（末扮阮方龍上）

【繞紅樓】道性天生静不譁，巖壑畔曾遇仙家。晚岫雲迷，上元歡狎，渾似鏡中花。

小生苕溪阮玉衡，表字方龍，夙有仙緣，喜親道侣。今有軒冠霞先生，流寓吾鄉。他奉道有年，求仙甚切，時常邀小生扶鸞運乩。那各位仙師，與他往來贈答之章，可也不少。這一向久未相探，今朝須索一往。（到介，丑進報，生出相見介）方龍兄來了。自别後一日三秋，何異九秋之隔。（末）冠翁，我相思處寸心千里，亦如萬里之遥。（生）請問方龍兄，近日也常扶乩否？（末）乩自常扶，只是如今以三六九爲期。（生）請問還是純陽吕祖將乩麽？（末）吕祖近日因天庭有事，無暇降臨，轉託文昌梓潼帝君，主持其事了。（生）何故轉託文昌？（末）冠翁不知，這鸞乩原起於文昌。

【好事近】當日呵，西蜀燦雲霞，如意飛鸞開化。他那行藏神異，九十七生無差，非誇。但願人人忠孝，專司著，桂禄榮華。今日裏又何須降麟車鳳駕？只憑這一枝鐵筆，普度塵沙。

（生）果然果然。這乩仙一道，雖然不見於經傳，然據小弟看起來，那《中庸》上面「鬼神之爲德」一章書，卻似爲乩仙而設。（末）怎見得？（生）他道是視之不見，聽之不聞，體物而不可遺。如今這乩仙無形無聲，豈非不見不聞？他卻有叩即應，有感即通，分明如耳提面命一般，豈不是體物不遺麽？這個纔叫做夫微之顯，誠不可掩。此一章書，句句若爲乩仙而發，所謂鬼神爲德之盛，創論，奇，確不刊。似非乩仙不足以當之。（末）冠翁此種妙論，真是發前人之所未發。久聞冠翁著述浩繁，到處家傳户誦，未知近來更有新著作否？（生）也别無甚著作，只新構得兩個小園，頗堪寓目。吾兄若不棄，便奉屈一遊何如？（末）冠翁園在何處？（生取書與末介）這個就是小園。（末看介）這是一卷《將就園記》，内中道是四天下山水最佳勝之處。其地周遭皆山，山中爲園。左右有兩高山，左曰將山，右曰就山。山中有兩園，東近將山者曰將園，西近就山者曰就園。統名之曰將就園。兩園分而實合，合而實分。中有一橋相通，即名曰將就橋。主人居兩園之中，自號曰將就主人。這便是園之大概。妙哉妙哉！此真天地古今之奇觀也。但不知冠翁何故憑空發此異想？（生）這個也原有所本。昔日文侍詔的停雲館，就在法帖圖章之上。劉南坦的神樓，就在文衡山的畫中和楊升庵的曲裏，也都是此意。只是他不過徒存其名，未必如此之真切耳。我小弟五嶽有志，四海無家，若不作此遊戲，何以消遣悶懷乎？

【古輪臺】漫嗟呀，藍田梓澤屬誰家？緑野成虚話，只索作雲峰變化。蜃氣含谺，四壁溪山如畫。休道是丘壑胸中，高高下下，便空中樓閣也楂枒。（末）看了冠翁此園呵，那平泉上苑，較此園真假何差？一般樣清風皓月，青山緑水，千金總無價。（合）免向俗人誇，知音寡，將就園且將就些兒罷。

（生）方龍兄，你適纔不過略攬此園之大概，其中還有細微曲折處，未曾一一遊到。（末看介）便是。原來兩園中各有十勝。這將園十勝，是竹徑三亭、羅浮嶺、鬱越堂、至樂湖、醉虹堤、吞夢忘天兩樓、蜺高臺、一點亭和蠡盤、百花村、花神祠閣。就園十勝，是萬松谷、華胥堂、十八曲山澗、就日雲將兩峰、天生橋、挾仙臺、丹室、桃花潭、榕林、楓林、柏林，原來有許多名區勝迹。奇絶奇絶！

【前腔】果奇佳，這是乾坤第一野人家。世外多瀟灑，説甚華林調馬，春塢藏花，譾集西園魚雅。漫道是鷄犬農桑，桃源不亞，便瀛壺蓬島也無加。（生）此園也未必比得瀛壺蓬島，只是華胥鬱越，兩草堂差勝蒹葭。還有二樓枕水，雙峰冠閣，宜冬宜夏。（合前）

（末）小弟今日何幸得遊此名園，讀此奇文，這福緣可不小也呵。

【前腔】厭紛華，交遊幾見大方家？今朝喜遇同人卦，正好平章風雅，經略煙霞，坐對天開圖畫。況欣賞奇文，應酬不暇，神怡心曠樂無涯。（生）這園記呵，也不過鵝籠戲耍，似小池游泳魚蝦。那有崇山峻嶺，茂林修竹，蘭亭佳話？（合前）

（末）小弟此來，可謂虚往實歸，樂極樂極。但日已將暮，明早正當請仙之期，只得告别。（生）久别重逢，何忍相捨？

【尾聲】且和兄一樽共醉梅花下，把此一卷呵，聊當椎秦博浪沙。（末）若還醉倒怎處？（生）這不妨，自有將就小園堪下榻。妙！（末笑介）

萬古千秋只此園。（生）那知興廢是何年？

遊人盡道逍遥樂。（末）勝讀《南華》第一篇。

第二十九折　天園

商調庚青韻

（外扮桂殿曹傳宣上）桂殿傳宣八百秋，都無一事繫心頭。閒來自理長生訣，不與人間作馬牛。小神乃

生扮文昌帝君擁衆上）

文昌帝君座下桂殿傳宣曹性癡是也。（净扮值殿大將上）堂堂天策佐儒勳，名著華鯨戛五雲。只爲桂香熏透骨，十分武裏七分文。自家桂宫值殿大將軍鍾雲是也。（與外相見介）今朝帝君升殿，俺們合當伺候。（小

【三臺令】職司禄籍文衡，七曲慈光炳靈。救劫念生生幾徘徊，不驕帝境。

九天開化號元皇，大地都傳桂子香。不信文章争日月，緣何萬丈有光芒。吾乃文昌梓潼帝君是也，位齊太乙，德被十方，掌混元之輪回，司仕流之桂禄。向蒙上帝悲憫塵劫衆生，特授吾以如意一枝，委行飛鸞，開化人間，顯迹天下。所以鸞乩一道，處處盛行。近日閻浮界内有一弟子阮玉衡，在吾門下，他與善士軒轅載往來最密。昨有本壇護法，報至崑崙，説軒轅子近作一卷《將就園記》，甚是新奇可喜，不免令傳宣授意阮生，取來一看。今日正當請仙之期，傳宣可即前去一行者。（外）領法旨。（小生）如此，吾且回宫，以待傳宣奏報。（同下，生同末、丑上）（生）

【風馬兒】宣室求賢歎賈生，這飛鸞事實堪憑。（末）看仙真覿面如提命，文章道義，師友一般情。

冠翁，小弟昨日既遊名園，復叨佳醖，樂不可言。今日乃請仙之期，須要早赴仙壇，只得暫别，正是白雲留不住，黄鶴去還來。（下）（生）方龍去了，小生獨坐無聊，想起向來有幾個詩題，未曾做得，今日不免撿他出來，完此夙逋，也是韻事。（撿介）這題目是「四懷詩」，所懷者，乃才子、美人、英雄、神仙也。這個題目甚是有趣，不可不做。盍旦，你到門前看著，但有閒雜人來，一概回復便了。（丑）曉得。（下）（生）如今正好作詩了。就先將才子的詩做起來。（吟介）我所懷兮在才人，不讀萬卷筆有神。四詩俱沉雄悲壯、横絶

古今。驚天泣鬼走風雨，金殿玉樓總絶倫。奈何盛名多坎坷，珠璣錦繡終蓬顆。屈宋李杜安在哉？真恨古人不見我。（末上）冠翁，好奇怪也，我方纔到壇中請仙，只見鸞乩大動，寫道：桂殿傳宣曹降，今日奉文昌帝君法旨而來。聞軒轅子有《將就園記》，甚爲可愛，故桂宮傳命，欲索原本細覽披閲，以作不朽之奇觀。當擇名山高阜最佳處，建此兩園，以待諸仙往玩，并作騷壇。至虎溪再笑之期，軒轅子可以爲兩園主人矣。原來冠翁的《將就園記》，天上都曉得了。冠翁可即將原本付我呈進者。

【黄鶯兒】將就好園亭，萬山圍，列畫屏，湍流一似蘭亭景。林巒有情，樓臺有名，兩園十詠多奇勝。堪笑那世人呵，眼如盲，誰知暗裏，驚動大文星。

（生）原來有此事，也奇也奇。《園記》在此，方龍兄就可將去者。（取書付末，末持下介）（生）如今好將美人的詩做了。（吟介）我所懷兮在美人，雪膚玉貌秋水神。天上無雙人第一，百城萬乘等輕塵。奈何佳人難再得，蓬户何由窺豔色。嫱施環燕安在哉？目斷牆東空歎息。（末上）冠翁，我方纔將你這《園記》呈進，即奉文皇法旨云：「才子之作，如世外奇卉，璀璨鮮妍。天上修文，不能及其萬一。即著值殿大將鍾雲，前詣中海崑崙，依其文内所構爲兩園。待工完，余往彼處，以作世上别業。俟軒轅子武夷相聚之後，來此永作修文長郎。」冠翁，你這將就園，不過紙上空文，如今天上竟替你建造了，豈不奇絶？（生）原來有這等事。

【前腔】將就小園亭，戲揮毫，杜撰成，渾如夢幻和泡影。誰知道遥通帝庭，多勞將星，按圖營構崑崙頂。更堪驚，修文美秩，何福到鯫生？

（末）小弟壇中還有未了之事，須索做完了來。（下）（生）如今要做英雄的詩了。（吟介）我所懷兮在英雄，解紛排難建奇功。揮金仗劍猶餘事，慷慨真有古人風。奈何四海少義烈，猿公神術今亦絶。武陵豪俠安在哉？羞殺秋郊三尺鐵。（末上）冠翁，更奇更奇！我方纔到壇中，鸞乩忽又大動，寫道：桂宫大將軍鍾，奉法旨，吕祖閣改爲三清閣，關某閣改爲玉帝閣，敕軒轅子速作兩閣對聯，聯各十五字爲合式。不知這兩閣原在何處？爲何更改？却要冠翁做對聯。（生笑介）這兩閣并非别處，就是小弟所作就園中東西兩峰上面的關帝閣和吕祖閣也。在我輩下界凡夫只該供奉二位帝師，若在天上看來，畢竟以三清玉帝爲主，故此將凡園改爲仙園，連凡閣都改爲仙閣了。（末）既然如此，冠翁即當遵旨，速作對聯呈上者。（生）正是。（寫對付末，末持下介）（生）如今好將神仙的詩索性做完了罷。（吟介）我所懷兮在神仙，堂堂白日上青天。北海蒼梧如咫尺，一笑滄桑幾萬年。奈何若士杳難覓，縱使相逢不相識。緱山笙鶴安在哉？飛瓊弄玉空相憶。

（末上）冠翁，我方纔將尊作對聯繳上，奉旨云：「軒轅子所作對聯甚佳，准用。」奇哉奇哉！

【前腔】雙閣矗青冥，奉純陽，與壽亭，天宫一旦重更定。東邊玉京，西邊玉清，兩聯恭擬多端正。（生）愧蟲鳴人間，厭棄天上有文衡。

（末）冠翁，小弟扶乩有年，從未見如此奇事，如今這將就園，竟該唤作崑崙園，又可稱爲天上園矣。

（生）方龍兄，這《將就園記》，小弟不過是一時遊戲之作，不意驚動上天，有此一番奇事。可見吾輩一言一動，暗中都有鬼神鑒察，所謂暗室屋漏，毫不可欺，其理豈不彰明較著麽？（末）正是。

【尾聲】想海山風月無邊景，雲構多應不日成。（生）何似莖草毛端現化城。

（末）信有奇文動鬼神，（生）誰知弄假却成真。

（末）冠翁，如今好了，現成家業安排定，只待你喬遷作主人。

（下）

（丑）相公，方纔阮相公説道現成家業，只待喬遷，如今這家業卻在何處？（生笑介）這家業麽，遠則十萬八千，近則只在眼前。（丑）相公哄我哩。我也聽見説甚麽崑崙崑崙，想來定是一個大馬頭去處，但未知相公何時喬遷？待小人好預先叫下人夫，雇下船隻伺候，免得臨期手忙脚亂。（生）這倒不消得，到那一日，自然有人安排料理，包管你現成安享便了。（丑拍手笑介）這等一發快活美哉妙也，不亦樂乎！

第三十折　輯讖　大石調先天韻

（末扮阮方龍上）閲盡丹經數萬言，不希仙處也希仙。餘功静學真如業，個是龍沙第一緣。小生别了冠翁數日，今朝須往一晤。（行介，生上）

【碧玉令】假園忽作真園建，論崑崙去人不遠。城市山林隨處有神仙。閒徒倚，問機緣幾時方便？

（末相見介）冠翁，前日之事甚奇，蓋因冠翁原是仙才，所作《園記》，即是仙筆，故此感動天神，亦是自然之理。如今小弟還有一事不明，急欲請教。（生）何事？（末）我和冠翁相與，不過三年。那五年之前，我曾請問祖師龍沙八百地仙姓名，蒙祖師書示八百字，錯亂無文，茫然不解。我彼時再叩之，復題詩一首，到底不解其意，請冠翁一觀何如？（付詩，生看介）這是八百字，起頭是：「道鐘黷秀建還濟。」結尾是：「翩留末超飲妙䫉。」這個其實難解。（又看介）這是七言絶句一首。「八百功成思共遊，三車妙理可誠求。切雲高冠無人識，不比庸庸一世流。」呀！這明明説著我小弟。（末）怎見得？（生）他説三車妙理，三車可不是我姓名麽？又説切雲高冠，我賤字冠霞，這切雲高冠，出在《楚辭》上，可不合著冠霞二字麽？我曉得了，這八百字

錯亂無文，祖師之意，要我編輯成文耳。（末）果然不差，就借重冠翁一編何如？（生）這個使得，待小弟編成呈繳便了。（末）

【念奴嬌序】龍沙八百，這真仙姓字，無人知道根源。今日裏亂灑珠璣，渾一似花雨飛墜瑶天。難辨，便教奇字揚雄，敏才興嗣，搏沙頃刻那成麫？又誰識得三車妙理，注定軒轅。

如今難得冠翁慨然自任編輯，小弟在此無益，昨日有一位洞庭山上朋友見訪，小弟去答拜了他，再來領教未遲。（生）但憑尊意。（末下）（生）這龍沙地仙之説，我從幼就聞得，乃是東晉時許旌陽真君留下的。真君飛昇之時，遺下讖語云：「吾仙去後一千二百四十年間，五陵之内，當出弟子八百人，皆成地仙。」故此説道「龍沙會聚庚申歲」。如今已過了期了，這地仙究竟未見一人。曾見一本《瀛洲籍》中，明明開載八百人姓名，其中有王樵陽、張逍遥名字，後來果有個張逍遥在江西西山虎穴中習静多年，忽然於數年之前，墜崖而死。至於王樵陽，我也聽見過幾個來，後來死的死了，瞽的瞽了。故此有人説這本《瀛洲籍》也是假的。如今這八百字，卻迥然不同，既然祖師預定要我編輯，須索著意編輯一番纔好。（據案排紙筆介）

【前腔】龍沙弟子，合庚申會聚，如今已過多年。那刻板瀛洲，真共假張李王趙空傳。如今這八百字呵，非舛，璀璨琳琅，碎金零錦，須苦心鎔鑄巧裁剪。休辜負切雲高冠，貽笑天仙。

（寫介）這八百字原少二字，只得七百九十八字，恰好做七言長歌一百一十四句，首尾都用七陽之韻，昌字起，蒼字止，如今幸已編成了，但不知可稱旨否？（末上）呀！這滿紙雲煙，炳炳朗朗，想來八百字已告成了。冠翁好巧思也，好捷才也！如今待小弟取去，就到仙壇中進呈繳旨，看有何言，即來回報。（取紙下，生歎介）小生自幼至今，捏著這管筆，賦詩構文，也不知做過幾千萬言，并無一個知己。誰知前日裏無心做一篇《將就園記》，卻驚動了文昌元皇，謬贊奇才。今日這八百字，又係數年前吕祖預定姓字，委以編輯。可歎世間人看得軒冠霞如糞土之賤，天上倒反不然。小生不覺有慨於中，只得聊成絶句數首。（吟介）何物區區將就園？空中樓閣夢中緣。無端驚動文昌座，九地平飛上九天。（又吟介）流離貧賤酷堪哀，赢得虚名動玉臺。試問人間嘲喪狗，何知天上歎奇才？呀！剛才吟得兩首，方龍兄已來了。（末上）冠翁，我適間到壇中進繳此歌，先有朱衣孔公德玄降壇，傳法旨云：「軒轅子真奇才也，文皇觀是文，甚爲雀躍，贊歎不已。他日修文，虚席待之。」隨後又有桂殿傳宣曹公性癡再降云：「軒轅子文氣清秀，心胸錦繡，筆底生花，思致如長江流水，可稱奇才。百千之字，編輯成文者頗有，但仙名成文而不野，思在乎仙家氣象，後日必是紅林半酣間人也。」（生）紅林半酣，卻是何處？（末）我也問來，説紅林半酣，即龍沙聚會之所，乃是蓬島間也。（生）原來如此。

【賽觀音】筭庚申，期不遠。（末）今日裏方纔識八百龍沙地仙。（生）要問取何方相見？（末）想只在紅林半酣邊。

（生）方龍兄，今晚仍在此草榻罷了。（末）小弟適間會著洞庭山朋友，要邀我過東山一遊。冠翁若有興，不妨同往何如？（生）洞庭兩山，乃我熟遊之地，明日就同兄過去便了。（末）甚好甚好。

（生）八百緣何少兩人？（末）傳聞王趙早成真。
如今恰有軒何阮，（生）前客多應讓後賓。

第三十一折　救鬼

商調歌戈韻

（小外扮僧上）渺渺六千三萬頃，纍纍七十二高峰。閉户老僧何所事，不聞不見也無窮。小僧乃洞庭東山翠微庵庵主是也，近日有軒、阮兩位居士到此，假寓在大悲閣中。他性喜幽静，不樂應酬，猶恐他一時下閣來，須索叫道人烹茗相候。（下，生同末上）偶然尋夢最高樓，贏得湖山眼底收。無可奈何朝暮雨，誰能遣此古今愁？我兩人前日乘興，同過洞庭東山，作寓在翠微庵大悲閣中，頗踞湖山之勝。所恨終朝苦雨，一步難行。只好兩人相對，流連詩酒而已。今日恰好有人送一樽洞庭春色在此，與方龍痛飲一醉，便可聯牀而卧也。（飲介）

【鳳凰閣】翠微佛閣，眼底湖山空闊。奈他霪雨一秋多，只好枕書高卧。（末）且同斟酌，看醉裏乾坤若何？

（飲介）小弟已醉了，只得先去睡也。（生）兄但請方便，我也就來。（末下）（生）你看這雨越不肯住了，只得再獨酌幾杯。（飲介）如今也不覺大醉矣。（伏案介，丑扮鬼上）神仙不可學，形化空遊魂，夜臺無白日，沽酒向何門？阿彌陀佛，自家陰司逃鬼是也，聞得軒老爺在此，特來叩見。（叩拜介，生起介）你這人從何而來？（丑）我在陰司七十二年，奇哉此鬼！今日特逃走至此。（生）這等説，你是鬼了。你原是何處人？（丑）小姑山下。（生）是何姓名？（丑）姓已忘了，名唤阿二。（生）你原係何等之人？（丑）我是後晉時的之乎者也，絶妙脚色。在陰司受罪已滿，不肯放小鬼託生，故此逃來。如今就有鬼判來拿我了，千萬求軒爺救我一救。（生）我卻如何救得你？（丑）只要軒爺肯救我，我藏在軒爺身邊，借此一段正直之氣，便可救了。軒爺之恩無窮矣。（生）這個我也不好主張，只據你説受罪已滿，應該託生，我不妨替你代説方便可也。（丑）不好了。（急藏生身邊介，小浄扮鬼王上）頂分兩角雲開日，脚踏雙輪火趁風。自家乃七殿閻羅變成王殿下鬼王是也，爲追尋逃鬼到此。軒轅子，你何故將逃鬼藏過，何也？（生）并未曾藏。（小浄）你將一段正直之光，覆護此鬼，故我等難以拿獲。若我主知道，大爲不便，去了。（下，丑出叩頭介）軒爺千萬救我一救。（浄扮閻羅上）是是非非地，明明白白天。萬惡淫爲首，百行孝爲先。自家第七殿閻羅變成王是也，適間遣鬼王追尋逃鬼，鬼王回復，道是此鬼被軒轅子所救，難以拿獲，須索親自走一遭者。來此已是軒轅子寓處。哈哈，軒轅子，汝今日將我逃鬼陳阿二藏過，何也？（生）弟子實不知情由，因此鬼求救，亦未曾藏，但此鬼若果無罪，乞殿下體天地好生之心，放他託生何如？念此鬼呵：

【黄鶯兒】七十二年多，在陰司，苦折磨。之乎者也，空貽禍。今日裏，可憐他名兒不訛，姓兒忘卻，小姑山下難重過。告閻羅，若還罪滿，可許託生麽？

（外扮趙玄壇上）輔助神霄威八極，專司賞罰管金輪。自家雷霆猛吏趙玄壇是也。今日爲七殿閻羅之事，特奉吕祖師法旨到此。原來七殿主已在此間。（見介）大王請了。在下奉祖師法旨而來，專爲逃鬼一事，如今看此光景，只得再去請旨也。（下）（浄）寡人正爾降臨，又有天大的分上到此。咳，罷了，氣死我也，氣死我也。（外捧旨上）聖旨到來。第七殿閻羅孫一鳳跪聽宣讀。（浄跪介）（外）詔曰：「勘得陳阿二原係無罪之鬼，本該託生，孫一鳳故意欺滅，罪在不赦，降三級聽用。軒轅載爲人正直，救護有功，著加三級。陳阿二仰蘇州府城隍孟晃起送，託生河南汝寧楊元甫家爲子。欽遵。謝恩。」（浄起介）氣死我也，氣死我也。

(净、外俱下，丑出介)小鬼叩頭，多蒙軒爺大真人救度，今日即刻起送，小鬼粉身碎骨，難報洪恩。(下，小净上)軒老爺，鬼王在此，求老爺發放。(生)我有何發放？只是方纔這事，我本出於意外，但爲此累你殿主降級，心甚不安。又説加我三級，我有何級可加？然事既如此，我情願將所加三級不受，仍奏還殿主三級，煩你即將此回復殿主罷。(小净)是了，求老爺發放。(生)我已説過了，更有何發放？(小净)鬼王這番奔波，要些錢財用用。笑殺。(生笑介)原來如此，但此時客中不便，容回去補奉何如？(小净)是了。君子一言出口，不可不可。妙！(生笑介，小净下，生仍伏案介，末上)我一覺醒來，天已明了，原來冠翁還睡在此。冠翁醒來罷，我有一樁奇事，要與冠翁説知。(生醒起介)甚麽奇事？可是孫閻羅和陳逃鬼的事麽？(末)冠翁如何曉得？(生)我夢中所見如此，閻羅諱一鳳，逃鬼名阿二，可是麽？(末)大奇大奇！我夢中所見亦然，還有玄壇奉旨，城隍起送。(生)蘇州城隍姓孟諱晃，將逃鬼起送河南汝寧楊元甫家爲子，可是麽？(末)正是正是，原來我兩人的夢一樣，絲毫不差，奇絶奇絶！(生)

【前腔】一夢繞槐柯，鬼酸丁，乞護呵，我偶施惻隱非爲過，又誰知玄壇降坡，城隍發科，一番賞罰天來大。漫吟哦，爲這之乎者也，險氣殺老閻羅。

(末)冠翁，據此看來，真所謂陰陽一理何曾隔，莫道無神卻有神也。(生)别的也罷了，只是這救鬼一事，我本出乎意外。如今上帝將閻羅降了三級，忽然將我加了三級，若無此事便罷了，設或果有此事，教我於心何安？如今只得具小疏一通，煩方龍兄向仙壇焚化，懇祖師轉達天聽，開恩宥過方好。(末)冠翁説得是，可即時具疏，待我呈進。(生寫疏介)奏爲引分難安，乞恩寬宥事。臣蟣蝨微生，久荷天眷，頃因逃鬼陳阿二一事，以致七殿孫閻羅，奉嚴旨降謫。復謬奬臣功，驟加三級，驚悚無措。伏念臣本幺麽，此事不過偶值，何功可録？何級可加？且赫赫冥王，因此貽累，臣之罪戾，萬死莫贖。爲此冒瀆天聽，伏乞俯軫至情，仍還孫閻羅所降三級，臣自願削去所加之級，以贖前愆，不勝激切。（末）冠翁在此，我去壇中呈上，即來奉覆。（下）（生）方龍去了，適纔所許鬼王之物，他只説不可不可，未竟其説，想必是不可失信之意，如今只就此取些錢財焚化便了。（焚紙錢介）

【前腔】陽世歎錢魔，怎陰司，也要他？鬼王發放無空過。（笑介）這青蚨幾馱，朱提幾窩，幸將白楮充泉貨。可笑這鬼王呵，枉奔波，只便宜那之乎者也，歡喜去如梭。

方纔那鬼説是後晉時人，在陰司七十二年，這案問有《通鑑》在此，且待我查一查看。（查介）算來從後晉石敬瑭時到如今，恰好七百二十餘年。呀！原來陽世十年，乃是陰司一年，這鬼説的可不錯也。

【前腔】歲月易蹉跎，這陰陽，隔别多，十年只做一年過。怪不得那山中爛柯，遼東化鶴，鬼塗長苦仙家樂。歎僂儸，人生夢幻，不醒更如何？

（末上）適間小弟詣壇，將冠翁大疏，進呈祖師，蒙祖師轉奏上帝。上帝甚喜，其閻羅量行罰治，仍復舊職。幸喜冠翁的心事已完了，只是天庭法律，如此森嚴，一毫不容假借，豈不可畏？（生）正是：

【尾聲】天庭法律無差錯，貴賤公私一例科，只是那需索錢財的可奈何。

（末）如此奇觀也太奇，鬼神咫尺不相離。

（生）何時特命河南駕，訪問楊家幾歲兒。該訪。

第三十二折　凡圓　中呂侵尋韻

【菊花新】（旦上）文園四壁剩枯琴，半老芙蓉遠黛沉。不誦《白頭吟》，那皚雪月酷寒因甚？

奴家宋氏，俺相公出門許久，不知何往，所喜兩個兒子，俱已成才，如今同赴京應試去了。想我們素履無虧，窮困日久，自古道物極則反，未知何日發達也呵。（生上，丑隨上）

【前腔】一生清苦少知音，地老天荒直到今。書種有球琳，何日許北窗高枕。

小生一向在外訪道修真，久未回家。今日稍閒，不免到家一看。（旦相見介）（旦）相公，這一向在外何事？（生）不過修真訪道而已。（旦）我看你一生好道，卻是爲何？（生）娘子，不瞞你説，我一從降生，即思出世，奈何數同李廣，節類逢萌，雖忝竊乎科名，曾未離乎困辱。論《中庸》行位之四素，天然妙對。倒數來惟有其三；談《孟子》降任之六其，順算去止全其五。自知世緣無分，依稀鈍秀才之風；所喜道域有階，彷彿靖長官之號。向來因兩兒幼稚，未得拋卸塵緣。今幸兩兒俱已成才，赴京應試去了。前日又蒙仙乩傳示，將我戲作的將就園，構造在中海崑崙，以待我將來居住。這出世之事，似已有七八分了。只是一件，我常説神仙必可學，但有三難。（旦）是那三難？（生）第一是根器，第二是功行，第三是機緣。這種道理，就如讀書應舉的一樣。根器便是資質，功行便是學業，機緣便是遇合。資質是生成的，學業由人積纍，那遇合卻非人所能爲，須索聽之於天。這學仙之事，根器也是生成的，功行也由人積纍，那機緣卻要仙師來接引，可遇而不可求。三者之中，惟此更難。雖然，據我看來，人只怕没有根器和功行，若有了根器，又有功行，自不怕没有機緣。人天至理，真實不虛。就如讀書人，資質既高，學業又富，自然定有遇合。所以昔年鍾離祖師對吕祖説道：「吾之求人，甚於人之求吾。」可見彼此心事相同。但你去求他甚難，他來求你甚易，但當聽機緣之自至耳。（旦）相公言之有理，但不知從來女流輩，亦能學道成仙否？（生）這個有何不可？你看開闢以來，頭一個女仙就是西王母。那八仙之中，就有個何仙姑。至其餘列仙，如麻姑、毛女、弄玉、飛瓊之類，不可勝數。只是女流學仙，須用太陰煉形，和那斬赤龍之法，非得真師口傳不可。又還有一説，昔日許旌陽真君拔宅飛昇，仙眷四十二口，同時沖舉。後來弟子彭武陽，舉家二十六口，也白日昇天，其時鷄犬也隨逐飛騰，何況至親眷屬。這個自是理之所有，只是也要等候機緣耳。

【前腔】仙家事迹古猶今，拔宅飛昇白日臨。試看鷄犬化仙禽，那親枝葉豈無福蔭？

（衆扮報人敲鑼急上）

【駐馬聽】揮汗披襟，疾走前來報好音。這裏是軒老爺府上麽？（丑出看介）你們做甚麽的？（衆）來報軒老爺起官的。（丑）起甚麽官？（衆）翰林學士。是當朝仰望，推重東山。特起詞林，玉堂金馬豈浮沉？春明上苑花如錦。你老爺呵，好整朝簪，忙抛緑野趨丹禁。

我們報過了，少停再來討賞。（下，丑見生介）好了，老爺起了翰林學士之職。（旦）恭喜相公，如今依舊是老爺了。（生笑介）夫人，這木天一席，原該是我舊物，不爲過分，只是我如今一心學道，也無意於此了。（旦）相公，古人云得時則駕，這似乎也不必固執。（生）夫人豈不知我素志麽？（衆又扮報人敲鑼上）

【前腔】連報佳音，喜事重重樂不禁。（丑看介）你們又是做甚麼的？（衆）來報軒老爺兩位公子登科的信。（丑）中在幾名上？（衆）高哩高哩，大公子頭名狀元，二公子探花及第，是科名盛事，兄弟聯芳，兩鳳齊吟。（丑）如今兩位公子在那裏？（衆）宮花插罷御杯斟，歸鞭便把高堂念。兩位小老爺同告假出京，不日便榮歸了。衣紫腰金，一門富貴花添錦。

大叔，這樣天大的喜事，你老爺須要重重賞賜纔好，我們轉一轉再來。（下，丑見生介）老爺夫人，可曾聽見？兩位公子，一個中了狀元，一個中了探花了。（旦）相公，這一發可喜。（生）夫人，可曉得宋朝王晉公的故事麼？晉公不得相位，有人問他，他笑説道：我不做，兒子二郎必做。後來兒子王旦，果爲學士拜相。我當日原中過鼎甲，臨期卻把別人換去。如今兒子自然該補還此物，這也總是讀書人平常之事，何足爲奇？（旦歎介，老旦扮大公子，小旦扮二公子，各紅袍冠帶，衆鼓吹綵旗擁上）（老旦）

【繞紅樓】弱冠登科衆所欽，況聯白璧天廟雙琛。（小旦）軾轍郊祁，美名籍甚，花下馬駸駸。

（老旦）龍門一變慶生成，策對天人列巨卿。（小旦）今日鳳凰臺上客，十年窗下讀書聲。（老旦）小生軒轅旭，舍弟軒轅朔，蒙父母教育成人。今日徼倖俱得叨占巍科，暫時告假省親，已到家中。叫書僮請太老爺和太夫人出來拜見。（丑請生、旦出，見介）（老旦）快取冠帶吉服來，與太老爺、太夫人換了。（取衣冠各換介，老旦、小旦拜介）爹娘在上，容孩兒們拜見。（生）我兒起來。你兄弟并占巍科，皆賴詩書之力。（老旦）蒙爹娘夙施慈訓，難酬覆載之恩。（生）我兒想還未授官職。（老旦）孩兒們本該除授翰林，因思念爹娘，急圖歸省，況且爹爹已起補翰林學士之職，便好一同赴京。（生）這些功名事業，如今讓與你們去做罷。我久已一心學道，無意出山了。（小旦）如今且取酒肴過來，與爹娘把一杯者。（衆取酒上，吹細樂，老旦、小旦遞酒奉生、旦飲介）（老旦）

【小團圓】荷義方嚴箴，承任姒徽音，幸書田一旦耕耨逢歲稔。（小旦）聲價南金，翰墨西林，且乞假戲斑衣，又何心誇晝錦。

（生）

【前腔】看鳳毛紛綅，嘉玉樹英森，喜雙雙年似終賈才似沈。（旦）風月同襟，臺閣聯吟，你小伯仲和壎篪，我老椿萱歡讌飲。

（丑出跳笑介）哈哈哈！誰知也有這一日也。相公原做老爺，書僮還是大叔。一朝天眼重開，依舊本來面目。如今老爺家宴，我且到外面看看，可有甚麼人來？（看介）原來桌上一大堆紅帖，都是來拜賀的。（進報介）稟上太老爺，外面有許多賀客來拜，還是會他不會？（生）這個一概都回了罷。（丑）曉得。（出介）（旦）恐怕其中有相知的，也該會會。（生）夫人，如今炎涼世態，但有勢利，絕無良心。豈不聞昔人説道：人自送吏部，非送何彥道；人自餞陽城太守，非餞梁柳。我們向來貧賤淒涼，門如空谷，如今略有生色，便來拜賀。要曉得這是拜翰林鼎甲的，不是拜軒冠霞父子的，何必會他。（丑進介）稟太老爺，外面又許多人，帶了家小兒女，備了贄見之禮，要來投靠我家做家人的，老爺還是收也不收？（生）這個一發不可，這班人正是無義之徒，饑附飽颺，朝秦暮楚。從來養虎貽患，反面操戈的，就是此輩，豈可近他？吾兒將來也當切記。（老旦）孩兒謹領嚴命，爹爹請再進一杯。（生）看了這般世態，我輩正當高飲，可取巨觥斟來。（丑斟

酒，衆奏樂唱）

【紅繡鞋】好將玉椀頻斟，頻斟。儘教痛飲花陰，花陰。屯否極，泰來臨。辛苦盡，遇甘霖。從今後百般如心，如心。醉倒夜沉沉，醉倒夜沉沉。

【前腔】靈椿丹桂成林，成林。一門孝友忠忱，忠忱。褒卓行，德堪欽。表經濟，節堪箴。到今日方合天心，天心。福禄正森森，福禄正森森。

【尾聲】今宵且作團圓飲，只當簷前喜鵲音。少不得還有絶妙的團圓强似恁。

（老旦）五夜清歌月滿樓，（小旦）紫泥今日到滄洲。

（生）你兩個正好平明端笏陪鵷列，我只好脱帽閒眠對水鷗。

第三十三折　仙引　黄鐘先天韻

【西地錦】（外扮吕祖持椶拂上）職掌天雷師相，號稱金闕真仙。黄粱一夢纔飛電，不知此日何年。

曾經世上三千劫，又在天宫五百年。腰下劍鋒横紫電，爐中丹焰起蒼煙。纔騎白鹿過滄海，復跨青牛入洞天。城市等閒聊戲爾，無人知我是真仙。自家純陽道人吕洞賓是也。我壯歲求名，晚年得道，嗣雲房於鶴嶺，授龍劍於廬山。黄粱熟甲子無多，五十載恍過前世；白石成庚辛有變，三千年恐誤後人。自會昌應舉以來，至政和除祟之日，久已名標金闕，不當復踐紅塵。奈何道願弘深，慈心剴切。當時貧道曾對吾師説來，必須度盡衆生，方肯上昇天界。屈指數百年來，曾經一度增城何姑，再度岳陽老柳，三度昌黎韓子，四度邯鄲盧生。斯人之徒，寥寥而已。到如今時時來往人間，希冀有緣相遇。爭奈末劫衆生們，作業者多，向善者少。不但無緣不相遇，就使相遇也無緣，可慨。正所謂可憐塵世無知己，空在人間八百秋。近日照得贍部洲東南巽方，有一個軒轅善士。此人夙禀仙胎，苦積功行，我待要度他爲弟子。奈一時未得湊巧，只得假手鸞乩，時時與他贈答。如今功行已深，機緣已到，畢竟要親自接引他一番纔好。數日之前，已遣門下弟子柳行去通知他了。恰好昨日與桂殿文昌元皇相會，文皇道他有一卷《將就園記》，做得甚妙，業已遣值殿大將，往中海崑崙，按圖構造，久已停妥。如今待要接他到園中居住，即託我前往諭意。正是一事兩勾當，不用費工夫。今日稍閒，不免帶了柳弟子，往下界走一遭去者。（下，生道妝上）

【前腔】自信神仙可學，蓬萊豈隔三千？青雲白日非爲遠，只愁薄福無緣。

小生慕道有年，受苦不少。名場羞逐逐，詎敢當海内之祥麟，荒塚歎纍纍，但願作天邊之野鶴。奈何鉛胎未换，肉質難飛，只蠕轉夫風塵，枉駒馳夫歲月。每誦雪山禪師句云：「白日易過人易老，青山難得道難成。」令人悚惕。不覺爲之愴然。何意苦盡甘來，人窮天現。前者幸蒙曹公賜文皇之旨，許作天園之主人，頃者復蒙柳行傳吕祖之音，欲降仙軿於塵世。這真是天大的福緣，海深的恩德。故此齋戒祗候，熏沐恭迎。今日天朗氣清，日輪當午，遥望西北上祥雲縹緲，瑞氣繽紛，鸞鶴飛鳴，笙歌隱隱，敢則是祖師降臨也。

（外遥拂，小净扮柳行捧劍上）

【前腔】只道天人懸絶，功成自會朝天。鐵鞋踏破尋難見，得來不值文錢。

（小净見生介）祖師到了。（生跪迎介）祖師在上，念弟子軒轅載，蟣蠓微生，蜉蝣幻質，有何德能，敢勞真仙下降。（外）軒轅子起來。（生）弟子自出世以來，即想慕祖師玄範，只恐此生未得瞻仰。不期今日忽蒙降臨，未知弟子多劫以來，果何修而得此。（又拜介）（外）子可起來，聽吾談論。（生又拜，起傍立介）（外）子可知我來意麽？（生）這個弟子尚然不知。（外）子夙繫仙籍，謫墮塵凡，因子爲人正直，骨格清奇，故一生不能如意，苦守清貧。如今功行已深，機緣已到，爲此我自來接引。想來沖舉有期，飛昇可待。（生）念弟子凡胎濁骨，安敢望飛舉之事。（外）子豈不聞仙傳上説，略記飛昇者三萬餘人，拔宅者八百餘家？皆以金丹之道得仙，從來列仙相傳，皆是如此。在世人看做奇異，在吾道卻只平常。子仙骨雖成，凡胎未脱，吾今賜汝金丹一丸服之，便可超凡入聖矣。（出丹介）

【畫眉序】這一珠圓，是九轉還丹又重轉。把乾坤爲鼎，烏兔烹煎。生擒住真汞真鉛，經幾度陽升陰煉。暢然，入口輕輕嚥，霎時間澤沛丹田。

（授生，生跪接介）

【前腔】感真仙，一顆牟尼似落九重天。勝黃芽白雪，瑞露甘泉。念弟子呵，何來這奇福奇緣，得遇著驪珠出現。（吞丹介）果然，入腹靈胎變，霎時間了徹三元。

（生叩謝介）多感祖師鴻恩，弟子粉身難報。（外）這也是我仙家常事，不足爲奇。但前日有桂殿文皇對我説，子有一卷《將就園記》甚妙，如今已替你按圖造成。此記我倒未見，可即取來一看。（生呈書，外看介）這一篇記果然做得有趣，怪不得文皇極口贊賞。只是内中有一句詩道：「恨不身生鬱越洲。」鬱越洲就是北俱盧洲，那廂有何好處？（生）實不瞞祖師説，弟子一生兢兢向善，只爲不幸墮落震旦地方，受盡無限虧苦。但願得託生俱盧洲，現成安享，不勞不辱，於願足矣。故有此語。（外）那俱盧洲雖然勝於東西南三洲，但他也不過是凡夫，受享千年之後，依然一樣輪迴。這豈是成仙了道之處？（生）弟子因自揣福薄，不敢妄覬非分，又一生受盡了衣食兒女之累，故作此無聊之想，不免是有激之談。何期今日得蒙祖師提拔，脱胎换骨，升天有路，豈肯復作此想？只是佛經上説，那俱盧洲有自然衣食，宫殿隨身，這事未經目睹，人多不信，連弟子也不能懸斷，怎得親到一番便好。（外）這個何難，如今文皇託我引你入崑崙將就園，我如今遣柳行陪你，先到俱盧洲一行，飽看了那廂風景。待你來時，再同去崑崙未遲。（生）若得如此甚妙。

【滴溜子】那北洲地，北洲地，未曾識面。聊遊戲，聊遊戲，并無繫戀。看他隨身宫殿，自然衣食佳，般般洗腆。坐享千年，如何過遣。

請問柳師也常到那廂麼？（小净）怎麼不到。

【前腔】那須彌畔，須彌畔，北洲不遠。崑崙路，崑崙路，往來順便。此行何勞寬轉，似列子御風，倏然泠善。大樹庵羅，須臾便見。

（生）如此，弟子謹遵法旨，就同柳師先去也。（同小净下）（外）咳！俺想普天下有四大部洲，那東西南三洲的衆生，皆有惡業，若南贍部則更甚。惟獨北俱盧洲之人，舉動自合十善。皆因他有自然衣食，宫殿隨身之故。若得三洲地方，都變做了俱盧洲，豈不是皥皥羲皇之世，熙熙懷葛之民麼！無奈氣運不齊，連天仙也轉移不來，只得聽其自然而已。這正是移山枉笑愚公拙，填海誰憐精衛堅。世界自來多缺陷，媧皇能補幾分天。可歎可歎！

第三十四折　人樂　南吕尤侯韻

【掛真兒】（生、小净同上）（生）脱卻紅塵超宇宙，聊揮手世外遨遊。（小净）東土浮萍，西方粒粟，大開天眼。又到了北洲界首。

軒道兄，我和你一路行來，早望見俱盧洲也。（生）那前面鬱鬱蔥蔥，熙熙攘攘的，可就是麽？（小净）正是。你看那中間翠巍巍的，可不是庵婆羅大樹王麽？（到介）（生）是好大樹也。（小净）

【香柳娘】看千尋緑稠，看千尋緑稠，寵蓯蒼秀，彌天塞地堪同壽。（行介）這地下純是衆寶，那諸山浴池，皆以七寶砌成，花果豐茂，衆鳥和鳴，真個好富麗也。遍珠池寶丘，遍珠池寶丘，花鳥四時週，長如好春晝。那些樹木，能直能彎的，名爲曲躬樹，葉葉相次，天雨不漏，就是諸男女止宿之處了。似青宫翠樓，似青宫翠樓，不比他洲艱辛堂構。

（生）怪道説他這裏有宫殿隨身，這曲躬樹豈不勝於宫殿麽？（行介）（小净）你看前頭一帶，都是香樹，那樹上果熟皮裂，自然香出。或出種種衣食，或出種種器具，真是無所不有。

【前腔】散天香樹頭，散天香樹頭，果房開剖，衣糧器具般般有。（雜扮北洲人同上，吃飯介）（小净）你看許多人都在那裏吃飯，那飯乃是自然粇米，不種自生，如白華聚。猶忉利天之食，衆味具足，安在自然釜中，也不用柴薪炊煮，只得將一顆焰光珠，置於釜中，其飯自熟，珠光即滅。任人來食，主人不起，飯終不盡。軒道兄，我和你既到此處，何不將他的飯吃一箸，也嘗嘗他的滋味何如？（生）使得。（小净同生向前吃飯介）（生）

果然形色香味俱佳。別處安得有此？似天宫美饈，似天宫美饈。香聚白華甌，何須爨薪熟。（衆解衣洗浴介）（小净）這些人都到河中去洗浴了，那河中有衆寶船，他們脱衣彼岸，入河洗浴，乘船中流遊樂，遊訖度水，遇衣便著，不求本衣。（生）這果然是自然衣食，別處人民，萬萬不能有此。盡珍肴綺裘，盡珍肴綺裘，不比他洲，飢寒孱愁。

（小净）他還有作樂處哩。我和你行到園林邊，看他們都到曲躬香樹之下。那樹上有生成種種弦管樂器，他們手取樂器，以妙聲和弦而行，好不快樂。（衆彈唱介）（小净）

【前腔】聽吹彈細謳，聽吹彈細謳，管弦迭奏，無腔曲調遍清溜。（雜扮北洲女同上，衆人隨逐各坐地下擁抱介）（小净）你看你看，這些男女們都各尋配偶，到曲躬樹下去取樂。若是不該交合的，那樹便不彎曲，各自散去。若是該合的，樹便彎曲遮護，任他兩人在内娛樂，一日二日，或至七日，方纔分散。是天生好逑，是天生好逑，芳樹作衾幬，良緣自相湊。（衆女作生兒抱兒安地上，竟下，衆人出指哺兒介）（小净）他這裏婦人懷孕，七八日便生産。所生男女，置於四衢路頭，有諸行人經過，出指與兒含嗽，指出甘乳，充遍兒身。過七日之後，其兒長大，即與彼人相等，全不費一毫氣力的。這生兒免憂，這生兒免憂，不比他洲，劬勞宵晝。

（衆兒同下）（小净）這裏人不但福禄勝於三洲，抑且壽皆千歲，并無中夭，亦無衆病，顔貌少壯，無有衰耗，真是難得。

【前腔】論丰姿最優，論丰姿最優，吉康無疢，人人穩祝千秋壽。這地方陰陽調柔，四氣和順，無有冬夏。到中夜時，起清净雲，遍降甘雨。中夜之後，净無雲翳，海出涼風，微吹人身，舉體快樂。有雲膏暗流，有雲膏暗流，風雨總和柔，爲祥不爲咎。（生）真好真好，是傳名北洲，是傳名北洲，今日不虚此遊，果然般般非謬。柳師，我們如今大概已遊過了，雖然是走馬看燈，也只當逢場作戲。恐怕祖師候，只得轉去了罷。

【尾聲】此中尚可流連否？若比閻浮話也羞，可知道更有崑崙在上頭。

（生）三洲不及此洲多，（小净）底事韋馱再不過。

（生）爾我今朝能到此，（小净）這般脚步勝韋馱。

第三十五折　天樂　南北調真文韻

（外扮吕祖上）醉舞高歌海上山，天飄玉露結金丹。夜深鶴背秋空碧，萬里西風一劍寒。自家純陽道人，受文昌帝君之託，要我帶領弟子軒轅載，同到中海崑崙地方，選入將就園中。那軒轅子因素聞北俱盧洲之勝，未得親睹，故先遣柳弟子同他到彼一遊，然後來此。這也叫做先苦後甘，漸入佳境。此時敢待來也。（生同小净上）適間遊了俱盧州轉來，早望見祖師在前面也。（跪見介）（外）軒轅子來了，就此可同往崑崙去者。軒轅子，你半世才名，一生清苦，偶然作此《將就園記》，誰知感動桂殿文皇，替你蓋造端正，與你居住，今日裏煞是受用也呵。（生）全賴祖師覆庇。（行介）（外）

【中吕粉蝶兒】中海崑崙，翠巍巍中海崑崙，他有閬風臺、縣圃苑、玉樓雄峻。看五色祥雲，鬱葱葱，香靄靄，籠罩著神州列郡。是王母獨自裏稱尊，何等氣概！又誰知添設個將就園逼近。

說話之間，不覺已到崑崙了，你看那一望去金碧輝煌，争光耀日的，兀的可不就是你那將就園麼。

【笑顏回】（即［泣顏回］改名，言愁顏去而笑顏回也）三角峙天門，把將就新園安頓。玉樓金闕，遥瞻瑞彩氤氳。溪山竹樹，總天然部署多風韻。說不盡那捲西峰暮雨珠簾，繞南樓畫棟朝雲。

（到介）（外）已到園門了，軒轅子可隨我進去。（生）祖師請先行，弟子隨後。（外）且先到將園者。（行介）你看進得園來，這不是那竹徑三亭麼？

【上小樓】早則見渭川千畝緑沄沄，碧鮮亭寒，翠壓湘筠。絶妙好詞，讀之神往心醉。向前就是羅浮嶺了。又只見層岡複疊，梅萼繽紛。這是鬱越堂了。前臨著溪畛，後靠著山村。彷佛是鬱單洲，放佛是鬱單洲，樂陶陶坐的身安穩。再過去就是至樂湖了。白茫茫鷺鷗難認，更有那醉虹堤枕秋亭，醉虹堤枕秋亭。飲練橋相綿亘，裊垂楊一望足銷魂。

從堤上走過湖去，便是蜆高臺和吞夢、忘天兩樓了。

【笑顏回】岸北似城闉，向中央有座平臺高峻。那忘天吞夢，兩危樓可摘星辰。（登樓介）樓前正臨大湖。（前指介）那湖中東西相對的，東邊就是一點亭，西邊就是蠡盤了。黿魚對列，看青螺一點如輪囷。（後指介）兩樓之後，就是百花村，村之東偏，就是花神祠閣。你看那簇團團紫翠家鄉，豔叢叢錦繡乾坤。如今將園已略略遊過了，便好往就園一遊。也不消出得園門，只打從至樂湖西邊一路回廊下走去，開了西角門，從將就橋上過去，便是就園了。（到介）這就園又是一様境界。（前指介）那走進大門裏面，一望蒼翠的，便是萬松谷和谷中的庵院了。

【黄龍滚犯】鬱蒼蒼松樹千行，鬱蒼蒼松樹千行，還有香拂拂蓮臺幾品。（行介）前面就是華胥堂。這亮堂堂白日華胥，亮堂堂白日華胥，不比那黑漆漆軒皇夢盹。從此往北去，卻就是十八曲山澗和十處亭館了。好便是三峽瞿塘灩澦墩，説甚的武夷峰九曲粼粼，還勝似壁立立青溪千仞。這十八曲將盡之處，便是就日、雲將兩高峰，峰頂上兩座寳閣，就是新改的三清閣和玉帝閣了。

【撲燈蛾】峭巉巉兩閣對嶙峋。（登閣介）軒轅子，這兩閣中柱上對聯，就是你做的。光燦燦銀鈎映華衮。那兩峰之中，相通的是天生藤橋。藤橋之西，那最高的是挾仙臺。險生生藤橋懾心膽，高矗矗挾仙通天軫。藤橋之下，便是桃花潭，潭之兩岸，便是瀑布和釣臺。翻滚滚瀑布如廬阜，碧澄澄潭水笑汪倫。（指介）那是東峰丹室，那是西峰丹室，那是榕林，那是楓林、柏林。静密密丹房肅潔，緑森森到秋來萬樹靄紅醺。

如今就園也略觀大概了。軒轅子，你從此就是此兩園主人。任你朝夕遊玩，無所不可，少不得時時還有仙侣往來，處處還有仙姬陪侍。那瑶草琪花，珍禽奇獸，種種不可名狀，不但南贍部較此有仙鬼之别，就是北俱盧亦有天人之分。你煞是受用不盡也呵。(生稽首介)弟子有何德能,過蒙祖師和帝君提拔,今日得到此地,絲毫皆出帝師所賜。如此高厚之恩,弟子真不知所報。(外)這也是你一生苦積功行,合當有此。

【上小樓犯】你志昂昂屈不伸,念兢兢守賤貧。到今日遇了仙家,住了仙園,成了仙真。又何須重煉金鼎?又何須重煉金鼎?重吞玉液?重安玄牝?呷妙阿!這將就園今朝纔證了本。

(生)念弟子呵:

【疊字兒犯】瑣瑣浮生堪憫,草草勞人久困。蚩蚩的筆上花,戔戔的窗下文。假假真真,有甚人相問。可可的感通鬼神,忙忙裏布置崑崙,忙忙裏布置崑崙。草木欣欣,四時中玩賞不盡,誰料這小小園兒倒搭配上了萬古一天門。以爲園矣。

(外)軒轅子,你聽我道來。(生跪介)祖師有何分付?(外)你如今既住在此園中,仙緣已滿,不日之間,一面有將吏送你的合家眷屬,來此完聚。一面就有天使到來,授你品職。我如今且去,你可好生安排接待,臨期我還自來。(生)謹領法旨。(外)

【尾聲】這家緣,交割盡,你好與偌大的山川作主人,只恐大費物料。不日裏,佇聽那恩詔團圓列上品。

(生)園名將就本虛無,(外)天上誰容將就乎?

(生)從此好隱辭東震旦,(外)也不須更問北俱盧。一齊收拾。

（外下，生送下）（小净）哈哈！俺師父今日又度了一個弟子也。俺想别個弟子，不過度得一個空身，如今這軒轅子，卻連家業都預先安排下了，好不造化。這崑崙是俺們常往來之地，以後來此，再不愁没有酒主人了。正是那一飲玉紅三百歲，何須更醉岳陽樓。

第三十六折　仙圓　黄鐘皆來韻

【北醉花陰】（生上）歷盡艱危蜕塵海，乍轉頭猶多感慨。這好園墅實奇哉。坐享這山水樓臺，一家兒多挈帶。何福德謝三臺？只好每日慣俯顖朝天百千拜。

須彌山上望崑崙，永作人間出世人。但有煙霞供歲月，更無塚墓示兒孫。小生幸蒙文皇知遇，吕祖提攜，得以超凡入聖，住此崑崙將就園中，這真是從天而降，匪夷所思。前日祖師行時，道是不日間，一面有將吏送我合家眷屬來此，一面有天使到來。果然數日之内，合家眷屬都到了。這園中寬廣非常，我一家數口，能住幾何？想昔日文皇有命，建此兩園，一作自已世上别業，一作諸仙遊玩騷壇。小生謹記於心，如今便只將家眷安頓在花神祠閣之傍。兩兒仍在日就、月將兩齋中讀書。此外山水樓臺，一概都虚設，以待帝師諸仙，往來遊玩。小生在此，不要説做了兩園主人，就做個看守園丁，掃地澆花，也儘勾了。只好了我這些眷屬們，日日嬉遊，時時玩賞，真是非分之福。道猶未了，只見他幾個早出來也。（旦扮夫人，老旦扮大公子，小旦扮二公子，丑扮書僮，俱道妝上，相見介）（旦）

【南畫眉序】白日到瑶臺，綺閣珠樓遍香靄。況千紅嬌簇，萬緑濃篩。幾熬盡風雨窮簪，得住這雲霄仙界。相公，今日一家人多虧你帶挈了，令奴家感謝不盡。這般封贈多光彩，强如霞帔鸞釵。

（拜介，生扶介）夫人，我和你一生受盡虧苦，只好我知你知，連兒子們也未必全曉得。我常想天既生我這個人，卻無故受如此折磨，就是公侯將相，也補不來，除非是神仙一席，或可相償。今日果然不差，卻也大非意想所及。

【北喜遷鶯】說甚麽積勞成愛，可知他苦盡甘來。癡也麽乖，半生裏空填書債，不堪回首。險做了落拓郎官鈍秀才。幸得仙緣在，遮莫你金冠玉佩，争似我箬笠芒鞋。

我兒過來，你兄弟兩人在此，所作何事？（老旦）稟上爹爹：

【南畫眉序】我兩個依舊坐書齋，萬軸牙籤罄山海。是琅嬛宛委，玉笈金苔。（生）我兒，這纔是。從來說天上無凡俗神仙，又說無不識字的神仙。我昔年請仙，請下一位蜀中舒實大師來，他原以神童得道，既成仙之後，還入山讀書十年。可見這書無時可廢，只是書卷浩繁，連神仙也讀不盡。（老旦）孩兒們多承爹爹帶挈，得到此地。有多少人間未見之書，正好細細披閱。況且此間萬分清閒，除卻讀書，也更無他事。總憑這一脈書香，句有異香。好演作千秋仙派。（同拜介）這般恩蔭多沾溉，强如紫綬牙牌。

（生）我兒起來。（丑向前叩頭介）老爺在上，小人多蒙老爺帶挈，得到仙山，感戴不盡。老爺和兩位小爺，既到此也罷了，只可惜了那特起的翰林和新發的鼎甲，不曾做得一日官，未免有些割捨不下。（生）癡孩子，到如今還說這樣獃話。我請問你，世上可有長生的翰林，不死的鼎甲麽？一朝無常到來，莫說翰林鼎甲，縱使帝王師相，亦有何用？（丑望介）那雲端裏，像是有人行動哩。（生）是天使到了，快排香案迎接。（末扮天使紅袍賫詔，雜扮金童玉女，同衆持幢幡奏樂上）（末）

【玩仙燈】玉詔自天來，不比人皇錫賫。

上帝有詔，跪聽宣讀。（生、衆俱跪介）詔曰：「朕爲九天黼黻，必藉仙才；萬世儀型，尤崇善行。惟行與才而并茂，故仙兼善以同升。咨爾軒轅載，以名制科，爲真高隱。推《離騷》之志，可與日月争光；飏《雅》《頌》之音，足令山川改色。猶且省身寡過，四十九年無非；纍行積功，三千八百盡是。蓋文章節義，莫大於斯。而險阻艱難，備嘗之矣。屬當武夷相聚之後，閻浮界不用回頭；虎溪再笑之期，將就園聊堪駐足。若不加以顯秩，何由表此畸蹤？兹特命爾爲修文長郎，敕掌九天制誥，兼理賛化仙卿事。其合門眷屬人等，皆得并隸仙籍。嗚呼！人所賤而天獨貴，人爵安知天爵尊？前雖苦而後則甘，前運何如後運久？爾尚恪供夫仙職，益圖仰協乎天心。丕振玄宗，兼風末俗。欽哉！謝恩。」（生、旦、老旦、小旦同拜謝介，與末相見介）（生）敢問天使大人高姓大號？（末）軒道兄不知，學生元稹，即唐時元微之也。（生）原來就是元才子，元相國老先生，今日多有勞重了。請問古來這些才人，如今也有幾位在天上的麽？（末）從古來這些有名的文人武士，個個都在天上。蓋因他原是仙真下降，塵緣一了，依舊上升。即如鏡月、樂幽兩真人，下爲相如、文君。臻真下爲杜甫，涑真下爲李白，洗真下爲居易，徹真下爲蘇軾。又如純陽吕祖，他也爲仙班之才子，作道教之嘉賓。前後古今，如出一轍。（生）多承指教了。若弟子前世，不知還是何人？（末笑介）君之前世，也曾聞文昌元皇説來，有兩句隱語在此：「唐家上苑果，萬代發禎祥。」君請參之。（生忖介）是了。我弟子也有兩句在此：早作《高軒過》，終題白玉樓。可就是此人否？（末笑介）然也。（生）原來如此。

【北出隊子】則道是凡胎俗格，又誰知瘦王孫再世來。且休題奉禮小官階，便是這壽比顏淵更可哀。呀！試問那白玉樓文誰要賣？問得不差。

這已往的事，也不必説了。如今弟子既蒙聖恩，只怕還該面闕叩謝才是。（末）這個自是理當，只也還得呂祖來引見便好。（外扮呂祖上）

【玩仙燈】一笑下蓬萊，又值著門生朝拜。

（生）祖師來了。（同衆跪接介）（外）軒轅子起來。（生拜起介，外、末相見介）（外）軒轅子，恭喜你奉旨授了品職了。（末）方纔軒道兄正在這裏説，該去面闕謝恩，須得祖師引進，如今恰喜祖師來了。（外）就此同行罷。（衆奏樂行介）

【南滴溜子】幢幡引，幢幡引，童童寶蓋。笙簫奏，笙簫奏，闐然萬籟。望玉京彌羅天界，嵯峨矗九霄，祥雲靉靆。比漢殿唐宮，誰家氣概？

（外）軒轅子，來此已是天宮之外了。聞得今日聖駕親自出巡，未曾升殿，只在此向上朝拜便是。（生、衆拜介）（生）還有一事啓上祖師，弟子蒙文昌元皇大德，也該去叩謝叩謝纔是。（外）這個也是理當，我如今就引你同去。（衆奏樂行介）

【北四門子】望著那不驕樂聖，境多瀟灑，看看看木樨香撲鼻來。呀！緣何殿中寂無一人？那老傳宣一輩今何在？便是值殿的大將軍班也不排。是了。今日上帝出巡，想來連文皇也同去了。少不得朝暮間，轉玉階，那時節展氍毹向桂叢端肅拜。少不得還要今日宴兩園，明日詠兩樓，有的是來回主客。

軒轅子，我如今且同你轉去。過一日，我還要引你遍遊洞天福地和那蓬萊三島、瑤池閬苑等處。正好玩賞不盡也呵。（行介，衆唱）

【南鮑老催】遍觀九垓，帝鄉此日歸去來，要走盡那名山福地仙子宅。還有瑤池樹閬苑霞，蓬瀛海。從教上下人天界，人天樂境都無礙。鶴可跨，麟堪載。如聽緱山笙鶴、幔亭簫鼓。

【前腔】五雲上臺，文章久矣稱鉅伯，雙修福慧今始孩。看山水緣，花鳥情，風月態。從教遊戲人天界，人天樂事真無賽。酒萬古，詩千載。

【北水仙子】呀呀呀暢滿懷，好好好好一似蜕骨抽皮另換胎。脱脱脱脱了五濁塵埃，完完完完了三生業債。説説説説甚的麟閣勳階，羞羞羞羞殺那鴛幃恩愛。銷銷銷銷殘朱雀桁，幾番庾信哀。觸目琳瑯，隨風珠玉。領領領領取華陽洞十道明賚，羨羨羨羨這天上翰林才。

【南雙聲子】休驚怪，休驚怪，功行滿，登仙册。真輕快，真輕快，俗緣盡，升天界。紫氣來，紫氣來，黃道開，黃道開，看蒼龍白鳳，布滿天街。好看。

（末）

【尾聲】人天至樂誰能再，這團圓其實妙哉。只是一件，須拜覆那造化主人休見怪。

（衆）呀！纔説造化主人，造化主人就來了。絶妙收場。（小外扮小兒，紅衣三髻插花上，大笑三聲介）你們這本戲做完了，辛苦辛苦阿！如今讓我來，也唱個曲兒與你們聽者。

【北清江引】平空裏演出個軒轅載，苦行升仙界。人天樂儘多，將就園長在。只怕世上人當作耳邊風終不保。奈何？

【么】俺老小兒漸覺年華邁，厭看炎涼態。休誇鬱越高，莫管閻浮歹。醉昏昏一任他海變桑田田變海。依然混沌。

哈哈哈！哈哈哈！（内鳴鑼鼓下）

閒過春風六六年，世間那得寄愁天。

一生忍耻居人後，萬事傷心在目前。

但把文章供傀儡，不將富貴换神仙。

酒壚若問軒轅子，只在齊州幾點邊。

此曲製成，持詣仙壇，上呈文昌元皇鑒定。有桂殿左卿周公（諱道明）降壇，命善書童子録就，賫送南宫掛號。隨奉法旨云：「此曲字句通仙，文情秀美，甚妙甚妙。雖係戲談，大有省世之論，亦有關乎造化。此曲可與智者喜賞，不必入俗人觀。命天妃戲女，置在崑崙園中以供遊樂可也。」

注

〔一〕「樱」，原脱，據上文補。

【箋】

本傳奇採自康熙本。《古本戲曲叢刊》曾影印浙江圖書館藏清初刊本《人天樂》傳奇，題清笑蒼道人撰，此即是康熙二十七年（一六八八）朱曰荃、張燕孫刊八卷九册《夏爲堂别集》中的《人天樂》。據《人天樂》傳奇末尾散場詩云：「閒過春風六六年，世間那得寄愁天。一生忍恥居人後，萬事傷心在目前。但把文章供傀儡，不將富貴换神仙。酒壚若問軒轅子，只在齊州幾點邊。」則該傳奇當作於黄周星六十六歲之際，即康熙十五年丙辰（一六七六）。全劇皆是結合黄周星自己的人生經歷編設，最終創造出全家飛升成仙的大團圓，可見其晚年對飛升入道的癡迷。黄周星最初構思《人天樂傳奇》時，曾題名爲「北俱盧傳奇」，見董説《寶雲詩集》卷二（清康熙二十八年董樵董耒刻本）《黄九煙居士重過寶雲》詩注：「不朽文章感慨餘，未成吴越卜新居。北天簫鼓仙韶樂，夢國河山太史書。（自言將製《北俱盧傳奇》，又有《夢史》，高一尺。）嶽記清裁空左馬，禹碑真訣授樵漁。（並隸九煙事。）何年去挈東籬叟，（謂湘中陶仲調。）三笑重將旅抱舒。」曲文中又有七十餘則夾批，點評者未知。

蔣瑞藻《小説考證·人天樂第八十四》（古典文學出版社一九五七年版）：「先生曾著一傳奇，名《人天樂》，離奇詭怪，不可致詰。而筆鋒之恣横酣暢，與之相稱。（《花朝生筆記》）」周汝昌《紅樓夢新證·文物雜考·曹雪芹詞曲家數》（中華書局二〇一六年版）中認爲曹寅、曹雪芹製曲或許受到《人天樂》之影響：「曹寅作曲，接受誰的影響？首先有其舅氏顧景星，然後有忘年交尤侗。現在由於曹雪芹筆山之事與黄周星有關，於是我疑心還有此家的一些關係……黄周星的曲子，流傳最廣的則是《人天樂》。尤侗、曹寅，都不能不因讀它而接受某些影響啓發。今試將黄、尤、曹等曲詞，各摘數首，排次於後，以資比較……」

其中《人天樂》第三十六折《仙圓》【玩仙燈】中的上帝詔書一段，被晚清楊凌霄搜選本《笑蒼排闥》收録，題名爲《人天樂仙圓擬玉虚詔》。第一折《開闢》【西江月】中的詞被楊凌霄搜選本《前身集》收録，題名爲《人天樂諸題詞·西江月（第一首題詞）》。第三折《述懷》【鷓鴣天】中的詞被楊凌霄搜選本《前身集》收録，題名爲《人天樂諸題詞·鷓鴣天（定場）》。第三折《述懷》【尾聲】中的絶句被楊凌霄搜選本《前身集》收録，題名爲《人天樂諸題詞·七絶（落場）》。第九折《不淫》【前腔】中的七律被楊凌霄搜選本《前身集》收録，題名爲《人天樂諸題詞·七律（薝蔔花）》。第二十六折《仙聯》【浪淘沙】中的七絶被楊凌霄搜選本《前身集》收録，題名爲《人天樂諸題詞·七絶》。第二十七折《鬼傳》【鵲橋仙】中的七絶被楊凌霄搜選本《前身集》收録，題名爲《人天樂諸題詞·七絶》。【長拍】中的七律亦被收録，題名爲《人天樂諸題詞·七律（人日登高）》。第三十折《輯讖》【前腔】中的兩首七絶被楊凌霄搜選本《前身集》收録，題名爲《人天樂諸題詞·七絶》。第三十六折《仙圓》【幺】中的七律，被楊凌霄搜選本《前身集》收録，題名爲《人天樂諸題詞·七律》。第二十九折《天園》【風馬兒】【黄鶯兒】【前腔】中的四懷詩，被楊凌霄搜選本《前身集》收録，題名爲《人天樂諸題詞·四懷詩》。

卷十八　評論

評大略堂《西遊》古本

古本之較俗本，有三善焉。俗本遺卻唐僧出世四難，一也。有意續梟就鶴，半用俚詞填湊，二也。篇中多金陵方言，三也。而古本應有者有，應無者無，令人一覽了然，豈非文壇快事乎？

【箋】

康熙二年（一六六三）西陵汪氏蜩寄刊本《新鐫出像古本西遊證道書》書末有汪淇（憺漪子）跋，中有黄周星此評論。汪淇跋云：「笑蒼子與憺漪子訂交有年，未嘗共事筆墨也。單閼維夏，始邀過蜩寄，出大略堂《西遊》古本，屬其評正。笑蒼子於是書，固童而習之者，因受讀而歎曰（按：下即文中黄周星評語）。」標題爲編者所擬。

評錢士升《與劉念臺》

君子小人之辨，惟在義利。余生平持此論甚堅，不意塞庵先生先得我心。聖人復起，恐不易斯語矣。

【箋】康熙七年（一六六八）聖雨齋刻本《分類尺牘新語廣編》第一册「理學」類收錢士升（塞庵）《與劉念臺》，後有黄周星此評論。標題爲編者所擬。

評繆昌期《答楊淑文》

此五千言中之精髓也。使尹文始早見之，不須更望函關紫氣。

【箋】康熙七年（一六六八）聖雨齋刻本《分類尺牘新語廣編》第一册「理學」類收繆昌期（當時）《答楊淑文》，後有黄周星此評論。標題爲編者所擬。

評高攀龍《答錢昭甫》

此無價之珍，即從坎壈中磨鍊而出，慎無輕忽視之。

【箋】康熙七年（一六六八）聖雨齋刻本《分類尺牘新語廣編》第一册「理學」類收高攀龍（景逸）《答錢昭甫》，後有黄周星此評論。標題爲編者所擬。

評高攀龍《與友》

君子畏青天而不驚雷霆，憂平地而不懼風波，元是一副精神，豈有兩般學問。

【箋】康熙七年（一六六八）聖雨齋刻本《分類尺牘新語廣編》第一册「理學」類收高攀龍（景逸）《與友》，後有黄周星評論。標題爲編者所擬。

評汪淇《與林殿颺》

聞眉道人云：「硯田無惡歲，酒國有長春。」此猶是富貴人語。今則硯田荒而酒國覆矣。余嘗最愛襄陽詩云：「醉歌田舍酒，笑讀古人書。」友人即篆此一聯爲贈。正未知何時得長卿之壁，粘此作春帖耳。

【箋】

康熙七年（一六六八）聖雨齋刻本《分類尺牘新語廣編》第一册「理學」類收汪淇（憺漪）《與林殿颺》，後有黄周星此評論。標題爲編者所擬。「醉歌田舍酒，笑讀古人書」出自王維（一作張子容）《送孟六歸襄陽》詩，非孟浩然詩，或係誤記。

評趙南星《示人》

何其凛然，使憸人讀之，自當不寒而栗。

【箋】

康熙七年（一六六八）聖雨齋刻本《分類尺牘新語廣編》第一册「理學」類收趙南星（夢白）《示人》，

後有黄周星此評論。標題爲編者所擬。

評馮琦《與王希泉》

語□從綱常名義抒寫，雖短札寥寥數行，足當千百言名奏疏，此真千古之事、千秋之人，豈可多得？

【箋】

康熙七年（一六六八）聖雨齋刻本《分類尺牘新語廣編》第二册「政事」類收馮琦（琢庵）《與王希泉》，後有黄周星此評論。標題爲編者所擬。

評黄輝《與王希泉》

合觀琢庵、慎軒先生兩札，知前輩篤於朋友之誼，且字字原本忠孝，讀之但覺生氣凛然，豈可與蜍志輩同年而語。

【箋】

康熙七年（一六六八）聖雨齋刻本《分類尺牘新語廣編》第二册「政事」類收黄輝（慎軒）《與王希

泉》，後有黄周星此評論。標題爲編者所擬。

評錢士升《與姚現聞》

持論侃侃，仍不失忠厚和平之意。宜大書一通於政事堂中，以作千秋龜鑑。

【箋】

康熙七年（一六六八）聖雨齋刻本《分類尺牘新語廣編》第二册「政事」類收錢士升（塞庵）《與姚現聞》，後有黄周星此評論。標題爲編者所擬。

評鹿善繼《在職方上葉内閣書》

今安得此等方郎哉，今其人雖往，讀之令人肅然起敬。

【箋】

康熙七年（一六六八）聖雨齋刻本《分類尺牘新語廣編》第二册「政事」類收鹿善繼（伯順）《在職方上葉内閣書》，後有黄周星此評論。標題爲編者所擬。

評錢士升《與魏廓園年兄》

竊威竊福，二語千古創論，亦千古名論。如此尺牘，何減宣公奏議。

【箋】康熙七年（一六六八）聖雨齋刻本《分類尺牘新語廣編》第二册「政事」類收錢士升（塞庵）《與魏廓園年兄》，後有黄周星此評論。標題爲編者所擬。

評關鍵《與汪憺漪》

剪紙漫酬，脱去便成鴻爪，傾囊細簡，拾來皆作龍鱗。自是騷雅鼓吹，豈同醉夢酬藝。

【箋】康熙七年（一六六八）聖雨齋刻本《分類尺牘新語廣編》第三册「文章」類收關鍵（蕉鹿）《與汪憺漪》，後有黄周星此評論。標題爲編者所擬。

評關鍵《與毛稚黄論史》

西門投巫，乃能吏卓異之事，猥以河伯數語，妄列《滑稽》，則孟子亦可與淳于同傳矣。子長是非紕繆如此，若李贄之作《藏書》，以王陵、溫嶠爲逆賊，使蕉鹿見之，不知目光如炬，更當若何？

【箋】

康熙七年（一六六八）聖雨齋刻本《分類尺牘新語廣編》第三册「文章」類收關鍵（蕉鹿）《與毛稚黄論史》，後有黄周星此評論。標題爲編者所擬。

評馮琦《與人論文》

錦綺不勻，反不如布帛矣。然今日布帛亦且難匀，何況錦綺。若得五色成光，固當以冰綃火浣視之。

【箋】

康熙七年（一六六八）聖雨齋刻本《分類尺牘新語廣編》第三册「文章」類收馮琦（琢庵）《與人論

文》，後有黄周星此評論。標題爲編者所擬。

評蔡復一《答馮文所》

説得序言如此鄭重，令人輙思法善追魂之術。

【箋】康熙七年（一六六八）聖雨齋刻本《分類尺牘新語廣編》第三册「文章」類收蔡復一（敬夫）《答馮文所》，後有黄周星此評論。標題爲編者所擬。

評汪淇《柬顧修遠》

因選文而念及友道，有心者能無愾然。

【箋】本文採自康熙七年（一六六八）聖雨齋刻本《分類尺牘新語廣編》第三册「文章」類收汪淇（憺漪）《柬顧修遠》，後有黄周星此評論。標題爲編者所擬。

評高攀龍《與友》

知見在胸中，所謂宿物不化也，須用枳朮丸以消之。枳朮丸原在聖經賢傳中，人自不肯服耳。

【箋】康熙七年（一六六八）聖雨齋刻本《分類尺牘新語廣編》第三册「文章」類收高攀龍（景逸）《與友》，後有黄周星此評論。標題爲編者所擬。

評汪淇《賀趙天羽》

妙絶趣絶。天羽篤於友誼，若使憺漪果然梯縋而去，當必不送王不留行一觔。

【箋】康熙七年（一六六八）聖雨齋刻本《分類尺牘新語廣編》第五册「慶賀」類收汪淇（憺漪）《賀趙天羽》，後有黄周星此評論。標題爲編者所擬。

評關鍵《寄沈大臣菰城》

好友天涯盍簪，洵爲快事。余〔一〕曩與大臣〔二〕同客鴛湖、蘭江諸處，備極獻酬唱和之樂，迄今思之惘惘不可復得〔三〕。撫今追昔，能無慨然。

【校】

〔一〕「余」，咸豐本、光緒本作「憶」。

〔二〕「大臣」，咸豐本、光緒本作「年兄」。

〔三〕「迄今思之惘惘不可復得」，咸豐本、光緒本作「假令裹足高齋，掩扉鼾卧，此樂安可得哉」。

【箋】

康熙七年（一六六八）聖雨齋刻本《分類尺牘新語廣編》第六册「遊覽」類收關鍵（蕉鹿）《寄沈大臣菰城》，後有黄周星此評論。標題爲編者所擬。此文咸豐本、光緒本亦收，題「又與沈大臣」。

評錢士貴《答胡殿臣》

太白酒樓、江郎夢驛，皆吾鄉古迹也，然而知者少〔一〕矣，又何怪乎鷄坊老翁終身不識燕磯牛首耶？

【校】

〔一〕「少」，咸豐本、光緒本作「罕」。

【箋】

康熙七年（一六六八）聖雨齋刻本《分類尺牘新語廣編》第六册「遊覽」類收錢士貴（巖燭）《答胡殿臣》，後有黄周星此評論。此標題爲編者所擬。此文咸豐本、光緒本亦收，題「與胡殿臣」。

評殳丹生《與孫芳巖》

余〔一〕嘗遍歷九峰，如佘、辰、雲、崑、赤壁巖壑之勝，皆有目所其賞。余獨喜細林之東山草亭，孤冷幽曠，大有别致，流連惝怳，久而不去，大似《牡丹亭·尋夢》。偶與〔二〕山夫道及，亦復首肯余言。今山夫高棲細林，此正其枕案間物矣，令人羨妒。

【校】

〔一〕「余」，道光本、咸豐本、光緒本作「僕」。下「余」字同。

〔二〕道光本、咸豐本、光緒本「與」下有「殳」字。

【箋】康熙七年（一六六八）聖雨齋刻本《分類尺牘新語廣編》第六册「遊覽」類收殳丹生（山夫）《與孫芳巖》，後有黄周星此評論。此標題爲編者所擬。此文道光本、咸豐本、光緒本亦收，題「寄孫執升」。

評史可程《寄關蕉鹿》

《枯樹賦》耶？《瘦馬吟》耶？黯然銷魂，不忍再讀。

【箋】康熙七年（一六六八）聖雨齋刻本《分類尺牘新語廣編》第九册「懷敘」類收史可程（蘧庵）《寄關蕉鹿》，後有黄周星此評論。標題爲編者所擬。

評馮琦《答張斗樞》

清夜聞鐘，足令醉夢俱醒。

【箋】康熙七年（一六六八）聖雨齋刻本《分類尺牘新語廣編》第十册「規箴」類收馮琦（琢庵）《答張斗

樞》，後有黄周星此評論。標題爲編者所擬。

評李日華《與王季延》

觀此可悟養生涉世之法，始信搰搰馬牛徒自勞苦。

【箋】康熙七年（一六六八）聖雨齋刻本《分類尺牘新語廣編》第十一册「曠達」類收李日華（君實）《與王季延》，後有黄周星此評論。標題爲編者所擬。

評黄洪憲《復徐少宰》

昌黎月直南斗，東坡命居磨蝎。毁譽固是生前帶來，但木偶人可耐，青瑣蘭臺之客不可耐。奈何？或曰：青瑣蘭臺正是木偶耳，何必作分别觀？可爲絶倒。

【箋】康熙七年（一六六八）聖雨齋刻本《分類尺牘新語廣編》第十一册「曠達」類收黄洪憲（懋忠）《復徐少宰》，後有黄周星此評論。標題爲編者所擬。

評曾畹《答李屺瞻書》

蒿目而談，其感甚深，正不當作嬉笑怒駡理會。

【箋】康熙七年（一六六八）聖雨齋刻本《分類尺牘新語廣編》第十二册「感憤」類收曾畹（庭聞）《答李屺瞻書》，後有黄周星此評論。標題爲編者所擬。

評顧屺《復夏存古》

自是血性男子語。

【箋】康熙七年（一六六八）聖雨齋刻本《分類尺牘新語廣編》第十二册「感憤」類收顧屺（又陟）《復夏存古》，後有黄周星此評論。標題爲編者所擬。

評陳弘緒《答張謫宿》

古今異人，淹没不傳者何限。讀此覺生氣凛凛，如見廉藺荆高諸君。

【箋】

康熙七年（一六六八）聖雨齋刻本《分類尺牘新語廣編》第十二册「感憤」類收陳弘緒（士業）《答張謫宿》，後有黄周星此評論。標題爲編者所擬。

評扶輪《與胡太史》

《西厢》《琵琶》爲傳奇之祖，然其事皆誣妄。《西厢》向固疑爲元微之假托。《琵琶》相傳元時有王四者，棄其妻而贅於不花丞相之府，後竟被戮，亦無確據。不意至萬曆中而兩家之冤皆白。蒲州有村農耕於野，掘得一碑，乃唐禮部尚書鄭恒與夫人崔氏鶯娘合葬墓誌銘。其文備載陳眉公《品外録》。又山東有仕紳張松鶴者，其人方正，生平不觀演劇。一日偶見里中演《琵琶記》，歸而憤恨，痛詆高則誠不置。一夜，則誠入夢控辨云：「我受冤三百年，仗公爲我雪之。」張問其故，曰：「昔符秦時，有慕容喈，字伯喈，别妻入關，贅入權門，故妻造訪，棄而不□。吾特爲傳奇紀之，何與蔡伯喈事？後人訛慕容爲蔡邕，又訛伯邕爲伯喈。乞公另梓一帙，大書：『校正慕容喈琵琶記。』則吾冤庶可白矣。」張覺而如其言，然其書亦卒罕流傳。附記於此，以俟知者。

【箋】

康熙七年（一六六八）聖雨齋刻本《分類尺牘新語廣編》第十三册「嘲諷」類收扶輪（大雅）《與胡太史》，後有黄周星此評論。標題爲編者所擬。

評葉殿邦《柬吴際明》

袁中郎有言：「昔有三教，今有五教。」謂儒、釋、道之外復有蹠教、顛教也。究竟所謂三教者，非蹠則顛，是只有兩教，更無三教，正可與此參看。

【箋】

康熙七年（一六六八）聖雨齋刻本《分類尺牘新語廣編》第十三册「嘲諷」類收葉殿邦（瑞屏）《柬吴際明》，後有黄周星此評論。標題爲編者所擬。

評游典《與郭雲門中翰》

只此數言，可當三絶題跋。

【箋】康熙七年（一六六八）聖雨齋刻本《分類尺牘新語廣編》第十四册「翰墨」類收游典（曰則）《與郭雲門中翰》，後有黄周星此評論。標題爲編者所擬。

評吴雯清《答王廬人》

倚篷讀賦，自是千古韻事。閲此覺桐江烟雨，宛然如在目中。

【箋】康熙七年（一六六八）聖雨齋刻本《分類尺牘新語廣編》第十五册「慰問」類收吴雯清（方漣）《答王廬人》，後有黄周星此評論。標題爲編者所擬。

評錢士貢《秋日與石香》

世人當炎歊時，每苦無避暑方，取此數語懸壁間，當有清風颯然而至。

【箋】康熙七年（一六六八）聖雨齋刻本《分類尺牘新語廣編》第十五册「慰問」類收錢士貢（巖燭）《秋日與石香》，後有黄周星此評論。標題爲編者所擬。

評程履貞《與徐元伯郡守》

不衫不履，神采奕奕，故有太原公子之風。

【箋】康熙七年（一六六八）聖雨齋刻本《分類尺牘新語廣編》第十六册「邀約」類收程履貞（坦之）《與徐元伯郡守》，後有黄周星此評論。標題爲編者所擬。

評汪淇《送查于周》

戴叔倫詩云：「世故相逢各未聞，百年多在別離間。」百年鼎鼎，爲時幾何。況重之以別離耶？無怪乎謝太傅之數日惡矣。

【箋】

康熙七年（一六六八）聖雨齋刻本《分類尺牘新語廣編》第十七册「餞送」類收汪淇（憺漪）《送查于周》，後有黄周星此評論。標題爲編者所擬。

評葉殿邦《與程奕先》

此丁酉秋蕪陰事也。余時正在瑞屏齋中，與奕先晨夕往還，今又十年餘矣。江山如昨，歲月已非，可勝蘭亭、竹林之感。

【箋】

康熙七年（一六六八）聖雨齋刻本《分類尺牘新語廣編》第十七册「餞送」類收葉殿邦（瑞屏）《與程奕先》，後有黄周星此評論。標題爲編者所擬。

評汪淇《與吴方漣》

尺牘雖小技，然其間兼收並畜，鉅細弗遺，即以爲天地大文，亦無不可。閲此札乃知人有同心，不至發虞仲翔之歎。

【箋】

康熙七年（一六六八）聖雨齋刻本《分類尺牘新語廣編》第十八册「請乞」類收汪淇（憺漪）《與吴方漣》，後有黄周星此評論。標題爲編者所擬。

評錢士貴《與友人乞文房》

趙文敏言：「筆研精良，人生一樂，當與君子三樂而爲四矣。」余嘗謂始作紙筆者如蒙恬、蔡倫諸公，有功聖賢不小，而不得俎豆於學宫之傍，殊爲闕典。安得主持文教者一昌言之。

【箋】

康熙七年（一六六八）聖雨齋刻本《分類尺牘新語廣編》第十八册「請乞」類收錢士貴（巖燭）《與友

人乞文房》，後有黄周星此評論。標題爲編者所擬。

評徐世溥《與錢牧齋求宋集》

行乎其所不得不行，止乎其所不得不止，此真行雲流水之文。

【箋】

康熙七年（一六六八）聖雨齋刻本《分類尺牘新語廣編》第十八册「請乞」類收徐世溥（巨源）《與錢牧齋求宋集》，後有黄周星此評論。標題爲編者所擬。

評吕坤《答孫月峰》

以語録爲醒困之助，固無不可。但恐看到南泉斬貓、婆子燒庵，愈令人迷悶欲睡耳。何如直指人心，不立文字之爲妙耶？

【箋】

康熙七年（一六六八）聖雨齋刻本《分類尺牘新語廣編》第二十一册「釋道」類收吕坤（叔簡）《答孫月峰》，後有黄周星此評論。標題爲編者所擬。

評汪淇《東吴若崙》

余過憺漪齋中，得睹若崙《幾神驗存》一帙，所拆數十字，皆意想所不到者，惜未得親見其人而叩之。聞若崙萍蹤多在鳩兹，我將理三山之棹矣。

【箋】

康熙七年（一六六八）聖雨齋刻本《分類尺牘新語廣編》第二十二册「技術」類收汪淇（憺漪）《東吴若崙》，後有黄周星此評論。標題爲編者所擬。

評黄輝《寄父家書》

此慎軒先生爲希泉前朝争國本，被廷杖時所寄家書也。後人摹勒刻石。余見其行草大書稜稜，有義、獻筆意。前輩於父子之間，尚真率不拘如此，推之君臣朋友，何一不然。

【箋】

康熙七年（一六六八）聖雨齋刻本《分類尺牘新語廣編》第二十三册「家庭」類收黄輝（慎軒）《寄父家書》，後有黄周星此評論。標題爲編者所擬。

附録一　傳記

陳鼎《笑蒼老子傳》

笑蒼老子黄周星，字九煙，金陵人。初生時，即爲楚湘周氏撫爲己子，因周姓補諸生。年二十，以明經貢北雍，舉順天崇禎癸酉鄉試，庚辰成進士，授户部主事。始上疏反周爲黄。甲申燕京陷，即歸金陵。明年江南定，遂棄家走閩。國亡爲道士，更名人，字略似，號半非。晚年自號笑蒼老子。爲人性剛直，言行不苟，而疾惡甚嚴，以是與正人君子、鬼神神仙爲相知，而與小人賊强盜多不合。足迹所至，無不得謗，無不被難。初，公車北上，道出洞庭，遇大盜聯艘圍劫，持大斧躍入舟者數十人，命在須臾。忽感洞庭神披金甲，挾長戟，擊群盜入水，得無恙。方登第，即上書，論時宰奪情事，辭語侃侃。時宰惡之，密使猾盜暮夜操利刃入其室，伏牀下刺之。忽有野客攜杖叩門入，謂周星曰：「君牀下有暴客，將不利君之首領矣。」急呼盜出，盜蒲伏請命。客曰：「黄君，忠義士也。幸毋加害，速去。」諸盜撇然往，客亦不見。生平瀕危而如是獲免者數。周星既以黄冠歸故里，卜居秦淮，以筆墨耕，著作甚富。後爲偷兒竊去，假名士攘爲己有。老無子，乃置妾生二子，曰：吾可以告無罪於先人矣！後徙居湖州南潯。初，周星奔走四方者幾四十年，意若有所爲，而阨於天。歲癸亥，海外悉入版圖，天下太平，故所交遊盡死亡。周星言念世事，四顧寂寥，忽感愴傷心，仰天歎曰：「嘻！吾今日可以從古人遊矣！」遂與鄉里慷慨訣別，飲醇酒盡數斗，書《絶命詞》二十四首，負平生所著述書，躍入水中死，年七十三，蓋五月五日也。

外史氏曰：鬼神，天地之正氣也。吾人苟得天地正氣，其精神無不與之相通。此笑蒼老子所以恒得鬼神呵護也。

——［清］陳鼎《留溪外傳》卷五隱逸部上，清康熙三十七年（一六九八）自刻本。

黄容《黄周星傳》

黄周星，字九煙，江寧上元人。生萬曆之辛亥。初生時，爲楚湘周氏計取陰樹之故，冒姓周氏。至崇禎丁丑，生二十七年始得遘本生父母，時已舉燕闈癸酉孝廉。又三年庚辰成進士。明年丁周氏外艱。又三年甲申冬，授計部主政，始具疏復姓。明年夏，以國變棄家，遂流寓浙中，武塘、潯水、雉城皆往來焉。庚申秋，抑鬱卒於潯，自沉於河。自作《笑蒼道人傳》，并撰墓誌，作《解脱吟》十二章。周星生有煙霞之志，髫齡擅神童之譽，人稱爲小周郎。及長，工詩、古文詞并鐫篆、書法。性孤癖，與世多忤。耽山水，晚好神仙家言，嘗有詩云：「高山流水詩千軸，明月清風酒一船。借問阿誰堪作伴，美人才子與神仙。」其寄興可知矣。所著詩文稿幾盈百卷。所刻《人天樂傳奇》《百家姓新箋》《秋波時藝》《將就園記》《八百地仙歌》《廋辭斝箋選評》《唐詩快》行世。特其游戲所作居多，未見大方也。

——［清］黄容《明遺民録》卷三，謝正光、范金民編《明遺民録彙輯》，南京大學出版社一九九五年版。

汪有典《黄户部傳》

公諱周星，字九煙，上元人，育於楚湘周氏。崇禎庚辰成進士，除户部主事，疏請復姓。亂後變姓名曰黄人，字略似，號半非，又號圃庵，又曰汰沃主人，又曰笑蒼道人。布衣素冠，寒暑不易。生平正直忠厚，好濟人利物，而真率少文，剛腸疾惡。自鑱一印，文曰：「性剛骨傲，腸熱心慈。」自詡與正人君子、鬼神仙佛相知，而與小人多不合。嘗賦詩云：「高山流水詩千軸，明月清風酒一舡。借問阿誰堪作伴，美人才子與神仙。」又嘗作《楚州酒人歌》云：「酒人酒人，爾從何處來？我欲與爾一飲三百杯。寰區斗大不堪容我兩人醉，直須上叩閶闔尋蓬萊。我思酒人昔在青天上，氣吐長虹光萬丈。手援北斗斞天漿，天厨絡繹供奇釀。兩輪化作琥珀光，白榆歷歷皆杯盎。吸盡銀河烏鵲愁，黄姑渴死悲清秋。咄咄酒人渾無賴，乘風且訪崑崙北。緑娥深坐槐眉下，萬樹桃華覆深罘。穆滿高歌劉徹吟，一見酒人皆大詫。雙成長跽進三觴，大嚼絳雪吞玄霜。桃花如雨八駿叫，春風浩浩心飛揚。瑶池雖樂崦嵫促，阿母綺窗不堪宿。願假青鳥探瀛洲，列真酣飲多如簇。天下無不讀書之神仙，亦無讀書不飲酒之神仙。神仙酒人化爲一，相逢一笑皆陶然。陶然此醉堪千古，平原河朔安足數。瑶羞瓊糜賤如虀，蒼龍可鮓麐可脯。興酣瞪目叫怪哉，海波清淺不盈杯。排雲忽復干帝座，撞鐘伐鼓轟如雷。金莖玉液沆瀣竭，披髮大笑還歸來。是時酒人獨身横行四天下，上天下地如龍馬。百靈奔蹶海嶽翻，所向無不披靡者。真宰上訴天帝驚，冠劍廷議集公卿。今者酒人有罪罪不赦，不殺不可，殺之反成酒人名。急敕酒人令斷酒，酒人惶恐頓首奏陛下，臣有醉死無醒生。帝顧巫陽笑扶酒人去，風馳雨驟，倉皇謫置楚州城。酒人墮地頗狡獪，讀書學劍皆雄快。白皙鬑鬑三十時，戲掇青紫如拾芥。生平一飲富春渚，再飲鸚鵡湖。手版腰章束縛苦，半醒半醉聊支吾。誰知一朝乾坤忽反覆，酒人發狂大叫還痛哭。胸中五嶽自峨峨，眼底九州何蹙蹙。頭顱頓改甕生塵，酒非酒兮人非人。椎壚破觚吾事畢，那計金陵十斛春。還顧此時天醉地醉人皆醉，丈夫獨醒空憔悴。從來酒國少頑民，頌德稱功等遊戲。不如大詔天下酒徒，牛飲鼈飲兼囚飲，終日酩酊淋漓，妒笑怒駡聊快意。請與酒人構一淩雲爍日之高堂，以堯舜爲酒帝，羲農爲酒皇。淳于爲酒伯，仲尼爲酒王。陶潛李白坐兩廡，糟粕餘子蹲其傍。門外醉鄉風拂拂，門内酒泉流湯湯。幙天席地不知黄虞與魏晉，裸裎科跣日飛觴。一斗五斗至百斗，延年益壽樂未央。請爲爾更詔西施歌，虞姬舞，荆卿擊劍，禰生撾鼓，玉環飛燕傳觥籌，周史秦宫奉罍甒。與爾痛飲三萬六千觴，下視王侯將相皆糞土。但願酒人一世二世傳無窮，令千秋萬歲酒氏之子孫，人人號爾酒盤古。酒人聞此耳熱復顔酡，我更仰天嗚嗚感慨多。即今萬事不得意，神仙富貴兩蹉跎，酒人酒人當奈何。噫吁嘻！酒人酒人當奈何，爾且楚舞吾楚歌。」公感憤怨懟，無聊不平，則一寓之於詩。喜食鐺底焦飯，人呼爲「鍋巴老爹」，遂欣然受之。賦詩云：「寵養幸無郎將號，鍋巴猶得老爹名。兒曹相笑非無謂，慚愧西山有此生。」「學仙恨少休糧訣，嚇鬼空多噉飯身。如此老爹應餓煞，鍋巴敢望史雲塵。」「隔江舡尾競琵琶，金帳寧知雪水茶。新婦羹湯多得意，老爹自合嚼鍋巴。」「哺親焦飯記前賢，苦節多存感慨篇。莫道鍋巴非韻事，鍋巴或藉老爹傳。」公静卧一室中，每夜起，攝衣冠肅客，絮語不休。質明或問故，則曰：「吾故人忠魂來相慰耳。」年七十，忽感愴傷心，仰天嘆曰：「嘻！而今不可以死乎！」自撰墓誌，且爲銘曰：「笑蒼乎，笑蒼乎！爾既不屑生前之富貴，獨不留死後之文章乎！既不能飛身於碧落，獨不當演夢於黄粱乎！而今竟若此，是安得不心傷乎！然則爾之英風浩氣，寧不蟠五嶽而配三光乎！」與妻孥訣，取酒縱飲，盡數斗大醉，自沉於水，時庚申五月五日也。

先是明亡之四年丁亥，葉公尚高亦以五月五日自盡。葉公字而立，樂清人，温州府學生。兵後佯狂，幅巾大袖行於市，太守見而執之。賦詩云：「北風袖大惹寒凉，惱亂蘇州刺史腸。何似蜉蝣易生死，得全楚楚好衣裳。」守釋之不問。丁亥二月上丁，攜水一杯，采芹一束，乘太守未釋奠，哭於孔子之庭曰：「吾師乎！吾師乎！縱泰山之已頹，曾林放之不如乎？」守至怒，系之獄。迨五月四日語獄卒曰：「詰朝屈大夫沉湘之日，吾其死夫。」俾具湯沐，至明自經。陳公繼新者，仁和人。晚節納石懷中，赴龍淵寺門潭中死。

汪有典曰：「嗚乎！公之自撰墓誌也，謂『一生事事缺陷，五倫皆然，自少至老，未嘗一日安樂。』蓋生世不辰，遂與貧賤相終始。然積功纍行，孳孳爲善，非義所在，一介不苟。俯仰之間，毫無愧怍，庶幾文人之有行者，惟公能實踐其言。公變姓名，有贈詩云：『半非略似君尚云，此曹安得復爲人。』嗚乎！此曹安得復爲人！」

——［清］汪有典《史外·前明忠義别傳》卷三十，清乾隆十四年（一七四九）淡豔亭刻本。

瞿源洙《黄周星傳》

黄九煙先生名周星，江寧上元人，其先爲湘潭人。崇禎庚辰進士。榜姓周名星，後復本姓黄，即以周星爲名。先生父母貧甚，賣腐爲業，與周氏鄰，富而無子。先生始生，即爲周氏所撫，弱冠成進士，不自知爲黄也。周氏父母相繼卒，忽有瞽婦詣門呼先生小名，曰：「汝本吾子。」先生駭甚。婦言：「數十年來漂流異地，夫亡矣，子女皆盡，無所依倚，將藉汝終老焉。」因具述昔年與周氏授受狀，且曰：「抱汝至此者，某媪也，今尚存，可試問之。」先生呼媪詰之，言盡合，於是持其生母大慟，而復姓爲黄。時人多訊先生忘周撫育恩。其後生子一承黄祀，一奉周祧，外議稍息。甲申變後，先生隱居不仕，屢往來吾宜，從默齋湯先生遊。默齋勸之講學，先生曰：「吾負不忠不孝名，何學之講耶？」一日，先生曳杖獨行至宜，鐵盧潘公遇之荆南山下。潘公，吾嘗爲之作傳，所稱潘孝子也。時持筆囊相隨行，各通姓名，縱談交相得，遂爲先生負擔，從之往吴門訪徐昭法。昭法名枋，壬午舉人，父汧，崇禎時官至詹事，江南潰，父殉節。昭法將從死，父止之曰：「汝可不死，姑爲徐祕薦飯人。」昭法遵命，奉父喪葬訖，託迹一茅屋，伏處荒村中。先生及潘公至，叩其扉，昭法未老，幾失明矣，又餓不能出户庭，强起揖客，既相見，則抱持大哭。時日已暮，昭法不能具鐙燭，盎中絶粒已三日矣。先生解囊貿米數升，鹽少許，共炊作糜。食訖，令潘公獨卧旁榻，兩人聯牀對語，數聞哭泣聲。夜過半，兩人皆作隱語，潘公静聽之，多不可曉。達旦，又痛哭而别。康熙戊午年，有以博學鴻儒薦先生者，先生避之湘潭。庚申，有司又迫遣之，先生嘆息曰：「吾苟活三十七年矣，老寡婦其堪再嫁乎？」遂自投於潯陽江而死。默齋先生哀之，爲作輓歌曰：「九煙先生胡爲者，深衷至孝俗所駭。」又曰：「不死甲申死庚申，不貴黄金貴毛裹。」蓋以雪先生不忠不孝之謗，真實録也。又聞先生於鼎革後，家亦貧甚，以授經餬口。一日館於某宦家，以「貧而無諂」題，命諸生作文，主人嚬蹙曰：「開首第一字即言貧，不愿聞之。」先生大笑，束裝辭歸。是年闈中即以是題校試，主人始大悔，復邀先生，先生卒不往。先生又嘗自名黄人，字略似，號半非道人。

贊曰：余久聞黄先生之名，而未能悉其行誼。許兄少來爲余述其略，蓋得之於湯、潘二先生者，亦未盡其詳也。當己未、庚申間，羅天下才儁殆盡，而關西李中孚、陽曲傅青主、甯都魏冰叔三人獨超然遠引，至今稱道弗絶。乃黄先生以死殉之，或疑其過激，此非篤論也。夫偃息柴桑者易，棲遲王官者難。爲吴越之江東生易，爲荆南之前進士難。而況四海同風，託迹無所，薛方可以巢由解免，而龔勝必至絶食；何點可以《齊書》笑侮，而袁昂之爲義士不終。皋羽、思肖諸人，所以能匿迹潛形，疊山先生所以對小女子而決然自奮也。

然則先生所處，較難於三人，而節亦倍烈矣。至若徐昭法者，魏冰叔嘗致書焉，此真能不食周粟者，足與先生競爽，余略敘其交遊之素，以備後日史氏合傳之體云。

——［清］李桓《國朝耆獻類徵初編》卷四七三隱逸十三，光緒李氏初刻本。

周系英《九煙先生傳略》

先生姓周氏，諱星，字景虞，號九煙，〔一〕湘潭人也。於先高祖爲從父，江西左布政使之屏曾孫，廪生應之孫，潁州學正逢泰長子。潁州年二十遊金陵，愛其山水秀麗，卜居焉。生先生於上元，育於黄氏〔二〕。幼有神童之目，六歲能文，八歲刻〔三〕《周郎帖》。十二入南監，弱冠雋北闈，崇禎庚辰成進士〔四〕。授户部，未就職，即於是年隨父挈家歸故里。明年父殁，先生與族人不相能，忿然去，自是遂冒黄姓爲上元人矣。〔五〕其作《芥庵詩序》，有曰：「余本湘人，今寄迹白門。於湘不忍遽忘，猶復往來羈棲於湘者數四。不知者多以余爲非湘人，余亦不欲白明其爲湘人也。」以嶔崎澹蕩之性，處喧湫聲利之場，其勢不能相入。兼之少年磊砢，感憤易生，境遇所觸，往往發爲聲歌，殆不下數百首。今猶記其二絶一律云：「嘯傲江東二十年，不知憂地與愁天。一朝泛宅過湘浦，始信低眉是聖賢。」「屈子放來悲澤畔，賈生謫去怨長沙。由來才子傷心地，不是彷徨即咄嗟。」「此身何故落瀟湘，悶對長天演幾行。山水無緣供酒椀，文章多病惱詩囊。人情只向黄金熱，世法難容白眼狂。明日扁舟吴越去，從渠自作夜郎王。」則其侘傺無聊之況，可概見矣。其自述如此。舊傳稱其生平·正直忠厚，好濟人利物，而直率少文，剛腸疾惡。嘗自鐫一印，文曰：「性剛骨傲，腸熱心慈。」自詡與正人君子、鬼神仙佛相知，而與衆人多不合。然則非族之人不相容，殆亦先生之孤峻有不能容人者耶？亂後，變名人，字略似，號半非，别號而庵，浪遊吴越間。其幽愁憤鬱之懷，老而彌甚。記幼時曾見《史外》，載先生晚號笑蒼道人〔六〕，自撰墓志，謂一生事事缺陷，五倫皆然，自少至老，未嘗一日安樂。蓋生命不辰，遂與貧賤相終始，然積功纍行，孳孳爲善，非義所在，一介不苟，俯仰之間，毫無愧怍，庶幾文人之有行者。銘曰：「笑蒼乎，笑蒼乎！爾既不屑生前之富貴，獨不留死後之文章乎！既不能飛身於碧落，獨不當淹夢於黄粱乎！而今竟若此，安得不心傷乎！然而爾之英風浩氣，寧不蟠五嶽而配三光乎！」遂於午日放棹秦淮，劇飲大醉，鑿舟自沉而死〔七〕，蓋下從靈均遊矣。〔八〕一〔九〕子名楠，字禹公〔一〇〕，見杜于皇跋語中，稱其負才有志，殆亦非碌碌者。先生所著詩文有《夏爲堂集》，時藝則有《逋草》，均已散佚。先叔祖錦灣公蒐採數十年，得詩文雜著若干篇。一鱗半甲，珍爲異寶。予又補輯若干篇，欲刊行之，尚待再輯也。所選《唐詩快》，間有傳本，曾於京師書肆購得之。歲戊辰，奉使金陵，屬上元諸門人訪求黄氏後及詩文集，皆不可得。惟得墨迹一幅，自書《新柳堂》《次山樓》二律，銀鈎蠆尾，體兼顔柳，詩載入集中。又《周郎帖》三種，其臨《曹娥碑》題曰「八歲小子周星」，《樂毅》《黄庭》則皆九歲，書後有「周郎景明」「星」二印，知先生幼字景明也。董思翁跋云：「周郎八歲書《蘭亭》《曹娥》，端勁風逸，有二王筆意。雖紙成堆、墨成冢者，未能過也。豈前身工力成此宿慧耶？」凡百許言，末又云：「周郎勉旃，余則焚硯矣。」翁之此跋，信非虚譽。向見先生《傳》中所稱，以爲不過童子婉弱體耳，豈意其逼真二王如此，斯一奇也。〔二〕書雖小道，亦足見先生異禀絶人之一端云。或曰先生既絶棄氏籍，去之若浼，且百數十年矣，而族之人猶豔稱之，以號於人曰：此故吾宗也。先生有知，甯無嗤笑？雖然，世固有子孫而不樂舉其祖父者矣。抑或流離轉徙，而泯滅無聞，亦誰復相引重。先生不以黄易周，而但冠於其上，是猶有不忘本之心。吾族不絶之於家乘，且津津不置若此，從其朔耳，誠重乎其文也，誠重乎其人也。時嘉慶丙子孟冬湘潭周氏族孫系英述。〔三〕

——〔清〕黄周星《九煙先生遺集》卷首，道光二十九年（一八四九）揚州刻本。咸豐本、光緒本亦收。

【校】

〔一〕咸豐本、光緒本後有「别號圃庵」四字。

〔二〕此處光緒本有以下小注：「翼高按：先生之祖應娶長沙黄氏女，年十七于歸，三年應省親官舍遘疾卒，遺腹生潁州。娶涂氏，生先生。涂氏殁，先生幼。黄氏年猶未五旬，至七十始卒。則育於黄氏，當即其祖母也。」

〔三〕「刻」，咸豐本、光緒本作「出」。

〔四〕「弱冠雋北闈，崇禎庚辰成進士」，咸豐本、光緒本作「崇禎癸酉雋北闈，庚辰成進士」。

〔五〕此後光緒本有以下小注：「翼高按：先生作《李裕堂先生傳》，自稱以疾歸，扶先大夫櫬歸潭，當是成進士，授户部主事，以疾未就職，告歸，隨父還湘潭拜祖墓，仍返上元。明年辛巳夏，父殁，先生乃挈家扶父櫬歸，葬湘潭。《壬午秋杪遊南嶽詩》中，尚稱周星，則冒黄姓當在服闋就職授給事中之後也。」

〔六〕自「好濟人利物」至「晚號笑蒼道人」諸句，咸豐本、光緒本作：「别號笑蒼道人，浪遊吴越間，布衣素冠，寒暑不易，其牢愁憤鬱之懷，老而彌甚。行年七十，忽仰天嘆曰：嘻！乃今不可以死乎！」

〔七〕「死」，咸豐本、光緒本作「殁」。

〔八〕咸豐本、光緒本此後有「時康熙庚申夏五也」八字。

〔九〕咸豐本、光緒本無「一」字。

〔一〇〕「公」，光緒本作「弓」。

〔一一〕此處光緒本有以下小注：「翼高按：其帖今摹入《昭潭法帖》中。」

〔一二〕咸豐本、光緒本落款作「嘉慶丙子孟冬族孫系英述」。

徐鼒《黄周星傳》

黄周星，字景虞，一字九煙。本湘潭周氏子，幼爲金陵黄氏撫養，遂冒其姓爲黄周星。成崇禎庚辰進士，除户部給事中，不就。性狷介，詩文奇偉。國變後，變姓名爲黄人，字略似，僑寓湖州，寒暑不易衣冠。年七十，自撰墓志，作《解脱吟》十二章，縱飲酒一斗，大醉，沉南潯河死。

——〔清〕徐鼒《小腆紀傳》卷五十八列傳五十一逸民，光緒十三年（一八八七）金陵刻本。

孫静庵《黄周星傳》

明黄周星，字九煙，上元人，崇禎庚辰進士，除户部主事。明亡，變姓名曰黄人，字略似，號半非，又號圃庵，又曰汰沃主人，又曰笑蒼道人，布衣素冠，寒暑不易。生平正直忠厚，好濟人利物，而真率少文，剛腸疾惡。自鐫一印，文曰：「性剛骨傲，腸熱心慈。」自詡與正人君子、鬼神仙佛相知，而與小人多不合。嘗賦詩云：「高山流水詩千軸，明月清風酒一船。借問阿誰堪作伴，美人才子與神仙。」又嘗作《楚州酒人歌》云：……感憤怨懟，無聊不平，則一寓之於詩。喜食鍋底焦飯，人呼爲鍋巴老爹，遂欣然受之。賦詩云：「竈養幸無郎將號，鍋巴猶得老爹名。兒曹相笑非無謂，慚愧西山有此生」「學仙恨少休糧訣，嚇鬼空多啖飯身。如此老爹應餓煞，鍋巴敢望史雲塵。」「隔江舡尾競琵琶，金帳寧和雪水茶。新婦羹湯多得意，老爹自合嚼鍋巴。」「哺親焦飯記先賢，苦節多存感慨篇。莫道鍋巴非韻事，鍋巴或借老爹傳。」嘗靜卧一室中，每夜起，攝衣冠肅容，絮語不休。質明，或問故，則曰：「吾故人魂魄來相慰耳。」年七十，忽感愴傷心，仰天嘆曰：「嘻！而今不可以死乎！」自撰墓誌，且爲銘曰：「笑蒼乎，笑蒼乎！爾既不屑生前之富貴，獨不留死後之文章乎！既不能飛身於碧落，獨不當演夢於黃粱乎！而今竟若此，是安得不心傷乎！然則爾之英風浩氣，寧不蟠五嶽而配三光乎！」與妻孥訣，取酒縱飲盡數斗，大醉，自沉於水，時庚申五月五日也。

——［清］孫靜庵《明遺民録》卷四十一，浙江古籍出版社一九八五年版。

附録二　序跋

朱曰荃《夏爲堂别集序》

九翁黄先生負不世材而旅屩羈棲，求一畝片椽不可得，嘻！甚矣憊！余生也晚，未及供灑掃於先生之門，幸與長君禹弓遊，得快讀詩文全稿，光焰萬丈，咄咄逼人，遂同張子芑仕謀，盡付殺青，以壽不朽。已而别集次第告成，適有客過余，曰：「古之材富者遇必窮，仰屋嗚嗚，捫胸搔首，天實忌材，材奚富焉？」余詰之曰：「天若忌材，何弗不假人以材？既假之材，何仇而忌？」客曰：「材之觸忌者多矣！狂吟花柳，醉詠江山，笑弄煙雲，閒評風月，自是材人本色，烏得而不忌？」余曰：「如公言，正材而不遇者之所爲耳。縱而忌之，彼蒼又曷以故？大抵人心用則靈，靈則其材發越而英多。向非寬閒寂寞主人翁，將馳驟聲利場，等焉江月山風，煙雲花柳，而錦韉繡帳，妙舞清歌，已銷盡王孫福慧。安從倩老中書，抽思騁句，盡態極妍？故無可奈何，鄭重而窮以遇，俾心靈材噪亦無奈何，而不朽之業，浸淫日以富也。如我九煙黄先生，等身著作，宇内無雙。時而塌地呼天，唾壺幾碎；時而憫時嫉俗，匣劍欲鳴；時而兒女情深，英雄氣盡；時而壯夫腸熱，烈魄肝摧；時而美人芳草，寄賦無憀；時而知己斜陽，愴懷往事。或畫舫班騅，登臨灑涕；或旗亭郵壁，俯仰縈愁；或現身説法，排傀儡於當場；或樽酒擬騷，平崚嶒於方寸；或半枕琴書，睡鄉感夢；或九霄笙鶴，世外尋仙。若激之使怨，若迫之使憤；若屈抑之使憂，若閒散之使曠；若習之使恬，若揚之使肆；若幽之逸之，而使之峭且雋；若磊落嶔崎之，而使之俊偉離奇。總若玩弄鼓舞，而使之悲且歌，笑且哭，從此淋漓縱横，口腕奔赴。因得掇採數萬遺言，彙成别集。千古讀之者，恍見先生嬉戲怒罵，而不必有生不同時之憾。將以是犯造物之忌耶？抑受造物之忌，窮而後至此也？嗟乎！先生固弱歲巍科，金馬玉堂人也。倘不值滄桑之變，亦鞅掌匪躬已矣。惟蒼蒼者别設一遇，以位置先生，而先生乃别運其心，别出其材，從事乎花柳煙雲，江山風月，謂大有造焉者，而上報蒼蒼。然則先生之窮於遇也，殆慎簡以重畀先生，當額手爲先生慶，無容爲先生哀。而或代先生不平，曰天忌先生也，誣先生乎？誣天乎？」時禹弓、芑仕就余商校讐之任，不覺前席，善余言者久之。客唯唯，無以應而去。輒書以弁諸簡端。

康熙二十有七年，歲在戊辰，七月既望，松江後學朱曰荃拜手撰。

——［清］黄周星《夏爲堂别集》卷首，康熙二十七年（一六八八）朱曰荃、張燕孫刻本。

周詒樸《九煙先生遺集小引》

族祖九煙公，負不世才，著述極富。而生當明季，兵燹流離，傳書絶少。叔曾祖錦灣公，蒐輯詩文雜著若干篇，先司徒又補輯若干篇，匯爲一册，藏之有年，終以不得《夏爲堂集》《逋草》二書爲缺略，未付剞劂。先子謝世，詒樸浪迹江淮間，又十餘年，亦未敢忘蒐輯，而抱殘守缺，仍無增益，無以成先子闡揚之志，私懷嘗耿耿也。春初，晤清石刺史於邗上，談藝之餘，出《夏爲堂别集》見示，喜得未曾有，攜歸與家藏本合編之，得文一卷、詩二卷、雜著一卷、時藝一卷，凡六卷。雖非全豹，然較曏之缺略者爲有間矣。編竟，謀與清石梓行，以公同好，以嘉惠我子孫，因書其緣起於簡端。時道光己酉仲春，湘潭七世族孫周詒樸謹記。

——［清］黄周星《九煙先生遺集》卷首，道光二十九年（一八四九）揚州刻本。光緒本卷首亦收。

左仁《九煙先生集跋》

道光歲戊申，仁滯迹蘇臺。客有於吴趨市肆間，購得九煙先生《夏爲堂别集》者，以仁與先生同楚産，持以見贈，其正集則生平未之見也。己酉正月，先生族孫周子堅参軍訪仁於揚州寓齋，談次及之，爲言其先人輯有藏本，獨未得是集及《逋草》，遂攜去，合編都爲六卷，商付梓人，屬高郵金生雪舫任校讎，五閱月而告成。仁惟先生品潔行芳，才奇遇蹇，遭逢末造，竟賦《懷沙》，其高蹤上與靈均争烈，奚必以文傳哉？乃於今數百年來，人往風微，止此殘編斷簡，零落人間，尚古之君子，又未嘗不重悲先生之遇之窮，而并惜其文之不傳也。今是集慮不及先生之百一，而吉光片羽，可以覘文采矣。異日倘得《逋草》及他所遺編，彙爲全集，更足副周氏子孫數世纂述之苦心，而仁慨慕先賢，益不盡敬恭桑梓之思已。道光二十又九年冬十一月長至日，湘鄉後學左仁謹識於銅山縣衙之詠史齋。

——［清］黄周星《九煙先生遺集》卷末，道光二十九年（一八四九）揚州刻本。咸豐本、光緒本亦收。咸豐本題作「九煙先生遺集跋」，光緒本題作「原刻序」。

張璨《九煙餘緒序》

邑中前輩景虞周先生，爲童子時，即負大名。盛年登第，服官農部。經國變，遂稱前進士終。周氏在前朝，衣冠甲邑里，先生父子皆通籍者。先生讀書南雍，居鄉里之日淺，且性不樂爲湘人，今見於《芥庵詩序》，可略盡其概也。迺去而家白門，別姓爲黄，署其名曰人，字曰略似。此先生憤時嫉俗，磊砢抑塞之夙抱，孤行其意於天地之間。先生於周氏，名曰星，中崇禎庚辰科進士，今《邑乘》猶載其名。先生既易姓爲黄，別立名字矣，而於著述贈答間，仍自署其舊名，但冠黄於周上，而海内人士，自是稱「白門黄九煙先生」，鮮有知先生之爲湘人者矣。先生族孫如川，奉其尊人井門翁嚴訓，搜輯先生之遺著，成四卷，標之曰《餘緒》。編既成，過余，索弁其首，以余服膺先生之論詩，於《唐詩快》一書，玩之有年，又《匏瓜》《秋波》諸篇，固嘗耳聞而未得習誦者。今乃日置案頭，往復尋繹，乃知先生非但以才情揮斥，高步騷壇，只此數篇與《色斯》一首，其細心入理，一字一句，可爲學者濬其心源。王唐在前，豈能耑美？至先生之著述等身，盡歸散佚，疑此詹詹者，未足以盡先生。然與先生并時而生者，巍科膴仕，照耀鄉閭，易世而後，莫有能舉其姓字者。先生已變姓名，去鄉國，論定蓋棺，而周氏子姓，猶輯先生之殘編賸素，以藏諸家塾，播之藝林，咸曰

「昔吾有先正，其言明且清」，此讀書稽古之士，所爲流連贊歎感激而興起者。先生之風，不幾廉頑而立懦哉！余荒陋，烏足以序先生？然受如川之請，而詮次其意，亦聊附於維桑之誼云爾。乾隆九年甲子陽月後學張璨題。

——［清］黄周星《周九煙集》卷首，咸豐三年（一八五三）唐昭倹刊本。光緒本亦收，題目作「原序」。

周昭侃《楚材軼草序》

手輯曾伯祖九煙公《軼草》成帙，呈之老父。父展卷慨然曰：「余垂髫時，從先大父後，繞公膝於岸花村舍，一時笑貌話言，多在所遺忘，獨其出處之顛末，先大父爲余道之蓋詳。公祖母黄孺人，年二十，遺腹生公。父爾昌公，舉萬曆乙卯北闈，司鐸潁州，産公於潁之學署，名公曰星，字曰景虞。六歲能文，八歲有《周郎帖》，流傳都下。崇禎癸酉，薦北闈賢書，庚辰成進士，是歲隨潁州公歸潭，後官户科掌印給事中。以滄桑變易，牢騷侘傺，拋軒冕，走吴越，歷九峰、鴛湖之勝。或著書武水，或施帳鳩兹，藉筆墨作生涯。溯萍蹤者，至有九州如許大，無處安頓一奇男子之恨。逮後一再還湘，凡數載，終不果留，徙白門家焉。别從祖母黄姓，易名人，字略似，號而庵。後公生者，止知爲白門黄九煙先生矣。公胸羅萬卷，下筆千言。吾家詩老如伯孔公，亦不得矜獨步。平生鉛槧之役，逾古稀不輟手。其所云『著述等身，積稿滿屋』者，多散布於大江南北間。吾湘纍遭兵燹，遺編久亡失。僅餘《匏瓜》《秋波》等藝，暨《瀟湘八景》諸什，供人傳誦，公猶子瀚俟，已爲鏤板矣。汝乃檢殘簡，不忍終付蠹蝕，更摭諸選中之詩文以益之，釐爲四卷，將事開雕，亦足嘉也。公尚有真草手札，存吾鄉舊家，倘出以示汝，當續鐫以成鉅觀。然即斯編珠璣錯落，可以窺全豹於一班，豈慚掛漏哉？公與沈大臣書云：『古今刻本之善，無過《楚辭》《陶詩》數種，由其卷帙不多，故刻者易辦易售，讀者易覯易攜，正謂此也。余耄矣，不及將八十年來之所睹聞者，一試老穎於篇末，汝小子其敬誌之毋忘。』侃承嚴命，録弁簡端，用續微言，并公同好，爰盥手百拜而授之梓。姪曾孫昭侃謹跋。

——［清］黄周星《周九煙集》卷首，咸豐三年（一八五三）唐昭儉刊本。光緒本亦收。

唐昭儉《周九煙集序》

謹案先生一匡忠悃，鬱邑侘傺，無可與語。卒以從容就義，其與日月争光者，自炳焕於天地間。集中論著，諸公序傳，茶邨所跋《絶命詩》，言之綦詳，非後生末學所敢贊一辭矣。顧其生平著述等身，積稿滿屋，雖被盗掠，散布於人間者，當亦不少。而《邑志》僅載《夏爲堂詩》《文陽集》《將就園記》《唐詩快》《九煙餘緒》。《文陽集》《夏爲堂詩》及《逋草》，既皆不得見，《餘緒》則其弟子瀚侯已爲刊行，從曾孫如川復摭諸選中詩文，益之以待梓，曰《楚材軼草》者，即其名而更之也。儉少時師事先生族孫醒堂夫子，夫子蓋亦欲刊行，而有志未就，以其稿屬余，又二十餘年矣。今年春，取《餘緒》《軼草》及儉所新採者，編次而讎校之，將事開雕。六月又得周子堅所梓《遺集》，於是各以類從，重爲編次，曰《周九煙集》、曰《外集》，各三卷，授之棗人，公諸同好。雖然，先生著述散佚者多，儉之避處一隅，焉能廣爲搜輯？然而屈子《離騷》、文山《正氣》，夫豈在多？千載而下，讀之猶凛凛有生氣，儉於先生，其亦此物此志也夫。是役也，任校刊之勞者，多藉同人之力，先生族孫實共襄厥事，先生之族，固大有人在，其功不可没也。咸豐三年歲次癸丑九月，後學唐昭儉謹識。

——［清］黄周星《周九煙集》卷首，咸豐三年（一八五三）唐昭儉刊本。題目爲編者所加。

周翼高《九煙先生集跋》

明季以著作傳者，首推顧亭林、王船山兩先生。我族九煙公時名滿天下，著作亦幾與顧、王二君埒。值世亂之後，公變姓名曰黄人，字略似，號半非，又曰圃庵，又曰汰沃主人，又曰笑蒼道人。嘗言與正人君子鬼神仙佛相知，而與小人多不合。自鑴一印，文曰：性剛骨傲，腸熱心慈。其生平行事大率如是。髫齡即工書法，有爲成人所不及者，已刻入《昭潭法帖》中。年及壯，作爲文章，已裒成鉅集。時干戈滿地，公流離失所，由長沙過洞庭，遇劇盜，悉取舟中圖籍投之水，後復著爲集。乙酉夏午，避亂蕪陰，倉皇從矛鏑叢中挾一集以行。復遇盜，所有詩文集蕩然無存矣。是編皆甲申以後所作，其中如《夕陽》、《將就園》諸篇，皆眷懷明室，藉詩辭以抒其忠愛之忱，亦黍苗、《離騷》之遺意也。昔翼高之叔高祖錦灣公蒐輯成卷，伯祖石芳公復補輯之，伯父子堅公刻於揚州。紅巾之亂，爲亂兵所毁，翼高懼其久而益亡也，重加參輔，釐爲正集四卷，别集二卷，補遺一卷，付諸剞劂氏。公所選《文纂》《唐詩快》，皆前輩所奉爲圭臬者，將重梓之。時光緒二十四年歲次戊戌，嘉平月既望，翼高誌。

——［清］黄周星《九煙先生集》卷末，光緒二十三年（一八九七）静誻家塾刻本。

倪釗《黄九煙先生詩鈔序》

昔鄭所南先生以宋之遺民作爲詩歌，抒其悲憤，題曰「鐵函心史」，投諸承天寺井中。閲三百五十六載，至明之季世，吴中大旱，争汲者於井中得之。又二百餘年，至清之末造，余避亂江濱，於古氏廢書簏中得一詩集，曰「九煙詩鈔」。廬江劉(襄廷、信軒)昆仲見而好之，以爲是忠孝之遺也。顯微闡幽，是儒者責也，用特表而章之，以公諸海内。考先生諱周星，字九煙，上元人，育於楚湘周氏。崇禎庚辰成進士，除户部主事，疏請復姓。亂後變姓名曰黄人，字略似，號半非，又號圃庵，又曰汰沃主人，又曰笑蒼道人。生平正直忠厚，好濟人利物，而真率少文，剛腸嫉惡，自鐫一印，文曰「性剛骨傲，腸熱心慈」。鼎革後，流離轉徙，或寄僧寮，或棲書塾，蹤迹詭異，與所南先生不類而若相類。性愛夕陽，然對之輒泣，嘗搜集古今夕陽詩，裒然成帙，而已則不著一字。謝奕山贈以詩曰：「留光戀影每如斯，個是人間惹恨時。白首黄郎殊解意，生平不作夕陽詩。」蓋紀實也。嘗有句云：「落日河山千古在，秋風天地一人無。」可想見其懷抱矣。又嘗曰「隨光正則是吾師」，異時抱石沉淵，志節已見於此。嘗静卧一室，每夜起攝衣冠肅客，絮語不休。質明或問故，則曰：「吾故人忠魂來相慰耳。」年七十，忽感愴傷心，仰天嘆曰：「嘻！而今不可以死乎？」自譔墓誌，與家人訣，取酒縱飲盡數斗，大醉，自沉秦淮河以死。時庚申五月五日也。吾鄉汪訂頑先生嘗爲立傳，今載諸《史外》集者是也。至其詩之縱横跌宕，驚風雨而泣鬼神，亦見於先生之《黄人謡》焉。謡云：「誰令爾太直復不俗？」蓋櫽括先生之《薇䔰》《夏爲堂集》而論定者也。而或者乃欲儕諸太白天仙、長吉鬼仙之列，甚至目爲許旌陽弟子，儕八百地仙之後，其亦淺之乎？視先生矣，則謂與所南先生《咸淳》《大義》諸集相頡頏可也。余嘗有句云：「河山落日去如馳，記讀先生《薇蕚》詩。三百年來如掣電，舉頭又見夕陽時。」高山仰止，景行行止。雖不能至，心嚮往之。因舉先生之爲人與其詩而并敘之如此。强圉大荒落之歲陽月無爲後學倪釗謹譔。

——〔清〕黄周星《九煙詩鈔》卷首，民國七年（一九一八）上海有正書局鉛印本。

附録三　黄周星年譜簡編

明萬曆三十九年辛亥（一六一一年）一歲

臘月十七日（一六一二年一月十九日）寅時，生於應天府上元（今江蘇南京）黄氏。

出生後，即出繼給寄居金陵之湘潭周逢泰、涂氏爲嗣，名周星。

萬曆四十三年乙卯（一六一五年）五歲

養父周逢泰中舉，赴北京國子監遊學。後屢試進士不第。

萬曆四十四年丙辰（一六一六年）六歲

幼能詩文，工書，有神童之目。

萬曆四十五年丁巳（一六一七年）七歲

善真行草隸諸體。

萬曆四十六年戊午（一六一八年）八歲

臨《曹娥碑》《蘭亭》等，刻成《周郎帖》三種。書法端勁風逸，有二王筆意。

萬曆四十七年己未（一六一九年）九歲

臨摹《樂毅》《黄庭》二帖。

養父周逢泰返金陵，廣置姬妾，前後共得九子四女。

萬曆四十八年庚申（一六二〇年）十歲

天資聰慧，已能撰寫文章。出外就學，所學日進。

天啓五年乙丑（一六二五年）十五歲

好吟詩，編有詩集稿本。

天啓六年丙寅（一六二六年）十六歲

參加南京國子監考試。

冬，湘潭嫡母張氏卒。

天啓七年丁卯（一六二七年）十七歲

娶妻蕭氏，乃貧困門户之女。

讀書於金陵葦窗，作《葦窗記》。

崇禎元年戊辰（一六二八年）十八歲

冬，自立門户，分家單過。

是年，進入南京國子監學習。

崇禎三年庚午（一六三〇年）二十歲

以南京國子監第一名選貢於應天府。

秋，應順天鄉試，落第。

崇禎四年辛未（一六三一年）二十一歲

約本年，曾將詩作奉金陵學者沈長卿閲讀，并請其作序。

冬，侍奉養母涂氏由金陵入楚。

崇禎六年癸酉（一六三三年）二十三歲

春，由金陵赴京應鄉試。

盛夏，過泰山，望而慕之。

過德州旅店，與好友馮一第搜尋到琅玕女子之題壁詩，感而有歌。

秋，鄉試得中，出張元始門下。

崇禎七年甲戌（一六三四年）二十四歲

春，會試下第。

返金陵，欲覓教書之地。

冬，赴湘潭。

崇禎八年乙亥（一六三五年）二十五歲

是年，居湘潭。

至本年，已有詩不下三千首。

崇禎九年丙子（一六三六年）二十六歲

七月，欲赴京會試，從長沙過洞庭，於湘陰木頭灣遇盗，詩文爲盗賊攫掠，盡數扔至江流之中。

冬，曾與馮一第遊金陵鷄鳴寺，望鍾陵山色。

約本年，爲馮一第《代古詩》作序。

崇禎十年丁丑（一六三七年）二十七歲

春，會試又下第。

返金陵後，遘寒疾，不汗發狂。

夏，於金陵作《新箋百家姓》。

自夏至冬，於金陵苦尋教書之所，然無所得。

偶遇生父，知曉身世。

因身世與周氏産生矛盾，妻子蕭氏得知此事後在湘潭發狂疾欲死。

冬，爲身世所苦，心力交瘁。

崇禎十一年戊寅（一六三八年）二十八歲

秋，仍爲身世風波所困。

八月，赴揚州避難，彷徨窮困。

又欲赴京考試，遂請周氏故僕入楚，取本籍藩司牒，并作書向妻子求北上之路費。

除夕，寓居揚州故友之家。

崇禎十二年己卯（一六三九年）二十九歲

春，遊鎮江金山。

於揚州、泰興等地教書自給。

臘月底，老僕空手來揚州，云其從湖南帶回之資斧及藩司牒，皆被周家諸姬搶去。

崇禎十三年庚辰（一六四〇年）三十歲

得友人資助，得以進京會試。

得中庚辰科二甲進士。讀卷者本擬奏名第二，後被崇禎帝抑置二甲。

放榜後，謁主司先輩，談及復姓之事。

寄居京師，生計清苦。曾爲周氏故僕以刀相逼，遂以疾告歸南還。
抵金陵，得知周氏已於春初挈家還楚。
拜見親生父母，驚聞二兄已經病亡一年，遂急於歸本宗。
冬，赴湖南湘潭。除夕前抵湘潭，時養父周逢泰已卧病半年。

崇禎十四年辛巳（一六四一年）三十一歲

於湘潭，日奉養父湯藥。
仲夏，養父亡，遂居湘潭守制。
生母徐氏於金陵亡故。
周逢泰去世後，周氏争嗣事起，先生曾急趨長沙，請郡守協助解圍。

崇禎十五年壬午（一六四二年）三十二歲

是年，妻蕭氏於湘潭生長女，名湘騠。
仍居湘潭，幫助料理周家之事。曾經將自己二百畝田地贈予趙姬之女。
秋九月，與白門僧津修、邗江程雲朗同遊南嶽衡山。
是年，作《衡嶽遊記》八千餘字、《衡嶽詩》十六首。
約本年，與楚地文人陶汝鼐、簡在雍、謝帝颺交遊。

崇禎十六年癸未（一六四三年）三十三歲

是年，曾爲王岱書「人在緱山」手幀。

仲秋，於張獻忠起義軍到達前兩日逃離湘潭。

九月，由南昌返至金陵，與生父相見。

崇禎十七年（清順治元年）甲申（一六四四年）三十四歲

三月，崇禎帝自盡，明朝覆亡，史稱「甲申之變」。

五月，福王朱由崧在南京建立南明政權，改元弘光。

九月，授南明户部浙江清吏司主事。

十月，作《復姓疏》，上疏復姓，改名黄周星。

孟冬，作《復姓紀事》。

清順治二年乙酉（一六四五年）三十五歲

五月，清兵攻佔南京，南明弘光朝覆亡，史稱「乙酉之變」。

於戰亂中，攜帶詩稿四處逃亡。

由浙入閩，曾過衢州江郎山。

秋，入福州，於南明隆武朝任禮科給事中，并與陳軾交遊。

秋，與諸子遊園，過南平黯淡灘。

季秋，訪友人齋，又過天竺庵，登白雲山觀日出。

十二月，隆武帝朱聿鍵由福州北上親征，於建安設行宮，招兵募馬。

順治三年丙戌（一六四六年）三十六歲

是年，仍任職於福州南明隆武朝。

暮春，於城外小樓，與遠道而來之妻女有半日之會，次日分别。

四月，曾上疏隆武帝，言及盜賊公行、民生凋敝、兵將退縮、府藏懸罄諸事。

六月，清軍南下，隆武政權鎮守閩浙咽喉仙霞關將領鄭芝龍慌忙撤兵，福建岌岌可危。

中秋，行役至福建古田淵關青山書院。

八月二十八日，隆武帝朱聿鍵被清軍俘殺，隆武朝亡。

秋，於古田輾轉避難。

九月，於古田遇盜，詩稿不幸被掠，盛年之心血化爲烏有，甚爲痛惜。

冬，藏身於福建長樂塔頭村，生活困頓，以焦飯爲糧，被兒童呼爲「鍋巴老爹」。

順治四年丁亥（一六四七年）三十七歲

年初至暮春，避亂於福清東㴽。

避難東潾期間，爲求一美人而集唐詩，共得絶句六十首，成《千春一恨》。

夏秋之間，避亂福建古田西莊僧院。其時卧病，藥粒俱斷，自以爲必死。

秋，仍在古田西莊僧院養病，期間曾與郭君交遊。

本年，讀宋末鄭思肖《心史》，分外有故國之思、遺民之悲。

順治五年戊子（一六四八年）三十八歲

春，仍羈留閩中古田。

暮春，與妻女在蒲城團聚。

自春至秋，與家人自仙霞嶺、大竿嶺由閩入越。

秋，行舟過浙江蘭溪、桐廬。舟中與苕溪孫大蘇、山陰董伯音唱和。

冬，經横塘，到達杭州。

仲冬，至西湖，爲西湖美景所感，作《戊子仲冬初至西湖十首》。有新安程奕先不平，亦作詩十首與之争鋒。此爲「西湖三戰詩」戊子之戰。

此後，長期漂泊東南，以教書爲生。家貧，落拓不得意。

順治六年己丑（一六四九年）三十九歲

仲春，寓居西子湖畔。

於西湖結識風雅富商汪汝謙，遊不系園。
季春至秋，於楊氏尋雲榭結詩社唱和。
重陽節，與諸子登塔遠望西湖。
是年，於杭州與沈捷等結交酬唱。
是年，曾祈夢於西湖之畔于謙祠。

順治七年庚寅（一六五〇年）四十歲

五月，自杭州搬家，過嘉興。
於嘉興與友人唱和。
約本年於嘉興，與沈捷同遊龍樹庵、鴛鴦湖。
至蘇州，遊覽虎丘。
秋，至常州。曾與萬允康同寓居龍興禪院，相對窮愁，又同遊常州惲氏花園。
秋，於常州會黄初霞、鄒之麟。與周世臣遊，并爲周世臣題扇面。
九月初六，飲於常州楊組玉之筵席。
暮秋，遊常州城東，遠眺夕陽閣。
臘月十七生日，作有《生日志感》。

是年，曾有吴興之旅。

本年，曾赴松江筍里訪葉夢珠，談及身世。

順治八年辛卯（一六五一年）四十一歲

元旦，作《元日》。

春，至嘉興嘉善，飲於錢繼登之園。

秋，於嘉善飲於錢繼章園林，爲其亭題名，并題額語。

本年於嘉善，曾謁錢士升。

夏秋之間，曾過青浦、黄浦。

本年，於松江筍里拜訪張元始。

秋，過揚州關帝祠，見舊寓壁上十四年前題詩仍在，遂感慨有詩。

秋，於揚州疊華齋僧舍同梵公等唱和。

於揚州，逢程邃，又登瓜洲大觀樓。

秋冬之際，赴嘉善，與友人夜飲。

冬，經丹陽、京口，乘舟再赴揚州。

冬，於揚州與友人雪夜旅酌。

本年，租房居住，作有《始僦居》。

順治九年壬辰（一六五二年）四十二歲

正月初七，與諸子遊揚州平山堂、大明寺、迷樓故址、法海寺。

正月十三日，與吴綺等揚州諸子結木蘭亭詩社。

新春，於揚州郊遊飲宴唱和。

寒食之夜，於宗元鼎新柳堂唱和。

清明，與諸子遊揚州法海寺，飲於紅橋野館。

春，與諸子遊揚州上方寺，觀第一泉、三絶碑。

秋，重遊鎮江金山。

秋，由杭州赴衢州，友人程奕先以詩挑之，作《和韻復程子西湖詩（并引）》迎戰。此爲「西湖三戰詩」壬辰之戰。

遊衢州爛柯山。

殘冬，在衢州赴桐廬道中遇風雨。

是年，曾於桐廬登嚴子陵釣臺，拜謁子陵祠。

本年，曾會姜垓。

順治十年癸巳（一六五三年）四十三歲

生父黄一鵬喪，急赴金陵。

仲夏，與杜首昌等諸子登金陵雨花臺，遊高座寺。

是年，編成詩稿《薇蕚》集。

順治十一年甲午（一六五四年）四十四歲

春，赴安徽蕪湖繁昌古叔俞萬潔齋，授經謀生。

於繁昌，編成八股文集《逋草集》作爲授經之用。

於安徽，遊覽繁昌寳山寺、黄石磯、回龍閣、峨山和縣西梁山龍王宫。

約本年，曾赴當塗，遊覽淩歊臺故址。

本年或赴宣城，與施端教、袁啓旭遊。

秋，自繁昌返金陵，改名人，字略似，號半非道人。

返金陵後，有人指其「太真」「不俗」，遂作《黄人謡》答之。

約本年，有人指責先生善罵人，先生作《罵人歌》。杜濬爲之鳴不平。

改號後，曾與無可和尚唱和。

秋日，與杜岕遊高臺寺、雨花臺。

秋日，獨登觀象臺、清涼山，望明朝遺迹，無限故國之思。
九月初四，與杜濬等同飲於鷄籠山。
重陽前後，於金陵友人處遇扶乩事，唱和數日。
秋，與林古度交遊。見林古度扇頭上湘女之絶命詩，感其貞烈，遂作《和湘女詩十首》。
於金陵，爲丁雄飛祝五十之壽。
丁雄飛於金陵設古歡社，共閲彼此藏書，邀先生與黄虞稷加入。
本年，於金陵古歡社唱和。
本年於金陵，曾與梅磊、周嘉胄交遊。
本年，曾會冒襄。
冬，由金陵再赴安徽繁昌授經，生徒零落。
冬，雪夜飲於繁昌古孺美齋中。
本年，於繁昌與别山和尚唱和。
十二月初一，於繁昌夢見好友陶汝鼐。
冬至，夢見湘女姓名爲「筏蓮」，作有《夢得湘女姓名》。
十二月，繁昌學宫竣工，應邀作《順治重修學記碑》《儒學教諭洪公修學碑》。

臘月十七生日，於繁昌作《生日感懷》。

除夕，於繁昌作《除夕三首》。

本年，於繁昌編成《夏爲堂詩草》。

本年，以詩謝絶求書篆者。

約本年，作《與友人論鐵筆》，談論篆刻之道。

順治十二年乙未（一六五五年）四十五歲

春，仍在繁昌授經，安陸林鳳鳴來訪，告知先生赴水而亡之湘女（楚女）姓名爲「青蓮」，先生感而作《妄得楚女姓名四首》。

本年，或同潘天成赴蘇州訪徐枋。

順治十三年丙申（一六五六年）四十六歲

仍於安徽繁昌坐館授經。

是年，曾於繁昌試刻《夏爲堂詩略刻》十一卷。

是年，於繁昌作八股文《匏瓜五藝》，于湖名士羅世繡爲之作序刊行。

順治十四年丁酉（一六五七年）四十七歲

仍於安徽繁昌坐館授經。

秋，門人葉瑞屏來訪，先生與之共事兩月，情感深厚。

秋，與程奕先相遇於繁昌，再作争西湖之詩，此爲「西湖三戰詩」丁酉之戰。

當是時，羅世繡爲二人解紛，作《江上弄丸詩》。于湖義士沈士柱又爲《西湖三戰詩》作《小引》。

冬，與王杲青相遇於繁昌館中。

是年，得第二女，名「蕪鶺」。

順治十五年戊戌（一六五八年）四十八歲

仍於安徽繁昌坐館授經。

冬，遇衡陽徐生，得知赴水楚女（湘女）之真實姓名爲「青鸞」，感而作有《真得楚女姓名六首》。

順治十六年己亥（一六五九年）四十九歲

春，得知王杲青已經自嶺南扶其父靈柩歸鄉，先生感其孝義而寄書。

春，與主人失歡，遂離繁昌。

本年，搬家至宜興荆溪。

約本年，於荆溪買一老婢，初名之曰「無雙」，言不可有二也，繼名之曰「銷災」，言其可懺除罪業也。後有書予曹胤昌討論命名之趣事。

順治十七年庚子（一六六〇年）五十歲

本年，搬離荆溪。

春，赴江蘇盱眙，教授生徒。

盱眙邑人戚玾來訪，先生與之一見如故，爲之選定詩集，并作《笑門詩序》。

於盱眙，曾指點戚玾開闢北窗，題額曰「煙環志」。

曾赴盱眙下龜山淮瀆廟求子，有大魚入舟。

本年，與戚玾、戚玾岳父王鼎子同登泗州塔懷古。

本年，曾同戚玾赴淮南訪友，歸後於戚玾宅夜飲。

重陽，於盱眙與戚玾登高。

臘月生日之際，回顧五十年之歲月，作《庚子紀年詩一百四十韻》。

冬，離盱眙，赴六合，尋黄氏舊宅，戚玾有詩相送。

約於本年，曾寄書戚玾言及交友之標準。

順治十八年辛丑（一六六一年）五十一歲

約本年春，寓居浙江桐鄉石門，與吕留良唱和。

春夏間，先生贈吕留良以《奇才吟》，詩中將吕留良與戚珄并稱爲「奇才」。
約本年，爲吕留良《晚邨慚書》一卷作序。
是年，曾飄零泰州海陵，赴如皋拜訪冒襄而不遇，以《鴛鴦夢引》寄冒襄。
後於靖江，曾登真文寺塔。
七夕之夜，夢中見冒襄，作有《鴛鴦夢引寄東皋冒子辟疆》。
七月初八，再夢冒襄，作有《後鴛鴦夢引再寄東皋冒子辟疆》。

康熙元年壬寅（一六六二年）五十二歲

六月六日，登洞庭西山縹緲峰。
仲冬，與吕留良、黄宗炎、黄子錫、高斗魁、萬貞一等人同遊西湖，請謝彬爲衆人畫像，并詩文酬唱。
冬，吕留良作《真進士歌贈黄九煙》。
是年，於無錫得第三女，名「錫慮」。

康熙二年癸卯（一六六三年）五十三歲

依然寓居浙江桐鄉石門。
正月初七、初八，於桐鄉東莊與吕留良同飲。

正月，於桐鄉東莊梅花下，與吕留良、陳祖法、陳紫綺、吴之振等飲宴唱和。

約本年，於石門，爲祝文彦《聞見卮言》作序。

從石門往杭州以謀生。

五月，妻於桐鄉石門有孕。

夏，在杭州爲汪象旭著稗官書，吕留良有書來。

約本年，曾於杭州吴山與沈捷、汪象旭遊。

約本年，曾與汪象旭有書信來往，討論神仙之事。

九月，妻誤用庸醫之藥，致使男嬰流産。先生老而無子，至此悲痛異常，名男嬰爲「石兔」，并作有《告殰男石兔文》。

是年，閲《十美圖》，感張夢晉、崔素瓊之事，作《補張靈崔瑩合傳》，又作十絶句詠張靈崔瑩故事。

冬，移居浙江海寧之西門。臨别之際，好友吕留良、吴之振有詩相贈。

康熙三年甲辰（一六六四年）五十四歲

正月之後，於海寧得吕留良書。

春，於海寧海昌陳氏花園賞海棠花。

於海昌，與陳氏兄弟多有交遊，曾作《神姬曲》，爲陳君祝壽。
春，曾將《奇才吟》贈戚玾，戚玾唱和有詩。
五月，與芥庵和尚相遇於海寧，一見如故。
六月初，於海寧見海潮，作有《海寧觀潮歌》。
於海寧，曾登硤石東山宴集，曾與朱朝瑛遊。
秋，將離海寧，陳生於安國寺爲之送別。
流寓嘉善魏塘。
九月初七，抗清鬥士張煌言於杭州就義。先生讀其絶命詞，感而作《讀張公蒼水絶命詞次韻四首》。
九月初九，在魏塘與友人郊外賞菊。
九月十八日，遊嘉善胥山。
十月初一夜，與田茂遇、孫昭令、濮雋茹等同登海鹽秦駐山，觀日月合璧奇觀。
於魏塘蔣君處見松化石，作有《松化石歌》。
於嘉善，再遊錢繼登之園。
於嘉善，聞卞君絶粒賦《正氣吟》之事，感而作詩。

十二月末，於嘉善家中二十年來首次厨房作灶。

康熙四年乙巳（一六六五年）五十五歲

仍寄居嘉善魏塘。

孟春，偶遇太倉顧君，聽其建議，改出生時辰爲午時。

清明前後，房東以陳子龍《清明詩》相示，先生次韻和之。

九月初九，房東遣婢送練溪酒。

九月十八日，與諸君於南村孫園看菊。

初冬，與諸君遊魏塘沈氏北山草堂。

臘月十七日生日，作《乙巳生日感懷》。

歲暮，在嘉善武水，作詩感懷門如空谷。

是年於魏塘，見小商販崔金友之詩，作有《贈崔金友十首》。

是年，又與芥庵和尚唱和，又作《芥庵和尚詩序》。

本年，作《西湖竹枝詞廿首》。

約本年，爲王潢詩集作序。葉舒穎贈先生以詩。

約本年，模仿尤侗《怎當他臨去秋波那一轉》制義，作八股文《秋波六藝》。

康熙五年丙午（一六六六年）五十六歲

仍然寓居嘉善。

正月初七，與友人共飲。

春日，翻檢從前詩稿，感慨詩稿曾兩次被盜賊所掠。

六月，遊覽湖州山水。

夏日，雨中於湖州友人家宴集。

夏秋間，於湖州遊覽郡署高臺、韻海樓、墨妙亭、六客堂、伏虎庵、白雀寺、峴山、圓證寺八景，作《題苕溪名勝八首》。

於湖州，曾雨中宿妙喜山黄君山館。於湖州度生庵，與僧竺公遊。又遇中州吴年兄。

夏秋間，於湖州天聖寺觀管夫人畫竹之壁畫。

於湖州期間，曾與老友張南村談及高士嚴書開，欲訪之而未果。

本年，曾贈詩予湖州太守吴綺。

曾赴長興，訪朱升於白溪山莊。約此際，爲朱升畫莊題額撰聯。

九月初九，於嘉善武水登高賞菊。

十月初三，與友人城南賞菊。

冬，應諸嗣郢之招，赴松江遊九峰。

冬日，於九峰訪佘山董子東山草堂、佘山陳繼儒故廬、辰山九峰草堂、辰山張子移酌招隱堂、辰山東山一草亭、白雲庵、小昆山陸機、陸雲故居諸處。

十二月十七日生日，作《丙午生日》。

年末，錢繼登來訪，喜而作詩。

除夕，作《丙午除夕》。

是年，有感於武水丸丸生之情事，遂作詩、小説與詞。

是年於嘉善，魏塘友人以瀟湘八景詩索詠，遂作有《瀟湘八景臺爲宋嘉祐時築詞人題詠甚夥大抵皆從畫屏間摹寫耳余昔年嘗久客其地睹聞頗真適魏塘友人以是題索詠遂仿歐蘇禁體漫賦八章貽之》《合詠八景七律二首》《又七絶一首》《戲集八景題字五律一首》《又長短句一首》。

本年，擬作美人、才子、英雄、神仙四種雜劇。

約本年，成《試官述懷》雜劇一種。

約本年，寄書予嘉善清風涇孫琮。

康熙六年丁未（一六六七年）五十七歲

仍寓嘉善。

春，過嘉善清風涇。

四月，始得長子。

端午，懷好友戚玾。

春夏，寄吕留良以書并附《瀟湘八景詩》。

夏日，翻閲兩朝遺詩，見長沙亡友馮一第詩，有感而作詩。

中秋前後，與吕留良書信往來。

重陽，曾於東郊看菊，吕留良爲之繪看菊圖，先生遂作《九日東郊看菊》題畫詩。

秋，吕留良以詩見懷。

仲秋，友人顧屺亡故，先生有挽詩二首。

是年秋冬間，曾兩遊嘉興。於嘉興，曾閲高承埏詩集，感而作詩。

冬，畫家沈韶曾爲先生畫像，作《寫真行贈雲間沈韶》。

冬夜，夢亡友楚僧南雲以詩相示。

臘月十七生日，作《丁未生日》。

除夕，有人持美人圖請題詩，遂將圖懸於床頭。

是年，與佘山覺庵上人有書往還。

康熙七年戊申（一六六八年）五十八歲

仍寓嘉善。

正月初一，作《戊申元日》。

仲春，於杭州西溪看梅。

約此際於西溪與釋大汕交遊，并作有《題釋大汕遇異圖》。

約本年，於杭州寄書予戚玾。

於杭州，曾題汪象旭書坊蜩寄齋，作《戲題友人蜩寄齋》。

春，曾過桐鄉石門。

五月，曾在玉虛道院看牡丹。

夏，於蘇州遇中洲張子。

六月，曾遊蘇州靈巖山，觀石畔西施履迹。十七日，於蘇州南園觀荷花。

八月十五，仍旅居蘇州。

九月初九，仍在蘇州。

重陽節，選《文纂》，并作《文纂小引》。

秋，同友人郊外看鷄冠花。

冬，過海寧，訪朱子、陳生。於海寧，拜張元岵八十大壽。是年於海寧，有人詆毁先生，張元岵爲之解圍。

是年冬，曾過南潯。

是年，曾往返於嘉興，與程生、吴年兄、浙中嘉禾司理交遊。曾赴嘉興梅溪訪濮雋茹，不遇。

臘月十七生日，作《戊申生日》。

年末，髮妻蕭氏去世。

約本年，曾有書寄沈捷。

約是年，於嘉善清風涇，與柏古交遊，曾用杜少陵舊題，題柏古茅屋之額。

約本年，作雜劇《惜花報》。

康熙八年己酉（一六六九年）五十九歲

仍寓嘉善。

正月初一，作《己酉元日》。

元宵節前後，孫君、游生皆夢仙界肯定先生之詩才，先生感而作詩。

仲春二月，設館於南潯程氏。

於南潯，遊報國磧砂諸寺，於歲寒堂遇此公上人，并書歲寒堂之匾。

四月，由嘉善移居湖州長興。

於長興，與朱升等遊岕山。

六月二十五日，仍於南潯坐館。是夜夢戚珥。

九月十九夜，再夢戚珥。

九月，生次子，作《己酉季秋喜生次子》。

是年，故人吴綺罷官，作詩慰之。

是年，作《余將有事填詞故人許以百種雜劇相贈戲爲四絶索之》向吴綺索雜劇之書。

約本年重陽，見庭中桂花，有詩。又曾與吴綺等諸子南潯泛舟。

初冬，與朱升遊長興下箬寺、陽烏山等地。

冬日，冒雪至南潯。

年末，於南潯塾中作《歎書四首》。

臘月十七生日，作《己酉生日》。

除夕，感於連得二子，作《己酉除夕和劉文房韻即用其起句》。

是年，曾過嘉興屠園。

康熙九年庚戌（一六七〇年）六十歲

仍館於南潯程氏。

正月初一，作《庚戌元日》。

二月，中州吴孳昌過南潯相訪，二人同赴嘉定南郊之張氏園。

二月，從潯南遷至晟溪授經。

春，在董説處見陶汝鼐詩劄，喜而作詩。

約本年，向董説乞竹。

三月初三，烏鎮烈女顧季繁未嫁殉夫，先生作詩詠之。

春，與南潯僧此山上人相遇於舟中，聯床共話，不勝其歡。

暮春，與友人集温氏池亭。

四月，先生之館又從晟溪遷回潯南。

四月至五月，由長興移家南潯。正逢梅雨季節，分外苦楚。於南潯覓宅時，見兩美人而歎之。

南潯董思贈小樓一間，感而作《董廡吟》。

秋，曾於南潯董嗣成墓看桂花。

重陽，客嘉興東塔僧舍，遇武水孫君。

冬日雪中，與友人唱和。

是年，曾赴蘇州訪尤侗，尤侗爲先生之《秋波六藝》作序。

於蘇州，作《哀竹樓》，哀亡友馮一第。

本年於蘇州，曾遊支硎山，遊鄧尉、玄墓二山，憩吴門赤脚庵，見庚午同選吴君之子、袁孝子、吴門友人。

冬，作《怨天説》初稿。

約本年前後，作《天地與日月食論》。

冬，始作《將就園記》初稿。

臘月十七生日，作有《黄童歌六十自壽》《庚戌六十生日四首》。

此公山人以詩爲壽，又有友人遠來爲壽，先生喜而作詩。

除夕，鄰友投詩，約定正月鼓琴。

約本年，編成《前身散見集編年詩續抄》一卷。

約本年，湖南為山僧來訪，攜楚地文人謝帝颺《百詠梅花》，先生遂有書予謝帝颺。

康熙十年辛亥（一六七一年）六十一歲

依舊寓居南潯。

元旦之夜，作《辛亥元夕》。是夜夢斬鴟鴞頭。

正月，訪友人。

初春，曾過蘇州，訪姜埰，欲作詩相贈，卒未果。

是年於蘇州，曾訪尤侗亦園，游水哉軒。

是年，於蘇州，曾見畫家黄向堅，感其徒步萬里迎父之事迹，作《黄孝子萬里尋親歌》。

春，爲此公上人祝壽。

五月，登蘇州洞庭東山莫釐峰。

本年於蘇州洞庭東山，登射鶚山，過蝦啜嶺遇葉君，遊東山法海寺，訪張子之寓，與高君遊，遊東山雨花庵。

五月，於蘇州觀吴江漲潮。

六月初一，或在杭州，爲徐君祝壽，與雙溪淩君遊。

初夏於南潯，同諸子訪此公上人。

夏，於南潯夏日家居。

於南潯，赴漏霜庵訪董説、董樵、董耒，和董樵《十二月讀書樂》。

九月初七，又至蘇州洞庭東山，集許濬心耕草堂。

九月初九遇雨，坐太湖東山許濬齋中。

重陽，或於洞庭東山翁澍春草亭飲宴。

九月十三，於洞庭東山與許濬等諸君登高。

九月，作《題襟夢引寄年家諫議姜公》寄姜埰。

暮秋，於蘇州洞庭東山晤吴翁二君。

曾於蘇州洞庭東山，爲翁澍《具區志》作序。

暮秋，過蘇州盛澤，與徐子、許君交遊。

秋，於南潯閒庭枯坐，回憶昔年所見之題壁詩，感而有作。

秋夜，有小偷鑿牆偷盗，次日，先生親自修補牆洞。

是年，太湖宋君來訪并送酒。

是年，曾至嘉興。

是年，曾與戚玾唱和，有詩予老友陶汝鼐。

是年，此公上人辭世，作《哭此公上人》。

約本年，開始編輯《圃庵詩集》。

本年，有人指先生爲假黄九煙，先生作《假黄九煙歌》。

約本年，有《豈想庵選夢略刻》一編，記平生之奇夢。

康熙十一年壬子（一六七二年）六十二歲

依舊寓居南潯。

春，陶汝鼐寄書與《嘘古集》數卷，請先生爲序，先生作《寄陶參公》《得陶仲調年兄書》《陶密庵詩序》。

春，結交湖州扶乩者陸芳辰。

康熙十二年癸丑（一六七三年）六十三歲

依舊寓居南潯。

夏，完成《怨天説》終稿。

冬，始編唐詩選集《詩快》。曾數次致書張潮，言及選唐詩之事。

本年，曾欲輯古今人詩句中有夕陽字者爲《夕陽集》，作有《夕陽詩》。

本年，成酒席謎語《廋詞》與《廋詞釋》四十箋。

約本年，作《酒社芻言》。

約本年，完成《鬱單越頌》，并攜之赴南潯寶雲寺訪董説，董説爲之作《鬱單越頌題詞》。

康熙十三年甲寅（一六七四年）六十四歲

依舊寓居南潯。

春，完成《將就園記》終稿，作《將園十勝》《就園十勝》二十首。

冬，扶乩者陸芳辰將康熙九年（一六七〇）所得之乩詩呈於先生，先生遂認爲乩詩中暗含「黄周星九煙」之名，乃是仙師想要自己將乩語編輯成文，遂始作七言長歌《龍沙八百地仙姓名歌》。

仲冬，觀苕溪陸芳辰運乩祈仙，乩云天帝將在昆侖建造將就園，請先生作將就主人與修文郎。其後先生與天帝在仙乩中多次對話，先生喜而作《仙乩紀略》。

冬，奉仙乩中文皇法旨，修改將就園之設計。

臨近除夕，修書予程坦庵，談除夕夜快活事。

除夕，作《甲寅除夕詩》。

康熙十四年乙卯(一六七五年)六十五歲

依舊寓居南潯。

孟春,完成《龍沙八百地仙姓名歌》并焚於乩前。

孟春,作《仙乩雜詠十二首》,詠其在仙乩中顯示被天帝所賞識,將要飛升之事。

暮秋,過嘉善武水,作散曲《秋富貴曲》。

是年,詠吳之振語溪黄葉村莊,作散曲《黄葉村莊曲》《黄葉村莊四時曲》。

康熙十五丙辰(一六七六年)六十六歲

依舊寓居南潯。

仲夏,又觀陸芳辰祈仙。仙乩云將就園已經在昆侖落成,天上文皇請先生作園銘,遂作《園銘》。

是年,完成傳奇《人天樂》。

本年,又著有戲曲理論《製曲枝語》一篇,凡十條。

康熙十六年丁巳(一六七七年)六十七歲

依舊寓居南潯。

春,寄書予戚玾,兼《笑門行》一首、《寄泗州戚綏耳》一闋。戚玾爲之作《十八年歌》。

八月十六日，在蘇州曾燦吴趨坊客舍小集。

秋，於蘇州讀故人姜埰《敬亭集》，悲而爲序。

仲冬，同冒襄等過常熟虞山，於瞿昌文春暉園唱和，作《瞿壽明泛舟招遊春暉園倡韻二首》。

冬，於常熟虞山，與冒襄、鄧林梓等遊劍門，與冒襄等赴嚴熊山墅唱和。

約本年，於常熟曾與錢謙益交遊。

冬，與老友陳軾相見於蘇州，爲陳軾《道山堂集》作序。

約本年冬，於蘇州竇林寺與徐崧、釋大汕遊。於寒山寺與在昔和尚唱和。與蘇州周茂蘭遊，題《周端孝先生血疏貼黄册》。

康熙十七年戊午（一六七八年）六十八歲

依舊寓居南潯。

春，自南潯赴揚州，寄書招戚玾。

於揚州，戚玾來訪。

端午，與戚玾、杜濬、弟子程葛川同登揚州文峰寺塔。

於揚州，曾與戚玾、杜濬、程邃、孫枝蔚等遊隋堤、迷樓舊址、平山堂等勝迹。

秋，赴金陵，以《人天樂》傳奇示磨崖漫士，磨崖漫士爲之題詞。

約本年秋，曾於金陵訪王潢故居。

秋，戚玾懷先生有詩。

仲冬，返南潯，嚴述魯以亡父嚴書開《逸山遺集》見托，遂作《逸山集序》。

冬末，戚玾於揚州尋先生，不遇。

本年，曾致書張潮，討論《唐詩快》編選之事。

康熙十八年己未（一六七九年）六十九歲

仍館於南潯程氏。

春，編成《唐詩快》十六卷。書分「驚天」「泣鬼」「移人」三集，寓評論於編選中，於衆多唐詩選本中別出心裁。

《唐詩快》書成後，曾作爲壽禮，寄予程守，并作《壽蝕庵詩》四首。

康熙十九年庚申（一六八〇年）七十歲

依舊寓居南潯。

春，訪松江葉夢珠諸友，爲長子、幼女締結婚約，了卻向平之願。

夏，曾爲吕留良畫僧裝像。

端午，於廣陵送別益然大師（汪沐日）。

五月，自撰《墓誌銘》，書《解蜕吟》十二首、《絶命詞》二章後，投水自盡，但遇救得免。

六、七月間，或爲成仙故，於南潯多次投水赴死，終於七月二十三日絶食而亡。

其墓在馬家港長生橋北圩，俗名獨樹墳。